Du même auteur, aux éditions Bragelonne :

La Roue du Temps :
Nouveau printemps – préquelle
1. *L'Œil du Monde*
2. *La Grande Quête*
3. *Le Dragon Réincarné*
4. *Un lever de ténèbres*
5. *Les Feux du ciel*
6. *Le Seigneur du Chaos*
7. *Une couronne d'épées*
8. *Le Chemin des dagues*

Robert Jordan

L'Œil du Monde

La Roue du Temps – tome 1

Traduit de l'anglais (États-Unis) par Jean Claude Mallé

Bragelonne

Collection dirigée par Stéphane Marsan et Alain Névant

Titre original : *The Eye of the World*

Cartes :
D'après les cartes originales d'Ellisa Mitchell et Thomas Canty

Illustrations intérieures :
Matthew C. Nielsen

1re édition : mars 2012
2e édition : mai 2016

ISBN : 979-10-281-0057-5

Bragelonne
60-62, rue d'Hauteville – 75010 Paris

E-mail : info@bragelonne.fr
Site Internet : www.bragelonne.fr

À Harriet,
cœur de mon cœur,
lumière de ma vie,
à jamais.

Prologue

Le pic du Dragon

Avec de sourdes plaintes, comme si elle refusait de croire à ce qui venait d'arriver, la terre tremblait encore et le palais continuait à vaciller sur ses fondations. À travers les fissures des murs, les rayons de soleil irisaient de lumière jaune les nuages de poussière toujours en suspension dans l'air. Partout, des marques noires zébraient les cloisons, les sols, les plafonds et la peinture craquelée des fresques murales. Naguère brillant de toutes leurs dorures, ces frises partiellement effritées et couvertes de suie représentaient des hommes et des animaux – des silhouettes qui semblaient avoir tenté de se mettre en mouvement avant que la folie s'apaise…

Des morts gisaient partout. Des hommes, des femmes et des enfants foudroyés dans leur fuite par les éclairs qui avaient tout dévasté. Ou carbonisés par les flammes qui les avaient impitoyablement traqués. Ou ensevelis sous les pierres du palais. Avant que le calme revienne, ces immenses blocs, dévastateurs comme de la lave et presque vivants, avaient impitoyablement poursuivi leurs proies.

Étrangement, les tapisseries et les tableaux, des chefs-d'œuvre aux couleurs étincelantes, restaient intacts, sauf aux endroits où les murs, en explosant vers l'intérieur, les avaient poussés sur le côté. Phénomène identique, les meubles artistiquement sculptés revêtus d'ivoire et d'or demeuraient en parfait état, excepté dans les zones où les parquets éventrés les avaient renversés comme des quilles.

La force destructrice s'était concentrée sur le cœur de sa cible, ignorant les objectifs périphériques.

Menacé de perdre l'équilibre à chaque nouvelle secousse, Lews Therin Telamon errait dans le palais en ruine.

— Ilyena, mon amour, où es-tu ?

Alors qu'il contournait le cadavre d'une femme blonde aux yeux écarquillés d'incrédulité et d'horreur, son beau visage tordu par les tourments de l'agonie, l'homme s'avisa que l'ourlet de sa longue cape gris clair trempait dans une flaque de sang.

— Où es-tu, mon épouse ? Où vous cachez-vous tous ?

Dans un miroir accroché de guingois sur un mur de marbre grotesquement boursouflé, Lews Therin aperçut son reflet.

Sa tenue gris et écarlate rappelait naguère celle d'un prince. Désormais, les vêtements finement tissés importés par des négociants – un long voyage d'un rivage à l'autre de la mer du Monde – étaient déchirés, crasseux et couverts de suie comme les cheveux et la peau de leur propriétaire.

Un instant, Lews Therin suivit du bout d'un index le tracé du symbole qui ornait sa cape. Un cercle noir et blanc, les deux couleurs étant séparées par une ligne sinueuse. Un emblème chargé de sens, vraiment… Pourtant, il ne retint pas longtemps l'attention de Lews Therin, qui s'intéressa de nouveau à son reflet. Un homme d'âge mûr de grande taille, jadis très beau, mais aux cheveux désormais plus blancs que bruns et au visage sillonné de rides dues à l'inquiétude et à une tension permanente. Sans parler de ces yeux sombres qui paraissaient en avoir beaucoup trop vu…

Lews Therin renversa la tête en arrière et éclata de rire, les échos de son hilarité de dément se perdant dans les salles désertes.

— Ilyena, mon amour, viens me rejoindre ! Il faut que tu voies ça !

Derrière Lews Therin, l'air se rida soudain, ondula puis se solidifia pour former la silhouette d'un homme qui regarda autour de lui et afficha un court instant une moue dégoûtée. Moins grand que Lews Therin, il était entièrement vêtu de noir, à l'exception d'un col en dentelle blanche et d'ornements en argent, sur le haut retourné de ses cuissardes.

Soulevant prudemment l'ourlet de sa cape, afin qu'il n'effleure pas les cadavres, il avança, insensible aux ultimes secousses, les yeux rivés sur l'homme qui se regardait dans un miroir en riant aux éclats.

— Seigneur du Matin, dit-il, c'est pour toi que je viens.

Cessant de rire, Lews Therin se retourna, l'air parfaitement serein.

— Oh ! un visiteur ? Dis-moi, étranger, es-tu doté de la Voix ? Ce sera bientôt l'heure du Chant et, ici, tout le monde a l'autorisation de participer. Ilyena, mon ange, nous avons un invité ! Où es-tu, mon amour ?

Stupéfait, l'homme en noir baissa les yeux sur le cadavre de la femme blonde. Puis il les posa de nouveau sur Lews Therin.

— Que Shai'tan t'emporte ! La souillure te tient-elle déjà si étroitement entre ses griffes ?

— Ce nom, Shai'… (Lews Therin tressaillit, puis il leva une main, comme pour avertir son interlocuteur d'un danger.) Il ne faut pas le prononcer. C'est dangereux.

— Au moins, tu te souviens de ça… Dangereux pour toi, imbécile, pas pour moi ! De quoi d'autre te rappelles-tu ? Allons, crétin aveugle à la Lumière, fais un effort de mémoire ! Je ne te laisserai pas fuir dans la confusion mentale. Souviens-toi !

Un moment, Lews Therin contempla sa main levée, fasciné par les motifs que la crasse et la suie dessinaient sur sa peau. Puis il s'essuya les doigts sur sa cape encore plus sale et consentit enfin à regarder son interlocuteur.

— Qui es-tu et que veux-tu ?

L'intrus vêtu de noir bomba fièrement le torse.

— Jadis, je me nommais Elan Morin Tedronai, mais aujourd'hui…

— Le Renégat de l'Espoir…, souffla Lews Therin.

Des souvenirs lui revinrent, mais il secoua la tête pour les chasser de sa mémoire.

— Ainsi, tu n'as pas tout oublié… Oui, le Renégat de l'Espoir, c'est comme cela que les hommes m'ont appelé. Toi, ils t'ont baptisé Dragon. Cependant, tu as refusé ce nom, alors que j'ai accepté le mien. Ils voulaient m'insulter, mais je les forcerai bientôt à s'agenouiller devant moi et à prononcer ces mots avec ferveur. Et toi, que feras-tu de ton surnom ? Après ce jour, ils te nommeront « Fléau de sa Lignée ». Comment vivras-tu avec ça ?

Le front plissé, Lews Therin scruta la salle dévastée.

— Ilyena devrait quand même venir accueillir un invité, marmonna-t-il dans sa barbe. (Il haussa le ton.) Ilyena, où es-tu ?

Le sol trembla et le cadavre de la femme blonde, comme en réponse à cet appel, bougea imperceptiblement.

Mais Lews Therin ne s'en aperçut pas.

— Regarde-toi ! lâcha Elan Morin, méprisant. Jadis, tu étais le premier parmi les Serviteurs. Est-ce bien toi qui portais l'Anneau de Tamyrlin et qui siégeais sur le Trône d'Honneur ? Toi qui avais le pouvoir de convoquer les Neuf Sceptres du Dominion ? Et maintenant, vois ce que tu es devenu ! Une misérable épave, rien de plus ! Mais ce n'est pas suffisant. Dans le Hall des Serviteurs, tu m'as humilié. Aux portes de Paaran Disen, tu m'as écrasé comme un insecte. Mais je suis le plus fort, désormais, et je ne te permettrai pas de mourir en l'ignorant. Quand tu quitteras ce monde, ta dernière pensée te fera mesurer l'étendue de ta défaite. Oui, tu sauras qu'elle est totale et irrémédiable. Si toutefois je t'autorise à mourir…

— Qu'est-ce qui peut retenir Ilyena ? Si elle pense que je lui ai caché la venue d'un visiteur, elle n'est pas près de me le laisser oublier – et ses paroles ne sont pas toujours de miel, tu peux me croire ! J'espère que tu aimes converser, étranger, parce qu'elle ne s'en lasse jamais. Mais sois prudent. À force de te bombarder de questions, elle te fera dire tout ce que tu sais…

Écartant les pans de sa cape, Elan Morin s'assouplit lentement les doigts.

— Dommage pour toi, mais je ne vois aucune de tes maudites sœurs dans les environs. Guérir n'a jamais été mon fort, et je fais allégeance à un pouvoir différent, à présent… Mais, même si tu ne la tuais pas avant, l'intervention d'une de ces femmes ne te donnerait pas plus de quelques minutes de lucidité. Mes maigres possibilités suffiront, pour l'objectif que je vise…

Elan Morin eut un rictus cruel.

— Désolé, mais la magie thérapeutique de Shai'tan est très différente de celle que tu connais. Allons, rétablis-toi, Lews Therin !

Elan Morin tendit les mains. Aussitôt, la lumière baissa comme si une ombre géante occultait le soleil.

Fou de douleur, Lews Therin sentit monter du plus profond de son être un cri qu'il ne parvint pas à étouffer. Du feu liquide carbonisait jusqu'à la moelle de ses os et un flot d'acide semblait avoir remplacé son sang. Il bascula en avant et s'écrasa sur le sol de marbre, sa tête percutant une dalle avant de rebondir. Son cœur battait la chamade, comme s'il essayait de jaillir hors de sa poitrine, et chaque nouvelle pulsation déversait un torrent de flammes dans son corps. Alors que des spasmes l'agitaient, Son crâne devenu un globe de pure souffrance sur le point d'exploser, ses hurlements se répercutèrent dans tout le palais.

Puis la douleur diminua très lentement. Si lentement, en réalité, que son reflux sembla durer dix siècles, le laissant à bout de souffle et sans force. Après un autre millénaire, malgré des membres en coton, il réussit à se mettre à quatre pattes.

Alors, il vit pour de bon la morte aux cheveux blonds. Et son cri, cette fois, dépassa en intensité tous ceux qu'il avait pu pousser depuis sa naissance. Manquant s'écrouler de nouveau, il rampa jusqu'au cadavre, mobilisa toute sa force et parvint à le prendre dans ses bras. D'une main tremblante, il écarta une mèche de cheveux du front déjà froid de son épouse.

— Ilyena ! Lumière, viens à mon secours ! Ilyena !

Comme s'il voulait bercer une enfant, Lews Therin referma ses bras sur le corps inerte de celle qui était tout pour lui.

— Non ! Non ! Ilyena !

— Tu peux la retrouver, Fléau de sa Lignée ! Le Grand Seigneur des Ténèbres la ramènera à la vie, si tu jures de le servir. Et d'être mon esclave.

Lews Therin releva la tête. Les sangs glacés par son regard, l'homme en noir recula instinctivement d'un pas.

— Dix ans, Renégat…, souffla Lews Therin d'une voix qui évoquait le bruissement d'une lame contre le cuir d'un fourreau. Ton maudit maître a dévasté le monde dix années durant. Et maintenant, cette infamie ? Je vais…

— Dix ans, pauvre demeuré ? Tu parles de dix ans ? Cette guerre ne dure pas depuis une décennie, mais depuis l'aube des temps. Alors que tournait la Roue, nous avons toi et moi livré l'un contre l'autre des milliers de batailles. Des centaines de milliers, même, et cela durera jusqu'à la fin des âges, lorsque les Ténèbres triompheront enfin.

Sur ces derniers mots, Elan Morin brandit rageusement le poing. Et cette fois, ce fut au tour de Lews Therin d'avoir un mouvement de recul, les entrailles nouées par la lueur qu'il voyait briller dans le regard du Renégat.

Avec mille précautions, Lews Therin déposa sur le sol la dépouille d'Ilyena. Après lui avoir une dernière fois caressé le front, il parla, les larmes aux yeux, mais d'une voix plus froide et plus dure que le fer :

— Pour tous tes autres crimes, Renégat, il n'y a pas de pardon possible. Mais pour la mort d'Ilyena, je te réduirai en bouillie, et ton maître lui-même ne pourra plus rien pour toi. Allons, prépare-toi à…

— Souviens-toi, espèce d'idiot ! Rappelle-toi ta futile attaque contre le Grand Seigneur des Ténèbres ! Te remémores-tu sa riposte ? Un effort, abruti ! En ce moment même, les Cent Compagnons ravagent le monde et, chaque jour, cent nouveaux hommes se joignent à eux. Qui a tué Ilyena Cheveux d'Or, Lews Therin ? Moi ? Bien sûr que non ! Quelles mains ont massacré tous ceux qui avaient dans les veines une goutte de ton sang – plus tous ceux qui t'aimaient et que tu chérissais ? Pas les miennes, Fléau de sa Lignée ! Accède de nouveau au passé, et découvre quel prix on doit payer lorsqu'on s'oppose à Shai'tan !

Ruisselant sur son front et ses joues, la sueur traça soudain des sillons dans la crasse et la suie qui maculaient le visage de Lews Therin. Comme dans un rêve, il se souvint : les lambeaux d'un songe venus d'un autre songe, mais dont il ne pouvait mettre en doute la véracité.

Il hurla de nouveau, exprimant la fureur d'un homme qui se découvre seul responsable de sa damnation. Puis il se griffa le visage, comme s'il cherchait, en s'arrachant les yeux, à ne plus voir la terrible réalité de son crime.

Partout, son regard se posait sur des morts. Des cadavres déchiquetés, désarticulés, brûlés ou à demi consumés par la pierre transformée en lave.

Et partout, des visages connus et aimés…

De vieux domestiques, des amis d'enfance, des frères d'armes qui l'avaient accompagné sur tous les champs de bataille…

Et ses enfants ! Ses fils et ses filles, comme des poupées brisées, condamnés à une éternelle immobilité. Ses victimes ! Avec leurs yeux grands ouverts qui l'accusaient, demandant pourquoi il avait agi ainsi.

Et les larmes, dans ses propres yeux, qui ne pouvaient en aucun cas tenir lieu de réponses.

Le rire du Renégat couvrit soudain les cris de Lews Therin.

Incapable de supporter plus longtemps les visages accusateurs et la douleur qui le déchirait de l'intérieur, Lews Therin comprit qu'il ne pouvait plus rester où il était. Désespéré, il puisa dans la Source Authentique, atteignant le *saidin* souillé, et commença à voyager.

Autour de lui, le paysage était mornement plat et désert. Un fleuve y coulait, très large et presque droit, mais il n'y avait pas âme qui vive à une centaine de lieues à la ronde, Lews Therin le sentait parfaitement bien. Il était aussi seul que pouvait l'être un homme encore vivant. Et pourtant, impossible d'échapper à ses souvenirs ! Dans les sombres tunnels de son âme, les yeux vengeurs le poursuivaient, et il ne réussirait pas à les fuir.

Le regard de ses enfants… Celui d'Ilyena…

En larmes, Fléau de sa Lignée leva les yeux au ciel.

— Lumière, pardonne-moi !

Une prière vide de sens, car, pour ce qu'il avait fait, il n'existait pas d'absolution. Il continua pourtant à implorer une miséricorde qu'il était certain de ne pas se voir accorder.

— Lumière, pardonne-moi !

Toujours en contact avec le *saidin*, la moitié masculine du pouvoir qui régissait l'univers et faisait tourner la Roue du Temps, Lews Therin sentait uniquement la souillure – les stigmates laissés par la riposte des Ténèbres, cette impureté qui condamnait à mort le monde.

À cause de lui ! Parce que, dans son imbécile fierté, il avait cru que l'humanité pouvait égaler le Créateur, réparant ce qu'il avait conçu après que la main de l'homme l'eut brisé. Dans son arrogance, voilà ce qu'il avait imaginé !

Il puisa davantage dans la Source Authentique, de plus en plus fort, comme un homme qui meurt de soif. Très vite, il eut drainé plus de Pouvoir de l'Unique qu'il était capable d'en canaliser sans aide. Même si sa peau lui donnait le sentiment d'être en feu, il insista, se forçant à continuer comme s'il essayait d'absorber la totalité de la force universelle.

— Lumière, pardonne-moi ! Ilyena ! Ilyena !

L'air s'embrasa et ce feu se transforma en une lumière presque liquide. L'éclair qui venait de jaillir du ciel aurait aveuglé et brûlé tout œil qui eût osé le regarder en face, même pendant une fraction de seconde. Venu des nuées, il transperça le corps de Lews Therin Telamon et s'enfonça dans les entrailles de la terre. À son contact, la roche fondit et la terre se convulsa comme une créature vivante blessée à mort.

La lance brillante de lumière et de feu relia un instant le ciel et le sol, puis elle disparut en un clin d'œil. Mais la terre resta houleuse comme l'océan au cœur d'une tempête, et de la roche en fusion, formant un geyser, s'éleva à plus de cinq cents pieds de hauteur dans les airs. Comme entraîné par le mouvement, la terre se souleva, propulsant encore plus haut la langue de feu rugissant.

Du nord au sud et de l'est à l'ouest, des bourrasques balayèrent les arbres comme de vulgaires brindilles. Rugissant comme des fauves, ces vents semblaient vouloir aider la montagne naissante à prendre de la hauteur.

Toujours plus de hauteur…

Puis la tempête cessa et l'air redevint doux et paisible comme un murmure.

Lews Therin Telamon n'était plus nulle part en vue. Là où il se tenait quelques instants plus tôt, un pic se dressait, tutoyant le ciel alors que de la lave se déversait toujours de son sommet tronqué. Détourné de son parcours rectiligne, le fleuve s'était séparé en deux, ses bras entourant une île tout en longueur. Alors que son ombre immense parvenait presque à atteindre cette bande de terre, le pic semblait vouloir recouvrir le paysage comme s'il était la main géante d'une sinistre prophétie. Un long moment durant, seules les plaintes indignées de la terre martyrisée troublèrent le silence.

Sur l'île, l'air ondula puis se solidifia. Les yeux levés vers le sommet du pic, l'homme en noir eut une grimace de mépris et de rage.

— Tu ne t'en tireras pas si facilement, Dragon ! Entre nous, rien n'est terminé, et il en sera ainsi jusqu'à la fin des temps.

Sur ces mots, Elan Morin Tedronai disparut, laissant seuls le pic, les deux bras du fleuve et l'île qu'ils entouraient.

Le début d'une longue attente…

« Alors les Ténèbres s'abattirent sur les terres et les pays furent brisés pierre après pierre. Les océans débordèrent, submergeant les montagnes, et les nations durent s'éparpiller aux huit coins du monde. La lune se transmua en sang et le soleil en cendres. Tandis que les océans bouillonnaient, les vivants commencèrent à envier les morts. Tout fut dévasté et perdu, à part les souvenirs, et, parmi eux, celui du fléau qui provoqua l'Invasion des Ténèbres et la Dislocation du Monde. Et celui-là, les hommes l'appelèrent Dragon. »

(Extrait d'*Aleth nin Taerin alta Camora*
La Dislocation du Monde
Auteur inconnu, Quatrième Âge)

« Et il advint en ces temps-là, comme il était déjà arrivé avant – et comme cela se produirait après –, que les Ténèbres s'étendirent sur les terres et écrasèrent le cœur de l'humanité. Alors, tout ce qui poussait se flétrit et l'espoir mourut. S'adressant au Créateur, les hommes et les femmes implorèrent : "Lumière des Cieux et du Monde, fais que le Promis naisse du pic, comme l'annoncent les prophéties, puisqu'il en fut ainsi dans les Âges passés et qu'il en ira de même dans ceux qui restent à venir. Fais que le Prince du Matin chante afin que tout ce qui pousse reprenne vigueur et que les vallées, à partir de ce jour, regorgent d'agneaux. Fais que le bras du Seigneur de l'Aube nous protège des Ténèbres, et que la grande épée de la justice nous défende. Ainsi, le Dragon volera de nouveau sur les courants du temps." »

(Extrait de *Charal Drianaan te Calamon*
Le Cycle du Dragon
Auteur inconnu, Quatrième Âge)

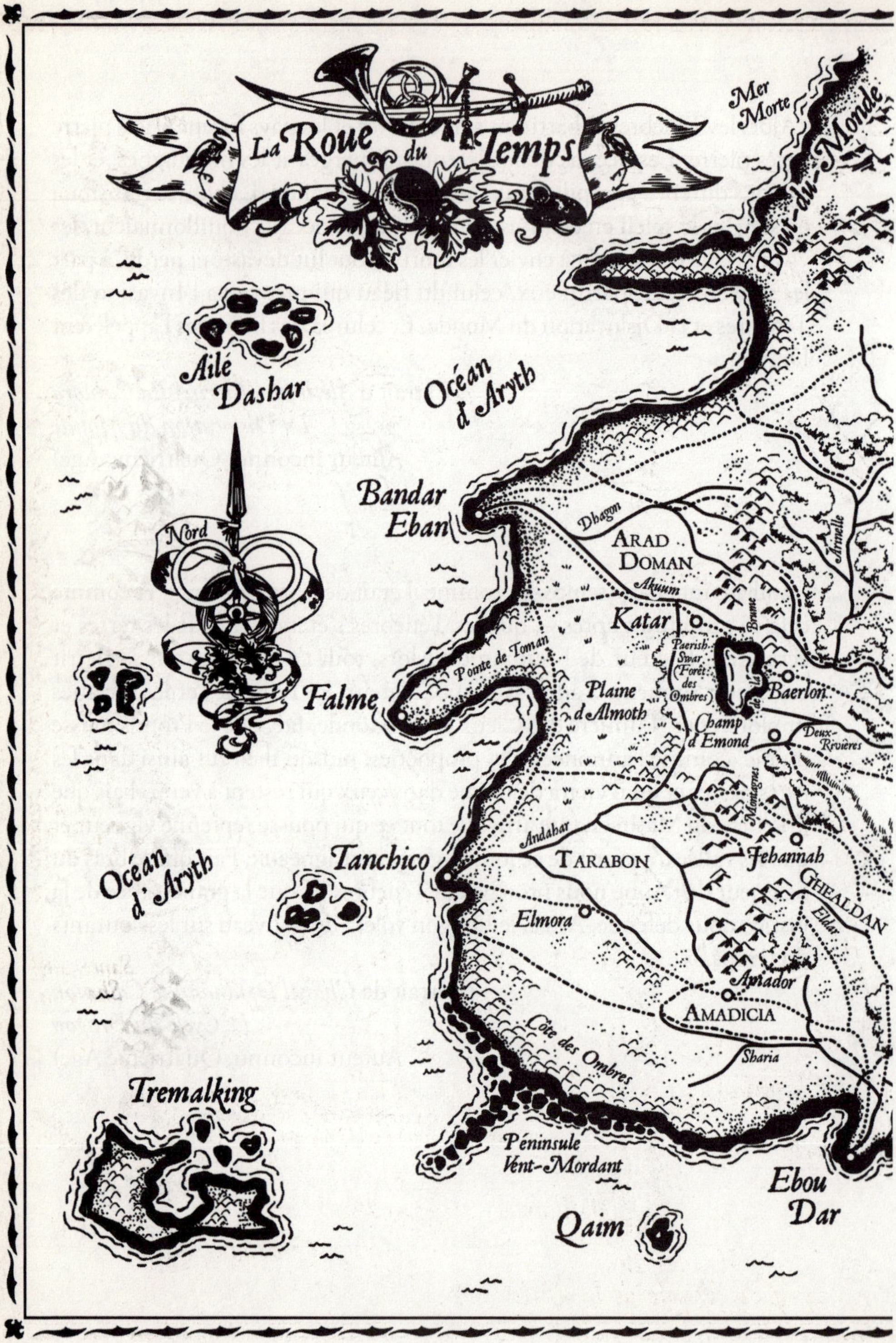
La Roue du Temps
Mer Morte
Bout-du-Monde
Ailé Dashar
Océan d'Aryth
Bandar Eban
Nord
Dhagon
Arad Doman
Akuum
Arinelle
Katar
Brume
Paerish Swar (Forêt des Ombres)
Baerlon
Pointe de Toman
Plaine d'Almoth
Falme
Champ d'Emond
Deux-Rivières
Montagnes
Andahar
Tanchico
Tarabon
Jehannah
Ghealdan
Eldar
Océan d'Aryth
Elmora
Amador
Amadicia
Côte des Ombres
Sharia
Tremalking
Péninsule Vent-Mordant
Ebou Dar
Qaim

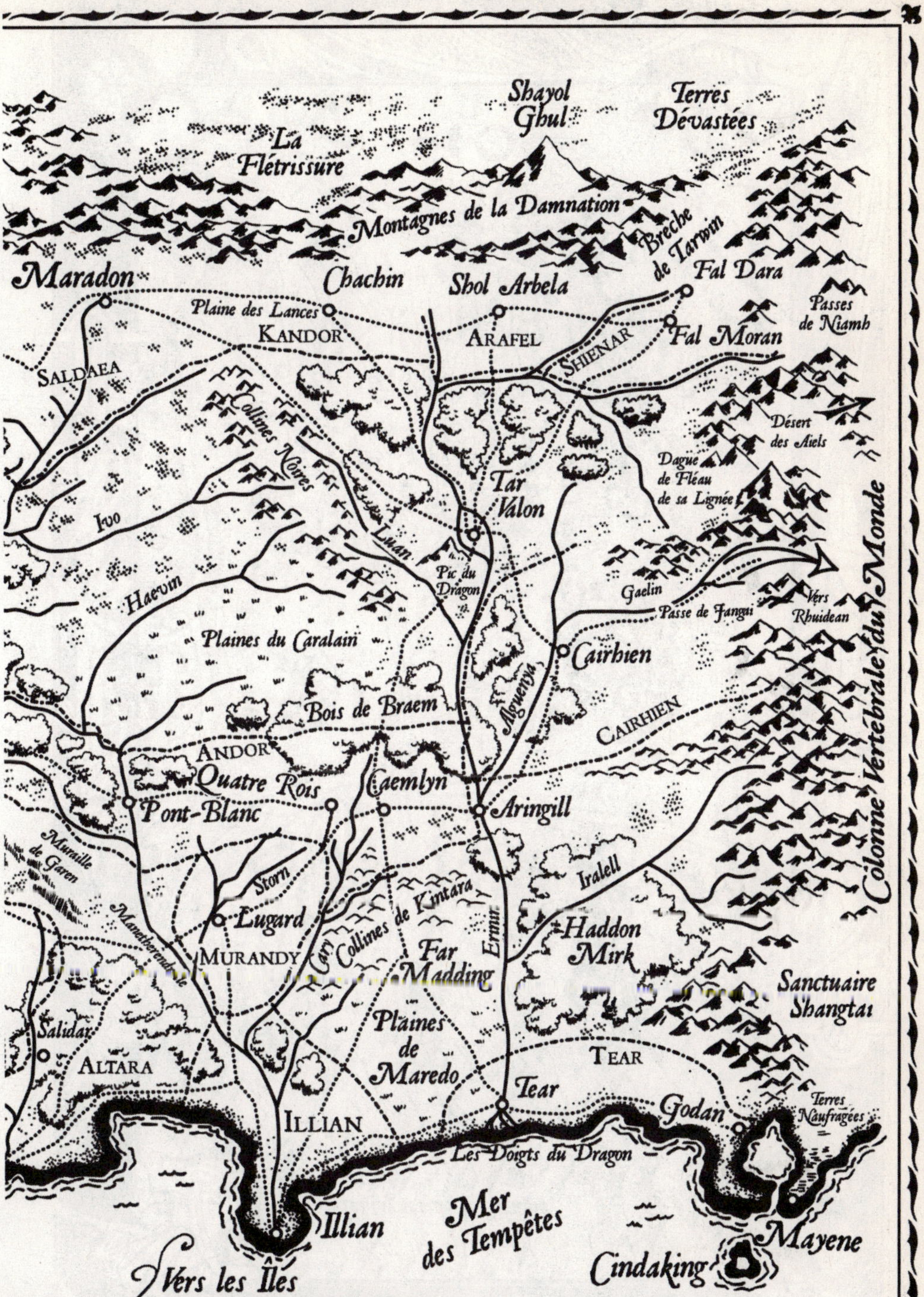
Shayol Ghul
Terres Dévastées
La Flétrissure
Montagnes de la Damnation
Breche de Tarwin
Maradon
Chachin
Shol Arbela
Fal Dara
Passes de Niamh
Plaine des Lances
KANDOR
ARAFEL
SHIENAR
Fal Moran
SALDAEA
Collines Noires
Désert des Aiels
Dague de Fléau de sa Lignée
Tar Valon
Ivo
Luan
Pic du Dragon
Haevin
Gaelin
Passe de Jangai
Vers Rhuidean
Colonne Vertébrale du Monde
Plaines du Caralain
Cairhien
Alguenya
Bois de Braem
CAIRHIEN
ANDOR
Quatre Rois
Caemlyn
Pont-Blanc
Aringill
Muraille de Garen
Storn
Iralell
Lugard
Collines de Kintara
Manetherendrelle
Cary
Erinin
Haddon Mirk
MURANDY
Far Madding
Sanctuaire Shangtai
Salidar
Plaines de Maredo
ALTARA
TEAR
Tear
Godan
Terres Naufragées
ILLIAN
Les Doigts du Dragon
Mer des Tempêtes
Illian
Mayene
Cindaking
Vers les Îles du Peuple de la Mer

Deux-Rivières
Le Voile d'Eldrene
Vers Baerlon
Bac-sur-Taren
Taren
Route du Nord
Bois de l'Eau
Colline de la Garde
Bois de l'Ouest
Montagnes de la Brume
La Cascade à Vin
Champ d'Emond
Vieille Route
Promenade de Deven
Rivière Blanche
La Tourbe
Forêt des Ombres

1

Une route déserte

La Roue du Temps tourne et les Âges naissent et meurent, laissant dans leur sillage des souvenirs destinés à devenir des légendes. Puis les légendes se métamorphosent en mythes qui sombrent eux-mêmes dans l'oubli longtemps avant la renaissance de l'Âge qui leur donna le jour.

Au cœur d'un Âge nommé le Troisième par certains – une ère encore à venir et depuis longtemps révolue –, un vent se mit à souffler dans les montagnes de la Brume. Sans être le Début, car il n'y a ni commencement ni fin à la rotation de la Roue du Temps, ce vent était *un* début.

Ayant pris vie sous les pics éternellement couronnés de brume auxquels la chaîne devait son nom, il soufflait vers l'est, à travers les collines de Sable qui, avant la Dislocation du Monde, tenaient lieu de rivage à un grand océan. Au-delà, il balayait le territoire de Deux-Rivières puis s'engouffrait dans la forêt inhabituellement dense qu'on appelait le bois de l'Ouest.

Dans cette forêt, il fouettait cruellement les deux hommes qui avançaient avec une charrette et un cheval sur la piste rocheuse nommée la route de la Carrière. Alors que le printemps aurait dû être arrivé depuis un bon mois, ces bourrasques mordantes auguraient plutôt d'une tempête de neige.

Le vent s'engouffrait dans la cape ocre de Rand al'Thor, enroulant les pans autour de ses jambes avant de les projeter derrière lui comme une traîne. Agacé, Rand regrettait que la cape ne soit pas plus lourde et se morigénait de ne pas avoir pensé à enfiler une deuxième chemise. Une fois sur deux, lorsqu'il tentait de rabattre le vêtement sur son corps, il saisissait le carquois accroché à sa hanche. De toute façon, tenir la cape d'une seule main n'était pas efficace. Mais dans l'autre, il serrait son arc avec une flèche déjà encochée…

Alors qu'une bourrasque plus forte que les autres lui arrachait le tissu des doigts, Rand jeta un coup d'œil à son père, qui marchait sur l'autre flanc de leur jument à long poil. S'assurer de cette façon que Tam était toujours là avait quelque chose de stupide, mais il y avait des jours comme ça…

À part le rugissement intermittent des bourrasques, un grand calme régnait dans la forêt. Avec ce silence, les grincements des roues de la charrette, pourtant discrets, paraissaient tonitruants. Pas un oiseau ne chantait dans les branches et aucun écureuil n'y babillait.

Rien qui pût étonner Rand, par un printemps pareil.

À part ceux que l'hiver ne privait jamais de leurs feuilles ou de leurs aiguilles, les arbres restaient dénudés comme au plus fort de la mauvaise saison. Au pied des troncs, des ronces de l'année précédente tissaient des entrelacs marron sur les pierres saillantes. Sur le sol, les orties restaient largement majoritaires parmi les mauvaises herbes, mais on trouvait aussi quelques variétés dotées de bourre ou d'épines très acérées et du « chiendent puant » qui émettait une odeur nauséabonde lorsqu'on l'écrasait sous la semelle d'une botte.

À l'ombre des bosquets les plus denses, là où les rayons du soleil accédaient difficilement, de la neige recouvrait toujours la terre. Même aux endroits qu'elle atteignait, la lumière du jour n'apportait ni chaleur ni vigueur. À l'est, l'astre diurne pâlichon émettait une lueur teintée de pénombre, comme s'il s'agissait d'un mélange de clarté et de ténèbres.

Une matinée morose, propice aux idées noires ou pour le moins déplaisantes.

Sans même y penser, Rand saisit l'embout de sa flèche, prêt à tirer la corde de l'arc contre sa joue, ainsi que le lui avait enseigné Tam. Dans la plaine, là où se nichaient les fermes, l'hiver avait été très rude – plus rigoureux, même, que tous ceux dont les anciens se souvenaient. Si on se fiait au nombre de loups qui s'étaient aventurés à Deux-Rivières, les frimas avaient dû être encore plus durs à supporter en montagne. Attaquant les moutons dans leurs enclos, les loups étaient allés jusqu'à s'introduire dans les étables et les écuries pour s'en prendre au bétail et aux chevaux. Alors qu'on n'en voyait plus depuis des années, des ours étaient venus rôder autour des ovins. Sortir après le coucher du soleil n'était plus recommandé, car les humains faisaient eux aussi d'excellentes proies. Et, parfois, les prédateurs n'attendaient même pas la nuit.

Sur l'autre flanc de la jument Bela, Tam marchait à pas réguliers. Utilisant sa lance comme une canne, il ignorait superbement les assauts du vent qui faisaient claquer sa cape à la manière d'un drapeau. De temps en temps, il tapotait le flanc de la jument pour lui rappeler de continuer à avancer. Avec son torse puissant et son visage aux traits nettement découpés, Tam était un îlot de réalité au cœur de cette matinée – un roc inébranlable au milieu d'un rêve où tout s'effilochait... Bien sûr, ses joues tannées par le soleil étaient sillonnées de rides, et ses cheveux, à force de grisonner, n'avaient plus de brun que le nom, mais il restait l'incarnation d'une solidité quasiment végétale, un peu comme si un torrent avait pu déferler sur ce fantastique tronc sans le déraciner.

Il descendait la route de la Carrière avec une parfaite impassibilité. Les loups et les ours n'étaient pas quantité négligeable, et aucun berger digne de ce nom ne les aurait pris à la légère. Mais s'ils tenaient à leur peau, mieux valait qu'ils n'essaient pas d'arrêter Tam al'Thor quand il cheminait vers Champ d'Emond.

Avec une ombre de culpabilité, car il avait négligé sa mission, Rand recommença à surveiller son côté de la route. Comme souvent, le sérieux et la concentration de son père lui avaient rappelé son devoir.

Plus grand d'une bonne tête que Tam – et que tous les autres hommes du secteur –, Rand ne lui ressemblait pas beaucoup, si on exceptait ses larges épaules. Selon Tam, ses yeux gris et sa chevelure tirant sur le roux lui venaient de sa mère. Une étrangère dont Rand gardait fort peu de souvenirs, n'était un sourire radieux, même s'il déposait des fleurs sur sa tombe deux fois par an. À Bel Tine, au printemps, et pour la fête du Soleil, au milieu de l'été...

La charrette tirée par Bela contenait deux tonnelets d'alcool de pomme, la spécialité de Tam, et huit tonneaux d'un cidre encore légèrement acidulé après un hiver de fermentation. Chaque année, pour Bel Tine, Tam faisait exactement la même livraison à l'*Auberge de la Cascade à Vin*. Et cet an-ci, avait-il déclaré, il aurait fallu beaucoup plus que les frimas et quelques loups pour l'empêcher d'être fidèle au rendez-vous.

Cela dit, sa précédente visite au village remontait à des semaines. Ces derniers temps, Tam lui-même hésitait à voyager. Mais il avait donné sa parole, et il la tenait, même s'il avait attendu la veille des festivités pour se mettre en chemin. Honorer ses engagements était très important pour lui. De son côté, Rand se réjouissait surtout d'avoir eu l'occasion de quitter la ferme – presque autant, devait-il avouer, que de l'arrivée imminente de Bel Tine.

Alors qu'il surveillait son côté de la route, le sentiment d'être espionné se fit de plus en plus fort en lui. Pourtant, ça semblait être une idée idiote. Entre les arbres, rien ne bougeait ni ne bruissait, à part les rares feuilles agitées par le vent. Mais l'impression qu'on l'épiait ne se dissipait pas, bien au contraire. Tous les poils hérissés, Rand avait la chair de poule – mais une étrange variante, qui démangeait terriblement.

Agitant son arc pour se gratter un peu, il se morigéna intérieurement. Quand cesserait-il de se laisser emporter par son imagination ? De son côté de la route, il n'y avait rien, ça crevait les yeux. Et s'il y avait eu quelque chose de l'autre côté, Tam l'en aurait déjà informé.

Rand jeta un coup d'œil par-dessus son épaule… et sursauta. Une vingtaine de pas derrière lui, un cavalier en cape de voyage noire à capuche suivait la charrette. Aussi sombres et aussi sinistres l'un que l'autre, l'animal et son maître avaient de quoi glacer les sangs.

La force de l'habitude étant ce qu'elle est, Rand continua à marcher tandis qu'il observait l'inconnu.

La cape du cavalier tombait très exactement sur le haut de ses bottes. Avec la capuche qui noyait son visage dans les ombres, on ne distinguait rien du mystérieux étranger. Sans trop savoir pourquoi, Rand eut pourtant le sentiment que quelque chose clochait dans ce personnage. Mais il était surtout fasciné par ce qu'il voyait dans les ombres de la capuche. Oh ! rien de bien précis, sinon les contours très vagues d'un visage dont il ne parvenait pas à détourner le regard, comme s'il sondait les yeux pourtant invisibles de l'inconnu.

Rand eut une sensation bizarre au niveau de l'estomac. Même s'il n'y avait pas grand-chose à voir sous cette capuche, il captait une haine féroce, presque palpable, comme s'il était face à un démon qui abominait le monde des vivants et n'en faisait pas mystère. Et dans ce monde, une cible bien particulière semblait retenir toute son attention.

Rand en personne…

Une pierre bougeant sous son pied, le jeune homme tituba et perdit un instant de vue le cavalier vêtu de noir. Contraint de lâcher son arc, il réussit à se rattraper de justesse au harnais de Bela, s'épargnant ainsi une chute humiliante. Surprise, la jument hennit, s'arrêta net et tourna la tête pour voir ce qui se passait.

— Tu vas bien, mon garçon ? demanda Tam, les sourcils froncés.

— Un cavalier…, dit Rand en se redressant. Un étranger nous suit…

— Où ça ? souffla Tam.

Levant sa lance, il sonda les environs.

— Là, juste…, commença Rand.

Il n'alla pas plus loin, car, en tournant la tête, il venait de constater que la route était déserte. Stupéfait, il sonda la forêt, sur sa droite et sur sa gauche. Les arbres nus ne faisaient pas une cachette très efficace. Et on n'y apercevait pas l'ombre d'un cavalier ou d'une monture.

— Pourtant, il était là… Un type en cape de voyage noire sur un cheval tout aussi sombre.

— Je ne doute pas de ta parole, petit, mais où est-il passé ?

— Je n'en sais rien… Mais il était là.

Rand ramassa l'arc et la flèche, s'assura que l'empennage était intact et réencocha le projectile.

Armant l'arc, il regarda autour de lui, très méfiant. Mais il ne repéra pas de cible et finit par détendre doucement la corde.

— Oui, il était là !

— Si tu le dis, mon gars… Allons voir. Même sur un sol rocheux, les sabots d'un cheval laissent des traces… (Sa cape claquant au vent, Tam revint sur ses pas.) Si nous en trouvons, nous saurons que tu ne t'es pas trompé. Sinon… Eh bien, c'est tout à fait le genre de jour à avoir des visions, tu sais ?

Rand mit soudain le doigt sur ce qui lui avait paru étrange au sujet du cavalier. En plus de sa simple présence, bien entendu. Le vent qui faisait gonfler la cape de Tam n'avait aucun effet sur celle de l'inconnu. Et ça, c'était impossible.

Un tour de son imagination, rien de plus. Tam avait raison : par une matinée pareille, l'esprit d'un homme pouvait aisément s'enflammer.

Certes, mais Rand n'y croyait pas. Cela dit, comment raconter à son père que le vent ne faisait pas claquer la cape d'un cavalier qui se révélait en outre invisible ?

De plus en plus inquiet, il sonda de nouveau la forêt. Quelque chose était différent… Depuis sa plus tendre enfance, il arpentait ces lieux, se familiarisant avec la nature. Dans les étangs et les ruisseaux du bois de l'Eau, après les dernières fermes, à l'est de Champ d'Emond, il avait appris à nager alors qu'il savait à peine marcher. Puis il s'était aventuré dans les collines de Sable – à Deux-Rivières, certains disaient que cet endroit portait malheur – et il avait même un jour poussé jusqu'au pied des montagnes de la Brume. En compagnie de ses deux meilleurs amis, Mat Cauthon et Perrin Aybara, il était allé beaucoup plus loin que la plupart des habitants de Champ d'Emond. Pour eux, une excursion jusqu'à un des villages voisins – Colline de la Garde, vers le nord, ou Promenade de Deven, vers le sud – était déjà une grande affaire…

Lors de ses explorations, Rand n'avait jamais été effrayé par un site naturel. Mais, aujourd'hui, le bois de l'Ouest ne ressemblait pas à la forêt qui lui était familière. De plus, un homme capable de disparaître en un clin d'œil pouvait se rematérialiser tout aussi vite, y compris immédiatement derrière ses proies.

— Père, ne te donne pas ce mal ! (Quand Tam se retourna, surpris, son fils tira sur sa capuche pour cacher qu'il s'était empourpré de confusion.) Tu dois avoir raison… Inutile de chercher ce qui n'existe pas. Mieux vaut filer vers le village, où nous serons à l'abri de ce fichu vent.

— Je fumerais bien une pipe, admit Tam, et je n'aurais rien contre une chope de bière, au coin d'un bon feu. (Il eut un grand sourire.) Et je parie que tu as hâte de voir Egwene !

Rand réussit à grimacer un sourire. Sur sa liste des priorités, la fille du bourgmestre occupait en cet instant la toute dernière place. Avec le cavalier noir, il était assez perturbé comme ça… Depuis des années, la présence d'Egwene le mettait bizarrement mal à l'aise, et ça ne s'arrangeait pas, tout au contraire. Bien entendu, la jeune fille ne s'en apercevait pas, ce qui aggravait encore les choses. Non, ce n'était vraiment pas le moment de penser à elle.

— Souviens-toi de la flamme et du vide, mon garçon !

Entendant ces mots, Rand craignit que son père ait remarqué qu'il crevait de peur.

C'était une allusion à une astuce très étrange que Tam lui avait apprise. Se concentrer sur une unique flamme imaginaire et l'alimenter avec toutes ses passions négatives (la peur, la haine ou la colère) jusqu'à ce qu'on se soit vidé l'esprit. Quand on ne faisait plus qu'un avec le vide, assurait Tam, il n'y avait plus rien d'impossible. À Champ d'Emond, personne d'autre ne tenait ce type de discours. Mais, grâce à sa curieuse théorie, Tam gagnait chaque année le concours de tir à l'arc de Bel Tine.

Ce printemps, Rand espérait atteindre une des places d'honneur, s'il parvenait à bien s'ancrer au vide.

La phrase de Tam prouvait qu'il avait remarqué l'état de son fils. Cela posé, il n'insista pas sur le sujet.

Il tapa sur la croupe de Bela, qui se remit en chemin.

Voyant son père avancer comme s'il ne s'était rien passé – et comme s'il ne pouvait rien arriver de fâcheux –, Rand regretta de ne pas pouvoir l'imiter. Mais, au lieu de se vider l'esprit, il y voyait défiler sans cesse l'image du cavalier vêtu de noir.

Il aurait bien aimé croire, comme Tam, que l'inconnu était un produit de son imagination. Mais la haine qu'il avait captée était bien trop puissante. Il avait bien vu quelqu'un, et cette personne lui voulait du mal. Très nerveux, il ne cessa pas de regarder derrière lui avant d'être entouré par les toits de chaume pointus de Champ d'Emond.

Le village étant dans le prolongement du bois de l'Ouest, les derniers arbres côtoyaient les premières maisons. Après la petite agglomération, le terrain descendait en pente douce vers l'est. Cédant parfois la place à des bosquets qui évoquaient des îlots de verdure, des fermes, des champs cultivés et des pâturages s'alignaient jusqu'à l'orée du bois de l'Eau, un véritable labyrinthe d'étangs et de ruisseaux. En direction de l'ouest, la terre n'était pas moins fertile et les pâturages verdoyaient presque tous les ans. Pourtant, dans le bois de l'Ouest, on trouvait très peu de fermes. Et toutes étaient situées à bonne distance des collines de Sable ou, plus encore, des contreforts des montagnes de la Brume, une chaîne qui dominait de loin, mais pas *si* loin que ça, les maisons de Champ d'Emond. Certains villageois affirmaient que le sol était trop rocheux, du côté occidental de la forêt. Mais il en allait de même partout à Deux-Rivières.

Là encore, on parlait à voix basse de malédictions… Puisqu'elles étaient ensorcelées, pourquoi prendre le risque d'approcher des montagnes de la Brume ?

Pour quelque raison que ce fût, seuls les fermiers les plus têtus et les plus durs à la peine s'installaient dans le bois de l'Ouest.

Alors que la charrette passait devant une première rangée de maisons, des enfants et des chiens vinrent courir tout autour. Impassible, Bela fit les écarts qu'il fallait pour ne pas blesser les gamins qui jouaient à chat perché et multipliaient les cabrioles sans se soucier du danger. Ces derniers mois, les gosses n'avaient pas souvent eu l'occasion de s'amuser. Même depuis qu'il faisait assez beau pour qu'on leur permette de sortir, la peur des loups n'incitait pas les parents à leur laisser la bride sur le cou. Mais, avec l'imminence de Bel Tine, la joie de vivre reprenait le dessus.

Les adultes ne se montraient pas insensibles non plus au phénomène. Tous les volets des demeures étaient ouverts et, dans chacune, ou presque, la maîtresse de maison, campée à une fenêtre, secouait des draps et aérait les matelas. Un tablier autour de la taille, les cheveux nattés et protégés par un foulard, les villageoises se fichaient que les arbres aient refleuri ou non. Avant Bel Tine, il fallait que le grand nettoyage de printemps soit terminé, ça ne se discutait pas. Dans toutes les cours, des tapis pendaient sur les cordes à linge. Frustrés de n'avoir pas été assez rapides pour filer dans les rues, des gamins se défoulaient en les battant furieusement. Sur les toits, les maris examinaient le chaume pour déterminer s'ils devraient avoir recours aux services du vieux Cenn Buie, le couvreur local.

Tam s'arrêta plusieurs fois pour échanger quelques mots avec l'un ou l'autre villageois. Rand et lui ne s'étant plus montrés depuis des semaines, les gens voulaient savoir comment se passaient les choses, à l'extérieur de Champ d'Emond. Et surtout du côté du bois de l'Ouest.

Tam parla des dégâts provoqués par les tempêtes, chacune étant pire que la précédente, des agneaux mort-nés, des champs et des pâturages qui ne reverdissaient pas alors qu'ils l'auraient dû et des vols de corbeaux qui remplaçaient les hirondelles habituelles à cette période de l'année.

Ces propos déprimants, surtout alors que les préparatifs de Bel Tine battaient leur plein, valaient à Tam des hochements de tête résignés. De l'autre côté du village, c'était de toute façon la même chose…

Haussant les épaules, la plupart des hommes concluaient le dialogue en lâchant :

— Nous survivrons, si la Lumière le veut bien…

Certains souriaient, ajoutant :

— Et si elle ne le veut pas, nous survivrons quand même.

Une philosophie typique des durs à cuire de Deux-Rivières. Quand on voyait régulièrement la grêle dévaster des récoltes et les loups décimer les troupeaux, et qu'on réussissait à se relever – même lorsque ces catastrophes se répétaient plusieurs fois dans une décennie –, on n'était pas enclin à baisser les bras facilement. Et quand on l'était, on ne restait pas longtemps dans la région.

S'il n'avait pas dû forcer Bela à s'arrêter afin qu'elle ne le renverse pas, Tam n'aurait sûrement pas conversé avec Wit Congar. Comme les Coplin – il y avait eu tant de mariages entre ces deux familles qu'on finissait par les confondre –, les Congar étaient des pleurnicheurs avérés et des trublions professionnels. On le savait de Colline de la Garde à Promenade de Deven, et certains pensaient que ce fait était connu jusque dans le lointain Bac-sur-Taren.

— J'ai ma livraison à faire à Bran al'Vere, Wit, dit Tam en désignant les tonneaux et les tonnelets empilés dans la charrette.

Mais Wit Congar, tout famélique qu'il fût, refusa de s'écarter avec une expression sinistre qui n'augurait rien de bon. Avant de traverser la rue – ou, plutôt, de barrer le chemin à Bela –, il était assis devant sa maison, au lieu de s'occuper de son toit. Pourtant, celui-ci semblait avoir grandement besoin des soins de maître Buie.

Wit répugnait à se mettre au travail et finissait très rarement ce qu'il avait commencé. Presque tous les Coplin et les Congar partageaient ce défaut. Et ceux qui ne l'avaient pas n'étaient pas plus fréquentables, bien au contraire…

— Qu'allons-nous décider au sujet de Nynaeve, Tam al'Thor ? Champ d'Emond n'a rien à faire d'une Sage-Dame pareille !

— Ce ne sont pas nos affaires, Wit. Nommer la Sage-Dame est le privilège des femmes.

— Il faudrait quand même agir, al'Thor. Elle avait prédit un hiver clément et de bonnes récoltes. Aujourd'hui, quand on lui demande ce qu'elle capte dans le vent, elle foudroie l'impudent du regard et s'éloigne à grands pas.

— Si tu l'as interrogée avec ton amabilité coutumière, Wit, tu as de la chance qu'elle ne t'ait pas frappé avec son bâton. Maintenant, si tu veux bien, j'ai cette livraison à faire et…

— Nynaeve al'Meara est beaucoup trop jeune pour le poste qu'elle occupe. Si le Cercle des Femmes ne fait rien, le Conseil du village devra intervenir.

— Wit Congar, en quoi es-tu concerné par cette affaire ? lança une voix féminine courroucée.

L'homme blêmit lorsqu'il vit son épouse sortir de la maison. Maîtresse Daise était deux fois plus large d'épaules que son mari – et tout en muscles, car elle n'avait pas une once de graisse sur le corps. L'air pas commode, elle plaqua les poings sur ses hanches et enchaîna :

— Fourre tes sales pattes dans ce qui ne te regarde pas, à savoir les décisions du Cercle des Femmes, et tu devras manger ta propre tambouille ! En la préparant ailleurs que dans ma cuisine, bien entendu. Il te faudra aussi apprendre à laver tes frusques et à faire ton lit – qui ne se trouvera pas sous mon toit, évidemment…

— Mais, Daise, se défendit Wit, je voulais juste…

— Daise, Wit, dit Tam, si vous voulez bien m'excuser… Que la Lumière brille sur vous deux…

Tirant Bela par la bride, Tam lui fit contourner l'obstacle. Concentrée sur le savon qu'elle passait à son mari, Daise n'avait pas encore vraiment remarqué avec qui il parlait. Mais ça risquait de ne pas durer.

Voilà pourquoi les al'Thor n'avaient accepté aucune invitation à manger ni même à boire quelque chose de chaud. Dès qu'elles apercevaient Tam, les dames de Champ d'Emond accouraient comme des chiens de chasse qui ont repéré un lièvre. Toutes connaissaient la célibataire qui ferait une épouse parfaite pour un veuf propriétaire d'une belle ferme – même si celle-ci se trouvait dans le bois de l'Ouest.

Rand partageait avec son père la même tendance à prendre la tangente. Et il était peut-être même encore plus prompt à le faire. Quand Tam n'était pas là, il lui arrivait d'être coincé, sans autre porte de sortie qu'une impolitesse flagrante à laquelle il répugnait. Traîné de force jusqu'à un tabouret, près d'une cheminée de cuisine, il était alors gavé de pâtisseries, de tourtes ou d'autres spécialités maison. Immanquablement, pendant qu'il mangeait, sa « ravisseuse » l'évaluait avec un œil d'épicier et une précision de comptable. Puis elle lui révélait que les préparations dont il se régalait n'étaient rien comparées aux délices concoctées par une sœur récemment devenue veuve ou une quelconque cousine à peine plus âgée qu'elle.

Tam ne rajeunissait pas, déclarait alors la villageoise. Avoir tant aimé sa première femme était louable – et de très bon augure pour la deuxième –, mais il portait le deuil depuis trop longtemps. Tam al'Thor avait besoin de se remarier ! Sans une femme pour veiller sur lui et le tenir éloigné des ennuis, un homme ne pouvait pas s'en sortir.

Les plus insidieuses de ces marieuses marquaient une pause à ce moment-là de leur tirade. Puis, comme si une idée venait de leur traverser la tête, elle demandait à Rand quel âge il avait *exactement*, désormais…

Comme tous les gens de Deux-Rivières, Rand était doté d'un caractère bien trempé. Selon certains étrangers, c'était même le signe particulier des habitants de la région, réputés pour être plus têtus que des mules et capables d'enseigner la ténacité aux pierres. Même si la plupart des villageoises étaient de bonnes et braves femmes, Rand détestait qu'on lui force la main. Et dans ce cas particulier, il avait l'impression qu'on le poussait vers la bergerie avec un bâton, comme un mouton.

Priant pour que Tam accélère le pas, il se mit en route à grandes enjambées.

La grand-rue débouchait sur la place Verte, le vaste terrain communal niché au milieu du village. Portant d'habitude bien son nom, la place était très dénudée cette année. Parmi les zones couvertes d'herbe morte de l'année précédente – ou les étendues noirâtres de terre brute –, de rares îlots verdoyants témoignaient du courage entêté de la nature. Quelques oies sondaient avidement la terre en quête de nourriture qu'elles ne trouvaient pas. Attachée à un piquet, une vache laitière broutait mélancoliquement l'herbe trop clairsemée pour être vraiment appétissante.

À la lisière ouest de la place Verte, la Cascade à Vin jaillissait d'un affleurement rocheux. Les eaux assez tumultueuses pour renverser un homme, mais au goût délicieusement doux, justifiaient plutôt dix fois qu'une le nom étrangement poétique de ces chutes.

Après la cascade, la rivière aux berges semées de saules s'élargissait très vite et dévalait la pente jusqu'au moulin de maître Thane. Au-delà, elle se divisait en une multitude de ruisseaux qui s'enfonçaient dans les profondeurs marécageuses du bois de l'Eau.

Au niveau de la place Verte, deux passerelles munies d'un garde-fou traversaient le cours d'eau. Bien plus large et bien plus solide, un pont permettait le passage des chariots. Appelé pont aux Chariots, cet ouvrage marquait l'endroit où la route du Nord, qui descendait de Bac-sur-Taren et de Colline de la Garde, changeait de nom pour devenir Vieille Route, une voie conduisant à Promenade de Deven.

Les étrangers trouvaient parfois amusant qu'une route ait deux noms – l'un pour le nord et l'autre pour le sud. Mais il en avait toujours été ainsi à la connaissance des villageois de Champ d'Emond. Et pour les gens de Deux-Rivières, quand on avait dit ça, on avait tout dit.

De l'autre côté des ponts, par rapport à la place, on avait déjà érigé les monticules de bois destinés aux feux de Bel Tine. Ces trois entassements méticuleux de bûches, presque de la taille d'une maison, devaient reposer sur de la terre nue, bien entendu, et pas sur de l'herbe, même quand elle était aussi peu luxuriante que cette année. Cela précisé, toutes les festivités sans rapport avec les feux se dérouleraient sur la place Verte.

Près de la Cascade à Vin, une vingtaine de vieilles femmes chantaient doucement en mettant en place le Poteau du Printemps. Bien qu'enfoncé dans le trou qu'elles venaient de creuser, le tronc fin et droit d'un sapin culminait toujours à quelque dix pieds de haut. Assises en tailleur autour du site, des filles encore trop jeunes pour avoir le droit de natter leurs cheveux regardaient les anciennes avec envie. De temps en temps, elles fredonnaient des bribes du chant rituel…

Comme s'il entendait lui faire presser le pas, Tam encouragea Bela de la voix, mais la jument ne réagit pas. De son côté, Rand prit garde à ne pas laisser traîner son regard sur le groupe de femmes. Le lendemain matin, les villageois feraient mine d'être surpris par la présence du Poteau. À midi, au rythme du chant des hommes célibataires, les femmes encore à marier danseraient autour du Poteau, l'enveloppant d'une multitude de longs rubans colorés. À Champ d'Emond, nul ne savait de quand datait cette coutume ni d'où elle provenait – encore une chose qui existait, voilà tout, et qui n'avait pas besoin d'explication. Les gens de Deux-Rivières adorant chanter et danser, ils n'allaient certainement pas se priver d'une bonne occasion de le faire.

Le jour de Bel Tine était placé sous le signe du chant et de la danse – avec des interruptions pour organiser des courses à pied et des concours de quasiment tout ce qui pouvait s'imaginer : le tir à l'arc, l'habileté à la fronde, le combat à la massue… Mais il y aurait aussi des épreuves de force – la corde par équipe, le jet de rocher, le développé de poids divers – et des compétitions visant à désigner le roi des résolutions d'énigmes, le meilleur chanteur, la plus gracieuse danseuse et le violoniste le plus virtuose. On déterminerait aussi qui tondait le plus vite un mouton, qui se débrouillait le mieux aux fléchettes et qui dominait de la tête et des épaules les divers jeux de boules.

En principe, Bel Tine avait lieu quand le printemps était déjà bien installé sur les terres, les premiers agneaux étant nés et les récoltes montrant un peu plus que le bout de leur nez. Malgré la persistance du froid, personne n'aurait eu l'idée bizarre d'annuler la fête. Pour commencer, chanter et danser ne faisait jamais de mal. Mais il y avait mieux : si le premier colporteur de l'année arrivait à temps, on prévoyait, selon la rumeur, en tout cas, de tirer un grand feu d'artifice sur la place Verte. À Champ d'Emond, on ne parlait plus que de ça. Le feu d'artifice précédent remontait à dix ans, et personne ne l'avait oublié…

L'*Auberge de la Cascade à Vin* se dressait à la lisière est de la place, tout près du pont aux Chariots. Alors que les fondations étaient constituées d'une très ancienne roche – apportée de la montagne, disaient certains –, le rez-de-chaussée avait été bâti avec de gros galets extraits de la rivière. L'étage aux murs blanchis à la chaux avançait en saillie sur tout le périmètre du niveau inférieur. Sur le toit de tuile rouge, le seul de ce genre au village, de la fumée sortait de trois des douze grandes cheminées de l'établissement.

Brandelwyn al'Vere, aubergiste et bourgmestre de Champ d'Emond depuis plus de vingt ans, vivait avec sa femme et ses filles dans les pièces du fond de l'étage.

À l'extrémité sud du bâtiment, loin de la rivière, se trouvaient les ruines de fondations en roche encore plus anciennes. Jadis une dépendance de l'auberge, d'après ce qu'on disait. Désormais, un chêne poussait au milieu, impressionnant avec son tronc de treize pas de diamètre et ses branches au minimum de la taille d'un homme. En été, quand il portait des feuilles, Bran al'Vere installait des tables et des bancs à l'ombre de ce Vénérable. Les clients venaient y savourer un verre, se rafraîchir au gré de la brise ou disputer des parties de pierres acharnées.

— Nous y voilà, mon garçon ! lança Tam. (Il voulut saisir le harnais de Bela, mais la jument s'était arrêtée toute seule devant l'auberge.) Elle connaît le chemin mieux que moi, cette bête !

Alors que la charrette émettait un ultime grincement de roues, Bran al'Vere sortit de l'auberge, sa démarche comme toujours étrangement légère pour un homme de sa corpulence – au minimum deux fois supérieure à celle du plus gros villageois. Sous sa couronne de cheveux gris, son visage agréablement rond affichait un sourire amical. Malgré le temps frisquet, Bran était en bras de chemise et son tablier blanc, comme d'habitude, n'arborait pas l'ombre d'une tache. Un médaillon en forme de balance pendait sur son impressionnante poitrine.

Comme la véritable balance qui servait à peser les pièces des marchands venant de Baerlon pour acheter de la laine ou du tabac, le médaillon symbolisait la charge du bourgmestre. Bran l'arborait pour traiter avec les marchands et lors des foires, des fêtes ou des mariages. Là, il le portait avec un jour d'avance, mais la Nuit de l'Hiver, juste avant Bel Tine, pouvait être considérée comme le prologue de la fête. Pratiquement jusqu'à l'aube, les gens se rendraient visite, échangeraient des cadeaux et s'offriraient à boire et à manger.

Après un hiver pareil, se dit Rand, *maître al'Vere pense sûrement que les rites de cette nuit sont un prétexte suffisant pour prendre un peu d'avance…*

— Tam ! s'écria le bourgmestre en courant vers son ami. Que la Lumière brille sur moi, je suis rudement content de te revoir ! Pareil pour toi, Rand. Comment ça va, mon garçon ?

— Je n'ai pas à me plaindre, maître al'Vere. Et vous, comment vous portez-vous ?

Mais Bran s'était déjà retourné vers Tam.

— Je me demandais si tu me livrerais, cette année. Tu ne t'y es jamais pris si tard, en tout cas…

— Quitter la ferme ne me disait rien, ces derniers jours. Avec ces fichus loups et le mauvais temps qui persiste…

— Tout le monde n'a-t-il donc que le climat à la bouche ? s'agaça Bran. Et en plus, les gens se plaignent auprès de moi. Sais-tu que je viens de passer vingt minutes avec maîtresse al'Donel, tout ça pour lui expliquer que je n'ai aucune influence sur les cigognes ? Comme si j'y pouvais quelque chose, moi…

— Un mauvais présage, déclara une voix grinçante. Quand les cigognes ne font pas leur nid sur les toits, au moment de Bel Tine, ça n'augure rien de bon.

Aussi ratatiné et aussi tordu qu'une antique racine, Cenn Buie, le maître couvreur, rejoignit Tam et Bran et s'immobilisa, s'appuyant sur sa canne – un bâton de marche presque aussi grand que lui et à peine moins tordu.

Tentant de fixer sur les deux hommes à la fois son regard un rien malveillant, il soupira :

— Le pire est à venir, je vous en fiche mon billet !

— Serais-tu devenu le devin du village ? lança sèchement Tam. Ou écoutes-tu ce que raconte le vent, comme une Sage-Dame ? J'ai plutôt l'impression que tu *fais* du vent, vieil homme, mais je peux me tromper…

— Moque-toi de moi si ça te chante…, marmonna Cenn. S'il continue à faire si froid, rien ne poussera à temps et beaucoup de silos à grain seront vides avant qu'il y ait eu une nouvelle récolte. L'hiver prochain, à part les loups et les corbeaux, il risque de ne plus y avoir d'êtres vivants à Deux-Rivières. Si on peut parler d'« hiver prochain », en l'absence probable de printemps et d'été…

— Que racontes-tu là ? grogna Bran, agacé.

— Je ne pense pas beaucoup de bien de Nynaeve al'Meara, vous le savez. Pour commencer, elle est bien trop jeune pour… Mais oublions ça ! Les femmes du Cercle montent sur leurs grands chevaux dès que le Conseil ose simplement *discuter* de leurs affaires. En revanche, elles ne se gênent pas pour se mêler des nôtres à leur convenance, c'est-à-dire sans arrêt, en tout cas selon…

Tam coupa la parole au vieux couvreur :

— Cenn, où veux-tu en venir ?

— J'y arrivais, al'Thor ! Demande à la Sage-Dame quand finira l'hiver, et tu la verras filer à toutes jambes. Comme si elle refusait de nous dire ce qu'elle capte dans le vent. Et si c'était simplement que cet hiver ne finira jamais ? S'il devait faire froid jusqu'à ce que la Roue ait tourné, mettant un terme à cet Âge ? Tu comprends maintenant où je veux en venir ?

— Et un jour, les moutons voleront ! railla Tam.

Bran leva les bras au ciel.

— Que la Lumière me protège des imbéciles ! Tu sièges au Conseil, Cenn, et voilà que tu colportes les âneries des Coplin ? Veux-tu bien m'écouter ? Nous avons assez de problèmes comme ça pour ne pas…

Sentant qu'on le tirait par la manche, Rand se désintéressa de la conversation de ses aînés.

— Laisse-les se disputer…, souffla une voix à sa seule intention.

Baissant les yeux, Rand ne put s'empêcher de sourire. Se contorsionnant comme une cigogne qui tente de se plier en deux, Mat Cauthon, son ami à la minceur remarquable, s'était glissé sous la charrette afin que Tam, Bran et Cenn ne le voient pas.

Comme toujours, ses yeux pétillaient de malice, constata Rand.

— Dav et moi, on a capturé un très vieux putois, et il n'est pas du tout content d'avoir été sorti de sa tanière. On va le relâcher sur la place Verte, histoire de semer la panique parmi les filles.

Le sourire de Rand s'élargit un peu. Un ou deux ans plus tôt, cette idée l'aurait probablement amusé davantage, mais Mat semblait refuser de grandir.

Les trois hommes se querellaient toujours, parlant tous en même temps.

— J'ai promis de décharger la charrette, chuchota Rand. Mais je te rejoindrai plus tard.

— Trimballer des tonneaux ? lança Mat, les yeux levés au ciel. Je préférerais encore jouer aux pierres avec ma petite sœur ! Mais j'ai plus intéressant pour toi qu'un putois. Des étrangers rôdent sur le territoire de Deux-Rivières. Hier soir…

Rand en eut un instant le souffle coupé.

— Un homme à cheval ? demanda-t-il. Un type en habits noirs sur une monture également sombre ? Et dont la cape ne bougeait pas au vent ?

Mat cessa de sourire et baissa davantage le ton :

— Tu l'as vu aussi ? Je croyais être le seul… Ne rigole pas, Rand, mais il m'a fichu une frousse terrible !

— Aucun risque que je rigole… Moi aussi, il m'a effrayé. J'ai senti qu'il me haïssait et qu'il désirait ma mort.

Rand frissonna à ce souvenir. Jusque-là, il n'avait jamais rencontré quelqu'un qui souhaitait sa mort. À Deux-Rivières, ces choses-là n'existaient pas. Il y avait des compétitions de lutte et parfois des bagarres, mais jamais de meurtres…

— Pour la haine, je ne peux pas dire, Rand, mais la terreur, c'était quelque chose ! Il s'est contenté de me regarder, perché sur son cheval, et je n'ai jamais eu si peur de ma vie. J'ai détourné le regard un moment – ce n'était pas facile, tu t'en doutes – et il a disparu. Par le sang et les cendres ! C'est vieux de trois jours, et j'y pense encore sans cesse. En marchant, je regarde derrière moi tout le temps. (Mat eut un éclat de rire grinçant.) C'est bizarre, les effets de l'angoisse… On se met à penser des trucs délirants. J'ai même imaginé que c'était le Ténébreux. Pas longtemps, rassure-toi…

Mat tenta en vain de ricaner, car aucun son ne sortit de sa gorge.

Rand prit une grande inspiration, puis, autant pour lui-même que pour son ami, il récita une vieille leçon :

— Le Ténébreux et tous les Rejetés sont prisonniers dans le mont Shayol Ghul, derrière la Flétrissure. Le Créateur a scellé cette prison au moment de la naissance du monde et elle restera ainsi jusqu'à la fin des temps. Sa main protège les pays et Sa Lumière brille sur nous tous.

Rand reprit son souffle et continua :

— De plus, s'il était libre, pourquoi le Berger de la Nuit viendrait-il à Deux-Rivières pour terroriser deux jeunes paysans ?

— Je n'en sais rien… Mais ce cavalier était maléfique, ça, je peux te l'assurer ! Allons, ne te moque pas de moi ! Et si c'était le Dragon, tout simplement ?

— Tu débordes d'idées réjouissantes, on dirait… Encore un effort, et tu seras plus déprimant que le vieux Cenn.

— Ma mère m'a toujours dit que les Rejetés viendraient me chercher si je ne m'améliorais pas. Rand, si j'ai jamais vu quelqu'un qui ressemble à Ishamael ou à Aginor, c'était bien ce cavalier !

— Toutes les mères terrorisent leurs enfants avec les Rejetés, lâcha Rand. Mais, en grandissant, la plupart des gens cessent d'y croire. Pourquoi pas un Blafard, tant que tu y es ?

Mat foudroya son ami du regard.

— Je n'ai plus eu si peur depuis… Non, oublie ça ! Je n'ai *jamais* été si effrayé, et je n'ai aucune honte à le reconnaître.

— J'en ai autant à ton service… Mais mon père pense que j'ai eu peur de mon ombre !

Mat hocha la tête puis s'adossa à une roue de la charrette.

— Le mien est du même avis… J'en ai parlé à Dav et à Elam Dowtry. Depuis, ils ouvrent l'œil et le bon, mais ils n'ont rien vu du tout. Résultat, Elam croit que j'ai voulu lui jouer un mauvais tour et Dav pense que j'ai vu un voleur de moutons ou de poules venu de Bac-sur-Taren. Un voleur de poules, non mais vraiment !

— C'est probablement Dav qui a raison, dit Rand. Nous nous sommes monté la tête, voilà tout. C'était sans doute un voleur de moutons.

Il tenta de s'en convaincre, mais ça revenait à imaginer qu'un loup prenait la place du chat de la maison devant un trou de souris.

— Moi, j'ai détesté la façon dont il m'a regardé, dit Mat. Et vu ta réaction, quand j'ai abordé le sujet, ça t'a fait le même effet. Nous devons en parler à quelqu'un…

— Nous l'avons fait, et personne ne nous a crus. Tu te vois décrire ce cavalier à maître al'Vere, alors qu'il ne l'a pas vu ? Il nous enverra consulter Nynaeve, pour savoir de quel mal nous souffrons.

— Nous sommes deux à raconter la même chose. Personne ne pensera que nous avons affabulé chacun dans notre coin…

Rand se gratta pensivement le crâne, ne sachant trop que dire. La malice de Mat était proverbiale à Champ d'Emond et peu de villageois avaient échappé à ses facéties. Désormais, on l'accusait dès qu'une corde à linge cassait, ruinant les efforts d'une maîtresse de maison, ou lorsqu'un harnais de selle mal serré provoquait la chute d'un cavalier. Et il n'avait même pas besoin d'être dans le coin pour qu'on le soupçonne. En d'autres termes, son soutien ne valait rien du tout.

— Ton père croira que tu m'as mis ces idées dans la tête, et Tam…

Rand se tourna vers les trois hommes et croisa le regard de son père. Bran sermonnait toujours le vieux Cenn, qui ne se défendait plus, mais ne semblait pas convaincu pour autant.

— Bien le bonjour, Matrim, dit Tam en s'emparant d'un des tonnelets d'alcool de pomme pour le poser sur le bord du hayon. Tu viens aider Rand à décharger le cidre ? Quel bon garçon, vraiment !

Mat se leva d'un bond et entreprit de battre en retraite.

— Bien le bonjour à vous, maître al'Thor. Et à vous aussi, maître al'Vere et maître Buie. Que la Lumière brille sur vous ! Mon père m'a envoyé…

— Bien sûr que tu n'es pas là par hasard ! s'écria Tam. Et, en bon garçon qui s'acquitte sans tarder de ses missions, tu as déjà fait ce qu'il te demandait. Les gars, plus vite vous aurez déchargé le cidre et plus tôt vous verrez le trouvère.

— Un trouvère ! s'écria Mat, cessant aussitôt de reculer.

— Quand arrivera-t-il ? demanda Rand.

De sa vie, il n'avait vu que deux trouvères s'aventurer sur le territoire de Deux-Rivières. Le premier, il avait pu l'admirer en étant perché sur l'épaule de son père, tant il était petit. En avoir un au moment de Bel Tine, avec sa harpe, sa flûte et ses fabuleuses histoires… Même s'il n'y avait pas de feu d'artifice, Champ d'Emond parlerait encore de ces fêtes dans dix ou vingt ans.

— Des bêtises…, grogna Cenn.

Mais un regard de Bran – le bourgmestre, pas l'aubergiste – le réduisit au silence.

Tam s'appuya à la charrette, le tonnelet lui servant d'accoudoir.

— Le trouvère est déjà là, annonça-t-il. Selon maître al'Vere, il occupe une chambre à l'auberge.

— Il est arrivé en pleine nuit, dit Bran d'un ton désapprobateur. Et il a tapé à la porte assez longtemps pour réveiller toute la famille. Si ce n'était pas Bel Tine, je l'aurais envoyé dormir dans l'écurie avec son cheval. Vous imaginez, débarquer comme ça ?

— Il ne porte pas une cape noire, j'espère ? demanda Mat.

Bran ricana, faisant osciller sa bedaine.

— Noire ? Sa cape est multicolore, comme celle de tous ces bouffons !

À sa grande surprise, Rand éclata de rire – l'expression de son soulagement, bien entendu. Le cavalier noir se faisant passer pour un trouvère… C'était une idée ridicule, mais savait-on jamais ?

Confus, le jeune homme se plaqua une main sur la bouche.

— Tu sais, Tam, dit Bran, depuis le début de l'hiver, on ne rit plus dans le village. Et voilà que la cape du trouvère suffit à déclencher l'hilarité de notre belle jeunesse ! Je ne regrette plus l'argent dépensé pour faire venir ce saltimbanque de Baerlon.

— Tu changeras d'avis, dit Cenn. C'est du gaspillage, je le maintiens. Comme le feu d'artifice que tu as commandé.

— Ainsi, il y en aura bien un, souffla Mat.

Cenn ignora son intervention.

— Le matériel devrait être là depuis un mois, mais nous n'avons pas vu l'ombre du premier colporteur de l'année. S'il ne se montre pas avant demain, que ferons-nous des fusées quand nous aurons été livrés ?

Faudra-t-il organiser une fête spéciale ? En supposant que nous finissions par recevoir ce que nous avons payé…

— Cenn, soupira Tam, tu es aussi pessimiste qu'un habitant de Bac-sur-Taren.

— Où est ce colporteur, al'Thor ? Dis-le-moi ?

— Pourquoi ne pas nous avoir prévenus ? reprocha Mat. Attendre le trouvère aurait été presque aussi amusant que de le voir. À part quelques grincheux, tout le monde se serait réjoui d'avance, comme pour le feu d'artifice.

Bran foudroya le vieux couvreur du regard.

— Si je savais comment les gens ont deviné… Se peut-il qu'un membre du Conseil se soit plaint du coût d'un projet alors que celui-ci devait rester secret ? Je n'ose pas le croire…

— Avec ce vent glacé, mes vieux os ne résisteront plus longtemps, dit soudain Cenn. Si ça ne vous dérange pas, je vais me faire offrir un peu de vin chaud par maîtresse al'Vere. Bien le bonjour, bourgmestre. Et à toi aussi, al'Thor.

Sur ces mots, le vieil homme s'engouffra dans l'auberge et referma la porte derrière lui.

— Parfois, soupira Bran, je me dis que Nynaeve a raison au sujet de… Mais ce n'est pas important, pour le moment. Mes jeunes amis, réfléchissez un peu. Tout le monde s'enthousiasme à l'idée du feu d'artifice. Qu'éprouveront les gens si le colporteur n'arrive pas à temps ? Avec ces conditions climatiques, c'est hélas fort possible. Si les villageois avaient su, pour le trouvère, ils auraient été dix fois plus excités que pour le feu d'artifice.

— Et dix fois plus déçus si l'artiste ne s'était pas montré, acheva Rand. Même Bel Tine n'aurait pas réussi à leur remonter le moral.

— Quand tu te décides à l'utiliser, tu as une sacrée bonne tête sur les épaules ! Tam, ton fils te remplacera un jour au Conseil, j'en suis sûr. Dès maintenant, il ne pourrait pas faire plus mal qu'un grincheux que je ne nommerai pas.

— Toutes ces palabres n'aident pas à décharger la charrette, dit Tam. (Il tendit le premier tonnelet à Bran.) Il me faut un bon feu, une pipe et une chope de ton excellente bière, mon ami. (Il hissa sur son épaule le second tonnelet.) Matrim, Rand te sera reconnaissant de l'avoir aidé. Et plus vite le cidre sera à la cave…

Alors que Bran et Tam entraient dans l'auberge, Rand se tourna vers son ami.

— Tu n'es pas obligé de m'aider… Dav ne gardera pas très longtemps ce putois.

— Maintenant que je suis ici…, soupira Mat. Et, comme dit ton père, plus vite ce sera fait… (Il souleva un tonneau et se dirigea vers l'entrée de l'auberge.) Egwene est peut-être là. Te voir la regarder avec de grands yeux bovins vaudra tous les putois du monde !

Alors qu'il allait poser son arc et son carquois dans la charrette, Rand se pétrifia. Il avait bel et bien réussi à chasser Egwene de son esprit, et c'était très inhabituel. Mais elle était sûrement à l'auberge, et il avait très peu de chances de l'éviter. Cela dit, ça faisait des semaines qu'il ne l'avait pas vue…

— Tu te bouges ? appela soudain Mat. Quand ai-je dit que je déchargerais tout seul ? Que je sache, tu ne sièges pas encore au Conseil !

S'ébrouant, Rand s'empara d'un tonneau et suivit son ami. Au fond, Egwene serait peut-être absente. Bizarrement, cette idée ne l'aida pas à se sentir mieux.

2

Des étrangers

Alors que Rand et Mat traversaient la salle commune avec les deux premiers tonneaux, Bran al'Vere était déjà en train de remplir deux chopes à une barrique de bière brune – une fabrication maison, et le must de sa carte des boissons. La queue enroulée autour des pattes et les yeux fermés, Griffure, le chat roux de l'auberge, se prélassait sur la précieuse barrique. Debout devant la grande cheminée en galets de la rivière, Tam finissait de bourrer une pipe à long tuyau avec le tabac que Bran gardait dans une boîte en métal posée sur le manteau. Le foyer occupait une bonne moitié d'un mur de la salle carrée et son manteau se situait à hauteur d'épaule d'un homme de taille normale. Des flammes crépitaient dans cette imposante cheminée, délivrant une délectable chaleur.

À cette heure, la veille de Bel Tine – un jour très chargé en préparatifs –, Rand s'attendait à trouver la salle vide. Mais, en plus de l'aubergiste, de Tam et du chat, quatre membres du Conseil, dont le vieux Cenn, étaient assis sur des chaises à haut dossier, en face de la revigorante flambée. La fumée bleue de leur pipe leur faisant comme une auréole, les quatre hommes ne lisaient pas – tous les livres de Bran étaient à leur place, sur l'étagère qui faisait face à la cheminée – et ne jouaient pas non plus au jeu des pierres. Attendant que Tam et Bran viennent les rejoindre, ils ne se donnaient même pas la peine de parler, préférant contempler mornement leur chope de bière ou se tapoter nerveusement les dents avec le tuyau de leur pipe.

L'inquiétude était de mise au Conseil, ces derniers temps, et cela ne se limitait pas à Champ d'Emond. Il en était sûrement de même à Colline de la Garde, à Promenade de Deven et même à Bac-sur-Taren. Encore que, dans ce dernier cas, qui pouvait dire ce que pensaient les gens du cru ?

Deux hommes seulement levèrent les yeux lorsque les jeunes gens entrèrent dans l'auberge. Haral Luhhan, le forgeron, et Jon Thane, le meunier.

Le forgeron fit un peu plus que de lever les yeux. Ses énormes bras reposant sur son tablier de cuir – la preuve qu'il venait directement de son atelier –, il examina attentivement les deux garçons, s'assit bien droit sur son siège, eut une étrange expression puis recommença à bourrer méticuleusement sa pipe.

Intrigué, Rand ralentit le pas… et faillit crier quand Mat lui flanqua un coup de pied dans la cheville. Son ami désignant avec insistance la porte qui se découpait au fond de la salle, il le suivit en boitillant.

— Quelle mouche t'a piqué ? demanda-t-il quand Mat et lui se furent engagés dans le couloir menant à la cuisine. Tu as failli me casser…

— C'est le vieux Luhhan, souffla Mat en jetant un coup d'œil derrière lui. Je crois qu'il me soupçonne d'être celui qui…

Mat s'interrompit, car maîtresse al'Vere venait de sortir de la cuisine, une bonne odeur de pain très récemment cuit lui faisant comme une traîne.

La femme de Bran portait un plateau lesté d'un assortiment de fromages, de plusieurs bocaux de condiments et des délicieux petits pains croustillants qui faisaient sa réputation à Champ d'Emond et aux alentours. Cette vision rappela à Rand qu'il n'avait rien mangé depuis le matin – un petit déjeuner réduit à un croûton de pain.

Son estomac émit des gargouillis franchement embarrassants.

Ses cheveux gris nattés rejetés derrière ses épaules, dame al'Vere – aussi élancée que son mari était bedonnant – adressa aux deux garçons un sourire maternel.

— Si vous avez faim, et à votre âge c'est un état permanent, il reste de tout dans la cuisine. Et si vous préférez, j'ai fait du pain d'épice, ce matin…

L'épouse de Bran était une des rares femmes du village qui ne jouaient jamais les marieuses avec Tam. Et si elle se montrait très gentille avec Rand, ne lui refusant jamais un en-cas quand il en avait envie, elle se comportait de la même manière avec tous les jeunes hommes du coin. Même si elle le regardait parfois d'un air inquiétant – pour lui, faut-il préciser –, elle en était toujours restée là, une retenue dont il lui était sincèrement reconnaissant.

Sans attendre de réponse, maîtresse al'Vere reprit son chemin et entra dans la salle commune. Des bruits de pieds de chaise indiquèrent que tous les hommes s'étaient levés pour l'accueillir. Un concert d'exclamations salua l'arrivée des petits pains. La femme du bourgmestre était sans conteste la meilleure cuisinière de la région et aucun homme sain d'esprit n'aurait hésité à parcourir des lieues pour venir s'asseoir à sa table.

— Du pain d'épice..., répéta Mat en se léchant les babines.

— Après ! dit Rand, intraitable. Sinon, nous n'en aurons jamais fini.

Une lampe accrochée au-dessus de la porte éclairait l'escalier de la cave. Une autre, dans le sous-sol au mur de pierre brute, projetait une vive lumière qui bannissait la pénombre dans les coins les plus lointains de la pièce. Le long des murs, des tonnelets d'alcool de pomme, des tonneaux de cidre et d'énormes barriques de bière et de vin vieillissaient à l'abri des variations de température. Sur les barriques de vin, Bran avait inscrit à la craie toute une série d'informations : la date d'achat, l'identité du colporteur et la ville de provenance. Pour le cidre et la bière, tout le stock provenait de Deux-Rivières, et l'aubergiste lui-même exerçait à mi-temps l'activité de brasseur. Certains colporteurs, voire quelques marchands, proposaient de l'alcool de pomme et de la bière, mais leurs breuvages coûtaient une fortune et n'étaient pas meilleurs, loin de là, que la production locale. En général, quand on les goûtait, ça ne donnait pas envie d'y revenir.

— Si tu m'expliquais pourquoi tu préférerais éviter maître Luhhan ? demanda Rand quand les deux tonneaux furent en place sur une solide étagère. Qu'as-tu encore fait ?

Mat haussa les épaules.

— Rien de bien grave... J'ai dit à Adan al'Caar et à deux de ses morveux d'amis – Ewin Finngar et Dag Coplin – que des fermiers avaient vu courir dans la forêt des chiens fantômes qui crachaient du feu. Bien sûr, ces idiots ont gobé mes sornettes.

— Maître Luhhan t'en veut à cause de ça ? s'étonna Rand, soupçonneux.

— Pas exactement... (Mat hésita, puis secoua la tête.) Bon, j'ai couvert deux de ses chiens de farine, pour qu'ils soient tout blancs. Puis je les ai lâchés près de la maison de Dag. Comment aurais-je pu deviner qu'ils allaient rentrer chez eux à la course ? Je n'y suis pour rien, bon sang ! Et si maîtresse Luhhan n'avait pas laissé la porte ouverte, ils ne seraient jamais entrés. On ne peut pas m'accuser d'avoir rempli de farine la maison du forgeron... (Mat eut un éclat de rire.) Il paraît que maîtresse Luhhan a chassé les chiens à coups de balai. Et son mari avec !

Rand eut un sourire qui tenait à moitié de la grimace.

— À ta place, j'aurais plus peur d'Alsbet Luhhan que de son époux. Elle est presque aussi musclée que lui, et d'un tempérament bien moins conciliant. De toute façon, la question n'est pas là... Si tu marches vite, le forgeron ne te remarquera peut-être pas...

À voir son expression, Mat ne trouva pas la saillie très spirituelle.

Quand les deux garçons retournèrent dans la salle commune, l'ami de Rand n'eut cependant aucune raison de se presser. Ayant installé leurs chaises en rond, devant le feu, les six hommes débattaient à voix basse. Le dos tourné aux flammes, Tam faisait un exposé et les autres se penchaient en avant pour mieux suivre. Concentrés comme ils l'étaient, ils n'auraient pas tourné la tête même si un troupeau de moutons avait fait irruption dans l'auberge. Rand se serait volontiers approché pour entendre, mais son compagnon le tira par la manche et l'implora du regard. Avec un soupir, Rand céda et sortit s'occuper du chargement.

Quand ils furent revenus dans le couloir, les deux amis trouvèrent en haut des marches un plateau couvert de tranches de pain d'épice encore chaudes. Deux chopes et un cruchon de cidre tiède épicé attendaient également les jeunes gens. Malgré son rappel à l'ordre, un peu plus tôt, Rand ne put pas se résoudre à patienter et il fit les deux derniers allers et retours en jonglant avec un tonneau et une tranche de pain d'épice.

Lorsqu'il se fut débarrassé de son ultime charge, il s'essuya la bouche d'un revers de la main, chassant les miettes, et lança joyeusement à Mat, qui venait aussi d'en terminer :

— Et maintenant, allons voir ce trouv…

Des bruits de pas retentirent dans l'escalier. Manquant trébucher dans sa précipitation, Ewin Finngar déboula dans la cave, l'air surexcité.

— Il y a des étrangers dans le village ! s'écria-t-il avant de jeter un regard noir à Mat. Je n'ai pas vu de cabots fantômes, mais il paraît que quelqu'un a couvert de farine les chiens de maître Luhhan. À ce qu'on dit, sa femme a une petite idée sur l'identité du coupable…

Les années qui les séparaient d'Ewin, à peine âgé de quatorze printemps, incitaient en général Rand et Mat à ne tenir aucun compte de ses propos. Cette fois, ils échangèrent un regard interloqué puis parlèrent en même temps :

— Dans le village ? s'étonna Rand. Pas en forêt ?

— Un homme avec une cape noire ? As-tu vu son visage ?

Décontenancé, Ewin regarda tour à tour les deux jeunes hommes. Mat avançant vers lui, l'air pas commode, il se résigna à répondre :

— Bien sûr que j'ai vu son visage ! Quant à sa cape, elle est verte, ou peut-être grise… La couleur donne l'impression de changer selon l'endroit où l'homme se trouve. Parfois, il se fond dans le décor, et on ne le voit pas avant qu'il bouge. La femme porte une cape de voyage bleue bien plus chic que tous les habits de fête que j'ai vus de ma vie. Elle est d'ailleurs dix fois plus jolie que toutes les femmes que je connais. Comme dans les histoires des trouvères, c'est une dame de haute naissance, j'en mettrais ma main au feu.

— Une femme ? intervint Rand. De qui nous parles-tu donc ?

Il voulut interroger Mat du regard, mais son ami avait posé les poings sur ses yeux, les fermant comme s'il désirait s'isoler du monde.

— Je voulais te raconter, dit-il, mais tu m'as engagé comme homme de peine… (Il éloigna les mains de son visage, ouvrit les yeux et foudroya Ewin du regard.) Ces deux étrangers sont arrivés hier soir, et ils sont descendus à l'auberge. Rand, je les ai vus entrer dans le village. Je ne savais pas qu'il existait des chevaux si grands et si élancés. On dirait qu'ils seraient capables de galoper jusqu'à la fin des temps, s'il le fallait… Je pense que l'homme travaille pour la femme.

— Il est son Champion, dit Ewin, c'est comme ça que ça s'appelle dans les histoires.

Mat continua comme si de rien n'était.

— Il obéit à la femme et lui rend des comptes… Mais ce n'est pas un employé. Un soldat, peut-être… À la façon dont il porte son épée, on dirait qu'elle fait partie de lui, comme une main ou un pied. À côté de ce gaillard, les gardes du corps des marchands ont l'air de braves corniauds. Et cette femme, Rand ! Je n'aurais jamais pensé qu'une personne pareille puisse exister. On croirait qu'elle sort tout droit des légendes d'un trouvère. Elle est… C'est… (Mat s'interrompit pour foudroyer Ewin du regard.) Eh bien, une dame de haute naissance, voilà ce qu'elle est !

— Très bien, mais qui sont ces gens ? demanda Rand.

À part les marchands, qui venaient une fois par an acheter du tabac et de la laine, et les colporteurs, on ne voyait pratiquement jamais d'étrangers à Deux-Rivières. Bac-sur-Taren était peut-être plus fréquenté mais, si loin au sud, les visiteurs étaient vraiment rares. Comme c'étaient toujours les mêmes chaque année, les marchands et les colporteurs n'étaient plus vraiment des étrangers au sens strict du terme. À Champ d'Emond, on n'avait plus vu d'« inconnu » depuis plus de cinq ans. Fuyant Baerlon où il avait eu on ne savait trop quels problèmes, le dernier en date était venu se cacher au village, où il n'avait pas séjourné longtemps.

— Et que veulent-ils ? ajouta Rand à sa question précédente.

— Ce qu'ils veulent ? s'écria Mat. Je m'en fiche ! Rand, ce sont des étrangers comme nous n'en avons jamais vu. Des gens fascinants !

Rand ouvrit la bouche mais la referma sans avoir parlé. Le cavalier noir l'avait rendu aussi nerveux qu'un chat invité dans un chenil. Et voilà que trois étrangers débarquaient en ville le même jour. Une coïncidence, vraiment ?

Enfin, trois si la cape du type ne devenait pas toute noire par moments…

— La femme s'appelle Moiraine, dit Ewin, saisissant l'occasion d'en placer une. J'ai entendu l'homme s'adresser à elle comme ça. Dame Moiraine. Lui, son nom, c'est Lan. Notre Sage-Dame n'aime pas cette femme, mais moi, elle me plaît bien.

— Qu'est-ce qui te fait dire que Nynaeve ne l'aime pas ? demanda Rand.

— Moiraine lui a demandé son chemin, ce matin, et elle l'a appelée « mon enfant ». Une Sage-Dame ! (Rand et Mat émirent de longs sifflements modulés.) Bien sûr, elle ne savait pas à qui elle s'adressait, et elle s'est excusée quand elle a compris sa méprise. C'était sincère. Ensuite, Moiraine a interrogé la Sage-Dame sur les herbes médicinales et les notables de Champ d'Emond. Elle s'est montrée aussi respectueuse que n'importe quelle femme du village – et même bien plus que certaines. Elle s'est renseignée sur les anciens, demandant depuis combien de temps ils vivaient ici… Enfin, je n'ai pas tout retenu, mais c'était impressionnant. Nynaeve a répondu comme si elle venait de mordre dans un fruit pas mûr. Et quand dame Moiraine s'est éloignée, elle l'a regardée d'une façon qui… Eh bien, tout ce que je peux dire, c'est que ça n'avait rien d'amical.

— C'est tout ? demanda Rand. Tu connais le caractère de Nynaeve, non ? L'an dernier, quand Cenn Buie l'a appelée « mon enfant », elle lui a tapé sur la tête avec son bâton. Et c'est un membre du Conseil assez vieux pour être son grand-père. Notre Sage-Dame explose pour un rien et se calme une minute après.

— C'est déjà trop long pour moi…, marmonna Ewin.

— Je me fiche de savoir qui elle assomme, dit Mat, tant que ce n'est pas moi. Les gars, ça va être le plus beau Bel Tine de tous les temps. Une gente dame, un trouvère, que demander de plus ? Au diable le feu d'artifice !

— Un trouvère ? répéta Ewin d'un ton inhabituellement aigu, même pour lui.

— Viens avec moi, Rand, dit Mat, ignorant une nouvelle fois le garçon. Nous avons fini notre corvée, et tu dois voir cet artiste.

Mat s'engagea dans l'escalier, gravissant les marches quatre à quatre. Ewin le suivit en couinant :

— C'est vrai, pour le trouvère ? Mat, ce n'est pas comme les chiens fantômes ? Ou les grenouilles ?

Rand prit le temps d'éteindre la lampe, puis il emboîta le pas à ses compagnons.

Dans la salle commune, Rowan Hurn et Samel Crawe avaient rejoint leurs collègues. Du coup, le Conseil du village était au complet.

C'était Bran qui parlait, désormais, la voix si basse que seul un murmure s'échappait du cercle de chaises. Pour ponctuer son discours, il tapait du bout d'un index dans la paume de son autre main. Autour de lui, tous les conseillers acquiesçaient – même Cenn Buie, mais avec plus de retenue que les autres.

La façon dont ces hommes se comportaient, s'isolant du monde, en disait plus long qu'une pancarte. Leur conversation concernait exclusivement le Conseil. S'il tentait d'écouter, Rand se ferait mal voir. À contrecœur, il se dirigea vers la sortie. Il lui restait le trouvère, et les deux autres étrangers.

Dehors, il constata que Hu ou Tad, les garçons d'écurie de l'auberge, étaient venus chercher Bela et la charrette. Leur cape claquant au vent, Mat et Ewin continuaient à se quereller en s'éloignant de l'auberge.

— Je te dis que ce n'est pas une blague ! Ewin, je ne te joue pas un de mes mauvais tours. Il y a bien un trouvère en ville. Et maintenant, du balai ! Rand, veux-tu dire à ce crétin que je ne lui mens pas ? Et qu'il peut aller voir ailleurs si j'y suis ?

Rand resserra les pans de sa cape autour de son torse, puis il pressa le pas pour voler au secours de son ami. Mais les mots restèrent coincés dans sa gorge, car il eut de nouveau le sentiment qu'on l'épiait. C'était beaucoup moins horrible que ce qu'il avait connu avec le cavalier noir, mais ça n'avait rien de plaisant, surtout si peu de temps après la précédente expérience.

Jetant un coup d'œil à la place Verte, il vit que rien n'avait changé. Des enfants jouaient, des villageois s'affairaient à préparer les réjouissances et personne ne lui accordait un regard. Le Poteau du Printemps était abandonné et il le resterait jusqu'au lendemain. Des cris et des rires d'enfants montaient des rues transversales, comme il convenait à l'approche de Bel Tine. Bref, tout était normal.

Et pourtant, on l'espionnait…

Sur une impulsion, Rand se retourna et leva les yeux. Perché au bord du toit de l'auberge, un gros corbeau chahuté par le vent rivait un de ses yeux ronds sur lui. La tête légèrement inclinée, l'oiseau paraissait très intéressé par ce qu'il voyait.

Rand ne put plus contenir la colère qui bouillait en lui depuis des heures.

— Saloperie de charognard…, marmonna-t-il.

— J'en ai assez d'être épié ! grogna Mat.

Rand vit que son ami l'avait rejoint. Lui aussi regardait le corbeau d'un air méchant.

Se consultant à peine, les deux garçons ramassèrent chacun une pierre.

Les projectiles volèrent bien droit… mais le corbeau s'écarta, et les pierres se perdirent dans le vide. Battant une fois des ailes, l'oiseau inclina de nouveau la tête et recommença à observer les deux garçons comme si rien n'était arrivé.

— Tu as déjà vu un corbeau faire ça ? demanda Rand à son ami.

Sans cesser de fixer l'oiseau noir, Mat secoua la tête.

— Non… Ni aucun autre volatile, d'ailleurs.

— Un oiseau maléfique ! lança soudain une voix féminine mélodieuse malgré la répugnance profonde qu'elle exprimait. Au mieux, il convient de s'en méfier… Au pire…

Sur un cri strident, le corbeau s'envola, décollant avec une telle violence que deux plumes noires se détachèrent de ses ailes et tombèrent du bord du toit.

Stupéfaits, Rand et Mat suivirent du regard la fuite de l'oiseau au-dessus de la place Verte, puis en direction des montagnes de la Brume, loin au-delà du bois de l'Ouest. Devenant d'abord un minuscule point noir, le corbeau disparut bientôt de la vue des deux garçons.

Rand se retourna et découvrit la femme qui venait de parler. Comme lui, elle avait suivi le vol du corbeau. Mais elle avait baissé la tête, et leurs regards se croisèrent.

Rand en resta sans voix. C'était sans nul doute dame Moiraine, et elle correspondait en tout point aux descriptions de Mat et d'Ewin. Avec tant de choses en plus…

En apprenant qu'elle avait traité Nynaeve d'enfant, Rand l'avait imaginée sous les traits d'une vieille dame. Une grossière erreur ! Enfin, peut-être, parce qu'il était impossible de lui donner un âge, en réalité. D'instinct, il l'avait estimée aussi jeune que Nynaeve, mais, en la regardant un peu plus longtemps, il avait très vite changé d'avis. Dans ses grands yeux sombres, on lisait une sagesse et une maturité qu'il fallait de longues années pour acquérir. Un instant, Rand eut l'impression que deux étangs jumeaux tentaient de l'attirer afin qu'il se noie dans leurs profondeurs. À la voir, il semblait logique que Mat et Ewin l'aient décrite comme une dame sortie des histoires d'un trouvère. Devant tant de grâce et d'autorité, Rand se sentait mal à l'aise, comme s'il avait du mal à tenir sur ses jambes. Très petite, dame Moiraine lui arrivait tout juste à la poitrine, mais sa présence et sa prestance, toutes deux écrasantes, donnaient l'impression qu'il était inconvenant d'être plus grand qu'elle, comme si sa taille devait être la référence ultime.

Dame Moiraine ne ressemblait à personne qu'il eût rencontré. La large capuche de sa cape laissait voir ses cheveux aux délicates boucles – une vision surprenante, car Rand n'avait jamais croisé une femme adulte qui ne portait pas de nattes. À Deux-Rivières, toutes les jeunes filles attendaient impatiemment que le Cercle des Femmes de leur village les autorise à se tresser les cheveux. Et cette dame ne le faisait pas ?

Sa tenue était tout aussi étrange que sa coiffure. Sa cape en velours bleu orné de broderies en fil argenté – des feuilles, des grappes et des fleurs – s'harmonisait avec sa robe d'un bleu plus sombre rayé de crème dont la nuance fluctuait un peu au gré des jeux de lumière. Une chaîne en or pendait à son cou, et une seconde, plus fine et attachée dans ses cheveux, lui permettait d'arborer au milieu du front une petite pierre précieuse également bleue.

Une ceinture en fil d'or tissé ceignait sa taille. À l'index de la main gauche, Moiraine portait une bague du même métal qui représentait un serpent se mordant la queue.

Rand n'avait jamais vu un anneau pareil. Pourtant, il reconnut le Grand Reptile, une représentation symbolique de l'éternité encore plus ancienne que la Roue du Temps.

« Plus chic que des habits de fête », avait dit Ewin, et il ne se trompait pas. À Deux-Rivières, personne ne s'habillait jamais comme ça.

— Bonjour maîtresse… heu… dame Moiraine, dit Rand.

Il s'empourpra, confus de son lapsus.

— Bonjour, dame Moiraine, lui fit écho Mat avec un tout petit peu plus d'aisance.

La femme sourit. Aussitôt, Rand se demanda s'il ne pouvait pas accomplir pour elle quelque tâche qui lui donnerait un prétexte pour la suivre comme son ombre. Le sourire s'adressait aussi à ses compagnons, il le savait, mais il ne pouvait pas s'empêcher de penser qu'il était son seul destinataire. Dame Moiraine était vraiment l'incarnation d'un personnage de légende.

Aussi fasciné que Rand, Mat affichait un sourire béat.

— Vous connaissez mon nom, dit la dame, visiblement ravie.

Comme si son séjour, si bref qu'il doive être, n'allait pas alimenter pendant un an les conversations des villageois !

— Mais il faut m'appeler Moiraine, tout simplement… Et vous, comment vous nommez-vous ?

Ewin bondit en avant, prenant de vitesse ses deux aînés.

— Je suis Ewin Finngar, ma dame. Ils connaissent votre nom parce que je le leur ai dit. J'ai entendu Lan vous appeler ainsi – mais je n'espionnais pas, croyez-le bien ! C'est la première fois qu'une noble dame comme vous vient à Champ d'Emond. Nous avons aussi un trouvère, à l'occasion de Bel Tine. Ce soir, c'est la Nuit de l'Hiver. Passerez-vous chez moi ? Ma mère a fait des gâteaux aux pommes.

— Je vais voir ce que je peux faire, dit Moiraine en posant une main sur l'épaule d'Ewin. (Bien qu'elle eût un air mortellement sérieux, ses yeux pétillaient de malice.) Je ne vois pas comment je pourrais éclipser un trouvère, Ewin… Mais, une fois encore, vous devez tous m'appeler Moiraine !

Elle regarda Rand et Mat, les incitant à se présenter.

— Je me nomme Matrim Cauthon, ma da… Moiraine.

Il se fendit d'une révérence maladroite et se redressa, rouge comme une pivoine.

Rand s'était demandé s'il devait se lancer dans un salut de ce genre, comme les courtisans dans les histoires. Échaudé par l'exemple de Mat, il se contenta de décliner son identité – sans s'emmêler la langue, cette fois.

Moiraine regarda les deux jeunes gens avec un sourire qui, cette fois, rappela à Rand celui d'Egwene quand elle avait un secret.

— Durant mon séjour à Champ d'Emond, j'aurai sans doute besoin de quelques menus services. Seriez-vous d'accord pour me les rendre ? (Rand, Mat et même Ewin hochèrent frénétiquement la tête.) Dans ce cas…

À la grande surprise de Rand, Moiraine lui glissa une pièce dans la main et, avec les deux siennes, l'incita à refermer les doigts dessus.

— Ce n'est pas la peine…, commença-t-il.

Mais la dame balaya ses objections d'un geste nonchalant. Puis elle remit une pièce à Ewin et une autre à Mat.

— Bien sûr que si, c'est la peine ! Personne ne travaille pour rien, et c'est normal. Considérez votre pièce comme un souvenir et gardez-la sur vous. Ainsi, elle vous rappellera notre accord, lorsque j'aurai besoin de vous. Nous sommes liés, maintenant.

— Pas de risque que j'oublie…, souffla Ewin.

— Plus tard, conclut Moiraine, nous parlerons et vous me direz tout sur vous.

— Dame… hum… Moiraine ? appela Rand alors que la femme se détournait déjà. (Elle le regarda, si intimidante qu'il eut du mal à déglutir.) Que venez-vous faire à Champ d'Emond ?

Même si Moiraine ne changea pas d'expression, Rand regretta aussitôt d'avoir posé cette question. Afin de dissiper tout malentendu, il se lança dans une grande explication :

— Je ne voulais pas être discourtois, désolé… Mais vous savez, personne ne passe jamais par chez nous, à part les marchands et les colporteurs, quand la neige ne bloque pas les routes qui viennent de Baerlon. Alors, recevoir la visite d'une dame comme vous ! Les gardes des marchands disent souvent que Champ d'Emond est le trou le plus perdu du monde, et ils ne doivent pas être très loin de la vérité. Vous pensez la même chose, non ? Alors, je me demandais…

Le sourire de Moiraine s'effaça – ou, plutôt, se dissipa comme si elle venait de se rappeler quelque chose.

— J'étudie l'histoire, répondit-elle enfin, son regard perdu bien au-delà des trois garçons. Plus précisément, je compile d'antiques récits… Ce territoire que vous appelez Deux-Rivières m'a toujours intéressée. Lors de mes voyages, je cherche à explorer le passé des lieux qui me fascinent. Il y a toujours des histoires merveilleuses à collecter.

— Des histoires ? répéta Rand. Que peut-il être arrivé à Deux-Rivières pour intéresser une… En fait, il ne se passe jamais rien, ici !

— Et quel autre nom porte le territoire, à part Deux-Rivières ? demanda Mat. Moi, je n'ai jamais entendu que celui-là.

— Tandis que tourne la Roue du Temps, répondit distraitement Moiraine, comme si elle pensait tout haut, les lieux changent souvent de nom. Les hommes aussi, et ils arborent des visages différents. Une multitude d'apparences, mais toujours le même individu… Pourtant, on ne sait rien de la Grande Trame que tisse la Roue du Temps. D'ailleurs, qui connaît ne serait-ce que la Trame d'un Âge ? Il nous reste l'observation, l'étude… et l'espoir.

Rand dévisagea Moiraine, incapable de parler, même pour lui demander ce qu'elle voulait dire. Avait-elle seulement conscience que trois jeunes gens l'écoutaient ? Ewin et Mat étaient tout aussi soufflés que lui, nota Rand. Finngar en avait même la mâchoire pendante.

Moiraine s'intéressa de nouveau à ses interlocuteurs, qui sursautèrent comme s'ils sortaient d'une transe.

— Nous parlerons plus tard, dit-elle. Oui, plus tard…

Semblant glisser sur le sol, et non marcher, elle se dirigea vers le pont aux Chariots, les pans de sa cape lui faisant comme une paire d'ailes.

Un grand type que Rand n'avait pas remarqué jusque-là sortit des ombres du porche de l'auberge et, la main posée sur la longue poignée d'une épée, emboîta le pas à Moiraine. Vêtu de vert foncé, une couleur qui aurait fait un camouflage parfait en forêt, l'homme portait une cape dont les teintes gris, marron et vert fluctuaient effectivement au gré de ses mouvements et des caprices du vent. Par moments, l'étrange vêtement se fondait si bien avec le paysage que son propriétaire semblait disparaître.

Tenus par une lanière de cuir, les longs cheveux de l'inconnu grisonnaient sur les tempes. Le visage buriné par le soleil, le compagnon de Moiraine était cependant épargné par les rides. À le voir se déplacer, Rand ne put s'empêcher de penser à un loup.

Quand il passa devant les trois garçons, le mystérieux guerrier leur accorda à peine un regard, mais ses yeux d'un bleu polaire parurent cependant enregistrer tous les détails significatifs. En une fraction de seconde, il avait évalué et catalogué les trois jeunes habitants de Champ d'Emond. Mais quel était le résultat de cet examen ? Rien, sur le visage de l'homme, n'aurait permis de le dire.

Accélérant le pas pour rattraper Moiraine, il s'adapta ensuite à son rythme et se pencha pour lui parler.

Rand s'avisa qu'il retenait sa respiration et s'autorisa à la relâcher.

— C'était Lan, coassa Ewin, comme s'il manquait lui aussi d'air, après avoir essuyé le regard du guerrier. Je vous dis que c'est son Champion !

— Ne raconte pas n'importe quoi ! s'écria Mat. (Il ricana, mais lui aussi avait la voix mal assurée.) Les Champions, c'est bon pour les récits ! Et ils ont une épée et une armure ornées d'or et de pierreries, pour commencer. Ensuite, ils passent leur temps au nord, dans la Flétrissure, à combattre les démons, les Trollocs et d'autres monstres de ce genre.

— Il pourrait être un Champion ! insista Ewin.

— Tu as vu de l'or et des pierreries sur lui ? railla Mat. Et les Trollocs abondent-ils à Deux-Rivières ? Ici, nous avons plutôt des moutons. Je me demande d'ailleurs quel événement passé peut intéresser une femme comme Moiraine.

— J'ai une hypothèse, fit Rand. On dit que l'auberge existe depuis au moins mille ans, voire plus.

— Dix siècles de moutons, lâcha Mat, implacable.

— Un sou d'argent ! s'écria Ewin. Elle m'a donné un sou d'argent ! Pensez à tout ce que je vais pouvoir acheter au colporteur !

Rand ouvrit la main pour examiner sa pièce… et, de surprise, il faillit la laisser tomber. Il ne parvint pas à identifier la monnaie – frappée de l'image d'une femme faisant danser une flamme au-dessus de sa paume tournée vers le ciel – mais il avait assez souvent observé Bran, quand il pesait les pièces des marchands originaires d'une bonne dizaine de pays, pour avoir une excellente idée de la valeur de ces « gages ». Avec un pareil poids d'argent, on pouvait acheter un très bon cheval partout à Deux-Rivières. Et avoir un peu de monnaie après…

Dévisageant Mat, Rand constata qu'il était aussi surpris que lui. Perplexe, il orienta sa main pour que son ami puisse voir la pièce – mais pas Ewin – puis il haussa les épaules, indiquant qu'il n'y comprenait rien.

— De quels « services » a-t-elle donc besoin ? finit-il par demander.

— Je n'en sais rien, et je m'en fiche. Bien entendu, je ne dépenserai pas cet argent. Même quand le colporteur sera là.

Sur ces mots, Mat glissa la pièce dans sa poche.

Avec un hochement de tête approbateur, Rand imita son ami. Sans trop savoir pourquoi, il était certain que Mat avait raison. Il ne fallait pas dépenser cet argent. Parce qu'il venait *d'elle*, tout simplement. Il ignorait à quoi d'autre pouvait servir une pièce, mais…

— Je dois aussi garder la mienne ? demanda Ewin, dubitatif.

— C'est ton affaire, lâcha Mat, laconique.

— Elle te l'a donnée pour que tu la dépenses, ajouta Rand.

Ewin contempla son sou d'argent, secoua la tête puis rangea lui aussi son trésor dans sa poche.

— Je la garde, dit-il, non sans mélancolie.

— Il nous reste le trouvère, rappela Rand.

L'humeur de l'adolescent s'améliora aussitôt.

— S'il se réveille un jour, modéra Mat.

— Rand, demanda Ewin, il y a vraiment un trouvère au village ?

— Tu verras bien ! répondit Rand avec un grand sourire.

À l'évidence, Ewin refuserait d'y croire tant qu'il n'aurait pas vu l'artiste de ses yeux.

— Et il devra bien finir par descendre de sa chambre…

Des cris retentirent, montant du pont aux Chariots. Quand Rand tourna la tête pour voir ce qui se passait, son sourire s'élargit encore. Une foule de villageois de tous les âges – y compris de vénérables vieillards et des bambins tout juste capables de marcher – escortait un énorme chariot tiré par huit chevaux. Des dizaines de ballots étaient accrochés à la bâche ronde du véhicule tellement chargé qu'il avait du mal à avancer. Le colporteur était enfin là !

Deux étrangers, un trouvère et un colporteur, plus un feu d'artifice. Ces fêtes de Bel Tine promettaient d'être mémorables.

3

Le colporteur

Les casseroles accrochées aux flancs du chariot faisaient un bruit épouvantable tandis que le véhicule roulait sur les planches disjointes du pont principal. Toujours escorté par une foule de villageois et de fermiers venus spécialement pour les festivités, le colporteur tira sur les rênes de son attelage et s'arrêta juste devant l'auberge. De toutes les directions, des curieux accouraient pour voir de près le chariot géant aux roues plus grandes qu'un homme et le colporteur assis sur le siège du conducteur.

Le teint pâle, le corps maigrichon et les bras démesurément longs et minces, Padan Fain était doté d'un extraordinaire nez crochu. Toujours souriant, voire hilare, comme s'il connaissait une bonne blague que le reste du monde ignorait, Fain venait à Champ d'Emond tous les printemps – pour Bel Tine, précisément, d'aussi loin que pouvait se souvenir Rand.

La porte de l'auberge s'ouvrit, cédant le passage à l'entier Conseil du village, maître al'Vere et Tam ouvrant la marche. Tous avançant d'un pas décidé, même Cenn Buie, les conseillers se frayèrent un chemin dans la foule tout excitée à l'idée de découvrir les merveilles – des épingles, de la dentelle, des livres et mille autres choses – qu'apportait le colporteur.

À contrecœur, les villageois s'écartèrent. Mais ils ne cessèrent pas de crier, demandant à Fain ce qu'il avait de neuf à vendre et surtout quelles nouvelles il apportait du monde extérieur.

Pour les villageois, les articles tels que les boîtes à infusion, les pelotes d'épingles ou les rouleaux de tissu ne constituaient que la moitié de la cargaison du chariot. L'autre, c'étaient des mots, tout simplement. Le récit de ce qui se passait loin de Deux-Rivières, dans l'univers des grandes cités.

Certains colporteurs, pour être débarrassés, débitaient à toute vitesse un discours confus qui perdait vite tout intérêt. D'autres, du genre laconique, jouaient les hérauts de très mauvaise grâce et sans aucun talent. Fain, lui, parlait de bon cœur – non sans manier l'ironie – et il savait ménager ses effets, produisant une prestation à la hauteur de celle d'un trouvère. Adorant être le centre d'intérêt d'un public, il ne répugnait jamais à faire son numéro.

Rand se dit soudain que le colporteur ne serait sans doute pas ravi d'apprendre la présence au village d'un *vrai* trouvère.

Tandis qu'il s'affairait à attacher les rênes de son attelage au frein du chariot, Fain accorda un minimum d'attention aux membres du Conseil et aux villageois. Sans regarder ni saluer personne en particulier, il souriait, les dents serrées, adressant des signes de la main distraits à des gens dont il était particulièrement proche. Mais sa conception de l'amitié se caractérisait depuis toujours par une certaine froideur – ou, à tout le moins, une très nette tendance à conserver ses distances.

Alors que la foule l'implorait de parler, il continua à se consacrer à des tâches sans importance. Un moyen d'attendre que l'impatience des villageois ait atteint son zénith, bien entendu. Seuls les conseillers n'entraient pas dans le jeu. Très dignes, comme l'exigeait leur rang, ils se taisaient obstinément. Mais le nuage de fumée de pipe qui grossissait au-dessus de leurs têtes trahissait à quel point ils prenaient sur eux pour ne pas craquer.

Se faufilant dans la foule, Rand et Mat approchèrent du chariot autant qu'il était possible. Rand se serait arrêté bien plus tôt, mais son ami jouait des coudes, l'entraînant dans son sillage. Pour finir, ils se retrouvèrent juste derrière les conseillers.

— Rand, j'ai bien cru que tu resterais chez toi pendant toutes les festivités, cette année ! cria Perrin Aybara, assez fort pour couvrir la clameur de la foule.

Plus petit d'une demi-tête que Rand, l'apprenti forgeron aux cheveux bouclés était pratiquement deux fois plus large que lui – un colosse aux épaules et aux bras dignes de ceux de maître Luhhan en personne. S'il l'avait voulu, il se serait aisément frayé un chemin dans la foule, mais ce n'était pas son genre… Au contraire, il avançait prudemment, s'excusant lorsqu'il passait trop près de gens qui n'avaient d'yeux que pour le colporteur. Qu'on en prenne note ou pas, Perrin s'excusait et s'efforçait de ne bousculer personne.

— Bel Tine et un colporteur ! s'exclama-t-il quand il eut rejoint ses amis. Je parie qu'il va vraiment y avoir un feu d'artifice !

— Si tu savais tout, lança Mat, tu en tomberais sur les fesses !

Perrin jeta un regard soupçonneux au farceur du village, puis il fronça les sourcils à l'intention de Rand.

— Il ne ment pas ! cria Rand. Mais je t'expliquerai plus tard ! Oui, plus tard !

À cet instant précis, Padan Fain se mit debout sur le siège du conducteur. Aussitôt, la foule se tut, laissant ainsi les trois derniers mots de Rand retentir comme autant de roulements de tonnerre.

Un bras théâtralement levé, Fain se pétrifia, la bouche grande ouverte. Tous les regards se braquèrent sur Rand, y compris celui du squelettique petit colporteur qui s'attendait à voir la foule boire ses paroles.

Rouge comme une pivoine, Rand regretta de ne pas avoir la taille d'Ewin, histoire de passer inaperçu. Ses deux amis parurent aussi mal à l'aise que lui. Fain avait commencé l'année précédente à ne plus les tenir pour quantité négligeable. Très professionnel, il ne perdait en général pas de temps avec les individus trop jeunes pour lui acheter sa marchandise. Avec son éclat, Rand redoutait d'être réintégré dans la catégorie des « enfants sans intérêt ».

— Non, pas plus tard ! tonna Fain en tirant sur les pans de sa cape. (Ensuite, il leva de nouveau une main.) Je vais parler maintenant. (En tenant son discours, il faisait de grands gestes, comme pour envoyer ses paroles à la foule.) Vous pensez avoir eu des problèmes, sur le territoire de Deux-Rivières ? Eh bien, sachez que le monde entier en a, de la Flétrissure à la mer des Tempêtes en passant par l'océan d'Aryth à l'ouest et par le désert des Aiels, à l'est. Et même au-delà ! L'hiver fut le plus rude que vous ayez connu, vous glaçant jusqu'à la moelle des os ? Mais c'était pareil partout ! Dans les Terres Frontalières, votre hiver passerait pour un charmant printemps. Mais chez vous, le printemps, le vrai, n'arrive pas, c'est ça ?

» Des loups ont tué vos moutons ? Ils ont été jusqu'à attaquer des hommes ? Eh bien, le printemps est en retard dans le monde entier, et les loups rôdent partout, le ventre creux, prêts à planter leurs crocs dans n'importe quelle chair, que ce soit celle d'un mouton, d'un homme ou d'une vache.

» Mais il y a de pires malheurs que les loups et les frimas. Et je connais beaucoup de gens qui se réjouiraient de ne pas avoir d'autres ennuis que ceux-là.

— Qu'y a-t-il de plus terrible que des loups qui massacrent des moutons et des hommes ? demanda Cenn Buie.

Des murmures approbateurs coururent dans la foule.

— Des hommes qui massacrent d'autres hommes, répondit le colporteur d'un ton sinistre. Je veux parler de la guerre. (Des cris de surprise et d'indignation accueillirent cette nouvelle.) Au Ghealdan, le conflit qui fait rage est une véritable boucherie. Dans la forêt de Dhallin, la neige est rouge de sang humain. Les corbeaux occultent le ciel et leurs cris percent les tympans des survivants. Des armées marchent sur le Ghealdan. Des pays, des hautes maisons et des grands hommes envoient leurs soldats au combat.

— La guerre ? répéta Bran al'Vere, faisant la moue comme si ce mot lui laissait un goût bizarre dans la bouche. (À Deux-Rivières, personne n'avait jamais été impliqué dans un conflit armé.) Pourquoi ces gens-là se battent-ils ?

Fain eut un rictus moqueur, à croire qu'il entendait fustiger l'ignorance des villageois, coupés de la réalité du monde. Puis il se pencha vers Bran, comme s'il voulait lui parler à l'oreille, mais sa voix resta assez forte pour que tout le monde l'entende :

— L'étendard du Dragon est de nouveau levé. Des hommes accourent pour le combattre ou pour le soutenir.

L'assistance en cria d'effroi et Rand sentit qu'il frissonnait de la tête aux pieds.

— Le Dragon ! gémit quelqu'un. Le Ténébreux fond sur le Ghealdan !

— Pas le Ténébreux ! beugla Haral Luhhan. Le Dragon, vous dit-on ! Et de toute façon, c'est un imposteur !

— Si nous écoutions maître Fain ? proposa Bran al'Vere.

Mais tout le monde hurla en même temps :

— C'est aussi terrible que le Ténébreux !

— Le Dragon a disloqué le monde, pas vrai ?

— Tout est sa faute ! C'est lui qui a provoqué l'Ère de la Folie.

— Vous connaissez les prophéties ? Quand le Dragon renaîtra, nos pires cauchemars passeront pour de doux rêves !

— C'est un autre imposteur, rien de plus !

— Et ça change quoi ? Tu te souviens du dernier ? Lui aussi a déclenché une guerre, et il y a eu des milliers de morts. Fain, parle-nous du carnage de l'Illian !

— Les temps sont maléfiques ! Pendant vingt ans, personne n'a prétendu être le Dragon Réincarné. Et voilà que nous en avons deux en cinq ans. Voyez cet hiver qui s'éternise : c'est la fin du monde.

Rand regarda ses deux amis. Mat avait le regard brillant d'excitation. Perrin, lui, fronçait dubitativement les sourcils.

Rand se souvenait de toutes les histoires qu'il avait entendues sur les hommes censés être, selon leurs propres dires, le Dragon Réincarné. En mourant ou en disparaissant sans avoir accompli l'ombre d'une prophétie, ils s'étaient désignés comme des imposteurs. Mais ça ne les avait pas empêchés de provoquer des désastres. Des nations entières dévastées par des guerres, des villes et des villages incendiés, des montagnes de cadavres brûlés et des réfugiés s'entassant sur les routes comme des moutons dans un enclos…

C'était du moins ce que racontaient les colporteurs et les marchands, et aucun habitant sensé de Deux-Rivières n'aurait mis leur parole en doute.

Quand l'authentique Dragon renaîtrait, disaient certains, ce serait la fin du monde…

— Silence ! s'écria le bourgmestre. Un peu de calme ! Arrêtez de vous laisser emporter par votre imagination ! Si nous écoutions ce que maître Fain veut nous dire au sujet de ce faux Dragon ?

La foule se tut, mais Cenn Buie ne l'entendit pas de cette oreille.

— Est-ce vraiment un imposteur ? demanda-t-il.

Bran al'Vere fut d'abord surpris par cette attaque insidieuse, mais il se ressaisit très vite.

— Cesse de parler comme un vieux fou, Cenn ! rugit-il.

Mais le mal était déjà fait, et les cris reprirent de plus belle.

— Ça ne peut pas être le Dragon Réincarné ! Que la Lumière nous protège, c'est impossible !

— Cenn Buie, espèce de vieil idiot, tu voudrais attirer une catastrophe sur nos têtes, pas vrai ?

— Et si tu prononçais le nom du Ténébreux, maintenant ? Cenn Buie, sous l'influence du Dragon, tu tentes de nous nuire à tous !

Le vieux couvreur ne se démonta pas et regarda autour de lui, tentant de faire baisser les yeux à ses détracteurs.

— Ai-je entendu Fain parler d'un imposteur ? Et vous ? Utilisez donc vos yeux ! Où sont les céréales qui devraient nous arriver au moins au niveau des genoux ? Pourquoi l'hiver persiste-t-il alors que le printemps devrait être là depuis un mois ?

Des voix rageuses ordonnèrent au vieil homme de se taire.

— Pas question ! répliqua-t-il. Je déteste ce sujet, comme vous, mais je ne me cacherai pas la tête dans le sable jusqu'à ce qu'un homme de Bac-sur-Taren vienne me trancher la gorge. Et, pour une fois, je ne me laisserai pas embobiner par le bagout de Fain. Dis-nous la vérité, colporteur ! Qu'as-tu donc entendu ? Cet homme est-il un faux Dragon ?

Pas le moins du monde perturbé par le chaos qu'il venait de provoquer, ni par les nouvelles dont il s'était fait le messager, Fain haussa les épaules puis se passa pensivement le bout d'un index sur le nez.

— Qui peut le dire avant que tout soit accompli ? demanda-t-il. (Il marqua une pause très étudiée, imaginant sans doute les réactions de son auditoire – et les trouvant à l'évidence très drôles.) Je sais cependant que cet homme contrôle le Pouvoir de l'Unique. Ses prédécesseurs en étaient incapables. Lui, il sait canaliser la force universelle. Sur un de ses cris, le sol s'ouvre sous les pieds de ses ennemis et de hauts murs s'écroulent comme un château de cartes. La foudre lui obéit et frappe où il le lui ordonne. Voilà ce que j'ai entendu de sources que je ne mets pas en doute.

Un lourd silence ponctua cette tirade. Rand regarda ses amis. Perrin semblait voir devant son œil mental des choses qu'il détestait. Mat, lui, paraissait toujours très excité.

À peine plus taciturne qu'à l'accoutumée, Tam se pencha vers le bourgmestre pour lui parler à l'oreille, mais Ewin Finngar l'en empêcha :

— Il deviendra fou et mourra ! cria-t-il. Dans les récits, les hommes qui canalisent le Pouvoir perdent la raison, se dégradent et finissent par mourir. Seules les femmes peuvent manipuler le Pouvoir. Ton Dragon ne le sait-il pas, colporteur ?

L'adolescent se baissa vivement pour éviter une taloche de Cenn Buie.

— Vas-tu enfin te taire, sale gosse ? cria le couvreur en brandissant le poing. Montre du respect à tes aînés et laisse-les s'occuper de cette affaire !

— Du calme, Cenn ! intervint Tam. Ce garçon s'intéresse à ce qui arrive, ce n'est pas une raison pour t'énerver.

— Et si tu te comportais comme un adulte, pour une fois ? renchérit Bran. En te souvenant que tu es membre du Conseil, si tu veux bien...

L'air de plus en plus furieux, le couvreur s'empourpra jusqu'à la racine des cheveux.

— Enfin, vous savez bien de quel genre de femmes il veut parler ! explosa-t-il. Luhhan, et toi aussi, Crawe, cessez de me regarder comme ça ! Ce village est un lieu décent habité par des personnes moralement irréprochables. Entendre Fain parler d'un faux Dragon capable de canaliser le Pouvoir est déjà une infamie. Faut-il en plus qu'un sale gamin possédé par le Dragon évoque devant nous les Aes Sedai ? Certains sujets ne doivent pas être abordés, un point c'est tout. Et si vous avez l'intention de laisser ce maudit trouvère raconter tout ce qui lui passe par la tête, sachez que ce n'est ni juste ni digne.

— Je n'ai jamais vu, entendu ou senti quelque chose dont on ne devait pas parler, lâcha Tam.

Mais Fain n'avait aucune intention d'en rester là.

— Les Aes Sedai sont déjà impliquées, dit-il. Un groupe est parti vers le sud, en direction de Tar Valon. Cet homme contrôle le Pouvoir. En conséquence, seules les Aes Sedai peuvent le vaincre ou négocier avec lui une fois qu'elles l'auront dominé sur le champ de bataille. Si elles y parviennent.

Dans la foule, quelqu'un gémit d'angoisse. Inquiets, Bran et Tam se regardèrent, les sourcils froncés. Les villageois s'étaient massés les uns contre les autres et certains tiraient frileusement sur les pans de leur cape. Pourtant, le vent était plutôt moins violent.

— Bien sûr qu'elles y parviendront ! lança une voix.

— Au bout du compte, les imposteurs perdent toujours !

— Il ne gagnera pas, au moins ?

— Et que se passera-t-il s'il triomphe ?

Penché vers le bourgmestre, Tam avait enfin réussi à lui parler à l'oreille. Ignorant le vacarme environnant, Bran écoutait attentivement en hochant de temps en temps la tête.

Quand le père de Tam eut terminé, maître al'Vere prit la parole :

— Écoutez-moi ! Un peu de silence pendant que je parle ! (Le calme revint.) Il ne s'agit pas de simples nouvelles du monde, comme d'habitude, mais de très graves événements dont le Conseil doit débattre. Fain, veux-tu bien entrer avec nous dans l'auberge ? Nous avons des questions à te poser.

— Un bon gobelet de vin chaud ne me ferait pas de mal, répondit le colporteur. (Ravi de rester le centre d'intérêt du village, il sauta de son chariot, s'essuya les mains sur le devant de sa cape puis tira sur les pans pour rectifier les plis.) Quelqu'un aurait-il la bonté de s'occuper de mes chevaux ?

— Je veux entendre ce qu'il a à dire ! cria un homme.

D'autres voix se joignirent à sa protestation.

— Il ne peut pas venir avec vous ! Ma femme m'a chargé d'acheter des épingles…

C'était Wit Congar. Plusieurs villageois le foudroyèrent du regard, mais il ne se démonta pas.

— Nous avons aussi le droit d'interroger le colporteur ! lança quelqu'un au dernier rang de la foule. Je…

— Silence ! beugla Bran. (L'effet fut immédiat.) Quand le Conseil l'aura entendu, maître Fain viendra vous dire tout ce qu'il sait. Et vous vendre des épingles et des casseroles. Hu, Tad, occupez-vous de l'attelage de notre visiteur !

Tam et Bran flanquèrent le colporteur, les autres conseillers leur emboîtèrent le pas et tout ce petit monde s'engouffra dans l'auberge.

Une fois la porte refermée, un des villageois eut l'audace d'aller y frapper.

— Rentrez chez vous ! brailla Bran derrière le battant de bois.

Bien entendu, les villageois restèrent devant l'établissement, se perdant en conjectures sur les révélations du colporteur et les questions qu'allaient lui poser les conseillers. Convaincus que le Conseil venait de commettre un abus de pouvoir, certains audacieux tentèrent de voir ce qui se passait à l'intérieur de l'auberge – mais les rideaux étaient tirés – et d'autres mécontents bombardèrent de questions Hu et Tab sans que nul puisse vraiment dire ce que les deux braves garçons étaient censés savoir. Se contentant de répondre par des onomatopées, les employés de Bran entreprirent de dételer les chevaux de Fain. Puis ils les conduisirent les uns après les autres à l'écurie, et ne se remontrèrent plus ensuite.

Ignorant la foule, Rand s'assit dans un coin des antiques fondations, resserra les pans de sa cape autour de sa poitrine et riva les yeux sur la porte de l'auberge.

Ghealdan… Tar Valon… Ces noms seuls suffisaient à stimuler son imagination. Des lieux qu'il connaissait uniquement à travers les récits des colporteurs et les anecdotes des gardes du corps des marchands.

Aes Sedai, guerre, faux Dragon… Ces mots-là peuplaient les histoires que les anciens racontaient au coin du feu, alors que la lumière d'une unique bougie faisait danser des ombres inquiétantes sur les murs d'une pièce aux volets clos malmenés par le vent.

Rand songea que le blizzard et les loups étaient sûrement préférables aux drames qui se déroulaient dans le grand monde. Cela dit, hors de Deux-Rivières, tout devait être tellement différent ! On avait sûrement l'impression de vivre dans une légende racontée par un trouvère… L'aventure ! Une aventure sans fin, durant toute une vie…

Les villageois commençaient à se disperser, même s'ils râlaient toujours ferme. S'arrêtant près du chariot, Wit Congar regarda à l'intérieur comme s'il espérait y trouver un second colporteur caché entre les marchandises. Bientôt, il ne resta plus devant l'auberge que quelques jeunes gens désœuvrés. Mat et Perrin vinrent alors rejoindre leur ami.

— Je ne vois pas comment le trouvère pourra faire mieux ! s'écria Mat. Vous croyez que nous verrons un jour ce faux Dragon ?

— J'espère bien que non, dit Perrin. (Il secoua la tête, faisant onduler sa chevelure bouclée.) Pas à Deux-Rivières, en tout cas. Surtout si ça implique la guerre…

— Et la venue d'Aes Sedai, ajouta Rand. As-tu oublié qui est responsable de la Dislocation du Monde ? Le Dragon a commencé, mais les Aes Sedai ont fait le sale travail.

— Le garde du corps d'un négociant en bois m'a raconté une histoire, un jour, dit Mat. Selon lui, le Dragon renaîtra quand l'humanité vivra des heures terribles et aura plus que jamais besoin d'aide, et il la sauvera.

— S'il a dit ça, c'était un imbécile, affirma Perrin. Et tu as été stupide de l'écouter.

L'apprenti forgeron avait à peine élevé la voix, car il était très lent à perdre son sang-froid. Mais les fantaisies permanentes de Mat l'exaspéraient parfois, et il n'en faisait pas mystère.

— Et après avoir été sauvés, nous vivrons dans un nouvel Âge des Légendes, je parie ? C'est ce qu'il a prédit, pas vrai ?

— Ai-je dit que je l'ai cru ? se défendit Mat. J'ai entendu ce type parler, voilà tout. Nynaeve était là aussi, et j'ai cru qu'elle allait nous écorcher vifs tous les deux, le garde et moi. Il a affirmé que beaucoup de gens croyaient la même chose que lui, mais qu'ils n'osaient pas l'avouer à cause des Aes Sedai ou des Fils de la Lumière. Mais Nynaeve nous a passé un sacré savon, et l'homme n'a plus rien voulu dire. Plus tard, notre Sage-Dame a parlé au négociant, qui n'a plus jamais ramené ce garde…

— Une excellente initiative, dit Perrin. Le Dragon qui sauve l'humanité ? On dirait des âneries de Coplin !

— Quelles heures pourraient être assez terribles pour que nous demandions l'aide du Dragon ? renchérit Rand. Autant appeler au secours le Ténébreux en personne.

— Le garde ne m'a pas donné de précisions, avoua Mat, mal à l'aise. Et il n'a jamais parlé d'un nouvel Âge des Légendes. En revanche, il a dit que le retour du Dragon dévasterait le monde.

— Voilà qui nous sauvera sûrement ! railla Perrin. Une autre Dislocation…

— Lâche-moi un peu ! s'écria Mat. Je me contente de répéter les propos du garde.

— Et moi, dit Perrin, j'espère que les Aes Sedai et ce Dragon, imposteur ou pas, resteront là où ils sont. Ainsi, le territoire de Deux-Rivières sera peut-être épargné…

— Tu crois que ce sont vraiment des Suppôts des Ténèbres ? demanda soudain Mat.

— Qui ça ? s'enquit Rand.

— Les Aes Sedai.

Rand consulta du regard Perrin, qui haussa les épaules.

— Les histoires…

— Rand, toutes ne disent pas que les Aes Sedai servent le Ténébreux.

— Par la Lumière, Mat, ce sont les responsables de la Dislocation du Monde ! Que te faut-il de plus… ?

— Là, tu marques un point… (Mat se rembrunit, mais il recouvra vite son bel enthousiasme.) Le vieux Bili Congar dit que les Suppôts des Ténèbres n'existent pas. Et les Aes Sedai non plus. Pour lui, ce sont des balivernes. Et il ne croit pas au Ténébreux.

— Du délire de Coplin repris par un Congar, grogna Perrin. Et tu t'attends à quoi, exactement ?

— Le vieux Bili a prononcé le nom du Ténébreux. Je parie que tu l'ignorais.

— Par la Lumière ! souffla Rand.

Mat sourit de toutes ses dents.

— C'était au printemps dernier, juste avant que les chenilles aient dévasté ses champs sans toucher à ceux des autres fermiers. Et que toute sa famille attrape la fièvre des yeux jaunes. Je l'ai entendu nommer le Ténébreux, à l'époque. Il affirme toujours ne pas y croire, mais, depuis, il me jette quelque chose à la figure chaque fois que je lui demande de recommencer.

— Et tu es assez stupide pour le lui demander, n'est-ce pas, Matrim Cauthon ? lança une voix féminine.

Nynaeve al'Meara se campa devant les trois garçons, la natte noire repoussée derrière son épaule manquant se hérisser de fureur.

Rand se leva maladroitement. Très mince et lui arrivant à peine à l'épaule, la Sage-Dame paraissait pourtant le dominer d'une bonne tête. Et sa jeunesse, sans parler de sa beauté, ne la rendait pas moins impressionnante.

— Je me doutais bien que Bili Congar avait encore fait des siennes, dit-elle, mais je t'aurais cru trop intelligent pour le provoquer ainsi. Tu es en âge de prendre femme, Matrim Cauthon, mais, en réalité, tu ne devrais pas t'éloigner des jupes de ta mère. Encore un effort, et tu prononceras toi aussi le nom du Ténébreux !

— Non, Sage-Dame ! se défendit Mat. (Il se fit tout petit, comme s'il avait une chance de disparaître sous terre.) C'était le vieux Bili – enfin, maître Congar –, pas moi ! Par le Sang et les Cendres ! je…

— Tiens ta langue devant moi, Matrim Cauthon !

Même si ce n'était pas lui que la Sage-Dame admonestait, Rand se mit au garde-à-vous, comme un cancre devant son professeur. Perrin non plus n'en menait pas large. Plus tard, un des trois garçons (au moins) se plaindrait d'avoir été maltraité par une femme à peine plus âgée que lui. Après les éclats de Nynaeve, tout le monde réagissait ainsi, mais jamais en sa présence. En face d'elle, tous les villageois filaient doux, même les anciens. Surtout quand elle était de mauvaise humeur… Si son bâton était épais à une extrémité, à l'autre il avait tout d'une cravache, et elle n'hésitait jamais à en jouer sur la tête, les mains ou les jambes des « impudents », quels que soient leur âge et leur position.

Concentré sur la Sage-Dame, Rand n'avait pas vu qu'elle était accompagnée. Quand il constata son erreur, il eut envie de s'enfuir à toutes jambes – et tant pis pour ce que Nynaeve lui dirait ou lui ferait ensuite.

Campée deux ou trois pas derrière la Sage-Dame, Egwene suivait la scène avec une intense concentration. De la même taille que Nynaeve, et brune comme elle, la fille de Bran aurait pu être le reflet dans un miroir de l'humeur plus que maussade de la Sage-Dame. Les bras croisés, une moue désapprobatrice sur les lèvres, ses grands yeux marron d'une accablante gravité, elle avait de quoi glacer le sang du jeune homme le plus téméraire.

S'il y avait eu une justice, avoir deux ans de plus qu'elle aurait dû conférer un avantage à Rand, mais il n'en était rien. À ses meilleures heures, il n'était jamais très brillant lorsqu'il parlait à une des filles du village – tout le contraire de Perrin –, mais devant Egwene, lorsqu'elle le regardait ainsi, ses grands yeux rivés sur lui comme si elle ne voyait rien d'autre, il devenait incapable d'émettre une suite de mots cohérente.

Avec un peu de chance, il pourrait peut-être se défiler dès que Nynaeve en aurait terminé avec lui. Mais il ne le ferait pas, même si l'occasion se présentait. Pourquoi ? Eh bien, il n'aurait su le dire, mais c'était ainsi.

— Si tu as fini de me regarder comme un agneau rendu idiot par la lune, Rand al'Thor, dit Nynaeve, pourrais-tu m'expliquer pourquoi vous étiez en train de parler d'un sujet qu'il est recommandé d'éviter ? Même des jeunes taureaux sans cervelle comme vous devraient savoir ça…

Rand se força à détourner les yeux d'Egwene – qui, bizarrement, affichait un sourire entendu depuis que la Sage-Dame s'était lancée dans son sermon. Nynaeve elle-même, si sévère que soit son ton, semblait secrètement amusée par toute cette affaire. Jusqu'à ce que Mat ait l'idée saugrenue d'éclater de rire. Sa gravité revenue, la Sage-Dame le foudroya du regard et son rire s'étrangla pathétiquement.

— Alors, Rand ? lança Nynaeve.

Du coin de l'œil, le jeune homme vit qu'Egwene souriait toujours. *Que trouve-t-elle drôle là-dedans ?*

— Eh bien, le sujet semblait approprié… Padan Fain – enfin, *maître* Fain – nous a appris qu'un faux Dragon a déclenché une guerre au Ghealdan et que des Aes Sedai s'opposent à lui. Le Conseil a jugé l'événement assez important pour entendre le colporteur en séance privée. De quoi aurions-nous dû parler, mes amis et moi ?

— C'est pour ça que le chariot du colporteur est laissé à l'abandon ? J'ai entendu les villageois courir à sa rencontre, mais je ne pouvais pas quitter le chevet de maîtresse Ayellin avant que sa température ait baissé.

Les conseillers interrogent Fain sur ce qui se passe au Ghealdan, c'est ça ? Comme je les connais, ils poseront toutes les mauvaises questions et omettront les bonnes. Pour apprendre quelque chose d'intéressant, il faudra que le Cercle des Femmes prenne le relais.

Sur ces mots, la Sage-Dame ajusta sa cape sur ses épaules, s'éloigna et entra d'un pas décidé dans l'auberge.

Egwene ne la suivit pas. Alors que la porte de l'établissement se refermait, elle vint au contraire se camper à son tour devant Rand. Elle avait l'air bien plus commode, désormais, mais son regard continuait à mettre mal à l'aise le fils de Tam. Il se tourna vers ses amis – qui s'éclipsaient sans demander leur reste, ravis de le laisser seul avec ses ennuis.

— Rand, tu ne devrais pas te laisser entraîner dans les bêtises de Mat, dit Egwene, aussi sentencieuse que la Sage-Dame. (Puis, sans crier gare, elle éclata de rire.) Je ne t'avais plus vu si penaud depuis le jour où Cenn Buie vous a surpris dans son pommier, Mat et toi. Vous aviez dix ans, je crois…

Sautant nerveusement d'un pied sur l'autre, Rand regarda de nouveau ses amis. Pas très loin de là, ils conversaient, et Mat, comme toujours, gesticulait tout en parlant.

— Tu danseras avec moi demain ? s'entendit demander Rand.

Ce n'était pas du tout ce qu'il avait eu l'intention de dire. Il avait vraiment envie de danser avec Egwene mais, en même temps, il redoutait plus que tout au monde l'inconfort qu'il éprouverait à coup sûr en sa présence. Le genre de malaise qu'il subissait en ce moment même…

— Dans l'après-midi, oui, répondit la jeune fille avec un petit sourire. Le matin, je serai prise.

— Un trouvère ! s'écria soudain Perrin, dans le dos d'Egwene.

Elle tourna la tête vers l'apprenti forgeron, mais Rand lui posa une main sur le bras.

— Comment ça, prise ?

Malgré le froid, Egwene baissa la capuche de sa cape et, nonchalamment, rejeta sa natte brune derrière son épaule. La dernière fois qu'il l'avait vue, les longs cheveux de la jeune fille cascadaient dans son dos, un joli ruban rouge les empêchant de lui tomber sur les yeux. Désormais, ils étaient tressés…

Rand regarda la natte comme s'il s'agissait d'une vipère, puis il jeta un coup d'œil au Poteau du Printemps qui attendait sur la place Verte. Le lendemain matin, les femmes à marier danseraient autour… Pour la première fois, il eut conscience qu'Egwene atteindrait l'âge de convoler en justes noces en même temps que lui.

— Avoir l'âge de se marier ne veut pas dire qu'on y soit obligé, marmonna-t-il. En tout cas, pas tout de suite.

— Bien entendu, approuva Egwene. Pas tout de suite, comme tu dis, et éventuellement jamais !

— Jamais ?

— Les Sages-Dames se marient très rarement. Nynaeve s'occupe de me former, sais-tu ? Selon elle, je suis douée, et je pourrai apprendre à écouter le vent. À l'en croire, et même si elles prétendent le contraire, beaucoup de Sages-Dames en sont incapables.

— Sage-Dame ? s'écria Rand, amusé. (Il ne vit pas le regard menaçant de la jeune femme.) Nynaeve occupera son poste pendant au moins cinquante ans. Tu veux rester apprentie toute ta vie ?

— Il y a d'autres villages… D'après Nynaeve, au nord de la rivière Taren, ils choisissent tous une Sage-Dame venue d'ailleurs. Une façon d'éviter qu'elle ait ses préférences parmi les villageois.

Rand se rembrunit en un clin d'œil.

— Tu quitterais le territoire de Deux-Rivières ? Je ne te reverrais jamais…

— Et ça te dérangerait ? Ces derniers temps, tu ne t'es pas beaucoup intéressé à moi…

— Aucun natif de Deux-Rivières ne s'exile jamais, continua Rand, ignorant l'interruption. À part certains habitants de Bac-sur-Taren, mais ils sont un peu fous, tout le monde sait ça ! Vraiment, ils ne ressemblent pas aux gens d'ici.

— Et si j'étais folle aussi ? Ou si j'avais envie de voir certains lieux dont parlent les récits ? Tu ne t'es jamais posé la question toi-même ?

— Bien sûr que si ! Parfois, j'en rêve, comme tout le monde, mais je sais faire la différence entre les songes et la réalité.

— Et moi non ? s'écria Egwene, vexée.

Elle tourna le dos à Rand.

— Je n'ai jamais voulu dire ça. Je parlais de moi, c'est tout. Egwene ?

La jeune femme s'enveloppa dans sa cape, une façon de se couper de Rand, puis elle s'éloigna un peu de lui.

Mécontent, Rand se gratta furieusement la tête. Comment se faire comprendre d'Egwene ? Ce n'était pas la première fois qu'elle plaquait sur ses propos un sens qu'ils n'avaient pas. Attendu l'humeur de la jeune femme, une gaffe aurait des conséquences désastreuses. Et tout ce que Rand dirait risquait d'en être une…

Mat et Perrin se décidèrent enfin à rejoindre leur ami. Egwene les ignorant superbement, ils hésitèrent un peu, puis décidèrent de lui rendre la pareille.

— Moiraine a aussi donné une pièce à Perrin, annonça Mat. La même que les nôtres… Et notre futur forgeron a vu le cavalier noir.

— Où ? demanda Rand. Et quand ? Quelqu'un était avec toi, Perrin ? Et tu en as parlé autour de toi ?

Perrin leva ses deux battoirs en un geste apaisant.

— Une question à la fois, s'il te plaît ! Je l'ai vu hier soir, à la lisière du village, et il surveillait la forge. J'en ai eu la chair de poule ! J'ai averti maître Luhhan, mais, quand il a regardé, il n'y avait plus personne. Il m'a accusé d'avoir des visions. Pourtant, il a gardé son plus gros marteau à portée de la main pendant que nous rangions les outils, après avoir éteint la forge. C'est la première fois qu'il se comporte ainsi…

— La preuve qu'il t'a cru, dit Rand.

Perrin ne parut pas convaincu.

— Ce n'est pas certain… Quand j'ai demandé pourquoi il ne se séparait pas du marteau, si j'avais vraiment eu une vision, il a parlé de loups qui risquaient de s'introduire dans le village. S'il croit que c'est ça que j'ai vu, il me prend pour un imbécile. Jamais je ne confondrais un cavalier et un loup, même au crépuscule. Mes yeux sont excellents, et personne ne me fera penser le contraire.

— Je te crois, moi, affirma Rand. Souviens-toi que j'ai vu ce cavalier, moi aussi.

Comme si cette déclaration le rassurait, Perrin eut un grognement satisfait.

— De quoi parlez-vous encore ? demanda soudain Egwene.

Rand regretta de ne pas avoir baissé le ton – une précaution qu'il aurait prise, s'il avait eu conscience que la jeune fille était assez près pour l'entendre. Avec un sourire béat, Mat et Perrin racontèrent leur rencontre avec le cavalier noir. Certain de ce que dirait Egwene quand ils auraient terminé, Rand resta sur la défensive.

— Nynaeve a raison ! s'exclama la jeune femme quand les deux garçons furent arrivés au bout de leur récit. Vous seriez bien mieux dans les jupes de vos mères ! Beaucoup de gens se déplacent à cheval et portent une cape noire. Ça n'en fait pas des monstres sortis des légendes d'un trouvère.

Rand ne s'était pas trompé. Exactement le sermon qu'il prévoyait.

— Et tu répands ces sornettes, Rand al'Thor ? s'indigna Egwene. Parfois, tu perds tout ton bon sens. Après un hiver si éprouvant, tu crois utile d'effrayer encore plus les enfants ?

— Je ne répands rien, Egwene ! Mais je sais ce que j'ai vu, et ce n'était pas un paysan à la recherche d'une vache égarée.

Egwene prit une grande inspiration et ouvrit la bouche, mais elle dut ravaler sa prochaine remarque.

Sa chevelure blanche en bataille, un inconnu venait de sortir de l'auberge comme s'il avait un démon à ses trousses.

Elle eut une grande inspiration et entrouvrit la bouche, mais elle dut ravaler sa prochaine remarque.

Sa chevelure blanche en bataille, un moine venait de sortir de l'auberge comme s'il avait [illegible].

4

Le trouvère

Dès que la porte se fut refermée dans son dos, l'homme aux cheveux blancs se retourna pour la regarder d'un air sombre. Très mince, l'inconnu était grand, mais ses épaules voûtées lui enlevaient beaucoup de prestance. Cela posé, sa vivacité démentait son âge apparent. Sa cape multicolore semblait faite de dizaines de carrés de tissu. En réalité, constata Rand, et malgré les critiques de maître al'Vere, c'était un vêtement épais de très bonne facture – et d'une seule pièce –, car les carreaux faisaient exclusivement fonction d'ornements.

— Le trouvère ! s'exclama Egwene.

L'homme fit volte-face. Sous sa cape, il portait une veste longue aux manches très larges et aux poches inhabituellement grandes. Aussi blanche que ses cheveux, une moustache tombante frémissait au vent sous son nez et son visage noueux évoquait l'écorce d'un arbre qui a connu des temps difficiles. Sous ses sourcils broussailleux, ses yeux bleus semblaient capables de voir à l'intérieur de tout ce qu'ils regardaient.

Le trouvère braqua sur Rand et ses amis le long tuyau de sa pipe au foyer délicatement sculpté.

Rand s'avisa qu'il était fasciné par les yeux de cet homme. À Deux-Rivières, tout le monde avait les yeux noirs, et c'était aussi le cas des colporteurs, des marchands et des gardes de passage. Pendant longtemps, les Congar et les Coplin s'étaient moqués de Rand à cause de ses yeux gris. Puis il avait flanqué son poing dans la figure d'Ewai Coplin, et les choses étaient rentrées dans l'ordre. La Sage-Dame l'avait bien entendu sermonné, mais ce n'était pas si grave…

Rand se demandait souvent s'il existait un lieu où personne n'avait les yeux foncés.

Dans ce cas, Lan en vient peut-être…

— Où suis-je donc tombé ? demanda le trouvère d'une voix profonde qui semblait porter davantage que celle d'un homme ordinaire. (Même en plein air, elle paraissait emplir tout l'espace et se répercuter contre des murs inexistants.) Les péquenots de l'autre village m'ont dit que j'arriverais ici avant la nuit. Mais sans préciser qu'il fallait partir avant midi, pour ça ! Quand j'ai finalement frappé à sa porte, gelé et rêvant d'un bon lit chaud, votre aubergiste m'a fait toute une histoire au sujet de l'heure tardive, comme si j'étais un vulgaire porcher ! Puis votre Conseil n'a pas daigné m'implorer de me produire lors de votre fichue fête, et mon « hôte » a omis de me dire qu'il était également le bourgmestre. (Le trouvère marqua une pause, le temps de reprendre son souffle.) Quand je suis descendu, il y a une minute, pour fumer ma pipe devant un bon feu et déguster une chope de bière, tous les bouseux présents m'ont regardé comme si j'étais leur beau-frère le plus honni venant leur emprunter de l'argent. Un vieux fou m'a fait un sermon au sujet des histoires que je devais ou non raconter, et une gamine m'a crié de sortir, me menaçant avec une sorte de massue parce que je n'obéissais pas assez vite à son goût. Comment peut-on traiter un trouvère ainsi ? C'est inouï !

Fascinée par l'artiste, mais brûlant d'envie de défendre Nynaeve, Egwene souriait béatement et semblait incapable de prendre les choses en main.

— Mille excuses, maître trouvère, intervint Rand, conscient qu'il souriait lui aussi comme un benêt, c'était notre Sage-Dame, et…

— Ce joli petit morceau de fille ? s'étonna le trouvère. Une Sage-Dame de village ? À son âge, au lieu de prédire le temps et de soigner les malades, elle ferait mieux de se laisser conter fleurette par de beaux jeunes gens.

Très mal à l'aise, Rand espéra que Nynaeve n'entendrait jamais le trouvère parler ainsi. En tout cas, pas *avant* sa représentation !

Perrin fit la grimace et Mat émit un sifflement modulé. Les deux garçons partageaient à l'évidence les craintes de leur ami.

— Les hommes présents dans la salle commune sont nos conseillers, précisa Rand. Ils ne voulaient pas vous manquer de respect, j'en suis sûr, mais nous venons d'apprendre qu'une guerre fait rage au Ghealdan, où un homme prétend être le Dragon Réincarné. Un faux Dragon, bien sûr… Des Aes Sedai sont parties de Tar Valon pour l'affronter. Le Conseil tente de déterminer si nous sommes en danger ici.

— De très vieilles nouvelles, même à Baerlon, lâcha le trouvère, et c'est le pire endroit où s'informer de la marche du monde. (Il regarda autour de lui.) Enfin, pratiquement le pire… (Il remarqua le chariot rangé devant l'auberge, les harnais des chevaux gisant sur le sol.) On dirait bien que je reconnais le véhicule de Padan Fain… (Toujours aussi profonde, sa voix ne résonnait plus, mais exprimait un souverain mépris.) Ce rustre adore répandre un peu partout les mauvaises nouvelles. Il tient plus du corbeau que de l'homme, cet oiseau de mauvais augure !

— Maître trouvère, dit Egwene, l'agacement la tirant de sa fascination muette, maître Fain vient souvent à Champ d'Emond. C'est un homme joyeux, et il nous apporte plus de bonnes nouvelles que de mauvaises.

Le trouvère dévisagea un moment la jeune fille, puis il eut un grand sourire.

— Ce que tu es mignonne, toi ! Tu devrais avoir des boutons de rose dans les cheveux. Hélas, cette année, je ne peux pas faire jaillir des fleurs de nulle part… Mais aimerais-tu m'assister, demain, durant ma représentation ? Me passer ma flûte quand j'en aurai besoin, ainsi que d'autres accessoires… J'ai pour habitude de choisir la plus jolie fille d'un village comme assistante…

Perrin ricana, et Mat, qui ricanait déjà, éclata de rire. Rand, lui, sursauta de surprise. Il n'avait même pas esquissé un sourire, et c'était lui qu'Egwene foudroyait du regard.

— Merci, maître trouvère, dit la jeune fille avec un calme forcé, je serais ravie de vous aider.

— Thom Merrilin, déclara soudain l'artiste.

Les jeunes gens se regardèrent, interloqués.

— C'est mon nom, Thom Merrilin, pas « maître trouvère ». (Sa voix sembla de nouveau résonner dans une très grande salle.) Jadis simple barde, je porte désormais le glorieux titre de maître trouvère, mais mon nom reste celui que mes parents m'ont donné à la naissance.

Merrilin fit une révérence si gracieuse, avec de si belles ondulations de sa cape, que Mat applaudit pendant qu'Egwene s'extasiait en silence.

— Maître Merrilin, dit Mat, peu sûr que ce soit la bonne façon de s'adresser au trouvère, mais désorienté par son étrange discours, que se passe-t-il au Ghealdan ? Que savez-vous au sujet de l'imposteur et des Aes Sedai ?

— Ai-je l'air d'un colporteur, mon garçon ?

Le trouvère se tapota la paume avec le tuyau de sa pipe. Puis il la fit prestement disparaître, trop vite pour qu'on voie si c'était dans sa cape ou dans sa veste.

— Je suis un trouvère, pas un héraut public. De plus, je prends garde à ne jamais rien savoir au sujet des Aes Sedai. C'est plus sûr pour ma santé.

— Mais la guerre…, commença Mat.

Thom Merrilin ne le laissa pas continuer.

— À la guerre, mon garçon, des crétins tuent d'autres crétins pour défendre des causes imbéciles. C'est tout ce qu'il convient de savoir. Moi, je suis ici pour l'art. (Sans crier gare, le trouvère braqua un index sur Rand.) Tu es sacrément grand, mon gars ! Pas encore adulte, mais je doute qu'il y ait sur ce territoire un homme qui te dépasse. Et tes yeux sont une rareté dans le coin, je parie. Les épaules larges comme le manche d'une hache de bûcheron, tu es aussi grand qu'un Aiel. Comment t'appelles-tu ?

Rand hésita, se demandant si le trouvère se moquait de lui.

Mais l'artiste était déjà passé à Perrin.

— Et toi, tu as presque la taille d'un Ogier… Quel est ton nom ?

— Pour avoir la taille que vous dites, il faudrait que je monte sur mes propres épaules ! plaisanta l'apprenti forgeron. Maître Merrilin, Rand et moi sommes des garçons ordinaires, pas des créatures étranges sorties de vos légendes. Perrin Aybara pour vous servir !

Thom Merrilin entreprit de se lisser la moustache.

— Des créatures sorties de mes légendes ? C'est ce que vous croyez ? Eh bien, les garçons, on voit que vous avez beaucoup voyagé !

Rand ne dit rien, certain que le trouvère se moquait d'eux. Mais une fois lancé, Perrin devenait intarissable :

— Tous les trois, nous sommes allés jusqu'à Colline de la Garde et Promenade de Deven. Peu de gens d'ici peuvent se targuer de la même chose.

Ce n'était pas de la vantardise, parce que Perrin n'aimait pas ça. Il disait simplement la vérité.

— Nous avons également vu la Tourbe, ajouta Mat. (Lui, en revanche, il donnait l'impression de faire la roue.) C'est un marécage, tout au fond du bois de l'Eau. Personne ne s'y aventure à cause des sables mouvants et des autres dangers. À part nous ! C'est pareil pour les montagnes de la Brume. Un jour, nous avons exploré leurs contreforts.

— Si loin que ça ? fit mine de s'étonner le trouvère en se lissant toujours la moustache.

Rand comprit que c'était pour dissimuler un sourire. Du coin de l'œil, il vit que Perrin faisait une moue désabusée.

— S'enfoncer dans les montagnes porte malheur, dit Mat, comme pour s'excuser de ne pas être allé plus loin. Tout le monde le sait…

— Ce sont des superstitions ridicules, Matrim Cauthon ! s'écria Egwene, furieuse. Nynaeve dit que…

Elle s'interrompit, s'empourpra puis regarda Thom Merrilin d'un air beaucoup moins amical que précédemment.

— Maître trouvère, reprit-elle, il n'est pas correct de… Eh bien, de…

Le teint rouge vif, Egwene préféra se taire. Comme s'il venait de comprendre ce qui se passait, Mat cligna plusieurs fois des yeux.

— Tu as raison, mon enfant, reconnut l'artiste. Acceptez mes humbles excuses. Je suis là pour vous divertir, exclusivement… Ma langue trop acérée m'attire sans cesse des ennuis.

— Nous n'avons sûrement pas voyagé aussi loin que vous, dit Perrin, mais que vient faire la taille de Rand là-dedans ?

— C'est simple, mon garçon… Tout à l'heure, je vous laisserai essayer de me soulever du sol. Et aucun de vous n'y arrivera. Pas toi, le costaud, ni ta grande perche d'ami, ni aucun autre homme de ce trou perdu. Que dis-tu de ça ?

Perrin ne parut pas impressionné.

— Que je vais tenter ma chance sur-le-champ !

Il avança, mais le trouvère tendit un bras pour le repousser.

— Plus tard, mon garçon, plus tard… Quand il y aura des gens autour de nous. Un artiste a besoin de son public.

Une petite foule s'était déjà massée sur la place Verte depuis l'apparition du trouvère. Derrière les adultes, des jeunes gens des deux sexes et des enfants écarquillaient les yeux pour observer le fabuleux visiteur. On eût dit qu'ils s'attendaient à le voir faire un miracle.

Thom Merrilin regarda les curieux – en fait, il les compta – puis secoua la tête et soupira.

— Je devrais vous donner un aperçu de mes talents… Comme ça, vous en parlerez aux autres péquenots… Un avant-goût de ce que vous verrez demain, à l'occasion de votre fête…

Il recula, bondit soudain dans les airs, se retourna en plein vol et atterrit souplement sur les antiques fondations. En même temps, trois balles – une rouge, une blanche et une noire – commencèrent à tourner entre ses mains.

Les spectateurs soupirèrent de surprise et d'admiration. Rand lui-même en oublia son agacement. Il échangea avec Egwene un sourire satisfait, puis les deux jeunes gens se concentrèrent sur la prestation du trouvère.

— Vous voulez entendre des histoires ? lança Thom Merrilin. Eh bien, j'en connais, et je vous les offrirai de bon cœur. Mes récits prendront vie devant vos yeux, faites-moi confiance !

Une balle bleue vint s'ajouter à la farandole. Puis une verte et enfin une jaune.

— Pour les hommes et les jeunes garçons, j'évoquerai de grandes guerres et de formidables héros. Pour les femmes et les filles, ce sera le *Cycle d'Aptarigine* en entier !

» Et la vie d'Artur Paendrag Tanreall, Artur Aile-de-Faucon, Artur le grand roi qui régnait jadis du désert des Aiels jusqu'à l'océan d'Aryth – et même au-delà ! Des récits fabuleux sur des peuples exotiques et d'étranges royaumes. L'Homme Vert, les Champions, les Trollocs, les Ogiers et les Aiels. *Les Mille et Une Histoires d'Anla, le conseiller philosophe* ! Les exploits de Jaem le tueur de géants. *Comment Susa soumit à sa volonté Jain l'Explorateur* ! Le conte de Mara et des trois rois stupides !

— Parlez-nous de Lenn, demanda Egwene. Racontez-nous comment il est allé sur la lune dans le ventre d'un aigle de feu. Décrivez-nous comment sa fille Salya marche au milieu des étoiles.

Du coin de l'œil, Rand regarda la jeune fille, mais elle semblait ne plus voir que le trouvère. Egwene n'avait jamais aimé les histoires d'aventures et de voyages au long cours. Ses préférences allaient aux anecdotes amusantes ou aux contes sur des femmes rusées qui roulaient dans la farine des gens censés être plus futés que n'importe qui d'autre. En conséquence, demander au trouvère d'évoquer Lenn et Salya était une façon de jeter une pierre dans le jardin de Rand. À coup sûr, elle devait savoir que le monde extérieur ne convenait pas aux gens de Deux-Rivières. Écouter des histoires épiques, voire rêver d'aventures, était une chose. Les vivre pour de bon en était une autre...

— De vieilles lunes, ces histoires, lâcha Thom Merrilin. (Changeant d'exercice, il entreprit de jongler avec trois balles dans chaque main.) Des récits venus de l'Âge antérieur à celui des Légendes, selon certains érudits. Et peut-être même encore plus anciens. Moi, j'en connais sur tous les Âges qui furent et sur tous ceux qui seront un jour ! Des Âges où l'humanité régnait sur le ciel et les étoiles. Et d'autres, où les hommes n'étaient que des animaux parmi les animaux. Des Âges peuplés de merveilles, et d'autres où abondaient les horreurs. Des Âges achevés par un orage de flammes déversées par les cieux, et d'autres où la glace et la neige finirent par recouvrir les terres et les mers. Je connais toutes les histoires, et je les raconterai toutes !

» La légende de Mosk le Géant, avec sa Lance de Feu qui pouvait atteindre l'autre face du monde. Et le récit de sa guerre contre Elsbet, la Reine de Tout !

» L'histoire de Materese la Guérisseuse, Mère des Fantastiques Inds...

Les six balles passaient maintenant d'une main à l'autre de l'artiste, traçant dans l'air deux cercles imbriqués. Fredonnant plus qu'il parlait – une forme d'incantation –, il pivotait sans cesse sur lui-même, comme s'il entendait surveiller les réactions de son public.

— Je vous parlerai de la fin de l'Âge des Légendes, du Dragon et de sa tentative de libérer le Ténébreux pour le lâcher sur le monde des vivants. Vous saurez tout sur l'Ère de la Folie, où les Aes Sedai disloquèrent le monde. Et les guerres des Trollocs, durant lesquelles les hommes affrontèrent des monstres avec pour enjeu la domination de tout l'univers connu !

» Et la guerre des Cent Années, quand les hommes s'entre-tuèrent, fondant les nations que nous connaissons aujourd'hui. Oui, je vous raconterai la vie d'hommes et de femmes – les riches et les pauvres, les héros et les humbles, les orgueilleux et les timides. *Le Siège des Piliers du Ciel*! Comment maîtresse Karil finit par guérir son mari ronfleur. *Le Roi Darith et la Chute de la Maison…*

Soudain, la farandole des balles et la logorrhée de l'artiste cessèrent en même temps. Comment ? Eh bien, parce que Thom Merrilin avait rattrapé toutes ses balles et arrêté de parler. À l'insu de Rand, Moiraine était venue se joindre à l'auditoire du trouvère. Et même s'il fallait y regarder à deux fois pour le voir, Lan était avec elle. Un court moment, Thom étudia la noble dame du coin de l'œil. Bien qu'il fût immobile comme une statue, il parvint à faire disparaître les balles dans les poches de sa veste. Puis il écarta les pans de sa cape et s'inclina gracieusement.

— Veuillez m'excuser, mais vous ne vivez sûrement pas sur ce territoire ?

— C'est dame Moiraine ! cria Ewin. Il faut l'appeler « dame » !

Thom tressaillit, puis se plia un peu plus en deux.

— Mille pardons, dans ce cas, ma dame… Je n'avais pas l'intention de vous manquer de respect.

Moiraine eut un petit geste insouciant.

— Je ne me suis pas sentie insultée, maître barde. Et il faut m'appeler Moiraine, tout simplement. De fait, je ne suis pas d'ici, et, comme vous, je me trouve très loin de chez moi et isolée. Pour un étranger, le monde peut être un endroit dangereux…

— Dame Moiraine s'intéresse aux histoires, expliqua Ewin. En particulier à celles qui ont Deux-Rivières pour cadre. Même s'il est difficile de trouver quoi que ce soit d'intéressant dans nos petites affaires…

— Eh bien, Moiraine, je crois que vous trouverez mes histoires fascinantes.

À l'évidence, Thom se méfiait de la femme et il n'était pas ravi de sa présence.

Rand se demanda quelle sorte de divertissement une dame de ce niveau se voyait proposer dans des villes comme Baerlon ou Caemlyn. À coup sûr, ça ne pouvait pas être mieux qu'un trouvère…

— Tout est une affaire de goût, maître barde. Certaines histoires me plaisent, et d'autres non.

Thom accentua encore sa révérence, son torse quasiment parallèle au sol.

— Je vous assure qu'aucune des miennes ne vous déplaira. Toutes trouveront grâce à vos yeux, je n'en doute pas. De toute façon, vous me faites trop d'honneur : je suis un simple artiste, et rien d'autre.

Moiraine salua le trouvère d'un signe de tête. À cet instant, alors qu'elle semblait accepter l'offrande d'un de ses sujets, elle parut plus digne que jamais du titre de « dame » qu'Ewin lui donnait à tout bout de champ.

Elle se détourna et s'éloigna, Lan la suivant comme un loup qui emboîte le pas à un cygne doré. Le front plissé, Thom la regarda un moment tout en se lissant la moustache de l'arête d'une phalange. Quand son compagnon et elle eurent traversé la moitié de la place Verte, il détourna enfin les yeux.

Il n'est pas content du tout, songea Rand.

— Allez-vous jongler de nouveau ? demanda Ewin.

— Avalez du feu, plutôt ! cria Mat. Je veux absolument voir ça !

— Non, qu'il joue de la harpe ! lança une voix dans la foule.

Une autre demanda un récital de flûte.

Mais la porte de l'auberge s'ouvrit pour laisser passer le Conseil au grand complet, plus Nynaeve. En revanche, Padan Fain n'était nulle part en vue, sans doute parce qu'il avait décidé de rester à l'intérieur avec son vin chaud aux épices.

En marmonnant quelque chose au sujet d'un « alcool fort », Thom Merrilin sauta des fondations où il était perché. Ignorant les protestations de son public, il fila dans l'auberge, bousculant au passage les conseillers.

— C'est un trouvère, ou un roi ? grogna Cenn Buie. De l'argent fichu en l'air, si vous voulez mon avis.

Bran al'Vere suivit le trouvère du regard, puis il soupira :

— Ce type ne vaut peut-être pas tous les ennuis qu'il nous attirera…

Occupée à resserrer autour d'elle les pans de sa cape, Nynaeve ne rata pas l'occasion de lancer une pique :

— Inquiète-toi au sujet du trouvère, Brandelwyn al'Vere, si ça t'amuse ! Au moins, il est à Champ d'Emond, et on ne peut pas en dire autant du faux Dragon. Mais si tu veux te faire du souci, d'autres visiteurs, ici, devraient retenir ton attention.

— Sage-Dame, si tu me laissais décider de ce qui m'inquiète ou pas ? Maîtresse Moiraine et maître Lan sont de respectables clients de mon établissement. Ils ne m'ont pas traité d'idiot en présence de tout le Conseil, et ce ne sont pas eux non plus, à ma connaissance, qui ont déploré le crétinisme congénital de la moitié des conseillers.

— La moitié ? J'ai été bien généreuse, dirait-on…, lâcha Nynaeve.

Sans un regard en arrière, elle s'éloigna à grandes enjambées, laissant Bran bouche bée et à la recherche d'une réplique mordante qui ne servirait plus à rien.

Egwene regarda Rand comme si elle voulait lui dire quelque chose, mais elle choisit de suivre la Sage-Dame.

Il y avait un moyen de l'empêcher de quitter Deux-Rivières, et le jeune homme le savait. Mais il n'était pas prêt à y recourir, même si elle acceptait. De plus, sous couvert d'une plaisanterie, elle avait indirectement fait savoir qu'elle n'accepterait pas, et cette idée le rendait malade…

— Cette jeune femme a besoin d'un mari, marmonna Cenn Buie, si nerveux qu'il sautait d'un pied sur l'autre. (Déjà rouge comme une pivoine, il menaçait de virer à l'écarlate.) Elle ignore le sens du mot « respect ». Nous sommes les conseillers, pas des garnements qui ratissent son jardin, et…

Bran expira de l'air par les naseaux, comme un taureau, puis se tourna vers le vieux couvreur.

— Du calme, Cenn ! Et cesse de te comporter comme un Aiel au voile noir !

Le vieil homme maigrichon s'en pétrifia de surprise. Bran n'était pas homme à céder à la colère, d'habitude.

— Bon sang ! n'avons-nous pas des préoccupations plus urgentes ? Tu veux démontrer que Nynaeve a raison au sujet des crétins congénitaux ?

Sur ces mots, Bran entra dans l'auberge et claqua la porte derrière lui.

Les autres conseillers regardèrent Cenn sans trop d'aménité, puis ils se dispersèrent, à l'exception de Haral Luhhan, qui s'en alla avec le vieux couvreur, lui parlant très calmement. Le forgeron était le seul, à Champ d'Emond, qui pût ramener Cenn Buie à la raison.

Rand alla rejoindre son père, et ses amis lui emboîtèrent le pas.

— Je n'ai jamais vu maître al'Vere perdre ainsi son sang-froid, dit le jeune homme à Tam.

Cette entrée en matière lui valut un regard désapprobateur de Mat.

— Le bourgmestre et la Sage-Dame sont rarement d'accord, mon fils, dit Tam, et aujourd'hui ils ne l'étaient pas du tout. Il n'y a rien de plus, et c'est pareil dans tous les villages.

— Et le faux Dragon, où en est-on ? demanda Mat.

— Et les Aes Sedai ? ne put s'empêcher d'ajouter Perrin.

Tam secoua lentement la tête.

— Maître Fain n'en sait pas beaucoup plus long que ce qu'il a dit. En tout cas, sur les sujets qui nous concernent. Il a parlé de batailles gagnées ou perdues et de cités prises puis reprises. La Lumière en soit louée, tout ça est arrivé au Ghealdan. À la connaissance du colporteur, les troubles ne se sont pas répandus ailleurs.

— Les batailles m'intéressent ! s'exclama Mat.

— Et qu'a-t-il dit sur leur déroulement ? renchérit Perrin.

— Matrim, je me fiche totalement des batailles ! Mais Fain se fera un plaisir d'éclairer ta lanterne, un peu plus tard. Moi, je retiens que nous ne risquons rien ici, à première vue, et c'est tout ce qui compte. Le Conseil ne voit pas pourquoi les Aes Sedai passeraient par chez nous pour gagner rapidement le Sud. Et pour le voyage de retour, pourquoi voudraient-elles s'aventurer dans la forêt des Ombres puis traverser à la nage la rivière Blanche ?

Rand et ses amis gloussèrent bêtement à cette idée.

Trois bonnes raisons commandaient de gagner le territoire de Deux-Rivières par un seul chemin : celui qui venait du nord, via Bac-sur-Taren. À l'ouest, c'étaient les montagnes de la Brume qui barraient la route. À l'est, la Tourbe faisait un obstacle tout aussi infranchissable. Au sud, enfin, il y avait la rivière Blanche, nommée ainsi à cause de l'écume que les grosses pierres et les rochers généraient en faisant mousser ses eaux. Au-delà s'étendait la forêt des Ombres. Très peu d'habitants de Deux-Rivières avaient réussi à traverser la rivière Blanche, et moins encore avaient recommencé dans l'autre sens. Faute d'exploration, on s'accordait à postuler que la forêt des Ombres courait vers le sud sur près de trente lieues – sans une piste ou un village, mais avec une périlleuse abondance de loups et d'ours.

— Donc, fin de l'histoire pour nous, souffla Mat, un peu déçu.

— Pas tout à fait, corrigea Tam. Après-demain, nous enverrons des hommes à Promenade de Deven, à Colline de la Garde et à Bac-sur-Taren. Il faut organiser une surveillance. Des cavaliers le long des deux rivières, et des patrouilles au milieu. Il aurait fallu partir dès aujourd'hui, mais seul le bourgmestre a soutenu ma position. Les autres ne se voyaient pas en train de demander à des villageois de jouer les messagers le jour de Bel Tine.

— Vous avez dit que nous ne risquions rien, rappela Perrin.

— « À première vue », voilà ce que j'ai dit, mon garçon. Bien des hommes sont morts parce qu'ils se sont aveuglément fiés à une estimation optimiste. De plus, la guerre jette toujours sur les routes des flots de réfugiés. La plupart cherchent à se mettre en sécurité, mais certains sont prêts à tout pour profiter du chaos et de la confusion. Bien entendu, nous tendrons la main aux malheureux. En revanche, nous devons être préparés à botter les fesses aux malfaiteurs.

— Pouvons-nous faire partie des patrouilles ? demanda soudain Mat. Moi, je suis volontaire. Et vous savez que je suis un fin cavalier.

— Tu veux passer quelques semaines à mourir d'ennui et de froid et à dormir à la dure ? demanda Tam. Parce que ça se déroulera ainsi, c'est en tout cas ce que j'espère. Même pour les réfugiés, nous sommes vraiment dans un coin perdu… Mais si tu es décidé, propose ta candidature à maître al'Vere. Rand, il est temps de repartir pour la ferme !

— Quoi ? Nous ne restons pas pour la Nuit de l'Hiver ?

— Du travail nous attend chez nous, et j'ai besoin de ton aide.

— Peut-être, mais nous pouvons rester encore un peu – au moins quelques heures. Je veux aussi me porter volontaire pour les patrouilles.

— Nous partons tout de suite ! dit Tam d'un ton sans appel.

Plus conciliant, il ajouta :

— Nous reviendrons demain, et tu auras tout le temps de parler au bourgmestre. Puis une journée entière pour faire la fête. Là, je te donne cinq minutes avant de me retrouver dans l'écurie.

— Tu vas te proposer aussi ? demanda Mat à Perrin tandis que Tam s'éloignait. Je parie que rien de si excitant n'est jamais arrivé à Deux-Rivières. Si nous allons jusqu'à la rivière Taren, nous verrons peut-être des soldats, ou qui sait quoi d'autre ? Des nomades, peut-être ?

— Eh bien, répondit Perrin, j'ai l'intention d'être volontaire, si maître Luhhan m'y autorise.

— La guerre a lieu au Ghealdan ! s'écria Rand. (Non sans effort, il parvint à baisser le ton.) Oui, au Ghealdan, et la Lumière seule sait où sont les Aes Sedai. Avez-vous oublié l'homme à la cape noire ? Lui, il était chez nous !

Mat et Perrin se regardèrent, très mal à l'aise.

— Désolé, Rand…, souffla Mat. Mais les occasions de faire autre chose que traire des vaches ne sont pas fréquentes. (Les regards surpris de ses amis ne le déconcertèrent pas.) Eh oui, je les trais, et chaque jour, en plus de tout !

— Le cavalier noir, rappela Rand. Et s'il finissait par blesser quelqu'un ?

— C'est peut-être un réfugié, avança Perrin sans trop y croire.

— De toute façon, dit Mat, les patrouilles le repéreront.

— Peut-être, modéra Rand, mais il semble pouvoir disparaître à volonté. Il vaudrait mieux que les hommes sachent qui ils cherchent.

— Nous en parlerons au bourgmestre en nous portant volontaires, proposa Mat. Il le dira aux autres conseillers, qui informeront les patrouilles.

— Les conseillers ? s'écria Perrin, incrédule. Nous aurons de la chance si maître al'Vere ne nous rit pas au nez. Maître Luhhan et le père de Rand pensent déjà que nous avons eu peur de notre ombre.

— Si nous devons lui parler, soupira Rand, autant le faire aujourd'hui. Il ne rira pas plus fort que demain, s'il doit s'esclaffer.

Perrin coula un regard à Mat.

— On devrait peut-être chercher d'autres personnes qui ont vu le cavalier noir… Ce soir, nous rencontrerons pratiquement tous les villageois. (Mat se rembrunit, mais il n'émit aucun commentaire, même s'il avait compris que le but était de trouver des témoins plus fiables que lui.) Demain, il ne rira pas plus fort qu'aujourd'hui, Rand… Et je me sentirais mieux si nous avions des renforts. En fait, la moitié du village me conviendrait parfaitement.

Rand acquiesça. Il entendait déjà Bran al'Vere hurler de rire. Des témoins supplémentaires ne feraient pas de mal. Et s'ils étaient trois à avoir vu le cavalier, d'autres personnes avaient dû l'apercevoir. Pas vrai ?

— Marché conclu ! Vous trouverez des preuves cette nuit, et demain nous irons voir le bourgmestre. Ensuite…

Mat et Perrin regardèrent Rand en silence, n'osant pas demander ce qui arriverait s'ils ne découvraient pas d'autres témoins. Mais la question se lisait dans leur regard, et le fils de Tam ignorait la réponse.

— Je devrais y aller, soupira-t-il. Mon père risque de se demander si je suis tombé dans un puits…

Accompagné par les au revoir de ses amis, Rand gagna l'écurie où la charrette reposait encore sur ses deux bras d'attelage.

Dans le bâtiment long et étroit au toit de chaume pointu, des stalles au sol couvert de paille s'alignaient des deux côtés d'un corridor central uniquement éclairé par la lumière qui filtrait des doubles portes entrouvertes, à chaque bout de la structure. Les chevaux du colporteur se régalaient d'avoine dans huit de ces compartiments fermés. Les imposantes bêtes de trait dhurriennes de maître al'Vere – un attelage que le bourgmestre louait aux fermiers quand ils avaient épuisé leurs propres chevaux au labour – en occupaient six de plus.

Trois autres stalles seulement étaient occupées. En passant devant, Rand n'eut aucune difficulté à associer montures et cavaliers. Le grand étalon noir qui secouait agressivement la tête ne pouvait appartenir qu'à Lan. La jument blanche, en revanche, avec son encolure joliment arquée, son corps élancé et ses mouvements gracieux de danseuse, même dans un espace clos, devait être la fidèle compagne de Moiraine. Le troisième cheval inconnu, un hongre à la robe alezane, longiligne jusqu'à en paraître étique, convenait parfaitement à Thom Merrilin.

Au fond de l'allée, Tam venait de sortir Bela d'une stalle. La tenant par la longe, il parlait avec Hu et Tad. Mais, dès qu'il aperçut son fils, il salua les deux garçons d'écurie et se mit en chemin vers la charrette.

Le père et le fils harnachèrent en silence la jument à long poil. Respectant la méditation de Tam, Rand réussit sans trop de mal à tenir sa langue. De toute façon, il n'était pas pressé d'essayer de convaincre son père de l'existence du cavalier noir – et encore moins d'en parler au bourgmestre. Le lendemain, ce serait beaucoup plus facile, puisque ses amis auraient déniché d'autres témoins. S'ils en trouvaient…

Alors que la charrette sortait de l'écurie, Rand récupéra son arc et son carquois et fixa ce dernier à sa taille tout en marchant – une tâche pas si facile que ça. Lorsque la petite expédition eut dépassé les dernières bâtisses du village, il encocha une flèche dans son arc, l'arma à moitié et pointa le projectile à hauteur de sa taille. À part des arbres presque tous dénudés, on ne voyait rien aux alentours. Pourtant, Rand se sentit très vite mal à l'aise. Le cavalier noir pouvait apparaître – ou attaquer – à n'importe quel moment. S'il n'était pas prêt à décocher sa flèche, le jeune homme risquait de ne jamais en avoir l'occasion.

Cela dit, il ne pourrait pas garder très longtemps la corde tendue. L'arc qu'il avait fabriqué lui-même était très dur à armer. À part Tam et une poignée de costauds, aucun homme du territoire n'était assez fort pour tirer la corde jusqu'à sa joue.

Pour ne pas penser au cavalier noir, le jeune homme réfléchissait aux choses les plus incongrues. Mais, quand on marchait dans une forêt, sa cape de voyage claquant au vent, il n'était pas facile d'oublier une telle menace.

— Père, dit Rand, histoire de se changer les idées, je ne comprends pas pourquoi le Conseil a interrogé Padan Fain. (Non sans effort, il détourna les yeux de la forêt et les posa sur Tam, qui avançait sur l'autre flanc de Bela.) Selon moi, la décision que vous avez prise aurait pu être arrêtée sur-le-champ. Le bourgmestre a effrayé tout le monde en évoquant la possibilité que les Aes Sedai et le faux Dragon viennent à Deux-Rivières.

— Les gens sont bizarres, Rand… Les meilleurs d'entre eux n'échappent pas à cette règle. Maître Luhhan est un vrai costaud et un modèle de courage, mais il ne supporte pas de voir abattre un animal. Il devient blanc comme un linge, tout simplement…

— Quel rapport avec le reste ? Tout le monde sait que maître Luhhan déteste la vue du sang. À part les Coplin et les Congar, personne ne lui en tient rigueur.

— Le rapport est évident, mon garçon : les gens ne se comportent pas toujours comme on peut s'y attendre. Les paysans d'ici peuvent voir la grêle ruiner leurs récoltes, le vent arracher le toit de toutes leurs maisons et les loups tuer la moitié de leurs troupeaux – tout ça sans broncher. Ensuite, ils râlent, bien entendu, mais ils retroussent leurs manches et se remettent au boulot. En revanche, s'ils entendent dire qu'un faux Dragon et des Aes Sedai s'affrontent au Ghealdan, ils ne tardent pas à penser que ce pays s'étend de l'autre côté de la forêt des Ombres – donc pas si loin que ça de chez eux – et que le plus court chemin entre Tar Valon et le Ghealdan, justement, passe un tout petit peu à l'est de leur territoire. Comme si les Aes Sedai pouvaient préférer traverser la forêt plutôt que longer la route qui traverse Lugard et Caemlyn.

» Dès demain matin, la moitié du village sera persuadée que la guerre ravagera bientôt Deux-Rivières et Champ d'Emond. Pour que ça se calme, il faudra des semaines… Afin de ne pas gâcher Bel Tine, Bran a en quelque sorte pris le taureau par les cornes. Les villageois sont informés que le Conseil s'occupe du problème, et ils attendront sereinement ses décisions. On nous a choisis, mes collègues et moi, parce que nous savons déterminer ce qui est dans l'intérêt de la communauté. Nos concitoyens nous font confiance. Ils se fient même à Cenn, ce qui, tout bien pesé, n'est pas très flatteur pour les autres conseillers. Mais qu'importe ! Si nous leur disons qu'il n'y a rien à craindre, ils nous croiront. Je ne prétends pas qu'ils n'arriveraient pas seuls à cette conclusion, mais, en procédant ainsi, nous sauverons la fête de Bel Tine et nous épargnerons des nuits d'insomnie angoissée à nos concitoyens. Rien ne se produira, c'est presque sûr. Et, en cas de mauvaise surprise, les patrouilles nous préviendront assez tôt pour que nous puissions prendre des mesures. Mais je doute que nous en arrivions là.

Rand eut un soupir sonore. Finalement, être membre du Conseil ne semblait pas si facile que ça.

La charrette s'était maintenant engagée sur la route de la Carrière.

— Quelqu'un d'autre que Perrin a vu ton cavalier noir ? demanda soudain Tam.

— Mat, oui, mais… (Rand sursauta.) Tu me crois ? Mais dans ce cas je dois rebrousser chemin pour prévenir mes amis !

Alors que le jeune homme se retournait pour partir dans l'autre sens, un cri de son père le pétrifia sur place.

— Du calme, mon garçon ! Tu penses que je n'ai aucune raison d'attendre avant de parler aux villageois ?

Rand se remit dans le sens de la marche et continua à suivre Bela en s'agitant nerveusement.

— Qu'est-ce qui t'a fait changer d'avis ? Et pourquoi ne puis-je pas le dire aux autres ?

— Ils comprendront tout seuls... Perrin, au moins. Mat, je n'en suis pas sûr... Les fermes seront informées au plus vite mais, dans une heure, à Champ d'Emond, tous les habitants âgés de plus de seize ans – en tout cas, ceux qui ont des responsabilités – sauront qu'un étranger rôde sur le territoire et qu'il n'est sûrement pas du genre qu'on invite pour Bel Tine. Après l'hiver que nous venons de vivre, inutile d'effrayer encore plus les enfants et les adolescents.

— L'inviter pour Bel Tine ? répéta Rand. Si tu l'avais vu, tu aurais envie de mettre cinq bonnes lieues entre lui et toi. Et peut-être même dix...

— C'est possible, concéda Tam. Mais il peut s'agir d'un réfugié, tout simplement. Ou d'un voleur convaincu que détrousser les gens sera plus facile ici qu'à Baerlon ou à Bac-sur-Taren. Les gens d'ici ne sont pas assez riches pour permettre qu'on les dépouille. Et si cet homme fuit la guerre, ce n'est pas une excuse pour effrayer les autres. Les patrouilles devront le débusquer ou au moins le forcer à ficher le camp.

— J'espère qu'elles le chasseront... Mais si tu me crois maintenant, pourquoi ne m'as-tu pas cru ce matin ?

— Parce que je me fie à mes yeux, mon garçon, et qu'ils n'avaient rien vu. Apparemment, seuls les jeunes hommes distinguent cet étranger. Mais quand Haral Luhhan a parlé des « peurs » de Perrin, tout est devenu clair. Le fils aîné de Jon Thane a vu ce cavalier et Bandry, celui de Samuel Crawe, a fait la même expérience. Quand quatre garçons de qualité, pas du tout des crétins, affirment avoir vu quelque chose, nous avons tendance à les croire, même si nos yeux nous disent le contraire. Tous les conseillers ont réagi ainsi, à part Cenn, bien entendu...

» C'est pour ça que nous rentrons, Rand. Nous deux absents, cet inconnu pourrait faire pas mal de dégâts sur nos terres. Si ce n'était pas Bel Tine, je ne retournerais pas au village demain. Mais nous ne pouvons pas nous cloîtrer à cause d'un type en noir...

— J'ignorais que Ban et Lem l'avaient vu, tu sais ? Mat, Perrin et moi, nous voulions aller en parler au bourgmestre, demain. Mais nous avions peur qu'il nous rie au nez !

— Tu crois que le cerveau d'un homme se ratatine parce qu'il a les cheveux gris ? grogna Tam. Ouvre l'œil, mon gars ! S'il se remontre, ce cavalier, je pourrai peut-être l'apercevoir...

Rand se concentra sur sa mission. À sa grande surprise, il s'avisa qu'il marchait d'un pas plus léger. S'il avait toujours peur, ses épaules se dénouaient et il respirait bien plus aisément. Comme le matin, Tam et lui étaient seuls sur la route de la Carrière. Mais on eût dit que le village entier les escortait.

Les autres savaient et le croyaient, voilà qui faisait toute la différence. Si les gens de Champ d'Emond s'unissaient, le cavalier noir ne pourrait pas leur faire de mal, c'était joué d'avance.

5

La Nuit de l'Hiver

Lorsque Tam et Rand arrivèrent chez eux, le soleil avait déjà accompli une bonne moitié de sa lente descente vers l'horizon occidental.

La ferme des al'Thor n'était pas bien grande. Rien de comparable, en tout cas, avec les imposants bâtiments de l'Est qui grossissaient année après année afin d'abriter des familles entières. Sur le territoire de Deux-Rivières, la notion de « famille » signifiait souvent que trois ou quatre générations – tantes, oncles, cousins et neveux compris – cohabitaient sous le même toit. Déjà tenus pour des originaux parce qu'ils exploitaient une ferme dans le bois de l'Ouest, Tam et Rand se distinguaient aussi en vivant seuls dans leur domaine.

De ce côté du village, la plupart des fermes n'avaient qu'un étage et on ne leur ajoutait jamais d'extension. Au-dessus de la salle commune, sous le toit en pente, on trouvait deux chambres et un grenier qui servait de garde-manger. Si les tempêtes hivernales avaient eu raison de la chaux qui blanchissait les murs épais de la bâtisse, celle-ci restait en très bon état. Le toit de chaume ne fuyait pas et la porte et les volets, solidement fixés et fermés, ne battaient pas au vent.

La maison, l'étable et la bergerie aux murs de pierre formaient les pointes du triangle qui délimitait la cour. Malgré le froid, quelques volailles s'étaient aventurées dehors pour trouver leur pitance dans la terre glaciale et dure comme de la pierre. Près de la bergerie, on avait installé une cabane à tonte sans porte et un grand abreuvoir. À l'orée des champs qui s'étendaient jusqu'aux premiers arbres de la forêt, on distinguait le toit pointu d'un hangar de séchage. À Deux-Rivières, presque tous les fermiers, pour survivre, devaient pouvoir proposer de la laine et du tabac aux marchands de passage.

Quand Rand jeta un coup d'œil dans la bergerie, tous les moutons à longues cornes tournèrent la tête vers lui, mais aucun ne bougea. D'un naturel placide, ces ovins à museau noir ne s'émouvaient pas de grand-chose. Leur toison bouclée était magnifique, songea Rand, mais, avec le froid, pas question de les tondre !

— Le cavalier noir n'est sûrement pas venu par ici, annonça Rand à Tam, qui arpentait la cour, sa lance brandie, en scrutant attentivement le sol. Si un intrus de ce genre était passé, les moutons seraient beaucoup moins calmes.

Tam acquiesça mais ne s'interrompit pas pour autant. Quand il eut fait le tour de la maison, il répéta l'opération avec l'étable puis la bergerie. Ne négligeant rien, il alla même inspecter le fumoir et le hangar de séchage. Puis il tira un seau d'eau du puits, prit un peu de liquide dans la paume de sa main, le renifla et le goûta de la pointe de la langue.

Sans crier gare, il éclata de rire et but le reste de l'eau.

— Tu dois avoir raison, dit-il à Rand en s'essuyant la main sur le devant de sa veste. Ces histoires d'homme et de cheval que je ne peux pas voir me rendent soupçonneux, je dois l'avouer. (Il vida le seau dans un baquet, puis se dirigea vers la maison, le récipient de bois dans une main et sa lance dans l'autre.) Je vais nous faire un ragoût pour le dîner… Et puisque nous sommes là, autant en profiter pour travailler un peu.

Rand fit la moue, désolé de rater la Nuit de l'Hiver de Champ d'Emond. Cela dit, son père avait raison. Dans une ferme, on n'en avait jamais terminé. Une corvée accomplie, deux autres pointaient le bout de leur nez. C'était comme ça, et on n'y pouvait rien.

Après quelques hésitations, Rand décida de garder à portée de la main son arc et son carquois. Si le cavalier noir se montrait, il n'avait aucune intention de l'affronter avec une binette au poing.

Le plus urgent était de s'occuper de Bela. Quand il l'eut désattelée et déharnachée, Rand conduisit la jument dans une stalle de l'étable jouxtant celle de leur unique vache, puis il retira sa cape de voyage et entreprit de frotter le pelage de la bête avec une poignée de paille bien sèche. Quand ce fut fait, il étrilla puis brossa la brave Bela. Enfin, il monta au grenier et récupéra du foin pour qu'elle festoie agréablement. Histoire d'améliorer son ordinaire, il ajouta un peu d'avoine – avec parcimonie, car il en restait très peu, et la réserve ne risquait pas de se reconstituer si le temps ne se réchauffait pas très vite.

Le matin même, Rand avait trait la vache, obtenant à peine un quart de la quantité habituelle de lait. Un autre effet de cet hiver prolongé…

Dans la bergerie, la réserve de nourriture restait suffisante pour deux jours. À cette période de l'année, les moutons auraient déjà dû être dans les pâturages, mais, là encore, les frimas retardaient tout. Soucieux du confort du troupeau, Rand prit quand même la peine de remplir à ras bord le grand abreuvoir intérieur.

Il alla ensuite inspecter le poulailler pour collecter les nouveaux œufs. Il n'en trouva que trois – les poules devenaient de plus en plus rusées dès qu'il s'agissait de les cacher.

Alors qu'il se dirigeait vers le jardin potager, une binette à la main, Rand vit son père sortir de la ferme et s'installer sur un banc, devant l'étable, afin de réparer des harnais. Voyant que Tam gardait sa lance à portée de la main, le jeune homme se sentit moins ridicule d'avoir transporté partout avec lui son arc et ses flèches.

Dans le jardin, il y avait assez peu de mauvaises herbes, mais pratiquement rien d'autre à part ça. Les choux étaient rachitiques, les haricots et les pois montraient à peine le bout de leur nez et on n'apercevait pas encore l'ombre d'une betterave. Bien entendu, le potager n'avait pas été entièrement ensemencé. Avec l'espoir que le beau temps arriverait enfin, Rand et Tam avaient semé juste ce qu'il fallait pour regarnir leur garde-manger avant qu'il soit totalement vide. Apparemment, ça ne fonctionnerait pas…

Biner la terre prit un minimum de temps à Rand. Les années précédentes, écourter cette corvée ne lui aurait pas déplu. Mais là, il s'inquiétait pour l'avenir. Si rien ne poussait, que pourraient-ils faire pour ne pas crever de faim ? Une question des plus angoissantes…

Quand il en eut terminé avec le jardin, Rand se souvint qu'il y avait du bois à couper. Mais existait-il une seule journée, dans la vie d'un fermier, où il n'y en avait pas ? Se plaindre n'étant sûrement pas le meilleur moyen de chauffer une demeure, Rand alla derrière la maison, posa son arc et son carquois près du billot de coupe, s'empara de la lourde hache et se mit à l'ouvrage. Il sélectionna du pin, idéal pour les flambées courtes mais vives, et du chêne, parfait pour les combustions plus lentes. Très vite en sueur, il retira sa veste et continua à jouer de la hache. Lorsqu'il eut coupé assez de bûches, il les entassa contre le mur de la bâtisse, à côté du tas déjà existant. Une pile déjà très haute, contrairement à celles qu'on voyait en général à cette époque de l'année. Mais puisque l'hiver ne se décidait pas à partir, il fallait bien se défendre contre ses assauts.

Concentré sur le rythme de la coupe, de temps en temps interrompue par quelques opérations de rangement des bûches, Rand perdit toute notion de l'heure. Du coup, il n'entendit pas son père approcher et sursauta en sentant une main se poser sur son épaule.

Pendant qu'il travaillait, le crépuscule était tombé et la nuit ne tarderait plus à venir. La pleine lune brillait déjà au-dessus de la cime des arbres, si imposante qu'on aurait pu croire qu'elle allait leur tomber sur la tête. Avec l'obscurité, le vent s'était fait plus violent et des nuages effilochés dérivaient dans le ciel presque noir.

— On devrait se laver les mains, petit, puis penser à manger un morceau. J'ai mis de l'eau à chauffer pour qu'on puisse prendre un bon bain chaud avant de dormir.

— L'adjectif « chaud » sonne comme une douce musique à mes oreilles, avoua Rand.

Il ramassa sa cape et se la posa sur les épaules. Sa chemise était trempée de sueur et le vent – qu'il n'avait pas senti tant qu'il maniait la hache – lui glaçait jusqu'à la moelle des os, maintenant qu'il ne se démenait plus. Alors qu'il ramassait le reste de ses affaires, le jeune homme étouffa un bâillement.

— Et dormir, quelle idée délicieuse ! Je pourrais roupiller jusqu'à la fin des festivités de Bel Tine !

— Tu veux parier sur ce point bien précis ? demanda Tam avec un petit sourire que son fils lui rendit de bon cœur.

Même s'il n'avait pas fermé l'œil d'une semaine, Rand n'aurait sûrement pas manqué Bel Tine. Et tout le monde était dans ce cas.

Tam ayant décidé de ne lésiner ni sur les bougies ni sur les bûches qui flambaient dans la cheminée, il faisait agréablement chaud et clair dans la salle commune. La cheminée mise à part, un élément dominait tous les autres dans la pièce : une grande table en chêne assez large et assez longue pour y asseoir au minimum une dizaine de personnes. Depuis la mort de sa mère, Rand avait rarement vu tant d'invités en même temps, mais la table et les chaises à haut dossier n'avaient jamais bougé de là… Quelques armoires et un ou deux coffres, le plus souvent de fabrication maison – l'œuvre de Tam – complétaient le mobilier résolument minimaliste.

Le fauteuil garni de coussins que Tam appelait son « siège de lecture » était disposé de biais par rapport à la cheminée. Quand il lisait, Rand préférait s'étendre sur le tapis, juste en face du feu. L'étagère à livres, près de la porte, se révélait moins bien fournie que celle de l'auberge mais, à Deux-Rivières, se procurer des ouvrages n'était pas facile. Les colporteurs en proposaient très peu – par souci de rentabilité, bien entendu, car les livres pesaient lourd et ne coûtaient pas si cher que ça – et ces raretés devaient être réparties entre bon nombre d'amateurs.

Comme le reste de la maison, la salle commune avait tendance à briller un peu moins qu'un intérieur tenu par une femme. Le rangement, lui aussi, laissait à désirer. Le présentoir à pipes de Tam traînait sur la table, à côté d'un exemplaire des *Voyages de Jain l'Explorateur*, et un autre livre à reliure de bois gisait grand ouvert sur le coussin du siège de lecture. Sur un petit banc, près de la cheminée, un harnais en mal de réparation voisinait avec des chemises qui auraient déjà dû être reprisées depuis quelque temps… Bref, la perfection n'était pas au rendez-vous, mais cela conférait à la maison une atmosphère chaleureuse presque aussi réconfortante que le crépitement vigoureux des flammes. Ici, on oubliait sans peine le froid anormal, les faux Dragons, les Aes Sedai, les guerres et les cavaliers en cape noire.

La bonne odeur de cuisine qui flottait dans l'air fit gargouiller l'estomac de Rand. Debout devant la cheminée, où un chaudron surplombait les flammes, Tam remua son ragoût puis le goûta.

— Ce sera bientôt cuit…, annonça-t-il.

Rand approcha de la cuvette posée sur un guéridon, près de la porte. Il rêvait d'un bain chaud, mais se débarbouiller et se laver les mains suffirait en attendant que l'eau ait fini de chauffer dans l'énorme bouilloire de la pièce du fond.

Tam fouilla dans une armoire, en sortit une clé au moins aussi longue que sa main, alla mettre en place la barre de la porte et ferma le verrou de sécurité.

— Pourquoi prendre des risques ? dit-il devant l'étonnement de son fils. Je deviens peut-être bizarre, à moins que le mauvais temps me tape sur les nerfs, mais… (Il soupira et se tapota la paume avec la clé.) Je vais fermer la porte de derrière…

Tandis que son père passait dans la pièce du fond, Rand tenta en vain de se souvenir d'une occasion où ils avaient verrouillé les portes. À Deux-Rivières, personne ne s'en donnait la peine, parce que ça ne servait à rien. Jusqu'à aujourd'hui, en tout cas.

Juste au-dessus de la tête de Rand – donc dans la chambre de Tam – un bruit grinçant retentit, comme si on tirait quelque chose sur le sol. Le jeune homme fronça les sourcils. Sauf si son père avait décidé de réaménager les lieux, il devait être en train de récupérer le très vieux coffre qu'il gardait sous son lit. Là encore, c'était la première fois que son fils le voyait agir ainsi.

Remplissant d'eau une petite bouilloire, Rand la suspendit à un crochet, au-dessus des flammes, puis il entreprit de mettre la table. Les assiettes creuses et les cuillères étaient également de fabrication maison – mais la sienne cette fois !

Les volets de devant n'étant pas encore fermés, Rand jetait de temps en temps un coup d'œil dehors. Mais il faisait nuit, désormais, et on ne voyait plus rien à part les ombres projetées par les rayons de lune. Le cavalier noir pouvait être n'importe où, et il valait mieux ne pas y penser…

Lorsque son père revint, Rand en écarquilla les yeux de surprise. Un épais ceinturon lui ceignant la taille, Tam portait sur la hanche gauche une épée dont la longue poignée, tout comme le fourreau noir, était ornée d'un héron de bronze. Jusqu'à ce jour, à part Lan, Rand n'avait presque jamais vu d'hommes ainsi armés, si on exceptait les gardes du corps des marchands. Et il n'avait jamais imaginé que son père pût posséder une épée. Très semblable à celle de Lan, d'ailleurs, si on oubliait les hérons.

— Où as-tu eu cette arme ? demanda-t-il. Un colporteur te l'a vendue ? Pour combien d'argent ?

Tam dégaina lentement son arme et la lumière des flammes se refléta sur une magnifique lame sans rapport avec la vulgaire longueur de fer qu'exhibaient parfois les gardes des marchands. Malgré l'absence d'or et de pierreries, cette épée avait quelque chose de majestueux. Très légèrement incurvée et aiguisée sur un seul tranchant, la lame était elle aussi ornée d'un héron. De très courts quillons terminés par une pointe protégeaient la poignée. Comparée aux armes des mercenaires engagés par les marchands – le plus souvent, des lames à double tranchant assez épaisses pour couper un arbre –, l'épée de Tam paraissait presque… fragile.

— Je l'ai eue il y a fort longtemps, répondit Tam, et très loin d'ici. Pour répondre à ton autre question, je l'ai payée beaucoup trop cher. Deux pièces de cuivre, c'est un prix prohibitif, pour un morceau d'acier. Ta mère n'était pas d'accord, et, comme toujours, elle se montrait plus sage que moi. Mais j'étais jeune et, à l'époque, la somme ne me paraissait pas exorbitante pour une telle arme. Ta mère a toujours voulu que je m'en débarrasse, et j'ai souvent pensé qu'elle avait là encore raison.

Dans une pièce bien éclairée, la lame semblait parfois s'enflammer comme une langue de feu. Depuis sa plus tendre enfance, Rand rêvait de posséder une épée. Et voilà qu'il avait sous les yeux un véritable chef-d'œuvre d'armurerie.

— T'en débarrasser ? Comment peut-on se défaire d'une épée pareille ?

— Pas très utile pour diriger des moutons, pas vrai ? Tu te vois labourer un champ avec ça ? Ou faire tes semailles ?

Un long moment, Tam contempla l'épée comme s'il se demandait ce qu'il fichait avec cet objet dans la main. Puis il soupira et ajouta :

— Si je ne me fais pas des idées, parce que j'ai tendance à tout noircir, il se peut très bien, dans les prochains jours, que tu me félicites d'avoir fouillé dans ce vieux coffre. (Après avoir rengainé l'arme, Tam s'essuya les mains sur sa chemise avec une grimace dégoûtée.) Le ragoût doit être prêt. Prépare donc l'infusion pendant que je te sers.

Rand acquiesça et alla prendre la théière. Mais il n'en resterait pas là, c'était clair. Il voulait tout savoir. Pourquoi Tam avait-il acheté une épée ? Cette énigme-là était déjà déconcertante. Et où l'avait-il trouvée, très loin de Deux-Rivières ? Quelques originaux exceptés, personne ne sortait du territoire. Pour épouser une étrangère, Tam avait bien dû voyager un peu, cependant. Mais faire l'acquisition d'une arme ? En mangeant, décida Rand, il allait bombarder son père de questions.

La bouilloire étant très chaude, Rand dut envelopper la poignée dans un morceau de tissu afin de retirer le récipient des flammes. Alors que la chaleur lui montait au visage, un coup frappé à la porte fit grincer sinistrement les gonds et le verrou. Aussitôt, le jeune homme oublia la bouilloire, l'épée et tout le reste.

— Un des voisins…, marmonna-t-il pour lui-même. Maître Dautry doit vouloir nous emprunter du…

Même en plein jour, où on marchait plus vite, la ferme des Dautry, leur plus proche voisin, était à une bonne heure de là. Grand emprunteur devant le Créateur – mais peu enclin à conjuguer le verbe « rendre » à la première personne –, Oren Dautry aurait cependant hésité à se déplacer de nuit, en ce moment.

Tam posa sur la table les assiettes qu'il venait de remplir, puis il s'écarta lentement, les deux mains serrant la longue poignée de son épée.

— Je ne crois pas…, commença-t-il.

À cet instant, la porte explosa, les pièces métalliques du verrou venant s'écraser sur le sol.

Une silhouette se découpa sur le seuil de la maison. Un géant vêtu d'une cotte de mailles qui lui tombait jusqu'aux genoux, des piques hérissant ses épaules, ses poignets et ses coudes. De sa vie, Rand n'avait jamais vu un homme si grand. Dans une main, l'intrus serrait une épée qui évoquait vaguement une faux. L'autre était plaquée contre son front, comme s'il voulait abriter ses yeux de la lumière.

Paradoxalement, Rand fut soulagé par cette apparition. Au moins, ce n'était pas le cavalier en cape noire qui le hantait depuis le matin.

Soudain, il vit les étranges cornes de bélier qui surplombaient la tête de l'intrus, touchant presque le chambranle de la porte. Là où auraient dû se trouver un nez et une bouche, un museau poilu s'ouvrait sur des crocs acérés.

Criant à s'en casser les cordes vocales, Rand jeta la bouilloire à la tête du monstre.

Aspergée d'eau bouillante, la créature poussa un rugissement plus animal qu'humain. Au moment où la bouilloire la percutait, l'épée de Tam s'abattit en un éclair. Son hurlement transformé en gargouillis, le monstre géant bascula en arrière. Mais il ne tomba pas, parce qu'un de ses congénères tentait déjà d'entrer dans la maison. Avant que Tam frappe de nouveau, Rand aperçut une tête horriblement déformée surmontée de cornes droites comme des fers de lance.

Leurs membres s'emmêlant, les deux victimes de Tam bloquaient momentanément l'entrée.

— File d'ici, mon garçon ! Et cache-toi dans les bois !

Malgré son hébétude, Rand comprit que ces paroles lui étaient adressées.

Dans l'encadrement de la porte, les cadavres tressautaient parce que d'autres monstres tentaient de se dégager un passage. Glissant une épaule sous la lourde table, Tam la souleva et la jeta sur les attaquants.

— Ils sont trop nombreux pour que je les repousse ! Sors par-derrière ! Allez, file, je te suivrai très vite !

Alors qu'il se retournait pour fuir, Rand eut honte d'avoir obéi si vite. Il aurait voulu rester pour aider son père, même s'il ne voyait pas comment s'y prendre, mais la peur lui serrait la gorge et ses jambes semblaient se déplacer de leur propre gré. Courant plus vite que jamais, elles le propulsèrent jusqu'à la porte de derrière.

Dans son dos, des cris et des bruits sourds indiquaient que l'assaut continuait.

Alors qu'il posait la main sur la barre de la porte, Rand aperçut du coin de l'œil le verrou qui n'était d'habitude jamais fermé. Sauf ce soir !

Oubliant toute idée de sortir par la porte, Rand se campa devant une fenêtre, l'ouvrit et écarta sans douceur les volets. Dehors, il faisait désormais nuit noire. Occultée à intervalles irréguliers par des bancs de nuages, la lumière de la lune projetait sur le sol des ombres mouvantes qui semblaient se poursuivre inlassablement.

Des ombres, pensa Rand.

Seulement des ombres, oui…

La porte de derrière craqua, comme si quelqu'un – ou quelque chose – tentait de l'ouvrir depuis l'extérieur. La bouche sèche, Rand se pétrifia. Mais, quand la porte trembla sur ses gonds, sans doute parce qu'une épaule puissante tentait de la défoncer, le jeune homme recouvra ses esprits. Enjambant la fenêtre, il sortit et se recroquevilla contre le mur. Dans son dos, du bois se brisa avec un vacarme de tempête.

Rand se força à se redresser et jeta un coup d'œil à l'intérieur. Avec l'obscurité, il ne distingua pas grand-chose, mais ce qu'il aperçut lui suffit amplement. La porte pendait sur ses gonds et des silhouettes noires avançaient dans la pièce en se parlant à voix basse. Incapable de comprendre le langage guttural des créatures, Rand n'eut pourtant pas besoin d'une traduction : les haches, les lances et les piques que brandissaient les agresseurs en disaient assez long.

Des bottes grinçaient sur le parquet et on entendait également un bruit rythmique de sabots.

Inspirant à fond – enfin, c'était son intention, même s'il n'y parvint pas –, Rand cria d'une voix étranglée :

— Ils t'attaquent par-derrière !

Un croassement, certes, mais qui disait bien ce qu'il voulait dire. C'était déjà quelque chose…

— Je suis dehors ! Enfuis-toi, papa !

Sur ces mots, le jeune homme se détourna et s'éloigna de la maison à la vitesse du vent.

Dans la pièce du fond, des cris rageurs retentirent. Puis un bruit de verre brisé indiqua à Rand qu'un des monstres, trop impatient, avait préféré sortir par une fenêtre pour le poursuivre.

Soucieux de fuir le plus vite possible, il ne se retourna pas pour vérifier s'il avait raison.

Comme un renard traqué par une meute de chiens, Rand fit mine de courir vers la forêt. Passant dans une ombre projetée par la lune, il se laissa tomber sur le ventre puis rampa en arrière jusqu'à l'ombre encore plus imposante de l'étable.

Lorsque quelque chose tomba sur son épaule, il se contorsionna sans savoir s'il essayait de se battre ou de s'enfuir. Puis il s'avisa qu'il en découvait avec… le nouveau manche de binette que Tam était en train de fabriquer.

Imbécile ! se morigéna-t-il, le souffle coupé par ses inutiles efforts. *Espèce de Coplin abruti !*

Ayant un peu récupéré, il rampa le long du mur de derrière de l'étable, traînant avec lui le manche de binette. Une arme qui n'avait rien d'extraordinaire, mais qui valait mieux que le vide, cependant.

Arrivé au coin de l'étable, Rand jeta un coup d'œil prudent dans la cour.

La créature qui avait fracassé la fenêtre pour le traquer n'était nulle part en vue. Mais elle devait rôder dans la nuit, prête à lui bondir dessus dès qu'elle l'apercevrait.

Sur sa gauche, dans la bergerie, les moutons bêlaient de terreur et des bruits de sabots indiquaient qu'ils tentaient de trouver une sortie. Des ombres passaient et repassaient derrière les fenêtres de devant aux volets ouverts de la maison et Rand entendait clairement le bruit caractéristique de l'acier qui percute de l'acier. Soudain, une fenêtre explosa dans un geyser d'éclats de verre et d'échardes de bois. Épée au poing, Tam bondit hors du piège qu'était devenue sa demeure. Il atterrit souplement sur ses pieds mais ne s'éloigna pas de la maison. Bien au contraire, ignorant les monstres qui sortaient à leur tour par la porte et la fenêtre dévastées, il fonça vers l'arrière de la bâtisse.

Rand eut du mal à en croire ses yeux. Pourquoi son père ne tentait-il pas de fuir ? Puis il comprit : Tam l'avait entendu crier derrière la maison, et il essayait de le retrouver.

— Je suis là ! cria-t-il.

Tam se retourna. Mais, au lieu de courir vers son fils, il fonça dans la direction opposée.

— Cours, mon gars ! cria-t-il, agitant son épée comme s'il s'adressait à quelqu'un se trouvant devant lui. File te cacher !

Une dizaine de silhouettes géantes se lancèrent à sa poursuite en hurlant de fureur.

Rand recula dans les ombres, derrière l'étable. Si quelques créatures étaient restées dans la maison, elles ne le verraient pas de leur position. Provisoirement, il était en sécurité, mais son père, lui, prenait tous les risques en attirant les monstres à ses trousses. Serrant plus fort son arme improvisée, Rand dut produire un gros effort pour ne pas éclater de rire. Un fichu manche de binette ! Affronter un des monstres avec ça ne serait pas l'équivalent d'une amicale joute au bâton avec Perrin, mais il ne pouvait pas abandonner Tam.

— Si je me déplace comme un chasseur qui piste un lapin, murmura-t-il, ils ne m'entendront pas et ne me verront pas davantage. (Des cris de colère retentirent, lui glaçant les sangs.) Que la Lumière brille sur moi, on dirait une meute de loups affamés…

Sans un bruit, le jeune homme quitta sa cachette et courut vers la forêt. Quand il l'eut atteinte, la sombre présence des arbres commença par le tranquilliser. Grâce à eux, il allait pouvoir se dissimuler aux yeux des monstres qui venaient d'attaquer la ferme. Mais, au bout d'un moment, des ombres bougèrent un peu partout autour de lui et il eut le sentiment que la nuit s'épaississait, devenant plus dangereuse. Les arbres semblaient le toiser de haut et leurs branches paraissaient se tendre vers lui. Mais s'agissait-il vraiment de troncs et de branches ? En tendant l'oreille, Rand croyait capter les ricanements pervers des créatures qui lui tendaient sans nul doute une embuscade. Ses véritables poursuivants ne hurlaient pourtant plus, mais, dans le silence de la nuit, le simple son de deux branches poussées l'une contre l'autre par le vent suffisait à lui donner des palpitations cardiaques. Se pliant en deux, décidé à ramper s'il le fallait, il n'osait plus respirer de peur de se trahir.

Soudain, une main se plaqua sur sa bouche et une autre se referma sur son poignet. Avec son bras libre, il tenta de frapper l'agresseur qui se trouvait dans son dos.

— Ne me brise pas la nuque, mon gars..., souffla une voix familière.

Toute tension l'abandonnant, Rand cessa de lutter. Quand son père le lâcha, il tomba à quatre pattes, haletant comme s'il avait couru pendant des heures. Tam s'accroupit à côté de lui, un coude posé sur son genou et la tête appuyée dans la paume de sa main.

— Si je m'étais rappelé combien tu as grandi, ces dernières années, souffla Tam, je n'aurais pas essayé ce coup-là... (Ses yeux sans cesse en mouvement sondaient soigneusement la forêt environnante.) Mais je devais t'empêcher de crier. Certains Trollocs ont une meilleure ouïe qu'un chien...

— Mais les Trollocs ne..., commença Rand.

Il n'alla pas plus loin. Après les événements de ce soir, comment croire encore que ces monstres appartenaient aux légendes ? De toute façon, qu'il s'agisse de Trollocs ou du Ténébreux en personne ne changeait rien au problème.

— Tu es sûr ? demanda quand même Rand. Pour les Trollocs, je veux dire...

— Absolument certain ! En revanche, ne me demande pas ce qu'ils font à Deux-Rivières ! Je n'avais jamais vu l'ombre d'une de ces créatures, mais j'ai parlé à des hommes habitués à les combattre. Du coup, j'en sais peut-être assez pour nous sauver la mise. Ouvre bien tes oreilles, mon gars !

» Dans le noir, les Trollocs y voient six fois mieux que nous. Cela dit, toute lumière très vive les aveugle momentanément. C'est peut-être grâce à ce phénomène que nous avons réussi à leur échapper. Les plus doués peuvent suivre une proie en reniflant son odeur ou en l'entendant se déplacer, mais ces monstres sont réputés pour leur paresse. Si nous leur échappons pendant assez longtemps, ils finiront par renoncer.

Cette nouvelle ne suffit pas à rassurer Rand.

— Dans les légendes, on dit qu'ils haïssent l'humanité et servent fidèlement le Ténébreux.

— Si le Berger de la Nuit a un troupeau, il est à coup sûr composé en partie de Trollocs. D'après ce qu'on m'a dit, ils tuent pour le plaisir. C'est tout ce que je sais d'eux – sinon qu'un homme ne doit jamais leur faire confiance, sauf s'ils ont peur de lui. Et encore, même dans ces circonstances, il faut rester prudent.

Rand frissonna à l'idée de rencontrer un jour quelqu'un capable de faire peur aux Trollocs.

— Tu crois qu'ils nous traquent toujours ?

— C'est possible, mais pas certain... Ils ne m'ont pas l'air très malins, pour tout dire. Une fois dans la forêt, je n'ai eu aucune difficulté à les lancer sur une fausse piste, en direction des montagnes. (Tam se palpa le flanc droit puis leva sa main à hauteur de ses yeux.) Cela dit, il ne faut quand même pas s'y fier…

— Tu es blessé ? s'écria Rand.

— Ne crie pas comme ça ! C'est une égratignure, et nous ne pouvons rien faire pour le moment, de toute façon. Au moins, le temps est plus clément, dirait-on. Dormir à la belle étoile ne sera pas si dur que ça…

Dans un coin de sa tête, Rand était justement en train de se languir de son épaisse cape et de sa veste. Les arbres coupaient le vent, certes, mais ce qui restait des bourrasques suffisait amplement à faire trembler un homme de froid. Tendant un bras, Rand toucha le front de Tam et fit la grimace.

— Tu es brûlant de fièvre. Il faut que je te ramène au village, pour que Nynaeve te soigne.

— Pas tout de suite, mon garçon…

— On ne peut pas traîner ! Dans le noir, c'est un long chemin.

Rand se releva et tenta d'aider Tam à en faire autant. Un grognement de douleur le dissuada de continuer. L'« égratignure » faisait atrocement souffrir le blessé.

— Laisse-moi me reposer un peu, petit… Je suis si fatigué.

Furieux, Rand tapa du poing sur sa cuisse. Réfugié dans la maison, avec un bon feu, des couvertures, de l'eau à volonté et de l'écorce de saule pour soulager la douleur et faire baisser la fièvre, il aurait consenti à attendre l'aube pour atteler Bela et conduire son père au village. Mais, dans la forêt, les deux hommes n'avaient pas d'eau, pas de couvertures, pas de charrette et pas de jument. Cela posé, le tout restait disponible à la ferme. S'il ne pouvait pas y amener Tam, Rand devait être capable d'aller récupérer certains de ces trésors. Si les Trollocs étaient partis, évidemment. Mais ils finiraient bien par s'en aller.

Rand baissa les yeux sur son manche de binette et le laissa tomber, dégoûté. Puis il dégaina l'épée de Tam, dont la lame brilla aussitôt faiblement dans l'obscurité. La longue poignée, conçue pour qu'on puisse manier l'épée à deux mains, ne ressemblait à celle d'aucun outil. Le poids et l'équilibre de l'arme étaient tout aussi déconcertants. Afin de s'entraîner, le jeune homme fendit plusieurs fois l'air avec l'épée, mais il cessa très vite. Fendre l'air était un jeu d'enfant. Frapper un Trolloc, en revanche… Et s'il hésitait, le monstre lèverait son étrange épée et…

Ça suffit ! Ce genre de pensée ne t'avance à rien !

Rand se redressa de nouveau.

— Où vas-tu ? demanda Tam, le prenant par le bras.

— Nous avons besoin de la charrette et de couvertures, et… (Sans difficulté, Rand dégagea son bras – pas un bon signe lorsqu'on connaissait la force de Tam, en temps normal.) Repose-toi, je ne serai pas long.

— Sois prudent.

S'il ne voyait déjà plus le visage de son père, dans cette nuit d'encre, Rand sentait toujours son regard peser sur lui.

— Ne t'en fais pas !

Oui, je serai aussi prudent qu'une souris qui explore le nid d'un faucon.

Ombre parmi les ombres, Rand avança en silence dans la forêt obscure. Enfant, dans ces bois, combien de fois avait-il joué à chat perché avec ses amis ? Eh bien, aujourd'hui, c'était pareil, sauf qu'il ne pouvait pas se permettre de perdre s'il tenait à la vie.

Malgré tous ses efforts, Rand avait du mal à voir les choses ainsi. Et c'était peut-être ça qui finirait par le trahir.

Passant furtivement d'arbre en arbre, il tenta de mettre un plan au point. Quand il atteignit la lisière de la forêt, il venait de rejeter inexorablement le dix ou onzième. En réalité, tout dépendait des Trollocs. S'ils avaient levé le camp, Rand n'aurait plus qu'à entrer dans la maison pour se servir. S'ils s'étaient incrustés… Eh bien, dans ce cas, il n'aurait plus qu'à rejoindre Tam. Agir ainsi ne lui disait pas grand-chose mais, s'il se faisait tuer, ça n'aiderait sûrement pas son père.

L'étable et la bergerie étaient totalement obscures, comme il se devait. De la lumière dansait toujours derrière les fenêtres de devant de la maison et une pâle lueur filtrait de la porte défoncée.

Les bougies allumées par Tam et les flammes du feu ? Ou les Trollocs sont-ils toujours là ?

Le cri d'un engoulevent fit sursauter Rand. Alors qu'il s'appuyait à un arbre, tremblant comme une feuille, il comprit que se torturer la cervelle ne le mènerait à rien. Se jetant à plat ventre, l'épée serrée contre son flanc, il entreprit de ramper jusqu'à la bergerie.

Arrivé à destination, il s'adossa au mur de pierre et tendit l'oreille. Aucun son ne troublait le silence. Dans la cour, plus rien ne bougeait, et les lumières de la maison ne fluctuaient plus du tout.

Bela et la charrette en premier ? Ou d'abord ce que j'ai à prendre à la maison ?

La lumière finit par influencer sa décision. L'étable obscure semblait un lieu parfait où tendre une embuscade. Dans la maison, personne ne pourrait le prendre par surprise et il verrait ce qu'il faisait.

Alors qu'il s'accroupissait de nouveau, Rand s'interrompit, frappé par un détail perturbant. On n'entendait *rien du tout* ! Même si la plupart des moutons étaient sans doute endormis, on aurait dû capter quelques bêlements isolés. Mais Rand distinguait à peine les ovins, immobiles sur le sol. L'un d'eux gisait pratiquement à ses pieds, de l'autre côté du muret.

Toujours sans bruit, Rand se pencha par-dessus la clôture minérale de la bergerie et tendit un bras pour toucher l'animal. Ses doigts rencontrèrent une luxuriante laine bouclée imbibée d'un liquide poisseux.

Bien entendu, le mouton ne bougea pas.

Rand recula si brusquement qu'il faillit basculer en arrière et s'étaler sur le dos.

« Ils tuent pour le plaisir », avait dit Tam.

Très remué, Rand essuya sa main souillée dans la poussière.

Déterminé à ne pas céder à la panique, il tenta de se convaincre que rien n'avait changé. Après avoir fait un massacre, les Trollocs étaient partis, très satisfaits d'eux-mêmes. Pour se donner du courage et continuer à explorer, Rand devait se persuader que les monstres n'étaient plus là. Se remettant en chemin, il se plia pratiquement en deux et tenta de sonder toutes les directions en même temps. De sa vie, c'était bien la première fois qu'il aurait aimé être un ver de terre !

Dans la salle commune, le chaudron renversé gisait dans les cendres du feu de la cheminée. Le sol était jonché de morceaux de bois. Normal, puisqu'il ne restait plus un seul meuble intact. Même la table en chêne était en piteux état, deux pieds sur quatre cassés et le plateau fissuré.

Les Trollocs avaient ouvert tous les tiroirs, les sortant même de leurs glissières pour les écrabouiller à coups de botte. Le contenu de tous les placards était éparpillé sur le sol, sur ce qui semblait un tapis de neige. En réalité, il s'agissait de farine et de sel – assez facile à dire, quand on voyait les sacs éventrés jetés près de la cheminée.

Quatre cadavres complétaient le tableau. Des Trollocs, bien entendu. Parmi eux, Rand reconnut le premier attaquant tué par Tam – la créature aux cornes de bélier. Les autres monstres lui ressemblaient comme des frères, répugnant mélange de traits humains et de caractéristiques typiquement animales. Les mains quasiment normales des Trollocs les rendaient encore plus horribles. Et si deux d'entre eux portaient des bottes, les deux autres avaient des sabots en guise de pieds.

Rand fixa les dépouilles si longtemps que ses yeux le brûlèrent. Pas un mouvement. Les monstres étaient morts et bien morts – et Tam attendait dans la forêt.

Le jeune homme entra et s'immobilisa, paralysé par la puanteur. Une écurie qu'on n'aurait pas débarrassée du fumier pendant des mois, voilà la seule comparaison qui lui vint à l'esprit ! Des traînées ignobles maculaient les murs, mélange de sang, de fluides impossibles à identifier et d'excréments encore fumants.

En s'efforçant de respirer par la bouche, Rand fouilla parmi les objets répandus sur le sol. Dans un des placards, Tam gardait une outre neuve, et…

Un grincement, dans son dos, fit sursauter Rand. Alors qu'il se retournait, manquant se prendre les pieds dans ce qui restait de la table, il lâcha un gémissement de terreur à travers ses dents serrées – une chance que ses mâchoires soient soudées l'une à l'autre, sinon sa denture aurait donné un concert de castagnettes.

Un des Trollocs se relevait, son museau de loup saillant sous ses yeux profondément enfoncés dans leurs orbites. Un regard froid, détaché et pourtant indéniablement humain…

Ses oreilles pointues frémissant sans cesse, le monstre aux sabots de chèvre enjamba le cadavre d'un de ses compagnons. Comme les autres, ce Trolloc portait une cotte de mailles qui émettait un bruit étrange en frottant contre son pantalon de cuir, et une épée à la large lame recourbée pendait sur sa hanche gauche.

Il marmonna dans sa langue quelques mots incompréhensibles, puis passa à celle de Rand :

— Les autres partis, mais Narg rester. Narg intelligent.

Sortant d'une gorge qui n'était pas conçue pour les prononcer, ces mots simples demandaient à Rand un gros effort de compréhension. Le ton du monstre était apaisant, semblait-il, mais ça ne suffisait pas à faire oublier les crocs jaunâtres que dévoilaient ses babines chaque fois qu'il grognait une syllabe.

— Narg savoir qu'humain revenir. Alors, attendre… Toi pas besoin d'épée. La poser !

Avant que le Trolloc en parle, Rand n'avait même pas conscience qu'il brandissait à deux mains l'arme de son père, visant le ventre de son agresseur.

— Narg pas te blesser, dit le monstre au torse et aux bras deux fois plus gros que ceux de maître Luhhan. Toi poser arme !

Sur le dos des mains de Narg, les poils longs et denses évoquaient plutôt de la fourrure ou des crins…

— Recule ! lança Rand d'une voix qu'il aurait voulue bien plus assurée. Pourquoi cette attaque ? Oui, pourquoi ?

— *Vlja daeg roghda !* répondit Narg avec un rictus qui dévoila plus encore ses crocs. Poser épée. Le Myrddraal veut te parler.

Une émotion stupéfiante passa furtivement sur le visage du monstre. De la peur !

— D'autres revenir et toi parler au Myrddraal. (Sa main se posant sur la poignée de son épée, Narg avança d'un pas.) Poser ton arme !

Rand passa la langue sur ses lèvres plus sèches que du vieux parchemin. Un Myrddraal ! Les monstres sortis des légendes abondaient, ce soir… Si un Blafard arrivait, les Trollocs auraient presque l'air inoffensifs, par contraste.

Le jeune homme devait fuir sans perdre de temps. Mais si le Trolloc dégainait son arme, il n'aurait pas une chance de s'en tirer. Se forçant à sourire, il souffla :

— D'accord, d'accord… (Tout en serrant plus fort la poignée de son arme, Rand baissa les bras.) Je parlerai au Myrddraal.

Sans crier gare – et à une incroyable vitesse – le Trolloc bondit sur sa proie. Par réflexe, Rand releva les bras.

Le monstre le percuta, l'envoyant s'écraser contre un mur. Le souffle coupé, Rand glissa vers le sol, son adversaire toujours sur lui. Pour éviter ses mâchoires assassines et ses mains d'étrangleurs, le jeune homme se débattit de toutes ses forces.

Le Trolloc eut un étrange spasme et s'immobilisa. Sonné par le choc contre le mur et coincé par le poids du cadavre, Rand resta un moment sans bouger. Un cadavre ? Oui, incontestablement. Une bonne longueur d'acier dépassait du dos de Narg. La dérisoire manœuvre défensive de Rand avait payé, finalement. La chemise et le visage empoissés de sang, le jeune homme se demanda un moment s'il n'allait pas vomir. Pas encore remis de sa terreur, il tremblait de tous ses membres. En même temps, il éprouvait un intense soulagement à l'idée d'être toujours en vie.

Mais d'autres Trollocs devaient venir. Avec un Myrddraal – autrement dit, un Blafard. Selon les légendes, les Blafards, hauts de plus de vingt pieds, avaient des yeux de feu et galopaient sur les ombres qui leur tenaient lieu de montures.

Rand devait se dépêcher de trouver ce qu'il lui fallait, histoire de pouvoir filer ensuite sans demander son reste.

Mobilisant toute sa force, il se dégagea du cadavre et faillit hurler de terreur quand deux grands yeux écarquillés se rivèrent sur lui. Mais c'était le regard de la mort, finit-il par comprendre, et il ne risquait rien pour le moment.

Après s'être essuyé les mains avec un chiffon – en réalité, une des chemises de Tam déchirées dans la tourmente – Rand saisit la poignée de son épée et la dégagea du cadavre. Dès qu'il eut nettoyé la lame, il jeta le « chiffon » sur le sol – avec une pointe de culpabilité, cependant.

Mais l'heure n'est pas à la propreté ! pensa-t-il avant d'éclater d'un rire hystérique qu'il étouffa en serrant de nouveau les mâchoires. Même en y consacrant tout son temps, il semblait impossible de nettoyer assez bien la maison pour la rendre de nouveau habitable. Sans parler de la puanteur, qui devait déjà imprégner les poutres. Mais ce n'était vraiment pas le moment de songer à ça.

Il est peut-être déjà trop tard pour songer à autre chose, qui sait ?

Rand aurait parié qu'il oubliait des dizaines d'objets susceptibles de lui être utiles. Mais Tam l'attendait, et les Trollocs risquaient de revenir d'un moment à l'autre. Se laissant guider par son instinct, le jeune homme alla récupérer des couvertures, à l'étage, et du linge propre pour bander la blessure de son père. Il prit aussi leurs capes et leurs vestes, trouva l'outre qu'il emportait lorsqu'il conduisait les moutons au pâturage et ajouta une chemise propre à sa collecte. Pour le moment, il n'avait pas le temps de se changer, mais il entendait bien se débarrasser au plus vite de sa chemise tachée de sang.

Le sac qui contenait l'écorce de saule et les autres médicaments reposait hélas au milieu d'un tas d'immondices sanglantes qu'il ne put pas se résoudre à toucher.

Le baquet apporté par Tam était toujours là où il l'avait posé, près de la cheminée. Par miracle, son contenu n'était pas souillé. Après avoir rempli son outre, Rand se lava les mains avec le reste de l'eau. Puis il fit un ultime tour de ce qui avait toujours été son foyer. Avisant son arc, il voulut le ramasser, mais constata qu'on l'avait cassé en deux à l'endroit le plus épais. Puisqu'il en était ainsi, ce qu'il avait récupéré jusque-là suffirait. Une fois qu'il eut tout entassé sous le porche, il retourna dans la salle commune et ramassa une lanterne à demi cassée qui contenait encore de l'huile. Quand il l'eut allumée avec une bougie, il ferma les volets – à cause du vent, en partie, mais surtout pour que tout ait l'air normal – puis il sortit, la lanterne dans une main et l'épée dans l'autre. Qu'allait-il trouver dans l'étable ? Après ce qui s'était passé dans la bergerie, il ne se faisait guère d'illusions. Mais pour ramener Tam au village, il aurait besoin de la charrette. Et de Bela pour la tirer.

Les doubles portes étaient ouvertes, celle de droite pendant lamentablement sur ses gonds. À l'intérieur, tout semblait normal de prime abord. Mais les portes des stalles avaient été arrachées, Bela et la vache manquant à l'appel. Au fond de la bâtisse, la charrette gisait sur le flanc, presque tous les rayons de ses roues brisés comme du petit bois. Un des bras d'attelage était également cassé.

Rand ne put plus lutter contre un sentiment d'impuissance et de désespoir. Même si Tam était en état d'être déplacé, il doutait d'avoir la force de le porter jusqu'au village. De toute façon, être secoué risquait de le tuer plus vite encore que la fièvre. Pourtant, il n'y avait rien d'autre à faire. Rester ici ne servait plus à rien, désormais.

Alors qu'il se détournait pour sortir, Rand avisa le bras d'attelage cassé qui gisait sur le sol couvert de paille. Pour la première fois depuis le début de l'attaque, il eut un sourire sincère.

Posant la lanterne et l'épée sur le sol, il plaqua son épaule contre le flanc de la charrette et poussa afin de la faire basculer sur l'autre côté – celui où se trouvait le bras d'attelage intact. Quand il eut réussi, il ramassa l'épée et commença à jouer les bûcherons. À sa grande satisfaction, des copeaux de bois volèrent aussitôt dans les airs et le travail avança aussi vite que s'il avait utilisé une hache.

Lorsque le bras d'attelage tomba sur le sol, Rand baissa les yeux sur la lame et constata qu'elle n'était même pas émoussée. Sur un bois si vieux et si dur, le tranchant de hache le mieux aiguisé aurait souffert, c'était une certitude. Cette lame, en revanche, semblait aussi affûtée qu'avant. Passant un pouce sur le fil, il dut le porter très vite à sa bouche après l'avoir entaillé. L'épée restait aussi coupante qu'un bon rasoir.

Là encore, Rand n'avait pas le temps de s'appesantir sur le phénomène. Après avoir éteint la lanterne – ficher le feu à l'étable aurait été le bouquet, après tant de malheurs –, il souleva les deux bras d'attelage et retourna prendre ce qu'il avait entreposé devant la maison.

Tout ça faisait une charge non négligeable. Pas si lourde que ça, à vrai dire, mais encombrante et trop encline à lui glisser des bras pour que sa progression à travers le champ labouré soit de tout repos. Une fois dans la forêt, ce fut encore plus pénible, car les bras d'attelage percutaient les troncs, manquant le faire tomber à chaque enjambée. Il aurait été plus facile de les traîner derrière lui mais, avant de laisser une piste si facile à suivre, il préférait attendre le plus longtemps possible.

Tam n'avait pas bougé et il semblait dormir profondément. Enfin, il fallait espérer qu'il dorme… Soudain paniqué, Rand lâcha son chargement, s'accroupit et posa une main sur le front de son père. La fièvre avait encore monté…

Réveillé par ce contact, Tam ouvrit les yeux et marmonna :

— C'est toi, Rand ? Je m'inquiétais… J'ai rêvé à des jours révolus… Des cauchemars…

Ses propos devenant indistincts, Tam ne tarda pas à sombrer de nouveau dans l'inconscience.

— Ne t'inquiète pas, dit Rand. (Pour le protéger du vent, il couvrit le blessé avec sa cape et sa veste.) Je te conduirai très vite chez Nynaeve, et tout s'arrangera…

Ignorant s'il parlait pour apaiser Tam ou pour se rassurer lui-même, Rand se débarrassa de sa chemise souillée – dans sa hâte, il ne prit même pas le temps de grelotter de froid – puis enfila le vêtement propre. Se changer et jeter la chemise sale lui donna l'impression d'avoir pris un bain, tant il se sentit mieux.

— Au village, nous ne risquerons plus rien, et la Sage-Dame te remettra sur pied en un clin d'œil. Tu verras, tout va s'arranger.

Quand il eut enfilé sa veste, Rand se pencha sur son père pour l'examiner. Une idée tournait en boucle dans sa tête : au village, ils seraient en sécurité et Nynaeve sauverait Tam.

Il suffisait d'arriver vivants jusque-là.

6

Le bois de l'Ouest

À la chiche lumière de la lune, Rand ne voyait pas vraiment ce qu'il faisait, mais la blessure de Tam semblait cependant n'être qu'une égratignure. Une coupure pas plus longue que la paume d'une main, sur le flanc droit…

Le jeune homme ne parvenait pas à en croire ses yeux. Quand il se blessait ainsi – dans une ferme, ça arrivait très souvent –, Tam prenait à peine le temps de désinfecter la plaie avant de recommencer à travailler.

Après un examen attentif, Rand ne trouva aucune autre lésion susceptible d'expliquer la fièvre et l'abattement du blessé. Cela dit, autour de l'entaille, la peau était plus brûlante que tout le reste du corps de Tam. Ce n'était pas peu dire, parce qu'une poussée de température pareille pouvait tuer un homme ou lui laisser des séquelles si terribles qu'il risquait de regretter d'avoir survécu.

Imbibant un morceau de tissu d'eau – merci à l'outre ! –, Rand humidifia le front de son père. Puis il tenta de nettoyer la blessure, mais des gémissements de douleur le dissuadèrent de continuer.

Autour des deux hommes, les branches agitées par le vent craquaient sinistrement.

Quand ils reviendraient, les Trollocs fouilleraient la ferme de fond en comble, puis ils reprendraient leur chemin. C'était du moins la version idyllique de l'histoire dont Rand tentait de se convaincre. Mais la destruction systématique de la maison et le massacre des animaux laissaient augurer d'une fin bien moins heureuse. Des monstres résolus à tuer et à détruire n'abandonnaient pas si facilement. Croire le contraire revenait à s'aveugler, et il n'y avait rien de plus dangereux au monde.

Des Trollocs ! Au nom de la Lumière, des Trollocs ! Des monstres sortis des fantaisies d'un trouvère pour venir défoncer notre porte en pleine nuit.

Et, pour couronner le tout, un Blafard! Que la Lumière brille sur moi, un Blafard!

Rand s'aperçut soudain qu'il ne bougeait plus, tenant entre ses mains le pansement qu'il destinait à la plaie de son père.

Paralysé comme une souris qui vient de voir l'ombre d'un faucon!

Secouant la tête pour s'éclaircir les idées, le jeune homme passa le pansement autour du torse de son père et le noua.

Savoir ce qu'on devait faire et agir en conséquence n'immunisait pas contre la peur, surtout quand on avait de l'imagination. Lorsque les Trollocs reviendraient, ils ratisseraient sans doute la forêt pour trouver les proies qui leur avaient échappé. Le cadavre de Narg leur indiquerait que leurs cibles ne pouvaient pas être bien loin. Et qui savait de quoi était capable un Blafard? Ou de quel pouvoir il disposait? Il y avait aussi l'ouïe des Trollocs, extraordinairement développée, selon Tam. Se souvenant de ce point, Rand faillit plaquer une main sur la bouche de son père, pour étouffer ses gémissements.

À quoi bon? Ils ont aussi un odorat hors du commun, et, contre ça, je suis impuissant.

La première règle, face au danger, était de ne pas se soucier des problèmes qu'on n'avait pas les moyens de résoudre.

— Essaie de faire moins de bruit, souffla Rand à son père. Les Trollocs vont revenir.

Tam ne parut pas comprendre ce que son fils lui disait.

— Tu es toujours très mignonne, Kari, croassa-t-il. Comme une jeune fille…

Rand fit la grimace. Sa mère n'était plus de ce monde depuis quinze ans. Si Tam la croyait encore vivante, la fièvre devait être encore plus grave que son fils le craignait. Comment le convaincre de se taire, dans l'état où il était?

— Maman veut que tu te taises…, souffla Rand.

La gorge serrée, il marqua une courte pause. Sa mère avait des mains très douces, c'était à peu près tout ce dont il se souvenait.

— Kari te demande de ne pas faire de bruit… Tu veux boire? Tiens, voilà de l'eau…

Tam téta avidement l'outre, mais, quand il eut terminé, il tourna la tête sur le côté et recommença à délirer – pas assez fort pour que Rand comprenne ce qu'il disait. Avec un peu de chance, les Trollocs seraient dans le même cas…

Conscient qu'il ne pouvait rien faire de plus pour son père, Rand se mit au travail. Se servant des bras d'attelage comme montants, il noua et enroula trois couvertures afin de fabriquer une civière de fortune. Étant seul, il ne pourrait pas la porter normalement et serait contraint de la traîner derrière lui. La trace sauterait aux yeux des Trollocs, mais il n'avait pas d'autre solution.

Sacrifiant la dernière couverture, il la découpa, tressa une solide longueur et l'attacha au bout des deux montants de la civière, s'improvisant ainsi un harnais.

Avec toute la délicatesse dont il était capable, il souleva Tam de terre et l'installa sur la civière. Malgré toutes ses précautions, le blessé gémit plusieurs fois de douleur.

Depuis toujours, Tam al'Thor passait aux yeux de son fils pour un homme indestructible. Rien ne l'atteignait, ne l'arrêtait ni ne le ralentissait. Le voir dans cet état vidait le jeune homme de son courage. Mais il ne devait pas se laisser aller, sinon il n'avancerait plus. Et c'était sa mission, s'il voulait sauver son père.

Quand Tam reposa enfin sur la civière, Rand s'immobilisa, hésitant et troublé. Mais il se décida vite à prendre le ceinturon d'armes qui ceignait la taille du blessé.

Quand il le boucla autour de sa propre taille, il eut une sensation étrange. Le ceinturon, le fourreau et l'arme elle-même ne pesaient pas très lourd ; pourtant, lorsqu'il rengaina l'épée, il eut l'impression qu'un poids énorme mettait sa hanche gauche à la torture.

Encore des idioties ! se tança-t-il.

Comment pouvait-il perdre ainsi son temps ? L'épée n'était rien de plus qu'un très grand couteau. Et ne rêvait-il pas depuis toujours de porter une lame et de vivre d'épiques aventures ? S'il avait pu tuer un Trolloc avec cette arme, pourquoi ne se croyait-il pas en mesure d'en repousser d'autres ? Malheureusement, la réponse était simple : dans la maison, face à Narg, il avait eu un extraordinaire coup de chance. Et quand il rêvait d'aventure, ça n'impliquait jamais de claquer des dents de frousse, de devoir fuir en pleine nuit pour sauver sa peau ni de voir son père approcher à grands pas de la mort.

Après avoir recouvert Tam avec ce qui lui restait de l'ultime couverture, Rand posa l'outre et ses autres « bagages » sur la civière, puis il se baissa, passa la tête dans le harnais, le mit soigneusement en place sur ses épaules, saisit les deux bouts des bras d'attelage et se redressa. En s'y prenant de cette façon, le poids à tirer n'était pas si terrible que ça. La civière laissant de profondes ornières dans son dos, le jeune homme se mit en chemin vers Champ d'Emond.

Il entendait rejoindre la route de la Carrière et la suivre jusqu'au village. C'était dangereux, bien entendu, parce qu'il serait visible comme le nez au milieu de la figure. Mais s'il se perdait dans la forêt – et c'était plus que probable en pleine nuit – Tam ne bénéficierait jamais des soins dont il avait besoin.

Avec l'obscurité, Rand atteignit la route sans s'en apercevoir. Lorsqu'il vit enfin où il était, sa gorge se serra d'angoisse. Se hâtant de faire demi-tour, il retourna sous le couvert des arbres et s'arrêta pour reprendre son souffle. Le cœur battant la chamade, il s'orienta vers l'est, en direction de Champ d'Emond.

Longer la route à travers le bois, comme il s'apprêtait à le faire, serait beaucoup plus difficile que d'avancer en terrain découvert. Bien sûr, l'obscurité lui compliquerait encore la tâche. Mais marcher en pleine vue, tout compte fait, aurait été de la folie furieuse. L'idée était d'atteindre le village sans croiser de Trollocs et même sans en apercevoir, si ce n'était pas trop demander.

Si les monstres les traquaient toujours, Tam et lui, ils comprendraient tôt ou tard que Champ d'Emond était leur seul refuge possible. Et pour y aller, la route de la Carrière restait le meilleur chemin.

La longer de si près semblait déjà trop dangereux, mais il n'y avait pas moyen de faire autrement, même si les arbres aux branches déplumées étaient loin de fournir un camouflage suffisant.

Les rayons de lune qui filtraient de cette misérable frondaison fournissaient assez de lumière pour que Rand *croie* voir où il mettait les pieds. À chaque pas, des racines manquaient le faire tomber et des ronces invisibles lui lacéraient les jambes à travers son pantalon. Les creux et les bosses du terrain, inoffensifs en plein jour, lui tendaient une multitude de pièges et il tempêtait intérieurement chaque fois que la terre se dérobait sous ses pas ou formait au contraire un monticule qui menaçait de l'envoyer s'étaler de tout son long sur le sol rocheux.

À chaque cahot, Tam cessait de marmonner pour gémir de douleur.

Ignorant d'où pouvait venir le danger, Rand sondait les ténèbres jusqu'à s'en faire mal aux yeux. Tendant l'oreille plus que jamais dans sa vie, il sursautait en entendant craquer la plus petite brindille. Et quand il captait un bruissement d'aiguilles de pin, il s'arrêtait carrément, tous les sens aux aguets, attendant pour repartir d'être sûr que le vent seul en était responsable.

Au bout d'un moment, alors qu'une bise mordante se jouait de sa cape et de sa veste, Rand eut l'impression de ne presque plus sentir ses bras et ses jambes. Le poids de la civière et du blessé, si anodin au début, menaçait à présent de le faire basculer en arrière. Et s'il titubait, ce n'était plus obligatoirement à cause d'obstacles invisibles. Avancer sur un terrain accidenté en tractant une charge considérable semblait devoir le vider de ses forces plus vite que prévu.

Mais depuis quand n'avait-il pas pris de repos ? Le matin, il s'était levé avant l'aube pour s'acquitter de toutes ses corvées. Avant même de partir pour Champ d'Emond, il avait accompli l'équivalent d'une journée de travail. Un soir normal, il aurait été installé devant la cheminée, se régalant d'un livre avant d'aller se coucher. Là, il tremblait sous les assauts du froid et son estomac, en grommelant avec insistance, lui rappelait qu'il n'avait plus rien avalé depuis les tranches de pain d'épice de maîtresse al'Vere.

Quel crétin il était de n'avoir pas pris un peu de nourriture avant de quitter la ferme ! Quelques minutes de plus ou de moins n'auraient rien changé. Juste le temps de trouver du pain et du fromage. Ça n'aurait sûrement pas suffi pour que les Trollocs lui tombent dessus. Au moins, il aurait pu emporter une miche de pain… Bien entendu, dès qu'il atteindrait l'auberge, maîtresse al'Vere insisterait pour lui offrir un repas chaud. Probablement une portion de son délicieux ragoût de mouton. Avec son pain maison et un torrent d'infusion bien chaude !

— Ils déferlent du Mur du Dragon comme un raz-de-marée, dit soudain Tam d'une voix puissante et vibrante de colère. Sur leur passage, la terre s'imbibe de sang. Combien d'hommes devront mourir pour expier la faute de Laman ?

Rand faillit s'en étaler de surprise. Posant la civière sur le sol, il se dégagea du harnais et constata que celui-ci lui avait laissé sur les épaules une marque profonde. Bougeant les bras pour en chasser l'ankylose, il s'agenouilla près de Tam, s'empara de l'outre et tenta de sonder la route à droite et à gauche sur une bonne trentaine de pas. Dans l'obscurité, rien ne bougeait à part des ombres plus denses que la nuit. Une illusion d'optique, simplement.

— Les Trollocs ne déferlent pas comme un raz de marée, papa… En tout cas, pas pour le moment. Bientôt, nous serons en sécurité à Champ d'Emond. Bois donc un peu d'eau…

Tam écarta l'outre d'un geste vif, comme si son bras avait recouvré toute sa vigueur. Puis il prit Rand par le col, le tirant assez prêt de lui pour qu'il sente contre sa joue l'onde de chaleur d'une fièvre dévorante.

— Ces crétins disaient que nous pouvions les balayer comme de vulgaires détritus ! Combien a-t-il fallu de batailles perdues et de cités incendiées pour qu'ils voient enfin la vérité en face ? Alors, les nations se sont de nouveau unies pour repousser la menace.

Tam relâcha sa prise sur le col de Rand et soupira de tristesse :

— En Marath, les champs jonchés de morts dans un silence seulement troublé par les cris des corbeaux et le bourdonnement des mouches. Les tours décapitées de Cairhien brûlant dans la nuit comme des torches géantes… Sur le chemin des Murs Scintillants, ils ont tué, pillé et incendié jusqu'à ce qu'on les repousse enfin. Et sur la route de…

Rand plaqua une main sur la bouche de son père. Quelque chose bruissait non loin de là – un martèlement, plutôt, qui venait de gagner en puissance parce que le vent avait changé de direction. Perplexe, le jeune homme tourna lentement la tête pour tenter de déterminer d'où venait ce phénomène. Du coin de l'œil, il capta un mouvement – et se pencha davantage sur Tam pour mieux le protéger.

À sa grande surprise, il s'avisa qu'il serrait la poignée de l'épée, qui semblait être arrivée comme par magie dans sa main droite. Mais il ne s'étendit pas sur ce « miracle », car toute son attention était rivée sur la route de la Carrière. À croire que c'était l'unique lieu encore réel dans le monde entier.

À l'est, des ombres fluctuantes prirent peu à peu forme pour dessiner la silhouette d'un cavalier suivi par des créatures géantes qui pressaient le pas pour ne pas se laisser distancer par la monture de l'inconnu. Alors que la lumière blafarde de la lune se reflétait chichement sur des fers de lance et des tranchants de hache, Rand n'envisagea pas un instant qu'il puisse s'agir d'un groupe de villageois venant à son secours.

Il savait très bien qui étaient ces silhouettes noires. Il le sentait jusque dans la moelle de ses os, certain de son jugement avant même que le cavalier soit assez près pour qu'il distingue la capuche de sa cape de voyage noire. Un vêtement que le vent ne faisait pas claquer…

Dans l'obscurité, toutes les silhouettes semblaient sombres, bien entendu. Pourtant, Rand aurait reconnu cet étalon parmi des milliers d'autres.

Le cavalier noir approchait, ouvrant la voie à une colonne de monstres cornus dotés d'un museau parfois pointu comme un bec. Une horde de Trollocs avançant en colonne par deux, leurs bottes ou leurs sabots martelant le sol avec une parfaite synchronisation, comme s'ils obéissaient aux ordres d'un unique cerveau. Rand compta vingt monstres quand ils passèrent devant lui. Songeant au cavalier noir, il se demanda quel genre d'homme il fallait être pour ne pas craindre de tourner le dos à tant de Trollocs.

Voire à un seul, tout bien pesé…

La colonne s'éloigna en direction de l'ouest, le martèlement de pas s'estompant très vite dans l'obscurité. Rand resta cependant où il était, ne bougeant pas un muscle à part ceux qui lui permettaient d'emplir ses poumons d'air. Une petite voix, dans sa tête, lui soufflait de ne pas esquisser un geste avant d'être *absolument* certain que la colonne cauchemardesque ne reviendrait pas en arrière. Quand il en fut sûr, il s'autorisa à se redresser.

Dans un silence surnaturel, le cavalier noir avait bel et bien fait demi-tour, et sa monture aussi obscure que lui s'arrêtait tous les trois ou quatre pas pour lui permettre de mieux sonder le bas-côté de la route.

Alors que le vent se déchaînait, gémissant entre les branches des arbres, la cape du cavalier ne frémissait pas dans son dos. À chaque pause de l'étalon, la tête encapuchonnée de noir tournait lentement de droite à gauche.

La monture venait de s'immobiliser juste en face de l'endroit où Rand était à demi accroupi près de son père.

Le cavalier tourna de nouveau la tête.

Rand serra la poignée de l'épée à s'en faire blanchir les phalanges. Comme le matin même, sur la route de la Carrière, il sentit peser sur lui le regard invisible et pourtant haineux du cavalier noir et frissonna de la tête aux pieds. Cet étranger abominait tout ce qui vivait en ce monde, c'était évident. Malgré le vent glacial, de la sueur ruisselait sur le visage du jeune homme.

Le cheval se remit en mouvement, toujours en silence, puis s'arrêta de nouveau et repartit. Dans l'obscurité, Rand ne voyait plus qu'une ombre mouvante qui aurait pu être n'importe quoi. Plissant les yeux, il s'efforça de ne pas quitter une seconde du regard cet étrange spectacle. S'il le perdait de vue, le cavalier noir risquait de se matérialiser sans crier gare juste au-dessus de lui – voire dans son dos.

Mais l'ombre fluctuante reprit pour de bon sa route, passant devant lui au galop – et sans un bruit, comme depuis le début. Le regard fixe, le cavalier fonçait en direction des montagnes de la Brume. Vers l'ouest, là où se dressait la ferme.

Relâchant sa tension, Rand prit une grande inspiration et essuya du revers d'une manche la sueur glacée qui coulait toujours sur son front et ses joues.

Pourquoi les Trollocs avaient-ils attaqué la ferme ? Pour tout dire, la réponse ne l'intéressait plus vraiment. S'il n'avait plus besoin de faire face aux monstres, Rand se fichait de ne jamais savoir pour quelle raison ils s'en étaient pris à lui.

Il se redressa et baissa les yeux sur la civière. Tam marmonnait toujours, mais d'une voix si étouffée qu'il était impossible de capter le moindre mot. Et quand son fils tenta de lui donner à boire, il refusa, l'eau se déversant sur son menton. Toussant pour expulser de sa bouche l'embout de l'outre, le blessé recommença à délirer comme si rien n'était venu l'interrompre.

Rand humidifia le morceau de tissu posé sur le front de son père, reposa l'outre à sa place sur la civière et remit sur ses épaules le harnais improvisé.

Il repartit d'un bon pas, comme s'il venait de se réveiller après une longue nuit de sommeil. Mais ce regain d'énergie ne dura pas. Un moment, la peur avait masqué sa fatigue. À présent, la peur demeurait, mais le masque fondait comme neige au soleil. Très vite, Rand recommença à tituber, tous les muscles douloureux, et la faim le tortura de nouveau. Résolu à oublier ses misères, il se concentra sur la marche – poser un pied après l'autre sans tomber jusqu'à ce qu'il ait atteint sa destination.

Il imagina Champ d'Emond en liesse pour la Nuit de l'Hiver. Les maisons aux volets ouverts, la lumière derrière les fenêtres, les villageois se saluant joyeusement dans les rues au gré des visites qu'ils se rendaient les uns aux autres… Des violonistes devaient jouer *Les Fantaisies de Jaem* ou *Le Héron en plein vol*, et Haral Luhhan, un verre de trop dans le nez, chantait sûrement *Du vent dans les blés* de sa voix de fausset – il le faisait chaque année, jusqu'à ce que sa femme lui impose le silence. Malgré son grand âge, Cenn Buie était sans doute résolu à montrer qu'il dansait aussi bien qu'à vingt ans. Fidèle à sa réputation, Mat avait certainement en cours une facétie qui ne tournerait bien sûr pas comme il l'avait prévu – le type de forfait dont tout le monde le saurait coupable, même s'il serait impossible de le prouver.

Le moral remonté par ces évocations familières, Rand faillit sourire en dépit de sa situation délicate.

Mais la litanie de Tam se fit un peu plus forte et plus compréhensible :

— *Avendesora*… On affirme qu'il est unique, mais une bouture fut apportée à Cairhien – un arbrisseau. Un merveilleux cadeau pour le roi !

Malgré la fureur qui faisait trembler sa voix, Tam parlait juste assez fort pour que son fils l'entende. Et quiconque aurait l'ouïe assez fine pour l'entendre également capterait sans peine le bruit de la civière glissant sur le sol.

Rand continua à avancer, écoutant distraitement.

— Ils n'ont jamais fait la paix. Jamais ! Mais ils apportèrent une bouture, un *symbole* de paix. Et l'arbrisseau poussa pendant cinq siècles. Cinq cents ans de trêve avec ceux qui ne pactisaient pourtant pas avec les étrangers. Pourquoi Laman a-t-il coupé l'arbre ? Quelle folie ! Le sang fut le prix d'*Avendoraldera* ! Le prix de l'orgueil démesuré de Laman…

Rand se demanda vaguement dans quel cauchemar généré par la fièvre avait sombré son père. *Avendesora*… L'Arbre de Vie était censé avoir une multitude de qualités miraculeuses, mais aucune légende ne mentionnait un « arbrisseau » ni n'évoquait de mystérieux « ils » résolument hostiles aux étrangers. Il n'y avait qu'un arbre, et il appartenait à l'Homme Vert.

Le matin même, Rand se serait senti un peu idiot de penser avec une telle gravité à l'Arbre de Vie et à l'Homme Vert. Des légendes, et rien d'autre, pas vrai ?

Oui, comme les Trollocs, par exemple…

Fallait-il en conclure que toutes les légendes étaient aussi vraies que les nouvelles rapportées par les colporteurs et les marchands ? Devait-on accorder du crédit aux récits fabuleux des trouvères et à toutes les histoires qui se racontaient le soir autour des feux de camp ? Dans ce cas, Rand pouvait s'attendre à rencontrer l'Homme Vert, un Ogier géant voire un féroce Aiel au voile noir…

Tam parlait toujours, constata Rand. De temps en temps, il s'arrêtait pour reprendre son souffle, mais ensuite il continuait comme s'il pensait ne s'être jamais arrêté. Du coup, des morceaux de ses phrases manquaient parfois.

— … Les batailles sont toujours brûlantes, même dans la neige… La sueur est chaude comme le sang… Seule la mort est glaciale. Le versant de la montagne… unique endroit qui ne puait pas la mort… Je fuyais l'odeur et la vue des cadavres… Entendu les pleurs d'un bébé… Leurs femmes combattent parfois aux côtés des hommes, mais celle-là, pourquoi l'avaient-ils laissée venir ? Je ne… Elle a accouché seule, avant de mourir de ses blessures.

» L'enfant couvert par sa cape, mais le vent… La cape envolée, le bébé était déjà bleu de froid. Aurait dû mourir aussi… Mais il pleurait dans la neige… Comment l'abandonner ? Nous n'avions pas d'enfants… et tu en voulais un, je le savais…

» Kari, je suis sûr que tu l'aimeras… Oui, ma chérie, Rand est un très joli nom. Un bon prénom pour un gentil petit gars…

Les jambes coupées, comme si elles venaient de perdre le peu de force qui leur restait, Rand tomba à genoux. Le choc arracha un gémissement à Tam et le « harnais » s'enfonça douloureusement dans les épaules du jeune homme, mais il ne s'aperçut de rien. Si un Trolloc avait bondi devant lui, il se serait probablement contenté de le dévisager en silence.

Sur la civière, Tam marmonnait de nouveau des propos incompréhensibles – une série de grognements qui n'étaient peut-être même plus des mots.

La fièvre, et voilà tout ! pensa Rand.

Les poussées de fièvre favorisaient les cauchemars, c'était bien connu. Et, même sans température, c'était une nuit à faire de mauvais songes.

— Tu es mon père, dit Rand. (Il posa une main sur le front du blessé.) Et je suis ton…

La fièvre avait encore monté. Et pas qu'un peu…

Alors que Rand se relevait péniblement, Tam recommença à murmurer. Refusant d'écouter son délire, le jeune homme avança avec en tête une seule idée : poser un pied devant l'autre et arriver au plus vite à Champ d'Emond.

Mais, dans un coin de son esprit, une petite voix répétait sans cesse : *Tam est mon père… La fièvre le fait délirer, c'est tout. Oui, Tam est mon père. Et il divague à cause de la fièvre.*

Au nom de la Lumière ! qui suis-je donc ?

7

Sortis du bois

Une lumière grisâtre apparut alors que Rand avançait toujours péniblement dans le bois de l'Ouest. Au début, il ne s'en aperçut pas, puis il s'étonna que les ténèbres soient déjà en train de se dissiper. Malgré ce que lui disaient ses yeux, il refusait de croire qu'il avait marché toute la nuit sans réussir à rallier Champ d'Emond. Bien entendu, la route de la Carrière en plein jour, avec son sol rocheux, était bien plus simple à négocier que le bois dans l'obscurité. Cela dit – très paradoxalement –, des jours semblaient avoir passé depuis qu'il avait vu le cavalier noir sur la route. Et carrément des semaines depuis que Tam et lui étaient entrés dans la maison avec l'intention de dîner.

Rand ne sentait plus la couverture transformée en harnais qui lui sciait les épaules. Pas de quoi s'étonner, puisque cette partie de son corps était totalement engourdie. S'il en allait de même pour ses pieds, tout ce qui se situait entre les deux souffrait atrocement. À force d'aspirer péniblement de l'air, sa gorge et ses poumons semblaient être en feu, et la faim lui ravageait littéralement l'estomac.

Tam se taisait depuis un bon moment. Rand n'aurait su dire quand il avait cessé de délirer, et il n'osait pas se retourner pour s'assurer de la condition du blessé. S'il s'arrêtait, même une minute, il n'aurait plus la force de repartir. Et même si l'état de Tam s'était aggravé, il ne pouvait rien pour lui, à part continuer à avancer obstinément vers le village. C'était le seul espoir ! Rand tenta d'accélérer le pas, mais ses jambes en plomb ne lui obéirent pas. Épuisé, il ne sentait presque plus le vent et le froid.

Soudain, une odeur de fumée vint lui chatouiller les narines. S'il captait les émanations des cheminées, il ne pouvait plus être bien loin du but. Un sourire se dessina sur ses lèvres – l'ombre d'un sourire, en réalité, car il se rembrunit immédiatement. Il y avait trop de fumée ! Même s'il devait y avoir une flambée dans chaque cheminée de Champ d'Emond, par un temps pareil, l'odeur était trop puissante.

Rand repensa à la colonne de Trollocs, sur la route. Ils venaient de l'est, la direction de Champ d'Emond. Plissant les yeux, le jeune homme tenta de repérer les premières maisons. Prêt à appeler n'importe qui à l'aide – y compris Cenn Buie ou un des lamentables Coplin –, il ne put s'empêcher de penser qu'il aurait de la chance s'il restait quelqu'un encore en mesure de l'aider.

Une maison se découpa soudain entre les branches dénudées des derniers arbres. L'espoir étant l'ultime force capable de le faire avancer, Rand entra en titubant dans le village.

Et là, même l'espoir l'abandonna.

À la place d'une bonne moitié des maisons, il ne restait plus que des ruines. Sur les toits au chaume carbonisé, des cheminées noires de suie se dressaient comme des doigts crasseux sur un treillis de poutres noircies par les flammes. Partout, des colonnes de fumée noire montaient encore des bâtiments incendiés. Souvent en tenue de nuit, des villageois au visage fermé remuaient les cendres. Si certains récupéraient de menus objets, la plupart semblaient trop hébétés pour chercher des « trésors ». Dans les rues s'alignaient les meubles et les équipements que leurs propriétaires avaient pu sauver des flammes. De grands miroirs, des armoires et des commodes voisinaient dans la poussière avec des chaises et des tables sur lesquelles reposaient des ustensiles de cuisine, des draps, des piles de vêtements et toute une variété d'objets personnels.

La destruction avait frappé au hasard. Dans un secteur, cinq maisons demeuraient intactes. Un peu plus loin, un seul bâtiment se dressait au milieu des ruines fumantes de tous ceux qui l'avaient entouré.

De l'autre côté des ponts, les trois grands bûchers de Bel Tine brûlaient sous la surveillance d'un petit groupe d'hommes. Emportés par le vent, des colonnes de fumée noire et de petits tisons ardents volaient vers le nord.

Un des puissants chevaux de maître al'Vere traînait vers le pont aux Chariots, donc en direction des flammes, une masse sombre que Rand ne parvint pas à identifier.

Alors qu'il sortait des bois, Haral Luhhan, le visage noir de suie, se précipita à la rencontre du jeune homme. Une hache de bûcheron dans un de ses énormes battoirs, le forgeron était encore en chemise de nuit, même s'il portait des bottes. Une zébrure rouge sur la poitrine, il devait avoir été tiré du lit au début de l'attaque. S'accroupissant près de Tam, il l'examina rapidement. Les yeux fermés, le père de Rand respirait avec de grandes difficultés.

— Des Trollocs, mon garçon ? demanda maître Luhhan d'une voix enrouée – l'effet de la fumée, très certainement. Ici aussi... Oui, ici aussi... Au fond, nous avons eu beaucoup de chance, je crois... Ton père a besoin de soins. Où est donc la Sage-Dame ? Mais voilà Egwene !

Les bras chargés de draps découpés pour faire office de pansements, la jeune fille courait en regardant droit devant elle, ses yeux écarquillés paraissant encore plus grands à cause de larges cernes. Quand elle vit Rand du coin de l'œil, elle s'arrêta net et prit une inspiration saccadée.

— Non, Rand, pas ton père ! Est-il... ? Non, alors viens, il faut que Nynaeve le voie !

Trop épuisé et choqué, Rand ne parvint pas à parler. Toute la nuit durant, il avait pensé à Champ d'Emond comme à un havre où Tam et lui n'auraient plus rien à craindre. Et maintenant, devant la jeune fille à la robe maculée de suie, il ne savait plus où il en était et notait comme un idiot des détails qui n'avaient aucune importance. Egwene avait fermé de travers les derniers boutons de sa robe et ses mains, bizarrement, étaient immaculées. Comment pouvaient-elles être propres alors que les joues de la jeune fille disparaissaient sous une couche de suie ?

Comprenant que Rand était en état de choc, maître Luhhan posa sa hache à côté de Tam, puis il souleva l'arrière de la civière et exerça une légère poussée afin que le jeune homme emboîte le pas à Egwene. Alors qu'il marchait comme un somnambule, Rand se demanda comment maître Luhhan savait qu'il s'était agi de Trollocs. Mais il ne s'appesantit pas longtemps sur la question. Si Tam les avait reconnus, pourquoi le forgeron en aurait-il été incapable ?

— Les légendes et les récits sont réels..., murmura Rand.

— On dirait bien, mon garçon, approuva Luhhan. On dirait bien...

Concentré sur le rythme des pas d'Egwene, Rand entendit à peine ces quelques mots. Il trépignait intérieurement, agacé parce que la jeune fille n'avançait pas assez vite. En réalité, elle s'adaptait à la vitesse maximale que les deux porteurs pouvaient atteindre avec leur fardeau.

Au milieu de la place Verte, elle s'arrêta devant la maison des Calder, encore debout malgré les dégâts qu'avaient subis son toit et ses murs blanchis à la chaux devenus uniformément noirs. Des deux maisons qui flanquaient la demeure, il restait en tout et pour tout des cendres et quelques poutres carbonisées. L'une était la résidence de Berin Thane, un des frères du meunier. L'autre appartenait à Abell Cauthon, le père de Mat.

— Attendez-moi ici, dit Egwene.

Elle regarda Rand et le forgeron comme si elle attendait une réponse. Constatant qu'ils ne mouftaient pas, elle marmonna quelque chose puis entra dans la maison.

— Mat…, souffla Rand. Il est… ?

— Vivant, acheva le forgeron. (Il posa son extrémité de la civière et se redressa.) Je l'ai croisé il y a quelques minutes. C'est un miracle qu'il y ait des survivants. Si tu avais vu les monstres fondre sur ma maison et ma forge – à croire que j'y cachais de l'or et des bijoux ! Alsbet a fracassé la tête d'un Trolloc avec une poêle à frire. Ce matin, elle a jeté un coup d'œil aux cendres de notre maison, puis elle est partie en chasse dans le village avec le plus gros marteau qu'elle a trouvé dans les ruines de ma forge. Une précaution, a-t-elle dit, au cas où une créature aurait l'idée de se cacher dans les environs au lieu de filer. Si elle déniche une proie, ce ne sera pas joli à voir… (Il désigna la maison des Calder.) Maîtresse Calder et d'autres femmes s'occupent des blessés et de ceux qui n'ont plus de toit. Dès que la Sage-Dame aura soigné Tam, nous lui trouverons un lit. À l'auberge, peut-être. Le bourgmestre a déjà mis son établissement à la disposition de la communauté, mais Nynaeve préfère que les blessés ne soient pas tous hébergés au même endroit. Selon elle, ça les aidera à guérir plus vite.

Rand s'agenouilla, se débarrassa du harnais et entreprit d'arranger les couvertures de Tam.

Le blessé ne broncha pas, même quand son fils le bouscula un peu à cause de ses mains engourdies. Mais il respirait toujours, et c'était déjà ça.

C'est bien mon père… Le délire induit par la fièvre ne compte pas !

— Et si les Trollocs revenaient, maître Luhhan ?

— La Roue tisse comme elle l'entend, mon garçon… S'ils revenaient ? Eh bien, pour l'instant, ils sont partis. À nous de rebâtir ce qu'ils ont détruit.

Le forgeron soupira, les traits soudain défaits tandis qu'il se massait les reins avec les phalanges d'une main. Comme lui, comprit Rand, ce colosse était épuisé et il tenait debout par un miracle de volonté.

— Les fêtes de Bel Tine sont fichues, soupira Luhhan en regardant autour de lui. Mais nous nous remettrons de ce coup du sort, comme toujours… (Il se baissa, prit sa hache et bomba le torse.) J'ai du pain sur la planche ! Ne t'inquiète surtout pas, mon garçon. La Sage-Dame prendra soin de ton père et la Lumière veillera sur nous tous. Et si elle ne le fait pas, nous nous en chargerons tout seuls. Souviens-toi, les gens de Deux-Rivières sont comme ça !

Toujours accroupi, Rand regarda autour de lui tandis que le forgeron s'éloignait. La première fois qu'il *voyait* vraiment ce qu'était devenu le village. Maître Luhhan avait raison, et ce que le jeune homme découvrit ne l'étonna pas – une surprise en soi, en un certain sens. Si les villageois fouillaient toujours les ruines de leurs maisons, ils n'étaient déjà plus sous le choc et leur détermination légendaire revenait au galop. Mais s'ils avaient vu des Trollocs, avaient-ils distingué le cavalier noir ? Et senti sa haine ?

Voyant Nynaeve et Egwene sortir de la maison, le jeune homme se leva d'un bond. Du moins, il essaya. Les jambes en coton, il tituba et manqua s'étaler face contre terre.

La Sage-Dame ne daigna pas lui accorder un regard et s'agenouilla près de la civière. Les joues et la robe encore plus sales que celles d'Egwene, elle aussi avait les yeux cernés… et les mains mystérieusement propres.

Après avoir palpé le front de Tam, elle lui souleva les paupières, fronça les sourcils, descendit la couverture et écarta le pansement pour examiner la blessure. Remettant le bandage en place trop vite pour que Rand puisse voir l'évolution de la plaie, elle soupira, remonta la couverture jusqu'au menton de Tam – un geste plein de tendresse, comme si elle bordait un enfant pour la nuit.

— Je ne peux rien faire, dit-elle. (Pour se relever, elle dut s'aider en posant les mains sur ses genoux.) Désolée, Rand…

Sonné, le jeune homme regarda la Sage-Dame retourner vers la maison. Puis il sortit de son hébétude, la rattrapa et la força à se tourner vers lui.

— Il est mourant ! cria-t-il.

— Je sais…

Deux mots pour une condamnation à mort sans appel.

— Vous devez faire quelque chose ! La Sage-Dame ne peut pas laisser mourir un homme !

Un chagrin infini voila le regard de Nynaeve. Mais ça ne dura pas, et elle redevint en un clin d'œil une femme d'acier aux yeux glaciaux.

— C'est vrai, je suis la Sage-Dame… Je sais ce que peuvent faire mes potions, et j'ai appris à voir quand il était trop tard pour qu'elles agissent. S'il y avait un espoir, tu crois que je resterais les bras ballants ? Mais c'est fini, Rand. Il est perdu, et d'autres blessés ont besoin de moi. Des gens que je peux encore sauver.

— Je l'ai amené ici aussi vite que possible…

Même si le village était en ruine, la Sage-Dame avait jusque-là continué à incarner l'espoir. Mais la partie était jouée, et il avait perdu.

— Je sais… (Nynaeve effleura la joue de Rand.) Tu n'y es pour rien. Personne n'aurait fait mieux, à ta place. Désolée, mais d'autres malheureux m'attendent. Nos problèmes ne font que commencer, j'en ai peur…

Pétrifié, Rand regarda la jeune femme entrer dans la maison et refermer la porte derrière elle. Nynaeve ne l'aiderait pas, c'était tout ce qu'il retenait de ce dialogue.

Quand Egwene se jeta dans ses bras et l'enlaça, il recula d'un pas, déséquilibré par l'impact. Dans d'autres circonstances, l'étreinte de la jeune fille, incroyablement vigoureuse, lui aurait arraché un cri de douleur. Là, il resta inerte, le regard rivé sur la porte qui venait en se refermant de sonner le glas de ses espoirs.

— Je suis navrée…, souffla Egwene contre sa poitrine. Au nom de la Lumière, j'aimerais pouvoir faire quelque chose !

Comme un automate, Rand l'enlaça à son tour.

— Je sais… Mais moi, je dois agir ! Je ne peux pas le laisser… le laisser…

Rand ne put pas finir sa phrase. Bouleversée, Egwene le serra encore plus fort.

— Egwene ! cria Nynaeve dans la maison. J'ai besoin de toi ! Et lave-toi encore une fois les mains !

La jeune fille se dégagea des bras de Rand.

— Je dois y aller !

— Egwene !

Rand crut entendre son amie sangloter tandis qu'elle se détournait de lui. Puis elle s'éloigna, le laissant seul à côté de la civière. Un instant, il baissa les yeux sur Tam et mesura l'étendue de son impuissance. Mais il se ressaisit très vite.

— Le bourgmestre saura que faire, souffla-t-il en soulevant de nouveau la civière. Oui, il saura !

Bran al'Vere avait réponse à tout. Avec l'obstination d'un garçon de Deux-Rivières, Rand se dirigea vers l'*Auberge de la Cascade à Vin*.

Un autre cheval de maître al'Vere dépassa Rand, sa longe attachée aux chevilles d'un grand cadavre enveloppé d'une couverture crasseuse. Des bras couverts de crins dépassaient de ce linceul douteux dont un coin soulevé laissait apercevoir une corne de bélier.

Deux-Rivières n'était pas l'endroit où les légendes devaient devenir réelles dans toute leur horreur ! Si les Trollocs avaient une place quelque part, c'était dans le monde extérieur, là où les faux Dragons, les Aes Sedai – et la Lumière savait quoi d'autre – sortaient des récits des trouvères pour devenir de terrifiantes réalités. Deux-Rivières et Champ d'Emond n'avaient rien à voir avec tout ça.

Alors qu'il traversait la place Verte, des villageois appelèrent Rand – certains depuis les ruines de leur maison – pour savoir s'il avait besoin d'aide. Le jeune homme les entendit à peine, même ceux qui marchèrent un moment à ses côtés tout en l'interrogeant. Sans vraiment y penser, il réussit à répondre qu'il avait la situation bien en main et se débrouillerait tout seul. Quand ils le quittaient, souvent l'air très inquiets, disant qu'ils allaient lui envoyer Nynaeve, Rand se contentait de hocher distraitement la tête. Une seule idée avait droit de cité dans son esprit : Bran al'Vere serait en mesure d'aider Tam. Comment ? Il n'en savait rien, mais les ressources du bourgmestre étaient inépuisables.

L'auberge avait échappé presque entièrement au cataclysme qui venait de détruire la moitié du village. Des marques noires maculaient bien les murs, mais le toit de tuile rouge étincelait comme d'habitude au soleil. En revanche, il ne restait presque rien du chariot de maître Fain. Des roues carbonisées, un cadre de bois noirci et de grands arceaux arrachés – sans parler des fixations de la bâche entièrement dévorée par les flammes.

Assis en tailleur sur les antiques fondations, Thom Merrilin égalisait avec une petite paire de ciseaux les bords légèrement roussis de sa cape multicolore. Voyant approcher Rand, il posa le vêtement et l'instrument. Sans demander s'il avait besoin d'aide, il sauta de son perchoir et s'empara de l'extrémité libre de la civière.

— On entre ? Bien sûr, bien sûr… Ne t'inquiète pas, mon gars, votre Sage-Dame s'occupera de lui. Depuis des heures, je la regarde travailler, et elle est très compétente. Une main sûre et de solides connaissances… Tu sais, ça pourrait être pire. Il y a eu des victimes, cette nuit… Pas beaucoup, peut-être, mais une seule serait déjà de trop pour moi. Le colporteur a disparu, et ça, c'est un coup dur. Les Trollocs dévorent tout ce qui leur tombe sous les crocs. Tu devrais remercier la Lumière que ton père soit encore en vie et puisse bénéficier des soins de la Sage-Dame.

Mon père, oui, c'est bien mon père…, pensa Rand.

Il se ferma au monde extérieur, réduisant la voix du trouvère à un murmure qui ne lui sembla pas plus important que le bourdonnement d'une mouche. Les témoignages de sympathie et les déclarations réconfortantes lui étaient insupportables et le resteraient tant que Bran al'Vere ne lui aurait pas dit ce qu'il fallait faire pour sauver Tam.

Arrivé devant l'auberge, Rand s'immobilisa, stupéfié. Sur la porte, sans doute dessinée avec un morceau de bois carbonisé, s'affichait l'image d'une grosse larme noire en équilibre sur sa partie la plus fine. Après tant d'événements hors du commun, le jeune homme ne s'étonna pas de voir le Croc du Dragon stigmatiser ainsi l'*Auberge de la Cascade à Vin*. Même s'il ne voyait pas pourquoi quelqu'un aurait eu envie d'accuser Bran et sa famille de faire le mal – ni d'attirer le mauvais œil sur l'établissement –, la nuit passée l'avait convaincu que tout était possible et qu'il ne fallait s'ébahir de rien.

Une ferme poussée du trouvère ramena Rand à la réalité. Ouvrant la porte, il entra sans hésiter davantage.

À l'exception notable de Bran al'Vere, la salle commune était déserte – et glaciale, car personne n'avait pris le temps d'allumer un feu dans la cheminée. Assis à une table, le bourgmestre trempait sa plume dans un encrier. Le front plissé de concentration sous sa couronne de cheveux grisonnants, il regardait fixement une feuille de parchemin. Vêtu d'une chemise de nuit fourrée à la hâte dans la ceinture de son pantalon, une configuration qui lui boudinait encore la taille, Bran al'Vere, sans bottes ni chaussettes, se grattait distraitement la plante d'un pied avec le gros orteil de l'autre. Vu la crasse qui lui montait jusqu'aux chevilles, il avait dû sortir plus d'une fois sans prendre le temps de se chausser – un oubli assez étonnant, par un froid pareil.

— Que veux-tu ? demanda-t-il à Rand sans relever la tête. Sois bref et concis, parce que j'ai une dizaine de problèmes à régler dans la minute qui vient. Sans parler des questions qui devraient avoir trouvé une réponse depuis une heure ! Quand j'ai peu de temps, mon capital patience fond comme neige au soleil. Allons, mon ami, je t'écoute !

— Maître al'Vere, c'est mon père…

Le bourgmestre sursauta.

— Rand ? Tam ? (Bran lâcha sa plume et se releva si vite qu'il en renversa sa chaise.) Au fond, la Lumière ne nous a peut-être pas abandonnés. J'avais peur que vous soyez morts tous les deux. Bela a déboulé au village une heure après le départ des Trollocs. De l'écume à la bouche, haletant comme si elle avait galopé d'une traite depuis la ferme, elle était si troublée que j'ai cru… Mais ce n'est pas le moment de bavarder. Nous allons porter mon vieil ami à l'étage. (Bran écarta le trouvère et souleva la civière.) Maître Merrilin, veux-tu bien aller chercher la Sage-Dame ? Et dis-lui de se dépêcher, si elle ne veut pas avoir affaire à moi. Repose-toi, mon vieux Tam. Tu seras bientôt entre des draps douillets. Allons, trouvère, du nerf !

Thom Merrilin sortit avant que Rand ait le temps de parler.

— Nynaeve ne fera rien… Elle l'a déjà examiné, et elle est impuissante. Je pensais que vous auriez une idée.

Bran dévisagea intensément Rand, puis il secoua la tête.

— On va voir ça, mon garçon, on va voir ça… (Tout à coup, le bourgmestre ne semblait plus si confiant que ça.) D'abord, portons-le dans un lit où il pourra se reposer.

Rand se laissa guider vers l'escalier, au fond de la salle commune. Il refusait de perdre espoir, tentant de se convaincre que Tam se rétablirait, mais il avait du mal à y croire vraiment. Et la réaction du bourgmestre n'arrangeait rien…

À l'étage, sur la partie avant, une demi-douzaine de chambres confortables offraient une vue imprenable sur la place Verte. Le plus souvent, elles étaient louées par des colporteurs ou des visiteurs venus de Colline de la Garde ou de Promenade de Deven. En général, tous les clients, y compris les marchands qui passaient une fois l'an, étaient surpris de trouver un tel confort dans le coin le plus perdu du monde. Trois chambres étant occupées, Bran orienta Rand vers la plus proche de celles qui étaient encore libres.

Dès que le lit eut été ouvert, Tam fut installé sur le doux matelas de plume, des coussins moelleux glissés sous la tête.

Le blessé ne bougea pas et ne gémit pas davantage tandis qu'on le manipulait. Chassant d'un geste négligent les angoisses de Rand, Bran lui conseilla de s'occuper plutôt d'allumer un bon feu, car on gelait dans la pièce inhabitée. Quand il eut ouvert les rideaux afin de laisser entrer la lumière du jour, Bran entreprit de laver le visage de son ami.

Lorsque Merrilin revint, des bûches crépitaient joyeusement dans la cheminée.

— Elle ne viendra pas, annonça le trouvère en foudroyant Rand du regard. Tu ne m'as pas dit que la Sage-Dame l'avait déjà examiné. Bon sang ! elle a failli m'arracher les yeux !

— Je croyais… Eh bien, je n'en sais trop rien… Je pensais que le bourgmestre pourrait la faire changer d'avis… (Rand se tourna vers le propriétaire des lieux.) Maître al'Vere, que puis-je faire ?

L'aubergiste secoua la tête en signe d'impuissance. Désireux d'éviter le regard de Rand, il recommença à humidifier le front de Tam.

— Maître al'Vere, je ne peux pas le regarder mourir sans agir ! (Le trouvère fit mine de parler, mais Rand ne lui en laissa pas le temps.) Avez-vous une idée ? Je suis prêt à tout !

— Je me demandais, intervint enfin Thom Merrilin, si vous saviez, bourgmestre, qui a dessiné le Croc du Dragon sur votre porte. (Le trouvère regarda un moment sa pipe, tassa le tabac du bout d'un index puis, sans l'avoir embrasé, remit le long tuyau entre ses dents.) On dirait que quelqu'un ne vous aime plus, maître al'Vere. Ou déteste vos clients…

Rand regarda l'artiste d'un air dégoûté, puis il se détourna pour contempler le feu. Ses pensées crépitaient comme les flammes et elles se concentraient sur un seul et unique point : il ne renoncerait pas ! Impossible de rester là et de regarder Tam agoniser.

Mon père, oui, mon père !

Dès que le blessé irait mieux, il conviendrait d'éclaircir ce point. D'abord, il fallait vaincre la fièvre. D'accord, mais comment ?

Tandis qu'il fixait le dos de Rand, Bran fit une moue désabusée. Puis il foudroya le trouvère du regard – le genre de manifestation de mauvaise humeur qui aurait fait froid dans le dos à un ours. Mais Thom Merrilin ne broncha pas, comme s'il n'avait rien remarqué.

— C'est l'œuvre d'un Coplin ou d'un Congar, dit enfin Bran. La Lumière seule sait lequel ! Ils sont toute une bande, et ils ne manquent jamais une occasion de médire des gens. À côté d'eux, Cenn Buie est un doux agneau.

— Vous parlez des gens qui sont arrivés en chariot un peu avant l'aube ? Ils n'avaient pas aperçu le bout de l'oreille d'un Trolloc, et une seule chose les intéressait : savoir si les festivités commenceraient bientôt. Comme s'ils ne voyaient pas les ruines, partout dans le village…

— Ceux-là, c'est une branche de la famille… Mais il n'y en a pas un pour racheter l'autre. Ce crétin de Darl Coplin a passé la moitié de la nuit à demander que j'expulse dame Moiraine et maître Lan du village. Alors qu'ils étaient les seuls en mesure de le défendre.

Même s'il n'écoutait qu'à moitié, Rand se retourna, sa curiosité éveillée.

— Qu'ont-ils donc fait, nos visiteurs ?

— Dame Moiraine a invoqué une lance de feu puis l'a jetée sur les Trollocs. Les arbres n'ont pas résisté, et les monstres non plus !

— Moiraine, vraiment ?

— Elle-même, oui ! Et avec son épée, maître Lan est plus rapide que le vent. Mais même sans arme, il serait redoutable à cause de sa vivacité. On dirait qu'il peut être à dix endroits à la fois. Que la Lumière me brûle, mais je n'y croirais pas si je n'avais pas été dehors pour tout voir de mes yeux.

» La Nuit de l'Hiver commençait à peine… Nous avions les mains pleines de cadeaux et de confiseries, et la tête légère à cause du vin, quand tous les chiens ont aboyé. Soudain, la dame et son compagnon sont sortis de l'auberge en criant que des Trollocs attaquaient. Au début, j'ai cru qu'ils y étaient allés un peu fort avec la bouteille. Ensuite… Eh bien, avant que quiconque ait compris ce qui se passait, ces monstres ont déferlé dans les rues, tuant les gens, incendiant les maisons et poussant des cris à glacer le sang de n'importe qui. (Bran eut un ricanement amer.) Nous avons déguerpi comme des poules affolées jusqu'à ce que maître Lan nous prenne en main.

— Inutile de vous fustiger, dit Thom Merrilin. Vous n'avez rien à vous reprocher. Tous les Trollocs restés sur le carreau n'ont pas été tués par vos deux invités…

— C'est vrai, oui, concéda le bourgmestre. Je continue à avoir du mal à y croire ! Une Aes Sedai à Champ d'Emond, avec maître Lan pour Champion.

— Une Aes Sedai ? répéta Rand. C'est impossible. Je lui ai parlé, et…

— Tu crois qu'elles portent une pancarte autour du cou ? demanda Bran. Et une inscription dans le dos ? « Attention, Aes Sedai, danger de mort ! » (Sans crier gare, il se flanqua une claque sur le front.) Bon sang ! j'ai le cerveau qui ramollit ! Une Aes Sedai ! Tam a une chance, Rand, si tu veux tenter le coup. Je ne peux pas t'inciter à le faire et, à ta place, j'ignore si j'aurais les tripes d'essayer.

— Je suis prêt à tout, s'il y a un espoir.

— Les Aes Sedai ont le don de guérison, mon garçon ! Au nom de la Lumière ! tu as entendu les légendes, pas vrai ? Quand la médecine est impuissante, elles peuvent s'y substituer. Trouvère, tu aurais dû t'en souvenir avant moi. Dans tes histoires, les Aes Sedai sont omniprésentes. Pourquoi n'as-tu rien dit, me laissant me ridiculiser ?

— Je suis un étranger, répondit Thom Merrilin. Maître Coplin n'est pas le seul à refuser d'entendre parler des Aes Sedai. Je préfère de loin que l'idée vienne de vous.

— Une Aes Sedai…, marmonna Rand.

La dame qui lui avait si gentiment souri ? Voilà qui ne tenait pas debout ! L'assistance de ces femmes était souvent un cadeau empoisonné et leurs attentions dissimulaient fréquemment un hameçon, comme les appâts tant prisés par les pêcheurs. Tout à coup, la pièce offerte par Moiraine parut chauffer comme un boulet de charbon dans la poche de Rand. S'il s'était écouté, il se serait débarrassé de sa veste en la jetant par la fenêtre.

— Personne n'a envie de frayer avec les Aes Sedai, mon garçon, dit Bran. C'est la seule chance qui te reste, mais je comprends que tu hésites. Je ne peux pas trancher pour toi mais, jusque-là, je n'ai rien trouvé à redire contre dame Moiraine – enfin, Moiraine Sedai, plutôt. (Bran baissa les yeux sur Tam.) Parfois, mon garçon, il faut savoir jouer son va-tout.

— Certaines histoires sont exagérées, dit Thom Merrilin, un peu à contrecœur. Certaines, pas toutes… Mais quel choix as-tu, jeune homme ?

— Aucun, répondit Rand.

Tam n'avait toujours pas bougé et ses yeux étaient enfoncés dans leurs orbites comme s'il était malade depuis une semaine.

— Je vais la chercher…

— De l'autre côté du pont, à l'endroit où on… hum… s'occupe des dépouilles de Trollocs, dit Thom Merrilin. Mais sois prudent, mon garçon. Les Aes Sedai ont des motivations bien à elles, et il est assez facile de se méprendre.

Quand Rand entendit la dernière phrase, il était déjà dans l'escalier. Pour que le fourreau ne se prenne pas dans ses jambes, il devait tenir en permanence la poignée de l'épée, mais il n'avait pas le temps de s'en défaire. Dévalant les marches, il sortit en trombe de l'auberge, sa fatigue provisoirement oubliée. L'espoir que Tam s'en tire était largement suffisant pour lui faire oublier une nuit blanche. Cette chance viendrait d'une Aes Sedai, et le prix risquait d'être élevé, mais le jeune homme ne voulait pas y penser. Quant à faire face à une Aes Sedai, en sachant qui elle était…

Rand prit une grande inspiration et allongea le pas.

Les feux brûlaient assez loin des dernières maisons, au nord, du côté « bois de l'Ouest » de la route menant à Colline de la Garde. Le vent chassait toujours la fumée loin du village. Pourtant, une ignoble puanteur saturait l'air. Rand faillit vomir quand il comprit d'où elle provenait. Ou plutôt, de quoi… Un étrange usage, pour des feux de Bel Tine. Les hommes qui s'en occupaient s'étaient couvert le nez et la bouche mais, à voir leur teint verdâtre, le vinaigre qui imbibait leur masque ne suffisait pas à les isoler de l'odeur. Et, même dans le cas contraire, ils auraient été malades, parce qu'ils ne pouvaient pas oublier ce qu'ils étaient en train de faire.

Deux d'entre eux détachaient des chevilles d'un Trolloc la longe d'un des chevaux dhurriens de maître al'Vere. Accroupi près du cadavre, Lan avait remonté la couverture, dévoilant les épaules de la créature et sa tête au museau de chèvre. Tandis que Rand approchait, le Champion entreprit de retirer de la cotte de mailles noire une sorte de broche en émail rouge qui représentait un trident.

— Un Ko'bal, annonça-t-il. (Il lança la broche en l'air et la rattrapa au vol.) Voilà qui nous fait sept bandes différentes, jusque-là…

Assise en tailleur sur le sol, non loin de là, Moiraine secoua pensivement la tête. Un bâton de marche sculpté sur toute sa longueur de sarments de vigne et de fleurs reposait sur ses genoux. Sa robe froissée semblait avoir été portée trop longtemps, et dans des conditions très difficiles.

— Sept bandes ! Sept ! Depuis les guerres des Trollocs, les monstres ne se sont plus jamais alliés ainsi. Les mauvaises nouvelles s'accumulent. Je commence à avoir peur, Lan. Je croyais que nous avions de l'avance, mais nous sommes peut-être plus en retard que jamais.

Incapable de parler, Rand dévisageait la jeune femme. Une Aes Sedai ! Il avait tenté de se convaincre qu'elle ne lui semblerait pas différente, maintenant qu'il connaissait son identité. À sa grande surprise, rien n'avait changé. Avec ses cheveux en bataille et une petite traînée de suie sur le nez, Moiraine n'avait plus l'air si… immaculé… certes, mais elle restait elle-même. Pourtant, les Aes Sedai devaient bien avoir des signes particuliers. Quelque chose qui les distinguait du commun des mortels. Si l'apparence d'une personne était le reflet de sa nature profonde – et en supposant que les récits disaient vrai –, Moiraine aurait dû ressembler à un Trolloc, pas à une très jolie femme qui ne perdait pas sa dignité quand elle se traînait dans la poussière.

Quoi qu'il en soit, elle pouvait aider Tam, et cela seul comptait.

Rand prit une profonde inspiration.

— Maîtresse Moiraine… Je veux dire : Moiraine Sedai, je…

La jeune femme et son Champion se tournèrent vers Rand, qui ne put pas finir sa phrase, tétanisé par le regard de l'Aes Sedai. Ce n'était plus la même personne que sur la place Verte, la veille. Les traits tirés, Moiraine avait à présent les yeux d'un prédateur. Les Aes Sedai de Tar Valon, responsables de la Dislocation du Monde… Des marionnettistes qui tiraient les ficelles dans l'ombre, faisant et défaisant les pays et les dynasties selon une stratégie connue d'elles seules…

— Un peu de lumière dans les ténèbres, souffla Moiraine. (Elle leva un peu la voix.) Comment sont tes rêves, Rand al'Thor ?

— Mes rêves ?

— Une nuit pareille peut donner des cauchemars à un homme. Si tu en as, il faut m'en parler. Parfois, je peux arranger les choses…

— Je n'ai pas de problèmes avec… C'est mon père ! Il a été blessé. Une simple égratignure, mais la fièvre le consume. La Sage-Dame dit qu'elle ne peut rien faire. Mais les légendes…

Rand s'interrompit, troublé de voir Moiraine arquer un sourcil dubitatif.

Au nom de la Lumière ! existe-t-il un seul récit où les Aes Sedai, quand il y en a, ne soient pas maléfiques ?

Rand tourna la tête vers le Champion. Fasciné par le cadavre du Trolloc, Lan ne daigna pas lui accorder une seconde d'attention.

— Eh bien, enchaîna péniblement Rand, on raconte que les Aes Sedai savent guérir… Si vous aidez mon père, le prix… Je veux dire… (Il prit une grande inspiration.) Votre prix sera le mien, s'il ne dépasse pas mes possibilités…

— Intéressant, fit Moiraine, à demi pour elle-même. Nous parlerons du prix plus tard, Rand, si c'est pertinent. Je ne peux rien te promettre. La Sage-Dame sait de quoi elle parle. Je ferai de mon mieux, mais il n'est pas dans mon pouvoir d'empêcher la Roue de tourner.

— Pour tous les humains, la mort vient tôt ou tard, dit le Champion. Sauf s'ils servent le Ténébreux, mais il faut être fou pour accepter de payer un prix pareil.

Moiraine eut un rire de gorge.

— Ne sois pas si sinistre, Lan ! s'écria-t-elle. Nous avons une raison de nous réjouir. Une petite, mais une raison quand même. (S'aidant du bâton, Moiraine se releva.) Conduis-moi jusqu'à ton père, Rand. Je l'aiderai de mon mieux. Tant de gens ici ont refusé que je les soulage… Sans doute parce qu'ils ont entendu les récits…

— Mon père est à l'auberge, dit Rand. Si vous voulez bien me suivre. Et accepter tous mes remerciements, bien sûr.

Le petit groupe se mit en chemin. Très vite, Rand se retrouva assez loin devant les autres. Il ralentit pour les attendre, accéléra de nouveau quand la jonction fut réalisée, et sema encore ses compagnons.

— S'il vous plaît, dépêchez-vous ! lança-t-il à un moment.

Disposé à tout pour sauver Tam, il ne songea pas un instant qu'admonester ainsi une Aes Sedai pouvait être dangereux.

— La fièvre le tue ! Dépêchez-vous !

— Tu ne vois pas qu'elle est épuisée ? demanda Lan, furieux. Même avec un *angreal,* ce qu'elle a fait cette nuit revient à courir sans cesse dans le village avec un sac de pierres sur le dos. Berger, malgré ce qu'elle a l'air de penser, je ne suis pas sûr que tu mérites l'attention qu'elle t'accorde.

Secoué, Rand ne répliqua pas.

— Du calme, mon ami, dit Moiraine.

Sans ralentir le pas, elle tapota l'épaule de son Champion. Lan se redressa de toute sa hauteur, comme s'il pouvait lui communiquer sa force en restant simplement près d'elle.

— Tu penses sans cesse à mon bien-être, Lan. Notre jeune ami se soucie de celui de son père, et c'est son droit. (Le Champion se rembrunit mais n'émit pas d'objection.) Je viens aussi vite que je peux, Rand, fais-moi confiance !

La flamme qui brillait dans le regard de Moiraine ou son ton ferme mais bienveillant ? Rand se demanda à quoi il devait se fier. À moins que l'un aille automatiquement avec l'autre. Qui pouvait dire, avec les Aes Sedai ?

De toute façon, il était trop tard pour reculer. Adaptant son pas à celui de Moiraine, Rand essaya de ne pas penser au prix qu'elle lui demanderait, lorsqu'il aborderait ce sujet.

8

Un endroit sûr

Alors qu'il franchissait la porte, les yeux de Rand se posèrent sur son père – oui, *son* père, et au diable qui prétendrait le contraire ! Tam n'avait pas bougé d'un pouce. Les yeux fermés, il respirait très difficilement.

Le trouvère aux cheveux blancs cessa de converser avec Bran – qui s'occupait de Tam, penché sur lui – et jeta à Moiraine un regard peu amène. L'Aes Sedai l'ignora. À vrai dire, elle n'accorda d'attention à personne, sauf à son patient. Mais lui, elle l'examina très attentivement.

Thom glissa le tuyau de sa pipe entre ses dents, le ressortit puis baissa les yeux dessus.

— On ne peut même plus fumer en paix, marmonna-t-il. Je devrais aller m'assurer qu'un fermier ne m'a pas chipé ma cape pour tenir chaud à sa vache. Au moins, dehors, je pourrai allumer ma pipe.

Sur ces mots, le trouvère s'éclipsa.

— Je n'aime pas cet homme, dit Lan, le visage de marbre. Il y a en lui quelque chose qui ne m'inspire pas confiance. La nuit dernière, je ne l'ai vu nulle part.

— Il était là, dit Bran avec un regard inquiet pour Moiraine. C'est évident. Il n'a pas brûlé sa cape devant la cheminée.

— Mon père ? lança Rand à Moiraine.

En ce qui le concernait, Thom Merrilin pouvait bien avoir passé la nuit caché dans une étable.

Bran voulut dire quelque chose, mais Moiraine le devança :

— Laissez-moi seule avec le malade, maître al'Vere. Vous ne pouvez rien faire, à part me déranger.

Bran hésita un instant. Recevoir des ordres sous son propre toit lui déplaisait souverainement, mais désobéir à une Aes Sedai ne lui semblait guère judicieux. Finalement, il se redressa et prit Rand par l'épaule.

— Viens avec moi, mon garçon. Laissons Moiraine Sedai à son… à sa… Enfin, laissons-la ! En bas, tu pourras me donner un coup de main. Dans une heure ou deux, Tam t'appellera pour que tu lui montes une chope de bière et sa pipe bourrée.

— Puis-je rester ? demanda Rand, même si Moiraine ne semblait pas avoir conscience de sa présence. (Bran lui serra plus fort l'épaule, mais il l'ignora.) S'il vous plaît ? Je ne vous traînerai pas dans les jambes, promis. Vous ne vous apercevrez même pas de ma présence. C'est mon père, après tout !

La ferveur avec laquelle il avait prononcé sa dernière phrase surprit Rand – et fit sursauter le bourgmestre, tout aussi étonné. Avec un peu de chance, cet « éclat » serait mis sur le compte de la fatigue ou de la tension somme toute normale quand on était face à une Aes Sedai.

— Oui, oui…, répondit Moiraine, agacée.

Elle retira sa cape, la posa sur l'unique chaise avec son bâton de marche, puis remonta jusqu'aux coudes les manches de sa robe. Quand elle prit la parole, son attention ne se détourna jamais vraiment de Tam :

— Assieds-toi sur le banc, là-bas, dit-elle à Rand. Et toi aussi, Lan…

Les yeux de Moiraine glissèrent lentement le long du corps de Tam. Rand eut l'étrange impression qu'elle regardait au-delà du blessé – ou quelque chose comme ça.

— Vous pouvez parler, si vous voulez, mais à voix basse… Et maintenant, sortez, maître al'Vere. C'est la chambre d'un malade, pas une salle de réunion. Faites en sorte qu'on ne me dérange pas…

Bran marmonna dans sa barbe – pas assez fort pour être entendu de Moiraine, bien sûr – puis il serra une dernière fois l'épaule de Rand et obéit à contrecœur, fermant la porte derrière lui.

En psalmodiant doucement, l'Aes Sedai s'agenouilla à côté du lit et posa les mains sur la poitrine de Tam – un contact très léger, comme si elle voulait l'effleurer. Puis elle ferma les yeux et ne bougea plus.

Dans les légendes, les miracles des Aes Sedai étaient toujours accompagnés par des éclairs et des roulements de tonnerre. Bref, des signes qui indiquaient un énorme effort et l'invocation d'un fantastique pouvoir. *Le* Pouvoir, en d'autres termes. Le Pouvoir de l'Unique, puisé dans la Source Authentique qui faisait tourner la Roue du Temps.

Rand préféra ne pas trop penser à ce qui se déroulait. Le Pouvoir allait agir sur Tam et il serait témoin de cet événement – présent dans la pièce où il se produirait, pour être précis. Se trouver dans le même village semblait déjà inquiétant, alors…

Pour ce que le jeune homme en savait, Moiraine pouvait s'être tout simplement endormie. Pourtant, la respiration de Tam semblait moins laborieuse. L'Aes Sedai devait être en train d'agir.

Concentré à l'extrême, Rand sursauta quand Lan s'adressa à lui dans un murmure :

— Tu portes une très belle arme, sais-tu ? Y aurait-il également un héron gravé sur la lame ?

Un moment, Rand dévisagea le Champion, se demandant de quoi il voulait parler. Concentré sur la nécessité de traiter avec une Aes Sedai, il avait oublié l'épée de son père. D'autant plus qu'elle ne lui semblait plus si lourde, désormais.

— Oui, il y a un héron… Que fait dame Moiraine ?

— Je n'aurais jamais cru trouver une épée au héron dans un endroit comme celui-là…

— L'arme appartient à mon père…

Rand jeta un coup d'œil à l'épée de Lan, dont le pommeau et une partie de la poignée dépassaient du pan de sa cape. Les deux armes se ressemblaient, n'était l'absence de héron sur celle du Champion. Cette constatation faite, le jeune homme tourna de nouveau la tête vers le lit. Tam respirait bien mieux, sans râle ni souffle trop puissant.

— Il l'a achetée il y a très longtemps…

— Une étrange emplette, pour un berger.

Rand coula un regard peu amène à Lan. Venant d'un étranger, les remarques de ce genre étaient des plus inconvenantes. Quand il s'agissait d'un Champion, ça paraissait encore pire. Pourtant, le jeune homme se sentit obligé de répondre :

— Il ne l'a jamais utilisée, j'en suis certain. Il m'a dit que cette lame ne lui servait à rien. Avant les derniers événements, je ne savais même pas qu'il la détenait.

— Il l'a qualifiée d'inutile, dis-tu ? Eh bien, il n'a certainement pas toujours pensé ça. (Lan frôla du bout d'un index le fourreau accroché à la taille de Rand.) En certains endroits, le héron est l'emblème des maîtres escrimeurs. Pour finir entre les mains d'un berger de Deux-Rivières, cette arme a dû suivre un bien étrange itinéraire.

Rand fit mine de ne pas avoir saisi la question implicite : Comment Tam était-il entré en possession de l'épée ?

Moiraine n'avait toujours pas bougé. Faisait-elle vraiment quelque chose ? Un frisson glacé courant le long de son échine, Rand se frotta frileusement les bras. Une Aes Sedai ! Tout bien pesé, il n'était pas sûr de vouloir savoir ce qu'elle faisait…

Une question traversa soudain l'esprit de Rand. Il n'avait pas vraiment envie de la poser ; pourtant, il lui fallait une réponse.

— Le bourgmestre l'affirme : si le village n'a pas été rasé, c'est grâce à vous deux – Moiraine et vous, je veux dire… (Rand se força à regarder le Champion.) Si on vous avait parlé d'un cavalier noir, dans la forêt, auriez-vous eu la puce à l'oreille ? Un homme dont la monture ne fait aucun bruit... Et dont la cape ne claque pas au vent. Auriez-vous deviné ce qui allait se passer ? Avec Moiraine Sedai, auriez-vous pu nous épargner l'attaque, si vous aviez su ?

— Pour ça, il aurait fallu que j'aie avec moi une demi-douzaine de mes sœurs, dit Moiraine.

Rand sursauta. L'Aes Sedai était toujours agenouillée près du lit, mais ses mains ne reposaient plus sur la poitrine de Tam, et elle s'était tournée pour faire face aux deux hommes assis sur le banc.

Même si elle n'éleva pas la voix, Rand eut l'impression que son regard le clouait au mur.

— En quittant Tar Valon, si j'avais su que je trouverais des Trollocs et un Myrddraal ici, je serais venue avec une bonne dizaine de mes sœurs, même si j'avais dû les tirer par la peau du cou pour qu'elles me suivent. En étant seule, être prévenue un mois à l'avance n'aurait presque rien changé. Et peut-être rien changé du tout. Une personne a ses limites, même quand elle dispose du Pouvoir de l'Unique. Il y avait bien une centaine de Trollocs dans ce secteur, hier. Une unité entière... Ce qu'ils appellent un « poing ».

— Être informés aurait quand même pu nous aider, dit sèchement Lan en foudroyant Rand du regard. Quand as-tu vu ce cavalier noir, et où ?

— Ce n'est plus important, désormais, intervint Moiraine. Je refuse que ce garçon se croie coupable alors qu'il ne l'est pas. J'ai ma part de responsabilité. Le comportement de ce maudit corbeau, hier, aurait dû m'alarmer. Et j'ai la même remarque à ton service, mon vieil ami !

» Certaine que l'influence du Ténébreux ne pouvait pas s'étendre jusqu'ici, je me suis montrée beaucoup trop confiante – au point de friser l'arrogance, j'en ai peur.

— Le corbeau..., dit Rand, désorienté. Je ne comprends pas...

— Un charognard, fit Lan avec une grimace de dégoût. Les sbires du Ténébreux recrutent souvent leurs espions parmi les dévoreurs de cadavres. Les corbeaux et les corneilles, le plus fréquemment. Et les rats, dans les cités...

Rand en eut les sangs glacés. Les corbeaux et les corneilles, des agents du Ténébreux ? Ces oiseaux étaient partout, en ce printemps de cauchemar. Moiraine avait parlé de l'« influence du Ténébreux ». Le Ténébreux était toujours présent, il le savait, mais si on s'efforçait de marcher sous l'aile de la Lumière, de vivre dignement et de ne jamais prononcer son nom, il ne pouvait nuire à personne. C'était ce que tout le monde croyait, et ce que

Rand avait appris en buvant le lait de sa mère. Mais Moiraine semblait insinuer que…

Le regard de Rand se posa sur Tam et il oublia d'un coup tout le reste. Bien moins rouge qu'avant, le blessé respirait presque normalement. Son fils voulut se lever d'un bond, mais Lan le retint par le bras.

— Moiraine Sedai, vous avez réussi ! s'exclama Rand.

— Pas encore… Rien n'est gagné, pour l'instant. Les armes des Trollocs sont fabriquées dans les forges d'une vallée nommée Thakan'dar et située sur un versant du mont Shayol Ghul. Certaines lames gardent une souillure de ce lieu maudit – une sorte de poison uni au métal. Ces armes-là infligent des blessures qui ne guérissent pas sans une aide très particulière. Elles provoquent aussi des poussées de fièvre mortelles et des maladies étranges qui dépassent les compétences des médecins. J'ai apaisé les souffrances de ton père, mais la toxine est toujours là. Si on la laisse faire, elle reprendra le dessus et le consumera.

— Mais vous ne la laisserez pas faire, n'est-ce pas ?

S'avisant qu'il avait parlé d'un ton à la fois implorant et autoritaire, Rand se demanda ce qu'on risquait lorsqu'on s'adressait ainsi à une Aes Sedai. Mais Moiraine ne sembla pas avoir relevé l'offense.

— Non, je ne la laisserai pas faire, répéta-t-elle simplement. Rand, je suis épuisée, et je n'ai pas eu une minute de répit, cette nuit. En temps normal, ce n'est pas grave, mais pour lutter contre une blessure de ce genre…

Moiraine sortit de sa bourse un petit sac de soie blanche.

— C'est un *angreal*, dit-elle. (Devant l'expression de Rand, elle se détendit un peu.) Je vois que tu sais ce que c'est…

D'instinct, le jeune homme se pencha en arrière, comme s'il voulait s'éloigner de l'Aes Sedai et de ce qu'elle brandissait. Quelques récits mentionnaient les *angreals*, des reliques de l'Âge des Légendes que les Aes Sedai utilisaient pour accomplir d'extraordinaires miracles.

Sous les yeux ébahis de Rand, Moiraine déballa une figurine d'ivoire noircie par le temps. Un peu moins longue que sa main, la statuette représentait une femme en robe longue et à l'abondante crinière cascadant sur ses épaules.

— Nous ne savons plus les fabriquer, soupira Moiraine. Tant de savoir perdu, et peut-être à tout jamais… Il en reste si peu que la Chaire d'Amyrlin, à Tar Valon, a failli m'interdire d'emporter celui-là. Elle a fini par changer d'avis, pour le plus grand bien de Champ d'Emond et de ton père. Mais n'espère pas trop, Rand. Aujourd'hui, même avec l'*angreal*, je suis moins puissante que j'aurais pu l'être hier *sans* cet artefact, et la souillure est très virulente. De plus, elle a eu le temps de se répandre…

— Vous pouvez aider mon père, dit Rand, vibrant de ferveur. J'en suis certain.

Moiraine eut l'ombre d'un sourire.

— Nous verrons bien…, souffla-t-elle.

Se retournant vers Tam, elle lui posa une main sur le front, l'autre serrant la figurine d'ivoire. Les yeux fermés, immergée dans sa concentration, l'Aes Sedai sembla en oublier de respirer.

— Le cavalier qui t'a effrayé, dit Lan, c'était sûrement un Myrddraal.

— Quoi ? Mais les Blafards sont hauts de vingt pieds et ils…

Rand n'alla pas plus loin, réduit au silence par le sourire un rien condescendant du Champion.

— Berger, les légendes ont tendance à en rajouter, tout le monde sait ça ! Crois-moi, les Demi-Humains n'ont pas besoin d'attributs fabuleux pour être terrifiants. Demi-Humain, Rôdeur, Blafard, Homme de l'Ombre – le nom varie selon les pays, mais un Myrddraal reste un Myrddraal ! Les Blafards sont des rejetons des Trollocs, mais revenus à l'état de quasi-humanité des spécimens dont les Seigneurs de la Terreur se servirent pour créer les monstres géants. J'ai bien dit *quasi*-humanité ! Chez les Blafards, la composante humaine est puissante, certes, mais la souillure qui donna naissance aux Trollocs reste bien présente. Les Demi-Humains ont des pouvoirs – le type que le Ténébreux peut accorder à ses séides.

» Pour ne pas résister victorieusement à un Blafard, il faut qu'une Aes Sedai soit très faible ou dans un état de grande détresse. En revanche, beaucoup d'hommes forts et loyaux ont péri face aux Rôdeurs. Depuis les conflits qui mirent un terme à l'Âge des Légendes, scellant le sort des Rejetés, désormais emprisonnés, les Myrddraals dirigent les Trollocs et leur indiquent où et quand frapper. Lors des fameuses guerres des Trollocs, les Blafards, placés directement sous les ordres des Seigneurs de la Terreur, commandaient les monstres sur les champs de bataille.

— Ce cavalier m'a terrifié, souffla Rand. Il m'a seulement regardé, et…

— Tu n'as pas à en rougir, berger ! Les Blafards me terrorisent aussi ! Face à eux, j'ai vu des vétérans endurcis se pétrifier comme des oiseaux hypnotisés par un serpent. Au nord, dans les Terres Frontalières, à la lisière de la Flétrissure, il y a un dicton : « Le regard des Sans-Yeux est le messager de la peur. »

— Les Sans-Yeux ?

— Oui, berger… La nuit comme le jour, ils ont une vue d'aigle, et pourtant leur visage est dépourvu de globes oculaires. Se trouver face à un Myrddraal est l'expérience la plus périlleuse que je connaisse. Avec Moiraine Sedai, nous avons tenté de tuer celui qui était là pendant l'attaque, mais sans le moindre succès. Les Demi-Humains bénéficient de la chance insolente du Ténébreux en personne.

— Un Trolloc m'a dit que le Myrddraal voulait me parler. Sur le coup, je n'ai pas saisi ce que ça signifiait.

Lan releva la tête, ses yeux bleus durs comme deux éclats de diamant.

— Tu as parlé avec un Trolloc ?

— Pas vraiment…, souffla Rand, se recroquevillant sous le regard du Champion. C'est lui qui m'a parlé, en fait… Il a dit qu'il ne me ferait pas de mal, parce que le Myrddraal voulait m'interroger. Puis il a essayé de me tuer…

Rand se passa la langue sur les lèvres et frotta sa main moite contre la poignée garnie de cuir de son épée. En quelques phrases, il raconta comment il était retourné dans la ferme pour récupérer des objets indispensables.

— Au bout du compte, c'est moi qui ai tué le Trolloc, dit-il lorsqu'il fut arrivé à la fin de son récit. Un hasard, pour être honnête. Il a bondi sur moi alors que je brandissais l'épée…

L'expression de Lan s'adoucit un peu – si on pouvait s'attendre à de la bienveillance chez un homme de pierre.

— Même ainsi, ça reste un exploit, jeune berger ! Jusque-là, très peu d'hommes, au sud des Terres Frontalières, pouvaient se vanter d'avoir vu un Trolloc – et encore moins d'en avoir tué un.

— Surtout sans aide de quiconque, ajouta Moiraine d'un ton mortellement las. J'ai terminé, Rand… Lan, aide-moi à me relever.

Le Champion se précipita, mais Rand fut encore plus rapide que lui à atteindre le lit. Même s'il était très pâle, comme quelqu'un qui n'a plus vu le soleil depuis longtemps, Tam avait le front bien frais et sa poitrine se soulevait au rythme régulier normal chez un dormeur.

— Il va s'en tirer ? demanda Rand.

— Oui, avec du repos… Quelques semaines au lit, et il redeviendra comme avant.

Malgré le soutien de Lan, Moiraine avait du mal à tenir sur ses jambes. Écartant la cape et le bâton de marche, le Champion l'aida à s'asseoir sur l'unique chaise. Avec une délicatesse extrême, l'Aes Sedai remit la figurine dans le petit sac qu'elle glissa ensuite dans sa bourse.

Rand dut se mordre les lèvres pour ne pas éclater en sanglots. Des larmes lui montant aux yeux, il les essuya d'un revers de la main.

— Merci, dit-il simplement.

— Durant l'Âge des Légendes, souffla Moiraine, quelques Aes Sedai pouvaient raviver la flamme de la vie à partir d'une minuscule étincelle. Mais ces temps sont révolus, et ils ne reviendront peut-être jamais. Tant de connaissances ont été perdues – pas seulement l'art de fabriquer les *angreals*. On pouvait alors accomplir des miracles dont il ne nous est même plus permis de rêver. L'oubli fait des ravages dans nos mémoires, Rand. Nous sommes de moins en moins nombreuses, certains pouvoirs nous sont inaccessibles et les autres paraissent tellement affaiblis. De nos jours, sans la force et la volonté du malade, les plus puissantes d'entre nous sont incapables de guérir. Par bonheur, ton père est un colosse – physiquement, bien sûr, mais aussi psychiquement. Si le combat pour la survie l'a vidé de toutes ses forces, je ne doute pas qu'il les reconstituera. Il faudra du temps, mais la souillure n'est plus en lui…

— Comment pourrais-je jamais vous récompenser ? se lamenta Rand sans détourner le regard de Tam. Sachez que je ferai tout ce que vous me demanderez, en tout cas.

Le jeune homme se souvint de sa promesse, lorsqu'il avait été question de paiement. Alors que son père était hors de danger, il était plus décidé que jamais à tenir parole. Mais regarder Moiraine Sedai en face restait difficile.

— Oui, tout ce que vous me demanderez. Tant que ça ne risque pas de nuire au village ou à mes amis.

Moiraine eut un geste nonchalant.

— Si tu crois que c'est indispensable… De toute façon, je voudrais te parler… Tu partiras sans doute en même temps que nous, et ça nous donnera l'occasion de converser…

— Partir ? (Rand se redressa.) La situation est si mauvaise ? J'ai eu l'impression que les villageois s'apprêtaient à reconstruire. Les gens de Deux-Rivières sont très attachés à leur territoire. Personne ne le quitte jamais.

— Rand…

— Et pour aller où ? Selon Padan Fain, le climat n'est pas plus clément ailleurs. C'était le colporteur, vous savez, et les Trollocs… (Rand déglutit péniblement, désolé que Thom Merrilin ait cru bon de lui décrire les habitudes alimentaires des monstres.) Pour moi, nous devons rester chez nous, là où nous avons vu le jour, et rebâtir notre petit monde. Les semailles sont faites et le temps s'améliorera bientôt assez pour qu'on puisse tondre les moutons. Qui a lancé cette histoire d'exode ? Un des Coplin, je parie ? De toute façon, c'est…

— Berger, s'impatienta Lan, tu jacasses alors que tu devrais écouter.

Rand regarda les deux étrangers. Il jacassait, c'était la stricte vérité, et il avait insisté afin d'empêcher Moiraine de s'exprimer. Couper la parole à une Aes Sedai, rien que ça ! Comment allait-il s'excuser, à présent ? Pendant qu'il y réfléchissait, il remarqua que la jeune femme souriait.

— Je sais ce que tu éprouves, dit-elle. (Rand eut le sentiment troublant qu'elle disait vrai.) Ne te ronge pas les sangs, surtout… Je m'y suis mal prise, parce que j'aurais dû me reposer avant de te parler. Rand, c'est toi qui dois partir. Pour le bien de ton village !

— Moi ? croassa Rand.

Il s'éclaircit la voix et répéta :

— Moi ? (C'était nettement mieux, ce coup-ci.) Pourquoi devrais-je m'en aller ? Je ne comprends rien à ce que vous dites. Je n'ai aucune envie de partir !

Moiraine jeta un coup d'œil à Lan, qui décroisa les bras et scruta le jeune homme comme s'il entendait le peser sur le plateau d'une balance invisible.

— Sais-tu que certaines maisons ont été épargnées ? demanda le Champion.

— La moitié du village a brûlé…

— Certaines maisons furent incendiées pour créer la panique. Les Trollocs s'en sont désintéressés, comme de leurs habitants, sauf s'ils faisaient mine de s'opposer à la véritable attaque. La plupart des fermiers venus pour les festivités n'ont pas aperçu l'ombre d'un monstre dans leur domaine. Avant de voir l'état du village, ils ignoraient qu'il y avait des troubles…

— Ils savent pourtant que Darl Coplin vit ici, marmonna Rand, mais ils n'ont pas dû faire le rapprochement.

— Deux fermes seulement ont été attaquées, continua Lan, ignorant la saillie, la tienne et une autre. À cause de Bel Tine, tous les résidants de ce domaine étaient déjà au village. Beaucoup de gens ont survécu parce que le Myrddraal ignorait tout des coutumes de Deux-Rivières. La Nuit de l'Hiver et la journée de fête lui compliquaient terriblement la tâche, mais il n'en savait rien.

Rand regarda Moiraine, toujours mollement assise sur sa chaise. Elle ne dit rien, se contentant de regarder le berger, un index posé sur ses lèvres.

— Notre ferme et quelle autre ? demanda Rand.

— Celle des Aybara, répondit Lan. Au village, les Trollocs ont d'abord attaqué l'atelier et la maison du forgeron, puis la demeure de maître Cauthon.

Rand eut soudain la bouche très sèche.

— C'est absurde, dit-il.

Il sursauta, car Moiraine venait de se redresser.

— Non, Rand, fit-elle, c'est logique, bien au contraire. Les Trollocs ne sont pas venus par hasard à Champ d'Emond. Et ils n'ont pas agi pour le simple plaisir de tuer et d'incendier, même s'ils ont adoré le faire. Ils avaient une mission à remplir. Éliminer ou capturer des jeunes hommes d'un âge bien précis qui vivent à Champ d'Emond ou aux alentours.

— Des garçons de mon âge ? demanda Rand d'une voix étranglée – mais cette fois, il s'en fichait. Au nom de la Lumière ! Mat, Perrin…

— Couverts de suie mais en pleine forme, annonça Moiraine.

— Ban Crawe et Lem Thane ?

— Ils n'ont jamais été menacés, dit Lan. En tout cas, pas plus que n'importe qui d'autre.

— Mais ils ont vu le Blafard, et ils sont de mon âge.

— La maison de maître Crawe est intacte, dit Moiraine. Le meunier et les siens ont dormi pendant une bonne moitié de l'attaque, avant que le bruit les réveille. Ban a dix mois de plus que toi, Rand, et Lem huit de moins. (Elle sourit devant la surprise du jeune homme.) Je me suis renseignée, tu le sais… Et n'ai-je pas parlé d'un « âge bien précis » ? Mat, Perrin et toi êtes nés à quelques semaines d'écart. Le Myrddraal vous cherchait, et personne d'autre ne l'intéressait.

Rand sauta nerveusement d'un pied sur l'autre. Quand Moiraine le regardait, on eût dit qu'elle pouvait lire ses pensées comme dans un livre ouvert.

— Pourquoi nous ? Des fermiers et des bergers ?

— La réponse à cette question ne se trouve pas à Deux-Rivières, dit Moiraine, mais elle est capitale. La venue de Trollocs dans une région qu'ils ont négligée pendant deux mille ans suffit à le prouver.

— Les raids de Trollocs sont monnaie courante, marmonna Rand, têtu. C'était simplement le premier chez nous. Ailleurs, les Champions affrontent sans cesse les monstres.

— Mon gars, intervint Lan, je m'attends à combattre des Trollocs près de la Flétrissure, mais pas ici, à quelque six cents lieues au sud… Cette nuit, c'était une sacrée attaque, du genre qu'on trouve logique d'essuyer au Shienar, ou dans une autre Terre Frontalière.

— Il y a chez l'un de vous, dit Moiraine, ou chez les trois, quelque chose qui fait peur au Ténébreux.

— C'est… C'est impossible. (Rand alla se camper devant la fenêtre et regarda les villageois qui travaillaient au milieu des ruines.) Je me fiche des faits, c'est tout simplement absurde !

Quelque chose attira son regard sur la place Verte. Plissant les yeux, il comprit au bout d'un moment que c'était le Poteau du Printemps – enfin, ce qu'il en restait, soit un tronc carbonisé. Un colporteur, un trouvère, des étrangers… Tout pour faire des fêtes de Bel Tine inoubliables…

Eh bien, c'était réussi !

— Non, je suis un berger. Le Ténébreux ne peut pas s'intéresser à moi.

— Tu sais combien il a dû être difficile de faire venir des Trollocs jusqu'ici ? demanda Lan. Sans attirer l'attention des Terres Frontalières, de Caemlyn et d'autres cités ? J'aimerais savoir comment nos ennemis s'y sont pris ! Tu crois qu'ils se sont donné tout ce mal pour brûler quelques bicoques ?

— Et ils reviendront…, ajouta Moiraine.

Rand s'apprêtait à contester les arguments de Lan, mais la remarque de l'Aes Sedai lui parut de très loin prioritaire.

— Ils reviendront ? Et vous ne pouvez pas les en empêcher ? Cette nuit, vous les avez repoussés alors qu'ils vous prenaient par surprise. Maintenant, vous savez qu'ils sont ici…

— Je peux faire venir des sœurs de Tar Valon, admit Moiraine. Et, avec un peu de chance, elles arriveront avant qu'il soit trop tard. Le Myrddraal sait que je suis là, désormais, et il ne lancera pas une attaque massive avant d'avoir lui aussi reçu des renforts. Si nous mobilisons assez d'Aes Sedai et de Champions, nous finirons peut-être par gagner, même si ça risque de nous prendre du temps… et de provoquer beaucoup de batailles.

Une image se forma dans l'esprit de Rand. Champ d'Emond dévasté, comme Colline de la Garde, Promenade de Deven et Bac-sur-Taren. Des ruines, des flammes et du sang…

— Non, ça ne doit pas être, capitula-t-il, déchiré intérieurement comme s'il venait de perdre toute emprise sur quelque chose de précieux. C'est pour ça que je dois partir, n'est-ce pas ? Si je ne suis plus là, les Trollocs ne reviendront pas. Du moins, si c'est vraiment moi qu'ils cherchent. Parce que ça reste à prouver.

Moiraine fronça les sourcils, comme si tant d'entêtement la dépassait. Mais Lan prit les choses en main :

— Tu veux parier la survie de ton village là-dessus, berger ? Et celle de tout le territoire ?

Rand décida de rendre les armes.

— Non, dit-il, avec une fois encore l'impression de lâcher prise. Perrin et Mat devront partir aussi, pas vrai ?

Quitter Deux-Rivières ? Abandonner son foyer et son père ? Au moins, Tam se remettrait. Et il lui assurerait bientôt que tout ce qu'il avait raconté sur la civière n'avait aucun sens.

— Nous pourrions opter pour Baerlon, ou même Caemlyn. Là-bas, il y a plus de gens, paraît-il, que sur tout le territoire de Deux-Rivières. Nous y serions en sécurité. (Rand eut un éclat de rire qui sonna atrocement faux.) J'ai toujours rêvé d'y aller. Si on m'avait dit que ça m'arriverait pour de bon…

Après un long silence, Lan prit la parole :

— Caemlyn n'est pas assez sûre, dit-il. Si les Myrddraals te veulent vraiment, des murs d'enceinte ne les arrêteront pas. Et ne va surtout pas t'imaginer que nos ennemis se décourageront à la longue.

Rand pensait avoir déjà touché le fond, mais il n'en était rien, apparemment.

— Il existe un endroit sûr, dit Moiraine. (Rand tendit l'oreille.) Tar Valon ! Tu y serais entouré d'Aes Sedai et de Champions. Même pendant les guerres des Trollocs, les forces du Ténébreux ont hésité à attaquer les Murs Scintillants. La seule tentative fut leur plus grande défaite du conflit. À Tar Valon, tu auras accès à toutes les connaissances que les Aes Sedai ont accumulées depuis l'Ère de la Folie. Certaines références remontent même à l'Âge des Légendes. À Tar Valon, tu auras une chance de découvrir pourquoi les Myrddraals te traquent. Oui, pour quelle raison le Père des Mensonges te poursuit-il ? Tu le sauras, je t'en donne ma parole.

Un très long voyage jusqu'à Tar Valon paraissait une aventure inimaginable. Et tout ça pour vivre au milieu des Aes Sedai ? Moiraine avait certes soigné Tam – enfin, apparemment –, mais il y avait toutes ces histoires sinistres… Se trouver dans une pièce avec une Aes Sedai était une expérience pénible. Alors, vivre dans une cité où elles abondaient ? De plus, Moiraine n'avait pas encore exigé son paiement. Car il y en avait toujours un, selon les légendes.

— Combien de temps mon père dormira-t-il ? demanda Rand. Je dois le prévenir. Pas question qu'il se réveille pour découvrir que je suis parti !

Rand crut entendre Lan soupirer de soulagement. Mais quand il se tourna vers lui, il le découvrit d'une impassibilité de marbre, comme d'habitude.

— Je doute qu'il se réveille avant notre départ, répondit Moiraine. J'ai l'intention de partir dès qu'il fera nuit noire. Un simple jour de retard peut être mortel. Tu devrais lui laisser une lettre, Rand…

— Un départ de nuit ? s'étonna le jeune homme.

— Le Demi-Humain s'apercevra bien assez tôt que nous ne sommes plus là, dit Lan. Inutile de lui faciliter la vie.

Rand s'avisa qu'il jouait distraitement avec la couverture de son père. Tar Valon n'était pas la porte à côté, c'était le moins qu'on pouvait dire.

— Dans ce cas, je devrais aller chercher Mat et Perrin.

— Je m'en chargerai, déclara Moiraine.

Se levant vivement, elle mit sa cape avec toute l'énergie de quelqu'un qui vient de recouvrer ses forces. Quand elle lui posa une main sur l'épaule, Rand s'efforça de ne pas grimacer. Elle ne serrait pas fort, mais sa main de fer le tenait prisonnier comme un serpent dont la tête est coincée dans la fourche d'un bâton.

— Il vaudrait mieux que tout ça reste entre nous, je crois…, dit Moiraine. Tu es d'accord ? S'ils savaient, les gens qui ont dessiné le Croc du Dragon sur la porte de l'auberge risqueraient de nous faire des ennuis…

— Je comprends, dit simplement Rand.

Quand l'Aes Sedai retira la main de son épaule, il recommença à respirer normalement.

— Je vais dire à maîtresse al'Vere de t'apporter quelque chose à manger, continua Moiraine, comme si elle n'avait pas remarqué la réaction du jeune homme. Ensuite, il faudra que tu dormes. La journée de demain sera longue et rude…

L'Aes Sedai et son Champion sortirent. Rand tourna de nouveau la tête vers son père, mais sans le voir vraiment. Jusqu'à cet instant précis, il n'avait jamais eu conscience que Champ d'Emond était une part de lui-même – au moins autant qu'il était un membre de la communauté. S'il s'en apercevait maintenant, c'était parce que ce lien venait de se briser. Voilà pourquoi il avait eu le sentiment de perdre son emprise sur quelque chose. Désormais, il ne faisait plus partie du village. Le Berger de la Nuit le traquait. Même si ça semblait absurde, puisqu'il n'était qu'un simple fermier, les Trollocs étaient bel et bien venus. Lan avait raison sur un point, au minimum : on ne pouvait pas jouer l'avenir de Champ d'Emond sur l'hypothèse que Moiraine se trompait.

Malheureusement, Rand ne pourrait prendre l'avis de personne. S'ils étaient au courant, les Coplin risquaient effectivement de faire du grabuge. Qu'il le veuille ou non, Rand devait se fier aveuglément à une Aes Sedai.

— Ne le réveille surtout pas ! lança maîtresse al'Vere en entrant soudain dans la chambre.

La suivant comme son ombre, Bran referma la porte derrière eux. Le plateau couvert d'un carré de tissu que portait l'épouse du bourgmestre diffusait une odeur délicieuse. Elle le posa sur le coffre, contre le mur du fond, et entraîna Rand loin du lit.

— Maîtresse Moiraine m'a très clairement expliqué ce qu'il fallait à ton père, et il n'a surtout pas besoin que tu t'écroules sur lui parce que tu ne tiens plus debout. Allons, ne laisse pas refroidir ton repas ! Maîtresse Moiraine va…

— Je préférerais que tu ne l'appelles pas comme ça, intervint Bran, mal à l'aise. Moiraine Sedai me semble plus approprié. Sinon, elle risque de se mettre en colère…

Maîtresse al'Vere tapota la joue de son mari.

— Si tu te mêlais de ce qui te regarde ? Nous avons eu une longue conversation, elle et moi… Et veux-tu bien parler moins fort ? Si tu réveilles Tam, tu auras affaire à moi et à Moiraine *Sedai* ! C'est bien compris ? Et maintenant, les mâles, évitez de me traîner dans les jambes !

Sur un sourire plein de tendresse pour son mari, la solide aubergiste se tourna vers le lit et commença à s'occuper du blessé.

Bran coula à Rand un regard agacé.

— C'est une Aes Sedai, bon sang ! La moitié des villageoises se comportent comme si elle siégeait à leur Cercle. Les autres la reluquent de travers, à croire qu'elle est un Trolloc. Aucune des deux factions ne semble avoir conscience qu'il faut se méfier des Aes Sedai. Les hommes la regardent en douce, c'est vrai, mais ils évitent au moins de la provoquer.

« Se méfier des Aes Sedai »… Un excellent conseil, et il n'était pas trop tard pour que Rand le suive.

— Maître al'Vere, savez-vous combien de fermes ont été attaquées ?

— Seulement deux, la tienne incluse. Ça semble peu, comparé au raid sur le village. Je devrais m'en réjouir, mais… Bah ! avant ce soir, nous apprendrons sûrement qu'il y en a eu d'autres…

Rand ne jugea pas utile de demander quelle autre ferme avait essuyé un assaut des Trollocs.

— Et dans le village ?… Les monstres ont-ils laissé voir ce qu'ils cherchaient ?

— Ce qu'ils cherchaient ? Tu veux que je te dise, mon garçon ? Rien du tout ! À part nous tuer tous, peut-être… Voilà comment ça s'est passé : les chiens aboyaient, Moiraine Sedai et Lan couraient dans les rues, puis quelqu'un a crié que la maison et la forge de maître Luhhan étaient en feu. La demeure d'Abell Cauthon s'est embrasée juste après. En y repensant, c'est bizarre, puisqu'elle est presque au milieu du village… Mais qu'importe ! Tout de suite après, les Trollocs nous sont tombés dessus. Ils ne cherchaient rien, je t'en fiche mon billet ! (Bran éclata d'un rire rocailleux qu'il ravala très vite, sans doute à cause de la présence peu accommodante de sa femme.) Pour tout te dire, j'ai eu l'impression que les monstres étaient aussi troublés que nous. Pour sûr qu'ils ne s'attendaient pas à tomber sur une Aes Sedai et son Champion.

— Pour sûr, oui, concéda Rand avec une grimace.

Si Moiraine avait dit la vérité sur l'attaque, elle ne mentait probablement pas au sujet du reste. Rand fut tenté de demander au bourgmestre ce qu'il en pensait. Mais Bran, à l'évidence, n'en savait pas plus long sur les Aes Sedai que n'importe quel villageois. De plus, Rand n'avait guère envie de lui raconter ce qui se passait – ou, du moins, la version de Moiraine. Parce qu'il avait peur que Bran lui rie au nez ? Ou parce qu'il redoutait plutôt d'être cru ? Franchement, il n'aurait su le dire.

Rand laissa glisser un pouce le long de la poignée de son épée – ou plutôt de l'épée de Tam.

Son père connaissait le vaste monde, et les Aes Sedai, pour lui, ne devaient pas être un mystère. Mais s'il était vraiment sorti du territoire, ce qu'il disait sur la civière avait peut-être…

Rand écarta les mains comme s'il voulait chasser ces idées de son esprit.

— Il faut que tu dormes, mon garçon, dit Bran.

— Et comment ! renchérit maîtresse al'Vere. Tu ne tiens presque plus sur tes jambes.

Rand sursauta parce qu'il ne s'était pas aperçu que la femme de l'aubergiste avait fini de s'occuper du blessé. Vraiment, il avait besoin de sommeil – sinon, il n'aurait pas dormi debout comme ça.

— Tu peux prendre la chambre à côté, l'invita Bran. Elle est déjà chauffée.

Rand baissa les yeux sur son père, qui dormait toujours profondément – un spectacle qui le fit bâiller à s'en décrocher la mâchoire.

— Je préfère rester ici, si ça ne vous dérange pas. Comme ça, je serai là quand il se réveillera.

Maîtresse al'Vere était l'autorité de référence en matière de chambre de malade. Elle hésita un moment, puis acquiesça.

— D'accord, mais laisse-le se réveiller seul, c'est compris ?

Rand voulut affirmer qu'il obéirait, mais un nouveau bâillement l'en empêcha.

— Et avale un peu de mon bouillon de bœuf avant de t'endormir.

— D'accord, fit Rand.

Pour rester dans cette chambre, il aurait accepté n'importe quelle condition.

— Et je ne le réveillerai pas, ajouta-t-il.

— J'espère bien, fit maîtresse al'Vere d'un ton ferme mais somme toute bienveillant. Dans un moment, je t'apporterai un oreiller et des couvertures.

Quand les deux époux furent sortis, Rand tira l'unique chaise près du lit, se laissa tomber dessus et riva les yeux sur son père. Maîtresse al'Vere avait raison, il tombait de sommeil, mais il ne devait pas se laisser aller. Tam pouvait se réveiller n'importe quand – et sombrer de nouveau dans l'inconscience quelques instants après. Rand devrait saisir l'occasion de lui parler, si elle se présentait.

Il fit la moue puis se tortilla sur sa chaise afin que la poignée de l'épée cesse de lui taquiner les côtes. Même s'il répugnait à répéter les propos extravagants de Moiraine, Tam était son père, et ça changeait tout.

Oui, mon père, et je peux tout lui dire !

Rand s'installa plus ou moins confortablement contre le dossier de la chaise. Oui, Tam était son père, et personne ne pouvait lui dicter ce qu'il lui racontait… ou ne lui racontait pas. L'astuce était de ne pas s'endormir tant que le blessé ne serait pas revenu à lui.

Ne pas s'endormir, ce n'était pas plus difficile que ça…

9

Les récits de la Roue

Le cœur battant la chamade tandis qu'il courait à toutes jambes, Rand regarda autour de lui et frémit à la vue des collines désolées. En ce lieu, le printemps n'était pas en retard – il ne viendrait jamais, tout simplement, et ça durerait jusqu'à la fin des temps. Dans le sol aride et froid que martelaient ses bottes, rien ne poussait, pas même un peu de lichen. Quand il contourna des rochers deux fois plus hauts que lui, le jeune homme vit sur la pierre une épaisse couche de poussière, comme s'il ne pleuvait jamais sous cette latitude.

Évoquant une énorme boule de feu et de sang, le soleil tapait plus dur qu'en plein milieu de l'été et il était impossible de le regarder en face sans se brûler les yeux. Mais l'astre diurne, si éblouissant qu'il fût, se déplaçait dans un ciel de plomb où dérivaient des nuages bouillonnant d'écume. Curieusement, en tout cas si on se fiait au mouvement des nuées, aucun vent ne soufflait. Et, malgré l'ardeur du soleil, l'air était glacial comme en hiver.

Rand regardait régulièrement derrière lui, mais il n'apercevait pas ses poursuivants. Dans ce désert, il n'y avait rien, à part des collines nues et des montagnes sombres au-dessus desquelles des colonnes de fumée noire s'efforçaient de prendre leur envol pour aller s'unir aux nuages.

Le jeune homme ne voyait pas la meute qui le pistait. En revanche, il entendait des hurlements joyeux de chasseurs sentant approcher l'heure de la curée. Les Trollocs gagnaient du terrain et leur proie était à bout de forces.

Avec l'énergie du désespoir, Rand se hissa au sommet d'une étroite crête et se laissa tomber à genoux en gémissant de lassitude. Devant lui s'ouvrait un à-pic de plusieurs milliers de pieds. Un banc de brume occultait le sol du canyon qui serpentait au pied de la muraille rocheuse. D'en haut, on aurait pu croire que les eaux de quelque océan venaient se briser contre la roche. Mais Rand n'avait jamais entendu parler d'une marée qui fût si lente. Au cœur de ce brouillard, une lueur rouge s'épanouissait de temps en temps, disparaissant très vite, comme si elle n'était que le reflet d'un fantastique incendie naturel.

Un orage se déchaînait dans les profondeurs du canyon, ses éclairs parvenant parfois à jaillir vers le ciel comme des flèches vengeresses.

La vallée n'était pas la cause du désespoir qui serrait la gorge de Rand, le vidait de tout son courage et le laissait trop résigné pour reprendre le dessus. Au centre de la brume tourbillonnante, un pic plus haut que tous ceux des montagnes de la Brume jaillissait vers le ciel. Une dague de roche aussi noire que la plus noire désespérance. Et cette flèche sombre était la source du sinistre renoncement de Rand. Même s'il ne l'avait jamais vue, il la reconnaissait. Les souvenirs qu'il en gardait contre toute logique se brouillaient comme la surface d'un bassin de vif-argent quand il tentait de les toucher, mais ils existaient bel et bien. Et il avait conscience de leur présence.

Des doigts invisibles le frôlaient, puis tiraient sur ses bras et ses jambes pour l'entraîner vers l'incroyable pic. Prêt à obéir, son corps se tendait, mais ses membres se tétanisaient comme s'il se pensait capable d'enfoncer ses doigts et ses orteils dans la roche. Des tentacules spectraux s'enroulaient autour de son cœur, l'attirant eux aussi vers la flèche de pierre. Des larmes ruisselant sur ses joues, Rand se laissa tomber à genoux sur le sol. Comme de l'eau coulant d'un seau troué, sa volonté le désertait. Encore un moment, et il irait là où on le poussait à aller. Oui, il obéirait, faisant tout ce qu'on lui disait de faire.

Mais une émotion inattendue s'éveilla en lui. La colère ! Car enfin, on le poussait, on le tirait, mais il n'était pas un mouton qu'on force à entrer dans un enclos ! La fureur se compactant en lui tel un nœud dans un tronc d'arbre, il s'y accrocha – exactement comme il se serait retenu à un morceau de bois flotté dans un naufrage.

Mets-toi à mon service..., murmurait une voix dans le profond silence de son esprit. Une voix familière. S'il tendait assez l'oreille, il la reconnaîtrait, c'était une certitude. *Mets-toi à mon service !* Rand secoua la tête pour tenter d'en chasser cette intruse. *Mets-toi à mon service !*

Cette fois, Rand brandit le poing en direction du pic.

— Que la Lumière te consume, Shai'tan !

L'odeur de la mort se fit plus forte autour du jeune homme. Une silhouette vêtue d'une cape couleur du sang séché se dressa soudain devant lui, son visage semblable à...

Non, il ne voulait pas voir le visage qui se penchait vers lui. À la vérité, il refusait même de *penser* à cette tête. L'imaginer suffisait à le torturer, embrasant son pauvre esprit.

Une main se tendit vers Rand. Sans même songer qu'il risquait de basculer dans le vide, il se jeta en arrière. Il devait fuir à tout prix. Et très loin.

Il tomba, battant vainement des bras et incapable de crier parce qu'il avait le souffle coupé.

En un clin d'œil, le paysage désolé se volatilisa autour de lui et sa chute cessa. Sous ses bottes, l'herbe marron typique de l'hiver foisonnait à la manière d'un immense parterre de fleurs. Voyant les arbres et les buissons qui se dressaient de-ci de-là dans la vaste plaine – tous dénudés, mais ça ne comptait pas –, Rand faillit éclater de rire. Dans le lointain, une montagne solitaire, son sommet brisé et fendu, se dressait comme une tour de garde. De ce mont-là n'émanaient ni désespoir ni peur. En d'autres termes, ce n'était qu'un pic banal, même si sa présence, au milieu d'un désert, pouvait paraître pour le moins étrange.

Un fleuve se séparait en deux pour contourner la montagne. Un peu plus loin, sur une île nichée au creux des deux bras d'eau, s'étendait une ville telle qu'on n'en rencontre seulement dans les récits des trouvères. Une cité fortifiée dont les hautes murailles blanches aux reflets argentés brillaient majestueusement au soleil.

En approchant, Rand distingua de fantastiques tours, la plupart reliées par des passerelles qui composaient dans les airs un étrange quadrillage. Comme en réponse à leur splendeur, des ponts en forme d'arche connectaient les deux rives à la cité insulaire. Même de loin, Rand distingua de délicates sculptures sur ces travées qui semblaient bien trop fragiles pour contenir les eaux tumultueuses qui venaient s'écraser contre elles.

Ces ponts conduisaient à un sanctuaire où le danger n'existait plus. Une cité inaccessible au mal.

Soudain, Rand se sentit glacé jusqu'à la moelle des os. Sa peau sembla se couvrir de givre et l'air environnant devint écrasant d'humidité et atrocement malodorant. Sans se retourner, le jeune homme partit au pas de course, fuyant le poursuivant dont les doigts gelés s'accrochaient à sa cape et frôlaient son dos à travers le tissu. Il devait absolument s'éloigner de la silhouette qui dévorait la lumière et dont le visage…

Impossible de se remémorer les traits de cet ennemi ! Alors qu'il courait à toute vitesse, le sol défilant sous ses pieds à mesure qu'il gravissait des collines ou traversait des plaines, Rand sentait grandir en lui l'envie de hurler comme un chien devenu fou. Dans le lointain, la ville se dérobait sans cesse. Plus il avançait, et plus ses murs blancs scintillants semblaient reculer. Ils devinrent de plus en plus petits, se réduisant bientôt à une forme blanche indistincte, à l'horizon. La main froide du prédateur se referma sur le col de Rand. Si les doigts glacés touchaient sa peau, il deviendrait fou, ça ne faisait aucun doute. Fou ou… eh bien, pire que ça, même s'il n'aurait pas su en dire plus. Alors que cette certitude s'installait en lui, il trébucha et s'étala de tout son long.

— Non ! cria-t-il.

L'impact contre le sol pavé lui coupa le souffle. Désorienté, il se releva et regarda autour de lui, stupéfait. Il était devant un des merveilleux ponts qui enjambaient le fleuve. Sur ses deux flancs, des gens souriants vêtus de tenues multicolores – une vision qui faisait penser à un champ de fleurs sauvages – le dépassaient sans hâte. Certains s'adressèrent à lui, mais il ne comprit rien à ce qu'ils disaient – pourtant, leurs propos ne lui semblaient pas si exotiques que ça. L'air bienveillant, ces inconnus l'invitaient du geste à s'engager sur le pont et à le traverser pour gagner la cité aux murs d'enceinte blancs derrière lesquels des tours s'élançaient bravement vers le ciel. Au cœur de cette ville, Rand l'aurait juré, il ne risquerait plus rien.

Il se joignit à la foule, franchissant avec elle le pont puis les imposantes portes enchâssées dans la muraille immaculée. Au-delà, Rand découvrit une sorte de pays des merveilles où le moindre bâtiment, si insignifiant fût-il, aurait pu aisément passer pour un palais. À croire qu'on avait ordonné aux architectes d'utiliser les pierres, les briques et les tuiles pour créer une beauté capable de couper le souffle à n'importe quel mortel. Chaque monument, mais aussi la moindre bâtisse, contraignait Rand à écarquiller les yeux. De la musique emplissait les rues – une centaine de mélodies différentes –, s'harmonisant assez bien avec la clameur de la foule pour créer une sorte de symphonie fraîche et joyeuse. De douces senteurs de parfums et d'épices – ces dernières plus tranchantes – et l'odeur grisante des fleurs se mêlaient aux arômes de cuisine pour composer une atmosphère unique, comme si toutes les merveilles olfactives du monde s'étaient donné rendez-vous dans la cité.

La large avenue pavée par laquelle était entré Rand s'enfonçait en droite ligne vers le cœur de la ville. Au bout se dressait une tour blanche plus grande et plus large que toutes les autres. C'était là que se trouvaient la sécurité *et* le savoir que cherchait Rand.

Mais la ville était plus magnifique qu'il aurait pu l'imaginer, et, s'il différait de quelques minutes son entrée dans la tour blanche, il aurait le loisir d'apprécier ce feu d'artifice de beauté.

Rand s'engagea dans une rue latérale beaucoup plus étroite où des badauds flânaient devant les étalages de fruits exotiques de quelques marchands ambulants.

Devant lui, au bout de la rue, se dressait une tour blanche… La même tour, en fait. S'engouffrant dans une autre rue, Rand vit que la tour blanche l'attendait toujours au bout. Décidé à ne pas capituler devant l'absurdité de cette situation, il tourna dans une autre voie, puis dans une autre encore, et encore dans une autre. Chaque fois, la tour d'albâtre apparut devant ses yeux, incontournable obstacle à son errance.

Faisant demi-tour, il partit au pas de course… et s'arrêta net. Encore une fois, la tour blanche était juste devant lui. S'il regardait par-dessus son épaule, la verrait-il également dans son dos ? Hélas ! c'était tout à fait possible…

Si les visages des passants restaient amicaux, ils exprimaient une profonde déception – dont Rand était responsable, à l'évidence. Pourtant, les gens continuaient à l'inviter à avancer. À l'implorer, même. Ils le poussaient vers la tour, le regard brillant d'une exigence désespérée, comme si lui seul, Rand al'Thor, était à même de les sauver.

D'accord, on y va, pensa-t-il.

Après tout, la tour était sa destination originelle.

Dès qu'il fit son premier pas vers le bâtiment blanc, la déception s'effaça des visages, et des sourires la remplacèrent. Une foule l'escorta vers son but et de très petits enfants semèrent des pétales de rose sur son chemin. À qui était donc destiné ce tapis floral ? Regardant derrière lui, Rand ne vit que les visages joyeux des passants qui le suivaient.

C'est donc à moi qu'on fait cet honneur, se dit-il.

À sa grande surprise, cela ne lui parut pas du tout bizarre. Très vite, il cessa de s'émerveiller de cette absence d'étonnement. Au fond, tout était comme il le fallait.

Un de ses compagnons de route commença à chanter, aussitôt imité par un autre. Très vite, une multitude de voix entonnèrent un hymne glorieux. Une fois encore, Rand ne comprit pas les paroles, mais les harmonies qui se répondaient les unes les autres exaltaient sans équivoque possible la joie et la rédemption. Des musiciens se joignirent à la foule, ajoutant à l'hymne le son de leur flûte, de leur harpe ou de leur tambourin. Tous les morceaux que Rand avait entendus dans sa vie se mêlèrent sans produire pour autant une cacophonie. Des jeunes femmes vinrent danser à côté de lui, lui passant autour du cou des couronnes de fleurs aux senteurs exquises. Elles lui sourirent, de plus en plus euphoriques à chaque pas qu'il faisait. Un peu contre sa volonté, le jeune homme leur sourit en retour. Ses pieds brûlaient d'envie de se mêler à la danse comme s'il en avait connu les pas dès le jour de sa naissance. Renversant la tête en arrière, il éclata de rire. Plus légères que jamais, ses jambes dansaient avec…

Le nom lui échappait, mais ça n'avait aucune importance.

C'est ton destin…, murmura dans sa tête une voix qui devint aussitôt une ligne harmonique intégrée à l'hymne chanté par la foule.

Le poussant en avant comme une brindille portée par la crête d'une vague, cette foule déboula sur une grande place, au milieu de la ville. Pour la première fois, Rand put voir que la tour blanche surmontait un grand palais de marbre immaculé qui semblait avoir été sculpté dans la masse plutôt que bâti selon des techniques classiques. Les murs arrondis, les dômes aux courbes ensorcelantes et les flèches qui tutoyaient les cieux composaient un ensemble d'une beauté à couper le souffle. Un grand escalier de marbre menait aux portes de cette merveille d'architecture. La foule s'arrêta au pied des marches, mais son chant gagna encore en puissance, poussant Rand en avant comme une marée tumultueuse.

Ton destin…, murmura de nouveau la voix, presque impérieuse, cette fois.

S'il ne dansait plus, Rand continua à avancer, gravissant les marches sans la moindre hésitation. Comme s'il revenait chez lui. Vers le lieu auquel il appartenait de toute éternité.

En haut de l'escalier, d'imposantes portes sculptées – des volutes si délicates que Rand eut peine à imaginer un burin assez fin pour les avoir gravées – s'ouvrirent toutes seules, laissant entrer le visiteur avant de se refermer derrière lui avec un grondement de tonnerre.

— Nous t'attendions, dit le Myrddraal d'une voix sifflante.

Rand se redressa en sursaut sur sa chaise. La respiration saccadée, il tremblait de la tête aux pieds.

Dès qu'il vit que Tam dormait toujours paisiblement dans le lit, son souffle redevint plus régulier. Des bûches finissaient de se consumer dans la cheminée. Pendant que Rand dormait, quelqu'un était venu tisonner le feu, lui permettant ainsi de durer plus longtemps. En baissant les yeux, Rand vit qu'une couverture gisait à ses pieds là où il l'avait fait tomber en se réveillant en sursaut. La civière de fortune n'était plus dans la chambre et les capes de voyage pendaient à un portemanteau, près de la porte.

Essuyant la sueur glacée qui ruisselait sur ses joues, Rand s'aperçut que ses mains tremblaient toujours. Prononcer le nom du Ténébreux dans un rêve risquait-il d'avoir les mêmes conséquences que lorsqu'on blasphémait dans la réalité ?

Dehors, il faisait nuit et la lune, bien ronde et grassouillette, était déjà haut dans le ciel. Au-dessus des montagnes de la Brume, les étoiles brillaient ardemment. Rand avait dormi toute la journée. Encore engourdi, il massa un point douloureux, sur son flanc gauche. Apparemment, la garde de l'épée lui avait meurtri les flancs pendant son sommeil. Avec cet inconfort, la faim qui lui ravageait l'estomac et la nuit qu'il avait vécue, comment s'étonner qu'il ait des cauchemars ?

Poussé par les gargouillis de son ventre, il se leva, encore très raide, et approcha de la table où maîtresse al'Vere avait posé le plateau. Retirant le carré de tissu blanc, il constata que le bouillon de bœuf était toujours chaud tout comme les tranches de pain grillé. Après si longtemps, cela signalait une intervention – au moins – de maîtresse al'Vere, qui avait remplacé le plateau. Quand elle décidait qu'un homme avait besoin d'un repas chaud, cette femme ne lui faisait pas de quartier tant qu'il ne l'avait pas avalé.

Histoire de ne pas la décevoir, Rand bu un peu de bouillon. Puis il mit un peu de viande et de fromage entre deux tranches de pain et retourna près de son père tout en mangeant voracement.

L'épouse de Bran s'était également occupée de Tam. Recouvert jusqu'au menton d'une couverture, le blessé devait porter un vêtement de nuit, car ses habits, soigneusement pliés, formaient une petite pile sur la table de chevet.

Quand Rand lui toucha le front, Tam ouvrit les yeux.

— Tu es là, mon garçon ? Marin me l'a dit, mais je n'ai même pas eu la force de m'asseoir pour te regarder. Elle m'a expliqué que tu étais trop fatigué pour qu'elle te réveille simplement parce que j'avais envie de te voir. Et quand elle a une idée dans la tête, Bran lui-même ne réussit pas à la faire changer d'avis.

Tam chuchotait plus qu'il ne parlait, mais son regard n'était plus voilé.

L'Aes Sedai ne mentait pas, songea Rand. *Avec du repos, il se rétablira parfaitement.*

— Tu veux manger quelque chose ? Maîtresse al'Vere a laissé un plateau.

— Elle m'a déjà nourri, si on peut dire les choses comme ça. Elle m'a gavé de bouillon, et pas question d'avaler autre chose. Comment un homme peut-il ne pas faire de cauchemars avec des litres de jus dans le ventre ? (Tam sortit une main de sous la couverture et désigna la hanche de Rand.) Donc, ce n'était pas un rêve… Tu as l'épée, et… Quand Marin m'a dit que j'avais été malade, j'ai cru que… Mais tu vas bien, c'est tout ce qui compte. Et la ferme ?

— Les Trollocs ont tué les moutons. Et pris la vache, je crois… La maison aura besoin d'un bon nettoyage, mais nous avons été plutôt chanceux. Les monstres ont brûlé la moitié du village.

Rand raconta à son père ce qui s'était passé cette nuit-là. Très attentif, Tam posa les bonnes questions, l'obligeant à révéler qu'il était retourné dans la maison chercher des objets indispensables. Bien entendu, cela l'amena à évoquer le Trolloc qu'il avait abattu.

Pour expliquer qu'une Aes Sedai l'avait soigné, Rand dut révéler à son père que la Sage-Dame l'avait déclaré perdu. Tam ne cacha pas sa surprise. Une Aes Sedai à Champ d'Emond ?

Le jeune homme décida d'omettre certains détails. Par exemple, il mentionna très rapidement le long trajet nocturne avec la civière et ne crut pas bon de s'étendre sur ses angoisses au sujet du Myrddraal. Dans le même ordre d'idées, il passa sous silence le cauchemar qu'il venait d'avoir et fit subir le même sort au délire de Tam, après sa poussée de fièvre. Pour ce sujet-là, il était encore trop tôt. En revanche, pas moyen d'éviter l'étrange théorie de Moiraine sur le raid des Trollocs.

— Eh bien, c'est le genre de récit que ne renierait pas un trouvère, dit Tam quand son fils eut terminé. Que peuvent te vouloir les monstres, petit ? Et encore plus le Ténébreux ?

— Tu crois qu'elle m'a menti ? Maître al'Vere a souligné que tout ce qu'elle a raconté d'autre était vrai. Les deux fermes attaquées, puis les maisons de maître Luhhan et de maître Cauthon…

Tam ne répondit pas tout de suite.

— Répète-moi ce qu'elle a dit…, souffla-t-il enfin. Ses propos exacts, mot à mot.

Rand n'en crut pas ses oreilles. Qui pouvait mémoriser un discours ainsi ? Se grattant la tête, il se mordilla la lèvre inférieure, puis fit de son mieux pour obéir à Tam.

— Voilà, dit-il quand il eut fini, c'est tout ce qui me revient. Dans certains cas, je ne suis pas sûr d'être totalement fidèle à ses propos, mais ça n'est pas loin du tout, je pense…

— C'est très bien et, de toute façon, ça devra suffire. Mon garçon, les Aes Sedai sont sournoises. Elles ne mentent pas ouvertement, mais leur conception de la vérité s'écarte pas mal de la nôtre. Méfie-toi de cette femme.

— Je connais les récits, s'insurgea Rand, et je ne suis plus un gamin.

— C'est bien vrai, ça… (Tam eut un profond soupir, puis il haussa les épaules, accablé.) Je devrais venir avec toi, mon gars. Hors du territoire, le monde ne ressemble pas à Champ d'Emond.

Une occasion rêvée d'interroger Tam sur ses voyages et son passé. Mais Rand ne la saisit pas, parce que, là encore, il n'en crut pas ses oreilles.

— C'est tout ? Tu n'essaies pas de me convaincre de rester ? Je pensais que tu me servirais une bonne centaine de raisons de ne pas partir.

En réalité, Rand *espérait* que son père aurait une centaine de *bonnes* raisons de ne pas vouloir qu'il s'en aille.

— Cent, ça fait un peu beaucoup, mais quelques-unes me viennent quand même à l'esprit. L'ennui, c'est qu'elles ne sont pas pertinentes. Si les Trollocs te traquent, tu seras plus en sécurité à Tar Valon, c'est évident. Simplement, reste sur tes gardes. Les Aes Sedai ont toujours une idée derrière la tête, et c'est rarement celle qu'on imagine.

— Le trouvère m'a dit quelque chose dans ce genre, oui…

— En ce cas, ce gaillard sait de quoi il parle ! Ouvre bien les oreilles, utilise ton cerveau et tiens ta langue ! Dès qu'on sort de Deux-Rivières, c'est une très bonne politique. Alors, avec les Aes Sedai… Et c'est pareil avec les Champions. Si tu dis quelque chose à ce – Lan, c'est ça ? –, autant en parler tout de suite à Moiraine. Il est lié à son Aes Sedai, tu peux en mettre ta main au feu ! Du coup, il n'a aucun secret pour elle.

Rand ignorait presque tout du lien qui existait entre une Aes Sedai et son Champion. Pourtant, ce rapport très spécial jouait un rôle central dans tous les récits qu'il avait entendus sur cet étrange duo. C'était relatif au Pouvoir, à un don fait au Champion ou peut-être à une forme d'échange. En tout cas, les Champions étaient censés en tirer toutes sortes de bénéfices. Ils guérissaient plus vite que les hommes normaux, et résistaient très longtemps sans manger, boire ou dormir. D'après ce qu'on disait, ils sentaient les Trollocs à distance – s'ils n'étaient pas très loin, bien entendu. *Idem* avec d'autres créatures du Ténébreux… Un don qui expliquait pourquoi Moiraine et Lan avaient tenté d'avertir les villageois peu avant l'attaque.

Sur les bénéfices que tiraient les Aes Sedai de cette association, les récits restaient obstinément muets. Mais Rand ne croyait pas un instant que la relation fût à sens unique.

— Je serai prudent, promit-il. Même si je ne sais pas pour quelle raison. Tout ça est absurde. Pourquoi moi ? Pourquoi nous ?

— J'aimerais connaître la réponse, mon garçon. Par le sang et les cendres ! je donnerais cher pour le savoir ! Mais quand un œuf est cassé à quoi bon tenter de remettre le jaune dans la coquille ? Quand dois-tu partir ? Je serai sur pied dans quelques jours, et il faudra reconstituer notre troupeau de moutons. Oren Dautry nous cédera sans doute une partie du sien, et Jon Thane aussi. Avec des pâturages si minables, ça les soulagera…

— Moiraine… Hum, l'Aes Sedai dit que tu dois garder le lit. Elle a parlé de semaines… (Tam voulut intervenir, mais Rand l'en empêcha.) Et elle en a discuté avec maîtresse al'Vere.

— Vraiment ? Avec un peu de chance, je pourrai persuader Marin de me libérer plus vite… (Tam ne semblait pas très convaincu, nota son fils.) Mon garçon, tu évites de répondre, je le sens bien, et ça veut dire que le départ est pour bientôt. Demain ? Ou ce soir ?

— Ce soir…

Tam acquiesça mélancoliquement.

— Je vois… Si ça doit être fait, pourquoi lambiner ? Cela dit, pour les semaines de lit… Eh bien, nous verrons… (Il tira sur sa couverture, faisant montre de plus d'énervement que de force.) Qui sait ? je te suivrai peut-être dans quelques jours. Dans ce cas, je te rattraperai en chemin. On verra bien si Marin peut m'empêcher de me lever quand j'en ai envie !

Quelqu'un tapa à la porte, puis elle s'ouvrit et une tête se découpa dans l'encadrement.

— Fais rapidement tes adieux, berger, conseilla Lan. Et rejoins-nous vite. Nous allons peut-être avoir des ennuis.

— Quels ennuis ?

Le Champion ne jugea pas utile de répondre.

— Dépêche-toi, c'est tout !

Rand s'empara de sa cape de voyage. Puis il fit mine de déboucler son ceinturon d'armes, mais Tam s'écria :

— Garde l'épée ! Tu en auras plus besoin que moi, même si j'implore la Lumière qu'aucun de nous deux n'ait à s'en servir. Sois prudent, mon gars. Tu m'as entendu ?

Faisant abstraction des grognements agacés de Lan, dans le couloir, Rand serra son père dans ses bras.

— Je reviendrai, c'est juré !

— Bien sûr que tu reviendras ! s'exclama Tam. (Il rendit son étreinte à Rand – très faiblement, cependant – puis lui tapota le dos.) Je n'en doute pas un instant ! Et à ton retour, j'aurai deux fois plus de moutons, histoire de t'occuper. Maintenant, file avant que ce type finisse par se casser les cordes vocales.

Rand tenta de gagner du temps afin de formuler les questions qui lui brûlaient les lèvres et qu'il ne voulait pourtant pas poser. Mais Lan revint dans la chambre, le prit par le bras et le tira dans le couloir. Vêtu d'un plastron vert sombre composé de plates de métal émaillé, le Champion laissa éclater toute son irritation :

— On doit se dépêcher ! Tu connais le sens du mot « ennuis » ?

En cape de voyage, une épaisse veste dessous, Mat attendait aussi dans le couloir. Muni de son arc, un carquois accroché à la taille, il se balançait d'un pied sur l'autre en regardant l'escalier avec ce qui semblait être un mélange égal d'impatience et de peur.

— Ce n'est pas du tout comme dans les légendes…, croassa-t-il.

— Quel genre d'ennuis ? demanda Rand.

Sans prendre le temps de lui répondre, le Champion lui passa devant puis entreprit de dévaler les marches. Faisant signe à Rand de le suivre, Mat lui emboîta le pas.

Fataliste, le jeune homme obéit. Au pied de l'escalier, une chiche lumière dissipait à peine les ombres de la salle commune. La moitié des bougies avaient entièrement fondu et les autres agonisaient. À part le Champion et les deux garçons, il n'y avait pas âme qui vive.

Mat approcha d'une fenêtre et tenta de jeter un coup d'œil dehors sans se faire voir. Lan alla ouvrir la porte et sonda les environs de l'auberge.

Intrigué, Rand rejoignit le Champion, qui lui souffla d'être discret mais entrouvrit quand même un peu plus le battant de bois.

Au début, Rand ne comprit pas très bien ce qui se passait. Quelques-uns portant des torches, une trentaine de villageois se massaient autour du chariot carbonisé de maître Fain. Moiraine leur faisait face, appuyée avec une fausse nonchalance à son bâton de marche. Flanqué de son frère Darl et de Bili Congar, Hari Coplin se tenait au premier rang de la foule. L'air mal à l'aise, Cenn Buie était là aussi. Voyant Hari brandir le poing devant Moiraine, Rand crut un instant qu'il avait la berlue.

— Partez de Champ d'Emond ! rugit haineusement le fermier.

Quelques voix lui firent timidement écho, mais personne n'esquissa l'ombre d'un pas en avant. Affronter une Aes Sedai bien à l'abri au sein d'un groupe était une chose. Se camper face à elle n'avait aucun rapport, surtout quand on venait de lui donner toutes les raisons de prendre la mouche.

— C'est vous qui nous avez amené les monstres ! cria Darl.

Il leva sa torche au-dessus de sa tête, stimulant l'ardeur de ses compagnons.

— Oui, c'est bien vous ! brailla un type.

— C'est votre faute ! renchérit Bili Congar.

Hari flanqua un coup de coude à Cenn Buie, qui le foudroya du regard mais marmonna quand même :

— Oui, ces… Trollocs… se sont montrés après votre arrivée.

Parlant à peine assez fort pour qu'on l'entende, le vieux couvreur regardait sans cesse à droite et à gauche, comme s'il souhaitait être ailleurs.

— Vous êtes une Aes Sedai, et, à Deux-Rivières, nous ne voulons pas des femmes telles que vous. Les Aes Sedai sont une source de problèmes. Si vous restez, les nôtres s'aggraveront.

Les villageois ne réagirent pas à cette harangue. Furieux, Hari prit à Darl sa torche et la brandit en direction de Moiraine.

— Partez ! rugit-il. Sinon, nous vous y obligerons par la force des flammes !

À peine troublé par le bruit des bottes des hommes qui reculaient prudemment, un silence de mort tomba sur la scène. Les gens de Deux-Rivières ne rechignaient pas à se défendre quand on les attaquait, certes, mais ils étaient d'un naturel pacifique et peu enclins à menacer les autres, si on exceptait un poing rageusement levé, de temps en temps. Cenn Buie, Bili Congar et les Coplin se retrouvèrent donc isolés. Très vite, Bili donna l'impression que ses jambes le démangeaient aussi.

Hari parut déstabilisé de se retrouver sans réel soutien, mais il se ressaisit très vite.

— Partez ! cria-t-il.

Darl unit sa voix à celle de son frère. Bili l'imita, mais beaucoup plus faiblement. Indigné, Hari se tourna vers la foule. Gênés, les villageois baissèrent la tête pour éviter de croiser son regard.

Soudain, Bran al'Vere et Haral Luhhan jaillirent hors des ombres, se plaçant à distance égale des villageois et de l'Aes Sedai. D'une main, l'aubergiste tenait l'imposante masse qu'il utilisait pour enfoncer un robinet dans ses divers tonneaux.

— Ai-je bien entendu quelqu'un menacer de brûler mon établissement ? demanda-t-il.

Les deux Coplin reculèrent, Cenn Buie s'écarta discrètement et Bili Congar alla se réfugier au milieu de la foule.

— Nous n'avons jamais dit ça, Bran – enfin, messire bourgmestre, croassa Darl.

— D'accord, d'accord… Mais ne vous ai-je pas entendus menacer des clients à moi ?

— C'est une Aes Sedai, grogna Hari, et…

Il n'alla pas plus loin, car Haral Luhhan fondait sur lui.

Le forgeron se contenta de s'étirer, levant ses bras musclés au-dessus de sa tête. Quand il serra les poings – juste comme ça, pour s'assouplir les doigts –, Hari blêmit, à croire que les imposantes masses d'os et de chair menaçaient de venir très bientôt s'écraser sur son nez.

— Désolé, Hari, dit Luhhan en croisant les bras. Je ne voulais surtout pas t'interrompre. Tu disais ?

Se recroquevillant sur lui-même comme s'il voulait s'enfoncer dans le sol, Hari resta muet comme une carpe.

— Vous me surprenez, dit Bran, et pas en bien. Paet al'Caar, ton fils a eu une jambe cassée, hier. Pourtant, ce matin, je l'ai vu marcher normalement – grâce à cette femme. Eward Candwin, tu gisais dans la poussière, sur le ventre, avec dans le dos le genre d'incision qu'on fait aux poissons pour les vider. Aujourd'hui, tu te portes comme si ce malheur remontait à plus d'un mois et je parie que tu ne garderas même pas une méchante cicatrice.

» Quant à toi, Cenn…

Le couvreur avait amorcé une retraite stratégique au cœur de la foule, mais il s'immobilisa sous le regard du bourgmestre.

— Voir n'importe quel membre du Conseil avec ces trublions me choquerait, mais toi… Sans cette femme, ton bras droit ne serait plus qu'une masse carbonisée et sanguinolente. N'aurais-tu ni gratitude ni vergogne ?

Cenn leva sa main droite, en détourna le regard et grogna :

— Je ne peux pas nier qu'elle m'a aidé, admit-il, l'air sincèrement honteux. Et je ne suis pas le seul dans ce cas à Champ d'Emond… Mais Bran, c'est une Aes Sedai ! Les Trollocs sont venus pour elle, ça crève les yeux. Sur le territoire de Deux-Rivières, nous ne voulons pas d'Aes Sedai. Qu'elles gardent donc leurs ennuis loin de nous !

Bien protégés par la foule, quelques hommes donnèrent de la voix :

— Loin de nous les ennuis des Aes Sedai !

— Qu'on l'expulse !

— Oui, qu'on la chasse !

— Les monstres sont venus à cause d'elle !

Bran voulut répondre, mais Moiraine brandit son bâton de marche au-dessus de sa tête et le fit tourner en le tenant à deux mains.

Rand ne put s'empêcher de crier, à l'instar des villageois, car une flamme blanche, sifflant comme un serpent, apparut à chaque extrémité de l'étrange canne. Des fers de lance ignés parfaitement droits malgré la rotation du bâton.

Bran et Haral eux-mêmes reculèrent.

Moiraine baissa les bras, le bâton se retrouvant parallèle au sol, juste devant elle. Les flammes blanches, plus puissantes que les torches, ne s'éteignirent pas. Éblouis par une telle lumière, presque tous les hommes se protégèrent les yeux avec les mains.

— Est-ce donc là ce qui reste du sang d'Aemon ? demanda l'Aes Sedai – sans élever la voix, mais en occultant pourtant tous les autres sons. Une bande de petits hommes implorant de pouvoir se cacher comme des lapins ? Vous avez oublié votre identité et votre nature, mais j'espérais en trouver une trace dans vos veines ou dans la moelle de vos os. Quelques lambeaux capables de vous endurcir pour affronter la longue nuit à venir.

Dans la foule en colère, personne ne parla. D'habitude si volubiles, les deux Coplin semblaient soudain avoir fait vœu de silence.

— Comment ça, oublié notre identité et notre nature ? osa demander Bran. Nous sommes depuis toujours des fermiers, des bergers et des artisans… Des gens de Deux-Rivières, quoi !

— Au sud, dit Moiraine, coule ce que vous appelez aujourd'hui la rivière Blanche. Mais très loin d'ici, à l'est, on lui donne toujours son véritable nom : Manetherendrelle. Dans l'ancienne langue, cela signifie « les Eaux de la Ville-Montagne ». Une onde scintillante qui coulait jadis au milieu d'une terre où fleurissaient la beauté et le courage. Il y a deux mille ans, la Manetherendrelle se déversait des murs d'une ville-montagne si belle que les tailleurs de pierre ogiers venaient la contempler, pétrifiés d'émerveillement. Des fermes et des villages abondaient dans cette région et dans ce que vous nommez la forêt des Ombres, voire très loin au-delà. Mais tous ces gens, à l'époque, se considéraient comme le peuple de la Ville-Montagne, ou encore, de Manetheren.

» Leur roi s'appelait Aemon al Caar al Thorin. En d'autres termes, Aemon fils de Caar fils de Thorin. Et sa reine se nommait Eldrene ay Ellan ay Carlan…

» Aemon était si courageux que le plus grand compliment qu'un homme puisse entendre, y compris dans la bouche de ses ennemis, lui attribuait un « cœur d'Aemon ». Eldrene, elle, était si belle que les fleurs, racontait-on, s'ouvraient sur son passage pour la faire sourire. La beauté, la bravoure et un amour que même la mort n'aurait pu flétrir… S'il vous reste un cœur, pleurez la fin de ces souverains et la disparition de leur souvenir. Oui, pleurez sur l'irrémédiable perte de leur sang !

Moiraine se tut et personne n'osa parler. Sous le charme de sa voix, comme tous les autres, Rand but chaque mot dès qu'elle rompit le silence.

— Pendant près de deux siècles, les guerres des Trollocs ont fait rage d'un bout à l'autre du monde. Et, partout où on se battait, l'étendard de Manetheren, une Aigle Rouge, claquait au vent en première ligne. Les hommes de Manetheren étaient en quelque sorte une épine dans le pied du Ténébreux.

» Gloire à Manetheren, qui ne mit jamais un genou en terre devant les Ombres. Oui, gloire à Manetheren, l'épée qui ne peut pas être brisée.

» Ces braves étaient très loin de chez eux, à Champ de Bekkar, surnommé Champ Sanglant, lorsqu'ils apprirent qu'une armée de Trollocs faisait mouvement contre leur terre natale. Trop éloignés de leur fief, ils durent se résigner à attendre la nouvelle qui leur confirmerait la mort de leur nation. Car les forces du Ténébreux rêvaient de les exterminer. Pour tuer un chêne, ne commence-t-on pas par détruire ses racines ?

» Trop loin pour arriver à temps, ces hommes auraient pu pleurer sur le sort de leur terre d'origine. Mais c'étaient les gens de la Ville-Montagne, bon sang !

» Sans hésiter ni penser au long voyage qui les attendait, ils quittèrent le théâtre de leurs exploits et avancèrent, couverts de sueur et de sang. Quasiment sans s'arrêter, ils avalèrent la distance, car ils avaient vu de leurs yeux les horreurs que les Trollocs laissaient derrière eux. Aucun d'entre eux n'aurait pu dormir alors qu'une horde de monstres menaçait Manetheren. Comme si leurs pieds avaient des ailes, ils avançaient plus vite que leurs ennemis auraient pu le redouter et leurs alliés l'espérer. En un autre jour, leur longue marche aurait suffi à inspirer une kyrielle de trouvères. Du coup, lorsque les forces du Ténébreux arrivèrent, les défenseurs de Manetheren se campèrent devant elles, tournant le dos à la forteresse.

Quelques villageois applaudirent, mais Moiraine continua comme si elle n'avait rien entendu.

— La horde qui se dressait face aux défenseurs de la cité aurait suffi à glacer d'effroi le cœur le plus téméraire. Des corbeaux obscurcissaient le ciel et les Trollocs noircissaient les plaines. Partout, on voyait des monstres et des Suppôts des Ténèbres, leurs alliés humains… Des milliers et des milliers de tueurs commandés par des Seigneurs de la Terreur. La nuit, leurs feux de camp brillaient davantage que les étoiles. À l'aube, on s'apercevait que la bannière de Ba'alzamon battait au vent en tête de leur interminable colonne. Ba'alzamon, le Cœur des Ténèbres. Un antique nom pour désigner le Père des Mensonges. Le Ténébreux n'avait pas pu être libéré de sa prison, le mont Shayol Ghul, et c'était heureux, car, dans le cas contraire, toutes les troupes de l'humanité, luttant pour une fois ensemble, n'auraient pas réussi à le repousser. Cela dit, ce champ de bataille débordait de pouvoir maléfique. L'apparence des Seigneurs de la Terreur et l'effet du sortilège qui permettait à l'étendard d'absorber la lumière et de la détruire glacèrent les sangs et l'âme des êtres humains qui se dressaient face à ces envahisseurs.

» Pourtant, ces braves firent ce qu'ils avaient à faire. Leur terre natale s'étendait de l'autre côté de la rivière, et ils devaient empêcher l'armée ennemie et le pouvoir qui se tapissait en son sein d'atteindre la Ville-Montagne. Aemon avait envoyé des messagers demander de l'aide. S'ils tenaient pendant au moins trois jours sur la berge de la Tarendrelle, les défenseurs recevraient des renforts, c'était juré. Tenir trois jours, alors que tout laissait penser qu'ils seraient submergés en moins d'une heure ? Grâce à de sanglantes contre-attaques et à une défense obstinée, même si elle était sans espoir, ces hommes résistèrent d'abord durant une heure, puis en ajoutèrent une autre et encore une autre. Au bout du compte, ils tinrent bien trois jours – sur un terrain devenu un charnier –, interdisant à quiconque de traverser la Tarendrelle. La troisième nuit, alors que les renforts n'arrivaient toujours pas, aucun messager ne se montrant, ces héros continuèrent le combat.

» On en fut bientôt à six jours. Puis à neuf. Le dixième, Aemon reconnut dans sa bouche le goût amer de la trahison. Personne ne viendrait, et les survivants n'étaient plus en état d'empêcher les envahisseurs de traverser la rivière.

— Qu'ont-ils fait ? demanda Hari.

Un vent mordant faisait vaciller les flammes des torches. Malgré le froid, pas un seul auditeur de Moiraine n'esquissa un geste pour resserrer autour de son torse les pans de sa cape.

— Aemon a franchi la Tarendrelle, répondit Moiraine, et il a ordonné qu'on détruise les ponts derrière lui. Puis il a fait dire à tous ses sujets de s'enfuir, car il savait que les pouvoirs maléfiques qui soutenaient les monstres trouveraient un moyen de les faire traverser. Il ne se trompait pas, car les premiers Trollocs ne tardèrent pas à arriver. Afin de permettre aux civils de s'échapper, les soldats de Manetheren reprirent le combat. Au cœur de la Ville-Montagne, Eldrene organisa la fuite de ses gens dans les profondeurs des forêts et les forteresses naturelles des montagnes.

» Mais la débandade fut loin d'être générale. D'abord en un timide filet d'eau, puis comme un ruisseau, et enfin en un incroyable raz-de-marée, des hommes vinrent se joindre aux défenseurs de leur patrie. Des bergers armés d'arcs, des fermiers brandissant leur fourche et des bûcherons lestés de leur hache. Des femmes accoururent aussi, portant sur l'épaule tout ce qui pouvait leur servir d'arme tandis qu'elles marchaient à côté de leurs maris. Tous savaient qu'ils n'en sortiraient pas vivants. Mais c'était leur pays. Jadis celui de leurs pères, il serait un jour à leurs enfants, à condition de consentir le sacrifice nécessaire.

» Cette armée ne céda pas un pouce de terrain avant que le sol fût rouge de sang. Mais elle finit par devoir battre en retraite jusqu'ici – oui, ce lieu que vous nommez à présent Champ d'Emond ! Et c'est ici que les Trollocs encerclèrent les ultimes survivants.

La voix de Moiraine tremblait un peu, comme si elle luttait contre un chagrin plus froid que le givre.

— Bientôt, les cadavres des Trollocs et des guerriers formèrent un peu partout de macabres monticules. Au milieu, parfois même dessus, les deux camps perpétraient un massacre qui semblait ne jamais devoir se terminer. Mais ce n'était qu'une illusion. Au crépuscule, il ne resta pas un seul survivant parmi les défenseurs de l'Aigle Rouge. L'épée impossible à briser avait explosé en milliers de fragments.

» Au cœur des montagnes de la Brume, seule dans la cité de Manetheren déserte, Eldrene sentit l'instant exact où le cœur d'Aemon cessa de battre. Le sien mourut à la même seconde, et il ne resta plus dans sa poitrine qu'un irrépressible besoin de venger son bien-aimé, son peuple et son pays. Poussée par le chagrin, elle plongea dans la Source

Authentique et libéra le Pouvoir de l'Unique sur l'armée de Trollocs. Les Seigneurs de la Terreur tombèrent comme des mouches alors même qu'ils haranguaient leurs troupes ou tenaient des conciliabules secrets. En une fraction de seconde, les généraux et les seigneurs du Ténébreux se consumèrent comme de vulgaires ballots de paille. La horde victorieuse fut alors prise de panique.

» Comme des animaux sauvages qui fuient un incendie de forêt, les Trollocs détalèrent sans même chercher à savoir où ils allaient. Des milliers se noyèrent en essayant de traverser la Tarendrelle sans l'aide des Seigneurs de la Terreur. Ceux qui réussirent à passer de l'autre côté de la Manetherendrelle détruisirent les ponts afin de se couper des ennemis qui risquaient de vouloir les poursuivre. Ces fugitifs tuèrent tous les malheureux qu'ils croisèrent, mais ils le firent presque sans y penser, tant était grand leur désir de détaler.

» Pour finir, il ne resta plus une seule créature démoniaque dans le royaume de Manetheren. Comme de la poussière sur le passage d'un cyclone, les monstres semblèrent s'être volatilisés. Un peu plus tard, de manière moins spectaculaire, la vengeance d'Eldrene fut parachevée par des groupes d'hommes appartenant à d'autres pays. Traqués et abattus impitoyablement par les soldats des royaumes environnants, les bouchers de Champ d'Aemon connurent le même destin que leurs victimes.

» Mais, pour Manetheren, le prix de la victoire fut exorbitant. Afin de se venger, Eldrene avait puisé beaucoup trop libéralement dans la Source Authentique. Alors que les officiers de l'armée adverse tombaient les uns après les autres, la femme d'Aemon mourut à son tour et les flammes qui la dévorèrent dévastèrent également la splendide cité déserte. Les pierres fondirent du plus haut des murs jusqu'aux plus profondes des fondations. Mais, au moins, le peuple était sauvé…

» Cela posé, il ne restait rien des fermes, des villages et de la glorieuse capitale. À la place des survivants, beaucoup de gens se seraient dit qu'il n'y avait plus qu'une solution : l'exode, voire l'exil, puisqu'il ne restait rien pour eux dans leurs anciens foyers. Mais les gens de la Ville-Montagne ne l'entendirent pas de cette oreille. Après avoir versé pour cette terre un lourd tribut de sang et d'espoir, ils se sentaient unis à elle par des liens qui semblaient impossibles à briser. Durant les années à venir, tous le savaient, d'autres guerres feraient rage chez eux. Mais, au fil du temps, leur territoire perdu au bout du monde serait oublié de tous et plus personne, parmi eux, ne maîtriserait l'art du maniement des armes, car toute la stratégie compliquée de la guerre aurait sombré dans l'oubli.

» La Ville-Montagne ne fut jamais reconstruite, ses flèches vertigineuses et ses rafraîchissantes fontaines devenant un rêve qui s'effaçait peu à peu des mémoires. Mais les survivants et leur descendance continuaient au moins d'être maîtres chez eux. Même après que le passage du temps eut effacé le souvenir des événements que je viens de narrer, Manetheren demeura le bien le plus précieux de ses habitants. Aujourd'hui, ce pays est toujours à eux – à vous, devrais-je dire. Alors, mes amis, pleurez pour le royaume et pour ce qui est à jamais perdu et ne reviendra plus.

Les flammes qui jaillissaient des deux extrémités du bâton de Moiraine s'éteignirent soudain. Comme si la canne pesait des centaines de livres, l'Aes Sedai en planta la pointe dans la terre et s'y appuya. Pendant un long moment, seul le gémissement du vent troubla le silence. Puis Paet al'Caar passa devant les Coplin après les avoir écartés de son chemin d'un coup d'épaule.

— Je ne sais que penser de votre histoire, dit-il à l'Aes Sedai. Je ne suis pas un caillou dans la chaussure du Ténébreux, et je ne me vois pas le devenir. Mais mon fils Wil marche grâce à vous, dame Aes Sedai, et j'ai honte d'être venu vous insulter avec les autres. J'ignore si vous me le pardonnerez un jour mais, que ce soit le cas ou non, je vais rentrer chez moi, maintenant… En ce qui me concerne, vous pouvez rester à Champ d'Emond aussi longtemps que ça vous chantera.

Inclinant humblement la tête – presque une révérence –, le villageois recula, se retourna et fendit la foule en silence. D'autres hommes l'imitèrent, marmonnant des excuses contrites avant de s'éclipser les uns après les autres. Toujours muets, les Coplin se consultèrent du regard, puis ils s'en furent à leur tour sans dire un mot. Bili Congar, lui, avait déguerpi longtemps avant ses cousins…

Lan tira Rand en arrière et referma la porte.

— Allons-y, mon garçon ! (Il se dirigea vers le fond de la salle commune.) Suivez-moi tous les deux, et vite !

Hésitant, Rand consulta Mat du regard. Pendant le récit de Moiraine, un des chevaux dhurriens de maître al'Vere n'aurait pas pu le tirer loin de son point d'observation. À présent, quelque chose d'autre le retenait. Sortir de l'auberge pour suivre le Champion dans la nuit marquerait le véritable commencement d'une aventure qui le terrorisait. S'ébrouant, il tenta de recouvrer sa détermination. Il devait partir, c'était indiscutable. Mais il reviendrait à Champ d'Emond, même si son errance devait durer de très longues années.

— Qu'attendez-vous, tous les deux ? demanda Lan, la main posée sur la poignée de la porte de la cuisine.

Mat sursauta puis rejoignit le Champion.

Occupé à se convaincre qu'il se lançait dans une aventure exaltante, Rand traversa la cuisine vide, en sortit et émergea dans la cour de l'écurie.

10

Les adieux

Son volet à demi fermé, l'unique lanterne accrochée au poteau d'une stalle diffusait une chiche lumière. Tout autour, le reste de l'écurie était plongé dans le noir. Quand Rand entra sur les talons de Mat et du Champion, Perrin, assis à même le sol, se leva d'un bond en soulevant un petit tourbillon de paille et de poussière. Enveloppé dans une épaisse cape de voyage, le jeune homme était prêt au départ.

— Forgeron, demanda Lan sans s'arrêter, as-tu fait ce que je t'ai demandé ?

— J'ai exploré les lieux, répondit Perrin. À part nous, il n'y a personne ici. Mais qui se cacherait dans… ?

— Prudence est mère de longue vie, forgeron… (Le Champion jeta un rapide coup d'œil autour de lui puis sonda les profondeurs obscures du grenier à foin, au-dessus de sa tête.) Pas assez de temps… Elle a dit de nous dépêcher…

Joignant le geste à la parole, Lan approcha de l'endroit, à la lisière du cercle de lumière, où attendaient les cinq chevaux, dûment sellés et harnachés.

Rand reconnut l'étalon noir et la jument blanche qu'il avait déjà vus. Les trois autres montures, moins grandes et moins élancées, comptaient parmi les meilleures qu'on pouvait trouver à Deux-Rivières.

Très vite mais cependant avec soin, Lan s'assura que toutes les sangles étaient bien fixées. Puis il vérifia les attaches des sacoches de selle, des outres à eau et des couvertures soigneusement enroulées.

Rand échangea avec ses amis quelques sourires hésitants. Malgré ses efforts, il doutait d'avoir l'air ravi de partir.

Remarquant enfin l'épée que Rand portait sur la hanche gauche, Mat la désigna et lança :

— Tu es devenu un Champion ? (Jetant un coup d'œil à la dérobée à Lan, il ravala un éclat de rire.) Ou, au moins, un garde du corps de marchand ? (Occupé avec les chevaux, le Champion semblait ne s'être aperçu de rien.) Sacré Rand ! (Mat eut un sourire pas tout à fait naturel, puis il leva son arc.) Une arme d'honnête homme ne lui suffit plus !

Rand eut envie de dégainer l'épée, mais la présence de Lan le dissuada de faire de l'esbroufe. Le Champion ne le regardait pas, certes, mais il suivait à coup sûr tout ce qui se passait autour de lui.

— Une épée peut se révéler utile, Mat, dit Rand.

Comme si en arborer une était la chose la plus naturelle du monde…

Perrin se contorsionna pour tenter de cacher quelque chose sous sa cape. Rand aperçut le large ceinturon que portait l'apprenti forgeron – et la poignée de la hache qui y était accrochée.

— Que trimballes-tu là ? demanda Rand.

— Encore un garde du corps de marchand…, marmonna Mat.

Le jeune apprenti forgeron à la tignasse bouclée fronça les sourcils, indiquant à Mat qu'il en avait plus qu'assez de ses blagues. Puis il soupira et écarta les pans de sa cape pour exhiber la hache. Ce n'était pas du tout un outil de bûcheron. Le tranchant en croissant et la pique qui prolongeait le manche semblaient aussi incongrus, à Deux-Rivières, que la lame de Rand. Cela dit, la main de Perrin reposait nonchalamment sur le manche, comme si l'arme lui était familière.

— Maître Luhhan l'a fabriquée il y a deux ans, expliqua-t-il. La commande d'un garde au service d'un négociant en laine. Mais le type a refusé de payer le prix convenu, et mon patron n'est pas du genre à marchander. (Il fronça les sourcils à l'intention de Rand, le prévenant, comme Mat, qu'il n'était pas d'humeur à subir des moqueries.) Il me l'a donnée quand il m'a surpris en train de m'exercer à la manier. Puisqu'il ne pouvait rien en faire, a-t-il dit, autant qu'elle profite à quelqu'un…

— T'exercer…, répéta Mat, gouailleur. (Voyant Perrin monter sur ses ergots, il leva une main conciliante.) Au moins, l'un de nous sait se servir d'une arme véritable…

— Vos arcs en sont aussi, dit Lan sans crier gare. (Posant un bras sur la selle de son grand étalon noir, il dévisagea les trois jeunes gens, l'air grave.) Comme les frondes que possèdent tous les garçons du village. Vous les utilisez uniquement pour chasser les lapins ou éloigner un loup de vos moutons, je sais, mais ça ne change rien. N'importe quel objet peut devenir une arme si l'homme ou la femme qui le manient ont la volonté et le cran requis pour qu'il en soit ainsi. Même en oubliant les Trollocs, vous avez intérêt à vous fourrer cette idée dans le crâne avant de quitter ce territoire. Surtout si vous comptez arriver vivants à Tar Valon.

Le visage de marbre du Champion et sa voix qui sonnait comme un glas firent disparaître les sourires espiègles des trois jeunes gens et leur coupèrent la chique. Avec une moue désabusée, Perrin recouvrit de nouveau la hache avec un pan de sa cape. Baissant les yeux sur la pointe de ses bottes, Mat dérangea du bout d'un pied les brins de paille qui couvraient le sol. Dans un silence pesant, Lan recommença à inspecter les chevaux.

— Ce n'est pas du tout comme dans les légendes, gémit Mat au bout d'un moment.

— Pourquoi donc ? demanda Perrin d'un ton amer. Des Trollocs, un Champion, une Aes Sedai… Que te faut-il de plus ?

— Oui, une Aes Sedai, justement…, répéta Mat en frissonnant comme s'il était soudain transi de froid.

— Rand, fit Perrin, tu crois à son histoire ? Moi, je ne vois pas ce que les Trollocs pourraient bien nous vouloir…

Les trois jeunes gens regardèrent le Champion. Il semblait concentré sur sa tâche – vérifier les harnais de selle de la jument blanche – mais, avec lui, il valait mieux se méfier. Prudents, les trois amis s'éloignèrent, formèrent un cercle serré et parlèrent à voix basse.

— C'est dur à croire, je sais, fit Rand, mais Moiraine a dit la vérité sur tous les autres détails de l'attaque. J'en suis sûr, parce que j'ai demandé confirmation au bourgmestre. Au fond, la théorie de l'Aes Sedai est aussi crédible que tout un tas d'autres.

Rand s'avisa soudain que ses deux compagnons le regardaient avec des yeux ronds comme des soucoupes.

— Tu en as parlé à maître al'Vere ? lâcha Mat, incrédule. Elle nous a demandé de garder le secret…

— Je n'ai pas révélé pourquoi je posais ces questions, se défendit Rand. Dois-je comprendre que vous n'avez prévenu personne de votre départ ?

— Selon les instructions de Moiraine Sedai, oui, répondit Perrin…

— Mais nous avons chacun laissé un mot à nos parents. Quand ils le trouveront, demain matin, nous serons déjà loin. Rand, pour ma mère, Tar Valon est le premier pas sur le chemin du mont Shayol Ghul. (Mat eut un petit rire pour montrer qu'il ne partageait pas cette opinion – un jeu de scène pas très convaincant, à vrai dire.) Si je lui avais dit que je partais, elle m'aurait enfermé dans la cave.

— Maître Luhhan est têtu comme une mule, renchérit Perrin, et sa femme est encore pire… Si vous l'aviez vue fouiller les ruines de sa maison en répétant qu'elle brûlait d'envie que les Trollocs reviennent, histoire de leur flanquer une bonne correction…

— Que la Lumière me brûle, Rand ! s'écria Mat. Je sais que c'est une Aes Sedai, avec tout ce que ça implique, mais les Trollocs étaient bel et bien là, non ? Elle nous a demandé le silence, et elle sait ce qu'elle fait, tu ne crois pas ?

— Je ne suis sûr de rien…, souffla Rand.

Il se massa les tempes, tentant d'apaiser sa migraine. Depuis son réveil, il ne parvenait pas à chasser de son esprit le rêve de la tour blanche.

— Mon père croit dame Moiraine. En tout cas, il pense aussi que nous devons partir…

— Tu as parlé de ce voyage à ton père ? demanda une voix féminine.

Moiraine venait d'entrer. Vêtue d'anthracite de la tête aux pieds, elle portait une jupe d'équitation fendue et arborait pour seul bijou sa bague en forme de serpent.

Rand jeta un coup d'œil au bâton de marche de l'Aes Sedai. Malgré les flammes qui en avaient jailli, il ne restait aucune trace de suie ni de brûlure.

— Je ne pouvais pas partir sans lui dire pourquoi…

Moiraine dévisagea un moment Rand, puis elle se tourna vers ses deux amis.

— Avez-vous aussi estimé qu'un petit mot ne suffisait pas ?

Dans une pénible cacophonie, car ils parlèrent tous les deux en même temps, Mat et Perrin assurèrent l'Aes Sedai qu'ils s'en étaient scrupuleusement tenus à ses consignes.

Leur intimant le silence d'un geste, Moiraine riva de nouveau les yeux sur Rand.

— Ce qui est fait est déjà tissé dans la Trame, dit-elle, fataliste. Lan, où en sommes-nous ?

— Les chevaux sont prêts et nous avons assez de provisions pour atteindre Baerlon sans les avoir épuisées. Nous pouvons partir à tout moment – par exemple, maintenant !

— Pas sans moi ! lança Egwene en se glissant dans l'écurie, un ballot de tissu serré sous un bras, comme si elle avait déjà fait ses bagages.

Rand manqua en tomber à la renverse.

Quand il reconnut l'intruse, Lan rengaina son épée, qu'il avait à demi tirée du fourreau.

Alors que Perrin et Mat juraient leurs grands dieux qu'ils n'avaient pas prévenu la jeune fille, Moiraine la dévisagea en se tapotant pensivement les lèvres du bout d'un index.

La capuche de la cape de voyage marron foncé d'Egwene était relevée, mais pas assez pour noyer dans les ombres le regard plein de défi de l'aspirante Sage-Dame.

— Dans ce ballot, dit-elle, j'ai tout ce qu'il faut, y compris des vivres. Je refuse d'être laissée en arrière. Qui sait si j'aurais une autre occasion de sortir du territoire de Deux-Rivières ?

— Il ne s'agit pas d'un pique-nique dans le bois de l'Eau, marmonna Mat.

Mais il recula d'instinct lorsque Egwene le foudroya du regard sous ses sourcils froncés.

— Merci, Mat, je ne m'en serais pas doutée ! Tous les trois, vous pensez être les seuls à rêver d'aventure ? J'en ai envie depuis aussi longtemps que vous et je saisirai au vol cette chance.

— Comment as-tu su que nous partions ? demanda Rand. De toute façon, tu ne peux pas venir. Ce n'est pas un voyage d'agrément, loin de là !

Egwene le regardant comme s'il venait d'enfoncer une porte ouverte, le jeune homme s'empourpra jusqu'à la racine des cheveux.

— Pour répondre à ta question, j'ai vu Mat aller et venir en tentant en vain de passer inaperçu. Puis j'ai surpris Perrin en train d'essayer de cacher sous sa cape l'énorme hache qu'il porte à la ceinture. Ensuite, j'ai appris que Lan avait acheté un cheval. « Pour quoi faire ? » me suis-je aussitôt demandé. Et, s'il avait fait l'acquisition d'une monture, il pouvait ne pas s'arrêter là et en acheter d'autres. En repensant aux pathétiques tentatives de discrétion de Mat et Perrin, j'ai vite fait le rapprochement... Après ton discours sur les gens qui quittent Deux-Rivières, je suis un peu surprise de te voir ici, Rand. En même temps, ça ne m'étonne pas vraiment... De toute façon, quand ces deux lascars sont sur un coup, tu n'es jamais bien loin.

— Je suis obligé de partir, Egwene... Et eux aussi. Sinon, les Trollocs reviendront.

— Les Trollocs ! s'esclaffa la jeune fille. Tu as décidé de voir le grand monde, Rand ? Eh bien, tout un chacun a le droit de changer d'avis. Mais ne viens pas me raconter des salades !

— C'est la vérité, dit Perrin.

— Les Trollocs..., commença Mat.

— Vous en avez assez dit, fit Moiraine d'un ton serein qui suffit pourtant à réduire les deux garçons au silence. Egwene, d'autres villageois sont au courant ?

Bien qu'elle n'ait en principe peur de rien, la jeune fille se décomposa sous le regard de l'Aes Sedai.

— Depuis l'attaque, ils pensent à reconstruire et aux mesures à prendre afin d'empêcher un nouveau raid. Ils ne remarquent rien, même ce qui se trouve sous leur nez. Bien entendu, je n'ai partagé mes soupçons avec personne.

— Très bien, dit Moiraine après un court silence. Tu peux nous accompagner.

Une sincère surprise passa un instant dans le regard de Lan.

— Non, Moiraine, lâcha-t-il, aussi impassible que d'habitude.

Mais il bouillait intérieurement, c'était facile à deviner.

— C'est une partie de la Trame, désormais…

— C'est absurde ! Rien ne justifie qu'elle vienne, et la logique milite au contraire pour qu'elle reste ici.

— Tu te trompes… Une partie de la Trame, Lan…

Le Champion hocha la tête, comme s'il capitulait.

— Egwene, intervint Rand, les Trollocs vont nous poursuivre et nous ne serons pas en sécurité avant d'avoir atteint Tar Valon.

— N'essaie pas de m'effrayer. Je viens, un point c'est tout !

Rand avait déjà entendu Egwene parler sur ce ton. La dernière fois, des années auparavant, elle l'avait employé pour affirmer que grimper aux grands arbres était une excellente activité pour les enfants. Et il n'était pas près d'oublier cette affaire…

— Tu crois qu'avoir des Trollocs aux trousses est amusant ? demanda-t-il.

— Nous n'avons pas le temps de polémiquer, dit Moiraine. À l'aube, nous devrons être le plus loin possible d'ici. Si nous ne l'emmenons pas, Rand, elle ameutera le village et ça attirera l'attention du Myrddraal.

— Je ne ferais jamais une chose pareille ! s'indigna Egwene.

— Elle prendra le cheval du trouvère, dit Lan. Je lui laisserai assez d'argent pour s'en acheter un autre…

— Désolé, mais ce ne sera pas possible ! lança une voix masculine tonitruante, dans le grenier à foin.

Lan dégaina son épée. Et il la laissa au clair même quand Thom Merrilin sortit des ombres, au-dessus de sa tête.

Jetant une couverture enroulée aux pieds du Champion, le trouvère mit sur son épaule les étuis de sa harpe et de sa flûte et se baissa pour ramasser de lourdes sacoches de selle.

— Ce village n'a plus besoin de moi, désormais… En revanche, je ne me suis jamais produit à Tar Valon. En principe, je voyage seul. Après les désagréments de la nuit dernière, je doute qu'un peu de compagnie me fasse du mal.

Lan foudroya Perrin du regard.

— Je n'ai pas pensé à fouiller le grenier…, avoua l'apprenti forgeron.

Alors que le trouvère descendait la grande échelle, Lan demanda d'un ton très sec :

— Une autre partie de la Trame, Moiraine Sedai ?

— Mon vieil ami, chaque chose est susceptible de lui appartenir, tu le sais bien… Nous ne pouvons pas choisir, alors nous verrons bien…

Arrivé en bas de l'échelle, Thom se retourna et épousseta sa cape ornée de carreaux multicolores.

— En fait, dit-il d'un ton redevenu normal, on peut dire que j'insiste pour ne pas voyager en solitaire. Assis seul devant une chope de bière, la nuit, il m'est bien souvent arrivé de songer à la façon dont je quitterais ce monde. Cuire dans un chaudron de Trollocs n'a jamais figuré sur ma liste… (Il regarda avec insistance l'épée de Lan.) Inutile de brandir une lame, je ne suis pas un fromage qu'il faut débiter en tranches.

— Maître Merrilin, dit Moiraine, nous devrons avancer vite et braver bien des dangers. Les Trollocs rôdent toujours sur le territoire et nous chevaucherons de nuit. Êtes-vous sûr de vouloir nous accompagner ?

Thom regarda ses futurs compagnons de voyage avec un sourire faussement perplexe.

— Si ce n'est pas trop dangereux pour la jeune fille, je n'aurai pas grand-chose à craindre, non ? De plus, n'importe quel trouvère serait prêt à prendre quelques risques pour se produire à Tar Valon.

Moiraine acquiesça et Lan rengaina sa lame.

Rand se demanda ce qui se serait passé si Thom avait reculé au dernier moment – ou si Moiraine n'avait pas fini par se résigner. Le trouvère entreprit de seller son cheval, à croire que les interrogations de ce genre étaient très loin de ses pensées. Mais il jeta plusieurs coups d'œil furtifs à l'épée du Champion, comme s'il se félicitait d'être encore de ce monde.

— Alors, demanda Moiraine, quel cheval pour Egwene ?

— Les bêtes du colporteur sont aussi peu adaptées que les Dhurriens du bourgmestre. Des animaux solides mais mortellement lents.

— Bela…, proposa Rand.

Son intervention lui valut un regard glacial de Lan qui lui fit regretter de ne pas avoir tenu sa langue. Mais, puisqu'il ne pouvait pas dissuader Egwene, le plus simple était sans doute de l'aider.

— Bela est moins rapide que les autres chevaux, mais elle est solide. Je la monte parfois, et je sais qu'elle tiendra le coup.

Lan alla jeter un coup d'œil dans la stalle de la jument.

— Oui, finit-il par dire, c'est le meilleur choix. Ou le moins mauvais, en tout cas.

— Alors, qu'il en soit ainsi ! lança Moiraine. Rand, trouve une selle pour Bela. Et dépêche-toi, parce que nous avons déjà trop traîné !

Rand alla choisir une selle et une couverture dans la remise, puis il fit sortir Bela de sa stalle. Quand il lui jeta la selle sur le dos, la jument le regarda, visiblement surprise. Lorsqu'il la chevauchait, c'était toujours à cru. Mais la brave bête accepta cette étrange nouveauté sans protester – n'était un bref mouvement de tête qui fit osciller de droite à gauche sa crinière.

Prenant son ballot à Egwene, Rand l'attacha derrière la selle. Puis la jeune fille enfourcha Bela et tira frénétiquement sur sa jupe. Le vêtement n'étant pas fendu, il lui remontait jusqu'aux genoux, dévoilant les bas de laine qu'elle portait dessous.

Rand remarqua qu'elle avait aux pieds des mocassins, comme toutes les filles du village. Des chaussures déjà insuffisantes pour une excursion jusqu'à Colline de la Garde. Alors pour gagner Tar Valon…

— Je continue à penser que tu ne devrais pas venir, dit Rand. Je n'exagérais pas au sujet des Trollocs, tu sais ? Mais je jure de veiller sur toi.

— C'est peut-être bien moi qui te protégerai, répondit Egwene. (Voyant qu'elle avait vexé le garçon, elle se pencha pour lui ébouriffer les cheveux.) Je sais que tu veilleras sur moi, Rand… Nous nous protégerons mutuellement. Mais pour l'instant, tu devrais songer à monter en selle.

Tous les autres étaient déjà perchés sur leur cheval et attendaient Rand.

Il ne restait plus qu'un cheval de libre : Nuage, un étalon gris à la crinière et à la queue noires qui appartenait jusque-là à Jon Thane.

Rand eut quelque peine à se hisser en selle. Peu coopératif, l'étalon remua nerveusement la tête et s'écarta sur le côté lorsque son futur cavalier eut glissé le pied dans un étrier. Gêné par le fourreau, Rand passa à un souffle de s'étaler dans la poussière.

Hériter de Nuage n'était pas un coup de chance. Très souvent, maître Thane faisait courir son étalon contre les meilleurs chevaux des marchands de passage. À la connaissance de Rand, l'équidé n'avait jamais connu la défaite. Cela dit, il n'était pas réputé pour faciliter la vie à ses cavaliers, et le jeune homme en faisait les frais. Lan avait dû proposer une fortune au meunier pour qu'il accepte de lui vendre le fleuron de son écurie.

Quand il fut en selle, Rand tint fermement les rênes et tenta de se convaincre qu'il n'y aurait plus de problèmes. Avec un peu de chance, il réussirait aussi à en persuader l'étalon…

Un hibou ulula soudain, rompant le silence de la nuit. Les quatre jeunes habitants de Champ d'Emond sursautèrent avant de comprendre de quoi il s'agissait. Puis ils eurent un rire nerveux et échangèrent des regards contrits.

— Encore un effort, et une souris nous forcera à grimper à un arbre, tenta de plaisanter Egwene.

— J'aimerais mieux que ce soit une horde de loups…, lâcha froidement Lan.

— Des loups ! s'exclama Perrin.

Le Champion le foudroya du regard.

— Les loups n'aiment pas les Trollocs, forgeron, et les Trollocs le leur rendent bien. En passant, ils abominent aussi les chiens… Si nous entendions hurler des loups, je saurais que nous n'avons pas à craindre une embuscade des monstres.

Lançant son étalon au pas, Lan sortit de l'écurie. Moiraine le suivit sans hésiter un instant, et Egwene vint se placer à côté d'elle. Emboîtant le pas à Mat et à Perrin, Rand et le trouvère formèrent par la force des choses l'arrière-garde de la colonne.

La façade arrière de l'auberge était sombre et silencieuse et la lumière voilée de la lune peinait à déchirer les ténèbres.

Dans cette obscurité, la cape sombre du Champion le rendait quasiment invisible. S'ils n'avaient pas été rassurés qu'il ouvre la voie, ses jeunes compagnons se seraient bien massés autour de lui, pour qu'il les enveloppe d'un linceul plus noir que la nuit. Alors qu'il approchait du portail, Rand s'avisa que sortir du village sans être repérés ne serait pas facile. Malgré l'heure tardive, de la lumière brûlait encore derrière nombre de fenêtres. À intervalles irréguliers, des ombres se découpaient dans ces petits carrés d'un jaune vacillant. Refusant d'être pris deux fois par surprise, les villageois montaient la garde…

En tête de la colonne, alors qu'il allait franchir le portail, Lan s'arrêta brusquement et fit signe à ses compagnons de l'imiter sans faire de bruit.

Des bottes crissaient sur les planches du pont aux Chariots. À la chiche lueur de la lune, on voyait par moments briller des cottes de mailles ou des pointes de lance.

Désormais, les bottes grinçaient sur le gravier, indiquant que l'ennemi approchait de l'auberge. Aucun son ne montait de la petite colonne de fugitifs. S'ils étaient aussi terrorisés que lui, songea Rand, ses amis devaient être incapables d'émettre une onomatopée.

Les bottes cessèrent de grincer juste devant l'auberge. Grâce à la lumière qui filtrait des fenêtres de la salle commune, Rand identifia enfin un des « agresseurs ».

Maître Jon Thane, une lance reposant sur son épaule musclée. Vêtu d'une tunique recouverte sur la poitrine d'une multitude de disques métalliques – au temps pour la cotte de mailles ! –, il conduisait un détachement de villageois équipés de pièces d'armure disparates, d'antiques casques et d'armes improvisées – pas mal de haches de bûcheron et toute une gamme d'outils rouillés.

Après avoir jeté un coup d'œil à travers une fenêtre, le meunier se retourna et souffla :

— Rien à signaler…

Ses compagnons reformèrent des rangs très approximatifs et la vaillante patrouille reprit son chemin dans la nuit, chaque homme ou presque marchant au pas selon un rythme qui lui était bien particulier.

— Deux Trollocs dha'vols ne feraient qu'une bouchée de ces pauvres types, marmonna Lan lorsque le grincement des bottes se fut estompé. Mais, au moins, ils ont des yeux et des oreilles… (Le Champion fit faire demi-tour à son étalon.) Suivez-moi.

Toujours au pas, Lan remonta la cour de l'écurie puis descendit la pente semée de saules qui menait à la Cascade à Vin. Si près des chutes, l'eau était assez profonde pour atteindre la semelle des bottes des cavaliers – à peine plus, et il serait devenu très difficile de traverser à gué.

Lorsqu'elle eut atteint la berge opposée, la petite colonne continua à se laisser guider par le Champion, qui se tint volontairement le plus à l'écart possible des maisons. De temps en temps, Lan s'arrêtait, faisait signe aux autres de se taire et sondait la nuit alors qu'aucun de ses compagnons n'avait entendu ou vu quelque chose d'inquiétant. Chaque fois, cependant, une patrouille de villageois passa devant les fugitifs sans les remarquer.

Très lentement, les cavaliers se dirigeaient vers l'extrémité nord de Champ d'Emond.

Rand plissa les yeux pour distinguer les demeures au toit pointu et les graver dans sa mémoire.

Quel bon aventurier je fais ! songea-t-il, ironique.

À peine sorti du village, voilà qu'il avait le mal du pays ! Le sentiment d'être un peu ridicule ne l'empêcha pas de continuer à boire des yeux Champ d'Emond.

Suivant un chemin parallèle à la route du Nord, les cavaliers dépassèrent les dernières fermes, à la périphérie du village. En avançant toujours tout droit, ils arriveraient à Bac-sur-Taren…

De plus en plus mélancolique, Rand se dit qu'aucun ciel nocturne ne pouvait être aussi beau que celui de Deux-Rivières. Le firmament d'un noir très pur semblait tutoyer l'infini et des myriades d'étoiles y brillaient comme autant de minuscules points lumineux vus à travers une coupe de cristal. Pratiquement pleine, la lune semblait assez proche pour qu'on puisse la toucher en tendant le bras.

Une ombre noire passa très lentement devant l'orbe argenté de l'astre nocturne. Tirant d'instinct sur les rênes, Rand força Nuage à s'arrêter.

Une chauve-souris, pensa-t-il sans grande conviction.

Ce n'était pas ça, et il le savait. La nuit, on voyait des légions de petites créatures ailées lancées à la poursuite de mouches ou d'autres insectes. Les ailes que venait de voir Rand ressemblaient à celles d'une chauve-souris, mais leur battement très lent et très puissant évoquait plutôt un grand oiseau de proie. Un chasseur en pleine action, ça ne faisait aucun doute. La manière de voler ne trompait pas, quand on savait regarder…

L'élément déterminant restait la taille. Pour qu'une chauve-souris semble si grosse alors qu'elle passait devant la lune, il aurait fallu qu'elle vole sous le nez de Rand.

Le jeune homme tenta d'évaluer à quelle distance se trouvait la créature volante et quelles étaient ses mensurations. Le corps devait équivaloir à celui d'un être humain, et les ailes…

La mystérieuse créature passa de nouveau devant la lune puis plongea en piqué et disparut dans la nuit.

Sentant une main se poser sur son bras, Rand s'aperçut que Lan avait rebroussé chemin pour le rejoindre.

— Que fiches-tu donc, berger ? Nous devons avancer.

Derrière le Champion, les autres fugitifs attendaient.

Pensant qu'il allait avoir droit à un sermon sur sa lâcheté – une tirade sur la peur des Trollocs qui lui brouillait l'esprit –, Rand décrivit quand même ce qu'il venait de voir. Avec un peu de chance, Lan lui démontrerait qu'il s'agissait tout de même d'une chauve-souris – ou au moins d'une illusion d'optique.

— Un Draghkar, lâcha le Champion, l'air dégoûté comme si ce mot lui laissait un mauvais goût dans la bouche.

Egwene, Mat et Perrin levèrent les yeux au ciel, le sondant dans toutes les directions. Thom Merrilin, lui, se contenta d'un grognement écœuré.

— Oui, confirma Moiraine. Inutile de nous bercer d'illusions… Si le Myrddraal dispose d'un Draghkar dans son unité, il saura très bientôt où nous sommes. Si ce n'est pas déjà fait. Il va falloir avancer plus vite, donc nous exposer en terrain découvert. Il nous reste une chance d'atteindre Bac-sur-Taren avant le Myrddraal. Avec sa bande de Trollocs, traverser la rivière lui fera perdre beaucoup de temps.

— Un Draghkar ? intervint Egwene. Qu'est-ce que c'est ?

Thom Merrilin se chargea de répondre :

— Durant la guerre qui mit un terme à l'Âge des Légendes, des créatures pires que les Trollocs et les Blafards virent le jour…

Moiraine tourna la tête vers le trouvère, lui jetant un regard assez brillant de fureur pour être visible dans l'obscurité.

Avant que les jeunes gens aient eu le temps de bombarder Thom de questions, Lan donna de nouveaux ordres :

— Nous allons prendre la route du Nord, dit-il. Si vous voulez vivre, suivez-moi, gardez le bon rythme et restez groupés.

Il repartit, se dirigeant vers la route, et ses compagnons le suivirent en silence.

11

La route de Bac-sur-Taren

Sur la route du Nord, la colonne de cavaliers avançait, longue file de crinières et de queues battant au vent sous la chiche lumière de la lune. À une allure soutenue, Lan ouvrait la voie, son étalon noir et sa cape de voyage sombre presque invisibles dans l'obscurité. La jument de Moiraine, qui calquait son pas sur celui de l'étalon, évoquait un grand projectile blanc fendant la nuit à la vitesse du vent. Les autres fugitifs suivaient en file indienne comme s'ils étaient attachés à une corde fermement tenue par le Champion.

Rand galopait en dernière position, juste derrière Thom Merrilin. Concentré sur la chevauchée, le trouvère ne regardait jamais en arrière, ses yeux rivés sur ce qui les attendait plutôt que sur les ennemis impitoyables qui les poursuivaient. Si des Trollocs, un Blafard ou le Draghkar apparaissaient dans le dos des fugitifs, ce serait à Rand de prévenir les autres.

Se tenant aux rênes et à la crinière de Nuage, le jeune homme se retournait très régulièrement pour sonder la route déserte. D'après Thom Merrilin, les Draghkars étaient pires que les Trollocs et les Blafards. Mais le ciel restait vide et les ombres, au niveau du sol, devenaient de plus en plus denses. Des zones obscures assez étendues pour qu'une armée entière s'y cache…

Maintenant que son cavalier lui laissait quasiment la bride sur le cou, Nuage fendait la nuit comme un spectre. Pour lui, suivre le rythme de l'étalon noir était un jeu d'enfant et il brûlait d'envie de le rattraper puis de le dépasser. Afin de le retenir, Rand dut recommencer à tenir très fermement les rênes. Comme s'il se croyait en train de disputer une course, Nuage refusa de céder à la volonté de son cavalier, lui disputant le pouvoir à chaque foulée. Les muscles tétanisés, Rand s'accrocha à sa selle du mieux qu'il le pouvait et serra les rênes à s'en faire blanchir les jointures.

Avec un peu de chance, Nuage ne sentirait pas à quel point il était mal à l'aise. Sinon, il aurait perdu son unique et maigre avantage sur sa monture.

Se penchant sur l'encolure de Nuage, Rand jeta un coup d'œil inquiet à Bela et à sa cavalière. La jument à long poil pouvait soutenir le rythme des autres chevaux. Le jeune homme l'avait dit et il le croyait sincèrement. Mais avait-il jamais parlé de grand galop ? La courageuse jument dépassait ses limites depuis un long moment. Si elle faiblissait, qu'arriverait-il ? N'étant pas ravi d'avoir dû emmener Egwene, Lan accepterait-il de ralentir si Bela lâchait prise ? Ou essaierait-il plutôt d'en profiter pour semer la jeune fille ? Pour une raison inconnue, Moiraine et son Champion pensaient que Rand et ses deux amis avaient une importance très particulière. Ayant entendu le petit discours fataliste de l'Aes Sedai au sujet de la Trame, Rand doutait fort qu'Egwene bénéficie de la même évaluation flatteuse.

Si Bela tombait ou ne pouvait plus continuer, le jeune berger se laisserait distancer par les autres afin de rester avec la fille de l'aubergiste. À l'arrière, là où les Trollocs et les Blafards débouleraient très vite. Et là où le Draghkar attaquerait sans doute aussi.

De tout son cœur, et avec la ferveur d'un désespéré, le jeune homme implora Bela de galoper plus vite que jamais. Entrant presque en transe, il transféra un peu de sa volonté dans l'esprit de plus en plus las de la jument, lui redonnant peut-être de la force.

Galope ! Galope ! Par la grâce de la Lumière, accélère encore ! Oui, Bela, c'est très bien !

Alors qu'ils fonçaient vers le nord par une nuit d'encre, le temps perdit toute signification pour les fugitifs. À l'occasion, les lumières d'une ferme leur blessaient les yeux, mais elles disparaissaient bien avant qu'ils soient certains de ne pas les avoir imaginées.

Si des chiens les prenaient assez souvent en chasse, ils renonçaient très vite, comprenant qu'ils avaient trouvé leurs maîtres en matière de vitesse.

Plongés dans les ténèbres, Lan et ses compagnons galopaient ventre à terre dans un silence irréel brisé à intervalles irréguliers par le cri d'un oiseau de nuit solitaire d'une humeur particulièrement mélancolique.

Sans crier gare, Lan ralentit puis fit signe à ses compagnons de s'arrêter. Rand n'aurait su dire depuis quand durait la chevauchée, mais il avait les jambes douloureuses à force de serrer les flancs de Nuage.

Devant les fugitifs, un îlot de lumière semblait les inviter à avancer. Des lucioles ? Regroupées ainsi pour une raison inconnue ?

Rand étudia brièvement la vue, puis il ne put étouffer un cri de surprise. Ce qu'il avait pris pour une nuée de lucioles était en réalité les grandes fenêtres de la kyrielle de maisons qui couvraient les flancs et le sommet d'une colline.

Colline de la Garde ! Rand eut quelque mal à croire qu'ils étaient déjà arrivés si loin. Sans nul doute, ils venaient d'établir un record qui n'était pas près de tomber.

Imitant le Champion, Rand et Thom mirent pied à terre. La tête baissée, Nuage s'efforçait déjà de reprendre son souffle. Se détachant à peine sur sa robe gris pâle, de l'écume s'étendait sur l'encolure et les épaules de la bête. Si rapide et vigoureux qu'il fût, Nuage n'était plus bon à grand-chose et il fallait impérativement qu'il récupère.

— Je rêve de laisser tous ces fichus villages derrière moi, déclara Thom. Mais quelques heures de repos semblent indispensables, si nous entendons continuer. Avons-nous assez d'avance pour nous offrir ce luxe ?

Rand s'étira et se massa les reins de la pointe des phalanges.

— Si nous décidons de passer la nuit à Colline de la Garde, pourquoi ne pas gagner les hauteurs ? proposa-t-il.

Soufflant du village, le vent charriait les échos de très douces chansons et une bonne odeur de nourriture mettait l'eau à la bouche du jeune homme. Ici, les gens célébraient Bel Tine, et les réjouissances battaient toujours leur plein. À Colline de la Garde, aucun Trolloc ne s'était montré pour saboter les festivités…

Rand jeta un coup d'œil à Egwene. Appuyée à sa monture, la jeune fille semblait au bord de l'épuisement. À part Moiraine et son Champion, les autres membres du groupe paraissaient en piteux état.

— Je n'ai rien contre un bon récital de chansons, souffla Mat, trop fatigué pour tenter de le cacher. Et encore moins contre une délicieuse portion de tourte au mouton, à l'auberge du *Sanglier Blanc*. Dans cette direction, je ne suis jamais allé au-delà de Colline de la Garde. Pour être honnête, *Le Sanglier Blanc* n'arrive pas à la cheville de *La Cascade à Vin*…

— C'est un établissement correct, intervint Perrin. Patron, une deuxième tourte bien chaude ! Et des litres d'infusion fumante pour que je cesse enfin de trembler de froid.

— Nous ne devons pas nous arrêter avant d'avoir traversé la rivière Taren, dit Lan. Des pauses de quelques minutes, et rien de plus…

— Les chevaux sont morts de fatigue, rappela Rand. Si nous les forçons à avancer, ils seront bientôt crevés pour de bon. Moiraine Sedai, vous…

Rand avait remarqué que l'Aes Sedai allait et venait parmi les chevaux. Jusque-là, il n'avait accordé aucune attention à ce qu'elle faisait. Quand elle le dépassa pour venir poser les mains sur l'encolure de Nuage, il se pétrifia, n'osant même plus respirer.

Le cheval secoua soudain la tête, manquant arracher les rênes des mains de son maître. Puis il fit un pas de côté, les jambes mal assurées comme s'il venait de passer une semaine entière dans une stalle.

En silence, Moiraine alla s'occuper de Bela.

— J'ignorais qu'elle savait faire ça…, souffla Rand à Lan.

— Pourtant, tu aurais pu t'en douter, berger… Ne l'as-tu pas vue soulager ton père ? Elle débarrassera les chevaux de leur fatigue, puis elle en fera autant pour tes compagnons et toi.

— Et vous, ça ne vous dit rien ?

— Je n'en ai pas besoin pour l'instant… Et Moiraine ne peut rien pour elle-même. En d'autres termes, les bienfaits qu'elle apporte aux autres lui sont interdits. Du coup, elle sera la seule du groupe à vaciller de fatigue. Priez tous pour que son état ne s'aggrave pas avant que nous ayons atteint Tar Valon. Si Moiraine était trop fatiguée…

— Trop fatiguée pour quoi, Champion ? demanda Rand.

— Tu avais raison au sujet de Bela, Rand, dit l'Aes Sedai, toujours en train de s'occuper de la jument. Elle est solide et aussi entêtée que tous les habitants de Deux-Rivières. Si étrange que ça paraisse, elle est moins fatiguée que les autres chevaux.

Un cri retentit soudain dans les ténèbres. On eût dit le hurlement d'un homme lardé de coups de couteau. Aussitôt après, de grandes ailes projetèrent leur ombre oppressante sur les fugitifs – une obscurité plus profonde que la nuit qui paniqua les chevaux, les poussant à ruer de terreur.

Quand il sentit contre son visage le souffle produit par les ailes du Draghkar, Rand eut le sentiment qu'une matière visqueuse comme la boue ou le limon dégoulinait sur sa peau. Et ce bruit régulier qui retentissait comme une sorte de pépiement dans la pâleur glaciale et humide d'un cauchemar…

Le jeune homme n'eut même pas le temps de sentir sa propre peur, car Nuage se cabra, bondissant dans les airs comme s'il voulait atteindre la lune et la propulser ailleurs dans le ciel. Alors que le cheval se déchaînait, à croire qu'il tentait de se débarrasser de quelque corps étranger s'accrochant à lui, Rand s'agrippa aux rênes. Basculant en arrière, il s'écrasa sur le sol puis sentit que Nuage l'entraînait avec lui, fuyant comme si une meute de loups était en train de lui déchiqueter la croupe avec leurs crocs.

Réussissant par miracle à ne pas lâcher les rênes, Rand utilisa sa main libre et ses jambes pour se redresser tant bien que mal. Puis il adopta une démarche étrangement sautillante pour suivre Nuage sans être de nouveau projeté à terre. Haletant, ses forces l'abandonnant un peu plus à chaque instant, il n'eut bientôt plus qu'une idée en tête : s'il laissait filer Nuage, il signerait par la même occasion son arrêt de mort.

Il tendit sa main libre au maximum, manquant de peu la refermer sur la bride. Sans doute parce qu'il se sentait menacé, Nuage se cabra de nouveau, envoyant le jeune homme voler dans les airs.

Espérant contre toute logique que le cheval finirait par se calmer, Rand s'accrocha comme il put au pommeau de la selle.

Il finit par s'écraser lourdement sur le sol, le choc lui ébranlant jusqu'à la racine des dents.

Sans raison apparente, le cheval gris s'immobilisa, les yeux exorbités, les naseaux dilatés et les jambes tétanisées.

Rand n'était pas en meilleur état que sa monture. Tremblant comme une feuille, à l'instar de l'animal, il supposa que celui-ci était maintenant en état de choc, comme lui.

Après avoir pris plusieurs inspirations saccadées, ses poumons refusant de se remplir totalement d'air, il pensa enfin à regarder autour de lui pour voir ce qui était arrivé à ses compagnons.

Le chaos régnait parmi les fugitifs. S'accrochant aux rênes, tous tentaient sans grand succès de calmer les chevaux qui, se cabrant, les secouaient comme des poupées de chiffon. Deux membres de l'expédition seulement semblaient n'avoir aucun problème avec leur monture. Tandis que la jument blanche s'écartait avec grâce de la scène – à la voir faire, on aurait juré que rien de très extraordinaire ne s'était produit –, Moiraine, bien droite sur sa selle, paraissait parfaitement sereine. Debout à côté de son étalon noir, qui ne bougeait même pas une oreille, Lan sondait le ciel, son épée dans une main et les rênes dans l'autre.

Les lointains échos de chansons et d'éclats de rire s'étaient tus. À Colline de la Garde, les gens avaient dû eux aussi entendre le cri. Quelques instants durant, devina Rand, ils tendraient l'oreille – certains tenteraient peut-être même de repérer la cause du hurlement –, puis ils retourneraient à leurs réjouissances. Dans la farandole des chants, des danses, des festins et des libations, ils oublieraient très vite l'incident. Plus tard, lorsqu'ils seraient informés du raid sur Champ d'Emond, les plus malins se souviendraient et se poseraient des questions…

Un violon recommença à jouer. Quelques secondes plus tard, une flûte l'accompagna. Les festivités reprenaient, comme prévu…

— En selle, tous ! ordonna Lan. (Après avoir rengainé son épée, il enfourcha sa monture.) Si le Draghkar s'est montré, c'est qu'il a déjà signalé notre présence au Myrddraal. (Un nouveau cri retentit, imposant de nouveau un court silence aux musiciens du village.) Il nous traque, à présent ! Ce Draghkar joue les rabatteurs pour le Demi-Humain, qui ne doit pas être bien loin.

Encore effrayés mais parfaitement frais, les chevaux ne se laissèrent pas enfourcher sans résistance. Bien qu'il fût le plus prolifique en jurons de toutes sortes, Thom Merrilin réussit à s'installer sur sa selle avant tous les autres.

Un seul fugitif resta bêtement à terre.

— Dépêche-toi, Rand ! cria Egwene.

Le Draghkar hurla de nouveau. Tirant très fort sur les rênes, Egwene parvint à garder le contrôle de Bela.

— Vite !

S'arrachant à sa transe, Rand s'avisa qu'il n'avait même pas essayé de monter en selle. Debout à côté de Nuage, il était resté là à sonder le ciel avec l'espoir futile de localiser la source des abominables cris. Sans en avoir conscience, il avait tiré au clair l'épée de Tam, comme s'il entendait en découdre avec la créature ailée.

Sentant qu'il s'empourprait, il remercia la nuit de le dissimuler comme une tendre complice. Sans lâcher les rênes de l'autre main, il rengaina maladroitement l'arme puis regarda tour à tour chacun de ses compagnons.

Moiraine, Lan et Egwene le dévisageaient comme s'il était un animal de cirque. Mais, dans l'obscurité, ils ne devaient pas voir grand-chose… Trop occupés à empêcher leur cheval de s'emballer, les autres membres de l'expédition accordèrent à peine un regard à Rand. S'accrochant au pommeau de sa selle, le jeune berger se hissa souplement sur le dos de Nuage comme s'il n'avait fait que ça toute sa vie.

Si Mat, Perrin ou Egwene avaient remarqué l'épée, il en entendrait sûrement parler dans quelques heures. Eh bien, il serait temps de s'en préoccuper, le moment venu. Dès qu'il fut en selle, la petite colonne se remit en route, galopant aussitôt en direction de la colline qui ressemblait à s'y méprendre à un dôme.

Dans les rues, des dizaines de chiens aboyèrent sur le passage des cavaliers.

À cause de nous, ou parce qu'ils ont senti les Trollocs ?

Comprenant qu'il n'aurait jamais la réponse à cette question, Rand se concentra sur la chevauchée. Dans son dos, le vacarme s'estompa et la lumière des fenêtres devint rapidement invisible.

Les fugitifs adoptèrent une formation serrée, les chevaux manquant se percuter dans leur précipitation. Lan ordonna un déploiement immédiat – en vain, parce que personne ne tenait à se retrouver isolé dans ces ténèbres meurtrières.

Quand un cri retentit dans le ciel, le Champion décida de laisser ses compagnons chevaucher comme ils en avaient envie.

Rand galopait derrière Moiraine et Lan. Recouvrant les automatismes de la course, Nuage tentait de se faufiler entre la jument de l'Aes Sedai et l'étalon noir du Champion.

Egwene et le trouvère flanquaient Rand, et ses amis d'enfance composaient une arrière-garde compacte et hautement rassurante.

Les cris du Draghkar l'incitant à ne pas s'attarder dans le coin, Nuage galopait à une vitesse que Rand n'aurait pas crue possible. Sachant qu'il perdrait son temps, le jeune homme ne tenta pas de calmer l'ardeur de sa monture. Pourtant, Nuage ne réussit pas à reprendre plus d'une longueur ou deux aux chevaux de tête.

Les hurlements du Draghkar lançaient maintenant un défi très clair à ses proies.

Toujours aussi courageuse, Bela parvenait à tenir la dragée haute à des « concurrents » plus grands et plus forts qu'elle.

L'Aes Sedai n'a pas dû se contenter d'intervenir sur la fatigue…

Sa natte fouettant l'air comme la queue de sa jument, Egwene arborait un sourire radieux et la lueur qui dansait dans ses yeux n'était sûrement pas le simple reflet des rayons de lune.

Découvrir son amie sous ce jour laissa le jeune homme bouche bée. Bien entendu, il avala un moustique et faillit s'étrangler, toussant comme un perdu.

Sans doute parce que Lan venait de lui poser une question, Moiraine s'égosilla pour que sa réponse couvre le vacarme du vent et le roulement des sabots.

— Je ne peux pas ! Surtout pas sur le dos d'un cheval lancé au galop. Même quand on les voit, les Draghkars ne sont jamais faciles à tuer. Continuons à avancer – sans perdre espoir, si possible !

Les fugitifs traversèrent un minuscule banc de brume effilochée qui arrivait à peine au niveau du genou des chevaux. Nuage ayant dépassé cette zone en deux foulées, Rand se demanda si son imagination ne lui jouait pas des tours. Car enfin, la nuit était bien trop froide pour que du brouillard se forme !

Mais un nouveau banc de brume grise, plus grand que le précédent, dérivait déjà vers les cavaliers, venant de leur droite. À première vue, on eût dit que l'étrange brouillard montait du sol. Et, dans le ciel, le Draghkar hurlait de rage…

La brume vaporeuse enveloppa un court instant les fugitifs, puis elle se dissipa, réapparut et se volatilisa derrière eux.

Les mains et le visage humides et glacés, Rand eut à peine le temps de s'interroger sur le phénomène. Un véritable mur de brouillard se dressa soudain devant les cavaliers, les entourant d'un linceul à la fois oppressant et protecteur. Très épaisse, cette brume étouffait le martèlement des sabots sur le sol, et les cris du Draghkar, désormais, semblaient provenir de derrière un mur. Tournant la tête à droite et à gauche, Rand s'aperçut qu'il avait du mal à distinguer les silhouettes d'Egwene et de Thom Merrilin.

Malgré la mauvaise visibilité, Lan n'ordonna pas à ses compagnons de ralentir.

— Il reste encore un endroit où nous pouvons aller, dit-il, sa voix semblant venir de nulle part – ou de partout à la fois.

— Les Myrddraals sont rusés, répondit Moiraine à son Champion. Je retournerai contre lui l'astuce de notre adversaire !

Après ce dialogue, les fugitifs continuèrent à chevaucher en silence.

Dans la brume qui obscurcissait le ciel et la terre, les cavaliers, réduits à de simples silhouettes, semblaient voler dans un banc de nuages désormais plus sombres que la nuit. S'ils baissaient la tête, les jambes mêmes de leur monture ne leur apparaissaient plus dans ce brouillard couleur d'encre.

Rand se recroquevillait sur sa selle, comme s'il voulait offrir le moins de prise possible à la brume glacée. Savoir que Moiraine avait des pouvoirs – et même être présent quand elle les utilisait – était une chose. Sentir contre sa peau le contact humide d'un de ses « miracles » était une tout autre paire de manches. S'avisant qu'il retenait son souffle, pour ne rien arranger, le jeune homme se traita de tous les noms d'oiseaux qui lui vinrent à l'esprit. Espérait-il chevaucher jusqu'à Bac-sur-Taren sans prendre une seule inspiration ? De plus, Moiraine avait recouru au Pouvoir de l'Unique pour soigner Tam, qui ne semblait pas en avoir souffert, bien au contraire.

Allons, il devait expulser l'air de ses poumons et en aspirer de nouveau ! Même si ce brouillard-là était un peu plus froid que la normale, il n'y avait aucune raison de croire qu'il fût toxique. Enfin, en toute logique, même si l'instinct de Rand lui criait le contraire.

Ayant changé de politique, Lan encourageait désormais ses compagnons à rester groupés pour ne pas se perdre de vue dans la brume. À part ça, il n'avait pas ralenti le rythme. Galopant ventre à terre, Moiraine et lui ouvraient la marche comme s'ils voyaient parfaitement ce qu'il y avait devant eux. Contraints de leur faire une confiance aveugle, les autres devaient se contenter de les suivre.

En croisant les doigts.

Les hurlements de rage du Draghkar n'étaient plus audibles depuis un moment. Un bon point, certes, mais insuffisant pour redonner un semblant de moral à Rand et à ses amis. Autour d'eux, la forêt, les fermes, la lune et la route elle-même restaient invisibles derrière le voile de brume noire. À part les aboiements de quelques chiens, probablement lorsqu'ils passaient à proximité d'une ferme, aucun son n'atteignait plus les oreilles des cavaliers, sinon le roulement de tonnerre des sabots de leurs montures. Dans le linceul noir, rien ne changeait ni n'indiquait d'une façon ou d'une autre le passage du temps.

S'il n'avait pas eu si mal aux cuisses et au dos, Rand aurait pu croire qu'il galopait depuis très peu de temps. En réalité, ça devait faire des heures qu'il était en selle. Les mains serrant si fort les rênes qu'il craignait de ne plus jamais pouvoir les lâcher, il doutait d'être un jour capable de remarcher normalement. Depuis le début de la cavalcade, il ne s'était retourné qu'une fois. Dans le brouillard, il avait aperçu des ombres. Des poursuivants ou ses amis ? Incapable de les compter, il avait très vite cessé de se poser la question.

De plus en plus glacée, la brume traversait sa cape de voyage, sa veste et sa chemise pour aller tremper jusqu'à la moelle de ses os. Sans le vent qui lui cinglait le visage et les mouvements de Nuage, sous lui, le jeune homme aurait pu croire qu'il était immobile.

Il fallait des heures de fuite, sûrement, pour être si confus…

— On ralentit ! cria soudain Lan. Puis on s'arrête !

Surpris, Rand réagit trop tard pour empêcher Nuage de passer entre les montures de Moiraine et de Lan. Une vingtaine de pas plus loin, le fier coursier sentit enfin qu'on tirait sur ses rênes et eut l'obligeance de s'immobiliser.

Sondant la brume désormais plus claire, Rand distingua des maisons tout autour de lui. Des bâtiments étrangement hauts, comparés à ceux dont il avait l'habitude. S'il n'était jamais venu en ce lieu, le jeune homme en avait souvent entendu parler. Les maisons étaient volontairement surélevées. Une précaution nécessaire pour résister aux crues printanières de la rivière Taren – le résultat inévitable du dégel, dans les montagnes de la Brume.

Les fugitifs étaient arrivés à Bac-sur-Taren !

— On veut passer devant tout le monde, berger ? lança le Champion alors que son destrier noir arrivait au niveau de Nuage.

Vexé d'avoir réagi si lentement, Rand se laissa dépasser par ses compagnons et reprit sa place dans la colonne. Une fois de plus, il devait être rouge comme une pivoine – une bonne raison de ne pas se plaindre du brouillard.

Sur la droite des cavaliers, un chien solitaire, invisible dans la brume, aboya rageusement puis détala sans demander son reste. Par endroits, une fenêtre s'éclairait, signalant qu'un villageois matinal venait de commencer sa journée. À part l'incident avec le chien, aucun événement notable ne se produisit tandis que la colonne s'enfonçait dans le village.

Rand avait rencontré fort peu d'habitants de Bac-sur-Taren. Jugeant que c'était le moment ou jamais, il tenta de récapituler ce qu'il savait sur eux.

Ces gens s'aventuraient très rarement dans ce qu'ils nommaient « les bas villages » – des mots qu'ils prononçaient en pinçant les narines, comme s'ils sentaient mauvais. Les quelques individus qu'il connaissait portaient des noms bizarres, par exemple « Sommet-de-Colline » ou « Bateau-de-Pierre ».

À Deux-Rivières, les habitants de Bac-sur-Taren avaient assez mauvaise réputation. Un tas de femmes et d'hommes sournois et malhonnêtes ! Quand on leur serrait la main, disait un proverbe, il était prudent de recompter ses doigts après…

Moiraine et Lan s'arrêtèrent devant une grande maison à la façade sombre qui ressemblait à toutes celles que Rand avait vues jusque-là. Encore enveloppé par des volutes de brume, Lan sauta à terre puis gravit les marches qui menaient à la porte d'entrée, à quelque huit pieds du sol, soit au niveau de la tête des cavaliers. Arrivé devant le battant de bois, Lan entreprit de le marteler de coups de poing.

— Je croyais qu'il fallait être discrets…, marmonna Mat.

Lan continua à tambouriner. Dans la maison voisine, une fenêtre s'éclaira et quelqu'un rugit des imprécations, mais le Champion ne se laissa pas détourner de sa tâche.

La porte s'ouvrit enfin, révélant un homme vêtu d'une chemise de nuit qui lui tombait jusqu'aux chevilles. Levant la lampe à huile qu'il portait, le dormeur dérangé révéla son visage plutôt étroit aux traits anguleux. Ouvrant la bouche pour beugler de mécontentement, il aperçut le brouillard, en eut un instant la chique coupée puis lâcha, les yeux ronds de surprise :

— Qu'est-ce que c'est ? Bon sang ! qu'est-ce que c'est ?

Des volutes grises dérivant vers lui, il recula d'un pas, comme si elles risquaient de le mordre.

— Maître Haute-Tour, dit Lan, c'est vous que je viens voir. Nous voulons traverser sur votre bac.

— Haute-Tour, mon œil ! railla Mat. Il est tout petit…

Rand fit signe à son ami de se taire. Levant sa lampe plus haut, l'homme au visage de fouine inspecta le groupe de cavaliers d'un air soupçonneux.

— Le bac fonctionne le jour, dit-il d'un ton peu amène, pas la nuit. Surtout avec un brouillard pareil. Revenez après le lever du soleil, si cette purée de pois s'est dissipée.

Maître Haute-Tour voulut se détourner, mais Lan le saisit par le poignet. Se fichant du regard furibard de son interlocuteur, le Champion lui fit lentement tomber une dizaine de pièces d'or dans la paume. Comme s'il n'en croyait pas ses yeux, le propriétaire du bac baissa la tête, fixant sa main avec une révérence presque religieuse.

— La seconde moitié du paiement quand nous serons sur l'autre rive, dit Lan. Mais nous traversons maintenant.

— Maintenant ?

Maître Haute-Tour regarda autour de lui, sonda la brume et finit par acquiescer.

— Marché conclu. Si vous voulez bien lâcher mon poignet ? Je dois aller réveiller mes haleurs. Vous n'imaginez pas que je tire moi-même sur la corde, j'espère ?

— Nous vous attendrons près du bac, dit Lan. Pas très longtemps…

Il lâcha enfin le poignet du passeur.

La poignée de pièces serrée contre son cœur, maître Haute-Tour recula encore et referma la porte d'un coup de hanche.

12

La traversée

Lan descendit les marches, ordonna à ses compagnons de mettre pied à terre et leur fit signe de le suivre dans le brouillard en tenant leur cheval par la bride. Une fois encore, Rand et les autres durent se fier aveuglément au Champion.

Enveloppé de brume, Rand ne distinguait pas ses pieds et il n'y voyait pas à trois pas à la ronde. Même si la purée de pois était beaucoup moins dense qu'à l'extérieur du village, il distinguait à peine ses amis.

Il n'y avait toujours personne dans les rues à part eux. L'aube approchant, de plus en plus de fenêtres s'éclairaient, mais le brouillard occultait leur lumière, la réduisant à une lueur timide et vacillante. Un peu plus visibles, sans doute parce qu'elles étaient plus illuminées, quelques maisons semblaient flotter sur une mer de brouillard. D'autres en jaillissaient fièrement, paraissant s'élancer vers le ciel alors que leurs voisines, noyées dans l'ombre, demeuraient invisibles.

Après être resté si longtemps en selle, Rand marchait avec une raideur de vieillard. Y avait-il un moyen de gagner Tar Valon à pied ? Si oui, il était prêt à tenter le coup. Au bout du compte, marcher ne serait guère plus agréable que chevaucher, mais, pour l'heure, ses pieds restaient la seule partie de son corps qui ne lui faisait pas un mal de chien.

En chemin, le jeune berger entendit uniquement une remarque de Moiraine, en réponse à des propos inaudibles de Lan. Pourtant, les fugitifs conversaient, mais bien trop bas pour qu'il les comprenne.

— Tu devras t'en occuper… Il se rappelle déjà assez de choses, ce n'est pas la peine d'en rajouter… S'il ne m'intègre pas à ses pensées…

Rand ajusta sur ses épaules sa cape lourde d'humidité et pressa le pas pour ne pas se laisser distancer. Chaque fois que l'un d'eux trébuchait sur un obstacle invisible, Mat et Perrin échangeaient à voix basse des gémissements accablés et des exclamations indignées. Thom Merrilin grommelait aussi dans sa barbe. Des mots comme « repas chaud », « bon feu dans une cheminée » et « vin cuit » atteignirent les oreilles de Rand, mais pas celles de l'Aes Sedai et du Champion – à moins qu'ils n'en aient simplement rien eu à faire.

Le dos bien droit et la tête haute, Egwene marchait en silence. Chaque pas lui coûtait, car elle n'avait pas plus l'habitude de la selle que les trois garçons, mais elle parvenait à cacher son inconfort.

Elle vivait l'aventure dont elle rêvait, pensa Rand, morose. Tant que ça durerait, il doutait que la jeune fille remarquerait des détails comme la brume, l'humidité ou le froid. En fait, tout était une affaire de perspective. Quand on *cherchait* l'aventure, on ne voyait pas les choses de la même façon que lorsqu'on la *subissait*. Dans les légendes, galoper dans un brouillard glacé avec un Draghkar aux trousses – plus quelques Trollocs et un Myrddraal – pouvait passer pour une expérience excitante. Si Egwene voyait les choses ainsi, Rand était transi de froid, trempé jusqu'aux os et positivement ravi d'être de nouveau au cœur d'une agglomération. Oui, même s'il s'agissait de Bac-sur-Taren.

Le jeune homme fut brusquement arraché à ses pensées quand il percuta une grande masse sombre et chaude. Le destrier de Lan ! Moiraine et son Champion s'étaient arrêtés, toute la colonne les imitant aussitôt. Autant pour se rassurer que pour calmer leurs chevaux, Mat et Perrin leur flattaient les naseaux. Le brouillard étant soudain moins dense, les fugitifs se distinguaient clairement les uns les autres. Mais il ne fallait pas en demander davantage… Alors que les pieds des voyageurs restaient invisibles, les maisons de Bac-sur-Taren avaient de nouveau disparu sous le linceul de brume.

Tirant toujours Nuage par la bride, Rand avança de quelques pas et fut surpris d'entendre ses bottes faire résonner sourdement des planches. L'embarcadère du bac, sans aucun doute… Prudent par nature, le jeune homme recula. Si ce qu'on racontait était vrai, l'embarcadère permettait d'accéder au bac, mais aucun garde-fou n'empêchait de basculer dans l'eau lorsque le précieux outil de travail de maître Haute-Tour n'était pas « à quai ». Toujours selon les rumeurs, la rivière large et profonde était parcourue de courants assez violents et vicieux pour venir à bout d'un nageur émérite.

Tomber dans un cours d'eau bien plus dangereux que la Cascade à Vin ne disant rien à Rand, il fut très soulagé de sentir de nouveau sous ses pieds de la bonne vieille terre battue.

D'un sifflement bref, Lan attira l'attention de ses compagnons. Approchant de Perrin, il tira sur un pan de sa cape pour dévoiler la fameuse hache de guerre. Même s'il ne comprit pas le pourquoi de cette manœuvre,

Rand écarta sa propre cape, jetant le pan sur son épaule, pour exhiber son épée.

Alors que Lan s'en retournait près de son destrier, des bruits de pas et la lueur de plusieurs torches signalèrent aux fugitifs qu'un petit groupe approchait d'eux.

Guidés par maître Haute-Tour, six gaillards aux allures flegmatiques s'immobilisèrent en face de Rand et de ses compagnons. À la lumière des torches, l'étrange mur gris qui entourait les voyageurs parut soudain plus épais. Sa tête de fouine inclinée sur le côté, le passeur examina attentivement ses clients.

Appuyé au flanc de son destrier, Lan affichait une nonchalance qu'il aurait été périlleux de prendre pour argent comptant. Une main posée sur le pommeau de son épée, il faisait penser à un ressort prêt à se détendre – ou à un serpent enroulé sur lui-même avant d'attaquer.

Rand décida d'imiter la posture du Champion. Au moins, en posant lui aussi la main sur le pommeau de son arme. En ce qui concernait le ressort ou le serpent, il avait encore des progrès à faire.

Si j'essaie, ces types me riront au nez, c'est couru d'avance !

Perrin s'assura que sa hache était bien fixée à sa ceinture, puis il se campa solidement sur ses pieds. Mat tapota son carquois, comme pour rappeler son existence aux nouveaux venus. Une louable initiative, même si la corde de son arc, après une longue exposition à l'humidité, risquait d'être hors service pour un bon moment.

Thom Merrilin avança, théâtral comme à son habitude, tendit sa main droite vide et la fit lentement tourner. Puis il eut un geste ample, comme s'il saluait une dame, et une dague apparut dans son poing désormais fermé. Après avoir jonglé avec l'arme, il entreprit de se nettoyer avec la pointe les ongles de l'autre main.

Moiraine eut un éclat de rire cristallin. Comme si elle assistait à une représentation, Egwene applaudit. Elle cessa très vite, un peu gênée, mais continua à afficher un grand sourire.

Maître Haute-Tour ne sembla pas amusé du tout par le spectacle. Après avoir foudroyé le trouvère du regard, il s'éclaircit la voix et se tourna vers Lan :

— N'ai-je pas entendu parler d'un second versement, au moment de la traversée ? Au cas où vous auriez de méchantes idées en tête, sachez que l'acompte est déjà en lieu sûr, totalement hors de votre portée.

— Le solde vous sera versé quand nous aurons atteint l'autre rive, rappela Lan.

Il flanqua une pichenette à sa bourse de cuir, qui émit des cliquetis prometteurs.

Le passeur se rembrunit davantage, mais il finit par capituler :

— Très bien, alors, venons-en aux choses sérieuses !

Il s'engagea sur l'embarcadère et ses haleurs lui emboîtèrent le pas.

Les fugitifs suivirent le mouvement. Cette fois, la brume les abandonna, mais elle forma quand même une sorte de rideau là où ils se tenaient, histoire de les dissimuler.

Rand accéléra le pas afin de suivre ses amis.

Le bac était une simple barge de bois munie sur les flancs de bords assez hauts pour tenir à peu près lieu de garde-fous. Une fois relevées, les rampes d'accès de poupe et de proue servaient de bastingage. D'énormes cordes couraient le long des flancs de l'embarcation, puis venaient s'arrimer à des poteaux d'une impressionnante section disposés au bord de l'eau.

Les haleurs placèrent leurs torches dans des supports en fer, attendirent que tous les clients aient embarqué, puis remontèrent la rampe d'accès. Alors que le bac tanguait sous le poids de sa cargaison, ses planches légèrement disjointes émirent une série de craquements sinistres.

Maître Haute-Tour jura dans sa barbe, puis il demanda à ses passagers de calmer les chevaux et de rester bien au centre du bac pour ne pas gêner les haleurs. Enfin, il brailla quelques ordres à ses employés, qui préparaient le bac à la traversée. Parfaitement insensibles aux hurlements de leur patron, les haleurs continuèrent à travailler à leur rythme, qu'on ne pouvait sûrement pas qualifier de frénétique.

Haute-Tour renonça à les stimuler de la voix. Gagnant la proue du bac, il sonda la brume qui dérivait lentement au-dessus de l'eau. Comme hypnotisé, il ne bougea plus jusqu'à ce qu'un de ses employés vienne lui tapoter le bras.

Le passeur sursauta de surprise.

— Quoi ? Que… ? Oh ! c'est toi ? Nous sommes prêts au départ ? Eh bien, ce n'est pas trop tôt.

Sans penser qu'il tenait une torche, Haute-Tour agita les bras, effrayant de nouveau les chevaux, qui tentèrent en vain de reculer.

— En route ! Allons, du nerf ! Vite !

Le haleur regagna son poste. Sa torche toujours levée, Haute-Tour recommença à sonder le brouillard obscur.

Une fois les amarres larguées, le bac tangua lorsque le courant s'empara de lui. Un choc très sec indiqua que les cordes de guidage entraient en action pour l'empêcher de dériver. Trois de chaque côté du bac, les haleurs ramassèrent les cordes, à la proue, et marchèrent lentement jusqu'à la poupe, tirant la barge sur une distance équivalente à sa longueur.

L'embarcadère disparut très vite, avalé par la brume. Alors que le bac continuait à tanguer très légèrement sous les assauts du courant, les allers et retours réguliers des haleurs furent pendant un long moment les seuls mouvements notables dans l'embarcation. Soudain obéissants, les fugitifs s'étaient massés au centre du bac et ils ne bronchaient plus. Rand et ses amis avaient souvent entendu dire que la rivière Taren était bien plus large que les gentils cours d'eau de Champ d'Emond. Avec le brouillard, elle leur semblait au moins aussi vaste qu'un océan.

Quand il fut un peu rassuré, Rand approcha de Lan.

Pour un garçon qui n'avait jamais rien vu de plus grand qu'un étang du bois de l'Eau, une rivière impossible à traverser à gué ou à la nage avait de quoi inquiéter. Mais il se sentait un petit peu mieux, maintenant qu'il lui semblait parfois apercevoir l'autre rive malgré le brouillard.

—Vous croyez qu'ils nous auraient détroussés ? demanda-t-il à Lan. Le passeur paraissait plutôt craindre le contraire…

Jetant un coup d'œil à Haute-Tour et à ses hommes, qui ne semblaient pas tendre l'oreille, le Champion répondit à voix basse :

—Avec le brouillard comme complice ? Quand nul ne les voit, les hommes sont capables de traiter leurs semblables avec une cruauté qu'ils se garderaient bien d'exhiber… Un type animé de mauvaises intentions vis-à-vis d'un étranger et prompt à croire que l'étranger en question prépare un mauvais coup… Contre un bon prix, ce passeur vendrait sa mère aux Trollocs pour qu'ils s'en fassent un ragoût. J'avoue que ta question me surprend, berger. À Champ d'Emond, j'ai entendu les villageois parler des gens de Bac-sur-Taren.

—Oui, mais… Eh bien, tout le monde dit que… Mais je ne croyais pas que…

Déconcerté, Rand s'avisa qu'il ne savait rien de la nature profonde des hommes, une fois sorti de son petit village.

—Et s'il disait au Blafard que nous avons traversé sur son bac? Il pourrait aider les Trollocs à franchir la rivière…

Lan eut un petit rire amer.

—Détrousser un étranger et traiter avec un Blafard sont deux choses bien différentes. Tu le vois transporter des Trollocs, surtout avec ce brouillard, même en échange d'une fortune ? Ou parler à un Myrddraal, s'il a le choix ? Cette simple idée suffirait à le faire fuir et à ne pas s'arrêter de courir avant un mois ! Je doute que les Suppôts des Ténèbres abondent à Bac-sur-Taren, berger. Pour le moment, nous sommes en sécurité. Et nous ne risquons rien de ces gens.

» Attention, il nous regarde !

Haute-Tour venait de se retourner, comme si sonder la brume ne l'intéressait plus. Sa torche brandie, il étudiait Rand et Lan comme s'il les voyait vraiment pour la première fois.

S'avisant que les passagers n'étaient pas dupes de son manège – en d'autres termes, ils l'espionnaient pendant qu'il les épiait –, le passeur se plaça de nouveau dans le sens de la marche et recommença à scruter le brouillard en quête de la rive ou de la Lumière savait quoi d'autre.

— Nous en avons assez dit, souffla Lan, si bas que Rand eut du mal à comprendre. Avec des oreilles ennemies dans les environs, parler des Trollocs, des Suppôts des Ténèbres ou du Père des Mensonges n'est pas une bonne idée. Ça risque de nous attirer de pires désagréments qu'un Croc du Dragon dessiné sur une porte…

Rand décida d'en rester là avec ses questions. À ses yeux, tout allait de plus en plus mal. Des Suppôts des Ténèbres, à présent ! Comme si les Blafards, les Trollocs et les Draghkars ne suffisaient pas ! Au moins, on pouvait reconnaître un Trolloc à l'œil nu…

Des piliers de ponton apparurent dans la brume. Dès que le bac eut heurté l'embarcadère, les haleurs s'empressèrent de l'amarrer, puis ils abaissèrent la rampe de la proue.

Alors que Mat et Perrin annoncèrent haut et fort que la rivière Taren était beaucoup moins large qu'on le disait, Lan débarqua le premier, son étalon tenu par la bride. Moiraine le suivit et les autres firent de même. Au moment où Rand entraînait Nuage vers la terre ferme, maître Haute-Tour brailla à tue-tête :

— Un moment ! Un moment ! Où est mon or ?

— Tu seras payé, dit Moiraine, invisible au cœur de la brume. Et tes hommes recevront une pièce d'argent en récompense, car la traversée fut rapide.

Tandis que Rand posait enfin le pied sur un sol stable, le passeur hésita, son visage de fouine pointant vers l'avant, comme s'il flairait un piège. Mais, à la mention d'un bonus, tous les haleurs avaient réagi, se précipitant à terre avant que leur patron ait pu crier un ordre. À contrecœur, Haute-Tour suivit ses employés.

Alors que des sabots invisibles dans le brouillard martelaient la terre humide, Rand s'éloigna prudemment du bord de l'eau. Sur cette rive, la brume était aussi dense que sur l'autre…

Au pied de l'embarcadère, le Champion distribuait des pièces au passeur et à ses haleurs. À part Moiraine, tous les fugitifs attendaient un peu plus loin, l'anxiété leur nouant les entrailles. Impassible, l'Aes Sedai sondait la rivière avec une intense concentration. Mais que cherchait-elle à voir ?

Rand n'en avait pas la moindre idée. Transi de froid, il resserra autour de lui les pans de sa cape trempée. Désormais, il était hors du territoire de Deux-Rivières. Et la distance qui le séparait de sa terre natale semblait bien plus grande que la simple largeur d'un cours d'eau…

— Et voilà, dit Lan en remettant une ultime pièce à maître Haute-Tour. Le prix convenu…

Le Champion ne raccrocha pas la bourse de cuir à sa ceinture. Hypnotisé, le passeur semblait incapable de la quitter des yeux.

L'embarcadère trembla légèrement, grinçant un peu, et maître Haute-Tour tourna la tête vers le bac enveloppé de brume. Les deux torches qui restaient à bord émettaient une lumière à peine visible depuis la rive.

Puis l'embarcadère craqua sinistrement. Dans un vacarme de bois brisé, les deux lueurs jumelles vacillèrent et commencèrent à s'éloigner.

Egwene eut un cri de surprise et Thom lâcha un des jurons dont il était si friand.

— Il s'est détaché ! brailla le passeur. Le bac dérive ! (Fonçant sur ses haleurs, il les rabattit vers l'embarcadère.) Rattrapez-le ! Rattrapez-le !

Les six costauds manquèrent s'étaler à cause des bourrades que leur flanquait Haute-Tour. Désormais, les lumières du bac tournaient sur elles-mêmes. Au-dessus de l'embarcation, le brouillard aussi formait une grande spirale.

L'embarcadère vibra de nouveau. Un instant plus tard, une nouvelle série de craquements indiqua que le bac commençait à se casser en deux.

— Un tourbillon ! cria un des haleurs, stupéfait.

— Il n'y en a pas sur cette rivière…, marmonna Haute-Tour. Et il n'y en a jamais eu…

— Un gros coup de malchance, dit Moiraine en se détournant enfin de la rivière.

— De la pure déveine, renchérit Lan. Mon pauvre ami, on dirait que vous ne ferez plus traverser personne avant un bon moment. Navré que vous ayez perdu votre outil de travail à cause de nous. (Il plongea de nouveau la main dans sa bourse.) Voici qui devrait vous dédommager…

Un instant, maître Haute-Tour contempla les pièces qui brillaient dans la paume de Lan. Puis ses épaules s'affaissèrent et il balaya du regard le petit groupe qu'il venait de transporter. Dissimulés par le brouillard, les quatre jeunes gens ne bougèrent pas un cil…

Avec un grognement d'angoisse et de rage, le passeur s'empara des pièces, fit demi-tour et s'éloigna vers la rive, ses haleurs le suivant comme une portée de chiots pas encore sevrés.

— Plus rien ne nous retient ici, dit l'Aes Sedai d'un ton serein, comme s'il n'était rien arrivé d'extraordinaire.

Tenant sa jument par la bride, elle descendit à son tour de l'embarcadère.

Les yeux rivés sur le brouillard, Rand n'en revenait toujours pas.

C'est certainement une coïncidence, pensa-t-il. *Il n'y a pas de tourbillons, mais il se peut que…*

S'avisant que ses compagnons n'étaient plus là, le jeune homme s'ébroua et entreprit de les suivre.

Dès qu'il eut fait trois pas sur la berge très légèrement pentue, le brouillard se dissipa en un clin d'œil. S'immobilisant net, Rand se retourna. Sur la rive, une masse de brume grise se dressait comme une muraille – et au-delà, la nuit, aussi dégagée et aussi claire que possible, semblait impatiente d'accueillir les premières lueurs de l'aube.

Non loin de la « frontière » de brouillard, l'Aes Sedai et son Champion conversaient à côté de leurs montures. Les autres fugitifs se tenaient à l'écart, leur nervosité presque palpable. Tous regardaient Moiraine et Lan, et, à part Egwene, ils étaient légèrement penchés en arrière, comme s'ils craignaient d'être trop près de l'étrange duo, mais sans oser pourtant s'en éloigner davantage.

Tenant toujours Nuage par la bride, Rand approcha de la jeune fille, qui lui fit un grand sourire. La lueur qui dansait dans ses yeux, se dit-il, ne devait pas tout aux rayons de lune, loin de là…

— La brume suit le tracé de la rivière comme si elle était dessinée à la plume, dit Moiraine d'un ton satisfait. À Tar Valon, on ne trouve pas dix femmes capables d'un tel exploit sans recevoir de l'aide. Et pas en étant sur le dos d'un cheval au galop !

— Loin de moi l'idée de critiquer, Moiraine Sedai, fit Thom avec une humilité et une timidité peu coutumières, mais n'aurait-il pas été judicieux de nous camoufler plus longtemps ? Par exemple jusqu'à Baerlon ? Si le Draghkar jette un coup d'œil de ce côté de la rivière, nous perdrons tout le bénéfice de votre intervention.

— Les Draghkars ne sont pas très malins, maître Merrilin, répondit l'Aes Sedai, plutôt sèchement. Terrifiants, mortellement dangereux et dotés d'une vue d'aigle, mais assez stupides, quand on y songe bien. Celui-là dira au Myrddraal que ce côté de la rivière est dégagé, mais il insistera sur le fait que le cours d'eau lui-même est camouflé. Le Blafard saura que ça me coûte un effort supplémentaire, donc il devra envisager que nous fuyions en descendant la Taren. Ne sachant que faire, il devra diviser ses forces, et ça le ralentira. La brume tiendra assez longtemps pour qu'il ne puisse pas éliminer totalement l'hypothèse d'une fuite en bateau. J'aurais pu prolonger le camouflage en direction de Baerlon, c'est vrai, mais ça m'aurait obligée à ne plus occulter la rivière. Le Draghkar en aurait profité pour la survoler et le Myrddraal aurait fini par savoir comment nous voyageons.

Thom eut un petit rire, puis il secoua la tête.

— Toutes mes excuses, Aes Sedai… J'espère ne pas vous avoir offensée.

— Moir… Euh… Aes Sedai… (Sa voix s'étranglant, Mat prit une profonde inspiration.) Le bac… hum… avez-vous… ? En fait, je ne comprends pas pourquoi…

Mat ne put pas aller plus loin. Dans le silence qui suivit, Rand eut l'impression que ses poumons faisaient plus de bruit qu'un soufflet de forge.

Moiraine attendit que la tension soit à son comble, puis elle répondit enfin :

— Des explications ! Vous en demandez tous, mais si je justifie chacun de mes actes, je n'aurai bientôt plus de temps pour faire autre chose.

À la lueur de la lune, l'Aes Sedai semblait plus grande, comme si elle les dominait tous d'une bonne tête.

— Je veux que vous arriviez sains et saufs à Tar Valon. C'est la seule chose que vous ayez besoin de savoir.

— Si nous restons ici, intervint Lan, le Draghkar n'aura même pas besoin de survoler la rivière… (Il entreprit de gravir la berge en pente douce.) Si mes souvenirs ne me trompent pas…

Comme si un poids énorme cessait de peser sur sa poitrine – par la grâce du Champion, peut-être ? –, Rand recommença à respirer normalement. Entendant que les autres réagissaient comme lui, y compris Thom, il se souvint d'un vieux proverbe : « Mieux vaut cracher dans l'œil d'un loup qu'indisposer une Aes Sedai. »

Mais la tension était moindre, à présent. Moiraine ne dominait plus personne – assez logiquement, puisqu'elle était fort petite.

— Je suppose qu'il est impossible de nous reposer ? demanda Perrin en étouffant un bâillement.

Appuyée à Bela, Egwene s'autorisa un soupir de lassitude.

La première fois que Rand l'entendait émettre quelque chose qui ressemblait à une plainte.

Aurait-elle compris que tout ça n'a rien d'une exaltante aventure ?

Non sans un peu de culpabilité, le jeune homme se souvint que son amie, contrairement à lui, n'avait pas fermé l'œil depuis deux jours.

— Moiraine Sedai, dit-il, nous avons vraiment besoin d'une pause. Après avoir chevauché toute la nuit, ça semble normal…

— Dans ce cas, si nous allions voir ce que Lan a pour nous ? proposa l'Aes Sedai. Suivez-moi.

S'éloignant de la berge, Moiraine guida ses compagnons vers la forêt. À une centaine de pas de l'eau, ils atteignirent un tertre obscur, près d'une clairière. À cet endroit, une très ancienne crue avait déraciné un massif entier de lauréoles, le transformant en une sorte de muraille végétale où se mêlaient des racines, des branches et des feuilles. Moiraine s'arrêta, et aussitôt une lumière apparut au ras du sol, filtrant de l'entrelacs de végétation.

Brandissant un moignon de torche, Lan sortit en rampant de l'abri naturel et se releva souplement.

— Pas d'intrus en mon absence, dit-il. Le bois que j'ai laissé est toujours sec, ce qui m'a permis d'allumer un feu. Nous nous reposerons au chaud.

— Vous aviez prévu que nous camperions ici ? s'étonna Egwene.

— C'était fortement probable, répondit Lan, et je déteste laisser les choses au hasard.

Moiraine prit la torche que tenait son Champion.

— Si tu allais t'occuper des chevaux ? Quand ce sera fait, j'essaierai d'intervenir sur la fatigue de tout le monde… Mais, pour l'instant, je veux parler à Egwene. Tu viens, mon enfant ?

Sous les yeux de Rand, les deux femmes s'accroupirent, se faufilèrent par une ouverture minuscule et disparurent dans l'abri naturel.

Lan avait inclus dans l'équipement de voyage des sacs spéciaux pour nourrir les chevaux et une petite quantité d'avoine. Voyant que ses compagnons de voyage s'apprêtaient à desseller les montures, il les arrêta d'un geste, puis sortit de sa sacoche les entraves qu'il avait également emportées.

— Je sais que les bêtes se reposeraient mieux sans leur selle, mais si nous devons partir précipitamment…

— Les chevaux ne me semblent pas très fatigués, dit Perrin.

Il tenta de fixer un sac de toile sur la bouche de sa monture, qui se débattit, l'obligeant à s'y reprendre à trois fois. Rand eut exactement les mêmes difficultés avec Nuage, qui semblait très loin de manquer d'énergie.

— Pourtant, ils le sont, répondit Lan à Perrin. (Il se releva après avoir entravé son étalon.) Ils peuvent encore galoper, c'est vrai. Et même galoper ventre à terre, si nous le leur permettons, jusqu'à l'instant où ils tomberont raides morts, terrassés par un épuisement qu'ils n'auront jamais senti. J'aurais donné cher pour que Moiraine Sedai s'abstienne de les « soulager », mais c'était nécessaire. (Il flatta l'encolure de l'étalon, qui inclina la tête en signe d'amicale soumission.) Les jours qui viennent, nous devrons les traiter prudemment, pour leur laisser le temps de récupérer. Ça nous obligera à avancer trop lentement à mon goût mais, avec un peu de chance, ça suffira.

— Est-ce que… (Mat déglutit péniblement)… Moiraine veut nous faire subir le même… traitement ?

Rand caressa les naseaux de Nuage, le regard perdu dans le vide. Même si elle avait sauvé Tam, il ne désirait pas le moins du monde que l'Aes Sedai utilise le Pouvoir *sur lui*.

Par la Lumière ! elle n'a pas nié sa responsabilité dans le naufrage du bac !

— En gros, c'est la même chose, oui, répondit Lan avec un petit rire. Mais vous ne risquerez pas de mourir sans même vous en apercevoir. Enfin, pour le moment… Pensez-y comme à une nuit de sommeil supplémentaire, par exemple…

Le cri terrifiant du Draghkar retentit de nouveau, venant de la rivière voilée de brume. Même les chevaux se pétrifièrent. Le hurlement se répéta, de plus en plus proche, vrillant le crâne de Rand. Puis le son se fit plus lointain et finit par mourir.

— Nous avons de la chance, dit Lan. Il nous cherche sur la rivière…

Il haussa les épaules et enchaîna, presque détendu :

— Si nous entrions ? Je n'aurais rien contre un bon repas arrosé d'une infusion bien chaude.

Rand se glissa le premier dans l'étroite ouverture. Rampant sur les mains et les genoux, il traversa un court tunnel et déboucha dans une « grotte végétale » de forme irrégulière mais largement assez grande pour les abriter tous. Le toit de troncs et de branches, bien trop bas, ne permettrait pas aux hommes de se tenir debout, mais ça n'avait guère d'importance. Sur un lit de galets, un petit feu crépitait. Dans l'abri, la circulation d'air était suffisante pour que la fumée s'évacue. En revanche, l'entrelacs de broussailles était trop dense pour qu'on voie les flammes de l'extérieur.

Leur cape de voyage à côté d'elles, Moiraine et Egwene étaient assises en tailleur autour du feu.

— Le Pouvoir de l'Unique, était en train de dire l'Aes Sedai, provient de la Source Authentique, la force qui anime la Création – l'énergie que le Créateur a conçue afin de faire tourner la Roue du Temps. (Elle tendit les mains, les plaquant l'une contre l'autre.) Le *saidin*, la moitié masculine du Pouvoir, et le *saidar*, sa moitié féminine, travaillent l'une contre l'autre – et, en même temps, l'une avec l'autre – pour produire cette force. (Elle laissa retomber une de ses mains.) Le *saidin* est souillé par le contact du Ténébreux. Comme de l'eau sur laquelle flotte une fine pellicule d'huile rance. L'eau demeure pure, mais comment l'atteindre sans entrer en contact avec la souillure ? Le *saidar*, en revanche, peut toujours être utilisé sans risques.

Egwene lui tournant le dos, Rand ne pouvait pas voir son expression. Mais, à la façon dont elle se penchait en avant pour mieux entendre, elle était fascinée.

Sentant qu'on lui tapotait une omoplate, Rand se retourna. C'était Mat, qui le pressait de s'écarter afin qu'il puisse aussi s'introduire dans l'abri.

Le jeune homme se poussa et tous les fugitifs entrèrent l'un après l'autre sans que les deux femmes leur accordent un regard.

Une fois débarrassés des capes trempées, ils prirent place autour du feu et se réchauffèrent les mains sur les flammes. Dernier à entrer, Lan récupéra une outre et plusieurs sacs de cuir d'un renfoncement. Puis il sortit une bouilloire d'un des sacs et entreprit de faire une infusion.

Le Champion semblait ne pas s'intéresser au dialogue des deux femmes. Parmi les mâles, c'était bien le seul dans ce cas. Mat et Perrin, fascinés, en oubliaient de se réchauffer les mains et Thom Merrilin, prétendument occupé à bourrer sa pipe, se penchait en avant avec une fausse nonchalance qui le trahissait.

Moiraine et Egwene, imperturbables, se comportaient comme si elles étaient seules dans l'abri.

— Non, répondit l'Aes Sedai à une question que Rand n'avait pas entendue. La Source Authentique ne peut pas être épuisée. La roue d'un moulin peut-elle épuiser une rivière ? Eh bien, c'est pareil. La Source est la rivière, et l'Aes Sedai la roue du moulin…

— Et vous pensez que je peux apprendre ? demanda Egwene.

Rand ne l'avait jamais vue si épanouie et si rayonnante – et tellement éloignée de lui.

— Puis-je devenir une Aes Sedai ?

Rand sauta en l'air, se cognant la tête contre le toit végétal. Thom Merrilin le prit par le bras et le força à se rasseoir.

— Ne te ridiculise pas, souffla le trouvère. (Il regarda les deux femmes, qui ne s'en aperçurent pas, puis se tourna de nouveau vers Rand, l'air compatissant.) Tout ça ne dépend plus de toi, maintenant, mon garçon…

— Petite, répondit Moiraine, très peu d'élues peuvent apprendre à entrer en contact avec la Source et à utiliser le Pouvoir. Certaines deviennent très compétentes, et d'autres beaucoup moins. Tu fais partie de l'infime minorité qui n'a pas besoin d'apprendre. Que tu le veuilles ou non, entrer en contact avec la Source sera un jeu d'enfant pour toi. Mais, sans la formation qu'on peut t'offrir à Tar Valon, tu ne sauras jamais canaliser correctement le Pouvoir, et tu risques de ne pas survivre longtemps. Les hommes qui naissent avec l'aptitude de « toucher » le *saidin* meurent dans d'atroces souffrances si l'Ajah Rouge ne les trouve pas à temps pour les apaiser…

Thom eut un grognement sourd et Rand se contorsionna, mal à l'aise. Les hommes dont parlait Moiraine étaient très rares. De toute sa vie, il n'avait entendu parler que de trois spécimens, et aucun d'eux, la Lumière en soit louée, n'était jamais venu à Deux-Rivières. Les ravages qu'ils pouvaient faire avant que l'Ajah Rouge – un ordre d'Aes Sedai – les trouve étaient comparables à ceux des guerres ou des tremblements de terre. Bref, le genre de cataclysme dont on entendait parler même à Champ d'Emond.

Rand n'avait jamais vraiment compris quel rôle jouait l'Ajah Rouge. Ni les autres Ajah, d'ailleurs… D'après les récits, ces ordres semblaient surtout enclins à comploter les uns contre les autres et à se quereller à la première occasion. Mais une certitude demeurait : l'Ajah Rouge avait pour mission d'interdire une nouvelle Dislocation du Monde. Pour cela, ses membres traquaient impitoyablement tout homme susceptible de manier le Pouvoir de l'Unique.

Très pâles, Mat et Perrin semblaient regretter furieusement de ne pas être chez eux, bien au chaud dans un lit douillet.

— Un certain nombre de femmes meurent aussi, continua Moiraine. Apprendre sans un guide est très difficile. Les femmes qui survivent sans trouver de l'aide deviennent souvent… Eh bien, dans cette partie du monde, elles peuvent devenir la Sage-Dame de leur village… (Elle marqua une pause, l'air pensive.) Le sang ancien est très puissant à Deux-Rivières. Si tu savais comme il chante à mes oreilles ! Dès que je t'ai vue, j'ai su qui tu étais et ce que tu étais. Aucune Aes Sedai ne peut rencontrer une femme capable de canaliser le Pouvoir – ou proche de sa métamorphose – sans la reconnaître au premier coup d'œil.

Moiraine ouvrit sa bourse et en sortit le pendentif – une petite pierre bleue accrochée à une chaîne en or – qu'elle portait souvent dans les cheveux.

— Tu approches de ta métamorphose – le premier contact avec la Source. Il serait préférable que je te serve de guide. Ainsi, tu éviteras les effets… déplaisants… qui affligent celles qui doivent se débrouiller seules.

Les yeux écarquillés, Egwene semblait hypnotisée par le talisman.

— Ce pendentif… il a… il détient le Pouvoir ?

— Bien sûr que non ! s'écria Moiraine. Les objets n'en bénéficient pas ! Même un *angreal*, qui n'est qu'un outil… Ce n'est qu'une jolie gemme bleue… Mais elle peut t'offrir de la lumière…

Moiraine posa le bijou sur le bout des doigts d'Egwene, dont les bras se mirent aussitôt à trembler. La jeune fille essaya de les retirer, mais l'Aes Sedai lui prit les poignets d'une seule main et posa l'autre sur sa tempe.

— Regarde la gemme, souffla-t-elle. Il vaut mieux procéder ainsi que tâtonner toute seule. Vide ton esprit et pense uniquement à la pierre bleue. Puis laisse-toi dériver. La gemme et le vide absolu… C'est moi qui initierai le processus. Abandonne-toi et laisse-moi te guider. Ne pense pas, surtout !

Rand s'avisa qu'il s'était enfoncé les ongles dans les genoux. Et, à force de serrer les dents, il en avait mal à la mâchoire.

Elle va échouer. Il faut qu'elle échoue !

De la lumière jaillit de la pierre – un éclair bleu, très furtif, pas plus brillant qu'une luciole et pourtant éblouissant comme un soleil.

Le visage de marbre, Moiraine et Egwene regardaient intensément la gemme.

Il y eut un autre éclair, puis un autre encore jusqu'à ce que la petite pierre scintille à une cadence qui évoquait les battements d'un cœur.

C'est l'Aes Sedai ! pensa Rand, niant l'évidence. *Moiraine accomplit ce miracle. Pas Egwene !*

Après une ultime « pulsation », très faible, le pendentif redevint un banal bijou.

Le souffle court, Rand attendit le verdict.

Troublée, Egwene leva les yeux de la gemme et chercha le regard de Moiraine.

— Je crois avoir senti quelque chose… mais… Eh bien, vous vous trompez peut-être à mon sujet. Désolée de vous avoir fait perdre votre temps.

— Je n'ai rien perdu du tout, mon enfant, répondit l'Aes Sedai avec un petit sourire. La dernière lueur n'appartenait qu'à toi.

— C'est vrai ? s'exclama joyeusement Egwene. (Mais son enthousiasme retomba aussitôt.) C'était si pathétique, comme résultat…

— Voilà que tu te comportes comme une paysanne idiote ! La plupart des femmes qui étudient à Tar Valon ont besoin de plusieurs mois pour atteindre ce niveau. Tu iras loin. Peut-être même jusqu'à la Chaire d'Amyrlin, un jour… Si tu étudies et travailles dur.

— Vous voulez dire que… ? (N'y tenant plus, Egwene enlaça sa compagne.) Merci, oh ! merci ! Rand, tu as entendu ? Je vais devenir une Aes Sedai !

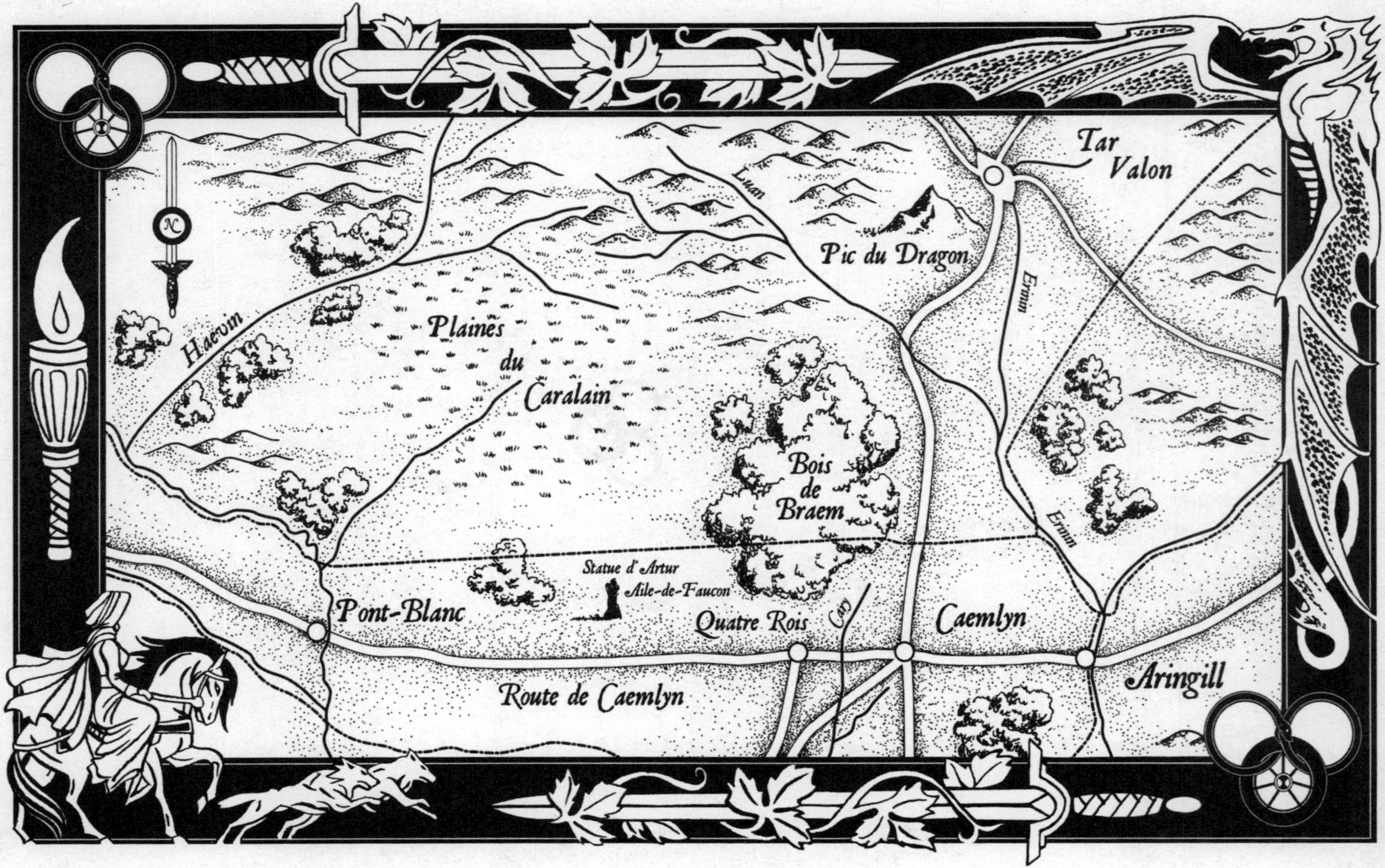
Tar Valon
Luan
Pic du Dragon
Erinin
Erinin
Haevin
Plaines du Caralain
Bois de Braem
Statue d'Artur Aile-de-Faucon
Pont-Blanc
Quatre Rois
Cary
Caemlyn
Aringill
Route de Caemlyn

13

Des choix

Avant que ses compagnons s'endorment, Moiraine s'agenouilla devant chacun, lui posant les mains sur la tête. Lan marmonna qu'il n'avait besoin de rien et qu'elle devait économiser ses forces, mais il ne fit pas un geste pour arrêter l'Aes Sedai. Si Egwene fut enthousiasmée par l'expérience, Mat et Perrin, terrifiés, ne trouvèrent pas le courage de refuser. Thom essaya d'échapper à Moiraine, mais elle lui saisit la tête avec une autorité qui le dissuada d'insister. Cela dit, il fulmina pendant toute la durée de l'opération. Quand elle eut fini, l'Aes Sedai lui fit un sourire moqueur. D'humeur massacrante, le trouvère paraissait néanmoins requinqué. Comme tous les autres, à vrai dire…

Rand s'était réfugié dans un recoin sombre où il espérait passer inaperçu. Dès qu'il se fut installé, ses yeux menacèrent de se fermer, mais il se força à regarder, un poing plaqué sur la bouche pour s'empêcher de bâiller. Une heure ou deux de sommeil, et il serait de nouveau en pleine forme, ça ne faisait aucun doute.

Mais Moiraine ne l'oublia pas.

Sursautant lorsqu'elle lui posa les doigts sur le visage – sa peau se révélait étonnamment fraîche –, il voulut protester, mais il n'en eut pas le temps.

Un miracle venait de se produire. La fatigue le fuyait comme un cours d'eau qui dévale une pente et ses multiples courbatures devenaient de très lointains souvenirs. Il regarda l'Aes Sedai, bouche bée.

Moiraine se contenta de sourire avant de le lâcher.

— C'est fait, dit-elle.

Elle se rassit avec un soupir de lassitude. Rand se souvint alors qu'elle ne pouvait pas bénéficier de son propre « miracle ». Très lasse, elle but un peu d'infusion, refusant de goûter au pain et au fromage. Lan l'implora de manger, mais elle resta inflexible. Pour finir, elle se recroquevilla près de son Champion, s'emmitoufla dans sa cape et s'endormit comme une masse.

À part Lan, tous les autres imitèrent l'Aes Sedai, se roulant en boule autour du feu. Rand les regarda avec une stupéfaction non feinte. Quelle mouche les piquait ? Il se sentait en pleine forme, comme s'il venait de se *réveiller* d'une délectable nuit de sommeil.

Pourtant, dès qu'il se fut confortablement réinstallé dans son alcôve végétale, ses yeux se fermèrent tout seuls.

Quand le Champion le réveilla, une heure plus tard, Rand eut le sentiment de s'être reposé trois jours durant.

Lan tira tous les autres du sommeil, à part Moiraine, leur intimant par gestes de ne pas faire de bruit afin de la laisser dormir.

Même ainsi, les fugitifs n'eurent pas droit à un très long séjour dans l'abri végétal. Alors que le soleil commençait à peine son ascension dans le ciel, le petit groupe repartit en direction de Baerlon – non sans avoir au préalable nettoyé le refuge de toute trace de son passage. Afin de ménager les chevaux, le Champion opta pour une allure très modérée.

Le regard un peu voilé, l'Aes Sedai parvint pourtant à se tenir bien droite sur sa selle.

Dans le dos des cavaliers, le brouillard continuait à flotter sur la rivière, empêchant Rand et ses amis de jeter un dernier coup d'œil au territoire où ils avaient grandi. Le jeune homme se retourna très souvent avec l'espoir d'apercevoir sa terre natale – même s'il s'agissait seulement de Bac-sur-Taren – mais il fut vite trop loin pour que ce soit possible.

— Je n'aurais jamais cru être un jour à une telle distance de chez moi, dit-il quand plusieurs rangées d'arbres lui interdirent de voir le brouillard et la berge de la rivière. Vous vous rappelez le temps où Colline de la Garde nous semblait être à l'autre bout du monde ?

Ça remonte à deux jours… Une éternité, semble-t-il…

— Nous serons de retour dans un mois ou deux, dit Perrin. Pense à tout ce que nous aurons à raconter…

— Les Trollocs ne nous traqueront pas jusqu'à la fin des temps, renchérit Mat. Que la Lumière me brûle, c'est impossible !

Il eut un gros soupir et s'affala sur sa selle, comme s'il ne croyait pas un mot de ce qu'il venait de dire.

— Quelle plaie, les hommes ! s'écria Egwene. Vous rêviez d'aventure, on vous en donne, et voilà que vous voulez déjà rentrer au bercail !

La jeune fille pointait fièrement le menton. Pourtant, Rand remarqua que sa voix tremblait un peu, maintenant que le groupe était visuellement coupé de Deux-Rivières.

Moiraine et Lan ne dirent pas un mot pour rassurer les jeunes gens ni leur confirmer qu'ils reviendraient chez eux. Rand s'efforça de ne pas penser à ce que signifiait cette réserve. Même reposé, il restait assez rongé par le doute pour ne pas chercher à approfondir sa réflexion. Penché sur l'encolure de Nuage, il s'abandonna à une rêverie éveillée où Tam et lui surveillaient leurs moutons dans un grand et verdoyant pâturage inondé de soleil.

Il imagina aussi un bref séjour à Champ d'Emond, pour Bel Tine, et se vit danser sur la place Verte, sans autre souci que de ne pas s'emmêler les pieds en gambillant.

Extatique, il resta longtemps immergé dans cette douce fantasmagorie.

Le voyage jusqu'à Baerlon dura presque une semaine. Lan se plaignit plusieurs fois de ce qu'il appelait « une interminable chevauchée », mais c'était lui qui donnait le rythme et forçait les autres à le suivre.

En revanche, il ne se ménageait pas et ne cherchait pas non plus à préserver Mandarb, son étalon – dans l'ancienne langue, ce nom signifiait « Lame », à l'en croire. Jouant sans cesse les éclaireurs ou au contraire l'arrière-garde, le Champion parcourait au bas mot deux fois plus de distance que les autres. Mais, si un autre cavalier tentait d'avancer plus vite qu'au pas, il lui rappelait sèchement de prendre soin de sa monture, s'il ne voulait pas être obligé de semer les Trollocs à pied. Moiraine elle-même avait droit à un sermon dès qu'elle autorisait sa jument blanche à se dérouiller un peu les jambes. Nommée Aldieb – « Vent d'ouest » en ancienne langue –, la bête avait tendance à se montrer aussi fougueuse que les bourrasques qui apportaient les giboulées printanières.

Qu'il s'occupe de l'arrière ou de l'avant de la colonne, Lan ne détecta jamais rien d'inquiétant. Pas de poursuivants ni d'embuscade... Faisant son rapport à la seule Moiraine – à voix basse, afin que nul ne l'entende –, il lui laissait le soin de transmettre au groupe les informations qu'elle jugeait pertinentes.

Au début, Rand passa un temps fou à regarder derrière lui. Il s'inquiétait et n'était pas le seul. Se tordant lui aussi le cou, Perrin s'assurait sans cesse de la présence de sa hache et Mat chevauchait avec une flèche encochée dans son arc. La piste restant déserte derrière les fugitifs et aucun Draghkar ne se montrant dans le ciel, Rand finit par penser qu'on ne les poursuivait pas.

Une bonne chose, parce qu'il était pratiquement impossible d'avancer à couvert, même dans les forêts les plus denses. Au nord de la Taren, l'hiver s'attardait, comme à Deux-Rivières, et la majorité des arbres et des arbustes, à part les pins, les sapins baumiers et diverses variétés de laurier, restait parfaitement déplumée. Jusqu'aux sureaux qui n'arboraient pas l'ombre d'une feuille !

Dans les prairies trop longtemps écrasées par un lourd manteau de neige, rien ne poussait à part des mauvaises herbes – toujours ce chiendent qui résistait à tout et ne servait à rien. Au pied des arbres à feuilles éternelles, là où les rayons du soleil n'accédaient presque jamais, de la neige continuait à s'accrocher obstinément aux racines affleurantes. Dans ces conditions, les cavaliers gardaient en permanence leur cape bien resserrée sur leur torse – une précaution indispensable le jour comme la nuit, car l'astre diurne ne parvenait pas vraiment à réchauffer l'atmosphère.

Comme à Deux-Rivières, les hirondelles ne se montraient pas, à l'instar des autres oiseaux, y compris les corbeaux.

En d'autres termes, l'excursion n'avait rien d'un voyage d'agrément, et tous les fugitifs avaient hâte d'en avoir terminé. La route du Nord, ainsi que Rand continuait à l'appeler, même si elle devait porter un nom différent dans cette région, se dirigeait en droite ligne vers le nord, comme il se devait. Mais Lan insistait pour faire d'incessants détours par la forêt, histoire de désorienter d'éventuels poursuivants ou un certain espion volant. Et, dès qu'un village, une ferme voire un cabanon apparaissaient à l'horizon, le Champion imposait à la colonne de les contourner en décrivant un cercle ridiculement large.

Le premier jour, à part la route, Rand ne vit aucune preuve de la présence d'êtres humains dans la région. Même lorsqu'il s'était aventuré jusqu'aux contreforts des montagnes de la Brume, s'avisa-t-il, il n'avait jamais été si éloigné de la civilisation.

La première ferme qui se dressa sur le chemin des fugitifs ne manqua pas de les surprendre.

— C'est exactement comme chez nous ! s'exclama Perrin en découvrant la grande maison au toit de chaume à laquelle s'adossait une imposante étable.

Comme s'ils n'avaient pas vu les voyageurs, des paysans vaquaient à leurs occupations dans la cour et dans les champs environnants.

— Pas du tout ! répondit Mat à l'apprenti forgeron. Nous sommes trop loin pour voir les différences, voilà tout.

— Je te dis qu'il n'y en a pas !

— Impossible ! Nous sommes au nord de la Taren, ne perds surtout pas ça de vue !

— Silence, vous deux ! grogna Lan. Nous ne désirons pas être repérés, au cas où vous l'auriez oublié. Bien, nous allons faire un détour par l'ouest…

Lorsqu'il regarda en arrière, un peu plus tard, Rand donna raison à Perrin. Cette ferme ressemblait à toutes celles qu'il avait vues à Champ d'Emond. Un jeune garçon tirait de l'eau du puits et ce qui devait être son frère aîné surveillait des moutons regroupés dans un enclos.

Dans un coin, il y avait même un hangar de séchage pour le tabac. Pourtant, Mat devait avoir lui aussi raison.

Hors du territoire, tout doit être différent, c'est certain !

Chaque soir, assez longtemps avant le crépuscule, la petite colonne sélectionnait un site où camper. De préférence un endroit pentu, pour l'écoulement de l'eau de pluie, et bien abrité du vent, car celui-ci ne mourait presque jamais, se contentant de provenir de directions différentes. Les feux de camp, toujours très modestes, afin de ne pas être visibles de très loin, servaient à préparer les infusions. Puis Lan ordonnait qu'on les éteigne et qu'on enterre les braises.

Le premier soir, avant la tombée de la nuit, Lan entreprit d'enseigner aux trois garçons le maniement des armes qu'ils portaient. Commençant par l'arc, il regarda Mat, à cent pas de distance, loger trois flèches dans un nœud grand comme la tête d'un homme, sur le tronc fendu d'un arbre mort. Puis il demanda aux autres d'imiter leur ami. Perrin réussit le même tir que Mat. Invoquant la flamme et le vide, Rand parvint à atteindre l'état de calme intérieur qui permettait à l'arc de devenir une part de lui-même. Du coup, il groupa parfaitement ses trois flèches, les pointes se touchant presque. Impressionné, Mat félicita son ami en lui flanquant une claque sur l'épaule.

— Eh bien, dit Lan alors que les trois garçons se souriaient, si vous avez tous des arcs, et si les Trollocs consentent à ne pas trop approcher, vous empêchant ainsi de les utiliser, vous devriez pouvoir vous défendre… (Les sourires disparurent.) Voyons ce que je peux vous apprendre pour le cas où les monstres ne se montreraient pas coopératifs…

Lan commença par Perrin. Manier une hache face à un homme ou à un monstre armé, expliqua-t-il, n'avait aucun rapport avec couper du bois ou faire de grands moulinets à blanc. Après avoir montré à l'apprenti forgeron une série d'exercices – bloquer, parer et frapper –, il répéta l'opération avec Rand et son épée.

Le jeune homme dut jeter aux orties les gesticulations et les acrobaties qu'il tenait pour le *nec plus ultra* de l'escrime. À la place, Lan l'initia à des mouvements fluides et harmonieusement enchaînés qui ressemblaient presque à une danse.

— Malgré ce que pensent certains escrimeurs, dit le Champion, manier la lame ne suffit pas. L'esprit joue un rôle, et peut-être même le plus important. Vide ton esprit, berger ! Purge-le de la peur et de la haine.

Oui, brûle-moi tout ça ! Ce conseil s'adresse aussi à vous, Mat et Perrin. Il s'applique à toutes les armes : hache, arc, lance, massue. Et il vaut même lorsqu'on se bat à mains nues.

— La flamme et le vide…, souffla Rand, perplexe. Mon père m'a enseigné cette méthode.

Lan gratifia le jeune homme d'un regard insondable, comme d'habitude.

— Tiens ton épée comme je te l'ai montré, berger ! On ne transforme pas en une heure un péquenot en escrimeur, mais on peut au moins lui apprendre à ne pas se couper un pied ou une jambe.

Rand soupira, puis il saisit l'épée à deux mains et la tint bien droite.

Moiraine avait observé toute la scène sans broncher. Mais, le lendemain, elle demanda au Champion de continuer les leçons.

Le soir, le repas ressemblait à s'y méprendre au petit déjeuner et au déjeuner : du pain azyme, du fromage et de la viande séchée. Mais le dîner était arrosé d'infusion, pas d'eau, et souvent agrémenté par une petite prestation de Thom. Interdit de flûte et de harpe par Lan – pour ne pas alerter toute la région –, le trouvère gardait le droit de jongler et de raconter des histoires. Puisant dans son répertoire, il passait du conte de *Mara et les trois rois stupides* à la kyrielle de courtes anecdotes sur Anla le conseiller philosophe. Optant parfois pour une saga épique – par exemple *La Grande Quête du Cor* –, il évitait les histoires qui se terminaient mal et privilégiait celles qui se concluaient par un retour au foyer joyeux et triomphal.

Dans un environnement paisible, sans l'ombre d'un Trolloc parmi les arbres ni d'un Draghkar au milieu des nuages, les fugitifs parvenaient à autoalimenter leur tension chaque fois qu'ils sentaient se relâcher leur vigilance.

Il y eut par exemple le matin où Egwene, au réveil, entreprit de détresser ses cheveux. Alors qu'il enroulait sa couverture, Rand la surveilla du coin de l'œil…

Chaque nuit, après extinction du feu, tous les hommes s'enveloppaient dans leur couverture. L'Aes Sedai et la jeune fille, en revanche, s'éloignaient pour converser et revenaient une ou deux heures après, alors que les autres dormaient à poings fermés.

Ce matin-là, une fois sa chevelure détressée, Egwene entreprit de la peigner pendant que Rand sellait Nuage et remettait en place sa couverture et ses sacoches.

Après cent coups de peigne – le compte tenu par Rand –, Egwene laissa ses longs cheveux cascader sur ses épaules et remonta la capuche de sa cape de voyage.

— Qu'est-ce que tu fais ? ne put s'empêcher de demander Rand, surpris.

Egwene lui coula un regard en biais et ne répondit pas. En deux jours, s'aperçut-il, c'était la première fois qu'il s'adressait à elle. Mais ce détail ne l'arrêta pas.

— Pendant toute ta vie, tu as attendu de pouvoir tresser tes cheveux, et ça ne t'intéresse plus ? Pourquoi ? Parce que Moiraine les porte détachés ?

— Les Aes Sedai ne se tressent pas les cheveux, répondit la jeune fille. Sauf quand elles en ont envie.

— Peut-être, mais tu n'en es pas une ! Tu es Egwene al'Vere, de Champ d'Emond, et le Cercle des Femmes n'aimerait sûrement pas te voir ainsi.

— Les affaires du Cercle ne te regardent pas, Rand al'Thor ! De plus, je serai bientôt une Aes Sedai. Dès notre arrivée à Tar Valon, en fait…

— Sans blague ? railla Rand. Et pourquoi ça ? Au nom de la Lumière ! tu n'as rien d'un Suppôt des Ténèbres.

— Parce que Moiraine Sedai ferait partie de cette engeance, selon toi ? (Les poings serrés, Egwene semblait prête à frapper l'impudent.) Alors qu'elle a sauvé le village et guéri ton père ?

— J'ignore ce qu'elle est exactement, et ça ne présage en rien de la nature des autres Aes Sedai. D'après les légendes…

— Grandis un peu, Rand ! Oublie les histoires et ouvre les yeux !

— Mes yeux l'ont vue faire couler le bac ! Ose nier que c'est vrai ! Quand tu as une idée dans le crâne, tu n'en démords pas, même si on te signale que tu essaies de marcher sur l'eau. Si tu n'étais pas aveugle à la Lumière, telle une folle qui…

— Folle, moi ? Rand al'Thor, écoute-moi bien : tu es le garçon le plus obtus que je…

— Vous voulez réveiller tout le monde à dix lieues à la ronde ? demanda soudain Lan.

La bouche ouverte, alors qu'il cherchait une réplique mordante, Rand s'avisa qu'il avait crié.

Qu'ils avaient *tous les deux* crié…

Egwene s'empourpra et se détourna en marmonnant :

— Ah ! les hommes !

Une saillie qui visait au moins autant le Champion que Rand, semblait-il.

Non sans circonspection, Rand regarda autour de lui. Tout le monde le dévisageait, pas seulement Lan. Mat et Perrin, un peu blêmes… Thom Merrilin, tendu comme s'il s'apprêtait à combattre ou à fuir. Et enfin

Moiraine… Impassible, à son habitude, mais dont les yeux semblaient vouloir transpercer son crâne. Bon sang ! dans le feu de l'action, quelles âneries avait-il donc proférées sur les Aes Sedai et les Suppôts des Ténèbres ?

— Il est temps de partir, déclara Moiraine.

Alors qu'elle se dirigeait vers sa jument, Rand eut l'impression d'échapper de justesse aux mâchoires d'un piège dont il ne serait pas sorti indemne.

Mais était-il vraiment hors de danger ?

Deux soirs plus tard, alors que le feu agonisait, Mat finit de lécher les lambeaux de fromage sur ses doigts, et déclara :

— Je crois que nous les avons semés pour de bon.

Lan parti en patrouille, Moiraine et Egwene faisant bande à part, la nuit appartenait aux trois amis – d'autant plus que Thom somnolait sur sa rituelle bouffarde du soir.

Alors qu'il tisonnait distraitement les braises avec un bâton, Perrin répliqua :

— Si tu as raison, pourquoi Lan continue-t-il à patrouiller ?

À moitié endormi, Rand se tourna sur le côté, exposant son dos au feu.

— Ils ont perdu notre trace à Bac-sur-Taren, insista Mat. (Étendu sur le dos, les mains croisées derrière la nuque, il contemplait la lune.) S'ils nous traquaient vraiment…

— Tu penses que le Draghkar nous suivait parce qu'il nous trouve sympathiques ? demanda Perrin.

— Je n'en sais rien, mais je dis qu'il faut arrêter de s'inquiéter au sujet des Trollocs. Il est temps de nous intéresser au monde, les gars ! Nous arpentons les lieux d'où viennent les récits et les légendes. À quoi ressemble une vraie ville, selon vous ?

— Nous allons à Baerlon…, dit Rand d'une voix pâteuse de sommeil.

— Baerlon, oui, oui… Mais j'ai consulté la vieille carte de maître al'Vere, figurez-vous. Si nous obliquons vers le sud, une fois à Caemlyn, la route nous conduira en Illian, et beaucoup plus loin ensuite.

— Pourquoi ce soudain intérêt pour l'Illian ? s'étonna Perrin.

— Pour commencer, ce pays ne grouille pas d'Aes…

Mat se tut et Rand émergea en sursaut de sa somnolence. Moiraine était de retour plus tôt que d'habitude. Egwene l'accompagnait, mais c'était l'Aes Sedai, debout à la lisière du cercle de lumière projeté par le feu, qui monopolisait l'attention des trois jeunes hommes.

Mat la dévisageait, les yeux écarquillés.

Le regard de cette femme accrochait la lumière comme si ses globes oculaires étaient deux gemmes noires méticuleusement polies. Soudain, Rand se demanda depuis combien de temps Moiraine les écoutait.

— Les garçons voulaient simplement…, commença Thom, mais l'Aes Sedai lui coupa la parole :

— Quelques jours de répit, et vous oubliez tout ! L'attaque du village, pendant la Nuit de l'Hiver, ça ne vous dit plus rien ?

— Bien sûr que si, répondit Perrin. C'est tout bêtement que…

Sans élever la voix, Moiraine lui fit subir le même sort qu'au trouvère :

— Vous en êtes donc tous là ? demanda-t-elle. Avides d'aller en Illian et de tout oublier des Trollocs, des Myrddraals et des Draghkars ?

Moiraine balaya du regard les trois jeunes gens. La lueur que Rand vit briller dans ses yeux, un frappant contraste avec son ton presque détaché, mit le jeune homme très mal à l'aise.

— Le Ténébreux vous poursuit tous les trois – et même s'il s'intéresse à un seul d'entre vous, nous ignorons lequel – et si je vous laisse batifoler en toute liberté, il vous rattrapera. Je m'oppose à tout ce que désire le Père des Mensonges. Alors écoutez-moi bien : plutôt que vous savoir entre ses mains, je préférerais vous tuer !

Ce fut le ton, justement, qui convainquit Rand. L'Aes Sedai ne reculerait devant rien de ce qu'elle estimerait nécessaire…

Cette nuit-là, Rand dormit très mal et il ne fut pas le seul. Le trouvère lui-même eut du mal à fermer l'œil. Et, pour la première fois depuis le départ, Moiraine ne proposa pas son « assistance » aux fugitifs.

Pour Rand, les conversations vespérales entre Egwene et l'Aes Sedai étaient une torture. Chaque fois que les deux femmes s'isolaient, il se demandait ce qu'elles se disaient. Et ce que Moiraine pouvait bien faire à la fille du bourgmestre de Champ d'Emond.

Un soir, il attendit que ses compagnons soient endormis, Thom ronflant comme un sonneur, pour se relever et partir en exploration, frileusement enroulé dans sa couverture. Puisant dans les aptitudes acquises en chassant des lapins, il avait avancé furtivement jusqu'à un grand laurier. Caché derrière les larges feuilles, il avait tendu l'oreille pour comprendre la conversation des deux femmes, assises sur une souche à moins de dix pas de lui, une lanterne leur fournissant un minimum de lumière.

— Pose tes questions, et, si c'est le moment de te répondre, je le ferai, n'aie aucune crainte. Mais sache que tu n'es pas prête pour certaines choses. D'abord, tu dois acquérir d'autres connaissances, qui te conduiront à un niveau de conscience différent… Mais parle quand même sans te censurer.

— Les Cinq Pouvoirs…, dit Egwene. La Terre, l'Air, le Feu, l'Eau et l'Esprit… Il semble injuste que les hommes soient plus doués pour manier la Terre et le Feu. Pourquoi bénéficient-ils des plus puissants pouvoirs ?

Moiraine eut un rire de gorge.

— C'est comme ça que tu vois les choses, mon enfant ? Tu connais une pierre assez solide pour ne pas être érodée par l'eau et le vent ? Ou un feu qui ne peut être ni noyé ni soufflé comme la flamme d'une bougie ?

Egwene resta songeuse un long moment.

— Il y a eu les hommes qui ont tenté de libérer le Ténébreux et les Rejetés, pas vrai ? Des Aes Sedai de sexe masculin ? Si j'ai bien compris, les femmes n'ont joué aucun rôle dans la Dislocation du Monde. Devenus fous, les hommes s'en sont pris à la Création.

— Tu as peur, dit Moiraine d'un ton sinistre. Si tu étais restée à Champ d'Emond, tu serais devenue Sage-Dame un jour ou l'autre, pas vrai ? C'était le plan de Nynaeve, non ? Ou tu aurais fait partie du Cercle des Femmes, dirigeant le village malgré ce qu'auraient cru les membres du Conseil. Mais tu as opté pour l'impensable : quitter Deux-Rivières pour partir en quête d'aventure. Tu en rêvais et, en même temps, ça t'effrayait. Mais tu as refusé de te laisser dominer par la peur. Sinon, tu ne m'aurais pas demandé comment une femme peut devenir une Aes Sedai. Et tu aurais hésité à jeter aux orties les coutumes et les conventions…

— Je n'ai pas peur, se défendit Egwene. Et je tiens à devenir une Aes Sedai.

— Il vaudrait mieux pour toi que tu aies peur, même si j'espère que tu resteras intrépide… De nos jours, peu de femmes ont les aptitudes requises pour devenir des initiées. Et moins encore en ont la volonté. (Moiraine sembla soudain se parler à elle-même, comme si elle était seule.) Deux candidates dans un seul village, c'est incroyable. Le sang ancien est vraiment très puissant à Deux-Rivières.

Dans les ombres, Rand bougea involontairement et une brindille craqua sous sa botte. Il se pétrifia, le souffle court et le front ruisselant de sueur, mais les deux femmes parurent n'avoir rien entendu.

— Deux ? s'étonna Egwene. Qui est l'autre ? Kari Thane ? Lara Ayellan ?

— Oublie ce que je viens de dire, marmonna Moiraine, agacée. Le chemin de cette femme la conduira dans une tout autre direction, j'en ai peur. Concentre-toi sur la voie que tu as choisie, parce qu'elle n'a rien de facile.

— Je ne ferai pas demi-tour, assura Egwene.

— Qu'il en soit ainsi, mon enfant. Mais tu as besoin d'être rassurée, et je ne peux rien pour toi – enfin, je suis dans l'incapacité de répondre à tes attentes.

— Je ne comprends pas…

— Tu veux m'entendre dire que les femmes Aes Sedai sont bienveillantes et pures. En revanche, tu aimerais avoir la certitude que ce sont les hommes, ces êtres pervers, qui ont provoqué la Dislocation du Monde. Ils sont coupables, c'est vrai, mais pas plus pervers que quiconque d'autre. Ils étaient fous, pas maléfiques ! Les Aes Sedai que tu rencontreras à Tar Valon sont des êtres humains. Des femmes comme les autres, si on oublie le don qui les distingue de leurs sœurs « normales ». Parmi elles, tu trouveras le courage et la lâcheté, la force et la faiblesse, la bonté et la méchanceté, et, bien entendu, la bienveillance et l'indifférence hautaine. Devenir l'une d'entre elles ne transformera pas la personne que tu es.

— Je crois que j'avais peur de ça, avoua Egwene. Être métamorphosée par le Pouvoir… J'ai aussi la frousse des Trollocs, du Blafard et… Moiraine Sedai, au nom de la Lumière ! pourquoi les Trollocs sont-ils venus à Champ d'Emond ?

L'Aes Sedai tourna la tête… vers l'endroit où se cachait Rand. Les yeux incroyablement durs, elle semblait capable de voir à travers les branches du grand laurier.

Et je fais quoi, moi, si elle me prend en flagrant délit d'espionnage ?

Rand tenta de reculer dans les ombres. Ne regardant pas où il mettait les pieds, il trébucha sur une racine et manqua de peu s'étaler de tout son long sur un entrelacs de broussailles et de branches mortes. Autant sonner du cor pour annoncer sa présence !

Haletant, il rampa en arrière en tentant de faire le moins de bruit possible.

Espèce de crétin ! Aller épier une Aes Sedai !

Revenu près du feu, il parvint à reprendre en silence sa place parmi les dormeurs. Lan se tourna sur le côté au moment où il s'allongeait, mais il ne se réveilla pas – un mouvement sans aucun rapport, dans son sommeil…

Rand s'autorisa un discret soupir de soulagement.

Un instant plus tard, Moiraine vint se camper près du feu et observa ses compagnons endormis. Les yeux fermés, Rand s'efforça de respirer régulièrement. Guettant des bruits de pas, il n'entendit rien et finit par rouvrir les yeux. L'Aes Sedai s'en était allée sans lui accorder d'attention.

Quand il s'endormit enfin, le jeune homme fit un atroce cauchemar. Alors que tous les villageois de Champ d'Emond affirmaient être le Dragon Réincarné, chaque villageoise portait dans les cheveux une gemme semblable à celle de Moiraine.

Après cette épouvantable nuit, Rand ne tenta plus jamais d'espionner les deux femmes.

Le sixième jour de cet assommant voyage, alors que le soleil peinait toujours à réchauffer la terre, des nuages effilochés dérivant vers le nord, le vent très mordant incita Rand à s'emmitoufler plus étroitement dans sa cape de voyage.

Il se demanda si la petite colonne arriverait un jour à Baerlon. La distance déjà parcourue équivalait largement à celle qui séparait Bac-sur-Taren de la rivière Blanche, ce qui n'était pas rien. Pourtant, lorsqu'il le questionnait, Lan assurait que ce voyage, tout juste une excursion, n'avait rien d'extraordinaire. À peine s'il méritait le nom de « voyage », à la vérité…

Ce discours bizarre désorientait Rand, qui n'était jamais allé si loin de chez lui.

Revenant d'une de ses patrouilles, le Champion émergea soudain de la forêt, vint se placer à côté de Moiraine et chevaucha en lui parlant à l'oreille.

Rand n'aimait pas ce rituel, mais il s'abstint de toute réaction. Quand il l'interrogeait, Lan faisait immanquablement mine de n'avoir rien entendu.

Parmi les fugitifs, seule Egwene sembla avoir noté le retour de Lan. Habitués à le voir aller et venir sans cesse, les autres ne le remarquaient plus. Comme Rand, la jeune fille ne posait aucune question. Si Moiraine la traitait comme la « chef » du groupe de jeunes gens, elle ne la faisait bénéficier d'aucun privilège lorsque le Champion venait au rapport.

Muré dans le silence morose qui devenait de plus en plus la marque de fabrique des trois garçons, à mesure qu'ils s'éloignaient de Deux-Rivières, Perrin portait l'arc de Mat. Profitant de la lenteur de leur progression, ce dernier, sous l'œil attentif de Thom Merrilin, s'exerçait à jongler avec trois balles de couleurs différentes. Comme le Champion, le trouvère dispensait des cours chaque soir.

Quand Lan eut fini de lui parler, Moiraine se retourna sur sa selle pour regarder les autres cavaliers. Lorsque son regard se posa sur lui, Rand s'efforça de ne pas se tétaniser. Mais ne l'avait-elle pas examiné plus longtemps que les autres ? Il aurait juré qu'elle savait très bien qui était l'espion, cette fameuse nuit…

— Rand ! appela Mat. Je m'en sors avec quatre balles !

Sans daigner tourner la tête, Rand répondit d'un vague geste.

— Je t'avais dit que j'y arriverais avant toi ! Regarde !

La petite colonne venait d'atteindre le sommet d'une butte. Droit devant, au-delà d'une forêt déjà obscurcie par les premières ombres du crépuscule, se dressait Baerlon, la cité que Rand redoutait de ne jamais atteindre.

Tentant en même temps de sourire et d'être béat de surprise, le jeune homme poussa un petit cri étranglé.

Haut de vingt bons pieds, un mur d'enceinte en rondins muni de plusieurs tours de garde entourait l'agglomération. À l'intérieur de cette enclave, des toits en tuile brillaient au soleil et de fines colonnes de fumée montaient des cheminées de pierre. Des centaines de cheminées ! Et, où que le regard se pose, impossible d'apercevoir l'ombre d'un toit de chaume. Une large route conduisait à la cité, à l'est, et une voie presque aussi large faisait de même à l'ouest. Sur chacune, des chariots bâchés et des chars à bœufs avançaient en file serrée vers la palissade.

Autour de la ville, il y avait partout des fermes et des champs. S'il s'y était intéressé, Rand aurait vu que les exploitations agricoles étaient plus nombreuses et plus grosses au nord qu'au sud. Mais il n'avait d'yeux que pour la cité.

Cette ville est plus grande que Champ d'Emond, Colline de la Garde et Promenade de Deven réunis ! Et on peut même ajouter Bac-sur-Taren, je crois…

— C'est donc ça, une ville ! s'écria Mat, penché sur l'encolure de son cheval pour mieux voir.

— Comment tant de gens peuvent-ils vivre au même endroit ? demanda Perrin, dépassé.

Les yeux ronds, Egwene s'abstint de tout commentaire.

Thom Merrilin regarda Mat, roula de grands yeux et cria, faisant frémir sa moustache :

— Une ville droit devant, capitaine !

— Et toi, Rand ? demanda Moiraine. Quelle est ta première impression de Baerlon ?

— C'est très loin de chez nous…, répondit le jeune homme, s'attirant un rire moqueur de Mat.

— Tu devras aller beaucoup plus loin que ça…, souffla Moiraine. Oui, beaucoup plus loin… Mais vous n'avez pas le choix… Pour survivre, vous devrez fuir et vous cacher, puis recommencer à fuir. Il en sera ainsi jusqu'à la fin de votre vie, qui menace d'être très courte. Quand le voyage deviendra pénible, gardez à l'esprit que vous n'avez pas d'autre choix.

Rand, Mat et Perrin échangèrent des regards entendus. À l'évidence, ils pensaient la même chose : Comment pouvait-elle parler ainsi après tout ce qu'elle leur avait dit ?

Les Aes Sedai choisissent pour nous, c'est ça, la vérité…

Moiraine enchaîna comme si elle n'avait pas deviné les pensées des trois garçons :

— Le danger recommence ici, alors prenez garde à ce que vous direz quand vous serez en ville. Avant tout, ne mentionnez jamais les Trollocs, le Blafard ni rien de ce genre. N'évoquez pas le Ténébreux, même en pensée. À Baerlon, certaines personnes ont encore moins de sympathie pour les Aes Sedai que les villageois de Champ d'Emond. Il risque même d'y avoir des Suppôts des Ténèbres en ville…

Egwene lâcha un petit cri, Perrin marmonna dans sa barbe et Mat blêmit.

— Nous ne devons pas attirer l'attention, continua Moiraine, imperturbable.

Comme s'il obéissait à un ordre implicite, Lan retira sa cape aux nuances fluctuantes de gris et de vert et enfila un modèle marron beaucoup plus ordinaire. Dans ses sacoches de selle, le vêtement rangé à la hâte fit une grosse bosse visible de loin.

— Nous n'utiliserons pas nos vrais noms, ajouta Moiraine. Ici, on me connaît sous le nom d'Alys, et Lan se fait appeler Andra. Ne l'oubliez pas, je vous prie. Bien, dépêchons-nous un peu ! Les portes de la ville sont closes du coucher du soleil à l'aube…

Lan ouvrit la marche pendant la courte descente puis dans la forêt. Une fois en terrain découvert, la route passa devant une demi-douzaine de fermes. Occupés à en terminer avec leurs corvées, avant le repas du soir, les paysans n'accordèrent aucune attention aux cavaliers, qui arrivèrent sans encombre devant un grand portail de bois bardé de fer.

Même si le soleil n'était pas encore couché, l'heure de la fermeture des portes semblait avoir sonné depuis un moment…

Lan approcha de la palissade et tira sur une corde effilochée accrochée d'un côté du portail. Aussitôt, une cloche sonna derrière le mur d'enceinte.

Au sommet de la palissade, le visage parcheminé d'un homme apparut entre les extrémités taillées en pointe de deux rondins.

— C'est quoi, ce raffut ? lança l'homme affublé d'une coiffe en tissu élimé. Il est trop tard pour entrer par ici. Trop tard, j'ai dit ! Faites-le tour et essayez la porte de Pont-Blanc, si ça vous chante !

Moiraine fit avancer sa jument afin que l'homme puisse la voir et la reconnaître. Un sourire illuminant son visage ridé, le vieux type parut déchiré entre l'envie de palabrer encore et la nécessité de faire son travail.

— J'ignorais que c'était vous, maîtresse, dit-il. Je descends tout de suite. Un peu de patience… J'arrive !

La tête parcheminée disparut, mais une voix étouffée continua d'assurer que son propriétaire serait bientôt là. Dans un concert de grincements, le battant de droite du portail s'ouvrit lentement – juste de quoi permettre à un seul cavalier de passer.

Le vieux type glissa la tête par cette ouverture, gratifia les voyageurs d'un grand sourire édenté, puis s'écarta lestement.

Les cavaliers franchirent l'un après l'autre le portail pour se retrouver dans une rue étroite. Dans cette partie de la ville, visiblement pas résidentielle, de grands entrepôts sans fenêtres s'alignaient les uns à côté des autres avec une accablante monotonie.

Moiraine et Lan ayant mis pied à terre, Rand les imita.

Venu rejoindre l'Aes Sedai et son Champion, le gardien du portail, vêtu d'une cape miteuse et d'une veste défraîchie, leur parlait en dodelinant sans cesse de la tête – débarrassée du minable chapeau, qu'il serrait humblement contre sa poitrine.

— Des paysans…, dit-il avec un petit sourire condescendant. Maîtresse Alys, vous vous intéressez aux péquenots qui ont de la paille dans les cheveux ? (Il aperçut enfin Thom Merrilin.) Toi, tu n'es pas un berger, et moins encore un bouseux. Je me souviens de t'avoir laissé entrer, il y a quelque temps. Les paysans n'ont pas aimé tes facéties, trouvère ?

— Maître Avin, dit Lan, j'espère que tu sauras oublier que tu nous as laissés sortir. (Il glissa une pièce dans la main libre du type.) Et entrer de nouveau…

— Maître Andra, inutile de me payer encore… Inutile, vraiment. Vous avez déjà été très généreux lors de votre départ… (Malgré ses protestations, Avin fit disparaître la pièce avec toute l'aisance et la grâce d'un prestidigitateur.) Je n'ai rien dit à personne, et je continuerai à me taire. Surtout devant les Capes Blanches !

L'air indigné, le vieil homme fit mine de cracher sur le sol. S'avisant que Moiraine risquait de s'en offusquer, il s'en abstint à la dernière seconde.

Rand tressaillit mais parvint à ne rien dire. Ses amis réussirent à l'imiter, même si ça parut quelque peu difficile pour Mat.

Les Fils de la Lumière…, pensa Rand.

Les histoires racontées par les colporteurs, les marchands et leurs gardes du corps exprimaient toutes sortes de sentiments au sujet des Fils de la Lumière. Cela pouvait aller de la haine à la vénération, mais un point au moins ne faisait aucun doute : les « Capes Blanches » vouaient une haine féroce aux Suppôts des Ténèbres et aux Aes Sedai – sans faire la moindre différence entre les uns et les autres.

Bref, des ennuis s'annonçaient.

— Il y a des Fils à Baerlon ? demanda Lan.

— Pour sûr que oui ! Ils sont arrivés le jour de votre départ, si je me souviens bien. Ici, on ne les aime pas, mais pas grand monde ne le leur laisse voir, bien entendu…

— Ont-ils dit ce qu'ils venaient faire en ville ? s'enquit Moiraine.

— S'ils l'ont dit ? (Très surpris, Avin en oublia de baisser la tête.) Bien sûr que oui ! Mais j'oubliais, vous étiez dans la cambrousse, où on entend seulement bêler les moutons. Les Fils sont ici à cause de ce qui se passe au Ghealdan. Le Dragon, vous savez ? Enfin, le type qui s'est baptisé ainsi… Les Fils disent que ce fou a réveillé le mal – et c'est ce qu'il a fait, je suis bien d'accord – et qu'ils sont là pour l'éradiquer. Mais ce Dragon est au Ghealdan, pas ici ! Un prétexte pour se mêler de nos affaires, voilà ce que c'est, selon moi ! Le Croc du Dragon s'affiche déjà sur la porte de pauvres gens…

Cette fois, Avin ne put s'empêcher de cracher dans la poussière.

— Les Fils ont fait beaucoup de dégâts ? demanda Lan.

Avin secoua la tête.

— Non, mais ce n'est pas l'envie qui leur manque ! Par bonheur, le Gouverneur leur fait aussi peu confiance que moi. Il n'en laisse jamais entrer plus de dix en même temps, et je vous jure que ça les rend furieux ! Les autres attendent dans un camp, un peu au nord d'ici. Les fermiers du coin ne doivent pas en mener large, je parie ! Les Fils qui viennent en ville se baladent avec leurs capes blanches et ils tentent d'en imposer aux honnêtes gens. « Marchez dans la Lumière », qu'ils disent, et c'est un ordre, pas une prière ! Plusieurs fois, ils ont failli en venir aux mains avec les conducteurs de chariot, les mineurs ou les employés des fonderies – et même avec la garde municipale –, mais le Gouverneur ne veut pas de violence et, jusque-là, il a obtenu satisfaction. S'ils traquent le mal, pourquoi ne vont-ils pas au Saldaea ? D'après ce qu'on dit, ils auraient du pain sur la planche, là-bas. Et au Ghealdan, il y a eu une grande bataille, paraît-il. Une terrible bataille.

— J'ai cru comprendre que des Aes Sedai sont parties pour le Ghealdan, dit Moiraine.

— C'est vrai, maîtresse… (Avin recommença à dodeliner de la tête.) Elles sont allées au Ghealdan, pour sûr, et c'est même ça qui a provoqué la bataille. Enfin, à ce qu'on raconte. Les Aes Sedai ont subi des pertes, paraît-il. Elles sont peut-être même toutes mortes. Je sais que beaucoup de gens ne les aiment pas, mais qui d'autre peut arrêter un faux Dragon ? Sans parler des maudits cinglés qui voudraient devenir des Aes Sedai masculins ! Qu'en ferait-on, de ces déments ?

» Bon, il y a des gens qui disent… Attention, pas les Capes Blanches, et pas moi non plus, mais des gens, simplement, qui disent donc que ce type serait pour de bon le Dragon Réincarné. Il sait faire des trucs, paraît-il… Comme utiliser le Pouvoir de l'Unique… En tout cas, il a des milliers de fidèles.

— Ne dis pas d'idioties ! s'écria Lan.

Avin eut un regard de chien battu.

— Maître Andra, je répète ce que j'entends, c'est tout… On murmure aussi que son armée se dirige vers Tear, par l'est et le sud… (Avin prit un ton grave, comme si ses propos méritaient d'être gravés dans le marbre.) Il a baptisé ses soldats le Peuple du Dragon, toujours d'après ce qu'on raconte.

— Les noms ne signifient rien, dit Moiraine.

Si quelque chose la troublait dans ces rumeurs, elle le cachait merveilleusement bien.

— Si ça t'amuse, continua-t-elle, tu peux appeler ta mule Peuple du Dragon !

— J'en doute, maîtresse… Pas avec les Capes Blanches qui rôdent dans les rues… Et je ne connais personne d'autre, d'ailleurs, qui aimerait ce nom… Je vois ce que vous voulez dire, maîtresse, mais… Non, ma mule, je préfère l'appeler autrement…

— Une sage décision, conclut Moiraine. Et maintenant, nous allons devoir te laisser.

— Surtout, ne vous inquiétez pas, maîtresse, fit Avin avec toute l'humilité qu'il pouvait afficher. Je n'ai vu personne… (Il approcha du battant de porte et entreprit de le refermer.) Oui, je n'ai rien vu ni entendu. Pour tout dire, personne n'a franchi ce portail depuis des jours. Regardez, il est fermé, la barre de sécurité en place…

— Que la Lumière brille sur toi, Avin, souffla Moiraine.

Sur ces mots, elle s'éloigna et tous ses compagnons lui emboîtèrent le pas. Se retournant, Rand vit que le vieil homme était toujours debout près du portail. Apparemment, il polissait une grosse pièce avec un coin de sa cape tout en ricanant bêtement.

Les fugitifs remontèrent une série de rues assez étroites flanquées d'entrepôts et, à intervalles irréguliers, de hautes clôtures de bois.

Rand marcha un moment à côté du trouvère.

— Thom, que signifiait cette histoire de Peuple du Dragon ? Et Tear ? C'est bien une ville portuaire qui se dresse au bord de la mer des Tempêtes ?

— *Le Cycle de Karaethon*…, dit simplement le trouvère.

Rand sursauta.

Les Prophéties du Dragon…

— Personne n'évoque le… Enfin, on ne raconte pas ces histoires-là à Deux-Rivières. En tout cas, pas à Champ d'Emond. Notre Sage-Dame écorcherait vif quiconque s'y aventurerait.

— Je n'en doute pas…, lâcha Thom.

Il jeta un coup d'œil à Moiraine, toujours loin devant avec Lan. Estimant qu'elle ne pouvait pas l'entendre, il enchaîna :

— Tear est le plus grand port de la mer des Tempêtes, et la forteresse qui assure sa défense se nomme la Pierre de Tear. On dit que c'est la première place forte qui fut construite après la Dislocation du Monde. Depuis, elle n'a jamais été prise, même si beaucoup d'armées ont essayé. Une des prophéties affirme que la Pierre ne tombera pas jusqu'au moment où le Peuple du Dragon y viendra. Une autre prétend qu'elle restera inexpugnable tant que la main du Dragon ne maniera pas l'Épée Qui Ne Peut Pas Être Touchée. (Thom fit la grimace.) La chute de la Pierre comptera parmi les rares preuves incontestables de la renaissance du Dragon. Puisse cet édifice rester debout jusqu'à ce que mes os soient retombés en poussière !

— Et cette Épée Qui Ne Peut Pas Être Touchée ? De quoi s'agit-il ?

— Le nom parle de lui-même, pas vrai ? En réalité, j'ignore si c'est une vraie lame ou autre chose. Quoi qu'il soit, cet objet repose dans le Cœur de la Pierre, la citadelle centrale de la forteresse. Personne ne peut y entrer, à part les Hauts Seigneurs, et ils ne parlent jamais de ce qu'ils y voient. Et, s'il leur arrive de se confier, ce n'est sûrement pas à un trouvère…

Rand ne cacha pas sa perplexité.

— Pour que la Pierre tombe, il faut que le Dragon manie l'épée. Mais, pour ça, la forteresse doit avoir été prise. Sauf si le Dragon est un des Hauts Seigneurs de Tear, bien entendu…

— C'est très peu probable, mon garçon, affirma le trouvère. À Tear on déteste tout ce qui est lié au Pouvoir. C'est encore pire qu'à Amador, ce qui n'est pas peu dire.

Devant la perplexité de son interlocuteur, Thom ajouta :

— Amador est la place forte des Fils de la Lumière !

— Alors, comment la prophétie peut-elle s'accomplir ? demanda Rand. Personnellement, je serais ravi que le Dragon ne se réincarne jamais, bien sûr. L'ennui, c'est qu'une prédiction qui ne se réalise pas n'a aucun sens. On dirait que cette histoire a pour but de convaincre les gens que le Dragon ne renaîtra pas…

— Tu poses beaucoup trop de questions, mon garçon ! s'exclama Thom. Une prophétie facile à réaliser ne vaudrait pas grand-chose non plus, tu ne crois pas ? (Brusquement, l'humeur du trouvère passa de la morosité à l'enthousiasme.) Nous y voilà enfin ! Je ne sais pas où, mais nous sommes arrivés.

Lan venait de s'arrêter devant une haute clôture qui ressemblait à toutes celles que le groupe avait dépassées. Dégainant sa dague, il introduisit la lame entre deux planches, tâtonna un peu puis tira, faisant pivoter une partie de la clôture comme s'il s'agissait d'une porte.

En fait, c'était bel et bien une porte, constata Rand, mais conçue pour être ouverte de l'autre côté, pas à partir de la rue. Avec sa dague, Lan avait habilement crocheté le système de fermeture.

Moiraine passa la première, tenant Aldieb par la bride. Lan fit signe aux autres de la suivre, entra le dernier et referma la porte derrière lui.

Les voyageurs déboulèrent dans la cour d'une auberge. L'établissement, vraiment très grand, couvrait deux fois plus de surface au sol que *La Cascade à Vin*. Et il avait trois étages, près de la moitié des fenêtres étant illuminées – comment une ville pouvait-elle recevoir tant de visiteurs en même temps ?

Alors que les fugitifs avançaient vers l'écurie attenante à l'auberge, trois hommes vêtus d'un tablier de toile crasseux en sortirent. Le plus mince du lot – et le seul à ne pas brandir une fourche à fumier – avança vers les nouveaux venus en gesticulant.

— Eh ! vous ne pouvez pas entrer par ici ! Il faut faire le tour et passer par la porte de devant.

Lan tendit la main vers sa bourse. Avant qu'il ait pu la saisir, un quatrième homme, aussi imposant que maître al'Vere, émergea au pas de course de l'auberge, un joyeux vacarme l'accompagnant tandis qu'il franchissait la porte. La chevelure rare, sauf une couronne au-dessus des oreilles, il arborait un tablier immaculé – la preuve qu'il était le propriétaire de l'établissement.

— Laisse tomber, Mutch, dit-il. Ce sont des habitués, il n'y a pas de problème… Allons, les gars, occupez-vous de leurs chevaux.

Mutch fit signe qu'il avait compris, puis il appela ses deux compagnons. Tandis que Rand et les autres récupéraient leurs sacoches de selle et leurs couvertures, l'aubergiste s'inclina bien bas devant Moiraine puis lui sourit avec une sincère cordialité.

— Bienvenue, maîtresse Alys ! Je suis ravi de vous revoir, maître Andra et vous. Votre brillante conversation n'a pas manqué qu'à moi ! Je me suis fait bien du souci de vous savoir si loin de la civilisation. En des temps si troublés, avec un printemps pourri et des loups qui s'aventurent jusqu'au mur d'enceinte, la nuit… (L'homme se tapa sur le ventre des deux mains, puis secoua la tête, l'air contrit.) Mais je jacasse au lieu de vous inviter à entrer ! Venez donc ! Un bon repas et un lit douillet, voilà ce qu'il vous faut à tous. Et vous ne trouverez pas de meilleure auberge à Baerlon. Ici, tout est de première qualité.

— Et un bon bain, maître Fitch, c'est dans vos possibilités ? demanda Moiraine.

— Quelle excellente idée ! approuva Egwene.

— Un bain ? L'*Auberge du Cerf et du Lion* propose les meilleures baignoires de Baerlon. Bienvenue en ville, messires et mes dames.

14

Le Cerf et le Lion

Comme le laissait supposer le bruit qui en sourdait, l'auberge grouillait d'activité. Franchissant la porte de derrière dans le sillage de maître Fitch, les voyageurs durent se frayer un chemin parmi une foule de servantes et de serviteurs portant au-dessus de leur tête, le bras bien tendu, des plateaux lestés d'assiettes fumantes ou de chopes mousseuses. Très polis, ces employés s'excusaient chaque fois qu'ils bousculaient quelqu'un, mais ils n'auraient pas modifié leur trajectoire pour tout l'or du monde. Après avoir écouté les instructions que lui lançait Fitch, un des hommes partit au pas de course les exécuter.

— Nous sommes presque complets, j'en ai peur, dit l'aubergiste à Moiraine. Si ça continue, je devrai loger des gens au grenier ! Avec cet hiver de malheur… Eh bien, dès que le temps s'est un peu arrangé, nous avons été pris d'assaut par des mineurs venus des montagnes – pris d'assaut, oui, c'est le mot, et accablés d'histoires plus horribles les unes que les autres. Au sujet des loups, mais pas seulement. Le genre de récit que des hommes racontent après avoir été coupés de tout un hiver durant. Je pense qu'il ne reste plus personne là-haut, parce que nous n'avons jamais eu tant de monde. Mais n'ayez crainte, je vous logerai, vous, maître Andra et tous vos amis.

Fitch étudia un moment le petit groupe de villageois de Champ d'Emond et le trouvère qui les accompagnait. Avec son étrange cape, Thom faisait pour maîtresse Alys et maître Andra un compagnon de voyage à peine plus recommandable que les paysans de Deux-Rivières.

— Vous serez peut-être un peu serrés, conclut Fitch, mais je ferai de mon mieux, n'en doutez pas.

Rand regarda la cohue, autour de lui, et s'efforça de ne pas se faire marcher sur les pieds. Quelle cohorte d'employés, vraiment ! Chez lui, maître al'Vere et sa femme tenaient l'auberge à deux, en demandant parfois un coup de main à leurs filles.

Mat et Perrin tendaient le cou pour mieux voir la salle commune, d'où montait un mélange joyeux de cris, d'éclats de rire et de chants. Marmonnant qu'il allait aux nouvelles, le Champion franchit la porte battante – qui ne cessait d'être poussée par le personnel – et disparut très vite de la vue de ses compagnons.

Rand avait très envie de suivre Lan, mais prendre un bain d'abord lui parut une très bonne idée. S'il n'aurait rien eu contre un peu de compagnie, les clients et les employés apprécieraient sans doute davantage sa présence lorsqu'il serait propre. Mat et Perrin semblaient vouloir opter pour la même stratégie, le premier nommé se grattant furieusement dès qu'il pensait qu'on ne le regardait pas.

— Maître Fitch, dit Moiraine, j'ai appris qu'il y a des Fils de la Lumière en ville. Des risques de troubles, d'après vous ?

— Ne vous inquiétez pas pour ça, maîtresse Alys. Ils font leur numéro habituel… Selon eux, il y aurait une Aes Sedai dans nos murs. (Moiraine fronça les sourcils, mais l'aubergiste écarta ses mains grassouillettes.) Pas de souci, vous dis-je ! Ils nous ont déjà fait ce coup-là. Il n'y a pas d'Aes Sedai à Baerlon, et le Gouverneur le sait très bien. Les Capes Blanches espèrent pouvoir entrer en masse en ville, si les habitants pensent qu'une Aes Sedai s'y cache. Quelques illuminés les laisseraient faire, mais la plupart des gens ne sont pas dupes, et ils soutiennent le Gouverneur. Qui voudrait qu'une innocente vieille femme se fasse maltraiter afin que les Fils de la Lumière aient un prétexte pour lancer une chasse aux Aes Sedai ?

— Je suis heureuse que vous voyiez les choses ainsi, lâcha sèchement Moiraine. (Elle posa une main sur le bras de l'aubergiste.) Min est encore là ? Si c'est le cas, j'aimerais beaucoup la voir et lui parler…

Rand n'entendit pas la réponse de Fitch, car des servantes approchèrent, annonçant qu'elles allaient accompagner les « hôtes de marque » jusqu'aux « thermes ».

Moiraine et Egwene suivirent une jeune femme tout en rondeurs aux bras lestés de serviettes. Rand, Mat, Perrin et Thom emboîtèrent le pas à un type mince aux cheveux noirs répondant au nom d'Ara.

Rand tenta de l'interroger sur Baerlon, mais il ne lui arracha pas plus de deux mots – à part une remarque acide sur son « accent bizarre » de « cul-terreux ». De toute façon, dès qu'il fut dans les « thermes », Rand n'eut plus aucune envie de bavarder. Dans la salle aux murs de pierre, une dizaine de grandes baignoires en cuivre formaient un cercle autour de la grille de drainage – un système d'évacuation ingénieux, d'autant plus que le sol était légèrement en pente. Derrière chaque baignoire, sur un tabouret, un pain de savon couleur miel et une grande serviette attendaient le bon vouloir des clients. Le long d'un mur, plusieurs chaudrons d'eau bouillonnaient sur des braseros. En face, les flammes qui crépitaient dans une belle cheminée contribuaient à l'agréable tiédeur de l'atmosphère.

— Presque aussi bien que chez nous, à *La Cascade à Vin*, déclara Perrin.

Une loyauté louable, même si elle ne faisait pas grand cas de la vérité.

Thom éclata de rire et Mat ne rata pas l'occasion de placer une saillie :

— On dirait qu'on a amené un Coplin avec nous, sans le savoir…

Tandis qu'Ara remplissait quatre baignoires, Rand se défit de sa cape et de ses autres vêtements. Ses compagnons l'imitèrent. Quand leurs frusques furent entassées sur les tabourets, Ara apporta aux clients un seau d'eau chaude et une louche. Puis il alla s'asseoir sur un tabouret libre près de la porte. Les bras croisés, il se perdit dans ses pensées tandis que les quatre voyageurs se lavaient.

Après s'être décrassés en se versant sur le corps plusieurs louches d'eau chaude, les fugitifs se mirent à tremper dans les baignoires. La température de l'eau étant parfaite, ils soupirèrent d'aise et s'abandonnèrent en silence aux joies d'ablutions méticuleuses. Alors que de la vapeur flottait dans l'air, ils savourèrent l'extase de sentir leurs muscles se détendre et la moelle de leurs os cesser d'être à une température quasi polaire.

— Besoin d'autre chose ? demanda Ara.

Il pouvait bien se moquer de l'accent des autres, celui-là ! Comme pour maître Fitch, on aurait juré qu'il avait en permanence une patate dans la bouche.

— Des serviettes ? De l'eau chaude ?

— Non, rien de tout ça, répondit Thom de sa voix la plus « vibrante ». Tu peux nous laisser et profiter de cette douce soirée. Plus tard, je m'assurerai que tu sois dûment récompensé de ton amabilité.

Le trouvère s'enfonça dans l'eau, laissant seulement dépasser ses yeux et son nez.

Ara jeta un coup d'œil aux tabourets, derrière les baignoires, où attendaient les habits et les objets personnels des quatre hommes. Son regard ne s'attarda pas sur l'arc de Mat. En revanche, il étudia longuement l'épée de Rand et la hache de Perrin.

— Il y a du grabuge par chez vous aussi ? Dans le territoire des Rivières – ou un nom comme ça.

— Deux-Rivières… C'est le nom exact. Deux-Rivières… Quant au grabuge…

— Pourquoi ce « chez vous aussi » ? intervint Rand. Les choses vont mal par ici ?

Se délectant de faire trempette, Perrin lâcha un « parfait, parfait ! » qui n'avait sûrement aucun rapport avec la conversation en cours.

Thom se redressa un peu et ouvrit les yeux.

— À Baerlon ? demanda Ara. Les rixes de mineurs, à la sortie des tavernes, ne sont pas vraiment graves… Je parlais du genre de grabuge qu'il y a au Ghealdan. Mais pourquoi en serait-il ainsi dans la cambrousse ? Enfin, je veux dire : à la campagne… Ne le prenez pas mal, mais il n'y a que des moutons, chez vous. Un coin tranquille, quoi… Cela dit, on a eu un drôle d'hiver, et encore plus dans les montagnes. Des Trollocs ont été vus au Saldaea, paraît-il… Mais c'est normal, dans les Terres Frontalières…

Ara se tut au milieu de sa phrase, comme s'il prenait soudain conscience d'en avoir trop dit.

Rand avait sursauté en entendant le mot « Trollocs ». Mais il avait réussi à le cacher, espérait-il, en gesticulant bêtement avec son gant de toilette. Hélas, Mat ne put pas s'empêcher d'ouvrir la bouche, et, comme d'habitude, le résultat fut affligeant :

— Des Trollocs ? répéta Mat. (Rand l'aspergea d'eau pour le faire taire, mais il s'essuya simplement le visage en souriant.) Si je vous disais tout ce que je sais sur ces monstres !

Pour la première fois depuis son immersion dans la baignoire, Thom prit la parole :

— Et si tu t'en abstenais plutôt ? J'en ai assez de t'entendre répéter mes histoires aux quatre vents !

— Notre ami est un trouvère, expliqua Rand.

— J'ai vu sa cape, grogna Ara. Vous allez donner une représentation ?

— Eh ! s'indigna Mat, que veulent dire ces accusations ? L'eau vous ramollit la cervelle ? Je ne vole pas les…

— Si, et tu les racontes moins bien que lui ! lança Rand.

— En plus, renchérit Perrin, tu en rajoutes pour les améliorer, prétendument, et ça ne leur rend pas service.

— D'autant plus que tu mélanges tout, renchérit Rand. Laisse donc Thom faire son métier.

Noyé sous ce flot de paroles, Ara en resta bouche bée. Mat aussi, comme s'il cherchait à comprendre pourquoi ses compagnons étaient soudain devenus fous.

Rand se demanda comment faire taire son ami – à part en lui sautant dessus.

Par bonheur, la porte s'ouvrit pour laisser passer Lan, sa cape marron pendant sur une seule épaule. Un courant d'air frais entra avec lui, dissipant momentanément la vapeur.

— C'est exactement ce que j'attendais, jubila le Champion en se frottant les mains. (Ara se leva et prit un seau, mais il lui fit signe de reculer.) Non, je m'en occuperai moi-même…

Lan retira sa cape, la laissa tomber sur un tabouret puis, sans ménagement, il poussa Ara hors de la pièce, ignora ses protestations véhémentes et lui referma la porte au nez.

Il attendit un moment, l'oreille presque collée au battant, puis il se tourna vers Mat, le foudroyant du regard.

— Je suis arrivé à temps, garçon de ferme ! Tu n'écoutes donc jamais ce qu'on te dit ?

— Je n'ai rien fait de mal ! se défendit Mat. J'allais lui parler des Trollocs, pas de…

Il se tut, tétanisé par l'expression du Champion, et sembla vouloir se réfugier au fond de sa baignoire pour échapper à son courroux.

— Ne parle pas des Trollocs, grogna Lan, et n'y pense pas non plus ! (Furieux, il entreprit de se remplir une baignoire.) Par le sang et les cendres ! fourre-toi dans le crâne que le Ténébreux a des espions partout ! Et si les Fils de la Lumière apprennent que des Trollocs vous poursuivent, ils voudront à tout prix mettre la main sur vous. Parce qu'à leurs yeux ça vous désignera comme des Suppôts des Ténèbres. Ce n'est peut-être pas ton habitude, paysan, mais, jusqu'à ce que nous soyons arrivés à destination, ne te fie à personne, sauf si maîtresse Alys ou moi te disons le contraire.

Mat se fit encore plus petit. Cette façon de rappeler que Moiraine utilisait un pseudonyme n'était pas innocente, loin de là…

— Ce serviteur nous a caché quelque chose, intervint Rand. Au sujet de troubles, je crois, mais il n'a pas voulu nous en dire plus.

— Les Fils de la Lumière…, murmura Lan en continuant de remplir la baignoire. La plupart des gens se méfient d'eux. Mais pas tous, et il ne savait pas dans quelle catégorie vous ranger. Nous pouvons être des alliés des Capes Blanches – ou leurs ennemis mortels, pour ce qu'il peut en dire.

Rand soupira d'accablement. Baerlon semblait un endroit dix fois plus bizarre que Bac-sur-Taren, et ce n'était pas peu dire !

— Il a mentionné la présence de Trollocs au Saldaea, je crois, rappela timidement Perrin.

Lan jeta son seau vide sur le sol.

— Tu ne peux décidément pas te taire, pas vrai, forgeron ? Dans les Terres Frontalières, il y a *toujours* des Trollocs. Mais enfonce-toi une idée dans la tête : nous ne voulons pas attirer l'attention sur nous, comme des souris dans un champ de céréales. Concentrez-vous sur cet objectif, vous tous ! Moiraine veut que vous arriviez vivants à Tar Valon, et je ne peux rien lui refuser. Mais si vous attirez le malheur sur elle…

Plus personne ne parla pendant les ablutions, et les cinq voyageurs se rhabillèrent également dans un silence pesant.

Lorsqu'ils sortirent des thermes, Moiraine les attendait au bout du couloir avec une personne à peine plus grande qu'elle. Même si elle avait des cheveux bouclés très courts et portait des vêtements d'homme, Rand aurait juré que c'était une jeune fille – enfin, sans en mettre sa tête à couper, cependant.

Moiraine dit quelques mots à sa compagne, qui étudia les cinq voyageurs, hocha la tête et s'en fut au pas de course.

— Après un bon bain, dit l'Aes Sedai, je suis sûre que vos estomacs crient famine. Maître Fitch nous a réservé un salon privé…

Tandis qu'elle guidait ses compagnons le long des couloirs, Moiraine parla d'un ton léger de leurs chambres, de l'invasion de Baerlon par des voyageurs et des espoirs de maître Fitch au sujet de Thom. Opportuniste, l'aubergiste invitait le trouvère à régaler la salle commune de ses chansons et de ses récits…

Moiraine ne dit pas un mot à propos de la jeune fille, si c'en était bien une.

Sur son parquet couvert d'un tapis moelleux, le salon privé contenait une grande table de chêne poli et une dizaine de sièges confortables. Ses cheveux soigneusement brossés cascadant sur les épaules, Egwene se réchauffait les mains devant la cheminée. Entendant entrer ses amis, elle se retourna lentement.

Durant les ablutions silencieuses, un peu plus tôt, Rand avait eu amplement le temps de faire le point sur la situation. À force d'entendre Lan répéter qu'ils ne devaient se fier à personne – et après avoir vu qu'Ara hésitait à leur faire confiance –, il avait enfin mesuré à quel point ses amis et lui étaient seuls. Moiraine et son Champion n'étant pas fiables à cent pour cent, loin de là, Mat, Perrin et lui ne pouvaient compter que sur eux-mêmes.

Et sur Egwene ? Eh bien, elle n'avait pas changé, et même si elle était restée à Champ d'Emond – du moins selon Moiraine – elle aurait été un jour capable de toucher la Source Authentique. En d'autres termes, c'était toujours la même personne. Et une amie.

Se souvenant de leur altercation au sujet des cheveux, Rand ouvrit la bouche pour s'excuser. Mais Egwene, aussitôt sur la défensive, se détourna de lui avant qu'il ait pu dire un mot.

Regardant sombrement le dos de la jeune fille, Rand ravala ses velléités de réconciliation.

Si elle veut que ça se passe comme ça, je ne peux rien faire…

Maître Fitch entra dans le salon privé. Quatre servantes le suivaient, chacune portant un plateau. Sur le premier, Rand vit trois beaux poulets rôtis. Sur les autres, on avait disposé des assiettes, des couverts et toute une série de saladiers et de coupes. Les femmes se mirent à dresser la table pendant que leur patron s'inclinait humblement devant Moiraine.

— Maîtresse Alys, désolé pour cette longue attente mais, avec tant de clients, c'est un miracle que je puisse servir tout le monde. J'ai peur que le menu vous déçoive, hélas… Les trois poulets, des navets et des cardons en garniture et un petit plateau de fromages pour finir… Non, vraiment, ce n'est pas à la hauteur de mes prestations habituelles ! Je m'excuse du fond du cœur.

— Un festin, dit Moiraine, apaisante. En des temps si difficiles, il n'y a pas d'autres mots, maître Fitch.

L'aubergiste s'inclina de nouveau. Avec sa couronne de cheveux hérissée, comme s'il y passait en permanence les doigts, cette position aurait pu le ridiculiser, mais son sourire était si agréable et si sincère que n'importe qui aurait ri *avec* lui, mais sûrement pas *de* lui.

— Merci beaucoup, maîtresse Alys, merci… (Se redressant, il plissa le front, soudain inquiet, puis chassa avec un coin de son tablier le grain de poussière qu'il avait cru voir sur la table.) Il y a un an, ce n'est sûrement pas ce que je vous aurais servi. Mais avec ce fichu hiver… Oui, tout vient de là ! Mes garde-manger sont presque vides et on ne trouve rien sur le marché. Mais comment blâmer les paysans ? Et qui peut prédire quand ils récolteront quoi que ce soit ? Quand on ajoute à ça les loups, qui se régalent des bœufs et des moutons qui devraient finir sur nos tables…

Maître Fitch sembla soudain s'aviser que sa conversation n'était sûrement pas de nature à ouvrir l'appétit à ses hôtes.

— Mais voilà que je jacasse encore ! Un vieux radoteur, c'est bien ce que je suis ! Mari, Cinda, laissons nos nobles invités se restaurer en paix. (Les deux servantes et leurs petites mains s'éclipsèrent prestement.) Maîtresse Alys, j'espère que ce modeste repas vous plaira. S'il vous faut autre chose, faites-le-moi savoir. C'est un vrai plaisir de vous servir, et vous aussi, maître Andra.

Sur une dernière révérence, Fitch sortit et referma la porte derrière lui.

Appuyé contre un mur, Lan semblait s'être endormi pendant la tirade de l'aubergiste. S'ébrouant soudain, il approcha de la porte, y plaqua l'oreille, attendit une trentaine de secondes, puis ouvrit le battant et passa la tête dans le couloir.

— Ils sont partis, annonça-t-il après avoir longuement regardé à droite et à gauche. Nous pouvons parler librement…

— Je sais que nous ne devons pas nous fier aux gens, dit Egwene, mais si vous n'êtes pas sûr de l'aubergiste, pourquoi descendre chez lui ?

— Je ne le soupçonne pas plus que quiconque d'autre, répondit Lan. Mais jusqu'à Tar Valon, je me méfierai de tout le monde. Une fois là-bas, je me contenterai de suspecter la moitié des gens…

Rand faillit sourire de cette plaisanterie. Puis il vit que Lan était mortellement sérieux. Même à Tar Valon, il resterait sur ses gardes. Existait-il au monde un endroit vraiment sûr ?

— Il exagère, dit Moiraine. Maître Fitch est un brave homme digne de confiance. Mais il jacasse volontiers, comme il le dit lui-même, et si nous lui en révélions trop, nos confidences pourraient finir dans des oreilles ennemies. De plus, dans toutes les auberges, les femmes de chambre passent plus de temps à écouter aux portes et à colporter des ragots qu'à faire les lits. Allons, asseyons-nous et mangeons tant que c'est chaud.

Moiraine et Lan s'assirent chacun à un bout de la table, et les autres choisirent parmi les places qui restaient. Pendant un long moment, trop occupé à se régaler, aucun des sept compagnons ne parla. Le mot « festin » était peut-être un peu fort, mais, après un régime à base de pain azyme et de viande séchée, ce repas fut un régal.

— Qu'as-tu appris dans la salle commune ? demanda enfin Moiraine à son Champion.

Les couverts s'immobilisèrent en plein vol, et tous les regards se braquèrent sur Lan.

— Rien de rassurant… Avin a dit vrai : il y a eu une bataille au Ghealdan, et Logain l'a emporté. Une dizaine de versions de cette histoire circulent en ville, mais toutes s'accordent au moins sur l'identité du vainqueur.

Logain ? Le faux Dragon, sans nul doute… La première fois que Rand entendait son nom…

Et on eût dit que Lan connaissait cet homme…

— Et les Aes Sedai ? s'enquit Moiraine.

— Je n'en sais rien… D'après certaines versions, elles sont toutes mortes. Mais on murmure aussi qu'elles ont survécu. Voire qu'elles se sont ralliées à Logain. Rien n'est sérieux là-dedans, et j'ai écouté ces fables d'une oreille distraite.

— Comme tu dis, soupira Moiraine, rien de rassurant… Et en ce qui nous concerne directement ?

— Là, les nouvelles sont meilleures. Pas d'événement suspect et aucun étranger susceptible d'être un Myrddraal. Et encore moins un Trolloc, bien entendu ! Les Capes Blanches se concentrent sur le Gouverneur Adan, cible de toutes leurs attaques parce qu'il refuse d'être à leur botte. Du coup, les Fils de la Lumière ne nous remarqueront pas, sauf si nous faisons tout pour être repérés.

— Parfait, dit Moiraine. Ça concorde avec ce que nous a raconté la servante, pendant le bain. Les ragots sont utiles, parfois…

L'Aes Sedai s'adressa à toute la tablée :

— Un long voyage nous attend, et la semaine écoulée n'a pas été facile. Je propose donc que nous restions ici un jour de plus. Nous partirons après-demain matin à l'aube.

Les quatre jeunes gens rayonnèrent. Toute une journée à passer en ville, pour la première fois de leur vie ! Moiraine parut attendrie par leur réaction, mais elle se tourna néanmoins vers son Champion :

— Qu'en pense maître Andra ?

— Que du bien, si nos péquenots se souviennent de ce qu'on leur a dit, pour une fois…

— Ces rats des champs vagabondant en ville ? demanda Thom, dubitatif.

Son établissement étant pour de bon pris d'assaut, maître Fitch n'avait alloué que trois chambres à ses sept clients. Moiraine et Egwene en prirent une, et les hommes se partagèrent les deux autres. Rand se retrouva avec Lan et Thom dans une chambre mansardée du dernier étage, sous les combles. L'unique fenêtre, quasiment une lucarne, offrait une vue imprenable sur la cour de l'écurie. La nuit étant tombée, les lumières de l'auberge projetaient un îlot de clarté dans cet océan de ténèbres.

La chambre était fort petite, et le lit supplémentaire – celui de Thom – n'arrangeait rien, même si les trois n'étaient pas bien larges, surtout pour un établissement de cette classe. Quand il constata que le matelas était dur comme du bois, Rand n'eut plus aucun doute : ce n'était pas la meilleure chambre de l'auberge, et de très loin !

Thom resta juste le temps qu'il lui fallut pour sortir des étuis sa flûte et sa harpe. Puis il partit en s'entraînant déjà à prendre des poses théâtrales. Lan l'accompagna, et le jeune homme resta seul dans la chambre.

Alors qu'il se tournait et se retournait dans son lit, il pensa à la bizarrerie de la vie. Une semaine plus tôt, il aurait fait n'importe quoi pour assister à la représentation d'un trouvère – voire l'entendre raconter par un témoin. Mais, pendant le voyage, il avait eu droit aux histoires de Thom chaque soir. L'artiste ne se volatiliserait pas, de toute façon, et les effets relaxants du bain et du délicieux repas commençaient à se faire sentir. Bref, Rand tombait de sommeil.

En s'endormant, il se demanda si Lan connaissait vraiment le faux Dragon… Logain…

Dans la salle commune, une salve d'applaudissements salua l'arrivée de Thom Merrilin. Mais Rand dormait déjà à poings fermés.

Une pâle lumière vacillait dans le couloir désert. Seul dans cet étrange environnement, Rand aurait été incapable de dire d'où venait la chiche illumination. En l'absence de lampes ou de bougies, qu'il ne fasse pas totalement noir était inexplicable… Il n'y avait pas un courant d'air. Quelque part dans le lointain, de l'eau gouttait avec un bruit régulier lancinant. De temps en temps, une vague odeur de moisissure venait chatouiller les narines de Rand. Où qu'il soit, ce n'était sûrement pas une partie de l'auberge.

Perplexe, le jeune homme se massa les tempes. L'auberge ? Il avait mal à la tête et beaucoup de difficultés à se concentrer.

Quelle auberge ? Bon sang ! il ne parvenait pas à se souvenir…

Se passant la langue sur les lèvres, Rand s'avisa qu'elles étaient sèches comme du parchemin. Il mourait de soif, et le bruit de l'eau l'attirait irrésistiblement. N'ayant rien d'autre à l'esprit que cela, il avança vers le son salvateur.

Le couloir se déroula devant lui sans qu'il aperçoive le moindre corridor latéral. Ici, tout était d'une uniformité accablante, y compris les portes disposées face à face à intervalles réguliers, leurs panneaux de bois craquelés et desséchés malgré l'humidité ambiante.

Rand avançait, mais le goutte-à-goutte semblait toujours aussi lointain. De guerre lasse, il décida d'essayer d'ouvrir une des portes. Il y parvint sans peine et entra dans une salle aux cloisons nues et sinistres.

Le mur du fond, percé de plusieurs arches, donnait accès à un balcon de pierre grise. Au-delà, Rand découvrit un ciel comme il n'en avait jamais vu. De gros nuages y défilaient à toute vitesse, comme si une tempête les poussait. Striée de gris, de rouge et d'orange, cette masse mouvante semblait bouillonner de l'intérieur.

Tout bien réfléchi, *personne* n'avait jamais dû voir un ciel semblable, parce qu'il ne pouvait pas exister.

Rand détourna le regard du balcon, mais le reste de la pièce se révéla aussi perturbant. Avec ses courbes bizarres et ses angles inhabituels, la salle semblait avoir été fondue au hasard dans le cœur de la pierre, ses colonnes massives paraissant jaillir du sol plutôt que reposer dessus. Dans la cheminée, des flammes rugissaient comme celles d'une forge dont les soufflets fonctionneraient au maximum, mais elles ne produisaient pas de chaleur. La cheminée elle-même était hors du commun. Quand Rand la regardait de face, elle avait l'air normale, n'était l'humidité qui sourdait de la pierre malgré la vivacité des flammes. Mais, s'il la lorgnait du coin de l'œil, des têtes d'hommes et de femmes lui apparaissaient. De terrifiants visages tordus par l'angoisse, la bouche ouverte sur un cri d'horreur…

Au centre de la pièce, la table et les sièges étaient d'une banalité affligeante – une caractéristique qui mettait l'accent sur l'aspect peu commun de tout le reste.

Un miroir était accroché à un mur, et il n'avait rien d'ordinaire. Lorsqu'il se regarda dedans, Rand ne vit pas son reflet mais une silhouette impossible à identifier. Le décor qui l'entourait se reflétait fidèlement, mais pas son corps et son visage.

Alors qu'il n'avait vu personne en entrant, Rand s'avisa qu'un homme se tenait devant la cheminée. Si ça n'avait pas été impossible, le jeune berger aurait juré qu'il n'y avait eu personne jusqu'à ces dernières secondes. Mais comment l'inconnu serait-il entré – et par où, surtout, puisque Rand bloquait le seul passage possible ?

Vêtu de noir – des habits de très bonne facture, d'ailleurs –, l'inconnu semblait dans ce qu'on appelait la fleur de l'âge, et la plupart des femmes, supposa Rand, l'auraient trouvé séduisant.

— Une nouvelle fois face à face, dit-il.

Un instant, ses yeux et sa bouche parurent être des ouvertures donnant sur un puits de flammes dévastatrices.

Rand détala à toutes jambes, sortit de la salle, trébucha dans le couloir, alla percuter la porte d'en face et l'ouvrit sans le vouloir. Alors qu'il s'accrochait à la poignée pour ne pas tomber, il découvrit une salle aux murs gris en tout point semblable à la précédente.

— Tu ne me fuiras pas si facilement, dit l'homme en noir, debout devant la cheminée.

Rand recula aussi vite qu'il le pouvait sans s'étaler et sortit de la pièce. Cette fois, il ne traversa pas le couloir et se retrouva directement devant la table et les fauteuils, face à l'inconnu. Comprenant que c'était quand même mieux que de regarder la cheminée ou le ciel, il riva les yeux sur l'homme en noir.

— C'est un rêve, dit-il en se redressant de toute sa hauteur. (Dans son dos, il entendit le bruit d'une porte qui se ferme.) Ou, plutôt, un cauchemar…

Rand ferma les yeux et pensa très fort qu'il allait se réveiller. Quand il était petit, la Sage-Dame lui avait donné ce conseil pour échapper aux mauvais songes.

La Sage-Dame ? Mais qui est-ce ?

Si la migraine avait bien voulu se dissiper, lui rendant l'aptitude de penser clairement… Mais il n'y avait rien à faire.

Rand rouvrit les yeux. Tout était là : le balcon, le ciel et l'homme debout devant la cheminée.

— Un rêve ? dit l'inconnu. Et alors, quelle importance ?

Une nouvelle fois, ses yeux et sa bouche devinrent des lucarnes donnant sur une fournaise capable de consumer l'univers entier. La voix bien assurée, l'homme ne semblait pas conscient du phénomène.

Rand sursauta, mais il réussit à ne pas crier.

C'est un cauchemar, bien entendu ! Que veux-tu que ce soit d'autre ?

Quoi qu'il en soit, il recula jusqu'à la porte, sans jamais quitter du regard l'homme en noir, puis essaya d'actionner la poignée. Impossible ! L'huis était verrouillé !

— On dirait que tu as soif, dit l'inconnu. Bois !

Un gobelet en or incrusté de rubis et d'améthystes reposait sur la table. Il n'y était pas avant, Rand en aurait mis sa main au feu. Mais pourquoi n'arrêtait-il pas de sursauter à chaque nouvelle bizarrerie ? C'était un rêve, même si sa bouche lui semblait emplie de poussière.

— C'est vrai, j'ai un peu soif, dit-il en s'emparant du gobelet.

L'inconnu se pencha en avant, posa une main sur le dossier d'un fauteuil et attendit, très concentré. L'odeur du vin cuit rappela à Rand qu'il crevait de soif, en réalité. À croire qu'il n'avait plus avalé de liquide depuis des jours.

Est-ce vraiment le cas ?

Portant le gobelet à ses lèvres, Rand s'immobilisa soudain. Des volutes de fumée montaient du dossier du fauteuil, entre les doigts de l'inconnu. Et ses yeux continuaient à brûler comme si sa tête avait contenu les feux de la damnation.

Rand reposa le gobelet sur la table.

— J'ai moins soif que je le croyais, finalement…

Le visage de marbre, l'homme se redressa. Malgré son impassibilité, sa déception était aussi patente que s'il avait éructé un chapelet de jurons. Rand se demanda ce qu'il y avait dans le vin. Une question idiote, puisque c'était un rêve…

Mais pourquoi ne cesse-t-il pas, si c'en est vraiment un ?

— Que voulez-vous ? demanda le jeune homme. Et qui êtes-vous ?

Des flammes crépitèrent de nouveau dans les yeux de l'inconnu. Un instant, Rand crut qu'il les entendait rugir.

— Certains m'appellent Ba'alzamon…

Rand ne comprit pas comment, mais il se retrouva devant la porte, à secouer frénétiquement la poignée. Un cauchemar ? Qu'importait !

Le Ténébreux… Même si la poignée refusait de bouger, il insista, fou de terreur.

— Et toi, es-tu le bon ? demanda Ba'alzamon. Tu ne peux pas te cacher jusqu'à la fin des temps ! Même au sommet de la plus haute montagne, ou au fond de la plus obscure grotte, tu ne m'échapperas pas, parce que je te connais jusqu'au plus infime détail.

Rand se retourna pour faire face à l'inconnu – non, à Ba'alzamon ! Un cauchemar ! C'était un cauchemar !

Il tenta une dernière fois d'actionner la poignée, puis se redressa, décidé à faire bonne figure.

— Tu cherches la gloire ? demanda Ba'alzamon. Le pouvoir ? T'ont-ils dit que l'Œil du Monde serait à ton service ? Mais que représentent la gloire ou le pouvoir pour une marionnette ? Les fils qui te font bouger sont tissés depuis des siècles. Ton père fut choisi par la Tour Blanche comme un étalon conduit à la saillie au bout d'une longe. Et ta mère n'était qu'une jument reproductrice. Deux instruments de sinistres plans, rien de plus ! Des plans qui aboutissent à ta mort.

Rand serra le poing.

— Mon père est un homme digne de ce nom, et ma mère fut une femme de bien. Je vous interdis de parler d'eux !

L'être de feu éclata de rire.

— Ainsi, tu n'es pas qu'une lavette ? Au fond, il se peut que tu sois le bon… Pour le bien que ça te ferait ! La Chaire d'Amyrlin t'utilisera jusqu'à ce qu'il ne reste plus que tes cendres, comme ce fut le cas pour Davian, pour Yurian Arc-de-Pierre, pour Guaire Amalasan et pour Raolin Noir-Fléau. Sans parler de Logain. Tous exploités jusqu'à ce qu'il ne subsiste plus rien d'eux…

— Je ne sais pas de quoi…, commença Rand.

Il secoua la tête pour s'éclaircir les idées. Après un instant de lucidité dû à la colère, la confusion revenait. Même s'il aspirait à recouvrer l'usage de la logique, il ne se rappelait déjà plus comment il y était parvenu, un peu plus tôt. Sa tête tournait comme une toupie, entraînant ses pensées dans une sinistre farandole.

Saisissant une idée comme on s'accroche à un morceau de bois flotté, dans un naufrage, il se força à la formuler clairement, et sa voix prit de l'assurance à mesure qu'il le faisait :

— Vous êtes prisonnier… au mont… Shayol Ghul. Et tous les Rejetés avec vous. Le Créateur vous a… enfermés… jusqu'à la fin des temps.

— La fin des temps, rien que ça ? railla Ba'alzamon. Comme un cafard, tu vis sous une pierre, et tu crois que la tourbe où tu te vautres est l'univers ! La mort du temps me permettra d'acquérir un pouvoir dont tu ne peux même pas rêver, vermine !

— Vous êtes prisonnier…

— Imbécile, je n'ai jamais été emprisonné !

Dans les yeux de Ba'alzamon, les flammes rugirent si fort que Rand recula, se protégeant le visage avec les mains – la chaleur, terrible, fit s'évaporer la sueur qui lui empoissait les paumes.

— J'étais juste derrière l'épaule de Lews Therin Fléau de sa Lignée, quand il accomplit la grande œuvre qui lui vaut son surnom. C'est moi qui lui ai soufflé à l'oreille de tuer sa femme, ses enfants, ses parents et tous les êtres qui l'aimaient ou qu'il aimait. Et c'est encore moi qui lui ai rendu la raison, afin qu'il sache ce qu'il avait fait. Vermine, as-tu déjà entendu un homme crier de toute son âme ? Il aurait pu m'attaquer, en cet instant. Sans espoir de vaincre, mais il aurait au moins pu essayer. Il a préféré invoquer son précieux Pouvoir de l'Unique. Pour marquer l'emplacement de sa tombe, la terre s'est ouverte en deux et le pic du Dragon en a jailli.

» Mille ans plus tard, j'ai lancé les Trollocs vers le sud, et, trois siècles durant, ils dévastèrent le monde. Les crétines aveugles de Tar Valon affirment que j'ai été vaincu à la fin, mais le Second Pacte – celui des Dix Nations – n'était plus qu'une coquille vide. Qui restait-il pour s'opposer à moi ?

» J'ai murmuré à l'oreille d'Artur Aile-de-Faucon, et, aussitôt, partout dans le royaume, les Aes Sedai tombèrent comme des mouches. Toujours parce qu'il m'écoutait, le haut roi envoya deux armadas – l'une sur l'océan d'Aryth et l'autre sur la mer du Monde –, provoquant ainsi deux catastrophes. La première fut la fin de son fameux rêve : « Une seule nation et un seul peuple ! » La seconde est encore à venir… Alors qu'il reposait sur son lit de mort, j'étais là quand ses conseillers lui annoncèrent que seules les Aes Sedai pouvaient le sauver. M'écoutant murmurer, il fit condamner les conseillers en question au supplice du pal ! Toujours à cause de moi, juste avant de mourir, il cria que Tar Valon devait être rayée de la carte du monde.

» Puisqu'un homme de son envergure n'a pas pu me résister, au bout du compte, quelle chance as-tu de le faire, toi, le crapaud issu d'un infâme marécage ? Tu me serviras, ou tu seras le pantin des Aes Sedai jusqu'à ton dernier souffle. Et là, tu m'appartiendras, parce que les morts sont à moi.

— Non, dit Rand, c'est un cauchemar. Rien qu'un cauchemar…

— Crois-tu être protégé de mon influence, dans tes rêves ? Allons, regarde !

Ba'alzamon tendit un bras et Rand tourna la tête contre sa volonté. Comme si elle ne lui appartenait plus.

Sur la table, à la place du gobelet, un gros rat, ébloui par la lumière, reniflait l'air. Quand Ba'alzamon plia un doigt, le rongeur arqua le dos en hurlant de douleur. Se dressant sur les pattes arrière, il griffa le vide avec celles de devant.

Ba'alzamon plia davantage le doigt. Basculant sur le côté, le rat se débattit en vain contre la force qui imprimait une intolérable pression à sa colonne vertébrale. Puis il y eut un bruit sec et le rongeur, l'échine brisée, cessa de bouger.

— Tout peut arriver dans un rêve…, souffla Rand.

Sans tourner la tête, il flanqua un grand coup de poing dans la porte. La douleur lui fit monter les larmes aux yeux, mais elle ne le réveilla pas.

— C'est ce que tu penses ? rugit Ba'alzamon. Alors, cours chez les Aes Sedai. Entre dans la Tour Blanche et dis à la Chaire d'Amyrlin que tu as fait ce rêve. (L'homme éclata de rire et Rand sentit les flammes lui brûler la peau du visage.) C'est un moyen de leur échapper. Elles ne se serviront pas de toi, si elles découvrent que je sais… Mais te laisseront-elles vivre et en raconter beaucoup trop long sur elles ? Es-tu assez bête pour croire qu'elles t'épargneront ? Les cendres des idiots de ton genre sont éparpillées sur les versants du pic du Dragon !

— C'est un rêve, dit Rand, le souffle court. Un mauvais rêve, et je vais me réveiller.

— Tu crois ?

Du coin de l'œil, Rand vit que l'homme pointait un index sur lui.

— Tu crois vraiment ?

Le doigt se plia et le dos du jeune homme fit de même, poussant ses muscles et ses tendons à la limite de la rupture.

— Te réveilleras-tu jamais, vermine ?

Rand s'assit en sursaut, les mains refermées sur de la laine.

Une couverture… À la chiche lueur de la lune qui filtrait de la lucarne, le jeune homme reconnut les contours des deux autres lits. Un ronflement montait du plus proche : la signature de Thom Merrilin.

Dans la cheminée, quelques braises rougeoyaient encore.

C'était donc bien un rêve, comme cette terrible nuit de Bel Tine, dans une chambre de *La Cascade à Vin*. Tout ce que Rand avait entendu ou vu s'était mêlé à d'anciennes légendes et à d'absurdes superstitions.

Le jeune homme remonta la couverture jusqu'à son menton, mais ce n'était pas de froid qu'il tremblait. Et il avait une atroce migraine.

Je devrais en parler à Moiraine… Elle a dit savoir que faire contre les cauchemars…

Rand soupira et s'étendit de nouveau. Les rêves étaient-ils assez angoissants pour qu'il demande de l'aide à une Aes Sedai ? Peut-être pas, mais à quoi bon reculer, au point où il en était ? Ne venait-il pas de quitter Deux-Rivières en compagnie d'une Aes Sedai ? Bien sûr, il n'avait pas eu le choix, mais l'avait-il davantage à présent ?

Se fier à une Aes Sedai ?

Cette seule idée semblait aussi terrifiante que les cauchemars.

Recroquevillé sous sa couverture, Rand tenta d'invoquer la suprême sérénité du vide, comme Tam le lui avait appris. Mais le sommeil fut très long à revenir.

15

Des étrangers et des amis

La lumière du jour, filtrant de la lucarne, finit par tirer Rand d'un sommeil profond mais absolument pas réparateur. Il se couvrit la tête avec son oreiller, une manœuvre qui ne suffit pas, et, de toute façon, il n'avait pas vraiment envie de se rendormir. Une série de rêves avaient succédé au premier. Même s'il les avait oubliés, il avait eu son compte d'angoisse, cette nuit…

Écartant l'oreiller, il s'assit dans le lit, s'étira et gémit. Toutes les douleurs apaisées par le bain étaient revenues. Et sa tête lui faisait toujours mal. Rien de très surprenant, à vrai dire. Un cauchemar pareil aurait donné la migraine à n'importe qui. Si les autres songes étaient partis en lambeaux, celui-là ne semblait pas près de prendre le même chemin.

Les deux autres lits étaient vides. À en juger par l'angle de pénétration des rayons dans la pièce, le soleil devait déjà être assez haut dans le ciel. Chez lui, Rand aurait déjà pris son petit déjeuner et attaqué la première de ses corvées journalières. De très mauvaise humeur, il s'extirpa du lit. Une ville à découvrir, et on ne l'avait pas réveillé ! Au moins, quelqu'un avait pensé à verser de l'eau dans la cuvette. Et elle était encore chaude…

Rand fit ses ablutions, s'habilla puis hésita devant l'épée de Tam. Lan et Thom avaient laissé leurs sacoches de selle et leurs couvertures dans la chambre, bien entendu, mais l'arme du Champion n'était nulle part en vue. À Champ d'Emond, il la portait avant même qu'il y ait eu des troubles. Un exemple à suivre, non ? Se répétant que ce n'était pas parce qu'il rêvait depuis toujours de se balader armé dans une vraie ville, Rand se ceignit de l'épée puis prit sa cape et la jeta négligemment sur son épaule.

Dévalant les marches deux par deux, il se précipita vers la cuisine. Le meilleur endroit pour obtenir rapidement quelque chose à manger. Pour sa seule journée à Baerlon, il estimait avoir déjà perdu assez de temps.

Par le sang et les cendres ! ils auraient pu me réveiller !

Dans la cuisine, maître Fitch prenait à partie une femme rondelette aux bras couverts de farine jusqu'aux coudes. La cuisinière, à l'évidence… En y regardant de plus près, Rand corrigea sa première impression. C'était la femme qui admonestait l'aubergiste. Autour d'eux, les servantes, les filles de cuisine, les marmitons et les tourneurs de broche vaquaient à leurs occupations en faisant mine de ne pas remarquer l'altercation.

— Mon Cirri est un bon chat ! affirma la cuisinière. Je ne veux rien entendre de désobligeant sur lui, c'est compris ? Vous l'accusez de trop bien faire son travail, et je n'aime pas ça du tout.

— Il y a eu des plaintes… Oui, des plaintes ! La moitié des clients…

— Je ne veux rien entendre ! S'ils critiquent mon chat, qu'ils viennent faire la cuisine ! Mon brave Cirri et moi, nous allons voir ailleurs si on nous aime !

La cuisinière entreprit de dénouer son tablier.

— Non ! s'écria maître Fitch.

Il bondit, tentant d'empêcher la solide femme de lui rendre son tablier – au propre comme au figuré.

— Non, Sara ! implora-t-il. C'est inutile de prendre la mouche. Inutile ! Que ferais-je sans toi ? Cirri est un très bon chat. Un chat d'élite. Le meilleur chat de Baerlon ! Si d'autres clients se plaignent, je leur dirai d'être plutôt satisfaits parce qu'il fait très bien son travail. Oui, satisfaits et reconnaissants ! Sara, tu ne peux pas me laisser tomber…

La cuisinière réussit à reprendre possession de son tablier.

— D'accord, d'accord… (Amusé, Rand nota que Sara se gardait bien de renouer le tablier.) Mais si vous voulez avoir des plats à servir ce midi, vous devriez me débarrasser le plancher. C'est votre auberge, je sais, mais vous me dérangez dans ma cuisine ! Sauf si vous avez envie de vous mettre aux fourneaux ?

Sara tendit le tablier à son patron.

Maître Fitch recula comme s'il risquait de se brûler. Il ouvrit la bouche pour parler, se ravisa et regarda autour de lui pour la première fois. Les employés de cuisine continuèrent à s'affairer comme si de rien n'était, et Rand commença à fouiller méthodiquement dans les poches de sa veste. À part la pièce donnée par Moiraine, elles ne contenaient rien d'extraordinaire. Quelques sous de cuivre, son couteau, une pierre à aiguiser, deux cordes à arc de rechange et un bout de ficelle qui pouvait un jour servir à quelque chose.

— Je suis certain, Sara, dit maître Fitch, que tu atteindras encore des sommets aujourd'hui.

Sur ces mots, et avec un regard soupçonneux pour le personnel, l'aubergiste se retira avec toute la dignité dont il était capable.

Dès qu'il fut sorti, Sara renoua son tablier. Puis elle se tourna vers Rand :

— Tu veux manger un morceau, c'est ça ? Approche, mon garçon ! Allons, je ne mords pas, et tant pis si tu as assisté à une scène qui ne te regarde pas. Ciel, donne à ce garçon du pain, du fromage et un verre de lait. C'est tout ce que nous avons, pour le moment. Assieds-toi, petit. Tes amis sont sortis, sauf un qui ne se sentait pas très bien, et je suppose que tu as hâte d'en faire autant.

La servante nommée Ciel posa un plateau sur la table. Rand s'assit et commença à manger tandis que la cuisinière se remettait à pétrir sa pâte à pain.

Mais pour ça, elle n'avait pas besoin de se taire.

— Ne tire pas de conclusions de ce que tu as vu, mon garçon. Maître Fitch est une personne de qualité – pour un homme, bien entendu ! Mais les clients se plaignent, et ça lui tape sur les nerfs, à la longue. Tu crois qu'ils seraient plus contents de trouver des rats vivants dans l'auberge ? Cela dit, ça m'étonne de Cirri, parce qu'il n'est pas du genre à laisser traîner son travail… Une dizaine de rongeurs ? Il ne laisserait jamais entrer tant de vermine, j'en suis sûre. L'auberge est très bien tenue, en plus de tout… Tant de rats, tous avec l'échine brisée…

Sara semblait vraiment trouver ça bizarre.

Rand, lui, eut l'impression que son pain et son fromage avaient un goût de cendre.

— L'échine brisée ?

— Si on parlait d'autre chose ? proposa Sara. L'optimisme, voilà ma façon de voir le monde ! Nous avons un trouvère, sais-tu ? Il est dans la salle commune, je crois… Mais c'est ton compagnon de voyage, pas vrai ? Tu es arrivé hier avec maîtresse Alys ? Oui, oui, c'est bien ça… Hélas, je doute de pouvoir assister à une représentation du trouvère, avec l'auberge pleine à craquer. Des tas de bons à rien descendus des mines, en plus de tout ! (Elle flanqua à sa pâte à pain une claque assez forte pour assommer un bœuf.) Pas le genre de clients que nous apprécions, mais la ville en est pleine. Enfin, ça pourrait être pire, je suppose…

» Je n'ai plus assisté à la représentation d'un trouvère depuis le début de l'année, et…

Rand n'écoutait déjà plus. Mangeant machinalement, sans sentir le goût des aliments, il n'avait qu'une idée en tête : des rats à l'échine brisée !

Dès qu'il eut fini son petit déjeuner, il remercia la cuisinière et sortit en trombe. Il devait parler à quelqu'un !

La salle commune de l'établissement de maître Fitch n'avait guère de points communs avec celle de *La Cascade à Vin*. Pour commencer, elle était trois fois plus longue et deux fois plus large. Sur les murs, des peintures en trompe-l'œil représentant des bâtiments entourés de jardins arborés augmentaient encore l'impression d'immensité majestueuse. Une seule grande cheminée n'aurait sans doute pas pu produire assez de chaleur pour un volume pareil. Du coup, on avait muni chaque mur d'un âtre dont les flammes crépitaient avec une vigueur ravigotante.

Toutes les tables étaient prises et il ne restait plus une place au comptoir. Qu'ils soient debout ou assis, les clients, une pipe au bec, se concentraient tous sur le milieu de la salle. Sa cape multicolore abandonnée sur le dossier d'une chaise, Thom avait grimpé sur une table. Même maître Fitch, pétrifié avec à la main une chope en argent et une peau de chamois, ne parvenait pas à détourner le regard du trouvère.

— … comme à la parade, l'encolure fièrement dressée…

Au son de la voix de Thom, Rand devina qu'il parlait d'une colonne de fiers cavaliers, pas d'un voyageur ni d'un guerrier solitaire.

— Des crinières soyeuses ondulaient au gré des mouvements des destriers. Des milliers de bannières battaient au vent, formant une sorte d'arc-en-ciel qui s'étendait d'un horizon à l'autre. Quelques centaines de trompettes sonnaient à la gloire des héros et le roulement des tambours leur faisait un contre-chant martial. Les acclamations de la foule se répercutaient dans toutes les rues d'Illian, la capitale du royaume homonyme, saluant le passage des milliers de braves aux yeux et au cœur illuminés par l'importance de leur mission sacrée. La Grande Quête du Cor avançait sans faillir, partant à la recherche du Cor de Valère – un fabuleux instrument dont les notes exhorteraient les guerriers des Âges passés à sortir de leur tombe pour venir défendre la juste cause de la Lumière.

Le trouvère avait recours à ce qu'il nommait le « plain-chant ». Autour du feu de camp, durant le voyage, il avait expliqué que les récits pouvaient être racontés de trois façons différentes – dans son jargon, il appelait cela les « trois voix de la narration ». Il y avait donc le plain-chant, le haut chant et le commun – le ton qu'on utilisait pour parler de ses récoltes à un voisin, par exemple. Thom s'en servait parfois pour ses histoires, mais sans cacher son mépris pour tant de banalité.

Rand n'entra pas dans la salle commune. Refermant la porte, il s'adossa un instant à un mur. En cet instant, Thom n'était pas la bonne personne à qui parler de son rêve. Moiraine, en revanche… Mais que ferait-elle si elle savait ?

Rand s'aperçut que les serviteurs et les clients qui passaient dans le couloir le regardaient d'un air bizarre. Rien d'étonnant, puisqu'il marmonnait dans sa barbe, comme un vieillard gâteux. Tirant sur les plis de sa veste, il se redressa et s'ébroua. Il devait parler à quelqu'un. Sara n'avait-elle pas dit qu'un des garçons était resté à l'auberge parce qu'il ne se sentait pas bien ?

Se retenant de courir, Rand gagna le dernier étage, alla frapper à la porte de Mat et Perrin, se permit de l'ouvrir quand on ne lui répondit pas et jeta un coup d'œil dans la chambre. En chemise de nuit, Perrin était toujours couché. Tournant la tête pour regarder Rand, il ouvrit à peine un œil et le referma aussitôt.

Dans un coin de la chambre, Rand remarqua l'arc et le carquois de Mat.

— On m'a dit que tu étais patraque, déclara Rand en entrant dans la chambre. (Il alla s'asseoir sur le lit vide.) Je voudrais parler un peu… Mais… Eh bien, si tu es vraiment malade, il te faut du repos et je ferais mieux de te laisser.

— Dormir ? J'ignore si j'en serai de nouveau capable un jour… J'ai fait un cauchemar, si tu veux tout savoir, et pas moyen de me rendormir. Mat en aurait long à te dire sur le sujet. Ce matin, quand j'ai refusé de sortir avec lui parce que j'étais trop fatigué, il s'est moqué de moi. Mais il a rêvé, lui aussi. Presque toute la nuit, je l'ai entendu s'agiter et gémir, et tu ne me feras pas croire qu'il s'est bien reposé. (Perrin se posa un bras sur les yeux.) Au nom de la Lumière ! je suis épuisé ! En restant tranquille une heure ou deux, ça passera peut-être… Si je rate Baerlon à cause d'un cauchemar, Mat m'en rebattra les oreilles jusqu'à la fin des temps.

— A-t-il tué un rat ? demanda soudain Rand.

Perrin écarta son bras et dévisagea son ami.

— Toi aussi ?

Rand hocha la tête.

— J'aimerais être chez moi…, soupira Perrin. *Il* a dit que… Que… Qu'allons-nous faire ? Tu en as parlé à Moiraine ?

— Pas encore… Et je ne le ferai peut-être pas. Et toi ?

— L'homme a dit… Par le sang et les cendres ! je ne sais que faire ! (Perrin se redressa sur un coude.) Tu crois que Mat a fait le même cauchemar ? Il s'est moqué de moi, mais ça semblait peu naturel, et il a tiré une drôle de tête quand j'ai parlé d'un mauvais songe.

— Eh bien, il est peut-être dans la même mouise que nous…

À sa grande honte, Rand se sentit soulagé de n'être pas le seul à avoir rêvé.

— Je voulais demander l'avis de Thom, parce qu'il connaît tant de choses… Tu ne trouves pas judicieux d'en parler à Moiraine, on dirait…

L'apprenti forgeron se laissa retomber sur le lit.

— Tu sais ce qu'on raconte sur les Aes Sedai, non ? Quant à Thom, le crois-tu vraiment digne de confiance ? En admettant que quelqu'un le soit pour nous... Rand, si nous nous en tirons, et si nous rentrons un jour chez nous, promets de me botter les fesses si je parle de quitter Champ d'Emond. Même pour aller à Colline de la Garde ! C'est juré ?

— Allons, ce n'est pas une façon de parler... (Rand se força à afficher un sourire jovial.) Bien sûr que nous rentrerons chez nous ! Lève-toi, fainéant ! Une ville nous attend, et nous n'avons qu'un jour pour l'explorer. Où sont tes vêtements ?

— File, Rand... (Perrin remit un bras sur ses yeux.) Je vous rejoindrai dans une heure ou deux.

— Tant pis pour toi ! (Rand se leva.) Pense à tout ce que tu vas rater. (Il s'arrêta devant la porte et se retourna.) Baerlon ! Combien de fois avons-nous parlé de la visiter ?

Perrin ne broncha pas. Après une bonne minute, Rand sortit et ferma la porte derrière lui.

Dans le couloir, il s'adossa au mur et son sourire s'évanouit. Sa tête lui faisait de plus en plus mal. En dépit de ses propos, Baerlon n'éveillait en lui aucun enthousiasme. À dire vrai, plus rien ne lui semblait bien intéressant, depuis quelques jours.

Une femme de chambre passa, les bras chargés de draps, et le regarda d'un air inquiet. Avant qu'elle lui tienne un discours quelconque, il s'éloigna, d'humeur maussade. En bas, Thom en aurait sûrement encore pour des heures. En attendant, pourquoi ne pas jouer quand même les touristes ? S'il tombait sur Mat, il l'interrogerait au sujet de Ba'alzamon.

Rand descendit les marches très lentement et en se massant les tempes.

Il choisit de sortir par la cuisine. En passant, il salua Sara mais ne s'arrêta pas quand elle menaça de reprendre son monologue là où elle l'avait arrêté faute d'auditeur.

La cour était déserte, à l'exception de Mutch, campé sur le seuil de l'écurie, et d'un autre employé qui y entrait, un gros sac sur l'épaule. Rand salua Mutch de la tête. En réponse, il obtint un regard soupçonneux, puis l'homme disparut dans son fief. Espérant que les habitants de Baerlon ressemblaient plus à Sara qu'à Mutch, Rand se dirigea vers la sortie.

Immobile devant le portail ouvert, il jeta un coup d'œil dehors. Dans la rue, les gens se pressaient les uns contre les autres comme des haricots dans un bocal. La capuche de leur cape relevée à cause du froid, des centaines d'hommes et de femmes se croisaient au pas de charge sans même se saluer – et encore moins s'excuser lorsqu'ils se bousculaient.

Des étrangers les uns aux yeux des autres... Ils ne se connaissent pas...

Les odeurs étaient également bizarres. Un mélange de remugles et de parfums qui agressait les narines du jeune homme et menaçait de lui retourner l'estomac. Même durant les plus folles festivités, il n'avait jamais vu tant de gens en même temps. Ni la moitié, pour être franc… Et il ne s'agissait que d'une rue. Maître Fitch et Sara affirmaient que la ville était « prise d'assaut ». Toute une cité pleine comme un œuf ?

Rand recula lentement. Sortir et laisser Perrin au plus mal dans son lit n'était pas très gentil, tout compte fait. Et si Thom finissait sa prestation avant qu'il soit revenu de sa promenade touristique ? Le trouvère risquait de partir lui aussi en exploration, et Rand ne trouverait pas d'autre oreille compréhensive. Attendre était sans nul doute la meilleure solution.

Avec un soupir de soulagement, Rand tourna le dos à la cohue de la ville.

Avec sa migraine, il n'avait aucune envie de retourner dans l'auberge. S'asseyant sur un tonneau, près de la porte de la cuisine, il espéra que l'air frais aurait raison de ses maux de tête.

Mutch sortit régulièrement de l'écurie pour lui jeter un regard soupçonneux. Ce type détestait-il les campagnards ? Ou était-il fâché que maître Fitch leur ait déroulé le tapis rouge alors qu'il les avait traités de haut, tentant de les forcer à faire le tour ?

C'est peut-être un Suppôt des Ténèbres ?

Quelques jours plus tôt, Rand aurait éclaté de rire à cette idée. Désormais, il ne trouvait plus ça drôle du tout.

Il n'y a plus grand-chose d'amusant dans ma vie…, songea-t-il en tapotant le pommeau de son épée.

— Un berger avec une épée au héron ? lança une voix de femme plutôt basse. Décidément, on voit d'étranges choses, de nos jours. Dans quel pétrin t'es-tu fourré, jeune campagnard ?

Rand se leva d'un bond. C'était la fille aux cheveux bouclés qu'il avait vue avec Moiraine en sortant des thermes. Toujours vêtue comme un garçon, elle avait de grands yeux noirs et semblait à peine plus âgée que lui.

— Tu es Rand, n'est-ce pas ? Je m'appelle Min.

— Je ne suis pas dans le pétrin, affirma le jeune homme.

Quoi que Moiraine ait pu raconter à la jeune femme, la consigne de Lan passait avant tout : ne pas attirer l'attention !

— Pourquoi penses-tu que j'ai des ennuis ? Deux-Rivières est un territoire paisible, comme ses habitants. À part avec les récoltes ou les moutons, nous n'avons jamais de problèmes.

— Paisibles, les gens de Deux-Rivières ? J'ai entendu de sacrées blagues sur le crâne dur comme du bois des bergers, et par des hommes qui se sont aventurés jusqu'à chez toi !

— Le crâne dur comme du bois, nous ?

— Les gens qui vous connaissent disent que vous avez l'air doux comme des agneaux, à première vue. Souriants, polis et tout ce qui va avec. Mais, sous ce masque, vous êtes plus durs que les racines d'un chêne centenaire. Sous le velours, le fer ! Voilà ce qu'on dit de vous. Sauf que le velours n'est pas bien épais – en d'autres termes, pas besoin de creuser longtemps pour tomber sur de la roche ! Moiraine ne m'a pas tout dit, mais j'ai des yeux pour voir.

Des racines ? Du fer ? De la roche ? Ce n'était pas le genre de comparaisons que faisaient des marchands ou des gardes du corps. Mais il y avait plus ennuyeux dans la tirade de Min.

Rand regarda autour de lui. La cour restait déserte et presque toutes les fenêtres de l'auberge étaient fermées.

— Je ne connais personne du nom de… Comment as-tu dit, déjà ?

— Maîtresse Alys, si tu préfères… Mais personne ne peut nous entendre, sais-tu ?

— Et pourquoi maîtresse Alys aurait-elle un autre nom ?

— Parce qu'elle me l'a dit, mon garçon…

Min lui parlant comme s'il était un gosse idiot, Rand rougit jusqu'à la racine des cheveux.

— Elle ne pouvait pas me le cacher, de toute façon… J'ai tout de suite deviné qu'elle était différente, lors de son premier séjour ici, sur le chemin de la campagne… Elle connaissait mon existence, parce que j'avais parlé à des femmes comme elle, par le passé…

— Tu as « deviné » ? fit Rand.

— Oui ! Tu vas me dénoncer aux Fils de la Lumière ? Ce serait bizarre, quand on connaît tes compagnons de voyage. Cela dit, les Capes Blanches ne m'apprécieraient pas beaucoup plus qu'ils aimeraient « maîtresse Alys », j'en ai peur…

— Désolé, mais je ne comprends pas.

— D'après elle, je vois des fragments de la Trame… (Min eut un rire de gorge.) Une façon de rationaliser les choses qui me dépasse… Quand je regarde les gens, je perçois des images, et, parfois, je sais ce qu'elles signifient. Par exemple, je rencontre un homme et une femme qui ne se sont jamais parlé et je sais qu'ils se marieront un jour. Tu vois le genre ? Moiraine m'a demandé de te… regarder. Et tes amis aussi.

— Et qu'as-tu vu ?

— Quand vous êtes en groupe ? Des milliers d'étincelles tourbillonnent autour de vous, mais il y a aussi une ombre plus noire que la nuit. Elle est si puissante… Parfois, je me demande pourquoi je suis la seule à la voir. Les étincelles tentent de dissiper l'ombre, qui en retour essaie d'éteindre ces lueurs… Tes amis et toi êtes unis dans une affaire très dangereuse, mais je ne peux pas en dire plus…

— Egwene aussi ? Pourtant, elle n'était pas visée par les Tro… Hum… je veux dire…

Min parut ne pas remarquer la boulette de Rand.

— La fille ? Elle est impliquée, et le trouvère aussi… Toi, tu es amoureux de cette Egwene. Je n'ai pas besoin de voir des images pour le dire. Elle partage tes sentiments, mais vous n'êtes pas faits l'un pour l'autre. Enfin, pas de cette façon-là…

— Ce qui veut dire ?

— Quand je la regarde, je vois les mêmes images qu'avec maîtresse Alys. Je suis loin de tout comprendre, mais je sais ce que ça signifie. Egwene ne refusera pas ce qui s'offre à elle.

— Des foutaises…, marmonna Rand.

Sa migraine s'estompait, lui laissant l'impression d'avoir du coton dans la tête. Il voulait fuir cette femme et tout ce qu'elle voyait. Pourtant, il s'entendit poser une question :

— Que vois-tu quand tu nous regardes, mes autres amis et moi ?

— Beaucoup de choses, répondit Min, satisfaite comme si elle avait toujours su que Rand ne pourrait pas résister à la curiosité. D'abord, il y a le Champ… Enfin, maître Andra… Autour de lui, je vois sept tours en ruine et un bébé dans son berceau qui brandit une épée… (Min marqua une courte pause.) Les hommes comme lui – tu vois ce que je veux dire – sont toujours auréolés d'une multitude d'images.

» En ce qui concerne le trouvère, les images les plus fortes tournent autour d'un homme – mais pas lui – qui jongle avec le feu. Il y a aussi la Tour Blanche mais, pour un individu de sexe masculin, ça n'a pas de sens. Pour le grand costaud aux cheveux bouclés, je vois un loup, une couronne brisée et des arbres partout autour de lui. L'autre garçon… Eh bien, je perçois un aigle rouge, un œil sur le plateau d'une balance, une dague ornée d'un rubis, un cor et un visage souriant. Il y a d'autres choses mais, pour l'instant, je ne leur trouve aucune signification. Tu vois ce que je veux dire ?

Min se tut et attendit la question inévitable.

— Et moi ?

La jeune femme se retint de justesse d'éclater de rire.

— Eh bien, c'est pareil que pour les autres… Des images ! Une épée qui n'en est pas une, une couronne de laurier en or, le bâton d'un mendiant… Je te vois verser de l'eau dans du sable, et je perçois aussi une main ensanglantée, un morceau de fer chauffé à blanc, trois femmes penchées sur un cercueil dans lequel tu reposes, de la roche noire poisseuse de sang…

— Je vois, dit Rand, mal à l'aise. Inutile de tout me citer.

— Mais je vois surtout des éclairs autour de toi. Certains qui te frappent et d'autres qui jaillissent de ton corps. Je n'ai pas d'interprétation sur tous ces points, sinon que nous sommes destinés à nous revoir, tous les deux…

Min se rembrunit et gratifia Rand d'un regard perplexe, comme si elle ne comprenait pas non plus ce point-là.

— Ce n'est pas étonnant, quand on y réfléchit… Pour retourner chez moi, je repasserai par ici.

— Je suppose que oui… (Min sourit de nouveau, l'air mystérieuse, et tapota la joue de Rand.) Mais, si je te décrivais tout ce que je vois, tes cheveux se dresseraient sur ta tête comme ceux de ton ami aux larges épaules.

Rand recula la tête comme si la main de Min lui brûlait la peau.

— Je dois y aller, dit-il, entreprenant de contourner la jeune femme. Je… Eh bien, mes amis doivent m'attendre…

— Dans ce cas, file ! Mais tu ne m'échapperas pas !

Rand ne partit pas vraiment à la course, mais il allongea le pas à chaque enjambée.

— Cours, si tu veux ! Tu ne m'échapperas pas, te dis-je !

Poursuivi par le rire de la jeune femme, Rand traversa la cour, sortit de l'auberge et déboula au milieu de la foule. Les derniers mots de Min faisaient étrangement écho à ceux de Ba'alzamon, dans le cauchemar… Bousculant des badauds tant il marchait vite, Rand s'attira des regards furibonds et des remarques acerbes. Les ignorant, il ne ralentit pas avant d'être à plusieurs rues de l'auberge.

À ce moment-là, il prêta de nouveau un peu d'attention à son environnement. Malgré sa migraine, il regarda autour de lui et apprécia ce qu'il découvrit. Même si elle était différente des villes dont parlait Thom dans ses récits, Baerlon était une cité grandiose. Se laissant emporter par la foule, Rand remonta de larges avenues, la plupart pavées voire dallées, et s'aventura dans des ruelles beaucoup plus étroites et beaucoup plus sinueuses. Comme il avait plu dans la nuit, les voies secondaires au sol en terre battue étaient transformées en bourbiers – le passage de la foule, tout simplement. Mais ça n'avait rien pour déranger Rand, parce qu'à Champ d'Emond aucune rue n'était pavée.

Les maisons n'avaient rien de palais, loin de là, et une poignée seulement étaient beaucoup plus grandes que celles de son village. Mais toutes avaient un toit d'ardoise ou de tuile aussi splendide que celui de *La Cascade à Vin*. À Caemlyn, il y aurait sans doute eu un palais ou deux, mais il ne fallait pas trop en demander. Quant aux auberges, il en compta neuf, toutes plus grandes que celle de maître al'Vere et presque aussi vastes que celle de maître Fitch. Et il lui restait encore des centaines de rues à découvrir.

Les boutiques s'alignaient à l'infini, proposant un échantillon de leurs marchandises sur des étalages protégés par un auvent. Il y avait de tout : des vêtements, des livres, des ustensiles de cuisine, des bottes et d'autres chaussures... On eût dit qu'une bonne centaine de chariots de colporteur avaient déversé leur contenu sur ces tréteaux. Les yeux ronds, Rand s'attarda si longtemps devant certaines échoppes qu'il dut détaler lorsque le propriétaire en sortit pour lui jeter un regard hargneux. Au début, il ne comprit pas la raison de cette agressivité. Puis il saisit – on le soupçonnait de chercher à voler – et sentit la colère monter en lui. Mais il se souvint d'un détail : en ces lieux, c'était lui l'étranger qu'on suspectait *a priori*. De toute façon, il n'aurait pas pu acheter grand-chose. Ici, il fallait débourser une petite fortune en échange de quelques pommes trop mûres ou d'une poignée de navets ratatinés – le genre qu'on aurait donné aux chevaux à Deux-Rivières. Mais les citadins payaient sans rechigner.

Il y avait vraiment beaucoup de gens, et même *beaucoup trop*, au goût de Rand. Un moment, cette multitude lui donna le tournis, comme s'il risquait de s'évanouir. Dans la foule, pas mal de citadins portaient des tenues plus belles que les habits du dimanche des notables de Deux-Rivières. Les passants les plus huppés paradaient dans des manteaux bordés d'hermine au col, aux manches et à l'ourlet.

Les mineurs dont toute la ville parlait se reconnaissaient de loin à leur dos voûté – le signe caractéristique de gens qui passent leur vie pliés en deux sous la terre. N'était ce détail, la plupart des badauds ressemblaient comme des frères jumeaux aux villageois avec lesquels Rand avait grandi. S'étant attendu au contraire, le jeune homme s'étonna de croiser des hommes et des femmes qui auraient pu être parents de personnes qu'il connaissait très bien à Champ d'Emond. Avec ses cheveux gris, ses oreilles en chou-fleur et sa bouche édentée, le vieil homme assis sur un banc, devant une auberge, aurait pu être le cousin germain de Bili Congar – surtout quand il baissait les yeux sur sa chope vide avec une indicible mélancolie. Quant au tailleur à la mâchoire inférieure prognathe assis devant sa boutique, du fil et une aiguille à la main, il aurait pu être le frère de Jon Thane. D'ailleurs, il arborait sur l'arrière du crâne la même tonsure naturelle que le meunier de Champ d'Emond.

Au coin d'une rue, Rand croisa le quasi-sosie de Samel Crawe et...

... Un peu plus loin, il se pétrifia en apercevant un petit homme maigre aux longs bras et au gros nez qui se frayait un chemin dans la foule. Vêtu de haillons, le type avait les yeux cernés et l'air hagard de quelqu'un qui n'a plus mangé ni dormi depuis des jours. Mais, à part ça, Rand aurait juré qu'il s'agissait de...

L'homme l'aperçut à son tour et s'arrêta net, se fichant des gens qui durent faire un détour pour ne pas le percuter.

Rand n'eut plus le moindre doute.

— Maître Fain ! cria-t-il. Nous pensions que vous étiez...

Rapide comme l'éclair, le colporteur reprit son chemin, mais Rand lui emboîta le pas, s'excusant par-dessus son épaule auprès des gens qu'il bousculait. Voyant que Fain s'engouffrait dans une ruelle, il le suivit.

Le colporteur était immobile à dix pas de l'entrée de ce qui était en réalité une impasse. Entendant un bruit de pas, il se retourna, se ramassa sur lui-même et tendit les mains pour dissuader Rand d'avancer. La cape et la veste déchirées, maître Fain semblait tout juste sorti des griffes d'un fauve.

— Maître Fain, que vous arrive-t-il ? Je suis Rand al'Thor, de Champ d'Emond. Nous avons cru que les Trollocs vous avaient capturé...

Toujours sur ses gardes, le colporteur avança de quelques pas, sans essayer de contourner Rand et sans l'approcher vraiment.

— Non ! croassa-t-il, la tête bougeant sans cesse parce qu'il tentait de voir ce qui se passait dans la rue, derrière Rand. Ne parle pas... d'eux... (Il coula un regard angoissé au jeune homme.) Il y a des Capes Blanches en ville...

— Ces gens n'ont aucune raison de s'en prendre à nous... Suivez-moi jusqu'à l'*Auberge du Cerf et du Lion,* où je suis descendu avec quelques amis. Vous les connaissez presque tous, et ils seront contents de vous voir, après vous avoir cru mort.

— Mort ? s'indigna le colporteur. Padan Fain ? Non, cet homme-là sait retomber sur ses jambes quand on le pousse dans le vide ! (Il tira sur ses haillons comme si c'étaient de riches atours.) Oui, j'ai toujours été malin, et je vivrai longtemps, crois-moi. Plus longtemps que... (Il se rembrunit soudain.) Ils ont brûlé mon chariot et toutes mes marchandises. Pourquoi ça, tu peux me le dire ? Et mes chevaux sont piégés dans l'écurie de ce fichu aubergiste gras comme un cochon. Pour ne pas finir égorgé, j'ai dû filer à toute vitesse. Et maintenant, il ne me reste rien, à part les frusques que j'ai sur le dos.

— Maître al'Vere vous rendra vos chevaux, c'est certain. Si vous venez avec moi, Moiraine vous aidera à retourner à Deux-Rivières et tout s'arrangera.

— L'Aes Sedai ? C'est d'elle que tu parles ? (Le colporteur parut réfléchir.) Cela dit, peut-être que... Combien de temps resterez-vous en ville, dans cette auberge – comment l'as-tu appelée, déjà ? *Le Cerf et le Lion* ?

— Nous partons demain, répondit Rand, mais quel rapport avec… ?

— Tu ne peux pas te mettre à ma place, gémit Fain. Toi, tu as le ventre plein, après une bonne nuit de sommeil dans un vrai lit. Depuis l'attaque, je n'ai presque plus dormi. À force de fuir, j'ai troué les semelles de mes bottes, et quant à manger… Je ne voudrais pas m'approcher à moins d'une lieue d'une Aes Sedai, mais on n'en fait pas toujours qu'à sa tête. Et je n'ai pas le choix. Pourtant, imaginer qu'elle me regarde, et même simplement qu'elle sache où je suis… (Fain tendit les mains comme s'il voulait saisir les pans de la veste de Rand, mais il se ravisa et recula d'un pas.) Jure de ne pas lui parler de moi. Elle m'effraie, tu comprends ? Qu'a-t-elle besoin de savoir que je suis vivant ? Promets-moi de te taire !

— C'est juré, dit Rand. Mais pourquoi avez-vous peur d'elle ? Venez avec moi. Au minimum, vous aurez un repas chaud…

— Peut-être… Peut-être… (Fain se gratta le crâne.) Demain, as-tu dit ? En attendant… Tu ne manqueras pas à ta parole ? Elle ne saura pas que… ?

— Je ne la laisserai pas vous faire du mal, assura Rand.

Comme s'il était capable de s'opposer à une Aes Sedai !

— Elle ne me fera pas de mal… Pour sûr que non !

À une vitesse incroyable, le colporteur contourna Rand et jaillit dans la rue.

— Maître Fain, attendez ! cria Rand.

Il sortit de la ruelle à temps pour voir Fain disparaître à l'intersection suivante. L'appelant sans cesse, il se lança à sa poursuite, percuta un inconnu au coin de la rue et s'étala avec lui dans la gadoue.

— Tu ne peux pas regarder où tu mets les pieds ? grogna une voix familière.

En guise d'inconnu, on faisait mieux !

— Mat ?

L'ami de Rand se redressa et entreprit d'épousseter sa cape – sans grand résultat, vu qu'elle était maculée de boue.

— Tu deviens un vrai citadin… On dort toute la matinée et on renverse les passants…

Mat contempla ses mains souillées de boue et les essuya sur le devant de sa cape.

— Tu ne devineras jamais qui je viens d'apercevoir, dit-il.

— Padan Fain.

— Comment le sais-tu ?

— Je parlais avec lui, mais il a détalé.

— Donc les Tro… (Mat regarda autour de lui, la foule ne daignant pas lui accorder un regard.) Donc, *ils* ne l'ont pas eu. Mais pourquoi a-t-il quitté Champ d'Emond sans explications ? Tu crois qu'il courait trop vite pour avoir le temps de s'arrêter ?

» Et que fuit-il ici ?

Rand secoua la tête et le regretta, parce qu'il eut l'impression qu'elle allait tomber de ses épaules.

— Je n'en sais rien, mais il a peur de Moi… de maîtresse Alys…

Surveiller sans cesse ce qu'on disait devenait difficile, à la longue…

— Il ne veut pas qu'elle sache qu'il est en ville, et je lui ai promis de ne rien dire.

— Eh bien, il n'a pas à s'inquiéter, dit Mat, parce que je ne dirai rien non plus. J'aimerais qu'elle ignore aussi où je suis…

Même si les passants ne leur accordaient toujours aucune attention, Rand baissa la voix et se pencha vers son ami.

— Mat, as-tu eu un cauchemar, cette nuit ? Avec un homme qui tuait un rat ?

— Toi aussi ? Et Perrin également, je suppose… J'ai failli le lui demander, ce matin, mais la réponse est évidente… Par le sang et les cendres ! Voilà qu'on nous fait rêver des horreurs… Rand, je voudrais que *personne* ne sache où je suis !

— Ce matin, il y avait des rats morts un peu partout dans l'auberge… (Rand s'avisa qu'évoquer ce sujet ne le terrorisait plus autant – parce qu'il devenait indifférent à tout, comprit-il.) Des rats à l'échine brisée…

Sa propre voix résonnant bizarrement dans sa tête, Rand se demanda s'il n'était pas malade. Dans ce cas, il devrait consulter Moiraine. Même l'idée qu'elle utilise sur lui le Pouvoir de l'Unique ne l'angoissait plus, désormais.

Mat prit une grande inspiration et regarda autour de lui comme un animal traqué.

— Que nous arrive-t-il, Rand ?

— Je ne sais pas. Je veux demander l'avis de Thom. Et même de quelqu'un d'autre…

— Non, pas *elle* ! Le trouvère, je veux bien, mais…

La réaction de Mat surprit son ami.

— Ainsi, tu le crois ?

Rand ne jugea pas utile de préciser de qui il parlait.

— Non, pas vraiment… C'est une affaire de risques calculés, voilà tout… S'il a menti, rien ne se passera si nous parlons à… maîtresse Alys. Mais *il* est dans nos rêves, et c'est assez inquiétant pour… Eh bien, les cauchemars cesseront peut-être si nous gardons ça pour nous. Rats ou pas rats, les rêves valent parfois mieux que la réalité. Tu te souviens du bac ? Je vote pour que nous ne disions rien.

— D'accord…

Rand n'avait pas oublié le bac, ni les menaces de Moiraine. Mais tout ça semblait remonter à une éternité…

— Perrin ne dira rien, pas vrai ? demanda Mat. Nous devrions aller le retrouver. S'il parle, elle comprendra que nous sommes tous concernés. J'en mettrais ma main au feu ! En route !

Rand ne bougea pas, regardant son ami s'éloigner jusqu'à ce qu'il fasse demi-tour et vienne le tirer par le bras. Là, il sursauta et suivit le mouvement.

— Que t'arrive-t-il ? s'inquiéta Mat. Tu dors debout ?

— J'ai peur d'avoir une grippe…, dit Rand.

Sa tête résonnait comme un tambour, à croire qu'elle était aussi vide.

— Tu avaleras un peu de bouillon de volaille, à l'auberge, souffla Mat.

Il ne cessa pas de parler tandis que les deux amis se frayaient un chemin dans les rues bondées de monde. Rand fit l'effort d'écouter et même de dire un mot ou deux de temps en temps, mais cela lui coûta. Il n'était pas fatigué et ne désirait pas dormir. Non, il dérivait dans un environnement cotonneux, tout simplement. Sans savoir comment, il se retrouva en train de raconter à Mat sa rencontre avec Min.

— Une dague ornée d'un rubis ? J'aime ça, mon vieux ! En revanche, l'œil, je ne vois pas trop… Tu es sûr qu'elle ne s'est pas fichue de toi ? Si c'est une voyante, elle doit savoir ce que signifient ses visions.

— Elle n'a pas parlé de voyance, dit Rand. Elle perçoit des choses, c'est tout. Souviens-toi, Moiraine parlait avec elle, quand nous sommes sortis des thermes. Et Min sait qui est Moiraine…

— Je croyais que nous ne devions pas utiliser ce nom ? Et là, deux fois en deux phrases ?

— C'est vrai…, concéda Rand.

Il se massa les tempes. Se concentrer devenait si difficile

— Je crois que tu es vraiment malade…

Mat saisit Rand par le col, le forçant à s'arrêter.

— Regarde-moi ça !

Trois hommes avançaient en direction des deux amis. Arborant un casque conique et un plastron poli jusqu'à briller comme de l'argent, les bras couverts de manchons de mailles tout aussi scintillants, ils portaient une longue cape blanche ornée sur la poitrine, du côté gauche, d'un soleil jaune visible de très loin. Alors que l'ourlet de leur cape frôlait la boue de cette rue non pavée, ils regardaient autour d'eux, la main posée sur le pommeau de leur épée, comme s'ils s'attendaient à voir jaillir on ne savait trop quelle vermine de sous un rondin vermoulu.

Personne ne semblait remarquer la présence des trois guerriers. Pourtant, ils n'avaient pas besoin de jouer des coudes pour avancer, parce que la foule s'ouvrait devant eux comme par miracle.

— Des Fils de la Lumière ? demanda Mat.

Un passant le foudroya du regard puis accéléra le pas.

Rand hocha la tête. Des Fils de la Lumière. Des Capes Blanches… Bref, des hommes qui abominaient les Aes Sedai. Des brutes qui dictaient leur façon de vivre aux gens et faisaient des ennuis à ceux qui leur résistaient. Si une ferme brûlée, dans le meilleur des cas, pouvait passer pour un « ennui ».

Je devrais avoir peur, pensa Rand. *Ou être intrigué.*

Mais il n'éprouvait rien.

— Moi, ils ne m'impressionnent pas, dit Mat. En revanche, ils sont gonflés d'importance, pas vrai ?

— Ils ne comptent pas, dit Rand. L'auberge… Nous devons parler à Perrin.

— Ils me font penser à Eward Congar, toujours le menton en l'air… (Mat sourit soudain comme un enfant.) Tu te rappelles le jour où il est tombé du pont aux Chariots ? Il a dû rentrer chez lui trempé jusqu'aux os. Pendant un bon mois, ça l'a remis à sa place !

— Quel rapport avec Perrin ?

— Tu as vu ça ?

Mat désigna une charrette qui reposait sur sa partie arrière, dans une ruelle latérale se trouvant sur le chemin des Capes Blanches. Une simple cale tenait en place une dizaine de gros tonneaux entassés sur le véhicule.

— Regarde bien ! s'écria Mat.

Jubilant, il entra dans l'échoppe d'un rémouleur, sur leur gauche.

Rand le suivit des yeux, certain qu'il allait se passer quelque chose. Quand ses yeux brillaient ainsi, Mat avait toujours une idée en tête. En général, ça tournait mal, mais Rand ne s'inquiéta pas. Même si une petite voix lui disait que c'était dangereux, il souriait d'avance…

Passant par une lucarne, Mat se hissa sur le toit de la boutique. Sa fronde au poing, il commença à la faire tourner au-dessus de sa tête.

Rand tourna la tête vers la charrette. Au moment où les Capes Blanches passaient devant la ruelle, il y eut un bruit sec. Brisée net par le projectile de Mat, la cale ne remplit plus sa fonction et les tonneaux dévalèrent la pente, soulevant des geysers d'eau boueuse et de gadoue. Dans la rue principale, les passants détalèrent et les Fils de la Lumière ne furent pas les derniers à s'écarter. Autour d'eux, quelques passants s'étalèrent, projetant dans l'air encore plus d'immondices.

Leur arrogance volatilisée, les trois Fils ne semblaient pas blessés, mais leurs capes allaient avoir besoin d'un sacré nettoyage avant de redevenir blanches.

Un type barbu portant un long tablier jaillit de nulle part en agitant les bras et en beuglant de rage. Dès qu'il aperçut les trois hommes souillés de gadoue, il décida de battre en retraite et se volatilisa en un clin d'œil.

Sur le toit, Mat n'était déjà plus en vue. Pour un garçon de Deux-Rivières, le tir n'avait rien d'un exploit, mais le résultat était délectable. Même si ses perceptions étaient voilées, comme s'il évoluait dans de la ouate, Rand ne put s'empêcher d'éclater de rire.

Quand il regarda de nouveau la rue, il s'avisa que les Capes Blanches le dévisageaient.

— Quelque chose t'amuse, mon gars ?

Le Fils de la Lumière qui venait de parler se tenait un peu devant les deux autres. L'air supérieur, il semblait persuadé de savoir sur le monde quelque chose que le reste de l'humanité ignorait.

Rand cessa de rire. Il était seul avec les Capes Blanches, si on oubliait les tonneaux et la boue. Les passants témoins ou victimes de l'incident s'étaient tous trouvé des occupations urgentes…

— La crainte de la Lumière te rend muet ? demanda l'homme, la fureur soulignant l'étroitesse de son visage de fouine.

Contrairement aux autres, ce Fils de la Lumière arborait un nœud jaune au centre du soleil qui ornait sa poitrine.

— C'est ton œuvre ? demanda-t-il en désignant les tonneaux.

Voyant que l'homme lorgnait sur son épée, Rand voulut la couvrir avec sa cape. Bien au contraire, il fit voler le vêtement par-dessus son épaule. Dans un coin de sa tête, il aurait donné cher pour savoir ce qu'il faisait, mais ce n'était qu'une très lointaine préoccupation.

— Les accidents arrivent, dit il. Même aux Capes Blanches…

— Tu te crois si dangereux que ça, gamin ?

Le Fils de la Lumière était à peine plus vieux que Rand.

— Seigneur Bornhald, vous avez vu le héron ? souffla un des deux autres hommes.

Bornhald regarda mieux la poignée et le fourreau de l'arme, puis il écarquilla un instant les yeux. Ensuite, il dévisagea Rand et eut un rictus méprisant.

— Il est trop jeune… Tu n'es pas d'ici, pas vrai ? Où habites-tu ?

— Je viens d'arriver à Baerlon… (Rand avait des fourmis dans les bras et les jambes, et son front lui semblait en feu.) Vous pourriez m'indiquer une bonne auberge ?

— Tu te dérobes à mes questions ! cria Bornhald. Quelle influence maléfique te pousse à me défier ?

Les deux autres Fils vinrent flanquer leur compagnon. Malgré leur cape crottée, ils n'avaient plus rien de comique.

Comme si la fièvre l'emportait sur ses ailes, Rand eut envie d'éclater de rire. Il était si agréable de railler ces faquins ! Dans sa tête, la petite voix soufflait que quelque chose clochait, mais il se sentait si débordant d'énergie et de confiance. Avec un grand sourire, il se balança sur les talons, attendant ce qui suivrait inévitablement – sans se soucier outre mesure de ce que ça pourrait être.

Bornhald se rembrunit encore. Un de ses compagnons dégaina un bon tiers de sa lame et parla d'une voix vibrante de rage :

— Quand les Fils de la Lumière t'interrogent, espèce de bouseux aux yeux gris, il faut répondre, si tu…

L'homme s'interrompit, car Bornhald venait de lui faire signe d'arrêter. Puis il désigna discrètement le bout de la rue.

La patrouille de la Garde Municipale approchait. Dix hommes en cuirasse, un casque rond sur la tête, et armés de massues dont ils semblaient savoir se servir. S'arrêtant à quelques pas des fauteurs de troubles, ils observèrent la suite des événements, prêts à intervenir.

— Cette ville a oublié la Lumière, souffla l'homme qui avait à demi dégainé son arme.

Il éleva la voix pour s'adresser aux gardes :

— Baerlon est noyée par les Ténèbres du Berger de la Nuit !

Sur un geste de Bornhald, il rengaina néanmoins son épée.

Le seigneur regarda de nouveau Rand, les yeux brillant de ferveur meurtrière.

— Les Suppôts des Ténèbres ne nous échappent pas, gamin, même dans une cité envahie par le mal. Nous nous reverrons, n'en doute pas un instant…

Comme si Rand venait de cesser d'exister, Bornhald se détourna et s'éloigna, ses deux compagnons dans son sillage. Lorsqu'ils furent de nouveau à proximité de la foule, le vide se fit devant eux, comme par miracle.

Les gardes étudièrent un moment Rand, puis ils emboîtèrent le pas aux Capes Blanches. Mais ils durent se frayer un chemin dans la foule, beuglant à tue-tête : « Qu'on s'écarte devant la Garde ! »

Les passants obtempérèrent mollement.

Le fourmillement était si fort que Rand tremblait presque. Il était brûlant comme s'il allait se consumer, et…

— Tu n'es pas malade ! cria Mat en sortant de l'échoppe. Mais fou à lier, ça, oui…

Rand prit une grande inspiration. En un éclair, tout disparut : le fourmillement, la chaleur, le suprême détachement… Mesurant enfin ce qu'il venait de faire, il vacilla sur ses jambes.

— On devrait rentrer à l'auberge…, souffla-t-il.

— Oui, fit Mat, ça paraît une bonne idée.

La rue grouillait de nouveau de monde et plus d'un passant jeta un coup d'œil aux deux garçons en murmurant quelques mots aux gens qui l'accompagnaient. L'histoire ferait le tour de la ville, Rand l'aurait parié. Un fou furieux avait tenté d'en découdre avec trois Fils de la Lumière. Le genre d'anecdote qui faisait jaser à l'infini…

Les cauchemars minent peut-être ma raison…

Les deux jeunes hommes se perdirent plusieurs fois dans le dédale de rues. Par bonheur, ils croisèrent Thom Merrilin, qui paradait dans la cité avec un naturel désarmant. Même s'il affirmait être sorti pour se dégourdir les jambes et prendre un peu d'air frais, il attendait que quelqu'un regarde avec insistance son manteau multicolore et lançait de sa voix amplifiée : « Ce soir, représentation unique à l'*Auberge du Cerf et du Lion* ! »

Ce fut Mat qui parla au trouvère des cauchemars et de la nécessité, ou non, d'en informer Moiraine. Rand intervint aussi, parce que ses souvenirs et ceux de Mat divergeaient parfois.

À moins que nos rêves soient légèrement différents…

Mais pour l'essentiel, ils concordaient.

Thom ne tarda pas à être fasciné par le récit des deux garçons. Mais quand Rand mentionna Ba'alzamon, il les prit chacun par une épaule, leur intima le silence, s'assura que personne n'avait entendu, puis les conduisit dans une impasse déserte à l'exception du vieux chien émacié qui s'abritait du froid au milieu d'un tas de caisses.

Thom s'assura qu'aucun curieux ne s'arrêtait pour écouter, puis il regarda Mat et Rand, ses yeux sondant leur regard avant de voler de nouveau vers l'entrée de l'impasse.

— Ne prononce plus jamais ce nom quand un étranger risque de t'entendre, dit le trouvère à Rand. C'est trop dangereux, même quand il n'y a pas de Fils de la Lumière dans les environs.

— Si vous saviez ce qu'on en fait, des Fils de la Lumière ! ricana Mat.

Thom ignora la remarque.

— Si ces rêves ne vous touchaient pas tous les trois… (Le trouvère se tortilla nerveusement la moustache.) Dites-moi tout ce que vous vous rappelez de ces songes, sans omettre un détail.

En écoutant, Thom continua à s'assurer qu'on ne les espionnait pas.

— … il a cité les noms des hommes qui furent utilisés, conclut Rand. Guaire Amalasan, Raolin Noir-Fléau…

— Davian, ajouta Mat, et Yurian Arc-de-Pierre…

— Sans oublier Logain, précisa Rand.

— Des noms dangereux, marmonna Thom, le regard plus perçant que jamais. Presque aussi dangereux que celui qu'il ne faut pas prononcer… Tous ces hommes sont morts, à part Logain. Certains depuis très longtemps. Raolin Noir-Fléau n'est plus depuis deux mille ans. Mais le danger demeure. Ne dites pas ces noms, même quand vous êtes seuls. La plupart des gens n'en reconnaîtraient aucun, mais si la mauvaise personne vient à vous entendre…

— Qui étaient ces hommes ? demanda Rand.

— Des fous qui ébranlèrent les piliers du ciel et firent trembler le monde sur ses fondations. Mais oubliez-les, c'est préférable. Ils sont retombés en poussière, de toute façon.

— Ont-ils été… utilisés… ? demanda Mat. Et tués ?

— On peut dire que la Tour Blanche les a tués, oui. Mais utilisés ? Non, je ne vois pas en quoi. La Lumière sait que la Chaire d'Amyrlin est friande de complots, mais là…

— Il a dit tant de choses. Des horreurs… Au sujet de Lews Therin Fléau de sa Lignée et d'Artur Aile-de-Faucon. Et l'Œil du Monde ! Au nom de la Lumière ! de quoi s'agit-il ?

— D'une légende…, répondit le trouvère. Peut-être. Un mythe aussi important que le Cor de Valère, au moins dans les Terres Frontalières. Là-bas, les jeunes hommes partent à la recherche de l'Œil du Monde alors que ceux d'Illian tentent de trouver le Cor. Une légende, peut-être…

— Que devons-nous faire, Thom ? demanda Rand. *Lui* en parler ? Je ne veux plus avoir des cauchemars pareils. Qui sait, elle peut peut-être nous aider ?

— Ou aggraver les choses…, marmonna Mat.

Thom se lissa la moustache, pensif.

— Ne vous précipitez pas, voilà mon conseil… N'en parlez à personne, au moins dans un premier temps. Il sera toujours possible de changer d'avis, si ça s'impose. Mais, si vous parlez, il sera impossible de revenir en arrière, et vous serez plus que jamais liés à… *elle.* (Le trouvère se redressa, son dos d'habitude voûté presque normal.) Votre ami ! Il a rêvé aussi, non ? Est-il assez malin pour tenir sa langue ?

— Je crois, fit Rand.

— Moi aussi, renchérit Mat.

— Nous étions en route pour l'auberge afin de le prévenir.

— Fasse la Lumière qu'il ne soit pas trop tard !

Sa cape battant sur ses chevilles, le trouvère sortit en trombe de l'impasse et se retourna :

— Alors, vous avez des semelles en plomb ?

Rand et Mat emboîtèrent le pas à l'artiste, qui ne ralentit pas pour se laisser rattraper. En chemin, il se désintéressa des gens qui regardaient sa cape ou lui demandaient s'il était bien un trouvère. Remontant les rues comme si elles étaient désertes, il força les deux jeunes gens à courir pour ne pas se laisser semer.

L'auberge fut en vue bien plus tôt que l'aurait cru Rand. Et quand ils entrèrent dans la cour Perrin jaillit du bâtiment, encore occupé à fixer sa cape sur son épaule, et manqua les percuter de plein fouet.

— Tu as parlé de ton rêve ? demanda Rand.

— Réponds par la négative ! implora Mat.

L'apprenti forgeron ne cacha pas sa perplexité.

— Quelle mouche vous pique ? Je n'ai rien dit. Il n'y a même pas une heure que je suis debout... Essayer de ne pas penser au cauchemar – et de ne pas en parler – m'a flanqué la migraine de ma vie. (Il désigna le trouvère.) Pourquoi l'avez-vous mis au courant ?

— C'était ça ou devenir fou, répondit Rand.

— Les explications attendront, dit Thom en désignant les clients et les employés qui entraient et sortaient de l'auberge.

— D'accord, dit Perrin, toujours troublé. (Il se flanqua une grande claque sur le front.) Vous avez failli me faire oublier pourquoi je vous attendais impatiemment ! Bon, j'aurais mieux aimé perdre la mémoire, mais... Voilà : Nynaeve est ici.

— Par le sang et les cendres ! s'exclama Mat. Comment a-t-elle fait ? Le bac... Moiraine...

— Tu crois qu'un vulgaire naufrage peut arrêter notre Sage-Dame ? demanda Perrin. Maître Haute-Tour se terrait dans sa chambre – ne me demandez pas comment il a fait pour retraverser la rivière – mais elle l'en a sorti de force, avec mission de trouver une barque assez grande pour un cheval et sa cavalière. Ensuite, elle l'a obligé à ramer lui-même avec l'aide d'un seul de ses haleurs.

— Que la Lumière me brûle ! s'écria Mat.

— Que fait-elle ici ? demanda Rand.

Ses deux amis le foudroyèrent du regard.

— Elle vient nous chercher, dit Perrin. Elle parle avec maîtresse Alys, dans l'auberge, et l'atmosphère est assez glaciale pour qu'il neige.

— Et si nous nous défilions, pour une fois ? proposa Mat. Comme dit mon père, quand rien ne l'y oblige, seul un fou met la main dans un nid de frelons.

— Elle ne peut pas nous forcer à rentrer, dit Rand. Si l'attaque des Trollocs n'a pas suffi à la convaincre, nous allons devoir nous en charger.

Mat fronça les sourcils pendant tout le discours de son ami, qu'il ponctua d'un sifflement modulé.

— Tu as essayé de la convaincre quand elle campait sur sa position ? Moi oui… Voici ce que je propose : attendons la nuit, et gagnons discrètement nos chambres…

— D'après ce que j'ai vu de cette jeune femme, intervint Thom, elle n'est pas du genre à lâcher prise aisément. Si elle rencontre de la résistance, elle risque de faire du grabuge, et d'attirer l'attention sur nous – en d'autres termes, la dernière chose que nous voulons !

Les trois garçons en eurent la chique coupée. Après s'être consultés du regard, ils poussèrent un gros soupir collectif et entrèrent dans l'auberge, sinistres comme s'ils allaient affronter une horde de Trollocs.

16

La Sage-Dame

Perrin ouvrit la marche, guidant ses amis dans les entrailles de l'auberge. Concentré sur ce qu'il prévoyait de dire à Nynaeve, Rand ne vit pas Min – jusqu'à ce qu'elle l'attrape au vol par un bras et le tire à l'écart. Les deux autres garçons et Thom firent quelques pas de plus, puis ils s'aperçurent que Rand ne suivait plus et s'immobilisèrent à leur tour.

— Rand, dit Thom, l'heure n'est pas à conter fleurette…

Min foudroya du regard le trouvère aux cheveux blancs.

— Si tu allais jongler ailleurs, l'artiste ? lança-t-elle agressivement.

— Je suis vraiment pressé, fit Rand. Surtout si tu veux encore me dire que je ne t'échapperai pas, ou un truc dans ce genre…

Le jeune homme tenta de se dégager. Mais, chaque fois qu'il parvenait à lui faire lâcher prise, Min le harponnait de nouveau à la vitesse de l'éclair.

— Tu crois que j'ai du temps à perdre avec tes idioties ? Vas-tu arrêter de gigoter ?

Min baissa le ton :

— Une femme est arrivée très récemment. Plus petite que moi, très jeune, avec des yeux noirs et des cheveux bruns tressés. Elle est impliquée dans cette affaire, comme toi, les deux autres garçons et la jeune fille.

Rand en resta muet de surprise.

Nynaeve ? Comment pourrait-elle être impliquée ?

— C'est impossible…

— Tu la connais ?

— Oui, et elle ne peut pas être liée à…

— Les étincelles, Rand ! En arrivant, cette femme a rencontré maîtresse Alys, et il y avait des étincelles, alors qu'elles n'étaient que deux.

Hier, pour en voir, je devais être en présence de trois d'entre vous au minimum. Aujourd'hui, il y a une nette… accélération… du processus, si on peut dire. (Min regarda les trois compagnons de Rand, qui s'impatientaient et n'en faisaient pas mystère.) Je suis étonnée que l'auberge n'ait pas pris feu. Cela dit, vous êtes plus menacés aujourd'hui qu'hier. Et ce depuis l'arrivée de cette femme…

Rand jeta lui aussi un coup d'œil à ses amis. Tendu comme un arc, Thom semblait sur le point de venir le chercher de force.

— Elle ne fera rien pour nous nuire, ne t'inquiète pas… Mais moi, il va falloir que j'y aille.

Cette fois, Rand réussit à libérer son bras. Ignorant les protestations de Min, il rejoignit les autres et tous se remirent en chemin. Quand il se retourna, le jeune homme vit que la femme tendait vers lui un poing vengeur – la façon universelle d'exprimer une profonde frustration.

— Que t'a-t-elle dit ? demanda soudain Mat.

— Nynaeve est impliquée dans cette histoire, répondit Rand sans trop réfléchir.

Voyant que Mat se préparait à poser une question, il le gratifia d'un regard glacial qui le laissa bouche bée.

— Dans quelle histoire ? demanda Thom à voix basse. (Il désigna Min.) Cette fille sait quelque chose ?

Alors que Rand réfléchissait à ce qu'il allait dire, Mat ne put se retenir de répondre à sa place :

— Bien sûr qu'elle est impliquée ! lança-t-il. Elle est dans la droite ligne de la malchance qui nous poursuit depuis la Nuit de l'Hiver. Pour vous, voir débarquer la Sage-Dame n'est peut-être pas une grande affaire. Moi, je préférerais qu'il y ait des Capes Blanches dans toute l'auberge…

— Min a vu Nynaeve arriver, répondit Rand à la deuxième question du trouvère, puis parler avec maîtresse Alys… Elle a supposé que ç'avait un rapport avec nous…

Thom parut avoir du mal à gober cette explication fumeuse. En revanche, Mat et Perrin l'acceptèrent sans arrière-pensée. Rand détestait leur cacher des choses, mais il pensait avant tout à la sécurité de Min, sûrement fort compromise si son talent très particulier venait à être connu des Capes Blanches.

Perrin s'arrêta devant une porte. Malgré sa carrure impressionnante, il hésita, comme s'il manquait de courage. Inspirant à fond, il regarda ses amis, quêtant leur soutien, puis ouvrit la porte et la franchit. Ses trois compagnons le suivirent. Passant le dernier, Rand se chargea de refermer derrière lui.

Dans le salon privé où ils avaient dîné la veille, des flammes crépitaient dans la cheminée, faisant briller l'argent de la carafe et des gobelets posés sur la table. Se défiant du regard, Moiraine et Nynaeve étaient assises chacune à un bout de la table. Tous les autres sièges étant libres, la scène parlait d'elle-même. Très calme, l'Aes Sedai gardait les mains bien à plat sur la table. Serrant dans un poing le bout de sa natte, Nynaeve tirait dessus par à-coups, comme quand elle se montrait particulièrement peu coopérative avec le Conseil du village.

Perrin a raison, elle vient nous chercher…

Malgré le feu dans la cheminée, l'atmosphère était bel et bien glaciale – l'œuvre exclusive des deux femmes.

Appuyé au manteau de la cheminée, Lan se frottait frileusement les mains en contemplant les flammes. Adossée à un mur, Egwene portait sa cape de voyage, capuche relevée.

Thom, Mat et Perrin s'immobilisèrent dans l'entrée. Si mal à l'aise qu'il fût, Rand avança jusqu'à la table.

Il faut parfois prendre le loup par les oreilles, pensa-t-il, se remémorant un vieux dicton.

Mais il y en avait un autre, qu'on citait rarement : « Quand on a pris un loup par les oreilles, le lâcher est aussi difficile que continuer à le tenir. »

Sous les regards croisés des deux femmes, Rand sentit ses joues s'embraser, mais il s'assit néanmoins à mi-distance de chacune. Après une longue minute de silence tendu, Egwene, Perrin et Mat vinrent s'asseoir près de Rand. Tirant sur sa capuche, la jeune fille noya son visage dans les ombres – de toute façon, les fugitifs de Champ d'Emond évitaient de se regarder.

— Eh bien, souffla Thom, toujours debout près de la porte, voilà au moins une bonne chose de faite…

— Puisque tout le monde est là, dit Lan, vous accepterez peut-être mon offre. (Il approcha de la table et servit un gobelet de vin qu'il tendit à Nynaeve.) Allons, inutile de prendre cet air soupçonneux. Il n'y a aucun danger. Vous avez vu l'aubergiste apporter le vin, et aucun de nous n'a eu l'occasion d'y ajouter quelque chose… N'ayez pas peur, Sage-Dame.

Nynaeve fit la moue, car elle détestait qu'on la suspecte d'avoir peur, mais elle accepta le gobelet et souffla un « merci » sans grand enthousiasme.

— Je me demande comment vous nous avez trouvés, dit Lan.

— Moi aussi, lui fit écho Moiraine. Maintenant qu'Egwene et les garçons sont là, consentirez-vous à parler ?

Avant de répondre, Nynaeve but une gorgée de vin.

— Baerlon était la seule destination logique. Par sécurité, j'ai quand même suivi votre piste. Que de tours et de détours ! Mais vous deviez tenir à ne pas croiser d'honnêtes gens…

— Vous avez suivi notre piste ? répéta Lan. (La première fois que Rand le voyait surpris par quelque chose.) Je deviens négligent…

— Il y avait très peu d'empreintes, mais je vaux largement tous les éclaireurs de Deux-Rivières, à part peut-être Tam al'Thor.

Elle hésita, puis se décida à expliquer :

— Mon père m'emmenait à la chasse avec lui, quand il était encore de ce monde. Il m'a appris tout ce qu'il aurait aimé transmettre au fils qu'il n'a jamais eu.

Nynaeve défia Lan du regard, mais il hocha la tête, comme s'il comprenait cette démarche.

— Si vous avez remonté une piste brouillée par mes soins, dit-il, c'était un sacrément bon professeur. Même dans les Terres Frontalières, peu d'hommes pourraient égaler cet exploit.

Nynaeve baissa la tête comme si elle voulait tremper le nez dans son gobelet. Stupéfait, Rand vit qu'elle avait rougi. D'habitude, rien ne la prenait au dépourvu. Elle pouvait exploser de colère, se sentir vexée (très souvent), mais rien ne la surprenait. Et là, un simple compliment…

— Maintenant, dit Moiraine, vous daignerez peut-être répondre à mes questions. Me suis-je dérobée aux vôtres ?

— Vous m'avez débité des contes à dormir debout dignes d'un trouvère, répondit Nynaeve du tac au tac. Mais un unique fait demeure : pour une raison que seule la Lumière pourrait dire, quatre jeunes gens sont partis avec une Aes Sedai.

— Nous vous avons déjà dit que nul ne connaît la véritable nature de Moiraine, par ici, rappela Lan. Seriez-vous incapable de tenir votre langue ?

— Pourquoi devrais-je devenir votre complice ? Je suis là pour ramener Egwene et les trois garçons au village, pas pour vous aider à les enlever.

— Si vous voulez qu'ils revoient Champ d'Emond, intervint Thom, soyez un peu plus prudente ! Dans cette ville, certains tueraient Moiraine s'ils savaient qui elle est vraiment. Et Lan ne serait pas épargné non plus…

Le trouvère approcha de la table, s'appuya dessus et se pencha vers Nynaeve, sa longue moustache et ses sourcils broussailleux paraissant soudain menaçants.

Nynaeve eut d'abord un mouvement de recul instinctif. Mais elle se ressaisit très vite, redressant fièrement le dos.

Thom ne sembla pas remarquer cette réaction.

— Si une rumeur arrive à leurs oreilles, ces prédateurs déferleront sur l'auberge comme une colonie de fourmis rouges. La haine les consume et ils rêvent de tuer ou de capturer les gens comme Moiraine et Lan. Et Egwene ? Les garçons ? Vous-même ? Aux yeux des Capes Blanches, et surtout des Confesseurs, il n'y aura pas de différence ! Croyez-moi, vous détesterez leur façon de poser des questions, surtout quand la Tour Blanche est en cause. Toute personne qui passe entre leurs mains est jugée coupable *a priori* puis condamnée à mort. Découvrir la vérité ne les intéresse pas, puisqu'ils sont sûrs de la connaître déjà… Leurs fers et leurs tenailles ont pour but d'arracher des confessions, un point c'est tout. Si vous voulez survivre, Sage-Dame, n'oubliez pas que certains secrets sont trop dangereux pour être dits à voix haute, même quand on croit que personne n'écoute.

» Un conseil que je donne généralement aux gens quand il est trop tard. Là, j'aurai fait de mon mieux.

— Jolie tirade, trouvère ! s'exclama Lan. Je suis surpris que tu te sentes concerné à ce point…

Thom ne frémit pas sous l'éternel regard évaluateur du Champion.

— Tout le monde sait que je suis arrivé avec vous… Je ne tiens pas à affronter un Confesseur armé d'un fer chauffé au rouge qui entendra me faire expier mes fautes et marcher de nouveau dans la gloire de la Lumière.

— Une raison de plus pour qu'Egwene et les autres repartent avec moi demain matin, dit Nynaeve. Voire cet après-midi. Plus vite ils seront loin de vous – et près de Champ d'Emond – mieux ça vaudra.

— C'est impossible ! s'écria Rand.

Mat et Perrin reprirent son exclamation, une initiative qui le combla d'aise. Contrainte de foudroyer du regard trois personnes, la Sage-Dame perdrait un peu de sa force de frappe…

Hélas, Rand avait parlé le premier, et tous les regards se braquèrent sur lui. Les mains croisées, Moiraine elle-même le dévisageait.

Non sans effort, il parvint à soutenir le regard de la Sage-Dame.

— Si nous retournons au village, les Trollocs reviendront. Parce qu'ils nous traquent… Je ne sais pas pourquoi, mais c'est ainsi. À Tar Valon, nous en apprendrons peut-être plus. C'est notre seule chance de régler le problème.

— On croirait entendre Tam ! s'exclama Nynaeve. Il s'est fait transporter pour assister à la réunion du village, et il a tenté de convaincre tout le monde. Un peu plus tôt, il s'était déjà cassé les dents devant le Conseil. La Lumière seule sait comment votre… maîtresse Alys… s'y est prise pour lui faire gober ces fadaises. D'habitude, il est plus sensé que la majorité des hommes.

» Les conseillers ne sont pas des parangons d'intelligence, mais quand même, il y a des limites ! Les villageois n'ont pas marché non plus. Mon plan a été adopté à l'unanimité. Alors qu'il ne tenait pas debout, Tam a demandé à être chargé de vous retrouver. Rand, le crétinisme doit être un trait familial, chez vous…

— Et mon père, qu'a-t-il dit ? demanda Mat.

— Il a peur que tu essaies tes astuces sur des étrangers et que tu te fasses défoncer le crâne. Cette éventualité semblait l'inquiéter davantage que votre maîtresse Alys. Mais il n'a jamais été beaucoup plus brillant que toi…

Ignorant de quelle façon prendre cette remarque, Mat se demanda comment répliquer. Si ça en valait la peine, toutefois…

— Je suppose…, commença Perrin, hésitant, enfin, j'ai idée que maître Luhhan n'a pas été enchanté par mon départ ?

— Tu t'attendais à quoi ? répliqua Nynaeve. (Elle se tourna vers Egwene.) De la part des garçons, aucune bêtise ne m'aurait surprise. Mais je pensais que certaines personnes avaient la tête sur les épaules…

Egwene s'adossa à son siège afin d'être à demi dissimulée par Perrin.

— J'ai laissé une lettre, dit-elle. (Comme si elle craignait de dévoiler sa chevelure détressée, elle tira sur la capuche de sa cape.) Pour tout expliquer…

Nynaeve se rembrunit davantage.

Rand devina qu'elle allait se lancer dans un de ses sermons, et que celui-ci compterait parmi ses plus virulents. Si elle arrêtait sa décision sous le coup de la colère – leur ordonnant par exemple de rentrer avec elle –, il serait impossible de la faire changer d'avis.

Des mesures préventives s'imposaient.

— Une lettre ! rugit Nynaeve.

— Sage-Dame, dit Moiraine, la coupant dans son élan, nous devons parler…

Rand avait déjà ouvert la bouche pour mettre son plan en application, et il fut incapable d'empêcher les mots de quitter sa gorge comme un torrent déchaîné qui jaillit d'une montagne :

— Tout ça ne nous avance à rien, s'entendit-il dire. Rebrousser chemin n'a pas de sens. Il faut continuer…

Sa voix s'étranglant sur la fin, il avait prononcé sa dernière phrase d'un ton presque inaudible.

Avec un bel ensemble, la Sage-Dame et l'Aes Sedai le foudroyèrent du regard. Le genre de rappel à l'ordre qu'un homme s'attirait quand il venait parler du Cercle des Femmes aux villageoises. Une façon de lui rappeler qu'il fourrait son nez dans ce qui ne le regardait pas.

— Sage-Dame, dit Moiraine, vous devez comprendre qu'ils courront moins de risques avec moi qu'en retournant à Deux-Rivières.

— Moins de risques ? Alors que vous les avez amenés dans une ville truffée de Capes Blanches ? Ces mêmes Capes Blanches, si on en croit le trouvère, qui risquent de les torturer à cause de vous ? Aes Sedai, comment osez-vous prétendre qu'ils seront en sécurité en votre compagnie ?

— Je ne pourrai pas les protéger de tout, concéda Moiraine, mais, s'ils prennent le chemin du retour, garantissez-vous qu'ils ne seront pas foudroyés par un éclair ? Hélas, ce n'est pas de ça qu'ils doivent avoir peur, ni même des Capes Blanches. La véritable menace, ce sont le Ténébreux et ses Suppôts. Et là, je peux intervenir. Entrer en contact avec la Source Authentique, toucher le *saidar*, voilà qui me fournit une protection, comme à toutes les Aes Sedai.

Nynaeve eut une moue sceptique. Moiraine en pinça les lèvres de colère, pourtant elle continua, pas loin de perdre patience mais encore capable de se retenir un peu :

— Même les pauvres mâles qui canalisent le Pouvoir pour un temps, oui, même eux bénéficient de cette protection ! Pas toujours, cependant, parce que toucher le *saidin* peut rendre plus vulnérable, à cause de la souillure. Comme toutes mes sœurs, je sais faire bénéficier autrui de ce qui me protège. Aucun Blafard ne nuira à Egwene et aux autres tant qu'ils seront assez proches de moi, comme en ce moment. D'autre part, Lan sent à distance l'approche d'un Trolloc, et ce sixième sens ne le trompe jamais. S'ils retournent à Champ d'Emond avec vous, offrirez-vous à ces jeunes gens la moitié de ce que nous mettons à leur disposition ?

— Des arguments spécieux…, rétorqua Nynaeve. À Deux-Rivières, nous avons un proverbe : « Que les ours vainquent les loups, ou que les loups vainquent les ours, ce sont toujours les lapins qui perdent. » Choisissez un autre champ de bataille et laissez en paix les braves gens de mon village.

— Egwene, dit Moiraine, veux-tu bien faire sortir les autres et me laisser seule avec la Sage-Dame ?

Le visage de marbre, Nynaeve s'adossa au siège de son fauteuil, concentrée comme si elle s'apprêtait à livrer un duel à mort.

Egwene se leva d'un bond, peut-être un peu ennuyée d'être éjectée, mais soulagée d'éviter une confrontation au sujet de ses cheveux avec la Sage-Dame. D'un simple regard, elle fit l'appel de ses « troupes », qui lui obéirent en un clin d'œil. Mat et Perrin faillirent renverser leur chaise tant ils se précipitèrent, puis ils murmurèrent de vagues excuses en prenant la tangente vers la sortie. Sur un geste discret de Moiraine, Lan s'en fut également, entraînant Thom avec lui.

Rand suivit le mouvement. Le Champion referma la porte et entreprit de monter la garde dans le couloir. Sous son regard d'aigle, les autres s'éloignèrent jusqu'à ce qu'il ne leur soit plus possible d'entendre la conversation des deux femmes. Lorsqu'ils furent à une distance qu'il jugea suffisante, Lan s'adossa au mur. Même sans sa cape aux couleurs fluctuantes, on ne le remarquait pas avant d'arriver à son niveau…

Rappelant qu'il avait mieux à faire de son temps, Thom s'éclipsa en lançant aux garçons, sans se retourner :

— N'oubliez pas ce que je vous ai dit !

Personne d'autre ne manifesta l'intention de s'en aller.

— À quoi faisait-il allusion ? demanda Egwene, les yeux rivés sur la porte du salon privé.

Elle abaissa la capuche de sa cape, comme si elle continuait à hésiter entre la dissimulation et la franchise. Mais Nynaeve n'était pas là pour voir ses cheveux détressés…

— Il nous a donné un conseil, éluda Mat.

— Oui, ne pas jacasser avant d'avoir réfléchi à ce qu'on allait dire ! s'écria Perrin avec un regard noir pour son ami.

— Un bon conseil, dirait-on, fit Egwene, très distraitement.

Rand n'écoutait plus, immergé dans ses pensées. Comment Nynaeve pouvait-elle être impliquée dans cette aventure ? Et lui, comment pouvait-il se retrouver mêlé à des histoires de Trollocs, de Blafards et de cauchemars où apparaissait Ba'alzamon ? Et Mat ? Et Perrin ? C'était absurde !

Min avait-elle parlé de l'implication de Nynaeve à Moiraine ?

Que peuvent bien se dire ces deux femmes ?

Quand la porte s'ouvrit enfin, Rand n'aurait su estimer combien de temps il avait passé à attendre dans le couloir. Nynaeve se montra la première et sursauta dès qu'elle aperçut Lan. Au passage, le Champion lui souffla quelques mots qui semblèrent l'agacer au plus haut point, puis il entra dans le salon privé, frôlant la Sage-Dame qui finissait d'en sortir.

Nynaeve se tourna vers Rand. Brusquement, le jeune homme s'avisa que ses amis étaient partis. Il ne tenait pas à affronter seul la Sage-Dame, mais comment faire autrement, maintenant qu'elle le regardait dans les yeux ?

Un regard particulièrement inquisiteur, songea Rand. *Que se sont-elles dit, bon sang ?*

Pendant que la Sage-Dame approchait, il se redressa de toute sa hauteur.

— Tu la portes très naturellement, désormais, dit-elle en désignant l'épée de Tam. J'aurais préféré que ce ne soit pas le cas, mais bon… Tu as grandi, Rand.

— En une semaine ?

Le jeune homme eut un rire forcé. Nynaeve secoua la tête, comme si elle se désolait qu'il n'ait pas compris ce qu'elle avait voulu dire.

— Elle vous a convaincue ? Il n'y a vraiment pas d'autre solution… (Rand pensa aux fameuses étincelles de Min.) Vous nous accompagnez ?

La Sage-Dame écarquilla les yeux de surprise.

— Pardon ? Pourquoi ferais-je une chose pareille ? Jusqu'à mon retour, Mavra Mallen, de Promenade de Deven, me remplacera à Champ d'Emond, mais elle n'a pas l'intention de s'y éterniser. J'espère encore vous ramener à la raison et vous convaincre de rentrer avec moi.

— Nous ne pouvons pas…

Rand crut voir un mouvement du côté de la porte du salon, toujours ouverte, mais personne ne se montra.

— Tu me l'as déjà dit, et elle aussi… Si elle ne trempait pas dans cette affaire… Rand, les Aes Sedai ne sont pas dignes de confiance.

— Je sens que vos certitudes sont ébranlées, dit Rand, saisissant l'occasion au vol. Que s'est-il passé au village, lors de la réunion ?

Avant de répondre, Nynaeve jeta un coup d'œil à la porte du salon, mais rien ne bougeait.

— Une vraie catastrophe, comme d'habitude, mais *elle* ne doit pas savoir que nous sommes incapables de débattre sereinement. Moi, je n'ai qu'une conviction : tant que vous serez avec elle, votre vie ne tiendra qu'à un fil.

— Il est vraiment arrivé quelque chose… Puisque vous avez un doute, pourquoi vouloir nous forcer à rentrer ? Et pourquoi êtes-vous venue ? C'est exactement comme si le bourgmestre s'était déplacé en personne.

— Tu as vraiment grandi, dit Nynaeve, amusée. (Mal à l'aise, Rand sauta nerveusement d'un pied sur l'autre.) Je me souviens d'un temps, pas si lointain, où tu ne te serais pas étonné de mes déplacements et encore moins de mes actes.

Rand ne se laissa pas démonter.

— Je ne comprends toujours pas… Que venez-vous faire, en réalité ?

Nynaeve jeta un nouveau coup d'œil à la porte, puis elle prit Rand par le bras.

— Si nous marchions un peu en parlant ?

Le jeune homme se laissa entraîner. Dès qu'ils furent assez loin du salon pour ne pas risquer d'être entendus, Nynaeve revint aux choses sérieuses :

— La réunion a tourné à la foire d'empoigne, comme d'habitude. Tout le monde était d'accord pour qu'on envoie quelqu'un vous chercher, mais les villageois se sont très vite divisés en deux camps. Le premier voulait que vous soyez sauvés, mais insistait sur la difficulté de l'opération liée à l'identité de votre… accompagnatrice…

Rand nota avec satisfaction que Nynaeve surveillait ses propos.

— L'autre camp partageait la position de Tam ?

— Pas vraiment, puisqu'il ne voulait pas non plus vous savoir parmi des étrangers, surtout avec quelqu'un comme… elle. Quoi qu'il en soit, presque tous les hommes désiraient partir à votre recherche. Ton père, Bran al'Vere, avec sa grosse chaîne de bourgmestre autour du cou, et même Haral Luhhan, jusqu'à ce que sa femme le force à se rasseoir. Cenn Buie lui-même s'y est mis ! Que la Lumière me protège des mâles qui réfléchissent avec la toison qui couvre leur poitrine ! L'ennui, c'est qu'ils sont tous comme ça… (Nynaeve regarda Rand comme s'il était coupable de tous les crimes de l'histoire.) J'ai vite compris qu'il faudrait au minimum un jour supplémentaire de palabres pour arrêter une décision. Sans trop savoir pourquoi, j'étais sûre que nous n'avions pas de temps à perdre. J'ai donc convoqué une réunion du Cercle des Femmes pour exposer le plan que je venais d'imaginer. Mes sœurs n'ont pas beaucoup aimé, mais elles ont dû reconnaître que j'avais raison. Maintenant, tu sais pourquoi je suis ici : parce que les hommes de Champ d'Emond sont des têtes de mule, tout simplement. Bien que je les aie prévenus de mon départ, ils doivent toujours discutailler pour désigner un émissaire…

Le récit de Nynaeve expliquait sa présence d'une manière très convaincante. À part ça, on en était toujours au même point : elle voulait ramener au bercail les quatre brebis égarées.

— Que t'a-t-elle dit pendant votre tête-à-tête ? demanda Rand en désignant le salon privé.

Moiraine n'avait pas dû être avare d'objections. Mais, si elle en avait raté une, il était prêt à se substituer à elle.

— En gros, la même chose que toi. Elle m'a aussi interrogée sur les autres garçons et sur toi, sans doute pour savoir comment et pourquoi vous aviez attiré l'attention de… qui tu sais.

» J'ai vite compris son manège : avant tout, elle voulait découvrir si l'un de vous est né à l'extérieur de Deux-Rivières…

Soudain tendu à craquer, Rand réussit pourtant à ricaner.

— Elle a de drôles de préoccupations, dit-il. Vous lui avez assuré que je suis un natif de Champ d'Emond, j'espère ?

— Bien entendu…, répondit la Sage-Dame avec un retard infime que Rand n'aurait pas perçu dans d'autres circonstances.

Il aurait voulu parler, mais sa langue lui parut aussi lourde et aussi raide qu'un morceau de vieux cuir.

Elle sait !

Quoi d'étonnant, après tout ? La Sage-Dame était censée tout connaître des villageois.

— Tu vas bien ? demanda soudain Nynaeve.

— Il a dit… dit… que je n'étais pas son fils. Quand Tam était blessé, et brûlant de fièvre, il a raconté comment il m'a trouvé. Moi, j'ai cru que…

La gorge en feu, le jeune homme fut contraint de se taire.

— Oh ! Rand…, soupira Nynaeve. (Elle se hissa sur la pointe des pieds et prit entre ses mains la tête du jeune homme.) Sous l'influence de la fièvre, les gens disent d'étranges choses. Des mensonges ou des inventions, le plus souvent. Écoute-moi bien, à présent : quand il avait ton âge, Tam al'Thor a quitté Deux-Rivières pour partir en quête d'aventure. Lorsqu'il est revenu, il avait à son bras une femme rousse qui serrait contre elle un bébé. Kari al'Thor te prodiguait autant d'amour qu'une mère peut en offrir à son fils. J'ai bien dit « son » fils, Rand. C'est-à-dire toi. À présent, veux-tu bien revenir à la raison ?

— Bien sûr…, souffla le jeune homme. Bien sûr…

Je suis bien né hors de Deux-Rivières.

Tam ne délirait peut-être pas… Et il avait sans doute trouvé un bébé après une bataille…

— Pourquoi n'en avez-vous pas parlé à… maîtresse Alys ?

— Ça ne regarde pas une étrangère.

— Mat et Perrin sont-ils tous les deux nés sur le territoire ? demanda Rand. Ou à l'extérieur ?

Dès qu'il eut formulé sa question, il secoua la tête :

— Non, oubliez ça, ça ne me regarde pas non plus !

Mais il restait toujours utile de découvrir pourquoi Moiraine s'était intéressée à lui de si près – et aux autres également, bien entendu.

— C'est exact, ça ne te regarde pas, approuva la Sage-Dame. Et, de toute façon, ce n'est peut-être pas pertinent. Cette femme cherche à savoir pourquoi des monstres s'en sont pris à trois garçons de Champ d'Emond. Elle explore toutes les pistes, et c'est bien normal…

Rand eut un pâle sourire.

— Donc, vous croyez aussi qu'on nous traque…

Nynaeve secoua la tête, agacée.

— Depuis que tu *la* fréquentes, tu as appris à interpréter de travers les propos des autres, dirait-on !

— Qu'allez-vous faire ? demanda Rand.

Nynaeve le dévisagea, mais il ne broncha pas sous son regard brûlant.

— Pour commencer, je vais prendre un bain. Ensuite, il nous faudra aviser…

17

Des spectateurs, des Quêteurs et des guetteurs

Lorsque la Sage-Dame l'eut quitté, Rand fila dans la salle commune. Il avait envie d'entendre des rires et des cris, afin d'oublier les propos que lui avait tenus Nynaeve et les ennuis qu'elle s'apprêtait à lui faire…

Si la salle était bondée, personne ne riait ni ne criait. Devant des spectateurs fascinés – tous les sièges étaient pris et des gens se massaient contre les murs –, Thom Merrilin donnait sa représentation. Perché sur une table, ses gestes assez théâtraux pour être vus de loin, il déclamait un extrait de *La Grande Quête du Cor*. Un de ses textes favoris, mais personne ne s'en plaignait, loin de là, car il y avait tant de choses à dire sur ce sujet. Chaque Quêteur était intéressant et il y en avait tant eu, au fil des siècles, qu'aucune histoire ne ressemblait aux autres. En fait, pour réciter toute la geste, il aurait sans doute fallu plus d'une semaine…

Alors que le crépitement des feux dans les cheminées faisait un curieux contre chant à sa harpe, le trouvère déclama d'une voix vibrante d'émotion martiale :

— Filant vers les huit coins du monde, ces huit piliers des cieux battus par les bourrasques du temps, en des lieux où le destin tire par la houppette les puissants comme les humbles, les Quêteurs chevauchaient dans un roulement de tonnerre ! Et, le plus grand et le plus noble d'entre eux, savez-vous comment il se nommait ? Rogosh de Talmour, surnommé Rogosh à l'Œil d'Aigle, un brave parmi les braves vénéré à la cour du haut roi et redouté jusque sur les pentes du mont Shayol Ghul…

Les Quêteurs, sans exception, étaient tous de formidables héros… Dès qu'il eut repéré ses deux amis, Rand les rejoignit et réussit à poser la moitié d'une fesse sur la place que Perrin lui ménagea au bout d'un banc. Les bonnes odeurs de cuisine qui flottaient dans la salle rappelèrent au jeune homme qu'il était affamé. Mais les clients déjà servis n'accordaient aucune attention à leur assiette et les servantes qui auraient dû apporter de nouveaux plats, debout sur les côtés de la salle, ne quittaient pas Thom du regard, comme s'il les hypnotisait. Bizarrement, personne ne protestait. Si délectables que fussent la nourriture et les diverses boissons, écouter semblait plus important que se remplir la panse, pour une fois.

— … Marquée comme sienne à la naissance, Blaes ne plia pourtant pas l'échine devant le Ténébreux. Devenir un Suppôt des Ténèbres, jamais ! Pas Blaes de Matuchin, plus solide qu'un frêne, plus souple qu'une branche de saule et belle comme une rose ! Blaes aux Cheveux de Soleil ! Résolue à mourir plutôt que de pousser un seul cri !

» Écoutez, braves gens, l'écho des sonneries de trompette venues des hautes tours de la cité, assourdissantes et arrogantes. Les hérauts d'une grande dame annoncent l'arrivée d'un héros à sa cour. Que tonnent les tambours et que chantent les cymbales ! Rogosh à l'Œil d'Aigle vient rendre hommage à…

Quand il eut fini de raconter la célèbre histoire du *Marché de Rogosh*, Thom prit tout juste le temps de vider une chope de bière avant d'enchaîner sur la *Bataille de Lian*. En voix et en verve, il passa ensuite à la *Chute d'Aleth-Loriel*, puis à l'*Épée de Gaidal Cain* et enfin à la *Dernière Chevauchée de Buad d'Albhain*.

Au fil de la soirée, les pauses entre les récits se firent plus longues. Quand le trouvère abandonna la harpe pour s'emparer de sa flûte, son public comprit qu'il n'y aurait plus d'histoires pour ce soir-là. S'asseyant modestement à côté de la table, deux musiciens – l'un jouant du tambour et l'autre du cymbalum – accompagnèrent le trouvère.

Les trois jeunes gens de Champ d'Emond tapèrent dans leurs mains dès qu'ils entendirent les premières notes d'une chanson intitulée *Le vent qui fait trembler les saules*. Ils ne furent pas les seuls. Adoré à Deux-Rivières, le morceau était également un grand succès à Baerlon. Dans la salle, plusieurs spectateurs entonnèrent les paroles, chantant assez juste pour que personne ne leur crie de mettre une sourdine :

Mon aimée est partie, emportée par le vent
Qui fait trembler les saules.
Et le pays entier est battu par le vent
Qui fait trembler les saules.
Mais je la garderai serrée contre mon cœur
Blottie dans ma mémoire
Et avec son amour pour dissiper mes peurs

Et me rendre l'espoir
Je reviendrai chanter nos plus tendres paroles
Sans redouter le vent qui fait trembler les saules.

La deuxième chanson n'était pas aussi triste. En réalité, *Juste un seul seau d'eau*, une mélodie déjà très enlevée, paraissait par contraste encore plus entraînante et encore plus joyeuse – une stratégie qui ne devait rien au hasard, à en juger par l'air réjoui du trouvère lorsque des spectateurs enthousiastes commencèrent à déplacer les tables pour dégager une piste de danse.

Tandis que les observateurs tapaient du pied pour marquer la cadence, la première farandole s'acheva sur un fou rire général. Pliés en deux d'hilarité, les acteurs de cette allègre exhibition quittèrent la piste pour céder la place à de nouveaux « artistes ».

Thom joua les premières notes des *Oies sauvages à tire-d'aile*, puis il s'interrompit afin de laisser les danseurs se mettre en place.

— J'ai des fourmis dans les jambes ! lança Rand en se levant souplement.

Perrin l'imita presque dans le même temps. Dernier à réagir, Mat dut se résigner à surveiller les capes de ses amis, sans parler de leurs armes.

— Ne me laissez pas faire tapisserie toute la soirée ! cria-t-il à ses deux compagnons.

Les hommes et les femmes se placèrent face à face, formant deux rangées d'égale longueur. Alors que le tambour puis le cymbalum donnaient le *la*, ils commencèrent à plier les genoux en rythme. La jolie brune qui faisait face à Rand, ses cheveux tressés ravivant le mal du pays du jeune homme, lui sourit timidement, puis lui fit un clin d'œil qui n'avait plus rien de timoré. Quand la flûte entra dans le jeu, Rand avança vers sa partenaire. Alors qu'elle riait aux éclats, la tête inclinée en arrière, il la fit tourner autour de lui puis la confia à l'homme qui le suivait dans sa rangée.

Alors qu'il répétait la manœuvre avec sa partenaire suivante – une des servantes, son tablier blanc tourbillonnant follement –, Rand constata que tout le monde souriait dans la salle commune. Enfin, presque tout le monde… Près de la cheminée, un homme au visage barré d'une cicatrice qui lui fendait le nez et un coin de la bouche restait d'une impassibilité de statue. Quand son regard croisa celui de Rand, le type eut un rictus étrange. Mal à l'aise, le jeune homme détourna les yeux. Avec de tels stigmates, le malheureux n'avait peut-être plus la possibilité physique de sourire.

Rand saisit sa partenaire suivante tandis qu'elle tournait sur elle-même, la fit virevolter et la laissa rejoindre le prochain danseur. Alors que le rythme devenait de plus en plus endiablé, il dansa avec trois autres femmes, puis se retrouva avec la fille aux cheveux noirs tressés pour une rapide « promenade » qui modifia totalement la configuration des rangées. Toujours souriante, la jeune beauté gratifia Rand d'un autre clin d'œil.

Près de la cheminée, le type à la cicatrice foudroyait le jeune homme du regard. Gêné, Rand s'empourpra et manqua un pas ou deux. Il n'avait en aucun cas voulu embarrasser cet homme en le dévisageant – d'ailleurs, il ne pensait pas que son regard s'était attardé au-delà de l'acceptable.

L'arrivée d'une nouvelle partenaire lui fit oublier l'étrange bonhomme. Et il y avait de quoi, car il se trouvait à présent face à Nynaeve.

Comme de juste, il s'emmêla les pinceaux, faillit s'étaler et passa à un souffle d'écraser les orteils de la Sage-Dame. Assez souple et assez gracieuse pour compenser la maladresse de son partenaire, la jeune femme ne prit pas mal son incompétence.

— Je te croyais un meilleur danseur que ça ! lança-t-elle simplement lorsqu'ils se séparèrent.

Après un très court répit – avec une autre servante, semblait-il –, Rand se retrouva en train de gambiller avec Moiraine. S'il s'était senti empoté avec la Sage-Dame, il se tétanisa complètement face à l'Aes Sedai. Alors qu'elle évoluait avec une fluidité remarquable, sa robe ondulant autour d'elle, le jeune homme manqua carrément s'étaler à deux reprises.

Moiraine l'encouragea d'un sourire compatissant qui aggrava encore son malaise. Dans ces conditions, changer de partenaire fut une délivrance – même s'il dut affronter Egwene, cette fois.

Rand recouvra aussitôt un peu de sa superbe. Depuis des années, il dansait avec la fille du bourgmestre, et elle ne l'avait jamais mordu, après tout ! Les cheveux toujours détressés, elle s'était fait une queue-de-cheval avec un ruban rouge.

Un bon compromis pour ne déplaire à personne…

Les lèvres entrouvertes, Egwene semblait vouloir dire quelque chose, mais elle ne se décida jamais, et Rand n'était sûrement pas disposé à faire le premier pas. Après la réception qu'elle lui avait réservée, dans le salon privé, il aurait été fou de s'exposer de nouveau.

Se regardant fort peu souvent, les deux jeunes gens évoluèrent sans desserrer les lèvres.

Lorsque le morceau fut terminé, Rand retourna sur son banc avec un incontestable soulagement. Alors qu'il s'asseyait, quelques notes annoncèrent que la prochaine danse serait une gigue. Alors que Mat se précipitait vers la piste, Perrin rejoignit Rand sur son banc.

— Tu l'as vue ? demanda-t-il avant même d'être assis.

— De qui parles-tu ? La Sage-Dame ou maîtresse Alys ? J'ai dansé avec les deux, mon vieux !

— L'Aes… hum… maîtresse Alys, aussi ? Moi, j'ai seulement eu droit à Nynaeve. J'ignorais qu'elle savait danser, figure-toi. Au village, elle ne participe jamais aux bals.

— Je me demande ce que diraient les mégères du Cercle des Femmes, si elles la voyaient faire… C'est peut-être pour ça qu'elle s'abstient.

La musique, les chants et les applaudissements rythmés les empêchant de s'entendre, Rand et Perrin s'intéressèrent à la gigue qui battait son plein sur la piste.

Du coin de l'œil, Rand remarqua à plusieurs reprises que le type à la cicatrice le regardait fixement. Compte tenu de son état, l'homme avait le droit de se montrer susceptible. Mais, s'il l'avait vexé, le jeune berger ne voyait pas ce qu'il pouvait faire pour arranger les choses. Afin de ne pas les aggraver, il s'efforça de ne pas regarder le balafré, se concentrant sur la piste de danse.

Les réjouissances se prolongèrent jusqu'à très tard dans la nuit. Les servantes ayant fini par se rappeler pourquoi elles étaient là, Rand dévora avidement une solide portion de ragoût accompagnée d'un pain délicieux. Après ce festin, il dansa trois autres fois. L'élément de surprise ne jouant plus, il s'en tira beaucoup mieux lorsqu'il se retrouva de nouveau face à Nynaeve puis à Moiraine. Toutes deux le complimentèrent, ce qui le fit bégayer de confusion. Il dansa également avec Egwene. Cette fois, elle n'évita pas de le regarder et parut à plusieurs reprises sur le point de dire quelque chose. Rand resta aussi muet qu'elle. Cela dit, malgré ce que prétendit Mat lorsqu'il retourna s'asseoir, il ne passa pas tout le morceau à foudroyer sa partenaire du regard.

Moiraine se retira vers minuit. Après une courte hésitation, Egwene la suivit. Les sourcils froncés, Nynaeve la regarda s'éloigner, puis elle participa à une dernière danse avant de partir se coucher, le menton fièrement pointé comme si elle venait de remporter une grande victoire sur l'Aes Sedai.

Un peu plus tard, Thom rangea sa flûte, referma l'étui et résista avec grâce aux assauts des joyeux drilles qui l'imploraient de rester encore un peu.

Lan se chargea de rameuter les trois garçons.

— Nous partons très tôt, demain matin, rappela-t-il. Il est temps d'aller prendre un peu de repos.

— Un type me regarde sans arrêt, dit Mat. Un balafré… Ce ne serait pas… eh bien, un Suppôt de… vous voyez ce que je veux dire ?

Rand se passa un index sur le visage, de la tempe au coin de la bouche en passant au milieu de son nez.

— Elle est comme ça, la cicatrice ? demanda-t-il. Cet homme m'a épié aussi.

Il regarda autour de lui. Une partie des clients s'en allaient et les autres se massaient autour de Thom.

— Il n'est plus là, on dirait…

— Je l'ai remarqué, annonça Lan. Selon maître Fitch, c'est un mouchard au service des Capes Blanches. Rien d'inquiétant pour nous…

Vraiment ? Alors, pourquoi le Champion semblait-il si soucieux ?

Rand jeta un coup d'œil à Mat. À voir son expression pincée, il avait quelque chose à cacher – par exemple une histoire de blague avec des tonneaux ?

Un mouchard ? Bornhald tiendrait à ce point à se venger ?

— Nous partons tôt ? Vraiment tôt ?

Assez tôt pour éviter les ennuis ?

— Dès les premières lueurs de l'aube, oui…

En sortant de la salle commune, Mat continua à chantonner et Perrin s'arrêta plusieurs fois pour exécuter un pas de danse qu'il venait d'apprendre.

Thom rejoignit ses compagnons au pied de l'escalier.

— Où dort Nynaeve ? demanda Mat. Si maître Fitch n'a pas menti, nous avons eu les dernières chambres.

— On a rajouté un lit dans celle d'Alys et Egwene, dit Thom.

Perrin en siffla de surprise et Mat marmonna :

— Par le sang et les cendres ! je ne voudrais pas être à la place d'Egwene, même en échange de tout l'or de Caemlyn.

Une nouvelle fois, Rand déplora que son ami soit incapable de réfléchir plus de deux minutes à un sujet. Leur propre place n'avait rien de confortable, depuis quelques jours…

— Je vais me chercher un verre de lait, dit soudain Rand.

Avec un peu de chance, ça l'aiderait à dormir.

Je ne rêverai peut-être pas, cette nuit…

— Quelque chose ne me plaît pas, ce soir, dit Lan. Ne t'éloigne pas trop. Et n'oublie pas : nous partirons tôt, et, si tu ne tiens pas tout seul sur ta selle parce que tu tombes de sommeil, nous t'attacherons !

Le Champion entreprit de gravir les marches et les autres le suivirent, leur bonne humeur soudain envolée. Rand se retrouva seul dans le couloir. Après avoir eu tant de gens autour de lui, il se sentit très isolé.

Il gagna la cuisine, où il restait encore une employée qui lui donna de bon cœur un bol de lait.

Alors qu'il ressortait en buvant, une silhouette sombre se mit en mouvement, à l'autre bout du couloir, levant ses mains curieusement pâles afin d'abaisser la capuche qui noyait son visage dans les ombres.

Sa cape ne bougeant pas au gré de ses mouvements, l'homme avait un visage blanchâtre – la couleur de certaines limaces qu'on trouvait sous les grosses pierres – auquel manquaient les globes oculaires. Du front jusqu'à la naissance du nez, sa peau était lisse et unie comme la coquille d'un œuf.

Rand sursauta, s'étrangla et renversa une bonne partie de son lait.

— Tu es l'un d'eux, mon garçon, dit le Blafard d'une voix qui évoquait le grincement d'une lime sur du métal ou sur un os.

Rand lâcha son bol et recula. Il aurait voulu courir, mais ses jambes refusaient de lui obéir. Comme hypnotisé par ce visage sans yeux, il continua à reculer à petits pas, l'estomac noué. Il tenta de crier, mais aucun son ne sortit de sa gorge. Chaque inspiration haletante lui faisait un mal de chien…

Le Blafard approchait sans hâte avec la grâce mortelle d'une vipère – dont il semblait arborer les écailles, mais c'était simplement le plastron noir qui couvrait sa poitrine.

Les lèvres exsangues du Myrddraal dessinèrent un sourire cruel.

— Où sont les autres ? demanda-t-il.

Comparée à la sienne, la voix de Bornhald aurait pu passer pour douce et chaleureuse.

— Je sais qu'ils sont ici. Si tu parles, mon garçon, je te laisserai la vie.

Rand sentit qu'il percutait un mur ou une porte – dans sa situation, pas question de tourner la tête pour voir de quoi il s'agissait. Maintenant que ses jambes s'étaient immobilisées, il ne pourrait plus se remettre en mouvement, c'était sûr. Tremblant comme une feuille, il dut se résigner à regarder approcher le Demi-Humain.

— Parle, sinon…

Des bruits de bottes retentirent dans l'escalier. Le Myrddraal se retourna, sa cape noire toujours aussi immobile. Inclinant la tête, il regarda un moment en l'air, comme s'il pouvait voir à travers le bois. Puis une lame aussi noire que ses vêtements apparut dans sa main d'une blancheur cadavérique. Comme si l'arme absorbait une partie de la lumière, il fit soudain beaucoup plus noir dans le couloir.

Les bruits de pas se faisant plus proches, le Blafard se tourna de nouveau vers Rand, eut un ignoble rictus et leva son épée de ténèbres.

Le jeune berger de Champ d'Emond comprit qu'il vivait ses dernières secondes. La lame s'abattit…

… Et s'arrêta à quelques pouces de sa tête.

— Tu appartiens au Grand Seigneur des Ténèbres, croassa le Blafard. Oui, tu es à lui !

Le Demi-Humain se détourna de sa proie et fila dans le couloir. Bientôt, les ombres l'avalèrent et il disparut comme il était venu.

Lan sauta les dernières marches et se reçut souplement dans le couloir, épée au poing.

— Un Blafard…, souffla Rand. Il était…

Soudain, il se souvint qu'il portait lui aussi une épée. Face au Demi-Humain, il l'avait complètement oubliée. Se fichant que ce soit trop tard, désormais, il dégaina la lame au héron et s'écria :

— Il est parti par là !

Lan acquiesça distraitement, comme si son attention était rivée sur autre chose.

— Oui, il s'en va et s'estompe à la manière d'un spectre. Ce n'est pas le moment de le poursuivre, de toute façon. On fiche le camp, berger !

D'autres bruits de pas retentirent dans l'escalier, d'où déboulèrent bientôt Mat, Perrin et Thom, portant leur couverture et leurs sacoches de selle. Son arc glissé sous un bras, Mat n'avait pas encore fini d'enrouler sa couverture.

— On s'en va ? (Rand rengaina sa lame et prit les affaires que lui tendait Thom.) En pleine nuit ?

— Tu veux attendre le retour du Blafard, berger ? Avec des renforts, bien entendu ?

— Je vous accompagnerai de nouveau, dit Thom au Champion. Enfin, si vous n'y voyez pas d'objections. Trop de gens ont noté que je suis arrivé avec vous. Dès demain, faire partie de vos amis ne sera sûrement pas une bonne chose, dans ce coin…

— Tu peux venir avec nous ou galoper jusqu'au mont Shayol Ghul, trouvère ! s'écria Lan.

Il rengaina furieusement son épée, faisant crisser le fourreau.

Un garçon d'écurie entra par la porte de derrière et dépassa les cinq hommes sans leur accorder un regard. Puis Moiraine arriva, maître Fitch à ses côtés, Egwene sur les talons… et Nynaeve dans son sillage. Si la jeune fille paraissait au bord des larmes – l'effet de la terreur –, la Sage-Dame semblait en proie à une colère froide qui n'augurait rien de bon.

— Vous devez prendre la menace au sérieux, maître Fitch, dit Moiraine. Dès ce matin, des ennuis vous guettent. Des Suppôts des Ténèbres, au minimum, et peut-être même pire que ça… Dès que ça commencera, clamez haut et fort que nous sommes partis. Surtout, ne jouez pas les héros. Répétez inlassablement que nous sommes partis, et on finira par vous laisser en paix. C'est nous qu'on poursuit…

— Ne vous en faites pas pour moi, dit l'aubergiste, toujours jovial. Si des gens tentent d'importuner mes invités, nous les recevrons comme il faut, mes hommes et moi. Je ne dirai pas un mot sur l'heure de votre départ et, d'ailleurs, je ne confirmerai même pas que vous étiez là. Je ne suis pas un mouchard ! Ici, personne ne lâchera une information sur vous. Personne !

— Mais…

— Maîtresse Alys, si vous voulez vraiment partir, je dois aller voir où en sont les palefreniers avec vos chevaux.

L'aubergiste contourna l'Aes Sedai et fila vers la sortie, côté cour.

— Quelle tête de mule ! s'exclama Moiraine. Il ne voudra rien entendre !

— Vous croyez que des Trollocs vont venir ici ? demanda Rand.

— Des Trollocs ? Bien sûr que non ! Mais il y a d'autres menaces, tout aussi terribles. D'abord, comment nos ennemis nous ont-ils trouvés ?

» Après ce qui vient de se passer, le Blafard se doutera que nous sommes partis. Mais Fitch ne prend pas assez au sérieux les Suppôts des Ténèbres. Il pense que ce sont des rebuts d'humanité qui se terrent dans les ombres mais, en réalité, on en voit dans toutes les rues et les boutiques des villes, et certains exercent de très hautes fonctions. Le Myrddraal peut les charger de venir glaner des informations sur nous…

Sur ces mots, Moiraine se détourna et s'en fut, Lan lui emboîtant le pas comme toujours.

Sur le chemin de l'écurie, Rand marcha à côté de Nynaeve, elle aussi chargée de sa couverture et de ses sacoches de selle.

— Ainsi, vous venez avec nous…, dit Rand.

Min avait raison.

— Qu'as-tu vu dans le couloir ? *Elle* a prétendu que…

— C'était un Blafard, dit Rand, surpris que sa voix ne tremble pas en prononçant ces mots. Il me menaçait, mais Lan est intervenu…

— Il est possible qu'on vous poursuive, concéda Nynaeve. Mais je suis venue pour vous ramener à Champ d'Emond, et je ne vous laisserai pas seul avec cette… cette…

Dans l'écurie, la lumière vacillante des lampes indiquait que les palefreniers n'avaient pas fini de seller les chevaux.

— Mutch ! beugla maître Fitch, campé avec Moiraine devant la porte du bâtiment de bois. Dépêche-toi, bon sang !

Il se tourna vers l'Aes Sedai. N'écoutant pas vraiment ce qu'elle lui disait, il semblait vouloir la rassurer. Sans se départir d'une grande déférence, il s'interrompait parfois pour crier des ordres à ses employés.

En ronchonnant à cause de l'heure tardive, les garçons d'écurie finirent par se montrer avec les chevaux. Rand tint le paquetage d'Egwene et le lui tendit quand elle eut enfourché Bela. Des larmes aux yeux, la jeune fille ne semblait plus penser du tout qu'il s'agissait d'une aventure exaltante.

À quelque chose malheur est bon ! jubila Rand.

Il s'en voulut aussitôt d'être si méchant. Egwene était en danger à cause de lui, de Perrin et de Mat… Retourner seule à Champ d'Emond serait probablement moins dangereux que de continuer avec eux.

— Egwene, je…

Rand n'alla pas plus loin. Trop entêtée, la jeune fille n'accepterait jamais de rebrousser chemin alors qu'elle s'était vantée de pouvoir aller jusqu'à Tar Valon.

Il y a aussi les visions de Min… Egwene est impliquée. Mais impliquée dans quoi, au nom de la Lumière ?

— Egwene… je… Eh bien, excuse-moi, mais j'ai du mal à penser de façon cohérente…

La jeune fille se pencha, prit la main de Rand et la serra très fort. Grâce à la lumière qui filtrait de l'écurie, le jeune homme vit le visage de son amie. Elle paraissait moins effrayée qu'avant, semblait-il…

Quand tous les fugitifs furent en selle, Fitch insista pour les accompagner jusqu'au portail, ses palefreniers éclairant le chemin avec leurs lampes. Multipliant les révérences, l'aubergiste au ventre rebondi assura qu'il serait muet comme une tombe. Puis il invita ses clients à revenir quand ils voudraient.

Mutch, lui, les regarda partir d'un air maussade – exactement comme il les avait regardés arriver.

Parmi les employés, il y en avait au moins un qui ne tiendrait pas sa langue une minute. Dès qu'on l'interrogerait, Mutch dirait tout ce qu'il savait sur les fugitifs. Et ça ne lui vaudrait aucun tourment de conscience.

Se retournant, Rand vit qu'une silhouette, devant le portail, les suivait des yeux, une lampe à la main. C'était Mutch, bien entendu – inutile de voir son visage pour en être sûr.

À cette heure de la nuit, les rues de Baerlon étaient désertes et obscures. À la lueur de la lune – et grâce à la lumière qui filtrait des volets de rares fenêtres encore éclairées –, les cavaliers purent avancer assez vite. De temps en temps, un chien aboyait sur leur passage, mais ça ne durait jamais très longtemps. Dans un silence de mort, les fugitifs recroquevillés dans leur cape de voyage ressassaient de sombres pensées.

Lan ouvrait la marche, comme d'habitude. Moiraine et Egwene le suivaient, Nynaeve dans leur sillage. Chevauchant en formation serrée, Thom et les trois garçons composaient l'arrière-garde.

Imitant ses deux amis, Rand sondait nerveusement les alentours. Les ombres dansantes de la lune lui rappelaient l'obscurité qui avait englouti le Blafard, au bout du couloir.

Au moindre bruit, tous les cavaliers sursautaient puis regardaient autour d'eux. À mesure qu'ils avançaient vers les portes de la ville, tous se rapprochèrent de l'étalon noir de Lan et de la jument blanche de Moiraine, comme si l'union pouvait encore faire la force, même dans des circonstances si délicates.

Quand le petit groupe fut devant la porte de Caemlyn, Lan mit pied à terre et alla frapper à l'huis bardé de fer d'un petit bâtiment de pierre adossé à la palissade. Un guetteur à l'air méfiant apparut, les yeux encore lourds de sommeil. Le discours du Champion achevant de le réveiller, il regarda la colonne de cavaliers, les yeux ronds.

— Vous voulez sortir ? En pleine nuit ? Avez-vous perdu la raison ?

— Un ordre du Gouverneur interdit-il les départs tardifs ? demanda Moiraine.

Elle avait également mis pied à terre, mais se tenait hors du cercle de lumière que projetaient les torches.

— Pas vraiment, maîtresse, répondit le guetteur. (Il plissa les yeux, tentant de distinguer les traits de son interlocutrice.) Mais les portes doivent rester fermées du crépuscule au lever du soleil. La nuit, nul ne doit entrer en ville. Et ça, c'est un ordre des hautes sphères. De plus, des loups rôdent dehors. Une dizaine de vaches tuées, la semaine dernière. Et ces fichus prédateurs sont parfaitement capables de s'en prendre à l'homme…

— Tu as dit : « La nuit, nul ne doit entrer en ville. » Il n'est pas question de limiter les sorties… Soldat, nous ne te demandons pas de désobéir au Gouverneur.

Lan glissa quelque chose dans la main du type.

— Pour vos efforts, dit-il.

— Oui, ça se tient, fit le guetteur en baissant les yeux sur sa main. (Voyant briller une pièce d'or, il l'empocha prestement.) Il n'est jamais question des gens qui quittent la ville… Une minute, je vous prie… (L'homme se retourna et passa la tête à l'intérieur du corps de garde.) Arin, Dar, venez m'aider à ouvrir. Ces cavaliers veulent sortir. Allons, pas de polémique ! C'est un ordre. Exécution !

Deux autres guetteurs sortirent, eux aussi à moitié endormis. Obéissant à leur chef, ils allèrent prendre leur poste devant la poulie géante qui actionnait le mécanisme d'ouverture. Si ce système grinça sinistrement, les portes, beaucoup mieux entretenues, pivotèrent en silence. Bien avant qu'elles soient arrivées au quart de leur course, une voix glaciale retentit dans le dos des voyageurs :

— Que se passe-t-il ? Cet accès n'est-il pas censé être fermé jusqu'à l'aube ?

Cinq hommes en cape blanche avancèrent dans le cercle de lumière. Même s'il était impossible de distinguer leur visage dans les ombres de leur capuche, le soleil étincelant qui ornait leur poitrine, du côté cœur, ne laissait aucun doute sur leur identité.

Les guetteurs cessèrent de faire tourner la roue et échangèrent des regards inquiets.

— En quoi ça vous regarde ? demanda leur chef.

Cinq capuches blanches se tournant en même temps vers lui, il continua d'un ton moins assuré :

— Les Fils de la Lumière n'ont aucun pouvoir en ville. Seul le Gouverneur…

— Les Fils de la Lumière, dit l'homme qui devait diriger le groupe, ont du pouvoir partout où la Lumière brille sur l'humanité. Leur juridiction s'arrête là où commence l'obscurité du Ténébreux, et nulle part ailleurs.

Le Fils de la Lumière tourna la tête vers Lan, regarda de nouveau le guetteur, puis revint vers le Champion.

Lan ne broncha pas, comme s'il se sentait parfaitement à son aise. Peu de gens pouvaient se comporter ainsi face à des Capes Blanches. Le visage de pierre, le Champion regardait les cinq hommes comme s'il s'était agi d'un groupe de vulgaires cireurs de bottes.

— En des temps si troublés, dit le Fils de la Lumière, qui peut vouloir sortir d'une ville en pleine nuit ? Alors que des loups rôdent dans le noir, et que l'engeance du Ténébreux survole la cité ? (Il étudia la lanière de cuir qui ceignait le front de Lan, lui tenant les cheveux en arrière.) Un Nordique ?

Rand se fit tout petit sur sa selle. Un Draghkar… Ce ne pouvait être que ça, sauf si l'homme appelait « engeance du Ténébreux » tout ce qui lui paraissait étrange ou mystérieux. Un Blafard étant venu à l'auberge, la présence d'un Draghkar n'avait rien d'étonnant. Mais le jeune homme n'était pas en état de réfléchir sainement, car il venait de reconnaître la voix du Fils de la Lumière.

— Nous sommes des voyageurs, dit le Champion. Sans le moindre intérêt pour vous.

— Personne n'est sans intérêt pour les Fils de la Lumière.

— Vous cherchez vraiment à agacer le Gouverneur ? Il ne vous autorise déjà pas à entrer en nombre à Baerlon, alors que fera-t-il quand il saura que vous harcelez d'honnêtes citoyens ? (Lan regarda les deux hommes qui actionnaient la roue.) Pourquoi vous êtes-vous arrêtés ?

Ils hésitèrent, saisirent de nouveau la manivelle, mais se pétrifièrent quand le Fils de la Lumière répondit :

— Le Gouverneur ne voit pas ce qui se passe sous ses yeux ! Il ne sent pas le mal, contrairement à nous. (Les trois guetteurs échangèrent des regards contrits, comme s'ils regrettaient les lances qu'ils avaient laissées dans le petit bâtiment.) Les Fils de la Lumière ont un sixième sens pour repérer le mal. Et l'anéantir, sous quelque forme qu'il se présente.

Rand tenta de se faire encore plus petit. Une initiative malheureuse qui attira l'attention du Fils de la Lumière.

— Qu'avons-nous donc là ? Quelqu'un qui voudrait être invisible ? Pourquoi es-tu… ? Mais je te connais !

L'homme tira sa capuche en arrière, révélant le visage que Rand s'attendait à voir. C'était bien Bornhald, et il jubilait.

— Eh bien, dit-il aux trois guetteurs, je viens de vous épargner un désastre ! Vous alliez aider des Suppôts des Ténèbres à fuir le juste courroux de la Lumière. Pour ce crime, vous devriez comparaître devant le Gouverneur. Ou être confiés à nos Confesseurs, afin qu'ils découvrent vos véritables intentions. (Il marqua une pause, histoire de s'assurer que les trois guetteurs tremblaient de peur.) Vous détesteriez ça, pas vrai ? Dans ma clémence, je vais plutôt conduire ces Suppôts dans notre camp, afin qu'ils soient interrogés à votre place.

— Tu me conduiras dans ton camp, Cape Blanche ? demanda Moiraine, sa voix semblant provenir de toutes les directions à la fois.

Ayant reculé davantage dans les ombres, l'Aes Sedai semblait enveloppée d'un manteau de ténèbres.

— Et tu m'interrogeras ? (Moiraine fit un pas en avant.) Si je continue à marcher, tu me barreras le chemin ?

Auréolée d'ombres, l'Aes Sedai semblait beaucoup plus grande. Non, s'avisa Rand quand elle fit un pas de plus, elle l'était pour de bon ! Sa tête arrivait à peu près au niveau de la sienne, alors qu'il était en selle. Et, autour de son visage, les ténèbres tourbillonnaient désormais comme des nuages d'orage.

— Une Aes Sedai ! cria Bornhald. (Cinq lames jaillirent hors de leur fourreau.) Meurs, vermine !

Les quatre hommes hésitèrent, mais leur chef frappa à la volée.

Rand cria lorsque Moiraine leva son bâton pour dévier le coup. Que pouvait une canne délicatement sculptée contre trois solides pieds d'acier ?

La lame heurta le bâton dans une gerbe d'étincelles. Projeté en arrière, Bornhald alla percuter ses compagnons, les renversant comme des quilles. Gisant sur le sol, la lame pliée en deux du Fils de la Lumière fumait comme si on l'avait chauffée au rouge puis plongée dans un bac de trempe.

— Tu oses m'attaquer ? rugit Moiraine.

Drapée dans sa toge d'obscurité, elle baissa les yeux sur ses adversaires comme un géant qui daigne regarder des insectes.

— On file ! cria Lan.

D'un geste vif, il prit les rênes de la jument à l'Aes Sedai, puis sauta sur le dos de son étalon.

— Vite ! ajouta-t-il.

Quand il franchit l'étroite ouverture, ses épaules passèrent tout juste, mais il disparut dans la nuit.

Rand ne réagit pas tout de suite. Les épaules et la tête de Moiraine dépassaient la palissade, à présent, et il semblait hypnotisé par ce spectacle. Terrorisés, les trois guetteurs et les Fils de la Lumière reculaient vers le bâtiment.

Les yeux de l'Aes Sedai, presque aussi gros que la pleine lune, se posèrent sur Rand, exprimant une impatience qui ne tarderait pas à se muer en fureur.

Le jeune homme talonna Nuage et suivit ses compagnons, qui galopaient déjà vers la porte.

Quand ils l'eurent franchie, les cavaliers rejoignirent Lan, qui attendait à cinquante pas de la palissade. La silhouette ténébreuse de Moiraine dépassait maintenant de beaucoup la barrière de rondins. Alors que la lumière argentée de la lune lui faisait comme une auréole, l'Aes Sedai enjamba la palissade, ni plus ni moins.

Tandis que la porte se refermait dans une cacophonie de grincements de roue, Moiraine reprit sa taille normale.

— Empêchez la fermeture de la porte ! cria une voix un peu tremblante. (Rand crut reconnaître les intonations de Bornhald.) Il faut les poursuivre !

Mais les guetteurs ne l'entendirent pas de cette oreille. Quelques secondes plus tard, un bruit sourd indiqua que les Capes Blanches étaient momentanément hors d'état de poursuivre quiconque.

De toute façon, les quatre autres ont peut-être moins envie que Bornhald de se frotter à une Aes Sedai…

Moiraine courut jusqu'à Aldieb, lui flatta l'encolure et glissa sa canne sous une sangle de selle. Sans avoir besoin de regarder, Rand paria qu'il n'y avait même pas une entaille sur le bois.

— Vous étiez plus grande qu'un géant ! cria Egwene, tout excitée sur le dos de Bela.

Personne d'autre ne parla. Prudents, Mat et Perrin poussèrent leurs montures à s'écarter d'Aldieb.

— Vraiment ? demanda distraitement l'Aes Sedai en sautant en selle.

— Je vous ai vue !

— Dans le noir, l'esprit nous joue des tours, et les yeux perçoivent ce qui n'existe pas.

— Ce n'est pas le moment de jouer à…, intervint Nynaeve, furieuse, mais l'Aes Sedai ne la laissa pas continuer.

— Exact, l'heure n'est pas au jeu ! Devant cette porte, nous avons peut-être perdu ce que nous avions gagné à l'auberge… Si seulement je pouvais croire que le Draghkar était au sol… Ou si les Myrddraals étaient vraiment aveugles ! Tant qu'à rêver, autant s'offrir l'impossible, non ? Bon, qu'importe… Ils savent où nous allons mais, avec un peu de chance, nous garderons notre avance. Lan !

Le Champion s'engagea sur la route de Caemlyn, en direction de l'est. Les autres le suivirent de près.

Ils avancèrent à un rythme raisonnable que tous les chevaux pourraient soutenir sans l'aide d'une Aes Sedai. Après une heure, cependant, Mat se retourna, tendit un bras et cria :

— Regardez !

Les cavaliers tirèrent sur les rênes de leur monture, puis se tournèrent sur leur selle. Des flammes illuminaient le ciel au-dessus de Baerlon comme si quelqu'un avait allumé un gigantesque feu de joie qui projetait des gerbes d'étincelles dans un rayon de plusieurs centaines de pas.

— Je l'ai prévenu, dit Moiraine, mais il n'a rien voulu savoir… (Sentant la colère de sa cavalière, Aldieb renâcla rageusement.) Il prenait la menace à la légère…

— L'auberge ? demanda Perrin. Comment pouvez-vous en être sûre ?

— Jusqu'à quel point crois-tu aux coïncidences ? demanda Thom. Il pourrait s'agir du palais du Gouverneur, mais la localisation ne colle pas. Et ce n'est pas un entrepôt, un four de cuisine ni le silo à grain de ta grand-mère !

— La Lumière brille peut-être un peu au-dessus de nous, dit Lan.

— Comment ça ? s'insurgea Egwene. Ce pauvre maître Fitch va perdre son auberge, et il risque d'y avoir des blessés.

— Si nos ennemis s'en sont pris à l'auberge, expliqua Moiraine, ça peut signifier que mon… numéro… et notre départ sont passés inaperçus.

— Sauf si c'est ce que le Myrddraal veut nous faire croire, tempéra Lan.

— C'est une possibilité, concéda Moiraine. Quoi qu'il en soit, il faut nous dépêcher. Cette nuit, personne ne se reposera beaucoup…

— Quelle façon de dire les choses ! s'écria Nynaeve. Vous pensez aux clients de l'auberge ? Au propriétaire qui a perdu son bien le plus précieux ? Tout ça à cause de vous ! Malgré tous vos beaux discours sur la Lumière, la compassion est pour vous un mot vide de sens.

— À cause des trois garçons ! intervint Lan, furieux. L'incendie, les blessés, tout le reste – la faute de ces trois paysans ! Le Ténébreux les veut et, quand il désire ainsi quelque chose, il faut l'en priver, même si on doute de la valeur du « produit ». Ou préférez-vous livrer ces gamins au Blafard ?

— Du calme, Champion, dit Moiraine, et vous aussi, Sage-Dame. Vous pensez que je peux aider maître Fitch et les gens de l'auberge ? C'est vrai, je dois l'avouer… (Nynaeve voulut parler, mais l'Aes Sedai lui intima le silence.) Je pourrais rebrousser chemin et intervenir. Très peu, hélas… Cela reviendrait à montrer du doigt les gens que j'assisterais. Je doute qu'ils m'en seraient reconnaissants alors que des Capes Blanches rôdent dans la cité.

» En outre, Lan resterait seul pour vous protéger. C'est un grand guerrier, mais ça ne suffirait pas face à un Myrddraal et à un poing entier de Trollocs. Bien entendu, nous pourrions retourner ensemble à Baerlon. Pour vous exposer à ceux qui ont incendié l'auberge et aux Capes Blanches ! Sage-Dame, à ma place, que décideriez-vous ?

— Je choisirais d'agir !

— Pour mieux concéder la victoire au Ténébreux ? Ne perdez pas de vue ce qu'il désire. Nous sommes en guerre, comme au Ghealdan. Là-bas, des milliers de combattants luttent contre le mal. Ici, nous ne sommes que huit… Je ferai parvenir à maître Fitch assez d'or pour qu'il puisse rebâtir son auberge. Et je dédommagerai les blessés. Discrètement, bien entendu, pour qu'on ne puisse pas remonter jusqu'à Tar Valon. Si j'en fais plus, je nuirai à ceux que je veux assister. Dans ce conflit, rien n'est simple, comme vous pouvez le voir… Lan, nous repartons !

Le Champion ouvrit de nouveau la marche.

Rand regarda de temps en temps derrière lui, jusqu'à ce qu'il n'aperçoive plus que des nuages. Il s'inquiétait pour Min mais, avec un peu de chance, elle allait bien…

Il faisait toujours nuit noire quand Lan s'écarta enfin de la route avant de mettre pied à terre. Alors que deux heures au maximum les séparaient de l'aube, les cavaliers s'occupèrent des chevaux, sans les desseller, puis improvisèrent un camp dépourvu de feu.

— Une heure…, dit Lan alors que tout le monde, à part lui, s'était enroulé dans une couverture. Je monterai la garde pendant votre sommeil.

Après quelques minutes, Mat murmura d'une voix tout juste audible :

— Je me demande ce que Dav a fait du putois...

Rand secoua simplement la tête.

— Je nous croyais en sécurité, reprit Mat. Aucun signe de poursuite après la traversée de la rivière, une cité bien défendue... Que pouvait-il nous arriver ? Puis il y a eu le rêve, et ensuite le Blafard. Serons-nous de nouveau en sécurité, Rand ?

— Oui, mais pas avant d'être à Tar Valon. Moiraine ne nous l'a pas caché.

— Et là-bas, ça ira ? demanda Perrin.

Les trois jeunes gens regardèrent la silhouette noire de l'Aes Sedai endormie. Lan s'était fondu dans les ténèbres, comme toujours quand il montait la garde.

Rand bâilla à s'en décrocher la mâchoire.

— On devrait dormir un peu, dit-il. Veiller ne nous avancera à rien.

— Elle aurait dû agir..., souffla Perrin.

Personne ne lui répondit.

Rand roula sur le côté pour s'éloigner d'une racine, sentit une pierre s'enfoncer dans son flanc, bougea encore et fut agressé par une nouvelle racine. Ce n'était pas un bon site pour camper, contrairement à ceux que le Champion avait choisis précédemment. En s'endormant, Rand se demanda si l'inconfort favoriserait les mauvais rêves...

Il se réveilla quand Lan le secoua. Perclus de douleurs, certes, mais sans avoir rêvé – en tout cas, sans en garder de pénibles souvenirs.

Les cavaliers repartirent alors que l'aube ne pointait pas encore. Quand le soleil se fut levé, ils prirent un rapide petit déjeuner en selle, les yeux encore bouffis de sommeil. Glacés, ils passaient leur temps à resserrer sur leur torse les pans de leur cape.

Sauf Lan. S'il mangea comme les autres, il ne tremblait pas de froid et ses yeux restaient aussi vifs que d'habitude. Vêtu de sa cape aux couleurs fluctuantes, il la laissait claquer librement dans son dos, s'assurant simplement qu'elle ne viendrait pas l'empêcher de dégainer son arme.

Même si son visage restait de pierre, les mouvements permanents de ses yeux indiquaient qu'il s'attendait à une embuscade.

18

La route de Caemlyn

La route de Caemlyn n'était guère différente de la route du Nord qui traversait Deux-Rivières. Beaucoup plus large, bien entendu, elle portait les traces d'un trafic plus intense, mais elle restait en terre battue et les arbres qui la bordaient n'auraient pas détonné sur le territoire natal de Rand – d'autant plus que tous étaient dénudés en ce début de printemps, à part les conifères.

Le paysage environnant, lui, se révélait très différent. Le premier jour de voyage, dès midi, la route s'enfonça dans une série de collines basses. Deux jours durant, cela continua. De temps en temps, quand la configuration d'une butte ne convenait pas, la route la contournait, mais c'était relativement rare. À l'angle d'incidence des rayons solaires, qui se modifiait sans cesse, il devint évident que la large piste, si rectiligne qu'elle parût à l'œil nu, obliquait très légèrement vers le sud-est. Pour avoir passé des heures à rêvasser sur la vieille carte de maître al'Vere, comme la moitié des garçons de Champ d'Emond, Rand se souvenait que la route contournait les collines d'Absher avant d'arriver à Pont-Blanc.

À intervalles réguliers, Lan mettait pied à terre au sommet d'une colline et jetait un regard panoramique sur le paysage. Pendant ce temps, les autres se dégourdissaient les jambes ou se restauraient.

— Dire que j'aimais le fromage…, soupira Egwene à la mi-journée de leur troisième jour de voyage.

Assise le dos contre un tronc d'arbre, elle se lamentait au sujet d'un déjeuner semblable au petit déjeuner – et dont le dîner serait également le fidèle reflet.

— Une bonne infusion ne serait pas de trop…, marmonna-t-elle en s'emmitouflant dans sa cape de voyage.

— La tisane d'andilay est très efficace contre la fatigue, dit Nynaeve. L'infusion de millepertuis aussi… Les deux éclaircissent les idées et délassent les muscles.

— Pour délasser, elles délassent…, souffla Moiraine en coulant un étrange regard à la Sage-Dame.

Nynaeve tressaillit, mais elle continua sur le même ton :

— Cela dit, si on veut se passer de sommeil…

— Pas d'infusion ! lança le Champion à Egwene. Pas de feu ! Nous ne les voyons pas encore, mais ils sont sur nos talons. Un ou deux Blafards et leurs Trollocs… Sachant que nous suivons cette route, ils n'ont pas besoin de nous localiser précisément.

— Je ne réclamais pas une infusion, se défendit Egwene. Je regrettais simplement de ne pas en avoir…

— S'ils savent que nous suivons cette route, intervint Perrin, pourquoi ne fonçons-nous pas en ligne droite vers Pont-Blanc ?

— Lan lui-même se déplace moins vite à travers bois que sur une route, répondit Moiraine, devançant Nynaeve. C'est particulièrement vrai avec les collines d'Absher.

La Sage-Dame eut un soupir agacé. Rand se demanda une nouvelle fois quelle mouche la piquait. Après avoir ignoré l'Aes Sedai tout au long du premier jour, elle tentait de lui parler herboristerie dès que l'occasion se présentait.

— D'après toi, continua Moiraine en s'éloignant de la Sage-Dame, pourquoi crois-tu que la route les contourne ? Et de toute façon, il nous faudrait revenir dessus tôt ou tard. Du coup, nos adversaires risqueraient d'être devant nous plutôt que derrière…

Rand ne parut pas convaincu et Mat marmonna quelque chose au sujet d'un « très long détour »…

— Avez-vous vu une ferme, ce matin ? demanda Lan. La fumée d'une seule cheminée ? Non, parce que entre Baerlon et Pont-Blanc s'étend une terre sauvage. À Pont-Blanc, nous traverserons la rivière Arinelle. C'est le seul moyen d'accéder au sud de Maradon, au Saldaea.

— Et dans ce cas, intervint Thom, qu'est-ce qui empêche nos ennemis de nous attendre à Pont-Blanc ?

La sonnerie d'un cor retentit dans le lointain, à l'ouest. Lan se retourna et scruta la route d'où venaient les fugitifs.

Rand frissonna, mais il resta assez lucide pour penser : *Une lieue et demie d'ici, au maximum…*

— Rien n'empêche nos ennemis… de rien, trouvère, dit le Champion. Il faut nous fier à la chance et à la Lumière. Mais nous savons maintenant qu'il y a des Trollocs derrière nous.

— Il est temps de repartir, déclara Moiraine en s'époussetant les mains.

Elle enfourcha sa jument blanche.

Énervés par une deuxième sonnerie de cor, les chevaux se bousculèrent un peu. D'autant plus que d'autres sonneries, cette fois, répondirent à celle qui montait de l'ouest. Rand se prépara à lancer Nuage au galop, et il vit que ses compagnons faisaient de même avec leur monture. À part Lan et Moiraine, qui se regardaient sombrement.

— Moiraine Sedai, avance avec les autres, dit enfin le Champion. Je vous rejoindrai dès que possible. Et si j'échoue, tu le sentiras…

S'accrochant au pommeau de la selle, Lan sauta sur le dos de son étalon noir et partit vers l'ouest au galop.

Les cors sonnèrent de nouveau.

— La Lumière soit avec toi, dernier seigneur des Sept Tours, murmura Moiraine, presque trop bas pour que Rand puisse entendre. On y va ! cria-t-elle ensuite, lançant Aldieb au trot.

Tandis qu'il suivait l'Aes Sedai, Rand se retourna pour tenter d'apercevoir Lan. Mais il était déjà invisible parmi les buttes et les arbres déplumés. « Dernier seigneur des Sept Tours », l'avait appelé Moiraine. Mais qu'est-ce que ça voulait dire ? Il aurait juré avoir été le seul à entendre mais, à voir l'air pensif de Thom, ça ne semblait pas sûr du tout. Ce trouvère semblait savoir beaucoup de choses…

Les cors « dialoguèrent » une nouvelle fois. Ils étaient plus proches, Rand en aurait mis sa main au feu. Une lieue, à tout casser. Mat et Egwene regardaient aussi derrière eux et Perrin voûtait les épaules comme s'il redoutait de recevoir un projectile entre les omoplates.

— Ne pouvons-nous pas avancer plus vite ? demanda Nynaeve quand elle eut poussé sa monture à rattraper Aldieb. Les sonneries se font plus pressantes.

L'Aes Sedai secoua la tête.

— Pourquoi nous annoncent-ils leur présence, d'après vous ? Et s'ils désiraient que nous foncions tête baissée pour tomber dans un piège ?

Les fugitifs n'accélérèrent pas. Régulièrement, les cors sonnaient, se rapprochant régulièrement. Rand tenta de contrôler sa panique, mais ça devint chaque fois plus difficile.

Une demi-lieue…, pensa-t-il, de plus en plus inquiet.

Soudain, Lan déboula de derrière une butte et rejoignit ses amis au galop.

Comme toujours, il vint faire son rapport à Moiraine.

— Trois poings de Trollocs au moins, chacun dirigé par un Blafard. Peut-être davantage…

— Si vous étiez assez près pour les voir, dit Egwene, l'inverse est tout aussi vrai. Ils vous talonnent peut-être.

— Ils ne l'ont pas vu, affirma Nynaeve. J'ai suivi sa piste, et je sais de quoi je parle.

— Silence ! ordonna Moiraine. Lan vient de dire qu'il y a au minimum trois cents Trollocs à nos trousses.

— Et ils gagnent du terrain, précisa le Champion. Dans une heure ou deux, ils nous auront rattrapés.

— S'ils étaient si nombreux, pourquoi n'avoir pas profité de cet avantage à Champ d'Emond ? Et, sinon, d'où sortent ces renforts ?

— Ils se sont déployés pour nous pousser devant eux, dit Lan. C'est l'équivalent d'une battue, avec des rabatteurs à l'avant-garde.

— Nous pousser vers quoi ? se demanda Moiraine à haute voix.

Comme pour lui répondre, un cor sonna, derrière eux, et la réponse vint cette fois de *devant*.

Moiraine tira sur les rênes de sa jument et tous ses compagnons l'imitèrent. Comme les fugitifs de Champ d'Emond, Thom semblait très inquiet.

Des sonneries de cor retentirent de nouveau.

Une marche triomphante, pensa Rand, accablé.

— Que faisons-nous ? demanda agressivement Nynaeve.

— Il nous reste le nord ou le sud, dit Moiraine, réfléchissant tout haut plus qu'elle répondait à la Sage-Dame. Au sud, il y a les collines d'Absher, un désert, et la rivière Taren, impossible à traverser en l'absence de gué, de pont ou de bac. Au nord, l'Arinelle n'est pas si loin que ça, et nous aurons une chance de trouver un bateau. Si les glaces se sont brisées à Maradon…

— Il y a un endroit où les Trollocs n'iront pas, intervint Lan.

— Non ! s'écria Moiraine.

Elle vint se placer à côté du Champion et se pencha vers lui afin que nul ne les entende.

Les cors sonnèrent de nouveau, éprouvant encore un peu les nerfs des chevaux.

— Ils tentent de nous effrayer, dit Thom en essayant de calmer sa propre monture. Pour nous pousser à avancer à l'aveuglette…

À chaque sonnerie, Egwene tournait la tête comme si elle s'attendait à voir un Trolloc dans son dos. Rand aurait volontiers réagi comme son amie, mais il se retenait tant bien que mal. Pour la rassurer, il vint se placer à ses côtés.

— Le nord ! ordonna Moiraine.

Dans un concert de sonneries, les fugitifs quittèrent la route et s'enfoncèrent dans les collines.

Les buttes étaient basses, certes, mais il fallait sans cesse monter et descendre, un exercice toujours difficile sur un terrain boisé et accidenté. Peinant dans les montées et accélérant dans les descentes, les fugitifs avançaient à un rythme plus soutenu qu'ils l'auraient cru.

Des branches cinglaient le visage et la poitrine de Rand. S'enroulant à ses bras, des lianes poussaient parfois l'audace jusqu'à s'en prendre à ses chevilles. Sonnant toujours, les cors se faisaient de plus en plus proches.

Un quart de lieue, pensa Rand. *Peut-être moins…*

Lan regardait désormais partout, son visage exprimant une angoissante inquiétude – quand on le connaissait assez pour aller au-delà des apparences. Une fois, le Champion se redressa même sur ses étriers pour mieux sonder le terrain d'où venait la colonne. Quand ce fut fait, il écarta le pan de sa cape pour dégager le pommeau de son épée. Un simple réflexe, mais qui en disait long sur ce qui se profilait.

La colonne avançait trop lentement et elle ne pourrait pas éviter un affrontement. Inquiet, Rand interrogea Mat du regard. Haussant les épaules, le jeune homme désigna Lan et soupira d'accablement.

Le Champion reprit la parole, se retournant à peine :

— Des Trollocs approchent, annonça-t-il. (Arrivés au sommet d'une colline, les fugitifs étudiaient ce qui les attendait.) Des éclaireurs, je pense… Si nous tombons sur eux, restez près de moi à tout prix et imitez mon comportement. Nous ne devons pas dévier de notre route.

— Par le sang et les cendres… ! grogna Thom.

Nynaeve fit signe à Egwene de rester près d'elle.

À part quelques bosquets de conifères, il n'y avait alentour nulle part où se dissimuler. Rand regarda pourtant autour de lui, croyant voir un Trolloc derrière chaque tronc. Son imagination lui jouait des tours, mais pas ses oreilles… Les cors étaient tout près, désormais. Sur leurs talons…

Quand les fugitifs arrivèrent au sommet d'une colline, ils découvrirent sur le versant descendant une horde de Trollocs armés de longs bâtons terminés par un crochet ou un lasso. La colonne adverse s'étirait sur des centaines de pas, sa probable queue invisible à cause d'un tournant de la piste. À sa tête chevauchait un Myrddraal qui hésita un moment lorsqu'il aperçut les cavaliers. Puis il dégaina son épée à la lame noire et la leva au-dessus de sa tête.

— Tous avec moi ! cria Lan, sa lame tirée au clair comme par miracle.

Mandarb fondit au galop sur les monstres.

— Pour les Sept Tours ! cria le Champion.

Rand lança Nuage au galop et tout le groupe le suivit.

— Manetheren ! Manetheren ! cria le jeune homme, surpris de constater qu'il brandissait déjà l'épée de Tam.

— Manetheren ! Manetheren ! lui fit écho Perrin.

Comme toujours, Mat se distingua en lançant :

— *Carai an Caldazar ! Carai an Ellisande ! Al Ellisande !*

Le Blafard cessa de stimuler ses troupes et s'intéressa aux téméraires qui le chargeaient.

Puis les deux groupes s'affrontèrent. Quand la lame de Lan rencontra celle du Myrddraal, fabriquée dans les forges de Thakan'dar, un éclair bleu jaillit et zébra l'air paisible.

Les monstres à l'apparence vaguement humaine se massèrent autour de chaque cavalier, cherchant à le capturer. Seul Lan sembla ne pas les intéresser. Alors qu'il affrontait le Blafard, pas un seul Trolloc ne tenta de se mêler au duel.

Terrorisé par les visages contrefaits qui l'entouraient, Nuage hennit et se cabra. Entouré d'ennemis, Rand força son cheval à remettre les quatre sabots par terre et à avancer. Se souvenant des quelques leçons de Lan, le jeune homme abattit sa lame comme s'il entendait couper du bois.

Egwene ! Egwene !

Où était la jeune fille ? L'ayant perdue de vue, Rand continua à la chercher en tranchant au hasard les bras et les têtes d'ignobles créatures.

Aldieb réagissait à la moindre traction de Moiraine sur les rênes. Impénétrable, l'Aes Sedai frappait avec sa canne. Des flammes en jaillissaient, embrasant les Trollocs les plus audacieux. Suivant de près l'Aes Sedai, Nynaeve et Egwene, un rictus haineux sur les lèvres, frappaient inlassablement avec leur dague. Hélas, contre les Trollocs, des armes à la lame si courte n'avaient guère d'utilité.

Rand tenta de forcer Nuage à rejoindre ses deux amies. Mais le cheval avançait droit devant lui, refusant de répondre aux ordres de son nouveau maître.

Les Trollocs ayant unanimement tendance à battre en retraite face au danger, les trois femmes bénéficiaient d'un peu plus de latitude qu'auparavant. N'étant pas dupes, elles n'en profitèrent pas pour tenter de rompre l'engagement. Du feu jaillissait de l'étrange bâton, terrorisant les monstres.

Un peu plus loin, Lan en découdait toujours avec le Myrddraal.

Un lasso parvint à se refermer sur le cou de Rand. D'un revers de la lame, il coupa en deux la hampe de cette arme bizarre puis tailla en pièces le Trolloc à faciès de chèvre qui avait eu l'infortune de l'agresser.

Un crochet se planta dans le dos de la cape du jeune homme, le tirant aussitôt en arrière. Manquant en perdre son épée, il s'accrocha au pommeau de sa selle. Alors que Nuage hennissait de terreur, Rand sentit qu'il glissait inexorablement. Du coin de l'œil, il vit que Perrin, debout sur ses étriers, tentait d'arracher sa hache à la convoitise de trois Trollocs.

Les monstres tenaient l'apprenti forgeron par un bras, et ils s'accrochaient aussi à ses jambes.

Perdant tout repère dans la mêlée sauvage, Rand ne songea plus qu'à larder de coups les monstres qui déferlaient sur lui. Quand il dut lâcher un instant le pommeau de sa selle pour mieux frapper un agresseur, le jeune homme se sentit aussitôt glisser jusqu'à la croupe de Nuage. Heureusement, il tenait assez fermement les rênes pour ne pas finir au sol, où il n'aurait pas eu une chance de s'en tirer.

Nuage rua follement, Rand s'accrocha aux rênes… et en un clin d'œil tout s'arrêta. La traction cessa, ses ennemis le lâchèrent et des cris retentirent un peu partout.

Tous les monstres hurlaient comme s'ils étaient devenus fous. Se roulant par terre, ils s'arrachaient les cheveux ou se griffaient le visage. Plus un seul ne se battait. Frappant parfois le sol comme si la terre y était pour quelque chose, tous hurlaient à pleins poumons.

Rand vit enfin le Myrddraal et comprit ce qui se passait. Toujours bien droit sur sa selle, son épée noire fendant encore l'air, le Blafard n'avait plus de tête.

— Il ne mourra pas avant la tombée de la nuit ! cria Thom, sa voix parvenant à couvrir le vacarme. Pas complètement, en tout cas… C'est du moins ce que j'ai entendu dire.

— On file ! lança le Champion.

Il avait déjà réuni Moiraine et les deux autres femmes, les poussant à galoper jusqu'à la colline suivante.

— Il y a d'autres monstres ! beugla-t-il.

De fait, des sonneries de cor montaient du sud, de l'est et de l'ouest.

Mat était le seul à avoir glissé de sa selle. Alors que Rand volait à son secours, il se débarrassa du lasso qui lui avait valu de tomber, ramassa son arc et remonta tout seul sur son cheval tout en se massant le cou.

Les cors aboyaient à présent comme des chiens qui viennent d'acculer une biche. Conscient du danger, Lan imposait à la colonne un rythme incroyable, le paysage défilant si vite sous les yeux de Rand qu'il ne distinguait plus aucun détail.

Les sonneries continuaient pourtant à se rapprocher inexorablement. Et quand les cors marquaient une pause, les cris des poursuivants semblaient si proches que Rand en avait la chair de poule.

Alors que les fugitifs atteignaient le sommet d'une colline, des Trollocs apparurent en haut de la précédente, à moins de deux cents pas de là. Trois Myrddraals haranguaient la horde de monstres qui s'apprêtait à dévaler le versant de la butte.

Trois Blafards ? pensa Rand, le cœur battant la chamade.

Les trois lames noires se levèrent de conserve. Avec des cris de triomphe, les Trollocs dévalèrent la pente en brandissant leurs étranges armes.

Moiraine sauta à terre, sortit un objet de sa bourse et le déballa. Rand reconnut l'artefact en ivoire noirci par le temps. L'*angreal* dans une main et son bâton dans l'autre, l'Aes Sedai se campa face à la meute de Trollocs et à leurs trois chefs. Levant très haut le bâton, elle l'enfonça dans la terre.

Le sol émit un bruit sourd, comme une bouilloire de fer frappée par un maillet. Quand le son se fut dissipé, un silence total tomba sur la scène. Pas un gémissement de vent ni un bruissement de feuillage. Les Trollocs eux-mêmes se turent, leur charge perdant de sa fureur pour finir par s'arrêter net.

L'espace de quelques secondes, l'univers tout entier sembla figé dans une attente anxieuse. Puis le bruit sourd revint, devenant une sorte de grognement qui gagna en intensité jusqu'à ce qu'on ait l'impression que la terre gémissait.

Sous les sabots de Nuage, le sol tremblait. Dans les histoires, c'était exactement le genre de « travail » qu'accomplissaient les Aes Sedai. Rand aurait bien voulu être à cent lieues de là, mais il sentait le sol trembler de plus en plus fort. Autour de lui, les arbres en vacillaient sur leurs racines. Ayant de plus en plus de mal à conserver son équilibre, Nuage faillit tomber. Mandarb et Aldieb, celle-ci pourtant sans cavalière, titubaient comme s'ils avaient bu. Les fugitifs encore perchés sur leur monture durent s'accrocher aux rênes, voire à la crinière de leur cheval, pour ne pas finir le nez dans la poussière.

Moiraine n'avait pas bougé d'un pouce, l'*angreal* toujours dans une main tandis que l'autre serrait le bâton planté dans le sol. Comme son étrange canne, l'Aes Sedai était parfaitement immobile – à croire que les vibrations ne la concernaient pas. Pourtant, la terre bouillonnait devant Moiraine, projetant en direction des Trollocs des ondulations semblables à celles d'un lac. N'était que ces ondulations-là grossissaient en avançant, comme si un « raz-de-terre » menaçait de submerger les monstres. Emportés par ces déferlantes telluriques, les arbres étaient secoués comme un hochet dans les mains d'un bébé. Pris dans cette tourmente, les Trollocs, sur la pente d'en face, tombaient à la renverse comme des quilles.

Comme si la terre ne se déchaînait pas tout autour d'eux, les trois Myrddraals avançaient en ligne, leurs chevaux trottant d'un pas assuré, comme à la parade. À côté d'eux, des Trollocs dévalaient désormais la pente en roulant sur eux-mêmes, et rien ne semblait pouvoir enrayer leur dégringolade. Mais les Blafards n'étaient pas le moins du monde dérangés.

Moiraine leva son bâton. Aussitôt, les secousses cessèrent. Mais l'Aes Sedai n'en avait pas terminé. Pointant la canne sur la dépression entre les deux collines, elle fit jaillir du sol un geyser de flammes hautes de vingt bons pieds. Puis elle fit un ample mouvement de gauche à droite, et le feu se transforma en une muraille dressée entre les Trollocs et les humains. Si importante que fût la distance, Rand leva une main devant son visage pour se protéger de la chaleur. Malgré leurs mystérieux pouvoirs, les étalons noirs des Myrddraals hennirent de terreur, se cabrèrent pour refuser l'obstacle et désobéirent à leurs cavaliers, qui les talonnaient sauvagement pour les forcer à avancer.

— Par le sang et les cendres… ! souffla Mat.

Rand approuva simplement du chef.

Moiraine tituba soudain. Sans Lan, qui sauta à terre pour la soutenir, l'Aes Sedai serait sans nul doute tombée.

— Filez ! lança le Champion, son ton dur tranchant avec la délicatesse de ses gestes, tandis qu'il installait l'Aes Sedai sur sa selle. Ces flammes ne seront pas éternelles ! Partez ! Chaque minute compte !

À l'entendre rugir, Rand aurait volontiers parié que ce feu brûlerait jusqu'à la fin des temps, mais qui était-il pour contredire le Champion ? Poussant leurs chevaux au maximum, Rand, Egwene, Mat, Perrin et Thom galopèrent à toute vitesse vers le nord. Derrière eux, les cors semblèrent gémir de déception, pleurant sur l'escarmouche perdue, puis ils se turent définitivement.

Lan et Moiraine ne tardèrent pas à rejoindre leurs cinq compagnons. Alors que l'Aes Sedai peinait à s'accrocher des deux mains à sa selle, le Champion tenait sa jument par les rênes.

— Je vais aller mieux très vite, dit Moiraine quand elle mesura l'inquiétude de ses alliés. (Le regard vif et hypnotique, comme à l'accoutumée, elle parlait d'un ton confiant qui rassura Rand.) La Terre et le Feu ne sont pas mes éléments favoris, c'est le moins qu'on puisse dire, mais ce n'est rien de grave.

L'Aes Sedai et son Champion reprirent la tête de la colonne et lui imposèrent un rythme soutenu. À cette vitesse, se dit Rand, Moiraine tenait tout juste en selle. Chevauchant derrière elle, Nynaeve l'empêchait de tomber, une main plaquée dans son dos.

Plusieurs minutes durant, les deux femmes dialoguèrent à voix trop basse pour que d'autres les entendent. Puis la Sage-Dame plongea une main sous sa cape et en sortit un sachet qu'elle posa dans la main de sa compagne. Sans hésiter, Moiraine ouvrit le sachet et avala d'un seul coup son contenu. Après avoir dit encore quelques mots, Nynaeve se laissa distancer par l'Aes Sedai… et rattraper par le reste de la colonne. Même si elle ne réagit pas quand elle fut littéralement criblée de regards interrogateurs, Rand crut la voir sourire de satisfaction.

Que manigançait la Sage-Dame ? Si incroyable que cela pût paraître, Rand n'en avait pas grand-chose à faire…

En chevauchant, le jeune homme ne pouvait s'empêcher de s'assurer très souvent de la présence de son épée.

C'est donc ça, une bataille ? pensa-t-il, encore bouleversé.

À dire vrai, il ne se souvenait pas de grand-chose – à ses yeux, tout s'était déroulé beaucoup trop vite pour qu'il en retienne davantage qu'un entrelacs d'images et de sons incohérents. En revanche, il se rappelait la chaleur de l'incendie. Et celle qui l'avait fait suer à grosses gouttes durant toute l'attaque. Par un temps pareil, transpirer était un moyen radical d'obtenir un aller simple pour le cimetière…

Inquiet, Rand jeta un coup d'œil à ses deux amis. Mat utilisait un pan de sa cape pour se sécher le visage. Les yeux rivés sur quelque chose, dans le lointain, Perrin ne semblait guère apprécier ce qu'il voyait. Très concentré, il n'avait même pas conscience de la sueur qui ruisselait sur son front.

Les collines devinrent moins hautes, et la progression des fugitifs en fut beaucoup facilitée. Contre toute attente, cependant, Lan s'arrêta net en levant une main. Nynaeve fit mine de vouloir rejoindre Moiraine, mais le Champion l'en dissuada d'un regard glacial. Se penchant l'un vers l'autre, l'Aes Sedai et son fidèle compagnon recommencèrent à dialoguer à voix basse. À en juger par les gestes de la jeune femme, il semblait qu'ils se disputaient.

Nynaeve et Thom les regardèrent avec une insistance qui en disait long sur leur inquiétude. L'une plissant le front et l'autre marmonnant sous sa moustache, ils semblaient très mal à l'aise et ça ne s'arrangea pas lorsque Moiraine et Lan repartirent au pas sans cesser de se quereller.

Les quatre jeunes gens préféraient regarder ailleurs. Qui pouvait dire où risquait de conduire une querelle entre une Aes Sedai et son Champion ?

Après quelques minutes, Egwene osa jeter un coup d'œil à l'étrange duo. D'une voix un peu hésitante, elle engagea ensuite la conversation avec Rand :

— Tu as crié quelque chose aux Trollocs, tout à l'heure…, commença-t-elle sans trop savoir comment s'y prendre pour développer le sujet.

— Oui, et alors ? répondit Rand.

Il ne se sentait pas terriblement assuré. Les cris de guerre étaient bons pour les Champions. Malgré le récit de Moiraine, les gens de Deux-Rivières ne faisaient pas ce genre de chose. Cela dit, ça n'était pas une raison pour se moquer de lui…

— Eh bien, Mat a répété dix fois l'histoire de Moiraine, et…

— Très mal répété, précisa Thom.

Mat eut un grognement indigné.

— Mal ou bien, nous l'avons tous entendue jusqu'à plus soif. Dans des circonstances pareilles, il faut bien crier quelque chose, non ? Vous avez entendu Lan ?

— Nous avions le droit, intervint Perrin. Nous descendons de ces gens de Manetheren, si j'ai bien compris. Ils combattaient le Ténébreux, et nous aussi. Selon moi, ça nous donne droit à une sorte d'héritage.

Egwene eut un soupir agacé.

— Je ne parlais pas de ça… mais de ce que Mat a crié. C'était quoi, exactement ?

Le jeune homme haussa les épaules.

— J'ai oublié…

Sur la défensive, il regarda ses trois amis et répéta :

— J'ai oublié… C'est nébuleux, comme les souvenirs d'un rêve. Je ne sais pas ce que j'ai dit, pourquoi je l'ai dit, ni ce que ça signifiait. En admettant que ça ait voulu dire quelque chose.

— Je crois que oui…, dit Egwene. Quand tu as crié, j'ai eu l'impression de te comprendre. Mais sur le coup, seulement… Depuis, c'est terminé et… Tu as peut-être raison, Mat. Dans des circonstances pareilles, l'imagination nous joue d'étranges tours.

— *Carai an Caldazar*, dit Moiraine. (Tous tournèrent la tête pour la regarder.) *Carai an Ellisande. Al Ellisande.* « Pour l'honneur de l'Aigle Rouge. Pour l'honneur de la Rose du Soleil. La Rose du Soleil. » C'est l'antique cri de guerre de Manetheren – en particulier de son dernier roi. Eldrene était surnommée la Rose du Soleil.

Moiraine sourit à Egwene et à Mat – mais son regard, sembla-t-il, s'attarda plus longtemps sur le jeune homme que sur la jeune fille.

— Le sang de la lignée d'Arad est toujours très puissant à Deux-Rivières. Il n'a pas cessé de chanter.

Mat et Egwene se regardèrent alors que tous les autres yeux étaient rivés sur eux. Les yeux ronds, la bouche dessinant un grand sourire qu'elle essayait en vain d'étouffer, la jeune fille ne savait pas trop comment interpréter ce discours sur le sang ancien.

À voir son expression sinistre, Mat ne se posait pas ce genre de questions.

Rand devinait les pensées de son ami. Il les partageait, même. Si Mat était vraiment un descendant des rois de Manetheren, c'était peut-être bien lui seul que les Trollocs poursuivaient. Cette idée valut un tel soulagement à Rand qu'il eut aussitôt honte de sa réaction. Il s'empourpra mais, quand il croisa le regard de Perrin, il s'avisa qu'il n'était pas le seul à s'être tenu ce raisonnement.

— Voilà bien une histoire hors du commun, dit Thom, je serais malvenu de le nier. En d'autres circonstances, ça pourrait m'inspirer un conte, mais là… Aes Sedai, avez-vous l'intention de rester ici toute la journée ?

— Non, répondit Moiraine.

Alors qu'elle récupérait les rênes d'Aldieb, un cor trolloc sonna, rappelant à tous que le danger était toujours présent. D'autres cors répondirent, à l'est et à l'ouest. De nouveau très nerveux, les chevaux piaffèrent.

— Ils ont franchi la muraille de feu, dit Lan. Moiraine, tu n'es pas assez forte pour ce que tu entends faire. Pas avant d'avoir pris du repos. Et aucun Myrddraal ni aucun Trolloc n'entrera dans notre refuge…

Moiraine leva une main, comme pour intimer le silence au Champion, mais elle la laissa retomber en soupirant.

— Très bien, concéda-t-elle à contrecœur, tu dois avoir raison, mais j'aimerais qu'il y ait une autre solution. (Elle s'empara de son bâton, glissé sous une sangle de sa selle.) Que tout le monde se masse autour de moi. Allons, obéissez ! Venez le plus près possible.

Rand poussa Nuage à approcher d'Aldieb. Sur l'insistance de l'Aes Sedai, les cavaliers formèrent un cercle si serré que les naseaux d'un cheval venaient s'écraser dans la queue d'un autre, et ainsi de suite. Lorsqu'elle fut satisfaite, l'Aes Sedai se dressa sur ses étriers et leva très haut son bâton, le faisant tourner pour qu'il passe au-dessus de la tête de tous ses compagnons.

Rand tressaillit chaque fois que l'artefact frôla le haut de son crâne. S'il avait fermé les yeux, il aurait pu suivre les évolutions de l'objet en se fiant à ses tremblements et à ceux des autres. Lan excepté, bien entendu. Comme on pouvait s'y attendre, il n'était pas affecté par le phénomène.

Soudain, Moiraine tendit son bâton en direction de l'ouest. Des feuilles mortes tourbillonnèrent dans l'air et des branches se tordirent comme si un cyclone les entraînait irrésistiblement vers l'horizon occidental. Tandis que la tempête invisible s'éloignait, l'Aes Sedai se rassit sur sa selle.

— Pour les Trollocs, annonça-t-elle, notre piste semblera conduire vers l'ouest. Leur odorat les abusera. Les Myrddraals finiront par comprendre, mais en attendant…

— En attendant, dit Lan, nous aurons pris le large.

— Votre bâton est très puissant, dit Egwene.

Une remarque qui lui valut un regard courroucé de Nynaeve.

— Mon enfant, répondit l'Aes Sedai, combien de fois devrai-je te répéter que les objets n'ont aucun pouvoir ? Le Pouvoir de l'Unique vient de la Source Authentique, et seul l'esprit d'un être vivant peut l'utiliser. Ce bâton n'est même pas un *angreal*. Il m'aide à me concentrer, voilà tout… (Très lasse, elle glissa de nouveau le bâton sous la sangle.) Lan, nous repartons !

— Suivez-moi, dit le Champion, et ne faites pas de bruit. Si les Trollocs nous entendent, ça gâchera tout.

Le Champion ouvrit de nouveau la route, et il adopta un rythme très soutenu sur un terrain beaucoup plus plat que précédemment.

La colonne n'avança plus en droite ligne, multipliant au contraire les détours afin d'éviter les obstacles comme les formations rocheuses ou les zones vraiment trop accidentées. Dans le même ordre d'idées, Lan n'obligea plus ses compagnons à traverser les rideaux de broussaille les plus denses. De temps en temps, il se laissait décrocher pour étudier la piste qu'ils généraient. Et, si un de ses compagnons se permettait ne serait-ce que de tousser, il le foudroyait du regard.

Nynaeve chevauchait à côté de Moiraine. Sur son visage, Rand lisait de l'inquiétude, un déplaisir évident et quelque chose d'autre – comme si la Sage-Dame avait eu une idée derrière la tête. Affaissée sur sa selle, Moiraine tenait les rênes à deux mains et elle vacillait à chaque foulée de sa jument. À l'évidence, même si ça semblait anodin comparé à un tremblement de terre et à un incendie, créer la fausse piste avait fini de la vider de son énergie.

Rand regrettait presque que les cors restent silencieux. Au moins, c'était un moyen sûr de savoir à quelle distance se trouvaient les Trollocs et les Myrddraals.

Ne cessant de regarder derrière lui, il ne fut pas le premier à voir ce qui se dressait devant la petite colonne de fugitifs. Et, quand il vit enfin, il ne put cacher sa perplexité.

Une énorme masse, très irrégulière, semblait barrer l'horizon devant les cavaliers. Au moins aussi haute que la cime des arbres, avec des flèches qui s'élevaient bien davantage, cette muraille couverte de lianes avait tout d'une falaise. Mais dans ce cas…

Grâce aux lianes, l'escalade sera un jeu d'enfant. Pour nous, pas pour les chevaux…

En approchant, le jeune homme distingua très clairement une tour. Pas une flèche rocheuse, non, une vraie tour avec un curieux dôme en pointe en guise de toit.

— Une ville ! s'exclama Rand.

Avec un mur d'enceinte et des tours de garde, comme toutes les cités dignes de ce nom. Sauf que cette ville-là devait être dix fois plus grande que Baerlon. Et peut-être même cinquante fois !

— Oui, concéda Mat, mais que fait donc une ville en plein milieu d'une forêt ?

— Et une ville fantôme, qui plus est ? renchérit Perrin. S'il y avait des habitants, laisseraient-ils les lianes et les vignes tout envahir ? Vous savez que les plantes grimpantes peuvent détruire n'importe quelle muraille. Regardez comme celle-là s'effrite…

Rand regarda de nouveau et constata que son ami avait raison. Pratiquement partout au pied du mur, des monticules de gravats témoignaient du délabrement de l'ouvrage. Et si toutes les tours avaient des hauteurs différentes, ce n'était pas volontaire…

— Je me demande de quelle cité il s'agit, souffla Egwene. Et qu'a-t-il pu arriver ici ? Sur la carte de mon père, cet endroit n'est pas mentionné.

— La ville se nommait Aridhol, dit Moiraine. À l'époque des guerres des Trollocs, elle était alliée à Manetheren.

Les yeux rivés sur les ruines, l'Aes Sedai semblait avoir oublié la présence de ses compagnons – y compris Nynaeve, qui l'aidait pourtant à tenir en selle en la soutenant discrètement.

— Puis Aridhol mourut et ce lieu fut baptisé d'un autre nom.

— Lequel ? demanda Mat.

— Ici, annonça Lan.

Il tira sur les rênes de Mandarb, l'immobilisant devant ce qui avait dû être un portail assez large pour laisser passer cinquante hommes de front. Seules les deux tours de garde, dévorées par les lianes et à moitié écroulées, marquaient les limites de cette entrée. Des portes, il ne restait plus rien, et sûrement depuis très longtemps.

— Nous entrerons par ici…

Des cors ennemis retentirent dans le lointain.

Lan sonda la direction d'où montaient les sonneries, puis il vérifia la position du soleil, déjà assez bas dans le ciel, à l'ouest.

— Ils ont éventé notre ruse, annonça-t-il. Dépêchons ! Nous devons trouver un abri avant la nuit.

— Quel nom ? demanda de nouveau Mat.

— Shadar Logoth, répondit Moiraine alors que la petite colonne entrait en ville. Ce nouveau nom, c'était Shadar Logoth…

19

L'Attente des Ténèbres

Des dalles brisées craquaient sous les sabots des chevaux tandis que Lan guidait ses compagnons dans les rues désertes. Pour ce que Rand en voyait, la cité était en ruine – et totalement vide, comme l'avait avancé Perrin. Il n'y avait pas âme qui vive – même pas un pigeon égaré – et des mauvaises herbes brunâtres avaient envahi toutes les fissures des façades délabrées et des rues pavées. La plupart des toits étaient aux trois quarts écroulés et bon nombre de murs ne tenaient plus debout que par miracle. Tous les dix pas, la colonne devait contourner un tas de gravats. Souvent décapitées, les tours et les flèches penchaient vers le sol comme si elles n'attendaient plus qu'un souffle de vent pour s'y fracasser. Un peu partout, des monticules de débris recouverts de terre – et souvent envahis de végétation – marquaient l'emplacement d'anciens palais ou de grands bâtiments publics.

Pourtant, ce qui subsistait de la ville suffisait à couper le souffle de Rand. Comparées aux simples vestiges de Shadar Logoth, les plus imposantes bâtisses de Baerlon seraient aisément passées pour des cabanons. Tout autour des cavaliers, des multitudes de palais de marbre blanc se dressaient encore, chacun étant au minimum surmonté d'un fantastique dôme. Les plus grands complexes en avaient cinq ou six, tous de forme différente. À d'autres endroits, de longues promenades flanquées de colonnes conduisaient à des tours amputées de leur sommet qui semblaient pourtant continuer de tutoyer le ciel. À tous les carrefours, une fontaine de bronze, un monument en albâtre ou une statue sur son piédestal attiraient irrésistiblement l'œil. Et, même si les fontaines étaient à sec, les monuments couverts de crasse et les statues décapitées ou manchotes, la grandeur qui s'en dégageait forçait toujours le respect des visiteurs.

Et j'ai cru que Baerlon était une grande ville! pensa Rand. *Que la Lumière m'aveugle! Thom a dû en rire sous cape. Sans parler de Lan et de Moiraine!*

Totalement fasciné, le jeune homme dut tirer en catastrophe sur les rênes de Nuage quand Lan s'arrêta devant un bâtiment de pierre blanche qui avait dû être, au temps de sa splendeur, deux fois plus grand que l'*Auberge du Cerf et du Lion*. Désormais, il était impossible de dire quelle avait bien pu être sa fonction. Une auberge, également ? Pourquoi pas... Des étages, il ne restait plus qu'une ossature vide aux fenêtres brisées et aux volets arrachés, mais le rez-de-chaussée paraissait être dans un état convenable.

Les mains reposant sur le pommeau de sa selle, Moiraine étudia la grande structure blessée, puis elle hocha la tête et souffla :

— Voilà qui devrait convenir...

Lan sauta de selle et aida l'Aes Sedai à descendre de sa monture – en fait, il la prit dans ses bras et la souleva en douceur.

— Conduisez les chevaux à l'intérieur, ordonna-t-il, et trouvez une pièce, au fond, qui puisse tenir lieu d'écurie. Allez, les garçons de ferme, du nerf! Nous ne sommes pas sur la place de votre village un jour de foire!

Portant toujours sa protégée, le Champion entra dans le bâtiment. Nynaeve mit pied à terre et le suivit après avoir récupéré la sacoche où elle rangeait ses potions et ses onguents. Egwene lui emboîta le pas, laissant elle aussi Bela en arrière.

— Conduisez les chevaux à l'intérieur..., marmonna Thom, mécontent.

Il joua avec sa moustache, la hérissant puis la lissant, se massa le creux des reins, prit les rênes d'Aldieb et se tourna vers les trois « garçons de ferme ».

— Alors, on se bouge ?

Rand et ses deux amis sautèrent à terre et se hâtèrent de prendre en charge les trois autres montures. La porte du bâtiment, dont il ne restait que l'encadrement, se révéla assez large pour laisser passer deux chevaux de front.

Les quatre compagnons déboulèrent dans une grande salle qui faisait toute la largeur de la structure. Le sol dallé était couvert de crasse et les tentures murales aux couleurs passées semblaient prêtes à tomber en poussière si on s'avisait de les toucher. Dans la salle vide, Lan avait déjà ménagé un nid douillet pour Moiraine – en utilisant sa cape et celle de la jeune femme. Rageant contre la poussière, Nynaeve était agenouillée près de l'Aes Sedai. Elle fouillait dans sa sacoche, qu'Egwene lui tenait ouverte.

— Je ne l'apprécie pas, c'est vrai, dit-elle à Lan au moment où Rand entrait sur les talons de Thom, mais ce n'est pas une raison pour lui refuser mon aide.

— Je ne t'ai accusée de rien, Sage-Dame, dit le Champion. Simplement, je t'ai conseillé d'être prudente avec tes herbes.

— Elle en a besoin, et toi aussi, tu dois compter sur mon intervention, répliqua Nynaeve, d'abord très agressive, puis un peu plus modérée. Même le Pouvoir de l'Unique a ses limites, et elle en a déjà trop fait… Regarde les choses en face, seigneur des Sept Tours : ton épée ne peut rien pour elle, alors que mes décoctions, en revanche…

Moiraine posa une main sur le bras de Lan.

— Du calme, mon ami… Elle n'a pas de mauvaises intentions. Elle ne sait rien, voilà tout…

Lan ne put s'empêcher de ricaner.

Nynaeve cessa de chercher dans son sac. Sourcils froncés, elle regarda le Champion, mais elle s'adressa à Moiraine :

— J'ignore beaucoup de choses, dit-elle, maussade. Quoi de particulier, dans ce cas ?

— Pour commencer, j'ai seulement besoin d'un peu de repos… Mais je suis d'accord avec vous : vos dons et votre savoir nous seront plus utiles que je le croyais. Auriez-vous une potion qui m'aiderait à dormir une heure sans être abrutie au réveil ?

— Une infusion d'amarante, de marisin et…

Rand n'entendit pas la suite, car il entra dans une deuxième salle, à peu près de la taille de la première. Ici, il n'y avait même pas de tenture et la poussière semblait s'accumuler en toute tranquillité depuis des siècles.

Rand entreprit de desseller Bela et Nuage. Thom se chargea d'Aldieb et de son hongre pendant que Perrin soignait sa monture et Mandarb. Se fichant des consignes de Lan, Mat lâcha les rênes des deux chevaux dont il était censé s'occuper et alla explorer les autres sorties de la pièce.

— Une ruelle, dit-il après avoir passé la tête dans l'encadrement de la première issue.

Tout le monde s'en était aperçu de loin, mais ça ne sembla pas le perturber. Recommençant l'opération avec l'autre issue, il retira vivement sa tête et annonça :

— Rien à signaler !

Puis il alla jeter un nouveau coup d'œil dans la ruelle.

— Tu vas enfin t'occuper de ton cheval ? demanda Perrin, agacé.

En ayant terminé avec sa monture, il était en train de desseller l'étalon noir de Lan – curieusement amical, même s'il ne quittait pas le jeune homme du regard.

Mat soupira et se résigna à faire son devoir.

Alors qu'il posait une selle sur le sol, Rand remarqua que son ami avait le regard vide et se déplaçait comme un automate.

— Tu vas bien ? Hé ! Mat ?

Après avoir retiré la selle du dos de son cheval, le jeune homme s'était pétrifié, comme s'il dormait debout.

— Mat ? Mat !

— Hein ? (Sursautant, le « garçon de ferme » faillit laisser tomber la selle.) Pardon ? Eh bien… je réfléchissais, c'est tout…

— Tu réfléchissais à quoi ? demanda Perrin, occupé à remplacer le mors de Mandarb par un hackamore.

— Eh bien… à ce qui est arrivé… aux mots que j'ai… (Sentant que tous les regards se rivaient sur lui, Mat parut encore plus mal à l'aise.) Vous avez entendu ce qu'a dit Moiraine, non ? C'est comme si un mort avait parlé par ma bouche. Je n'aime pas ça !

Perrin ricana et son ami le foudroya du regard.

— Le cri de guerre d'Aemon, c'est ce qu'elle a dit, pas vrai ? Tu es peut-être la réincarnation de ce fameux roi. Comme tu répètes toujours que Champ d'Emond te fait mourir d'ennui, je suppose que tu adorerais être un héros revenu d'entre les morts.

— Assez ! cria Thom, sortant de ses gonds. Ce sont des sujets dangereux ! Les morts peuvent bel et bien revenir – ou s'emparer du corps d'un vivant – et je vous interdis de prendre ça à la légère. (Il inspira à fond pour se calmer.) Le sang ancien, a dit Moiraine. Pas un mort, mais le sang ancien. J'ai entendu dire que ça arrivait parfois. Mais je n'aurais jamais cru que… Tes racines ont parlé, mon garçon. Quelque chose qui remonte à ton père, puis à ton grand-père, et ainsi de suite jusqu'à Manetheren. Et peut-être même au-delà… Au moins, maintenant, tu es sûr que ta lignée est très ancienne. Tu devrais t'en réjouir, voilà tout. La plupart des gens savent qu'ils ont un père, et ça s'arrête là.

Savoir qu'on a un père, c'est déjà beau, pensa Rand, très amer. *Mais la Sage-Dame avait peut-être raison. Enfin, j'espère que c'est le cas…*

— Je devrais me réjouir, c'est vrai, répondit Mat au trouvère. Sauf que… Vous croyez que ça un lien avec ce qui nous arrive ? Les Trollocs et le reste ? Je veux dire… Hum…, je ne sais pas ce que je veux dire !

— Tu veux mon avis ? demanda Thom. Oublie tout ça et concentre-toi sur une seule chose : te tirer vivant de cette affaire. (Il sortit de sa veste une pipe à long tuyau.) J'ai envie de fumer…

Sur ces mots, le trouvère s'éloigna et passa dans la première salle.

— Mat, dit Rand, nous sommes tous concernés. Pas seulement l'un d'entre nous.

— Bien parlé ! Maintenant qu'on en a fini avec les chevaux, que diriez-vous d'aller explorer la ville ? Une vraie mégalopole, sans personne pour vous écraser les orteils ni vous flanquer des coups de coude dans les côtes ! Il reste une ou deux heures de jour, et on ne risque pas d'être regardés comme des bêtes curieuses.

— Et les Trollocs ? demanda Perrin.

— Lan a affirmé qu'ils n'entreraient jamais ici. Tu as oublié ? Mon vieux, tu devrais faire plus attention à ce que disent les gens.

— Je me souviens, et j'ouvre toujours grandes mes oreilles. Cette cité, qui avait pour nom Aridhol, était une alliée de Manetheren. Tu vois, j'ai tout suivi !

— Ce devait être la plus grande ville impliquée dans les guerres des Trollocs, pour que les monstres la redoutent encore. Ils n'ont pas eu peur d'envahir Deux-Rivières. Pourtant, Manetheren était… Comment a dit Moiraine, déjà ? « Une épine dans le pied du Ténébreux » ?

— S'il te plaît, implora Perrin, évite de mentionner le Berger de la Nuit !

— Qui ça ? plaisanta Mat. Alors, on y va ?

— Il faudrait demander à Moiraine…

— Sans blague ? Parce qu'elle nous laisserait faire, selon toi ? Et Nynaeve ? Par le sang et les cendres ! Perrin, pourquoi ne pas demander à maîtresse Luhhan, tant que tu y es ?

Perrin capitula sans grande conviction.

— Et toi, Rand ? lança Mat. Que dis-tu d'une vraie ville, avec des palais à volonté ? Et pas de Capes Blanches pour nous mettre des bâtons dans les roues ?

Rand jeta un regard noir à son ami, mais il n'hésita pas très longtemps. Ces palais valaient bien dix contes d'un trouvère !

— On y va !

Marchant sur la pointe des pieds pour ne pas être entendus, les trois garçons sortirent, s'engagèrent dans la ruelle, la suivirent un moment et débouchèrent dans une grande avenue. Ils s'éloignèrent à pas vifs, et quand ils furent assez loin du bâtiment de pierre blanche, Mat esquissa quelques pas de danse.

— Enfin libres ! jubila-t-il. Libres !

Il décrivit un grand cercle joyeux, regardant tout ce qu'il y avait autour de lui sans cesser de rire. À la lueur du soleil couchant, une aura dorée enveloppait les ruines qui projetaient des ombres démesurées à cette heure de la journée.

— Avez-vous jamais rêvé d'un endroit pareil ? lança Mat.

Si Perrin semblait également enthousiaste, Rand se sentait plutôt mal à l'aise. Shadar Logoth ne ressemblait pas au théâtre de son premier cauchemar – celui de la tour blanche – mais il ne s'y sentait guère mieux.

— Si nous voulons voir quelque chose, dit-il, nous devrions nous dépêcher. Il fera bientôt nuit…

Désireux de tout découvrir, semblait-il, Mat entraîna ses amis dans son sillage. Au cours de leur exploration, les trois jeunes gens escaladèrent des fontaines au bassin assez grand pour contenir tous les habitants de Champ d'Emond, et ils traversèrent des bâtiments choisis au hasard, mais toujours en fonction du même critère : une taille largement hors du commun. Dans certains cas, ils réussirent à comprendre quel était jadis l'usage de la structure. En règle générale tous les palais se ressemblaient – une configuration typique et universelle. Mais à quoi avait bien pu servir, par exemple, l'énorme rotonde blanche qui abritait une seule et unique salle ? Pareillement, à quoi correspondait ce grand cercle de terre battue à ciel ouvert entouré de centaines de rangées de gradins ?

Lorsque les trois jeunes gens découvraient seulement de la poussière, des gravats, ou des tapisseries aux couleurs délavées qui tombaient en poussière au premier contact, Mat ne cachait pas sa déception. Il tapa même impatiemment du pied quand Perrin tenta de s'emparer de la première chaise d'une haute pile poussée contre un mur. Comme celui qu'il avait soulevé, tous les sièges se décomposèrent sous les yeux de l'apprenti forgeron et de ses compagnons.

Avec leurs grandes salles vides où on aurait pu entreposer *La Cascade à Vin* et ses dépendances – en ayant de l'espace libre tout autour –, les palais déprimaient Rand parce qu'il pensait beaucoup trop à leurs anciens occupants disparus depuis des lustres. Toute la population de Deux-Rivières aurait pu tenir dans la rotonde géante, et quant à l'espèce de piste entourée de gradins… Sans devoir faire de gros efforts d'imagination, Rand avait l'impression de sentir peser sur lui – et sur ses amis – le regard désapprobateur des antiques citadins, agacés que trois jeunes intrus viennent perturber leur repos.

Au fil du temps, Mat lui-même se lassa de l'énormité des bâtiments et commença à se ficher de leur splendeur passée. La nuit précédente, il n'avait pas dormi plus d'une heure, et la fatigue le rattrapait. Ses compagnons aussi manquaient de repos, et ils ne cherchaient plus à le cacher. Bâillant à s'en décrocher la mâchoire, les trois jeunes gens s'assirent sur les marches d'un grand monument à colonnade, et ils débattirent de la suite des événements.

— On rentre ! dit Rand. Puis on dort…

Il se plaqua une main sur la bouche, attendant d'avoir fini de bâiller pour répéter :

— Oui, on dort ! C'est tout ce que je désire encore…

— Tu auras bien le temps de dormir après ! s'agaça Mat. Tu sais où nous sommes ? Dans une ville fantôme qui regorge sûrement de trésors.

— Des trésors ? répéta Perrin d'une voix déjà pâteuse de sommeil. Mat, il n'y a rien, à part de la poussière !

Une main en visière, Rand sonda l'horizon, à l'ouest. La boule rouge du soleil était juste au-dessus des toits, à présent…

— Il se fait tard, Mat… La nuit ne tardera plus.

— Moi, je maintiens qu'il doit y avoir des trésors ! De toute façon, je veux grimper dans une tour… Regarde celle-là, là-bas… Elle est entière. De là-haut, on doit pouvoir admirer le panorama à des lieues à la ronde. Qu'en dites-vous, les gars ?

— Les tours sont dangereuses, dit une voix masculine derrière les trois amis.

Rand se leva d'un bond, saisit la poignée de son épée et se retourna à la vitesse de l'éclair – comme ses deux compagnons, tout aussi vifs que lui.

En haut de l'escalier, un homme se tenait dans l'ombre, entre deux colonnes. Avançant d'un pas, il se protégea les yeux d'une main, puis recula d'un bond.

— Excusez-moi, dit-il. Je suis dans le noir depuis si longtemps… Mes yeux ont du mal à supporter la lumière.

— Qui êtes-vous ? demanda Rand.

L'accent de l'inconnu lui paraissait étrange, même après son séjour à Baerlon. Certains mots étaient à peine compréhensibles, tant leur prononciation divergeait de la norme.

— Et que faites-vous ici ? Nous pensions que la cité était déserte.

— Je suis Mordeth.

L'homme se tut, comme si ses interlocuteurs avaient dû être impressionnés. Aucun des trois garçons ne réagissant, il marmonna quelque chose dans sa barbe et enchaîna :

— Je pourrais vous retourner vos questions… Voilà longtemps qu'il n'y a plus eu de visiteurs à Aridhol. Très longtemps, même… Je suis surpris de tomber sur trois jeunes… explorateurs.

— Nous sommes en route pour Caemlyn, dit Rand. Nous campons ici, voilà tout…

— Caemlyn… Caemlyn… Vous campez ici ce soir… Et si vous restiez avec moi ?

— Vous n'avez toujours pas dit ce que vous faites ici, souligna Perrin.

— Je suis un chasseur de trésors, cette question !

— Et vous en avez trouvé un ? s'enquit Mat.

Rand crut voir Mordeth sourire. Mais, avec la pénombre, il avait pu se tromper…

— Et comment ! Un extraordinaire trésor ! Trop fabuleux pour que je puisse tout emporter… Et voilà que je croise trois jeunes costauds en pleine santé. Si vous m'aidez à transporter jusqu'à mes chevaux la partie de cette manne que je peux m'approprier, libre à vous de partager le reste. Tout ce que vous pourrez emporter, tout simplement. Ce que je laisserai derrière moi sera annexé par d'autres chasseurs de trésors longtemps avant que j'aie pu revenir…

— Je savais bien qu'il y avait un trésor, triompha Mat. (Il entreprit de gravir les marches d'un pas léger.) Nous allons vous aider. Montrez-nous le chemin…

— On ne peut pas l'abandonner, souffla Rand à Perrin.

L'apprenti forgeron jeta un coup d'œil au soleil couchant, puis il hocha la tête.

Les deux jeunes gens montèrent les marches très prudemment. Perrin commença à dégager sa hache de la boucle de sa ceinture, et Rand serra plus fort la poignée de son épée.

Mat et Mordeth attendaient à l'ombre des colonnes. Si le second avait les bras croisés, le premier, ne se tenant plus d'impatience, tendait le cou pour sonder l'intérieur du bâtiment.

— Viens, mon jeune ami, dit Mordeth, je vais te montrer le trésor…

Mat suivit l'homme.

Ses deux amis lui emboîtèrent le pas – qu'auraient-ils pu faire d'autre ?

L'entrée du bâtiment était plongée dans l'obscurité, mais Mordeth s'engagea presque immédiatement dans un étroit escalier en colimaçon qui s'enfonçait dans les entrailles de la terre, plongeant les jeunes gens au cœur de ténèbres de plus en plus impénétrables. Incapable de voir les marches, Rand plaqua une main contre le mur, histoire de se repérer un peu mieux. Mat lui-même n'en menait pas large, comme en témoigna sa voix tremblante quand il souffla :

— Il fait affreusement noir, ici…

— C'est vrai, concéda Mordeth, qui semblait n'avoir aucun mal à se déplacer dans l'obscurité. Mais il y a des lumières en bas… Suivez-moi !

Au pied de l'escalier, le chasseur de trésors et les trois jeunes gens se retrouvèrent dans un couloir chichement éclairé par des torches disposées sur des supports en fer forgé. À la lueur vacillante des flammes, Rand put enfin voir à quoi ressemblait Mordeth.

Avançant à grandes enjambées, le chasseur de trésors faisait signe aux jeunes gens de le suivre. Rien que de très normal, à première vue. Mais quelque chose clochait avec le personnage. Hélas, Rand aurait été incapable de dire quoi… Un peu enrobé, d'apparence soignée, l'homme avait des paupières tombantes qui donnaient l'impression de dissimuler ses yeux – comme s'il avait été en permanence en train d'épier le monde derrière une tenture. Assez petit et totalement chauve, il paradait comme s'il avait été de loin le plus grand membre du quatuor. Quant à sa tenue… Pour tout dire, Rand n'avait jamais rien vu de semblable. Sous une veste rouge brodée de fil d'or très épais, sa chemise d'un blanc éclatant se distinguait par des manches très larges dont la pointe, sous son poignet, était presque assez longue pour toucher son genou. Sous des braies noires moulantes, il portait une paire de bottes rouges en cuir souple, le haut retourné à mi-mollet pour redescendre jusqu'à la cheville. En d'autres termes, pas vraiment le type de vêtements adapté aux évolutions d'un chasseur de trésors dans une cité en ruine. Et pourtant, ce n'était pas ça qui éveillait la méfiance de Rand…

Le couloir débouchant brusquement sur une pièce aux murs carrelés, le jeune homme oublia d'un seul coup toutes les bizarreries qui pouvaient être attachées à Mordeth. Aussi surpris que lui, Perrin et Mat lâchèrent également un petit cri étranglé. Ici aussi, la lumière était fournie par des torches qui maculaient de suie le plafond et projetaient autour de chaque intrus une multitude d'ombres plus ou moins distordues.

En ce lieu, la chiche lumière se reflétait à l'infini sur les monticules de pierres précieuses ou de pièces d'or qui se dressaient un peu partout sur le sol. Il y avait aussi des amoncellements de bijoux, de services de table en argent ou en or, d'épées et de dagues à la garde incrustée de gemmes. Et tout ça était entassé comme dans une décharge d'ordures !

Mat cria de joie et alla s'agenouiller devant un des monticules.

— Des sacs ! s'écria-t-il en brassant à pleines mains des pièces d'or rutilantes. Il nous faut des sacs pour transporter tout ça !

On ne pourra pas tout prendre…, dit Rand.

Tout l'or que les marchands dépensaient en une année à Champ d'Emond n'aurait pas représenté le millième du plus petit tas d'incroyables merveilles.

— En tout cas, continua Rand, pas ce soir… La nuit est presque tombée.

Perrin dégagea délicatement une hache nichée dans un monticule de bijoux scintillants. Très doucement, il débarrassa le manche de l'arme des chaînes en or qui s'y étaient enroulées. La partie en bois de la hache était incrustée de pierres précieuses et le double tranchant portait de délicates gravures dorées à l'or fin.

— Eh bien, on s'en occupera demain, dit Perrin, émerveillé par la hache. Quand nous leur montrerons tout ça, Moiraine et Lan comprendront…

— Vous n'êtes pas seuls ? demanda Mordeth. (Après avoir laissé les trois jeunes gens découvrir en toute liberté la salle du trésor, il y entra à son tour.) Qui vous accompagne ?

Les mains plongées dans son tas de pièces d'or, Mat répondit distraitement :

— Eh bien, il y a Moiraine et Lan, mais aussi Nynaeve, Egwene et Thom. Lui, c'est un trouvère. Ensemble, nous nous dirigeons vers Tar Valon.

Rand retint son souffle, se demandant ce qui allait suivre. Le silence de Mordeth l'incita à tourner la tête vers lui.

Blême de rage et de peur, le chasseur de trésors leva ses poings serrés.

— Tar Valon ! rugit-il. Vous avez parlé de Caemlyn. Et maintenant, Tar Valon ! Pourquoi m'avoir menti ?

— Si ça vous intéresse toujours, dit Perrin, nous reviendrons demain pour vous aider. (Avec une grande délicatesse, il reposa la hache sur son nid de bijoux et de calices ornés de gemmes.) Si vous voulez de nous, bien entendu…

— Non… C'est que… (Le souffle étrangement court, Mordeth secoua la tête, comme s'il ne parvenait pas à se décider.) Prenez ce que vous voulez ! Sauf… Sauf…

Brusquement, Rand comprit pourquoi cet homme lui semblait bizarre. Dans le couloir comme dans la salle du trésor, les torches faisaient naître autour de chaque personne une véritable couronne d'ombres. De chaque personne ? Eh bien, non, justement !

— Vous n'avez pas d'ombre ! ne put s'empêcher de crier Rand.

Mat en lâcha le gobelet précieux qu'il admirait.

Mordeth hocha la tête. Pour la première fois, ses paupières tombantes daignèrent se soulever entièrement. Son visage naguère avenant exprima de la désapprobation et de la rage.

Il se redressa, semblant soudain nettement plus grand.

— Ainsi, c'est décidé, dit-il.

Tout à coup, il ne sembla pas plus grand, mais le *devint*, tout simplement. Sa tête désormais énorme touchait le plafond et ses épaules cognaient contre les murs, obstruant la seule voie de sortie. Les lèvres retroussées en un rictus haineux, il tendit ses mains désormais assez grandes pour envelopper le crâne d'un homme.

Rand bondit en arrière, se prit les pieds dans une chaîne en or et s'étala sur le sol, la respiration coupée par l'impact. Luttant pour reprendre son souffle, il s'efforça en même temps de dégainer son épée, mais il dut se débattre avec sa cape, comme de juste enroulée autour de la poignée de l'arme. Les cris de Mat et de Perrin emplirent la salle, ponctués par des bruits de vaisselle en or qui s'écrasait sur le sol. Plus fort que tous les autres, un hurlement de douleur glaça les sangs de Rand.

Alors que des larmes lui montaient aux yeux, il parvint à respirer et, au même instant, à tirer sa lame au clair. Se relevant prudemment, il se demanda lequel de ses amis avait crié ainsi.

Ramassé sur lui-même, sa hache brandie comme s'il allait couper un arbre, Perrin le regardait en écarquillant les yeux. Serrant dans son poing une dague au manche orné d'un rubis – une arme récupérée dans une pile de joyaux –, Mat s'était également tourné vers Rand.

Quand quelque chose bougea dans les ombres, hors du cercle lumineux des torches, les trois jeunes gens sursautèrent de terreur. C'était Mordeth. Les genoux ramenés contre la poitrine, il s'était recroquevillé dans un coin de la salle, se faisant le plus petit possible.

— Une illusion ! cria Mat. C'était un truc, rien de plus !

Mordeth inclina la tête en arrière et poussa un soupir sonore. De la poussière tourbillonnant dans l'air, les murs commencèrent à trembler.

— Vous êtes morts ! Tous morts ! cria le chasseur de trésors.

Il se leva d'un bond, plongeant vers ses proies.

Rand en resta bouche bée et il faillit laisser tomber son arme.

Alors que Mordeth fondait sur Rand et ses amis, il s'allongea démesurément, rétrécit et évoqua irrésistiblement un tentacule de fumée. Sous cette forme, il percuta le mur carrelé, le troua et disparut par cette ouverture. Tandis qu'il se volatilisait, un ultime cri retentit dans la salle :

— Vous êtes tous morts !

— Sortons d'ici..., souffla Perrin.

Serrant très fort le manche de sa hache, il tentait de défendre toutes les directions à la fois. À ses pieds gisaient des objets en or et des gemmes dont il ne se souciait plus.

— Le trésor..., protesta Mat. On ne peut pas renoncer à tout ça !

— Je ne veux pas la plus petite pièce d'or ! grogna Perrin.

Il haussa le ton, criant à l'intention des murs :

— C'est à vous et nous ne prendrons rien. Vous entendez ?

Mat désigna les monticules d'objets précieux. Avant qu'il ait pu débiter un discours enflammé, Rand le prit par un bras et Perrin l'imita avec l'autre. Malgré les gesticulations et les cris de rage de leur ami, ils le portèrent hors de la salle.

Alors qu'ils n'avaient pas fait quinze pas dans le couloir, la lumière déjà chiche mourut dans leur dos. Dans la salle du trésor, les torches s'éteignaient toutes seules. Alors que Mat consentait enfin à ne plus beugler, les trois amis pressèrent le pas. Dans le corridor, les torches commençaient elles aussi à s'éteindre. Lorsqu'ils atteignirent l'escalier en colimaçon, il y avait beau temps que Mat courait de son propre gré, aussi angoissé que ses deux compagnons par l'extinction des torches. Comme s'ils avaient la mort aux trousses, les jeunes gens n'hésitèrent pas plus d'une fraction de seconde avant de s'engager dans l'escalier pourtant plus obscur que tout le reste. En hurlant pour effrayer d'éventuelles créatures embusquées – mais aussi et surtout pour se prouver qu'ils étaient encore vivants –, ils gravirent les marches quatre à quatre.

Ils débouchèrent dans l'entrée sans lumière, glissèrent sur le marbre couvert de poussière, sortirent du bâtiment, dévalèrent l'escalier et s'étalèrent tous les trois lorsqu'ils eurent enfin regagné la rue.

Rand se releva le premier et ramassa très vite l'épée de Tam. Puis il regarda autour de lui. Le soleil disparaissait plus qu'à moitié derrière les bâtiments. Comme une main géante, les ombres du crépuscule se refermaient lentement mais inexorablement sur la rue.

Rand frissonna de terreur. Cette façon de tout envahir lui rappelait la manière dont Mordeth avait tendu les mains…

— Au moins, nous sommes dehors, dit Mat en se relevant bon dernier. (Il s'épousseta, imitant à la perfection sa nonchalance coutumière – mais on voyait bien que le cœur n'y était pas.) Et maintenant qu'il n'y a plus de danger…

— Tu es sûr de ce que tu dis ? demanda Perrin.

Cette fois, Rand sut que ce n'était pas son imagination. Tous les poils de sa nuque se hérissèrent. Dans l'ombre des colonnes, on les épiait. Le jeune homme regarda le bâtiment d'en face et eut exactement la même sensation. À tout hasard, il serra plus fort la poignée de son épée. Des dizaines de paires d'yeux étaient rivées sur eux. À voir leur malaise, il semblait évident que Mat et Perrin le sentaient aussi.

— Il faut rester au milieu de la rue, croassa Rand.

Ses amis étaient aussi effrayés que lui – peut-être même plus.

— Le milieu de la rue, répéta-t-il, on reste aussi loin que possible des ombres, et on marche vite.

— Très vite, oui, approuva Mat.

Les espions les suivirent. Ou alors, il y en avait tellement que chaque bâtiment en abritait. Malgré ses efforts, Rand ne vit jamais de mouvement, mais il sentait peser sur lui des regards rageurs. Quelle hypothèse était la plus angoissante ? Des milliers d'espions ou une poignée, mais qui les suivait ?

Dans les passages encore éclairés par les derniers rayons rasants du soleil, les trois garçons avaient tendance à ralentir le pas pour sonder la pénombre qui les attendait un peu plus loin. Comment être sûr qu'on ne les y guettait pas ? Dès qu'ils devaient s'engouffrer dans une zone d'ombre, l'attente nerveuse des espions devenait palpable. Du coup, ils traversaient ces îlots d'obscurité à toute vitesse et en criant comme des possédés. En plusieurs occasions, Rand crut entendre le rire grinçant d'un prédateur…

Alors que le crépuscule finissait de tomber, les trois jeunes gens arrivèrent en vue du bâtiment de pierre blanche qu'il leur sembla avoir quitté des jours plus tôt. Dès cet instant, les yeux mystérieux se volatilisèrent. En un clin d'œil, sans raison apparente… Sans consulter ses amis, Rand accéléra encore le rythme, finissant par courir comme un fou. Du coup, lorsqu'ils entrèrent dans la grande salle, les trois garçons, à bout de souffle, se laissèrent tomber sur le sol.

Un petit feu brûlait au milieu de la pièce, sa fumée s'échappant par un trou ménagé dans le plafond. La colonne noire rappela Mordeth à Rand, qui en eut la chair de poule. À part Lan, tout le monde était réuni autour du feu. Les réactions à l'arrivée en fanfare des trois garçons furent très diverses.

Occupée à se réchauffer les doigts sur les flammes, Egwene sursauta et porta les mains à sa gorge. Lorsqu'elle eut reconnu les garçons, un soupir de soulagement lui échappa, gâchant l'effet qu'était censé produire son regard furieux.

Thom se contenta de marmonner quelques mots – Rand crut comprendre qu'il était question de « crétinisme » – puis, sa pipe au bec, il recommença à tisonner le feu avec un bâton.

— Imbéciles congénitaux ! s'écria Nynaeve. (Elle frémissait de rage, les joues en feu et le regard brillant comme un incendie de forêt.) Au nom de la Lumière ! pourquoi êtes-vous partis comme ça ? Vous allez bien, au moins ?

» Mais quels imbéciles, quand même ! Lan est en train de vous chercher. À son retour, vous aurez de la chance s'il ne vous fait pas entrer un peu de bon sens dans la tête à grands coups de poing ! Une chance imméritée, je précise…

L'Aes Sedai restait d'un calme inébranlable. Mais, en reconnaissant les trois fugueurs, elle avait lâché le devant de sa robe, qu'elle serrait à s'en faire blanchir les jointures. Puisqu'elle était debout, les médications de la Sage-Dame avaient dû être efficaces.

— Vous n'auriez pas dû agir ainsi, dit-elle d'une voix calme et limpide comme un étang du bois de l'Eau. Mais nous verrons ça plus tard… Si j'en juge par votre arrivée… spectaculaire…, vous avez dû avoir des ennuis. Racontez-moi.

— Il n'y avait aucun risque, aviez-vous dit, gémit Mat en se relevant péniblement. Aridhol était une alliée de Manetheren, les Trollocs ne s'y aventureraient pas, et…

Moiraine avança si brusquement que Mat en eut la chique coupée. En train de se relever, Rand et Perrin se figèrent au milieu de leur mouvement, restant à genoux.

— Des Trollocs ? En as-tu vu en ville ?

— Pas des Trollocs, non…

Les trois amis parlèrent en même temps, chacun commençant son récit à un moment différent. Mat décrivit la découverte du trésor comme si c'était un exploit personnel, Perrin expliqua pourquoi ils s'étaient éclipsés ainsi et Rand entra directement dans le vif du sujet : la rencontre avec Mordeth devant le grand bâtiment.

Dans cette cacophonie, la chronologie et la cohérence passèrent à la trappe. Mais un élément surnagea cependant : ils avaient failli mourir de peur !

Impressionnée par la mention des « espions », Egwene jeta de fréquents coups d'œil à la fenêtre sans vitre qui donnait sur la rue. Dehors, la nuit s'installait et la lumière du feu semblait bien vulnérable dans un environnement si hostile.

Très concentré, Thom écoutait en tirant de temps en temps sur sa pipe. Moiraine semblait inquiète, certes, mais pas dans des proportions affolantes. Jusqu'à ce qu'elle entende un certain nom.

— Mordeth ? s'écria-t-elle en refermant sur le coude de Rand une main à l'emprise d'acier. Tu es sûr de ce nom ? Vous en êtes certains, tous les trois ?

— Oui, répondirent en chœur les trois amis, déconcertés par la réaction de l'Aes Sedai.

— Vous a-t-il touchés ? Vous a-t-il donné quelque chose ? Avez-vous fait quoi que ce soit pour lui ? Il faut que je sache…

— Non, répondit Rand. Rien de tout ça.

Perrin acquiesça et ajouta :

— Il a tenté de nous tuer… Ce n'est pas suffisant ? Il a grandi au point de remplir la salle, crié que nous étions tous morts, puis il s'est volatilisé. Comme de la fumée, si vous voyez ce que je veux dire…

Egwene en cria de terreur.

— Et nous étions censés être en sécurité ! s'exclama Mat. Puisque les Trollocs n'osent pas s'aventurer en ville, qu'aurions-nous dû redouter ? Nous avons pensé que rien ne pouvait arriver.

— Auriez-vous laissé vos cerveaux à Champ d'Emond ? demanda froidement Moiraine. Tout être pensant devrait avoir peur d'un endroit que les Trollocs préfèrent éviter.

— Encore la faute de Mat, intervint Nynaeve. Il raconte des âneries aux deux autres, qui oublient leur bon sens et se laissent entraîner dans des histoires absurdes.

Moiraine hocha la tête, une façon de prendre note de la remarque, mais elle ne quitta pas du regard Rand et ses compagnons.

— Vers la fin des guerres des Trollocs, dit-elle, une armée campa dans ces ruines. Elle était composée de Trollocs, bien entendu, de Suppôts des Ténèbres, de Myrddraals et de Seigneurs de la Terreur. Des milliers de guerriers… Quand il devint évident qu'ils ne ressortiraient plus, des éclaireurs furent envoyés en ville. Ils trouvèrent des armes, des éléments d'armure et des taches de sang – presque sur tous les murs. Sur ces mêmes murs, ils lurent des messages gravés par les Trollocs. Des prières qui imploraient le Ténébreux de les aider lors de leurs derniers moments.

» Les hommes qui vinrent plus tard ne virent ni sang ni prières. Parce qu'on avait récuré les murs jusqu'à tout effacer… Mais les Blafards et les Trollocs n'ont pas oublié, et c'est pour ça qu'ils se tiennent loin de ces ruines.

— Et vous avez choisi cet endroit comme refuge ? fit Rand, incrédule. Il aurait été moins risqué de continuer dehors, avec les Trollocs à nos trousses !

— Si tu n'étais pas allé te promener, dit Moiraine avec une patience admirable, tu saurais que j'ai érigé des protections autour de ce bâtiment. Un Myrddraal ne s'apercevrait même pas qu'elles sont là, parce qu'elles ne visent pas les créatures comme lui. Mais les « résidants » de Shadar Logoth ne s'en approcheront pas, tu peux me croire. Et demain, nous ne risquerons rien, car ces monstres-là ne supportent pas la lumière du jour. Jusqu'au soir, ils se cacheront dans leur tanière.

— Shadar Logoth ? répéta Egwene. Je croyais que cette cité s'appelait Aridhol.

— C'était son nom jadis, et elle comptait au nombre des Dix Nations qui conclurent le Second Pacte. Des pays qui s'opposèrent au Ténébreux dès les premiers jours qui suivirent la Dislocation du Monde. En ce temps-là, alors que Thorin al Toren al Ban régnait sur Manetheren, le roi d'Aridhol se nommait Balwen Mayel, surnommé Balwen Main de Fer. À un moment terrible du conflit, alors que le Père des Mensonges semblait sur le point de vaincre, un certain Mordeth arriva à la cour du roi Balwen.

— Le même Mordeth ? s'écria Rand.

— C'est impossible ! lança Mat.

Un regard glacial de Moiraine les réduisit tous les deux au silence.

— Très vite, Mordeth devint le confident du roi, puis son conseiller le plus puissant. À mesure qu'il empoisonnait l'esprit du souverain, Aridhol changea, se renfermant sur elle-même. Selon certains récits, bien des gens préféraient avoir affaire à des Trollocs plutôt qu'à des guerriers d'Aridhol.

Pour ces fanatiques, le triomphe de la Lumière passait avant tout. Mordeth leur avait appris ce cri de guerre, et ils le criaient à tue-tête… tout en agissant comme les pires ennemis de la Lumière.

» L'histoire est bien trop longue pour être racontée dans son intégralité. De toute façon, on n'en connaît que des fragments, même à Tar Valon. On sait par exemple que Caar, le fils de Thorin, vint à la cour pour tenter de rallier Aridhol au Second Pacte. Assis sur son trône, une lueur de démence dans le regard, Balwen l'écouta en riant tandis que Mordeth souriait sous cape à ses côtés.

» Balwen ordonna que Caar et tous les membres de sa délégation, accusés d'être des Suppôts des Ténèbres, soient condamnés à mort et exécutés.

» Suite à ces événements, le prince Caar fut surnommé Caar Une-Main. S'échappant de la prison d'Aridhol, il s'enfuit en direction des Terres Frontalières, avec à ses trousses les tueurs contrefaits de Mordeth. Plus tard, il rencontra Rhea, qui ignorait quelle était sa véritable identité, l'épousa et commença ainsi à tisser la Trame de son destin, qui consistait à mourir de la main de sa femme. Celle-ci se suicida sur la tombe de son époux – toujours l'implacable logique de la Trame, qui entraîna aussi la chute d'Aleth-Loriel.

» Venues pour venger Caar, les armées de Manetheren découvrirent que les portes d'Aridhol avaient été mystérieusement détruites. Dans la cité, les soldats ne trouvèrent plus de créatures vivantes – mais il y subsistait quelque chose de pire que la mort. Aucun ennemi n'était responsable du désastre d'Aridhol, à part Aridhol elle-même. Le soupçon et la haine, avec le temps, avaient fini par donner naissance à un monstre qui dévorait la cité de l'intérieur. Une horreur tapie dans ses fondations… Nommé Mashadar, le démon attendait, affamé, et les hommes ne parlèrent plus d'Aridhol, la rebaptisant Shadar Logoth. L'endroit où les ténèbres attendent… Ou, plus simplement, l'Attente des Ténèbres.

» Seul Mordeth ne fut pas consumé par Mashadar. Mais il fut piégé par l'entité, et il attend depuis des siècles au milieu de ces ruines. Vous n'êtes pas les premiers à le rencontrer. Certaines de ses victimes furent influencées par des cadeaux qui remplirent de confusion leur esprit et souillèrent leur âme, les intoxiquant jusqu'à ce qu'elles deviennent de dociles marionnettes – ou jusqu'à ce qu'elles meurent, tout simplement. S'il parvient un jour à convaincre une de ses proies de l'accompagner jusqu'au mur d'enceinte, à la lisière du pouvoir de Mashadar, Mordeth sera en mesure de consumer l'esprit de cette personne. Il pourra alors quitter la ville, tapi dans le corps de sa victime, et recommencer à nuire au monde comme jadis.

— Le trésor…, marmonna Perrin alors que Moiraine marquait une pause pour reprendre son souffle. Il voulait qu'on l'aide à en porter une partie jusqu'à ses chevaux. Juste à la lisière de la ville, je parie !

Rand ne put s'empêcher de frissonner à l'idée de ce qui avait failli se passer.

— Mais nous ne risquons plus rien, pas vrai ? demanda Mat. Il ne nous a rien donné, et il ne nous a pas touchés non plus. Vos protections l'empêcheront de nous attaquer, n'est-ce pas ?

— Il n'y a aucun danger, confirma Moiraine. Comme les autres… résidants… de la cité, il ne pourra pas traverser ma ligne de défense. Tous ces monstres craignant la lumière du jour, nous partirons tranquillement demain matin. Maintenant, essayez de dormir un peu en attendant le retour de Lan.

— Il est parti depuis longtemps, dit Nynaeve, très inquiète.

Elle jeta un coup d'œil dehors, où il faisait désormais nuit noire.

— Lan ne risque rien, assura Moiraine. (Elle déroula sa couverture et l'étendit près du feu.) Il a été voué à combattre le Ténébreux alors qu'il était encore au berceau, une épée placée entre ses mains de nourrisson. En outre, s'il devait mourir, je le sentirais à l'instant même où son cœur cesserait de battre. Pareillement, il aurait conscience de ma fin, même à distance… Reposez-vous, Nynaeve. Tout ira bien.

Pourtant, avant de s'enrouler dans sa couverture, l'Aes Sedai regarda dehors, comme si elle se demandait aussi pourquoi Lan tardait tant.

Les membres pesant des tonnes et les yeux se fermant tout seuls, Rand eut malgré tout des difficultés à s'endormir. Quand il y parvint enfin, des cauchemars le harcelèrent jusqu'à ce qu'il se réveille en sursaut, désorienté au point de ne plus se rappeler où il était.

À son dernier quartier avant la nouvelle lune, l'astre nocturne produisait une chiche lumière incapable de percer vraiment les ténèbres. Autour de Rand, tout le monde dormait d'un sommeil agité, à part Moiraine. Egwene, Mat et Perrin marmonnaient sans cesse et se contorsionnaient comme des possédés. Au milieu de ses ronflements, Thom lâchait de temps en temps un mot incompréhensible, comme s'il donnait une représentation devant un public qu'il était seul à voir.

Lan ne s'était toujours pas montré…

Rand eut soudain le sentiment que les « protections » de Moiraine ne servaient à rien. Qui pouvait dire quels monstres erraient dans les rues, une fois le soleil couché ?

Agacé d'être une telle poule mouillée, Rand ajouta du bois dans le feu. Les flammes restèrent insuffisantes pour réchauffer l'atmosphère, mais elles produisirent plus de lumière.

Rand ignorait pourquoi il s'était arraché à son cauchemar. Redevenu un petit garçon, un berceau portable accroché à son dos, il était armé de l'épée de Tam et courait dans des rues désertes. Lui collant aux basques, Mordeth criait qu'il voulait uniquement sa main. Durant toute la scène, un vieil homme au rire grinçant n'avait pas quitté le jeune homme du regard.

Tirant sur sa couverture, Rand s'étendit confortablement et entreprit de contempler le plafond. Même s'il devait encore rêver, il avait besoin de dormir. Mais le sommeil le fuyait et ses yeux, à présent, se rouvraient de leur propre gré.

Soudain, la porte grinça et Lan entra dans la salle, plus silencieux qu'un spectre. Pourtant, Moiraine se réveilla aussitôt, comme si le Champion avait fait sonner une cloche. Alors que l'Aes Sedai s'asseyait, Lan laissa tomber devant elle trois petits objets en métal qui percutèrent le sol avec un bruit mat. Trois insignes couleur rouge sang et en forme de crâne cornu.

— Des Trollocs rôdent en ville, annonça le Champion. Ils seront ici dans un peu plus d'une heure. Et les Dah'Vols sont encore plus redoutables que tous leurs congénères !

Le Champion commença à réveiller les dormeurs.

Impassible, Moiraine se mit à plier méticuleusement sa couverture.

— Combien de Trollocs ? Ils savent que nous sommes là ?

L'Aes Sedai parlait d'un ton serein, comme s'il n'y avait aucune urgence.

— Non, ils ignorent notre présence, répondit Lan. Il y a plus d'une centaine de monstres, assez effrayés pour tuer tout ce qui bouge – y compris leurs congénères. Les Blafards doivent les tenir d'une main de fer – ils sont quatre pour un seul poing – et ils semblent eux-mêmes très pressés d'avoir traversé la ville. Ils ne feront pas de détour pour fouiller les ruines. S'ils ne marchaient pas droit sur nous, je ne me ferais aucun souci. Hélas, ils arrivent...

— Lan, il y a autre chose ? Je te vois hésiter...

— Un point qui me tracasse. Les Myrddraals ont obligé les Trollocs à entrer en ville. Mais qui a forcé les Blafards à le faire ?

Tout le monde avait écouté en silence le rapport du Champion. Voyant qu'il avait terminé, Thom s'autorisa à jurer sous sa moustache et Egwene osa avancer une hypothèse :

— Le Ténébreux ? souffla-t-elle.

— Ne dis pas de bêtises ! s'écria Nynaeve. Le Ténébreux a été emprisonné au cœur du mont Shayol Ghul par le Créateur !

— Et il l'est toujours, pour l'instant, renchérit Moiraine. Rassurez-vous, le Père des Mensonges ne rôde pas dans les rues. Mais nous devons partir quand même.

La Sage-Dame n'en crut pas ses oreilles.

— Traverser Shadar Logoth en pleine nuit, sans le bénéfice de vos défenses ?

— Ou rester ici et affronter les Trollocs… Pour les tenir à distance, il faudrait recourir au Pouvoir de l'Unique. Cela détruirait mes protections, pour le plus grand plaisir des créatures qu'elles sont censées repousser. De plus, combattre ici reviendrait à allumer un feu au sommet d'une des tours, histoire de signaler notre position à tous les Myrddraals des environs. Fuir n'est pas la solution que je préfère mais, dans cette chasse, nous sommes le lièvre et les règles du jeu nous sont imposées par les chiens.

— Et s'il y a des Trollocs hors de la ville ? demanda Mat. Que ferons-nous ?

— Je mettrai à exécution mon plan original, dit Moiraine.

Lan la regardant étrangement, elle leva une main et ajouta :

— J'étais trop fatiguée pour ça, mais je me suis reposée, grâce à notre Sage-Dame.

» Nous allons gagner les berges de la rivière. Nos arrières étant défendus par l'eau, j'érigerai une barrière défensive qui tiendra les Trollocs à distance jusqu'à ce que nous ayons fabriqué des radeaux pour traverser. Ou, mieux encore, loué les services d'un bateau commercial en provenance du Saldaea.

Les transfuges de Champ d'Emond blêmirent – un détail qui n'échappa pas à Lan.

— Les Trollocs et les Myrddraals n'aiment pas beaucoup l'eau. Les Trollocs en ont une sainte horreur, en réalité, et un Blafard n'ira jamais là où il n'a pas pied, surtout quand le courant est violent. Les Trollocs sont encore plus timorés dès qu'il s'agit de se mouiller…

— Bref, si nous traversons la rivière, nous n'aurons plus rien à craindre.

— Forcer les Trollocs à fabriquer des radeaux sera un vrai calvaire pour les Myrddraals, dit Lan. Et s'ils tentent de leur faire traverser la rivière Arinelle, la moitié des monstres déserteront et les autres finiront probablement par trente pieds de fond.

— Tous aux chevaux ! lança Moiraine. Nous ne sommes pas encore sur l'autre rive !

— Le Sage-Dune n'a que passé ses [illegible].

— Traverser Shadar [illegible] en pleine nuit, sans le [illegible] de ses démons ?

— [illegible] les [illegible] des Trolls... Pour les [illegible] il faudrait recourir à [illegible]. [illegible] pour le plus grand [illegible] des [illegible] [illegible] plus combattre [illegible] des troupes [illegible] de signaler notre position à tous les Méridiens des [illegible] [illegible] pas la solution que [illegible] [illegible] [illegible] par les [illegible].

— Et s'il y a des Trolls hors de la ville ? [illegible]

— Je mettrai à exécution mon plan original du Mont [illegible].

L'an [illegible] regardant [illegible], elle leva une main et ajouta :

— Il fait trop [illegible] pour [illegible], mais je me suis [illegible] grâce à notre [illegible].

— Nous allons [illegible] les berges de la rivière. Nos attaques [illegible] [illegible] une [illegible] défensive [illegible] [illegible] à distance jusqu'à ce que nous ayons [illegible] des radeaux pour traverser. [illegible] [illegible] du [illegible].

— [illegible] de Kharan a [illegible] qui [illegible].

— Les Trolls et les Méridiens [illegible] [illegible] [illegible] [illegible] [illegible] quand le courant est [illegible], les Trolls [illegible] plus [illegible] de se mouiller.

— [illegible] nous traversons la rivière, nous [illegible] plus rien [illegible].

— Pour les Trolls [illegible] des radeaux [illegible] pour les Méridiens du Lan. [illegible] de leur faire traverser la [illegible], la moitié [illegible] et les autres [illegible] probablement [illegible] pied de fond.

— [illegible] chevaux Clara Montaine. Nous ne serons pas encore [illegible].

20

Poussière dans le vent

Alors que les fugitifs s'éloignaient du bâtiment en pierre blanche, leurs chevaux terriblement nerveux, le vent glacial se déchaîna. Gémissant au-dessus des toits, il fit claquer les capes comme des étendards et poussa un banc de fins nuages devant le discret petit quartier de lune.

Après avoir ordonné à ses compagnons de rester groupés, Lan les guidait dans les rues désertes. Pressés de quitter ces lieux, les chevaux tentaient d'échapper au contrôle de leurs cavaliers, contraints de tirer fermement sur les rênes.

Rand ne pouvait s'empêcher de sonder les façades des bâtiments dont les fenêtres cassées le faisaient désormais penser à des orbites vides. Partout, les ombres semblaient bouger et les tas de gravats malmenés par le vent produisaient parfois des bruits sinistres.

Au moins, les yeux ne sont plus là…, pensa Rand.

Mais son soulagement fut de courte durée.

Pourquoi sont-ils partis ?

Thom et les trois autres jeunes gens de Champ d'Emond étaient massés autour de Rand, les flancs de leurs montures se touchant presque. Egwene était penchée sur l'encolure de Bela comme si elle voulait alléger sa charge, afin que ses sabots fassent moins de bruit sur les pavés. Rand s'efforçait de respirer doucement, parce que n'importe quel son risquait de trahir la petite colonne.

Soudain, il s'avisa que le Champion et l'Aes Sedai avaient pris pas mal d'avance. À une trentaine de pas de là, leurs silhouettes se fondaient presque dans l'obscurité…

— On s'est laissé distancer…, souffla Rand.

Il talonna Nuage afin qu'il accélère le pas.

— On s'arrête ! cria brusquement Moiraine, un bras levé.

Devant Rand, un fin tentacule de brume argentée dérivait presque à ras du sol.

Le jeune homme tira sur les rênes de Nuage. Le lambeau de brouillard barrait maintenant toute la voie et il grossissait lentement comme si les bâtiments, de chaque côté de la rue, l'alimentaient en manne vaporeuse.

Alors qu'Egwene, Thom, Mat et Perrin se pressaient contre ses flancs, Nuage protesta et tenta de reculer. Les autres montures ne semblaient guère désireuses d'avancer vers la brume.

Lan et Moiraine firent demi-tour et approchèrent lentement de l'étrange masse sans substance qui faisait environ le diamètre d'une jambe. Pensive, l'Aes Sedai étudia la curieuse branche de brume qui la séparait désormais de ses compagnons.

Un frisson glacé courant entre ses omoplates, Rand haussa les épaules pour le conjurer et occulter les manifestations physiques de sa peur.

Une lueur vacillante montait du brouillard à mesure qu'il grossissait. Devant cette vision, tous les chevaux, y compris Aldieb et Mandarb, semblaient sur le point de céder à la panique.

— Qu'est-ce que c'est ? demanda Nynaeve.

— Le démon de Shadar Logoth, répondit Moiraine. Mashadar… Aveugle et sans conscience, il erre dans la ville comme un ver qui creuse son tunnel dans la terre sans savoir où il va. S'il vous touche, vous périrez…

Rand et ses compagnons permirent à leurs montures de reculer un peu, mais pas trop loin, cependant. Même si le jeune homme aurait payé cher pour ne plus frayer avec l'Aes Sedai, dans les circonstances présentes, elle était une sorte de havre de sécurité.

— Alors, demanda Egwene, comment allons-nous vous rejoindre ? Ne pouvez-vous pas le tuer ? Nous dégager un chemin ?

Moiraine eut un éclat de rire cassant.

— Mashadar est très grand, mon enfant, aussi grand que Shadar Logoth elle-même. En unissant leurs forces, toutes les résidantes de la Tour Blanche ne réussiraient pas à le tuer. Et si j'utilisais assez de Pouvoir pour vous ouvrir un chemin, les Blafards seraient attirés comme par une sonnerie de trompette. De plus, Mashadar serait capable de se « guérir » à la vitesse de l'éclair, et ça risquerait de lui donner l'occasion de nous prendre au piège.

Rand échangea un long regard avec Egwene, puis il répéta la première partie de sa question :

— Comment allons-nous vous rejoindre ?

— Je n'aime pas ça mais, quand le vin est tiré, il faut le boire. Cette brume ne barrera pas toutes les rues. Trouvez-en une qui vous permettra de passer… (Moiraine désigna un point rouge brillant dans le ciel, à l'est.) Vous voyez cette étoile ? Prenez-la comme repère, et ça vous conduira à la rivière. Quoi qu'il arrive, avancez toujours dans cette direction. Ne traînez pas en chemin mais, surtout, ne faites pas de boucan. Il y a toujours les Trollocs, ne l'oubliez pas. Avec quatre Demi-Humains.

— Comment ferons-nous pour vous retrouver ? demanda Egwene.

— C'est moi qui vous trouverai. Ne vous inquiétez pas, j'y arriverai sans peine. Et maintenant, filez ! Cette créature est stupide, mais elle sent de la nourriture…

De fait, des tentacules argentés secondaires jaillissaient de la masse en expansion constante. Ils dérivaient mollement dans l'air, rappelant ceux d'une pieuvre, dans les profondeurs d'un étang du bois de l'Eau.

Quand Rand détourna enfin les yeux du brouillard meurtrier, l'Aes Sedai et le Champion n'étaient plus nulle part en vue. Cherchant le regard de ses amis, le jeune homme constata qu'ils étaient aussi nerveux que lui. Et pour ne rien arranger, chacun semblait attendre que quelqu'un d'autre se décide à faire le premier pas à sa place.

Rand fit rapidement le point. Errant dans des ruines, en pleine nuit, ils étaient probablement sur le chemin d'une horde de Trollocs commandée par quatre Blafards, et une brume tueuse entendait leur barrer le passage. Comme s'ils avaient choisi leur gibier, les tentacules argentés semblaient se ramasser sur eux-mêmes tels des serpents prêts à attaquer.

Rand n'aurait jamais cru qu'une Aes Sedai puisse lui manquer autant !

Ses amis hésitant toujours, il fit faire demi-tour à Nuage, qui obéit docilement et tira même sur les rênes pour passer au galop. Comme si cette initiative faisait de lui leur chef, les autres cavaliers suivirent Rand.

Sans Moiraine, personne ne pourrait les protéger si Mashadar se montrait encore. Ou les Trollocs… Ou…

Rand se força à ne plus réfléchir. Il allait suivre l'étoile rouge, et voilà tout ! S'il se concentrait sur cette idée, sa raison ne menacerait plus de chavirer.

À trois reprises, les cavaliers durent rebrousser chemin dans des rues barrées par une colline de gravats que leurs montures n'étaient pas capables d'escalader. Dans son dos, Rand entendait le souffle haletant de ses amis. La panique menaçait de les submerger, et il n'était pas loin non plus de craquer.

Tu dois leur faire croire que tu n'as pas peur. Tu ne t'en sors pas trop mal, berger ! Et tu conduiras tes brebis en sécurité.

Les six compagnons s'engagèrent dans une nouvelle rue. Cette fois, ils se trouvèrent en face d'un épais rideau de brume. Des tentacules aussi gros que leurs chevaux jaillirent vers eux, rapides comme l'éclair.

Cette fois, personne ne joua au petit jeu de l'indécision. Faisant demi-tour de conserve, les fugitifs détalèrent au galop, et tant pis pour le vacarme que provoquaient les sabots de leurs montures.

Deux Trollocs apparurent soudain devant eux, à moins de dix pas de distance.

Un moment, les monstres et les humains se regardèrent, aussi surpris les uns que les autres. Puis deux autres Trollocs apparurent, et encore deux, et encore deux, les derniers arrivants percutant ceux du premier rang dans leur désir frénétique de former une masse compacte face à l'ennemi héréditaire.

La surprise passée, les monstres firent ce qu'on pouvait attendre d'eux, connaissant leurs limites naturelles : ils chargèrent à l'aveuglette et en hurlant de rage.

Les humains s'égaillèrent comme une volée de moineaux.

— Par là ! cria Rand, Nuage déjà lancé au galop.

Mais il entendit le même appel sortir de cinq autres gorges. Jetant un coup d'œil derrière son épaule, il constata que ses compagnons se dispersaient dans toutes les directions.

Des Trollocs les prirent tous en chasse, y compris Rand.

Brandissant leurs étranges lassos, trois monstres le talonnaient et ils gagnaient du terrain sur Nuage.

Rand se coucha sur l'encolure du cheval et l'encouragea de la voix à filer plus vite que le vent.

Alors que la rue devenait plus étroite, Rand remarqua que les fenêtres des bâtiments éventrés laissaient filtrer une lueur argentée.

Mashadar !

Rand regarda une nouvelle fois derrière lui. À la lueur de la brume tueuse, il vit que les Trollocs étaient toujours à une cinquantaine de pas dans son dos. Un Blafard chevauchait derrière eux, désormais, et ils semblaient le fuir au moins autant qu'ils poursuivaient leur proie.

Devant le jeune homme, une dizaine de tentacules argentés se tendaient hors des fenêtres, comme s'ils entendaient humer l'air. Nuage renâcla terriblement, mais son cavalier se montra intraitable, le forçant à avancer.

Les tentacules parurent sur le point de frapper quand Rand leur passa devant, mais il s'allongea sur l'encolure de Nuage et refusa de les regarder.

Si un seul me touche, c'est fini !

Mais Nuage dépassa la haie de tentacules et s'engouffra dans une obscurité qui parut terriblement amicale à Rand.

Il se retourna pour voir où en étaient les événements.

Les tentacules bloquaient la moitié de la rue. Terrorisés, les Trollocs avaient ralenti, visiblement désireux de refuser l'obstacle. Mais le Blafard décrocha un fouet de sa selle et le fit claquer au-dessus de la tête des monstres. Produisant autant de vacarme qu'un roulement de tonnerre, la lanière de cuir fit jaillir une myriade d'étincelles dans les airs.

La tête rentrée dans les épaules, les Trollocs se ruèrent à la poursuite de Rand. Après une brève hésitation, le Blafard décida de les suivre.

Les tentacules de brume, de plus en plus épais, prirent le temps de choisir chacun une proie, puis ils se détendirent avec la vivacité mortelle d'une vipère. Optant pour attaquer en duo chaque Trolloc, ils leur arrachèrent des hurlements de douleur vite étouffés, car le brouillard qui s'introduisait dans leur gueule les condamnait instantanément à un silence éternel.

Pour le Blafard, quatre tentacules se chargèrent de l'attaque. Comme s'ils exécutaient une danse macabre, le Demi-Humain et sa monture noire se contorsionnèrent follement. La capuche du Myrddraal s'abaissa, révélant son visage blême dépourvu de globes oculaires.

Le chef des Trollocs cria. Comme pour les monstres, aucun son normal ne sortit de sa gorge, mais quelque chose en émergea quand même : un gémissement perçant presque inaudible mais qui vrilla les oreilles de Rand comme si tous les frelons du monde avaient décidé de le faire mourir de peur. Nuage hennit, à croire qu'il entendait lui aussi, et galopa plus vite que jamais. La gorge plus sèche que du sable, Rand s'accrocha à sa monture, le souffle coupé par la terreur.

Un peu plus tard, il s'aperçut qu'il ne captait plus le cri d'agonie du Blafard. Soudain, le roulement des sabots de Nuage lui sembla assourdissant. Tirant sur les rênes, Rand força le cheval à s'arrêter près d'un mur à demi écroulé, à l'approche d'un carrefour au milieu duquel se dressait un monument impossible à identifier dans l'obscurité.

Recroquevillé sur sa selle, Rand tendit l'oreille. Mais il n'entendit rien, à part le sang qui pulsait à ses tempes. Une sueur glacée ruisselait sur son visage et il frissonnait de froid à cause du vent qui faisait gonfler sa cape.

Après un assez long moment, le jeune homme se redressa. Partout où des nuages ne les occultaient pas, des étoiles brillaient au firmament, mais la rouge, à l'est, demeurait facile à repérer.

Reste-t-il un de mes compagnons pour la voir ? se demanda Rand.

Et, s'ils avaient survécu, étaient-ils libres ou entre les mains des Trollocs ?

Que la Lumière m'aveugle ! Egwene, pourquoi ne m'as-tu pas suivi ?

S'ils étaient vivants et libres, ses amis devaient être en train de suivre l'étoile rouge. Sinon… Eh bien, dans des ruines si immenses, il pouvait chercher pendant des jours sans trouver ni cadavres ni prisonniers – en admettant qu'il ne se fasse pas cueillir par les Trollocs. Sans parler des Blafards, de Mordeth ou de Mashadar.

À contrecœur, Rand opta pour la seule solution raisonnable : honorer son rendez-vous, au bord de la rivière.

Alors qu'il allait repartir, Rand entendit deux pierres se heurter avec un bruit aigu. Pétrifié, n'osant même plus respirer, il resta tapi dans l'ombre du mur, se demandant s'il ne devait pas détaler au plus vite. Mais si le bruit avait retenti devant lui, comment savoir ce qui l'attendait dans son dos ? Et même s'il n'y avait rien, ne risquait-il pas de se trahir en faisant du bruit ? Comment était le terrain, sur les vingt ou trente derniers pas ? Incapable de s'en souvenir, il ne parvenait pas non plus à détourner les yeux de l'intersection afin de regarder derrière lui.

Une ombre venait d'apparaître au coin des deux rues, précédée par un long objet sombre qui ne pouvait être qu'un bâton. Ou plus précisément, une des étranges armes des Trollocs. Au moment où cette idée lui traversait l'esprit, Rand talonna Nuage et dégaina son épée. Avec un cri de guerre, il chargea, puis abattit l'arme de toutes ses forces sur…

Par miracle, Rand parvint à arrêter son bras avant d'avoir coupé Mat en deux. Terrifiée, la tête brûlée de Champ d'Emond bascula en arrière, glissa à moitié de sa monture et manqua de peu laisser tomber son arc.

Rand soupira de soulagement, abaissa son arme et demanda d'une voix presque aussi tremblante que son bras :

— Tu as vu l'un des nôtres ?

Décomposé, Mat se remit péniblement en équilibre sur sa selle.

— Je… Je… Des Trollocs, simplement… (Mat se massa la gorge puis se passa la langue sur les lèvres.) Oui, des Trollocs… Et toi ?

Rand secoua la tête.

— Les autres doivent essayer d'atteindre la rivière… Et nous devrions faire comme eux.

Mat approuva d'un hochement de tête. Puis les deux amis entreprirent de suivre l'étoile rouge.

Alors qu'ils n'avaient pas fait cent pas, une sonnerie de cor retentit, loin derrière eux, au cœur de la ville. Un autre instrument répondit – de l'extérieur des murs, celui-ci.

Rand en eut la chair de poule, mais il parvint à ne pas se lancer au galop à l'aveuglette. Chaque fois que c'était possible, il évitait de traverser les zones les plus obscures.

Après avoir secoué ses rênes comme s'il voulait faire galoper sa monture, Mat imita son ami. Aucun cor ne sonnant de nouveau, les deux garçons avancèrent dans un silence oppressant. Puis ils avisèrent dans le mur d'enceinte une ouverture où avait dû jadis se dresser un portail. Seules les tours de garde demeuraient – deux sentinelles de pierre décapitées dont la silhouette se découpait sur le fond noir du ciel.

Mat hésita devant cette issue, mais Rand ne se laissa pas démonter :

— Tu crois que le danger est plus grand dehors que dedans ? Désolé, mais moi pas…

Nuage ne ralentit même pas, franchissant le portail d'un pas décidé. Presque dans la foulée, Mat suivit son ami hors de Shadar Logoth. Peu rassuré, il tentait de surveiller toutes les directions en même temps.

Par la Lumière, pensa Rand, *nous allons réussir. Oui, nous allons y arriver !*

Englouti par la nuit, le mur d'enceinte disparut. Cessant de regarder régulièrement derrière lui, Rand ne quitta plus des yeux l'étoile rouge.

Soudain, un cheval lancé au grand galop dépassa les deux amis.

— Galopez, espèces d'idiots ! cria Thom pratiquement sans ralentir.

Quelques secondes plus tard, des cris pas si lointains que ça annoncèrent aux fugitifs que les Trollocs ne tarderaient plus beaucoup.

Rand talonna Nuage, qui suivit le hongre du trouvère.

Et qu'arrivera-t-il quand nous atteindrons la rivière sans Moiraine ? Et, par la Lumière, qu'est-il advenu d'Egwene ?

Son cheval immobile dans les ombres, Perrin étudiait le portail sans battants, à une assez courte distance devant lui. Distraitement, il passa un pouce le long du tranchant de sa hache. L'issue semblait lui tendre les bras, et pourtant il la regardait avec méfiance depuis cinq bonnes minutes. Alors que le vent ébouriffait ses cheveux bouclés et tentait de lui arracher sa cape, il tira sur le tissu, ramenant les pans sur son torse sans vraiment s'apercevoir de ce qu'il faisait.

Presque tout le monde, à Champ d'Emond – et Mat le premier –, tenait Perrin pour un « garçon un peu lent d'esprit ». En partie, c'était à cause de sa taille et de sa carrure, qui l'incitaient à se déplacer prudemment. Étant bien plus costaud que les garçons avec qui il avait grandi, il avait toujours peur de blesser quelqu'un ou de casser quelque chose sans le vouloir. Mais il n'y avait pas que ça. De fait, il préférait prendre tout son temps pour réfléchir aux choses, quand c'était possible. La vivacité d'esprit de Mat – en réalité, sa négligence naturelle – l'entraînait souvent dans des situations délicates. « Dans un chaudron d'eau bouillante », comme on disait volontiers au village. Incidemment, un de ses amis, ou parfois les deux, se retrouvaient souvent dans le chaudron avec lui.

Perrin sentit sa gorge se serrer.

Au nom de la Lumière ! ne pense pas à un chaudron en ce moment !

L'apprenti forgeron se força à remettre de l'ordre dans ses idées. Réfléchir logiquement était la clé de tout.

Une sorte de square faisait jadis face au portail, et une grande fontaine se dressait au milieu. Il en restait quelques vestiges : des statues brisées encore en place dans un grand bassin rond. À partir de cet endroit, pour atteindre le portail, Perrin devrait parcourir une centaine de pas en terrain découvert, seule la nuit le protégeant des regards ennemis. Une perspective qui n'avait rien de plaisant quand on pensait aux « espions » invisibles…

Perrin repensa aux sonneries de cor qu'il avait entendues un peu plus tôt. Elles provenaient de la ville, et ils avaient failli rebrousser chemin, pensant qu'un de ses amis avait été capturé. Mais il s'était avisé à temps qu'il ne pourrait rien faire seul, si c'était le cas.

Contre cent Trollocs et quatre Blafards, si Lan ne s'est pas trompé… Moiraine Sedai nous a dit de foncer vers la rivière…

Perrin recommença à étudier le portail. Sa réflexion méticuleuse ne lui avait pas apporté grand-chose, mais sa décision était prise.

Il sortit des ombres pour avancer dans une pénombre encore moins rassurante.

À cet instant, un cavalier apparut à l'autre bout de la place et s'arrêta net. Perrin tira sur les rênes de sa monture, puis sa main vola sur le manche de sa hache. Le contact de l'arme ne le réconforta pas. Si le nouveau venu était un Myrddraal…

— Rand ? appela une voix féminine.

Le jeune homme soupira de soulagement.

— Non, Egwene, c'est Perrin…, répondit-il d'une voix étouffée qui lui parut quand même bien trop forte.

Les cavaliers approchèrent de la fontaine.

— Tu as vu un des autres ? demandèrent à l'unisson les deux jeunes gens.

Restant synchrones, ils secouèrent la tête en même temps.

— Mais il ne leur arrivera rien, pas vrai ? fit Egwene en flattant l'encolure de Bela.

— Moiraine Sedai et Lan vont s'occuper d'eux… Quand nous aurons atteint la rivière, ils prendront soin de tout le monde.

Du moins, on pouvait toujours l'espérer…

Perrin se sentit beaucoup mieux quand son amie et lui eurent franchi le portail – et tant pis s'il y avait vraiment des Trollocs dans la forêt ! Mais il ne fallait pas y penser… Les branches dénudées ne dissimulaient pas l'étoile rouge, et Mordeth ne pouvait plus rien contre eux, à présent.

Ce faux chasseur de trésors lui avait davantage fichu la frousse que tous les Trollocs du monde…

De toute façon, dès qu'ils seraient près de la rivière, Moiraine les mettrait également hors de portée des Trollocs. Perrin en était sûr, et il avait une très bonne raison pour cela : il devait y croire, pour ne pas céder à la panique.

Alors que le vent faisait trembler les branches et bruire leurs rares feuilles – ou les épines, pour les conifères –, un oiseau de proie nocturne poussa un cri qui résonna longtemps dans la quiétude de la nuit.

D'instinct, Perrin et Egwene chevauchèrent le plus près possible l'un de l'autre, sans doute en quête de chaleur et de réconfort. De leur vie, ils ne s'étaient jamais sentis si seuls…

Un cor sonna, derrière eux, incitant les chasseurs d'hommes à presser le pas. Des hurlements bestiaux lui répondirent. Sentant leurs proies, les monstres réagissaient comme des fauves.

— Au galop ! cria Perrin.

Egwene lança Bela à toute vitesse. Se fichant du vacarme et des branches qui leur cinglaient le torse, les deux jeunes gens n'avaient plus qu'une idée en tête : fuir les bêtes sauvages qui les traquaient.

Alors qu'ils chevauchaient entre les arbres, se fiant davantage à leur instinct qu'à la chiche lumière de la lune, Bela perdit du terrain. Perrin se retourna, inquiet. Egwene talonnait la jument et secouait les rênes, mais rien n'y faisait. Et, si on se fiait aux sons, les Trollocs approchaient inexorablement.

Perrin ralentit juste ce qu'il fallait pour qu'Egwene puisse le rattraper.

— Plus vite ! cria-t-il.

Quand il se retournait, il apercevait désormais les Trollocs, qui couraient entre les troncs en hurlant à la mort comme des loups.

— Plus vite, Egwene ! répéta Perrin, la main crispée sur le manche de sa hache.

Mais son cheval hennit soudain de terreur. Alors que l'animal s'écroulait, les jambes fauchées, Perrin décolla de sa selle, fit un vol plané, les mains en avant pour limiter les dégâts en fin de course, et s'écrasa tête la première dans une eau glacée. À partir du sommet d'une butte, il avait plongé dans la rivière Arinelle avec son cheval.

Sonné par le contact abrupt avec l'eau glaciale, il but copieusement la tasse avant de réussir à remonter à l'air libre. Entendant un autre « splash » – ou le sentant, il n'aurait pas trop su le dire –, il comprit qu'Egwene avait suivi le même chemin que lui. Haletant et crachant de l'eau tout à la fois, il réussit à flotter malgré le poids de sa cape et de sa veste toutes les deux trempées. Pour ne rien arranger, ses bottes s'étaient bien entendu remplies d'eau.

En barbotant, il regarda autour de lui, à la recherche d'Egwene. Mais il ne vit rien, à part les reflets sur l'eau noire des rayons de lune argentés.

— Egwene ! Egwene !

Une lance passa juste devant ses yeux et lui aspergea le visage lorsqu'elle percuta l'eau. Autour de lui, d'autres armes de jet s'écrasèrent dans l'onde. Sur la berge, des voix gutturales échangèrent des propos qui n'avaient rien d'amical. Peu après, les lances cessèrent de pleuvoir.

Perrin jugea quand même plus prudent de ne plus appeler son amie.

Le courant l'entraînait vers l'aval, mais les cris le suivaient le long de la berge, indiquant que ses poursuivants ne renonçaient pas. Perrin dénoua sa cape et l'abandonna à la rivière. Voilà qui ferait un peu moins de poids susceptible de l'entraîner vers le fond.

Le jeune homme entreprit de nager vers la rive opposée, où il n'y aurait pas de Trollocs. Avec un peu de chance.

Comme dans les lacs et les mares du bois de l'Eau, il opta pour la brasse, une technique qui lui permettait de garder la tête hors de l'eau. Ou au minimum d'essayer, parce que ce n'était pas un jeu d'enfant. Même sans la cape, sa veste et ses bottes lui semblaient peser des tonnes. La hache glissée à sa ceinture entravait ses mouvements et menaçait de l'entraîner par le fond. En toute logique, s'en débarrasser semblait la seule solution. Avec son goût de la précision, Perrin envisagea cette possibilité sous toutes les coutures. C'était une excellente façon de s'alléger – bien plus pratique, par exemple, que de lutter contre l'eau pour se débarrasser de ses bottes. Mais, s'il y avait du « pour », le « contre » n'était pas négligeable non plus. S'il prenait pied sur l'autre berge pour se trouver face à des Trollocs, que ferait-il sans son arme ? Contre six ou sept Trollocs – voire face à un seul –, la hache ne lui serait pas d'un très grand secours, mais ça vaudrait toujours mieux que de se battre à mains nues.

Très vite, Perrin se demanda s'il serait capable de manier son arme, en cas de mauvaise rencontre. Ses bras et ses jambes lui semblaient en plomb, et chaque mouvement lui coûtait des efforts presque surhumains. Les muscles de son cou le trahissant, il ne réussissait pas à garder la tête assez loin de l'eau, et il en inhalait par le nez, ce qui lui valait de furieuses quintes de toux.

Une journée à la forge est un jeu d'enfant, comparé à ça…, pensa-t-il.

À cet instant, ses pieds rencontrèrent quelque chose de dur. Épuisé, il eut besoin d'un instant – et d'un second impact – pour comprendre de quoi il s'agissait. Le fond de la rivière ! Il avait traversé !

Respirant par la bouche, Perrin se redressa… et faillit s'étaler dans l'eau quand ses jambes se dérobèrent. Mais il recouvra son équilibre, pataugea jusqu'à la terre plus ou moins ferme – une sorte de limon – et tira sa hache de sa ceinture. Tremblant à cause des bourrasques glacées, il regarda autour de lui et n'aperçut pas l'ombre d'un Trolloc.

Egwene non plus n'était nulle part en vue.

Quand il eut repris son souffle, Perrin appela ses amis l'un après l'autre. Sur l'autre berge, des cris étouffés lui répondirent, mais ils sortaient de gorges appartenant à des Trollocs, ça ne faisait pas le moindre doute.

Aucun être humain ne fit écho aux appels de l'apprenti forgeron. Alors que le mugissement du vent couvrait les hurlements des monstres, Perrin s'avisa qu'il crevait de froid. Si le vent n'était pas assez glacial pour faire geler ses vêtements imbibés d'eau, il le réfrigérait jusqu'à la moelle des os. Se masser les épaules ne changeant rien, Perrin se résigna à s'enfoncer dans la forêt pour trouver un abri contre les assauts du vent.

Rand flattait l'encolure de Nuage et lui murmurait à l'oreille des paroles rassurantes. Ils avaient semé les Trollocs – en principe, du moins – mais le cheval gardait leur odeur dans les naseaux et ça l'inquiétait beaucoup.

À côté de ses amis, Mat avançait au trot, une flèche encochée sur son arc. Prêt à riposter à toute attaque, il laissait à Rand et à Thom le soin de retrouver l'étoile rouge. Même avec la frondaison, l'exercice s'était révélé très facile, au début. En tout cas, tant qu'ils se dirigeaient droit vers la balise céleste. Mais des Trollocs leur avaient à un moment barré le chemin, les contraignant à faire un grand détour. Les monstres les avaient bien entendu poursuivis. Par bonheur, s'ils parvenaient à rivaliser avec un cheval sur quelques centaines de pas, ils ne tenaient pas la distance.

Une fois hors de danger, les fugitifs s'étaient aperçus qu'ils avaient perdu l'étoile de vue.

— Regardez par là-haut, dit Mat en tendant la main sur sa droite. À la fin, on filait vers le nord. Donc, l'est doit se trouver sur ma droite.

— La voilà ! s'écria Thom.

Un index tendu vers la gauche, où brillait l'étoile rouge, il ne cachait pas son soulagement.

Vexé, Mat marmonna quelques imprécations dans sa barbe.

Du coin de l'œil, Rand vit un Trolloc jaillir en silence de derrière un arbre, son bâton-lasso brandi. Alors qu'il talonnait Nuage, qui bondit littéralement en avant, deux autres monstres apparurent à côté du premier. Un nœud coulant glissa sur la nuque de Rand, envoyant un frisson glacé courir le long de sa colonne vertébrale.

Une flèche se ficha dans l'œil d'un des Trollocs, l'éliminant du jeu. Après avoir tiré, Mat lança sa monture au galop et rattrapa très vite celle de son ami. Les deux garçons avançaient vers la rivière, mais il n'était pas évident que ça les aiderait beaucoup. Les Trollocs les talonnaient, presque assez proches pour saisir au vol la queue de leur monture. S'ils gagnaient encore un demi-pas, les lassos feraient leur office, et la traque serait terminée.

Afin de mettre plus de distance entre les nœuds coulants et sa tête, Rand se pencha davantage sur l'encolure de Nuage. Mat, lui, avait déjà le nez enfoui dans la crinière de son cheval.

Mais où était Thom ? Avait-il décidé de s'éclipser, puisque les monstres se concentraient sur ses compagnons ?

Non ! Son hongre venait de jaillir de la nuit, juste derrière les Trollocs. Avant que ceux-ci aient compris ce qui se passait, le trouvère fit avec les deux mains un mouvement aussi vif et rapide que celui de la lanière d'un fouet.

Rand vit deux lames briller fugitivement sous les rayons de lune. Un des Trollocs bascula en avant, roula plusieurs fois sur lui-même puis s'immobilisa et ne bougea plus. Voyant cela, l'autre monstre tenta de prendre la tangente. Thom frappa de nouveau, et sa cible hurla de douleur – mais sans cesser de s'enfoncer dans l'obscurité salvatrice.

Rand et Mat se redressèrent et regardèrent le trouvère.

— Mes couteaux presque favoris…, marmonna Thom. (Mais il ne manifesta aucune intention de mettre pied à terre pour aller récupérer son bien.) Celui qui a filé va revenir avec des renforts… J'espère que la rivière n'est plus très loin. Et que…

Renonçant à préciser sa pensée, le trouvère lança son hongre au grand galop. Rand et Mat le suivirent sans se poser de questions.

Ils atteignirent très vite la berge bordée de grands arbres qui semblaient monter la garde devant les eaux noires irisées de reflets argentés par les rayons de lune.

Constatant qu'il n'apercevait pas la rive opposée, Rand détesta plus que jamais l'idée de traverser sur un radeau de fortune. Mais l'éventualité de rester sur cette berge lui souriait encore moins.

S'il le faut, je veux bien nager !

Assez loin en arrière, la sonnerie d'un cor déchira le silence de la nuit. C'était la première fois depuis que Rand et ses compagnons avaient quitté les ruines. Cela voulait-il dire que les Trollocs avaient capturé les autres fugitifs ?

— Inutile de moisir ici toute la nuit ! lança Thom. Il faut choisir une direction. Vers l'amont, ou vers l'aval ?

— Moiraine et les autres peuvent être n'importe où, rappela Mat. Si on se trompe, ça nous éloignera d'eux.

— C'est un risque à courir…, murmura Thom. (Il orienta son hongre vers l'aval et se mit en chemin.) Oui, un risque à courir…

Rand consulta du regard Mat, qui haussa les épaules. Fatalistes, les deux jeunes gens suivirent le trouvère.

Pendant un temps, rien ne changea. Le terrain montait et descendait, les arbres devenaient plus grands ou plus petits, mais, la nuit, la rivière et le vent restaient tels qu'en eux-mêmes : sombres et glacés. Cerise sur le gâteau, il n'y avait pas l'ombre d'un Trolloc en vue.

Rand était bien entendu le dernier à s'en plaindre.

Soudain, il aperçut une lumière, devant eux. Un simple point brillant, bien au-dessus du niveau de l'eau, comme si on avait accroché une lampe dans un arbre.

Thom avança plus vite et commença à fredonner sous sa moustache.

Les trois compagnons eurent bientôt la solution du mystère. Il s'agissait tout simplement d'une lanterne accrochée au mât principal d'un grand bateau de commerce qui mouillait pour la nuit dans une petite crique. Long de quelque quatre-vingt-dix pieds, le bâtiment taquiné par le courant tirait légèrement sur ses amarres attachées à plusieurs arbres. Alors que le gréement oscillait au vent en chantonnant, la lumière de la lanterne et la lueur de la lune éclairaient le pont désert du navire.

— C'est mieux qu'un radeau d'Aes Sedai, non ? fit Thom en mettant pied à terre. (Il se campa face au bateau, les poings plaqués sur les hanches, sa satisfaction presque palpable.) À première vue, ce bâtiment n'est pas conçu pour transporter des chevaux. Mais quand nous aurons parlé au capitaine, lui révélant à quel point sa vie et son navire sont en danger, il se montrera sûrement raisonnable. Laissez-moi parler, surtout ! Et prenez vos couvertures et vos sacoches, au cas où les négociations échoueraient.

Rand descendit de selle et commença à rassembler ses affaires.

— Vous n'avez pas l'intention de partir sans les autres ? demanda-t-il.

Thom n'eut pas l'occasion de préciser ce qu'il envisageait de faire. Dans la clairière, deux Trollocs venaient d'apparaître, armés de leur curieux bâton-harpon. Quatre congénères les suivaient en hurlant comme des bêtes fauves.

Les chevaux des fugitifs hennirent et ruèrent de peur. Dans le lointain, des cris annonçaient que d'autres Trollocs approchaient.

— Sur le bateau ! cria Thom. Abandonnez vos affaires et courez !

Suivant son propre conseil, il se lança au pas de course, et les étuis de ses instruments fixés dans son dos s'entrechoquèrent rudement.

— Sur le bateau ! cria-t-il encore à ses compagnons. Réveillez-vous, bon sang ! C'est une horde de Trollocs !

Rand dénoua la dernière fixation de sa couverture, puis il emboîta le pas au trouvère.

Arrivé près du bateau, il jeta son paquetage par-dessus le bastingage, puis il suivit le même chemin. En se réceptionnant sur le pont, il vit du coin de l'œil un marin s'asseoir lentement sur le plancher comme s'il venait tout juste de se réveiller. Entraîné par son élan, le jeune homme ne put éviter l'obstacle. Trébuchant sur le pauvre matelot, Rand entendit le bruit sourd d'un bâton-lasso s'écraser à l'endroit qu'il occupait une demi-seconde plus tôt.

Des cris retentirent sur toute la longueur du bateau. Puis des dizaines de bottes martelèrent le pont – entraîné pour cela, l'équipage réagissait sans délai au branle-bas de combat. Même s'il avait du mal à garder son équilibre, Rand parvint à se retourner, à dégainer son épée et à frapper. Le Trolloc aux mains poilues qui s'accrochait au bastingage, exposant aux coups sa tête ornée de cornes caprines, dut lâcher prise et bascula en arrière en couinant de douleur.

Partout sur le navire, des hommes pas tout à fait réveillés s'acharnaient à couper les amarres à grands coups de hache. Comme s'il était pressé de détaler, le bateau tanguait furieusement. À la proue, trois marins luttaient contre un monstre. Plus loin, un autre faisait de grands gestes avec sa lance, lardant sans doute de coups un Trolloc que Rand ne pouvait pas voir. Avec une belle régularité, le sifflement de quelques cordes d'arc signalait que les défenseurs ne restaient pas les bras croisés.

Le matelot que Rand avait piétiné reculait en rampant, les bras levés pour implorer la clémence de son agresseur.

— Laissez-moi la vie sauve ! cria-t-il. Prenez tout ce que vous voulez, emportez le bateau si ça vous tente, mais épargnez-moi, je vous en supplie !

Quelque chose percuta soudain le dos de Rand avec une rare violence, le forçant à lâcher son arme et l'envoyant momentanément au tapis. Sonné mais encore lucide, le jeune homme tendit un bras pour tenter de récupérer son épée. Hélas, quand il réussissait à la toucher du bout des doigts, ce n'était pas suffisant, car l'arme salvatrice semblait prendre un malin plaisir à lui échapper.

Alors qu'il se contorsionnait sur le sol, Rand eut le sentiment de se mouvoir à la vitesse d'un escargot. L'homme qui avait imploré sa clémence jeta un coup d'œil brillant d'envie à l'arme, puis il détala sans demander son reste.

Rand jeta un coup d'œil derrière lui et dut bien admettre que sa chance semblait avoir définitivement tourné. Hideux avec son museau de loup plaqué sur une tête humaine, un monstre se tenait en équilibre sur la rambarde bâbord, brandissant ce qui restait du bâton-lasso qui s'était brisé sous le choc un peu plus tôt.

Rand lutta pour s'emparer de l'épée – en réalité, son instinct le poussait à s'enfuir, mais ses jambes refusaient de lui obéir, exécutant de travers les ordres qu'il tentait de leur donner. Des points jaunes dansaient devant ses yeux et son torse le mettait à la torture depuis qu'il avait reçu un coup entre les omoplates.

Coincé et paralysé, Rand regarda le Trolloc lever ce qui restait de son bâton-lasso. L'arme était assez pointue pour transpercer une cage thoracique, ça ne faisait pas de doute, et la créature semblait avoir en tête un projet de ce type.

Pour Rand, le Trolloc se déplaçait comme dans un rêve. Hébété, il le regarda armer son bras sans bien comprendre que le coup le viserait, lui ouvrant le torse et déchiquetant tout sur son passage.

Rand eut l'impression que ses poumons se consumaient de l'intérieur. *Je suis sur le point de mourir ! Au nom de la Lumière ! je n'ai pas…*

Le bras du monstre s'abattit, propulsant l'arme mortelle. Pétrifié, Rand trouva la force de crier un ultime : « Non ! »

Le bateau tangua violemment, envoyant une bôme percuter le Trolloc à la vitesse d'un cheval lancé au galop. Dans un terrible bruit d'os brisés, la créature fut entraînée sur le côté et finit par repasser par-dessus le bastingage.

Avant de se redresser, Rand prit le temps d'évaluer les oscillations de la bôme.

Je vais être à court de miracles, si ça continue, pensa-t-il, inquiet. *Une série pareille ne peut pas durer jusqu'à la fin des temps.*

Dès qu'il eut un répit, le jeune homme se leva et courut ramasser son épée.

Tenant l'arme à deux mains, comme Lan le lui avait appris, il regarda autour de lui, mais ne repéra pas l'ombre d'un ennemi. Alors que le bateau s'éloignait de la terre ferme, la nuit commença à étouffer les hurlements de rage des Trollocs restés sur l'autre berge.

Tandis que Rand rengainait son épée, un homme vêtu d'un manteau mi-long vint se camper devant lui. Le visage rond, l'inconnu arborait une crinière qui cascadait sur ses épaules, et une barbe touffue dissimulait presque entièrement sa bouche.

La bôme « frappa » de nouveau. L'évitant souplement, l'homme se tapa rageusement dans la main.

— Gelb, par la bonne Fortune ! où es-tu donc passé ? (Le marin parlait si vite, avalant une bonne moitié des mots, que Rand comprenait à peine le quart de ce qu'il disait.) Tu n'oses quand même pas te cacher de moi sur *mon* bateau ?

Un matelot apparut, tenant une lampe-tempête. Deux autres poussèrent vers le capitaine un petit homme au visage de fouine – celui qui avait offert le navire à Rand s'il consentait à lui laisser la vie.

Une contusion barrait le front du type, à l'endroit où Rand l'avait piétiné, quelques instants plus tôt.

— Gelb, dit le barbu d'un ton mesuré très étonnant dans les circonstances présentes, ne t'avais-je pas ordonné de fixer cette bôme ?

Gelb parut sincèrement surpris.

— Je l'ai fait ! J'ai même rudement serré le nœud. Je reconnais être un peu lent sur les bords, de temps en temps, mais j'ai toujours accompli mon devoir, capitaine Domon.

— Donc, tu es lent, d'après toi ? Mais pas quand il s'agit de dormir, dirait-on. Surtout lorsque tu es censé monter la garde. Nous aurions tous pu y passer, cette nuit, à cause de toi…

— Capitaine, c'est ce type le coupable ! (Gelb désigna Rand.) Quand il a déboulé, j'étais en train de patrouiller, comme il se doit, et il en a profité pour me défoncer à moitié le crâne avec une massue. J'ai tenté de me défendre, mais les Trollocs sont arrivés en force. Il est de mèche avec eux, capitaine, j'en mettrais ma tête à couper. C'est un Suppôt des Ténèbres !

— Moi, je crois qu'il est de mèche avec ma grand-mère sénile ! rugit Domon. Gelb, je t'ai prévenu, lors de ta précédente bourde. À Pont-Blanc, tu quitteras définitivement ce navire ! Maintenant, hors de ma vue avant que je décide de te jeter par-dessus bord dès ce soir !

Gelb détala sans demander son reste. Ouvrant et refermant les poings comme pour s'assouplir les doigts, Domon resta un long moment le regard dans le vague.

— Ces Trollocs me suivent à la trace…, marmonna-t-il. Pourquoi ne me lâchent-ils jamais les basques ? Oui, pourquoi ?

Rand jeta un coup d'œil par-dessus le bastingage et fut surpris de constater qu'on ne distinguait plus la berge. À la proue, deux hommes maniaient la barre, et six rameurs, d'un seul côté de la dame de nage, propulsaient le bâtiment sur les eaux calmes de la rivière.

— Capitaine, dit Rand, nous avons laissé des amis derrière nous. Si vous faites demi-tour pour aller les chercher, ils vous récompenseront, c'est une certitude.

Domon se tourna vers le jeune homme. Quand Thom et Mat vinrent flanquer leur ami, il les gratifia d'un même regard morne et désabusé.

— Capitaine, dit le trouvère en s'inclinant bien bas, permettez-moi de…

— Vous allez descendre avec moi dans ma cabine, où je pourrai regarder les choses de haut, si j'ose dire… Allons-y ! Au nom de la bonne Fortune ! quelqu'un va-t-il s'occuper de cette maudite bôme ?

Alors que des matelots se précipitaient pour lui obéir, Domon partit en direction de la poupe. Rand et ses deux compagnons le suivirent.

La cabine du capitaine, sur l'entrepont, était une pièce proprette où chaque chose donnait l'impression d'être rigoureusement à sa place, à l'image des capes et des vestes soigneusement accrochées à des crochets, derrière la porte. Faisant toute la largeur du bateau, le fief de Domon était meublé d'un grand lit-couchette escamotable et d'une lourde table également suspendue à la cloison. Après s'être installé dans l'unique siège, un solide fauteuil à haut dossier, Domon fit signe à ses « invités » de prendre place sur les bancs et les coffres qui occupaient le reste de l'espace.

— Je suis le capitaine Bayle Domon, seul maître à bord et propriétaire de ce navire – baptisé le *Poudrin*, si ça peut vous intéresser. À présent, dites-moi qui vous êtes, ce que vous faisiez au milieu de nulle part, où vous comptez aller et pour quelle raison je devrais m'abstenir de vous faire jeter par-dessus bord…

Toujours gêné par l'élocution très rapide de Domon, Rand eut du mal à suivre sa tirade, mais il en comprit le sens général – et surtout la conclusion, des plus inquiétantes.

Nous faire jeter par-dessus bord ?

— Capitaine, dit Mat, nous n'avons pas l'intention de vous faire des ennuis. En chemin pour Caemlyn, une simple étape, nous irons ensuite…

— … Là où le vent nous poussera, dit Thom, coupant la parole au jeune homme. C'est ainsi que voyagent les trouvères, comme de la poussière dans le vent. Je suis un artiste, voyez-vous : Thom Merrilin, pour vous servir. (Il fit onduler sa cape, afin de mettre en valeur son aspect bariolé – comme si le capitaine avait pu passer à côté.) Ces deux rustauds de paysans ont l'ambition de devenir mes apprentis, mais je n'ai pas encore décidé d'accepter.

Rand regarda Mat, qui eut un grand sourire.

— C'est bien joli, tout ça, mais ça m'apprend quoi ? Par la bonne Fortune ! toutes les routes mènent à Caemlyn, et au moins autant en partent !

— Dans ce cas, dit Thom, voilà toute l'histoire.

À l'en croire, le trouvère avait été coincé par l'hiver dans une ville minière des montagnes de la Brume, au-delà de Baerlon. Pendant son séjour, il avait eu vent de légendes au sujet d'un antique trésor caché dans les ruines d'Aridhol, une cité elle aussi très ancienne. Par le plus grand des hasards, il connaissait la localisation de cette ville – grâce à une carte offerte par un ami d'Illian dont il avait un jour sauvé la vie. Sur son lit de mort, le malheureux avait assuré à Thom que son cadeau le rendrait plus riche qu'un roi. En homme d'expérience, il n'avait jamais cru un mot de cette promesse, jusqu'à ce qu'il entende les fameuses légendes. Dès la fonte des neiges, il s'était mis en route avec quelques compagnons – dont ses deux éventuels apprentis –, bravant tous les périls afin de découvrir la cité en ruine. Mais le trésor étant la propriété d'un des Seigneurs de la Terreur, des Trollocs avaient pour mission de le rapporter au mont Shayol Ghul...

Dans le récit de Thom, tous les périls que les fugitifs avaient bel et bien bravés – les Trollocs, les Myrddraals, le Draghkar, Mordeth et Mashadar – étaient mentionnés, mais ils semblaient avoir visé exclusivement le trouvère. Et, par voie de conséquence, c'était lui, avec une extraordinaire habileté, qui avait sauvé la mise de tout le monde.

Bref, grâce à l'héroïque trouvère, le petit groupe avait survécu à tout jusqu'à cette nuit, où les compagnons avaient dû se séparer. Alors qu'ils risquaient de succomber face aux Trollocs, l'artiste et ses deux futurs élèves avaient trouvé refuge sur le bateau du très noble et très généreux capitaine Domon...

Quand le trouvère eut terminé, Rand s'aperçut qu'il était bouche bée devant tant d'audace. Après avoir de nouveau serré les dents, il regarda Mat, qui ouvrait des yeux ronds comme des soucoupes.

— C'est une histoire que bien des gens ne croiraient pas, dit Domon en tambourinant sur les accoudoirs de son fauteuil. Mais j'ai vu les Trollocs...

— Tout est vrai du début à la fin, mentit Thom, et raconté par l'acteur principal du drame.

— Auriez-vous sur vous un échantillon de ce trésor ?

— Hélas non, car le peu que nous avions pu emporter est parti avec nos chevaux, qui ont détalé lors de la dernière échauffourée contre les Trollocs. Il me reste ma flûte, ma harpe, quelques pièces de cuivre et les frusques que je porte. Mais de toute façon, vous ne voudriez pas d'une part de ce trésor, car il porte la souillure du Ténébreux. Je crois de très loin préférable de l'abandonner aux ruines et aux Trollocs.

— Si je comprends bien, vous n'avez pas d'argent pour payer votre passage ? Voilà qui est ennuyeux... Je n'accepterais même pas mon propre frère, s'il fallait le transporter gratuitement. Surtout après qu'il m'eut amené une horde de Trollocs déchaînés... Au nom de quoi devrais-je faire une exception pour vous ? La logique serait de me débarrasser de trois fâcheux de votre acabit.

— Vous ne nous déposeriez pas à terre ? demanda Mat. Pas alors que des Trollocs rôdent sur les berges ?

— Qui a parlé de vous « déposer » ? demanda Domon. (Il étudia un moment ses trois passagers clandestins, puis mit les mains bien à plat sur la table.) Bayle Domon est un homme raisonnable, n'ayez crainte. S'il y a un moyen d'éviter ça, je ne vous ferai pas jeter à l'eau. Trouvère, je vois qu'un de vos apprentis a une épée. J'ai besoin d'une belle lame. Étant bon prince, en échange, je vous conduirai jusqu'à Pont-Blanc.

Thom fit mine de répondre, mais Rand le devança :

— Pas question !

Tam ne lui avait pas confié l'arme pour qu'il la vende. Discrètement, il passa un index sur le héron de bronze qui ornait la poignée. Tant qu'il détiendrait cette lame, Tam serait en quelque sorte à ses côtés…

— Eh bien, si c'est non, dit Domon, c'est non. Mais je refuserais un passage gratuit à ma propre mère, ne perdez pas ça de vue.

Rand se résigna à vider ses poches. Il réunit quelques sous de cuivre et la pièce d'argent que Moiraine lui avait donnée. En soupirant, il remit le tout au capitaine. Non sans hésiter, Mat finit par consentir le même sacrifice. Thom sembla courroucé, mais ça ne dura qu'une fraction de seconde, et Rand se demanda s'il ne s'était pas fait des idées.

Domon prit les pièces et sortit d'un coffre posé derrière son fauteuil une petite balance et une bourse déjà bien remplie. Après les avoir soigneusement pesées, il glissa les deux grandes pièces dans la bourse et rendit la menue monnaie aux jeunes gens.

— Jusqu'à Pont-Blanc, donc, dit-il avant de saisir un grand-livre comptable.

D'une plume appliquée, il y consigna le montant et la nature de l'opération.

— C'est un peu cher, juste pour Pont-Blanc, protesta Thom.

— Et les dégâts occasionnés à mon vaisseau ? (Domon remit la balance et la bourse dans le coffre.) Plus une prime pour m'avoir obligé à fuir dans la nuit vers l'aval de la rivière, où des bancs de sable risquent de faire échouer le *Poudrin*.

— Et nos amis ? demanda Rand. Vous les accepteriez aussi ? Ils doivent avoir atteint la berge, et ils verront la lanterne accrochée à votre mât.

Le capitaine Domon en fronça les sourcils de surprise.

— Tu crois qu'on ne bouge pas, mon garçon ? Que la Fortune soit avec moi ! depuis que vous êtes à bord, nous avons bien dû parcourir une bonne lieue marine. Avec des Trollocs aux trousses, les rameurs se découvrent des trésors insoupçonnés d'énergie, et le courant nous a également bien aidés. Mais de toute façon, je ne m'approcherais plus de cette berge même si ma vieille grand-mère m'y attendait. Selon toute probabilité, je n'accosterai plus jusqu'à l'arrivée à Pont-Blanc. J'ai eu ma dose de Trollocs bien longtemps avant ce soir, et ça suffit pour toute une existence.

— Vous avez rencontré des monstres récemment ? demanda Thom, soudain très intéressé.

Domon hésita, comme s'il envisageait de mentir. Mais il décida de n'en rien faire.

— J'ai passé l'hiver au Saldaea, trouvère. Pas de gaieté de cœur, mais la rivière a gelé très tôt et la glace a tenu plus longtemps que d'habitude. Depuis les plus hautes tours de Maradon, on peut voir la Flétrissure, paraît-il, mais ça ne m'intéressait pas. Je connais la région, et il y a sans cesse des histoires de Trollocs qui attaquent une ferme isolée. Mais, cet hiver, il y a eu toutes les nuits des fermes incendiées ! Et même quelques villages entiers, à l'occasion. En ce qui concerne les cités, les monstres osent s'aventurer jusqu'au pied des fortifications. En plus de tout, les gens murmurent que c'est un signe : le Ténébreux s'agite et les Derniers Jours sont pour bientôt. (Domon se gratta la tête comme si cette perspective lui irritait le cuir chevelu.) J'ai hâte de retourner quelque part où personne ne croit à l'existence des Trollocs. Une cité où on prendrait mon histoire pour des racontars de voyageur.

Rand cessa d'écouter. Fixant la cloison d'en face, il pensa à Egwene et à tous les autres. Être en sécurité alors que leurs amis risquaient leur vie ne semblait pas juste. À l'aune de cette idée, la cabine du capitaine semblait soudain beaucoup moins confortable.

Thom se leva soudain, puis incita ses deux compagnons à l'imiter avant de les pousser vers l'échelle qui permettait d'entrer ou de sortir de la cabine.

Alors que le trouvère s'excusait bien bas de la mauvaise éducation de ses « péquenots », Rand gravit les échelons en silence.

Une fois sur le pont, Thom regarda autour de lui, constata que nul ne pouvait les entendre et ronchonna :

— Si vous aviez gardé vos pièces, j'aurais gagné notre passage en échange de quelques chansons et d'une poignée de contes.

— J'en doute…, objecta Mat. Selon moi, quand il parlait de nous jeter par-dessus bord, il ne plaisantait pas.

Rand s'accouda au bastingage et contempla un moment les eaux noires de la rivière. Dans cette nuit d'encre, on n'apercevait même pas les berges, mais…

— Tu n'y peux rien, mon garçon, dit Thom en tapotant l'épaule de son « apprenti ». Tes amis ont sans doute retrouvé Moiraine et Lan. Tu crois qu'on peut être entre de meilleures mains, dans des circonstances pareilles ?

— J'ai essayé de la dissuader de venir…

— Tu as fait ce que tu pouvais, fiston. Personne ne peut demander plus à un être humain.

— J'ai promis de la protéger, mais je n'ai pas été efficace… Non, pas efficace du tout.

21

Écouter le vent

Le soleil qui se levait sur la rivière Arinelle parvint à insinuer ses rayons jusque dans la petite dépression, non loin de la berge, où Nynaeve, adossée contre un tronc d'arbre, dormait à poings fermés. Sa monture se reposait aussi, la tête baissée mais les postérieurs en mouvement constant, à la manière des équidés.

Quand la lumière tomba sur ses paupières closes, la bête ouvrit les yeux et releva la tête. Les rênes étant enroulées autour de son poignet droit, Nynaeve fut elle aussi tirée du sommeil.

Un moment, elle regarda autour d'elle, se demandant où elle était. Quand elle se souvint, elle sonda le terrain avec plus d'attention encore. Mais il n'y avait rien, à part des arbres, sa jument et un tapis de feuilles mortes au fond de son refuge. Dans un coin très sombre, autour d'une souche, des champignons de l'année précédente formaient une couronne brunâtre.

— Si tu ne peux pas veiller une seule nuit, Nynaeve, marmonna la Sage-Dame, que la Lumière te protège ! (Elle déroula les rênes et se leva en se massant le poignet.) Tu aurais pu te réveiller dans un chaudron de Trollocs !

Les feuilles mortes crissèrent sous les pas de la jeune femme lorsqu'elle gravit la petite pente pour émerger de son refuge et jeter un coup d'œil alentour. Avec leur écorce craquelée et leurs branches nues, les quelques frênes qui se dressaient entre la rivière et elle paraissaient plus morts que vifs. Au-delà, l'onde aux reflets verts coulait majestueusement. Sur la berge d'en face, des conifères et des saules très épars semblaient monter la garde sur le cours d'eau. Si Moiraine ou un des jeunes villageois se trouvaient de l'autre côté, ils étaient rudement doués pour se cacher. Mais, bien entendu, il n'y avait aucune raison qu'ils essaient de traverser à l'endroit exact où elle était. Ils pouvaient être n'importe où en aval ou en amont de la rivière, et ce dans un rayon d'une bonne lieue.

S'ils sont encore de ce monde…

S'en voulant d'envisager une catastrophe, Nynaeve se laissa glisser jusqu'au fond de son refuge. Ce qui était arrivé la Nuit de l'Hiver, ou durant la bataille ayant précédé leur arrivée à Shadar Logoth, n'avait pas suffi à la préparer aux événements de la veille. Mashadar… Un ennemi terrifiant qui l'avait poussée à galoper à l'aveuglette en se demandant si elle n'était pas l'unique survivante du groupe. Et l'angoisse permanente de tomber sur des Trollocs ou sur un Myrddraal !

Nynaeve avait entendu des monstres hurler tout autour d'elle et les sonneries de cor lui avaient glacé les sangs. Mais si on exceptait la rencontre initiale, dans les ruines, elle n'avait vu les Trollocs qu'une fois, alors qu'elle était hors de la cité. Une dizaine de créatures avaient paru jaillir du sol à trente pas devant elle. Braillant de haine et d'excitation, elles s'étaient avancées en brandissant leurs étranges bâtons munis d'un lasso ou d'un harpon.

Alors que la Sage-Dame tentait de faire exécuter un demi-tour à sa monture, les Trollocs s'étaient tus, levant le museau comme pour humer l'air. Stupéfaite, Nynaeve les avait regardés se détourner et s'enfoncer dans la nuit. Cette étrange scène l'avait terrorisée plus que tout le reste…

— Ils connaissent l'odeur de leur proie, dit la Sage-Dame à sa monture, et ce n'est pas la mienne. L'Aes Sedai ne se trompe pas, semble-t-il : le Berger de la Nuit en a après elle.

Sa décision prise, la Sage-Dame saisit la bride de sa monture et entreprit de longer la rivière dans le sens de l'aval. Elle adopta un rythme très lent, sans cesser de surveiller la forêt autour d'elle. Même s'ils l'avaient dédaignée la veille, les Trollocs pouvaient être dans d'autres dispositions aujourd'hui.

Si elle gardait en permanence un œil sur les bois, Nynaeve accordait une attention tout aussi soutenue au sol qu'elle foulait. Si les autres avaient traversé en aval, par rapport à la position de son « camp », elle devrait en toute logique relever leurs empreintes à un moment ou à un autre. Voire les rencontrer en chemin. Sinon, suivre la rivière la conduirait inexorablement à Pont-Blanc, où elle trouverait une route menant à Caemlyn – puis à Tar Valon, si elle devait aller jusque-là.

Cette simple idée bouleversait la Sage-Dame. Avant cette aventure, elle ne s'était pas plus éloignée de Champ d'Emond que Rand et ses fidèles amis. Bac-sur-Taren lui semblait un lieu exotique et Baerlon… Ah ! Baerlon ! Si elle n'avait pas été à la recherche d'Egwene et des garçons, quel plaisir elle aurait pris à admirer les merveilles d'une grande ville !

Malgré tout ce qui avait tourné de travers, Nynaeve refusait de baisser les bras. Un jour ou l'autre, elle rejoindrait Egwene et ses trois compagnons. Et, sinon, elle trouverait un moyen de faire payer à l'Aes Sedai les malheurs dont elle était responsable.

Ce serait l'un ou l'autre, mais en tout état de cause, elle ne finirait pas le bec dans l'eau.

En avançant, Nynaeve releva une multitude d'empreintes. Mais comment déterminer si c'était la piste de prédateurs ou de leurs victimes désignées ? Les traces de bottes pouvaient avoir été laissées par des humains ou des monstres. Les marques de sabots, en revanche, appartenaient à coup sûr aux Trollocs. Au-delà de cette distinction, la Sage-Dame devait s'avouer dépassée…

Alors qu'elle devait avoir parcouru environ une lieue, le vent charria jusqu'à ses narines une odeur de fumée. Produite par la combustion de bois, à l'évidence… Droit devant elle, et pas vraiment loin, aurait-on dit. Après une très courte hésitation, la Sage-Dame attacha sa monture à un sapin, au cœur d'un bosquet qui épargnerait de très mauvaises rencontres à la brave bête. La fumée pouvait signaler la présence de Trollocs, mais comment en être sûre, si elle n'allait pas vérifier ?

Les robes n'étant pas conçues pour les randonnées, Nynaeve se prit plus d'une fois les pieds dans l'ourlet de la sienne. Quand elle entendit hennir un cheval, elle jugea plus prudent d'avancer en se glissant de tronc en tronc. Alors qu'elle se faisait toute petite derrière un frêne pourtant assez massif pour la dissimuler, elle vit Lan entrer dans une petite clairière, tirer sur les rênes de son étalon noir puis mettre souplement pied à terre.

Assise sur une souche, devant un feu, l'Aes Sedai attendait que la bouilloire accrochée au-dessus des flammes veuille bien consentir à siffler. Derrière elle, sa jument blanche broutait l'herbe rachitique.

Nynaeve décida de ne pas se montrer.

— Ils ont tous filé, annonça le Champion à son Aes Sedai. Les quatre Blafards sont partis vers le sud environ deux heures avant l'aube. Même s'ils ne laissent pas beaucoup de traces derrière eux, leur piste ne pouvait pas m'échapper. En revanche, les Trollocs se sont volatilisés. Même les cadavres. C'est étonnant, parce que ces monstres n'ont pas l'habitude d'emporter leurs morts. Sauf quand ils crèvent de faim.

Moiraine souleva le couvercle de la bouilloire, jeta dedans une poignée de feuilles séchées et retira l'ustensile du feu.

— On peut espérer qu'ils sont retournés à Shadar Logoth, histoire de servir de proies à Mashadar. Mais ce serait trop demander, j'en ai peur…

L'odeur délicieuse de l'infusion vint soudain chatouiller les narines de Nynaeve.

Fasse la Lumière que mon estomac ne grommelle pas !

— Je n'ai pas trouvé de traces évidentes des garçons, et encore moins des autres… La terre boueuse a été trop retournée pour nous en dire aussi long que d'habitude.

Derrière son frêne, Nynaeve eut un sourire satisfait. L'échec du Champion relativisait le sien, si on y réfléchissait…

— Moiraine, continua Lan, je ne suis pas du tout tranquille… (D'un geste, il refusa la chope fumante que lui tendait l'Aes Sedai.) Non, merci, pas maintenant… (Une main sur le pommeau de son épée, sa cape changeant de couleur au gré de ses mouvements, le Champion commença à faire les cent pas devant le feu.) Des Trollocs à Deux-Rivières, c'était plus qu'étrange – surtout un nombre pareil. Mais que dire alors de la traque d'hier ? Un bon millier de monstres ont dû participer à la battue.

— Nous avons eu de la chance qu'ils ne soient pas tous restés à Shadar Logoth pour fouiller jusqu'à la dernière maison… Les Myrddraals ont dû se douter que nous nous y cacherions, mais ils ont sûrement eu peur de ce qui les attendait s'ils retournaient les mains vides au mont Shayol Ghul. Le Ténébreux n'a jamais été un maître tolérant…

— N'essaie pas de changer de sujet, dit Lan. Tu sais très bien ce que je veux dire. Si mille Trollocs étaient disponibles, pourquoi n'ont-ils pas été envoyés à Deux-Rivières ? Il n'y a qu'une seule réponse, hélas. Ils ont été mobilisés *après* que nous eûmes traversé la rivière Taren. À ce moment-là, il a dû sembler évident qu'un seul Myrddraal et un unique poing de Trollocs ne suffiraient pas.

» Mais comment nos ennemis ont-ils fait ? Si mille monstres peuvent être transférés si loin au sud de la Flétrissure, et ce sans que quiconque le remarque, rien n'empêche que dix mille tueurs soient lâchés au cœur même du Saldaea, d'Arafel ou du Shienar. Dans ce cas, les Terres Frontalières pourraient être submergées en moins d'un an !

— Le monde entier le sera dans cinq minutes, dit Moiraine, si nous ne retrouvons pas ces garçons. Je me pose les mêmes questions que toi, avec la même inquiétude, mais je n'ai aucune réponse… Les Chemins sont fermés, et depuis l'Ère de la Folie, aucune Aes Sedai n'a jamais été assez puissante pour Voyager. Sauf si un des Rejetés est libre – fasse la Lumière que cela n'arrive jamais ! –, il n'existe personne, aujourd'hui, qui en soit capable. De toute façon, je doute que tous les Rejetés, en unissant leurs forces, soient en mesure de transférer un millier de Trollocs. Lan, occupons-nous des problèmes les plus urgents. Tout le reste devra attendre.

— Les garçons…, fit simplement le Champion.

— Pendant ton absence, je n'ai pas chômé. L'un d'eux est vivant, de l'autre côté de la rivière. Les deux autres… Eh bien, j'ai capté quelque chose, en descendant la rivière, mais ce fut très fugitif. Le lien a été brisé quatre heures avant que je commence mes recherches…

Cachée derrière son frêne, Nynaeve en plissa le front de perplexité.

— Tu crois que les garçons sont prisonniers des Blafards qui se dirigent vers le sud ? demanda Lan, cessant soudain de tourner en rond.

— C'est possible… (Avant de continuer, Moiraine se servit une chope d'infusion.) Mais je refuse de croire qu'ils soient morts. C'est une hypothèse irrecevable ! Tu connais l'enjeu, n'est-ce pas ? Je dois avoir ces jeunes gens… Je sais que nos ennemis les traqueront, et je m'attends à une opposition au sein même de la Tour Blanche, voire de la Chaire d'Amyrlin en personne. Certaines Aes Sedai n'accepteront qu'une solution, et je m'y résigne. Mais…

Soudain, l'Aes Sedai posa sa chope, se leva et fit la grimace.

— Quand on se concentre trop sur le loup, dit-elle, on finit mordu à la cheville par une souris… (Elle riva les yeux sur le frêne de Nynaeve.) Maîtresse al'Meara, vous pouvez vous montrer, si ça vous chante…

Nynaeve se redressa et épousseta à la hâte le devant de sa robe.

Son épée au poing, Lan aussi regardait fixement l'arbre. Quand il reconnut la Sage-Dame, il rengaina sa lame avec plus de vigueur qu'il eût été nécessaire. Le Champion garda son visage de pierre. Pourtant, Nynaeve crut voir une certaine tristesse dans le sourire qui flottait sur ses lèvres.

Du dépit, plutôt ? Le Champion ne l'avait pas repérée, et elle s'en rengorgeait !

Son triomphe fut de courte durée. Redevenant sérieuse, elle plongea son regard dans celui de Moiraine et avança d'un pas décidé. Elle aurait donné cher pour paraître calme et détachée, mais sa voix vibrante de colère la trahit :

— Dans quoi as-tu entraîné Egwene et les garçons ? (Le passage au tutoiement, dans de telles circonstances, n'avait rien d'amical.) De quel sordide plan imaginé par les Aes Sedai vont-ils devenir les marionnettes ?

Moiraine reprit sa chope et sirota paisiblement son infusion. Quand Nynaeve fut trop près à son goût, Lan tendit un bras pour lui barrer le chemin. Elle voulut chasser cet obstacle, mais le bras du Champion ne bougea pas davantage que l'eût fait une branche de chêne. Si la Sage-Dame n'avait rien d'une frêle donzelle, des muscles en acier se révélèrent un peu trop pour elle…

— Un peu d'infusion ? demanda Moiraine.

— Non ! Je ne boirais pas ta tisane même si je crevais de soif ! Les gens de Champ d'Emond ne sont pas des pierres sur le plateau de jeu des Aes Sedai.

— Tu es mal placée pour faire ce genre de déclaration, dit Moiraine. (Elle s'intéressa intensément à son infusion, ménageant ses effets.) Après tout, tu peux toi aussi accéder au Pouvoir de l'Unique.

Nynaeve tenta de nouveau d'écarter le bras de Lan. L'opération se révélant impossible, elle décida de penser à autre chose.

— Et si tu affirmais que je suis un Trolloc, tant qu'on y est ?

Agacée par le sourire supérieur de Moiraine, Nynaeve eut une envie dévorante de la gifler.

— Sage-Dame, crois-tu que je puisse être face à une femme comme toi sans la reconnaître au premier coup d'œil ? Tu es capable de puiser dans la Source Authentique et de canaliser le Pouvoir. C'est un talent brut, bien entendu, mais je l'ai senti – exactement comme tu as capté le potentiel d'Egwene. Selon toi, comment ai-je su que tu étais derrière ce frêne ? Si j'avais été plus concentrée, je t'aurais repérée au moment où tu approchais de nous. Un Trolloc, toi ? Non, je ne crois pas, puisque je ne sens pas en toi la souillure du Ténébreux.

» Mais qui es-tu vraiment, Nynaeve al'Meara, Sage-Dame de Champ d'Emond et utilisatrice instinctive du Pouvoir de l'Unique ?

Nynaeve remarqua que Lan la regardait d'une façon qui lui déplaisait souverainement. Rien ne se voyait sur son visage, mais il y avait comme une lueur dans ses yeux – à croire qu'il s'intéressait à une sorte d'animal de cirque.

Egwene est un être spécial, je l'ai toujours su. Un jour, elle sera une très grande Sage-Dame. Mais là, l'Aes Sedai et son Champion essaient de me rouler dans la farine, et…

— Je ne veux plus rien entendre ! Tu…

— Il faut m'écouter ! cria Moiraine. À Champ d'Emond, je me doutais de quelque chose avant même de t'avoir rencontrée. Les gens m'ont dit à quel point leur Sage-Dame était troublée de n'avoir pas prédit la durée exceptionnelle de l'hiver. Ils ont louangé ses prévisions concernant le temps et les récoltes. À les entendre, ses onguents et ses potions étaient hors du commun, guérissant tout sans laisser ni séquelles ni cicatrices. Tout ce que j'ai glané de négatif concernait ton âge. Une poignée de grincheux te trouvent trop jeune pour ton poste. Bien entendu, ta précocité a encore plus éveillé mon intérêt.

— Maîtresse Barran m'a très bien formée…

Nynaeve tenta de regarder plutôt Lan, mais elle retrouva dans ses yeux la lueur qui l'avait gênée auparavant. Mal à l'aise, elle décida de contempler l'eau de la rivière, derrière l'Aes Sedai.

Les villageois se sont répandus en âneries devant une étrangère ! Un jour, ils me paieront ça.

— Qui m'a accusée d'être trop jeune ?

Moiraine ne se laissa pas distraire par la question.

— Contrairement à la plupart des femmes qui prétendent pouvoir écouter le vent, tu le fais *vraiment*, au moins en certaines circonstances.

» En réalité, ça n'a aucun rapport avec le vent, bien entendu. C'est une affaire d'Air et d'Eau, et ça ne s'apprend pas. Tu es née avec ce don, exactement comme Egwene. Mais tu as appris à le maîtriser, et elle n'en est pas encore là. J'ai su dès que je t'ai vue. Tu te souviens ? J'ai soudain demandé si tu étais la Sage-Dame… Pourquoi, selon toi ? Tu ressemblais comme une sœur à toutes les jeunes femmes qui s'étaient faites belles pour Bel Tine. Et même si je savais que la Sage-Dame était jeune, je m'attendais à quelqu'un du double de ton âge.

Nynaeve se rappelait parfaitement cette scène pénible. Son interlocutrice, plus autoritaire et plus sereine que toutes les femmes du Cercle, splendide dans une robe comme elle n'en avait jamais vu, s'était adressée à elle en l'appelant « mon enfant ». Puis elle avait sursauté et, sautant du coq à l'âne, avait demandé si elle était bien face à la Sage-Dame du village…

Nynaeve se sentit très mal à l'aise. Le Champion et l'Aes Sedai la regardaient, chacun à sa façon, semblant attendre quelque chose d'elle.

— Non, ce que tu dis est impossible ! Je m'en serais aperçue. Tu veux m'abuser, mais ça ne marchera pas.

— Pourquoi t'en serais-tu aperçue ? Quel indice aurait pu te mettre sur la voie ? Toute ta vie, tu as entendu dire que les Sages-Dames « écoutent le vent ». De plus, tu aurais préféré annoncer devant tout le village que tu étais un Suppôt des Ténèbres, plutôt que d'admettre, même dans le coin le plus reculé de ton esprit, un lien quelconque avec le Pouvoir de l'Unique ou les abominables Aes Sedai. (Moiraine eut un petit sourire moqueur.) Mais je peux te décrire comment ça a commencé.

— Je ne veux plus rien entendre ! explosa Nynaeve.

L'Aes Sedai ne se laissa pas perturber.

— Il y a quelque chose comme huit ou dix ans – l'âge varie, mais c'est toujours très tôt –, tu as désiré quelque chose plus que tout au monde. Quelque chose dont tu avais vraiment besoin. Et tu l'as eu. Par exemple, une branche qui se plie au bon moment, te permettant de sortir d'un étang où tu allais te noyer. Ou peut-être un ami, ou un animal domestique, miraculeusement guéri alors qu'on le croyait condamné.

» Sur le coup, tu n'as rien éprouvé de spécial, mais une semaine après – voire dix jours – la réaction s'est produite. C'est inévitable quand on touche pour la première fois la Source Authentique. C'était peut-être de la fièvre et des frissons, une crise soudaine qui t'a forcée à t'aliter, mais qui a passé très vite. Les réactions sont très variées, vois-tu, mais aucune ne dure plus de quelques heures. Parfois, c'est un mélange de migraine, de langueur et d'euphorie qui pousse le sujet à prendre des risques insensés ou à tituber comme un ivrogne. Un accès de vertige, qui empêche de tenir correctement debout et entraîne des troubles du langage – comme avaler les mots, par exemple. Il y a d'autres symptômes. Te souviens-tu des tiens ?

Ses jambes refusant de la porter, Nynaeve s'assit à même le sol. Elle se souvenait, oui, mais elle refusait d'y croire. Une coïncidence, voilà tout. À moins que Moiraine ait posé aux villageois plus de questions qu'elle l'aurait cru ?

Bien sûr, c'était évident ! L'Aes Sedai savait grâce aux villageois, et c'était encore un de ses trucs.

Lan tendit une main pour aider la Sage-Dame à se relever. Elle ne s'en aperçut même pas.

— Je continue, annonça Moiraine, impitoyable. À un moment, tu as utilisé le Pouvoir pour soigner Perrin ou Egwene. Cela a tissé un lien entre vous. On sent la présence d'une personne qu'on a soignée ainsi, c'est bien connu. À Baerlon, tu es venue tout droit à l'*Auberge du Cerf et du Lion*, alors que ce n'était pas l'établissement le plus proche des différentes portes par lesquelles tu as pu entrer. Parmi les villageois, seuls Perrin et Egwene étaient présents lors de ton arrivée. Alors, lequel ? L'apprenti forgeron ou la jeune fille ? Les deux, peut-être…

— Egwene…, souffla Nynaeve.

Depuis toujours, elle trouvait normal de pouvoir parfois deviner qui approchait d'elle. Mais elle n'avait jamais fait le rapprochement avec son don de guérisseuse. Or, ce « sixième sens » fonctionnait exclusivement avec des gens qu'elle avait sauvés presque par miracle.

Dans ces cas-là, elle savait toujours à l'avance qu'un médicament aurait un effet inespéré. Pareillement, quand elle prédisait le temps ou annonçait de très bonnes récoltes, elle avait la certitude de ne pas se tromper.

D'accord, mais était-ce si extraordinaire que ça ? Si toutes les Sages-Dames n'étaient pas capables d'écouter le vent, ça restait l'apanage des meilleures. Maîtresse Barran lui avait appris que ça marchait ainsi – et qu'elle figurerait un jour parmi l'élite des Sages-Dames.

— Egwene avait attrapé la dengue, souffla Nynaeve, les yeux baissés comme si elle préférait s'adresser au sol. J'étais toujours l'apprentie de maîtresse Barran, et elle m'avait envoyée chez la pauvre petite. Étant très jeune, j'ignorais que la Sage-Dame avait les choses bien en main. Une poussée de dengue, c'est terrible à voir. La petite fille était trempée de sueur, elle gémissait et elle s'agitait. Un moment, j'ai cru avoir mal compris le nom de la maladie… « Dengue » et « dingue », bien sûr… Maîtresse Barran m'avait dit que la fièvre tomberait le lendemain, ou au plus tard le surlendemain, mais je croyais qu'elle m'avait menti pour me rassurer.

» J'ai pensé qu'Egwene agonisait. J'étais souvent venue la garder quand elle était petite, pour permettre à sa mère de s'absenter. Certaine que j'allais la voir mourir, j'ai éclaté en sanglots… Lorsque maîtresse Barran est arrivée, une heure plus tard, la fièvre était tombée. La Sage-Dame a été surprise, mais elle s'est davantage occupée de moi que d'Egwene. Selon moi, elle a dû penser que j'avais donné un médicament à la petite, et que j'avais trop peur pour le dire. En tout cas, elle a tenté de me réconforter, m'assurant que je n'avais pas fait de mal à Egwene. Une semaine plus tard, dans le salon de maîtresse Barran, je me suis écroulée sur le sol, brûlante de fièvre et prise de convulsions. Elle m'a mise au lit, mais j'étais déjà rétablie à l'heure du dîner…

Nynaeve se tut et se prit la tête à deux mains.

L'Aes Sedai a choisi un bon exemple… Que la Lumière la consume ! Moi, utiliser le Pouvoir comme une Aes Sedai ! Moi, un maudit Suppôt des Ténèbres, comme toutes ces femmes !

— Tu as eu beaucoup de chance, dit Moiraine.

Nynaeve releva brusquement la tête.

Comme si tout ça ne le concernait plus, Lan s'éloigna et alla s'occuper de son étalon noir.

— De la chance, moi ?

— Tu as réussi à maîtriser à peu près le Pouvoir, même si le contact avec la Source Authentique restait des plus aléatoires. Si tu avais échoué, tu en serais morte, tout simplement. Le sort que connaîtra Egwene si tu réussis à l'empêcher d'aller à Tar Valon.

— Si j'ai pu m'en tirer…, commença Nynaeve.

Elle s'interrompit, consciente que ce qu'elle allait dire reviendrait à abonder dans le sens de l'Aes Sedai.

— Si j'ai pu m'en tirer, elle a toutes ses chances… Pourquoi irait-elle à Tar Valon, histoire d'être compromise dans vos machinations ?

Moiraine secoua très lentement la tête.

— Les Aes Sedai cherchent les jeunes détentrices « naturelles » du Pouvoir avec l'acharnement qu'elles mettent à débusquer les hommes capables de toucher la Source Authentique. Il faut que tu saches que ce n'est pas seulement pour faire grossir nos rangs ou parce que nous craignons un mauvais usage du Pouvoir. Les aptitudes de ces femmes sont très rarement assez fortes pour être dangereuses. De plus, sans enseignement, leur aptitude à toucher la Source Authentique restera limitée et aléatoire, ce qui réduit encore la menace. Enfin, elles ne sont pas menacées par la forme très spéciale de folie qui pousse les hommes à commettre des exactions ou des crimes.

» Nous cherchons ces femmes pour leur sauver la vie, Nynaeve ! Surtout celles qui ne parviennent jamais à établir le moindre contrôle sur le Pouvoir…

— La fièvre et les frissons que j'avais n'auraient tué personne, surtout pas en quelques heures… J'ai eu les autres symptômes, et ils n'étaient pas plus inquiétants. De plus, ils ont disparu au bout de quelques mois.

— Ce n'étaient que des effets secondaires, expliqua patiemment Moiraine. Chaque fois, ils surviennent un peu plus tôt après le contact avec la Source Authentique. Puis les deux événements se produisent en même temps… À partir de là, il n'y a plus de réactions, mais un compte à rebours commence… Un an… Deux… J'ai connu une femme qui a résisté cinq ans. Sur quatre « naturelles » comme toi ou Egwene, trois ne survivent pas si elles ne reçoivent pas une formation. Leur fin est moins horrible que celle des hommes, mais elle n'est pas agréable – si on peut qualifier ainsi toute façon de quitter ce monde. Des convulsions, des hurlements… L'agonie dure des jours, et nul ne peut l'arrêter. Même si elles unissaient leurs forces, toutes les Aes Sedai de Tar Valon n'y parviendraient pas.

— Des mensonges…, souffla Nynaeve. En interrogeant les villageois, tu as appris pour Egwene, et pour mon étrange maladie. Avec ces éléments, tu as monté une histoire.

— Allons, tu sais bien que c'est faux…

À contrecœur, Nynaeve acquiesça. De sa vie elle n'avait jamais eu plus de mal à capituler, mais nier l'évidence ne servait plus à rien, au point où elle en était. À l'époque où elle jouait encore à la poupée, la première apprentie de maîtresse Barran était morte exactement comme Moiraine l'avait dit. Et à Promenade de Deven, quelques années plus tôt, une autre jeune femme avait péri ainsi. Une apprentie de Sage-Dame, également, capable elle aussi d'écouter le vent…

— Tu as un grand potentiel, dit Moiraine. Avec une formation, tu deviendras peut-être plus puissante qu'Egwene – et pourtant, je crois qu'elle sera une des plus grandes Aes Sedai de tous les temps !

Nynaeve recula comme si elle avait été face à un serpent venimeux.

— Non, je n'ai rien à voir avec…, commença-t-elle.

Avec quoi ? Ce que je suis ? Voyons, c'est ridicule…

— Moiraine, je voudrais que tu ne parles de ça à personne. C'est une… requête.

Ce dernier mot faillit arracher la gorge à la Sage-Dame. Plutôt que d'implorer une Aes Sedai, elle aurait préféré affronter une horde de Trollocs.

Mais Moiraine hocha simplement la tête, redonnant un peu de cœur au ventre à son interlocutrice.

— Tout ça n'explique pas ce que vous voulez aux trois garçons, Lan et toi.

— Le Ténébreux les cherche, et j'entends l'empêcher de les trouver. M'opposer à lui est un réflexe. Tu vois une raison plus justifiée ? (Moiraine finit son infusion tout en observant Nynaeve par-dessus le rebord de sa chope.) Lan, nous allons devoir partir. Vers le sud, je crois. Et je crains que la Sage-Dame ne nous accompagne pas.

Nynaeve eut un rictus dégoûté. À la façon dont elle prononçait le mot « Sage-Dame », on devinait aisément ce que pensait l'Aes Sedai.

Elle me méprise parce que je me détourne d'une grande destinée, selon elle, pour mener une existence minable à Champ d'Emond…

Mais c'est une ruse ! En réalité, elle ne veut pas que je vienne. Elle me manipule pour que je rentre chez moi et que je lui fiche la paix.

— Détrompe-toi ! Je viens, et personne ne pourra m'en empêcher.

— Nul n'a l'intention de t'en empêcher, assura Lan en rejoignant les deux femmes. (Il vida la bouilloire sur les flammes et retourna les cendres avec un bâton.) Encore quelqu'un qui fait partie de la Trame, Moiraine ?

— Peut-être bien… J'aurais dû parler un peu plus avec Min…

— Tu vois, Nynaeve, tu es vraiment la bienvenue…

Lan avait prononcé le nom de la Sage-Dame avec une étrange hésitation, comme s'il brûlait d'ajouter un « Sedai » derrière.

Nynaeve détesta ce qu'elle prit pour une façon de se moquer d'elle. Elle s'agaça aussi que l'Aes Sedai et son Champion parlent devant elle de choses qui la dépassaient, mais de l'eau coulerait sous les ponts avant qu'elle s'abaisse à leur demander des explications.

Le Champion s'acquitta des préparatifs du départ avec sa grâce et sa fluidité habituelles. Bientôt, Mandarb et Aldieb furent fin prêts.

— Je vais chercher ton cheval, dit-il à Nynaeve lorsqu'il eut terminé.

Il s'éloigna le long de la rive et la Sage-Dame ne put s'empêcher de sourire. Après qu'elle l'eut espionné à son insu, voilà qu'il entendait trouver tout seul sa monture. Eh bien, elle lui souhaitait beaucoup de plaisir, parce qu'elle n'était pas du genre à laisser des indices sur une piste. Quand il reviendrait les mains vides, quelle joie ce serait !

— Pourquoi voyager vers le sud ? demanda Nynaeve à Moiraine. Je t'ai aussi entendue dire qu'un des garçons est de l'autre côté de la rivière. Comment le sais-tu ?

— J'ai donné à chacun des garçons un « cadeau » qui crée en réalité un lien entre eux et moi. Il s'agit d'une pièce d'argent, et tant qu'ils l'auront sur eux – sans être morts – je pourrai les localiser.

Nynaeve tourna la tête dans la direction qu'avait empruntée le Champion.

— Non, pas ce genre de lien… Cela me permet simplement de savoir s'ils sont toujours en vie, et de les retrouver quand nous sommes séparés. Une précaution judicieuse, non, dans les circonstances présentes ?

— Je déteste tout ce qui peut te lier à des gens de chez moi, dit la Sage-Dame, inflexible. Mais si ça nous aide à les retrouver…

— C'est le but de l'opération… Si c'était possible, j'aurais aimé commencer par le garçon qui a traversé la rivière. (Un instant, la voix de l'Aes Sedai trahit son intense frustration.) Il est à moins d'une lieue de nous ! Mais je n'ai pas de temps à perdre… Donc, il devra gagner tout seul Pont-Blanc. Un jeu d'enfant, maintenant que les Trollocs sont partis. Et les deux garçons qui descendent la rivière auront sûrement besoin de mon aide plus que celui-là. Ils ont perdu leurs pièces et des Myrddraals les poursuivent, ou prévoient de nous intercepter tous à Pont-Blanc. Je dois agir en fonction de l'urgence, et…

— Les Myrddraals les ont peut-être déjà tués, souffla Nynaeve.

L'Aes Sedai secoua la tête, comme si cette éventualité, bien trop triviale, ne méritait pas d'être envisagée.

— Où est Egwene ? demanda la Sage-Dame. Tu ne l'as même pas mentionnée.

— Parce que je ne sais rien d'elle… Mais j'espère qu'elle va bien.

— Tu ne sais rien ? Tu espères ? Après avoir répété que tu voulais la conduire à Tar Valon pour la sauver, tu te désintéresses de son sort ?

— Si je la cherche, les Myrddraals auront plus de temps pour s'en prendre aux deux garçons qui se dirigent vers le sud. C'est eux, la cible du Ténébreux, pas Egwene. Nos ennemis ne se soucieront pas d'elle tant qu'ils n'auront pas capturé leurs proies.

Nynaeve se souvint de sa rencontre avortée avec les monstres, mais elle continua à défier Moiraine :

— Donc, je dois me contenter de ça : Egwene est vivante, avec un peu de chance, du moins… Mais elle est peut-être seule, terrorisée et blessée, tout ça à des jours de marche de la civilisation. En d'autres termes, nous seuls pouvons l'aider et tu as décidé de l'abandonner.

— Elle peut être en sécurité de l'autre côté de la rivière, avec le garçon qui a traversé. Ou elle se dirige vers Pont-Blanc en compagnie des deux autres. Dans tous les cas, elle n'est plus menacée par les Trollocs. Egwene est forte, intelligente et tout à fait capable d'atteindre Pont-Blanc seule, s'il le faut. Tu veux croire qu'elle a besoin d'aide, alors que c'est improbable, et ne pas secourir les jeunes gens qui sont vraiment en danger ? Dois-je la chercher et me désintéresser des deux malheureux qui ont des Myrddraals aux trousses ? Je me soucie d'Egwene, crois-moi, mais je lutte contre le Ténébreux, et ce combat prime tout.

Énervée par le calme de l'Aes Sedai – alors qu'elle évoquait d'horribles éventualités –, Nynaeve aurait voulu hurler de rage. Refoulant ses larmes, elle détourna la tête afin que Moiraine ne mesure pas son désarroi.

Au nom de la Lumière ! une Sage-Dame est censée s'occuper de tous ses villageois. Pourquoi m'imposer un choix pareil ?

— Lan approche, annonça Moiraine.

Elle se leva et ajusta le tombé de sa cape sur ses épaules.

Au point où elle en était, Nynaeve tressaillit à peine quand elle vit le Champion arriver en tenant son cheval par la bride. Cela dit, elle fit quand même la moue quand Lan lui confia l'animal. S'il avait triomphé, au lieu de rester de marbre, elle aurait au moins pu lui en vouloir…

Quand il vit de plus près la Sage-Dame, Lan écarquilla les yeux de stupeur. Se détournant, la jeune femme s'essuya les joues.

Comment ose-t-il se moquer de moi parce que je pleure ?

Eh bien, voilà, elle avait une raison de lui en vouloir…

— Tu viens, Sage-Dame ? lança Moiraine sans trop d'aménité.

Nynaeve sonda une dernière fois la forêt, se demandant si Egwene était quelque part dans ce labyrinthe végétal, puis elle se résigna à monter en selle. Déjà perchés sur leurs chevaux, Moiraine et Lan avaient pris la direction du sud.

Nynaeve les suivit en s'efforçant de ne pas regarder en arrière. Pour ce faire, elle riva les yeux sur le dos de Moiraine.

Cette Aes Sedai avait une confiance absolue en ses plans et en son pouvoir. Mais s'ils ne finissaient pas par retrouver les garçons et Egwene, tous sains et saufs, rien ne la protégerait de l'ire de la Sage-Dame de Champ d'Emond.

Je peux canaliser le Pouvoir, c'est toi-même qui me l'as dit. Donc, rien ne m'empêchera de l'utiliser contre toi !

22

Choisir son chemin

Dans un petit bosquet, sous un tas de branches de cèdre taillées à la hâte dans l'obscurité, Perrin dormait toujours alors que le soleil était levé depuis longtemps. Sans les aiguilles qui lui taquinaient la peau à travers ses vêtements toujours humides, il n'aurait sans doute pas ouvert l'œil de sitôt, s'abandonnant à l'extase d'un rêve où il travaillait à la forge de maître Luhhan, dans son beau village nommé Champ d'Emond.

Arraché à ce délice, il ouvrit les yeux et se demanda un instant ce qu'il fichait sous un entrelacs de branches.

Quand il se souvint, et s'assit en sursaut, la plus grande partie de sa literie végétale tomba sur le sol. Mais il en resta assez sur ses épaules et sur sa tête pour lui donner des faux airs d'arbre. Un grand arbre, soit dit en passant…

Le souvenir de Champ d'Emond s'effaça, remplacé par celui de la nuit précédente – la pire de sa vie, à tel point qu'elle lui paraissait encore plus réelle que la journée qui commençait.

Sur ses gardes, Perrin récupéra sa hache sous le tas de branches, la saisit à deux mains et regarda autour de lui, l'air méfiant. Rien ne bougeait par cette matinée froide et sinistre. S'il y avait des Trollocs sur la berge orientale de la rivière, ils ne se déplaçaient pas – en tout cas, pas à proximité de Perrin.

Le jeune homme prit une grande inspiration, posa la hache sur ses genoux et attendit que son cœur veuille bien cesser de battre la chamade.

Le bosquet était le seul refuge qu'il avait trouvé la veille. Comme il n'était pas très dense, la protection se révélait toute relative, et, s'il se relevait, Perrin serait visible de loin. Enclin à la prudence, il choisit de ramper jusqu'à la lisière de son pauvre fief. De là, il observa la berge tout en se grattant furieusement aux endroits où les aiguilles lui avaient irrité la peau.

Le vent violent de la veille avait cédé la place à une brise discrète qui faisait à peine onduler la surface de l'Arinelle. À cet endroit, la rivière, très large, coulait majestueusement. Un obstacle probablement impossible à franchir pour un Blafard. De toute façon, rien ne bougeait sur la berge d'en face, assez boisée pour que les branches puissent servir d'indicateurs de mouvement.

Perrin ignorait s'il devait vraiment se réjouir de cette quiétude. L'absence de Trollocs et de Myrddraals ne le dérangeait pas, bien sûr, mais l'apparition d'une Aes Sedai, d'un Champion – ou, mieux encore, d'un de ses amis – lui aurait fortement remonté le moral.

Si les souhaits étaient des ailes, les moutons voleraient!

Le dicton favori de maîtresse Luhhan, qui en connaissait un rayon en matière de sagesse populaire…

Depuis son spectaculaire vol plané, Perrin n'avait plus vu l'ombre de la queue de son cheval. N'ayant rien contre les équidés, il espérait que celui-ci serait sorti sans peine de la rivière. Cela dit, il avait l'habitude de marcher plus que de chevaucher, et ses bottes, d'excellente qualité, étaient munies de semelles inusables. S'il n'avait rien à manger, sa fronde lui ceignait toujours la taille – une façon pratique de la transporter – et il avait dans ses poches assez de fil à collet pour piéger plus d'un lapin. Tout ce qui lui servait à faire du feu était resté dans ses sacoches mais, dans une forêt de cèdres, il n'aurait aucun mal à se procurer de l'amadou, puis à se confectionner une sorte de briquet.

Restait le problème des vêtements. Sa cape était à jamais perdue, et le reste de sa tenue était encore humide après le bain imprévu de la veille. Dans ces conditions, comment s'étonner qu'il tremble de froid ? Trop fatigué, il s'était endormi sans se soucier de ce problème. Et maintenant, que devait-il faire ? Se déshabiller et accrocher ses frusques à des branches ? Même s'il ne faisait pas très froid, il se voyait mal rester nu au milieu de la forêt.

Non, mieux valait se fier au temps, qui était la clé de tout. S'il patientait, ses habits sécheraient, un lapin se laisserait piéger et il finirait par avoir allumé un feu. Bien sûr, son estomac grommelait, mais il devait penser à autre chose. Pour l'heure, il avait d'autres priorités. Depuis toujours, ne faisait-il pas chaque chose en son temps, en commençant par la plus urgente ? C'était son style, voilà tout…

Perrin regarda de nouveau la rivière. Même si ça ne se voyait pas vraiment, le courant était très fort. Moins bonne nageuse que lui, Egwene avait peut-être réussi à traverser, mais…

Non, il ne devait pas penser ainsi ! Egwene avait *sûrement* traversé, accostant plus loin en aval que lui, parce qu'elle avait dû lutter davantage contre le courant.

Tambourinant sur le sol, l'apprenti forgeron prit le temps de la réflexion. Quand il eut fini, il reprit sa hache, se leva et longea la rivière vers l'aval.

Cette berge de l'Arinelle était beaucoup moins boisée que l'autre. Quelques arbres poussaient dans ce qui serait une prairie si le printemps consentait un jour à arriver, certains allant jusqu'à former des bosquets où des conifères côtoyaient des frênes et des aulnes plus dénudés les uns que les autres. Plus on descendait la rivière, et plus ces îlots de végétation devenaient petits et perdaient en densité. Pas vraiment de quoi se cacher efficacement, mais en l'absence d'autre chose…

Accroupi, Perrin passa de bosquet en bosquet, n'hésitant jamais à s'allonger sur le ventre, au cœur de ces refuges, afin d'étudier longuement les deux berges. Selon Lan, la rivière était un obstacle infranchissable pour les Trollocs et les Blafards. Mais le Champion pouvait se tromper, comme tout le monde. S'ils apercevaient Perrin, les monstres oublieraient peut-être leur phobie de l'eau. Il était donc très important qu'il ne se fasse pas voir.

Perrin avait couvert près d'une lieue, plus furtif qu'une ombre, lorsqu'il s'immobilisa à une assez courte distance d'un bosquet de saules aux allures de havre de paix.

L'ennui, c'était le sol, ou plutôt l'empreinte de sabot qui s'étalait au milieu d'un petit carré de terre nue entouré d'un tapis d'herbe brunâtre – les vestiges de la luxuriante végétation de l'année précédente.

L'ennui, vraiment ? En y regardant mieux, ce n'était pas ça du tout ! Car si certains Trollocs avaient bel et bien des sabots, ils ne les munissaient sûrement pas de fers à cheval – et surtout pas de fers équipés d'une double barre transversale de soutien, une spécialité de maître Luhhan.

Oubliant qu'on pouvait éventuellement le voir depuis l'autre berge, Perrin chercha d'autres empreintes. Sur l'herbe morte, les sabots ne s'« imprimaient » pas vraiment bien, mais l'apprenti forgeron réussit néanmoins à suivre une piste qui s'écartait de la rivière pour s'enfoncer dans un bosquet de cèdres suffisamment serrés les uns contre les autres pour arrêter le vent et faire obstacle aux regards ennemis. Au milieu de ce refuge providentiel, les branches d'un énorme pin s'élançaient majestueusement vers le ciel.

Un sourire sur les lèvres, Perrin entra dans l'abri végétal sans se soucier du boucan qu'il faisait. Très vite, il déboula dans une minuscule clairière nichée derrière le pin géant.

Assise devant un petit feu, dos contre le flanc de Bela, Egwene brandissait une branche morte qu'elle avait visiblement l'intention d'utiliser comme une massue.

— J'aurais dû t'appeler..., dit Perrin, ennuyé d'avoir fait peur à son amie.

Jetant son arme, Egwene se leva, courut jusqu'au jeune homme et lui passa les bras autour du cou.

— J'ai cru que tu t'étais noyé... Mais tu es encore trempé ! Viens te réchauffer près du feu. Tu as perdu ton cheval, je suppose ?

Perrin s'assit devant le feu et se réchauffa les mains au-dessus des flammes, ravi de sentir leur douce chaleur. Egwene sortit d'une de ses sacoches du fromage et du pain enveloppés d'un morceau de toile goudronnée – grâce à cette précaution, la nourriture était sèche malgré son séjour dans l'eau – et regarda son ami manger avec un doux sourire.

Tu t'inquiétais pour elle, pensa le jeune homme, *et elle s'en est tirée beaucoup mieux que toi !*

— C'est Bela qui m'a fait traverser, dit Egwene en flattant l'encolure de la jument. Elle a fui les Trollocs, et elle m'a en quelque sorte emmenée avec elle... Perrin, je n'ai vu personne d'autre !

L'apprenti forgeron saisit très bien la question implicite. Lorgnant avec mélancolie le pain et le fromage que son amie remballait, il se lécha soigneusement les doigts avant de répondre :

— Je n'ai vu personne à part toi. Pas de Trollocs ni de Blafards, et ça, c'est une bonne nouvelle.

— Rand doit aller bien, et les autres aussi. Il le faut ! Je suis sûre qu'ils nous cherchent en ce moment même. Ils nous trouveront bientôt, tu verras. Après tout, Moiraine est une Aes Sedai !

— Tu es obligée de me le rappeler ? Bon sang ! je donnerais cher pour l'oublier...

— Je ne t'ai pas entendu te plaindre quand elle nous a sauvés des Trollocs...

— C'est vrai, mais j'aimerais que nous puissions nous passer d'elle... (Sous le regard implacable d'Egwene, le jeune homme se sentit soudain très mal à l'aise.) Bon, d'accord, nous ne pouvons pas... Tu sais, j'ai réfléchi...

Egwene fronça les sourcils de surprise.

Perrin ne se formalisa pas, car il avait l'habitude de ce genre de réaction. Chaque fois qu'il avait une idée, même aussi bonne – voire meilleure – que les leurs, ses amis ne manquaient pas de lui rappeler qu'ils trouvaient sa façon de penser laborieuse – parce qu'il était lent, oui, et alors ?

— Nous pouvons attendre que Lan et Moiraine nous retrouvent, mais...

— Bien sûr ! Moiraine Sedai a dit qu'elle saurait nous rejoindre, si nous étions séparés.

Naturellement courtois, Perrin attendit que son amie ait terminé avant d'enchaîner :

— Mais les Trollocs risquent de nous tomber dessus d'abord. Et Moiraine n'est peut-être plus de ce monde. Comme tous les autres… Non, Egwene, ne proteste pas ! Je suis navré, mais c'est la vérité. J'espère qu'ils vont bien et qu'ils nous rejoindront autour de ce feu d'un instant à l'autre. Mais l'espoir, c'est comme une corde qu'on lance à un noyé : s'il ne participe pas, ce n'est pas suffisant pour le sortir de l'eau.

Egwene attendit un moment avant de murmurer :

— Tu veux qu'on se mette en chemin pour Pont-Blanc ? Si Moiraine Sedai ne nous trouve pas ici, elle nous cherchera là-bas…

— En toute logique, nous *devrions* aller à Pont-Blanc. Mais les Blafards le savent sûrement aussi bien que nous. C'est là qu'ils nous attendront, et cette fois, nous n'aurons pas une Aes Sedai ou un Champion pour nous protéger.

— J'ai compris ! Tu vas me proposer de fuir quelque part où les Trollocs et les Blafards ne nous trouveront pas. Et Moiraine Sedai non plus ! Le genre de plan que Mat mitonnait…

— J'avoue y avoir pensé mais, chaque fois que nous nous croyons sauvés, les monstres nous retrouvent. J'ignore s'il existe un endroit où nous cacher. Même si ça me déplaît, nous avons besoin de Moiraine.

— Je ne comprends plus très bien… Où veux-tu aller ?

Perrin en tressaillit de surprise. Egwene attendait qu'il lui montre la voie. Comment aurait-il pu imaginer qu'elle lui demanderait d'être le chef ? Au village, elle détestait obéir, et bien malin qui pouvait lui dire ce qu'elle devait faire ou ne pas faire. Seule la Sage-Dame faisait exception, et encore, il arrivait à Egwene de rechigner…

Perrin passa une main dans la poussière pour la lisser, puis il dessina une carte des plus sommaires.

— Nous sommes ici, en gros, et voilà où est Pont-Blanc… Du coup, Caemlyn doit se trouver par là, sur le côté…

Perrin regarda les trois points qu'il venait de tracer dans la poussière. Tout son plan reposait sur ses souvenirs de l'antique carte du père d'Egwene. Maître al'Vere répétait qu'elle n'était pas fiable, et il n'avait jamais passé autant d'heures à rêver devant que Mat ou Rand.

Mais Egwene n'émit aucune objection.

— Caemlyn ? répéta-t-elle, un peu sonnée.

— Caemlyn, oui… (Perrin traça dans la poussière une ligne qui reliait deux des points.) On s'éloigne de la rivière et on marche en ligne droite. Personne ne pourrait anticiper ça. Ensuite, nous attendrons les autres à Caemlyn.

Perrin s'épousseta les mains et attendit la réaction de son amie. Pour lui, c'était un bon plan, mais elle allait sûrement trouver des objections. Puis elle prendrait les choses en main – comme à Champ d'Emond – et il suivrait le mouvement.

— Nous traverserons des villages, dit Egwene à la grande surprise du jeune homme. On nous indiquera le chemin à suivre…

— Ce qui m'ennuie, c'est que l'Aes Sedai ne pensera peut-être pas à nous chercher là-bas. Je n'aurais jamais cru qu'une telle chose m'inquiéterait, mais tout arrive ! Que ferons-nous si elle ne vient pas ? Elle risque de nous croire morts et de partir pour Tar Valon avec Mat et Rand.

— Moiraine a dit qu'elle saurait nous trouver… Que ce soit à Pont-Blanc ou à Caemlyn ne change rien.

— Si tu le dis… Mais, si elle ne se montre pas à Caemlyn, nous irons à Tar Valon pour plaider notre cause devant la Chaire d'Amyrlin…

Perrin n'en crut pas ses propres oreilles.

Il y a deux semaines, je n'avais jamais vu une Aes Sedai. Et voilà que je parle de la Chaire d'Amyrlin comme si je ne connaissais qu'elle !

— Selon Lan, la route qui conduit de Caemlyn à Tar Valon est excellente… Tu ne me donnerais pas encore un peu de pain et de fromage, par hasard ?

— Nos réserves devront durer longtemps, sauf si tu es meilleur que moi avec les collets… Au moins, allumer le feu fut un jeu d'enfant.

Egwene sourit comme si elle venait de plaisanter, puis elle rangea le paquet dans sa sacoche.

Apparemment, elle était prête à obéir, certes, mais dans des limites très strictes.

— Dans ce cas, dit Perrin, son estomac criant famine, nous allons partir tout de suite. Je sécherai en marchant, voilà tout !

S'il devait être le chef, pensa le jeune homme en recouvrant le feu avec de la poussière, il était temps de commencer.

Et, avec le vent qui se levait, mieux valait se mettre en mouvement.

23

Frère du loup

Dès le début, Perrin devina que le voyage serait pénible. Pour commencer, Egwene exigea qu'ils chevauchent Bela à tour de rôle. Même si elle ignorait quelle distance ils devraient couvrir, il semblait injuste qu'il soit le seul à marcher.

Sur ce point-là, la jeune fille ne paraissait pas être ouverte à la négociation.

— Je suis trop grand pour Bela, objecta Perrin, j'ai l'habitude de marcher, et ça m'est beaucoup plus agréable.

— Parce que moi, je n'ai pas l'habitude de marcher ?

— Ce n'est pas ce que…

— Tu veux que je sois la seule à avoir des escarres, c'est ça ? Et quand tu auras marché à t'en détruire les pieds, tu espères que je m'occuperai de toi ?

— La discussion est close, capitula Perrin lorsqu'il vit que son amie était prête à continuer pendant des heures. Tu as gagné, mais c'est toi qui chevaucheras en premier. Inutile de me foudroyer du regard, je ne céderai pas. Et si tu ne montes pas en selle toute seule, je me chargerai de t'y asseoir de force.

Egwene sembla surprise, puis elle eut un petit sourire.

— Si tu le prends comme ça…

Moqueuse ou pas, elle consentit enfin à enfourcher Bela.

Alors qu'il tournait le dos à la rivière, Perrin marmonna quelque chose au sujet des femmes et de la vie. Dans les histoires, les chefs n'avaient jamais à gérer des affaires de ce genre.

Egwene insista pour qu'il prenne son tour. Et, chaque fois qu'il tenta de se défiler, elle l'accabla de paroles jusqu'à ce qu'il cède. Le métier de la forge n'étant pas connu pour fabriquer des avortons, le jeune homme pesait son poids. De son côté, Bela était plus fluette qu'un étalon ou un hongre. Chaque fois qu'il glissait son pied dans un étrier, la jument à long poil le regardait avec une évidente désapprobation – en tout cas, c'était ce qu'il aurait juré. Un détail sans trop d'importance, certes, mais qui finit par taper sur les nerfs de Perrin. Du coup, il tressaillait dès qu'Egwene annonçait :

— C'est ton tour, Perrin !

Dans les histoires, les chefs ne tressaillaient jamais et personne ne leur cassait les pieds. Cela dit, ils n'avaient pas Egwene sous leurs ordres…

La question de la nourriture devint très vite préoccupante. Dès la fin du premier jour de voyage, les maigres réserves de pain et de fromage furent épuisées. Pendant qu'Egwene s'occupait de faire du feu, Perrin plaça des collets sur plusieurs passages de lapins. Les traces dataient, mais tenter le coup ne coûterait rien. Quand il eut fini, le jeune homme décida de vérifier s'il était toujours un as à la fronde. Profitant de ce qui restait de clarté, il se mit à l'affût… et sursauta de surprise quand un lapin famélique sortit des buissons, entre ses pieds, et se précipita vers un bosquet. N'ayant rien perdu de sa précision, Perrin le foudroya à quelque quarante pas de distance, une fraction de seconde avant qu'il disparaisse derrière un arbre.

Lorsque le jeune homme revint dans le camp avec sa prise, il trouva Egwene agenouillée les yeux fermés devant un joli petit tas de bois et de feuilles mortes.

— Que fais-tu donc ? Le feu ne va pas s'allumer tout seul !

Egwene sursauta, se retourna et souffla :

— Tu m'as fait peur…

— J'ai eu de la chance ! annonça Perrin en brandissant son lapin. Prends donc ta pierre à feu ! Ce soir, nous allons faire un vrai repas.

— J'ai perdu ma pierre à feu… Je la gardais dans ma poche, et elle a dû finir au fond de la rivière.

— Dans ce cas, comment… ?

— C'était si facile, hier ! J'ai fait ce que Moiraine Sedai m'a enseigné. Tendre simplement un bras et… (Egwene fit mine de saisir quelque chose, mais elle laissa retomber sa main.) Je n'y arrive plus…

— Le… Le Pouvoir, c'est de ça que tu parles ?

La jeune fille acquiesça.

— As-tu perdu l'esprit ? Enfin, il s'agit du Pouvoir de l'Unique ! On ne s'amuse pas avec une chose pareille.

— C'était si facile… J'en suis capable, Perrin ! Je peux canaliser le Pouvoir.

— Je vais allumer le feu avec des morceaux de bois, souffla le jeune homme. Promets-moi de ne plus jamais tenter d'utiliser cette… cette force…

— Pas question ! (Egwene serra les dents, comme chaque fois qu'elle était prête à tout pour avoir raison.) Perrin Aybara, renoncerais-tu à ta hache ? Accepterais-tu de te déplacer avec une main attachée dans le dos ? Je ne te promettrai rien !

— Je m'occupe du feu…, fit Perrin, très mal à l'aise. Au moins, n'essaie plus ce soir, d'accord ?

Egwene acquiesça à contrecœur. Même lorsque le lapin fut en train de rôtir sur une broche improvisée, Perrin devina que son amie remâchait son échec – tout en étant persuadée qu'elle aurait pu faire les choses bien mieux que lui.

Elle s'entêta, recommençant tous les soirs sans rien obtenir de plus probant qu'une colonne de fumée qui se dissipa en une fraction de seconde. À l'expression de son amie, Perrin jugea judicieux de ne pas émettre de commentaires.

Après le festin à base de lapin, ils durent se contenter d'un régime composé de tubercules et de très rares jeunes pousses. Le printemps se faisant toujours attendre, ces aliments se révélèrent insipides, comme on pouvait le prévoir. Aucun des deux jeunes gens ne se lamenta, mais il régna pendant les repas une mélancolie qu'on pouvait sans risque d'erreur attribuer à l'absence de fromage et d'autres délicieuses spécialités humaines.

La découverte d'un cercle de champignons, un soir, permit aux voyageurs d'améliorer un peu leur ordinaire. Se régalant des succulentes chanterelles, ils échangèrent en riant des souvenirs de Champ d'Emond qui commençaient immanquablement par : « Tu te rappelles le jour où nous… »

Mais les champignons ne durèrent qu'un soir, et les rires joyeux aussi. Crever de faim n'avait rien de réjouissant, tout le monde savait ça.

Celui des deux qui marchait tenait en permanence une fronde lestée d'un projectile. Hélas, tous les tirs, au demeurant fort rares, manquèrent leur cible. Quant aux collets qu'ils posaient tous les soirs, c'était pour les retrouver vides le matin. Le résultat aurait peut-être été meilleur en restant une journée entière à un endroit donné, mais les deux fugitifs refusaient de perdre ainsi un temps précieux. Caemlyn était encore loin – enfin, probablement, parce qu'ils n'en savaient trop rien – et ils ne seraient pas en sécurité avant d'y être.

Perrin se demanda si un estomac pouvait rétrécir assez pour que l'abdomen d'un homme soit un jour rempli de vide.

Selon lui, leur rythme de marche n'était pas si mauvais que ça. Pourtant, alors qu'ils s'éloignaient de plus en plus de la rivière, les deux jeunes gens ne virent pas l'ombre d'un village – ou simplement d'une ferme – où ils auraient pu demander leur chemin.

Perrin ne put s'empêcher de douter du bien-fondé de son plan. Extérieurement, Egwene semblait en revanche être restée confiante comme au premier jour. Mais elle n'en pensait pas moins, le jeune homme en aurait mis sa main au feu. Tôt ou tard, elle n'y tiendrait plus, affirmant à juste titre qu'il valait mieux affronter des Trollocs qu'errer dans la forêt jusqu'à la fin de ses jours.

Ces critiques ne vinrent jamais, ce qui n'empêcha pas Perrin de les redouter.

Après deux jours de voyage, la plaine céda la place à une série de collines boisées. Comme partout ailleurs, le printemps brillait ici par son absence. Lorsque le terrain redevint plat, la progression continua à travers une forêt maladive dont la monotonie était par bonheur brisée par de très vastes clairières parfois larges d'un bon quart de lieue. Dans tous les coins que le soleil n'atteignait pas, la neige attendait toujours de fondre et le vent restait mordant du matin au soir. À leur grand désarroi, Egwene et Perrin n'aperçurent pas la moindre route, pas davantage de pistes, aucun champ cultivé et pas le quart d'un signe que la région était habitée.

En revanche, des ruines de fortifications leur apprirent qu'elle l'avait été dans un lointain passé. Ils virent même des vestiges de maisons, mais il y avait beau temps que la végétation, indestructible quand on ne tentait pas de l'arrêter, les avait investies et très lentement éventrées.

Les deux voyageurs découvrirent aussi une grande tour décapitée qui menaçait de s'écrouler sur les chênes vénérables qui l'entouraient.

Bref, beaucoup de fantômes du passé, mais aucune trace de l'existence d'une population humaine contemporaine. Échaudés après ce qui était arrivé à Shadar Logoth, Egwene et Perrin ne prirent pas le risque d'explorer les diverses ruines. Pressés de rejoindre la civilisation – ou du moins un *semblant*, s'ils ne pouvaient pas avoir mieux –, les deux amis s'imposaient un train d'enfer.

Chaque nuit, des cauchemars venaient troubler le repos de Perrin. Ba'alzamon y était omniprésent, traquant le jeune homme dans des labyrinthes sans fin. Mais si ses souvenirs ne l'abusaient pas, il ne se trouvait jamais face à face avec son ennemi.

Le voyage ayant tout ce qu'il fallait pour alimenter de mauvais songes, Egwene se plaignit aussi de passer des nuits difficiles. Les ruines de Shadar Logoth la hantaient, et la découverte des fortifications, puis de la tour, n'avait sans doute rien fait pour arranger les choses.

Même quand il se réveillait couvert de sueur et tremblant de tous ses membres, Perrin gardait ses cauchemars pour lui. Egwene attendait qu'il la guide jusqu'à Caemlyn, pas qu'il la prenne pour confidente – et surtout pas quand on ne pouvait rien faire de toute façon…

Quand il capta l'odeur, Perrin marchait devant Bela, se demandant s'ils auraient quelque chose à se mettre sous la dent le soir. La jument dut sentir aussi, car elle renâcla et secoua violemment la tête, forçant le jeune homme à la tenir par la bride pour l'empêcher de hennir.

— De la fumée..., souffla Egwene.

Très excitée, elle se pencha sur sa selle, inspira à fond et ajouta :

— Un feu de cuisson... Quelqu'un fait rôtir un lapin.

— C'est possible..., se contenta de dire Perrin, douchant l'enthousiasme de son amie.

Il échangea sa fronde contre sa hache, dont il serra nerveusement le manche. C'était une arme, certes, mais les moulinets qu'il faisait derrière la forge –, et plus tard, les leçons de Lan – n'avaient pas suffi à le préparer à s'en servir. Très vague dans sa mémoire, la bataille de Shadar Logoth ne renforçait en rien sa confiance. Malgré tout ce que lui serinaient Rand et le Champion, il avait un mal de chien à évoquer le fameux « vide ».

Dans la pénombre de la forêt, l'air charriait bel et bien une odeur de cuisson, et il semblait effectivement s'agir de viande.

Un lapin, oui, c'est bien possible...

D'accord, mais ça pouvait être aussi autre chose...

Perrin regarda Egwene et constata qu'elle le dévisageait, attendant sa décision. Un chef avait des responsabilités, en plus des autres ennuis indissociables du commandement...

— Attends ici... (La jeune fille voulut protester, mais il l'en empêcha d'un geste.) Et tiens-toi tranquille. Nous ignorons de qui il s'agit.

Egwene acquiesça. Sans grand enthousiasme, peut-être, mais le résultat était là. Pourquoi ne se montrait-elle pas si docile quand il s'agissait des fichus tours de marche ?

Réunissant tout son courage, Perrin avança vers la source de la fumée. À Champ d'Emond, il avait passé moins de temps dans la forêt que Rand et Mat, mais il savait chasser, et l'approche n'avait guère de secrets pour lui. Sans faire craquer une brindille, il passa d'arbre en arbre, atteignit un chêne géant et regarda à travers le gros trou qui béait dans le tronc.

Il découvrit un feu de camp, juste de l'autre côté de l'arbre. Appuyé à une branche du Vénérable, un type mince au teint hâlé contemplait pensivement les flammes.

Ce n'était pas un Trolloc, entendu, mais à part ça Perrin n'avait jamais vu un individu si étrange. Pour commencer, il y avait sa tenue. Des vêtements en cuir, mais qu'on n'avait pas pris la peine de débarrasser de la fourrure. Même les bottes et l'étrange chapeau rond et plat du personnage étaient couverts de poil. Sa cape était composée de peaux de lapin et d'écureuil, son pantalon semblait taillé dans la toison d'une chèvre brun et blanc et ses cheveux grisonnants tenus par une cordelette tombaient pratiquement jusqu'à ses reins. Côté face, une longue barbe cachait une bonne partie de sa poitrine.

Un couteau presque aussi long qu'une épée pendait à sa ceinture. À portée de sa main, un arc et un carquois reposaient contre une souche.

Appuyé à sa branche, la tête inclinée, l'inconnu semblait somnoler debout. Perrin n'en renonça pas à la prudence pour autant. Au-dessus du foyer, *six* broches improvisées offraient à la caresse des flammes la viande grasse et juteuse d'autant de magnifiques lapins.

Perrin en eut littéralement l'eau à la bouche.

— Tu baves ? lança le type en ouvrant un œil. Ton amie et toi devriez venir partager mon repas. Si j'ai bien vu, vous n'avez pas mangé grand-chose, ces deux derniers jours…

Perrin hésita, puis il sortit de sa cachette, la hache toujours au poing.

— Vous m'espionnez depuis deux jours ?

— Toi et la jolie fille, oui ! Elle t'en fait voir des vertes et des pas mûres, pas vrai ? Pour l'essentiel, je vous ai entendus, ces deux derniers jours. Rien d'étonnant avec le boucan que vous faites. Heureusement, votre cheval est beaucoup plus discret. Alors, tu l'appelles ou tu as l'intention de te goinfrer de lapins ?

Perrin ne cacha pas son agacement. Il faisait fort peu de bruit, et il le savait très bien. Un balourd n'aurait jamais réussi à approcher suffisamment d'un lapin, dans le bois de l'Eau, pour lui faire son affaire avec une seule pierre.

Mais Egwene aussi avait faim, se souvint-il, et elle devait mourir d'angoisse à l'idée que l'odeur délicieuse puisse venir d'un camp de Trollocs.

Perrin remit sa hache à sa ceinture et appela :

— Egwene, tout va bien ! Et c'est du lapin, tu avais raison ! (Baissant le ton, le jeune homme tendit la main.) Je m'appelle Perrin Aybara.

L'inconnu étudia la main tendue puis la serra maladroitement, comme s'il n'avait pas l'habitude de cette coutume pourtant très répandue.

— Moi, c'est Elyas, annonça-t-il. Elyas Machera.

Perrin faillit lâcher la main de l'homme.

Elyas avait les yeux jaunes et brillants comme de l'or. Cette comparaison éveilla quelque chose dans son esprit, mais il ne put pas mettre la main dessus. Cela dit, tous les Trollocs qu'il avait rencontrés jusque-là avaient des yeux noirs.

Egwene apparut, Bela tenue par la bride.

Dès qu'elle eut attaché la jument à une branche basse du chêne, elle hocha poliment la tête pendant que Perrin faisait les présentations. Mais, tout du long, ses yeux dérivèrent en direction des lapins. Apparemment, elle n'avait pas remarqué les étranges globes oculaires d'Elyas. Et quand celui-ci l'invita à approcher de la nourriture, elle obéit avec un empressement visible.

Perrin hésita une minute, puis il la rejoignit.

Elyas les regarda manger en silence.

Affamé, Perrin s'attaqua à des morceaux de viande qu'il pouvait à peine tenir, tant ils étaient chauds. Jetant sa délicatesse naturelle aux orties, Egwene ne se formalisa pas quand du gras coula le long de son menton.

Lorsque les deux jeunes gens furent enfin rassasiés, ou presque, Elyas prit la parole tandis que le crépuscule cédait lentement la place à la nuit :

— Que faites-vous dans le coin ? Il n'y a pas une habitation à cent lieues à la ronde.

— Nous allons à Caemlyn, dit Egwene. Et vous pourrez peut-être…

Stupéfaite, la jeune fille écarquilla les yeux quand Elyas, la tête inclinée en arrière, éclata de rire.

— Caemlyn ? répéta-t-il quand il fut de nouveau en état de parler. Avec le chemin que vous suivez depuis deux jours, vous passerez vingt bonnes lieues au nord de cette ville. Dans le meilleur des cas…

— Nous voulions demander notre route, précisa Egwene. Mais nous n'avons trouvé ni village ni ferme…

— Et vous n'en trouverez pas ! Si vous continuez comme ça, vous atteindrez la Colonne Vertébrale du Monde sans avoir vu l'ombre d'un être humain. Ensuite, si vous réussissez à escalader ces montagnes – c'est possible, à certains endroits –, vous trouverez des gens dans le désert des Aiels. Mais vous n'aimerez pas ce coin, je vous préviens. Dans ce désert, on meurt de chaud le jour, de froid la nuit et de soif tout le temps. Il faut être un Aiel pour y trouver de l'eau, et les Aiels n'aiment pas beaucoup les étrangers. C'est le moins qu'on puisse dire.

Elyas éclata de nouveau de rire – et cette fois il alla jusqu'à s'en rouler par terre.

Nous dînons avec un dément ? se demanda Perrin, soudain inquiet.

Egwene fronça les sourcils, décontenancée, mais elle enchaîna dès qu'Elyas se fut un peu calmé :

— Vous pourrez peut-être nous montrer le chemin… À l'évidence, vous en savez bien plus long que nous sur cette région.

Elyas redevint sérieux. Relevant la tête, il rajusta son étrange chapeau, tout de travers après ses facéties, puis regarda intensément ses deux invités.

— Je n'aime pas beaucoup les gens… Les villes en sont pleines, mais je reste aussi très loin des villages et des fermes. Les paysans n'apprécient pas mes amis, vous comprenez ? Si vous n'aviez pas erré dans la forêt, plus innocents et plus vulnérables que des agneaux du mois dernier, je ne vous aurais même pas aidés.

— Mais quand même, vous pouvez nous indiquer le chemin, insista Egwene. Dites-nous simplement où est le prochain village, même si c'est à dix lieues d'ici, et nous nous y renseignerons.

— Du calme ! dit soudain Elyas. Mes amis approchent.

Bela hennit de terreur et tenta de se détacher. Voyant des silhouettes apparaître tout autour d'eux, Perrin se leva à demi. Folle de peur, Bela ruait frénétiquement.

— Apaisez la jument, dit Elyas, ils ne lui feront pas de mal. Ni à vous, si vous vous tenez tranquilles.

Quatre loups avancèrent dans le cercle de lumière projeté par les flammes. D'énormes spécimens dotés d'une gueule capable de briser sans peine la jambe d'un homme. Comme si de rien n'était, ils vinrent se coucher près du feu, au milieu des humains. Dans l'obscurité, les yeux de leurs congénères brillaient comme des lucioles.

Des yeux jaunes, pensa Perrin, *comme ceux d'Elyas.*

C'était ça qui avait failli le frapper, un peu plus tôt. Sans quitter les loups des yeux, il tendit la main vers sa hache.

— Je ne ferais pas ça, à ta place…, dit Elyas. S'ils se sentent menacés, ils cesseront de se montrer amicaux.

Les quatre loups regardaient Perrin. Soudain, il eut le sentiment que les autres, dans les ténèbres, le fixaient aussi. Frissonnant, il éloigna sa main du manche de la hache. Aussitôt, il crut sentir le soulagement des loups et se demanda s'il ne perdait pas l'esprit à son tour. Se rasseyant, il posa les mains sur ses genoux afin de les empêcher de trembler. Le souffle coupé, Egwene n'osait plus bouger. Un loup au pelage presque noir, le museau gris clair, était couché assez près d'elle pour la toucher.

Bela ne ruait plus et elle se taisait. Tremblant de peur, elle tentait de surveiller tous les prédateurs en même temps. De temps en temps, une brève ruade rappelait aux loups qu'elle était décidée à vendre chèrement sa peau. Mais les amis d'Elyas l'ignoraient, comme ils ignoraient Perrin et Egwene. La langue légèrement pendante, ils attendaient, parfaitement détendus.

— Voilà, dit Elyas à Perrin, c'est beaucoup mieux.

— Ils sont apprivoisés ? demanda Egwene. Ce sont des animaux domestiques ?

— Encore moins que les hommes, petite, les loups ne s'apprivoisent pas. Ce sont mes amis. Nous nous tenons compagnie, nous chassons ensemble et nous dialoguons, d'une certaine façon. Comme tous les amis, pas vrai, Tachetée ?

Un loup au pelage gris effectivement tacheté tourna la tête vers Elyas.

— Vous leur parlez ? s'émerveilla Perrin.

— Pas vraiment, répondit Elyas. Les mots ne comptent pas, et ils ne sont d'ailleurs pas fiables. Cette louve, par exemple, ne s'appelle pas « Tachetée ». Son vrai nom évoque la manière dont les ombres jouent sur la surface d'un étang, au milieu de l'hiver, un peu après l'aube. Il évoque aussi les ondulations de l'onde sous la caresse du vent, le goût piquant et glacé de cette eau sur la langue, et les premiers flocons de neige qui annoncent une tempête, alors que tombe la nuit. Mais là encore, c'est imprécis… Les mots sont impuissants à exprimer tant de choses. Il faut « sentir » les nuances, c'est la particularité de leur langage. Les trois autres se nomment Brûlure, Tire-d'Aile et Vent.

La cicatrice que Brûlure portait à l'épaule pouvait expliquer son nom. Pour les deux autres, il n'y avait aucun indice…

Même s'il jouait les ermites, estima Perrin, Elyas était content d'avoir l'occasion de parler avec ses semblables. En tout cas, il ne se dérobait pas au dialogue. Voyant les crocs des loups briller sous les rayons de lune, le jeune homme songea que poursuivre la conversation pouvait être une bonne et saine idée…

— Elyas, comment avez-vous appris à leur parler ?

— Tout est venu d'eux. Moi, je n'ai rien fait, du moins au début. Si j'ai bien compris, ça se passe toujours ainsi. Ce sont eux qui viennent à l'homme, pas le contraire. Certaines personnes croient que je suis souillé par le Ténébreux, parce que des loups me suivent partout. À l'occasion, il doit m'arriver de penser la même chose… Les personnes de qualité m'évitent, et celles qui me recherchent ne sont pas du genre que j'aime fréquenter. De plus en plus seul, j'ai remarqué que les loups semblaient parfois savoir ce que je pensais et qu'ils agissaient en fonction de cela. Ce fut le véritable début. Pour une raison mystérieuse, je les intéressais…

» Les loups sentent les humains, c'est bien connu, mais pas de cette façon-là, en principe. Ils se réjouissaient de notre rencontre. À les en croire, beaucoup de temps a passé depuis qu'ils chassaient avec les hommes. Et quand ils disent « beaucoup de temps », je crois entendre les rugissements d'un vent qui nous ramène à l'aube de l'Histoire – ou même au Premier Jour.

— Je n'ai jamais entendu parler d'hommes et de loups chassant ensemble, dit Egwene.

Sa voix tremblait un peu, mais la proximité des loups semblait paradoxalement lui donner du courage.

Elyas ne réagit pas à sa remarque.

— Les souvenirs des loups sont différents de ceux des hommes, dit-il. (Ses étranges yeux se voilèrent, comme s'il s'immergeait dans un très lointain passé.) Chaque individu se souvient de l'histoire de l'espèce, au moins dans ses grandes lignes. Comme je l'ai déjà dit, c'est difficile à exprimer avec des mots. Ils se rappellent avoir traqué des proies avec des hommes à leurs côtés, mais c'est si ancien qu'il s'agit davantage de l'ombre d'une ombre, plutôt que d'un souvenir…

— C'est très intéressant, souffla Egwene.

Elyas la foudroya du regard.

— Mais je le pense vraiment ! Pourriez-vous nous apprendre à leur parler ?

— Non, parce que ça ne s'enseigne pas. Certains le peuvent et d'autres non. (Il désigna Perrin.) Les loups disent qu'il en est capable.

Le jeune homme regarda l'index d'Elyas comme s'il s'agissait d'un couteau.

Il est fou à lier !

Mais les loups regardaient toujours l'apprenti forgeron, qui se sentit de plus en plus mal à l'aise.

— Vous allez à Caemlyn, dit Elyas, je veux bien, mais ça n'explique pas ce que vous faites ici, à des jours de marche de la civilisation.

Il écarta les pans de sa cape de fourrure, s'allongea sur le côté et s'appuya sur un coude.

Perrin regarda Egwene. En chemin, ils avaient préparé une histoire afin d'expliquer comment ils étaient arrivés là. Sans dire la vérité, bien entendu, ni même préciser d'où ils venaient vraiment. Une prudence élémentaire, quand des propos inconsidérés pouvaient à tout moment tomber dans les oreilles d'un Blafard.

Chaque jour, les deux jeunes gens avaient peaufiné leur histoire. Ensemble, ils avaient décidé qu'Egwene la raconterait. Plus à l'aise avec les mots que Perrin, elle savait en outre d'expérience qu'il était un très mauvais menteur.

La jeune fille se lança d'une voix mélodieuse.

Perrin et elle, prétendit-elle, venaient du nord du Saldaea. Ayant grandi dans deux fermes, un peu à l'écart d'un petit village, ils ne s'étaient jamais tant éloignés de leur foyer. Mais les histoires des trouvères et les récits des marchands leur avaient donné envie de voir le monde.

Caemlyn, l'Illian, la mer des Tempêtes – et peut-être même les légendaires îles du Peuple de la Mer.

Perrin écouta avec une profonde satisfaction. Thom Merrilin lui-même n'aurait pas pu bâtir une histoire si crédible avec le peu qu'ils savaient du monde extérieur.

— Du Saldaea, c'est ça ? fit Elyas quand Egwene eut terminé.

— Eh oui, confirma Perrin. Nous avons pensé visiter d'abord Maradon, parce que j'adorerais voir le roi, mais la capitale est bien entendu le premier endroit où nos pères iront nous chercher.

Dans le scénario, Perrin était chargé de faire savoir qu'ils ne connaissaient pas Maradon. Ainsi, leur ignorance ne paraîtrait pas suspecte, s'ils rencontraient quelqu'un qui y était allé.

Cette fable n'avait aucun lien avec Champ d'Emond, la Nuit de l'Hiver et tout le reste. En l'entendant, nul n'aurait la moindre raison de penser à Tar Valon ou aux Aes Sedai.

— Une sacrée histoire, lâcha Elyas. Oui, une sacrée histoire ! Pas mal de choses ne collent pas, mais l'important c'est l'opinion de Tachetée. Et, pour elle, c'est un ramassis de mensonges. Du premier au dernier mot.

— Des mensonges ? s'écria Egwene. Pourquoi mentirions-nous ?

Les quatre loups n'avaient pas bougé. Pourtant, ils ne semblaient plus être paresseusement étendus. On eût dit qu'ils se ramassaient sur eux-mêmes, prêts à bondir.

Perrin ne dit rien, mais sa main droite glissa discrètement vers le manche de sa hache. Les quatre loups se levant en même temps, il se pétrifia. Les animaux ne grognaient pas, mais leur pelage était hérissé, sur la nuque et les épaules, et un de leurs congénères, dans les ténèbres, hurlait à la mort. Des dizaines de voix lui répondirent, comme si quelque chose se préparait. Puis le silence revint.

Le front ruisselant de sueur, Perrin n'osait plus bouger.

— Si vous pensez…, commença Egwene. (Elle déglutit péniblement.) Eh bien, si… (Malgré l'air frisquet, elle transpirait elle aussi à grosses gouttes.) Si vous nous prenez pour des menteurs, vous préférez sûrement que nous campions loin de vous, cette nuit…

— En temps normal, je préférerais, oui… Mais là, je veux tout savoir au sujet des Trollocs et des Demi-Humains.

Perrin tenta de ne pas trahir sa stupéfaction, et il espéra avoir mieux réussi qu'Egwene.

— Tachetée a senti dans vos deux esprits des Trollocs et des Blafards, dit Elyas comme s'il parlait de la pluie et du beau temps. Pendant que tu racontais ta fable absurde, petite, tous les loups ont eu la même intuition. Vous êtes liés aux Trollocs et aux Sans-Yeux. Or, les loups les détestent plus que tout – oui, plus encore qu'un incendie de forêt. Et c'est pareil pour moi !

» Brûlure a très envie d'en finir avec toi, mon garçon… Vois-tu, c'est un Trolloc qui lui a fait cette cicatrice, quand il était un louveteau… Il dit que le gibier se fait rare, et que tu es plus gras que tous les daims qu'il a vus depuis des mois. Il veut vraiment te faire ta fête, mais il a toujours été impulsif. Alors, si tu me racontais la vérité ? Entre nous, j'espère que tu n'es pas un Suppôt des Ténèbres, parce que je déteste tuer les gens que j'ai invités à dîner. Mais garde une chose à l'esprit, garçon : si tu mens, les loups le sauront, et Tachetée elle-même n'est pas loin de partager l'opinion de Brûlure.

Aussi jaunes que ceux d'un loup, les yeux d'Elyas ne cillaient pas plus que ceux des prédateurs.

Ce sont des yeux de loup ! pensa Perrin.

Il s'avisa qu'Egwene le regardait, attendant qu'il prenne une décision.

Et voilà que je suis de nouveau le chef !

Les deux jeunes gens avaient décidé que dire la vérité serait courir un trop grand risque. Mais, même s'il parvenait à tirer sa hache, Perrin ne leur donnait pas une chance de s'en sortir.

Tachetée grogna, les trois autres loups l'imitèrent, et ceux qui se tapissaient dans les ténèbres firent de même.

— Très bien, capitula Perrin tandis que les grognements emplissaient les ombres. (Egwene approuva sa décision d'un hochement de tête.) Tout a commencé un peu avant la Nuit de l'Hiver, le jour où notre ami Mat a vu un cavalier en cape noire…

Elyas ne changea pas de position pendant tout le récit, mais la façon dont il inclinait la tête évoquait irrésistiblement un animal qui tend l'oreille. De nouveau très calmes, les loups semblaient écouter aussi. L'histoire étant fort longue, et Perrin la racontant en version intégrale, beaucoup de temps s'écoula.

L'apprenti forgeron passa néanmoins sous silence le rêve que les trois garçons avaient fait à Baerlon. Du coin de l'œil, il tenta de voir si les loups réagissaient à ce mensonge par omission, mais ils ne bronchèrent pas. Tachetée paraissait très amicale, Brûlure rongeait son frein et les deux autres n'exprimaient aucune émotion.

— … Et si elle ne nous trouve pas à Caemlyn, acheva Perrin, la gorge sèche, nous irons à Tar Valon. Notre seule chance est que les Aes Sedai acceptent de nous aider.

— Des Trollocs et des Blafards si loin au sud…, fit Elyas. Ce n'est pas une mince nouvelle… (Il tendit une main derrière lui puis, sans le regarder, lança une outre d'eau à Perrin.) Mon garçon, je ne fraie pas avec les Aes Sedai… L'Ajah Rouge, leur ordre chargé de traquer les hommes qui tentent de canaliser le Pouvoir de l'Unique, a voulu *m'apaiser*, un jour. Tu sais ce que j'ai dit à ces harpies ? Qu'elles appartenaient à l'Ajah Noir dévoué à la gloire du Ténébreux. Elles n'ont pas aimé du tout, tu peux me croire. Même si je ne risquais plus rien une fois revenu dans la forêt, ces folles ont essayé de me rattraper pendant des jours. Et, quand elles essaient, elles essaient ! Après cet épisode, je doute qu'une Aes Sedai m'ait jamais à la bonne. Pour être honnête, j'ai dû tuer un ou deux Champions, pendant ces événements. Faire un truc comme ça n'est pas agréable du tout. Franchement, j'ai détesté...

— Votre aptitude à parler avec les loups, souffla Perrin, elle est liée au Pouvoir de l'Unique ?

— Bien sûr que non ! Rien ne m'aurait apaisé, mais je n'ai pas aimé qu'elles veuillent essayer. Mon « don » est très ancien, fiston. Il existait avant les Aes Sedai et même avant que quiconque sache invoquer le Pouvoir de l'Unique. Il est aussi vieux que l'humanité et que les loups, tout simplement. Les Aes Sedai n'aiment pas que des choses anciennes reviennent à la vie. Je ne suis pas le seul exemple. Il y a d'autres gens et d'autres manifestations... Les Aes Sedai craignent qu'une très ancienne barrière soit sur le point de céder. Selon elles, le monde est près de s'écrouler. Leur angoisse, c'est que le Ténébreux se libère. À la façon dont ces femmes me regardaient, on aurait cru que j'étais le plus grand coupable de l'univers. Les membres de l'Ajah Rouge ne songeaient qu'à *m'apaiser*, comme elles disent, et d'autres « sœurs » me reluquaient d'un sale œil. Quant à la Chaire d'Amyrlin... En temps normal, garçon, je me tiens très loin des Aes Sedai et de leurs amis. Si tu es malin, tu en feras autant.

— Je ne demanderais pas mieux que les éviter, avoua Perrin.

Egwene le foudroya du regard. Un instant, il eut peur qu'elle se vante de vouloir devenir une Aes Sedai, mais elle se contenta de marquer sa désapprobation en silence.

— L'ennui, c'est que nous n'avons pas le choix. Des Trollocs nous poursuivent, et aussi des Myrddraals et un Draghkar. Bref, tout ce qui est imaginable, à part des Suppôts des Ténèbres. Impossible de nous cacher ou de faire face seuls ! Qui d'autre pourrait nous aider ? Qui serait assez fort ?

Elyas ne dit rien, se contentant de regarder les loups – surtout Tachetée et Brûlure. Perrin tenta de se concentrer sur les flammes du feu. S'il les observait, il avait le sentiment d'entendre la « conversation » de l'ermite fou et des loups. Même si cette histoire n'était pas liée au Pouvoir, il ne voulait pas y être mêlé.

C'était une plaisanterie de cinglé ! Bon sang ! je ne sais pas parler aux loups, et ça ne changera jamais !

Un des prédateurs, Tire-d'Aile, lui sembla-t-il, regarda le jeune homme et parut lui... sourire. Troublé, l'apprenti forgeron se demanda comment il avait pu attribuer un nom au loup...

— Vous pouvez rester avec moi, dit Elyas. Enfin, avec nous… (Egwene fronça les sourcils et Perrin en resta muet de surprise.) Eh bien, quoi, c'est le plus sûr pour vous ! Les Trollocs feraient n'importe quoi pour tuer un loup isolé, mais ils évitent soigneusement les meutes. En plus, vous n'auriez plus à vous inquiéter des Aes Sedai, parce qu'elles ne s'aventurent pas souvent dans ces bois.

— Je ne sais pas trop…, dit Perrin. (Il sentait les yeux de Tachetée peser sur sa nuque.) Pour commencer, il n'y a pas que des Trollocs à nos trousses…

Elyas eut un ricanement.

— Un jour, j'ai vu une meute régler son compte à un Sans-Yeux. La moitié des loups sont morts mais, quand ils ont repéré un monstre, ils ne lâchent plus prise. Pour eux, les Trollocs et les Myrddraals, c'est du pareil au même. En réalité, c'est toi qu'ils veulent, fiston. S'ils savaient que d'autres hommes pouvaient leur parler, ils ne connaissaient que moi, jusqu'à ce jour. Ils accepteront ton amie, et vous serez plus en sécurité que dans n'importe quelle ville, parce que des Suppôts des Ténèbres y habitent.

— Maintenant, dit Perrin, il faut m'écouter… Je veux que vous arrêtiez de raconter ça. Je ne sais pas… Bon, vous me comprenez, non ?

— Comme tu voudras, mon garçon… Aveugle-toi, si ça te chante. Ne veux-tu pas être en sécurité ?

— Je ne m'aveugle pas, et tout ce que nous désirons…

— … C'est aller à Caemlyn, intervint Egwene. Puis continuer jusqu'à Tar Valon.

Perrin défia du regard la jeune fille, qui ne se laissa pas démonter. Elle lui « obéissait », avait-il compris, quand ça l'arrangeait, et cessait de le tenir pour un chef dès qu'elle n'était pas d'accord avec lui. Mais ça ne la dispensait pas de le laisser répondre quand quelqu'un lui posait une question.

— Et toi, Perrin ? lança-t-il. Qu'en penses-tu ?

Le jeune homme se répondit à lui-même :

— Moi ? Attends que je réfléchisse. Oui, oui, je vais venir avec toi… (Il sourit à la jeune fille.) Tu vois, Egwene, nous sommes d'accord. C'est formidable de débattre ouvertement avant de trancher, pas vrai ?

La jeune fille s'empourpra mais garda les dents serrées.

— Tachetée pense que c'est la bonne décision, annonça Elyas. Elle dit que la fille est solidement ancrée dans le monde des humains, alors que le garçon est à mi-chemin entre l'homme et l'animal. Les choses étant ce qu'elles sont, je crois que nous allons vous accompagner. Sinon, vous vous perdrez, vous crèverez de faim, ou…

Brûlure se leva d'un bond et Elyas tourna la tête pour le regarder. Quelques instants plus tard, Tachetée se redressa aussi. Elle approcha de l'homme et plongea son regard dans celui de Brûlure. Nul ne bougea pendant un long moment, puis Brûlure se détourna, fila et se fondit dans la nuit.

Tachetée s'ébroua puis se laissa retomber sur le sol comme si de rien n'était.

— Tachetée dirige cette meute, expliqua Elyas aux jeunes gens. Au combat, certains mâles la domineraient, mais elle est bien plus intelligente qu'eux, et ils le savent. Elle a sauvé la meute plus d'une fois, et de main de maître. Mais Brûlure pense que les loups perdent du temps avec vous deux. La haine des Trollocs est sa seule raison de vivre et, s'il y a des Trollocs au sud, il veut y aller pour les massacrer.

— Nous comprenons très bien, dit Egwene. Mais, sur vos indications, nous pourrons sans doute arriver à bon port sans…

— Tu m'as bien écouté, ma fille ? N'ai-je pas dit que Tachetée commande ? Demain matin, je partirai vers le sud avec vous, et les loups nous accompagneront.

À son expression, Egwene ne trouvait pas que c'était une bonne nouvelle.

Perrin se mura dans un silence têtu. Il avait senti le départ de Brûlure. Et le mâle à la cicatrice ne s'en était pas allé tout seul. Une dizaine de jeunes loups l'avaient suivi, tout prêts à en découdre avec les Trollocs.

Perrin tenta de se convaincre qu'Elyas jouait avec son imagination. Mais il ne se leurra pas longtemps. Juste avant que la présence des loups-guerriers se fût dissipée dans son esprit, il avait « capté » une pensée qu'il savait venir de Brûlure.

Un mélange de sentiments et de concepts presque aussi clair que s'il s'était agi de ses propres pensées.

Une explosion de haine et la hâte rageuse de sentir sur le bout de sa langue le goût du sang.

24

Vol au-dessus de l'Arinelle

De l'eau gouttait dans le lointain, produisant des sons dont l'écho, en se répercutant, s'éloignait à tout jamais de sa source. Jaillissant de flèches de pierre au sommet plat, des ponts et des passerelles sans rambarde – des structures lisses et brillantes aux reflets rouge et or – partaient dans toutes les directions. Niveau après niveau, et apparemment sans commencement ni fin, le labyrinthe s'étendait vers le bas et vers le haut dans le brouillard. Chaque pont conduisait à une flèche, chaque passerelle menait à une autre, et cet entrelacs de pierre semblait inextricable. Dans quelque direction que regardât Rand, tout était identique – au point qu'il se félicitait presque de la pénombre qui lui interdisait de distinguer clairement son environnement.

Certaines passerelles conduisaient à des plates-formes qui devaient se trouver directement au-dessus de celle qu'elles surplombaient. En réalité, il ne voyait la base d'aucune des flèches…

Il marchait, en quête de liberté, et conscient qu'il s'agissait d'une illusion. Ici, tout était illusoire.

Il connaissait la nature même de la tromperie, car il l'avait expérimentée trop de fois pour être dupe. Aussi loin qu'il aille dans n'importe quelle direction, la pierre polie s'étendait à l'infini. Un univers de pierre, et, pourtant, l'odeur de la terre fraîchement retournée flottait dans l'air, avec parfois des relents douceâtres de décomposition.

L'odeur d'une tombe ouverte alors qu'il aurait fallu la garder fermée. Le jeune homme tentait de bloquer sa respiration, mais les effluves répugnants lui agressaient les narines. Comme une huile aromatique, cette puanteur lui collait à la peau.

Captant un mouvement du coin de l'œil, Rand se pétrifia là où il était, à savoir à demi penché sur le garde-fou qui faisait le tour de la tête plate d'une tour. L'endroit n'avait rien d'une cachette. À partir de centaines de points, un guetteur aurait pu le repérer sans peine. Et s'il faisait sombre, aucune zone de ténèbres plus denses ne permettait à un fugitif de se dissimuler. Ici, la chiche lumière ne provenait pas de lampes, de lanternes ni de torches. Elle était simplement là, jaillissant de nulle part, comme si l'air lui-même la produisait. Au fond, il y en avait assez pour qu'on y voie – mais aussi, hélas, pour qu'on soit vu. Mais l'immobilité, comme dans toute chasse, était une source de protection.

Rand perçut de nouveau le mouvement. Cette fois, c'était limpide. Un homme remontait une passerelle très inclinée, dans le lointain, et il se moquait royalement du gouffre qui s'ouvrait des deux côtés de l'étroite rampe dépourvue de rambarde. Sa cape battant sur ses épaules tant il courait vite, l'inconnu regardait frénétiquement autour de lui. À cette distance, et avec le brouillard, Rand ne distinguait qu'une silhouette. Mais il n'avait pas besoin d'être plus près pour savoir que la cape était rouge – la couleur du sang frais – et qu'une fournaise brûlait dans les yeux du chasseur.

Le jeune homme tenta d'étudier les intersections du labyrinthe, afin de savoir dans combien de temps Ba'alzamon arriverait. Mais il renonça très vite, car les distances, en ce lieu, étaient des plus trompeuses. Ce qui semblait très éloigné pouvait se trouver presque à portée de la main. Inversement, ce qu'on pensait pouvoir saisir se révélait souvent inaccessible. L'unique solution, qu'il avait adoptée depuis le début, était de se déplacer sans cesse. Oui, être très mobile et ne pas penser. Ici, la réflexion était dangereuse, il le savait.

Pourtant, alors qu'il se détournait de la silhouette encore minuscule de Ba'alzamon, Rand se demanda ce qu'il était advenu de Mat. Errait-il lui aussi dans ce dédale ?

Ou y a-t-il deux labyrinthes et deux Ba'alzamon ?

Rand chassa de son esprit cette idée beaucoup trop terrifiante.

Est-ce comme à Baerlon ? Mais dans ce cas, pourquoi ne parvient-il pas à me trouver ?

Une différence réconfortante, non ?

Réconfortante ? Par le sang et les cendres ! que peut-il y avoir de réconfortant dans ma situation ?

En deux ou trois occasions, dont il ne se souvenait pas clairement, Rand avait frôlé la catastrophe. À part ça, il courait depuis très longtemps et Ba'alzamon s'échinait en vain à le poursuivre. Mais était-ce comme à Baerlon, ou s'agissait-il d'un cauchemar banal comme en faisaient tous les gens ?

À cet instant, et pendant une fraction de seconde, Rand sut parfaitement pourquoi il était dangereux de réfléchir, en particulier à certains sujets. Comme chaque fois, lorsqu'il s'autorisait à se croire dans un rêve, l'air se troublait, voilant sa vision. Puis il devenait gélatineux, l'emprisonnant soudain…

La chaleur intense faisait picoter sa peau et sa gorge était plus sèche qu'un antique rouleau de parchemin. Depuis combien de temps errait-il dans le labyrinthe aux couloirs délimités par des haies impeccablement taillées ? Sa sueur s'évaporait avant d'avoir eu l'occasion de couler et ses yeux le brûlaient comme s'il avait eu la fièvre. Au-dessus de sa tête, pas si loin que ça, des nuages grisâtres striés de noir dérivaient dans un ciel de fin du monde. Mais, dans le dédale, il n'y avait pas un souffle d'air.

Un court instant, il songea qu'il n'en avait pas toujours été ainsi, mais cette pensée s'évapora elle aussi. Rand était là depuis longtemps, et il savait à quel point les idées pouvaient être dévastatrices.

Des pierres rondes et lisses à moitié enfouies dans la terre plus dure que de la roche dessinaient l'ébauche d'un sol pavé. Sous ses pas, un peu de poussière se soulevait, venant lui taquiner les narines. S'il éternuait, cela risquait de le trahir. Mais s'il essayait de respirer par la bouche, la maudite poussière se collait dans sa gorge, lui donnant l'impression d'étouffer.

C'était un endroit dangereux, il ne l'ignorait pas. Devant lui, il voyait trois grandes arches dans la haute muraille végétale hérissée d'épines. À tout moment, Ba'alzamon pouvait débouler d'une de ces ouvertures. Le chasseur et sa proie s'étaient déjà rencontrés deux ou trois fois. Des événements vagues dans l'esprit de Rand, mais dont il savait s'être sorti vivant par miracle. Provisoirement, en tout cas…

Oui, réfléchir était décidément trop risqué.

Haletant à cause de la chaleur, Rand s'arrêta pour examiner la muraille de végétation. Une haie géante d'une couleur brunâtre maladive d'où saillaient des épines noires d'un bon pouce de long. Un obstacle trop haut pour qu'on voie par-dessus et trop dense pour qu'on distingue quoi que ce soit à travers. Rand tendit une main pour toucher la haie… et il ne put retenir un cri de douleur. Malgré sa prudence, une épine lui avait transpercé l'index, le brûlant tout autant qu'une aiguille chauffée au rouge. Il recula, secoua la main et arrosa le sol de gouttes de sang. La brûlure se calmait déjà, mais sa main entière pulsait comme un cœur.

Rand oublia soudain sa douleur. Alors qu'il reculait, son talon droit avait fait émerger du sol une des petites pierres rondes. En guise de pierre, il s'agissait d'une orbite vide.

Un crâne humain ! Sur tout le chemin, des têtes de mort étaient enfouies dans la poussière ! Sautant d'un pied sur l'autre, Rand essaya de les éviter, mais c'était impossible. Pareillement, il ne pouvait pas rester immobile sans en piétiner une. Dans son esprit, une vague idée se forma – les choses n'étaient peut-être pas ce qu'elles semblaient être – mais il l'en chassa sans ménagement. Ici, penser était périlleux.

Rand récupéra un semblant de contrôle sur ses nerfs. Ne pas se déplacer était également dangereux, il en avait la certitude, même s'il n'aurait pas su dire pourquoi.

Son doigt ne saignait presque plus et sa main redevenait normale. Suçant la plaie, Rand entreprit de longer l'allée dans la direction à laquelle il faisait face. Ici, l'important était de marcher, pas d'aller dans un sens ou dans un autre.

Un jour, se souvint-il, il avait entendu dire qu'on pouvait sortir d'un labyrinthe en tournant toujours dans la même direction. À la première arche qu'il croisa, il obliqua vers la droite et répéta l'opération à la suivante.

Juste ce qu'il fallait pour se retrouver face à face avec Ba'alzamon !

Stupéfait, le chasseur s'arrêta net dans une ultime envolée de sa cape rouge. Des flammes crépitaient dans ses yeux mais, avec la chaleur ambiante, Rand les sentit à peine.

— Combien de temps crois-tu pouvoir m'échapper, mon garçon ? Tu penses vraiment qu'on peut fuir son destin ? Allons, tu es à moi !

Alors qu'il reculait, Rand se demanda pourquoi sa main droite volait vers sa hanche comme si elle était en quête d'une épée.

— Lumière, aide-moi…, implora-t-il. Oui, aide-moi, Lumière…

Des mots dont le sens lui échappait, désormais.

— La Lumière ne te sauvera pas, mon garçon, et l'Œil du Monde ne te servira pas. Tu es mon chien de chasse, et si tu ne cours pas sur mon ordre, je t'étranglerai avec le cadavre du Grand Reptile.

Ba'alzamon tendit la main, et soudain Rand sut qu'il existait un moyen de fuir. Un souvenir indistinct qui empestait le soufre du danger – mais rien ne pouvait être plus dévastateur que le contact du Ténébreux.

— Un rêve ! cria Rand. C'est un rêve !

Ba'alzamon écarquilla les yeux – de surprise, de colère, ou à cause d'un mélange des deux – puis l'air ondula, sa silhouette se troubla et il disparut.

Se retournant, Rand se retrouva face à sa propre image reproduite à des milliers d'exemplaires. Alors qu'un océan de ténèbres s'étendait au-dessus de sa tête et à ses pieds, une infinité de miroirs, orientés selon tous les angles possibles, reflétaient l'image terrifiante d'un jeune homme mort de peur qui tournait sur lui-même comme une toupie.

Une ombre rouge traversa tous les miroirs en même temps. Rand tenta de l'intercepter, et tous ses reflets l'imitèrent, mais la signature fugace de Ba'alzamon passa derrière le jeune homme avant de disparaître. Puis il y eut de nouveau quelque chose, mais plus une signature, cette fois.

Ba'alzamon en personne passa simultanément dans des milliers de miroirs.

Tentant de le suivre du regard, Rand se retrouva face au reflet de son visage d'une pâleur cadavérique.

L'image de Ba'alzamon grandit derrière celle de Rand, regardant le jeune homme comme si elle ne le voyait pas – le transperçant du regard, d'une certaine façon. Dans chaque miroir, les flammes de Ba'alzamon se déchaînèrent derrière Rand, l'enveloppant comme un linceul de feu. Il voulut crier, mais rien ne sortit de sa gorge.

Dans les miroirs, il n'y avait qu'un visage. Le sien. Celui de Ba'alzamon.

Un seul et unique visage.

Rand sursauta et ouvrit les yeux. Il faisait toujours sombre, mais une chiche lumière brillait quand même quelque part. Osant à peine respirer, le jeune homme fit du regard le tour de son environnement. Enveloppé jusqu'aux épaules par une couverture de laine rugueuse, il avait posé la tête dans son bras replié. Sous ses mains, il sentait des planches lisses – celles d'un pont, à première vue. Des gréements grinçaient au vent dans la nuit relativement paisible.

Rand soupira de soulagement. Il était sur le *Poudrin* et, pour ce soir, il n'avait plus rien à craindre.

D'instinct, il porta un index à sa bouche. Sentant le goût du sang, il crut qu'il allait défaillir. Sans hâte, il leva sa main juste devant ses yeux, assez près pour voir du sang coagulé au bout de son doigt.

Une perle rouge figée, typique des blessures infligées par une épine.

Le *Poudrin* se hâtait (lentement) de descendre la rivière Arinelle. Si elles étaient puissantes, les bourrasques soufflaient dans des directions qui interdisaient de hisser les voiles. Du coup, malgré les exigences du capitaine Domon, le navire n'avançait pas vraiment. La nuit, un matelot campé à la proue tenait lieu de navigateur à la chiche lueur d'une lanterne. Tandis qu'il criait ses évaluations de profondeur au timonier, le bateau porté par le courant, mais obligé de lutter contre le vent, avançait aussi vite que pouvaient le propulser ses rameurs – à savoir, pas vite du tout.

Sur la rivière Arinelle, il était inutile de s'en faire au sujet des rochers ou des récifs. En revanche, les hauts-fonds abondaient, un navire pouvait s'y échouer en un clin d'œil. Et une fois enfoncé dans le limon, il n'en ressortait pas avant l'arrivée des secours. Si c'étaient eux qui se montraient les premiers…

Les rameurs s'échinaient de l'aube au crépuscule mais, face à un tel vent contraire, on pouvait déjà se féliciter que le vaisseau ne recule pas.

Depuis son départ précipité, le *Poudrin* n'avait plus accosté. Menant durement son équipage et son bâtiment, Bayle Domon pestait en permanence contre la « lenteur d'escargot » et les « maudites bourrasques ». Traitant les rameurs de « sales fainéants », il les accablait d'injures à la moindre fausse manœuvre. Pour leur donner du cœur au ventre, prétendait-il, il décrivait l'irruption sur le pont de Trollocs hauts de dix pieds qui venaient les égorger en ricanant. Les deux premiers jours, cette stratégie assez peu subtile fonctionna à merveille. Puis les marins, oubliant le choc de l'attaque initiale, commencèrent à se plaindre de n'avoir pas une heure pour se dégourdir les jambes sur la terre ferme. Ensuite, ils soulignèrent combien il était dangereux de descendre une rivière en pleine nuit.

L'équipage s'efforçait pour le moment de râler lorsque Domon avait le dos tourné. Hélas, le capitaine semblait entendre tout ce qui se disait sur son bateau. Dès que les protestations commençaient, il allait chercher le cimeterre et la hache au tranchant en croissant retrouvés sur le pont après l'attaque. Les suspendant au mât principal pendant une heure, il incitait les râleurs à se taire et les matelots blessés pendant l'attaque à tapoter nerveusement leurs bandages.

L'effet n'était jamais définitif. Le lendemain, un marin déclarait aux autres que la situation était intolérable. Après avoir semé les Trollocs, pourquoi ne les autorisait-on pas à se détendre un peu à terre ?

Bien entendu, le cimeterre et la hache réapparaissaient, et on était repartis pour un tour.

Rand remarqua très vite que Thom Merrilin restait loin des marins lorsqu'ils tenaient leurs messes basses. D'habitude, il était plutôt du genre à fraterniser avec ces hommes, échangeant avec eux des récits et des blagues qui leur remontaient le moral. Alors qu'il faisait mine d'allumer sa pipe ou d'accorder sa harpe, le trouvère lorgnait les contestataires d'un œil méfiant. Mais pourquoi réagissait-il ainsi ? Apparemment, les marins n'en voulaient pas aux trois hommes qui étaient montés à bord cette nuit-là, des Trollocs à leurs trousses. En revanche, ils ne semblaient pas disposés à pardonner à Floran Gelb.

Durant le premier jour de voyage, l'homme au visage de fouine avait passé son temps à raconter à qui voulait l'entendre *sa* version de l'affaire. Passant de la vantardise aux gémissements, il retroussait les lèvres, méprisant, chaque fois qu'il désignait Thom, Mat ou Rand – spécialement ce dernier – en essayant de leur faire porter le chapeau.

— Ce sont des étrangers, soulignait-il à voix basse et en gardant l'œil en alerte, au cas où le capitaine approcherait. Que savons-nous d'eux ?

Une chose est sûre, c'est que les Trollocs sont venus avec eux. Moi, je vous dis qu'ils sont dans le coup !

— Au nom de la bonne Fortune, Gelb, ferme-la ! explosa un jour un matelot aux cheveux nattés et aux joues ornées d'une petite étoile bleue.

Sans regarder Gelb, l'homme continua à enrouler un cordage. Malgré le froid, il était pieds nus, comme tous ses camarades, parce que des bottes glissaient trop facilement sur un pont mouillé.

— Si ça pouvait te permettre de tirer ta flemme, tu accuserais ta mère d'être au service du Ténébreux ! Hors de ma vue, vermine !

L'homme à la natte cracha aux pieds de Gelb et continua son travail.

Tout l'équipage se souvenait que Gelb avait dormi pendant son quart. Le crachat était de loin la réaction la plus polie qu'il ait obtenue. Plus personne ne voulant travailler avec lui, il se retrouvait affecté à des tâches solitaires – ou plutôt à des corvées, comme récurer les casseroles ou ramper sur le ventre dans la cale pour repérer des fuites au milieu de la crasse accumulée depuis des années.

Après quelques jours d'ostracisme, il avait renoncé à plaider sa cause auprès des autres matelots. Voûtant les épaules, il s'était muré dans un silence offensé. Un mutisme qui tournait peu à peu à l'imploration implicite, même si rien ne parvenait à lui regagner les bonnes grâces de ses camarades. En revanche, lorsque son regard se posait sur Rand, Mat ou Thom, une lueur meurtrière le faisait briller.

Quand Rand lui signala que le sinistre Gelb finirait par leur valoir des ennuis, Mat jeta un coup d'œil autour de lui et demanda à voix basse :

— Tu crois qu'on peut se fier à un seul de ces types ?

Sur ces mots, il s'éloigna afin de se trouver un coin tranquille – un exploit sur un navire long de quatre-vingt-dix pieds de la proue à la dame de nage située à la poupe. Depuis la terrible nuit, à Shadar Logoth, Mat passait beaucoup trop de temps seul. À broyer du noir, selon Rand.

Lorsqu'il fit part de ses inquiétudes à Thom, Rand obtint une réponse moins laconique :

— Si nous devons avoir des problèmes, ils ne viendront pas de Gelb, mon garçon. Aucun matelot ne le soutiendra, et il n'a pas assez de tripes pour tenter quelque chose seul. Cela dit, les choses risquent de se gâter. Domon pense que les Trollocs lui en veulent personnellement, mais les autres estiment que le danger est passé. Ils pourraient très bien décider qu'ils en ont assez. En fait, ils n'en sont pas loin. (Thom tapota sa cape multicolore à hauteur de sa taille, comme s'il voulait s'assurer de la présence de ses couteaux préférés.) S'ils se mutinent, ils ne laisseront pas de témoins derrière eux. Si loin de Caemlyn, l'Assignation de la Reine n'a peut-être pas beaucoup d'effet, mais un simple bourgmestre de village ne laisserait pas passer un crime pareil…

À partir de ce moment-là, Rand prit garde à ne pas être vu quand il observait les marins.

Changeant de politique, Thom dépensa beaucoup d'énergie pour détourner les matelots de toute idée de rébellion. Le matin et le soir, il raconta des histoires avec tout son talent et, entre les deux, il joua tous les morceaux qu'on lui réclamait. Pour étayer son mensonge au sujet des deux garçons – prétendument désireux d'être ses apprentis –, il leur donna une leçon chaque jour, à la grande joie de l'équipage, bien entendu. En homme d'expérience, il interdit aux deux fugitifs de toucher à sa harpe. En revanche, il les laissa jouer de la flûte, un instrument beaucoup moins fragile. Les débuts de Rand et de Mat, très difficiles, leur valurent moult grincements de dents et de francs éclats de rire, même quand les marins étaient obligés de se plaquer les mains sur les oreilles.

Thom enseigna à ses élèves quelques-unes des histoires les plus simples de son répertoire, et il insista tout particulièrement sur l'art de jongler. Lorsque Mat se plaignit de la complexité des exercices, le trouvère le foudroya du regard comme s'il venait de lui marcher sur les pieds.

— Je ne sais pas *jouer* au professeur, mon garçon. Quand j'enseigne, j'enseigne ! Mais bon sang ! même un bouseux abruti devrait être capable d'exécuter les figures de base. Allez, on y va !

Les matelots en repos s'assemblaient immanquablement autour du trio de passagers. Certains ayant demandé à bénéficier de ses lumières, Thom les intégra aux cours et ne les empêcha jamais de rire de leur propre maladresse. Le cœur plein de haine pour l'humanité tout entière, Gelb jetait un regard noir sur ces scènes pourtant réjouissantes.

Dès qu'il le pouvait, Rand allait s'accouder au bastingage pour scruter pensivement la berge. Parce qu'il s'attendait à voir Egwene ou Perrin ? Pas vraiment, mais il *l'espérait*, et, si on considérait la lenteur du voyage, ce n'était pas totalement absurde. S'ils s'en étaient tirés, ils pourraient rattraper le bateau sans demander trop d'efforts à leurs chevaux.

S'ils s'en étaient tirés, oui…

Depuis le départ, le *Poudrin* n'avait pas croisé l'ombre d'un bateau. Mais ça ne signifiait pas qu'il n'y avait rien à voir, tout au contraire. Au milieu du premier jour, la rivière s'était soudain mise à serpenter entre deux très hautes falaises. Sur près d'un quart de lieue, Rand avait pu admirer les sculptures réalisées à même la roche. Des hommes et des femmes hauts d'une bonne centaine de pieds, tous portant une couronne sur la tête. Des rois et des reines, à l'évidence… Dans cette galerie de portraits minéraux, aucun des personnages n'était identique à un autre et des siècles d'histoire séparaient le premier du dernier. Les plus anciennes têtes couronnées, victimes des intempéries, n'arboraient plus qu'un visage presque lisse. Les plus récentes, en revanche, avaient gardé presque tous les attributs de leur modèle. L'eau venant leur taquiner en permanence les pieds, la plupart de ces représentations géantes n'en avaient plus vraiment – au mieux, il restait la partie arrière de leurs bottes ou de leurs riches chaussures.

Depuis combien de temps ces statues regardent-elles passer les bateaux? se demanda Rand. *Pour éroder un tel volume de roche, la rivière doit avoir besoin de plusieurs siècles...*

Ayant vu et revu les antiques sculptures, les hommes d'équipage ne daignèrent pas leur accorder un regard.

Quelques jours plus tard, alors que le terrain, sur la berge orientale, était redevenu une vaste plaine où des bosquets se dressaient par endroits, les rayons du soleil se reflétèrent soudain d'une façon peu naturelle.

— Qu'est-ce que c'est ? demanda Rand. On dirait du métal...

Passant par là lors d'une de ses inspections, Domon s'arrêta, plissa les yeux, et fut prompt à répondre :

— C'est bien du métal, dit-il.

Son débit était toujours très rapide, mais Rand s'y était habitué, et il n'avait plus besoin de deviner un mot sur deux.

— Une tour de métal, oui, continua le capitaine. Je le sais parce que je l'ai vue de près. Pour nous, de la marine marchande fluviale, c'est une balise. À l'allure où nous allons, Pont-Blanc est à dix jours de voyage.

— Une tour de métal ? répéta Rand.

Assis en tailleur, le dos contre un tonneau, Mat se leva, émergeant provisoirement de sa mélancolie pour écouter les explications du capitaine.

— Oui, de l'acier étincelant, sans un seul point de rouille. Deux cents pieds de haut, une emprise au sol équivalente à celle d'une maison, sans une seule marque visible et sans la moindre ouverture non plus...

— Je parie qu'elle contient un trésor, dit Mat. (Il vint se placer à côté de Rand et observa la tour dont le *Poudrin* s'éloignait lentement.) Une structure pareille doit avoir été conçue pour protéger des objets de valeur.

— C'est possible, mon gars, marmonna Domon. Mais il y a dans le monde des choses encore plus étranges, crois-moi. Sur Tremalking, une des îles du Peuple de la Mer, une main de pierre haute de cinquante pieds jaillit littéralement d'une colline. Elle serre entre ses doigts un globe de cristal aussi grand que ce navire. S'il doit y avoir un trésor quelque part, c'est bien sous cette colline. Mais les habitants de l'île ne veulent pas faire de fouilles, et le Peuple de la Mer n'a qu'une idée en tête : sillonner les eaux à la recherche du Coramoor, son Élu...

— Eh bien, moi, je creuserais, si j'en avais l'occasion…, dit Mat. Cette île est très loin d'ici ?

La tour disparut derrière une rangée d'arbres, mais le jeune homme continua à plisser les yeux comme s'il pouvait toujours la voir.

Le capitaine Domon hocha mélancoliquement la tête.

— Tu te trompes, petit… On n'explore pas le monde à cause des trésors. Trouver quelques pièces d'or ou les joyaux d'une couronne est bien agréable, mais ce n'est pas ça qui pousse un homme à ne jamais rester en place. En revanche, les merveilles et les bizarreries de l'univers… À Tanchico, un port sur l'océan d'Aryth, une partie du palais du Panarch remonte à l'Âge des Légendes. Sur un mur, une frise représente des animaux qu'aucun homme de notre temps n'a jamais vus.

— N'importe quel enfant peut dessiner un animal que nul n'a jamais vu, fit remarquer Rand.

— C'est vrai, mon gars, concéda le capitaine. Mais un enfant peut-il fabriquer les squelettes de ces animaux ? Fidèlement réassemblés, ils sont exposés dans une salle du palais, et n'importe qui peut aller les voir. La Dislocation du Monde a laissé bien des merveilles derrière elle, et depuis, une demi-douzaine d'empires se sont succédé, certains rivalisant avec celui d'Artur Aile-de-Faucon. Tous nous ont légué des choses à voir et à découvrir. Des bâtons lumineux, une pierre-cœur, de la dentelle-lame…

» Une structure cristalline recouvre une île, et elle fredonne lorsque la lune est levée… Une montagne creuse, avec en son centre une flèche d'argent haute de plusieurs centaines de pieds – quiconque en approche à moins d'un quart de lieue meurt sur-le-champ. Des ruines érodées, des fragments mystérieux, des objets retrouvés au fond des mers… Tant de choses dont même les plus anciens livres ne sauraient expliquer la nature ou l'utilité. J'ai ma collection personnelle, savez-vous ? Des merveilles dont vous n'oseriez même pas rêver, garçons, collectées dans plus d'endroits qu'on pourrait en visiter en dix vies. C'est ça qui fascine les aventuriers, pas les trésors !

— Dans les collines de Sable, dit Rand, nous avons déterré des ossements. Très étranges, parce qu'ils semblaient appartenir à un poisson aussi gros que ce navire. Mais creuser dans ces collines, il paraît que ça porte malheur…

Le capitaine dévisagea Rand avec une intensité qui le mit mal à l'aise.

— Tu viens juste de te lancer dans le grand monde, mon gars, et tu penses déjà à ton pays natal ? Ne te fais pas d'illusions, les grands espaces finiront par te ferrer comme un poisson. Tu partiras à la poursuite du soleil couchant, je t'en fiche mon billet. Et si tu y retournes un jour, ton village ne sera pas assez grand pour te retenir.

— Non ! se défendit Rand.

Mais, pour être honnête, quand avait-il pensé pour la dernière fois à Champ d'Emond ? Ou même à Tam ? Cela devait faire des jours, et il aurait pu tout aussi bien s'agir de mois…

— Non ! répéta le jeune homme. J'y retournerai dès que possible, et j'élèverai des moutons, comme mon… mon père. Et, si j'en repars un jour, ce sera une grossière erreur. Pas vrai, Mat ? Aussitôt que nous le pourrons, nous rentrerons chez nous et nous oublierons tout ça.

Non sans effort, Mat s'arracha à la contemplation de la tour – enfin, de son fantôme, puisqu'elle n'était plus en vue depuis beau temps.

— Pardon ? Tu disais ? Oui, bien sûr que nous rentrerons…

Alors qu'il se tournait pour s'éloigner, Rand entendit son ami marmonner :

— Tu parles ! Je parie qu'il veut être le seul à partir à la chasse au trésor…

À l'évidence, Mat n'avait même pas conscience qu'il parlait à haute voix.

Le quatrième jour de voyage, Rand grimpa au mât et s'installa confortablement tout en haut, les pieds bien calés dans les étais. Le *Poudrin* voguait paisiblement sur des eaux calmes mais, à cinquante pieds de haut, son tangage naturel faisait osciller le mât comme s'il risquait de s'écrouler. La tête inclinée en arrière, Rand offrait son visage au vent en riant aux éclats.

Toutes les rames étant sorties, le navire, vu d'en haut, ressemblait à une araignée à douze pattes qui aurait rampé sur l'Arinelle. À Deux-Rivières, Rand avait déjà occupé des postes d'observation si élevés – dans des arbres, tout simplement – mais, cette fois, il n'y avait pas de branches pour lui bloquer la vue. Rien ne lui échappait, et il voyait les rameurs, les mousses qui briquaient le pont à genoux et les matelots qui travaillaient sur les cordages ou les panneaux de pont. Tous ces hommes avaient l'air tellement étranges, quand on les regardait de haut. Tout petits et très larges d'épaules – un effet de l'angle de vue –, ils s'agitaient si comiquement que le jeune homme s'en était amusé pendant près d'une heure.

Il continuait à rire dès qu'il les voyait mais, à présent, il s'intéressait davantage aux berges qui coulaient lentement sur les deux flancs du navire. En tout cas, c'était l'impression qu'avait Rand. Hormis le mouvement du mât, il avait le sentiment d'être immobile tandis que les collines, les arbres et les prairies défilaient devant ses yeux. Alors qu'il ne se déplaçait pas, le monde entier passait devant lui.

Cédant à une impulsion, Rand dégagea ses pieds des étais et écarta les bras et les jambes, tentant de garder son équilibre en dépit du tangage. Il y parvint durant trois allers et retours de droite à gauche, puis le miracle cessa. Battant des membres, il bascula en avant et se rattrapa de justesse à un étai. Les jambes pendant des deux côtés du mât, rien ne l'empêchant de tomber à part ses mains solidement refermées sur l'étai, il éclata de rire, grisé par le vent qui lui cinglait le visage et par l'excitation du danger.

— Mon garçon, fit Thom, si tu as envie de te briser le cou, essaie de ne pas tomber sur moi.

Rand baissa les yeux. Juste au-dessous de lui, Thom s'accrochait à l'enfléchure, et il regardait d'un air morne la distance qui lui restait à parcourir pour atteindre le sommet du mât. Comme le jeune homme, le trouvère avait eu l'idée judicieuse de laisser sa cape en bas.

— Thom ! s'écria Rand, ravi. Pourquoi es-tu venu me rejoindre ?

— Parce que tu es sourd ! Tout le monde te criait de faire attention. Que la Lumière me brûle ! l'équipage entier pense que tu es devenu fou !

Baissant de nouveau les yeux, Rand constata, non sans surprise, que tous les visages étaient levés vers lui. Tous ? Pas tout à fait… Assis en tailleur au pied du mât, Mat contemplait mornement la mer. À part ça, les rameurs eux-mêmes avaient le nez en l'air, ce qui entraînait une nette perte de cadence et de synchronisation. Plus étrangement encore, personne ne les accablait d'injures ni ne les menaçait du fouet. Jetant un coup d'œil discret, Rand vit que le capitaine Domon, campé près du gouvernail, les poings plaqués sur les hanches, le foudroyait du regard.

Rand s'intéressa de nouveau à Thom et lui sourit.

— Si je comprends bien, tu voudrais que je descende ?

— Pour tout dire, j'en serais ravi, oui.

— Eh bien, d'accord !

Modifiant sa prise sur l'enfléchure, Rand changea de position, lâcha tout, tomba un court instant dans le vide et entendit Thom lâcher un juron au moment même où il s'accrochait en plein vol à un étai.

Un bras à demi tendu, comme s'il avait essayé de rattraper Rand, le trouvère lui jeta un regard noir.

— Bon, je descends, maintenant, annonça Rand avec un grand sourire.

Lançant les jambes en arrière, il en passa une autour du hauban qui reliait le sommet du mât à la proue, fit de même avec un de ses coudes puis laissa filer le gros câble entre ses mains. Lentement au début, puis de plus en plus vite, il glissa jusqu'au pont, exécuta un rétablissement à la dernière seconde et atterrit souplement devant Mat. Ayant à peine besoin de faire un pas de côté pour recouvrer son équilibre, il se tourna face à l'équipage et écarta les bras – la gestuelle favorite de Thom après une de ses acrobaties.

Des applaudissements crépitèrent. Rand n'y prêta guère attention, stupéfié par ce qu'il voyait entre les mains de Mat – devant qui il faisait heureusement écran, empêchant quiconque d'autre d'apercevoir l'objet. Une dague à la lame incurvée glissée dans un fourreau d'or gravé d'étranges symboles. Le manche de l'arme était entouré de fil d'or et un gros rubis rehaussait le pommeau. Quant aux quillons, c'étaient deux serpents aux écailles d'or qui montraient agressivement leurs crochets.

Mat continua à jouer avec la dague, la faisant entrer et sortir du fourreau. Sans s'arrêter, il leva sur Rand des yeux étrangement voilés. Soudain, comme s'il reconnaissait son ami, il sursauta et rangea hâtivement l'arme sous sa cape.

Rand s'accroupit, les mains posées sur les genoux.

— Où as-tu eu ça ?

Mat ne répondit pas, regardant autour de lui pour voir si on les épiait. Mais ils étaient tranquilles, pour une fois.

— Cette dague ne vient pas de Shadar Logoth, n'est-ce pas ?

— C'est ta faute ! Et celle de Perrin. Vous m'avez forcé à sortir, et j'avais cette arme dans la main. Mordeth ne me l'a pas donnée. Puisque je l'ai prise, la mise en garde de Moiraine ne vaut pas. N'en parle à personne, Rand. On pourrait essayer de me détrousser.

— Ne t'en fais pas, je me tairai… Domon est honnête, je crois, mais ses hommes… Sans parler de Gelb, bien entendu !

— Personne ! insista Mat. Ni Domon, ni Thom ! Personne ! Nous sommes les deux seuls rescapés de Champ d'Emond, Rand. Il faut nous serrer les coudes.

— Egwene et Perrin sont vivants, j'en suis sûr ! (Mat parut honteux d'en avoir douté.) Cela dit, je garderai ton secret. Toi et moi, personne d'autre ! Au moins, l'argent n'est plus un problème. En vendant cet objet, nous voyagerons comme des rois jusqu'à Tar Valon.

— Oui, nous le vendrons, s'il le faut… Mais n'en parle à personne avant que je te le dise.

— J'ai promis, d'accord ? Dis, as-tu eu des cauchemars depuis que nous sommes sur le bateau ? Comme à Baerlon ? C'est la première fois que je peux t'en parler sans que six personnes écoutent.

Mat eut un étrange regard.

— Peut-être…

— Comment ça, peut-être ? On rêve ou on ne rêve pas !

— D'accord, d'accord… J'ai fait des cauchemars, mais je refuse d'en parler – ou d'y penser, d'ailleurs. Ça ne fait aucun bien.

Thom interrompit abruptement la conversation. Sa cape sur le bras, ses cheveux et sa moustache ondulant au vent, il eut un sourire modeste.

— J'ai réussi à convaincre Domon que tu n'es pas fou à lier… Un exercice intégré à ta formation, voilà ce que je lui ai fait gober. Ton acrobatie de singe, le long du hauban, m'a aidé à le convaincre, mais tu as eu de la chance de ne pas te briser le cou.

Rand posa les yeux sur le hauban, le remonta jusqu'au sommet du mât… et en resta bouche bée. Il avait glissé le long de ce… truc ? Et il avait fait l'andouille en haut de… ?

Il s'imagina, les bras et les jambes écartés, et en tomba sur les fesses, manquant de peu basculer encore en arrière sous le regard dubitatif de Thom.

— Je n'aurais pas deviné que tu te jouais ainsi du vertige, mon garçon. On devrait faire un malheur à Illian, à Ebou Dar, voire à Tear. Dans les grandes villes, les gens adorent les funambules et les acrobates.

— Mais nous allons à…, commença Rand.

Juste à temps, il songea à s'assurer que personne ne les écoutait. Plusieurs matelots les regardaient, y compris Gelb, toujours aussi haineux, mais ils étaient trop loin pour entendre.

— … Tar Valon…, acheva le jeune homme.

Mat haussa les épaules comme si n'importe quelle destination lui aurait convenu.

— Dans un premier temps, mon garçon, fit Thom, mais ensuite, qui peut savoir ? C'est ça la vie d'un trouvère : l'imprévu à chaque coin de rue ! (Il tira une poignée de balles de couleur de sa manche inhabituellement large.) Puisque tu as consenti à redescendre sur terre, nous allons travailler la figure appelée « triple-croisé ».

Rand regarda de nouveau le sommet du mât, et il crut défaillir.

Que m'arrive-t-il ? Au nom de la Lumière ! que m'arrive-t-il ?

Il devait le découvrir. Donc, atteindre Tar Valon avant d'avoir complètement perdu la raison.

25

Les Gens de la Route

Bela semblait avancer paisiblement sous la lumière d'un soleil pâlichon. À croire que les trois loups qui la suivaient n'étaient qu'un groupe de chiens domestiques. Mais à la façon dont elle tournait les yeux pour les surveiller – un comportement assez inhabituel chez les équidés – on devinait aisément que c'était de l'esbroufe. Et Egwene, perchée sur le dos de la jument, se sentait également très mal. Épiant elle aussi les loups, elle se retournait parfois sur sa selle pour sonder le paysage. Perrin aurait mis sa tête à couper qu'elle tentait de localiser le reste de la horde. Quand il émit cette hypothèse, la jeune fille se défendit bec et ongles, affirmant n'avoir absolument pas peur des loups – ceux qu'elle voyait comme ceux qui se dissimulaient. Après cette vibrante dénégation, elle recommença son manège, songeant très peu souvent à regarder où sa monture mettait les sabots.

Les autres loups étaient loin derrière, Perrin aurait pu le lui dire sans se tromper.

Mais à quoi bon, même si elle me croit ? Surtout si elle me croit, en un sens…

Tant qu'il n'y serait pas obligé, le jeune homme refusait de s'appesantir sur ce sujet. Comment savait-il, pour les loups ? Eh bien, il préférait que la question reste dans le vague…

Elyas ouvrait la marche, évoquant parfois un loup géant prêt à bondir à la moindre menace. Sans avoir besoin de les regarder, il semblait toujours connaître la position de Tachetée et des deux autres bêtes.

À l'aube, quand ils s'étaient réveillés, les deux jeunes gens de Champ d'Emond avaient découvert Elyas en plein travail. Faisant rôtir d'autres lapins, il avait accordé un regard morose à ses deux « invités ». À part Tachetée, Vent et Tire-d'Aile, aucun loup ne montrait le bout de son museau. Si tôt le matin, tout ce qui se trouvait au pied du grand chêne restait plongé dans la pénombre. Plus loin, les autres arbres dénudés évoquaient des doigts squelettiques.

— Ils ne sont pas loin, avait répondu Elyas quand Egwene s'était aventurée à demander où étaient les autres membres de la meute. En tout cas, assez près pour nous aider en cas de besoin. Mais pas trop près, pour ne pas être mêlés à nos problèmes d'humains. Dès que deux d'entre nous se fréquentent, il faut toujours que ça finisse mal… Mais ne vous inquiétez pas : si nous avons besoin d'eux, ils seront là au moment propice.

Alors qu'il mordait à belles dents dans un râble de lapin, Perrin avait éprouvé une étrange sensation, dans un coin de son esprit. Une direction, très vaguement perçue…

Oui, bien sûr, c'est là qu'ils…

Le jus de viande chaud avait perdu tout son goût dans la bouche du jeune homme. Il avait voulu essayer les tubercules cuisinés par Elyas – une saveur assez proche de celle des navets – mais son appétit était définitivement coupé.

Alors que le petit groupe marquait sa première courte pause de la journée, Egwene déclara que tout le monde devrait chevaucher à tour de rôle. Conscient que ça ne servait à rien, l'apprenti forgeron ne tenta pas de discuter.

— Donc, fit Egwene, j'ai pris le premier tour. Perrin prendra le suivant et Elyas viendra ensuite.

— Mes jambes me suffisent amplement, répondit l'ami des loups. (Il regarda Bela, qui roula de grands yeux comme si un prédateur la dévorait des yeux.) D'ailleurs, je crois qu'elle ne veut pas de moi.

— Quelle absurdité ! s'écria Egwene. Pourquoi tant d'entêtement ? Il paraît évident que ma proposition est juste. À vous en croire, Elyas, il nous reste encore un long chemin à faire.

— J'ai dit « non », gamine !

Egwene détesta qu'on la traite ainsi. Alors qu'elle prenait une grande inspiration, Perrin se demanda si elle réussirait à imposer sa volonté à Elyas. Puis il s'avisa qu'elle restait étrangement passive, comme si elle ignorait que dire. L'ermite la regardait, ses yeux jaunes de loup brillant intensément, et elle se décomposait, reculant à petits pas comme si elle redoutait une attaque. Toujours méfiante, elle rejoignit Bela sans tourner le dos à Elyas et monta en selle avec une hâte suspecte.

Alors que l'ermite passait devant lui, Perrin vit flotter sur ses lèvres un sourire qui ressemblait rudement au rictus d'un loup.

Trois jours durant, ils chevauchèrent de l'aube au crépuscule en s'arrêtant le strict minimum. S'il fustigeait les « gens des villes », toujours pressés sans raison, Elyas n'était pas du genre à musarder en chemin quand il allait quelque part.

Les trois loups s'étaient faits de plus en plus discrets. Le soir, ils venaient se coucher un moment autour du feu. La journée, en revanche, ils patrouillaient à leur façon, apparaissant près des cavaliers au moment où ceux-ci s'y attendaient le moins. Mais Perrin savait à tout instant où ils étaient. Qu'ils jouent les éclaireurs ou se chargent au contraire de l'arrière-garde, il le sentait. Pareillement, quand ils quittaient le terrain de chasse habituel de la meute, il le sentait. Il capta aussi le moment où Tachetée envoya ses sujets l'attendre en arrière… Parfois, la présence des trois loups restants s'estompait dans son esprit, mais il devinait leur retour longtemps avant qu'ils soient de nouveau en vue. Et, même lorsqu'ils avançaient dans une forêt si dense que la lumière n'y pénétrait jamais, les trois prédateurs se déplaçant furtivement dans les broussailles mordorées de l'année précédente, il aurait pu à tout moment tendre un index pour indiquer très précisément leur position.

Toujours décontenancé par son nouveau « don », Perrin tenta en vain de se convaincre que son imagination lui jouait des tours. En réalité, il *savait*, exactement comme Elyas.

Il essaya de ne pas penser aux loups, mais ils s'introduisirent dans sa tête. Il y avait quand même un point positif. Depuis la rencontre avec Elyas et la meute, il n'avait plus rêvé de Ba'alzamon. Ses songes, pour autant qu'il s'en souvienne, ressemblaient à ceux qu'il faisait chez lui, avant la terrible Nuit de l'Hiver. Les rêves normaux d'un jeune homme, à une exception près. Chaque fois, alors qu'il se redressait devant la forge de maître Luhhan pour s'essuyer le front, ou quand il dansait avec des filles du village sur la place Verte, ou encore lorsqu'il relevait les yeux d'un livre, confortablement assis près d'une cheminée, Perrin voyait un loup non loin de lui. Oui, qu'il soit dehors ou sous un toit, voire dans sa chambre, son regard tombait sur un loup qui lui tournait le dos. Et immanquablement, même quand il se voyait en train de dîner à la table de maîtresse Luhhan – dans les rêves, la logique n'obéissait pas aux mêmes lois que dans la réalité –, il savait que les yeux jaunes du loup guettaient la menace qui pouvait être en train d'approcher.

Dans ses fantaisies nocturnes, il en tirait un profond sentiment de sécurité. Une fois réveillé, en revanche, l'étrangeté du rêve lui sautait aux yeux.

Trois jours durant, Tachetée, Tire-d'Aile et Vent apportèrent régulièrement des lapins et des écureuils aux humains. Elyas, lui, se révéla incollable sur les plantes, désignant toutes celles qui étaient comestibles.

Dans le lot, Perrin en reconnut fort peu, mais il n'était pas vraiment un homme des bois.

Un matin, un lapin déboula pratiquement de sous les sabots de Bela. Avant que Perrin ait pu placer une pierre dans sa fronde, Elyas, à vingt pas de distance, cloua l'animal au sol avec son long couteau. Le lendemain, l'ermite abattit un faisan en plein vol – et d'une seule flèche ! Indubitablement, l'ordinaire des deux jeunes gens s'était beaucoup amélioré. Malgré tout, Perrin aurait préféré avoir l'estomac vide et voyager avec d'autres compagnons. Il n'aurait pas juré qu'Egwene partageait son opinion, mais il se serait bien passé des loups, quitte à crever de nouveau de faim.

Le troisième jour, en fin d'après-midi, alors qu'ils traversaient une prairie, les voyageurs aperçurent dans le lointain – environ à une lieue – un bosquet qui semblait beaucoup plus grand que tous ceux qu'ils avaient vus. Tandis que le soleil sombrait à l'horizon occidental, projetant toutes les ombres en oblique sur la droite des voyageurs, le vent se leva soudain et Perrin sentit les loups, assez loin derrière lui, abandonner le dépeçage d'une proie pour se remettre en chemin sans hâte particulière. Ils n'avaient rien senti ni vu de dangereux, en conclut le jeune homme.

Alors qu'Egwene chevauchait Bela, prenant son dernier tour de la journée, il serait bientôt temps de trouver un abri pour la nuit, et le grand bosquet semblait un très bon candidat.

Quand les voyageurs atteignirent enfin les arbres, trois molosses en jaillirent soudain. Aussi grands que les loups et probablement plus lourds, ces chiens aux crocs énormes s'immobilisèrent presque aussitôt après être sortis des ombres. Mais une lueur meurtrière brillait dans leurs yeux et ils n'étaient qu'à une trentaine de pas des humains.

Déjà très énervée par la présence des loups, Bela se cabra et manqua désarçonner sa cavalière. En un éclair, Perrin s'empara de sa fronde, l'arma et la fit tourner au-dessus de sa tête. Inutile de recourir aux grands moyens en dégainant sa hache : une bonne pierre dans les côtes forçait n'importe quel cabot – fût-il géant – à déguerpir piteusement.

Sans quitter les molosses des yeux, Elyas leva une main.

— Non, pas de tir pour le moment !

Perplexe, Perrin laissa néanmoins sa fronde perdre de la vitesse puis retomber le long de son flanc. Egwene avait réussi à maîtriser Bela, mais elle semblait au moins aussi furieuse et aussi méfiante que sa monture.

Les poils hérissés, les oreilles en arrière, les molosses grognaient, produisant un vacarme de tremblement de terre.

Elyas leva un index à hauteur de son épaule puis émit un sifflement très aigu qui monta en intensité comme s'il devait ne jamais s'arrêter.

Ravalant leurs grognements, les molosses reculèrent, tournant la tête comme s'ils avaient voulu détaler mais ne parvenaient pas à le faire. Perrin remarqua qu'ils étaient hypnotisés par le doigt d'Elyas.

L'ermite baissa la main – en même temps, l'intensité de son sifflement diminua – et les chiens imitèrent ce mouvement descendant jusqu'à ce qu'ils soient couchés dans la poussière, la langue pendante et la queue frétillante.

— Vous voyez ? lança Elyas en marchant vers les molosses. Il n'y a pas besoin d'arme. (Les chiens lui léchèrent les mains, soudain dociles comme des corniauds.) Ils ont l'air méchants, mais c'est du vent ! Ils voulaient nous effrayer, et il n'y aurait pas eu d'attaque, sauf si nous avions essayé d'entrer dans le bosquet. Mais il n'y a plus aucun danger, maintenant. Nous pourrons trouver un site où camper avant qu'il fasse nuit noire.

Se tournant vers Egwene, Perrin vit qu'elle était bouche bée. Une image qui l'incita à refermer vivement la sienne.

Tout en caressant les molosses, Elyas étudiait attentivement le bosquet.

— Il y a des Tuatha'an là-dedans, dit-il. Les Gens de la Route, comme on les appelle… Ou encore, des Zingari.

— Des Zingari ? s'exclama Perrin. J'ai toujours rêvé d'en rencontrer ! Parfois, ils dressent leur campement à Bac-sur-Taren, de notre côté de la rivière, mais ils ne s'enfoncent jamais dans notre territoire, d'après ce que je sais. J'ignore pourquoi, cela dit…

— Sans doute parce que les gens de Bac-sur-Taren sont d'aussi fieffés voleurs qu'eux ! lança Egwene. À la fin, ils doivent se détrousser les uns les autres sans même y penser… Maître Elyas, s'il y a des Zingari par ici, ne devrions-nous pas filer ? Il ne faudrait pas qu'ils nous prennent Bela… Je sais que nous n'avons rien de valeur, à part elle, mais ça ne les arrêtera pas, parce qu'ils volent tout !

— Y compris les enfants ? demanda sèchement Elyas. Ils enlèvent les bébés, c'est ça ?

L'ermite cracha sur le sol. La remarque ayant fait mouche, Egwene s'empourpra. Les histoires d'horreur sur les nourrissons existaient bien, mais elles restaient la « spécialité » de gens comme Cenn Buie ou encore les Coplin ou les Congar. Les autres histoires, en revanche, n'étaient pas exagérées…

— Les Zingari me tapent parfois sur les nerfs, mais ils ne volent pas plus que la plupart des gens. Et beaucoup moins que certains bandits de ma connaissance…

— Elyas, intervint Perrin, la nuit ne tardera pas, et nous allons devoir camper. Pourquoi pas avec les Gens de la Route, s'ils nous acceptent ?

Maîtresse Luhhan possédait une casserole réparée par un Zingaro – un ustensile de cuisine « en meilleur état que neuf » dont elle ne se serait séparée pour rien au monde. Maître Luhhan n'était pas ravi par l'enthousiasme de sa femme, sans doute parce que son honneur professionnel en avait pris un sacré coup. Perrin, lui, voulait en apprendre plus sur ces mystérieux nomades. Mais l'ermite faisait montre de réticences que le jeune homme ne comprenait pas vraiment.

— Vous avez une bonne raison de ne pas être d'accord ?

L'ermite fit « non » de la tête, mais le cœur n'y était toujours pas.

— Pourquoi pas, au fond ? Mais ne faites surtout pas attention à ce qu'ils disent. Des âneries, neuf fois sur dix. Le plus souvent, les Gens de la Route font tout à la bonne franquette, mais il peut leur arriver d'accorder une grande importance au protocole. Calquez votre comportement sur le mien. Et ne racontez pas votre vie. Inutile de dévoiler vos secrets au monde entier !

Elyas s'enfonça entre les arbres, les trois chiens sur les talons, tels de braves toutous. Perrin sentit que les loups ralentissaient – ils ne viendraient pas, devina-t-il. Pas par peur des molosses, car ils les méprisaient plutôt pour avoir renoncé à la liberté afin de pouvoir dormir autour d'un feu, mais parce qu'ils tenaient à éviter les gens…

Comme s'il connaissait le chemin, Elyas avançait d'un pas décidé. Bientôt, les roulottes des Zingari apparurent, garées au hasard parmi les chênes et les frênes.

Comme tous les villageois de Champ d'Emond, Perrin avait entendu une multitude d'histoires sur les Gens de la Route. Même si c'était le premier qu'il visitait, leur camp correspondait à ce qu'il s'attendait à voir. Les roulottes, de grandes maisons mobiles, étaient peintes de toutes les couleurs de l'arc-en-ciel plus quelques teintes que Perrin aurait été bien incapable de nommer.

Les Zingari vaquaient à leurs occupations, et celles-ci se révélaient très prosaïques. Cuisiner, coudre, s'occuper des enfants, réparer des harnais… Mais leurs tenues, par bonheur, étaient à la hauteur de leur réputation. Perrin n'avait jamais vu des vêtements si bariolés. Les vestes, les braies, les robes et les châles tourbillonnaient devant lui, le forçant à plisser les yeux. On eût dit des papillons dans un champ de fleurs sauvages.

À cinq ou six endroits différents, des hommes jouaient du violon ou de la flûte pour de petits groupes de danseurs qui tourbillonnaient comme des colibris multicolores. Partout, des enfants et des chiens couraient au milieu des feux de cuisson. Les molosses, aussi gros que ceux qui avaient accueilli les voyageurs, se laissaient tirer la queue ou les oreilles et acceptaient même de servir de montures aux gamins. Les trois chiens qui suivaient Elyas le regardaient désormais comme s'il était leur meilleur ami. Perrin n'en fut pas rassuré pour autant. En se dressant à peine sur les pattes de derrière, ces animaux étaient assez grands pour atteindre la gorge d'un homme et la déchiqueter avec leurs crocs.

Soudain, la musique s'arrêta. Tous les Zingari, constata Perrin, regardaient les trois nouveaux venus. Même les enfants et les chiens s'étaient calmés, comme s'ils entendaient mesurer le danger.

Dans un silence total, un petit homme aux cheveux gris vint se camper devant Elyas puis le gratifia d'une élégante révérence. Vêtu d'une veste rouge à haut col, de braies bouffantes vertes et de bottes montantes, il releva la tête et déclara :

— Bienvenue près de nos feux. Connais-tu la chanson ?

Elyas s'inclina à son tour, les deux mains pressées sur la poitrine.

— Ton hospitalité me réchauffe le cœur, Mahdi, et vos feux me réchaufferont le cœur. Mais je ne connais pas la chanson.

— Dans ce cas, nous continuerons à chercher… Il en fut ainsi et il en sera encore ainsi, car nous nous souviendrons, nous chercherons… et nous trouverons.

L'homme désigna les feux et reprit la parole d'un ton beaucoup moins solennel :

— Le repas est presque prêt. Si vous voulez bien vous joindre à nous…

Cette invitation agissant comme signal, la musique reprit, les enfants recommencèrent à rire et les chiens se laissèrent docilement taquiner. Comme si les invités étaient des amis de longue date, tout le monde s'en retourna à ses occupations.

Un peu hésitant, l'homme aux cheveux gris se tourna vers Elyas :

Et tes… autres amis ? Resteront-ils à l'écart ? Tu sais qu'ils effraient nos pauvres chiens.

— Ils n'approcheront pas, Raen, dit Elyas avec une ombre de mépris. Tu devrais le savoir, après tout ce temps !

Le Zingaro écarta les mains comme pour dire que rien n'était jamais sûr en ce monde. Alors qu'il se détournait pour guider ses invités dans le camp, Egwene sauta à terre et approcha d'Elyas.

— Vous êtes amis, tous les deux ?

Un Zingaro souriant vint prendre Bela en charge. Non sans hésiter, et sur l'instance muette d'Elyas, Egwene lui confia les rênes.

— Disons que nous nous connaissons…, répondit l'ermite.

— Il s'appelle Mahdi ? voulut savoir Perrin.

— Non, Raen… Mahdi est un titre. Le Chercheur… C'est le chef de cette communauté. Si les autres noms vous paraissent étranges, vous pouvez l'appeler Chercheur. Il ne se formalisera pas.

— Que signifie cette histoire de chanson ? demanda Egwene.

— C'est pour ça qu'ils voyagent… Enfin, c'est ce qu'ils prétendent. Ils cherchent une chanson. Elle aurait été perdue au moment de la Dislocation du Monde, et, s'ils la retrouvent, l'Âge des Légendes renaîtra, offrant aux hommes un paradis. (Elyas regarda autour de lui et ricana.) Ils ne savent même pas de quelle chanson il s'agit. À les en croire, le jour où ils la trouveront, ils la reconnaîtront. Quant à dire comment elle nous apportera le paradis… Ça les dépasse, mais ils cherchent depuis trois mille ans, et ils continueront jusqu'à ce que la Roue cesse de tourner.

Le petit groupe atteignit le feu de Raen, au milieu du camp. La roulotte du Chercheur était peinte en jaune strié de rouge et les rayons de ses grandes roues écarlates alternaient le rouge et le jaune. Une femme aussi grisonnante que Raen, mais encore rondelette et même boulotte, sortit de la roulotte et s'immobilisa sur le marchepied le temps d'ajuster sur ses épaules un châle bleu à franges. Avec son chemisier jaune et sa jupe rouge – chaque couleur aussi brillante que l'autre –, la Zingara était une expérience plutôt traumatisante pour les yeux.

Perrin en battit des cils et Egwene ne put pas retenir un petit cri de surprise.

Quand elle vit que Raen était accompagné, la femme sauta du marchepied avec un grand sourire. Le Chercheur la présenta. C'était Ila, son épouse, qui le dépassait d'une bonne tête. Subjugué par la Zingara, Perrin oublia très vite les couleurs un rien voyantes de sa tenue.

Ila avait une aura maternelle qui lui rappelait maîtresse al'Vere. Dès son premier sourire, il s'était senti bien accueilli.

Elle salua Elyas comme s'il était une vieille connaissance, mais avec une… retenue… qui sembla peiner Raen. Quand l'ermite eut répondu d'un hochement de tête et d'un quart de sourire, Perrin et Egwene se présentèrent. Ila serra la main du jeune homme avec une sincère chaleur, et elle alla jusqu'à enlacer la jeune fille.

— Tu es mignonne à croquer ! s'extasia-t-elle. Et gelée jusqu'aux os, je suppose. Va t'asseoir près du feu, Egwene. Venez donc tous, le repas est quasiment prêt.

Alors que Perrin et les autres prenaient place, un jeune homme élancé à la tenue verte rayée vint les rejoindre devant le feu. Après avoir donné l'accolade à Raen et embrassé Ila, il laissa errer son regard sur Elyas et les deux jeunes gens de Champ d'Emond. Du même âge que Perrin, à peu de chose près, il avait une grâce de danseur, même immobile.

— Eh bien, Aram, fit Ila, ravie, on dirait que tu as décidé de dîner avec tes grands-parents, pour une fois… (Se penchant pour remuer le ragoût qui mitonnait sur le feu, elle jeta un coup d'œil oblique à Egwene.) Je me demande bien pourquoi !

Avec une souplesse d'acrobate, Aram s'assit en tailleur face à la jeune fille de Champ d'Emond.

— Je me nomme Aram, lui dit-il à voix basse. (À l'évidence, il avait oublié la présence des autres convives.) J'attendais impatiemment la première rose du printemps, et voilà que je la trouve autour du feu de camp de mon grand-père.

Perrin attendit la réplique acerbe d'Egwene, mais elle ne vint jamais. Comme hypnotisée, la jeune fille regardait fixement le Zingaro.

Perrin examina de plus près le petit-fils de Raen. De fait, il n'était pas désagréable à regarder – quand on était une fille, évidemment. D'ailleurs, il le faisait penser à quelqu'un…

Mais oui, bien sûr ! Wil al'Seen, un garçon de Promenade de Deven. Dès qu'il se montrait à Champ d'Emond, les filles se pâmaient sur son passage. Séducteur invétéré, il les courtisait toutes, réussissant l'exploit de convaincre chacune qu'il était simplement poli avec les autres.

— Vos chiens sont très gros, dit soudain Perrin, faisant sursauter son amie, et je suis surpris que vous les laissiez jouer avec les enfants.

Le sourire d'Aram s'effaça, mais il revint presque aussitôt, exprimant encore plus d'assurance.

— Ils ne vous blesseront pas… Ils font leur numéro pour tenir nos ennemis à distance et nous prévenir du danger, mais ils sont dressés en accord avec les principes du Paradigme de la Feuille.

— Le Paradigme de la Feuille ? répéta Egwene.

Les yeux rivés dans ceux de la jeune fille, Aram désigna les arbres.

— La feuille vit le temps qui lui est alloué et ne lutte pas contre le vent qui l'emporte. Elle ne fait jamais de mal et finit par tomber sur le sol pour nourrir de nouvelles feuilles. Tous les hommes devraient vivre ainsi. Et toutes les femmes.

Egwene rosit très légèrement.

— Qu'est-ce que ça veut dire, au juste ? demanda Perrin.

Aram le foudroya du regard, mais Raen consentit à répondre :

— Pour résumer, ça signifie qu'aucun homme ne doit faire du mal à un autre homme, pour quelque raison que ce soit. (Raen se tourna vers Elyas.) La violence n'est jamais justifiée. Jamais !

— Et si on vous attaque ? demanda Perrin. Si quelqu'un vous frappe, tente de vous détrousser ou essaie de vous tuer ?

Raen soupira, mais pas d'impatience, simplement comme s'il déplorait que le jeune homme ne voie pas ce qui aurait dû lui crever les yeux.

— Si un homme me frappait, je lui demanderais pourquoi il agit ainsi. Et s'il continuait, je m'enfuirais, comme face à un voleur ou à un assassin. Qu'il prenne ce qu'il veut, y compris ma vie, plutôt que de me pousser à la violence. En plus de tout, j'espérerais qu'il ne soit pas trop grièvement blessé.

— Comment serait-il blessé, puisque vous ne vous défendriez pas ?

— La violence blesse le bourreau autant que la victime, mon garçon…

Perrin ne cacha pas son scepticisme.

— Tu peux couper un arbre avec ta hache, n'est-ce pas ? Le tranchant ferait du mal à l'arbre, mais lui ne souffrirait pas. C'est comme ça que tu vois les choses ? Le bois est tendre, comparé à l'acier, mais l'acier s'émousse quand il frappe et la sève de sa victime finira par le faire rouiller. Quand la hache toute-puissante blesse l'arbre sans défense, elle en souffre aussi. Il en va de même avec les hommes – sauf que c'est l'esprit qui a mal.

— Mais…

— Ça suffit ! explosa Elyas. Raen, je trouve déjà très grave que tu tentes de convertir les jeunes des villages à tes absurdités. D'ailleurs, ça t'attire des ennuis partout où tu passes, pas vrai ? Mais je ne t'ai pas amené ces deux-là pour que tu les embrigades. Laisse tomber !

— Pour te les confier ? demanda Ila.

Elle se pencha, émiettant des herbes dans la casserole. Si sa voix ne tremblait pas, ses mains trahissaient son énervement.

— Tu vas leur enseigner ta philosophie ? Tuer ou être tué ? Veux-tu leur offrir le destin qui t'attend : crever seul avec des charognards au-dessus de ta tête et tes… amis… pour grogner de chagrin sur ton cadavre ?

— Du calme, Ila, dit Raen comme s'il avait déjà entendu tout ça cent fois. Je lui ai souhaité la bienvenue dans notre camp, mon épouse…

Ila n'insista pas, mais elle ne fit pas d'excuses, un détail qui n'échappa pas à Perrin. Soutenant le regard d'Elyas, elle secoua tristement la tête puis se leva et alla prendre des couverts et des assiettes dans un coffre rouge fixé au flanc de la roulotte.

— Mon vieil ami, dit Raen à Elyas, combien de fois devrais-je te répéter que nous n'essayons de convertir personne ? Quand des villageois nous interrogent, nous leur répondons, c'est tout. Les jeunes posent plus de questions que les vieux, c'est vrai, et il arrive que certains partent sur la route avec nous, mais c'est de leur plein gré.

— Essaie de dire ça à une fermière dont le fils ou la fille vient de filer avec les Zingari ! C'est pour ça qu'on ne vous laisse pas camper à proximité des villes. Les villageois ont besoin de vous pour réparer des tas d'objets, mais les citadins s'en fichent, et ils n'aiment pas que vous incitiez leurs enfants à fuguer !

— Je ne sais pas pourquoi on ne veut pas de nous aux abords des villes, dit Raen, sa patience semblant inépuisable. (Visiblement, il vivait selon les préceptes qu'il prônait.) Mais, à l'intérieur, il y a toujours des hommes très violents... Franchement, je doute que nous puissions trouver la chanson dans une cité.

— Chercheur, dit Perrin, je ne voudrais surtout pas t'offenser, mais... Eh bien, je n'aime pas la violence, et je ne me bats jamais, sauf dans les concours de lutte, les jours de fête. Mais si on me frappe, je riposte ! Sinon, mon adversaire risque de penser qu'il peut me rouer de coups quand ça lui chante. Certains individus cherchent à dominer les autres, et si on les laisse faire, ils martyrisent les faibles.

— Il y a effectivement des gens, fit Aram avec une grande tristesse, qui ne réussissent jamais à dominer leurs instincts primaux.

Le regard qu'il jeta à Perrin dissipa tous les doutes : il ne voulait pas parler des brutes que le jeune homme venait d'évoquer.

— Et il y a d'autres individus qui risquent de devoir détaler d'ici peu..., grogna Perrin.

Le visage du jeune Zingaro se ferma – une expression qui n'avait rien à voir avec la fraternité universelle du Paradigme de la Feuille.

— Moi, intervint Egwene en foudroyant son ami du regard, je trouve intéressant de rencontrer quelqu'un qui ne se fie pas à ses muscles pour résoudre tous les problèmes.

Aram se ressaisit. De nouveau souriant, il se leva et offrit son bras à la jeune fille.

— Si je te faisais visiter le camp ? On pourra même danser...

— Voilà qui me plairait beaucoup...

Ila se redressa aussi et alla sortir des miches de pain d'un petit four en fer portable.

— Aram, le repas est prêt...

— Je dînerai avec ma mère ! lança le jeune Zingaro en aidant Egwene à se relever.

Alors qu'ils s'éloignaient, il ajouta :

— Nous dînerons tous les deux avec ma mère !

Il gratifia Perrin d'un sourire triomphal et la jeune fille éclata de rire.

Perrin fit mine de se lever, mais il se ravisa. Que risquait Egwene ? Rien, si tous les Zingari se conformaient au fameux Paradigme de la Feuille. Se tournant vers Raen et Ila, tous deux fort mécontents de leur petit-fils, il voulut s'excuser :

— Je n'aurais pas dû, désolé... Un invité est censé...

— Ne dis pas de bêtises..., fit Ila. Ce n'est pas ta faute, mais la sienne. Assieds-toi et mange.

— Aram est un jeune homme très perturbé, expliqua Raen. Un bon garçon mais, parfois, il a dû mal à vivre selon le Paradigme de la Feuille. Il n'est pas le seul, j'en ai peur. Maintenant, détendez-vous et faites comme si ce feu était le vôtre.

Toujours mal à l'aise, Perrin s'installa aussi confortablement que possible.

— Qu'arrive-t-il aux gens qui ne parviennent pas à obéir au Paradigme ? demanda-t-il. Quand ce sont des Zingari, je veux dire…

Raen et Ila échangèrent un regard inquiet.

— Ils nous quittent, répondit le Chercheur. Les Égarés s'installent dans les villages qui veulent bien d'eux.

Ila regarda dans la direction où son petit-fils venait de disparaître.

— Les Égarés ne peuvent pas être heureux, soupira-t-elle.

Sans céder à sa mélancolie, elle entreprit de distribuer les couverts et les assiettes.

Baissant les yeux, Perrin regretta d'avoir posé cette question. Alors que plus personne n'osait parler, Ila remplit les assiettes d'une énorme portion de ragoût de légumes. Puis elle donna à chacun des convives une tranche de son pain délicieusement croustillant. Le plat étant délicieux, Perrin engloutit trois assiettes avant de devoir rendre les armes. Elyas, nota-t-il en souriant, réussit à en vider une de plus.

Après le dîner, Raen entreprit de bourrer sa pipe. Elyas sortit la sienne et accepta la tabatière en peau goudronnée que lui tendit le Zingaro. Lorsque la cérémonie compliquée de l'embrasement du tabac fut accomplie, les deux hommes se penchèrent légèrement en arrière, le menton un peu relevé.

Histoire de se détendre aussi, Ila prit une pelote de laine et des aiguilles.

À l'ouest, le soleil finissait de sombrer derrière les arbres. Si le camp était désormais près pour la nuit, il y régnait toujours un joyeux vacarme. De nouveaux musiciens étaient venus relever leurs collègues, et une multitude de gens dansaient désormais à la lumière des feux. Quelque part dans le camp, un chœur de voix masculines entonna une chanson. Se laissant glisser sur le sol, Perrin ne tarda pas à somnoler.

— Elyas, dit Raen, brisant le silence, as-tu séjourné chez des Tuatha'an depuis le printemps dernier, où tu étais avec nous ?

— Non… Tu sais que je n'aime pas les foules…

— Surtout quand elles vivent d'une façon si différente de la tienne, pas vrai ? Non, mon vieil ami, ne t'inquiète pas ! Voilà des années que je n'essaie plus de te faire adopter mes convictions. Mais, depuis notre dernière rencontre, j'ai entendu une histoire qui pourrait t'intéresser, si tu ne la connais pas. On me la raconte chaque fois que je rencontre d'autres clans de Zingari, et je la trouve toujours aussi fascinante.

— Je t'écoute…

— Eh bien, ça commence au printemps, il y a deux ans, alors qu'un de nos clans traversait le désert par la route du nord.

Perrin sortit en sursaut de son hébétude.

— Le désert ? Vous voulez dire le désert des Aiels ? C'est lui que ce clan traversait ?

— Certaines personnes peuvent y voyager sans risque, dit Elyas. Les trouvères, les colporteurs, s'ils sont honnêtes, et les Gens de la Route. Les marchands de Cairhien avaient aussi ce droit, avant l'Arbre et la guerre des Aiels.

— Les Aiels nous évitent, dit Raen, sincèrement peiné. Beaucoup d'entre nous ont essayé de leur parler – sans résultat. Ils nous regardent de loin et ne nous laissent jamais approcher. Parfois, je me demande s'ils connaissent la chanson… C'est improbable, mais… Dans ce peuple, les hommes ne chantent pas. Étrange, non ? Dès qu'un garçon devient adulte, il n'a plus le droit de chanter, à part des marches guerrières et leur fameux chant funèbre réservé aux combattants. Je les ai entendus honorer ainsi leurs morts et les adversaires qu'ils venaient d'abattre. Ce chant ferait pleurer les pierres, c'est moi qui vous le dis…

Sans lever les yeux de son tricot, Ila approuva gravement.

Perrin dut réviser son jugement sur les Zingari. Avec leur propension à s'enfuir, dont ils ne faisaient pas mystère, il les avait pris pour des froussards, rien de plus ni de moins. Mais, pour voyager dans le désert des Aiels, il fallait ignorer jusqu'à l'existence du mot « peur ». D'après ce qu'on disait, aucun être humain sain d'esprit ne se serait lancé dans cette expédition.

— Si c'est encore une histoire de chanson…, fit Elyas, agacé.

— Non, mon ami, il ne s'agit pas d'une chanson. Cela dit, je ne suis pas sûr de savoir exactement ce que c'est… (Raen se tourna vers Perrin.) Les Aiels s'aventurent souvent dans la Flétrissure. Certains jeunes hommes partent seuls, convaincus pour une raison qui me dépasse qu'ils ont mission de tuer le Ténébreux. En général, cependant, ils se déplacent par petits groupes – pour chasser les Trollocs.

» La violence, toujours la violence… Il y a deux ans, un clan de Zingari qui traversait le désert a trouvé un de ces groupes à environ trente lieues au sud de la Flétrissure.

— Des jeunes filles, dit Ila, aussi mélancolique que son mari. Presque des fillettes…

Perrin eut un petit cri de surprise et Elyas le gratifia d'un sourire un rien supérieur.

— Les Aielles ne sont pas obligées de cuisiner et de faire le ménage, mon garçon. Si le destin des armes les tente, il leur suffit de joindre un ordre de guerrières. Le *Far Dareis Mai* – l'ordre des Promises de la Lance. Ensuite, elles peuvent combattre aux côtés des hommes.

Perrin en resta bouche bée et Elyas ricana de sa stupéfaction.

Le trouble et le dégoût faisant trembler sa voix, Raen continua son récit :

— Toutes ces malheureuses étaient mortes, à part une seule, qui agonisait. Elle rampa vers les roulottes, sachant de toute évidence à qui elles appartenaient. La haine lui faisant presque oublier la douleur, elle entendait transmettre avant de mourir un message si important qu'il était bon pour n'importe quelles oreilles, y compris les nôtres.

» Nos hommes remontèrent la piste sanglante laissée par la malheureuse. Ils ne trouvèrent que des cadavres, entourés de trois fois plus de Trollocs taillés en pièces.

Sa pipe manquant lui échapper de la bouche, Elyas se redressa vivement.

— Trente lieues à l'intérieur du désert ? C'est impossible ! *Djevik K'Shar*, voilà le nom que les Trollocs donnent à ce désert. « La terre moribonde »... Ils ne s'y enfonceraient pas ainsi même si tous les Myrddraals de la Flétrissure les y poussaient.

— Elyas, dit Perrin, vous en savez décidément très long au sujet des Trollocs.

— Raen, raconte la suite de ton histoire ! éluda l'ermite.

— À voir les trophées que les Aielles transportaient avec elles, il était évident qu'elles revenaient de la Flétrissure. Les Trollocs les avaient suivies. En étudiant les traces, nos frères virent que très peu de monstres étaient repartis après avoir massacré les guerrières. Quant à la survivante, elle ne se laissa toucher par personne, même pour faire soigner ses blessures. Mais elle saisit les pans de la veste du Chercheur de ce clan, et voici ce qu'elle lui dit, mot pour mot : « Égarés, le Destructeur des Feuilles veut aveugler l'Œil du Monde ! Il veut tuer le Grand Serpent ! Celui qui Brûle les Yeux approche. Égarés, dites au Peuple de se préparer à la venue de Celui Qui Se Montre Avec l'Aube. Dites-lui... »

» Elle est morte sur ces derniers mots... Perrin, le Destructeur des Feuilles et Celui qui Brûle les Yeux sont les noms que les Aiels donnent au Ténébreux. À part ça, je ne comprends pas un mot de cette tirade. Pourtant, la guerrière l'estimait assez importante pour approcher d'hommes et de femmes qu'elle méprisait. Mais à qui s'adressent ces mots ? Entre nous, nous nous surnommons « le Peuple », mais je doute que ce soit aux Zingari qu'elle ait fait allusion. Les Aiels ? Ils ne nous écouteront jamais !

De plus, elle *nous* appelait les « Égarés », le nom que nous donnons à ceux qui se détournent de nous. Je n'aurais jamais cru que les Aiels nous méprisaient à ce point.

Ila posa son tricot et caressa la tête de son mari pour le consoler.

— Ces guerrières ont appris quelque chose dans la Flétrissure, avança Elyas. Mais rien de tout ça n'a de sens. Tuer le Grand Serpent ? C'est-à-dire le temps lui-même ? Aveugler l'Œil du Monde ? Autant vouloir affamer un rocher. Mais la guerrière délirait peut-être, mon ami. Blessée à mort, elle avait sans doute perdu tout contact avec la réalité. Au fond, elle ignorait peut-être qu'elle s'adressait à des Tuatha'an.

— Elle savait ce qu'elle disait, et à qui elle le disait ! Quelque chose qui comptait plus à ses yeux que sa propre vie, et nous n'y comprenons rien ! Quand je t'ai vu entrer dans notre camp, Elyas, j'ai cru pouvoir trouver la réponse, puisque tu étais…

Sur un geste de l'ermite, Raen s'interrompit puis dit autre chose que ce qu'il avait en tête à l'origine :

— Eh bien, parce que tu es un ami qui en sait long sur bien des mystères.

— Mais pas sur celui-là, déclara Elyas sur un ton sans appel qui mit un terme à la conversation.

Autour du feu de camp, un lourd silence tomba. Heureusement, les échos de la musique et des rires allégeaient un peu l'atmosphère.

Adossé à une souche, près du feu, Perrin tenta de déchiffrer l'ultime message de la guerrière. Bien entendu, il n'y parvint pas davantage que Raen ou Elyas. L'Œil du Monde avait figuré dans ses cauchemars – et plus d'une fois – mais il ne voulait plus penser à ses mauvais rêves.

Restait Elyas… Une énigme qui pouvait être résolue, celle-là. Qu'avait voulu dire Raen, et pourquoi l'homme aux loups l'en avait-il empêché ? Même en cherchant bien, Perrin n'en avait pas la première idée.

Il était en train de réfléchir aux Aielles – des jeunes filles capables de s'aventurer dans la Flétrissure, là où seuls les Champions osaient aller, puis de tailler en pièces des Trollocs – quand il entendit Egwene revenir.

En chantonnant…

Se relevant, Perrin alla l'accueillir à la lisière du cercle de lumière. Elle s'arrêta, le regardant bizarrement, la tête inclinée.

— Tu t'es absentée un long moment… C'était bien, au moins ?

— Nous avons dîné avec sa mère, puis il m'a emmenée danser. Et rire, aussi ! On dirait que je n'avais plus dansé depuis une éternité.

— Il me rappelle Wil al'Seen. Et tu as toujours eu assez de jugeote pour ne pas te laisser embobiner par ce type…

— Aram est un gentil garçon et j'aime être avec lui parce qu'il me fait rire.

— Désolé de jouer les rabat-joie. Je suis content que tu te sois amusée.

Sans crier gare, Egwene se jeta dans les bras de Perrin et éclata en sanglots contre sa poitrine. Se sentant terriblement pataud, il tapota la tête de la jeune fille.

Rand saurait que faire…

Rand s'en sortait toujours très bien avec les filles. Pas comme lui, qui ne savait jamais que dire ni comment se comporter.

— Je me suis excusé, Egwene… Vraiment, je suis content que tu te sois amusée.

— Dis-moi qu'ils sont vivants…

— Pardon ?

Egwene s'écarta de son ami, lui prit les bras et chercha son regard dans l'obscurité.

— Rand et Mat… Les autres aussi… Dis-moi qu'ils s'en sont tirés !

Perrin prit une profonde inspiration et regarda autour de lui, mal à l'aise.

— Bien sûr, qu'ils s'en sont tirés…

— Bien ! (Egwene s'essuya les joues du bout des doigts.) C'est ce que je voulais entendre. Bonne nuit, Perrin. Dors bien.

La jeune fille se dressa sur la pointe des pieds, posa un baiser sur la joue de son ami et s'enfuit avant qu'il ait le temps de dire « ouf ».

Ila se leva et elles entrèrent ensemble dans la roulotte, conversant comme deux vieilles amies.

Rand y comprendrait peut-être quelque chose, mais moi je suis largué…

Dans le lointain, les loups hurlèrent pour saluer l'apparition de la nouvelle lune. Demain, il serait temps de s'inquiéter des étranges compagnons d'Elyas.

Oui, demain…

Mais Perrin se trompait, car les prédateurs l'attendaient dans ses rêves.

26

Pont-Blanc

Les dernières notes de ce qui aurait dû être *Le vent qui fait trembler les saules* consentirent enfin à s'estomper alors que Mat, d'un geste théâtral, éloignait de sa bouche la flûte parée d'or et d'argent de Thom Merrilin.

Simultanément, Rand écarta les mains de ses oreilles. Non loin de là, un marin occupé à enrouler un cordage s'autorisa un soupir de soulagement. Pendant un moment béni, on n'entendit plus que l'eau qui clapotait contre la coque, le grincement rythmique des rames et le chant du gréement caressé par le vent. Les bourrasques frappant le navire de face, les voiles étaient repliées depuis le matin.

— Eh bien, il faut que je te remercie, Mat, dit Thom, parce que tu me permets de vérifier l'exactitude d'un vieux dicton. « Même avec un bon professeur, un cochon ne saura jamais jouer de la flûte ! »

Le marin éclata de rire et Mat leva l'instrument comme s'il voulait le lancer sur le trouvère.

Thom le lui subtilisa et le rangea dans son étui.

— Je croyais que les bergers tuaient le temps en jouant du pipeau, soupira le trouvère. Ça m'apprendra à gober toutes les âneries qu'on me raconte…

— C'est Rand, le berger ! répliqua Mat. Le pipeau, c'est son truc, pas le mien !

— Eh bien, j'avoue qu'il est un peu plus doué que toi… Mais nous devrions nous concentrer sur le jonglage. Là, au moins, vous avez un peu de talent…

— Thom, dit Rand, pourquoi tous ces efforts ? (Il coula un regard au marin et baissa le ton.) Vous savez, nous ne voulons pas vraiment devenir des trouvères… C'est simplement une couverture, en attendant de retrouver Moiraine et les autres.

Les yeux baissés sur l'étui de sa flûte, Thom se lissa le bout de la moustache, puis il répondit :

— Et si vous ne les retrouvez pas, mon garçon ? Rien ne prouve qu'ils soient encore de ce monde.

— Ils sont vivants ! affirma Rand.

Il se tourna vers Mat, quêtant son soutien. Mais son ami, les sourcils froncés et la bouche pincée, regardait le pont comme s'il le voyait pour la première fois.

— Alors, tu t'exprimes ? lui lança Rand. Jouer de la flûte aussi mal qu'un cochon ne peut pas te traumatiser à ce point. En réalité, je ne suis pas beaucoup plus doué que toi. Et, de toute façon, ça ne t'a jamais intéressé…

Mat se tourna enfin vers son ami.

— Et s'ils étaient morts ? demanda-t-il. Il faut accepter les faits, non ?

À cet instant précis, le guetteur campé à la proue brailla à tue-tête :

— Pont-Blanc ! Pont-Blanc droit devant !

Incapable de croire que son ami puisse se montrer tellement cynique, Rand soutint un long moment son regard. Tandis que les marins s'apprêtaient à accoster, Mat baissa un peu la tête, mais il ne se démonta pas pour autant.

Rand aurait voulu lui tenir un long discours, mais il n'en trouva pas le premier mot. Bon sang ! ils devaient croire que les autres s'en étaient tirés ! C'était capital !

Et pourquoi ça ? dit une petite voix dans un coin de sa tête. *Tu crois que la vie est comme les histoires de Thom ? Les héros trouvent le trésor, ils terrassent le méchant et vivent heureux à tout jamais ? Certains récits du trouvère ne finissent même pas ainsi… Il arrive que les héros meurent. En es-tu seulement un, Rand al'Thor ? Toi, un vulgaire berger ?*

Brusquement, Mat s'empourpra et rompit le contact visuel. Cessant de philosopher, Rand se fraya un chemin jusqu'au bastingage, bousculant un ou deux marins au passage. Mat le suivit lentement et sans faire l'effort d'éviter le matelot qui faillit le percuter de plein fouet.

Des marins allaient et venaient sur tout le bateau, leurs pieds nus martelant le pont. Certains tiraient sur des cordages, d'autres s'occupaient des haubans, et d'autres encore apportaient de gros sacs en toile goudronnée tellement remplis de laine qu'ils menaçaient d'exploser. Quelques hommes préparaient des amarres aussi épaisses que le poignet de Rand. Si pressés qu'ils fussent, tous ces matelots se déplaçaient avec l'assurance de professionnels qui n'en étaient pas à leur coup d'essai. Malgré ça, Domon s'agitait frénétiquement sur le pont, couvrant d'injures tous ceux qui ne se dépêchaient pas assez à ses yeux.

Mais Rand se concentrait sur autre chose : la ville qui venait de lui apparaître au sortir d'un ultime lacet de la rivière Arinelle. Bien sûr, il en avait entendu parler dans des chansons et des histoires – y compris les récits des colporteurs – mais, aujourd'hui, la légende se dressait devant lui.

Le pont blanc qui donnait son nom à la cité enjambait les eaux à une hauteur faramineuse – deux fois celle du mât du *Poudrin*, sinon plus. D'une berge à l'autre, il arborait la blancheur scintillante qui faisait sa réputation jusqu'au coin le plus reculé de Deux-Rivières. Des piles composées du même matériau immaculé plongeaient bravement dans le courant, mais elles semblaient trop fines et trop fragiles, telles des pattes d'araignée – pour supporter une structure pareille.

Paraissant taillée d'une seule pièce, comme si on avait utilisé un unique bloc ciselé par la main d'un géant, l'arche était si belle et si délicate qu'on pouvait aisément oublier sa taille hors du commun. Comparée à un tel gigantisme, la cité qui se nichait au pied de l'ouvrage donnait l'impression d'être minuscule. En réalité, Pont-Blanc était bien plus vaste que Champ d'Emond, ses maisons en pierre et en brique évoquant d'ailleurs plutôt celles de Bac-sur-Taren. Évitant adroitement les embarcadères de bois qui saillaient sur toute la longueur des deux berges, des bateaux de pêche remontaient ou descendaient la rivière tout en relevant leurs filets.

Tel un monarque géant, le pont dominait toute cette vie de sa minérale majesté.

— On dirait du verre…, murmura Rand rien que pour lui-même.

Le capitaine Domon, les pouces glissés dans sa large ceinture à boucle d'or, s'immobilisa derrière le jeune homme.

— Non, mon gars, dit-il. Ce n'est pas du verre, c'est sûr ! Même s'il pleut très fort, ce matériau n'est jamais glissant. Et avec le meilleur ciseau à froid, impossible d'y laisser une marque, si musclé qu'on soit…

— Un vestige de l'Âge des Légendes, dit Thom. C'est ce que j'ai toujours pensé…

Domon eut un grognement dubitatif.

— Peut-être, oui… Mais qui reste sacrément utile ! Qui sait ? il a pu être construit par quelqu'un d'autre que les Aes Sedai. Et, par la bonne Fortune ! qui nous dit qu'il est si vieux que ça ? (Domon tendit le cou pour se mettre à enguirlander un marin.) Mets-y un peu d'énergie, espèce de crétin !

Le capitaine partit au pas de course.

Rand contempla le pont d'un œil nouveau et fasciné. « Un vestige de l'Âge des Légendes… » Donc, l'œuvre des Aes Sedai. Malgré tous ses beaux discours sur les merveilles du monde, Domon n'aimait pas cette idée, et il n'en faisait pas mystère. L'œuvre des Aes Sedai… En entendre parler était une chose, mais avoir sous les yeux une de ces créations, et pouvoir la toucher si on voulait…

C'est une tout autre affaire, tu le sais, pas vrai ?

Un instant, Rand crut voir une ombre onduler au cœur même de la structure d'un blanc laiteux. Il tourna la tête vers les quais désormais très proches, mais le pont continua à briller à la périphérie de sa vision.

— Nous sommes à destination, Thom ! dit-il avec un petit rire forcé. Et il n'y a pas eu de mutinerie.

Le trouvère se contenta de pousser un gros soupir qui fit frémir sa moustache, mais deux marins qui préparaient une amarre, non loin de là, jetèrent au jeune homme un regard peu amical. Tandis qu'ils se concentraient de nouveau sur leur ouvrage, Rand cessa de ricaner. Jusqu'à l'appontage, décida-t-il, il allait se forcer à ne pas regarder ces matelots.

Le *Poudrin* se colla en douceur contre le premier quai libre, un simple assemblage de solides rondins reposant sur des piliers revêtus de goudron. Quand le vaisseau s'immobilisa, le mouvement arrière des rames fit écumer et tourbillonner l'eau. Alors qu'on rentrait les rames, des marins jetèrent les amarres aux hommes qui attendaient les navires sur le quai. Au même moment, d'autres matelots firent basculer par-dessus le bastingage les sacs de laine attachés à des cordages – une précaution indispensable pour éviter que la coque soit endommagée par les piliers.

Avant même que les dockers aient entrepris de tirer le bateau le plus près possible du quai, des carrosses apparurent tout au bout de la structure de bois. Deux grands véhicules noirs et brillants, chacun portant sur la portière principale un nom écrit en grandes lettres dorées. Dès que la passerelle du *Poudrin* fut en place, les passagers des carrosses se précipitèrent et entreprirent de la gravir au pas de course. Portant une cape verte doublée de soie bleue sur un long manteau également en velours vert, chacun de ces hommes chaussés de délicats escarpins était suivi par un serviteur en livrée très sobre qui portait une cassette bardée de fer.

Une fois sur le pont, ces visiteurs se dirigèrent vers le capitaine. Leur sourire trop béat pour être vrai s'effaça quand Domon leur hurla soudain au visage :

— Toi, là-bas !

Un index tendu, le capitaine désignait en réalité Floran Gelb, qui tentait de se faire plus petit que nature. Si le front du marin ne portait plus trace du coup de botte involontaire de Rand, l'homme continuait à se le masser régulièrement, comme pour ne pas oublier la raison de sa rancœur.

— C'était la dernière fois que tu dormais pendant ton quart ! rugit Domon. En tout cas sur mon bateau – et sur tous les autres, si j'ai mon mot à dire. Choisis ton côté préféré – le quai ou la rivière – et dégage immédiatement de mon pont !

Rentrant les épaules, Gelb jeta à Rand et à ses amis un dernier regard brillant d'une haine dévorante. Particulièrement hargneux lorsque ses yeux se posèrent sur le jeune berger, il regarda ensuite autour de lui, en quête du soutien de ses camarades. Les uns après les autres, les matelots lâchèrent leur tâche en cours pour riposter froidement à l'agression visuelle de Gelb. Voyant que personne ne prendrait sa défense, le petit homme marmonna quelques jurons, puis il se précipita vers le dortoir de l'équipage. Domon fit signe à deux hommes de l'accompagner – histoire de s'assurer qu'il ne vole ni ne sabote rien – puis se désintéressa de son sort. Dès qu'il les regarda de nouveau, les marchands recommencèrent à sourire et à faire des courbettes comme si l'interruption n'avait jamais eu lieu.

Sur un ordre de Thom, Mat et Rand commencèrent à rassembler leurs affaires. Une formalité, car ils n'avaient pas grand-chose de plus que leurs vêtements. Rand récupéra sa couverture, ses sacoches de selle et l'épée de son père. Contemplant l'arme, il eut un accès de mal du pays si violent que ses yeux picotèrent. Reverrait-il Tam un jour ? Et son foyer ?

Tu vas passer le reste de ta vie à fuir, terrorisé par tes cauchemars.

Remué, il boucla le ceinturon d'armes autour de sa taille.

Suivi par ses anges gardiens, Gelb revint sur le pont.

Même si le marin déchu regardait droit devant lui, Rand sentit la haine qui émanait de lui par vagues. Le visage fermé et le dos bien droit, le marin réprouvé descendit la passerelle et s'éloigna sur le quai, disparaissant bientôt derrière les carrosses des marchands.

Il n'y avait pas foule sur le quai. Un mélange de dockers, de pêcheurs et de citadins venus spécialement pour voir arriver en cet étrange printemps le premier navire parti du Saldaea. Parmi les rares femmes présentes, aucune ne ressemblait à Egwene et moins encore à Moiraine. Pas un seul homme ne pouvait être Lan – en d'autres termes, les amis de Rand n'étaient pas là.

— Ils ne sont peut-être pas venus sur le quai, tout simplement, dit le jeune homme.

— Possible, répondit laconiquement Thom. (Avec moult précautions, il ajusta les étuis de ses instruments dans son dos.) Vous deux, vous devrez garder un œil sur Gelb. S'il en a la possibilité, il nous fera des ennuis. Et notre but est de traverser Pont-Blanc assez discrètement pour que tout le monde nous ait oubliés cinq minutes après notre départ.

Les capes des trois voyageurs claquèrent au vent tandis qu'ils se dirigeaient vers la passerelle.

Comme à son habitude, Mat portait son arc en travers de la poitrine. Même après des jours de navigation, l'arme attirait l'attention de membres d'équipage, qui utilisaient tous un arc court.

Domon abandonna les marchands pour intercepter Thom devant la passerelle.

— Vous me quittez, maître trouvère ? Ne puis-je pas vous convaincre de rester à bord ? Je vais en Illian, où les gens ont un authentique respect pour les artistes tels que vous. Croyez-moi, il n'y a pas au monde de meilleur endroit pour un trouvère ! Et nous y serons à temps pour la fête de Sefan. Les compétitions, vous savez ? Cent pièces d'or pour celui qui raconte le mieux *La Grande Quête du Cor*…

— Une belle récompense, c'est vrai, concéda Thom avec une révérence qui fit onduler sa cape couverte de carrés colorés. Et un formidable défi qui attire des trouvères venus de tous les coins du monde. Hélas, considérant vos tarifs, je crains que nous ne puissions pas nous payer le voyage.

— Eh bien, à ce sujet…

Le capitaine décrocha une bourse de sa ceinture et la lança à Thom, qui la saisit au vol, la faisant cliqueter d'une manière très encourageante.

— Voici le prix de votre passage, plus un petit bonus… Les dégâts étaient moins importants que je l'ai cru, et, avec votre harpe et vos récits, vous avez amplement payé votre place. Si vous restez à bord jusqu'à la mer des Tempêtes, je suis prêt à doubler la somme. Et je vous débarquerai en Illian. Même sans le défi, un bon trouvère peut y gagner une fortune.

Soupesant pensivement la bourse, Thom hésitait, mais Rand intervint :

— Nous devons retrouver des amis ici, capitaine, puis continuer jusqu'à Caemlyn. Navré, mais nous découvrirons l'Illian une autre fois.

Thom fit la moue, soupira sous sa moustache, la faisant onduler, puis rangea la bourse dans sa poche.

— Si nos amis ne sont pas là, nous y repenserons…

— J'y compte bien, dit Domon. Dommage que je n'aie pas pu garder Gelb comme cible de la colère des hommes, mais il me fallait tenir parole. Je vais devoir ménager l'équipage, à partir de maintenant, tant pis s'il me faut trois fois plus de temps que prévu pour atteindre l'Illian. Finalement, ces Trollocs étaient peut-être à votre poursuite, pas à la mienne…

Rand sursauta mais parvint à tenir sa langue. Bien entendu, Mat en fut incapable :

— Qu'est-ce qui vous a fait penser le contraire ? demanda-t-il. Ils cherchaient le même trésor que nous, bien entendu…

— Peut-être…, grogna Domon, pas convaincu du tout. (Il se passa les doigts dans la barbe, puis désigna la poche où Thom venait de ranger la bourse.) Le double si vous vous chargez d'aider mes gars à supporter la pression que je leur impose. Pensez-y vite, parce que je lèverai l'ancre demain à l'aube.

Sur ces mots, il se détourna et rejoignit les marchands en s'excusant de les avoir fait attendre.

Thom hésitait toujours, mais Rand le tira sur la passerelle et il se laissa faire. Sur les quais, plusieurs curieux murmurèrent lorsqu'ils virent la cape si caractéristique du trouvère. Certains l'interpellèrent, demandant où il avait prévu de se produire.

Pour ce qui est de traverser Pont-Blanc discrètement, nous voilà servis ! songea Rand.

Avant le coucher du soleil, toute la population saurait qu'il y avait un trouvère en ville. Rand continua à tirer Thom, qui resta muet comme une carpe et ne tenta même pas de ralentir pour faire un peu la roue sous le regard de ses admirateurs potentiels.

Les cochers des carrosses baissèrent la tête pour étudier l'artiste. Mais ils ne crièrent pas, sans doute parce que le sérieux dont ils devaient faire montre dans leur profession le leur interdisait.

— Nous devons trouver Moiraine et les autres le plus vite possible, dit Rand. Thom, nous aurions dû penser à vous faire changer de cape.

Le trouvère se dégagea soudain et s'immobilisa.

— Un aubergiste saura nous dire si nos amis sont ici, ou s'ils y sont passés. Mais il faut trouver le bon patron d'établissement. Les nouvelles et les rumeurs transitent toutes par les auberges… Si les autres ne sont pas là… (Thom regarda alternativement les deux jeunes gens.) Il faudra que nous parlions, tous les trois…

Sur ces mots, le trouvère partit à grandes enjambées. Pour ne pas se laisser distancer, Mat et Rand durent quasiment courir.

De près, le grand pont auquel la cité devait son nom la dominait autant que de loin, mais, une fois dans les rues, Rand s'aperçut que Pont-Blanc n'avait rien à envier à Baerlon du point de vue de la taille. En revanche, la population semblait moins dense et le trafic également. Tirées par un cheval, un bœuf, un âne ou parfois même un homme, pas mal de charrettes allaient et venaient dans le dédale de rues. On ne voyait par contre aucun carrosse. Parce qu'ils appartenaient tous à des marchands qui s'étaient rués sur les quais ?

Une multitude de boutiques s'alignaient des deux côtés des voies pavées. Un grand nombre d'artisans travaillaient devant leur établissement, dont l'enseigne grinçait au vent. Les trois voyageurs passèrent devant un type qui réparait des casseroles, puis s'intéressèrent un instant au bagout d'un tailleur qui décrivait à un client potentiel les qualités d'un rouleau de tissu. Assis sur le seuil de son échoppe, un cordonnier tapait à grands coups de marteau sur le talon d'une botte. Des colporteurs vantaient à tue-tête leurs talents de rémouleurs tandis que d'autres, tout aussi bruyants, tentaient d'intéresser les badauds à leur étal de fruits ou de légumes. Mais ils n'y parvenaient pas, peut-être parce que leur offre était aussi peu enthousiasmante qu'à Baerlon. Et, bien qu'il s'agisse d'un port fluvial, même les poissonniers n'exposaient que de minables petites piles de poissons.

Si les temps n'étaient pas encore difficiles, on voyait sans peine qu'ils le deviendraient bientôt, sauf si le climat consentait à s'adoucir. Un peu partout, parmi les passants comme parmi les commerçants, tous les visages exprimaient une sourde inquiétude. Quelque chose de très déplaisant menaçait Pont-Blanc, ça ne faisait aucun doute.

À l'endroit où venait mourir l'arche imposante du Pont Blanc, de ce côté de la rivière, s'étendait une grande place aux pavés usés par des générations de roues de chariots et de semelles de chaussures. Autour de ce qui était sans doute le cœur de la ville, plusieurs auberges s'alignaient en alternance avec une série de boutiques et de grands immeubles de brique rouge munis d'enseignes où s'affichaient les noms que Rand avait vus sur les chariots des marchands.

Thom changea brusquement de direction et entra dans une des auberges, apparemment choisie au hasard. Sur l'enseigne qui oscillait au vent, on voyait sur la gauche l'image d'un homme en train de marcher avec un paquetage sur le dos et, sur la droite, un dessin où la tête du même personnage reposait mollement sur un oreiller. Entre les deux, quatre mots annonçaient tout un programme : *Au Repos du voyageur*.

Pour l'instant, la salle commune était vide, à l'exception du gros tenancier occupé à tirer de la bière d'un tonneau et de deux hommes assis à une table, au fond, devant des chopes qu'ils contemplaient mornement. Contrairement au patron, ils ne levèrent pas la tête quand les trois voyageurs entrèrent dans la salle séparée en deux par une cloison d'environ cinq pieds de hauteur, chaque demi-pièce bénéficiant d'une cheminée où crépitait un bon feu.

En découvrant l'aubergiste, Rand se demanda vaguement si tous les membres de cette respectable profession étaient obèses et frappés de calvitie galopante.

Se frottant frileusement les mains, Thom lança un commentaire sur les rigueurs intrigantes du climat, pour la saison, puis il commanda du vin chaud épicé pour trois et précisa :

— Nous aimerions le boire dans un endroit tranquille où nous pourrions parler sans être dérangés.

L'aubergiste désigna la cloison.

— La partie opposée à l'entrée, c'est ce que je peux vous proposer de mieux, sauf si vous voulez prendre une chambre. J'ai divisé ma salle en deux pour les marins qui font escale en ville. Sur tous les bateaux, une moitié de l'équipage en veut à mort à l'autre – et inversement. Je les sépare pour qu'ils ne dévastent pas mon établissement. (Jusque-là, l'homme n'avait pas quitté des yeux la cape de Thom, et il en détourna le regard seulement pour croiser celui de l'artiste.) Vous restez ? Voilà un moment que nous n'avons pas eu un trouvère. Pour se distraire un peu, les gens ne regarderaient pas à la dépense. Je pourrais même vous faire une ristourne sur l'hébergement et les repas.

Vive la discrétion ! pensa Rand, désabusé.

— C'est très généreux de votre part, fit Thom. Rien ne dit que je refuserai votre offre mais, pour l'instant, j'ai besoin d'un peu d'intimité.

— Je vous apporte le vin dans un moment… Mais songez-y : ici, un trouvère peut se remplir les poches.

Toutes les tables du fond étaient vides. Pourtant, Thom en choisit une au milieu de la pièce.

— Comme ça, expliqua-t-il, personne ne peut nous écouter sans être vu. Vous avez entendu ce faquin ? Une ristourne ? Alors que je peux faire doubler sa clientèle juste en venant m'asseoir ici ? Un aubergiste honnête offre le gîte et le couvert au trouvère, plus une solide participation aux bénéfices.

La table n'était pas bien propre et le plancher ne devait pas avoir vu de balai depuis des semaines. Regardant autour de lui, Rand eut une moue dégoûtée. Même très malade, maître al'Vere serait sorti de son lit plutôt que de laisser la crasse s'accumuler ainsi.

— Nous sommes à la recherche d'informations, rappela Thom, et de rien d'autre. Vous vous en souviendrez ?

— Pourquoi cet endroit ? s'enquit Mat. En chemin, j'ai vu des auberges beaucoup mieux tenues.

— La route de Caemlyn prolonge directement le pont, de l'autre côté de la rivière, dit Thom. Tous les gens qui traversent Pont-Blanc à pied, en diligence ou à cheval sont obligés de passer par cette place pour rejoindre le pont. Les bateliers sont une autre affaire, c'est vrai, mais vos amis ne sont certainement pas sur un navire. Si personne n'a entendu parler d'eux dans cet établissement, nous pourrons conclure qu'ils ne sont pas venus… Surtout, laissez-moi parler. Il faut procéder prudemment, voyez-vous ?

Sur ces mots, l'aubergiste apparut, trois chopes ébréchées tenues ensemble par l'anse dans un de ses battoirs. De sa main libre, il fit mine d'essuyer la table avec un chiffon – de toute façon crasseux – et en profita pour ramasser les pièces que Thom venait de poser devant lui.

— Si vous restez, dit l'homme en posant les chopes, vous boirez à l'œil. Et ici, le vin est très bon.

Thom eut un sourire qui ne se communiqua pas à ses yeux.

— Je vais y penser, aubergiste… Qu'y a-t-il de neuf, par ici ? Voilà un moment que nous sommes coupés de tout…

— Eh bien, il y a de grandes nouvelles. Oui, de sacrées grandes nouvelles !

L'aubergiste jeta négligemment le chiffon sur son épaule, puis il tira une chaise, s'assit, croisa les bras et soupira que se poser cinq minutes était un véritable luxe et qu'il adorait ça. Après avoir informé ses clients qu'il se nommait Bartim, il leur fit tout un discours sur ce qu'il appelait ses « pauvres pieds » couverts de corne et d'ampoules – à force de rester debout, il les mettait à la torture, sans oublier la transpiration qui…

Thom mentionnant de nouveau qu'il ne savait plus rien du monde depuis trop longtemps, Bartim consentit à oublier pour un moment les malheurs de ses orteils.

En ce qui concernait les nouvelles, l'aubergiste n'avait pas menti. C'était énorme ! Le faux Dragon Logain avait été capturé après une grande bataille, près de Lugard, alors qu'il tentait de faire passer son armée du Ghealdan à Tear. Les prophéties, bien entendu !

Thom fit signe qu'il avait compris, et Bartim reprit son récit. Les routes du Sud grouillaient de réfugiés, les plus chanceux portant sur leur dos une partie de leurs biens. Des milliers de malheureux fuyaient dans toutes les directions.

— Comme de juste, ricana Bartim, aucun d'eux ne soutenait Logain. À présent, on ne trouve plus du tout de partisans de cet « imposteur »… En revanche, le nombre de pauvres gens chassés de chez eux a été multiplié par dix…

Les Aes Sedai avaient joué un rôle dans la capture de Logain. Lorsqu'il ajouta cette précision, Bartim cracha par terre et il recommença après avoir révélé que les « sœurs » conduisaient le faux Dragon à Tar Valon.

Bartim se tenait pour un homme de bien et un professionnel respectable. Pour lui, les Aes Sedai pouvaient s'en retourner dans la Flétrissure d'où elles venaient – et emporter Tar Valon avec elles, tant qu'à faire ! S'il avait le choix, il n'approcherait pas d'une de ces femmes à moins de cent lieues, et encore ! Comme on pouvait s'y attendre, en chemin vers le nord, elles s'arrêtaient dans les villes et dans les villages pour exhiber leur prisonnier. Ainsi, tout le monde saurait que le faux Dragon était neutralisé.

Bartim aurait aimé voir ça, avoua-t-il. Quitte à être plus près que prévu d'une Aes Sedai… L'envie d'aller à Caemlyn le titillait, mais…

— Elles vont le forcer à comparaître devant la reine Morgase… (Bartim se toucha le front en signe de respect.) Je n'ai jamais vu notre souveraine. Un homme doit faire cette expérience au moins une fois dans sa vie, non ?

Logain pouvait faire des « tours », expliqua l'aubergiste. Deux ans plus tôt, il avait vu l'avant-dernier faux Dragon alors qu'il sillonnait la région, mais ce n'était qu'un type banal qui croyait pouvoir devenir un roi. Avec lui, il n'y avait pas eu besoin d'Aes Sedai. Les soldats l'avaient coincé, couvert de chaînes et jeté dans un chariot. Comme il avait l'air minable, recroquevillé sur lui-même, les bras protégeant sa tête, tandis que les gens le bombardaient de pierres ou lui taquinaient les côtes avec des bâtons ! La foule l'avait sacrément malmené, les soldats s'interdisant d'intervenir tant que la vie du prisonnier n'était pas en danger. Laisser la populace constater par elle-même que c'était un homme ordinaire ne pouvait pas faire de mal. Ce menteur-là n'avait aucun tour dans son sac. Logain, en revanche, avait la réputation d'être vraiment hors du commun. S'il partait, Bartim ferait le plein d'histoires à raconter à ses petits-enfants. Mais l'auberge le retenait…

Rand écouta toute la tirade de l'aubergiste avec un intérêt sincère. À Champ d'Emond, quand Padan Fain avait parlé d'un faux Dragon capable de canaliser le Pouvoir, cette nouvelle avait paru si extraordinaire ! Avec ce qu'il avait vécu ces derniers jours, Rand n'était plus enclin à s'ébaubir. Cela dit, il y avait de quoi battre tambour, il devait le reconnaître. Le genre d'histoire qu'on raconte des décennies plus tard à ses petits enfants… Qu'il y parvienne ou non, Bartim dirait sûrement aux siens qu'il avait vu Logain de ses yeux.

Jusque-là, Rand n'avait jamais pensé que les aventures de quelques villageois de Deux-Rivières pourraient fasciner quelqu'un, à part d'autres habitants du coin. Mais tout changeait…

— Voilà matière à faire une formidable histoire ! s'écria Thom. De celles qu'on raconte pendant des siècles. Je regrette de ne pas avoir été là ! (Le trouvère semblait parfaitement sincère – et, selon Rand, il l'était.) Je vais quand même essayer de voir ce Logain. Tu n'as pas précisé quelle route ont empruntée les Aes Sedai et leur prisonnier. Mais il y a peut-être d'autres voyageurs dans le coin ? Eux, ils sauront, avec un peu de chance…

Bartim eut un geste agacé.

— Vers le nord, c'est tout ce qu'on sait, trouvère ! Si tu veux le voir, va à Caemlyn. C'est la seule information que j'aie, et si d'autres étaient disponibles à Pont-Blanc je les connaîtrais.

— Je n'en doute pas un instant, concéda Thom… Dis-moi, beaucoup de voyageurs doivent s'arrêter ici, non ? Ton enseigne attire l'œil. Je l'ai vue depuis le pied du Pont Blanc…

— On ne la voit pas seulement de là, tu peux me croire ! (Bartim changea brusquement de sujet.) Il y a deux jours, un Illianien est passé en ville avec une proclamation couverte de sceaux et fermée par des rubans. Il l'a lue à haute voix ici, au milieu de la place. À l'en croire, il ira la lire jusque dans les montagnes de la Brume et peut-être même au-delà, sur les rives de l'océan d'Aryth – si les cols sont ouverts. Il paraît que des hérauts sont chargés de la faire connaître aux huit coins du monde. (Bartim secoua la tête.) Les montagnes de la Brume… On raconte qu'elles sont auréolées de brouillard toute l'année et qu'il y a des créatures, dans cette purée de pois, capables d'écorcher vif un homme avant qu'il ait eu le temps de dire « ouf ».

Mat ricana, s'attirant un regard courroucé de l'aubergiste.

— Et que disait cette proclamation ? demanda Thom.

— Eh bien, elle annonçait la Grande Quête du Cor ! J'ai oublié de le dire ? Les Illianiens invitent chez eux tous ceux qui sont prêts à se consacrer corps et âme à la Quête. Tu imagines ça, trouvère ? Se vouer à une légende ? Mais ils trouveront bien des candidats. Il y a des imbéciles partout, comme nous le savons tous. Le héraut clamait que la fin du monde est pour bientôt. L'ultime bataille contre le Ténébreux. (Bartim eut un rire qui sonna atrocement faux.) Avant, ces idiots veulent trouver le Cor de Valère. Que penses-tu de ça, l'artiste ? (L'aubergiste se mordilla une phalange, pensif.) Après l'hiver que nous venons d'avoir, il est délicat de les contredire… Sans oublier ce Logain et les deux cinglés qui l'ont précédé. Pourquoi tant de faux Dragons en à peine quelques années ? Et cet hiver de malheur ? Tout ça doit avoir un sens. Qu'en penses-tu, trouvère ?

Thom parut ne pas avoir entendu. À mi-voix, il récita quelques vers comme s'il se parlait à lui-même :

— « Lors du dernier combat désespéré
Contre la chute d'une longue nuit
Les montagnes devront faire le guet
Et le repos des morts sera troublé
Car mon appel, ils l'entendront aussi. »

— C'est ça, oui ! s'écria Bartim, comme s'il voyait déjà une foule de gens lui donner leur argent pendant qu'ils écoutaient Thom. *La Grande Quête du Cor* ! Déclame-leur cette histoire, et ils se suspendront aux poutres pour t'entendre. Tout le monde sait, pour la proclamation…

Thom semblant toujours dériver à des lieues de là, Rand crut judicieux d'intervenir :

— Nous cherchons des amis qui auraient dû passer par ici. Ils venaient de l'ouest. Ces deux dernières semaines, vous avez eu beaucoup de voyageurs arrivant de l'ouest ?

— Quelques-uns, oui, dit Bartim. Il y en a toujours, qui viennent de l'ouest ou de l'est… (Soudain méfiant, il dévisagea ses trois clients.) Ils ressemblent à quoi, vos amis ?

Rand voulut répondre, mais Thom, émergeant de lui seul savait où, le réduisit au silence d'un regard courroucé. Puis il se tourna vers l'aubergiste :

— Deux hommes et trois femmes, dit-il à contrecœur, possiblement ensemble, mais peut-être pas…

Il décrivit les cinq voyageurs, donnant assez de détails pour qu'on les reconnaisse – si on les avait croisés – mais pas assez pour qu'on puisse se douter de leur véritable identité.

Bartim se passa une main sur le crâne, puis il se leva lentement.

— Oublie ma proposition, trouvère. Pour être franc, j'aimerais que tu boives ton vin et que tu files avec tes amis. Et si tu es malin, ne traîne pas à Pont-Blanc !

— Quelqu'un d'autre les a demandés ? lâcha Thom. (Il sirota son vin comme si la réponse à cette question ne lui faisait ni chaud ni froid.) De qui s'agit-il ?

Bartim se gratta de nouveau le crâne, sembla sur le point de partir, mais se ravisa.

— Il y a une semaine environ, un type à tête de fouine a traversé le pont. Un dément, avons-nous tous pensé. Toujours en train de parler tout seul et éternellement agité, même quand il tentait de rester immobile. Il cherchait vos amis… Certains d'entre eux, en tout cas. Il posait la question comme si sa vie en dépendait, puis il semblait se ficher totalement de la réponse. Une fois sur deux, il affirmait qu'il allait les attendre. L'autre, il annonçait son départ, parce qu'il était très pressé. Un instant, il implorait qu'on l'aide, et celui d'après il avait des exigences de souverain. En une ou deux occasions, il a bien failli se prendre une raclée. La garde municipale voulait le jeter en prison pour sa propre sécurité. Il est reparti pour Caemlyn le jour même de son arrivée, heureusement. Un vrai fou, qui est sorti de la ville en marmonnant des bêtises…

Rand interrogea Thom et Mat du regard. Eux non plus ne voyaient pas de qui il pouvait s'agir.

— Vous êtes sûr qu'il cherchait nos amis ? demanda Rand.

— Certains d'entre eux… Il a parlé du guerrier et de la femme vêtue de soie, mais il s'intéressait aux trois garçons de la campagne…

Bartim étudia Mat et Rand d'un regard soudain interloqué. Ou était-ce juste une impression ?

— Eux, il voulait absolument les retrouver… Mais il était fou, comme je l'ai déjà dit.

Rand frissonna. Qui pouvait être ce fou, et que leur voulait-il ? *Un Suppôt des Ténèbres ? Ba'alzamon aurait-il eu recours à un aliéné ?*

— Celui-là était fou, mais le suivant…, soupira Bartim. Il est arrivé le lendemain, très exactement…

— Le suivant ? répéta Thom, encourageant l'aubergiste à continuer.

Bartim regarda autour de lui, constatant que la demi-salle était vide. Puis il se leva et jeta un coup d'œil par-dessus la séparation.

— Tout de noir vêtu, oui… La capuche de sa cape relevée, afin qu'on ne voie pas son visage, mais une façon de poser des questions qui suffirait à glacer les sangs de n'importe qui. Je lui ai parlé, savez-vous ? (Bartim hésita, se mordilla la lèvre, puis se jeta à l'eau.) Sa voix… On aurait cru entendre un serpent qui rampe sur un lit de feuilles mortes… J'en ai eu l'estomac retourné. Et, chaque fois qu'il revenait, c'était pour me demander les mêmes choses que le fou. On ne le voyait jamais arriver. Le jour ou la nuit, il était là comme par miracle, nous surprenant immanquablement. Les gens ont commencé à regarder sans cesse par-dessus leur épaule. Et vous savez ce qui est le plus grave ? Aucun guetteur ne l'a jamais vu entrer ou sortir de la ville !

Rand s'efforça de ne pas réagir, serrant les dents jusqu'à ce qu'elles lui fassent mal. Mat se rembrunit et Thom fit mine de s'intéresser à son vin. Le nom qu'ils voulaient dire tous les trois semblait flotter dans la pièce. Un Myrddraal !

— Si j'avais rencontré un individu pareil, souffla Thom, je crois que je m'en souviendrais…

— Que la Lumière me brûle, mais je vous jure bien que oui ! s'écria Bartim. Il cherchait les mêmes personnes que le fou, avec en plus une jeune fille et… hum… un trouvère aux cheveux blancs.

Thom fronça les sourcils, exprimant une surprise qui n'était pas feinte, aurait juré Rand.

— Un trouvère aux cheveux blancs ? Eh bien, suis-je le seul artiste du monde à avoir un peu blanchi sous le harnais ? Bartim, je t'assure que je ne connais pas cet individu, et qu'il n'a aucune raison de me chercher.

— C'est possible… Il n'a pas été explicite, mais j'ai eu le sentiment qu'il aurait détesté quiconque se serait avisé d'aider ces gens ou de ne pas lui signaler leur présence. Vous voulez savoir ce que je lui ai répondu ? « Je n'ai pas vu ces voyageurs, je n'en ai pas entendu parler, et c'est la stricte vérité. » (Bartim laissa tomber sur la table les pièces de Thom.) Finissez votre vin et partez ! D'accord ?

En s'éloignant, l'aubergiste jeta plusieurs coups d'œil angoissés par-dessus son épaule.

— Un Blafard…, dit Mat dès que Bartim fut hors de portée d'oreille. J'aurais dû deviner que nos ennemis nous chercheraient ici.

— Et il reviendra…, souffla Thom. Retournons au bateau et acceptons l'offre de Domon. Nos poursuivants se lanceront sur la route de Caemlyn et, pendant ce temps, nous descendrons la rivière, très loin de là…

— Non, répondit Rand, inflexible. Soit nous attendons Moiraine et les autres ici, soit nous nous mettons en chemin pour Caemlyn. C'est l'un ou l'autre, Thom. Il n'y a pas de troisième possibilité.

— C'est de la folie, mon garçon. Les choses ont changé… Si tu m'écoutais, pour une fois ? Quoi que dise cet aubergiste, si un Myrddraal le « regarde » un peu méchamment, il lui racontera tout, précisant ce que nous avons bu et combien de poussière il y avait sur le dessus de nos bottes. (Au souvenir du visage sans yeux du Blafard, Rand frissonna de la tête aux pieds.) Quant à Caemlyn… Tu crois que les Demi-Humains n'ont pas compris que tu veux aller à Tar Valon ? C'est le moment idéal pour embarquer sur un bateau qui file dans une autre direction !

— Non, Thom, répéta Rand.

Il n'avait rien contre l'idée d'être le plus loin possible des Blafards, mais les choses ne pouvaient pas être si simples, hélas.

— Non et non ! martela-t-il.

— Réfléchis, mon garçon ! Illian ! La plus vaste capitale du monde. Et la Grande Quête du Cor. C'est la première depuis quatre cents ans, tu sais ? Un nouveau cycle de récits qui me tend les bras. Enfin, tu n'as jamais *rêvé* d'une chance pareille ! Quand les Myrddraals comprendront où tu es, tu seras tellement vieux et las de voir jouer tes petits-enfants que tu t'en ficheras comme d'une guigne.

Rand ne céda pas.

— Non ! Combien de fois devrai-je le dire ? Ils nous trouveront où que nous allions. Des Blafards nous attendent déjà en Illian, j'en suis sûr. Et comment échapper aux cauchemars, de toute façon ? Je veux savoir ce qui m'arrive et découvrir pourquoi. Donc, j'irai à Tar Valon. Avec Moiraine, si c'est possible, et tout seul s'il le faut. Mais je dois savoir !

— L'Illian, mon garçon ! Une croisière sur la rivière pendant que tes ennemis te cherchent ailleurs. Quant aux cauchemars… Par le sang et les cendres ! ils ne peuvent pas te faire du mal !

Vraiment ? Les épines oniriques ne tireraient pas de sang à ceux qu'elles piquent ?

Rand faillit regretter de ne pas avoir parlé de ce rêve-là au trouvère… *Le raconteras-tu jamais à quelqu'un ? Ba'alzamon hante tes songes, mais quelle différence y a-t-il entre tes jours et tes nuits, désormais ? À qui oseras-tu dire que le Ténébreux a mis la main sur toi ?*

Thom sembla comprendre et son visage s'adoucit.

— Même ces rêves-là, mon garçon… Ce ne sont que des illusions, pas vrai ? Au nom de la Lumière ! parle à ton ami, Mat ! Je sais que tu ne veux pas aller à Tar Valon…

Mat s'empourpra – un mélange d'embarras et de colère. Évitant de se tourner vers Rand, il foudroya Thom du regard.

— Pourquoi nous poser tant de problèmes ? Vous voulez prendre le bateau ? Eh bien, prenez-le ! Nous nous débrouillerons seuls.

Le trouvère ricana, ses épaules tremblant comme s'il riait aux éclats, mais sa voix vibra de colère :

— Vous croyez en savoir assez long sur les Myrddraals pour leur échapper ? Vous pensez entrer seuls dans Tar Valon et aller voir la Chaire d'Amyrlin ? Savez-vous seulement distinguer les Ajah ? Si l'un de vous croit vraiment tout ça, qu'il me dise de partir !

— Partez…, souffla Mat en glissant une main sous sa cape.

Rand comprit qu'il allait saisir le manche de la dague « récupérée » à Shadar Logoth. Était-il prêt à s'en servir ? Peut-être bien…

Un éclat de rire rauque monta soudain de derrière la cloison qui divisait la salle en deux.

— Des Trollocs ? Tu devrais te procurer une cape de trouvère, mon gars ! Bon sang ! tu es mort soûl ! Ce sont des légendes ! Des fables venues des Terres Frontalières.

Ces mots douchèrent la fureur du trouvère et de ses compagnons. Mat lui-même se tourna vers la cloison, les yeux écarquillés.

Rand se redressa juste assez pour voir de l'autre côté de la séparation. Puis il se rassit, l'estomac retourné. Floran Gelb était venu s'asseoir avec les deux clients déjà présents à l'arrivée des trois voyageurs. S'ils se moquaient de lui, les deux buveurs l'écoutaient. Et, alors qu'il nettoyait mollement une table, Bartim lui aussi tendait l'oreille, en oubliant parfois de frotter la crasse.

— Gelb…, souffla Rand.

Très tendu, Thom s'assura que leur moitié de la salle était toujours déserte.

De l'autre côté de la cloison, le deuxième buveur lança :

— Non, les Trollocs existent bien, mais ils ont été exterminés pendant la guerre qui porte leur nom.

— Des fables ! insista le premier type.

— Non, c'est la vérité ! s'indigna Gelb. J'ai été dans les Terres Frontalières, et j'ai vu des Trollocs comme je vous vois. Les trois intrus affirmaient que les monstres les suivaient, mais je ne suis pas stupide. C'est pour ça que je ne suis pas resté sur le *Poudrin*. Si je soupçonne Bayle Domon depuis pas mal de temps, ces trois-là sont des Suppôts du Ténébreux, j'en suis sûr ! Et…

Des rires et des quolibets couvrirent la fin du discours de Gelb.

Combien de temps avant que l'aubergiste entende une description des « trois-là » en question ? Si ce n'était pas déjà fait. Ou s'il ne faisait pas de lui-même le rapport avec les clients qu'il venait de servir…

Pour sortir, Rand et ses compagnons devraient hélas passer devant la table de Gelb.

— Le bateau n'est peut-être pas une si mauvaise idée…, murmura Mat.

Mais Thom secoua la tête.

— Plus maintenant ! affirma-t-il. (Il sortit de sa poche la bourse remise par Domon, la vida et fit trois piles égales.) Que les gens y croient ou non, l'histoire de Gelb aura fait le tour de la ville dans une heure. Les Demi-Humains l'entendront tôt ou tard. Domon lève l'ancre demain matin. Au mieux, il sera poursuivi jusqu'à l'Illian par des Trollocs… Au pire… Eh bien, il s'y attendait, pour une raison qui me dépasse, mais ça ne change rien pour nous. Il ne nous reste qu'une solution : filer le plus vite possible.

Mat empocha très vite les pièces. Prenant plus de temps, Rand vit que le présent de Moiraine n'était pas dans sa pile. Domon avait fait équitablement le change, pourtant, il regrettait que cette pièce-là ne lui ait pas été rendue.

Empochant à son tour l'argent, il interrogea le trouvère du regard.

— Au cas où nous serions séparés, expliqua Thom. Ce ne sera probablement pas le cas, mais bon… Si ça arrive, vous vous en sortirez, j'en suis certain. Restez loin des Aes Sedai jusqu'à la fin de vos jours.

— Je croyais que vous veniez avec nous…

— J'en ai l'intention, mon garçon, mais l'ennemi approche, et la Lumière seule sait comment ça finira. Bon, laissons tomber… Il ne se passera sûrement rien… (Le trouvère regarda Mat.) J'espère que ma présence ne te dérange plus.

Mat dévisagea ses deux compagnons et haussa les épaules.

— Je suis nerveux, c'est tout… On ne parvient pas à se débarrasser des monstres. Dès qu'on s'arrête pour souffler, les voilà qui rappliquent ! J'ai l'impression de sentir en permanence des yeux peser sur ma nuque. Qu'allons-nous faire ?

De l'autre côté de la cloison, Gelb tentait toujours de convaincre les deux rieurs qu'il disait la vérité. Tôt ou tard, Bartim ferait le rapprochement entre ses trois clients et les trois « intrus » du marin.

Thom se leva, mais resta voûté. De l'autre côté, personne ne pouvait le voir. Faisant signe aux deux garçons de le suivre, il murmura :

— Pas de bruit, surtout…

Les fenêtres qui flanquaient la cheminée donnaient sur une allée étroite. Quand il en eut atteint une, Thom l'ouvrit, la relevant juste assez pour qu'un homme puisse se glisser dehors. Avec les rires et les cris des deux buveurs et de Gelb, le grincement du bois passa inaperçu.

Dans l'allée, Mat fit mine de vouloir rejoindre la rue, mais Thom le retint par le bras.

— Pas si vite… D'abord, il faut décider ce que nous allons faire.

Quand il eut baissé la fenêtre autant que c'était possible de l'extérieur, Thom étudia la configuration des lieux.

Rand l'imita. À l'exception d'une demi-douzaine de tonneaux servant à la récupération des eaux de pluie alignés le long de l'auberge et du bâtiment suivant – la boutique d'un tailleur –, l'allée au sol sec et poussiéreux était déserte.

— Pourquoi faites-vous ça ? demanda Mat. Sans nous, vous seriez en sécurité. Pourquoi restez-vous avec nous ?

Thom dévisagea un moment le jeune homme.

— J'avais un neveu nommé Owyn, dit-il en enlevant sa cape. (Il fit un petit tas avec sa couverture et posa dessus ses instruments rangés dans leurs étuis.) Le seul fils de mon frère, et mon unique parent vivant. Il a eu des ennuis avec les Aes Sedai, mais j'étais trop absorbé par d'autres choses pour l'aider. J'ignore si j'aurais réussi mais, quand j'ai essayé, il était trop tard. Owyn est mort quelques années plus tard, et on peut dire que les Aes Sedai l'ont tué.

Thom se redressa sans regarder ses deux compagnons. Sa voix ne tremblait pas, mais Rand aurait juré avoir vu des larmes briller dans ses yeux.

— Si je parviens à vous arracher aux griffes de Tar Valon, continua le trouvère, je cesserai peut-être de penser à Owyn… Attendez ici…

Évitant toujours de croiser le regard des jeunes gens, Thom gagna la sortie de l'allée, ralentissant le pas un peu avant de l'avoir atteinte. Après avoir regardé à droite et à gauche, il s'engagea dans la rue et disparut.

Mat fit mine de le suivre, mais il se ravisa, désignant les étuis en cuir des instruments de musique.

— Il ne laisserait pas ce trésor-là derrière lui, dit-il. Tu crois à son histoire ?

Rand s'accroupit à côté d'un tonneau de récupération.

— Que t'arrive-t-il, Mat ? Je ne te reconnais pas. Bon sang ! tu n'as pas ri depuis des jours !

— Je n'aime pas être traqué comme un lapin… (Mat soupira et s'adossa au mur de l'auberge. Même dans cette posture, il restait tendu comme un arc.) Désolé… C'est cette fuite perpétuelle, tous ces étrangers, et… et… Tout ça, quoi ! Je suis sur les nerfs. Dès que j'aperçois un inconnu, je me demande s'il va nous livrer aux Myrddraals, tenter de nous manipuler ou réussir à nous détrousser ! Par la Lumière ! Rand, ça ne te fait rien ?

— Navré, mais j'ai trop peur pour être nerveux.

— D'après toi, qu'ont fait les Aes Sedai au neveu de Thom ?

— Je n'en sais rien…

En règle générale, un homme n'avait qu'une façon de s'attirer des ennuis avec les Aes Sedai.

— Ça n'a rien à voir avec notre cas, je pense…

— Ouais, tu dois avoir raison…

Les deux amis attendirent en silence pendant ce qui leur parut une éternité. En réalité, quelques minutes passèrent tandis qu'ils guettaient le retour de Thom, redoutant que Gelb ou Bartim ouvrent une fenêtre et les accusent d'être des Suppôts du Ténébreux.

Un homme apparut soudain à l'entrée de la ruelle. Très grand et vêtu d'une cape plus noire que la nuit, l'inconnu dissimulait son visage dans les ombres de son capuchon.

Rand se redressa, la main droite déjà refermée sur la poignée de son épée. La bouche sèche, il tenta en vain de l'humidifier. Se ramassant sur lui-même, Mat glissa une main sous sa cape.

L'homme approchait et, à chacun de ses pas, la gorge de Rand se serrait un peu plus. Puis l'inconnu abaissa son capuchon.

Rand faillit s'en évanouir de soulagement. C'était Thom.

— Si vous ne m'avez pas reconnu, lança-t-il joyeusement, ce déguisement devrait convenir pour franchir les portes de la ville.

Avançant jusqu'à ses « bagages », le trouvère entreprit de transférer dans sa nouvelle cape marron foncé les objets personnels qu'il gardait sur lui dans l'ancienne.

Rand prit une grande inspiration, mais sa gorge refusa de se desserrer, comme si un poing géant était refermé dessus. La cape était marron, pas noire ! La main toujours glissée sous sa cape, Mat fixait le dos du trouvère comme s'il envisageait sérieusement de lui planter sa lame entre les omoplates.

— Eh ! les garçons, lança Thom, ce n'est pas le moment de baisser les bras !

Dans sa vieille cape, côté doublure visible, pour plus de discrétion, il empaqueta les étuis de ses instruments, histoire d'avoir un baluchon facile à porter.

— Nous allons sortir chacun à notre tour, en nous suivant d'assez près pour ne jamais nous perdre de vue. De cette façon, nous ne nous ferons pas remarquer. Rand, tu peux rentrer les épaules et te faire le plus petit possible ? Ta haute taille est plus parlante qu'une pancarte !

Accrochant le baluchon dans son dos, le trouvère releva sa capuche. Avec son déguisement, il ne ressemblait plus du tout à un artiste aux cheveux blancs. On eût dit un banal voyageur trop pauvre pour se payer un cheval, et encore moins un carrosse.

— En route ! Nous avons déjà perdu trop de temps !

Rand était de cet avis, pourtant il hésita un instant avant de sortir de l'allée obscure. Même si personne, sur la place, ne lui accorda une once d'attention, il se recroquevilla sur lui-même, redoutant d'entendre un Suppôt des Ténèbres lancer le genre de cri qui transforme sans peine des badauds inoffensifs en une foule de meurtriers enragés.

Alors qu'il faisait du regard le tour de la vaste place, observant les citadins qui vaquaient à leurs occupations, un Myrddraal apparut comme par magie à une cinquantaine de pas des trois fugitifs. D'où sortait-il ? Rand n'aurait su le dire mais, quoi qu'il en soit, il fondait sur ses proies avec la mortelle précision d'une bête fauve qui sait que l'affaire est entendue et qu'elle aura son festin. Les passants s'écartaient sur son chemin, puis ils quittaient la place à la hâte, comme si des affaires très urgentes les appelaient ailleurs.

Rand se pétrifia. Il tenta d'invoquer la flamme et le vide, mais c'était aussi vain que vouloir saisir de la fumée. Le « regard » du Blafard le paralysait, transformant en glace la moelle de ses os.

— Ne regardez pas son visage…, murmura Thom. (Sa voix tremblait et il croassait comme si les mots avaient du mal à sortir.) Que la Lumière vous brûle ! ne regardez pas son visage !

Rand réussit à détourner les yeux – un effort qui manqua lui faire pousser un gémissement, comme s'il venait d'arracher une sangsue de sa joue. Mais, même s'il regardait les pavés de la place, il voyait toujours le Blafard approcher tel un chat qui joue avec des souris et s'amuse de leurs tentatives de fuite. De toute façon, elles finiraient dans sa gueule, alors à quoi bon s'agiter ?

Le Demi-Humain avait déjà avalé la moitié de la distance.

— Allons-nous rester là ? marmonna Rand. Il faut… fuir…

Mais ses jambes refusaient de lui obéir.

L'angoisse déformant ses traits, Mat avait réussi à dégainer sa dague et il la brandissait d'une main tremblante.

— Tu crois…, commença Thom.

Il dut s'interrompre pour déglutir, puis reprit :

— Tu crois pouvoir le semer, pas vrai ?

Le trouvère continua à parler, mais Rand ne comprit plus ce qu'il disait – à part le prénom « Owyn », qu'il reconnut clairement.

— Je n'aurais jamais dû me lier à vous, les gars, dit soudain le trouvère. Jamais au grand jamais ! (Il décrocha le baluchon de son dos et le confia à Rand.) Prends soin de mes affaires… Quand je vous dirai de courir, détalez et ne vous arrêtez plus jusqu'à Caemlyn, c'est compris ? *La Bénédiction de la Reine*… C'est le nom d'une auberge. Ne l'oubliez pas, au cas où… Ne l'oubliez pas, voilà tout !

— Je ne comprends pas, dit Rand.

Le Blafard n'était plus qu'à vingt pas – et le jeune homme avait l'impression de porter des chaussures à semelle de plomb.

— Souvenez-vous ! *La Bénédiction de la Reine* ! Et maintenant, courez !

Le trouvère flanqua une claque dans le dos de chaque garçon afin de le mettre en mouvement. Rand faillit s'étaler, mais il se retrouva en train de détaler, Mat à ses côtés.

— Courez ! cria de nouveau Thom.

Il se lança lui aussi à la course avec un rugissement de bête fauve. Pas dans le sillage des deux garçons, mais en direction du Myrddraal. Ses mains décrivant dans l'air des arabesques, comme lorsqu'il jonglait, il dégaina lestement ses couteaux. Rand s'arrêta, mais Mat le tira par le bras.

Le Blafard fut tout aussi déconcerté que le jeune berger. Ralentissant le pas, il lança une main vers la poignée de son épée, mais les longues jambes du trouvère avaient déjà avalé la distance.

Thom percuta le Demi-Humain avant qu'il ait dégainé son arme. Les deux adversaires s'écroulèrent et les rares passants encore présents filèrent à la vitesse du vent.

— Courez !

Un aveuglant éclair bleu illumina la place. Alors qu'il hurlait de douleur, Thom parvint encore à prononcer un mot cohérent :

— Courez !

Rand obéit, le cri du trouvère résonnant à ses oreilles comme s'il devait l'entendre jusqu'à la fin de ses jours. Serrant le baluchon contre sa poitrine, il courut à une vitesse qu'il ne se serait pas cru capable d'atteindre.

Au fil de la fuite des deux jeunes gens, la panique qui était née sur la grande place se répandit dans toute la cité. En les voyant passer, des artisans abandonnèrent leur étal, des volets se fermèrent sur une multitude de fenêtres, occultant des visages soudain terrifiés. Des gens qui n'avaient rien vu ni rien entendu couraient comme s'ils avaient le Ténébreux aux trousses. Ils se bousculaient et se renversaient, les plus faibles se faisant piétiner par les plus forts.

Pont-Blanc ressemblait à une fourmilière qui vient d'encaisser un grand coup de pied.

Alors que Mat et lui fonçaient vers les portes, Rand se souvint de ce que Thom avait dit au sujet de sa taille. Sans ralentir, il se fit le plus petit possible – sans trop exagérer, cependant, pour ne pas attirer l'attention.

Par bonheur, la double porte était ouverte et les deux gardes casqués vêtus d'une cotte de mailles et armés d'une hallebarde se souciaient davantage de ce qui se passait dans la cité que des fous furieux qui entendaient en sortir. Car les deux garçons n'étaient pas les seuls à vouloir franchir les portes. Une foule d'hommes et de femmes, ces dernières serrant souvent un enfant dans leurs bras, se déversaient vers ce qui leur semblait être le salut – même s'ils ignoraient en quoi consistait la menace.

Personne ne pourra dire par où nous sommes partis, songea Rand en courant. *Mais ce pauvre Thom… Que la Lumière ait pitié de moi ! Thom !*

Mat tituba à côté de son ami, mais il parvint à recouvrer son équilibre. Courant bien longtemps après que le dernier fuyard eut renoncé, les deux amis mirent une distance des plus respectables entre la cité, le Pont Blanc et eux.

À bout de forces, Rand finit par tomber à genoux dans la poussière. Alors qu'il reprenait son souffle, il regarda derrière lui et ne vit personne sur la piste qui serpentait entre les arbres.

— Debout, debout ! lança Mat. (Haletant et couvert de sueur, il semblait sur le point de s'écrouler.) Il faut continuer !

— Thom…, souffla Rand. (Il serra contre lui le baluchon du trouvère.) Thom…

— Il est mort ! Tu as vu l'éclair, non ? Rand, il est mort !

— Tu penses qu'Egwene, Moiraine et les autres ont succombé aussi… Mais, si c'était le cas, pourquoi les Myrddraals les poursuivraient-ils toujours ? Réponds-moi !

Mat se laissa tomber à genoux près de son ami.

— D'accord, ils sont peut-être vivants… Mais pour Thom, tu as bien vu, non ? Par le sang et les cendres ! la même chose risque de nous arriver !

Rand acquiesça sombrement. Derrière eux, la route restait désespérément déserte. Thom allait-il enfin débouler, la moustache frémissante à cause de l'effort, pour leur annoncer qu'ils étaient sacrément dans la mouise ?

Non, il ne viendrait plus, maintenant…

La Bénédiction de la Reine, à Caemlyn. C'était l'objectif, désormais. Rand se releva et ajouta le baluchon de Thom à son propre paquetage.

— En route ! lança-t-il.

Mat obéit en râlant, mais il pressa le pas pour ne pas se laisser distancer.

Ils avancèrent en silence, baissant la tête pour protéger leurs yeux des tourbillons de poussière soulevés par le vent. Rand regarda plusieurs fois par-dessus son épaule, mais la route resta obstinément déserte.

27

Un abri contre la tempête

Perrin rongea son frein durant tout le voyage vers le sud, puis l'est, effectué en compagnie des Tuatha'an. Ignorant jusqu'à l'existence du verbe « se presser », les Gens de la Route allaient à un train de sénateur, et ils s'en flattaient. Le matin, les roulottes aux couleurs chatoyantes ne s'ébranlaient jamais avant que le soleil soit très haut dans le ciel. Le « soir », il suffisait qu'un site agréable se présente, et les Zingari décidaient de camper pour la nuit, même quand on était en plein milieu de l'après-midi. Lorsque les roulottes avançaient, les chiens trottinaient sans peine à côté – quand ce n'étaient pas les enfants en bas âge. Toute allusion à un rythme plus soutenu obtenait un éclat de rire en guise de réponse. Et, quand Perrin insistait, on lui répliquait sèchement : « Tu voudrais faire souffrir les chevaux, étranger ? »

L'apprenti forgeron s'étonnait qu'Elyas ne partage pas son impatience. Mais l'ermite semblait prendre plaisir à flâner et il n'évoqua pas la possibilité qu'on accélère un peu le rythme. Dans le même ordre d'idées, il n'envisagea jamais de quitter les Zingari pour avancer plus vite.

Avec sa longue barbe et ses vêtements en peaux de bêtes, Elyas était radicalement différent des Tuatha'an. Même de très loin, on ne pouvait pas le prendre pour un des leurs, et pas seulement à cause de sa tenue. En accord avec son apparence, il se déplaçait avec la grâce paresseuse d'un loup, le danger émanant de lui comme la chaleur qui se dégage d'un feu. Le contraste avec les Gens de la Route était frappant. Vieux ou jeunes, les Zingari avaient la démarche joyeuse, dansante et parfaitement pacifique. Si les enfants évoluaient pour le simple plaisir de sentir bouger leur corps, les nobles grands-pères et les dignes grands-mères n'étaient pas en reste, exécutant un allègre ballet qui témoignait de leur profond amour de la vie. Les Zingari semblaient en permanence sur le point de danser, même quand ils ne bougeaient pas – et aux rares moments où il n'y avait pas de musique dans le camp.

Pratiquement à toute heure de la journée, les violons, les flûtes, les cymbalums, les cithares et les tambourins enveloppaient les roulottes dans un écrin de musique. Qu'ils campent ou qu'ils cheminent, les Gens de la Route étaient en permanence accompagnés par des chansons. Que l'air fût joyeux, entraînant, franchement mélancolique ou désespéré, quand quelqu'un ouvrait l'œil dans le camp, la musique renaissait au monde dès les minutes qui suivaient.

Elyas était accueilli gentiment chaque fois qu'il passait près d'un feu, le soir, ou qu'il flânait à côté d'une roulotte, dans la journée. C'était le visage affable que les Zingari entendaient présenter aux étrangers. Mais sous ce masque, il y avait autre chose. Comme Perrin l'avait vite senti, ces gens dissimulaient sous leurs sourires une méfiance naturelle qui les incitait à détaler au premier signe de danger, comme des daims à demi apprivoisés. Alors qu'on se montrait d'une franche cordialité avec lui, l'apprenti forgeron devinait qu'on se posait des questions à son sujet. Était-il dangereux ? Du genre à attirer les ennuis, même s'il n'avait pas de mauvaises intentions ? Au fil des jours, les Zingari baissaient un peu leur garde, mais ils prenaient leur temps.

Avec Elyas, la méfiance était installée et elle ne se dissipait jamais. Lorsqu'ils le regardaient à la dérobée, les Zingari semblaient toujours inquiets de ce qu'il pouvait bien mijoter. Et, quand il traversait le camp, les jambes d'habitude si avides de danser semblaient avoir plutôt envie de courir loin de lui.

L'ermite était ouvertement mal à l'aise face au Paradigme de la Feuille. Quand il frayait avec les Tuatha'an, un rictus flottait en permanence sur ses lèvres. Une expression un rien condescendante, peut-être, mais dont était exclu tout véritable mépris. En fait, il semblait qu'Elyas aurait préféré être partout ailleurs qu'au sein de la communauté de Zingari. Pourtant, chaque fois que Perrin évoquait la possibilité d'une séparation, l'homme aux loups grognait qu'il préférait rester « au moins pour quelques jours ».

— Avant de me rencontrer, vous avez connu des moments difficiles, la petite et toi, daigna-t-il expliquer un soir. Avec des Trollocs et des Blafards aux trousses – et des Aes Sedai en guise d'amies –, votre avenir n'est pas vraiment rose. Alors, pourquoi ne profitez-vous pas de ce répit ?

Finissant de savourer la tarte aux pommes séchées d'Ila, l'ermite eut un sourire qui souligna paradoxalement la froideur de ses étranges yeux jaunes. Allongé sur le sol près du feu – comme d'habitude, il avait négligé la souche proposée par ses hôtes –, il fronça les sourcils, attendant la question suivante de Perrin.

— Et si les Myrddraals finissent par nous trouver ? Qu'est-ce qui peut les en empêcher, si nous les attendons comme ça ? Trois loups ne suffiront pas à les repousser, et les Zingari ne nous aideront pas. S'il le fallait, ils ne se défendraient pas eux-mêmes. À cause de nous, ils risquent de se faire tailler en pièces par les Trollocs. Puisque nous devrons quitter les Zingari tôt ou tard, autant ne pas traîner !

— Quelque chose me dit d'attendre… Encore deux ou trois jours.

— Quelque chose ?

— Du calme, mon gars ! Prends donc la vie comme elle vient. Cours lorsqu'il le faut, bats-toi quand ça s'impose et repose-toi le reste du temps.

— C'est quoi, ce « quelque chose » ?

— Mange une part de tarte, fiston. Ila me déteste, mais elle me nourrit bien, quand je suis en visite chez elle. Dans les camps de Zingari, on se régale toujours.

— Le « quelque chose » ? insista Perrin. Si vous nous cachez des informations…

Elyas baissa les yeux sur sa part de tarte, la posa dans son assiette et se frotta les mains.

— Eh bien, une petite voix me souffle qu'il vaut mieux attendre… Quelques jours, comme je te l'ai dit. Je n'ai pas souvent des intuitions de ce genre mais, quand ça arrive, l'expérience m'a appris qu'il est préférable de s'y fier. Par le passé, ça m'a sauvé la vie. Cette fois, ma survie n'est pas l'enjeu, mais ça reste important. Maintenant, si tu veux partir, ne te gêne pas. Mais ce sera sans moi.

Perrin n'obtint jamais de plus claires explications. Elyas se reposait, parlait avec Raen, mangeait, faisait la sieste sous sa toque de fourrure et refusait tout débat sur la suite des événements. « Quelque chose » lui disait d'attendre. « Quelque chose » lui soufflait que c'était important. Quand viendrait l'heure de partir, il le saurait. D'ici là, Perrin devait se gaver de tarte – ou de ragoût – et en profiter pour se détendre.

Mais il était incapable de se détendre. La nuit, il errait parmi les roulottes, s'inquiétant de tout et de rien – et particulièrement de l'absence d'inquiétude, justement, qui caractérisait tous ses compagnons. Les Tuatha'an chantaient, dansaient, se remplissaient l'estomac – de fruits et de légumes, car ils ne consommaient pas de viande – et vaquaient à leurs occupations quotidiennes comme si le monde tournait parfaitement rond. Imitant la légèreté de leurs parents, les enfants couraient partout dans le camp, grimpaient aux arbres et se roulaient dans la poussière avec les chiens.

L'insouciance générale, quoi !

Devant ce spectacle, Perrin bouillait d'envie de s'en aller.

Filons avant d'attirer le malheur sur ces gens... Ils nous ont offert l'hospitalité, et nous les remercions en les exposant au danger. Au fond, ils ont raison de ne pas s'en faire, car personne ne les traque. Pour nous, en revanche, c'est différent...

Le jeune homme avait un mal de chien à échanger trois mots avec Egwene. Quand elle ne tenait pas des messes basses avec Ila, la jeune fille dansait avec Aram sur les innombrables morceaux collectés par les Gens de la Route au fil de leurs voyages. Ou sur leurs airs si vibrants de sentiments, qu'ils soient entraînants ou méditatifs...

Dans leur répertoire, Perrin reconnaissait souvent des morceaux, mais les titres n'étaient pas les mêmes qu'à Deux-Rivières. *Trois Filles dans la Prairie*, par exemple, devenaient chez les Zingari *Les Danses des Jolies Filles*. Et le célèbre *Vent du Nord*, selon eux, était connu sous le nom d'*Averses Torrentielles* dans certains pays, et sous celui de *Retraite de Berin* dans quelques autres.

Quand le jeune homme, sans penser qu'il faisait une gaffe, demanda ce qu'il en était de la farce intitulée *Le Zingaro a volé mes casseroles*, on lui répondit dans un éclat de rire que le titre, dans les camps de Tuatha'an, était *Des Plumes et du Goudron*.

Perrin comprenait très bien qu'on ait envie de danser avec les Zingari. À Champ d'Emond, on le tenait pour un danseur très moyen et peu motivé. Ici, il avait des démangeaisons dans les jambes dès qu'il entendait la musique. Et, lorsqu'il s'y mettait, il gambillait pendant des heures ! Son cœur battant au rythme des tambourins, il en oubliait jusqu'à l'existence du monde.

Le deuxième soir, il vit pour la première fois des femmes évoluer sur les airs les plus lents. À la lueur des feux, alors que les tambourins et les tambours se répondaient partout dans le camp, composant un fond sonore lancinant, une fille en robe rouge s'était avancée dans le cercle de lumière. Dénouant son châle, elle s'était débarrassée de ses chaussures d'un double coup de pied. Sur la mélodie exécutée par une flûte, elle avait commencé à danser, faisant cliqueter les perles qui ornaient ses cheveux.

Écartant les bras pour repousser son châle derrière ses épaules, les hanches ondulant au rythme de ses pieds nus enchaînés à la musique, elle avait rivé son regard dans celui de Perrin, ne cessant pas de lui sourire durant toute sa représentation.

Le rouge aux joues – et pas à cause de la chaleur des flammes ! –, le jeune homme, fasciné, avait suivi les évolutions d'une seconde fille venue danser avec la première. Les deux beautés lui souriant, il avait tenté de se faire tout petit. Mais comment cesser de regarder ? De toute façon, il était déjà rouge comme une pivoine, et tous les Zingari qui ne s'intéressaient pas aux danseuses devaient être en train de se payer sa tête.

L'air de rien, il se laissa glisser de sa souche, comme s'il venait de trouver une position plus confortable, et orienta la tête de façon à ne plus voir les deux danseuses. À Champ d'Emond, on ne faisait pas subir de telles épreuves aux jeunes hommes. Danser sur la place Verte, un jour de fête, n'avait rien d'un supplice, même si les filles étaient jolies. Là, il aurait aimé qu'une bise mordante se lève, histoire de lui rafraîchir un peu les idées… et le reste.

Les danseuses repassèrent dans son champ de vision. Elles étaient trois, maintenant, et l'une d'elles le gratifia d'une œillade assassine.

Par la Lumière ! je fais quoi, maintenant ? Comment réagirait Rand ? Lui, il sait y faire avec les filles.

Alors que les danseuses riaient doucement, leurs perles cliquetant tandis qu'elles rejetaient en arrière leur fabuleuse crinière, Perrin eut l'impression que ses joues prenaient feu.

Une femme un peu plus âgée vint se joindre aux jeunes filles, histoire de leur donner une petite leçon de danse. Vaincu, le jeune homme décida de fermer les yeux – sa seule chance de ne pas se consumer sur place. Même derrière ses paupières, les rires des quatre femmes continuaient à lui faire bouillir le sang. Les yeux fermés, il les voyait toujours et de la sueur ruisselait maintenant sur son front brûlant.

Selon Raen, les jeunes filles exécutaient rarement cette danse et les femmes ne se joignaient pratiquement jamais à elles. Comme Elyas le précisa, on pouvait remercier Perrin, car, en devenant écarlate, il avait incité ces beautés à recommencer leur numéro chaque soir.

— Vraiment, je te félicite, dit l'homme aux loups, apparemment sincère, parce qu'à mon âge – tu verras quand tu en seras là – il faut davantage qu'un feu de camp pour réchauffer les os et le sang…

Perrin foudroya Elyas du regard. Malgré son sérieux, « quelque chose » lui disait que l'homme aux loups se fichait de lui…

Cela dit, l'apprenti forgeron apprit très vite à ne plus détourner le regard quand des femmes et des jeunes filles se mettaient à danser. En revanche, il eut plus de mal avec les sourires et les œillades. Avec une seule séductrice, il aurait peut-être pu faire face – mais cinq ou six, et alors que tout le monde regardait ? Malgré ses efforts, il ne put jamais empêcher ses joues de rougir.

Un jour, Egwene décida d'apprendre cette danse si particulière. Deux des trois filles de la première nuit se chargèrent de l'initier, claquant en rythme des doigts pendant qu'elle s'exerçait à exécuter les pas, un châle emprunté faisant comme une traîne dans son dos.

Perrin voulut émettre une remarque, mais il s'avisa dans l'instant qu'il valait mieux s'en abstenir. Quand les deux Zingari passèrent aux mouvements de hanches, Egwene éclata de rire – une réaction contagieuse, car ses compagnes l'imitèrent, l'enlaçant tandis qu'elles s'esclaffaient.

Les yeux brillants et les joues roses, la jeune fille de Champ d'Emond releva bravement le défi sous l'œil fasciné et avide d'Aram. Désormais, Egwene portait en permanence le collier de perles bleues qu'il lui avait offert. D'abord attendrie par l'intérêt que son petit-fils portait à la visiteuse, Ila semblait à présent s'en inquiéter. À toutes fins utiles, Perrin décida de garder un œil sur le jeune Tuatha'an.

Un soir, il parvint à s'entretenir seul avec son amie, non loin d'une roulotte peinte en vert et en jaune.

— Tu t'amuses, on dirait ?

— Et alors, c'est interdit ? demanda Egwene en jouant avec son collier. Tout le monde n'est pas obligé de se forcer à tirer la tête, comme toi. Ne méritons-nous pas un peu de bonheur ?

Pas très loin de là – car il ne s'éloignait jamais de la jeune fille –, Aram regardait les deux amis avec un petit sourire. Les bras croisés, il affichait une sorte d'arrogance tranquille mêlée d'un rien de défi.

— J'avais cru comprendre que tu voulais aller à Tar Valon. Ce n'est pas ici que tu suivras une formation d'Aes Sedai…

— Jusqu'ici, tu n'aimais pas trop cette idée… Tu as changé d'avis ?

— Par le sang et les cendres ! tu crois que nous sommes en sécurité ici ? Et ces gens, tu penses qu'on ne les met pas en danger ? Un Blafard peut nous tomber dessus n'importe quand.

Ses mains tremblant un peu, Egwene laissa retomber le collier sur sa gorge.

— Que nous partions aujourd'hui ou dans une semaine, ce qui est écrit se réalisera. C'est ma conviction, désormais. Profite de ce répit, Perrin. C'est peut-être le dernier que nous aurons.

Mélancolique, la jeune fille caressa du bout des doigts la joue de son ami. Puis Aram lui tendit la main, l'invitant à venir, et elle courut vers lui, son insouciance retrouvée. Alors qu'il l'entraînait vers un petit groupe de violonistes, Aram fit un sourire triomphant à Perrin. Une façon de dire : « Elle n'est pas à toi, mais elle sera mienne ! »

Bref, ils tombaient tous les deux sous le charme insidieux des Zingari.

Elyas a raison : ils n'ont pas besoin de convertir les gens au Paradigme de la Feuille. Ça se fait tout seul…

Ayant vu que le jeune homme frissonnait à cause du vent, Ila entra dans sa roulotte et en ressortit avec une épaisse cape de laine verte.

Une couleur agréable à voir, après tant de rouge et de jaune. Acceptant l'offrande de la Zingara, Perrin mit le vêtement sur ses épaules et s'étonna qu'il soit assez grand pour son impressionnante carrure.

— Cette cape pourrait t'aller mieux, dit pourtant Ila.

Elle baissa les yeux sur la hache de l'apprenti forgeron, eut un sourire triste et répéta :

— Oui, elle pourrait t'aller bien mieux…

Tous les Gens de la Route se comportaient ainsi. Leur sourire ne s'effaçait jamais, ils n'hésitaient pas un instant avant d'inviter Perrin à boire ou à danser avec eux, mais ils regardaient toujours la hache, et il n'était pas difficile de deviner leurs pensées. Une arme, un outil destiné à la violence… Faire du mal à un autre être humain n'était jamais justifié, quoi qu'il arrive.

Le Paradigme de la Feuille…

Parfois, Perrin avait envie de hurler ! Le monde grouillait de Trollocs et de Myrddraals, des ennemis qui couperaient toutes les « feuilles » si on ne faisait rien. Le Ténébreux rôdait, et les yeux de Ba'alzamon suffiraient à faire brûler comme un feu de joie le Paradigme de la Feuille.

Entêté, Perrin ne s'était jamais séparé de sa hache. Et même par grand vent, décida-t-il, il garderait les pans de sa cape écartés afin que le tranchant en demi-lune ne soit jamais dissimulé.

Dès que ses yeux se posaient sur l'arme, Elyas faisait un drôle de petit sourire à Perrin. Cette complicité malsaine lui déplaisant, il lui arrivait d'avoir envie de cacher la hache. Mais il n'alla jamais jusque-là.

S'il avait d'excellentes raisons de s'énerver dans le camp des Zingari, Perrin y faisait au moins des rêves tout à fait normaux. Même les cauchemars ne sortaient pas de l'ordinaire, et il s'en félicitait.

Chaque nuit, il s'éveillait en sursaut, ruisselant de sueur, après avoir rêvé que des Trollocs et des Blafards attaquaient le camp. Au milieu des roulottes en feu, des enfants, des femmes et des hommes tentaient de s'enfuir et succombaient sous les coups des monstres. Taillés en pièces par les cimeterres, les Zingari n'esquissaient pas un geste pour se défendre. Terrorisé, Perrin se redressait à demi, la main volant vers le manche de son arme. Chaque fois, il lui fallait un court moment pour s'apercevoir que les roulottes ne brûlaient pas et que les Tuatha'an dormaient sur leurs deux oreilles.

S'ils n'étaient pas agréables, ces songes n'étaient jamais hantés par l'ombre du Ténébreux et Ba'alzamon n'y avait pas sa place. Pas de quoi s'affoler, donc…

En revanche, dès qu'il était réveillé, Perrin avait conscience de la présence des loups. Même s'ils n'approchaient jamais du camp – et pas davantage des roulottes en mouvement –, il savait qu'ils étaient là, captant souvent leur profond mépris pour les chiens qui accompagnaient les Zingari. Des bêtes bruyantes qui avaient oublié à quoi servaient leurs crocs et ne se souvenaient plus non plus du goût du sang chaud sur leur langue. Avec leurs aboiements, ces molosses pouvaient effrayer de misérables humains, mais ils se coucheraient sur le ventre, les oreilles aplaties, si la meute décidait de s'en prendre à eux.

Chaque jour, Perrin se sentait plus proche des prédateurs. En particulier, il captait l'impatience grandissante de Tachetée. Si Elyas tenait à accompagner dans le Sud les deux jeunes humains, il avait sans doute ses raisons. Mais pourquoi lambiner ainsi ? Les loups étaient faits pour chasser en meute et la matriarche détestait être éloignée des siens plus de quelques jours. Vent partageait ce point de vue. Dans le coin, le gibier était rare et il détestait se nourrir de petits rongeurs – des proies tout juste bonnes pour les louveteaux qui apprenaient à chasser et pour les anciens qui n'avaient plus la force de terrasser un daim ou un buffle. Parfois, Vent songeait que Brûlure avait raison : il fallait laisser aux humains les problèmes des humains ! Mais il valait mieux ne pas penser des choses pareilles quand Tachetée était dans le coin, et encore moins en présence de Tire-d'Aile. Guerrier couturé de cicatrices, ce loup d'âge mûr était un puits d'expérience et sa ruse compensait très largement ce que les années avaient pu lui faire perdre en force et en résistance. Les humains ne l'intéressaient pas, mais il vouait à Tachetée une loyauté sans faille. Qu'un humain, un loup, un taureau ou un ours ose simplement la menacer, et les mâchoires de Tire-d'Aile l'expédiaient aussitôt dans les profondeurs obscures du Grand Sommeil. Seule Tachetée comptait aux yeux de Tire-d'Aile, et cette dévotion incitait Vent à la prudence. La matriarche, quant à elle, se fichait comme d'une guigne des états d'âme de ses gardes du corps.

Perrin *savait* tout cela comme s'il avait partagé le quotidien des loups. Une raison de plus d'avoir hâte d'atteindre Caemlyn, de retrouver Moiraine et de partir pour Tar Valon. Même s'il n'obtenait pas d'explications sur ce qui lui arrivait, là-bas il y avait une chance que ça s'arrête.

Chaque fois qu'Elyas le regardait, Perrin aurait juré qu'il lisait en lui comme dans un livre ouvert.

Oui, il faut que ça s'arrête !

Cette nuit-là, le cauchemar commença d'une façon des plus agréables. Assis à la table de cuisine d'Alsbet Luhhan, Perrin aiguisait sa hache avec une pierre spéciale. Normalement, maîtresse Luhhan interdisait qu'on apporte à la maison du « travail de la forge ». Quand il voulait affûter les couteaux de cuisine, son mari devait sortir sur le perron. Là, pourtant, la maîtresse de maison cuisinait sans dire un mot au sujet de la hache. Plus étonnant encore, elle ne protesta pas quand un loup entra dans la cuisine, venant de l'intérieur de la maison, et se roula en boule sur le plancher entre Perrin et la porte de derrière de la demeure.

Le jeune homme continua à aiguiser le tranchant en demi-lune. Bientôt, il allait en avoir besoin…

Tout le poil hérissé, le loup se leva soudain et grogna. Venant de la cour, Ba'alzamon entra dans la cuisine. Là encore, maîtresse Luhhan continua à travailler comme si de rien n'était.

Perrin se leva d'un bond et brandit sa hache. Ignorant l'arme, Ba'alzamon riva sur le loup ses yeux qui n'étaient plus que deux puits de flammes rugissantes.

— C'est tout ce que tu as pour te protéger ? Eh bien, j'ai déjà fait face à cet ennemi – plus d'une fois, si tu veux le savoir.

Ba'alzamon plia un index. Alors que des flammes jaillissaient de ses yeux, de ses oreilles, de sa bouche et même de sa peau, le loup hurla à la mort et une odeur de poil et de chair brûlés emplit la cuisine. Impassible, Alsbet Luhhan souleva le couvercle d'une casserole et remua son ragoût avec une cuillère en bois.

Perrin lâcha la hache, bondit en avant et tenta d'étouffer les flammes avec ses mains. Entre ses paumes, le loup tomba en poussière. Les yeux baissés sur le tas de cendres noires qui souillaient l'impeccable plancher de maîtresse Luhhan, Perrin recula. Il aurait aimé débarrasser ses mains de la suie qui les maculait, mais l'idée de les essuyer sur ses vêtements lui donnait la nausée. Ramassant la hache, il la leva et cria :

— Fichez-moi la paix !

Maîtresse Luhhan tapota le bord de la casserole avec la cuillère, puis elle remit le couvercle en fredonnant.

— Tu ne peux pas m'échapper, dit Ba'alzamon. Ni te cacher de moi. Si tu es l'élu, tu m'appartiens !

La chaleur qui se dégageait de son tourmenteur força Perrin à reculer encore. Acculé à un mur, il vit du coin de l'œil que maîtresse Luhhan venait d'ouvrir son four, histoire de voir où en était le pain.

— L'Œil du Monde te consumera ! cria Ba'alzamon. Je vais marquer ma propriété !

Lançant un poing en avant comme s'il propulsait un projectile, il ouvrit les doigts pour laisser s'envoler un corbeau qui fondit sur le visage de Perrin.

Quand le bec noir perça son œil gauche, le jeune homme hurla à s'en casser les cordes vocales…

… Les mains sur le visage, il se redressa en sursaut, s'asseyant au milieu du cercle de roulottes des Zingari. Baissant lentement les bras, il ne vit pas de sang sur ses paumes et il n'avait plus mal. Mais il se souvenait de l'abominable douleur…

Alors que l'aube pointait à peine, Elyas approcha de Perrin, s'accroupit à côté de lui et le secoua doucement comme pour finir de le réveiller. Au-delà de la clairière où se dressait le camp, les loups hurlaient à l'unisson. Et Perrin partagea leurs sentiments primaux.

Feu ! Douleur ! Feu ! Haine ! Haine ! Tuer !

— Oui, dit Elyas, il est temps… Debout, mon garçon ! Le moment est venu de partir.

Perrin sortit de sous sa couverture et entreprit de l'enrouler. Alors qu'il en terminait, Raen sortit de sa roulotte en frottant ses yeux encore lourds de sommeil. Puis il leva les yeux, se pétrifia sur le marchepied et sonda attentivement le ciel. Mais pourquoi lui accorder tant d'intérêt ? Excepté quelques nuages striés de rose, à l'est, il n'y avait rien à voir. Le Chercheur paraissait aussi humer l'air et tendre l'oreille, mais pour entendre et sentir quoi, par cette matinée rigoureusement semblable à toutes les précédentes ?

Elyas revint avec son paquetage et Raen sauta du marchepied.

— Mon vieil ami, dit-il en regardant de nouveau le ciel, nous allons devoir changer de direction, aujourd'hui. Viendras-tu avec nous ?

L'homme aux loups secoua la tête et Raen prit simplement note, comme s'il avait déjà connu la réponse.

— Dans ce cas, prends garde à toi, mon vieil ami… Il y a quelque chose d'étrange, aujourd'hui… (Raen fit mine de regarder encore le ciel, mais il se ravisa.) Nous irons vers l'est, peut-être jusqu'à la Colonne Vertébrale du Monde… Avec un peu de chance, nous trouverons un Sanctuaire où rester quelque temps…

— Rien d'hostile ne pénètre jamais dans un Sanctuaire, dit Elyas. Mais les Ogiers ne sont pas très hospitaliers…

— Tout le monde accueille à bras ouverts les Gens de la Route, fit Raen avec un sourire. De plus, les Ogiers aussi ont des casseroles et d'autres objets à réparer. Viens, prenons un petit déjeuner et conversons encore un peu…

— Désolé, je n'ai pas le temps… Nous partons aussi, et le plus vite possible ! C'est le jour des grands départs, dirait-on…

Raen insista pour que son ami mange avant de partir. Lorsqu'elle sortit de la roulotte avec Egwene, Ila milita dans le même sens, mais avec moins de conviction que son mari. Les mots étaient les mêmes, mais sa courtoisie sonnait creux et il semblait évident que le départ d'Elyas ne lui briserait pas le cœur. En revanche, celui d'Egwene…

La jeune fille ne remarqua pas le regard mélancolique qu'Ila posa sur elle. Quand elle demanda ce qui se passait, Perrin se prépara à l'entendre déclarer qu'elle restait avec les Zingari. Bien au contraire, dès qu'Elyas lui eut tout dit, elle hocha pensivement la tête et retourna dans la roulotte afin de faire ses bagages.

— Je capitule…, soupira Raen. C'est la première fois que je laisse partir un invité sans lui offrir un festin d'adieu, mais… (Il regarda brièvement le ciel.) Il va falloir nous presser aussi, de toute façon… Nous prendrons le petit déjeuner en route, j'en ai peur… Au moins, que les adieux soient dignes de ce nom.

Elyas voulut protester, mais le Chercheur s'en fut prestement taper aux portes de toutes les roulottes pour réveiller les dormeurs. Lorsqu'un Zingaro amena Bela à Egwene, la communauté entière était debout et parée de ses plus beaux atours. Dans ce feu d'artifice de couleurs, la roulotte rouge et jaune de Raen aurait presque pu passer pour un parangon de sobriété. Tandis que les chiens, la langue pendante, trottinaient entre les humains en quête de caresses, Egwene et ses deux compagnons durent subir une interminable série de poignées de main et d'accolades. Les danseuses ne se contentant pas de serrer la main à Perrin, il regretta soudain de devoir partir. Puis il se souvint que tout le monde le regardait et que ses joues devaient être aussi rouges que la maison roulante du Chercheur.

Aram attira Egwene à l'écart. S'il n'entendit pas ce que dit le Zingaro, Perrin vit son amie hocher la tête – lentement au début, puis avec un certain agacement. Passant de l'imploration à l'insistance bien trop appuyée, Aram tenta tout ce qu'il pouvait sans rien obtenir de plus. Toujours compatissante, Ila vint arracher Egwene aux griffes de son petit-fils. Furieux, le jeune homme abandonna la cérémonie des adieux et s'éloigna à grandes enjambées.

Ila le regarda, hésitant visiblement à l'appeler.

Elle est soulagée, comme moi…, pensa Perrin. *Contente qu'Aram ne veuille pas s'en aller avec nous… Enfin, avec Egwene…*

Quand l'apprenti forgeron eut serré la main une fois au moins à tous les hommes du camp – et étreint chaque jeune fille deux fois au minimum –, la foule s'écarta pour former un cercle autour des trois visiteurs, de Raen et de son épouse.

— Vous êtes venus en paix, déclara le Chercheur en s'inclinant gracieusement, les mains sur la poitrine, et vous partirez en paix. Nos feux vous accueilleront toujours, sachez-le. Dans la paix, parce que c'est l'essence même du Paradigme de la Feuille.

— Soyez en paix aussi, répondit Elyas.

Il hésita, puis ajouta :

— Je trouverai la chanson – ou quelqu'un d'autre que moi – et elle sera chantée cette année, ou une de celles qui restent à venir. Ce qui fut jadis sera de nouveau un jour, car le monde n'a pas de fin.

Raen en sursauta de surprise et Ila parut stupéfaite.

— Car le monde n'a pas de fin, répétèrent tous les autres Tuatha'an. Oui, le monde et le temps, tous deux sont sans fin.

Avec un temps de retard, le Chercheur et son épouse murmurèrent les paroles rituelles.

L'heure du départ avait vraiment sonné. Encore quelques adieux, quelques conseils de prudence, une petite cueillette de sourires et d'œillades, et les trois compagnons sortirent du camp. Deux chiens dans son sillage, Raen accompagna ses invités jusqu'à la lisière des arbres.

— Mon vieil ami, dit-il à Elyas, tu dois être très prudent… En ce jour… Eh bien, le mal est lâché sur le monde, j'en ai peur… Et, malgré ce que tu prétends, tu n'es pas assez perverti pour qu'il t'épargne.

— Va en paix, mon ami, répondit simplement Elyas.

— Toi aussi, conclut Raen.

Dès qu'ils furent seuls, l'homme aux loups se tourna vers les deux jeunes gens.

— Qu'est-ce que vous avez à me regarder comme ça ? Je ne crois pas à leur stupide chanson, mais pourquoi leur faire de la peine en le disant ? Je vous avais prévenus qu'ils aiment parfois en rajouter, question cérémonies…

— Bien sûr, dit Egwene, conciliante. Vous avez eu raison de ne pas les blesser.

Elyas se détourna et se mit en route en marmonnant dans sa barbe.

Tachetée, Vent et Tire-d'Aile vinrent accueillir leur ami humain. Sans frétiller de la queue, comme les chiens, mais avec la dignité convenant à des retrouvailles entre égaux.

Perrin capta le dialogue muet de l'ermite et des trois loups.

Yeux de feu… Douleur… Griffe-cœur… Mort et Griffe-cœur !

Perrin comprit ce que voulaient dire les loups. Le Ténébreux ! Ils parlaient de son rêve. Non, de leur rêve commun !

Les sangs glacés, l'apprenti forgeron regarda les trois prédateurs ouvrir le chemin à leur compagnon humain. Egwene ayant pris le premier tour sur Bela, il marcha à côté d'elle.

Il ne voulait pas penser à son rêve ! Jusque-là, il avait cru que les loups le protégeaient des vrais cauchemars.

Pas complètement… Accepte ! Tout ton cœur, et tout ton esprit ! Tu résistes encore. Si tu acceptes, nous te protégerons…

Perrin chassa les loups de son esprit… et en cilla de surprise. Un pouvoir qu'il ignorait détenir ! Si c'était ainsi, il ne les laisserait plus jamais revenir.

Même dans tes rêves ?

Et cette pensée-là, elle était à lui, ou aux loups ?

Egwene portait toujours le collier de perles que lui avait offert Aram. Dans ses cheveux, elle avait glissé une brindille parée de minuscules feuilles rouges. Un autre cadeau du jeune Zingaro…

Même si Perrin n'avait pas entendu sa tirade, Aram avait imploré Egwene de rester, c'était évident. L'apprenti forgeron se réjouissait qu'elle ait refusé, mais il aurait préféré qu'elle ne caresse pas si tendrement les perles.

— De quoi parlais-tu pendant des heures avec Ila ? osa soudain demander Perrin. Quand tu ne dansais pas avec le grand bellâtre, tu menais des messes basses avec sa grand-mère…

— Ila m'a donné des conseils, pour que j'apprenne à être une femme…

Perrin éclata de rire et ne vit pas le regard noir que lui jeta son amie.

— Des conseils ? Personne ne nous explique comment être un homme ! Nous le sommes, et voilà tout…

— C'est probablement pour ça que vous vous en sortez si mal, riposta la jeune fille.

Loin devant, Elyas ricana assez fort pour que ses compagnons l'entendent.

28

Des empreintes dans l'air

Émerveillée, Nynaeve contemplait le magnifique pont blanc qui brillait au soleil un peu plus bas sur la rivière.

Une autre légende…, songea-t-elle en regardant l'Aes Sedai et le Champion qui chevauchaient juste devant elle. *Une autre légende, et ils ne lui accordent aucune attention…*

La Sage-Dame décida de leur cacher sa fascination.

S'ils me voient écarquiller les yeux comme une paysanne, ils se moqueront de moi…

Dans un silence total, les trois cavaliers continuèrent à avancer vers Pont-Blanc la légendaire.

Depuis le matin, après Shadar Logoth, où Nynaeve avait retrouvé Moiraine et Lan, les deux femmes n'avaient pas eu de véritable conversation. Quelques bavardages, bien entendu, mais rien qui eût vraiment de la substance. Par exemple, Moiraine n'était pas revenue sur le sujet de Tar Valon, où la Sage-Dame devait absolument aller, selon elle.

S'il le fallait, Nynaeve irait suivre la formation, mais pas pour la raison qu'imaginait l'Aes Sedai. Si cette femme avait attiré le malheur sur Egwene et les trois jeunes hommes de Champ d'Emond…

De temps en temps, et à son corps défendant, Nynaeve se surprenait à rêver à ce qu'une Sage-Dame pourrait accomplir si elle bénéficiait du Pouvoir de l'Unique. Dès qu'elle se laissait aller à ces fantaisies, une colère noire l'en arrachait presque aussitôt. Le Pouvoir était souillé et elle ne voulait rien avoir affaire avec cette horreur. Sauf si elle y était contrainte.

Depuis le début du voyage, Moiraine n'avait qu'une idée en tête : convaincre sa compagne de la suivre jusqu'à Tar Valon. À part ça, elle ne lâchait aucune information. Rien de bien dramatique, aux yeux de Nynaeve, sauf sur un sujet précis.

— Comment comptes-tu les retrouver ? demanda-t-elle à brûle-pourpoint.

— Comme je te l'ai déjà dit, répondit Moiraine sans daigner se retourner, quand je serai près des deux garçons qui ont perdu leur pièce, je les sentirai…

Nynaeve ne posait pas la question pour la première fois, mais sa tactique de harcèlement ne donnait aucun résultat. Comme si elle avait jeté des cailloux dans une eau qui refusait d'onduler, l'Aes Sedai n'exprimait même pas l'ombre du début d'un agacement. Bien entendu, son impassibilité poussait la Sage-Dame au bord de la crise de nerfs. Là, par exemple, Moiraine parlait comme si elle ne sentait pas sur sa nuque le regard furibond de Nynaeve…

— Plus ça dure, et plus je devrai approcher, mais je les sentirai, c'est certain. Quant à celui qui détient encore mon cadeau, je pourrais le suivre d'un bout à l'autre du monde, s'il le fallait.

— Et ensuite ? Quel plan as-tu à l'esprit, une fois que tu les auras retrouvés ?

Si elle n'avait pas eu une idée derrière la tête, l'Aes Sedai ne se serait sûrement pas échinée ainsi à rattraper les jeunes gens.

— Nous irons à Tar Valon, Sage-Dame…

— Tar Valon ! Tu n'as que ce nom-là à la bouche ! Je commence à…

— La formation que tu recevras là-bas, Sage-Dame, consistera entre autres choses à t'apprendre à contrôler tes nerfs. Quand on se laisse dominer par ses émotions, impossible de bien utiliser le Pouvoir de l'Unique. (Nynaeve voulut répliquer, mais l'Aes Sedai l'en empêcha.) Lan, il faut que je te parle…

Les deux cavaliers se rapprochèrent, tendirent la tête l'un vers l'autre et commencèrent à murmurer. Furieuse, Nynaeve sentit qu'elle avait le regard noir sous ses sourcils froncés – une réaction de faiblesse qu'elle abominait. Avec l'Aes Sedai, ça devenait une habitude, à force de se faire rouler dans la farine. Experte dans l'art de changer de sujet, de tendre des pièges verbaux et d'ignorer les cris de ses interlocuteurs, Moiraine était en quelque sorte une citadelle imprenable. Et Nynaeve, chaque fois qu'elle affichait sa colère, avait l'impression d'être une gamine surprise en train de faire l'idiote par une des femmes du Cercle. Dans sa position, la Sage-Dame avait rarement l'occasion de se sentir ainsi prise en faute. Et le sourire assuré et un rien condescendant de Moiraine aggravait encore les choses.

S'il y avait au moins eu un moyen de se débarrasser de cette fichue Aes Sedai ! Avec Lan, les choses seraient moins difficiles, et il était parfaitement qualifié pour la mission en cours.

Nynaeve sentit qu'elle s'empourprait – la colère, toujours, parce que le Champion ne valait pas mieux que sa compagne.

Au fond, Lan lui tapait encore plus sur les nerfs que Moiraine ! Mais comment était-ce possible ? Il ne disait presque rien – à peine une dizaine de mots par jour, le plus souvent – et il ne se mêlait jamais aux débats entre la Sage-Dame et l'Aes Sedai. De plus, il chevauchait assez loin des deux femmes, car il aimait jouer les éclaireurs. Mais, même lorsqu'il était à l'écart, il ne cessait jamais de les observer du coin de l'œil, comme s'il était témoin d'un duel.

Nynaeve aurait donné cher pour qu'il détourne le regard. C'était bel et bien un duel, et elle n'avait pas réussi à toucher son adversaire une seule fois. Moiraine, quant à elle, ne semblait pas s'apercevoir qu'elle combattait…

Alors, supporter en sus le regard du Champion, et son silence qui paraissait en dire si long…

« Silence » était le maître mot de ce voyage, il fallait bien en convenir. Sauf quand Nynaeve perdait le « contrôle de ses nerfs », sa voix troublant soudain la quiétude de la forêt.

Une bien étrange quiétude, d'ailleurs, comme si le monde marquait une pause pour reprendre son souffle. Bien entendu, le vent continuait à gémir dans les arbres, mais il semblait bizarrement distant, même s'il s'engouffrait dans la cape de Nynaeve, la gonflant comme une voile.

Au début, la Sage-Dame avait apprécié cette tranquillité. Depuis la Nuit de l'Hiver, elle n'avait pas connu un instant de paix. Pourtant, dès la fin de son premier jour de voyage avec l'Aes Sedai et le Champion, elle avait commencé à regarder derrière elle et à s'agiter sur sa selle comme si quelque chose la démangeait, entre les omoplates, et qu'elle soit dans l'incapacité de se gratter. En réalité, le silence évoquait pour elle un magnifique objet en cristal condamné à être brisé. Attendre l'instant où ça se produirait était une torture pour Nynaeve. Cette attente pesait également sur Moiraine et Lan, même s'ils n'en montraient rien. Sous leur calme apparent, avait constaté la Sage-Dame, ils devenaient de plus en plus tendus, comme des ressorts d'horlogerie qui approchent de leur point de rupture. Le front plissé, Moiraine semblait entendre en permanence des sons qui n'existaient pas. Lan, pour sa part, sondait la forêt dénudée et la rivière paisible comme si elles regorgeaient de pièges mortels.

D'un côté, Nynaeve se réjouissait de ne pas être la seule à sentir une menace imminente et pourtant indéfinissable. Mais si d'autres la captaient, elle était bien réelle, et au bout du compte, ce n'était pas une bonne nouvelle. Quelque chose titillait les recoins les plus obscurs de son esprit. Un peu comme lorsqu'elle écoutait le vent, mais là, le Pouvoir de l'Unique était impliqué, elle le sentait bien, et elle refusait d'accepter qu'il s'insinue en elle de cette façon.

— Ce n'est rien, lui assura Lan quand elle l'interrogea sur ce phénomène.

Lui non plus ne se tourna pas vers elle, mais parce qu'il continuait à sonder les environs. Il reprit la parole, contredisant radicalement ce qu'il venait de déclarer :

— Quand nous serons à Pont-Blanc, tu devrais repartir pour Deux-Rivières au lieu de nous accompagner sur la route de Caemlyn. C'est trop dangereux. En revanche, si tu rebrousses chemin, tu ne risqueras rien.

Le plus long discours du Champion, ce jour-là.

— Elle fait partie de la Trame, Lan, dit Moiraine, assez distraitement, car elle scrutait aussi le paysage. C'est le Ténébreux, Nynaeve. La tempête nous laisse en paix pour un temps, mais ça ne durera pas.

L'Aes Sedai leva une main, comme si elle voulait tâter l'air, puis elle la frotta contre le devant de sa robe – à croire qu'elle venait de toucher quelque chose d'immonde.

— Il regarde toujours, continua-t-elle, et ses yeux sont puissants. Ce n'est pas nous qu'il épie, mais le monde. Dans combien de temps sera-t-il assez fort pour… ?

Nynaeve rentra la tête dans les épaules, comme si elle venait de sentir un regard peser sur sa nuque. Au fond, elle préférait que l'Aes Sedai ne lui donne pas ce genre d'explications…

Lan joua les éclaireurs sur le chemin qui conduisait à la rivière. Jusque-là, c'était lui qui déterminait leur itinéraire, mais Moiraine avait pris le relais, avançant comme si elle suivait une piste invisible ou des empreintes de pas imprimées dans l'air – la fragrance de la mémoire, sans doute… Lan se contentait de vérifier que la voie était libre. Et même s'il avait annoncé le contraire, Moiraine n'aurait pas accepté de changer de piste. Danger ou pas, le Champion aurait alors joué le jeu jusqu'au bout. En ligne droite jusqu'à la rivière puis…

Sursautant soudain, Nynaeve revint abruptement à la réalité. Ils étaient au pied du Pont Blanc, une arche majestueuse qui enjambait la rivière Arinelle et brillait au soleil comme un bibelot délicat. Le simple poids d'un homme, sans même parler d'un cheval, ferait s'écrouler cette superbe structure. Si elle ne finissait pas par tomber toute seule, victime de sa propre fragilité.

Moiraine et Lan continuèrent d'avancer, immergés dans leur inquiétude, et ils s'engagèrent sur le pont sans lui accorder le moindre intérêt. Les sabots des chevaux émirent le tintement caractéristique de l'acier qui percute de l'acier. Si le pont semblait en verre, il était assez solide pour supporter plusieurs chevaux.

Nynaeve se força à suivre le mouvement, même si elle continuait à redouter que le pont se brise sous les jambes de sa monture.

Si la dentelle était en verre, voilà exactement à quoi elle ressemblerait…

Au milieu du pont, la Sage-Dame sentit pour la première fois l'odeur de brûlé qui planait dans l'air.

Quelques instants plus tard, elle vit pourquoi il en était ainsi. Au pied du pont, autour d'une grande place, une bonne demi-douzaine de bâtiments s'étaient consumés jusqu'à ne plus être que des squelettes à l'ossature noire – des poutres d'où montait encore de la fumée. Des hommes en uniforme rouge mal taillé, un plastron terni sur le torse, patrouillaient dans la zone, mais ils marchaient très vite, comme s'ils avaient peur de vraiment découvrir quelque chose, et ils jetaient sans cesse des regards inquiets par-dessus leur épaule. Les rares citadins visibles couraient plus qu'ils marchaient, comme si un prédateur les poursuivait.

Même s'il n'avait rien d'un joyeux luron en temps normal, Lan avait l'air sinistre. Du coup, les passants et les soldats s'écartaient du chemin des trois cavaliers. Les narines plissées, le Champion toussotait – rien d'étonnant quand on respirait une fumée si âcre, songea Nynaeve.

— La Roue tisse comme elle l'entend, dit Moiraine. Et nul ne peut voir la Trame avant qu'elle en ait terminé.

Sur ces mots, elle mit pied à terre et engagea la conversation avec des citadins. Sans les interroger, simplement pour leur faire part de sa compassion avec une sincérité qui étonna Nynaeve. Les gens qui s'écartaient de Lan, fuyant comme la peste tout étranger, s'arrêtaient pour converser avec l'Aes Sedai. Paraissant eux-mêmes étonnés de ce qu'ils faisaient, ils se détendaient malgré eux sous le regard limpide et amical d'une inconnue qui semblait comprendre leur détresse et juger tout à fait normale leur désorientation.

Bien entendu, les langues se délièrent.

Mais la plupart des gens mentirent. Certains en affirmant qu'il ne s'était rien passé – et en persistant même quand Moiraine désignait du doigt les bâtiments carbonisés. Tout allait bien, disaient-ils, feignant de ne pas voir ce qui leur crevait pourtant les yeux.

Un gros type un peu rubicond se montra plus volubile que la moyenne, même si un tic nerveux agitait sa joue droite dès qu'il y avait un bruit derrière lui. Avec un sourire qui menaçait en permanence de s'effacer, il raconta une histoire de lampe renversée et de flammes propagées par le vent. D'un regard circulaire, Nynaeve vérifia ce qu'elle soupçonnait : les bâtiments brûlés n'étaient pas mitoyens, et les flammes, elle le savait, ne jouaient pas à saute-mouton.

Moiraine recueillit autant de versions qu'elle eut d'interlocuteurs. Plusieurs femmes, baissant théâtralement la voix, racontèrent que tout cela avait pour cause la présence en ville d'un homme qui maniait le Pouvoir de l'Unique. Il fallait appeler les Aes Sedai, et voilà tout ! Par le passé, c'était ainsi qu'on procédait. Et, même si les hommes médisaient volontiers de Tar Valon, c'était à l'Ajah Rouge de régler le problème.

D'autres citadins laissèrent libre cours à leur imagination. L'un d'eux parla d'une attaque de bandits et un autre évoqua une émeute fomentée par les Suppôts des Ténèbres.

— Ceux qui brûlent d'envie de voir le faux Dragon, vous savez ? Il y en a partout en ville – une invasion de Suppôts des Ténèbres.

D'autres « témoins » encore parlèrent de « problèmes » amenés par un bateau marchand.

— On leur a montré de quel bois on se chauffe, dit un homme au visage étroit en se tordant nerveusement les mains. Ces choses-là, eh bien, qu'ils les remmènent dans les Terres Frontalières, d'où elles n'auraient jamais dû partir. Nous sommes allés sur les quais, et…

Le type se tut si brusquement que ses dents s'entrechoquèrent. Détalant comme un lapin, il regarda plusieurs fois derrière lui, comme s'il avait peur que les trois étrangers le pourchassent.

En recoupant d'autres témoignages, Moiraine établit que le bateau, la veille, avait précipitamment largué les amarres – à vrai dire, les marins les avaient même coupées – afin d'échapper à la foule en colère qui se déversait sur les quais. Nynaeve se demanda immédiatement si Egwene et les garçons étaient à bord. Une femme mentionna la présence d'un trouvère qui ressemblait fort à Thom Merrilin.

La Sage-Dame exposa sa théorie au sujet du bateau à Moiraine, qui l'écouta patiemment et émit pour tout commentaire un « peut-être » qui en disait long sur ses doutes.

Sur la place, une auberge était encore intacte et Moiraine décida d'y entrer. Debout sur le seuil de la salle commune divisée en deux par une cloison, elle tâta l'air avec sa main et eut un sourire énigmatique.

Les trois voyageurs mangèrent en silence, imitant en cela les autres (et rares) clients de l'établissement, tous concentrés sur leur assiette et leurs sombres pensées. Alors qu'il nettoyait les tables avec un coin de son tablier, l'aubergiste ne cessa pas une seconde de marmonner, mais bien trop bas pour qu'on puisse comprendre ce qu'il disait.

Captant la peur qui flottait dans l'air, Nynaeve songea que ce n'était sûrement pas l'endroit idéal pour dormir.

Au moment où les trois compagnons finissaient leur repas, sauçant leur assiette avec ce qui leur restait de pain, un soldat en uniforme entra dans l'auberge et se campa sur le seuil de la salle commune. Avec son casque à pointe et son plastron étincelant, Nynaeve le trouva impressionnant. Mais il gâcha tout en prenant une pose avantageuse, la main droite sur le pommeau de son épée alors que la gauche tirait sur son col beaucoup trop serré. Avec l'air grave qu'il tentait d'adopter, on eût dit le vieux Cenn Buie s'efforçant en vain de ressembler à un digne conseiller du village.

— Un milicien…, souffla Lan. Sans intérêt…

L'homme fit du regard le tour de la pièce, repéra bien entendu les trois étrangers et hésita un moment. Puis il se jeta à l'eau, avançant pour leur demander d'une traite qui ils étaient, ce qu'ils venaient faire en ville et combien de temps ils avaient l'intention de rester.

— Le temps de finir ma bière, répondit Lan. (Il but une gorgée, puis regarda de nouveau le soldat.) Que la Lumière brille sur la bonne reine Morgase.

Le soldat ouvrit la bouche, la referma, regarda Lan avec une grande attention et recula d'instinct. Mais il se ressaisit très vite, les yeux volant de Moiraine à Nynaeve.

La Sage-Dame redouta qu'il fasse une grosse bêtise afin de ne pas passer pour un lâche devant deux femmes. D'expérience, elle savait que les hommes aimaient se comporter comme des idiots en de telles circonstances. Mais trop de choses étaient arrivées à Pont-Blanc et l'incertitude minait désormais l'esprit de ses mâles les plus triomphants. Regardant de nouveau Lan, le milicien sembla mesurer le défi. Le Champion restait impassible, mais il y avait ses yeux bleus si froids…

— Eh bien, buvez et partez, dit enfin l'homme. Il y a trop d'étrangers dans le coin, ces derniers temps…

Le soldat tourna les talons et se dirigea vers la porte en jetant un regard soupçonneux aux autres clients, qui ne s'en émurent pas plus que cela.

— Où allons-nous ? demanda à voix basse Nynaeve au Champion. On part à la recherche du bateau ?

Lan consulta du regard Moiraine, qui secoua la tête et répondit :

— Non… D'abord, je dois trouver le garçon que je ne peux pas rater, et il est au nord d'ici. De toute façon, je doute que les deux autres garçons soient partis sur le bateau. (Moiraine eut de nouveau son sourire énigmatique.) Ils étaient dans cette salle hier ou avant-hier. Terrorisés, mais bien vivants ! Et sans la peur, leur trace se serait déjà effacée.

— Quels garçons ? demanda Nynaeve, se penchant sur la table. Tu le sais ? (L'Aes Sedai secoua la tête.) S'ils ont au maximum deux jours d'avance sur nous, pourquoi ne pas commencer par eux ?

— Je sais qu'ils étaient ici, dit Moiraine, toujours d'un calme inébranlable, mais quant à dire où ils sont allés… Je les crois assez intelligents pour être partis vers l'est, en direction de Caemlyn, mais je n'ai aucune certitude, et, sans les pièces, il me faudrait être à un quart de lieue de distance au maximum pour le déterminer. En deux jours, surtout si la peur leur donne des ailes, ils ont pu parcourir six ou sept lieues dans n'importe quelle direction.

— Mais…

— Sage-Dame, même s'ils se sont affolés, ils finiront par penser à Caemlyn, et c'est là que je les retrouverai. En attendant, je préfère aider celui qui ne peut pas me semer.

Nynaeve voulut insister, mais Lan l'en empêcha :

— Ils ont des raisons d'avoir peur…

Il regarda autour de lui et baissa la voix :

— Un Demi-Humain est venu ici. Je sens sa présence partout…

— Je garderai espoir jusqu'à ce que notre défaite soit consommée…, soupira Moiraine. Le Ténébreux ne peut pas vaincre si facilement ! Je trouverai les trois garçons, il le faut…

— Je veux les retrouver aussi, dit Nynaeve, mais que fais-tu d'Egwene ? Tu ne la mentionnes jamais et, quand j'en parle, tu fais comme si tu n'entendais pas. Ne voulais-tu pas la conduire à Tar Valon ?

Même si la Sage-Dame avait baissé la voix avant de prononcer ce nom, Moiraine n'apprécia pas son imprudence. Mais ce n'était pas la seule raison de l'éclair rageur qui passa dans son regard. Toujours prête à monter sur ses ergots, Nynaeve bomba le torse, mais l'Aes Sedai lui brûla la politesse :

— J'espère la retrouver saine et sauve, crois-moi. Abandonner une jeune femme si douée n'est pas dans mes habitudes. Cela dit, la Roue tisse comme elle l'entend.

Nynaeve sentit son estomac se serrer.

Je serais donc une de ces jeunes femmes que tu n'abandonnes pas ? Nous verrons ça, Aes Sedai ! Oui, que la Lumière te brûle ! nous verrons ça !

Quittant l'auberge, les trois cavaliers sortirent de la ville et s'engagèrent sur la route de Caemlyn. Dans un silence de mort, Moiraine scruta l'horizon, au nord-est. Derrière les voyageurs, le ciel enfumé de Pont-Blanc se couvrait de nuages.

29

Les yeux sans pitié

Comme s'il voulait rattraper le temps passé à flâner avec les Gens de la Route, Elyas adopta un rythme de marche si exigeant que Bela elle-même se montrait soulagée lorsque arrivait le moment de camper. Malgré sa volonté d'aller vite, l'homme aux loups prenait des précautions qu'il avait négligées jusque-là. La nuit, le petit groupe faisait du feu uniquement s'il trouvait du bois mort sur le site du camp. Pas question de couper la plus petite branche à un arbre, de peur de laisser un indice. En outre, les feux étaient très modestes et toujours dissimulés dans une fosse creusée pour l'occasion. Une fois le repas terminé, Elyas enterrait les braises et les recouvrait du carré d'herbe qu'il avait soigneusement découpé avant d'excaver la terre.

À l'aube, avant le départ, il passait le campement au peigne fin pour s'assurer qu'il ne restait aucune trace du passage de trois voyageurs. Méticuleux jusqu'au ridicule, il remettait en place les pierres délogées de leur écrin de terre et redressait les brins d'herbe pliés par des bottes indélicates. Ce protocole lui prenait à peine quelques minutes, mais il ne le sautait jamais, retardant le départ jusqu'à ce que tout lui paraisse parfait.

Perrin doutait que ces précautions servent à quelque chose contre les rêves. Cela dit, quand il pensa en profondeur à ce qu'elles signifiaient, il regretta que les cauchemars ne soient pas sa seule source d'inquiétude.

Le premier matin, Egwene demanda si des Trollocs étaient à leurs trousses. Elyas se contenta de secouer la tête, puis il fit signe aux deux jeunes gens de se mettre en chemin. Perrin ne fit aucun commentaire, même s'il savait qu'il n'y avait pas de monstres dans les environs, puisque les loups n'en sentaient pas. Ce n'étaient pas les Trollocs qui motivaient la hâte d'Elyas, mais la menace indéfinissable dont il ne savait lui-même pas grand-chose. Les loups aussi étaient dans l'ignorance. Captant l'inquiétude de l'ermite, ils redoublèrent de vigilance comme si le danger leur collait aux basques – ou les guettait au détour suivant de la route.

Le paysage devint une longue série de creux et de bosses – pas vraiment des ravins et des collines, mais une sorte de miniature des deux. Un tapis d'herbe épaisse mais jaunie par l'hiver et attaquée par le chiendent s'étendait à l'infini devant les voyageurs. Sur ce terrain où rien ne lui faisait obstacle, le vent d'est se déchaînait, donnant l'impression que la végétation agitée de vagues était un vaste océan. Semblables à des îlots, les bosquets se faisaient de plus en plus rares et ils semblaient dépérir de froid sous la chiche lumière d'un soleil anémique.

Quitte à faire des détours, Elyas tentait de coller au maximum à la configuration du terrain et d'éviter autant que possible de s'exposer à la vue en gravissant les buttes.

Il parlait peu, et ça valait mieux, considérant sa mauvaise humeur :

— Vous savez le temps que ça va prendre de contourner les tertres au lieu de les escalader ? Par le sang et les cendres ! je ne serai pas débarrassé de vous avant l'été !

» Non, on ne peut pas avancer en ligne droite. Combien de fois vais-je devoir le répéter ? Vous savez à quelle distance on aperçoit un type qui se balade au sommet des buttes, sur un terrain pareil ? Non, bien entendu ! Mais, à cause de vous, on avance et on recule sans cesse. Bon sang ! on dirait un serpent qui se tortille ! Si on m'attachait les pieds, j'irais deux fois plus vite. Bon, vous arrêtez de me regarder avec des yeux de merlan frit ? Un peu de nerf, par tous les diables !

Perrin échangea un regard atterré avec Egwene – qui tira la langue à Elyas, mais dans son dos. Avec lui, protester ne servait à rien. La seule fois où elle avait essayé, rappelant que c'était *lui* qui tenait à faire des détours, il lui avait répliqué que la voix portait à des lieues à la ronde, dans une plaine comme celle-là – en beuglant lui-même assez fort pour ameuter tous les Trollocs du monde.

Qu'il parle ou non, Elyas passait son temps à scruter les environs. Par moments, il semblait avoir repéré quelque chose, mais ses jeunes compagnons ne voyaient jamais quoi. Et les loups non plus, d'ailleurs, ce qui avait tendance à rassurer Perrin. Le front plissé d'inquiétude, Elyas pressait encore plus le pas, sans daigner expliquer ce qui l'inquiétait.

De temps en temps, une butte barrait carrément l'horizon, formant un obstacle bien trop large pour qu'on puisse envisager de le contourner. Quand il était obligé de capituler face à la nature, Elyas ne rendait pas les armes sans combattre. Demandant aux jeunes gens de l'attendre en bas, il gravissait l'élévation, se jetait à plat ventre à l'abord du sommet et coulait prudemment un coup d'œil à ce qui l'attendait au-delà. Comme si les loups n'avaient pas balisé le terrain dix minutes plus tôt !

Obligés d'attendre sans savoir à quelle sauce ils risquaient d'être mangés, Perrin et Egwene mijotaient dans leur jus – un mélange très énervant d'ennui et d'angoisse. Se mordillant la lèvre inférieure, Egwene jouait avec les perles offertes par Aram. Les entrailles retournées et la gorge serrée par l'anxiété, Perrin tentait de paraître calme et confiant.

En cas de danger, les loups nous avertiront… Je ne me plaindrais pas s'ils disparaissaient, c'est vrai, mais en ce moment, j'avoue qu'ils nous sont bien utiles. Alors, pourquoi Elyas gaspille-t-il son temps ?

Après un long moment passé à scruter le paysage, Elyas se relevait et leur faisait signe d'approcher. Le voyage reprenait, accablant de monotonie, jusqu'à ce qu'une autre butte se révèle impossible à contourner.

À la troisième du genre, dans la même matinée, Perrin eut le sentiment qu'il allait vomir tripes et boyaux s'il devait recommencer à attendre.

— Je viens aussi, dit-il à Elyas.

— Baisse bien la tête, se contenta de répondre l'ermite.

Comme si elle voulait venir aussi, Egwene sauta à terre.

— Tu espères que la jument rampe avec nous ? lança Elyas, moqueur.

La jeune fille faillit répondre, mais elle se ravisa, haussa les épaules et regarda l'ermite se détourner et entreprendre la furtive ascension, Perrin dans son sillage. Comme toujours, avant d'atteindre la crête, Elyas se jeta à plat ventre et continua en rampant. Là encore, Perrin suivit son exemple.

Au sommet, l'homme aux loups enleva sa toque de fourrure avant de relever assez la tête pour voir ce qu'il y avait devant lui. Imitant la manœuvre, Perrin découvrit un terrain rigoureusement identique à celui qu'ils traversaient depuis le matin. Le versant à descendre ne foisonnait pas de végétation mais, à son pied, à cinq cents pas vers le sud, se dressait un bosquet nettement plus dense qu'à l'accoutumée. Les loups l'avaient déjà traversé sans sentir la présence de Trollocs ni de Myrddraals. À l'est et à l'ouest, rien ne bougeait dans une plaine qui aurait pu être la sœur jumelle de la précédente. Les loups étant à près d'un quart de lieu de distance, Perrin avait du mal à les sentir. Mais ils n'avaient rien repéré d'inquiétant dans cette zone, il le savait et Elyas ne pouvait pas l'ignorer.

Que cherche-t-il ? Il n'y a rien du tout…

— Nous perdons notre temps, Elyas, dit Perrin en se relevant.

Un vol de corbeaux monta en flèche du bosquet, tourbillonnant dans le ciel comme un long serpent d'obscurité. Pétrifié, Perrin regarda les oiseaux survoler les arbres – puis il reprit ses esprits et s'accroupit.

Les yeux du Ténébreux ! M'ont-ils vu ?

Comme si une idée s'était imposée à une centaine d'esprits à la même seconde, les oiseaux fondirent tous dans la même direction : le sud, où ils disparurent derrière une nouvelle butte. Mais à l'est, des corbeaux s'envolèrent d'un bosquet plus modeste que l'autre. Cette masse noire-là décrivit deux grands cercles dans les airs puis fila également en direction du sud.

Tremblant, Perrin se remit lentement à plat ventre. Il essaya de parler, dut s'humidifier la bouche et réussit enfin à croasser :

— C'était ça, la menace ? Les oiseaux ? Pourquoi ne pas nous avoir prévenus ? Et pour quelle raison les loups ne les ont-ils pas vus ?

— Parce qu'ils ne regardent pas souvent dans les arbres, marmonna Elyas. Cela dit, non, ce n'était pas les corbeaux… Je t'ai déjà confié que j'ignorais ce qui m'inquiétait.

Très loin à l'ouest, un autre nuage noir monta des arbres et fondit vers le sud. À cette distance, on ne distinguait pas les oiseaux individuellement, mais il n'y avait pas de doute sur la nature du phénomène.

— Ce n'est pas une grande chasse, que la Lumière en soit remerciée. Ils ne savent pas. Même après…

Sur ces propos énigmatiques, Elyas se retourna pour sonder l'endroit d'où venaient les voyageurs.

« Même après le rêve », compléta Perrin, saisissant soudain ce qu'avait voulu dire l'ermite.

— Pas grande ? répéta-t-il. Chez moi, on ne voit pas autant de corbeaux en une année entière !

— Dans les Terres Frontalières, j'ai vu des vols de plus de mille oiseaux. Pas souvent, parce que chaque corbeau mort rapporte une récompense, là-bas… Mais taisons-nous, maintenant…

Elyas scrutait toujours le nord. Perrin sentit qu'il tentait d'entrer en contact avec les loups. Il aurait voulu que Tachetée et ses compagnons reviennent sur leurs pas afin d'explorer le terrain à l'arrière du petit groupe de voyageurs. Son visage déjà parcheminé se ridant davantage à cause de la concentration, l'homme aux loups envoyait un message aux trois éclaireurs tellement avancés que l'apprenti forgeron ne sentait même plus leur présence.

Dépêchez-vous ! Surveillez le ciel et dépêchez-vous !

Perrin capta très faiblement la réponse, qui venait du sud et non du nord.

Nous arrivons.

Une image traversa l'esprit du jeune homme : les trois loups courant comme s'ils tentaient de fuir un incendie de forêt. Trois flèches vivantes, le museau pointé vers leur destination…

Elyas se détendit un peu et prit une profonde inspiration. Puis il regarda le terrain, droit devant lui, avant de tourner la tête vers le nord en marmonnant dans sa barbe.

— Vous pensez qu'il y a d'autres corbeaux derrière nous ? demanda Perrin.

— C'est possible… Ils procèdent ainsi, parfois… Je connais un endroit sûr, si nous parvenons à l'atteindre avant la nuit. Nous devrons marcher jusqu'à ce qu'il fasse noir, de toute façon, même si nous n'arrivons pas jusque-là, mais nous ne pourrons pas aller aussi vite que je le voudrais. Pas question de trop approcher des corbeaux qui sont devant nous… Mais s'il y en a aussi derrière…

— Quel rapport avec la nuit ? voulut savoir Perrin. Et de quel endroit parlez-vous ? Un refuge contre les corbeaux ?

— Oui, mais connu de trop de gens… Cela dit, la nuit, les corbeaux se perchent et nous n'aurons rien à craindre d'eux. (Après un dernier coup d'œil devant lui, Elyas fit signe à Egwene de venir avec Bela.) La nuit n'est pas pour tout de suite, et nous ne devons pas cesser de bouger ! (Il commença à dévaler la pente, chaque enjambée plus risquée que la précédente, comme s'il ne se souciait pas de tomber.) Allons, ne reste pas planté là, mon garçon !

Perrin se mit en mouvement, glissant davantage qu'il courait.

Egwene atteignit le sommet de la butte et lança Bela au trot.

— Que se passe-t-il ? demanda-t-elle. Quand je vous ai vus disparaître comme ça, j'ai cru que… Qu'est-il arrivé ?

Perrin attendit pour répondre que la jeune fille l'ait rattrapé. Il tenta de résumer ce qui s'était produit, mais son récit lui parut atrocement incohérent.

— Des corbeaux ! s'écria Egwene, qui semblait quand même avoir saisi l'essentiel.

Elle bombarda Perrin de questions dont il ignorait le plus souvent la réponse. Au moins, ce petit jeu occupa les deux jeunes gens jusqu'à ce qu'ils arrivent au pied d'une nouvelle butte. En principe, si on désirait dégager une ligne directrice dans cette folle aventure, les trois voyageurs auraient dû contourner cet obstacle d'une largeur raisonnable. Mais Elyas insista pour gravir la pente et aller sonder le terrain.

— Tu veux débouler au milieu des oiseaux, mon garçon ? lança-t-il d'un ton sinistre.

Egwene leva les yeux vers le sommet de la butte, hésitant comme si elle avait en même temps envie de suivre Elyas et de rester où elle était.

L'homme aux loups fut le seul à ne pas faire montre d'indécision.

Perrin se demanda s'il arrivait que des vols de corbeaux fassent demi-tour. Débouler au sommet de la crête au même moment qu'un nuage d'oiseaux noirs ne lui disait pas grand-chose…

En haut de la butte, à plat ventre comme il se devait, le jeune homme leva la tête juste ce qu'il fallait pour voir ce qu'il y avait en bas.

Absolument rien, à part un bosquet, un peu à l'ouest ! Mais pas un corbeau en vue… Enfin, au début. Quand un renard déboula du bosquet, courant ventre à terre, des dizaines d'oiseaux s'envolèrent des branches, le bruissement de leurs ailes couvrant presque les cris de panique de leur proie. Un nuage noir fondit sur le renard, qui se défendit vaillamment, ses mâchoires claquant dans l'air – car il ne parvenait pas à mordre une de ses cibles, bien trop rapides pour lui. En revanche, les coups de bec, d'une précision parfaite, faisaient mouche pratiquement à tous les coups.

Le renard rebroussa chemin et fonça vers les arbres et le havre de sécurité de sa tanière. Mais il boitillait, désormais, la tête basse et la fourrure rouge de sang. Humant de la faiblesse chez leur proie, les corbeaux lancèrent un assaut massif. Des dizaines d'oiseaux s'abattirent sur le renard, le dissimulant à la vue de Perrin. Quand ils redécollèrent, il ne restait plus pour témoigner de leur festin que quelques touffes de fourrure rouges de sang.

La gorge serrée, Perrin regarda les oiseaux de proie filer vers le sud.

Par la lumière ! ils pourraient nous faire ça à nous ! Une centaine suffirait à…

— Bouge ! cria Elyas en se relevant. (Il fit signe à Egwene de le suivre et partit au pas de course vers les arbres.) Bon sang ! bougez-vous, tous les deux !

Egwene lança Bela au galop et rattrapa ses deux compagnons avant qu'ils aient atteint le pied de la butte. L'heure n'était pas aux questions, et moins encore aux grandes explications, mais la jeune fille vit les restes du renard et devint blanche comme un linge.

Elyas s'était arrêté à la lisière du bosquet, encourageant du geste ses deux compagnons. Perrin essaya de courir plus vite et s'emmêla les pieds. Battant des bras, il réussit par miracle à ne pas s'étaler dans la poussière.

Par le sang et les cendres ! Elyas, je ne peux pas aller plus vite !

Un corbeau solitaire jaillit du bosquet, piqua sur les deux jeunes gens, cria à leur percer les tympans et fila à tire-d'aile vers le sud. Conscient que c'était déjà trop tard, Perrin s'empara néanmoins de sa fronde et fourra une main dans sa poche pour en sortir une pierre. Mais le corbeau, devant lui, fut soudain foudroyé en plein vol et tomba comme une masse sur le sol. Stupéfié, Perrin vit la fronde qu'Egwene brandissait triomphalement.

— Ne restez pas là à bayer aux corneilles ! beugla Elyas.

Perrin se précipita vers le bosquet puis s'écarta afin de ne pas être piétiné par Bela.

Très loin à l'ouest, presque hors de vue, une sorte de brouillard noir se levait. L'apprenti forgeron sentit que les loups avançaient dans cette direction, filant vers le nord. Il capta aussi que les trois prédateurs avaient vu des corbeaux, à droite et à gauche de leur position, sans que cela les incite à ralentir. La « brume » noire s'orienta vers le nord, comme si elle traquait les loups, puis sa masse compacte éclata et une multitude de plus petits « nuages » fondirent vers le sud.

— Vous croyez qu'ils nous ont vus ? demanda Egwene. Nous étions déjà sous le couvert des arbres, non ? Et à cette distance, je doute qu'ils aient pu nous repérer...

— Nous les avons bien vus, nous..., marmonna Elyas. Ce n'est pas une affaire de distance mais, s'ils nous avaient localisés, nous aurions fini comme le renard. Si vous voulez survivre, tous les deux, apprenez à réfléchir. Quand on ne la contrôle pas, la peur devient vite une ennemie mortelle. (Elyas dévisagea tour à tour les deux jeunes gens.) Bon, ils ont fichu le camp, et nous n'allons pas moisir ici. Gardez vos frondes prêtes à l'action. Elles pourraient nous être très utiles...

Dès qu'ils furent sortis du bosquet, Elyas s'engagea résolument vers l'ouest et Perrin en eut un instant le souffle coupé. On eût dit que l'homme aux loups voulait suivre les derniers corbeaux qu'ils avaient vus partir. Mais que faire, sinon lui emboîter le pas ? Lui seul connaissait la région, et il avait parlé d'un endroit sûr.

Ils coururent jusqu'à la prochaine butte, attendirent que les oiseaux avancent, les suivirent et recommencèrent plusieurs fois la manœuvre. Le rythme de marche était épuisant depuis le début mais, là, cet effort fractionné menaçait de vider les deux jeunes gens et Bela de leur force. Elyas seul semblait ne pas être affecté. En pleine forme, il continuait à jouer les éclaireurs, et Perrin ne lui disputait plus cet honneur, puisque ça lui donnait l'occasion de se reposer un peu au pied de chaque butte.

La peur était une affaire bien différente, et la « contrôler » s'avérait beaucoup plus facile à dire qu'à faire. Si au moins les loups avaient pu dire aux fugitifs s'ils étaient poursuivis ou non ! Mais pour l'instant, impossible de savoir ce qu'il y avait derrière eux. Devant évoluait une véritable armée de corbeaux. Il y en avait aussi sur leur droite et sur leur gauche. Une bonne dizaine de fois, l'ermite et ses deux compagnons atteignirent le refuge relatif d'un bosquet quelques secondes avant qu'un nuage de corbeaux obscurcisse le ciel. En une seule occasion, peu après midi, Perrin, Egwene et Elyas s'étaient retrouvés piégés en terrain découvert – sans l'ombre d'un abri à moins d'un quart de lieue – alors qu'une centaine d'espions aviaires du Ténébreux fendaient le ciel un peu à l'est de leur position. Malgré le vent mordant, Perrin avait senti de la sueur ruisseler sur son front jusqu'à ce que les prédateurs ailés, d'abord réduits à de minuscules points noirs, aient complètement disparu.

Très vite, le jeune homme perdit le compte des oiseaux traînards qu'Egwene et lui abattaient avec leur fronde.

Sur le chemin des corbeaux, les fugitifs découvrirent assez d'horreurs pour justifier l'angoisse qui serrait le cœur des deux jeunes gens. Par exemple, le cadavre d'un lapin, la tête énuclée gisant à bonne distance de quelques touffes de fourrure et d'ossements imparfaitement rongés.

Ils trouvèrent aussi des restes d'oiseaux – ou, plutôt, plusieurs tas de plumes sanguinolentes – et deux renards supplémentaires.

En chemin, Perrin se remémora une remarque de Lan : toutes les créatures du Ténébreux tuaient pour le plaisir, parce que la mort était la source du pouvoir de leur maître. Dans ce cas, que se passerait-il si les corbeaux attaquaient Elyas et ses deux « protégés » ?

Des yeux sans pitié brillant comme des perles noires, des becs pointus transperçant et arrachant les chairs… Cent tueurs ailés lancés à l'assaut en même temps…

Seulement cent, ou beaucoup plus que ça ? Peuvent-ils appeler des renforts ? Attaquer tous ensemble comme une armée ?

Une image terrifiante se forma dans l'esprit de Perrin. Une montagne de corbeaux grouillant comme des asticots sur des restes humains presque méconnaissables.

Soudain, ce sombre fantasme fut balayé par une série de visions qui défilèrent dans la tête de Perrin, chacune étant claire un court instant avant d'être chassée par la suivante. Les loups avaient trouvé des corbeaux, au nord. Et ils les affrontaient, évitant les coups de bec et bondissant dans les airs pour saisir dans leur gueule les petits corps noirs des oiseaux de proie. Comme s'il était présent, Perrin sentit sur sa langue le goût du sang des prédateurs volants broyés par des crocs impitoyables. Très vite, il partagea le désespoir des loups, conscients que leurs efforts ne suffiraient pas et pourtant résolus à ne pas abandonner tant qu'il leur resterait des forces.

Soudain, les corbeaux rompirent le combat, décrivant un dernier cercle dans le ciel pour hurler leur haine aux loups. Contrairement aux renards et aux lapins, ces ennemis-là ne succombaient pas aisément et ils avaient une mission. Comme s'ils estimaient la victoire impossible, les tueurs noirs avaient choisi la fuite, laissant tomber sur le sol – et sur les cadavres de leurs frères – quelques plumes noires tachées de sang.

Mais les loups avaient payé leur victoire au prix fort. Vent léchait une plaie ouverte, sur sa patte avant gauche, et un des yeux de Tire-d'Aile était touché. Ignorant ses propres blessures, Tachetée rassembla ses compagnons et se lança avec eux à la poursuite des corbeaux.

Nous arrivons, mais le danger nous précède.

Alors qu'il avançait d'un pas mal assuré, Perrin échangea un regard avec Elyas. Même si ses yeux jaunes restaient insondables, l'ermite savait. Il ne dit rien, se contentant de continuer à avancer sans effort apparent.

Il marche et il attend. Oui, il attend que j'admette être lié aux loups…

— Des corbeaux…, souffla Perrin à contrecœur. Derrière nous.

— Elyas disait vrai…, fit Egwene. Tu peux parler aux loups !

Même si ses pieds et ses jambes lui semblaient peser des tonnes, Perrin tenta d'avancer plus vite. Un désir fou de fuir les corbeaux, les loups et… le regard d'Egwene, qui savait désormais qui il était vraiment.

Mais qui es-tu ? Une créature souillée ! Que la Lumière m'aveugle ! je suis maudit !

Sa gorge brûlant plus qu'aux pires moments dans la forge enfumée et surchauffée de maître Luhhan, Perrin titubait de plus en plus et il finit par devoir s'accrocher à un des étriers d'Egwene. Comprenant qu'il était à bout de forces, la jeune fille sauta à terre et le força à monter en selle sans accorder la moindre attention à ses protestations.

Egwene fit de son mieux, mais il ne fallut pas longtemps avant qu'elle soit à son tour contrainte de se tenir à un étrier sans pour autant cesser de soulever l'ourlet de sa jupe de son autre main. Même si ses genoux tremblaient encore, Perrin mit pied à terre, souleva son amie et la déposa sur la selle. Trop fatiguée pour résister, elle se laissa faire sans émettre non plus de protestations.

Elyas ne ralentit pas. Harcelant sans cesse ses compagnons, il les obligeait à suivre les corbeaux qui exploraient le Sud – de si près, songea Perrin, qu'il aurait suffi qu'un des oiseaux ait l'idée de jeter un coup d'œil en arrière…

— Que la Lumière vous brûle ! avancez, nom de nom ! Si ces oiseaux nous tombent dessus, vous pensez vous en tirer mieux que le renard qui avait les intestins enroulés autour du cou ?

Révulsée, Egwene s'inclina sur sa selle et ne put se retenir de vomir.

— Je savais que cette image vous avait marqués ! Allons, encore un petit effort ! Bon sang ! je pensais que les culs-terreux étaient endurants ! Des héros qui travaillent toute la journée et dansent toute la nuit, à ce qu'on dit ! On dirait plutôt que vous faites la sieste le jour pour mieux dormir la nuit ! Avancez, par tous les diables !

Les trois fugitifs commencèrent à s'attaquer au versant ascendant d'une butte alors que les derniers corbeaux disparaissaient derrière la crête de la suivante. Gagnant encore du terrain, ils aperçurent très nettement les derniers membres du vol.

Si un seul se retourne…, pensa de nouveau Perrin.

À l'est et à l'ouest, les autres oiseaux continuaient à balayer le terrain.

Un seul corbeau, et nous sommes fichus !

Le vol qui suivait les fugitifs avançait très vite. Le contournant, Tachetée et ses compagnons approchaient sans prendre le temps de lécher leurs plaies, mais ils avaient appris tout ce qu'il fallait savoir au sujet du ciel et des dangers qui pouvaient en venir.

Quelle distance ? Combien de temps ?

N'ayant pas les mêmes préoccupations que les hommes, les loups n'avaient aucune raison de diviser une journée en heures. Pour eux, les saisons suffisaient à marquer le passage du temps, le jour et la nuit jouant le même rôle sur une plus petite échelle.

Perrin finit par obtenir une image de la position probable du soleil au moment où les corbeaux poursuivants survoleraient leurs proies. Comparant cette estimation à la localisation présente de l'astre diurne, il jugea que les prédateurs volants seraient au-dessus de ses compagnons et lui dans une heure au maximum. Le crépuscule ne tomberait pas avant deux heures, et il en faudrait deux de plus pour qu'il fasse nuit noire…

Nous mourrons au soleil couchant…, pensa Perrin, ses jambes manquant se dérober.

Taillés en pièces comme le renard…

La main du jeune homme vola vers le manche de sa hache, mais finit par se poser sur sa fronde. Cette arme-là serait plus efficace, mais elle ne suffirait pas face à cent agresseurs ailés. Cent becs voraces, cent projectiles vivants piquant sur leurs cibles…

— C'est ton tour de chevaucher, Perrin, dit Egwene d'un ton las.

— Pas tout de suite… J'ai encore des lieues dans les jambes !

La jeune fille goba ce mensonge et resta en selle.

Elle doit être vraiment épuisée ! Dois-je lui dire la vérité, ou la laisser croire que nous avons une chance de nous en tirer ? Lui accorder une heure d'espoir, même fallacieux, ou une heure de désespoir total ?

Elyas regardait de nouveau le jeune homme sans rien dire. Il savait, lui aussi, mais il ne parlerait pas. Perrin tourna la tête vers Egwene et battit des paupières pour refouler ses larmes. Puis il posa les doigts sur le manche de sa hache et se demanda s'il aurait le courage. Au dernier moment, quand les oiseaux piqueraient sur eux, tout espoir évanoui, aurait-il le cran d'épargner à son amie une mort atroce ?

Lumière, donne-moi la force de le faire !

Devant les fugitifs, les corbeaux parurent soudain se volatiliser. À l'est et à l'ouest, Perrin distinguait toujours des nuages noirs, mais plus devant lui.

Où sont-ils ? Si par malheur nous les avons dépassés…

Brusquement, l'apprenti forgeron frissonna comme s'il venait de se jeter dans la rivière Cascade à Vin en plein milieu de l'hiver. Cette vague de froid déferla sur tout son corps, donnant l'impression d'emporter avec elle une partie de sa fatigue, apaisant ses jambes douloureuses et ses poumons en feu. Lorsqu'elle se dissipa, elle laissa derrière elle quelque chose d'indéfinissable. Sans savoir pourquoi, Perrin se sentait différent. Effrayé, il s'arrêta et regarda autour de lui.

Elyas avait dans les yeux une lueur qui le trahissait. Il savait ce qui se passait, mais il ne disait rien, comme d'habitude.

Tirant sur les rênes de Bela pour l'empêcher de repartir, Egwene semblait partagée entre l'angoisse et l'étonnement.

— C'est bizarre, dit-elle, j'ai le sentiment d'avoir perdu quelque chose…

La jument elle-même humait l'air, visiblement surprise, comme si elle détectait une légère odeur d'avoine.

— Que se passe-t-il ? demanda Perrin.

Elyas s'accroupit, posa les mains sur ses genoux et s'autorisa un petit rire.

— Nous sommes sauvés, voilà ce qui se passe, mes jeunes idiots ! Aucun corbeau lié au Ténébreux ne franchira la frontière invisible. Un Trolloc devrait y être poussé, mais il faudrait d'abord trouver moyen de contraindre son Myrddraal à le conduire jusque-là. *Idem* pour les Aes Sedai. Ici, le Pouvoir de l'Unique est lettre morte, car ces femmes ne pourraient pas accéder à la Source Authentique. En fait, elles ne la sentiraient même pas. Mais elles trembleraient de tous leurs membres, comme un ivrogne qui s'imbibe depuis une semaine. Bref, nous ne risquons plus rien.

Au début, Perrin ne remarqua pas la moindre différence dans le paysage environnant. Puis il vit quelques carrés d'herbe verte au milieu de la végétation jaunie. Pas très grands ni très nombreux, mais c'étaient les premiers qu'il remarquait, cette année. Il y avait un peu moins de chiendent, également… Tout ça était lié à cet endroit, il l'aurait juré. Et il avait déjà entendu parler d'un « lieu sûr » de ce type…

— Où sommes-nous ? demanda Egwene. Je me sens… Pour tout dire, je n'aime pas trop ça !

— Un Sanctuaire ! s'écria Elyas. Vous n'écoutez donc jamais les légendes ? Bien sûr, aucun Ogier n'est venu ici depuis la Dislocation du

Monde, il y a quelque trois mille ans, mais c'est le Sanctuaire qui crée l'Ogier et pas le contraire !

— Une légende, justement…, grogna Perrin.

Dans les histoires, les Sanctuaires étaient des havres de paix où on n'avait plus rien à craindre des Aes Sedai et des créatures du Père des Mensonges.

Elyas se redressa. S'il n'était pas frais comme au matin, nul n'aurait deviné qu'il venait de courir pendant presque toute une journée.

— Venez, enfonçons-nous dans cette *légende* ! Les corbeaux ne peuvent pas entrer, mais rien ne les empêche de nous voir, si près de la lisière du Sanctuaire. Autant leur compliquer la tâche, non ?

Perrin aurait voulu rester là où il était. Après avoir été soumises à la torture, ses jambes l'imploraient de ne plus bouger d'une semaine. Le soulagement qu'il avait éprouvé un peu plus tôt n'était plus qu'un souvenir. La fatigue et la douleur étaient de retour, pourtant il se força à avancer. Egwene fit repartir Bela et Elyas reprit son rythme de croisière jusqu'à ce qu'il devienne évident que ses compagnons ne pourraient pas le suivre.

— Pourquoi ne restons-nous pas ici ? demanda Perrin, haletant. Si c'est vraiment un Sanctuaire, nous y serons en sécurité. Rien à craindre des Trollocs et des Aes Sedai… Pourquoi ne pas attendre ici que tout soit terminé ?

D'autant plus que les loups ne peuvent peut-être pas entrer non plus…

— Combien de temps faudra-t-il attendre ? demanda Elyas. Et que mangerons-nous ? De l'herbe, comme les chevaux ? De plus, je ne suis pas le seul à connaître cet endroit, et rien n'interdit à un homme d'entrer ici, même si c'est le pire des criminels. En outre, il n'y a qu'un point d'eau dans toute cette zone…

Mal à l'aise, l'ermite fit un tour complet sur lui-même, sondant le paysage. Quand ce fut fait, il secoua la tête et marmonna dans sa barbe. Perrin sentit qu'il appelait les loups.

Dépêchez-vous ! Dépêchez-vous !

— Nous avons échappé aux corbeaux, ce n'est pas pour servir de proies à d'autres tueurs… Allons, un peu de courage. Il reste à peine un quart de lieue à parcourir.

S'il n'avait pas été à bout de souffle, Perrin aurait volontiers hurlé à la mort.

De gros rochers, certains hauts et larges comme une maison, commencèrent à jaillir de la terre sur le versant des buttes et dans les ravins. Des ronces recouvraient ces pierres dressées et des rideaux de broussaille les dissimulaient à demi. De-ci de-là, quelques brins d'herbe verte signalaient que cet endroit se distinguait du reste du monde. Le fléau qui frappait la terre, au-delà de ses frontières, le touchait aussi, mais il résistait mieux et les dégâts seraient plus faciles à réparer.

Au pied d'une énième butte, le trio de voyageurs découvrit enfin le fameux point d'eau. Une mare, en réalité, qu'il aurait suffi de deux pas pour enjamber. Mais l'onde claire laissait apercevoir un fond sablonneux parfaitement sain, et Elyas lui-même sembla pressé d'atteindre cette oasis.

Arrivé au bord de la mare, Perrin se jeta à plat ventre et plongea la tête dans l'eau. Il la ressortit très vite, surpris par la température glaciale, et secoua la tête, ses longs cheveux projetant une gerbe de gouttelettes.

Souriant, Egwene l'aspergea en retour.

Perrin se rembrunit. Surprise, la jeune fille voulut demander ce qu'il avait, mais il replongea la tête dans la mare.

Pas de questions ! Pas d'explications ! Ni maintenant ni jamais ! pensa le jeune homme.

Mais une petite voix souffla dans sa tête :

Tu l'aurais fait, pas vrai ?

— On a tous faim et j'ai besoin d'aide ! lança Elyas quand il estima que ses jeunes compagnons avaient assez profité de l'eau.

Egwene participa joyeusement à la préparation du repas. Les voyageurs n'ayant pas eu le temps de chasser, ils devraient se contenter de viande séchée et de fromage. Par bonheur, il leur restait de quoi se faire une délicieuse infusion.

Perrin fit sa part du travail en silence. Il sentit peser sur lui le regard d'Egwene, devina son inquiétude mais évita autant que possible de croiser son regard.

La jeune fille cessa de sourire et de plaisanter. Elyas se murant dans un mutisme têtu, le repas fut court mais franchement sinistre.

Il ne fera pas nuit avant une heure…, pensa Perrin. *Sans le Sanctuaire, nous serions tous morts. Aurais-tu « sauvé » Egwene ? L'aurais-tu abattue comme un arbuste ? Mais les arbustes ne saignent pas, sais-tu ? Ils ne crient pas et ne regardent pas leur bourreau dans les yeux en demandant : « Pourquoi ? »*

Perrin plongea au plus profond de lui-même et entendit une petite voix rire de lui, dans un recoin sombre de son esprit. Une voix cruelle, mais qui n'appartenait pas au Ténébreux. Il aurait presque préféré, mais ce n'était pas le cas.

Pas la voix du Père des Mensonges, mais la sienne…

Pour une fois, Elyas s'était montré tolérant en matière de feu. En l'absence d'arbres, il avait prélevé des branches mortes sur les buissons et allumé un grand feu près d'un grand bulbe rocheux qui jaillissait du flanc d'une butte. La roche étant noire de suie, Perrin déduisit que ce site avait accueilli des générations et des générations de voyageurs.

La partie visible du bulbe était grossièrement arrondie, avec d'un côté une nette cassure dont les arêtes étaient couvertes d'une très vieille mousse brunâtre. Les creux et les sillons qui couraient sur la partie arrondie intriguèrent Perrin, mais il était de trop mauvaise humeur pour s'appesantir sur le sujet.

Egwene, en revanche, étudia le phénomène durant tout le repas.

— On dirait un œil, finit-elle par dire.

Perrin regarda mieux et dut reconnaître que c'était bien vu.

— C'en est un, dit Elyas.

Tournant le dos au feu, il sondait le paysage en mâchonnant vaguement une lanière de viande séchée aussi résistante que du cuir.

— C'est l'œil d'Artur Aile-de-Faucon. Le haut roi en personne. À la fin, voilà où l'ont mené sa gloire et son pouvoir…

Une remarque distraite, comme la façon dont mangeait Elyas, car seul le paysage l'intéressait vraiment.

— Artur Aile-de-Faucon ! s'exclama Egwene. C'est une mauvaise plaisanterie ? Allons, ce n'est pas vraiment un œil ! Qui se serait amusé à sculpter un globe oculaire d'Artur au milieu de nulle part ?

Elyas jeta par-dessus son épaule un regard courroucé à la jeune fille.

— On vous apprend quoi, chez les culs-terreux ?

Il recommença à scruter le paysage, mais continua à parler :

— Artur Paendrag Tanreall, autrement dit le haut roi Artur Aile-de-Faucon, unifia tous les territoires de la Flétrissure jusqu'à la mer des Tempêtes, et de l'océan d'Aryth au désert des Aiels. Voire au-delà, selon certaines sources… Les récits disent qu'il régna sur le monde entier, mais la réalité est assez impressionnante pour qu'il n'y ait pas besoin d'en rajouter. Et il a su apporter la paix et la justice partout dans son empire.

— Tous les êtres humains égaux devant la loi, dit Egwene, et pas un pour lever la main sur un autre.

— On vous cultive un peu, quand même…, ricana Elyas. Oui, Artur a établi la paix et la justice, mais en ayant recours au feu et à l'épée. Un gosse chargé d'un sac d'or pouvait chevaucher de l'océan d'Aryth à la Colonne Vertébrale du Monde sans rien risquer, mais la justice du haut roi était impitoyable avec tous ceux qui défiaient son pouvoir, même si ça n'avait rien de volontaire, simplement parce qu'ils étaient différents de lui ou ne pensaient pas de la même façon. Le peuple vivait en paix, avec le ventre plein et la protection d'une véritable justice, mais Artur fit subir à Tar Valon un siège de vingt ans et plaça une prime de mille pièces d'or sur la tête de chaque Aes Sedai.

— Je pensais que vous n'aimiez pas les Aes Sedai, rappela Egwene.

— Mes préférences n'ont aucune importance, petite ! Artur Aile-de-Faucon était un crétin prétentieux. Quand il est tombé malade – ou fut empoisonné –, une Aes Sedai guérisseuse aurait pu le sauver, mais toutes ces femmes encore vivantes étaient retranchées derrière les Murs Scintillants, mobilisant tout leur Pouvoir pour contenir une armée dont les feux de camp parvenaient à faire passer la nuit pour le jour. Artur ne se serait pas laissé approcher par une de ces femmes, de toute façon. Il les haïssait au moins autant qu'il abominait le Ténébreux.

Egwene fit la moue, mais elle garda ses commentaires pour elle et demanda :

— Quel rapport avec ce qui est censé être l'œil du haut roi ?

— J'y venais, petite… La paix étant assurée partout – sauf de l'autre côté de l'océan – et les gens du commun l'adorant parce qu'il n'était jamais dur avec le petit peuple, Artur décida qu'il était temps de se bâtir une capitale. Une cité nouvelle sans aucun lien avec une ancienne cause, une quelconque rivalité ou une faction particulière. Il choisit le site où nous sommes, au centre d'un territoire bordé par la mer, le désert et la Flétrissure. Un endroit où ne viendrait jamais aucune Aes Sedai – et où, de toute façon, elle serait incapable d'utiliser son Pouvoir. Une capitale qui dispenserait un jour au monde entier la paix et la justice !

» Lorsqu'ils entendirent cette proclamation, les sujets d'Artur collectèrent assez d'argent pour ériger une statue à leur roi. Pour la plupart d'entre eux, il était juste au-dessous du Créateur, et pas de beaucoup. Il fallut cinq ans pour sculpter et mettre en place une statue cent fois plus grande que son modèle. La ville aurait dû pousser autour de ce monument.

— Il n'y a jamais eu de cité ici ! s'exclama Egwene. Sinon, on verrait des vestiges…

— Tu as raison, il n'y a jamais eu de ville. Artur est mort le jour même où la statue fut achevée, et ses héritiers commencèrent aussitôt à se quereller pour savoir qui s'assiérait sur son trône. Alors que la statue restait seule ici, les fils, les neveux et les cousins d'Artur s'entre-tuèrent jusqu'à ce que sa lignée disparaisse de la surface du monde – sauf peut-être ceux de ses descendants qui traversèrent l'océan d'Aryth.

» Certains de ses ennemis auraient effacé jusqu'au souvenir d'Artur, s'ils l'avaient pu. Des livres furent brûlés simplement parce qu'ils mentionnaient son nom. À la fin, il ne resta plus rien de lui, à part les histoires, dont la plupart sont d'ailleurs fausses. Voilà comment sa gloire sombra dans le néant…

» Bien entendu, la disparition de sa lignée ne marqua pas la fin des batailles. Il restait un trône à prendre, et tous les seigneurs ou nobles dames capables de lever une armée le convoitaient. Ainsi commença la guerre des Cent Années. En réalité, elle dura cent vingt-trois ans, mais la majorité des archives relatives à ce temps-là a disparu dans les flammes qui carbonisèrent des dizaines de villes. Le royaume fut morcelé, car personne ne parvint à s'imposer, et la statue fut déboulonnée quelque part au cours de ces années de terreur. Peut-être parce que les successeurs d'Artur n'aimaient pas voir qu'ils ne lui arrivaient pas à la cheville.

— D'abord du mépris, dit Egwene, et maintenant de l'admiration… Vous êtes un homme étrange…

Elyas se tourna pour foudroyer la jeune fille du regard.

— Si tu veux encore un peu d'infusion, dépêche-toi, parce que je ne vais pas tarder à éteindre le feu.

Malgré la pénombre, Perrin voyait bien qu'il s'agissait d'un œil, désormais. Plus grand que la tête d'un homme, il ressemblait à celui d'un corbeau : noir, froid et dépourvu de pitié.

Même si c'était peut-être une illusion due à la pénombre, le jeune homme regretta de devoir passer la nuit en ces lieux sinistres.

30

Les fils de l'obscurité

Alors qu'Egwene restait assise près du feu, contemplant le fragment de statue, Perrin alla se promener près de la mare afin d'être un peu seul. Tandis que le jour agonisait, le vent d'est, bien plus fréquent la nuit, faisait déjà onduler la surface de l'onde. Le jeune homme tira la hache de la boucle de sa ceinture et la fit tourner entre ses mains. Le manche en frêne, long comme son bras, était lisse et frais au toucher.

Perrin détestait l'arme. Rétrospectivement, il avait honte d'en avoir été si fier, à Champ d'Emond. À l'époque où il ne savait pas ce qu'il envisagerait un jour de faire avec…

— Tu la détestes tellement ? demanda Elyas dans le dos du jeune homme.

Surpris, Perrin sursauta, levant la hache d'instinct avant de reconnaître son interlocuteur.

— Vous… Vous lisez aussi dans *mon* esprit ? Comme les loups ?

Elyas inclina la tête sur le côté.

— Un aveugle lirait ton expression, mon garçon. Allons, parle ! Tu détestes cette fille ? Tu la méprises ? Oui, c'est ça ! Tu étais prêt à la tuer parce que tu la méprises ! Toujours en train de traîner les pieds et de te ralentir avec ses fichues chipoteries de femme !

— Egwene n'a jamais traîné les pieds de sa vie, ni ralenti personne. Elle fait toujours sa part du travail, et je ne la méprise pas. Bien au contraire, je l'aime… Non, pas comme vous croyez ! Je ne la prends pas pour ma sœur, mais… Elle et Rand, vous comprenez ? Par le sang et les cendres ! si les corbeaux nous avaient eus, j'aurais… Eh bien, je ne sais pas trop…

— Mon garçon, tu l'aurais fait ! Si elle avait pu choisir sa mort, qu'aurait préféré Egwene ? Un seul coup de hache, ou le calvaire qu'ont subi aujourd'hui les victimes des corbeaux ? Moi, je n'hésiterais pas un instant…

— Je n'ai en aucun cas le droit de choisir pour elle... Vous ne le lui direz pas, j'espère ?

Perrin serra à deux mains le manche de sa hache et ses biceps se gonflèrent. Des muscles impressionnants, pour un si jeune homme. Mais manier le marteau dans la forge de maître Luhhan vous donnait vite la silhouette d'un lutteur.

— Je hais cette arme ! Quand je pense que je parade avec elle, comme un gosse idiot ! Mais j'aurais été incapable de... Eh bien, vous savez, si les corbeaux... Quand il s'agissait de se vanter et de jouer les héros, j'étais le premier à... Mais la réalité, c'est tout autre chose. Je ne me servirai jamais plus de cette hache !

— Tu te trompes !

Perrin fit mine de jeter l'arme dans l'eau, mais l'ermite lui saisit au vol le poignet.

— Tu t'en serviras, mon garçon, et même si cette idée te déplaît, tu en feras usage bien plus judicieusement que la plupart des autres hommes. Attends avant de t'en débarrasser. Le jour où tu ne la haïras plus, il sera temps de la jeter au loin et de courir dans la direction opposée.

Perrin ne baissa pas tout de suite les bras, car il était toujours tenté de jeter l'arme dans la mare.

C'est facile à dire, pour lui... Et si j'attends et me révèle incapable de m'en débarrasser ?

Perrin voulut poser la question à Elyas, mais pas un son ne sortit de sa gorge. Il venait de capter un message des loups, si urgent que ses yeux se voilèrent et qu'il oublia ce qu'il voulait dire – ou, pis encore, oublia qu'il avait le don de la parole. Elyas aussi était comme pétrifié. Par bonheur, le phénomène ne dura pas plus d'une ou deux secondes.

Perrin s'ébroua et prit une profonde inspiration. Dès qu'il eut recouvré sa lucidité, Elyas courut vers le feu à la vitesse de l'éclair.

— Arrose les flammes ! cria l'ermite à Egwene. Il faut éteindre ce feu !

La jeune fille se leva, visiblement désorientée par l'irruption de l'homme aux loups.

Elyas l'écarta sans ménagement, s'empara de la bouilloire, jura comme un charretier lorsqu'il se brûla, et vida tout ce qui restait d'infusion sur le feu. Arrivant sur ces entrefaites, Perrin flanqua de grands coups de pied dans la poussière afin d'ensevelir les dernières flammes.

Elyas lui lançant la bouilloire, il la rattrapa au vol et la laissa aussitôt tomber avec un petit cri de douleur. En se soufflant sur les doigts, il foudroya l'ermite du regard. Trop occupé à inspecter le petit campement, celui-ci ne s'en aperçut même pas.

— Impossible d'effacer les traces de notre passage…, annonça Elyas. Il ne nous reste plus qu'à nous dépêcher et à croiser les doigts. Avec de la chance, ils ne se donneront pas la peine de… Mais au nom de la Lumière ! j'aurais juré que c'étaient les corbeaux…

Sans chercher à comprendre, Perrin sella Bela, calant prudemment la hache contre sa cuisse lorsqu'il dut se pencher pour serrer les harnais.

— Que se passe-t-il ? demanda Egwene. Des Trollocs ? Un Blafard ?

— Allez vers l'est ou vers l'ouest, dit Elyas à Perrin. Trouvez une cachette et attendez que je vous rejoigne. S'ils voient un loup…

Il partit au pas de course, ramassé sur lui-même comme s'il voulait se jeter à quatre pattes, et disparut très vite dans la pénombre.

Egwene rassembla à la hâte ses affaires, mais ça ne l'empêcha pas de demander des explications à Perrin. Comme elle n'en obtint pas tout de suite, son angoisse monta en flèche. Le jeune homme s'en félicita, car la peur donnait des ailes, c'était bien connu.

Lorsqu'ils se furent mis en route vers l'ouest, Perrin ouvrant la voie à Bela, l'heure des explications – partielles – sonna.

— Des cavaliers approchent. Beaucoup de cavaliers ! Ils avancent sur les talons des loups, mais ils ne les voient pas, pour le moment. La colonne se dirige vers la mare. Pas pour nous tomber dessus, mais parce que c'est le seul point d'eau dans un rayon de plusieurs lieues. Mais Tachetée a dit…

Perrin se retourna mais, dans la pénombre, il ne put pas déchiffrer l'expression de son amie.

Que pense-t-elle de tout ça ? A-t-elle le sentiment de ne plus te connaître ? Au fond, t'a-t-elle jamais connu ?

— Tachetée n'aime pas l'odeur de ces hommes… Un peu comme celle d'un chien enragé, si tu vois ce que je veux dire…

La mare était déjà invisible derrière eux. Perrin distinguait toujours les fragments de la statue d'Artur, mais il aurait été incapable de localiser l'œil.

— Nous allons trouver un endroit où attendre Elyas. Mieux vaut éviter tout contact avec ces cavaliers.

— Pourquoi devraient-ils nous inquiéter ? Ici, ne sommes-nous pas en sécurité ? C'est ce qu'a dit Elyas, non ? Au nom de la Lumière ! il reste bien un endroit sûr pour nous !

Perrin cherchait déjà activement une cachette. Il n'était pas loin de la mare, certes, mais il ferait bientôt trop sombre pour continuer à avancer. Une lumière mourante enveloppait encore les crêtes. Du fond des ravins, où on ne voyait déjà presque plus rien, cette chiche illumination pouvait sembler très vive.

Sur la gauche, Perrin remarqua une grande forme sombre. Plissant les yeux, il vit qu'il s'agissait d'une saillie rocheuse plate. Jaillissant du flanc d'une butte, elle formait un toit naturel sur une partie de la pente.

— Par là ! lança Perrin.

En avançant, il jeta de fréquents coups d'œil derrière lui et ne vit pas de cavaliers – pour l'instant, en tout cas. En plusieurs occasions, il dut s'arrêter pour attendre Egwene, car la brave Bela, titubant d'épuisement, avançait très prudemment sur ce terrain accidenté. À l'évidence, ils étaient tous beaucoup plus fatigués qu'il l'avait cru de prime abord.

Il faut que ce soit une bonne cachette, parce que nous n'aurons pas la force d'en chercher une autre !

Arrivé au pied de la butte, Perrin étudia le grand rocher plat qui surplombait sa tête. Puis il gravit lentement le versant de la butte. La forme très particulière de cette « saillie » le frappa, vue de cette perspective. On aurait dit… Oui, ce devait être ça, surtout si on considérait que les quatre colonnes jointes horizontales pouvaient être…

Des doigts ? Les quatre doigts solidaires d'une main, cet individualiste de pouce ayant disparu on ne savait trop où ?

Nous nous sommes réfugiés sous la main d'Artur Aile-de-Faucon. Qui sait ? il reste peut-être un peu de sa justice ici…

Perrin fit signe à Egwene de le rejoindre. Comme elle ne réagit pas, il se laissa glisser jusqu'au pied de la butte et décrivit en quelques mots sa découverte.

— Comment peux-tu y voir dans cette obscurité ? s'étonna la jeune fille.

Perrin voulut répondre, mais il se ravisa. Regardant autour de lui, il vit qu'il faisait nuit noire, des nuages occultant la pleine lune. Pourtant, il se serait cru à l'aube, ou en tout cas juste avant, lorsque les premières lueurs du jour dissipaient en partie les ténèbres.

— Je me repère au toucher, dit-il enfin à son amie. La nuit est tombée, et c'est un avantage pour nous. Même s'ils viennent jusqu'ici, les cavaliers ne nous verront pas.

Prenant Bela par la bride, Perrin la conduisit à l'abri de la main géante.

Alors qu'il aidait Egwene à descendre de selle, des cris retentirent près de la mare. Quand son amie lui posa une main sur le bras, l'apprenti forgeron ne put pas faire semblant de ne pas comprendre sa question muette.

— Ces hommes ont vu les loups, dit-il à contrecœur.

Il n'était pas facile de bien comprendre les pensées de Tachetée et de ses compagnons. Mais la notion de feu y jouait un grand rôle.

— Je crois qu'ils ont des torches… (Perrin poussa Egwene au fond de leur refuge, puis il s'accroupit à côté d'elle.) Ils se divisent pour mieux chercher, et tous les loups ont été blessés. Mais Tachetée et les autres réussiront à échapper à ces gens, même s'ils sont diminués. Quant à nous… Les cavaliers ne s'attendent pas à notre présence. Comme n'importe qui, ils auront du mal à voir des proies dont ils ignorent l'existence. Ils renonceront bientôt pour dresser leur camp…

Elyas était avec les loups, et il ne les abandonnerait pas tant que le danger ne serait pas passé.

Tant de cavaliers… Et tant d'acharnement! Pourquoi cette rage de chercher?

— Nous nous en sortirons, Perrin, dit Egwene.

Au nom de la Lumière! voilà que c'est elle qui essaie de me réconforter!

Les cris se rapprochaient et s'éloignaient. Par petits « îlots », les torches déchiraient l'obscurité à intervalles réguliers.

— Perrin, souffla Egwene, danseras-tu avec moi pour la fête du Soleil? Si nous sommes de retour chez nous à ce moment-là…

Le jeune homme sentit que ses épaules tremblaient. Très curieusement, il aurait été incapable de dire s'il riait ou s'il pleurait.

— Oui, je te le jure…

Contre sa volonté, ses mains serrèrent plus fort le manche de sa hache, lui rappelant l'existence de cette arme si funeste.

— C'est promis, oui, répéta-t-il.

Avec un peu de chance, il aurait l'occasion de tenir parole…

Des groupes d'une dizaine d'hommes passaient au peigne fin toute la zone. Combien de groupes exactement, Perrin n'aurait su le dire, car on n'en voyait jamais plus de trois ou quatre à la fois. Ces petits détachements se criaient des informations les uns aux autres. Parfois, des hennissements de chevaux et des hurlements humains déchiraient également le silence.

Perrin assista à toute l'affaire depuis différents points d'observation. Accroupi près d'Egwene, il suivait des yeux le ballet angoissant des torches. Mais dans son esprit, il courait dans la nuit avec Tachetée, Vent et Tire-d'Aile. Trop éprouvés par leur combat contre les corbeaux pour tenir la distance ou battre des records de vitesse, les loups avaient simplement l'intention de chasser les humains des ténèbres – en d'autres termes, de les pousser vers leurs feux, où ils se sentaient en sécurité. Quand des loups rôdaient dans la nuit, les humains finissaient toujours par se réfugier dans le cercle de lumière projeté par des flammes.

Certains cavaliers tenaient par une longe une colonne de chevaux non montés. Ces bêtes hennissaient et ruaient de terreur quand des silhouettes grises attaquaient. Finissant par arracher la longe des mains de leur maître, elles s'éparpillaient dans toutes les directions, galopant ventre à terre. Les chevaux pourvus d'un cavalier hennissaient aussi quand des crocs se plantaient dans leur croupe. Parfois, les hommes criaient aussi, juste avant que ces mêmes crocs leur déchiquettent la gorge.

Elyas hantait lui aussi la nuit, même si Perrin le sentait moins nettement. Armé de son long couteau, il devenait en quelque sorte un loup à deux pattes doté d'un seul croc.

Les intrus subissaient de lourdes pertes. Pourtant, ils ne renonçaient pas.

Perrin s'avisa soudain que les porteurs de torche quadrillaient le terrain très méthodiquement. Chaque fois que plusieurs groupes apparaissaient, l'un d'eux au moins était plus près de l'endroit où les deux jeunes gens se cachaient. Elyas leur avait dit de se dissimuler, mais…

Et si nous tentions de courir? Si nous bougeons, l'obscurité peut les empêcher de nous voir. Il fait assez noir pour ça.

Le jeune homme se tourna vers son amie, mais il n'eut jamais l'occasion de lui exposer son plan. Un groupe de cavaliers faisait le tour de la butte, la lueur de leurs torches se reflétant sur de longs fers de lance.

Perrin se pétrifia, retenant son souffle, et serra frénétiquement le manche de sa hache.

Les cavaliers dépassèrent la butte, mais l'un d'eux cria quelque chose et tous firent demi-tour. Perrin réfléchit à toute vitesse, en quête d'une échappatoire. Mais s'ils bougeaient maintenant, Egwene et lui se feraient immédiatement repérer – si ce n'était pas déjà fait. Et dès qu'on les aurait localisés, leur sort serait scellé, même avec l'obscurité pour complice.

Les cavaliers se massèrent au pied de la butte, chacun tenant une torche dans une main et une lance dans l'autre. Pour guider son cheval, un homme bien entraîné pouvait se contenter de lui appuyer sur les flancs avec ses genoux.

À la lumière des torches, Perrin vit clairement les capes blanches typiques des Fils de la Lumière. Penchés sur leur selle, les impitoyables chasseurs sondaient les ténèbres, sous la main et les doigts d'Artur Aile-de-Faucon.

— Il y a quelque chose un peu plus haut sur la pente, dit soudain un des hommes, la voix un peu trop forte, comme s'il avait peur de tout ce qui le guettait hors du cercle lumineux de sa torche. J'avais bien dit que c'était une cachette possible ! Ce n'est pas un cheval dont je distingue la silhouette ?

Les yeux écarquillés dans l'obscurité, Egwene posa une main sur le bras de Perrin. Que faire ? C'était bien ça qu'elle désirait savoir ?

Elyas et ses loups semaient toujours la mort dans la nuit. Au pied de la butte, les chevaux piaffaient d'impatience.

Si nous tentons de fuir, les Capes Blanches nous verront et nous poursuivront.

Un des Fils de la Lumière fit avancer son cheval de quelques pas et cria :

— Si vous comprenez le langage des hommes, rendez-vous et il ne vous sera fait aucun mal, si vous consentez à marcher dans la Lumière. En cas de résistance, vous périrez tous. Nous vous laissons une minute pour réfléchir.

Les lances s'abaissèrent, illustrant la proposition par l'exemple.

— Perrin, souffla Egwene, nous ne les sèmerons pas... Et si nous insistons, ils nous tueront. Perrin ?

Elyas et les loups étaient toujours libres. Dans le lointain, un Fils de la Lumière cria – un juste châtiment pour avoir voulu piéger Tachetée.

Si nous fuyons..., pensa Perrin.

Egwene le regardait, attendant qu'il prenne une décision.

Si nous fuyons...

Hochant tristement la tête, le jeune homme se releva comme s'il était en transe et descendit la pente en titubant, se dirigeant vers les Capes Blanches. Non sans hésiter, Egwene finit par lui emboîter le pas.

Pourquoi cet acharnement des Fils de la Lumière, comme s'ils détestaient passionnément les loups ? Et pourquoi ces hommes sentent-ils si mauvais ?

Quand le vent soufflait dans sa direction, Perrin avait le sentiment de capter la puanteur qui avait éveillé les soupçons de Tachetée.

— Lâche cette hache ! cria l'homme qui avait lancé l'ultimatum.

Le nez plissé pour se défendre contre l'agression olfactive, Perrin continua à avancer d'un pas mal assuré.

— Lâche-la, cul-terreux ! ordonna le type qui devait être le chef du détachement.

La pointe de sa lance se braqua sur la poitrine du jeune homme.

Un moment, Perrin regarda le fer assez acéré pour lui transpercer le torse. Puis il cria un « non » retentissant qui ne s'adressait pas au cavalier.

Tire-d'Aile venait de jaillir hors des ombres et Perrin ne faisait plus qu'un avec lui. Tire-d'Aile, le louveteau qui regardait jadis les aigles prendre de l'altitude et qui rêvait de sillonner le ciel comme eux. S'efforçant de bondir et de sauter jusqu'à parvenir à monter plus haut dans les airs que tous ses congénères, il n'avait jamais perdu le désir fou de voler.

Et là, se propulsant de toute la puissance de ses pattes de derrière, il venait de prendre son envol, aussi majestueux qu'un aigle.

Le Fils de la Lumière qui menaçait Perrin avec sa lance eut à peine le temps d'éructer un juron avant que les crocs du loup se referment sur sa gorge. Sous la violence de l'impact, le cavalier et son bourreau basculèrent tous les deux de l'autre côté du cheval.

Perrin sentit la trachée-artère de l'homme s'écraser, et le goût du sang emplit sa bouche.

Tire-d'Aile se réceptionna souplement, car il avait déjà lâché le corps sans vie de sa victime. Du sang maculait sa fourrure – celui de ses proies et le sien. Une plaie profonde, sur le côté gauche de sa tête, zébrait l'orbite où aurait dû se trouver son œil.

Celui qui restait croisa un instant le regard de Perrin.

Fuis, mon frère !

Tire-d'Aile tenta de se redresser pour prendre une dernière fois son envol, mais une lance le cloua au sol. Une deuxième lui traversa la poitrine et s'enfonça également dans la terre.

Les pattes battant follement, Tire-d'Aile tenta de se libérer des deux hampes qui le plaquaient au sol.

S'envoler ! S'envoler !

Fou de chagrin, Perrin poussa un long cri qui n'était pas sans rapport avec celui d'un loup qui hurle à la mort. Sans réfléchir, il bondit à son tour. Plus rien ne comptait, sinon le poids de la hache qu'il serrait entre ses mains. Trop près les uns des autres pour pouvoir utiliser efficacement leurs lances, les cavaliers étaient condamnés.

Quelque chose explosa dans la tête de Perrin. En s'écroulant, il se demanda si c'était lui ou Tire-d'Aile qui mourait…

… Et il ne trouva pas la réponse.

— … Prendre de l'altitude comme les aigles.

Cessant de marmonner, Perrin ouvrit prudemment les yeux. Sa tête lui faisait mal, et il avait oublié pourquoi. Battant des paupières à cause de la lumière, il regarda autour de lui. Agenouillée à ses côtés, Egwene le regardait. Ils se trouvaient sous une tente carrée aussi grande qu'une salle commune dans une ferme, et un tapis couvrait le sol. À chaque coin, une lampe à huile accrochée à un poteau fournissait une vive lumière.

— La Lumière en soit louée, Perrin, tu es vivant !

Sans répondre, le jeune homme regarda l'homme aux cheveux gris assis sur l'unique siège disponible sous la tente. Le visage parcheminé, ce guerrier aux faux airs de grand-père rivait sur lui ses yeux noirs brillants. Comment pouvait-on associer un visage si avenant à un uniforme composé d'un plastron terni et d'une de ces capes blanches universellement redoutées ? Avec son maintien princier et sa dignité un peu austère, l'homme s'accordait parfaitement à la sobriété de la tente et de son mobilier. Une table, un lit pliant, une table de nuit où reposaient une cuvette et un broc et un coffre de bois orné de motifs géométriques très simples… Ici, le bois était poli et le métal brillait, mais sans ostentation – rien de tape-à-l'œil, pour dire les choses autrement.

Les meubles et les objets portaient la griffe d'artisans de talent – comme maître Luhhan ou l'ébéniste maître Aydaer – mais pour s'en apercevoir, il fallait avoir l'œil de quelqu'un qui s'y connaissait en matière de travail soigné.

Fronçant les sourcils, l'homme fouilla du bout d'un index dans deux petites piles d'objets posées sur la table. Dans l'une, Perrin reconnut le contenu de ses poches. Son couteau était également là, et la pièce d'argent offerte par Moiraine trônait au sommet de la pile. Pensif, l'homme lui flanqua une pichenette, puis il se désintéressa des objets et s'empara de la hache qui gisait à côté. Après l'avoir soupesée, il s'intéressa de nouveau aux deux jeunes gens de Champ d'Emond.

Perrin tenta de se relever. La douleur qui lui vrilla les membres l'en dissuada, lui permettant aussi de s'aviser qu'il était pieds et poings liés. Quand il regarda Egwene, elle se contorsionna un peu pour lui montrer qu'elle avait elle aussi les poignets et les chevilles attachés. Une longueur de corde reliait ses membres supérieurs à ses membres inférieurs, lui interdisant de se redresser complètement.

Perrin n'en crut pas ses yeux. Découvrir qu'ils étaient saucissonnés était déjà un choc. Mais pourquoi avoir utilisé assez de liens pour entraver plusieurs chevaux ?

À qui croient-ils avoir affaire ?

Pensif et intrigué, le grand-père à l'air bienveillant étudiait les deux prisonniers. On eût dit maître al'Vere quand il cherchait la solution d'un problème. Trop concentré, le vieil homme semblait avoir oublié qu'il tenait une hache entre ses mains.

Le rabat de la tente s'écarta soudain pour laisser passer un grand type au visage allongé et aux yeux si profondément enfoncés dans leurs orbites qu'ils évoquaient des cailloux brillant au fond d'un trou. D'une minceur qui tirait sur la maigreur maladive, l'inconnu au teint jaunâtre avait des os saillants qui semblaient menacer en permanence de lui traverser la peau.

À travers le rabat, Perrin aperçut un feu de camp et deux gardes en cape blanche campés devant l'entrée de la tente.

Dès qu'il fut entré, l'inconnu squelettique se mit au garde-à-vous, le regard rivé droit devant lui, comme s'il n'osait pas le poser sur le vieil homme.

— Mon seigneur capitaine…, dit-il d'un ton aussi froid et aussi inexpressif que sa posture d'une incroyable rigidité.

—Repos, Fils de la Lumière Byar…, souffla le vieil homme avec un geste nonchalant. As-tu fait le compte de nos pertes, après cette… escarmouche ?

Le grand type écarta très légèrement les pieds. À part ça, Perrin ne vit aucune différence entre « repos » et « garde-à-vous » chez les Capes Blanches.

—Nous avons neuf morts, seigneur capitaine, et vingt-trois blessés, dont sept assez grièvement. Mais tous peuvent chevaucher, néanmoins. Treize chevaux ont dû être abattus, car ils avaient un ou plusieurs tendons du jarret sectionnés. (Au subtil changement de ton, on devinait que les malheurs des équidés touchaient davantage l'officier que ceux de ses hommes.) Beaucoup de montures de rechange se sont dispersées dans la nature. Nous espérons en retrouver quelques-unes avant l'aube mais, pour les récupérer toutes, il nous faudra des jours. Vous savez comment ça se passe quand des loups effraient des chevaux… Les hommes qui étaient chargés de les surveiller monteront la garde toutes les nuits jusqu'à notre arrivée à Caemlyn.

—Dommage pour les montures, Byar, mais nous n'avons pas des jours devant nous… Nous partirons à l'aube, et ce n'est pas négociable. Pas question d'être en retard à Caemlyn !

—Compris, seigneur capitaine.

Le vieil homme jeta un coup d'œil aux deux prisonniers, puis il dévisagea de nouveau Byar.

—Et pour expliquer ce massacre, que pourrons-nous exhiber, à part ces deux gamins ?

Byar eut une infime hésitation.

—J'ai fait écorcher le loup qui était avec eux, seigneur capitaine. Sa peau fera un très beau tapis pour votre tente…

Tire-d'Aile !

D'instinct, Perrin se débattit contre ses liens en grognant sourdement. Les cordes lui mordirent la peau, ses poignets pissant le sang, mais elles ne rompirent pas.

Pour la première fois, Byar se tourna vers les prisonniers. Alors qu'Egwene détournait la tête, Perrin constata que la cruauté faisait étrangement briller le regard de l'officier – un signe particulier, comme les flammes qui rugissaient dans les yeux de Ba'alzamon. Byar détestait les deux captifs comme si c'étaient des ennemis de toujours, pas des inconnus qu'il n'avait jamais vus avant ces dernières heures.

Perrin soutint le regard de l'officier. Avec un rictus mauvais, il s'imagina en train de lui déchiqueter la gorge.

Son rictus s'effaçant, il tenta de se ressaisir.

Lui déchiqueter la gorge ? Je suis un homme, pas un loup ! Au nom de la Lumière ! il faut que cette folie s'arrête !

Il continua néanmoins à défier Byar du regard – haine pour haine, mort pour mort.

— Fils de la Lumière Byar, je n'ai rien à faire d'un tapis en peau de loup…

La remontrance était bon enfant, en apparence en tout cas. Ça n'empêcha pas l'officier de se remettre au garde-à-vous, le regard de nouveau rivé sur le fond de la tente.

— Ne me faisais-tu pas un rapport sur nos succès de ce soir ? Si nous avons réussi quelque chose, bien sûr…

— Seigneur capitaine, la meute qui nous a attaqués comptait au moins cinquante têtes, et nous avons tué entre vingt et trente loups. Jugeant inutile de risquer la vie d'autres chevaux, je n'ai pas collecté les carcasses ce soir. Demain matin, je ferai rassembler et brûler celles qui n'auront pas été récupérées dans la nuit par nos ennemis. En plus de ces deux prisonniers, il y avait au minimum dix autres humains. Nous en avons abattu quatre ou cinq, mais je doute que nous retrouvions leurs dépouilles. Comme vous le savez, les Suppôts des Ténèbres emportent leurs morts afin de minimiser leurs pertes. L'embuscade semblait soigneusement préparée, ce qui soulève une question…

La gorge serrée, Perrin cessa d'écouter.

Elyas ? Les autres loups ? Il tenta de les localiser et n'obtint aucun résultat. Comme s'il n'avait jamais été capable de communiquer par l'esprit avec eux.

Ils sont morts, ou ils t'ont abandonné…

De quoi rire jaune, vraiment ! Il avait enfin ce qu'il voulait, mais le prix était si élevé…

Le vieil homme éclata de rire, lui, et Byar s'en empourpra d'embarras.

— Si je comprends bien, Fils de la Lumière Byar, tu estimes que nous sommes tombés dans une embuscade planifiée tendue par une cinquantaine de loups et une dizaine de Suppôts des Ténèbres ? C'est bien ça ? Bon, tu as l'excuse de l'inexpérience…

— Mais, seigneur capitaine Bornhald…

— Il y avait entre six et huit loups, Byar, et peut-être aucun autre humain que ces deux-là ! Tu es un fervent croyant, mais que sais-tu de ce qui arrive hors des villes ? Loin des rues pavées et des maisons, apporter la Lumière à l'humanité est une tout autre affaire. La nuit, les loups semblent toujours plus nombreux, et les hommes aussi. Entre six et huit, je n'en démordrai pas. (Byar s'empourpra de plus belle.) Quant à l'embuscade, tu peux l'oublier… Ils étaient là pour le point d'eau, comme nous.

Pour qu'on nous ait tendu un piège, il faudrait qu'il y ait des espions ou des traîtres parmi les Fils de la Lumière. Mais l'explication la plus simple est souvent la bonne, tu l'apprendras avec les années…

À part ses joues, qui frôlaient l'écarlate, Byar était désormais plus blême qu'un cadavre. Un instant, son regard se posa sur les deux prisonniers.

Maintenant qu'il s'est fait rabrouer, pensa Perrin, *il nous déteste encore plus. Mais pourquoi cette haine, pour commencer ?*

— Que penses-tu de cette arme ? demanda le seigneur capitaine en brandissant la hache de Perrin.

Byar interrogea son chef du regard. Obtenant la permission de bouger, il avança et s'empara de l'arme. De prime abord, son poids le surprit, et, quand il la fit tourner au-dessus de sa tête, pour vérifier son équilibre, il passa très près du toit de la tente, mais ne l'entailla pas. À voir son adresse, on eût dit que ce jeune homme était né avec une hache au poing.

— Un équilibre remarquable, seigneur capitaine, dit-il, plein d'admiration. Un travail sobre, mais signé par un très bon armurier – voire un maître de cette profession. (Il foudroya Perrin du regard.) En aucun cas une arme de villageois, seigneur capitaine. Et encore moins de fermier !

— Exact…

Le vieil homme se tourna vers les prisonniers avec le sourire indulgent d'un grand-père qui vient de surprendre ses petits-enfants en flagrant délit de turbulence.

— Je m'appelle Geofram Bornhald, dit-il. Toi, mon garçon, tu te nommes Perrin, si j'ai bien entendu. En revanche, j'ignore ton nom, jeune fille.

Le visage de Perrin se ferma, mais son amie le regarda en secouant la tête.

— Inutile de faire l'enfant, Perrin… Mon nom est Egwene.

— Perrin et Egwene ? Pas de nom de famille ? Comme toujours, les Suppôts des Ténèbres tentent de garder leur identité secrète…

Incapable de faire mieux à cause de ses liens, Perrin se mit péniblement à genoux.

— Nous ne sommes pas des Suppôts des Ténèbres ! s'indigna-t-il.

Il n'avait pas fini sa phrase quand Byar, vif comme un serpent, se matérialisa soudain devant lui. Voyant le manche de sa propre hache voler vers sa tête, il se baissa, mais le coup l'atteignit quand même juste au-dessus d'une oreille. S'il n'avait pas bougé, l'impact lui aurait probablement fait exploser le crâne. Même là, il vit trente-six chandelles et s'écroula sur le sol, le souffle coupé.

— Vous n'avez pas le droit ! cria Egwene.

Le manche de la hache zébra l'air dans sa direction. Au dernier moment, elle se laissa tomber à côté de Perrin, évitant la terrible attaque.

— Quand on parle à un Initié de la Lumière, dit Byar, on tient sa langue, surtout si on veut la garder dans sa bouche !

Le plus terrifiant n'était pas la menace, mais le ton dépourvu d'émotion de celui qui la proférait. Comme si leur couper la langue, pour Byar, n'avait rien d'extraordinaire : une simple formalité dont il fallait parfois s'acquitter.

— Du calme, Fils de la Lumière Byar, souffla Bornhald. (Il regarda de nouveau les prisonniers.) Vous ignorez tout des Initiés de la Lumière et des seigneurs capitaines, n'est-ce pas ? Pour le bien de Byar, essayez de ne pas crier et de me contredire le moins possible. D'accord ? Je désire vous ramener sur le chemin de la Lumière, et céder à la colère ne nous avancera à rien…

Perrin coula un coup d'œil au grand Fils de la Lumière au visage émacié.

Pour le bien de Byar ?

Le seigneur capitaine, nota l'apprenti forgeron, n'avait pas dit à son subordonné de ficher la paix aux prisonniers…

Byar eut un rictus mauvais qui tira sur la peau de son visage, la tendant à craquer. À certains moments, la tête du zélateur de la Lumière ressemblait à un crâne resté trop longtemps en terre.

— J'ai entendu parler des sous-hommes qui battent la campagne avec les loups, reprit Bornhald. Vous êtes les premiers que je vois. De la vermine humaine capable de communiquer avec les loups et une pléthore d'autres créatures du Ténébreux. Répugnant, non ? J'ai bien peur que l'Ultime Bataille soit très proche…

— Les loups ne sont pas…, commença Perrin.

Voyant Byar se préparer à lui flanquer un coup de pied, il s'interrompit et recommença sur un ton plus respectueux :

— Les loups ne sont pas des créatures du Ténébreux. Au contraire, ils le détestent. Au minimum, ils abominent les Trollocs et les Blafards.

À la grande surprise de Perrin, Byar hocha sentencieusement la tête.

— Qui t'a raconté ça ? demanda Bornhald.

— Un Champion, répondit Egwene, très mal à l'aise sous le regard brûlant de haine de Byar. Les loups détestent les Trollocs, qui en ont une sainte frousse.

Perrin fut soulagé que son amie n'ait pas mentionné Elyas.

— Un Champion, soupira Bornhald. Une créature des sorcières tapies à Tar Valon… Que t'a-t-il dit d'autre, ce chien ? Qu'il combat le Ténébreux, alors qu'il est un de ses Suppôts ? Ne sais-tu pas que les Trollocs ont un museau, des crocs et un pelage de loup ?

Perrin secoua la tête pour s'éclaircir les idées. Il avait reçu un coup, c'était vrai, mais ça ne suffisait pas à expliquer sa confusion mentale. Il devait y avoir quelque chose sous cette tente, mais quoi ?

— Pas tous…, rectifia Egwene.

Perrin jeta un regard inquiet à Byar, mais il ne sembla pas avoir pris cette remarque pour un manquement aux règles de la bienséance.

— Certains ont des cornes de chèvre ou de bélier, un bec de faucon et… Enfin, tout ça, quoi !

Bornhald parut sincèrement peiné.

— Je vous donne toutes les chances, soupira-t-il, et à chaque nouvelle réponse, vous vous enfoncez un peu plus. (Il fit mine de compter sur ses doigts.) Pour commencer, vous rôdez avec des créatures du Ténébreux. (Il leva un deuxième doigt.) Ensuite, vous admettez être liés à un Champion – car il ne vous a pas confié tout ça au détour d'une rue, pas vrai ? (Un troisième doigt rejoignit les deux premiers.) Toi, mon garçon, tu avais dans ta poche une pièce de Tar Valon. Dès qu'ils quittent cette ville, les hommes sensés se débarrassent de cette monnaie – sauf s'ils servent les maudites sorcières. (Un quatrième doigt se leva.) Alors que tu es vêtu comme un paysan, Perrin, tu portes une arme de guerrier. Un indice portant à croire que tu es un conspirateur…

Bornhald marqua une courte pause avant de lever un dernier doigt.

— Tous les deux, vous savez ce que sont les Trollocs et les Myrddraals. Si loin au sud, tout le monde pense qu'il s'agit de légendes, à part quelques érudits et les gens qui ont voyagé dans les Terres Frontalières. Mais c'est peut-être votre cas… Si j'ai raison, dites-moi quels pays vous avez visités. Je connais très bien cette région du monde… Mais vous pas, dirait-on…

Bornhald regarda sa main aux cinq doigts dressés, puis il la laissa lourdement retomber sur la table. Troublé, le grand-père semblait penser que ses petits-enfants avaient poussé un peu loin la turbulence.

— Si vous me disiez comment vous en êtes venus à rôder dans la nuit avec des loups ?

Egwene fit mine de parler, mais Perrin vit tout de suite qu'elle allait raconter une des histoires qu'ils avaient mises au point. Hélas, ça ne fonctionnerait pas. Ce n'était ni l'endroit ni le moment… Et, pour improviser, ils manquaient de recul. Comment savoir où Bornhald était allé ? Quelles villes il connaissait ? S'il les surprenait à mentir, l'opinion du seigneur capitaine serait faite, et il n'en démordrait plus, les tenant pour des Suppôts des Ténèbres.

— Nous venons de Deux-Rivières, dit Perrin, devançant Egwene d'un souffle.

La jeune fille le regarda, stupéfiée, mais elle se ressaisit assez vite tandis que son ami racontait la vérité – ou, plutôt, une version arrangée de la vérité.

Partis de chez eux pour découvrir Caemlyn, les deux amis avaient entendu parler des ruines d'une très ancienne cité. Faisant un détour, ils étaient allés à Shadar Logoth, mais des Trollocs y étaient déjà. Ils avaient réussi à s'échapper puis à traverser la rivière Arinelle. Depuis, ils étaient perdus. Par bonheur, ils avaient rencontré un homme disposé à les conduire jusqu'à Caemlyn. Pas vraiment amical, il avait refusé de leur révéler son nom. Ce n'était pas bien plaisant, mais quand on avait besoin d'un guide…

Avant l'arrivée des Fils de la Lumière, la nuit même, les deux jeunes gens n'avaient pas vu l'ombre d'un loup. Effrayés, ils s'étaient cachés pour ne pas risquer d'être dévorés par les prédateurs ou tués par les cavaliers – dont ils ignoraient l'identité, un détail capital pour comprendre leur réaction.

— Si nous avions su qui vous étiez, conclut Perrin, nous serions venus vous demander de l'aide.

Byar en ricana d'incrédulité. Un détail qui n'inquiéta pas Perrin. Si le seigneur capitaine était convaincu, son subordonné ne pourrait pas leur faire de mal. À l'évidence, le jeune officier aurait cessé de respirer si son chef le lui avait ordonné.

— Où est le Champion dans cette histoire ? demanda Bornhald après un moment de réflexion.

Perrin s'était pris au piège tout seul par manque de préparation. Comme un bon petit soldat, Egwene vola à son secours :

— Nous l'avons rencontré à Baerlon… La cité étant prise d'assaut par les mineurs du coin, nous avons dû dîner à la même table que lui, dans une auberge. Pendant le repas, nous avons eu une assez brève conversation.

Bien joué, Egwene ! pensa Perrin.

— Fils de la Lumière Byar, rends-leur ce qui leur appartient. Pas les armes, bien entendu…

Voyant la stupéfaction du jeune militaire, Bornhald ajouta :

— Ou fais-tu partie des mécréants qui détroussent les malheureux aveugles à la Lumière ? Ce n'est pas une occupation recommandable, sais-tu ? Aucun voleur ne peut se vanter de marcher dans la Lumière !

Byar sembla ne pas en croire ses oreilles.

— Vous nous laissez partir ? demanda Egwene.

Perrin leva la tête pour mieux voir le seigneur capitaine.

— Bien sûr que non, mon enfant, répondit le faux grand-père, l'air attristé. Sur vos origines, je pense que vous n'avez pas menti. Les détails concernant Baerlon sont crédibles, et la mention des mineurs va très nettement dans le même sens. Mais Shadar Logoth ? Allons, très peu de gens connaissent ce nom, et la plupart sont des Suppôts des Ténèbres. De toute façon, quand on est informé de l'ancien nom de cette ville, il faut être fou pour y aller de son plein gré !

» Bref, je vous suggère de réfléchir à une version plus crédible, pendant le voyage vers Amador. Vous aurez tout le temps voulu, puisque nous ferons étape à Caemlyn. Je vous conseille vivement de vous en tenir à la vérité – et rien que la vérité ! Car la Lumière et le refus du mensonge sont les deux mamelles de la liberté…

Oubliant un peu de sa déférence mielleuse envers le capitaine, Byar se tourna vers les prisonniers et cria d'un ton outragé :

— Non, c'est hors de question ! Impossible !

Bornhald se contenta de lever un sourcil grisonnant. Aussitôt, Byar perdit toute sa superbe.

— Excusez-moi, seigneur capitaine… J'ai perdu mon sang-froid, et j'accepte d'avance d'être châtié pour cet impardonnable péché. Mais, comme vous l'avez vous-même signalé, nous ne pouvons pas arriver en retard à Caemlyn. Et des prisonniers nous retarderont, c'est une évidence.

— Que suggères-tu, dans ce cas ?

— Pour un Suppôt des Ténèbres, la sentence est toujours la même : la peine capitale… (Le ton neutre de Byar rendait ses propos plus insupportables encore.) Il n'y a jamais de trêve dans notre combat – ni de clémence pour les Suppôts des Ténèbres.

— La ferveur de ta foi est hautement louable, Fils de la Lumière Byar, mais comme je le répète souvent à mon fils Dain, l'excès de zèle est terriblement dangereux. Souviens-toi d'un des préceptes de notre Doctrine : « Aucun homme n'est assez pervers pour qu'il soit impossible de le ramener à la Lumière. » Ces deux jeunes gens ne sont pas des criminels endurcis, et il est encore possible de les arracher aux Ténèbres. Nous devons leur accorder cette chance.

Un instant, Perrin éprouva une certaine affection pour le grand-père magnanime qui retenait la main assassine de Byar.

Mais Bornhald se tourna vers Egwene :

— Si tu rejettes toujours la Lumière lorsque nous serons en Amador, je devrai te livrer aux Confesseurs. Comparé à eux, Byar est un doux rêveur.

Comme s'il regrettait d'être obligé d'agir ainsi, le capitaine parlait d'un ton compatissant. Mais rien ne l'empêcherait d'accomplir son devoir, c'était évident.

— Repens-toi, renie le Ténébreux, avance vers la Lumière, avoue tes péchés et dis-moi tout ce que tu sais sur ces loups. En échange, je t'épargnerai la douleur et tu avanceras librement au sein de la Lumière. (Profondément mélancolique, Bornhald regarda Perrin.) Mais toi, jeune Perrin de Deux-Rivières, tu as tué deux Fils de la Lumière. J'ai bien peur, mon garçon, qu'un gibet t'attende à la fin du voyage.

31

Jouer pour son dîner

Rand plissa le front pour mieux voir la colonne de poussière qui se dressait devant lui, trois ou quatre tournants plus loin. Mat se dirigeait déjà vers la haie sauvage qui poussait d'un côté de la route. À l'abri des branches couvertes de feuilles éternelles, les deux jeunes gens seraient aussi bien cachés que derrière un mur de pierre. À condition de trouver un moyen de passer de l'autre côté…

En face, il ne poussait que des buissons, et l'hiver les avait dénudés jusqu'au dernier. Au-delà, il fallait pour atteindre la forêt traverser un champ de cinq cents pas de largeur au minimum. Appartenant sans doute à une ferme abandonnée depuis peu, ce terrain découvert avait tout d'un champ de tir pour d'éventuels chasseurs.

Rand tenta d'évaluer la vitesse de la colonne et celle du vent.

Des bourrasques soudaines soulevèrent un nuage de poussière qui obscurcit tout. Battant des paupières, Rand remit bien en place le foulard noir qui lui couvrait le nez et la bouche. De plus en plus sale, la laine lui irritait la peau, mais cette protection l'empêchait d'inhaler autant de poussière que d'air. C'était le cadeau d'un fermier au long visage tout ridé par l'inquiétude.

— Je ne sais pas qui vous fuyez, avait-il dit, et je veux continuer à l'ignorer. Ma famille, vous comprenez…

Sans crier gare, l'homme avait sorti de sa poche deux longs foulards qu'il avait tendus aux fugitifs.

— Ce n'est pas grand-chose… Ils sont à mes fils, mais ils en ont d'autres. Vous ne m'avez jamais vu, d'accord ? Les temps sont difficiles…

Rand tenait beaucoup à son foulard. Depuis qu'il avait quitté Pont-Blanc, la liste des gentillesses qu'on lui avait faites se révélait fort courte, et il y avait peu de chances qu'elle s'allonge beaucoup.

Le foulard enroulé autour de sa tête ne laissant voir que ses yeux, Mat longeait la haie en tentant d'écarter les branches verdoyantes. Rand posa la main sur le pommeau de son épée, mais il la laissa très vite retomber. Une fois déjà, se tailler un passage dans une haie avait failli les trahir. La colonne de poussière avançait vers eux depuis trop longtemps. Ça ne pouvait pas être le vent qui la soulevait…

Au moins, il ne pleuvait pas. Même les pires averses ne parvenaient pas à transformer en boue la terre battue trop compacte, mais l'eau éliminait la poussière, et c'était la seule alliée qui les prévenait un peu avant qu'ils entendent approcher leurs mystérieux poursuivants. Et parfois, c'était déjà trop tard…

— Par ici ! appela doucement Mat.

Il sembla traverser la haie comme s'il était un passe-muraille.

Rand gagna l'endroit où son ami avait disparu. Par le passé, quelqu'un avait taillé un passage. La haie ayant repoussé, c'était impossible à voir à trois pas de distance, mais, de près, on s'apercevait qu'il n'y avait qu'un fin rideau de végétation. Alors qu'il traversait à son tour, Rand entendit un roulement de sabots.

Non, ce n'était pas le vent…

S'accroupissant derrière l'ouverture un peu trop visible à son goût, Rand saisit la poignée de son épée tandis que les cavaliers passaient devant lui. Cinq, six… sept hommes en tout. Vêtus comme des villageois, mais les lances et les épées qu'ils trimballaient indiquaient clairement qu'ils n'en étaient pas. De toute façon, deux d'entre eux portaient une cuirasse cloutée de fer et un casque rond. Des gardes du corps de marchands entre deux missions, peut-être bien… Peut-être bien…

Quand l'un d'eux tourna la tête vers la haie alors qu'il passait devant l'ouverture, Rand commença à dégainer son épée. Comme un blaireau acculé par des chasseurs, Mat grogna sous son foulard et plissa bizarrement les yeux. La main droite glissée sous sa cape, il devait serrer le manche de la dague de Shadar Logoth – un réflexe conditionné dès qu'il se sentait en danger. Était-ce pour se défendre ou pour protéger l'arme ornée d'un rubis ? Rand n'aurait su le dire, mais son ami, ces derniers temps, oubliait souvent qu'il avait un arc à l'épaule.

Les cavaliers avançaient au trot, résolus à atteindre leur destination, mais sans hâte particulière. La poussière qu'ils soulevaient s'infiltrait dans la haie, se déposant sur les feuilles.

Rand attendit que le bruit des sabots soit inaudible, puis il passa prudemment la tête par l'ouverture. La colonne de poussière était déjà loin, avançant dans la direction d'où ils venaient. À l'est, le ciel était dégagé…

Le jeune homme sortit de sa cachette et regarda la colonne de poussière s'éloigner vers l'ouest.

— Ils ne nous poursuivaient pas..., souffla-t-il, à demi convaincu.

Mat émergea à son tour et regarda dans les deux directions.

— Peut-être, dit-il. Ou peut-être pas...

Sans savoir ce que son ami voulait dire exactement, Rand acquiesça. Peut-être...

Le voyage vers Caemlyn n'avait pourtant pas commencé sous de si tristes augures.

Une fois sorti de Pont-Blanc, Rand avait passé une bonne partie de son temps à regarder par-dessus son épaule. Deux ou trois fois, il avait aperçu une silhouette qui l'incitait à retenir son souffle un instant. Un grand type mince qui marchait à longues enjambées, un homme aux cheveux blancs assis près du conducteur d'un chariot... Mais il s'était toujours agi de colporteurs ou de fermiers en route pour quelque place de marché. Thom Merrilin ne s'était pas montré et l'espoir de le revoir diminuait au fil des jours.

Sur la route, la fréquentation était impressionnante : des chariots, des charrettes, des cavaliers et des piétons... Seuls ou en groupe, selon les cas. Si les caravanes de marchands et les colonnes de cavaliers ne provoquaient jamais de véritables embouteillages – il arrivait souvent qu'il n'y ait rien en vue sur toute une longue ligne droite –, le trafic n'avait rien à voir avec celui de Deux-Rivières, où deux voyageurs se croisaient chaque fois qu'il tombait une dent à une poule.

L'essentiel des chariots, des cavaliers et des piétons se dirigeait vers l'est, comme Mat et Rand. De temps en temps, les deux jeunes gens parcouraient une courte distance dans le chariot d'un fermier local mais, le plus souvent, ils devaient se contenter de marcher. Par principe, ils évitaient tous les cavaliers. Dès qu'ils en apercevaient un, ils se cachaient et le regardaient passer. Aucun ne portait une cape noire, et, de toute façon, un Blafard ne se serait sûrement pas laissé repérer de loin. Mais pourquoi prendre des risques ? Au début, ils redoutaient uniquement les Demi-Humains. Puis les choses avaient changé...

Le premier village qu'ils traversèrent après Pont-Blanc était une copie presque conforme de Champ d'Emond. Stupéfait, Rand ralentit le pas pour mieux voir. Les toits de chaume pointus, les solides maîtresses en tablier qui échangeaient des commérages par-dessus les clôtures, les enfants qui jouaient sur le terrain communal... Tout était identique.

Enfin, presque tout... Par exemple, les femmes ne se tressaient pas les cheveux, les laissant cascader sur leurs épaules. Il y avait d'autres différences, le plus souvent minimes, mais, globalement, on se serait cru à Champ d'Emond.

Les vaches broutaient en plein village, les oies déambulaient fièrement dans les rues et les gamins, riant aux éclats, se roulaient dans la poussière qui remplaçait bien trop souvent les carrés de verdure. Quand Mat et Rand les dépassèrent, les gamins ne leur accordèrent même pas un regard. Une autre différence : dans cette région, les étrangers n'avaient rien d'extraordinaire, et deux de plus ou de moins ne changeaient pas la face du monde. Même les chiens se contentaient de lever vaguement la tête sans se donner la peine d'aboyer.

Alors que le crépuscule tombait, des lumières s'allumant derrière toutes les fenêtres, Rand eut un brûlant accès de mal du pays.

Malgré les apparences, souffla une petite voix dans sa tête, *ce n'est pas chez toi ! Si tu entres dans une maison, Tam ne sera pas là pour t'y attendre. Et s'il y était, pourrais-tu le regarder en face ? Car tu sais la vérité, désormais, pas vrai ? N'étaient quelques détails comme ta véritable origine et ton authentique identité ! Tam ne délirait pas à cause de la fièvre…*

Rand baissa les épaules, tentant en vain de ne pas entendre le rire moqueur qui résonnait dans sa tête.

Tu peux t'arrêter ici, si ça te chante ! Quand on n'est de nulle part, n'importe quel endroit en vaut un autre, et, de toute façon, le Ténébreux t'a marqué au fer rouge.

Sentant que Mat le tirait par la manche, Rand se dégagea et continua à observer les maisons. S'il n'avait aucune intention de s'arrêter, il voulait graver ces images dans sa mémoire.

Un fidèle reflet de Champ d'Emond – un paradis que tu ne reverras plus jamais, n'est-ce pas ?

Les traits tendus, la peau étrangement pâle, surtout autour des yeux et de la bouche, Mat revint à la charge :

—Allez, viens ! (Il regarda autour de lui comme s'il redoutait une embuscade imminente.) On ne peut pas s'arrêter si tôt…

Rand pivota lentement sur lui-même, afin de voir tout le village, puis il soupira, résigné. Pont-Blanc n'était pas très loin derrière eux. Si le Myrddraal avait pu y entrer sans être vu, rien ne l'empêcherait de fouiller de fond en comble la petite agglomération. Conscient que c'était la seule solution, Rand se laissa entraîner loin du havre de paix aux si jolis toits de chaume.

Un peu après la tombée de la nuit, les deux amis trouvèrent un endroit où dormir, à l'ombre de buissons qui n'avaient pas encore perdu toutes leurs feuilles mortes. Après s'être rempli le ventre avec l'eau fraîche d'un petit cours d'eau tout proche, les deux garçons s'étendirent à même le sol et s'enveloppèrent dans leur cape. Un feu aurait pu les trahir, donc il valait mieux avoir froid.

Hanté par trop de souvenirs, Rand se réveilla très souvent. Chaque fois, il entendit Mat marmonner dans son sommeil des plus agités.

S'il ne fit pas de « vrais » cauchemars, Rand dormit très mal.

Tu ne reverras jamais ton foyer…

Ce ne fut pas la seule nuit que les deux jeunes gens passèrent ainsi, seule leur cape les protégeant du vent et parfois d'une pluie glaciale qui pénétrait jusque dans la moelle de leurs os. Et ce ne fut pas non plus le seul repas où ils durent se contenter d'eau fraîche. En faisant le fond de leurs poches, ils avaient encore assez d'argent pour quelques dîners dans une auberge, mais certainement pas pour la chambre qui allait avec. Hors de Deux-Rivières, tout coûtait très cher, et les prix augmentaient encore de ce côté-ci de l'Arinelle. Leur « fortune » devait être conservée pour les cas d'urgence, décidèrent d'un commun accord les deux amis.

Un après-midi, alors que leur ventre vide n'avait même plus l'énergie de crier famine, Rand mentionna la dague au pommeau rehaussé d'un rubis.

Par une journée grisâtre, sans autre refuge possible pour la nuit que de maigres buissons – et avec l'arrivée de nuages noirs qui annonçaient au minimum un crachin nocturne glacial –, vendre le trésor de Mat semblait une très bonne idée.

Rand ne s'aperçut pas tout de suite que son ami s'était arrêté net. Il s'immobilisa aussi, ses orteils heurtant rudement le devant de ses bottes. Au moins, jusque-là, il n'avait jamais eu froid aux pieds…

— Que t'arrive-t-il, Mat ? demanda-t-il en bougeant les épaules pour se désengourdir.

Son paquetage et la cape de Thom transformée en baluchon ne pesaient pas très lourd mais, à force de marcher sans manger ni se reposer vraiment, tout devenait un fardeau…

— Pourquoi tiens-tu tant à la vendre ? lâcha Mat, furieux. C'est moi qui l'ai trouvée, non ? Tu ne t'es jamais dit que j'aimerais la garder ? Pendant un temps, en tout cas ? S'il te faut de l'argent, pourquoi ne pas te débarrasser de cette fichue épée ?

Rand passa la main sur la poignée ornée d'un héron de son arme.

— Mon père m'a confié cette épée qui lui appartenait. Moi, je ne te suggérerais jamais de vendre un cadeau de ton père… Par le sang et les cendres ! tu aimes crever de faim ? Et de toute façon, si nous trouvions un acheteur, combien nous rapporterait l'épée ? Aucun fermier n'en voudrait, tu le sais très bien ! En revanche, le rubis seul nous rapporterait assez pour voyager en carrosse jusqu'à Caemlyn. Et peut-être même jusqu'à Tar Valon. En mangeant et dormant chaque soir dans les meilleures auberges ! Mais qui sait ? tu aimes peut-être l'idée de traverser la moitié du monde à pied en dormant à la belle étoile…

Les deux amis se défièrent du regard un long moment, puis Mat haussa les épaules et baissa enfin les yeux.

— À qui pourrais-je la vendre, Rand ? Un fermier nous paierait en volailles et personne ne s'est jamais acheté un carrosse avec le contenu d'un poulailler. Et si j'avais montré la dague dans les villages que nous avons traversés, les gens auraient cru que c'était le butin d'un vol. La Lumière seule sait comment ils auraient réagi.

Rand réfléchit une minute et acquiesça à contrecœur.

— Tu as raison, je dois l'avouer… Désolé, je n'aurais pas dû m'échauffer ainsi. Mais je meurs de faim et mes pieds me font un mal de chien.

— Les miens aussi…, gémit Mat. (Les deux amis repartirent d'un pas encore plus traînant.) Les miens aussi…

Comme pour le narguer, le vent se leva et lui envoya au visage un nuage de poussière aveuglant.

Par bonheur, les fermes qu'ils rencontrèrent sur leur chemin permirent aux jeunes gens de manger de temps en temps et de dormir parfois au chaud, car une meule de foin pouvait se révéler aussi agréable qu'une chambre munie d'une cheminée. Et, même quand elle n'était pas bâchée, elle faisait une excellente protection contre la pluie, si on s'y enfonçait suffisamment.

En quelques occasions, Mat parvint à voler des œufs et il réussit même un jour à traire une vache laissée seule dans un pâturage. Hélas, la plupart des fermiers avaient des chiens, et ces sales bêtes ouvraient l'œil et le bon. Selon Rand, courir un bon tiers de lieue avec des molosses aux fesses était un prix bien trop élevé pour deux ou trois œufs. Surtout lorsque la poursuite se terminait au pied d'un arbre, les fichus cabots attendant parfois des heures avant de s'en aller et de laisser les deux voleurs descendre de leur perchoir. De précieuses heures ainsi gaspillées, eh bien, c'était intolérable…

Même si ça ne l'enthousiasmait pas, Rand préférait encore approcher en plein jour des fermes où ils espéraient trouver un peu de compassion. Assez souvent, on leur lâchait quand même les chiens après sans explications – par les temps qui couraient, les étrangers étaient rarement accueillis à bras ouverts. Mais, de temps en temps, en échange d'une heure passée à couper du bois ou à puiser de l'eau, on leur donnait un repas et un lit. Enfin, une paillasse dans un coin de la grange, ce qui faisait déjà beaucoup…

Là aussi, perdre du temps à s'acquitter de corvées était intolérable. Parce que chaque minute perdue ne l'était pas pour tout le monde, bien entendu ! Très souvent, Rand se demandait quelle distance un Myrddraal pouvait couvrir en une heure. Une question angoissante qui l'incitait à ne pas traîner, même s'il adorait se régaler d'une bonne assiette de soupe préparée par une fermière ravie d'épargner du travail à son mari ou à ses fils.

Quand ils n'avaient rien à se mettre sous la dent, les jeunes gens tentaient de se consoler en pensant qu'ils arriveraient plus vite à Caemlyn. Mais, lorsqu'on mourait de faim, les raisonnements de ce genre ne tenaient jamais bien longtemps la route.

Alors, perdre du temps ou mourir d'inanition ? Si Rand avait du mal à trancher, Mat s'inquiétait encore plus que lui, car il ne redoutait pas seulement d'éventuels poursuivants…

— Que savons-nous de ces gens ? demanda-t-il un après-midi alors que les deux garçons nettoyaient l'étable d'une petite ferme.

— Au nom de la Lumière ! que savent-ils de nous ? répliqua Rand avant d'éternuer un bon coup.

Les deux amis travaillaient torse nu, respirant abondamment la poussière que soulevaient leurs fourches.

— La seule certitude, reprit Rand, c'est qu'ils nous régaleront d'agneau rôti et nous permettront de dormir dans un vrai lit…

Mat enfonça sa fourche dans le mélange de paille et de fumier qui couvrait le sol, puis il jeta un regard soupçonneux au fermier qui revenait du fond de l'étable, un seau dans une main et son tabouret de traite dans l'autre. Lorsqu'il vit que le jeune homme le regardait, le petit homme voûté à la peau tannée et aux fins cheveux gris ralentit le pas. Puis il détourna les yeux et sortit en trombe de l'étable, renversant du lait dans sa hâte de ficher le camp.

— Il mijote un sale coup, j'en suis sûr…, souffla Mat. Tu as vu comment il a fui mon regard ? Pourquoi ces gens sont-ils si gentils avec deux vagabonds qu'ils n'ont jamais vus de leur vie ? Tu peux répondre à ça ?

— La femme a dit que nous lui rappelions ses petits-enfants. Vas-tu cesser de t'inquiéter au sujet de nos hôtes ? Ce sont nos poursuivants qui devraient t'angoisser…

— Ils mijotent un sale coup, répéta Mat, entêté.

Leur travail terminé, les deux amis se lavèrent avec l'eau de l'abreuvoir, juste devant l'étable. Alors que le soleil couchant allongeait démesurément leurs ombres, ils gagnèrent la ferme, Rand finissant de se sécher avec sa chemise.

Appuyé à sa canne – une massue plutôt – avec une nonchalance un peu trop étudiée, le fermier les attendait à la porte de sa demeure. Derrière lui, sa femme tirait nerveusement sur son tablier en se mordillant la lèvre inférieure.

Rand soupira d'accablement. À l'évidence, Mat et lui ne leur rappelaient plus du tout leurs petits-fils.

— Nos fils viennent nous voir ce soir, dit le vieil homme. Navré, mais j'avais oublié. Quatre solides gaillards dans la fleur de l'âge ! Ils seront là d'une minute à l'autre. Alors, pour les lits, ce ne sera pas possible…

La fermière tendit à Rand un petit paquet emballé dans une nappe.

— Du pain, du fromage, des cornichons et un peu d'agneau. Assez pour deux repas, peut-être…

« Prenez ça et partez ! » semblaient dire les yeux cernés de rides de la vieille dame.

Rand s'empara du paquet.

— Merci… Je comprends. Mat, on s'en va !

Tout en enfilant sa chemise, Mat suivit son ami en maugréant. Avant de s'arrêter pour dîner, Rand préférait mettre autant de distance que possible entre la ferme et eux. Comme presque tout le monde dans la région, le vieux type avait un chien…

L'affaire aurait pu plus mal finir. Trois jours plus tôt, on leur avait lâché les molosses après alors qu'ils travaillaient encore. Les chiens, le fermier et ses deux fils armés de massues les avaient poursuivis sur un bon quart de lieue avant de renoncer.

Au moment de détaler, les deux garçons avaient à peine eu le temps de prendre leurs affaires.

Et le fermier, lui, brandissait un arc où était encochée une flèche à pointe barbelée.

— Ne revenez jamais ! avait-il crié. J'ignore ce que vous avez en tête, mais je ne veux pas revoir vos yeux sournois !

Mat avait saisi son arc et fait mine de se retourner.

— Tu perds la tête ? lui avait lancé Rand, le tirant par le bras.

Depuis, le jeune berger de Champ d'Emond se demandait si s'arrêter dans des fermes en valait la peine. Chaque jour, Mat se méfiait un peu plus des gens qu'il ne connaissait pas, et il était de moins en moins capable de le cacher. En supposant qu'il essaie encore… Pour le même volume de travail, les repas devenaient de plus en plus frugaux et très souvent, on ne leur proposait même pas de dormir dans l'étable.

À la ferme des Grinwell, Rand trouva enfin la solution à tous leurs problèmes. Ou, du moins, il en eut l'impression.

Maître Grinwell et sa femme avaient neuf enfants, l'aînée ayant à peine un an de moins que les deux voyageurs. Solidement bâti lui-même, et disposant de plusieurs « assistants », le fermier n'avait sûrement pas besoin d'aide. Pourtant, il étudia les deux jeunes gens un long moment, fronçant les sourcils devant leurs habits tout crottés, et se demanda à voix haute quel travail il pourrait bien leur confier. S'ils devaient s'asseoir à sa table, dit alors sa femme, pas question que les deux garçons portent des frusques crasseuses. C'était justement jour de lessive et, pendant qu'ils travailleraient, de vieilles affaires de son mari leur suffiraient amplement. Devant le sourire de la fermière, Rand pensa à maîtresse al'Vere – même si la paysanne était blonde, une couleur de cheveux qu'il voyait pour la première fois.

Mat lui-même fut rassuré par la gentillesse de maîtresse Grinwell. Quant à la fille aînée, eh bien, elle l'incita à baisser davantage encore sa garde.

Belle brune aux yeux noirs, Else souriait aux deux garçons dès que ses parents avaient le dos tourné. Alors qu'ils travaillaient dans l'étable, déplaçant des tonneaux et des sacs de grain, elle se percha sur la porte d'une stalle et les regarda en fredonnant et en mâchouillant le bout de sa très longue natte.

Rand semblait l'intéresser tout particulièrement. Tentant d'abord d'ignorer le regard insistant d'Else, il finit par enfiler la chemise prêtée par maître Grinwell. Le serrant aux épaules et trop courte pour entrer dans son pantalon, la liquette était quand même mieux que rien. Tandis qu'il s'habillait, Else éclata de rire. Cette fois, s'ils se faisaient courser, ce ne serait peut-être pas à cause de Mat…

Perrin saurait s'y prendre…, pensa Rand. *Il lancerait quelques blagues, et la fille serait pliée de rire au lieu d'essayer d'allumer deux malheureux voyageurs…*

Hélas, aucune remarque désinvolte ni aucune plaisanterie bien sentie ne vint à l'esprit de Rand. Et, chaque fois qu'il regardait Else, elle lui adressait un sourire sans ambiguïté. Exactement le genre qui inciterait son père à lâcher les chiens, s'il s'en apercevait…

Incidemment, elle fit savoir à Rand qu'elle aimait les hommes de grande taille. Dans le coin, tous les garçons étaient courts sur pattes, il aurait fallu être aveugle pour ne pas le remarquer. Tandis que Mat ricanait bêtement, Rand essaya de se concentrer sur la fourche qu'il maniait depuis peu.

Les plus jeunes enfants, par bonheur, faisaient une agréable diversion. Dès qu'il était entouré de gamins, Mat devenait moins méfiant, et c'était déjà ça de gagné.

Après le dîner, tout le monde s'installa devant la cheminée. Alors que maître Grinwell, assis dans son fauteuil préféré, bourrait soigneusement sa pipe, sa femme s'affairant à repriser les chemises qu'elle avait lavées dans l'après-midi, Mat sortit les balles de couleur du trouvère et se mit à jongler.

Il ne donnait jamais de « représentation » quand il n'y avait pas d'enfants. Les petits Grinwell rirent aux éclats lorsqu'il fit semblant de laisser tomber les balles, les récupérant à la dernière seconde, et ils applaudirent à tout rompre les diverses figures qu'exécuta Mat – dont un cercle à six balles qu'il faillit réellement rater. Ce semi-échec ne lui valut pas de critiques, maître Grinwell et sa femme applaudissant avec autant d'enthousiasme que leurs enfants.

Quand Mat eut terminé, alors qu'il multipliait les révérences avec une grâce théâtrale que Thom n'aurait pas reniée, Rand sortit la flûte du trouvère de son étui.

Saisir l'instrument lui serrait toujours un peu le cœur, comme s'il réveillait ainsi tous ses souvenirs du pauvre Thom Merrilin. Sauf pour s'assurer qu'elle était toujours en bon état, il ne sortait jamais la harpe – un instrument, selon le trouvère, bien trop délicat pour les « grosses pognes maladroites » d'un paysan. En revanche, chaque fois qu'un fermier les gardait à dîner, il jouait de la flûte à la fin du repas. Un petit bonus offert à son hôte et une façon d'entretenir la flamme du souvenir – un hommage que le trouvère défunt avait largement mérité.

La jonglerie de Mat ayant déridé le « public », Rand opta pour *Trois filles dans la prairie*. Les deux époux tapèrent dans leurs mains pour l'accompagner et les plus jeunes enfants dansèrent devant le feu – même le plus petit garçon, qui tenait à peine debout, réussit à gambiller en rythme.

Lors du concours de Bel Tine, Rand n'aurait sûrement pas gagné un prix, et il le savait. Mais grâce aux leçons de Thom, il n'aurait pas été gêné de participer…

Else était assise en tailleur devant la cheminée. Dès qu'il eut fini de jouer, elle se tourna vers Rand et souffla :

— Tu joues merveilleusement bien. Je n'ai jamais rien entendu de si beau…

Maîtresse Grinwell cessa soudain de repriser, regarda sa fille puis étudia longuement Rand.

Gêné par cet examen, le jeune homme laissa tomber l'étui de la flûte – car il avait décidé de ranger l'instrument. Si la fermière l'accusait de vouloir séduire sa fille… Conscient que la situation se dégradait, il remit l'instrument à ses lèvres et joua un autre morceau. Puis un autre, et encore un autre… Alors que maîtresse Grinwell ne le quittait pas des yeux, il interpréta *Le vent qui fait trembler les saules*, *Revenir de la brèche de Tarwin*, *Le Coq de maîtresse Aynora* et *Le Vieil Ours noir*.

Presque tout son répertoire y passa – en vain, car maîtresse Grinwell ne détourna plus les yeux de lui. Sans dire un mot, elle semblait l'évaluer, comme s'il était un dangereux prédateur.

Très tard dans la soirée, maître Grinwell se leva, sourit d'aise et se frotta les mains avec ravissement.

— Eh bien, ce fut un grand moment, mais nous devrions être couchés depuis longtemps. Les joyeux vagabonds n'ont pas d'horaires mais, dans une ferme, on doit se lever avec le soleil. Jeunes gens, sachez que j'ai payé cher, dans certaines auberges, pour des représentations qui ne valaient pas la vôtre…

— Mon époux, ils méritent une récompense, dit maîtresse Grinwell en soulevant de terre son dernier-né, qui dormait depuis un bon moment devant le feu. L'étable n'est pas un endroit agréable pour dormir. Qu'ils prennent la chambre d'Else, et elle dormira avec moi…

La jeune fille fit la grimace. Bien qu'elle eût pris la précaution de garder la tête baissée, Rand s'en aperçut – et il aurait juré que ça n'avait pas échappé à sa mère.

— Oui, approuva maître Grinwell, c'est bien mieux que l'étable. Si partager un lit ne vous dérange pas, bien sûr…

Sous le regard de la fermière, Rand sentit qu'il s'empourprait.

— J'aimerais bien t'entendre jouer encore, mon garçon, ajouta le fermier. Et voir ton ami jongler. Demain, vous pourriez nous aider à…

— Ils devront partir très tôt, mon époux, intervint maîtresse Grinwell. Arien est le prochain village sur leur chemin et, s'ils veulent tenter leur chance à l'auberge, il ne faudra pas qu'ils lambinent…

— C'est bien vrai, maîtresse, acquiesça Rand. Et merci beaucoup.

La fermière eut un sourire pincé, comme si elle savait très bien qu'il ne la remerciait pas seulement de son conseil, son délicieux dîner et son hospitalité…

Le lendemain, Mat taquina Rand toute la journée au sujet d'Else. Avide de parler d'autre chose, le jeune berger repensa à la suggestion indirecte des époux Grinwell : essayer de jouer dans des auberges pour se gagner le gîte et le couvert. Au moment du départ, alors qu'Else semblait toute dépitée – contrairement à sa mère, qui ne cachait pas son intense soulagement –, il s'agissait simplement d'une diversion destinée à river le clapet de Mat. Mais lorsqu'ils arrivèrent à Arien, l'idée avait fait son chemin.

Alors que le soir tombait, ils entrèrent dans l'unique auberge du village, et Rand alla parler au patron. Pour le convaincre, il joua *Un bac sur la rivière – Chère Sara*, pour l'aubergiste rondouillard – et un extrait de *La Route de Dun Aren*. Mat jongla un peu, achevant de persuader leur interlocuteur.

Ce soir-là, ils se régalèrent d'un bon steak et de pommes de terre sautées puis dormirent dans un lit bien chaud. Située sous les combles, la chambre était la plus petite de l'établissement, et ils avaient dû attendre pour manger le milieu d'une très longue soirée passée à jouer et à jongler, mais le jeu en valait largement la chandelle. De plus, les deux voyageurs n'avaient pas gaspillé une seule heure de jour, accentuant peut-être leur avance sur quiconque les poursuivait. Cerise sur le gâteau, les clients de l'auberge ne s'étonnèrent pas que Mat leur jette de fréquents regards soupçonneux. Certains se dévisagèrent même avec quelque méfiance – en ces temps troublés, se défier des étrangers n'avait rien d'extraordinaire, et une auberge en accueillait toujours un certain nombre.

Même s'il dut subir la logorrhée nocturne de Mat, Rand passa sa meilleure nuit depuis qu'ils avaient quitté Pont-Blanc. Le matin, l'aubergiste leur proposa de rester un ou deux jours de plus. Devant leur refus, il demanda à un fermier de leur faire un bout de conduite. Trop ivre pour rentrer chez lui la veille, le brave Eazil Forney les installa à l'arrière de sa charrette et leur fit économiser une bonne lieue de marche.

Cette façon de voyager devint une agréable routine. Avec un peu de chance, et l'aide d'un fermier compatissant et de son chariot, les deux amis parvenaient presque toujours à atteindre un village avant la nuit. Et, quand il y avait plus d'une auberge dans l'agglomération, les tenanciers finissaient par mettre leurs services aux enchères, une fois qu'ils les avaient vus à l'œuvre. S'ils étaient encore loin du niveau d'un vrai trouvère, les deux garçons valaient bien mieux que les amateurs maladroits qui se produisaient de temps en temps dans ces coins reculés. Grâce à la concurrence, ils obtenaient une meilleure chambre – très souvent avec deux lits – et des portions de nourriture bien plus généreuses. Le matin, il y avait toujours un fermier affligé d'une gueule de bois pour leur faire un brin de conduite – voire un marchand suffisamment séduit par leur prestation pour leur offrir une place gratuite dans un de ses chariots.

Rand commença à penser qu'ils avaient réglé tous leurs problèmes, du moins jusqu'à ce qu'ils atteignent Caemlyn.

Mais ils arrivèrent un soir à Quatre Rois…

32

Quatre Rois dans les ombres

Plus grand que la moyenne, le village restait pourtant trop modeste pour porter un nom si ronflant. Quatre Rois, rien que ça ! Comme toujours, la route de Caemlyn traversait le centre de l'agglomération, mais une autre voie très fréquentée y passait, venant du sud. En principe, les villages étaient des carrefours commerciaux et des lieux de réunion pour les fermiers du coin. Mais, à Quatre Rois, les fermiers étaient très rares, et le village survivait essentiellement grâce aux caravanes de marchands qui s'y arrêtaient régulièrement. En chemin pour Caemlyn ou au contraire pour les cités minières des montagnes de la Brume, au-delà de Baerlon, ces convois venaient en partie de Lugard – enfin, ceux qui allaient vers les mines, car pour gagner Caemlyn, les habitants de Lugard disposaient d'un itinéraire beaucoup plus direct.

À cause de la rareté des fermes – juste suffisantes pour alimenter le village et survivre elles-mêmes –, toute l'économie de Quatre Rois tournait autour des marchands, des conducteurs de chariot, des gardes du corps et des divers ouvriers qui chargeaient et déchargeaient les cargaisons.

Partout dans le village, des zones spéciales accueillaient des dizaines de chariots serrés les uns contre les autres et surveillés par des sentinelles furieuses d'être privées d'une soirée de réjouissances. Les étables et les écuries abondaient et ne désemplissaient quasiment jamais. En l'absence d'un terrain communal, les enfants jouaient en pleine rue, au milieu des ornières, évitant adroitement les véhicules dont les conducteurs les accablaient d'injures. Les cheveux cachés sous un foulard, les femmes du coin gardaient les yeux baissés et marchaient à grands pas sous les commentaires égrillards des étrangers – dont l'audace parvint d'ailleurs à faire rougir Rand. Et Mat aussi, ce qui était déjà beaucoup plus surprenant.

Ici, les femmes ne bavardaient pas de jardin à jardin, parce que les maisons aux façades défraîchies, plaquées les unes aux autres, étaient séparées par de simples allées étroites. Les lourds volets, sur les fenêtres, attendaient depuis si longtemps d'être ouverts que leurs gonds étaient rongés par la rouille.

Montant des ateliers des maréchaux-ferrants, des salles communes des auberges et des chariots qui sillonnaient les rues, le vacarme paraissait ne jamais devoir cesser.

Rand se laissa glisser de l'arrière d'un chariot bâché – encore un marchand reconnaissant et courtois – et étudia la façade peinte en vert et en jaune d'une auberge. Grâce à ses couleurs, l'établissement lui avait littéralement sauté aux yeux… Alors que Mat rejoignait son ami, la caravane de chariots continua imperturbablement son chemin. En son sein, personne n'avait remarqué que les deux « passagers » venaient de débarquer. En cette fin de journée, tous les conducteurs n'avaient que deux idées en tête : confier les chevaux à des palefreniers et gagner une accueillante auberge.

Rand trébucha dans une ornière puis bondit sur le côté pour éviter le chariot lourdement chargé qui lui fonçait dessus. En passant, le conducteur insulta copieusement le piéton qu'il avait failli écraser.

Sans un mot ni un regard, une villageoise contourna Rand et continua son chemin au pas de course.

— Cet endroit ne me dit rien qui vaille, annonça le jeune berger. (Dans la cacophonie, il lui semblait entendre de la musique, mais bien malin qui aurait pu dire d'où elle provenait.) Mat, on devrait peut-être filer, pour une fois…

— Et dormir dans des broussailles, alors qu'il risque de pleuvoir comme vache qui pisse ? Tu as vu le ciel ? Désolé, mais j'ai repris l'habitude de me coucher dans un lit douillet… (Mat tendit l'oreille, puis eut un grognement satisfait.) Je doute qu'il y ait des musiciens dans toutes les auberges… En tout cas, il n'y aura pas de jongleur…

Ajustant la position de l'arc qu'il portait à l'épaule, il se dirigea vers la porte peinte en jaune vif. Bien que dubitatif, Rand lui emboîta le pas.

Il y avait des musiciens – cithare et tambourins, une combinaison classique – mais on ne les entendait quasiment pas sous les cris et les rires de la clientèle. Dans ces conditions, Rand ne tenta même pas de parler à l'aubergiste. Les deux établissements suivants se révélèrent eux aussi sans intérêt. Alors que des musiciens tentaient en vain de se faire entendre, les clients déjà bien éméchés vidaient chope sur chope en tentant de lutiner des serveuses qui évitaient leurs grosses paluches avec la désinvolture souriante de l'habitude. Les murs tremblaient à cause du boucan, et la puanteur – un mélange de mauvaise sueur et de vin bouchonné – valait largement celle d'une étable.

Mais où étaient les marchands si délicats dans leur tenue de velours et de soie ? Pas dans les salles communes, bondées de rustauds mal fagotés. Mais probablement dans des salons privés, à l'étage, où on épargnait à leur nez et à leurs oreilles les divers outrages réservés à la populace.

Mat et Rand passèrent simplement la tête à l'intérieur de ces immondes gargotes. Finalement, ils allaient peut-être bien devoir continuer leur chemin…

La quatrième auberge, *Au Charretier Dansant*, ne laissait filtrer aucun son dans la rue. Aussi tape-à-l'œil que les précédentes, elle semblait en moins bon état, en tout cas vue de l'extérieur.

Dans la salle commune, une demi-douzaine de clients, tête baissée sur leur chope, ruminaient de sombres pensées chacun dans leur coin. Les affaires allaient mal, mais il ne devait pas en avoir été toujours ainsi, si on considérait le nombre de serveuses qui allaient et venaient entre les tables. Rand en compta six, à savoir autant que de clients. À voir la poussière qui couvrait le plancher et les toiles d'araignée qui s'accumulaient au plafond, elles auraient pu trouver de quoi s'occuper utilement. Mais elles préféraient papillonner, histoire qu'on ne remarque pas qu'elles se la coulaient douce.

Alors que les premiers roulements de tonnerre se faisaient entendre dans le ciel de Quatre Rois, un type mince aux longs cheveux raides se tourna vers les deux jeunes gens :

— Vous voulez quoi ? lança-t-il en s'essuyant les mains sur le devant de son tablier crasseux. (Rand se demanda si le vêtement n'était pas plus sale que les pognes de l'homme…) Alors, vous accouchez ? (Troublé, Rand s'avisa soudain que ce rustre était le premier aubergiste maigre qu'il voyait de sa vie.) Commandez quelque chose ou fichez le camp ! Bon sang ! vous n'avez jamais vu un patron d'auberge, pour me regarder comme ça ?

Sans se démonter, Rand débita le petit discours qu'il avait mis au point au fil des jours.

— Je joue de la flûte et mon ami est jongleur. Voilà un moment que vous n'avez plus vu de si bons saltimbanques ! En échange d'un repas et d'une chambre, nous remplirons votre salle commune.

Cette promesse rappela au jeune homme les auberges où Mat et lui étaient déjà passés. En particulier la dernière, où un ivrogne avait failli lui vomir sur les pieds. Décidément, il valait peut-être mieux ne pas insister.

Mais Mat tenait tant à dormir au chaud.

— Les clients que nous attirerons vous rembourseront dix ou vingt fois ce dérisoire investissement. Alors, pourquoi vous… ?

— J'ai un joueur de cymbalum, grogna l'aubergiste.

— Saml Hake, intervint une serveuse, tu as un ivrogne qui essaie de jouer du cymbalum ! (Les bras lestés d'un plateau, la jeune femme rondelette s'arrêta au niveau des deux garçons et leur sourit.) Un soir sur deux, cet abruti n'y voit pas assez clair pour retrouver la salle commune. Et là, ça fait deux jours qu'il s'est volatilisé.

Sans quitter Rand et Mat du regard, Hake gifla la pauvre fille, qui cria de surprise et bascula en arrière sur le plancher crasseux. Le cruchon qui trônait sur son plateau se brisa, et du vin se répandit dans la poussière.

— Je retiendrai le vin et le cruchon sur tes gages, grogna Hake. Et maintenant, au travail, les clients n'aiment pas attendre, surtout quand ils te voient paresser comme ça...

Comme la gifle, le ton du tenancier était presque... nonchalant. Habitués, les clients n'avaient même pas levé les yeux et les autres serveuses détournaient délibérément la tête.

La victime de Hake se massa la joue tout en le foudroyant du regard. Mais elle se redressa, ramassa le plateau et le cruchon brisé et fila sans dire un mot.

L'aubergiste étudia les deux jeunes gens, son regard s'attardant un moment sur l'épée à la poignée ornée d'un héron.

— Bon, je peux vous proposer deux paillasses, dans une remise vide, au fond de l'auberge. Les chambres sont trop chères pour être gaspillées. Quant au repas, vous le prendrez lorsque tout le monde sera parti. En principe, il devrait rester quelque chose...

Rand regretta qu'il s'agisse de la dernière auberge de Quatre Rois. Depuis Pont-Blanc, il avait fait l'expérience de la froideur, de l'indifférence et de la franche hostilité des gens. Mais rien ne l'avait jamais mis aussi mal à l'aise que ce village et cet aubergiste. Il tenta bien de se convaincre que c'était à cause de la crasse et du boucan, mais ça ne changea rien. Mat regardait Hake avec plus de méfiance encore que d'habitude, mais il ne semblait pas décidé à dormir dehors avec l'orage qui s'annonçait.

— Les paillasses feront l'affaire si elles sont propres, avec des couvertures pas trop mitées. En revanche, nous mangerons deux heures après la tombée de la nuit, à la minute près, et vous nous servirez ce que vous avez de mieux. Maintenant, nous allons vous donner un avant-goût de ce que nous savons faire.

Rand tendit la main vers l'étui de sa flûte, mais Hake secoua la tête.

— Inutile ! Mes clients se satisferont de n'importe quels sons qui ressemblent à de la musique... (Hake regarda de nouveau l'épée de Rand et eut un sourire glacial.) D'accord pour l'heure du repas, mais si vous ne remplissez pas la salle, vous finirez la nuit dehors !

L'aubergiste désigna deux costauds assis le dos contre le mur. Ces gaillards-là ne buvaient pas et ils n'avaient pas l'air commodes. Voyant que leur patron leur faisait signe, ils hochèrent la tête, le regard rivé sur les deux jeunes gens.

Rand posa la main sur le pommeau de son épée. Avec un peu de chance, l'angoisse qui lui serrait la gorge ne se verrait pas sur son visage.

— Un marché est un marché, dit-il simplement. Si chacun fait sa part, il n'y aura pas de problème…

Un court instant, Hake lui-même sembla mal à l'aise.

— C'est exactement ce que j'ai dit, non ? Bon, au travail, tous les deux ! Ce n'est pas en discutaillant que vous ferez venir du monde.

Hake oublia les deux artistes et défoula sa mauvaise humeur sans doute chronique sur les serveuses – comme si elles étaient en train de négliger cinquante clients, et pas six !

Au fond de la salle, près de la porte de derrière, Rand repéra une petite estrade sur laquelle il alla installer un petit banc, entreposant derrière sa cape, son paquetage, le baluchon de Thom et sa précieuse épée.

Avait-il eu raison de continuer à porter ouvertement l'arme ? Les épées n'étaient pas rares, mais le héron attirait l'attention des gens et stimulait les spéculations. Ce n'était pas vrai pour toutes les personnes que les deux garçons croisaient, par bonheur, mais Rand avait les entrailles nouées chaque fois que quelqu'un regardait son arme avec insistance. Quelle meilleure piste aurait-il pu laisser aux Myrddraals, en supposant qu'il leur en faille une ? Une hypothèse qui semblait hélas fausse…

Quoi qu'il en soit, Rand n'avait aucune envie de ne plus porter l'arme à la hanche. C'était un cadeau de Tam et, tant qu'il ne s'en défaisait pas, cela préservait un lien entre eux – exactement le type de connexion qui autorisait Rand à tenir encore Tam pour son père.

Trop tard, maintenant…, pensa-t-il.

Sans trop savoir ce qu'il avait voulu dire, le jeune homme comprit que c'était la stricte vérité. Les mots « trop tard » décrivaient parfaitement ce qu'il éprouvait.

Lorsque retentirent les premières notes du *Coq dans le Nord*, les six clients levèrent la tête avec un bel ensemble et les deux videurs les imitèrent. À la fin du morceau, tout ce joli monde applaudit, y compris le duo de gros bras. Mat enchaînant avec un exercice particulièrement spectaculaire – une roue de balles multicolores –, des vivats saluèrent sa prestation. Dehors, l'orage se faisait toujours attendre, et ce n'était pas bon signe. À coup sûr, une averse menaçait.

Le bouche à oreille faisant son effet, l'auberge fut bientôt remplie d'hommes qui parlaient et riaient trop fort pour que Rand puisse bien entendre sa propre musique. Le tonnerre s'étant mis de la partie, ça ne changeait de toute façon pas grand-chose. Les éclairs zébraient le ciel derrière chaque fenêtre et tous les nouveaux clients arrivaient trempés jusqu'aux os.

Dès que Rand cessait de jouer, des voix lui criaient des titres de morceau ou de chanson. Même si la plupart de ces titres lui étaient inconnus, quand il demandait qu'on lui fredonne quelques notes, le jeune homme s'apercevait souvent qu'il ne connaissait que ça. Ce phénomène n'étant pas nouveau, il ne s'en étonna pas. Ici, *Jolly Jaim* devenait *Rhea Fling*. Quelques jours auparavant, dans un autre village, il s'agissait de *Couleurs du soleil*.

Certains titres changeaient d'une agglomération à l'autre. D'autres semblaient presque immuables. De plus, pendant ce voyage, Rand avait appris de nouveaux airs.

Le Colporteur ivre comptait parmi les ajouts à son répertoire. Dans certains villages, on connaissait cet air sous le titre *Un Zingaro dans la cuisine*. Parfois, le rapport n'était pas vraiment évident. En revanche, lorsque *Deux rois à la chasse* devenait *Deux chevaux au galop*, les points communs sautaient aux yeux.

Rand joua pratiquement tous les airs qu'il connaissait, mais son public se révéla insatiable.

Une partie des clients voulaient revoir jongler Mat. De temps en temps, des bagarres éclataient entre amoureux de la musique et partisans de la jonglerie. En une seule occasion, un type sortit son couteau. Alors qu'une femme criait de terreur, un second homme s'était levé de sa table, du sang ruisselant sur le visage. Mais Jak et Strom, les deux videurs, avaient mis un terme à l'incident avec une impartialité louable. Ne faisant ni une ni deux, ils avaient expulsé les fauteurs de troubles après leur avoir un peu caressé les côtes. En cas de problème, c'était leur tactique, et elle fonctionnait bien. Pendant qu'ils expulsaient les deux idiots, personne n'avait accordé d'attention à ce qu'ils faisaient.

Dès qu'une serveuse baissait un peu sa garde, les clients ne se gênaient pas pour la peloter. Plus d'une fois, sans grand enthousiasme mais avec le professionnalisme qu'ils chérissaient tant, Jak et Strom durent intervenir pour sauver la mise à une des femmes.

Hake injuriait immanquablement les malheureuses victimes d'ignobles mufles. À l'évidence, il les tenait pour responsables de ces débordements, et leur mine contrite laissait penser qu'elles partageaient cette opinion – ou n'étaient pas prêtes à contredire l'homme qui leur versait des gages.

Les serveuses étaient terrorisées par leur patron, même quand il ne leur cherchait pas de noises. Comment ces femmes faisaient-elles pour supporter un tyran pareil ? Y avait-il une raison secrète ?

L'aubergiste souriait chaque fois qu'il regardait en direction des artistes. Très vite, Rand s'avisa qu'il ne les regardait pas vraiment. En réalité, ses yeux erraient dans leur dos, cherchant l'endroit où était rangée l'épée au héron.

À une occasion, lorsque le jeune homme posa sa flûte parée d'or et d'argent derrière sa chaise, l'instrument fut aussi gratifié d'un sourire par l'inquiétant aubergiste.

Lorsqu'il changea de place avec Mat, revenant sur le devant de la scène, Rand en profita pour souffler quelques mots à l'oreille de son ami. Même ainsi, il dut crier assez fort.

— Hake a l'intention de nous détrousser…

Mat se contenta d'acquiescer, comme s'il le savait depuis toujours.

— Oui, il faudra bien fermer notre porte, cette nuit…

— Pardon ? Jak et Strom peuvent la démolir à coups de poing, si ça leur chante. Il faut filer d'ici, c'est tout !

— Attendons d'avoir mangé, au moins… Dans la salle commune, nous ne risquons rien.

Dans la salle, justement, les clients réclamaient à grands cris la suite de la représentation et Hake foudroyait ses artistes du regard.

— En plus, tu as envie de dormir dehors, ce soir ?

Un éclair particulièrement puissant vint ponctuer cette question. Le roulement de tonnerre qui allait avec occulta un instant tous les autres sons.

— Je veux partir d'ici en un seul morceau, dit Rand.

Mais son ami s'était déjà assis sur un tabouret pour prendre un petit moment de repos. Résigné, le jeune berger interpréta *La Route de Dun Aren* sur sa flûte. Dans cette auberge, le morceau faisait un malheur. Alors qu'il l'avait déjà joué quatre fois, on continuait à le lui réclamer.

Sur le fond, Mat avait raison, et c'était bien le problème. Rand aussi avait le ventre creux, et il ne voyait pas ce que pouvait faire Hake devant une foule sans cesse grandissante de témoins. Pour chaque ivrogne jeté dehors par Jak et Strom, deux nouveaux clients entraient dans les cinq minutes suivantes. La jonglerie et la musique les intéressaient, certes, mais ils venaient surtout pour boire et harceler les serveuses.

Un seul homme faisait exception à la règle.

Et il se démarquait de toutes les façons possibles de la clientèle du *Charretier Dansant*.

À l'évidence, les marchands méprisaient cet établissement de seconde zone, car il n'y avait même pas de salon privé, à première vue.

Ici, les clients, tous très mal vêtus, étaient des hommes à la peau tannée par le soleil et le vent. Pas la lie de l'humanité, non, mais des membres de sa classe la plus défavorisée et la plus exploitée.

L'homme en question, lui, était bien en chair, avec des mains délicates et une peau parfaitement lisse. Son manteau en velours vert et sa cape assortie doublée de soie bleue respiraient l'aisance. Quant à ses souliers, des escarpins, pas des bottes, ils semblaient très mal adaptés aux rues boueuses de Quatre Rois – à toutes les sortes de rues, pour dire vrai…

Il était arrivé après la tombée de la nuit. Alors qu'il secouait sa cape pour la sécher un peu, il avait jeté un coup d'œil autour de lui sans dissimuler son dégoût. Faisant mine de ressortir, il s'était ravisé, comme si quelque chose l'avait fait changer d'avis. Les videurs lui ayant libéré une table, il avait pris place, commandant à une serveuse un cruchon de vin auquel il n'avait pas encore touché. Les deux fois qu'elle avait dû s'approcher de sa table, la jeune femme était apparue très mal à l'aise. Pourtant, il ne l'avait pas ennuyée, ne daignant même pas la regarder.

L'homme ne faisait pas cet effet qu'aux serveuses. Malgré ses airs délicats, il lui avait suffi d'un regard pour repousser les quelques ivrognes qui avaient tenté de s'asseoir à sa table. En un sens, l'inconnu trônait dans la salle comme s'il n'y avait eu personne d'autre que lui – à part Rand et Mat, qu'il regardait intensément, le menton posé sur ses mains aux doigts constellés de chevalières. On eût dit qu'il reconnaissait les deux garçons et qu'il s'en réjouissait.

Alors que Mat et lui changeaient une fois de plus de place, Rand signala l'inconnu à son ami – qui hocha sombrement la tête :

— Je l'ai vu…, murmura-t-il. Qui est-ce ? Je suis presque sûr de le connaître.

Rand avait eu la même impression, sans parvenir à aller plus loin. Bizarrement, il aurait juré n'avoir jamais vu ce visage… Pourtant…

Dès que les deux heures contractuelles furent écoulées, Rand remit la flûte dans son étui, puis Mat et lui reprirent toutes leurs affaires. Alors qu'ils descendaient de l'estrade, Hake courut vers eux, l'air furibard.

— C'est l'heure du dîner, dit Rand, et nous ne voulons pas qu'on nous vole nos biens. Vous voulez bien prévenir le cuisinier ?

Hake hésita, la fumée lui sortant toujours des naseaux. Malgré tous ses efforts, il ne pouvait s'empêcher de regarder fixement ce que Rand tenait dans ses bras. Fine mouche, le jeune homme changea un peu son fardeau de position afin de laisser voir la garde de son épée.

— Sinon, essayez donc de nous jeter dehors… Ce serait dommage, parce que la soirée commence à peine. Pour ne pas décevoir ce public, qui irait alors dépenser son argent ailleurs, nous devons reprendre des forces. Si nous nous évanouissons, croyez-vous que les spectateurs resteront ?

Hake étudia la foule de buveurs qui lui remplissait obligeamment les poches, puis il se détourna et alla crier dans l'entrée de la cuisine :

— Nourris-les !

Se retournant, il lança aux deux garçons :

— Ne mettez pas la nuit à manger. Et restez debout tant que le dernier client ne sera pas parti.

Des spectateurs enthousiastes réclamant les deux artistes, l'aubergiste leur expliqua ce qui se passait. L'homme en cape verte comptait parmi les plus avides d'entendre et de voir la suite du spectacle.

Rand fit signe à Mat de le suivre et tous deux entrèrent dans la cuisine. Sauf lorsqu'une servante l'ouvrait, la porte était assez épaisse pour noyer presque tout le brouhaha des clients, de l'autre côté. Et la pluie battante se chargeait d'étouffer le reste…

Dans la grande pièce surchauffée par les fours et les feux de cuisson, des plats prêts à être servis ou encore en préparation s'alignaient sur une longue table. Assises sur un banc, près de la porte donnant sur l'extérieur, trois serveuses se massaient les pieds en conversant avec la grosse cuisinière qui leur répondait du tac au tac en agitant frénétiquement une grande louche. Toutes ces femmes regardèrent Rand et Mat quand ils entrèrent, mais elles s'en retournèrent très vite à leurs diverses occupations.

— On doit partir tant qu'on en a la possibilité, dit Rand.

Mat secoua la tête, puis regarda de nouveau avec de grands yeux les deux assiettes que la cuisinière était en train de préparer. Du bœuf, des pommes de terre, des haricots… Un festin !

Sans cesser de bavarder avec les serveuses, la grosse femme posa les deux assiettes sur la table et planta une fourchette dans chacune.

— Après manger, ça ira très bien…

Mat s'assit sur un banc et commença à manier sa fourchette comme si c'était une pelle.

Rand soupira, mais il s'assit à côté de son ami. Depuis la veille, il n'avait avalé qu'un quignon de pain, et son estomac criait famine – en particulier depuis que de délicieuses odeurs de cuisine venaient taquiner les narines de son propriétaire.

Rand mangea de bon appétit. Mat dévora, demandant à être resservi alors que son ami n'en était même pas à la moitié de sa portion.

Le jeune berger ne tenta pas d'espionner la conversation des femmes, mais il ne put s'empêcher d'en saisir certains passages.

— C'est une histoire à dormir debout !

— Peut-être, mais c'est la vérité ! Avant de venir chez nous, il a fait le tour de presque toutes les auberges du village. Il entrait, il jetait un coup d'œil, puis il ressortait sans dire un mot. Il a même fait ça à *La Taverne du Roi*, c'est tout dire !

— Il a peut-être trouvé que c'était plus chic ici !

Cette plaisanterie fut saluée par une salve d'éclats de rire.

— D'après ce qu'on dit, il est arrivé après la tombée de la nuit et ses chevaux haletaient de fatigue.

— D'où peut-il venir, pour avoir été surpris par la nuit ? Il faut être idiot pour si mal planifier une journée de voyage.

— Eh bien, si c'est un idiot, il a les poches pleines ! Il paraît qu'il a un second carrosse, pour ses serviteurs et ses bagages. Ça sent bon l'argent, croyez-moi sur parole ! Vous avez vu sa cape ? Je ne cracherais pas dessus...

— Il est un peu gros pour mon goût mais, comme je le dis toujours, un homme n'est jamais trop gras quand sa bourse est pleine à craquer.

Les rires repartirent de plus belle.

Rand posa sa fourchette. Une idée qui ne lui plaisait guère venait de naître dans son esprit.

— Je reviens dans une minute, dit-il à Mat.

Occupé à se goinfrer, le jeune homme acquiesça vaguement.

Rand prit sa cape et son ceinturon d'armes, le bouclant autour de sa taille tandis qu'il se dirigeait vers la porte du fond. Personne ne lui accorda une once d'attention.

Une fois dehors, il mit sa cape pour se protéger de l'averse, releva la capuche et entreprit de traverser la cour. Grâce aux éclairs qui permettaient d'y voir malgré l'épais rideau de pluie, il trouva vite ce qu'il cherchait. Les chevaux étaient depuis longtemps à l'écurie, mais les deux carrosses noirs laqués essuyaient l'orage à l'extérieur.

Obligeant, un éclair zébra le ciel juste au-dessus de l'auberge. À sa lumière, Rand put lire le nom écrit en lettres d'or sur les portières : Howal Godot.

Sans se soucier des trombes d'eau qui lui tombaient dessus, Rand resta un long moment devant l'inscription qu'il ne pouvait déjà plus lire. Maintenant, il savait où il avait vu deux véhicules de ce genre, avec le nom du propriétaire écrit dessus. À Pont-Blanc, quand deux marchands en cape verte doublée de soie bleue et en escarpins étaient montés sur le pont du *Poudrin*.

Un marchand de Pont-Blanc pouvait avoir des raisons très légitimes de se rendre à Caemlyn.

Et d'inspecter la moitié des auberges avant de choisir celle où tu te produis ? Et de te regarder comme si tu étais la personne qu'il cherchait ?

Rand eut soudain conscience de l'eau qui ruisselait dans son dos. Si sa cape était d'une excellente texture, elle n'avait pas vocation à supporter un déluge pareil. Pataugeant dans des flaques de boue, il retourna aussi vite que possible à l'auberge.

Et se retrouva face à Jak, qui bloquait la porte.

— On se promène seul dans le noir ? C'est dangereux, mon garçon !

D'un regard autour de lui, Rand vérifia ce qu'il redoutait : la cour était déserte, à part le videur et lui. Avide de s'approprier la flûte et l'épée, Hake avait-il décidé de décevoir les clients qui attendaient la suite du spectacle ?

Rand posa la main droite sur le pommeau de son épée. Avec la gauche, il essuya l'eau qui lui brouillait la vue.

— Votre patron pense que les buveurs resteront pour sa mauvaise bière, et qu'il n'a donc plus besoin de nous ? Si c'est le cas, disons que nous sommes quittes avec le repas. Bien entendu, nous partirons sur-le-champ…

Bien au sec sous un auvent, le videur regarda la pluie et ricana :

— Avec ce temps ? (Jak baissa les yeux sur l'arme de Rand.) Nous avons fait un pari, Strom et moi. Il pense que tu as volé cette épée à ta vieille grand-mère. Moi, je crois qu'elle t'a fait faire le tour de la porcherie à grands coups de pied dans les fesses, puis qu'elle t'a pendu dehors pour que tu sèches. (Jak eut un rictus plein de haine.) La nuit est encore longue, mon garçon…

Rand avança et le videur s'écarta pour le laisser passer.

Une fois dans la cuisine, le jeune homme retira sa cape et se rassit près de Mat, sur le banc qu'il avait quitté quelques minutes plus tôt. Son ami s'attaquait à une troisième assiette. Mangeant plus lentement, il se concentrait comme s'il avait décidé de tout engloutir, et tant pis s'il en crevait…

Jak entra et se campa près de la porte du fond. La cuisinière elle-même, pourtant une bavarde impénitente, ne manifesta aucune intention de lui faire la conversation.

— Il vient de Pont-Blanc, souffla Rand.

Inutile de préciser de qui il parlait…

Un morceau de bœuf piqué au bout de sa fourchette, Mat se tourna vers le jeune berger. Conscient que Jak les épiait, Rand fit semblant de s'intéresser à la nourriture. À mi-voix, il raconta à Mat ce qu'il avait vu – et lui résuma la conversation des quatre femmes, au cas où il n'aurait pas écouté.

À l'évidence, il en allait ainsi, car Mat écarquilla les yeux, émit un long sifflement, regarda dubitativement son assiette et reposa enfin sa fourchette.

Bon sang ! il pourrait quand même essayer d'être plus discret !

— Il nous poursuit, Rand… Un Suppôt des Ténèbres ?

— Peut-être… Je n'en sais rien. (Rand jeta un coup d'œil à Jak, qui s'étirait avec une ostentation pesante.) Tu crois qu'on peut fausser compagnie à notre ami le videur ?

— Non, pas sans donner l'alarme à l'aubergiste et à l'autre grosse brute. Je savais bien qu'il n'aurait pas fallu s'arrêter ici !

Rand en resta bouche bée, mais il n'eut pas l'occasion de répliquer, car Hake choisit cet instant précis pour entrer dans la cuisine. Strom l'accompagnait. En les voyant, Jak se posta carrément devant la porte de derrière.

— Vous allez manger jusqu'au lever du jour ? brailla Hake. Je ne vous nourris pas pour que vous fassiez la sieste après !

Rand consulta Mat du regard.

— Non, souffla simplement celui-ci. Plus tard…

Sous le regard noir du patron et des deux videurs, Rand et Mat prirent leurs affaires et sortirent.

Dès qu'ils apparurent dans la salle, les clients hurlèrent des titres de morceau ou exigèrent un numéro de jonglerie bien spécifique.

Howal Godot semblait toujours ignorer qu'il n'était pas seul dans l'auberge. Cela dit, il était assis au bord de sa chaise, un signe évident d'excitation. Dès qu'il vit les deux garçons, il se rassit normalement et eut un sourire satisfait.

Rand monta sur l'estrade et joua *Tirer de l'eau au puits* – assez distraitement, il s'en aperçut très vite. Par bonheur, personne ne remarqua les fausses notes. Mais comment allaient-ils s'en sortir, désormais ? Pour commencer, il devait éviter de regarder en direction de Godot. S'il les poursuivait, pourquoi lui faciliter la tâche en montrant qu'il l'avait repéré ?

Quant à filer, ce n'était pas un jeu d'enfant. Jusque-là, il n'avait jamais mesuré à quel point une auberge faisait un très bon piège. Hake et les deux videurs n'avaient même pas besoin de les surveiller, puisque le public les préviendrait s'ils quittaient l'estrade. Tant que la salle était pleine, l'aubergiste ne pouvait rien tenter et ses proies n'avaient aucune chance de fuir. Une égalité parfaite, sauf que Godot surveillait lui aussi les deux jeunes gens. S'il n'avait pas été sur le point de vomir d'angoisse, Rand aurait trouvé cette situation très amusante.

Quand ils échangèrent une nouvelle fois leurs places, Rand grogna dans sa barbe et Mat dévisagea Hake, Strom et Jak en se fichant qu'ils s'en aperçoivent ou se demandent pourquoi. Lorsqu'il ne jonglait pas, Mat gardait en permanence les mains sous sa veste. Rand siffla pour le prévenir de se méfier, mais il n'obtint aucun résultat. Pourtant, si Hake voyait le rubis, il risquait de passer à l'action. Et, s'ils étaient informés, les clients se joindraient massivement à l'aubergiste dans cette chasse au trésor.

Oubliant toute prudence, Mat dévisageait le marchand de Pont-Blanc – ou le Suppôt des Ténèbres – avec une intensité fébrile. Et, bien entendu, Godot s'en aperçut. Sans se démonter, il fit un petit signe de tête à Mat, comme s'il retrouvait une vieille connaissance. Puis il leva un sourcil interrogateur à l'intention de Rand.

Le jeune homme ne voulut même pas savoir quelle était la question. Il continua à s'efforcer de ne pas regarder Godot mais, pour ça aussi, il était trop tard.

Trop tard... Encore trop tard...

Une seule chose semblait perturber l'homme en cape de velours. L'épée de Rand qui ceignait toujours sa taille. Deux ou trois ivrognes s'étaient déjà levés en titubant pour demander s'il jouait mal au point d'être souvent défié en duel, mais pas un spectateur n'avait remarqué le héron. Excepté Godot, bien sûr... Son sourire s'effaçant, il regarda longuement l'arme, les sourcils froncés. Puis son arrogance revint, mais elle semblait un peu forcée.

Un bon point pour nous, songea Rand. *Ce n'est pas trop tôt ! S'il me prend pour un escrimeur digne du héron, ça l'incitera à nous ficher la paix. Du coup, nous n'aurons plus qu'à « neutraliser » Hake et ses sbires.*

Une perspective très moyennement réjouissante. D'autant plus que Godot, épée ou non, continuait à dévisager Rand – en souriant de nouveau.

Cette nuit menaçait de durer une éternité... La pression commença à submerger Rand. Hake, Jak et Strom ne le quittaient pas des yeux, avec l'intention arrêtée de le détrousser. Howal Godot ne lâchait pas le morceau non plus, et ses plans devaient être encore plus sinistres.

Et si tout le monde, dans cette salle, avait eu une idée derrière la tête ? L'odeur du mauvais vin et la puanteur des clients donnaient le tournis à Rand. Avec le vacarme permanent des ivrognes, il n'entendait presque plus les notes qu'il jouait et son crâne semblait sur le point d'imploser. Les roulements du tonnerre lui portant le coup de grâce, il se sentait faible comme un nouveau-né.

Se souvenant qu'ils devaient se lever tôt le lendemain, les spectateurs commencèrent à se retirer. Un fermier n'avait de comptes à rendre qu'à lui-même. Les marchands, en revanche, n'éprouvaient guère de compassion pour les gueules de bois quand il s'agissait de payer sa semaine à un conducteur de chariot.

N'ayant pas beaucoup de chemin à faire pour trouver leur lit, les clients qui avaient une chambre à l'auberge partirent les derniers.

Godot resta plus longtemps que tous les autres. Au moment où Rand s'emparait de l'étui pour ranger la flûte, il se leva, la cape pliée sur un bras. Dans toute la salle, les serveuses s'affairaient au nettoyage en ronchonnant sur le vin renversé et la vaisselle cassée. Pendant ce temps, Hake ferma la porte principale avec une énorme clé. Godot le regardant avec insistance, l'aubergiste appela une des filles pour qu'elle montre sa chambre au « marchand ». Avant de s'engager dans l'escalier, l'homme à la cape de velours fit un sourire entendu aux deux jeunes artistes.

Jak et Strom à ses côtés, Hake se tourna vers eux.

Rand se hâta de suspendre à son épaule son encombrant paquetage. De la main gauche, il le poussa vers le centre de ses omoplates, histoire de bien dégager la poignée de son épée. Il ne fit pas mine de la saisir, mais savoir qu'elle était accessible le rassura. Non sans effort, il étouffa un bâillement, car ses adversaires ne devaient pas savoir à quel point il était fatigué.

Mat récupéra son arc et ses autres maigres possessions. Voyant Hake et ses gros bras approcher, il glissa une main sous sa veste.

Une lampe à la main, l'aubergiste s'inclina légèrement puis désigna une porte latérale.

— Les paillasses de ces gentilshommes sont par là…

Un rictus vint démentir l'apparente affabilité de l'aubergiste.

— Vous avez besoin de vos gardes du corps pour nous les montrer ? lança Mat.

— Je suis un homme cossu, répondit Hake en lissant le devant de son tablier crasseux, et posséder un patrimoine incite à la prudence… (Un coup de tonnerre fit grincer les fenêtres.) Alors, ces paillasses, vous voulez les voir ?

Rand se demanda ce qui arriverait s'il répondait : « Non, parce que nous partons »…

Ce serait faisable si tu savais vraiment te battre à l'épée… Mais les quelques leçons de Lan n'ont pas suffi.

— Passez devant, maître Hake… Je déteste avoir des gens dans mon dos.

Strom ricana, mais l'aubergiste acquiesça, se tourna vers la porte et entra dans un couloir, ses deux videurs sur les talons.

Rand jeta un coup d'œil à la porte du fond, dans la cuisine. Si Hake avait également verrouillé cette issue, tenter de filer déclencherait les hostilités que le jeune homme voulait à tout prix éviter.

Sur le seuil du couloir, Hake hésita et Mat piaffa d'impatience dans son dos. L'obscurité qui régnait dans le passage justifiait l'usage d'une lampe. Sans cette lumière, Rand n'aurait jamais avancé. Mais là, si l'aubergiste ou ses laquais tentaient un coup tordu, il le verrait.

Et ça m'avancerait à quoi ?

Au fond du couloir se découpait une porte en bois brut. Dans la pénombre, Rand ne vit pas s'il y avait des issues latérales. Hake et les deux videurs ouvrirent la porte du fond et s'écartèrent.

— Et voici votre royaume ! s'écria Hake.

Une remise vide, vraiment ? Des tonneaux éventrés et des caisses cassées jonchaient le sol de cet ignoble débarras. En plusieurs endroits, des infiltrations d'eau sourdaient du plafond et un carreau cassé de la fenêtre laissait pénétrer la pluie. Sur les étagères murales, des objets non identifiables croupissaient sous la poussière.

Repérant les paillasses, Rand fut surpris qu'elles existent pour de bon. *L'épée inquiète Hake, donc il attendra que nous dormions…*

Mais le jeune homme n'avait aucune intention de croupir dans la demeure du voleur. Dès que Mat et lui seraient tranquilles, ils sortiraient par la fenêtre, et voilà tout.

— C'est très bien, dit-il à l'aubergiste. (Près de leur patron, les videurs affichaient un sourire béat.) Laissez-nous la lampe…

Hake grogna, mais il posa la lampe sur une étagère. Puis il hésita, lorgnant du coin de l'œil les deux garçons. Rand redouta qu'il donne l'ordre d'attaquer à ses hommes de main, mais son regard se posa sur l'épée et il y renonça provisoirement. Strom et Jak ne cachèrent pas leur surprise, mais ils sortirent docilement avec leur employeur.

Rand attendit que les bruits de pas – ou plutôt les grincements du plancher – aient cessé, puis il compta jusqu'à cinquante et passa la tête dans le couloir. Un rectangle de lumière, tout au fond, indiquait la position de la porte côté salle commune. Alors que le jeune homme allait retirer sa tête, une silhouette bougea dans la pénombre. Jak ou Strom montait la garde, comme il fallait s'y attendre.

Un rapide examen de la porte apprit à Rand tout ce qu'il voulait savoir – et les nouvelles n'étaient pas très bonnes. Le battant était épais, mais il n'y avait ni serrure ni barre de sécurité. Au moins, l'ouverture se faisait par l'intérieur.

— Qu'attendent-ils, là-dehors ? demanda Mat.

Il brandissait sa dague, dont la lame reflétait la lueur de la lampe.

— Qu'on s'endorme…, répondit Rand en fouillant parmi les tonneaux et les caisses. Aide-moi à trouver quelque chose pour bloquer la porte.

— Pour quoi faire ? Tu ne comptes pas dormir ici, j'espère ? On ouvre la fenêtre et on file ! J'aime mieux être mouillé que mort !

— Ils ont posté une sentinelle dans le couloir. Si nous faisons du bruit, ils nous tomberont dessus avant qu'on ait eu le temps de dire « ouf ».

S'il doit choisir, Hake préférera nous affronter face à face plutôt que nous laisser partir.

Pas vraiment convaincu, Mat fouilla également la pièce, mais les deux amis ne trouvèrent rien. Les tonneaux étaient vides, donc trop légers, *idem* pour les caisses, et empiler le tout contre la porte n'empêcherait personne de l'ouvrir.

Soudain, deux objets familiers posés sur une étagère attirèrent l'attention de Rand. Des coins de fendage en métal tout rouillés et couverts de poussière. Exactement la même forme que des cales !

Le jeune berger s'empara des deux outils de bûcheron et les coinça sous la porte. À la faveur d'un roulement de tonnerre, il les enfonça à coups de talon. Quand le silence revint, il retint son souffle et écouta. Personne ne marchait dans le couloir, un indice assez sûr qu'on ne l'avait pas entendu.

—La fenêtre ! lança-t-il.

On n'avait pas dû l'ouvrir depuis des années, car les deux amis durent unir leurs efforts pour la soulever. Là, s'ils n'ameutaient pas tout le monde…

Quand l'ouverture fut assez large pour laisser passer un homme, les deux amis s'accroupirent afin de regarder dehors.

— Par le sang et les cendres ! s'écria Mat. Je comprends pourquoi Hake nous fait dormir ici !

Des barreaux de fer encastrés dans un cadre du même métal brillaient faiblement à la lueur des flammes. Rand tenta de secouer la grille, qui ne bougea pas d'un pouce.

—Attends, j'ai vu quelque chose, tout à l'heure…, souffla Mat.

Il chercha sur les étagères et revint avec un pied-de-biche rouillé dont il glissa l'extrémité sous le cadre de fer.

— Pense au bruit, Mat ! lui rappela Rand.

Attendant un coup de tonnerre, il saisit lui aussi l'outil et tenta de trouver des appuis stables sur le plancher rendu glissant par la pluie que laissait passer la fenêtre ouverte. Lorsque le tonnerre leur en donna le signal, les deux jeunes gens appuyèrent sur le pied-de-biche. Avec un grincement qui fit se hérisser tous les poils de Rand sur sa nuque, le cadre bougea d'un quart de pouce. Se synchronisant avec l'orage, Mat et Rand s'échinèrent pendant une petite éternité pour un résultat dérisoire. Puis les bottes de Rand glissèrent sur le bois trempé, et les deux amis s'étalèrent, lâchant leur outil, qui alla rebondir contre les barreaux en produisant un boucan d'enfer. Toujours au sol, Rand tendit l'oreille et ne capta rien, sinon le martèlement régulier de la pluie.

Mat se massa une main avec l'autre et grogna :

—À ce rythme-là, on n'est pas près de sortir.

Le cadre de fer était délogé d'à peine l'épaisseur de deux doigts et il restait des dizaines d'énormes rivets pour le tenir en place.

— Eh bien, il faut insister, dit Rand en se relevant.

Il ramassa le pied-de-biche et le remit en place. Mais, dans son dos, la porte d'entrée craqua sinistrement. Quelqu'un tentait de l'ouvrir. Pour l'instant, les coins de fendage résistaient, mais ça ne durerait pas éternellement. Alors que les deux garçons échangeaient un regard inquiet, Mat sortit de nouveau sa dague.

La porte craqua plus fort.

— Fichez le camp, Hake ! cria Rand. On essaie de dormir.

— Je crois que vous vous méprenez…, dit une voix à la fois arrogante et désagréablement mielleuse.

Howal Godot, à coup sûr !

— Maître Hake et ses… collaborateurs… ne vous ennuieront plus. Ils dorment à poings fermés, et demain matin ils se demanderont comment vous avez fait pour vous volatiliser. Mes jeunes amis, laissez-moi entrer ! Nous devons parler…

— Nous n'avons rien à vous dire, répondit Mat. Laissez-nous dormir.

Godot eut un rire qui fit frissonner les deux jeunes gens.

— Au contraire, nous avons beaucoup à nous dire ! Vous le savez aussi bien que moi, je l'ai vu dans vos yeux. Je vous connais mieux que vous vous connaissez vous-mêmes ! Je sens la force déferler en vous, vague après vague. Vous appartenez déjà à moitié à mon maître. Cessez donc de vous voiler la face ! Si les sorcières de Tar Valon vous mettent la main dessus, vous aurez envie de vous trancher la gorge pour leur échapper, mais elles ne vous laisseront pas faire. Seul mon maître peut vous protéger de ces harpies.

— Nous ne comprenons pas un mot de ce que vous dites, mentit Mat. Partez !

Dans le couloir, le plancher grinça. Godot n'était pas seul. Et, dans deux carrosses, il avait pu faire voyager beaucoup d'hommes de main.

— Assez de bêtises, mes jeunes amis ! Vous savez que le Grand Seigneur des Ténèbres vous a marqués pour l'éternité. Lorsqu'il se réveillera, les nouveaux Seigneurs de la Terreur devront être là pour faire son éloge. C'est écrit, et vous devez être concernés, puisqu'on m'a chargé de vous retrouver. Pensez à ce qui vous attend : la vie éternelle et un pouvoir au-delà de tout ce que vous avez jamais rêvé.

La voix de Godot vibrait d'avidité. Pour une telle puissance, il aurait été prêt à faire n'importe quoi.

Rand jeta un coup d'œil dehors. Ce qu'il vit à la faveur d'un éclair lui donna envie de vomir. Se moquant de la pluie, des hommes montaient la garde devant la fenêtre.

— Je perds patience…, annonça Godot. Pliez-vous à la volonté de mon maître – non, de vôtre maître – ou nous vous y forcerons. Sachez que ce ne sera pas agréable du tout… Le Ténébreux règne sur la mort et il peut l'associer à la vie de toutes les façons qui lui chantent. Ouvrez cette porte ! L'heure a sonné, et vous ne fuirez plus nulle part ! Ouvrez, vous dis-je !

Godot devait avoir donné un ordre par geste, car une masse considérable vint s'écraser contre la porte. Le battant vibra et les deux cales glissèrent un peu en arrière. Les sbires de Godot répétèrent la manœuvre, obtenant des résultats très irréguliers. Les coins bougeaient parfois et, à d'autres moments, ils résistaient. Mais l'issue de tout cela ne faisait plus de doute.

— Capitulez ! cria Godot. Ou passez l'éternité à regretter de ne pas l'avoir fait.

— Si nous n'avons pas le choix…, commença Mat. (Pâle, le souffle court, il était à bout de nerfs.) Faisons semblant d'accepter et tentons de nous évader ensuite. Par le sang et les cendres ! nous sommes coincés !

Rand eut le sentiment d'entendre ces mots à travers le filtre de deux bouchons de cire.

Nous sommes coincés…

Un éclair illumina la réserve, et le bruit de la foudre retentit, très assourdi.

Il faut trouver un moyen de sortir…

Godot continuait à appeler les deux jeunes gens et la porte s'entrebâillait de plus en plus.

Nous sommes coincés !

Une vive lumière emplit la réserve, aveuglant ses occupants. Alors que l'air lui-même rugissait et s'embrasait, Rand fut propulsé contre le mur du fond. Les oreilles bourdonnantes à cause de l'impact, il se laissa glisser sur le sol. Bien que sonné, il réussit à se redresser. Ses genoux s'entrechoquaient et il dut plaquer une main contre le mur pour ne pas perdre l'équilibre.

Hébété, il regarda autour de lui. Sur une des rares étagères qui tenaient encore aux murs, la lampe renversée continuait à brûler et à produire de la lumière. Les tonneaux et les caisses, certains noirs de suie et fumants, gisaient un peu partout comme si une main géante les avait remués à la recherche d'on ne savait trop quoi. La fenêtre, les barreaux et le cadre s'étaient volatilisés, laissant un énorme trou dans le mur du fond, dont une bonne partie manquait aussi. Le toit était constellé de trous et les volutes de fumée qui montaient des poutres tentaient en vain de lutter contre la pluie. Arrachée de ses gonds, la porte de la réserve était à demi tombée dans le couloir.

Avec le sentiment d'évoluer dans un cauchemar, Rand redressa la lampe. Sur l'instant, il lui sembla capital de faire en sorte qu'elle ne se brise pas.

Un tas de débris ondula soudain, puis Mat en émergea, vacillant sur ses jambes. Comme pour vérifier s'il était entier, il se tapota le torse, les bras et les cuisses.

— Rand ? C'est toi ? Vivant ? J'ai cru que nous…

Mat s'interrompit. Voyant qu'il tremblait, Rand ne s'aperçut pas tout de suite que c'était l'effet d'une crise de rire hystérique.

— Mat ! Mat ! Qu'est-il arrivé ?

Le jeune homme parvint à reprendre le contrôle de ses nerfs.

— Un éclair, Rand… Je regardais la fenêtre quand il a percuté les barreaux. Je suis encore ébloui et… (Il plissa les yeux, tentant malgré tout de sonder le couloir dévasté.) Où est Godot ?

Rien ne bougeait dans le corridor obscur. En soi, ça ne voulait rien dire, car n'importe qui aurait pu se tapir dans le noir. Rand espérait bien que le faux marchand et ses hommes étaient morts, mais il ne se serait pas aventuré dans le couloir pour tout l'or du monde. Du côté rue, on ne voyait plus trace des hommes qui surveillaient un peu plus tôt la fenêtre.

Des bruits de pas retentissaient, venant de l'auberge, et des cris déchiraient par instants le silence. La panique, inévitable après un tel événement…

— Filons tant que c'est encore possible, dit Rand.

Dès que les deux garçons eurent récupéré leurs affaires, Rand prit son ami par le bras et le fit traverser avec lui la brèche béante. Toujours à demi aveugle, Mat s'accrochait à son ami comme un noyé à un morceau de bois flotté.

Alors que la pluie cinglait le visage de Rand, un nouvel éclair illumina la scène. Les hommes de Godot étaient toujours là, mais raides morts dans la boue, les pieds orientés en direction de la réserve. À travers un rideau de pluie, leurs yeux vitreux regardaient le ciel sans le voir.

— Qu'est-ce que c'est ? demanda Mat. Par le sang et les cendres ! je ne vois même pas mes fichues mains !

— Il n'y a rien…, mentit Rand.

La foudre… Un coup de chance ? Seulement ?

Frissonnant d'angoisse, il fit contourner les cadavres à son ami.

— Un éclair, c'est tout…

En l'absence de lumière, quand il n'y avait pas d'éclair, les deux garçons trébuchèrent souvent dans des ornières tandis qu'ils s'éloignaient de l'auberge. Mat s'accrochant à Rand, chaque faux pas de l'un menaçait de les faire tomber tous les deux.

Ils réussirent pourtant à ne pas s'étaler dans la boue.

Avant que le rideau de pluie devienne impénétrable, Rand se retourna une seule fois. Devant l'auberge illuminée par un éclair, il vit se découper la silhouette d'un homme qui montrait rageusement le poing aux deux fugitifs. Godot ou Hake ? Rand n'aurait su le dire mais, de toute façon, aucun ne valait mieux que l'autre.

Isolés du *Charretier Dansant* et bientôt de Quatre Rois par une formidable averse, les deux fugitifs s'enfoncèrent dans la nuit. Avec l'orage, si quelqu'un les poursuivait, ils n'avaient aucune chance de l'entendre…

33

Les ténèbres attendent

Sous un ciel plombé, le chariot à grandes roues avançait vers l'est sur la route de Caemlyn. S'extrayant du douillet lit de paille sur lequel il reposait, à l'arrière du véhicule, Rand jeta un coup d'œil par-dessus le hayon. Bouger était déjà beaucoup plus facile qu'une heure auparavant. Ses bras semblaient avoir du mal à soutenir son poids et sa tête s'inclinait en arrière comme si elle était trop lourde pour suivre le mouvement, mais il allait beaucoup mieux.

S'accoudant au hayon, le jeune homme regarda défiler le paysage. Voilé par des nuages sombres, le soleil était encore assez haut dans le ciel. Pourtant, le chariot venait d'entrer dans un village aux jolies maisons en brique rouge à la façade couverte de lierre. Depuis Quatre Rois, la distance entre les agglomérations diminuait.

Quelques villageois saluèrent de la voix ou du geste le brave Hyam Kinch, fermier de son état et propriétaire du véhicule. Les dents serrant le tuyau de sa pipe, le paysan taciturne répondit poliment à tous ceux qui lui souhaitaient la bienvenue. À cause de la pipe, ses propos étaient incompréhensibles, mais leur ton jovial dut satisfaire les villageois, qui s'en retournèrent tous à leurs occupations. Jusque-là, personne n'avait accordé la moindre attention aux deux passagers de Kinch.

Rand aperçut enfin l'auberge du village – un bâtiment blanchi à la chaux doté d'un très beau toit de tuile rouge. Des gens en sortaient et d'autres y entraient, tous se saluant d'un bref signe de tête. Certains s'arrêtèrent pour échanger quelques mots. La preuve qu'ils se connaissaient – majoritairement des villageois, donc, avec des tenues très similaires à celles des deux voyageurs. N'était un goût prononcé pour les couleurs vives et les rayures, nota cependant Rand. Sous le gros bonnet qui leur dissimulait à demi le visage, les femmes portaient un tablier blanc également à rayures. Au fond, tous ces gens étaient peut-être bien des résidants du coin.

De toute façon, quelle différence ça peut faire ?

Rand se laissa retomber sur la paille et releva la tête pour continuer à étudier le village et ses abords. Des champs clôturés et des haies méticuleusement taillées bordaient la route principale. Un peu à l'écart du bourg, des fermes également en brique rouge se découpaient contre le ciel gris. Des bosquets les entouraient, source inépuisable de bois de chauffe. Comme dans la forêt d'où venaient les deux jeunes gens de Champ d'Emond, les branches des arbres dénudées donnaient l'impression que le printemps, cette année, n'était pas disposé à arriver.

Contraint de croiser une longue caravane qui avançait en sens inverse, maître Kinch fit passer la pipe d'un coin à l'autre de sa bouche, puis il cracha entre ses dents à peine écartées. Gardant un œil sur la roue du côté droit de son véhicule pour être sûr qu'elle ne se prendrait pas dans la haie, il continua à rouler, mais au ralenti, et l'air de plus en plus dubitatif à mesure qu'il étudiait la longue caravane marchande.

Trop occupés avec leur attelage, les conducteurs de chariot n'accordèrent pas un regard au véhicule de maître Kinch. L'air fermés, comme si la tension finissait par leur jouer des tours, les gardes perchés sur de grands destriers ne s'intéressèrent pas non plus aux jeunes gens.

La main sous sa cape, près de la poignée de son épée, Rand retint son souffle jusqu'à ce que la lente procession soit passée.

Quand l'ultime chariot apparut dans le champ de vision de Rand, approchant du village d'où maître Kinch venait de sortir, Mat se tourna sur le banc qu'il partageait avec le paysan. Le foulard qui faisait d'habitude office de pare-poussière servait à présent de bandeau qui protégeait plus ou moins bien les yeux du jeune homme. Même ainsi, la lumière pourtant grisâtre le forçait à battre sans cesse des paupières.

— Rand, tu as remarqué quelque chose de particulier au sujet de cette caravane ?

Le jeune berger fit « non » de la tête et son ami acquiesça, soulagé parce qu'il n'avait rien repéré non plus.

Maître Kinch regarda un bref instant les deux jeunes gens, puis il changea de nouveau sa pipe de place et secoua la tête. Le bref échange entre ses passagers ne lui avait pas échappé, semblait-il…

— Tes yeux te font toujours mal ? demanda Rand.

Mat tapota le foulard qui lui ceignait la tête.

— Non, presque plus… En tout cas, tant que je n'essaie pas de regarder le soleil en face. Et toi, tu te sens mieux ?

— Un peu, oui…

Ce n'était pas un mensonge. Se rétablir si vite, tout seul, avait quelque chose de fabuleux. Un vrai cadeau de la Lumière !

Il faut que ce soit vraiment à cause d'elle ! Il le faut ! pensa Rand.

Soudain, une colonne de cavaliers croisa le chariot de maître Kinch. Se dirigeant vers l'ouest, comme la caravane de marchands, ces hommes portaient un plastron et une cotte de mailles d'où émergeait un long col blanc. Leur cape et leur veste étaient rouges, comme celles des guetteurs de Pont-Blanc, mais elles semblaient de meilleure facture et leur allaient en tout cas beaucoup mieux. Son casque en forme de cône brillant au soleil, chaque cavalier se tenait bien droit sur sa selle et tenait une lance à l'extrémité ornée de petits fanions rouges qui voletaient au vent. Exploit impressionnant, toutes les lances étaient inclinées selon le même angle, au quart de pouce près.

Alors que la colonne se séparait en deux pour passer de chaque côté du chariot, certains hommes jetèrent un coup d'œil distrait au véhicule. Solidaire de son casque, une grille de fer protégeait le visage de chaque guerrier. Vaguement inquiet, Rand baissa les yeux et constata que son épée n'était pas visible. Une excellente chose, dans les conditions présentes…

Quelques soldats saluèrent maître Kinch – pas parce qu'ils le connaissaient, plutôt par pure courtoisie. Le paysan leur rendit la pareille très sobrement, mais on sentait que le cœur y était.

Les guerriers n'avançaient pas très vite. Pourtant, ils eurent très rapidement négocié l'obstacle représenté par le chariot. Combien étaient-ils ? Presque sans s'en apercevoir, Rand les avait comptés. Trente-deux hommes exactement ! Un assez petit détachement, somme toute…

— Qui sont ces soldats ? demanda Mat, sincèrement curieux, mais très soupçonneux, comme c'était devenu une habitude chez lui.

— Des Gardes de la Reine, répondit maître Kinch en mâchouillant le tuyau de sa pipe. (Rand nota qu'il ne se retournait pas, gardant les yeux rivés sur la route.) Ils n'iront pas plus loin que la Source de Breen, sauf si quelque chose les y oblige. De nos jours, certaines régions du royaume ne doivent même pas les apercevoir une fois par an… Ce n'est pas comme dans le bon vieux temps… Non, pas du tout…

— Que sont-ils censés faire ? demanda Rand.

Le fermier le regarda comme s'il n'en croyait pas ses oreilles.

— Au nom de la reine, ils garantissent la paix civile et le respect des lois, mon garçon. En outre, ils traquent les délinquants et les traînent devant la justice. D'où venez-vous donc, pour ne pas reconnaître les Gardes de la Reine ? (Kinch exhala un nuage de fumée.) Oui, de quel coin perdu et oublié du Créateur ?

— D'une région lointaine, éluda Mat.

Pour une fois, ce fut Rand qui fit la gaffe :

— Deux-Rivières, pour être précis…

Comment avait-il pu commettre une bourde pareille ? Il n'était pas tout à fait rétabli, mais quand même… Lâcher un nom qui sonnerait comme un tocsin aux oreilles de n'importe quel Blafard !

Kinch tira sur sa pipe en silence, étudia Mat du coin de l'œil et finit par lâcher :

— C'est pas mal loin, en effet… Presque à la lisière du royaume. Mais je n'aurais pas cru que des sujets de la reine puissent ignorer l'existence de ses gardes. Doit y avoir quelque chose de pourri dans le royaume de Morgase, ces derniers temps…

Rand se demanda ce que penserait maître al'Vere si on lui disait que Deux-Rivières appartenait au royaume d'une reine. Celle d'Andor, pouvait-on supposer… Au fond, le bourgmestre était peut-être au courant – il savait tant de choses –, ainsi que d'autres villageois, mais le jeune homme n'avait jamais entendu parler de cette histoire. Le territoire de Deux-Rivières était… le territoire de Deux-Rivières ! Chaque village gérait ses propres affaires. Quand un problème en impliquait plusieurs, les bourgmestres se réunissaient pour le résoudre. Et, dans les cas très graves, les Conseils combinaient leurs forces.

Maître Kinch tira soudain sur les rênes de son attelage, immobilisant le chariot.

— C'est là que je vous laisse…

Un étroit chemin serpentait vers le nord. Au-delà de champs labourés et ensemencés, mais toujours en l'attente de jeunes pousses, on apercevait plusieurs fermes.

— Dans deux jours, vous serez à Caemlyn, dit le fermier à Mat. Si ton ami retrouve un peu de dynamisme…

Mat sauta à terre, récupéra son arc et ses autres affaires, puis il aida Rand à descendre du chariot. Les jambes flageolantes, le jeune berger eut l'impression que son paquetage pesait des tonnes. Faisant signe à Mat de le lâcher, il fit quelques pas seul et constata que ça n'allait pas si mal que ça. Bizarrement, plus il bougeait et plus il recouvrait sa vigueur.

Maître Kinch n'était toujours pas reparti. Tirant pensivement sur sa pipe, il souffla :

— Si ça vous dit, vous pouvez vous reposer un ou deux jours chez moi… Je suppose que ça ne changera pas la face du monde pour vous. J'ignore de quelle maladie tu te remets, mon garçon, mais… Eh bien, ma femme et moi, nous avons eu toutes les calamités qui peuvent frapper un être humain. Et nous avons soigné nos enfants. Alors… De toute façon, je pense que tu n'es plus contagieux.

Mat écarquilla les yeux et Rand se surprit à froncer les sourcils. *Non, tout le monde ne fait pas partie de la conspiration ! Voyons, c'est impossible...*

— Merci, dit-il, mais je me sens bien. À quelle distance est le prochain village ?

— Gué de Cary ? En marchant bien, vous y serez avant la nuit. (Maître Kinch retira enfin la pipe de sa bouche et il eut une moue dubitative.) Au début, je vous ai pris pour des apprentis en fugue, mais je crois que c'est plus grave que ça. Je n'en sais pas plus, et je m'en fiche ! Mon instinct me dit que vous n'êtes pas des Suppôts des Ténèbres, et encore moins des bandits de grand chemin. Par les temps qui courent, on en rencontre beaucoup, mais ce n'est pas votre genre...

» Quand j'avais votre âge, il m'est arrivé d'avoir de gros ennuis. Vous avez besoin de vous cacher quelques jours, ma ferme est à une lieue d'ici, et personne ne s'y aventure jamais. Vos poursuivants ne vous y trouveront pas, croyez-moi.

Le paysan se racla bizarrement la gorge, comme s'il n'avait pas l'habitude de tenir de si longs discours.

— Comment reconnaissez-vous les Suppôts des Ténèbres ? demanda Mat. (Il s'écarta du chariot et glissa une main sous sa veste.) Que savez-vous d'eux, pour commencer ?

Maître Kinch se rembrunit.

— Comme vous voudrez ! s'écria-t-il en secouant les rênes du chariot.

Le cheval partit au trot et son propriétaire ne se retourna pas une seule fois.

— Désolé, Rand, dit Mat, accablé. Tu as besoin d'un endroit où te reposer... Si on le suit, tu crois que ça irait encore ? C'est terrible, mais je ne peux pas m'empêcher de penser que tout le monde est contre nous. Au nom de la Lumière ! j'aimerais savoir pourquoi on nous traque ! Et je voudrais surtout que ça s'arrête...

— Il y a encore de braves gens, dit Rand.

Mat fit mine de se lancer à la poursuite de Kinch – il semblait n'en avoir aucune envie, pourtant... Mais son ami le retint par le bras.

— Nous ne pouvons pas nous reposer, Mat... Et encore moins nous cacher, malgré ce qu'a dit ce brave homme.

Mat ne dissimula pas son soulagement. Il voulut aider son ami en portant une partie de sa charge, mais Rand refusa catégoriquement. Ses jambes étaient de plus en plus solides, il ne mentait pas !

Maître Kinch avait parlé de « poursuivants », pensa-t-il en se remettant en chemin, mais il se trompait.

On ne nous poursuit pas, on nous attend !

Toute la nuit, tandis que les deux garçons s'éloignaient en titubant du *Charretier Dansant*, les éclairs avaient déchiré le ciel, accompagnant un déluge tel que Rand et Mat n'en avaient jamais connu.

En quelques minutes, leurs vêtements s'imbibèrent d'eau. Au bout d'une heure, Rand aurait juré qu'il était devenu une éponge, mais Quatre Rois était très loin derrière eux, et c'était déjà ça de gagné.

Pratiquement aveugle, Mat gémissait de douleur chaque fois qu'une lueur de fin du monde zébrait les nuages au-dessus de leurs têtes. Même si Rand le tenait par la main, le guidant tel un enfant, son ami hésitait à chaque pas, comme s'il avait peur de tomber dans un gouffre. Le jeune berger s'inquiétait de plus en plus. Si Mat ne recouvrait pas la vue, ils n'avanceraient pas assez vite pour échapper à leurs poursuivants.

Le blessé sembla avoir lu les pensées de son compagnon, car il souffla :

— Rand, tu ne vas pas m'abandonner, hein ? Je te ralentis, c'est vrai, mais…

— Ne t'inquiète pas ! Je ne t'abandonnerais pour rien au monde, c'est compris ?

Lumière, aide-nous !

La foudre étant tombée très près de leur position, Mat sursauta de peur, trébucha et faillit entraîner Rand dans sa chute.

— Il faut nous arrêter, Mat… Sinon, tu finiras avec une jambe cassée.

— Godot…, dit simplement Mat.

L'orage s'étant déchaîné à cet instant précis, Rand n'avait pas entendu, mais il était facile de lire le nom du Suppôt des Ténèbres sur les lèvres de son ami.

— Il est mort, ne t'en fais pas !

Il ne peut pas être vivant ! Lumière, fais qu'il ne soit plus de ce monde !

Rand guida son ami jusqu'à des broussailles qu'il avait repérées à la faveur d'un éclair. Encore un peu feuillus, ces buissons pouvaient faire un abri relatif contre la pluie battante. Un refuge moins efficace qu'un arbre mais, si la foudre les prenait de nouveau pour cibles, ils auraient peut-être moins de chance, ce coup-ci.

Une fois à l'abri, les deux jeunes gens essayèrent d'improviser une sorte de tente avec leurs deux capes. Il ne s'agissait plus depuis longtemps de rester au sec, mais ne plus sentir l'impact des gouttes sur leur corps serait déjà un soulagement. Serrés l'un contre l'autre pour partager ce qui leur restait de chaleur corporelle, les deux amis finirent par sombrer dans le sommeil…

Rand sut immédiatement que c'était un rêve. Il était de nouveau à Quatre Rois, mais il n'y avait personne, à part lui. S'il voyait bien les chariots, il n'apercevait ni gens, ni chiens ni chevaux. Rien de vivant. Et pourtant, quelqu'un l'attendait, il le savait…

Alors qu'il descendait la rue labourée par les roues de chariot, les bâtiments semblaient disparaître dès qu'il les avait dépassés. Pourtant, lorsqu'il tournait la tête, ils étaient bien là. Mais, à la périphérie de sa vision, ils commençaient à fondre, comme si le réel se limitait à ce qu'il voyait de face et existait uniquement sous son regard. S'il faisait demi-tour très vite, verrait-il ce qu'il en était vraiment ? Il ne l'aurait pas parié, mais cette simple possibilité le mettait mal à l'aise.

Le *Charretier Dansant* apparut devant lui. Un bâtiment grisâtre, malgré ses couleurs vives. Mais Rand n'allait pas se laisser arrêter par un paradoxe de plus ou de moins. Entrant dans l'auberge, il y trouva Godot, assis à une table.

Rand reconnut le faux marchand à sa tenue, car, pour le reste, il n'avait plus rien d'identifiable. La peau rouge et couverte de cloques, il n'avait plus en guise de tête qu'une espèce de crâne crevassé doté d'une bouche sans lèvres qui révélait des dents jaunâtres et des gencives à vif. Quand il tourna la tête, une partie de ses cheveux tomba en poussière noire – de la suie qui se déposa en pluie sur ses épaules.

Ses yeux sans paupières ni sourcils se rivèrent sur Rand.

— Donc, vous êtes bien mort…, constata le jeune homme.

Bizarrement, il n'avait pas peur. Peut-être parce qu'il était conscient d'évoluer dans un songe…

— Oui, dit Ba'alzamon dans le dos de Rand. Il est mort, mais il m'a aidé à te trouver. Ça mérite une récompense, non ?

Le jeune berger se retourna… et découvrit qu'il pouvait être terrorisé même dans un rêve. Dans ses vêtements couleur de sang séché, Ba'alzamon exultait, la haine et la jubilation se mêlant pour lui composer un masque de cauchemar.

— Tu vois, gamin, tu ne peux pas m'échapper. D'une manière ou d'une autre, je finis toujours par te retrouver. Ce qui te protège est aussi ce qui te rend vulnérable. Un instant, tu te caches, celui d'après tu allumes un feu qui se voit à des lieues à la ronde. Viens avec moi, petit… (Ba'alzamon tendit la main à Rand.) Si mes molosses doivent t'obliger à me rejoindre, ils ne seront pas tendres, car ils sont jaloux de ce que tu deviendras, une fois que tu te seras lové à mes pieds. C'est ton destin. Tu m'appartiens.

Un gargouillis haineux jaillit de la gorge brûlée de Godot.

Rand tenta de s'humidifier les lèvres, mais il avait la bouche tellement sèche…

— Non, réussit-il à dire. (Cette étape franchie, les mots vinrent plus facilement.) Je n'appartiens qu'à moi-même, pas à toi. (Le tutoiement, enfin, et sans l'ombre d'une intention amicale !) Et si tes Suppôts me tuent, ça ne changera rien !

Le feu qui crépitait dans les yeux de Ba'alzamon surchauffa l'air de la salle commune.

— Mort ou vivant, gamin, tu es à moi. Mais la tombe est mon royaume, ne l'oublie pas. T'avoir mort sera plus facile, pourtant je préférerais que tu sois vivant. Ce serait surtout mieux pour toi, vois-tu. Les vivants ont dans bien des domaines plus de pouvoir que les morts. (Godot émit un nouveau gargouillis infâme.) Oui, mon molosse ! Voici ta récompense !

Rand se tourna vers Godot juste à temps pour le voir tomber en poussière. Un instant, le visage carbonisé exprima une extase qui vira au dernier moment à l'horreur – comme si le Suppôt venait de découvrir ce qui l'attendait, et qu'il n'avait pas prévu. Puis la tenue en velours vide du faux marchand tomba sur la chaise et sur le sol, parmi les cendres.

Lorsque Rand se retourna, la main tendue de Ba'alzamon était devenue un poing.

— Tu m'appartiens, gamin, mort ou vivant ! L'Œil du Monde ne te servira jamais. Je vais te marquer pour toujours !

Ba'alzamon ouvrit le poing. Une lance de feu en jaillit, fendit l'air, percuta la tête de Rand, explosa et…

Rand se réveilla en sursaut, sans doute parce que l'eau, traversant sa cape, venait à présent s'écraser sur son visage. D'une main tremblante, il se toucha les joues. Sa peau était irritée, comme après une trop longue exposition au soleil.

S'avisant que Mat s'agitait dans son sommeil, Rand le secoua, l'arrachant à un cauchemar.

— Mes yeux ! Au nom de la Lumière ! il m'a pris mes yeux !

Rand serra son ami contre lui comme s'il était un bébé.

— Tu vas bien, Mat ! Il ne peut rien contre nous ! De toute façon, nous ne le laisserons pas faire… (Tremblant de tous ses membres, Mat sanglotait comme un enfant.) Il ne peut pas nous nuire !

Comme il aurait été agréable de le croire…

« Ce qui te protège est aussi ce qui te rend vulnérable… »

Par la Lumière ! je deviens fou à lier !

L'averse perdit de sa vigueur un peu avant l'aube, et elle cessa au moment où le soleil se levait. La couverture nuageuse ne se dissipa pas pour autant, restant menaçante jusqu'en milieu de matinée. Puis le vent se leva, chassa les nuages et permit à un soleil pâlichon de venir éclairer faiblement le monde. Transis de froid, les deux amis n'avaient pas réussi à se rendormir. Ils se levèrent quand même, mirent leur cape et partirent vers l'est d'un pas hésitant. Comme la veille, Rand prit son ami par la main pour le guider.

Après une ou deux heures, Mat se sentit assez bien pour se plaindre de ce que la pluie avait fait à la corde de son arc. Compatissant mais lucide, Rand refusa de marquer une pause pour lui laisser le temps de la remplacer par une corde sèche tirée de sa poche.

Peu après midi, les fugitifs arrivèrent en vue d'un village. Découvrir les maisons aux murs de brique bouleversa Rand, d'autant plus que de la fumée montait de presque toutes les cheminées. Mais il résista à la tentation et guida Mat vers le sud, en direction de champs cultivés et d'une forêt. Apercevant un paysan solitaire qui s'échinait à retourner le sol boueux, le jeune berger fit un grand détour pour l'éviter. Même si l'homme se concentrait sur son travail, il ne le quitta jamais des yeux, à tout hasard. Si certains sbires de Godot avaient survécu, ils viendraient sûrement dans ce village. Apprenant que personne n'avait vu leurs proies, ils penseraient peut-être que les jeunes gens avaient fui Quatre Rois en direction du sud…

Les deux amis revinrent sur la route longtemps après l'agglomération. En marchant à un bon pas, ils parvinrent à sécher un peu leurs vêtements, qui passèrent ainsi de « trempés » à « humides ».

Alors qu'ils avaient dépassé le village depuis une heure, un fermier leur fit faire un bout de chemin dans sa charrette à foin à demi vide.

Très inquiet au sujet de son ami, Rand s'était laissé prendre par surprise. S'abritant sans cesse les yeux du soleil avec une main – pourtant, la lumière de l'après-midi n'avait rien d'agressif –, Mat ne cessait de marmonner, maudissant l'astre du jour et ses « rayons de malheur ». Perturbé, Rand n'avait pas entendu arriver la charrette. La boue étouffant les sons, ce n'était pas une si grave bévue que ça, mais… Quoi qu'il en soit, quand il s'avisa de sa présence, le véhicule était à moins de trente pas des deux amis et son cocher les avait déjà repérés.

À la grande surprise de Rand, le fermier s'arrêta, tendit la main et leur proposa d'embarquer. Quand il eut aidé Mat à s'asseoir sur le banc, le jeune berger grimpa à l'arrière. Refuser le service aurait été suspect, et il valait mieux éviter d'éveiller l'attention du type.

Le visage carré et les mains calleuses, Alpert Mull était un paysan acharné au travail et dur à la souffrance. Se sentant un peu seul, il se montra ravi d'avoir des passagers et leur confia ses soucis. Ces derniers temps, sa vache ne donnait plus de lait, ses poules refusaient de couver et il n'y avait pas un pâturage digne de ce nom à des lieues à la ronde. Depuis des temps immémoriaux, c'était la première fois qu'il devait acheter du foin. Débordé par la demande, le vieux Bain n'avait pas pu lui céder davantage que de quoi remplir une demi-charrette. Si ses semailles ne se décidaient pas à donner des résultats, une catastrophe le menaçait, et il n'était pas le seul dans son cas.

— La reine devrait faire quelque chose – que la Lumière l'enveloppe ! marmonna Mull avec une révérence un peu forcée.

Il regarda à peine ses passagers. Mais, quand il les déposa à l'entrée du chemin étroit qui menait à sa ferme, il hésita un peu, puis souffla :

— Je ne sais pas ce que vous fuyez, et je m'en fiche ! J'ai une femme et des enfants, vous comprenez ? Ma famille. En des temps difficiles, on ne peut pas aider les étrangers…

Mat tenta de glisser la main sous sa veste, mais Rand lui saisit le poignet au vol. Puis il se campa sur la route, regardant en silence le fermier.

— Si j'étais un brave type, dit Mull, je vous proposerais de venir vous sécher devant un bon feu. Mais quand tout va mal, les étrangers passent après tout le reste, pas vrai ? Je ne sais pas qui vous fuyez, et je veux continuer de l'ignorer. Ma famille, vous comprenez…

Mull tira de sa poche de longs foulards de laine noire et les tendit aux jeunes gens.

— Ce n'est pas grand-chose… Ils sont à mes fils, mais ils en ont d'autres. Vous ne m'avez jamais vu, d'accord ? Les temps sont difficiles…

— Non, nous ne vous avons jamais vu, dit Rand en prenant les foulards. Vous êtes un type bien, maître Mull. Le meilleur que nous ayons rencontré depuis des jours.

Le fermier parut d'abord surpris, puis sincèrement reconnaissant. Tirant sur les rênes, il fit avancer son attelage et s'éloigna en direction de sa demeure. Avant qu'il ait négocié le premier tournant, Rand entraîna Mat sur la route de Caemlyn.

Avec le crépuscule, le vent se fit plus mordant. Très nerveux, Mat demanda plusieurs fois quand ils allaient enfin s'arrêter, mais Rand continua, en quête d'un abri plus confortable et mieux isolé qu'une haie ou un gros buisson. Avec des vêtements toujours humides et un air si froid, il n'aurait pas juré pouvoir survivre à une nouvelle nuit dehors. Mais le jour se mourait, et il ne voyait rien qui ressemblât de près ou de loin à un abri.

Les bourrasques glaciales faisaient à présent voleter la cape des deux jeunes gens. S'ils ne trouvaient pas vite un refuge…

Devant lui, dans la pénombre, Rand vit briller des lumières. Un village !

Glissant une main dans sa poche, il compta les pièces qu'elle contenait. Largement de quoi payer un repas et une chambre pour deux personnes.

Un peu d'argent en échange de la vie. Car, s'ils dormaient dehors, il ne resterait plus que deux cadavres le lendemain. Ou deux carcasses, si les loups se mettaient de la partie.

Mais ils devraient être discrets. Pas question de jouer de la flûte. Et de toute façon, avec ses yeux, Mat était incapable de jongler. Prenant son ami par la main, Rand se dirigea vers ce qu'il tenait pour le salut.

— On s'arrête quand ? demanda Mat.

À la façon dont son ami tournait follement la tête, les yeux écarquillés, Rand n'était même pas sûr qu'il le voyait. Alors, les lumières du village…

— Quand nous aurons trouvé un abri chauffé…, répondit le jeune berger.

La lumière qui filtrait des fenêtres éclairait assez les rues pour que les gens s'y promènent sans inquiétude. L'unique auberge, un grand bâtiment d'un seul étage, semblait avoir subi au fil du temps des extensions anarchiques. Lorsque la porte s'ouvrit pour laisser sortir un client, des éclats de rire arrivèrent aux oreilles des deux jeunes gens.

Se souvenant des ivrognes hilares du *Charretier Dansant*, Rand se pétrifia un moment. Il regarda l'homme s'éloigner d'une démarche hésitante, puis décida qu'il n'avait pas le choix et poussa la porte, entraînant Mat avec lui.

En entrant, il s'assura que le pan de sa cape dissimulait bien la poignée de l'épée au héron.

Grâce aux lampes qui pendaient au plafond, il vit tout de suite la différence entre cet établissement et celui de Saml Hake. Pour commencer, il n'y avait pas d'ivrognes dans cette salle commune. S'ils étaient parfois un peu « gais » – le droit de tout un chacun, après tout –, les fermiers et les villageois restaient parfaitement maîtres d'eux-mêmes et leurs rires ne devaient rien à des libations excessives. Ces gens riaient pour oublier leurs soucis, ça ne faisait aucun doute, mais ils exprimaient également une authentique joie de vivre.

Contrairement à celle de Hake, la salle commune était propre, nette et bien chauffée, car le patron ne semblait pas enclin à faire des économies de bouts de chandelle. Le sourire des serveuses réchauffait autant le cœur que les flammes, et, quand ces femmes-là riaient, c'était parce qu'elles en avaient vraiment envie.

Aussi étincelant que son établissement, l'aubergiste portait un tablier blanc immaculé. En découvrant qu'il était bedonnant, Rand se sentit rassuré. Que ce soit juste ou non, il doutait de refaire un jour confiance à un tenancier étique.

Le patron se nommait Rulan Allwine – un excellent présage, songea Rand, parce que ce patronyme fleurait bon son Champ d'Emond – et il étudia attentivement ses deux nouveaux clients avant de leur demander… de payer d'avance.

— Je ne dis pas que c'est votre cas mais, en ce moment, beaucoup de voyageurs ne sont pas très coopératifs quand il s'agit de payer, le matin… Pas mal de jeunes gens font route vers Caemlyn, depuis peu…

Rand était trop mouillé et trop fatigué pour prendre la mouche. Cela dit, quand maître Allwine mentionna son prix, il écarquilla les yeux et Mat fut pris d'une brusque quinte de toux.

L'aubergiste hocha tristement la tête, comme si ces réactions ne l'étonnaient plus.

— Les temps sont difficiles…, soupira-t-il. Presque tout manque et ce qui ne manque pas est hors de prix. Ce sera encore pire le mois prochain, je vous en fiche mon billet !

Rand sortit son argent et regarda Mat avec insistance.

— Tu veux dormir sous une haie ? demanda-t-il, agacé.

Capitulant, Mat vida à son tour ses poches. Lorsque la note fut payée, Rand grimaça à la vue du peu d'argent qui restait à partager avec son ami.

Dix minutes plus tard, confortablement installés à une table, près de la cheminée, les deux compagnons s'attaquèrent à un ragoût prometteur accompagné de généreuses tranches de pain. Selon Rand, les portions étaient un peu congrues, si on considérait le prix, mais la nourriture était bonne, chaude et du genre qui cale l'estomac. Alors qu'il se réchauffait enfin, il fit mine de garder les yeux baissés sur son assiette. En réalité, il surveillait la porte. Les clients qui entraient et sortaient avaient tous l'air inoffensifs, mais ça n'était plus suffisant pour l'apaiser, après tant d'avanies.

Même s'il râlait ferme contre la lumière des lampes, Mat mangea lentement en savourant chaque bouchée. Après un moment, il sortit le foulard offert par Alpert Mull et l'enroula autour de son front, assez bas pour qu'il lui couvre presque les yeux. Question discrétion, on pouvait rêver mieux, mais Rand n'eut pas le cœur de perturber son camarade.

Il engloutit son plat, pressa Mat de l'imiter, puis demanda à maître Allwine de leur montrer la chambre.

L'aubergiste sembla surpris que des jeunes gens se couchent si tôt, mais il ne fit pas de commentaires. S'emparant d'une chandelle, il guida ses deux clients le long d'un dédale de couloirs, jusqu'à une toute petite chambre équipée de deux lits inhabituellement étroits. Dès qu'Allwine fut parti, Rand posa son paquetage au pied d'un lit, jeta sa cape sur une chaise et s'étendit tout habillé sur le couvre-lit. Ses vêtements n'étaient pas secs mais, s'il fallait détaler d'urgence, il tenait à être prêt. Dans le même ordre d'idées, il n'enleva pas son ceinturon d'armes et garda une main sur la poignée de l'épée...

Le chant d'un coq tira Rand d'un sommeil profond et réparateur. Restant allongé, le jeune homme regarda poindre le jour en se demandant s'il allait oser dormir un peu plus longtemps. Mais gaspiller ainsi des heures de clarté ne lui disait rien qui vaille.

— Eh ! s'écria soudain Mat. Rand, j'ai recouvré la vue ! (Il s'assit dans son lit et regarda autour de lui.) Enfin, presque... Ton visage est encore un peu flou, mais je te reconnais. Je savais que ça passerait. Avant ce soir, j'y verrai mieux que toi, comme d'habitude...

Rand sauta du lit et alla récupérer sa cape en se grattant furieusement. En séchant, ses vêtements s'étaient froissés d'une manière désagréable qui lui irritait la peau.

— Il faut profiter de la lumière du jour ! lança-t-il.

Mat se leva. Lui aussi se grattait.

Rand fit rapidement le point et se sentit plutôt satisfait. Ils étaient à un jour de Quatre Rois, et pas le moindre sbire de Godot en vue. Caemlyn n'était plus qu'à une journée de marche, et Moiraine les y attendrait. Dès qu'ils seraient de nouveau avec l'Aes Sedai et le Champion, les deux jeunes gens n'auraient plus rien à redouter des Suppôts des Ténèbres. Avoir hâte de retrouver une Aes Sedai semblait bizarre, mais pourtant...

Au nom de la Lumière ! dès que je reverrai Moiraine, je lui sauterai au cou !

Rand s'esclaffa à cette idée. Décidément de très bonne humeur, il alla jusqu'à investir une partie de leur « fortune » dans un petit déjeuner : du pain tout chaud et un cruchon de lait bien frais, car récemment sorti d'une remise conçue pour tenir les aliments au frais.

Mat et Rand mangeaient au fond de la salle commune quand un jeune homme entra dans l'auberge. Un garçon du village, apparemment, qui avançait d'un pas allègre en faisant tourner au bout d'un index une coiffe de tissu ornée d'une plume.

Le vieil homme de peine qui s'échinait à balayer le sol ne leva jamais la tête de son ouvrage. À part lui, il n'y avait personne dans l'établissement.

Le jeune type embrassa la salle d'un regard morne qui s'éclaira lorsqu'il aperçut Rand et Mat. En laissant tomber sa coiffe de surprise, le nouveau venu dévisagea les jeunes gens pendant une longue minute avant de se baisser pour ramasser son couvre-chef. Puis il continua son examen en passant une main dans ses cheveux noirs bouclés. Finalement, et en traînant les pieds, il approcha de la table. Plus âgé que Rand, il regardait pourtant les deux amis avec une évidente timidité.

— Je peux m'asseoir ? demanda-t-il, l'air penaud comme s'il venait de proférer une énormité.

Rand supposa qu'il s'agissait d'un pique-assiette, même s'il semblait avoir les moyens de se payer un petit déjeuner. Sa chemise bleue rayée avait un col finement brodé, à l'instar de l'ourlet de sa cape. Ses bottes de cuir vierges de toute éraflure indiquaient qu'il ne devait pas s'échiner dans les champs – ni ailleurs, tout bien pesé…

Rand désigna une chaise au jeune homme.

— Comment t'appelles-tu ?

— Comment je m'appelle ? Hum… Eh bien, Paitr, disons… Bon, il faut me comprendre, ce n'est pas mon idée… On m'a forcé, vous devez le saisir. Je n'ai pas…

— Suppôt des Ténèbres…, dit Mat, exprimant à voix haute ce que Rand pensait tout bas.

Paitr sursauta, se leva à moitié puis regarda autour de lui comme si une bonne cinquantaine de personnes avaient été là pour entendre. Mais le vieil homme balayait toujours, indifférent au monde. Se laissant retomber sur sa chaise, Paitr dévisagea tour à tour les deux amis. Une goutte de sueur perla au-dessus de sa lèvre supérieure. L'accusation était assez grave pour faire transpirer n'importe qui, mais il ne fit rien pour la contester.

Rand acquiesça. Depuis Godot, il savait qu'un Suppôt ne portait pas nécessairement un Croc du Dragon imprimé sur le front. Si on oubliait sa tenue, Paitr aurait tout à fait pu passer pour un bon petit gars de Champ d'Emond. Bref, il n'avait rien d'un meurtrier et on aurait pu le croiser deux fois par jour sans le reconnaître. Godot, lui, était différent…

— Fiche-nous la paix, grogna Rand, et dis à tes amis de nous lâcher les basques. Nous ne voulons rien d'eux, et ils n'auront rien de nous !

— Si tu insistes, ajouta Mat, féroce, je crierai haut et fort qui tu es vraiment. On verra bien ce que les villageois en penseront…

Rand espéra que c'étaient des menaces en l'air. Agir ainsi serait au moins aussi dangereux pour eux que pour Paitr.

Au moins, le jeune type prit l'affaire au sérieux, et il devint blanc comme un linge.

— J'ai entendu parler de ce qui s'est passé à Quatre Rois… D'une partie, en tout cas… Les nouvelles voyagent vite, vous savez. Et nous avons des moyens de les connaître… Mais personne ici ne veut vous piéger. Je suis venu seul, simplement pour parler.

— De quoi ? demanda Mat.

— Ça ne nous intéresse pas, ajouta aussitôt Rand.

Son ami le regarda et renchérit :

— Exactement : ça ne nous intéresse pas.

Rand but ce qui restait de lait dans son verre, et rangea dans sa poche le morceau de pain qu'il n'avait pas fini. Avec le peu d'argent qu'ils avaient encore, il devrait peut-être s'en contenter lors de son prochain repas.

Mais comment partir de l'auberge ? Si Paitr découvrait que Mat y voyait très mal, il le dirait aux autres Suppôts…

Un jour, Rand avait vu un loup isoler volontairement un mouton handicapé. D'autres loups faisant le siège du troupeau, il n'avait pas pu aider la victime. Hélas, il n'avait pas pu non plus atteindre le prédateur avec son arc. Dès que le mouton s'était retrouvé seul à boitiller sur trois pattes en bêlant de terreur, d'autres loups étaient venus se joindre à la curée. Le souvenir de cette boucherie retournait encore l'estomac du jeune homme.

Certes, mais Mat et lui ne pouvaient pas non plus rester là. Même si Paitr était vraiment seul, ses complices ne tarderaient pas à le rejoindre.

— C'est l'heure de partir, Mat, dit Rand.

Alors que son ami se levait, il attira sur lui l'attention de Paitr :

— Fiche-nous la paix, Suppôt des Ténèbres ! Je ne te le dirai pas dix fois ! Laisse-nous !

Paitr déglutit péniblement et se recroquevilla sur sa chaise, blême comme un cadavre. Si blême, d'ailleurs, que Rand pensa à un Blafard…

La diversion ayant fonctionné, Mat avait eu le temps de se lever sans que le Suppôt remarque sa maladresse. Prenant garde à ne pas dévoiler la poignée de son épée, Rand prit à la hâte son paquetage.

Pour l'épée, Paitr était peut-être informé, si Godot l'avait dit à Ba'alzamon, ce dernier le répétant à son séide. Mais ça paraissait peu vraisemblable. Paitr savait très vaguement ce qui était arrivé à Quatre Rois, c'était probablement pour ça qu'il crevait de peur.

Pour gagner la porte, Mat se fia à la lumière qui sourdait de son encadrement. Grâce à cette astuce, il avança d'un pas assez naturel pour ne pas éveiller les soupçons. Rand lui colla aux basques en priant pour qu'il ne tombe pas. Coup de chance, aucune chaise ni aucune table ne se dressait sur son chemin.

Derrière les deux jeunes gens, Paitr trouva soudain le courage de se lever.

—Attendez ! cria-t-il. Il faut que vous attendiez !

— Fiche-nous la paix ! lâcha Rand sans se retourner.

Ils avaient presque atteint la porte et Mat ne s'était pas une seule fois emmêlé les pinceaux.

—Il faut m'écouter…, gémit Paitr.

Ayant rattrapé Rand, il lui posa une main sur l'épaule pour l'arrêter. Des images défilèrent dans la tête du jeune berger.

Les Trollocs, Narg qui l'agressait dans sa propre maison, le Myrddraal qui l'avait menacé à l'auberge de Baerlon. Des Blafards partout, les traquant à Shadar Logoth, puis à Pont-Blanc. Et ces Suppôts des Ténèbres qui ne les lâchaient plus !

Rand se retourna, le bras levé.

—Je t'ai dit de nous ficher la paix !

Son poing partit, s'écrasant sur le nez de Paitr.

Le Suppôt tomba à la renverse, sur les fesses, et regarda Rand, ébahi, tandis que du sang ruisselait de son nez.

—Vous ne vous échapperez pas ! lança-t-il, furieux. Même si vous êtes très forts, le Grand Seigneur des Ténèbres l'est davantage que vous. Les Ténèbres vous dévoreront !

Un cri retentit, suivi par un bruit sec – celui d'un balai qui tombe sur le sol. Le vieil homme de peine avait enfin entendu, et il regardait Paitr comme s'il n'en croyait pas ses yeux. Aussi blême que le jeune villageois, le balayeur tenta de parler, mais aucun son ne sortit de sa gorge.

Paitr soutint un moment le regard du vieil homme, puis il lâcha un juron, se releva, sortit de l'auberge et disparut dans la rue comme si une meute de loups affamés le poursuivait. Toujours aussi effrayé, le vieil homme se tourna vers Rand et Mat.

Le jeune berger entraîna son compagnon hors de l'établissement, puis du village, d'où ils s'éloignèrent aussi vite que possible. Malgré ce qu'ils redoutaient, personne ne les poursuivit.

—Par le sang et les cendres, dit Mat, ils sont sans arrêt sur nos talons ! Impossible de les semer !

—Non, ce n'est pas ça…, dit Rand. Si Ba'alzamon savait que nous sommes ici, tu crois qu'il aurait confié la mission à ce jeune crétin ? Il y aurait eu un autre Godot, avec vingt ou trente gros bras. Ils n'ont pas renoncé, mais ils ne sauront rien tant que Paitr ne leur aura pas parlé. Et qui sait ? il est peut-être seul, et il devra aller rejoindre les autres à Quatre Rois.

—Mais il a dit…

— Je m'en fiche !

Rand ignorait de quel « il » Mat parlait, mais ça ne changeait rien.

— Nous n'allons pas baisser les bras et attendre qu'ils nous tombent dessus.

Ce jour-là, on leur fit six fois un bout de conduite, mais sur de très courtes distances. Un fermier leur annonça la dernière nouvelle : un vieux fou qui travaillait à l'auberge de Marché de Sheran prétendait avoir vu des Suppôts des Ténèbres. Plié en deux de rire, le brave fermier en avait les larmes aux yeux. Des Suppôts à Marché de Sheran ! La meilleure histoire qu'il avait entendue depuis celle d'Ackley Farren, un ivrogne qui avait fini par dormir sur le toit de l'auberge.

Plus tard, un réparateur de chariots leur raconta une tout autre histoire. Alors qu'ils cheminaient dans sa charrette, assis entre des roues de rechange et des outils, le type révéla qu'une vingtaine de Suppôts des Ténèbres s'étaient réunis à Marché de Sheran. Des hommes au corps difforme, des femmes encore plus horribles, tous couverts de crasse et vêtus de haillons. En regardant quelqu'un, ces monstres pouvaient lui retourner l'estomac et le vider de toute force. Quand ils riaient, l'écho retentissait pendant des heures sous le crâne des humains normaux, qui souffraient comme si leur tête allait exploser. L'homme les avait vus de ses yeux, mais d'assez loin pour ne rien risquer. Si la reine ne faisait rien, il faudrait appeler les Fils de la Lumière. On ne pouvait pas rester inactif…

Quand le réparateur les déposa, Mat et Rand éprouvèrent un intense soulagement.

Alors que le soleil sombrait derrière eux, ils entrèrent dans un petit village très semblable à Marché de Sheran. La route de Caemlyn coupait très exactement en deux cette agglomération composée de petites maisons en brique au toit de chaume. Des vignes couvraient les façades mais, pour l'heure, il ne leur restait pas beaucoup de feuilles. L'auberge dont l'enseigne grinçait au vent portait un nom assez banal : *L'Homme de la Reine*. Pas plus grand que *La Cascade à Vin*, l'établissement ne payait pas de mine.

Rand s'étonna d'avoir tellement changé. Naguère, *La Cascade à Vin* lui paraissait immense, tout bâtiment plus important devant être quelque chose comme un palais. Mais il avait un peu bourlingué, et plus rien ne lui semblerait comme avant, s'il revenait un jour chez lui.

Oui, si tu y retournes…

Rand hésita un moment, mais il dut se résigner. Même si les prix étaient plus bas ici, il ne leur restait pas de quoi payer à manger à un seul d'entre eux – sans parler de la chambre.

Mat comprit le problème et tapota la poche où il gardait les balles colorées de Thom.

— J'y vois assez, si je ne complique pas trop les choses…

De fait, ses yeux allaient mieux, même s'il portait toujours son foulard autour du front.

— Rand, toutes les auberges ne peuvent pas être truffées de Suppôts ! insista-t-il face à la réticence de son ami. Ce soir, je ne veux pas dormir dehors !

Malgré sa conviction, Mat ne bougea pas et attendit que Rand décide.

Épuisé, le jeune berger tenait à peine debout et l'idée de passer une nuit à grelotter lui donnait la nausée.

C'est une course sans fin… Fuir tout le temps, avoir peur en permanence…

— Ils ne peuvent pas être partout, tu as raison…

Dès qu'ils furent dans la salle commune, Rand se demanda s'il ne venait pas de commettre une erreur. L'auberge était propre, certes, mais bondée de monde. Toutes les tables étant prises, certains clients s'adossaient aux murs faute de chaise. À voir les serveuses affolées courir entre les tables, l'aubergiste lui-même se mêlant au manège, on devinait qu'il y avait beaucoup plus de clients qu'à l'accoutumée. Une telle foule dans un si petit village ? Avec un peu d'habitude, il était facile de repérer les étrangers. Pas à leur tenue, mais parce qu'ils buvaient et mangeaient la tête baissée, sans dire un mot. Les gens du cru ne les quittaient presque jamais des yeux, les rendant plus faciles encore à identifier.

Le bourdonnement des conversations le gênant, l'aubergiste invita Rand et Mat à le suivre dans la cuisine, puisqu'ils semblaient vouloir lui parler. Avec le boucan que faisaient le cuisinier et ses marmitons, les conditions se révélèrent à peine meilleures, mais bon…

Avant de parler, l'aubergiste s'essuya le front avec un grand mouchoir.

— Je suppose que vous allez à Caemlyn pour voir le faux Dragon, comme tous les crétins du royaume. C'est six pièces pour une chambre, et trois pour un lit dans le dortoir. Si ça ne vous convient pas, je n'ai rien d'autre à proposer.

Rand fit son petit discours avec une drôle de sensation au creux de l'estomac. Avec tant de gens sur les routes, comment distinguer les Suppôts des innocents ?

Mat fit une démonstration avec trois balles – sans prendre de risques – et Rand joua une dizaine de notes du *Vieil Ours noir* avant que l'aubergiste l'interrompe.

— Vous êtes engagés. Il me faut quelque chose pour empêcher ces idiots de penser à Logain. J'ai déjà eu trois rixes entre ceux qui le prennent pour le vrai Dragon et ceux qui voient en lui un imposteur. Rangez vos affaires dans un coin, et je me chargerai de dégager un peu de place pour vos évolutions. Enfin, j'essaierai... Les imbéciles ! Le monde est plein de décérébrés qui ne savent pas rester à leur place. Tous les problèmes viennent de là. Les abrutis qui vont là où personne n'a besoin d'eux.

Tout en s'épongeant de nouveau le visage, l'aubergiste sortit en trombe de la cuisine.

Le cuisinier et ses marmitons ignorèrent superbement les deux intrus. Profitant du répit, Mat releva et baissa plusieurs fois son foulard, histoire de voir comment ses yeux réagissaient à la lumière. Dans son état, trois balles seraient déjà beaucoup, et il devrait s'en tenir aux exercices les plus simples.

Quant à Rand, il n'était pas au mieux, et c'était encore peu dire. L'estomac retourné, il dut se laisser tomber sur un tabouret. Se tenant la tête à deux mains, il frissonna alors que la cuisine était une fournaise, comme toujours avec les fours et les feux de cuisson. Et maintenant, voilà qu'il claquait des dents ! Il se tapota les épaules, mais ça ne changea rien. On eût dit que la moelle gelait dans ses os...

Dans un brouillard, il entendit Mat lui demander quelque chose en le secouant doucement. Puis quelqu'un lâcha un juron et sortit au pas de course de la cuisine. Un peu plus tard, l'aubergiste revint avec le cuisinier qui était allé le chercher. Mat commença à se disputer avec les deux hommes. Incapable de comprendre ce qui se disait autour de lui, Rand s'aperçut qu'il n'était même plus en état d'aligner deux idées cohérentes.

Mat le prit par le bras et le força à se relever. Toutes leurs affaires – sacoches de selle, couverture, baluchon de Thom et étui à flûte – pendaient à l'épaule du jeune homme à côté de son arc.

L'aubergiste regardait les deux jeunes gens en s'épongeant anxieusement le front. Les jambes en coton, Rand se laissa soutenir par Mat, puis guider jusqu'à la porte de derrière.

— Dé... Désolé, balbutia-t-il, incapable d'empêcher ses dents de claquer. Ce... Ce-ce doit être la... pluie. Encore une... nuit... dehors... pas grave... je-je crois...

Des étoiles apparaissaient déjà dans le ciel de plus en plus sombre.

— Pas question de dormir dehors ! répondit Mat. (Il tentait de paraître insouciant, mais Rand vit bien que c'était de l'esbroufe.) L'aubergiste a peur qu'on découvre un malade dans son établissement. Je l'ai menacé de te conduire dans la salle commune, s'il nous fichait à la porte. Sa clientèle aurait fui comme une volée de moineaux. La dernière chose qu'il voudrait, bien entendu !

— Dormir où, dans ce cas ?

— Ici, dit simplement Mat en poussant la porter de l'écurie attenante à l'auberge.

À l'intérieur, il faisait plus sombre que dehors, et l'odeur du fumier dominait celle du foin, du grain et des chevaux eux-mêmes. Quand Mat le fit s'asseoir sur le sol couvert de paille, Rand se recroquevilla sur lui-même, les bras enroulés autour du torse. Il tremblait toujours, et les convulsions semblaient le vider de ses forces.

Non loin de là, Mat se prit les pieds dans quelque chose, râla d'abondance contre les ténèbres et eut un petit cri de joie quand il trouva ce qu'il cherchait. Quelques secondes plus tard, une assez vive lueur jaillit de la lanterne qu'il tenait à bout de bras.

L'auberge étant pleine, l'écurie l'était aussi. Dans chaque stalle, un cheval dérangé par l'intrusion des deux jeunes gens piaffait nerveusement. Levant la tête, Mat étudia l'échelle qui conduisait au grenier à foin.

— Je ne te ferai jamais monter là-haut…, soupira-t-il.

Il accrocha la lanterne à un piton, gravit les barreaux de l'échelle, puis commença à jeter des poignées de paille aux pieds de son ami. Dès qu'il eut fini, il improvisa une paillasse au fond de l'écurie, puis il fit signe à Rand de venir le rejoindre.

Il lui mit les deux capes sur les épaules, mais le jeune berger se débattit.

— Chaud…, gémit-il.

Conscient d'avoir commencé à crever de froid un peu plus tôt, Rand avait désormais l'impression d'être une miche de pain qu'on vient d'enfourner. Pour se soulager un peu, il tira sur le col de sa chemise.

Mat lui tâta le front et soupira.

— Je ne serai pas long…, promit-il avant de s'éclipser.

Rand se tourna et se retourna sur la paille jusqu'à ce que son ami revienne avec une assiette bien remplie dans une main et un cruchon dans l'autre, plus une chope blanche tenue par l'anse au bout de chaque index.

— Ils n'ont pas de Sage-Dame, annonça-t-il en s'agenouillant près de Rand.

Il remplit une des chopes et la présenta à Rand qui but l'eau fraîche comme s'il n'avait plus pris de liquide depuis des jours.

— Ils ne savent même pas ce que c'est… Ils ont une « Mère Brune », mais elle est partie s'occuper d'un accouchement et personne ne sait quand elle reviendra. J'ai réussi à nous obtenir du pain, du fromage et du saucisson. Ce bon maître Inlow nous comblera de présents, si nous restons très loin de ses clients. Tu veux manger un peu ?

Rand détourna la tête. La simple vue de la nourriture lui donnait des nausées. Devinant qu'il ne fallait pas insister, Mat entreprit de se restaurer. Son ami garda les yeux perdus dans le vide et s'efforça de ne pas entendre les bruits de mastication…

Rand eut une nouvelle crise de tremblements – il gelait, comme un peu plus tôt – qui fut suivie par une poussée de fièvre. Les symptômes alternaient, ne le laissant jamais en paix. Quand il grelottait, Mat le couvrait de son mieux. Et, quand il crevait de chaud, il lui donnait de l'eau.

Lorsque la nuit fut bien noire, la lumière de la lanterne réglée au minimum, Rand vit des ombres se découper dans l'obscurité et se déplacer comme des voleurs furtifs.

Puis Ba'alzamon entra dans l'écurie, flanqué de deux Myrddraals au visage invisible dans les ombres de leur capuchon noir.

Son épée dans la main, Rand tenta de se relever et cria :

— Mat, ils sont là ! Au nom de la Lumière ! ils nous attaquent.

Mat se réveilla en l'espace de quelques secondes.

— Qui ? Des Suppôts des Ténèbres ?

Vacillant sur ses jambes, Rand regarda autour de lui et fronça les sourcils, perplexe. Les ombres semblaient fluctuer et un cheval s'agitait un peu dans sa stalle. À part ça, il n'y avait rien à signaler.

— Nous sommes seuls, mon vieux… Si tu te débarrassais plutôt de ce qui te pèse ?

Sur ces mots, Mat tendit la main pour soulager son ami du poids de l'épée.

— Non ! Non ! Je dois la garder ! Tam est mon père, comprends-tu ? Mon pè… Mon pè…

De nouveau glacé jusqu'aux os, Rand s'accrochait à son arme comme à une bouée de sauvetage.

Mat renonça à la lui enlever et le couvrit du mieux qu'il le pouvait avec sa cape.

Rand eut d'autres visions dans la nuit, pendant que son ami dormait. Des visions ou des… visites ? Il n'aurait pas su dire de quoi il s'agissait. De temps en temps, alors qu'il regardait son ami respirer, il s'était demandé s'il aurait vu les « fantômes », une fois tiré du sommeil.

L'air mélancolique, Egwene émergea d'une arche obscure, sa longue crinière nattée, comme au temps où elle vivait à Champ d'Emond.

— Pourquoi nous as-tu abandonnés ? demanda-t-elle. Nous sommes morts à cause de toi…

Rand secoua faiblement la tête.

— Egwene, je ne voulais pas vous trahir… Comprends-moi, je t'en prie !

— Nous sommes tous morts, gémit Egwene, et la tombe est le royaume favori du Ténébreux. Par ta faute, le Père des Mensonges s'est déjà emparé de nous…

— Non ! Je n'ai jamais eu le choix, Egwene ! Reste avec nous, je t'en prie.

Mais la jeune fille fit demi-tour, avança dans les ombres et parut être littéralement avalée par l'obscurité, comme si elle n'avait fait qu'un avec les ténèbres.

Moiraine la remplaça. Elle semblait sereine, comme toujours, mais, dans la capuche de sa cape qui aurait aussi bien pu être un suaire, son visage pâle paraissait exsangue comme celui d'une morte.

— Tu as raison, Rand al'Thor ! Tu dois aller à Tar Valon, sinon le Ténébreux s'emparera de toi. Une éternité prisonnier des ombres, comprends-tu ? Seules les Aes Sedai peuvent t'épargner ce calvaire. Oui, seules les Aes Sedai !

Ce fut ensuite le tour de Thom, qui adressa au jeune berger un sourire sardonique. Les vêtements en lambeaux – à cette vue, Rand repensa à l'éclair bleu qui avait illuminé la place, tandis que le trouvère luttait pour protéger leur fuite –, Thom avait la peau du visage et des mains noircie et craquelée.

— Fais confiance aux Aes Sedai, mon garçon, et tu regretteras de n'être pas mort à Pont-Blanc. N'oublie pas : le prix qu'exigent ces femmes est toujours inférieur à ce que tu croyais et immanquablement supérieur à ce que tu imaginais. Et quel Ajah te trouvera en premier ? Le Rouge ? Ou le Noir ? Tu ferais mieux de ficher le camp, mon garçon, et vite !

Le visage en sang, Lan arborait pourtant toujours son regard insondable.

— Comme il est étrange de voir une épée au héron entre les mains d'un berger… Es-tu digne de cette arme ? Eh bien, ça vaudrait mieux pour toi, puisque tu es seul, à présent… Personne pour garder tes arrières, personne pour faire face au danger – et n'importe qui peut être un Suppôt des Ténèbres, pas vrai ? (Lan eut un rictus de loup et du sang coula de sa bouche.) N'importe qui !

Ensuite défilèrent Perrin, qui appelait au secours, maîtresse al'Vere, morte d'angoisse pour sa fille, Bayle Domon, fou de rage qu'on ait attiré l'attention des Blafards sur son bateau, maître Fitch, désespéré que son auberge soit en cendres, et enfin Min, hurlant de douleur entre les griffes des Trollocs. Des gens que Rand connaissait bien ou qu'il avait à peine croisés.

Mais il restait à venir la plus terrible rencontre. Tam, campé devant son fils, silencieux et sombre.

— Tu dois me répondre ! Qui suis-je ? Dis-le-moi, je t'en prie ! Qui suis-je ? Qui suis-je ?

— Calme-toi, Rand…

Un moment, Rand crut que son père lui avait répondu. Mais Tam s'était volatilisé comme les autres. En revanche, Mat se penchait sur lui, une chope d'eau à la main.

— Repose-toi, mon vieux… Tu es Rand al'Thor, le type le plus moche et le plus têtu de Deux-Rivières. Mais tu transpires ! Bon sang ! la fièvre a baissé !

— Rand al'Thor ? murmura le jeune berger.

Mat acquiesça – un geste si réconfortant que Rand s'endormit sans même avoir essayé de boire.

Et, cette fois, aucun cauchemar ne vint troubler son repos – en tout cas, aucun dont il ait gardé un souvenir au réveil. Un sommeil paisible, donc, mais si léger qu'il ouvrit les yeux chaque fois que Mat vint s'assurer qu'il allait bien. À un moment, il se demanda si son ami se reposait ou s'il montait la garde, mais il retomba dans l'inconscience avant d'avoir formulé un début de réponse.

Le grincement de la porte tira Rand du sommeil. Il resta pourtant allongé dans la paille, comme s'il refusait de revenir à la réalité. Endormi, il n'avait pas conscience de son corps, et c'était très bien comme ça, car il avait mal partout et se sentait aussi faible qu'un nourrisson. Quand il tenta de lever la tête, il dut s'y prendre à deux fois…

Mat était assis à portée de bras de son ami. Adossé au mur, la tête contre la poitrine, il dormait à poings fermés, le foulard sur les yeux.

Rand tourna la tête vers la porte.

Une femme était campée sur le seuil, le battant de bois tenu dans une main. Un moment, Rand vit seulement une silhouette en robe qui se découpait dans la chiche lumière de l'aube. Mais l'inconnue entra et laissa la porte se refermer dans son dos. À la lueur de la lanterne, Rand vit qu'elle avait environ l'âge de Nynaeve. Mais ce n'était pas une villageoise. Vêtue d'une robe vert clair, elle portait par-dessus une cape grise dont le capuchon abaissé révélait le filet qui tenait en place ses cheveux. Tout en jouant distraitement avec son collier en or, la femme étudia pensivement les deux garçons.

— Mat ! appela Rand. Mat !

Le dormeur se réveilla en sursaut et manqua s'écrouler sur le côté. Se frottant les yeux, il dévisagea la jeune femme.

— Je viens m'occuper de mon cheval, dit-elle en désignant les stalles. (Elle se tourna vers Rand sans quitter Mat du coin de l'œil.) Vous êtes malade ?

— Un rhume à cause de la pluie, répondit Mat. Rien de grave.

— Je devrais peut-être l'examiner… J'ai certaines connaissances…

Rand se demanda s'il s'agissait d'une Aes Sedai. Plus encore que ses vêtements, son assurance et son autorité naturelles indiquaient qu'elle n'était pas du coin.

Si c'est une Aes Sedai, à quel Ajah appartient-elle ?

— Je vais très bien, dit Rand. Inutile de vous donner du mal pour moi…

La jeune femme traversa quand même l'écurie. Relevant l'ourlet de sa jupe, elle fit très attention à ne pas trop salir ses délicates chaussures grises. Pinçant les narines à cause de la paille, elle s'agenouilla et posa une main sur le front de Rand.

— Pas de fièvre…, constata-t-elle, plutôt surprise.

Dans un style un peu anguleux, elle n'était pas désagréable à regarder, mais son visage manquait terriblement de chaleur. Elle n'était pourtant pas glaciale, ni même revêche. Simplement, elle semblait ignorer jusqu'à l'existence du mot « émotion ».

— Pourtant, vous avez été malade… Très malade, même. Et vous êtes encore faible comme un chaton nouveau-né. Je crois que…

La jeune femme glissa une main sous sa cape.

La suite des événements fut trop rapide pour Rand, qui put simplement pousser un cri étranglé.

Sa main ressortant à la vitesse de l'éclair de sous la cape, l'inconnue bondit sur Mat, plongeant au-dessus de Rand. Par miracle, Mat parvint à se jeter sur le côté et la dague de la tueuse s'enfonça dans la cloison en bois, à l'endroit où était encore le cœur du jeune homme quelques instants plus tôt.

Une seconde de violence, puis un calme mortel… La main gauche bloquant le poignet du bras armé de la femme, Mat, de la droite, lui avait plaqué sur la gorge la lame de la dague rapportée de Shadar Logoth.

Sans bouger la tête, l'inconnue tentait de baisser le regard sur l'arme qui menaçait de lui ôter la vie. Écarquillant les yeux, elle essaya d'échapper au contact de l'acier, mais Mat ne la laissa pas faire.

Tétanisé, Rand se contentait de contempler la scène. Même dans une forme normale, il n'aurait probablement pas eu le temps de réagir.

Ses yeux se posant sur la dague de la femme, il sursauta. À l'endroit où la lame s'était enfoncée, le bois noircissait et des volutes de fumée s'en échappaient.

— Mat ! Mat ! Sa dague !

Mat jeta un coup d'œil à l'arme, puis il regarda de nouveau la femme, qui n'avait pas bougé. À présent, elle exprimait une émotion : de l'angoisse. Sans douceur, Mat la força à lâcher le manche de la dague, puis il lui flanqua une bourrade, l'envoyant basculer en arrière. Elle se retint sur les mains sans quitter des yeux la lame de Mat.

— Pas un geste ! Si vous bougez, je vous éventre ! Ce n'est pas une menace en l'air, croyez-moi. (La femme hocha très lentement la tête.) Rand, surveille-la.

Le jeune berger se demanda ce qu'il était censé faire si la tueuse bronchait. Crier, sans doute… Parce que si elle tentait de fuir, il n'était pas en état de la poursuivre. Par bonheur, elle se positionna un peu plus confortablement et regarda Mat arracher sa dague de la cloison. L'entaille cessa de s'élargir, mais de la fumée continua à en sourdre.

Mat chercha un endroit où poser l'arme, puis il décida de la confier à Rand, qui s'en empara du bout des doigts, comme s'il s'agissait d'une vipère. La dague était des plus ordinaires, avec un manche en ivoire et une lame pas plus longue que sa paume. Rien à signaler, en d'autres termes, sauf quand on avait vu les dégâts qu'elle pouvait provoquer. Alors que le manche n'était pas chaud, Rand sentit sa main devenir moite. S'il ne faisait pas attention, il finirait par laisser tomber l'arme dans la paille – un accident qu'il valait mieux éviter…

Quand Mat se tourna vers elle, la jeune femme ne tressaillit pas, le regardant simplement comme si elle attendait la suite des événements. Rand, lui, vit le visage de son ami se durcir alors que ses phalanges blanchissaient sur le manche de sa propre dague, tant il le serrait fort.

— Non ! Mat, non !

— Elle a essayé de me tuer ! Et elle t'aurait abattu ensuite. C'est un Suppôt des Ténèbres !

— Elle, mais pas nous… (La tueuse laissa échapper un petit cri, comme si elle venait de comprendre les intentions de Mat.) Pas nous, mon vieux…

Un moment, Mat resta pétrifié, la lumière de la lanterne se reflétant sur la lame qui tremblait un peu dans son poing.

— Reculez jusqu'à la porte de la remise, dit-il soudain à la jeune femme. Pas de gestes brusques, surtout !

La tueuse se releva, épousseta machinalement le devant de sa robe et obéit sans hâte – et sans quitter non plus des yeux la dague ornée d'un rubis que serrait son jeune adversaire.

— Tu devrais arrêter de lutter, dit-elle, passant soudain au tutoiement. Tous les deux, vous feriez mieux de renoncer. Au bout du compte, vous ne le regretterez pas.

— Sans blague ? lança Mat en se tapotant la poitrine à l'endroit où la dague l'aurait traversée s'il n'avait pas eu le bon réflexe. Bien, maintenant, écartez-vous !

La jeune femme haussa les épaules et obéit.

— Une malheureuse erreur, dit-elle, faisant allusion à l'attaque. Une certaine confusion règne dans nos rangs depuis le gâchis dont s'est rendu coupable ce crétin de Godot – un minable à l'ego surdimensionné, rien de plus ! Et il y a eu aussi la panique semée par un autre imbécile à Marché de Sheran… Personne ne sait exactement ce qui s'est passé là-bas, et ça rend votre situation d'autant plus délicate. Si vous vous ralliez volontairement au Seigneur Suprême, vous occuperez à ses côtés une place de choix. Mais tant que vous fuirez, nous vous traquerons, et toutes les… dérives… seront possibles.

Rand frissonna au souvenir de ce qu'avait dit Ba'alzamon dans son cauchemar : *« Si mes molosses doivent t'obliger à me rejoindre, ils ne seront pas tendres, car ils sont jaloux de ce que tu deviendras… »*

— Comme ça, deux pauvres garçons de ferme vous posent tant de problèmes ? railla Mat. Les Suppôts des Ténèbres sont peut-être moins dangereux qu'on le dit…

Le jeune homme avança, ouvrit la porte de la remise et recula de nouveau.

La jeune femme entra dans la pièce obscure et regarda Mat par-dessus son épaule.

— Bientôt, tu découvriras qu'on dit la vérité… Quand les Myrddraals seront là…

La suite fut inaudible, car Mat claqua la porte de la remise et la ferma avec sa barre de sécurité.

— Des Blafards…, souffla-t-il en rangeant la dague sous sa veste. Et ils seront bientôt ici… Comment vont tes jambes ?

— Je ne danserais pas la gigue mais, si tu m'aides à me relever, je devrais pouvoir marcher.

Rand baissa les yeux sur la dague de la tueuse et se corrigea :

— Et même courir, s'il le faut.

Après avoir récupéré tous les bagages, Mat tendit la main à Rand, qui la saisit et se laissa tirer en position debout. Ses jambes flageolaient, en réalité, et il dut s'appuyer sur son ami, mais il s'efforça quand même de ne pas le ralentir.

Tenant la dague à bout de bras, comme si elle risquait vraiment de le mordre, il la jeta dans un seau plein oublié devant la porte. Au contact de l'arme avec l'eau, de la vapeur s'éleva dans un concert de grésillements.

Serrant les dents, Rand tenta de marcher à un rythme soutenu.

Dès l'aube, les rues regorgeaient de gens affairés. Trop occupés, ils n'accordèrent pas une once d'attention aux deux jeunes gens qui sortaient du village. Quand il y avait beaucoup d'étrangers, on finissait par ne plus prêter attention à leurs faits et gestes…

Soucieux de rester bien droit, Rand bandait tous ses muscles. À chaque pas, il se demandait si les gens qui les entouraient étaient des Suppôts des Ténèbres.

Pas tous, bien sûr… Mais, parmi ces passants, certains attendent-ils que la tueuse sorte de l'écurie ? ou que les Blafards arrivent ?

À quelque chose comme un quart de lieue du village, les forces de Rand l'abandonnèrent. Haletant, il s'appuya à son ami, qui eut du mal à supporter son poids, mais parvint à le traîner jusqu'au bas-côté de la route.

— Il faut continuer…, soupira Mat. (Il se passa une main dans les cheveux, puis releva le foulard qui lui tombait sur les yeux.) Tôt ou tard, quelqu'un libérera cette femme, et la traque recommencera.

— Je sais… Je sais… Aide-moi à me remettre debout.

Mat s'exécuta, mais Rand ne se fit pas d'illusions sur ce qui l'attendait. S'il tentait d'avancer, il s'étalerait de nouveau, ça ne faisait pas un pli.

Le soutenant, Mat attendit qu'un chariot en provenance du village arrive à leur niveau puis les dépasse. Mais à sa grande surprise, le véhicule ralentit et s'arrêta à côté d'eux.

— Votre ami a un problème ? demanda le conducteur assis sur son banc.

Une pipe au bec, c'était un vieil homme au visage sillonné de rides.

— Il est fatigué, c'est tout, mentit Mat.

Une fable difficile à gober, comprit Rand, s'il continuait à s'appuyer ainsi sur son ami. Le lâchant, il fit un pas de côté et réussit par miracle à tenir debout.

— Deux nuits sans dormir…, mentit-il à son tour. J'ai mangé quelque chose qui m'a rendu malade. Ça va mieux, maintenant, Mais sans sommeil, c'est très dur…

Le paysan exhala un grand nuage de fumée.

— En route pour Caemlyn, pas vrai ? Si j'avais votre âge, je voudrais sûrement aller voir le faux Dragon…

— Bien deviné, dit Mat. Nous allons voir le faux Dragon…

— Dans ce cas, grimpez dans mon chariot ! Le malade derrière, d'accord ? Si ça lui reprend, mieux vaut que ce soit dans la paille. Je m'appelle Hyam Kinch.

34

Le dernier village

Les deux jeunes gens arrivèrent à Gué de Cary après la tombée de la nuit, soit beaucoup plus tard que ce qu'aurait cru Rand en se fondant sur les indications de maître Kinch. Sa perception de la chronologie était-elle faussée ? Trois jours plus tôt, il y avait eu la rencontre avec Howal Godot, à Quatre Rois. Puis, le lendemain, Paitr leur était tombé dessus à Marché de Sheran.

L'épisode de la tueuse datait du matin même, mais Rand aurait juré que des mois s'étaient écoulés…

Malgré cette distorsion du temps, Gué de Cary leur apparut comme un village normal, au moins au premier coup d'œil. Des maisons en brique couvertes de vignes, des rues étroites, à part la route de Caemlyn elle-même, bien entendu. Un endroit paisible et accueillant, en quelque sorte.

Oui, mais ça, c'est la surface…

Marché de Sheran semblait aussi être un village où régnaient la paix et la fraternité. *Idem* pour celui où la tueuse les avait attaqués – de cette agglomération-là, Rand n'avait jamais su le nom, et ça ne l'empêcherait sûrement pas de dormir…

La lumière qui filtrait des fenêtres éclairait des rues presque désertes, un point que Rand jugea très positif. Passant d'une ombre à l'autre, les deux fugitifs évitèrent sans peine les rares promeneurs nocturnes. S'accrochant à l'épaule de Rand, Mat se pétrifiait quand un crissement de gravier annonçait l'approche d'un villageois, mais il se laissait de nouveau guider dès que le danger était passé.

À cet endroit, la rivière Cary faisait à peine trente pas de largeur et ses eaux se révélaient plutôt paresseuses, mais, de toute façon, un pont enjambait le gué dont le village tirait son nom. À voir l'état de la pierre, on comprenait que la partie minérale de l'ouvrage avait dû essuyer des siècles d'intempéries. Rudoyées par un nombre incalculable de chariots, les planches de bois, heureusement épaisses, semblaient avoir subi les assauts d'un rabot géant. Sous les bottes des deux amis, certaines de ses planches – les plus disjointes, en toute logique – produisaient un vacarme qui devait s'entendre dans tout Gué de Cary. S'attendant à tout instant à être intercepté et interrogé, Rand n'en menait pas large, mais, pour le moment, rien ne se passait…

Et ça ne changea pas, puisque les deux amis eurent bientôt traversé le village sans encombre.

À mesure qu'on approchait de Caemlyn, la densité de peuplement de la campagne augmentait. Ici, on voyait un peu partout des fermes illuminées. Des haies et des clôtures délimitaient les propriétés et les champs qui s'étendaient à perte de vue dans toutes les directions. Avec cette configuration, les voyageurs avaient toujours l'impression de traverser la périphérie d'un village. En réalité, les bourgs restaient séparés par des heures de marche, mais ça n'avait guère d'importance, car le sentiment demeurait.

La paisible campagne qu'on s'attendait à trouver aux abords d'une grande ville… Sans le moindre signe que des Suppôts des Ténèbres ou des créatures plus terribles y rôdent dans la nuit…

Soudain, Mat s'arrêta et s'assit en tailleur à même la route. La lumière de la lune ne le gênant pas, il remonta le foulard sur son front.

— Combien de pas dans une lieue, Rand ? demanda-t-il. Quoi que tu répondes, sache que je ne ferai pas dix enjambées de plus sans la promesse de trouver un endroit agréable où dormir au bout du chemin. Un repas ne serait pas de trop non plus. Tu n'aurais pas caché quelque chose dans tes poches ? Une pomme, par exemple ? Si c'est le cas, je ne t'en voudrai pas. Tu ne veux pas au moins regarder ?

Rand sonda la route dans les deux directions. À part eux, aucune créature ne se déplaçait dans la nuit.

Retirant une de ses bottes, Mat entreprit de se masser un pied. Rand se demanda si les deux seuls êtres vivants en mouvement n'allaient pas… en rester là et s'immobiliser. Ses propres pieds le mettaient à la torture et quelque chose, dans ses jambes – une sorte de sourde lassitude –, semblait indiquer qu'il n'avait pas recouvré toutes ses forces.

Dans un champ, il repéra des meules de foin. Plus petites qu'à la fin de l'automne, hiver oblige, mais encore suffisantes pour réchauffer deux voyageurs.

Du bout du pied, Rand titilla les côtes de son ami.

— D'accord, nous dormirons là-bas…

— Des meules de foin, encore ?

Malgré ses protestations, Mat remit sa botte et se redressa.

Alors que le vent se levait, un peu plus mordant chaque soir, les deux amis enjambèrent une clôture, approchèrent des meules et s'y enfouirent. La bâche qui protégeait le foin de la pluie coupait un peu le vent, et c'était plutôt agréable.

Rand se lova dans le nid qu'il venait de se ménager. Même à travers ses vêtements, le foin parvenait à lui faire picoter la peau, mais, depuis Pont-Blanc, il avait eu le temps de s'habituer à ce désagrément.

Dans les récits, les héros ne devaient jamais dormir dans des meules de foin ou dans des haies. Ça ne comptait pas, parce qu'il n'essayait plus de s'imaginer sous les traits d'un de ces personnages légendaires. Avec un soupir, le jeune berger remonta son col, histoire de compliquer un peu la vie à ses adversaires végétaux.

— Rand ? Tu crois qu'on y arrivera ?

— À Tar Valon ? C'est une longue route, mais…

— Non, Caemlyn ! Tu crois que nous l'atteindrons ?

Rand leva la tête mais, par une nuit d'encre, impossible de voir Mat. Seule sa voix lui indiquait où il était.

— Si on en croit maître Kinch, nous y serons après-demain.

— Certes, s'il n'y avait pas une centaine de Suppôts sur notre route, et quelques Blafards dans notre dos… Rand, je crois que nous sommes les derniers survivants du groupe. C'est entre nous deux et *eux*, désormais…

Rand secoua la tête. Dans le noir, Mat ne pouvait pas le voir, mais ce geste s'adressait plus à lui-même qu'à son ami.

— Dors, mon vieux…, dit-il d'une voix lasse.

Mais il mit longtemps à s'endormir.

Entre eux *et nous, oui…*

Le chant d'un coq réveilla Rand, quelques heures plus tard. Se relevant et s'étirant, il épousseta frénétiquement ses habits. Malgré toutes ses précautions, des brins de paille s'étaient introduits dans son dos et ça le démangeait terriblement. Pour s'en débarrasser, il enleva sa veste et sortit sa chemise de son pantalon. Alors qu'il se nettoyait dans une position acrobatique, une main sur sa nuque et l'autre fourrageant entre ses omoplates, le jeune berger s'aperçut soudain qu'il se donnait en spectacle.

Même si le soleil n'était pas encore vraiment levé, une longue file de voyageurs avançait en direction de Caemlyn. Certains portaient un impressionnant baluchon alors que d'autres avaient pour tout bagage une canne ou un bâton de marche. Dans cette procession, les jeunes hommes étaient largement majoritaires, mais on apercevait de temps en temps une jeune fille ou une personne d'âge mûr. Presque tous ces « pèlerins » arboraient les traits tirés des gens qui n'en sont pas à leur premier jour de voyage. Beaucoup gardaient les yeux baissés sur leurs pieds, comme s'ils avaient peur de les perdre en chemin, et leurs épaules voûtées trahissaient une grande lassitude. Les plus frais regardaient quelque chose qu'ils étaient seuls à voir, très loin à l'horizon.

Émergeant à son tour de la meule, Mat se gratta vigoureusement, marquant quand même une pause pour nouer le foulard autour de son front. Rand eut l'impression qu'il se cachait un peu moins les yeux…

— Tu crois qu'on mangera quelque chose, aujourd'hui ? demanda Mat.

L'estomac de Rand grommela – une manifestation de solidarité, à n'en pas douter.

— On y pensera quand on sera en route…

Après avoir remis de l'ordre dans sa tenue, Rand ramassa sa part des bagages et s'éloigna des meules.

Quand ils atteignirent la clôture, Mat s'aperçut enfin qu'ils n'étaient pas seuls. Les sourcils froncés, il s'immobilisa tandis que Rand enjambait l'obstacle.

Un jeune type couvert de poussière tourna la tête vers eux quand il les dépassa.

— Où vas-tu donc ? lui cria Mat.

— À Caemlyn, pour voir le Dragon, répondit le garçon sans ralentir le pas. Comme vous ! ajouta-t-il en désignant le paquetage des deux voyageurs.

Sur un éclat de rire, il s'éloigna, les yeux rivés devant lui.

Mat posa à plusieurs reprises cette question, durant la journée, et seuls les résidants du coin ne lui répondirent pas la même chose. Si le verbe « répondre » s'appliquait quand on crachait sur le sol avant de détourner la tête. Cela dit, ces gens avaient l'art de regarder du coin de l'œil, et ils réservaient ce sort à tous les étrangers, claironnant qu'ils les soupçonnaient d'être capables de tout, quand on ne les surveillait pas.

Méfiants envers les étrangers, les gens du coin semblaient également très agacés. Avec tant de voyageurs sur la route – et trop indisciplinés pour ne pas s'éparpiller un peu partout –, les charrettes et les chariots des fermiers n'avançaient plus. En conséquence, inutile d'espérer se faire transporter. Furieux de perdre du temps et, donc, de l'argent, les paysans locaux étaient plutôt d'humeur à agonir d'injures les casse-pieds qui obstruaient *leur* route.

Qu'ils roulent en direction de Caemlyn ou qu'ils en viennent, les chariots de marchands s'impatientaient aussi. Lorsque la première caravane apparut, très tôt dans la matinée, Rand sauta dans le ravin pour éviter de se faire écraser. Forçant le passage envers et contre tout, les conducteurs ne ralentissaient sous aucun prétexte, et d'autres voyageurs durent s'écarter à la hâte.

S'il n'avait pas capté un mouvement du coin de l'œil – le seul avertissement qu'il reçut –, le jeune berger ne s'en serait pas sorti indemne. À dire vrai, il s'était retrouvé allongé sur le dos à l'instant même où le fouet du conducteur claquait là où se trouvait sa tête une seconde plus tôt. De sa position peu flatteuse, il croisa le regard du conducteur tandis que le véhicule passait devant lui. Les yeux fixes, un rictus sur les lèvres, le type semblait se ficher comme d'une guigne d'être passé près de blesser un piéton – voire de lui crever un œil.

— Que la Lumière t'aveugle ! cria Mat. On n'a pas le droit…

Un garde à cheval le frappa à l'épaule avec l'embout de sa lance, le faisant basculer sur son ami.

— Hors de notre chemin, maudit Suppôt des Ténèbres ! cria-t-il sans même ralentir.

Après cet incident, les deux garçons se tinrent le plus loin possible des chariots. Ce ne fut pas toujours facile, car il y en avait beaucoup, les conducteurs et les gardes regardant comme s'ils étaient de la vermine les voyageurs qui cheminaient vers Caemlyn.

Rand évalua mal la longueur d'une lanière de fouet – oh ! de presque rien, mais assez pour récolter sur le front une fort belle entaille. À un pouce près, il aurait pu dire adieu à son œil. Alors que le conducteur affichait un sourire satisfait, Rand saisit Mat par le poignet, l'empêchant d'encocher une flèche.

— Laisse tomber, dit-il. (Une partie des gardes qui accompagnaient la caravane se moquaient du blessé. Les autres lorgnaient d'un air soupçonneux l'arc de Mat.) Avec un peu de chance, s'ils nous frappaient, ils se contenteraient d'utiliser l'embout de leur lance… Avec un peu de chance, oui…

Mat grogna de rage mais il consentit à avancer dans le ravin, comme son ami.

Par deux fois, des détachements de Gardes de la Reine croisèrent les pèlerins. Quelques paysans les interpellèrent, exigeant que la souveraine fasse « quelque chose contre les étrangers ». Très patients, les Gardes s'arrêtaient et prenaient le temps d'écouter toutes les doléances. Vers midi, Rand décida de s'arrêter pour suivre dans sa totalité une de ces conversations.

Il retint surtout la réponse du capitaine, remarquant l'air dégoûté qu'il affichait derrière la grille de son casque.

— Si l'un d'eux commet un vol ou une violation de propriété, dit-il au fermier qui l'avait hélé au passage, je le traînerai devant un juge. Mais marcher sur la route de la Reine ne contrevient à aucune loi du royaume.

—Mais ces gens nous envahissent, gémit le paysan, et qui peut dire qui ils sont ? Toutes ces rumeurs au sujet du Dragon…

—Au nom de la Lumière! mon brave, ici, vous n'avez qu'une poignée d'étrangers ! Caemlyn est prise d'assaut, et le flux est plus important chaque jour. (Voyant que Mat et Rand écoutaient, le capitaine les foudroya du regard.) Circulez, vous deux ! Sinon, je vous arrête pour obstruction du trafic !

Au ton de sa voix, le militaire était au moins aussi agacé par le fermier que par les deux garçons. Ils obéirent cependant, et Rand sentit le regard du capitaine peser un long moment sur sa nuque. À bout de patience, les Gardes n'étaient pas tendres avec les voyageurs et il ne fallait pas compter éveiller leur sympathie en cas de problème. Prudent, Rand décida d'empêcher Mat de voler des œufs, à l'avenir…

Cela dit, l'exode massif vers Caemlyn avait du bon pour les deux amis. Dans une pareille foule, les Suppôts des Ténèbres qui les traquaient feraient tout aussi bien de chercher une aiguille dans une meule de foin. À Champ d'Emond, le Myrddraal ignorait visiblement l'identité de ses cibles. Sur cette route, ses alliés se retrouvaient dans la même situation.

Chaque fois que son estomac se rappelait à son bon souvenir, Rand devait faire face à une triste réalité : il ne leur restait plus assez d'argent pour se payer à manger, surtout avec les prix en vigueur aux environs de Caemlyn.

À un moment, s'avisant que sa main reposait sur l'étui de la flûte, il le repoussa dans son dos. Godot savait pour la jonglerie de Mat et pour la flûte. Comment déterminer ce qu'il avait communiqué à Ba'alzamon, avant sa fin ? S'il s'agissait bien d'une fin, d'ailleurs…

Et comment deviner ce que savaient tous les Suppôts des Ténèbres ?

Alors qu'ils passaient devant une ferme, Rand eut un regard mélancolique pour ce qu'elle aurait pu représenter, quelques jours plus tôt. Aujourd'hui, un paysan patibulaire patrouillait avec ses deux molosses le long de la clôture. Au moindre prétexte, c'était visible, il lâcherait les chiens. Tous les fermiers ne se montraient pas si hostiles, mais aucun n'offrait de petit travail aux voyageurs.

Avant le coucher du soleil, Mat et Rand traversèrent deux bourgs. Massés sur le bord de la route, les villageois regardaient passer la foule en conversant entre eux. Ils ne semblaient pas plus amicaux que les fermiers, les conducteurs de chariot et les Gardes de la Reine. À leurs yeux, les étrangers désireux de voir le faux Dragon n'étaient qu'une bande de crétins incapables de rester à leur place. Ou, pis encore, des partisans de l'imposteur. Voire des Suppôts des Ténèbres. S'il y avait une différence entre les deux…

La nuit tombant, le flot se tarit un peu lors de la traversée du second village. Les voyageurs « fortunés » fondirent sur l'auberge, où il sembla qu'on ne voulait pas les laisser entrer. Les autres se mirent en quête d'un endroit où dormir à l'abri des molosses.

Mat et Rand se retrouvèrent bientôt seuls sur la route. Alors que son ami parlait de trouver une nouvelle meule de foin, Rand insista pour ne pas s'arrêter.

— Tant que nous verrons où nous mettons les pieds, précisa-t-il. Plus nous aurons d'avance et mieux ça vaudra.

Si nous sommes poursuivis… Mais pourquoi nos ennemis prendraient-ils la peine de nous traquer ? Jusque-là, ils nous ont attendus *tranquillement.*

Mat ne discuta pas et accéléra le pas, forçant Rand à souffrir pour le suivre.

Lorsque la nuit fut tombée, la lune pâlichonne permettant à peine d'y voir à cinq pas devant soi, l'enthousiasme de Mat retomba et il recommença à se plaindre.

Les mollets de Rand se contractaient douloureusement. Pourtant, n'avait-il pas souvent marché au moins autant que ça, lorsqu'il travaillait à la ferme ? Eh bien, non, même s'il eût aimé le croire, ce n'était pas vrai. Serrant les dents, il ignora la douleur et continua.

Alors qu'il se concentrait pour oublier sa souffrance – et ne pas entendre les jérémiades de Mat –, le troisième village de la journée apparut soudain au détour de la route – enfin, la lumière de ses fenêtres, pour être plus précis.

Rand s'arrêta et prit soudain conscience que sa jambe droite lui faisait un mal de chien. Il avait une ampoule à ce pied, ce qui le forçait à prendre de mauvais appuis…

Lorsqu'il aperçut lui aussi les lumières, Mat se laissa tomber à genoux.

— On s'arrête, à présent ? Ou veux-tu trouver une auberge et accrocher une pancarte pour prévenir les Suppôts de notre arrivée ?

— On traverse et on s'arrête…, répondit Rand en étudiant les lumières.

De loin, on aurait pu se croire devant Champ d'Emond, par une nuit très noire.

Qui se tapit dans ce village ?

— Allons, même pas un quart de lieue…

— Non, je ne ferai plus un pas !

Les jambes en feu, Rand se força à avancer, et il réussit malgré ce qu'il redoutait. Comme il l'espérait, Mat le suivit en maugréant des amabilités heureusement inaudibles.

À cette heure, les rues étaient désertes, même si les villageois ne dormaient pas encore. Érigée au milieu du village, l'auberge très vivement éclairée brillait comme un phare dans la nuit. Des notes de musique et des éclats de rire étouffés en sourdaient et l'enseigne, un grand classique, grinçait sinistrement au vent. Devant l'établissement, donc sur la route de Caemlyn, un homme était occupé à vérifier les harnais d'un cheval attelé à une charrette. Un peu plus loin, au bout du bâtiment, deux types à moitié tapis dans les ombres le regardaient faire.

Rand s'arrêta à côté d'une maison où ne brillait aucune lumière. Trop fatigué, il ne se sentait pas la force de chercher un moyen de contourner le centre du village en passant par le dédale de ruelles. De plus, une minute de repos ne pouvait pas leur faire de mal. En attendant que les deux hommes fichent le camp…

Avec un soupir de soulagement, Mat s'adossa au mur comme s'il avait l'intention de dormir debout.

Rand n'aimait pas les deux hommes qui conversaient dans le noir. Il n'aurait su dire pourquoi, mais une chose était sûre : le paysan qui s'occupait de son attelage ne les aimait pas non plus ! Ayant fini de vérifier un harnais, il modifia légèrement la position du mors, dans la bouche du cheval. La tête baissée, il évitait de regarder les deux types, pourtant à moins de cinquante pas de lui. Mais, à voir la raideur de ses gestes, et la méfiance qu'il exsudait par tous les pores, impossible de se tromper : il savait très bien qu'il n'était pas seul dans la rue.

Un des deux inconnus n'était en fait qu'une ombre mouvante. En revanche, l'autre se tenait davantage dans la lumière. Même s'il tournait le dos à Rand, celui-ci devina sans peine que le type n'appréciait pas beaucoup la conversation en cours. Les yeux baissés, il se tordait nerveusement les mains, acquiesçant pourtant régulièrement à tout ce que lui disait son interlocuteur. En fait, il ne s'agissait pas d'une conversation mais d'un monologue. L'homme campé dans l'obscurité parlait et son compagnon l'approuvait avec un enthousiasme forcé.

Finalement, le chef se détourna et disparut dans les ténèbres. Le type nerveux en profita pour revenir totalement à la lumière, sous laquelle il entreprit de s'éponger le front avec son long tablier blanc.

Avec la chair de poule, Rand regarda l'autre inconnu finir de s'enfoncer dans la nuit. À l'évidence, c'était lui la cause de son trouble. Dès qu'il le regardait, les poils de ses bras se hérissaient. Et ceux de sa nuque aussi.

Tu deviens aussi fou que Mat, mon pauvre garçon !

À cet instant, la silhouette passa dans le halo de lumière qui filtrait d'une fenêtre. Alors, tout fut clair. L'enseigne grinçait de plus en plus fort, mais la cape noire de l'inconnu ne bougeait pas d'un pouce.

— Un Blafard…, murmura Rand.

Mat se leva d'un bond, comme s'il venait d'entendre sonner le tocsin.

— Quoi ?

Rand plaqua une main sur la bouche de son ami.

— Moins fort ! siffla-t-il.

Le Myrddraal avait disparu.

— Bon, il est parti, je crois…

Rand retira sa main. Sonné, Mat se contenta de prendre une brusque inspiration.

Le type en tablier s'arrêta devant la porte de l'auberge, rectifiant sa tenue avant d'entrer.

— Tu as d'étranges amis, Raimun Holdwin…, dit le paysan.

La voix d'un homme âgé mais encore vigoureux et fier de l'être…

— De bien curieuses fréquentations nocturnes pour un aubergiste…

L'homme nerveux regarda autour de lui comme s'il cherchait à voir qui lui parlait. À croire qu'il n'avait pas remarqué la présence du paysan, tant il se torturait l'esprit.

— Que veux-tu dire par là, Almen Bunt ?

— Ce que je dis, et rien de plus, Holdwin… Ce type n'est pas d'ici, pas vrai ? Ces dernières semaines, les visiteurs bizarres sont fréquents. Beaucoup trop fréquents, je trouve…

— Tu es bien placé pour parler de bizarrerie, ironisa Holdwin. Je connais beaucoup d'hommes, y compris des gens de Caemlyn. Pas comme toi, vieil ours solitaire qui ne quittes presque jamais ta ferme ! (Il hésita, puis décida de donner quand même quelques explications.) Il vient de Quatre Rois et il poursuit un duo de voleurs. Des jeunes gens qui lui ont dérobé une épée au héron.

Rand avait sursauté en entendant mentionner Quatre Rois. Entendant parler de l'épée, il se tourna vers Mat, mais celui-ci sondait les ténèbres en écarquillant tant les yeux qu'on n'en voyait plus que le blanc. Rand aurait voulu scruter l'obscurité, car le Blafard pouvait être n'importe où, mais son regard revint tout naturellement vers les deux hommes qui conversaient devant l'auberge.

— Une épée au héron ! s'exclama Bunt. Pas étonnant qu'il veuille la récupérer.

— Oui, et il tient aussi à coincer les voleurs ! Mon ami est un… un marchand très riche, et ces deux bandits ont semé le trouble parmi ses employés. Ils racontent des histoires absurdes et perturbent les gens… Ce sont des Suppôts des Ténèbres et des partisans de Logain.

— Des Suppôts et des partisans du faux Dragon ? En plus, ils racontent des histoires, dis-tu ? Ce n'est pas un peu beaucoup, pour des jeunes gens ? Tu as bien dit qu'ils étaient jeunes ?

— Oui, moins de vingt ans… Il y a une récompense pour les deux – cent couronnes d'or.

Holdwin hésita avant d'ajouter :

— Ce sont des langues de vipère ! La Lumière seule sait quelles absurdités ils profèrent afin de monter les gens les uns contre les autres. Des types très dangereux, crois-moi, même s'ils n'en ont pas l'air. De vrais vicieux, quoi ! Si tu les vois, garde tes distances, surtout ! De jeunes hommes, l'un avec une épée, et tous deux enclins à regarder sans cesse derrière eux… Si ce sont les bons, mon ami les fera arrêter le plus vite possible.

— En t'entendant les décrire, on dirait que tu les connais…

— Si je les rencontre, je saurai les identifier… Quant à toi, n'essaie pas de jouer les héros. Inutile que quelqu'un soit blessé. Si tu les vois, viens me prévenir, et mon… ami se chargera du reste. N'oublie pas : cent couronnes de prime, mais pour les deux !

— Ça, c'est pour les voleurs… Mais combien pour l'épée que ton ami désire si ardemment ?

Holdwin sembla s'apercevoir soudain que son interlocuteur le menait en bateau.

— Je me demande pourquoi je perds mon temps à te parler… Tu ne penses qu'à ton absurde projet, je vois…

— Pas si absurde que ça… Il n'y aura peut-être plus de faux Dragon avant ma mort – fasse la Lumière qu'il en soit ainsi – et je suis trop vieux pour respirer la poussière des caravanes pendant tout mon voyage. En partant ce soir, je serai à Caemlyn demain matin très tôt.

— Et tu veux faire ça seul ? demanda l'aubergiste d'un ton méprisant. Almen Bunt, qui peut dire ce qui se tapit dans la nuit ? Seul sur la route, dans les ténèbres… Même si quelqu'un entend tes cris, personne ne viendra à ton secours ni ne t'ouvrira sa porte. Pas par ces temps troublés. Même s'il s'agit de ton plus proche voisin…

Ces prédictions sinistres n'impressionnèrent pas le vieux paysan.

— Si les Gardes de la Reine sont incapables de sécuriser la route, si près de Caemlyn, pas un seul d'entre nous n'est à l'abri nulle part – y compris dans son lit. De plus, si je devais donner un conseil aux Gardes, ce serait de mettre ton ami sous les verrous. Un excellent moyen de rendre les nuits plus sûres. Ce type se cache dans les ombres comme s'il avait peur qu'on le voie tel qu'il est. Allons, ne prétends pas que c'est un inoffensif marchand!

— Lui, avoir peur ? Vieil imbécile, si tu savais... (L'aubergiste se tut brusquement et sursauta comme s'il sortait d'une transe.) Bon sang! je me demande vraiment pourquoi je perds mon temps avec toi! Allons, circule, vieil enquiquineur, tu prends la place de mes clients!

Sur ces mots, Holdwin entra dans l'auberge et la porte claqua dans son dos.

Marmonnant dans sa barbe, Bunt s'accrocha au bord du siège du conducteur et posa un pied sur le moyeu d'une roue.

Rand hésita à peine. Alors qu'il voulait avancer, Mat le saisit par le bras.

— Tu es devenu fou ? Il va nous reconnaître, c'est certain!

— Tu préfères rester ici ? Avec un Blafard, au moins, lancé à tes trousses ? Si nous partons à pied, combien de temps faudra-t-il pour qu'il nous rattrape ?

Dégageant son bras, Rand serra sur son corps les pans de sa cape – afin de bien cacher la garde de son épée – puis il avança d'un pas décidé.

— Sans vouloir espionner, lança-t-il, j'ai entendu dire que vous allez à Caemlyn!

Bunt sursauta puis tira une massue de sous le siège du chariot. Le visage ridé et les dents jaunies, l'homme ne paraissait pas impressionnant, mais il tenait pourtant l'arme sans trembler. Après quelques instants, cependant, il la posa sur le sol et s'appuya dessus.

— Vous allez à Caemlyn ? demanda-t-il aux deux fugitifs. Pour voir le Dragon ?

— Le faux Dragon, oui, corrigea Rand, à la fois grave et théâtral.

— Bien sûr, bien sûr..., murmura Bunt. (Il jeta un regard de biais à l'auberge puis remit la massue sous le siège du conducteur.) Si vous voulez que je vous emmène, embarquez! J'ai déjà perdu assez de temps...

Il finit de se hisser sur le siège.

Rand sauta à l'arrière du chariot alors que Bunt secouait les rênes. Mat dut courir pour ne pas se laisser distancer, et son ami l'aida à grimper dans le véhicule.

Au rythme où roulait Bunt, le village disparut très vite derrière les trois voyageurs. Alors que Rand s'étendait sur les planches poussiéreuses, le grincement régulier des roues devenant peu à peu une berceuse contre laquelle il dut lutter, car il ne voulait pas s'endormir, Mat étouffa ses bâillements en plaquant un poing sur sa bouche et sonda mornement la campagne. L'obscurité s'étendait comme un linceul sur les champs et les fermes, les fenêtres éclairées brillant comme des yeux uniques et solitaires. Mais leur lueur semblait condamnée à lutter en vain contre la nuit.

Un hibou ulula, évoquant les sanglots d'une pleureuse, et le vent gémit comme l'auraient fait des âmes perdues dans le royaume des Ténèbres.

Un ennemi peut nous guetter n'importe où…, pensa Rand, qui ne dormait toujours pas.

Sans doute parce qu'il se sentait lui aussi oppressé, Bunt prit soudain la parole :

— Vous êtes déjà allés à Caemlyn ? Non, bien entendu… Eh bien, attendez-vous à un choc. La plus grande ville du monde ! J'ai entendu parler d'Illian, d'Ebou Dar et de Tear, ne vous y trompez pas ! Partout, on trouve des idiots convaincus qu'une chose est plus grande et plus belle parce qu'elle est plus loin qu'une autre. Pour moi, Caemlyn est la plus vaste cité, un point c'est tout ! Et la plus grandiose ! Impossible de faire mieux, sauf si la reine Morgase, que la Lumière brille sur elle, parvenait à se débarrasser de la sorcière de Tar Valon…

Confortablement installé, la tête calée sur sa couverture, elle-même posée sur le baluchon de Thom, Rand regardait défiler le ciel nocturne tout en écoutant distraitement le fermier. Le son d'une voix humaine repoussait un peu les ténèbres et étouffait les gémissements du vent. Que du bénéfice, en quelque sorte…

— Vous voulez parler d'une Aes Sedai ? demanda-t-il en relevant la tête pour jeter un coup d'œil au dos de Bunt – une masse noire sur un fond un peu moins sombre…

— Bien entendu ! De qui d'autre, d'après toi ? Tapie dans le palais comme une araignée… Je suis un bon sujet de la reine, pour sûr que oui, mais ça, c'est un peu trop. Ceux qui disent qu'Elaida a trop d'influence sur Morgase vont trop loin, et je ne parle même pas des crétins convaincus que c'est elle qui tire les ficelles dans l'ombre. Morgase n'est la marionnette de personne, mais…

Une autre Aes Sedai ! Quand Moiraine arriverait à Caemlyn – car elle y arriverait, n'est-ce pas ? –, elle chercherait certainement le soutien de sa « sœur ». Si les choses tournaient mal, Elaida aiderait les fugitifs à atteindre Tar Valon.

Rand regarda Mat. Comme s'il avait deviné ses pensées, le jeune homme secoua la tête. Même sans voir son visage, le berger devina qu'il affichait son expression butée de plus en plus coutumière.

Les mains posées sur les genoux, sauf quand il devait secouer les rênes pour empêcher son attelage de ralentir, Bunt continua son monologue :

— Je suis un bon sujet de la reine, c'est acquis, mais même les crétins disent parfois des choses intelligentes. Après tout, les cochons aveugles trouvent aussi des glands ! Et qui ne verrait pas que des changements s'annoncent ? Le mauvais temps, les vaches qui ne donnent plus de lait, les veaux et les agneaux morts à la naissance ou qui viennent au monde avec deux têtes... Ces saloperies de corbeaux n'attendent même plus que leurs victimes meurent pour les dévorer... Les gens ont peur, et il leur faut un coupable. Les Crocs de Dragon fleurissent sur bien des portes, des ombres rôdent dans la nuit, des étables brûlent... Des gens comme l'ami d'Holdwin terrorisent les populations...

» La reine doit faire quelque chose avant qu'il soit trop tard. Vous êtes d'accord, pas vrai ?

Rand émit un grognement qui pouvait passer pour une approbation. Tomber sur ce vieil homme et faire la route avec lui était un sacré coup de chance ! S'ils avaient attendu l'aube, ils ne seraient peut-être jamais sortis vivants du dernier village.

« Des ombres rôdent dans la nuit... »

Rand se releva pour sonder l'obscurité qui défilait sur les deux flancs du chariot. Dans le noir, on distinguait des masses sombres menaçantes. S'il insistait, il finirait par voir des monstres partout.

Le jeune homme préféra se rallonger.

Faute d'objections, Bunt estima que son auditoire l'approuvait.

— Oui, je suis un loyal sujet de la reine, et je la défendrais au prix de ma vie, s'il le fallait, mais j'ai raison ! Prenez par exemple dame Elayne et le seigneur Gawyn. Voilà un changement qui ne nuirait à personne, et qui aurait une chance de faire du bien ! Je sais, nous avons toujours procédé ainsi, en Andor. La Fille-Héritière, qui portera un jour la couronne, va à Tar Valon étudier avec les Aes Sedai, et le fils aîné de la reine suit une formation auprès des Champions. Je respecte les traditions, croyez-moi, mais quand on voit comment ça a fini la dernière fois... Luc mort dans la Flétrissure avant même d'avoir été nommé Premier Prince de l'Épée, et Tigraine volatilisée – morte ou en fuite – au moment où elle aurait dû monter sur le trône. Cette histoire nous travaille encore, des années après...

» Certains disent qu'elle est toujours vivante, Morgase n'étant pas la reine légitime... Quelle bande d'imbéciles ! Je me souviens de ce qui s'est passé comme si c'était hier. L'ancienne reine morte, pas d'héritière pour prendre sa suite, et toutes les maisons d'Andor occupées à comploter et à se quereller. Et Taringail Damodred ! Qui aurait dit qu'il venait de perdre sa femme, à le voir s'efforcer de deviner qui gagnerait, histoire de bien se remarier et de redevenir Prince Consort ? Eh bien, il a réussi son coup ! Pourquoi Morgase l'a-t-elle choisi ? Qui saurait le dire ? Aucun homme ne comprend l'esprit d'une femme, et une reine est doublement féminine, pourrait-on dire : mariée à un homme et unie à un pays. Taringail a obtenu ce qu'il voulait, au bout du compte, même s'il n'avait pas prévu que ça se passerait ainsi…

» Le Cairhien s'est mêlé du complot afin de le favoriser, et vous savez comment ça s'est terminé… L'Arbre coupé, les Aiels voilés de noir qui franchissent le Mur du Dragon… Après avoir engendré Elayne et Gawyn, Taringail a connu une mort honorable, donc nous en avons fini avec tout ça, je suppose… Mais pourquoi envoyer ces enfants à Tar Valon ? N'est-il pas temps que le trône d'Andor ne soit plus associé aux Aes Sedai ? S'ils devaient vraiment partir pour achever leur formation, il y a à Illian d'aussi bonnes bibliothèques qu'à Tar Valon. Et là-bas, dame Elayne en apprendrait plus long sur l'art de gouverner que ce que les fichues sorcières pourront jamais lui enseigner. Et si les Gardes ne sont pas assez compétents pour développer les talents martiaux de Gawyn, il y a des soldats là-bas ! Même chose au Shienar et en Tear, bien entendu. Je suis un bon sujet de la reine, mais ça ne m'empêche pas de dire : assez d'échanges avec Tar Valon ! Trois mille ans, c'est bien trop long. Morgase peut régner et résoudre nos problèmes sans l'aide de la Tour Blanche. Croyez-moi, un homme est fier de s'agenouiller devant une femme de cette envergure. Une fois…

Rand luttait depuis un moment contre le sommeil, mais la fatigue, le grincement des roues et la voix régulière de Bunt eurent raison de sa résistance.

Il rêva de Tam.

Pour commencer, assis à la grande table de chêne, chez eux, ils buvaient une infusion tandis que Tam parlait du Prince Consort, de la Fille-Héritière, du Mur du Dragon et des Aiels voilés de noir. L'épée au héron reposait entre eux, sur la table, mais ils ne la regardaient pas.

Puis Rand se retrouva dans le bois de l'Ouest, au milieu de la nuit, en train de tirer la civière improvisée. Se retournant, il vit que Thom occupait la civière, et pas son père. Assis en tailleur, le trouvère jonglait avec ses balles de couleur.

— La reine est unie au royaume, dit-il, mais le Dragon… Le royaume et lui ne font qu'un, comprends-tu ?

Derrière Thom, Rand vit un Blafard dont la cape noire ne battait pas au vent alors que son cheval trottait en silence. Deux têtes coupées pendaient au pommeau de la selle du Myrddraal. Du sang en coulait encore, ruisselant sur le flanc noir de sa monture. Un rictus de douleur distordant leurs traits, Moiraine et Lan tenaient lieu de trophées au Blafard.

Le Demi-Humain serrait dans un poing plusieurs longes reliées aux poignets des prisonniers qui couraient derrière l'étalon noir.

Mat, Perrin et Egwene, le visage défait et les yeux fous.

— Pas elle ! cria Rand. Que la Lumière te carbonise ! c'est moi que tu veux, pas elle !

Le Blafard tendit un bras et des flammes consumèrent Egwene, ne laissant d'elle qu'un petit tas de cendres grises.

— Le Dragon ne fait qu'un avec le royaume, dit Thom sans cesser de jongler, et le royaume ne fait qu'un avec le Dragon…

Rand cria de nouveau…

… Puis il ouvrit les yeux.

Le chariot avançait sur la route de Caemlyn dans une nuit où planaient l'odeur du foin depuis longtemps disparu et une vague odeur de cheval. Une masse plus noire que la nuit pesait sur la poitrine de Rand, des yeux plus sombres que la mort se rivant dans les siens.

— Tu m'appartiens ! dit le corbeau.

Son bec se tendit et Rand hurla quand il sentit un de ses yeux sauter hors de son orbite.

Il s'assit en sursaut, cria à pleins poumons et plaqua les deux mains sur son visage.

La lumière de l'aube caressait la campagne environnante. Stupéfié, Rand regarda ses paumes et ne vit pas de sang. Plus de douleur… La première partie du rêve se dissipait déjà, mais la seconde…

Il se palpa le visage, pour être bien sûr.

— Tu as enfin pu dormir un peu…, dit Mat tout en bâillant à s'en décrocher la mâchoire.

Ses yeux froids démentaient la compassion de ses propos. Emmitouflé dans sa cape, il avait lui aussi glissé sa couverture sous sa tête.

— Il n'a pas cessé une seconde de parler…, dit-il en désignant le fermier.

— Vous êtes réveillés ? demanda Bunt. Mon gars, tu m'as fichu la frousse, à brailler comme ça… Bon, on y est ! (Il fit un grand geste circulaire.) Caemlyn, la plus grandiose cité du monde !

[illegible] à quoi [illegible]

— Il n'a jamais [illegible] une seconde de [illegible]

35

Caemlyn

Rand se retourna pour s'agenouiller derrière le banc du conducteur. Il ne put s'empêcher d'éclater de rire : l'expression d'un profond soulagement.

— On a réussi, Mat ! Nous y sommes ! Je t'avais dit que…

Les mots s'étranglèrent dans la gorge du jeune homme quand ses yeux se posèrent pour la première fois sur Caemlyn. Après Baerlon et plus encore les ruines de Shadar Logoth, il pensait savoir à quoi ressemblait une grande ville. Mais la réalité – Caemlyn – dépassait largement son imagination.

Ici, des bâtiments se serraient les uns contre les autres comme si on avait décidé de réunir en un seul endroit toutes les villes et tous les villages que les deux fugitifs avaient traversés. Dotées de plusieurs étages, les auberges dominaient largement les maisons au toit de tuile et de grands entrepôts sans fenêtres semblaient composer un périmètre de sécurité autour des habitations.

Brique rouge, pierre grise blanchie ou non à la chaux : tout se mêlait et s'emmêlait dans cette mégalopole qui s'étendait à perte de vue. Baerlon aurait pu être cachée dans cette cité sans que nul s'en aperçoive. Et vingt Pont-Blanc auraient pu y disparaître à jamais dans l'indifférence générale.

Et le premier mur d'enceinte ! En pierre gris pâle veiné d'argent et de blanc, cet ouvrage de cinquante pieds de hauteur muni de tours de garde à intervalles réguliers protégeait le cœur de la cité, lui-même entouré d'une haute muraille. Au sommet de ces sentinelles de pierre, l'étendard rouge et blanc d'Andor claquait au vent. Derrière la seconde muraille, on apercevait d'autres tours, incroyablement hautes, et des dômes que la lumière du soleil irisait de reflets blanc et or.

À force d'entendre des récits, Rand avait fini par se faire une image des mégalopoles qui abritaient les rois ou les reines. Siège d'un incroyable pouvoir temporel – et inspiratrice de légendes par milliers – Caemlyn était à la hauteur de ce qu'il attendait.

Grinçant toujours, le chariot descendait en direction de la cité, visant ses énormes portes flanquées de tours de garde. De loin, Rand vit qu'une caravane avait commencé à sortir de la ville en traversant une arche assez large et assez haute pour laisser passer un géant sans qu'il ait besoin de baisser la tête. Comment ça, *un* géant ? Il y avait largement assez de place pour *dix* ! Des boutiques en plein air s'alignaient des deux côtés de l'artère principale, des stalles et des enclos fleurissant un peu partout dès qu'il y avait un peu d'espace libre. Tandis que les veaux gémissaient à fendre l'âme, les vaches mugissaient, les oies cancanaient, les chèvres bêlaient et l'immense majorité des hommes et des femmes discutait des prix avec un tel acharnement qu'ils parvenaient parfois à couvrir les criailleries des poulets.

Jaillissant de ses portes, ce boucan guidait irrésistiblement les voyageurs vers Caemlyn.

— Qu'est-ce que je vous avais dit ? triompha Bunt, obligé de crier pour se faire entendre. La plus grandiose ville du monde ! Et construite par des Ogiers, en plus de tout. Enfin, au moins le palais et la Cité Intérieure… Un endroit rudement vieux, non ? Le fief depuis lequel la bonne reine Morgase édicte les lois et permet au royaume de vivre en paix. Que la Lumière éclaire cette grande souveraine et sa capitale – la plus vaste qui existe en ce monde, on ne le dira jamais assez !

Rand ne serait pas venu prétendre le contraire. Bouche bée de stupéfaction, il résistait à l'envie de se plaquer les mains sur les oreilles pour ne plus entendre le vacarme. Les gens se pressaient sur la route, le faisant penser à la place Verte, le jour de Bel Tine, mais en cent ou mille fois plus grand. À Baerlon, se souvint-il, il avait jugé presque impossible que des rues grouillent ainsi de monde. Quel naïf il faisait ! Ici, la foule était beaucoup plus dense, même aux premières lueurs de l'aube.

Rand regarda Mat et sourit. Ne reculant devant rien, son ami s'était bel et bien plaqué les mains sur les oreilles. À la façon dont il rentrait la tête dans ses épaules, il aurait sans doute aimé qu'elle y disparaisse…

— Comment nous cacher là-dedans ? cria-t-il lorsqu'il vit que son compagnon le dévisageait. À qui se fier, parmi une telle multitude ? Il y a tant de gens ! Et ce bruit insupportable !

Avant de répondre, Rand jeta un coup d'œil à Bunt. Fasciné par la ville, il ne s'intéressait plus à ses passagers. De toute manière, le boucan l'aurait empêché de les espionner.

Rand approcha quand même sa bouche de l'oreille de Mat.

— Et comment nos ennemis nous trouveront-ils, dans cette multitude ? Tu n'y as pas pensé, espèce d'abruti ? Si tu apprends à tenir ta maudite langue, nous ne risquerons rien ici. (Rand fit un grand geste pour désigner les marchés, le premier mur d'enceinte, la Cité Intérieure dont on distinguait surtout les tours…) Regarde cette splendeur, Mat ! Tout peut arriver en un lieu pareil ! Avec un peu de chance, Moiraine nous y attend en compagnie d'Egwene et des autres…

— S'ils sont vivants ! Moi, je pense qu'ils ont quitté ce monde, comme le trouvère.

Le sourire de Rand s'effaça et il se tourna de nouveau vers la cité. Tout pouvait arriver dans un endroit pareil ! Il refusait d'en démordre, et voilà tout !

Même si Bunt secouait les rênes, le pauvre cheval n'était pas en mesure d'accélérer. Plus on approchait des portes, et plus la foule devenait dense, faisant obstacle à la circulation des chariots et des charrettes.

La plupart des voyageurs, nota Rand, non sans satisfaction, étaient des jeunes gens couverts de poussière et pratiquement dépourvus de bagages. Quel que soit leur âge, d'ailleurs, les visiteurs qui venaient en ville en ce jour avaient l'air fatigué typique des voyageurs qui n'ont pas pu s'offrir le minimum de confort requis. Un véhicule délabré, un cheval fatigué, des vêtements froissés après trop de nuits à la belle étoile… Malgré tout, ces pauvres hères rivaient le regard sur Caemlyn comme si cette vue pouvait leur faire oublier leur épuisement.

Six Gardes de la Reine filtraient les nouveaux venus qui s'engageaient sous l'arche. Avec leur tunique rouge et blanc impeccablement propre et leur plastron brillant, ces soldats faisaient un sacré contraste avec les loqueteux qu'ils avaient mission de surveiller. Droits comme des « i », ils regardaient les visiteurs avec un mépris mêlé de suspicion. S'ils s'étaient laissés aller, nul doute qu'ils auraient refoulé les quatre cinquièmes de ces miteux. Mais ils se contentaient de garder une partie de la route libre pour les gens qui souhaitaient sortir de Caemlyn. Et, s'ils remettaient vertement à leur place les visiteurs qui poussaient trop fort les autres, ils ne leur compliquaient pas la vie plus que ça.

— Restez à votre place et ne poussez pas, au nom de la Lumière ! La ville est assez grande pour vous tous !

Le chariot de Bunt entra dans Caemlyn avec la foule – une lente marée montante, en quelque sorte…

La ville était bâtie en terrasses, chacune évoquant la marche d'un escalier. Au sommet de cette pyramide, un autre mur – blanc et étincelant, celui-ci – faisait le tour d'une série de collines. Derrière cette protection, les tours les plus hautes et les dômes regardaient de haut le reste de la ville.

La Cité Intérieure dont avait parlé Bunt, sans doute…

Une fois en ville, la route de Caemlyn devenait un grand boulevard divisé en deux parties par un large terre-plein central arboré qui aurait dû être verdoyant. L'herbe était marron et les arbres déplumés paraissaient se préparer pour l'hiver, mais les passants ne s'en souciaient pas, continuant à bavarder, à se presser, à flâner ou à se disputer – enfin, toutes ces choses étranges que les humains font quotidiennement partout dans le monde.

Ces citadins, cependant, semblaient ne s'être même pas avisés que le printemps se faisait attendre, et qu'il risquait de ne pas arriver du tout. En fait, comprit Rand, ils ne *voyaient* pas ce qui les dérangeait. Que ce soit volontaire ou non, ils détournaient la tête des branches nues et foulaient l'herbe agonisante sans daigner baisser les yeux dessus. Comme si ne pas regarder la réalité en face suffisait à la modifier. Parce que le monde, selon eux, existait uniquement quand ils consentaient à lui donner vie en le contemplant.

Soufflé par la cité et sa population, Rand sursauta lorsque le chariot s'engagea dans une rue latérale beaucoup plus étroite que le boulevard – mais encore deux fois plus large que n'importe quelle venelle de Champ d'Emond.

Tirant sur les rênes pour ordonner à son cheval de s'immobiliser, Bunt se tourna vers ses passagers, l'air hésitant. Ici, la circulation était moins dense et les piétons contournaient machinalement le chariot sans avoir besoin de ralentir.

— Ce que tu caches sous ta cape, fiston, demanda le paysan à Rand, c'est vraiment ce que prétend Holdwin ?

— Que voulez-vous dire ? répliqua Rand sans tressaillir.

Imperturbable, il ramassa ses sacoches de selle et les jeta sur son épaule. Son estomac menaçait de se retourner, mais sa voix ne tremblait pas, et cela seul importait.

Mat étouffa un bâillement d'une main – mais l'autre fila sous sa cape, en quête de la dague au rubis. Sous le foulard noué autour de son front, le jeune homme avait un regard hanté qui mit Rand mal à l'aise.

Sans doute conscient qu'il portait une arme, Bunt évita soigneusement de tourner la tête vers son passager.

— Ce que je veux dire ? répéta-t-il. Rien de particulier… Mais si tu m'as entendu annoncer que j'allais partir pour Caemlyn, l'autre soir, tu as certainement suivi le début de la conversation. Si la prime m'intéressait, j'aurais trouvé un prétexte pour entrer dans l'auberge – *L'Oie et la Couronne,* si ça vous intéresse – et m'entretenir avec Holdwin. Mais je n'aime pas cet aubergiste, et encore moins son fichu « ami ». On dirait qu'il en a après vous. Une obsession, semble-t-il…

— J'ignore après qui ou quoi il en a, répondit Rand. Ce type en noir, nous ne l'avions jamais vu.

Un demi-mensonge, et peut-être même pas, car Rand était incapable de distinguer un Blafard d'un autre.

— Vraiment ? Eh bien, je répète : je ne sais pas grand-chose, et je refuse qu'on m'en apprenne davantage. Les problèmes viennent tout seuls, en ce moment. Inutile de les chercher avec une lanterne !

Mat mettant un temps fou à récupérer ses biens, Rand sauta du chariot avec une solide longueur d'avance. Les yeux cernés de noir, l'ancien farceur numéro un de Champ d'Emond prit son arc, son carquois et sa couverture, les plaqua contre sa poitrine et descendit enfin du véhicule.

Rand fit la grimace en entendant grommeler son estomac. La faim et il n'aurait trop su dire quelle sourde angoisse lui donnaient la nausée et il n'avait aucune envie de vomir en pleine rue. Se campant devant lui, Mat l'interrogea du regard.

On fait quoi ? On va où ?

Se penchant un peu, Bunt fit signe à Rand d'approcher.

Le jeune homme obéit, espérant glaner quelque bon conseil au sujet de Caemlyn.

— Si j'étais toi, je cacherais… hum… *ça !*

Le vieux paysan se tut et regarda autour de lui, méfiant. Des gens dépassaient le chariot sur ses deux flancs, râlant parfois parce qu'il bloquait le passage, mais personne ne prêtait attention au conducteur et à son jeune interlocuteur.

— Ne la porte plus ! Cache-la ou vends-la, mais ne la garde pas. C'est mon avis, en tout cas. Les objets de ce genre attirent l'attention des curieux, et j'ai cru comprendre que c'est la dernière chose que tu veux…

Sans crier gare, Bunt se redressa, secoua les rênes et repartit sans un mot ni un regard en arrière. Obligé de sauter sur le côté pour éviter un chariot chargé de tonneaux, Rand perdit de vue leur bienfaiteur. Quand il sonda de nouveau la rue, il ne vit plus le brave homme ni son véhicule.

— Que faisons-nous ? demanda Mat.

Très nerveux, il regardait les gens aller et venir au milieu des bâtiments dont certains, incroyablement, avaient quelque chose comme six étages !

— Nous sommes à Caemlyn, et après ?

Mat ne s'obstruait plus les oreilles, mais il semblait mourir d'envie de le faire. À Caemlyn, on entendait sans cesse le bourdonnement des conversations et les bruits divers montant de milliers d'échoppes.

Parfois, Rand avait l'impression d'évoluer à l'intérieur d'une ruche géante.

— Rand, même si nos amis sont ici, comment les trouver dans ce fouillis ?

— C'est Moiraine qui nous trouvera, ne t'en fais pas…

La mégalopole lui pesait tout autant qu'à Mat, et il aurait donné cher pour s'abstraire de la foule et du bruit. Malgré les leçons de Tam, la recherche du vide intérieur ne donnait aucun résultat. Dans l'incapacité de s'isoler, il décida de se concentrer sur son environnement immédiat et d'oublier le reste. S'il se limitait à cette rue, par exemple, il pouvait imaginer qu'il était à Baerlon. Le dernier endroit où ses amis et lui avaient cru être en sécurité.

Plus personne ne l'est… Et les autres sont peut-être déjà morts. Que feras-tu alors, Rand ?

— Non, ils sont vivants ! Egwene est vivante !

Quelques passants jetèrent un regard interloqué à l'étrange jeune homme qui parlait tout seul.

— Peut-être…, marmonna Mat. Mais si Moiraine ne nous trouve pas ? Si nous restons isolés, et que celui qui nous trouve soit…

Il s'interrompit, incapable de prononcer ça à voix haute.

— Nous y penserons quand ça arrivera, dit Rand. Si ça se produit…

Au pire, ils pouvaient tenter de contacter Elaida, l'Aes Sedai présente au palais de Morgase. Mais Rand aurait préféré aller directement à Tar Valon. Mat se souvenait-il de ce que Thom avait dit sur l'Ajah Noir ? Et sur le Rouge ? Ce n'était pas le genre de choses qu'on oubliait, pas vrai ?

— Thom nous a dit de trouver une auberge. *La Bénédiction de la Reine*… Si nous commencions par là ?

— Et pour quoi faire ? À nous deux, nous n'avons pas de quoi payer un repas !

— Il faut tenter le coup. Selon Thom, nous trouverons de l'aide dans cette auberge.

— Je ne peux pas… Rand, ils sont partout. (Mat baissa les yeux sur les pavés et sembla se ratatiner pour s'isoler de la foule.) Où que nous allions, ils nous suivent ou nous attendent. Ce sera pareil dans cette auberge. Je… Rien ne peut arrêter un Blafard.

Rand prit Mat par le col – en se concentrant pour empêcher sa main de trembler. Il avait besoin de son ami. Si la Lumière le voulait bien, les autres étaient encore de ce monde, mais pour l'heure, il n'y avait plus qu'eux deux. L'idée de continuer seul…

Rand sentit le goût de la bile monter dans sa gorge.

Par la force de l'habitude, il regarda autour de lui, mais personne ne semblait avoir entendu la référence au Blafard.

— Mat, nous avons réussi, jusqu'ici, pas vrai ? Si nous ne baissons pas les bras, nous gagnerons ! Après tout, ils ne nous ont pas encore eus. Je refuse d'attendre comme un agneau à l'abattoir. Et je ne le ferai pas ! Alors, tu restes ici histoire de mourir de faim ? Ou de te laisser capturer comme un idiot ?

Rand lâcha son ami, se détourna et s'éloigna. Même s'il s'enfonçait les ongles dans les paumes, ses mains ne cessaient de trembler. Puis il sentit la présence de Mat à côté de lui.

— Désolé, Rand, souffla le jeune homme, les yeux toujours baissés.

— Oublie ça, mon vieux !

Levant la tête juste ce qu'il fallait pour ne pas percuter des passants, Mat se confessa à voix basse :

— Je pense tout le temps que je ne rentrerai jamais chez moi. Et je veux y retourner ! Moque-toi de moi si ça te chante, mais c'est ainsi ! Si tu savais ce que je donnerais pour que ma mère me fasse un de ses fichus sermons ! C'est comme un fardeau qui pèse sur mon esprit. Une douleur brûlante… Des inconnus partout, et comment savoir auxquels se fier ? S'il y en a… Rand, Deux-Rivières est si loin que ça pourrait tout aussi bien être à l'autre bout du monde… Nous sommes seuls et nous ne reviendrons jamais au bercail. Parce que nous allons mourir, Rand !

— Oui, mais pas tout de suite ! Tout le monde meurt et la Roue tourne. Mais je ne me roulerai pas en boule en attendant que ça arrive.

— On croirait entendre maître al'Vere, marmonna Mat.

Mais il semblait un peu moins abattu.

— Ce n'est pas si mal… Non, pas si mal…

Lumière, fais que les autres s'en soient tirés ! Nous ne supporterons pas d'être seuls !

Rand commença à demander le chemin de l'auberge. Le succès ne fut pas franc et massif. Le jeune berger fit une jolie collection d'injures visant « ceux qui auraient mieux fait de rester chez eux », assortie de toute une variété de regards méprisants, de haussements d'épaules et de gestes hostiles.

Un type presque aussi grand que Perrin inclina sa grosse tête et lança :

— *La Bénédiction de la Reine* ? Des bouseux comme vous, hommes de la reine ?

L'homme portait une cocarde blanche sur son chapeau à larges bords et un brassard également blanc sur la manche de son long manteau.

— Eh bien, acheva-t-il, vous arrivez trop tard !

Il éclata de rire tandis que les deux amis se regardaient, décontenancés. Mais Rand se ressaisit très vite. Les gens bizarres étaient légion à Caemlyn, et il fallait faire avec.

La plupart de ces « originaux » ne cherchaient pas à se cacher. La peau trop sombre ou trop pâle, des vêtements curieusement taillés ou de couleurs trop vives, des chapeaux pointus ou ornés d'une plume… Il y avait aussi des femmes voilées ou vêtues de robes rigides aussi larges qu'elles étaient grandes. D'autres déambulaient dans des tenues qui en révélaient davantage sur leurs charmes que celles des serveuses les plus aguichantes que Rand avait jamais vues…

Dans le même ordre d'idées, il arrivait qu'un carrosse outrancièrement paré d'or et parfois même peint en rose déboule dans une rue bondée, son attelage de quatre ou six chevaux affublé de plumes sur tous les harnais.

À Caemlyn, les chaises à porteurs étaient au moins aussi courantes que les puces sur un chat. Bien entendu, les porteurs se frayaient un chemin dans la foule sans se soucier des orteils qu'ils écrasaient.

Rand vit une rixe commencer à cause d'un accident de chaise. Alors qu'il sortait de son siège mobile renversé, un homme en manteau à rayures rouges, le teint très pâle, avait été pris à partie par un petit groupe de citadins. Deux traîne-misère qui passaient par là – sans avoir aucun lien avec l'affaire – lui avaient sauté dessus avant qu'il se soit vraiment dégagé de la chaise. Les premiers imprécateurs avaient été rejoints par une foule de curieux en quête de bagarre… Prudent, Rand avait tiré Mat par la manche. En s'éloignant, les deux jeunes gens avaient entendu les échos d'une petite émeute.

Plus d'une fois, des hommes interpellèrent les deux garçons – alors que ç'aurait dû être le contraire. Avec leurs vêtements poussiéreux, Rand et Mat proclamaient qu'ils venaient d'arriver en ville, et cette caractéristique semblait agir comme un aimant sur certains individus. Des vendeurs de reliques, pour l'essentiel. Furtifs comme des ombres, visiblement prêts à détaler au moindre problème, ils proposaient des « trésors » ayant appartenu à Logain. Se livrant à un rapide calcul mental, Rand estima qu'on avait voulu leur vendre assez de « morceaux de la cape du Dragon » pour vêtir une famille entière. Quant aux « fragments de sa lame », ils auraient largement suffi à fabriquer deux épées, sinon trois. La première fois, une lueur d'intérêt était passée dans le regard de Mat, mais Rand avait poliment refusé, toutes les « occasions en or » qu'on le suppliait de bien vouloir saisir. Soucieux de ne pas se faire mal voir, les vendeurs à la sauvette inclinaient simplement la tête avant de lancer : « Que la Lumière éclaire la reine, mon bon maître… » Puis ils se volatilisaient.

Dans neuf boutiques sur dix, on trouvait des assiettes et des chopes ornées de représentations fantaisistes du faux Dragon, couvert de chaînes, comparaissant devant Morgase.

Des Capes Blanches arpentaient les rues. Comme à Baerlon, il leur suffisait de paraître quelque part pour que le vide se fasse autour d'eux.

Rand consacrait pas mal de temps à un sujet capital : comment passer inaperçu dans cette fourmilière ? Pour l'instant, cacher l'épée avec sa cape suffisait, mais ça ne durerait pas éternellement. Tôt ou tard, quelqu'un se demanderait ce qu'il dissimulait. Quant au conseil de Bunt – se débarrasser de l'arme –, il refusait d'en tenir compte. Pas question de se séparer de son dernier lien avec Tam. Son père, Tam, oui…

Dans la foule, pas mal d'hommes portaient une épée, mais aucune n'arborait la marque du héron. Cela dit, tous les citadins et une bonne partie des étrangers avaient enveloppé leur arme (poignée et fourreau) dans des bandes de tissu rouge tenues par une cordelette blanche – ou l'inverse, dans plusieurs cas. Une bonne centaine de hérons pouvaient se cacher sous cet « emballage » sans que personne ait l'ombre d'un soupçon. Avantage non négligeable, sacrifier à la mode locale aiderait le jeune berger à se fondre dans l'anonymat de la foule.

Pas mal de boutiques proposaient des bandelettes de tissu et des cordelettes colorées. Rand s'arrêta devant un de ces étalages et étudia le problème. Bien qu'on ne vît aucune différence entre les deux, le tissu rouge était moins cher que le blanc. Le jeune berger opta donc pour un emballage rouge et de la cordelette blanche. Il ne prêta pas l'oreille aux objections de Mat, angoissé à l'idée du peu d'argent qu'il leur resterait après cet ultime achat.

Le commerçant fit la grimace devant la tenue négligée des deux amis, mais il prit quand même leur argent. En revanche, il se rembrunit quand Rand lui demanda la permission de le laisser emballer son épée dans la boutique…

— Nous ne sommes pas venus voir Logain, expliqua Rand patiemment. C'est Caemlyn qui nous intéresse.

Il se souvint du discours dithyrambique de Bunt et insista :

— La plus glorieuse cité du monde, pas vrai ? (Le marchand ne se dérida pas.) Que la Lumière éclaire la bonne reine Morgase ! ajouta Rand à tout hasard.

— Si tu ne files pas, dit le type, menaçant, j'appellerai au secours et une bonne centaine d'hommes me répondront. Même si les Gardes ne réagissent pas, ces gaillards-là sauront se charger de votre cas à tous les deux. (Il cracha par terre, ratant de peu la botte de Rand.) Et maintenant, du balai !

Rand salua de la tête comme si le commerçant venait de lui dire gentiment « adieu ». Puis il tira Mat par la manche, l'empêchant à plusieurs reprises de se retourner pour s'en prendre au malotru. Un peu plus tard, les deux amis s'engagèrent dans une impasse. Le dos tourné à la rue, Rand se défit de son ceinturon d'armes et entreprit d'empaqueter le fourreau et la poignée de son épée.

— Je parie que tu as payé deux fois ce que vaut ce fichu chiffon ! Trois fois, peut-être…

Une fois qu'on s'y était mis, emballer une épée dans son fourreau était beaucoup moins facile qu'on aurait pu le croire.

— Rand, gémit Mat, tous les gens essaient de nous rouler ! Ils pensent que nous sommes venus voir le faux Dragon, comme tout le monde, et que ça mine notre vigilance. Si ça continue, quelqu'un nous défoncera le crâne dans notre sommeil, histoire de toucher la récompense. Nous ne devrions pas rester ici : il y a beaucoup trop de gens. Pourquoi ne pas partir pour Tar Valon ? Ou vers l'Illian, au sud ? Je ne détesterais pas voir de plus près tous les pèlerins qui se réunissent pour la Quête du Cor. Même si nous ne pouvons pas rentrer chez nous, ne traînons pas à Caemlyn !

— Moi, je reste, dit Rand. Si nos amis ne sont pas déjà là, ils ne tarderont plus, parce que je suis certain qu'ils nous cherchent.

Le jeune berger regarda son œuvre, pas vraiment sûr d'avoir « emballé » l'arme de la bonne façon. Mais les hérons qui ornaient le fourreau et la poignée n'étaient plus visibles, et ça lui suffisait. En revenant dans la rue, il songea qu'il avait une raison de moins de s'inquiéter. Dans son sillage, Mat avançait d'une démarche traînante, comme si son ami l'avait tiré par une longe invisible.

Bribe par bribe, Rand obtint tous les renseignements qu'il désirait. Au début, les « par là » et les « dans ce coin-là, sûrement » ne l'aidèrent pas beaucoup. Mais, à mesure que les deux amis approchaient du but, les indications se firent de plus en plus précises. Pour finir, ils se trouvèrent devant un grand bâtiment de pierre muni d'une enseigne qui, bien entendu, grinçait au vent. On y voyait un homme agenouillé devant une femme rousse qui portait une couronne. Une main posée sur la tête inclinée de son sujet, elle lui accordait la bénédiction de la reine.

— Tu es sûr de ce que tu fais ? demanda Mat.

— Bien entendu, répondit Rand.

Après avoir pris une grande inspiration, il poussa la porte et entra.

Deux cheminées chauffaient la grande salle commune lambrissée de bois sombre. Une serveuse balayait le plancher pourtant immaculé et une autre, dans un coin, polissait des chandeliers. Toutes deux sourirent aux nouveaux clients avant de continuer leur travail.

Très peu de tables étaient occupées, mais à une heure si matinale, une dizaine de clients constituaient une petite foule. S'ils ne parurent pas ravis de voir débouler deux étrangers, ces hommes tout à fait propres sur eux n'étaient pas le moins du monde éméchés. L'odeur de viande en train de rôtir et de pain tout récemment sorti du four mit l'eau à la bouche de Rand.

À sa grande satisfaction, l'aubergiste était plus qu'enveloppé. Le cheveu grisonnant, il maquillait sa tonsure naissante en se coiffant en arrière, mais l'effet n'était pas très concluant. Très digne dans son tablier blanc amidonné, il évalua ses clients en un clin d'œil, les classa immédiatement dans la catégorie des « voyageurs nécessiteux » mais sourit quand même et se présenta poliment :

— Basel Gill, pour vous servir.

— Eh bien, maître Gill, un de nos amis nous a recommandé de venir chez vous. Thom Merrilin, pour tout vous dire.

Le sourire de l'aubergiste s'effaça. Rand consulta Mat du regard, mais son ami était trop occupé à humer les odeurs de cuisine pour s'intéresser à autre chose.

— Il y a un problème ? enchaîna Rand. Vous le connaissez, n'est-ce pas ?

— Oui, répondit maître Gill, distrait.

Les yeux rivés sur l'étui de la flûte, que Rand portait sur le côté, pas dans le dos, il sembla hésiter, puis lâcha :

— Suivez-moi…

Rand flanqua une bourrade à Mat pour qu'il se mette en chemin, puis il suivit Gill, se demandant ce qui les attendait.

Une fois dans la cuisine, maître Gill dit quelques mots à la maîtresse des fourneaux, une femme affublée d'un gros chignon et qui devait peser à peine une livre ou deux de moins que son patron. En l'écoutant, elle continua à remuer ses casseroles d'où montaient des arômes étourdissants. Deux jours sans manger faisaient une sauce succulente pour n'importe quel plat, mais ça n'était pas la seule explication. Ces préparations sentaient aussi bon que celles de maîtresse al'Vere, et l'estomac de Rand en gargouillait d'avidité. Penché en avant, Mat semblait irrésistiblement attiré par les plats, qu'il humait à la façon d'un cochon en quête de glands. Rand lui flanquant un coup de coude dans les côtes, il se ressaisit et adopta une position un peu plus digne.

Maître Gill repartit et sortit par la porte de derrière. Dans la cour, il regarda autour de lui pour s'assurer qu'ils étaient seuls, puis il se tourna vers Rand.

— Qu'y a-t-il dans l'étui, mon garçon ?

— La flûte de Thom…

Il ouvrit l'étui, pour montrer qu'il ne mentait pas. Très nerveux, Mat glissa la main sous sa cape.

— Oui, je la reconnais, dit Gill sans cesser de surveiller Rand du coin de l'œil. Je l'ai souvent vu en jouer, et les instruments de cette qualité sont en général réservés aux cours des grands de ce monde. (Il ne souriait plus et le reflet métallique de son regard évoquait irrésistiblement une lame.) Comment l'as-tu eue ? Plutôt que de s'en séparer, Thom aurait préféré se couper un bras.

— Il me l'a donnée, dit Rand.

Il enleva le baluchon de son dos et l'ouvrit assez pour dévoiler les carreaux multicolores de la cape et le bout de l'étui de la harpe.

— Maître Gill, Thom est mort. Si c'était votre ami, toutes mes condoléances. Je l'aimais beaucoup aussi.

— Mort, dis-tu ? Dans quelles circonstances ?

— Un… Un homme voulait nous tuer. Thom m'a confié ses affaires, et il nous a crié de courir. (Voyant que les carreaux multicolores voletaient au courant d'air comme des papillons, Rand replia soigneusement le baluchon.) Sans lui, nous serions morts. Nous étions tous les trois en chemin pour Caemlyn, et il nous a dit de venir chez vous.

— Je croirai qu'il est mort quand je verrai son cadavre, dit Gill. (Il poussa le baluchon du bout du pied, puis se racla la gorge.) Je te crois, mon garçon, ne t'en fais pas. Tu me dis ce que tu penses être la vérité, mais je ne suis pas convaincu que Thom soit mort. Ce trouvère n'est pas facile à tuer, pour sûr que non !

Rand tapota l'épaule de Mat.

— Détends-toi, mon vieux, c'est un ami…

Maître Gill eut un regard soupçonneux pour Mat et soupira :

— Oui, je pense qu'on peut le dire comme ça…

Mat se redressa et croisa les bras. Mais il semblait toujours sur ses gardes et un muscle se contractait bizarrement, sur sa joue.

— Vous étiez en route pour Caemlyn ? répéta l'aubergiste. C'est le dernier endroit au monde où Thom voudrait aller, je crois… Excepté Tar Valon, sans doute…

Il attendit qu'un garçon d'écurie ait fini de traverser la cour en tenant un cheval par la longe, puis reprit à voix basse :

— Vous avez des ennuis avec les Aes Sedai, c'est ça ?

— Oui, répondit Mat.

— Qu'est-ce qui vous fait penser ça ? demanda Rand dans la même seconde.

Maître Gill eut un petit rire nerveux.

— Je connais le bonhomme, voilà tout ! Pour aider deux jeunes gars comme vous, c'est exactement le genre d'ennuis qu'il est prêt à affronter… Son passé, vous comprenez ? Non, bien sûr, comment pourriez-vous savoir ? Je ne vous accuse de rien, sachez-le, mais je me demandais… Enfin, j'ai le sentiment que… Si je puis me permettre, de quels ennuis s'agit-il ? Avec Tar Valon, je veux dire…

Rand comprit enfin ce que l'aubergiste sous-entendait. Le Pouvoir de l'Unique…

— Non, non, ça n'a rien à voir avec ça. Nous avons même une Aes Sedai parmi nos alliés. Moiraine était…

Rand n'alla pas plus loin, furieux d'avoir lâché ce nom. Mais l'aubergiste semblait ne pas le connaître.

— Eh bien, c'est une bonne chose… Je n'aime pas trop les Aes Sedai, mais elles sont préférables à… Bon, on parle trop de ces sujets, à cause de cette histoire avec Logain. Je ne voulais pas vous offenser, mais il fallait que je sache, pas vrai ?

— Aucun problème, assura Rand.

Mat murmura trois mots incompréhensibles, mais l'aubergiste, bon enfant, parut supposer qu'il partageait l'opinion de son ami.

— À vous voir tous les deux, exactement le bon profil, je veux bien croire que Thom vous avait – non, vous a à la bonne. Mais les temps sont difficiles… Bien entendu, vous ne pouvez pas payer ? Ben voyons ! En ce moment, nous manquons de tout, et le peu qui reste est hors de prix. Je vais vous offrir le gîte – pas les meilleurs lits, mais quand même de quoi dormir au chaud – et le couvert. Même si j'aimerais, je ne peux rien vous promettre de plus.

— C'est déjà beaucoup, dit Rand avec un regard appuyé pour Mat. Plus que ce que j'espérais…

Qu'était donc le « bon profil », et pourquoi maître Gill aurait-il dû en faire plus ?

— Thom est un très bon ami à moi, dit l'aubergiste. Un type au sang chaud qui n'a pas sa langue dans la poche, surtout quand il ferait mieux de se taire devant quelqu'un de haut placé, mais un gars droit et loyal. S'il ne se remontre pas… eh bien, nous improviserons quelque chose, je suppose… En attendant, vous ne devriez plus parler de l'Aes Sedai qui vous aide. Je suis un sujet fidèle de la reine, mais beaucoup de gens, actuellement, prendraient très mal votre histoire. Hélas, je ne parle pas seulement des Capes Blanches.

— Pour ce qui me concerne, grogna Mat, les corbeaux peuvent emporter toutes les Aes Sedai au mont Shayol Ghul !

— Fais attention à ce que tu dis, mon garçon ! Je ne les aime pas, c'est vrai, mais je ne fais pas partie des crétins qui les accusent de tous les maux du monde. La reine soutient Elaida, et les Gardes combattent pour la reine. Je prie souvent la Lumière pour que ça ne change pas. Mais ces derniers temps, des Gardes ont oublié leur devoir de réserve au point de maltraiter des gens qui disaient du mal de l'Aes Sedai… Ils n'étaient pas de service, la Lumière en soit remerciée, mais c'est arrivé, et ça me suffit. Je ne veux pas que des Gardes, même en civil, viennent dévaster ma salle commune pour vous donner une leçon. Et je n'ai pas besoin que les Capes Blanches convainquent un imbécile de venir peindre un Croc du Dragon sur ma porte. Du coup, si vous voulez que je vous aide, gardez pour vous votre opinion sur les Aes Sedai, qu'elle soit bonne ou mauvaise. (Maître Gill se tut un moment, pensif.) Tant qu'à faire, ne mentionnez pas Thom lorsque nous ne sommes pas seuls. Certains Gardes ont une sacrée mémoire, et c'est aussi le cas de la reine. Inutile de prendre des risques…

— Thom a eu des ennuis avec la reine ? demanda Rand, incrédule.

L'aubergiste éclata de rire.

— Donc, il ne vous a pas tout dit, le sacripant ! Au fond, rien ne l'y obligeait. Mais je ne vois pas pourquoi vous devriez croupir dans l'ignorance. En outre, ce n'est pas vraiment un secret… Vous croyez que tous les trouvères ont une si haute opinion d'eux-mêmes ? En y réfléchissant bien, j'ai peur que oui, mais Thom reste quand même le champion toutes catégories en la matière. C'est qu'il n'a pas toujours été un artiste errant de village en village et le plus souvent contraint de dormir à la belle étoile. À une époque, il était le barde de la cour, ici, à Caemlyn. De Tear à Maradon, toutes les têtes couronnées le connaissaient.

— Thom ? s'étonna Mat.

Rand ne partageait pas sa surprise. Il voyait très bien Thom, avec sa gestuelle théâtrale, tenir sa place auprès d'une reine.

— Eh oui, Thom ! Peu après la mort de Taringail Damodred, les ennuis ont commencé pour son neveu. Selon certains, Thom était – comment dire, exactement ? – un peu plus proche de la reine que l'exigeaient les convenances. Mais Morgase était une jeune veuve, et lui avait toute la fougue d'un jeune homme. De toute façon, à mes yeux, la souveraine fait ce qu'elle veut, un point c'est tout ! Cela dit, notre bonne Morgase a toujours eu un fichu caractère et, quand il a appris que son neveu avait de gros problèmes, Thom est parti sans dire un mot à sa… reine. Inutile de préciser qu'elle a détesté ça. Et elle n'a pas apprécié non plus qu'il fourre son nez dans les affaires des Aes Sedai. Franchement, je pense aussi que c'était une bourde, neveu ou pas neveu. Une fois de retour, Thom a parlé, certes, mais il y a des choses qu'on ne dit pas à une reine – ni à aucune femme de tête comme Morgase. Elaida ne décolérait pas contre lui à cause du fameux neveu. Avec deux dames de cette envergure contre lui, Thom est reparti de Caemlyn juste à temps pour ne pas finir en prison, voire sous la hache du bourreau. Et, pour ce que je sais, la sentence est toujours exécutoire…

— Tout ça remonte à très longtemps, dit Rand. Je parie que personne ne s'en souvient.

— Détrompe-toi… Gareth Bryne est aujourd'hui général en chef de la Garde Royale. En ce temps-là, il commandait le détachement chargé de ramener Thom couvert de chaînes. Je doute qu'il ait oublié son retour piteux, tout ça pour découvrir que Thom était revenu de lui-même et déjà… reparti. Quant à la reine, elle n'oublie rien. As-tu jamais entendu parler d'une femme qui ne se souvienne pas d'un outrage ? Morgase était folle de rage. Pendant un mois, la cité entière a filé doux, tu peux me croire.

» Beaucoup de Gardes sont assez vieux pour se le rappeler… Alors, restez muets au sujet de Thom, comme pour votre Aes Sedai. Bon, suivez-moi, je vais vous offrir un repas. À vous voir, on dirait que votre estomac est en train de se digérer lui-même !

36

Le Lacis de la Trame

Maître Gill installa les deux garçons à une table discrète, dans un coin de la salle, puis il demanda à une des serveuses d'apporter trois repas. Dès qu'il vit les assiettes, Rand secoua tristement la tête. De fines tranches de bœuf noyées dans la sauce, une cuillerée de moutarde brune et deux pommes de terre… Pas un festin, mais l'aubergiste les avait prévenus, on « manquait de tout en ce moment ». Déçu mais n'en voulant à personne, Rand s'empara de ses couverts et se demanda ce qui arriverait quand « on » n'aurait carrément plus rien du tout. Si on regardait les choses ainsi, le plat maigrichon devenait bel et bien un festin.

L'avenir n'avait rien d'engageant, décidément…

Maître Gill avait choisi une table isolée et il s'était assis dos au mur, afin de surveiller la salle. Si quelqu'un approchait pour écouter la conversation, il le verrait à coup sûr. Dès que la serveuse fut partie, il entra dans le vif du sujet :

— Alors, vos problèmes ? Si je dois vous aider, il vaudrait mieux que je sache où je mets les pieds.

Rand voulut consulter Mat. Foudroyant son assiette du regard comme s'il en voulait à la pomme de terre qu'il coupait, le jeune homme ne s'en aperçut même pas.

— À vrai dire, commença Rand, je ne comprends pas très bien moi-même…

Il simplifia les événements et omit de mentionner les Trollocs et les Blafards. Quand quelqu'un vous proposait son aide, raconter une histoire à dormir debout ne paraissait pas très malin. Cela dit, minimiser le danger n'était pas loyal, tout comme entraîner quelqu'un dans une affaire qu'on ne cernait pas vraiment soi-même.

Des hommes les poursuivaient, Mat et lui, traquant également des amis à eux. Ces adversaires apparaissaient toujours là où on les attendait le moins, et ils avaient l'intention de tuer leurs proies, pas de les capturer. Selon Moiraine, certains de ces assassins étaient des Suppôts des Ténèbres. Thom se méfiait de Moiraine, mais, en mémoire de son neveu, il n'avait pas voulu abandonner les jeunes gens.

Sur le chemin de Pont-Blanc, le groupe avait été obligé de se séparer à cause d'une attaque. Plus tard, à Pont-Blanc, Thom s'était sacrifié pour sauver ses deux compagnons. Depuis, il y avait eu d'autres embuscades…

Un récit truffé de trous et d'incohérences. Mais Rand ne pouvait rien faire de mieux sans révéler trop de choses à maître Gill.

— Mat et moi, nous avons continué à avancer vers Caemlyn, selon le plan. Tar Valon est la prochaine destination.

Rand s'agita nerveusement sur son siège. Après avoir tout gardé secret pendant si longtemps, se « confesser », même partiellement, faisait une étrange impression.

— Si nous ne nous écartons pas du plan, conclut Rand, nos amis nous retrouveront tôt ou tard.

— S'ils sont vivants…, souffla sombrement Mat… à son assiette.

Rand ne daigna même pas froncer les sourcils. Mais il se sentit obligé d'ajouter :

— Nous aider peut vous attirer des ennuis…

Maître Gill chassa cette idée d'une main boudinée pleine de nonchalance.

— Je n'en cherche pas avec une lanterne, mais ce ne sera pas non plus la première fois que j'en aurai. Le Suppôt des Ténèbres qui me forcera à abandonner des protégés de Thom n'est pas encore né ! Cette amie venue du nord dont tu parlais… Si elle se montre à Caemlyn, je le saurai. En ville, des gens tiennent le compte des arrivées et des départs, et les nouvelles se répandent vite.

— Et Elaida ? demanda Rand après une brève hésitation. Est-ce un recours pour nous ?

L'aubergiste prit le temps de réfléchir avant de répondre :

— Non, j'ai peur que non… Si vous n'étiez pas liés à Thom… Mais elle le découvrira, et que vous arrivera-t-il ? Impossible de le dire. Un long emprisonnement ? Un tête-à-tête final avec le bourreau ? Elaida a l'art de sentir les choses, d'après ce qu'on dit. Elle est aussi douée pour anticiper les événements. Et pour mettre du premier coup le doigt sur ce qu'on voudrait lui cacher. Non, à votre place, je ne prendrais pas un tel risque…

» Les Gardes pourraient vous aider, s'il n'y avait pas le problème avec Thom. Avec eux, les Suppôts des Ténèbres ne feraient pas long feu, croyez-moi ! Mais même si vous ne parlez pas du trouvère, mentionner les Suppôts suffira à alerter Elaida – qui sera informée de vos propos, n'en doutez pas un instant. Et si ça se passe ainsi, vous en serez revenus à la case départ.

— Pas question d'aller voir les Gardes, approuva Rand.

Tout en gobant un morceau de viande, Mat hocha vigoureusement la tête – si vigoureusement, en fait, que de la sauce coula sur son menton.

— Le problème, c'est que vous êtes mouillés dans une histoire pleine d'implications politiques. Je sais que c'est involontaire, mais ça ne change rien, et la vie publique est un sacré nœud de serpents.

La cuisinière se découpa soudain dans l'encadrement de la porte de son fief. Lorsqu'elle aperçut maître Gill, elle lui fit signe de venir la rejoindre, puis retourna dans son antre.

— Je pourrais tout aussi bien l'épouser…, soupira l'aubergiste. Elle trouve des choses à réparer dont j'ignorais parfois jusqu'à l'existence. Quand ce n'est pas l'évier bouché, c'est l'évacuation des égouts à nettoyer, et, lorsqu'il n'y a rien à signaler sur ce champ de bataille-là, elle entonne sa chanson sur les rats ! Mon établissement est très sain, je tiens à le souligner, mais avec tant de monde en ville, les rongeurs sont partout. Les humains les attirent, que voulez-vous… Actuellement, Caemlyn en est infestée. Si je vous disais à quel prix se négocie un bon souricier, en ce moment. On ne croirait jamais qu'un matou peut avoir tant de valeur !

» Bon, votre chambre est sous les combles. Je donnerai le numéro aux servantes, histoire que chacune puisse vous y accompagner. Surtout, ne vous inquiétez pas au sujet des Suppôts ! Je n'apprécie guère les Capes Blanches mais, entre les Gardes et les Fils de la Lumière, les complices du Ténébreux n'oseront pas se montrer en ville. (Gill se leva, sa chaise en grinçant de soulagement.) Pourvu que ce ne soient pas les égouts…

Rand voulut se concentrer sur son repas, mais il vit que Mat avait arrêté de manger.

— Je te croyais affamé, dit-il. Et voilà que tu boudes ta nourriture comme un enfant gâté ! Il faut manger, mon vieux. Pour atteindre Tar Valon, nous aurons besoin d'être en forme.

— Tar Valon, maintenant ! Jusque-là, c'était Caemlyn. À Caemlyn, Moiraine nous attendrait, et tout s'arrangerait. À Caemlyn, Egwene et Perrin seraient là pour nous accueillir. À Caemlyn, on raserait gratis et les poules auraient des dents ! Eh bien, nous y sommes, et rien ne va mieux. Où sont Moiraine, Perrin et les autres ? Et tu veux me faire gober que le salut c'est Tar Valon ?

— Nous sommes vivants, non ? lança Rand, plus agressivement qu'il l'aurait voulu. (Il inspira à fond pour se calmer.) Oui, vivants, et c'est déjà bien. J'ai l'intention de continuer à vivre, Mat, histoire de découvrir pourquoi nous sommes si importants. Sache-le bien, je n'abandonnerai pas !

— Tant de gens, et tous des Suppôts en puissance… Tu ne trouves pas que maître Gill est un peu trop pressé de nous aider ? Quel homme faut-il être pour ne pas craindre les Aes Sedai et les Suppôts ? Ce n'est pas normal. À sa place, n'importe qui nous dirait de déguerpir ou… ou… Eh bien, je n'en sais rien, moi !

— Mange…, dit Rand, ému par la détresse de son ami.

Il attendit jusqu'à ce que Mat s'attaque à une tranche de bœuf, puis baissa les yeux sur sa propre assiette et posa les mains sur la table pour les empêcher de trembler. Il crevait de peur. Pas au sujet de maître Gill, mais il y avait bien d'autres raisons légitimes. Le mur d'enceinte de cette ville, si haut fût-il, n'arrêterait pas un Blafard, c'était couru. Aurait-il dû en parler à l'aubergiste ? Mais, s'il le croyait, l'homme serait-il encore disposé à s'impliquer ?

Il y avait aussi les rats… Peut-être bien que les humains les attiraient, mais Rand se souvenait du rêve qui n'en était pas un, à Baerlon. Des échines brisées…

Rand se remémora les paroles de Lan : *« Les sbires du Ténébreux recrutent souvent leurs espions parmi les dévoreurs de cadavres. Les corbeaux et les corneilles, le plus fréquemment. Et les rats, dans les cités… »*

Cédant à son estomac, le jeune homme mangea. Une fois son plat terminé, il aurait été incapable de dire quel goût il avait.

La serveuse qui polissait les chandeliers, au moment de leur arrivée, guida les deux jeunes gens jusqu'à leur chambre. Dans la minuscule pièce mansardée éclairée par une lucarne, il y avait tout juste la place pour les deux lits. En ce qui concernait le rangement, des crochets fixés à la porte devraient suffire, parce qu'il n'y avait rien d'autre.

La serveuse aux yeux noirs avait – curieusement – tendance à glousser et à triturer le devant de sa robe chaque fois qu'elle regardait Rand. Elle était très jolie mais, s'il osait lui faire un compliment, le jeune berger était sûr de se ridiculiser. En sa présence, il se prenait à regretter de n'avoir pas l'aisance de Perrin, en matière de filles. Très perturbé, il fut franchement soulagé quand elle s'en alla.

En d'autres temps, il aurait eu droit aux commentaires acerbes de Mat. Là, son ami se jeta tout habillé sur un des lits et se tourna vers le mur.

Rand suspendit sa cape tout en observant Mat – la main glissée sous sa veste, il devait de nouveau serrer sa précieuse dague.

— Tu veux rester caché dans ton coin ? finit par demander Rand.

— Je suis fatigué…

— Peut-être, mais nous avons encore des questions à poser à l'aubergiste. Il nous dira peut-être comment trouver Egwene et Perrin. S'ils n'ont pas perdu leurs chevaux, ils sont sûrement ici depuis un moment…

— Ils sont morts…, lâcha Mat sans se retourner.

Rand hésita, puis il décida de ne pas insister. Une fois sorti, il ferma derrière lui, espérant que Mat trouverait au moins le repos.

En bas, Rand ne vit pas trace de maître Gill. Croisant la cuisinière, il lut dans son regard qu'elle le cherchait aussi, très agacée qu'il se soit défilé. Un moment, Rand resta assis dans la salle commune. Mais il se lassa très vite de sursauter chaque fois qu'un nouveau client, presque toujours en cape noire, entrait dans l'établissement. Si on lâchait un Blafard dans cette salle, il ferait un massacre, comme un renard dans un poulailler.

Un Garde en uniforme rouge entra et vint étudier attentivement tous les étrangers présents dans la salle. Pendant cet examen, Rand préféra s'intéresser à sa table et aux pointes de ses bottes. Quand il releva la tête, le type était déjà reparti.

La serveuse aux yeux noirs, une pile de serviettes sur les bras, passa à côté du jeune homme.

— Ils font ça assez souvent, souffla-t-elle sans s'arrêter. Pour notre sécurité, simplement… Ils veillent sur les sujets de la reine. Tu n'as aucune raison de t'inquiéter.

Rand acquiesça. Pourquoi se méfiait-il de tout ? Le Garde n'était pas venu lui demander s'il connaissait Thom Merrilin, pas vrai ? Mais il devenait aussi craintif que Mat.

Il se leva et approcha de l'autre serveuse, qui vérifiait le niveau d'huile de toutes les lampes murales.

— Il n'y a pas une autre pièce où je pourrais passer un moment ? lui demanda-t-il.

Il refusait de s'enfermer dans la chambre avec Mat et son incessante mauvaise humeur.

— Une salle à manger privée vide, par exemple ?

— Il y a la bibliothèque… Il faut passer cette porte, tourner à droite et aller jusqu'au bout du couloir. À cette heure-ci, il ne doit y avoir personne.

— Merci beaucoup… Si vous voyez maître Gill, pouvez-vous lui dire que Rand al'Thor voudrait lui parler, s'il a cinq minutes de libres ?

— Je lui transmettrai le message… Mais la cuisinière veut le voir aussi.

Et c'est sûrement pour ça qu'il se cache! songea Rand en s'éloignant.

Une fois dans la bibliothèque, il s'immobilisa devant un spectacle fascinant. Les étagères contenaient au bas mot trois ou quatre cents livres, et il n'avait jamais vu ça de sa vie. Des volumes brochés ou reliés, souvent avec des tranches dorées. Très peu de ces ouvrages avaient des couvertures en bois – désormais rendues obsolètes par le cuir. Lisant les titres, Rand repéra de vrais petits trésors : *Les Voyages de Jain l'Explorateur*, *Les Essais de Willim de Manaches* et même un exemplaire des célèbres *Traversées avec le Peuple de la Mer*, un livre que Tam avait toujours rêvé de lire.

Quand il imagina son père debout devant la cheminée, feuilletant l'ouvrage rare avant de s'asseoir avec sa pipe au bec, prêt à s'immerger dans la lecture, le sentiment de solitude qui étreignit Rand lui gâcha tout le plaisir qu'auraient pu lui procurer les livres.

Entendant quelqu'un se racler la gorge derrière lui, Rand s'avisa qu'il n'était pas seul. Il se retourna, décidé à s'excuser, et fut stupéfié pour la deuxième fois en quelques minutes. En règle générale, il était plus grand que tous les gens qu'il rencontrait. Mais là, ses yeux remontèrent, remontèrent… et atteignirent presque le plafond avant de découvrir la tête de l'autre amateur de lecture – ou de solitude.

Un nez incroyablement large – presque un museau –, des sourcils pendant comme de petites queues, des yeux aussi grands que des soucoupes… Et, sous une crinière noire broussailleuse, des oreilles qui parvenaient à exhiber leurs pointes poilues.

Un Trolloc ! Affolé, Rand cria, recula et tenta de dégainer son épée. Hélas, il s'emmêla les pieds et se retrouva vite assis sur les fesses.

— J'aimerais que les humains ne fassent pas ça…, murmura une voix profonde comme le roulement d'un tambour. (Les oreilles couvertes de poils frémissaient et une étrange mélancolie voilait le regard du monstre.) Mais vous nous avez oubliés, et c'est notre faute. Si peu d'entre nous se sont mêlés à vous depuis que les Ténèbres se sont abattues sur les Chemins. Il y a de ça… eh bien, six générations. Juste après la guerre des Cent Années, exactement… (Le curieux Trolloc – si c'en était un – eut un soupir que n'aurait pas renié un taureau de combat.) Si longtemps, et si peu d'entre nous pour voyager et voir… Nous aurions tout aussi bien pu ne plus nous montrer, pour ce que ça change.

Rand resta les fesses par terre et la bouche ouverte, étudiant l'inconnu aux larges bottes montantes et au manteau bleu foncé boutonné du col à la taille avant de s'évaser pour former une sorte de kilt au-dessus de ses braies bouffantes. Dans une de ses mains énormes, l'être tenait un livre qui semblait minuscule, par contraste. Et le doigt qui servait de marque-page en valait bien trois mis côte à côte d'un colosse comme Perrin.

— J'ai cru que…, commença Rand. Quel genre de… (Non, ce n'était pas une bien meilleure entrée en matière.) Hum… Bonjour. (Il se leva et tendit la main au géant.) Je m'appelle Rand al'Thor.

D'énormes doigts enveloppèrent ceux de Rand et son interlocuteur inclina gracieusement la tête.

— Je suis Loial, fils d'Arent fils d'Halan. Ton nom chante à mes oreilles, Rand al'Thor.

Comprenant qu'il s'agissait d'un rituel, Rand inclina à son tour la tête et souffla :

— Ton nom chante à mes oreilles, Loial fils d'Arent… fils d'Halan.

Une expérience surréaliste, car Rand ignorait encore à qui – ou à quoi – il avait affaire. La poignée de main de Loial se révéla étrangement délicate, mais le jeune berger fut quand même soulagé de récupérer ses cinq doigts en bon état de marche.

— Vous êtes très nerveux, vous les humains, dit Loial de sa voix de basse noble. J'ai entendu cent fois les récits, et lu tous les livres disponibles, mais ça ne s'est pas vraiment gravé dans mon esprit. Mon premier jour à Caemlyn, j'ai été ébahi par le vacarme. Des enfants et des femmes criaient tandis que des brutes me poursuivaient en brandissant des gourdins, des couteaux et des torches. Un seul mot montait de toutes les gorges : « Trolloc ». J'ai failli perdre mon calme, je l'avoue. Qui sait ce qui serait arrivé sans l'intervention d'une patrouille de Gardes de la Reine ?

— Un coup de chance…, dit Rand.

— Certes, mais les Gardes semblaient avoir aussi peur de moi que les autres… Depuis, en quatre jours, je n'ai pas pu mettre un pied hors de l'auberge. Ce bon maître Gill m'a même demandé d'éviter la salle commune. (Les oreilles poilues palpitèrent.) Non qu'il ne se soit pas montré hospitalier, bien au contraire… Mais le premier soir, quelle panique ! Tous les humains semblaient vouloir sortir en même temps, alors que la porte n'est pas très large… Il aurait pu y avoir des blessés.

Fasciné, Rand ne pouvait plus détourner le regard des oreilles étrangement mobiles de son compagnon.

— Vraiment, si j'avais su, je n'aurais peut-être pas quitté mon Sanctuaire !

— Vous êtes un Ogier ! s'exclama Rand. Une minute… Vous avez parlé de six générations depuis la guerre des Cent Années. Quel âge avez-vous ?

Une question d'une rare impolitesse, s'avisa Rand juste après l'avoir posée. Mais Loial ne parut pas offensé, même s'il se tendit un peu.

— Quatre-vingt-dix ans, dit-il. Encore une décennie, et je pourrai m'adresser à la Souche. Selon moi, les Anciens auraient dû me laisser parler, puisqu'ils étaient en train de décider si j'avais ou non le droit de quitter le Sanctuaire. Mais, dès que quelqu'un veut découvrir l'Extérieur, ils s'inquiètent, peu importe l'âge de la personne en question. Les humains sont si agités et si fébriles… (Il tressaillit puis inclina humblement la tête.) Désolé, je n'aurais pas dû dire ça… Mais vous vous battez tout le temps, même quand ce n'est pas nécessaire…

— Il n'y a pas de mal, assura Rand.

Il essayait toujours d'assimiler l'âge de Loial. Plus vieux que Cenn Buie, et pourtant trop jeune pour…

Rand s'assit dans un fauteuil et Loial sur un sofa à deux places qui suffit à peine pour lui. Assis, il était encore plus grand que la plupart des hommes… debout.

— Au moins, ils vous ont laissé partir…

Loial baissa les yeux sur le sol, plissa le nez et le tapota du bout d'un index démesuré.

— Eh bien, c'est-à-dire que… La Souche n'était pas en délibération depuis longtemps – à peine un an –, et, d'après ce qu'on disait, j'ai conclu que j'aurais l'âge requis lorsque nos nobles Anciens seraient enfin arrivés à une décision. Ils diront sûrement que j'ai pris mes aises avec la loi, mais je… Hum, je suis parti, tout simplement. Les Anciens m'ont toujours reproché d'être une tête brûlée, et ils ne se trompaient pas, je le crains. Je me demande s'ils se sont aperçus de mon départ. Mais je devais m'en aller…

Rand se mordit la lèvre pour ne pas éclater de rire. Si Loial était une tête brûlée, il imaginait aisément à quoi ressemblaient les Ogiers raisonnables. Et cette histoire de réunion commencée un an plus tôt ? Maître al'Vere en serait resté comme deux ronds de flan. Un Conseil qui durait une demi-journée tapait sur les nerfs de tout le monde, y compris Haral Luhhan.

Une vague de mal du pays submergea Rand, lui serrant le cœur. Champ d'Emond, l'*Auberge de la Cascade à Vin*, Tam, Egwene, les fêtes de Bel Tine sur la place Verte, au bon vieux temps.

Non, il ne fallait pas y penser !

— Si je puis me permettre, pourquoi ce désir de connaître le… hum… l'Extérieur ? Si j'avais eu le choix, je ne serais jamais parti de chez moi.

— Je voulais tout voir, répondit Loial comme si ça tombait sous le sens. J'ai lu tous les livres, les récits de voyages, mais ça ne suffisait pas. Il fallait que je voie de mes propres yeux ! J'ai consulté tous les textes existant sur les voyages, les Chemins et les coutumes des humains. Sans oublier les cités que nous avons construites pour eux après la Dislocation du Monde. Plus je lisais, et plus une certitude s'installait en moi : je devais partir, voir ces lieux où nous étions jadis et découvrir par moi-même les bosquets.

— Les bosquets ?

— Oui, les bosquets… Les arbres. Enfin, une partie des Grands Arbres, bien entendu, s'élançant vers le ciel pour entretenir le souvenir de chaque Sanctuaire…

Loial s'agita sur son sofa, qui gémit sous son poids. Les yeux brillants, les oreilles presque tremblantes, il fit de grands gestes avec ses mains, dont l'une tenait toujours le livre.

— Pour l'essentiel, ils utilisaient les arbres qu'on trouvait dans le pays ou la région concernés. On ne peut pas forcer une terre à aller contre sa nature. En tout cas, pas longtemps, parce qu'elle se révolte. Il est possible d'adapter sa vision à une terre, mais pas d'adapter une terre à sa vision. Dans chaque bosquet, mes ancêtres plantèrent les arbres qui pourraient pousser et s'épanouir à cet endroit précis. Chaque spécimen placé pour assurer l'équilibre de son voisin, et l'ensemble conçu afin d'être complémentaire – pour permettre la meilleure croissance possible, bien sûr, mais aussi pour que l'harmonie soit visible par les yeux et perceptible par le cœur. Les livres évoquent les bosquets afin de faire dans la même seconde pleurer et rire les Anciens. Des bosquets destinés à demeurer à tout jamais verts dans nos mémoires.

— Et les villes ? demanda Rand. (Loial lui jeta un regard intrigué.) Oui, les villes construites par les Ogiers. Comme Caemlyn. C'est vous qui l'avez bâtie, non ? En tout cas, c'est ce que disent les légendes.

— Travailler la pierre… (Loial haussa les épaules.) C'est un métier que nous avons appris après la Dislocation du Monde, pendant l'Exil, alors que nous tentions de retrouver les Sanctuaires. C'est une bonne chose, je suppose, mais secondaire… D'après ce que j'ai lu, mes ancêtres n'ont pas ménagé leurs efforts, mais il est resté impossible de rendre la pierre vivante. Quelques-uns d'entre nous sont toujours des bâtisseurs, parce que vous ne cessez d'abîmer les bâtiments avec vos guerres. Quand je suis passé à… Cairhien – oui, c'est bien le nom actuel – quelques Ogiers y étaient. Par bonheur, ils appartenaient à un autre Sanctuaire, ce qui ne les a pas empêchés de s'étonner que je sois à l'Extérieur à mon âge. Pour échapper à leur curiosité, je ne me suis pas attardé auprès de ces maçons… Mais sache une chose, Rand al'Thor : travailler la pierre est un talent qui nous fut imposé par le tissage de la Trame. Les bosquets, en revanche, viennent de notre cœur et de notre âme.

Rand hocha pensivement la tête. La moitié des histoires qui avaient bercé son enfance n'étaient ni plus ni moins que de l'esbroufe.

— Loial, j'ignorais que les Ogiers croyaient à la Trame.

— Bien entendu, que nous y croyons ! La Roue du Temps tisse la Trame des Âges et les vies sont les fils qui la dessinent. Nul ne peut dire de quelle façon sa vie s'intégrera à la Trame, ni comment sera tissé le destin d'un peuple. La Roue nous a donné la Dislocation du Monde, l'Exil, la Pierre et la Longue Errance. Au bout du compte, avant que nous mourions tous, elle nous rendra les Sanctuaires. Parfois, je me dis que les humains sont… comme ils sont parce que leur « fil » est trop court. Du coup, ils doivent s'agiter afin de se faire remarquer dans le tissage. Bon sang ! j'ai encore fait une gaffe ! Les Anciens le disent et le répètent : les humains n'aiment pas qu'on leur rappelle combien leur existence est courte. J'espère ne pas t'avoir blessé…

Rand eut un petit rire et secoua la tête.

— Pas du tout ! J'imagine qu'il doit être agréable de vivre aussi longtemps que vous, mais ce sujet ne m'a jamais empêché de dormir ! Si j'arrive à l'âge de Cenn Buie, je m'estimerai content…

— Il est très vieux ?

Rand hocha simplement la tête. Comment faire comprendre à Loial que le « vieux Cenn Buie » était plus jeune que lui ?

— Eh bien, votre espérance de vie n'est pas extraordinaire, mais vous n'en perdez pas une miette, au moins. Toujours en train de courir et de bondir partout. Et, pour vos cabrioles, vous avez le monde entier. Les Ogiers, eux, sont liés à un Sanctuaire.

— Non, puisque vous êtes à l'Extérieur.

— Provisoirement, Rand… Mais je devrai finir par rentrer… Ce monde vous appartient, alors que les Sanctuaires sont à nous. Dehors, il y a trop d'agitation. Et tout se révèle tellement différent de mes lectures.

— Au fil des ans, les choses changent. Certaines d'entre elles, en tout cas…

— Certaines ? La moitié des cités n'existent plus et la plupart des autres n'ont plus le même nom. Cairhien, par exemple. Son véritable nom est « Al'cair'rahienallen », ce qui veut dire « Colline de l'Aube Dorée ». Ses habitants ne s'en souviennent même plus alors que le soleil continue de projeter sa lumière dorée sur leurs étendards. Et le bosquet, en ce lieu… Personne ne s'en est plus occupé depuis les guerres des Trollocs. Ce n'est plus qu'une forêt où on coupe du bois, désormais… Et ici, Rand ? Caemlyn n'a pas changé de nom, mais on a laissé la cité grandir aux dépens du bosquet. Nous sommes à moins d'un quart de lieue du centre du bosquet – enfin, de ce qui devrait être son centre. Mais il ne reste plus un seul arbre ! J'ai également été à Illian et à Tear. Des noms nouveaux et plus aucun souvenir… À Tear, ce qui était le bosquet sert de pâturage pour les chevaux du palais. À Illian, il est devenu la réserve de chasse du roi, et il faut sa permission pour y entrer. Tout change, Rand, et j'ai bien peur de faire la même constatation partout où j'irai. Tous les bosquets disparus, tous les souvenirs envolés et tous les rêves morts…

— Tu ne peux pas abandonner, Loial ! s'écria Rand, passant d'instinct au tutoiement. Si tu baisses les bras, autant renoncer à vivre !

Rand se radossa à son siège et sentit qu'il s'empourprait. À coup sûr, l'Ogier allait se moquer de son idéalisme…

Mais il n'en fut rien.

— C'est la façon dont ton espèce voit les choses, n'est-ce pas ? (La voix de l'Ogier changea, comme s'il récitait quelque chose.) Jusqu'à ce que l'ombre s'efface, jusqu'à ce que l'eau ne coule plus, souriant dans les Ténèbres, hurlant son défi avec son dernier souffle, et prêt à cracher dans l'œil du Faiseur d'Aveugles le jour du Jugement Dernier…

Loial inclina la tête, comme s'il attendait quelque chose. Mais Rand n'avait pas la première idée de ce qu'il devait dire ou faire.

L'attente s'éternisa, l'Ogier fronçant ses longs sourcils en signe de perplexité. Et, même s'il ne se passait rien, il continua à patienter dans un silence que Rand trouva de plus en plus pesant.

— Les Grands Arbres, dit-il pour chasser son malaise, sont-ils comme *Avendesora* ?

Loial se leva d'un bond, martyrisant son pauvre sofa, qui en gémit de douleur.

— Tu connais la réponse – toi mieux que personne d'autre !

— Moi ? Et pourquoi donc ?

— Te moques-tu de moi ? Parfois, les Aiels ont un sens de l'humour qui me dépasse.

— Quel Aiel ? Je n'en suis pas un ! Je viens de Deux-Rivières, et je n'ai jamais vu l'ombre d'un Aiel.

Loial secoua la tête, secouant les touffes de poils qui couronnaient ses oreilles.

— Tu vois ? Tout a changé, et la moitié de mes connaissances sont inutiles. Encore une fois, j'espère ne pas t'avoir offensé. Je suis sûr que Deux-Rivières est un endroit charmant, où qu'il puisse être dans le monde…

— Quelqu'un m'a dit que le territoire s'appelait jadis Manetheren. Je n'avais jamais entendu ce nom, mais peut-être que ce n'est pas ton cas.

Les oreilles du géant se redressèrent joyeusement.

— Oui, Manetheren ! (Loial se rembrunit.) Il y avait un très beau bosquet, autrefois… Ton chagrin chante dans mon cœur, Rand. Nous n'avons pas pu arriver à temps…

Loial s'assit et inclina le torse. Rand lui rendit la pareille, certain que l'Ogier serait peiné s'il ne le faisait pas, ou le trouverait au moins très impoli.

Loial pensait-il qu'un humain avait le même genre de souvenirs qu'un Ogier ? Sans doute, puisqu'il baissa la tête, l'air accablé, comme s'il partageait le désespoir de Rand. À croire que la destruction de Manetheren ne remontait pas à deux mille ans. Un très vieil événement que le jeune berger n'aurait même pas connu sans les révélations de Moiraine.

— La Roue tourne, soupira enfin Loial, et nul ne peut dire ce que nous réserve sa rotation. Mais tu es aussi loin de chez toi que moi, mon ami… Une très longue distance, maintenant que les Chemins sont fermés. Avant, c'était différent, bien sûr, mais ce temps est révolu depuis des siècles. Pourquoi ce voyage, Rand ? Afin de voir quelque chose, comme moi ?

Rand faillit répondre : « Oui, le faux Dragon », mais il ne put se résoudre à mentir. Pourquoi ? Eh bien, peut-être parce que Loial, malgré ses quatre-vingt-dix ans, se comportait comme s'il avait le même âge que lui. Pour un Ogier, frôler le siècle d'existence pouvait encore être la prime jeunesse…

Depuis quand Rand ne s'était-il pas confié à quelqu'un ? Les inconnus risquaient d'être des Suppôts des Ténèbres et Mat, fermé sur lui-même et perdu dans ses soupçons, n'était pas en état de dialoguer. À sa grande surprise, le jeune berger se retrouva en train de raconter à Loial les événements de la Nuit de l'Hiver. Pas une version expurgée, mais un compte-rendu précis de l'apparition d'un Blafard sur la route de la Carrière, puis de l'attaque des Trollocs.

Une partie de lui-même s'indignait qu'il se comporte ainsi. Mais il avait le sentiment d'être double, l'un de ses « moi » tentant de se taire pendant que l'autre se confessait, recouvrant par la même occasion une paix intérieure qu'il croyait à jamais perdue. Très ému, il bégaya beaucoup, dut revenir plusieurs fois en arrière et fit des bonds en avant souvent incompréhensibles.

Shadar Logoth, la séparation brutale d'avec ses amis, l'angoisse d'ignorer s'ils étaient vivants, le Blafard de Pont-Blanc et l'héroïque sacrifice de Thom… Puis Baerlon, un nouveau Blafard, le Suppôt Howal Godot, le jeune empoté qui avait peur de ses proies et la tueuse à la dague. Le Myrddraal, devant *L'Oie et la Couronne.*

Même s'il en frissonnait de terreur, tous les poils de sa nuque se hérissant, Rand parla de ses rêves. Soudain tétanisé, il se tut, regardant l'Ogier avec l'espoir qu'il pense à de simples cauchemars. Toute cette aventure ressemblait à un mauvais rêve et il y avait largement de quoi empoisonner les nuits de quiconque. Avec un peu de chance, Loial croirait avoir affaire à un fou.

— *Ta'veren*, souffla l'Ogier.

— Pardon ?

— *Ta'veren*, répéta Loial en se grattant l'arrière d'une oreille. L'Ancien Haman me reprochait toujours de ne pas écouter, mais il se trompait. Parfois, j'écoutais de toutes mes oreilles… Tu sais comment est tissée la Trame, je suppose ?

— Eh bien, je n'y ai jamais vraiment réfléchi… Elle est tissée, voilà tout.

— Ce n'est pas si simple… La Roue du Temps tisse la Trame des Âges et nos vies sont les fils qu'elle utilise pour cela. La Trame n'est pas toujours prédéterminée, tu le sais sûrement. Si un homme veut altérer la trajectoire de sa vie, et si la Trame lui en laisse la possibilité – en d'autres termes, s'il y a de la place pour ça –, la Roue continue de tisser en intégrant la modification. Les petits changements ne sont jamais un problème, mais il arrive que la Trame refuse un bouleversement majeur, même si on insiste sans relâche. Tu comprends ce que je veux dire ?

Rand acquiesça.

— Je pourrais vivre dans une ferme isolée ou à Champ d'Emond sans que ça révolutionne tout. Mais si je voulais devenir roi…

Le jeune berger sourit et son nouvel ami l'imita, dévoilant des dents blanches larges comme des lames de couteau.

— Voilà, c'est tout à fait ça ! Parfois, c'est le changement qui te choisit, et non l'inverse. Et il arrive aussi que la Roue décide pour toi. En de rares occasions, elle plie le fil qui représente une vie – ou plusieurs fils – d'une telle manière que tous les fils environnants soient obligés de s'infléchir de la même façon. Par contagion, ce mouvement se transmet à ceux qui les entourent, et ainsi de suite. Ce premier infléchissement à l'origine d'un Lacis se nomme *ta'veren*, et il est impossible de l'altérer, à part si la Trame se modifie aussi. Le Lacis – *ta'maral'ailen*, dans ma langue – peut englober des semaines ou des années. Il concerne parfois une ville entière, et à d'autres occasions, la Trame dans sa totalité. Artur Aile-de-Faucon était *ta'veren* et Lews Therin Fléau de sa Lignée également. (Loial ricana.) L'Ancien Haman serait fier de moi. Il radotait et je trouvais les livres sur les voyages bien plus intéressants, mais je l'écoutais quand même de temps en temps…

— C'est passionnant, dit Rand, mais quel rapport avec moi ? Je suis un berger, pas le nouvel Artur Aile-de-Faucon. *Idem* pour Mat et Perrin. Toute cette histoire est ridicule.

— Je n'ai pas dit que tu étais le nouvel Artur, mais, en t'écoutant, j'ai presque senti la Trame s'infléchir, et je n'ai aucun don pour ça. Tu es *ta'veren*, c'est évident. Et tes amis aussi, probablement…

L'Ogier se tut, pinçant pensivement l'arête de son nez. Quand il parut avoir pris une décision, il reprit la parole :

— Rand, je voudrais voyager avec toi.

Un moment, le jeune homme crut qu'il avait mal entendu.

— Avec moi ? répéta-t-il quand il fut remis de sa surprise. N'as-tu pas compris ce que je t'ai dit ?

Inquiet, Rand regarda la porte. Elle était bien fermée et semblait assez épaisse pour que nul ne puisse entendre ce qui se disait dans la bibliothèque, même en collant l'oreille contre le bois. Malgré tout, le jeune berger baissa la voix :

— Je t'ai dit qui me poursuivait, non ? Et, de toute façon, tu veux aller voir tes arbres…

— Il y a un très beau bosquet à Tar Valon, et on raconte que les Aes Sedai l'entretiennent très bien. Cela dit, je ne suis pas là exclusivement pour voir les bosquets. Tu n'es peut-être pas un nouvel Artur, mais une partie du monde s'infléchira par rapport à toi – ou s'infléchit déjà, c'est tout à fait possible. Même l'Ancien Haman ne voudrait rater ça pour rien au monde…

Rand hésita. Avoir un compagnon de voyage serait bien agréable. Avec l'évolution de Mat, être avec lui ne valait guère mieux que la solitude. De plus, la présence de l'Ogier était réconfortante. Même s'il restait juvénile pour les siens, il semblait solide comme un roc, à l'instar de Tam. De plus, il avait pas mal bourlingué…

Rand regarda l'Ogier assis en face de lui, son large visage exprimant une infinie patience. Assis, et toujours plus grand que la plupart des hommes…

Comment cacher un fugitif qui fait dans les dix pieds de haut ?

— Ce n'est pas une bonne idée, Loial… Même si Moiraine nous retrouve, nous serons en danger jusqu'à Tar Valon. Et si elle ne nous retrouve pas…

Ça voudra dire qu'elle est morte, et tous les autres aussi. Egwene…

Rand s'ébroua. Egwene allait très bien et les retrouvailles étaient pour bientôt.

— Je suis sûr que tes amis sont indemnes, Rand, dit Loial.

Il tendit le bras et tapota l'épaule du jeune homme.

Trop ému pour répondre, le jeune berger hocha la tête.

— Veux-tu au moins me parler de temps en temps ? Et disputer une partie de jeu des pierres contre moi ? Depuis des jours, je n'ai personne avec qui discuter, à part maître Gill, et il est occupé ailleurs la plupart du temps. La cuisinière ne lui laisse pas une minute de répit. Je me demande si l'auberge n'est pas à elle…

— Je suis d'accord pour parler, et pour jouer…, souffla Rand. (Il s'éclaircit la voix et tenta de sourire.) Si nous nous rencontrons à Tar Valon, tu me montreras le bosquet.

Nos amis vont bien. Lumière, fais qu'il ne leur soit rien arrivé !

37

La longue traque

Tenant les brides des trois chevaux, Nynaeve sonda l'obscurité comme si elle pouvait repérer l'Aes Sedai et le Champion. Les arbres qui entouraient la Sage-Dame, combinés aux ténèbres, faisaient un écran parfait pour dissimuler les activités de Moiraine et de Lan. Ne daignant pas donner d'explications, le Champion s'était contenté de souffler à la Sage-Dame de surveiller les chevaux. Puis il avait emboîté le pas à Moiraine, plantant là Nynaeve comme si elle était un vulgaire palefrenier.

Regardant les chevaux, elle soupira d'agacement.

Mandarb se fondait dans la nuit presque aussi parfaitement que la cape de son maître. Si ce fier destrier s'était laissé approcher par la Sage-Dame, c'était uniquement parce que Lan en personne lui avait confié sa bride. Pour l'heure, l'étalon était calme, mais Nynaeve se souvenait très bien de la façon dont il avait montré les dents, lorsqu'elle avait voulu saisir la bride sans passer par Lan. Exprimée dans un silence total, la menace du cheval avait paru encore plus dangereuse.

Avec un dernier coup d'œil pour le destrier, Nynaeve se tourna dans la direction où étaient partis ses deux compagnons de voyage. Alors qu'elle flattait l'encolure de sa monture, elle faillit crier quand Aldieb lui glissa ses naseaux crème sous la main. Se ressaisissant, la Sage-Dame donna également à la jument son content de caresses.

— Sous prétexte que ta maîtresse est un glaçon, je ne vais quand même pas te battre froid…

Mais qu'est-ce qu'ils fichent, bon sang!

Après avoir quitté Pont-Blanc, les trois cavaliers avaient traversé une série de villages dont la banalité avait quelque chose d'extraordinaire, à force. Des bourgs qui ne semblaient pas appartenir à un monde grouillant de Trollocs et de Blafards.

Les voyageurs avaient suivi la route de Caemlyn pendant un moment. Puis Moiraine s'était arrêtée et, sans descendre de selle, elle avait regardé vers l'est comme s'il lui était possible de voir la grande cité, à des lieues de là, et de distinguer également ce qui les attendait là-bas.

— La Roue tisse comme elle l'entend, avait-elle soupiré, mais je ne peux croire qu'elle ait décidé de mettre un point final à l'espoir. Je dois d'abord m'occuper de ce dont je peux être certaine. Pour le reste, laissons la Roue en décider…

Sur ces mots, elle avait orienté sa jument vers le nord, quittant la route pour s'enfoncer dans la forêt. Le garçon qui n'avait pas perdu son talisman était parti par là…

Bien entendu, Lan avait suivi son Aes Sedai.

Nynaeve avait longuement regardé la route de Caemlyn qu'elle ne suivrait donc pas jusqu'au bout. Quelques chariots et des voyageurs à pied se dirigeaient vers la grande ville. Parmi ces derniers, certains avaient l'honnêteté de reconnaître qu'ils voulaient voir le faux Dragon. Mais ils étaient rares. La plupart – surtout ceux qui avaient traversé Pont-Blanc – affirmaient que ce n'était pas le but de leur voyage.

À Pont-Blanc, justement, Nynaeve avait commencé à croire un peu plus Moiraine. Avec des limites, bien sûr, mais quand même davantage qu'avant. Et cette évolution n'avait rien de rassurant…

Quand elle s'était enfin décidée à les suivre, l'Aes Sedai et le Champion étaient pratiquement hors de vue. Pour les rattraper, elle avait dû forcer l'allure. Lan s'était retourné souvent, lui faisant signe de les rejoindre, mais il ne s'était jamais laissé distancer par Moiraine, qui gardait perpétuellement les yeux rivés devant elle.

Un soir, quelques jours après le changement de direction, la piste invisible s'était brusquement interrompue.

Se relevant soudain, Moiraine avait cessé de s'intéresser à la bouilloire qui chauffait sur le feu de camp.

— Je ne sens plus rien…, avait-elle soufflé.

— Le garçon est… ? avait commencé Nynaeve, incapable d'aller jusqu'au bout de sa question.

Par la Lumière ! je ne sais même pas duquel il s'agit !

— Non, il n'est pas mort, avait répondu l'Aes Sedai. Mais il n'a plus la pièce… (Se rasseyant, elle avait retiré la bouilloire du feu et jeté dedans une poignée de feuilles.) Demain, nous continuerons dans la même direction. Quand je serai assez près, je n'aurai plus besoin du talisman pour le localiser.

Alors que le feu agonisait, Lan s'était enroulé dans sa couverture pour dormir. Nynaeve n'était pas parvenue à trouver le sommeil. Regardant Moiraine, elle avait vu qu'il en allait de même pour elle.

Alors que les ultimes braises du feu ne rougeoyaient plus depuis longtemps, Moiraine avait ouvert les yeux, les rivant sur Nynaeve.

— Sage-Dame, il a récupéré sa pièce. Tout ira bien…

Sur ces mots, l'Aes Sedai s'était endormie comme une masse. Nynaeve avait eu du mal à l'imiter. Malgré tous ses efforts, elle n'avait pas pu s'empêcher d'imaginer le pire.

Tout ira bien…

Après Pont-Blanc, y croire n'était pas facile du tout…

Sursautant, la Sage-Dame émergea de sa rêverie et revint au présent. Une main lui serrait le bras ! Ravalant le cri qui montait de sa gorge, elle lança la main vers le couteau accroché à sa ceinture. Alors que ses doigts se refermaient sur le manche, elle s'avisa que la main appartenait à Lan.

Le Champion avait abaissé son capuchon. Sa cape-caméléon se mariant parfaitement à la nuit, on aurait juré que son visage flottait tout seul dans l'obscurité. Et la main qui serrait le bras de Nynaeve paraissait jaillir de nulle part.

Certaine d'avoir droit à un sermon sur la façon dont elle s'était laissé surprendre, la Sage-Dame se raidit. Mais Lan se détourna d'elle pour aller fouiller dans ses sacoches de selle.

— On te demande, dit-il avant de s'agenouiller pour entraver les jambes de son étalon.

Dès qu'il se fut occupé des trois montures, il se redressa, prit Nynaeve par la main et s'enfonça avec elle dans le noir. Avec ses cheveux aile-de-corbeau, il passait parfaitement inaperçu, d'autant plus qu'il réussissait à faire encore moins de bruit que sa compagne. À contrecœur, la Sage-Dame dut admettre qu'elle n'aurait jamais pu le suivre s'il ne l'avait pas tenue par la main. Mais, s'il refusait de la lâcher, pourrait-elle se dégager ? Elle en doutait, tant sa poigne était puissante.

Au sommet d'une butte, Lan s'agenouilla et tira sur le bras de Nynaeve afin qu'elle fasse comme lui. Après un moment, la Sage-Dame s'aperçut que Moiraine était là aussi, parfaitement immobile dans sa cape noire.

Lan désigna le pied de la butte, où s'étendait une grande clairière.

Nynaeve plissa les yeux, sonda la nuit et comprit soudain. Les formes plus pâles étaient des tentes alignées par rangées régulières. Un camp endormi…

— Des Capes Blanches, murmura Lan. Au moins deux cents hommes, peut-être plus… Il y a un point d'eau au pied de cette butte. Et le garçon que nous cherchons est là.

— Dans le camp ? demanda Nynaeve.

Elle devina que le Champion acquiesçait.

— Au milieu, oui. Moiraine m'a montré exactement où, et j'ai pu approcher assez pour voir qu'il est sous bonne garde.

— Prisonnier ? s'étonna la Sage-Dame. Pourquoi donc ?

— Je n'en sais rien… Normalement, les Fils de la Lumière ne devraient pas s'intéresser à un garçon de la campagne, sauf s'ils ont une très bonne raison de le soupçonner. La Lumière m'en soit témoin, il ne faut pas grand-chose pour éveiller leur suspicion, mais ça m'inquiète quand même…

— Comment vas-tu faire pour le libérer ?

Quand Lan tourna la tête vers elle, Nynaeve s'avisa qu'elle le croyait capable de pénétrer dans le camp au nez et à la barbe de deux cents hommes et d'en revenir avec le jeune prisonnier.

C'est un Champion, pas vrai ? Certaines histoires doivent bien être authentiques…

La Sage-Dame s'attendait à une réponse ironique, Mais Lan ne se départit pas de son calme coutumier.

— Je peux le tirer de là, mais je doute qu'il soit en état de passer inaperçu. Si on nous repère, nous risquons de nous retrouver avec deux cents Capes Blanches aux trousses – et trois chevaux pour quatre cavaliers… À moins que les Fils aient mieux à faire que nous poursuivre. Tu veux bien courir un risque ?

— Pour un garçon de Champ d'Emond ? Bien entendu ! Quel genre de risque ?

Le Champion désigna de nouveau quelque chose. Cette fois, Nynaeve ne vit rien du tout dans le noir.

— C'est la corde où sont attachés leurs chevaux… Elle est tenue par des piquets plantés à intervalles réguliers. Si on coupe la corde de-ci de-là, les montures partiront dans tous les sens au moment où Moiraine créera une diversion. Occupés à poursuivre leurs propres montures, les Fils de la Lumière ne pourront pas s'intéresser à nous. De ce côté du camp, à l'extérieur par rapport à la corde, il y a deux sentinelles, mais, si tu es aussi douée que je le crois – et même juste la moitié – elles ne te verront pas.

Nynaeve eut quelque peine à déglutir. Traquer des lapins, d'accord, mais défier des gardes armés jusqu'aux dents…

Ainsi, il pense que je suis douée ?

— Je suis prête à prendre le risque, Lan.

Le Champion acquiesça de nouveau, comme s'il n'avait jamais douté de la réponse.

— Autre chose… Il y a des loups dans le coin, ce soir… J'en ai vu deux, ce qui laisse supposer qu'il y en a beaucoup plus que ça.

Lan marqua une pause, comme s'il était intrigué – le genre de réaction qu'on n'attendait pas de lui.

— On aurait dit qu'ils voulaient que je les voie… De toute façon, ils ne t'ennuieront pas. En règle générale, ils se tiennent loin des humains.

— Merci du renseignement… C'est une information précieuse, pour quelqu'un qui a grandi avec des bergers.

Lan eut un grognement – sa façon d'encaisser le coup – et Nynaeve ne put s'empêcher de sourire.

— On passe à l'action, annonça le Champion.

Le sourire de la Sage-Dame se volatilisa tandis qu'elle étudiait le camp. Deux cents guerriers armés de lances et d'épées… Avant de changer d'avis, Nynaeve dégaina son couteau et avança. Mais Moiraine la retint par le bras, sa poigne presque aussi ferme que celle de Lan.

— Sois prudente, souffla l'Aes Sedai, et, lorsque tu auras fini, reviens aussi vite que possible. Tu es également une part de la Trame. Si le destin du monde n'était pas en jeu, je ne risquerais pas davantage ta vie que celle des autres.

Lorsque Moiraine l'eut lâchée, Nynaeve se frotta discrètement le bras. Pas question de montrer qu'elle avait mal ! Mais l'Aes Sedai s'était déjà détournée, sondant de nouveau le camp. Quant au Champion, il s'était volatilisé sans que la Sage-Dame entende un bruit.

Que la Lumière l'aveugle, ce maudit héros !

Remontant sa jupe, Nynaeve l'attacha pour avoir les jambes libres. Puis elle s'enfonça dans la nuit.

Après quelques pas bien trop rapides, les brindilles craquant sous ses chaussures, elle ralentit le rythme, soulagée qu'il n'y ait personne pour la voir s'empourprer. L'idée était de ne pas faire de bruit, et elle n'avait aucune raison de vouloir devancer le Champion. Après tout, ce n'était pas une compétition contre lui.

Sans blague ?

Chassant cette pensée, la Sage-Dame continua sa progression dans la forêt obscure. En soi, ce n'était pas très difficile, car la lumière de la lune suffisait amplement à une personne formée par un génie comme son père. De plus, le sol en pente douce était facile à négocier. Mais les arbres dénudés rappelaient sans cesse à Nynaeve qu'il ne s'agissait plus d'un jeu d'enfant, comme à l'époque de sa jeunesse à Champ d'Emond, dès que le printemps le permettait. Pour ne rien arranger, les gémissements du vent ressemblaient presque à s'y méprendre à la sonnerie des cors trollocs. Et, maintenant qu'elle était seule, il lui revint à l'esprit que les loups de

Deux-Rivières – qui fuyaient effectivement les humains – n'avaient pas été fidèles à leurs habitudes durant l'hiver.

Lorsqu'elle sentit une odeur musquée d'équidé, Nynaeve eut un soupir de soulagement. Osant à peine respirer, elle se mit à plat ventre et avança contre le vent, en direction des chevaux.

Elle aperçut les deux sentinelles grâce à leur cape blanche qui ondulait au vent et brillait presque sous les rayons de la lune. Porter des torches n'aurait pas plus trahi les deux types, tant ils étaient visibles.

Nynaeve se plaqua au sol et ne bougea plus. À une dizaine de pas d'elle, les deux hommes venaient de s'arrêter l'un en face de l'autre. Juste derrière eux, on distinguait des silhouettes qui devaient être des chevaux. De plus, l'odeur d'écurie était très forte.

— Tout est tranquille, annonça un des guerriers. La Lumière nous éclaire et nous protège des Ténèbres.

— Tout est tranquille aussi de mon côté, répondit l'autre Cape Blanche. La Lumière nous éclaire et nous protège des Ténèbres.

Sur ces mots, les deux sentinelles reprirent leur ronde.

Nynaeve attendit, comptant les secondes tandis qu'ils parcouraient deux fois leur circuit. À chaque cycle, il leur fallut exactement le même temps et ils répétèrent la même formule rituelle chaque fois qu'ils se croisèrent. Auraient-ils repéré l'intruse si elle avait été debout ? Rien n'était moins sûr, quand on s'acquittait de sa mission si distraitement…

Alors que les Capes Blanches disparaissaient de nouveau dans la nuit, la Sage-Dame se releva à demi et, restant accroupie, courut vers les chevaux. Très vite, elle ralentit le pas pour ne pas affoler les bêtes. Les sentinelles ne voyaient pas plus loin que le bout de leur nez, ça semblait évident, mais, si les chevaux renâclaient, ça attirerait quand même leur attention.

Une fois assez près, Nynaeve vit qu'il y avait en fait plusieurs cordes tenues par des piquets.

Les équidés soufflaient dans leur sommeil, certains frappant une ou deux fois le sol de leurs sabots, sans doute parce qu'ils rêvaient. Juste avant de trébucher dessus, la Sage-Dame s'immobilisa devant le dernier piquet d'une rangée. Tétanisée, elle vit briller les yeux d'un cheval qui venait de lever la tête, sans doute alerté par le bruit. La bride de l'animal formait une boucle assez peu serrée autour de l'épaisse corde qui courait de piquet en piquet.

Un seul hennissement, et je suis fichue !

Sentant son cœur battre la chamade, la Sage-Dame se demanda s'il ne faisait pas assez de boucan pour que les sentinelles l'entendent.

Sans quitter le cheval curieux du regard, elle commença à couper la corde, la touchant parfois du bout des doigts pour savoir où elle en était.

Le cheval releva un peu plus la tête.

Un seul hennissement...

Il ne restait plus que quelques fibres à couper. Très lentement, Nynaeve se dirigea vers la rangée suivante. Tournant la tête, elle constata que le cheval la suivait toujours des yeux. Et il en fut ainsi jusqu'à ce qu'elle soit trop loin pour voir briller dans la nuit les globes oculaires de l'animal. S'ils étaient tous comme lui, elle ne tarderait pas à se faire repérer...

Mais les chevaux suivants dormaient et aucun ne broncha, même quand la Sage-Dame, s'étant entaillé un pouce, ne put étouffer un cri de douleur. Alors qu'elle suçait la coupure, elle regarda derrière elle, mais ne vit rien. Avançant contre le vent, elle ne pouvait plus entendre le dialogue rituel des deux gardes, chaque fois qu'ils se croisaient. En revanche, selon l'endroit où ils étaient, *eux* pouvaient l'avoir entendue. Et s'ils venaient voir ce qui se passait, elle ne capterait pas un son avant qu'ils lui tombent dessus.

Il est temps de repartir... Avec quatre chevaux sur cinq dans la nature, les Capes Blanches ne poursuivront personne.

Malgré ce raisonnement, Nynaeve resta où elle était. Quand elle lui dirait qu'elle n'était pas allée jusqu'au bout de sa mission, Lan ne l'accuserait pas de désertion. Elle avait raison sur toute la ligne, et il n'aurait pas été juste d'exiger davantage d'elle. Après tout, elle était une Sage-Dame, pas un grand guerrier qui pouvait se rendre invisible !

Non, il n'y aurait pas d'accusation. Simplement de la compassion pour un être inférieur...

Serrant les dents, Nynaeve avança vers la cinquième et dernière rangée de piquets.

Le premier cheval attaché à la corde était... Bela.

Impossible de s'y tromper ! C'était bien la jument à long poil, et la trouver dans ce camp ne pouvait pas être une coïncidence. Une vague de soulagement déferlant en elle, la Sage-Dame sentit qu'elle tremblait comme une feuille. Dans cet état, elle osait à peine s'attaquer au dernier piquet, mais son esprit, en revanche, était clair comme les eaux de la Cascade à Vin. Egwene était prisonnière en compagnie d'un des trois garçons.

S'ils étaient obligés de fuir avec deux cavaliers par cheval, quelques Fils de la Lumière finiraient par les rattraper, et il y aurait inévitablement des pertes parmi les fugitifs. C'était aussi sûr que si la Sage-Dame l'avait entendu dans le vent. Mais comment pouvait-elle avoir une telle prescience des choses ? Ça n'avait rien à voir avec le temps, les récoltes ou les maladies.

Pourquoi Moiraine m'a-t-elle dit que je peux canaliser le Pouvoir ? Elle aurait mieux fait de me ficher la paix !

Bizarrement, l'angoisse liée à ces pensées apaisa les tremblements de Nynaeve. D'une main sûre comme si elle hachait des herbes chez elle,

elle entama la corde afin qu'elle se brise à la première traction. Puis elle rengaina son couteau et entreprit de dénouer la bride de Bela. Réveillée en sursaut, la jument secoua la tête, mais quelques caresses sur les naseaux et des mots de réconfort soufflés à l'oreille la calmèrent très vite.

D'autres chevaux de cette rangée, réveillés par le bruit, regardaient l'intruse. Se souvenant des réticences de Mandarb, Nynaeve tendit une main hésitante vers la bride suivante. Mais ce cheval-là ne parut pas effrayé par une main étrangère. Bien au contraire, il semblait vouloir être cajolé comme Bela.

Quand elle eut fini, la Sage-Dame enroula la bride du cheval autour de son poignet et garda celle de Bela dans son poing serré. À trente pas de là, au milieu des tentes, des hommes allaient et venaient. S'ils remarquaient l'agitation des chevaux…

Moiraine ne devait pas attendre son retour ! Quelle que soit la « diversion » prévue, il fallait commencer dès maintenant.

Lumière, fais qu'elle agisse avant qu'il soit trop tard…

Un éclair zébra soudain le ciel, illuminant le camp. Puis le tonnerre assourdit Nynaeve à l'instant où un trident de foudre percuta le sol à quelques pas des chevaux, soulevant un geyser de pierres et de terre. Dans un vacarme de fin du monde, les chevaux ruèrent ou se cabrèrent. Soumises à une traction bien trop forte, les cordes presque coupées cédèrent, libérant les montures. Avant que la lueur du premier se soit dissipée, un deuxième éclair déchira le firmament.

Trop occupée, Nynaeve n'eut pas le temps d'exulter de joie. Bela ayant fait un écart sur un côté tandis que l'autre cheval choisissait la direction opposée, la cavalière eut l'impression qu'on tentait de lui détacher les bras du torse. Une longue minute durant, ses pieds ne touchant plus le sol, elle resta en suspension entre les deux chevaux, ses cris couverts par les roulements de tonnerre. Dans le ciel, les éclairs se déchaînaient, semant la panique dans le camp. Effrayés, les deux chevaux reculèrent en même temps, laissant retomber au sol la Sage-Dame. Alors qu'elle aurait voulu s'agenouiller et masser ses épaules douloureuses, elle dut éviter les sabots qui auraient très bien pu lui fracasser le crâne. Dans la folie ambiante, même la paisible Bela devenait mortellement dangereuse. Par miracle, Nynaeve parvint à se redresser, à lever les bras, à attraper la crinière de la jument et à se hisser sur son dos. L'autre bride enroulée autour de son poignet lui entaillait la chair, mais c'était un bien maigre prix à payer.

Soudain, une longue ombre grise passa à côté de la Sage-Dame en grognant. La créature sembla ignorer l'humaine et ses deux chevaux, mais des mâchoires claquaient tout autour des équidés affolés. Une deuxième ombre grise suivit de très peu la première.

Nynaeve voulut crier, mais aucun son ne sortit de sa gorge.

Des loups ? Lumière, viens à notre secours ! Moiraine a-t-elle perdu la tête ?

Avant même qu'elle l'ait talonnée, Bela partit au galop et l'autre cheval la suivit sans rechigner. Tant qu'ils pourraient galoper – la destination n'importait pas –, les deux chevaux tenteraient d'échapper au feu céleste qui dévastait impitoyablement la nuit.

38

Sauvetage

Perrin se contorsionna pour changer de position – avec les mains liées dans le dos, ce n'était pas facile –, puis il renonça avec un soupir accablé. Chaque fois qu'il parvenait à ne plus sentir une pierre lui labourer le flanc, deux autres le mettaient à la torture. Par cette nuit très froide, le sol absorbait toute sa chaleur corporelle. Il en était ainsi depuis le début, car les Capes Blanches semblaient penser que les prisonniers, en particulier de dangereux Suppôts des Ténèbres, n'avaient pas besoin de couverture ou d'abri.

Blottie dans le dos de Perrin pour se réchauffer un peu, Egwene dormait, vaincue par l'épuisement. Les mouvements de son compagnon ne réussissaient pas à la déranger, un signe qui ne trompait pas… Alors que la nuit était tombée depuis des heures, Perrin, lui, ne parvenait pas à trouver le repos. Perclus de douleur après une journée passée à marcher derrière un cheval, un licol autour du cou, il n'était plus en mesure de se détendre.

La colonne n'avançait pas très vite. Ayant perdu la plupart de leurs montures de rechange dans le Sanctuaire, les Capes Blanches n'osaient pas pousser leurs chevaux au maximum. Et, bien entendu, ils accusaient les deux jeunes gens de ce retard. Les cavaliers avançant en colonne par deux ne traînaient pas pour autant. Le seigneur capitaine Bornhald tenant à arriver à Caemlyn à temps – pour quelle raison, lui seul le savait –, Perrin redoutait par-dessus tout de tomber. Si ça arrivait, il craignait que l'homme chargé de tenir son licol ne s'arrête pas, même si Bornhald avait ordonné qu'on garde les prisonniers en vie jusqu'à Amador, où il entendait les livrer aux Confesseurs.

S'il chutait, Perrin doutait de s'en sortir vivant. Les mains liées dans le dos, on le libérait seulement à l'heure des repas et pour les visites obligées aux latrines de campagne. Avec le licol, chaque pas devenait difficile et la moindre pierre glissant sous une botte pouvait se révéler fatale. Perrin marchait en sondant nerveusement le sol, tous les muscles tendus à craquer. Chaque fois qu'il regardait Egwene, il constatait qu'elle faisait comme lui. Et, lorsque leurs regards se croisaient, il voyait à quel point elle était terrifiée. Mais ces échanges ne duraient jamais, car aucun des deux n'osait lever la tête trop longtemps.

D'habitude, Perrin s'endormait comme une masse dès que les Capes Blanches le laissaient en paix. Mais son esprit, en cet instant, était en ébullition. L'angoisse devenant insupportable au fil des jours, le jeune homme avait en permanence la chair de poule. Et, dès qu'il fermait les yeux, c'était pour voir défiler devant lui les horreurs que leur promettait Byar, dès qu'ils seraient à Amador.

Il aurait parié qu'Egwene ne croyait pas aux atrocités que le Fils de la Lumière débitait d'un ton neutre. Sinon, elle n'aurait pas pu dormir, quelle que soit sa fatigue. Au début, il avait lui aussi pensé que ce n'était pas vrai. Et il continuait à douter, en un certain sens. Enfin, aucun être humain ne pouvait infliger de telles tortures à ses semblables !

En fait, Byar ne menaçait pas les prisonniers. Comme s'il parlait de la pluie et du beau temps, il évoquait les tenailles, les fers chauffés au rouge, les couteaux qui entaillaient la chair et les aiguilles qui la transperçaient. Bizarrement, il ne semblait pas vouloir effrayer les deux jeunes gens. Dans le même ordre d'idées, le sort qui les attendait ne le faisait pas jubiler. Qu'ils soient vivants ou morts, torturés ou non, tout cela le laissait de marbre. Et c'était cette indifférence, plus que tout le reste, qui avait balayé l'incrédulité de Perrin. Byar disait la vérité, tout simplement, et il y avait de quoi hurler de terreur…

À la lueur de la lune, les capes blanches des deux gardes brillaient faiblement. Même s'il ne voyait pas leur visage, Perrin savait qu'ils ne quittaient pas les prisonniers des yeux. Pourquoi donc ? Que pouvaient-ils tenter, avec les pieds et les poings liés ? Quand la lumière suffisait encore, Perrin avait vu le dégoût et le mépris qu'éprouvaient les gardes pour les captifs – comme si on les avait chargés de surveiller des monstres puants et couverts d'immondices. Mais tous les Fils de la Lumière les regardaient ainsi. Et rien n'y ferait, jusqu'au bout du voyage…

Au nom de la Lumière ! comment les convaincre que nous ne sommes pas des Suppôts des Ténèbres ? Ils ont prononcé la sentence avant même d'avoir ouvert le procès…

Perrin sentit son estomac se retourner. Au bout du compte, il avouerait n'importe quoi, pourvu que les Confesseurs consentent à s'arrêter…

Quelqu'un approchait. Un type qui tenait une lanterne – et qui venait de s'arrêter pour parler aux sentinelles. Apparemment, on lui répondait avec un grand respect. Trop loin pour comprendre ce qui se disait, Perrin reconnut néanmoins la haute silhouette étique de Byar.

Le Fils de la Lumière vint se camper près du prisonnier, baissant sa lanterne pour mieux le dévisager. Dans l'autre main, il tenait la hache de Perrin, qu'il semblait s'être appropriée. En tout cas, il la portait en permanence devant l'apprenti forgeron.

— Réveille-toi ! dit-il de son éternel ton neutre, comme s'il pensait Perrin capable de dormir avec les yeux ouverts et la tête relevée.

À tout hasard, il ponctua son injonction d'un coup de pied dans les côtes du prisonnier.

Perrin gémit entre ses dents serrées. À force de servir de cible à Byar, ses flancs n'étaient plus qu'une masse enflée et douloureuse.

— Je t'ai dit de te réveiller !

Voyant Byar armer de nouveau son pied, Perrin dit très vite :

— Je suis réveillé !

Quand on ne semblait pas lui accorder assez d'attention, Byar trouvait toujours un moyen de se faire entendre.

Posant la lanterne sur le sol, il s'accroupit pour vérifier les liens du prisonnier, le malmenant assez pour qu'il ait l'impression qu'on tentait de lui arracher les bras. Satisfait par son examen, il tira sur les lanières de cuir qui entravaient les chevilles de Perrin, le traînant sur le sol rocailleux. À le voir, on aurait pu penser que Byar n'avait pas de force, mais entre ses mains l'apprenti forgeron aurait tout aussi bien pu être un enfant.

Alors que Byar se redressait, Perrin s'aperçut que son amie dormait encore.

— Réveille-toi ! cria-t-il. Egwene, réveille-toi !

— Hein ? Quoi ?

La voix encore pâteuse de sommeil, la jeune fille leva la tête.

Byar ne parut pas déçu de ne pas pouvoir réveiller la prisonnière à coups de pied. En fait, elle n'avait jamais eu droit à ce traitement. Se contentant de tirer sur les liens de la jeune fille, il ignora superbement ses gémissements de douleur. Faire souffrir les autres n'éveillait aucun sentiment chez le Fils de la Lumière, sauf quand il s'agissait de Perrin. Même si le jeune homme n'en gardait aucun souvenir, il avait tué deux Capes Blanches et Byar n'était pas du genre à oublier ça…

— Pourquoi les Suppôts des Ténèbres dormiraient-ils alors que des hommes dignes de ce nom doivent se priver de sommeil pour les surveiller ?

— Pour la centième fois, souffla Egwene, nous ne sommes pas des Suppôts des Ténèbres.

Perrin eut l'estomac noué. Très souvent, les déclarations d'innocence se voyaient récompenser d'un long sermon sur l'aveu et la repentance – avec une description détaillée de la technique des Confesseurs, plus quelques coups de pied pour faire bonne mesure. Mais, cette fois, Byar ne réagit pas.

Au contraire, il s'accroupit devant Perrin, ses articulations saillant à lui en transpercer la peau, et posa la hache sur ses genoux. À la lumière de la lanterne, le soleil et les deux étoiles qui ornaient sa poitrine, du côté gauche, brillaient très faiblement. Enlevant son casque, Byar le posa sur le sol. Pour une fois, son visage exprimait autre chose que du mépris ou de la haine. Une émotion intense, mais illisible, semblait le travailler tandis qu'il dévisageait l'apprenti forgeron.

— Tu nous ralentis, Suppôt des Ténèbres, avec tes maudits loups ! Le Conseil des Initiés a déjà entendu parler d'hommes aux loups comme toi, et il voudrait en apprendre plus. Du coup, tu dois être conduit à Amador, afin que les Confesseurs t'arrachent la vérité. Mais tu nous ralentis vraiment beaucoup. J'espérais pouvoir progresser vite, malgré la perte des montures de rechange. Hélas, je me trompais…

Byar se tut, les yeux baissés sur les prisonniers. Perrin ne commit pas l'erreur de poser une question. Quand il serait disposé, le Fils de la Lumière parlerait.

— Le capitaine est pris entre deux feux… À cause des loups, il est obligé de te livrer aux Confesseurs. Mais il doit aussi atteindre très vite Caemlyn. Nous n'avons pas de chevaux pour vous deux, et si nous continuons à vous faire marcher derrière les nôtres, nous n'arriverons jamais à temps à Caemlyn. Le capitaine a une vision très stricte des choses, donc il tient à vous conduire devant le Conseil…

Egwene gémit de douleur ou d'angoisse. S'en fichant, Byar continua à sonder le regard de Perrin.

— Je ne comprends rien à ce que vous dites…, souffla l'apprenti forgeron.

— Parce qu'il n'y a rien à comprendre, en tout cas pour l'instant… Si vous vous échappez, nous n'aurons pas le temps de vous poursuivre, c'est certain. Imaginons que vous coupiez vos liens en les frottant contre une pierre, puis que vous vous volatilisiez dans la nuit ? Les problèmes du capitaine seraient résolus…

Sans cesser de regarder Perrin, Byar prit sous sa cape un objet qu'il laissa tomber sur le sol.

D'instinct, Perrin tourna la tête et sursauta quand il vit de quoi il s'agissait : une pierre aux bords coupants, peut-être un éclat de quartz…

— Tu vois, pour l'instant, il n'y a rien à comprendre. C'est ce que je viens d'expliquer à vos gardiens…

Réfléchis, Perrin! pensa le jeune homme. *Lumière, aide-moi à savoir que faire et à ne pas me tromper, sinon c'est la mort assurée!*

Était-ce vrai ? Gagner au plus vite Caemlyn était-il un objectif assez important pour que *Byar* arrange l'évasion de deux Suppôts des Ténèbres ? Au risque d'être soupçonné de trahison ?

Comment savoir, pour Caemlyn ? Bornhald excepté, Perrin n'avait parlé qu'à Byar – et les deux Fils de la Lumière n'étaient guère généreux en matière d'informations.

Une autre piste ? Si Byar voulait qu'ils s'évadent, pourquoi ne pas couper simplement leurs liens ? Mais était-il crédible qu'il lâche dans la nature deux Suppôts des Ténèbres ? Lui qui les détestait plus encore que le Père des Mensonges ? Lui qui brûlait de venger ses camarades morts ? Et il offrirait la liberté à deux ennemis ?

L'esprit déjà en ébullition avant l'arrivée de Byar, Perrin avait l'impression qu'une tempête faisait rage sous son crâne. Malgré le froid, il transpirait à grosses gouttes. Regardant les sentinelles, il eut le sentiment qu'elles attendaient quelque chose. Si Egwene et lui étaient tués lors d'une tentative d'évasion, après avoir coupé leurs liens avec une pierre... Tous les problèmes du seigneur capitaine seraient résolus, effectivement. Et Byar ajouterait deux Suppôts morts à une liste qu'il travaillait à rendre interminable...

Byar reprit son casque et se releva.

— Attendez..., croassa Perrin. (Il devait trouver la solution, mais ses pensées étaient tellement embrouillées.) Attendez, je veux vous parler et...

Des secours sont en route!

La pensée explosa dans la tête du jeune homme, délectable îlot de clarté dans un océan de ténèbres et de chaos. Un moment, Perrin oublia tout le reste, y compris sa situation présente. Tachetée était vivante !

Elyas? pensa le jeune homme, demandant à la louve si son compagnon humain était encore en vie.

En guise de réponse, une image se forma devant l'œil mental de Perrin : l'homme aux loups étendu dans une grotte, près d'un petit feu, et occupé à soigner son flanc blessé.

Tout cela n'ayant duré qu'une fraction de seconde, le grand sourire qui s'afficha sur les lèvres du prisonnier n'échappa pas à Byar.

— Tu viens d'avoir une idée, Perrin de Deux-Rivières, et je donnerais cher pour savoir laquelle.

Un instant, le jeune homme redouta que le Fils de la Lumière sache pour Tachetée. Mais c'était impossible, et il ne fallait surtout pas paniquer...

Dubitatif, Byar posa les yeux sur la pierre qu'il avait laissée tomber dans la poussière.

Il hésitait, doutant à présent de sa stratégie. S'il en changeait, laisserait-il la vie à deux témoins gênants ? Rien n'empêchait de couper les liens d'un prisonnier après l'avoir tué. C'était un peu moins convaincant, mais pas tant que ça…

Dans les yeux profondément enfoncés dans leurs orbites de Byar, Perrin lut que la décision fatale était prise.

Byar ouvrit la bouche, sans doute pour énoncer la sentence.

Mais les événements s'enchaînèrent à une vitesse dépassant celle de la pensée.

Pour commencer, un des gardes se volatilisa comme si la nuit l'avait gobé tout cru. Son camarade faillit pousser un cri d'alarme, mais un bruit mat retentit, et il s'effondra comme une masse.

Byar se releva, rapide comme une vipère qui passe à l'attaque, la hache tournant si vite entre ses mains que le tranchant bourdonna. Les yeux écarquillés, Perrin vit une vague d'obscurité déferler sur la lumière de la lanterne, l'occultant aussitôt. Il voulut crier, mais la terreur le paralysa. Un instant, il en oublia même que Byar préméditait sa fin et celle d'Egwene. Le Fils de la Lumière, un être humain comme eux, était menacé de mort par la nuit devenue vivante.

La vague d'obscurité prit soudain une forme familière. Éberlué, Perrin reconnut Lan, véritable tourbillon d'ombres gris et noir dans sa cape aux couleurs fluctuantes. Byar abattit sa hache, mais Lan l'évita avec une aisance presque désinvolte. Alors que le tranchant sifflait à côté de lui, Byar se laissant emporter par son élan, le Champion frappa du poing et des pieds, si vite que Perrin se demanda s'il voyait bien ce qu'il croyait voir. En tout cas, le Fils de la Lumière s'écroula comme un pantin privé de ses ficelles. Pendant qu'il tombait, Lan s'agenouilla pour éteindre la lanterne.

Perrin écarquilla les yeux, stupéfié que le Champion ait de nouveau disparu.

— C'était vraiment…, commença Egwene. On vous croyait tous morts…

— La nouvelle était grandement exagérée…, se contenta de répondre le Champion.

De l'humour, lui ?

Des mains saisirent les liens de Perrin, puis une lame les trancha net. Tous ses muscles protestant, le jeune homme s'assit et se massa les poignets.

— Est-il… ? L'avez-vous… ? demanda-t-il en baissant les yeux sur la masse sombre qui devait être Byar.

— Non, répondit Lan. Je ne tue jamais, sauf quand j'en ai l'intention. Mais il n'ennuiera plus personne pendant un moment. Maintenant, assez de questions ! Procure-toi deux capes blanches, et plus vite que ça !

Perrin rampa jusqu'à Byar. Le toucher ne fut pas facile, et il faillit retirer sa main quand il sentit la poitrine du fanatique se soulever. Mais il parvint à se maîtriser et retira prestement sa cape au Fils de la Lumière. Malgré les assurances de Lan, il redoutait que son tortionnaire se réveille. Après avoir récupéré sa hache, il rampa jusqu'à un des gardes. Toucher cet homme-là, bizarrement, ne le gêna pas. D'abord perplexe, il comprit vite pourquoi. Les Capes Blanches détestaient les Suppôts, et c'était une émotion *humaine*. Byar, lui, voulait la mort des deux prisonniers, mais il n'y avait pas de haine en jeu – rien de personnel, en quelque sorte.

Les deux capes pliées sur un bras, Perrin se retourna… et céda à la panique. Dans le noir, il n'avait aucune idée de la direction à prendre pour retrouver Lan et Egwene. Maintenant qu'il n'avait plus sa cape, Byar aussi était invisible dans l'obscurité.

Comment s'orienter ? S'il se jetait dans la gueule du loup au lieu de rejoindre ses amis…

— Par là…

Perrin se laissa guider par le murmure de Lan. Lorsque des mains l'arrêtèrent, il distingua très vaguement la silhouette d'Egwene et le visage très pâle du Champion. Le corps de Lan, lui, restait invisible.

— Mettez les capes blanches, et emportez les vôtres. Surtout, pas un bruit ! Nous ne sommes pas encore sortis d'affaire.

Soulagé que son moment de panique soit déjà oublié, Perrin tendit une cape à Egwene. Puis il retira la sienne, la plia pour la transporter plus facilement et mit la blanche sur ses épaules. Frissonnant à ce contact, il se demanda s'il avait hérité du vêtement de Byar. Il l'aurait juré, comme s'il pouvait sentir la présence du fanatique dans le tissu.

Lan ayant ordonné aux deux jeunes gens de se tenir par la main, Perrin obéit, la hache serrée dans son poing libre. Quand le Champion allait-il leur ordonner de passer à l'action, afin que son imagination cesse de partir dans tous les sens ? Mais ils restaient là, au milieu des tentes des Fils de la Lumière, deux fugitifs en cape blanche et un Champion dont on sentait la présence sans le voir.

— Bientôt…, murmura Lan. Très bientôt…

Un éclair zébra le ciel au-dessus du camp, si près que tous les poils de Perrin se hérissèrent sur sa nuque et ses bras. Puis la foudre percuta le sol, faisant jaillir un geyser de terre. Profitant de la soudaine illumination, Lan fit signe à ses deux compagnons de le suivre.

Ils n'avaient pas fait deux pas lorsqu'un deuxième éclair déchira le firmament. Avec leur façon de pleuvoir comme la grêle, ces éclairs faisaient clignoter furieusement la nuit, comme si on avait allumé et éteint une lanterne géante. Affolés, les chevaux fous de terreur s'agitaient dans les ténèbres, leurs hennissements audibles entre les roulements de tonnerre. Partout, des hommes sortaient des tentes, certains portant leur cape blanche et d'autres encore en train de s'habiller. Les mieux réveillés couraient dans tous les sens tandis que leurs camarades, encore dans les brumes du sommeil, restaient plantés sur place, se demandant ce qui se passait.

Lan ouvrant la marche, Perrin composait l'arrière-garde derrière Egwene. Ébahis, des Fils de la Lumière regardèrent passer ces frères d'armes en cape blanche qu'ils ne parvenaient pas à reconnaître. Quelques-uns leur lancèrent même des questions, mais pas un n'esquissa un geste pour les arrêter.

Se laissant guider par Lan, Perrin sentit le sol s'incliner sous ses pieds, puis des broussailles lui cinglèrent le visage. Dans le ciel, tout était redevenu normal et la foudre ne tonnait plus. Jetant un coup d'œil par-dessus son épaule, Perrin vit que plusieurs tentes brûlaient dans le camp. Les effets de la foudre, à moins que certains guerriers, paniqués, aient renversé des lampes. Des voix perdues dans la nuit tentaient de restaurer l'ordre et la discipline et quelques-unes exigeaient qu'on découvre ce qui était arrivé. L'ascension devenant un peu plus rude, Perrin cessa de prêter attention aux échos du camp – qui devinrent de toute façon très vite inaudibles.

Lan s'étant arrêté, Egwene l'imita et Perrin faillit percuter son amie. Devant eux, les silhouettes de trois chevaux se découpaient au clair de lune.

Quelqu'un bougea dans les ombres, puis la voix de Moiraine retentit, et l'Aes Sedai ne semblait pas contente du tout.

— Nynaeve n'est pas revenue. J'ai bien peur qu'elle ait fait une bêtise.

Lan fit demi-tour, comme s'il allait voler au secours de la Sage-Dame, mais un seul mot crié par Moiraine le contraignit à s'immobiliser :

— Non !

Le Champion tourna à moitié la tête, son visage paraissant toujours aussi fantomatique dans la nuit.

— Certaines choses sont plus importantes que d'autres, dit Moiraine d'un ton plus doux mais tout aussi résolu.

Voyant que Lan hésitait toujours, elle revint dans le registre de l'autorité :

— Souviens-toi de ton serment, al'Lan Mandragoran, Seigneur des Sept Tours. Et de celui que tu as prêté en tant que Seigneur de Guerre au Diadème du Malkier.

Perrin n'en crut pas ses oreilles. Lan était vraiment tout ça ? Près de lui, Egwene marmonnait, mais il ne parvenait pas à détourner les yeux de la scène qui se déroulait devant lui. Comme un loup de la meute de Tachetée, Lan se tenait face à un petit bout de femme d'Aes Sedai, et il tentait pourtant en vain d'échapper à son pouvoir.

Des bruits de branches brisées firent sursauter tout le monde, y compris les deux protagonistes de l'affrontement muet. En deux enjambées, Lan se plaça entre Moiraine et la menace potentielle, puis il dégaina son épée...

Deux chevaux émergèrent des broussailles, l'un d'eux avec un cavalier.

— Bela ! cria Egwene.

Dans le même souffle, le cavalier, ou plutôt la cavalière, s'exclama :

— J'ai failli ne pas vous retrouver ! Egwene ! Tu es vivante, la Lumière en soit louée !

La Sage-Dame mit pied à terre et se dirigea vers les deux jeunes gens de Champ d'Emond. Mais Lan la retint par le bras, et elle s'arrêta, le défiant du regard.

— Nous devons partir, Lan, dit Moiraine, de nouveau agacée.

Le Champion lâcha Nynaeve, qui avança vers Egwene en se massant l'avant-bras. Alors qu'elle étreignait la jeune fille, la Sage-Dame eut un petit rire – en tout cas, Perrin crut l'avoir entendu, et il aurait juré que ça n'avait aucun rapport avec la joie de les revoir.

— Où sont Rand et Mat ? demanda-t-il.

— Ailleurs..., répondit Moiraine.

Nynaeve marmonna quelque chose d'un ton agressif qui arracha un cri de surprise à Egwene. Perrin en cilla de surprise, car il lui semblait bien avoir reconnu un juron de conducteur de chariot – et pas le moins grossier.

— Fasse la Lumière que tout aille bien pour eux, ajouta l'Aes Sedai comme si elle n'avait rien entendu.

— Si les Capes Blanches nous trouvent, dit Lan, ça va se gâter pour nous. Remettez vos capes, et en selle.

Perrin changea de cape puis se hissa péniblement sur le dos du cheval ramené par Nynaeve. L'absence de selle ne le gêna pas. Chez lui, il ne montait pas souvent, mais quand ça lui arrivait c'était toujours à cru. Le Champion ayant ordonné qu'ils ne laissent aucune trace de leur passage, le jeune homme avait gardé la cape blanche, désormais enroulée et nouée autour de sa taille. Il sentait toujours la présence de Byar dans le tissu, mais qu'y faire ?

Alors que la petite colonne s'ébranlait, Lan ouvrant la marche sur son étalon noir, Perrin reçut une nouvelle communication mentale de Tachetée.

Au revoir, pas adieu…

C'était en tout cas ainsi qu'il traduisait ce qui, en réalité, avait plus à voir avec un sentiment qu'avec des mots. La promesse de retrouvailles, la joyeuse attente de ce qui restait à venir – et, en même temps, la résignation face à ce qui devait advenir –, tout cela subtilement stratifié.

Soudain effrayé, Perrin tenta maladroitement de demander « quand » et « où », mais le contact avec les loups ne dura pas assez longtemps pour ça. Il obtint quand même ce qui aurait pu passer pour une réponse.

Au revoir, pas adieu…

Une antienne qui résonna dans sa tête longtemps après que la communication avec Tachetée eut été coupée.

Lan prit la direction du sud, imposant un rythme assez lent mais régulier. En pleine nuit, sur un terrain accidenté semé d'arbres et de broussaille, il n'était de toute façon pas possible de galoper. À deux reprises, le Champion rebroussa chemin pour aller jouer l'arrière-garde, Mandarb et lui se fondant très vite dans la nuit. Chaque fois, il revint pour annoncer qu'on ne les poursuivait pas.

Egwene chevauchait près de Nynaeve et des bribes de leur conversation – étouffée mais animée – parvinrent aux oreilles de Perrin. Ravies de s'être retrouvées, les deux femmes se redonnaient mutuellement le moral. Alors qu'il traînait en queue de la colonne, Perrin dut plusieurs fois faire un petit geste rassurant à la Sage-Dame, qui se retournait pour le regarder. Oui, il allait bien, et oui, il resterait où il était… Même si ses idées n'étaient pas très ordonnées, il devait réfléchir.

Qu'est-ce qui nous attend ? Bon sang ! qu'est-ce qui nous attend ?

Très peu de temps avant l'aube, Moiraine ordonna enfin une halte. Repérant un ravin, Lan entreprit d'y allumer un feu de camp qui ne serait pas visible de loin.

Puis il donna enfin aux deux jeunes gens l'autorisation de se débarrasser des capes blanches. Perrin creusa un trou près du feu afin d'y enfouir les vêtements. Alors qu'il allait jeter sa cape dedans, ses yeux tombèrent sur le soleil et les deux étoiles brodés du côté gauche. Comme si le contact du tissu lui brûlait la peau, il lâcha cette relique de Byar, s'éloigna en s'essuyant les mains sur sa veste et s'assit un peu à l'écart du groupe.

— Et maintenant, fit Egwene tandis que Lan s'occupait de reboucher le trou, si quelqu'un me disait où sont Mat et Rand ?

— Je crois qu'ils sont à Caemlyn, répondit Moiraine, ou en chemin pour y arriver. (Nynaeve ricana amèrement, mais l'Aes Sedai fit mine de n'avoir pas entendu.) Et, dans le cas contraire, je les trouverai quand même, c'est un engagement solennel.

Le repas composé de pain et de fromage arrosés par une infusion bien chaude se déroula dans un silence pesant. Succombant à la fatigue, Egwene elle-même manqua totalement de ressort. Après manger, la Sage-Dame sortit de sa sacoche un onguent qu'elle appliqua sur les poignets de la jeune fille. Pour les contusions, elle utilisa une préparation différente.

Puis Nynaeve approcha de Perrin, qui ne daigna pas relever la tête.

Le dévisageant un long moment, Nynaeve s'agenouilla ensuite près de lui, sa sacoche à la main.

— Enlève ta veste et ta chemise, Perrin ! Mon petit doigt m'a dit qu'un des Fils t'avait pris en grippe.

Toujours hanté par le message de Tachetée, le jeune homme obéit distraitement – jusqu'à ce que Nynaeve crie de surprise. Décontenancé, Perrin la regarda, puis il baissa les yeux sur son torse. Sur les flancs, sa chair n'était plus qu'une contusion géante, la couleur différente des lésions permettant de distinguer les nouvelles des plus anciennes. Sans la masse musculaire dont il s'était doté en travaillant à la forge, Perrin aurait sans doute eu plusieurs côtes cassées. Occupé à penser aux loups, il avait pu oublier la douleur, mais elle revenait à la charge et elle s'en donnait à cœur joie. Trahissant sa souffrance, l'apprenti forgeron voulut prendre une grande inspiration et dut serrer les dents pour ne pas crier.

— Comment a-t-il pu te prendre en grippe à ce point ? demanda Nynaeve.

J'ai tué deux des siens…, pensa Perrin.

— Je n'en sais rien, préféra-t-il dire à voix haute.

La Sage-Dame sortit un pot d'onguent de sa sacoche. Quand elle commença à traiter Perrin, il ne put s'empêcher de sursauter.

— Un mélange de poudre de lierre et de baies rouges…, annonça Nynaeve.

Si curieux que ça paraisse, l'onguent était à la fois chaud et froid. En conséquence, Perrin frissonna et transpira à grosses gouttes en même temps. Il ne protesta pas, car il connaissait la qualité des pommades et des cataplasmes de la Sage-Dame. Alors qu'elle continuait l'application, les deux sensations contradictoires s'évanouirent et la douleur disparut avec elles. Les contusions les plus récentes brunirent, et les plus anciennes pâlirent ou s'effacèrent. Par curiosité, le jeune homme reprit une grande inspiration et n'éprouva qu'une sorte de picotement désagréable.

— Tu as l'air étonné, souffla Nynaeve. (Pour tout dire, elle semblait elle-même très surprise et bizarrement effrayée.) La prochaine fois, tu pourras t'adresser à… l'autre.

— Je ne suis pas étonné, répondit Perrin, mais content, simplement. (Les onguents de la Sage-Dame agissaient plus ou moins vite selon les cas, mais ils n'étaient jamais inefficaces.) Qu'est-il arrivé à Rand et Mat ?

Nynaeve entreprit de ranger dans sa sacoche, avec mille précautions, les pots d'onguent et les flacons qu'elle venait d'utiliser.

— *Elle* dit qu'ils vont bien, que nous les trouverons à Caemlyn parce que c'est trop important pour que nous échouions – ne me demande pas ce que ça veut dire, parce que je n'en sais rien ! *Elle* dit beaucoup de choses…

Perrin ne put s'empêcher de sourire. Si pas mal de choses avaient changé en quelques jours, la Sage-Dame restait telle qu'en elle-même et sa relation avec l'Aes Sedai demeurait toujours très loin de la franche amitié.

Les yeux rivés dans ceux de Perrin, Nynaeve se pétrifia soudain. Puis elle lâcha sa sacoche et plaqua le dos de ses mains sur le front et une joue du jeune homme. Celui-ci tenta de se dégager, mais elle lui prit la tête à deux mains, les pouces lui relevant de force les paupières. En marmonnant, elle étudia les yeux de son patient. Malgré sa force supérieure, Perrin ne réussit pas à se libérer. Quand la Sage-Dame n'avait pas envie de lâcher quelqu'un, elle ne le lâchait pas…

— Je ne comprends pas, avoua-t-elle lorsqu'elle libéra enfin Perrin. Si c'était la fièvre des yeux jaunes, tu ne tiendrais pas debout. De toute façon, tu n'as pas de température, et le blanc de tes yeux n'est pas jaune. Seuls les iris ont changé de couleur.

— Jaune, vraiment ? demanda Moiraine.

Perrin et Nynaeve sursautèrent avec un bel ensemble. L'Aes Sedai s'était approchée sans un bruit. Un sacré exploit !

Du coin de l'œil, Perrin vit qu'Egwene dormait à côté du feu. Ses propres paupières se fermaient toutes seules…

— Ce n'est rien du tout, dit-il.

Mais l'Aes Sedai lui prit le menton et sonda son regard comme venait de le faire la Sage-Dame. Il se débattit, furieux que ces deux femmes le traitent comme s'il était un gamin.

— Ce n'est rien, bon sang !

— Il n'y avait pas de prédictions…, souffla Moiraine comme si elle se parlait à elle-même. Une modification de la Trame, ou une simple distorsion ? Et s'il s'agit d'une modification, qui l'a décidée ? La Roue tisse comme elle l'entend, voilà probablement la réponse !

— Tu sais ce que c'est ? demanda à contrecœur Nynaeve. Et tu peux intervenir ? Le soigner ?

Admettre son impuissance et demander de l'aide coûtait tant à Nynaeve qu'elle semblait s'arracher chaque mot de la gorge.

— Si vous parlez de moi, adressez-vous à moi ! explosa Perrin. Je ne suis pas une plante verte !

Aucune des deux femmes ne daigna le regarder.

— Le soigner ? répéta Moiraine. Il ne s'agit pas d'une maladie, Sage-Dame, et de plus ça ne…

L'Aes Sedai consentit enfin à regarder le jeune homme. Mais pas comme une personne, plutôt comme un fascinant sujet d'études – une démarche qui déplut souverainement à l'apprenti forgeron.

— J'allais dire que ça ne lui ferait pas de mal, continua Moiraine, mais qui peut savoir comment tout cela finira ? En tout cas, ça ne lui nuira pas directement.

Nynaeve se leva, épousseta le devant de sa robe et planta son regard dans celui de l'Aes Sedai.

— Ce que tu dis ne me suffit pas. S'il y a un problème avec…

— Ce qui existe existe… Et ce qui est tissé ne peut pas être modifié. (Moiraine se détourna.) Il faut dormir, car nous partirons à l'aube. Si les mains du Ténébreux deviennent trop puissantes… Il faut arriver vite à Caemlyn !

Furieuse, Nynaeve ramassa sa sacoche et s'éloigna avant que Perrin ait pu dire un mot. Très mécontent, il faillit lâcher un épouvantable juron, mais une idée le frappa et il resta assis, tétanisé, comme si la foudre venait de lui tomber sur la tête.

Moiraine savait ! Oui, elle savait tout au sujet des loups. Et elle pensait qu'il pouvait s'agir de l'œuvre du Ténébreux. Frissonnant, Perrin remit sa chemise, puis sa veste et sa cape. Malgré tout, il continua d'avoir froid, parce qu'il était gelé jusqu'à la moelle des os.

Lan vint s'asseoir à côté du jeune homme. Il avait écarté les pans de sa cape, une initiative qui ravit Perrin. Regarder le Champion et ne rien voir dans la nuit lui déplaisait beaucoup, tout compte fait.

Un long moment, les deux compagnons de voyage se dévisagèrent en silence. Comme d'habitude, le visage de Lan resta de pierre, mais Perrin crut lire quelque chose d'étrange dans ses yeux. De la sympathie ? De la curiosité ? Les deux ?

— Vous savez ? demanda l'apprenti forgeron.

— Les grandes lignes, seulement… C'est arrivé comme ça ? Ou as-tu rencontré un guide ? Un intermédiaire ?

— Il y a eu un homme…

Il sait, certes, mais a-t-il la même opinion que Moiraine ?

— Un certain Elyas… Elyas Machera, continua Perrin. (Lan tressaillit à peine, mais ce fut suffisant pour alarmer son interlocuteur.) Vous le connaissez ?

— Je l'ai connu, disons… Il m'a appris beaucoup de choses sur la Flétrissure et… sur l'escrime. C'était un Champion avant… eh bien, *avant*, voilà tout ! L'Ajah Rouge…

Lan jeta un coup d'œil à Moiraine, allongée près du feu.

La première fois que le Champion hésitait, nota Perrin. À Shadar Logoth, il avait été solide comme un roc. *Idem* quand il affrontait des Myrddraals et des Trollocs. À présent, il n'avait pas peur – Perrin aurait pu le jurer – mais il se montrait méfiant, comme s'il redoutait de trop en dire. Ou comme si ses propos risquaient d'être très dangereux.

— J'ai entendu parler de l'Ajah Rouge, dit Perrin.

— Et tu as fait une belle moisson de contrevérités ! Mais tu dois comprendre qu'il y a plusieurs factions à Tar Valon. Chacun combat le Ténébreux à sa façon, après tout ! Le but reste le même, mais la différence de méthode peut changer des vies… ou les détruire. Je parle d'individus et de nations, ne perds pas ça de vue… Au fait, comment se porte Elyas ?

— Pas trop mal, je crois… Les Capes Blanches affirment l'avoir tué, mais Tachetée… (Perrin eut l'air quelque peu gêné.) Je n'en sais rien, en fait… (Lan accepta cette réponse à contrecœur, mais il fit signe au garçon de continuer.) Cette communication avec les loups… Moiraine semble penser que c'est lié au Ténébreux. Mais elle se trompe, pas vrai ?

Elyas ne pouvait pas être un Suppôt des Ténèbres.

Lan ne répondit pas tout de suite. Perrin en sua d'angoisse – de grosses gouttes glacées, encore plus froides par cette nuit peu clémente. Quand le Champion parla enfin, ces perles de rosée ruisselaient déjà sur les joues du jeune homme.

— Ce n'est pas exact, en effet… Certains croient qu'il en est ainsi, mais c'est faux. Ce don appartenait à l'histoire longtemps avant qu'on découvre le Ténébreux. Mais songe aux probabilités, dans ton cas, forgeron. La Trame est parfois aléatoire, c'est vrai – du moins à nos yeux –, mais quelles étaient les chances que tu rencontres un guide potentiel et que tu sois en mesure de suivre son enseignement ? La Trame compose une grande Toile qu'on appelle aussi le Lacis des Âges, et tes amis et toi êtes au centre de ce tissage. Je crois qu'il n'y a plus de place pour le hasard dans vos vies. Vous avez été choisis, c'est presque sûr. Mais par qui ? La Lumière ou les Ténèbres ?

— Le Ténébreux ne peut rien contre nous, sauf si nous prononçons son nom.

Perrin pensa aux rêves qui n'en étaient pas, ceux où figurait Ba'alzamon.

— Il ne peut rien, répéta-t-il en essuyant la sueur qui faisait briller son front.

— La tête dure comme de la roche, décidément… Peut-être que ça te sauvera, au bout du compte… N'oublie pas dans quels temps nous vivons, forgeron. Souviens-toi de ce que t'a dit Moiraine Sedai. De nos jours, beaucoup de choses disparaissent ou se brisent. Les vieilles barrières s'écroulent et les antiques murs s'émiettent… Je parle des obstacles qui séparent ce qui est de ce qui était, et ce qui est de ce qui sera. (Lan prit un ton sinistre.) Je parle des murs de la prison où croupit le Ténébreux ! Nous assistons peut-être à la fin d'un Âge. Et avant de mourir, avec un peu de chance, nous verrons la naissance d'un nouveau. Ou en sommes-nous à l'heure de la fin des Âges ? La mort du temps et la disparition du monde ?

Le Champion sourit, mais c'était le sourire d'un condamné à mort au pied des marches menant à la potence. Le défi d'un homme qui n'était déjà plus tout à fait de ce monde.

— Mais nous n'allons pas nous laisser abattre, pas vrai, forgeron ? Jusqu'à notre dernier souffle, nous combattrons les Ténèbres, et si nous perdons, il faudra subir l'outrage de leurs crocs et de leurs griffes. Les gens de Deux-Rivières sont bien trop têtus pour se rendre. Ne t'inquiète pas de l'irruption du Ténébreux dans ta vie. Tu es avec des amis, désormais. Et n'oublie pas : la Roue tisse comme elle l'entend, et le Ténébreux lui-même ne peut rien y changer, surtout si Moiraine veille sur toi. En revanche, j'espère que nous trouverons bientôt tes amis…

— Que voulez-vous dire ?

— Ils n'ont pas d'Aes Sedai pour les défendre. Personne capable de puiser dans la Source Authentique… Si les murs de sa prison sont en très mauvais état, le Ténébreux est peut-être déjà en mesure d'influencer les événements. Pas comme s'il avait les mains libres, sinon, c'en serait déjà fini de nous, mais en infléchissant très légèrement les fils. La chance tournant d'un côté et non d'un autre, une rencontre de hasard, un mot dit par inadvertance, et tes amis risquent de s'enfoncer dans les Ténèbres au point que même Moiraine ne puisse plus les en ramener.

— Il faut les trouver ! s'exclama Perrin.

— N'est-ce pas ce que je viens de dire ? Dors un peu, forgeron… (Lan se redressa, sa cape l'enveloppant de nouveau, comme s'il ne faisait qu'un avec la nuit.) Les quelques jours de voyage qui restent seront éprouvants. Prie pour que nous trouvions tes amis à Caemlyn.

— Mais Moiraine… eh bien, elle peut les localiser n'importe où, c'est ce qu'elle a dit !

— Oui, mais pourra-t-elle le faire à temps ? Si le Ténébreux est assez fort pour se mêler au jeu, l'horloge tourne contre nous. Prie pour qu'on les retrouve à Caemlyn, forgeron. Sinon, nous sommes peut-être tous perdus…

39

Tisser la Toile

Par la lucarne de sa chambre, à *La Bénédiction de la Reine*, Rand regardait la foule courir dans la rue en agitant l'étendard au lion rampant sur champ rouge du royaume d'Andor. Les citadins et les étrangers avançaient ensemble et, pour une fois, personne ne semblait vouloir fracasser la tête de son voisin. Aujourd'hui, exceptionnellement, tout le monde était uni.

Rand se détourna de la lucarne, un sourire sur les lèvres. À part celui où Egwene et Perrin arriveraient, riant aux éclats de leurs aventures passées, c'était le jour que le jeune berger attendait avec le plus d'impatience.

— Alors, tu viens ? demanda-t-il une nouvelle fois.

De son lit, où il était roulé en boule, Mat foudroya son ami du regard.

— Vas-y avec ton Trolloc adoré !

— Par le sang et les cendres ! Mat, ce n'est pas un Trolloc ! Toi, en revanche, tu es un sacré crétin ! Combien de fois faudra-t-il nous disputer à ce sujet ? Par la Lumière ! tu sais quand même ce que sont les Ogiers !

— Oui, et je n'ai jamais entendu dire qu'ils ressemblaient aux Trollocs.

Mat enfouit la tête dans son oreiller et se recroquevilla en position fœtale.

— Tête de pioche ! s'écria Rand. Combien de temps vas-tu te cacher dans cette chambre ? J'en ai assez de te monter à manger, et un bain ne te ferait pas de mal !

Mat gigota comme s'il tentait de s'enfoncer dans le lit tel un ver de terre. Gagnant la porte, Rand exhala un soupir :

— C'est ta dernière chance… J'y vais !

Il ferma très doucement le battant, avec l'espoir que son ami changerait d'idée, mais rien ne se passa.

Quand la porte fut fermée, Rand s'appuya contre et tenta de réfléchir. À deux rues de là, une information de maître Gill, la Mère Grubb vendait des herbes et des cataplasmes. Accoucheuse à ses heures, elle jouait volontiers les guérisseuses et ne répugnait pas à dire la bonne aventure. Une sorte de Sage-Dame citadine, en somme… Mat aurait eu besoin des soins de Nynaeve, voire de ceux de Moiraine, mais s'il fallait faire avec Mère Grubb… eh bien, il ferait avec. Cela dit, la consulter à l'auberge, si elle acceptait de venir, risquait d'attirer sur elle et sur ses clients l'attention de gens peu amicaux.

Les herboristes et les phytothérapeutes n'avaient pas vraiment la cote à Caemlyn, ces derniers temps. De méchantes rumeurs couraient sur tous les guérisseurs et sur les voyants. Chaque nuit, un Croc du Dragon apparaissait sur plusieurs portes, et ça arrivait même en plein jour. Dès que retentissait l'accusation ultime de « Suppôt des Ténèbres », les gens oubliaient les braves praticiens qui avaient fait baisser leur fièvre ou appliqué un cataplasme bienfaisant sur un abcès dentaire. Tel était l'état d'esprit en ville, et ça ne paraissait pas près de changer.

De plus, Mat n'était pas vraiment malade, au sens propre du terme. Il dévorait tout ce que Rand lui apportait – mais n'acceptait rien de quiconque d'autre – et ne se plaignait ni de fièvre ni de douleurs. Simplement, il refusait de sortir. Mais Rand avait parié que ça changerait en ce jour, et il s'était trompé.

Ajustant sa cape sur ses épaules, il fit légèrement tourner son ceinturon d'armes autour de sa taille afin que son épée enveloppée de tissu rouge ne soit pas du tout visible.

Au pied de l'escalier, il rencontra maître Gill.

— Quelqu'un demande après toi en ville, annonça l'aubergiste. Je venais te prévenir, justement… Ce type te cherche, et il mentionne aussi le nom de tes amis. Tes deux camarades, en tout cas… Vous semblez l'intéresser énormément.

— Qui est-ce ? demanda Rand.

Encore des angoisses en perspective… Comme toujours, Rand ne put s'empêcher de regarder à droite et à gauche, mais le couloir qui menait à la salle commune était désert.

— Je n'ai pas son nom, mais j'ai entendu parler de lui… Ici, tout finit par arriver à mes oreilles… C'est un mendiant – à demi fou, d'après ce qu'on dit. Malgré son état, il pourrait obtenir la Prime de la Reine, au palais, même en ces temps très difficiles. Les Grands Jours, la reine remet la Prime en personne, et on ne repousse jamais les demandeurs.

À Caemlyn, personne n'a besoin de mendier. Même un criminel visé par un mandat d'arrêt ne risque rien pendant qu'il reçoit la Prime de la Reine.

— Encore un Suppôt des Ténèbres…, soupira Rand.

Et s'ils savent nos noms, maintenant…

— Tu ne penses qu'aux Suppôts, mon garçon ! Il y en a, c'est certain, et les Capes Blanches en font toute une affaire, mais ne va quand même pas croire que la ville en soit pleine. Tu veux savoir quelle est la dernière crétinerie à la mode ? Des « silhouettes étranges » ! Tu en crois tes oreilles ? Des silhouettes étranges qui rôderaient autour de la cité pendant la nuit…

Rand n'eut aucunement envie de rire. Maître Kinch avait parlé d'un phénomène de ce type, et les Blafards n'y étaient sûrement pas étrangers.

— Quel genre de silhouettes ?

— Comment veux-tu que je le sache ? Des silhouettes de Trollocs, probablement. Ou le Ténébreux en personne. Ou encore Lews Therin Fléau de sa Lignée, mais haut de cinquante pieds… Maintenant qu'ils ont cette idée en tête, les gens vont pouvoir laisser libre cours à leur imagination. C'est leur problème, pas le nôtre ! (Maître Gill dévisagea un moment son jeune interlocuteur.) Tu vas sortir, dirait-on ? Tout le monde est dehors et l'auberge est pratiquement déserte. Rester seul ne me dérange pas, surtout aujourd'hui, mais bon… Ton ami ne t'accompagne pas ?

— Il ne se sent pas très bien. Peut-être plus tard…

— Eh bien, qu'il en soit ainsi, alors ! Mais prends garde à toi. Même aujourd'hui, les bons sujets de la reine seront en infériorité numérique dans les rues. La Lumière brûle l'instant maudit où j'ai seulement *envisagé* de voir ça un jour. À ta place, je sortirais par-derrière. Deux de ces fichus traîtres sont assis de l'autre côté de la rue pour surveiller la porte d'entrée. La Lumière m'en soit témoin : s'ils veulent me chercher des noises, ils savent où me trouver !

Rand gagna la porte de derrière, passa la tête dehors, sonda l'allée étroite et sortit. Au bout de l'allée, un colosse engagé par maître Gill – et armé d'une lance – regardait d'un œil morne les gens qui défilaient devant lui. Le manque d'intérêt du cerbère était trompeur. En réalité, Lamgwin avait un œil d'aigle et aucun détail ne lui échappait. Malgré sa carrure, il pouvait se déplacer avec l'agilité d'un chat. Accessoirement, il tenait la reine Morgase pour l'incarnation de la Lumière, ou quelque chose d'approchant. Une dizaine de loyaux sujets aussi musclés que lui montaient la garde autour de l'auberge.

Les oreilles de Lamgwin frémirent quand il entendit des bruits de pas dans son dos, mais il ne détourna pas son regard faussement morne de la rue. Comme Rand le prévoyait, il l'avait repéré, mais, après tout, le danger n'était pas censé venir de là…

— Surveille tes arrières, aujourd'hui, mon gars…, dit Lamgwin d'une voix bizarrement rauque. Quand ça explosera, je préférerais que tu sois ici, pas étendu dans une impasse avec un couteau entre les omoplates.

Rand ne trahit pas son étonnement. Même s'il s'efforçait de cacher l'épée, ce n'était pas la première fois qu'un homme de maître Gill supposait qu'il serait d'une aide précieuse en cas de bagarre.

Son travail étant de défendre l'auberge, Lamgwin ne se retourna pas. Poussant davantage sous sa cape le fourreau de son arme, Rand dépassa le colosse et se joignit à la déferlante d'hommes et de femmes. Après avoir fait le tour de l'établissement, il vit les deux types assis sur des tonneaux retournés. Ne faisant pas mystère de leurs opinions, ils portaient une épée enveloppée de tissu blanc (noué avec du ruban rouge), arboraient un brassard blanc et cachaient leurs cheveux sous un chapeau orné d'une cocarde blanche.

À Caemlyn, il fallait savoir décoder les couleurs. Envelopper son épée de rouge (avec du ruban blanc) et opter pour un brassard et une cocarde écarlates était une manière très directe de manifester son soutien à la reine. En revanche, les accessoires blancs indiquaient qu'on tenait l'association de Morgase avec les Aes Sedai – et donc, Tar Valon – pour la cause principale de tout ce qui allait de travers. Comme le mauvais temps, les exécrables récoltes… ou même l'avènement du faux Dragon.

Rand ne voulait surtout pas s'impliquer dans les querelles politiques locales. Hélas, c'était trop tard, puisqu'il avait déjà choisi son camp – par hasard, mais ça ne changeait rien. De toute façon, avec la façon dont évoluaient les choses, rester neutre ne serait bientôt plus possible. Les étrangers eux-mêmes arboraient un brassard et une cocarde et sacrifiaient à la mode d'emballer leur épée. Parmi eux, il y avait beaucoup plus d'adeptes du blanc que du rouge. Certains agissaient peut-être contre ce qu'ils pensaient vraiment, mais quand on était loin de chez soi, mieux valait ne pas se faire remarquer. Devenus minoritaires, les « hommes de la Reine » ne sortaient plus qu'en groupe, quand ils s'aventuraient encore à mettre le nez dehors.

Aujourd'hui, cependant, les choses étaient différentes. En surface, au minimum… Caemlyn fêtait la récente victoire de la Lumière sur les Ténèbres. Clou de l'événement, le faux Dragon serait conduit devant Morgase avant d'être emmené sous bonne escorte à Tar Valon.

Personne n'évoquait cette partie de l'affaire. Seules les Aes Sedai pouvaient s'occuper d'un homme capable de canaliser le Pouvoir de l'Unique, nul n'en disconvenait, mais ce n'était sûrement pas un sujet de conversation. La Lumière avait vaincu les Ténèbres, des soldats d'Andor combattant en première ligne lors de ce conflit. Pour aujourd'hui, cela seul comptait.

Et, jusqu'au lendemain, tout le reste pouvait passer au second plan.

En théorie, du moins… En pratique, Rand doutait que ce soit le cas. La foule courait, chantait et brandissait l'étendard au lion blanc, mais les hommes porteurs d'accessoires rouges se déplaçaient par groupes serrés de dix ou vingt, et il n'y avait jamais de femmes ou d'enfants avec eux. À première vue, le rapport entre les opposants de la reine et ses fidèles était au bas mot de dix contre un.

Une nouvelle fois, Rand regretta que le tissu rouge ait été le moins cher.

Mais si tu avais choisi le blanc, maître Gill ne vous aurait sûrement pas aidés…

La foule était trop dense pour qu'on puisse éviter les bousculades. Pour une fois, même les Capes Blanches ne disposaient pas de leur « espace privé ». Alors qu'il laissait la foule l'emporter vers la Cité Intérieure, le jeune berger constata que la liesse nationale n'apaisait pas les querelles antérieures. Un Fils de la Lumière qui marchait avec deux de ses collègues se fit bousculer si violemment qu'il faillit tomber. Évitant la chute par miracle, il lança un juron bien senti à l'homme qui lui était rentré dedans. Mais un autre citadin lui flanqua délibérément un coup d'épaule. Histoire d'éviter une bataille rangée, les deux autres Capes Blanches tirèrent leur compagnon sous un porche. Indignés, les trois hommes semblaient en même temps ne pas en croire leurs yeux. Comment pouvait-on les traiter ainsi ?

La foule continua à défiler devant eux, faisant mine de ne pas s'apercevoir de leur présence. Ou ne s'en apercevant peut-être pas pour de bon…

Deux jours plus tôt, personne n'aurait osé se comporter ainsi. De plus, s'avisa Rand, les deux hommes coupables de la bousculade avaient une cocarde blanche sur leur chapeau. Selon toute logique, et personne ne l'ignorait, les Capes Blanches étaient plutôt du côté des opposants à Morgase – et surtout à sa conseillère venue de Tar Valon.

La logique n'avait plus d'importance. L'heure était à oser ce qu'on n'aurait jamais fait en temps normal. Bousculer un Fils de la Lumière, pourquoi pas ? Et, ensuite, renverser une reine ne serait pas mal non plus, pas vrai ?

Rand regretta soudain qu'il n'y ait pas plus de porteurs de rouge à ses côtés. Les partisans du blanc commençant à le chahuter aussi, il se sentait très seul…

S'avisant qu'il les regardait, les trois Capes Blanches le défièrent du regard. Prudent, Rand se laissa entraîner par une bande de joyeux citadins et alla jusqu'à reprendre la chanson qu'ils beuglaient avec enthousiasme :

En avant le lion, en avant
En avant le lion, en avant

Ô lion blanc lance la charge
Rugis ton défi aux Ténèbres
En avant le lion, en avant
Pour la grande gloire d'Andor !

L'itinéraire qu'emprunterait le faux Dragon pour entrer à Caemlyn n'était plus un secret pour personne. Ces diverses rues étaient bloquées par des haies de Gardes et des soldats en uniforme rouge, mais des multitudes de gens se massaient derrière ces troupes tandis que les fenêtres et même les toits étaient pris d'assaut par des curieux.

Rand s'enfonça dans la Cité Intérieure, tentant d'approcher du palais royal. Malgré ce qu'il prétendait, il espérait bien être témoin de la brève rencontre entre Morgase et Logain. Voir le même jour une reine et un faux Dragon, voilà bien une aventure dont il n'aurait jamais osé rêver à Deux-Rivières…

La Cité Intérieure était bâtie sur une série de collines et presque tous les anciens bâtiments construits par les Ogiers demeuraient intacts. Dans la partie plus récente de la ville, les rues partaient dans tous les sens. Ici, elles suivaient le périmètre des collines, comme si elles entendaient faire partie intégrante de la nature. Du coup, à chaque tournant, les montées et les descentes soudaines offraient une vue inédite de la cité. Observés sous des angles différents – y compris comme si on les admirait d'en haut –, les parcs presque dénués d'étendues vertes composaient un spectacle à la fois étonnant et très agréable à l'œil. Et que dire des tours magnifiques dont les toits en brique brûlaient de mille feux sous les assauts du soleil ? On eût dit un kaléidoscope géant au sein duquel toutes les couleurs se montraient les unes après les autres.

Parfois, sur une de ces corniches, le voyageur déboulait soudain devant un spectacle magnifique qui lui coupait le souffle. Dans des circonstances normales, sans la pression constante des gens, Rand se serait arrêté pour savourer la beauté de ces panoramas où l'œil pouvait porter beaucoup plus loin que sur la seule cité. Mais la foule l'entraînait inexorablement, l'empêchant de profiter vraiment de la splendeur du paysage.

Au sortir d'un tournant, le jeune homme vit enfin pour la première fois le palais de Morgase. Même si elles ne violaient en rien la nature, les rues étaient conçues pour tourner autour de l'incroyable bâtiment. Comme dans les récits, les flèches blanches et les dômes dorés brillaient au soleil, et la bannière au lion blanc rampant claquait au vent au sommet de tout ce qui était assez haut pour la mettre en valeur. Centre du pouvoir séculaire, ce palais était aussi et surtout le cœur battant de Caemlyn – le bijou dont l'entière Cité Intérieure pouvait se rengorger d'être l'écrin.

Semblant davantage sculpté par un artiste de génie que construit avec du sang et de la sueur, le bâtiment confinait au sublime.

Rand s'aperçut soudain qu'il était presque au terme de sa promenade. À Caemlyn, personne n'avait le droit d'approcher du palais et plusieurs rangées de Gardes formaient devant le portail une haie défensive impénétrable. En haut des magnifiques murs blancs, sur les créneaux, d'autres défenseurs attendaient, un arc ostensiblement porté en bandoulière. Ces hommes aussi semblaient tout droit sortis des récits d'un trouvère. On aurait pu penser à une garde d'honneur, mais Rand n'était pas dupe.

La foule qui avait envahi les rues était majoritairement composée d'hommes armés d'une épée enveloppée de blanc. Dans une marée de cocardes et de brassards de la même couleur, les porteurs de rouge n'étaient pas légion, c'était le moins qu'on pouvait dire. Contre cette marée blanche, la haie de défenseurs vêtus de rouge ne risquait pas de faire une digue bien solide.

Abandonnant l'idée d'approcher du palais, Rand chercha un point d'observation où il pourrait tirer avantage de sa taille. Pour tout voir, il n'avait pas besoin d'être au premier rang. Dans la foule, les gens changeaient sans cesse de position, se poussant pour accéder aux meilleures places. Dans cette bousculade, Rand arriva un peu par hasard à trois rangs seulement d'une avenue barrée, et tous ceux qui se trouvaient devant lui, y compris les défenseurs, faisaient une bonne tête de moins que lui. De tous les côtés, une masse de curieux se refermait sur lui et la chaleur devenait insupportable malgré une température de base plutôt fraîche. Les malchanceux placés derrière Rand se plaignaient de ne rien voir et tentaient de lui passer devant. Il tint bon, formant avec ses compagnons de droite et de gauche une muraille infranchissable.

Mission accomplie ! Quand le faux Dragon remonterait l'avenue, Rand serait assez près pour voir son visage.

Dans les rues de la Nouvelle Cité, jusqu'aux portes de la ville, une onde se propagea à travers la foule compacte de curieux. Tout au long du chemin menant à l'avenue, une fraction de la multitude recula pour laisser passer quelque chose. Ce n'était pas comme le vide qui se faisait dans le sillage des Capes Blanches les jours normaux. Là, les gens se jetaient en arrière avec une grimace de dégoût. S'écartant vivement, ils détournaient la tête de l'objet de ce dégoût, mais continuaient à le lorgner du coin de l'œil, comme des voyeurs fascinés par un spectacle interdit.

Rand ne fut pas le seul à remarquer le phénomène. Avertie que quelqu'un arrivait, mais avec une longue attente devant elle, la foule passa le temps en commentaires aussi divers que variés. Certains avancèrent qu'une Aes Sedai devait forcer les gens honnêtes à reculer ainsi, d'autres affirmèrent qu'il devait s'agir de Logain lui-même et d'autres enfin firent assaut de suggestions douteuses qui firent éclater les hommes de rire tandis que leurs compagnes soupiraient de dédain.

Le mouvement continua à diviser la foule, approchant inexorablement de l'entrée de l'avenue. Même au prix d'un excellent poste d'observation, personne n'hésita un instant à dégager la voie en fonction de l'itinéraire emprunté par la mystérieuse procession.

Pour finir, la foule fut poussée dans l'avenue par l'étrange mouvement. Alors que les soldats en uniforme tentaient de la repousser, elle fit exploser leur formation, comme c'était facile à prévoir.

La silhouette voûtée responsable du phénomène apparut au milieu de la marée humaine divisée en deux. À première vue, on aurait juré voir un épouvantail vêtu de ses haillons traditionnels. Il s'agissait pourtant bien d'un homme, même s'il n'éveillait plus chez ses semblables qu'une irrépressible répulsion.

Le déchet d'humanité s'arrêta avant de s'engager dans l'avenue. Sa capuche déchirée et raide de crasse oscilla de droite à gauche comme s'il cherchait quelque chose – ou comme s'il tendait l'oreille. Poussant soudain un cri muet, il pointa une main crasseuse – presque une serre, tant elle était ratatinée – en direction de Rand. Puis il se mit à avancer dans la rue, grouillant comme un cafard.

Le mendiant dont m'a parlé maître Gill!

Quelle mauvaise fortune avait aidé le misérable à retrouver le garçon de Champ d'Emond ? Rand n'aurait su le dire, mais une certitude s'imposa à lui : qu'il s'agisse ou non d'un Suppôt des Ténèbres, il n'avait aucune envie de se retrouver face à face avec cette abomination. Il sentait sur sa peau le regard de l'ignoble mendiant, et on eût dit le contact d'une boue gluante et malodorante. Il ne fallait surtout pas que cet homme, s'il méritait encore ce nom, s'approche de lui alors qu'il se trouvait au milieu d'une foule qu'un rien pouvait suffire à faire basculer dans la violence. Les hommes qui plaisantaient grassement, un peu plus tôt, marmonnaient à présent des insultes adressées à la cible du déchet d'humanité.

Rand recula, conscient que la masse humaine dans laquelle il se fondait s'ouvrirait en deux devant le mendiant fou. En attendant, contraint de jouer des coudes, il faillit plusieurs fois tomber. Puis il traversa l'ultime rang de curieux, battit des bras pour recouvrer son équilibre et partit à la course comme s'il avait le Ténébreux aux trousses.

Des centaines de bras tendus le désignèrent, car il était le seul à avancer dans ce sens-là, et à la vitesse du vent, pour ne rien arranger. Des cris le suivirent, devenant plus forts quand les pans de sa cape s'écartèrent assez pour laisser voir son épée enveloppée de rouge. Comprenant que sa situation s'aggravait, Rand accéléra encore le rythme. Un sujet loyal de la reine en train de fuir pouvait inciter une foule de « blancs » à le poursuivre, même en ce jour si particulier. Ce n'était donc surtout pas le moment de ralentir…

Quand il n'entendit plus les cris, il se permit de marquer une pause, adossé à un mur, afin de reprendre son souffle.

Où était-il donc ? Toujours dans la Cité Intérieure, aurait-il juré. Mais où exactement ? Comment le savoir après avoir fait tant de tours et de détours le long de rues circulaires ? Avant de se remettre à courir, Rand sonda la rue qu'il venait de remonter. Il ne vit qu'une femme qui marchait à petits pas, un panier à commissions accroché à son bras. Presque tous les citadins et les visiteurs étaient réunis pour apercevoir le faux Dragon, si c'était possible…

Ce rebut d'humanité n'a pas pu me suivre… Je l'ai sûrement semé…

Pourtant, le mendiant n'abandonnerait pas, il le savait, même s'il n'aurait su expliquer pourquoi. Ce gueux en haillons se fraierait inlassablement un passage dans la foule, cherchant Rand al'Thor. S'il retournait sur ses pas pour voir Logain, le jeune berger multiplierait par deux, au bas mot, le risque de le rencontrer. La sagesse aurait été de retourner à *La Bénédiction de la Reine*, mais Rand était certain qu'il n'aurait plus jamais l'occasion de voir une reine – ni d'observer un faux Dragon, mais ça, ce n'était pas si grave, tout bien pesé… Cela dit, être contraint à fuir par un vieux mendiant pouilleux n'était guère adapté au type de dignité dont il rêvait…

Songeur, Rand regarda autour de lui. L'architecture de la Cité Intérieure, simple mais lumineuse, reposait sur des bâtiments assez bas pour ne jamais bloquer la vue. S'il trouvait le bon endroit, suivre la progression de la colonne royale serait un jeu d'enfant. Et, même s'il ne parvenait pas à apercevoir la reine, il verrait Logain, et c'était désormais très important pour lui.

Sa détermination recouvrée, Rand se remit en route.

Durant l'heure suivante, il dénicha plusieurs localisations idéales, n'était la foule qui les avait envahies. Chaque fois, il s'était retrouvé en compagnie d'un petit régiment de cocardes et de brassards blancs. En revanche, pas l'ombre d'un accessoire vestimentaire qui fût autre que blanc. Conscient de ce qu'il risquait s'il était démasqué par une bande de fanatiques qui honnissaient Morgase – et hurleraient à la mort en voyant l'épée enveloppée de rouge –, Rand adopta une démarche rapide mais néanmoins discrète.

Montant des rues de la Nouvelle Cité, des cris, des sonneries de trompette et des roulements de tambour confirmèrent la nouvelle attendue pendant si longtemps. Logain et ses gardiens venaient d'arriver en ville *et* ils se dirigeaient déjà vers le palais.

Découragé, Rand erra dans les rues désertes, presque certain qu'il ne parviendrait pas à trouver un moyen de voir passer Logain. Mais *presque* ne voulait pas dire *totalement*...

Les yeux du jeune berger se posèrent sur le flanc de colline, vierge de bâtiments, qui bordait sur un côté la rue où il avançait. À cette époque de l'année, en temps normal, une pelouse semée de fleurs aurait dû recouvrir la pente. Là, la chiche végétation était brunâtre comme partout ailleurs. Au sommet de cette butte, un grand mur se dressait, pas assez haut cependant pour dissimuler le sommet des arbres qui poussaient derrière.

Cette partie de la rue n'avait jamais été conçue pour offrir une vue particulière. Mais, devant lui, au-delà d'une rangée de toits, Rand aperçut certaines flèches du palais surmontées par l'étendard au lion blanc sur champ rouge. Une fois qu'elle avait contourné la colline, disparaissant de sa vue, dans quelle direction partait cette rue ? Rand n'en avait aucune idée, mais ça ne comptait plus guère, car le mur qui se dressait au-dessus de la butte venait soudain de lui inspirer une stratégie.

Le son des tambours et des trompettes se rapprochait et les cris se faisaient plus forts. Craignant d'arriver trop tard, Rand s'attaqua à la pente. Ce type d'ascension n'était pas prévu à son programme mais, en enfonçant bien les talons dans l'herbe desséchée et en se servant des racines pour se hisser à la force des poignets, il parvint à atteindre le pied du mur – avec une lenteur exaspérante, mais ça valait mieux que rien.

La muraille faisait au minimum deux fois sa taille.

Désormais, les roulements de tambour et les sonneries de trompette étaient assourdissants.

Si les blocs qui composaient le mur étaient joints avec une précision parfaite, n'offrant aucune aspérité susceptible de servir de prise, on n'avait pas cru bon de polir la pierre, gardant les creux et les bosses qui la faisaient ressembler à celle d'une falaise. Rand ne put s'empêcher de sourire. Au-delà des collines de Sable, les murailles naturelles étaient beaucoup plus hautes, et même ce lourdaud de Perrin était parvenu à les escalader.

Rand passa à l'action, ses pieds bottés et ses mains trouvant sans peine des prises. L'escalade se transformant en une course contre les tambours et les trompettes, il refusa de leur concéder la victoire. Coûte que coûte, il atteindrait le sommet du mur avant que la procession ait franchi les portes du palais. Sans se soucier de ses paumes blessées et de ses genoux écorchés à travers le tissu de son pantalon, il lutta et finit par poser les mains sur le rebord du mur. Exalté comme s'il venait d'accomplir un exploit, il se hissa sur l'arête de pierre.

Il s'y assit, juste sous les branches feuillues d'un grand arbre, mais ce détail ne le dérangea pas. Vérifiant son champ de vision, au-dessus d'une longue rangée de toits, il constata qu'il était parfait. En se penchant un peu, il put voir le portail du palais, les défenseurs en uniforme rouge et la foule qui leur faisait face, rendue muette par l'attente sur le point de s'achever.

Sur le point de s'achever !

J'ai réussi !

Alors que Rand s'installait plus confortablement, l'avant-garde de la procession déboucha de l'ultime tournant précédant le palais. Vingt rangs de trompettistes, rien que ça, exubérante fanfare célébrant la victoire d'Andor. Derrière eux, un nombre égal de tambours fêtaient eux aussi le triomphe de la Lumière sur les Ténèbres. Derrière les musiciens, des porteurs de bannière à cheval exhibaient triomphalement le lion blanc sur champ rouge. La cavalerie d'Andor les suivait, long défilé de chevaliers en armure pointant fièrement leur lance ornée d'un ruban écarlate. Plusieurs rangées de piquiers et d'archers franchirent le portail du palais sur les flancs du fringant escadron. D'autres fantassins suivirent, long serpent humain qui semblait vouloir s'étendre à l'infini.

Un grand chariot découvert tiré par seize chevaux – quatre rangs de quatre – fermait la marche. Entourée par huit femmes qui ne la quittaient pas du regard – des binômes assis aux quatre coins –, une grande cage de fer se dressait au milieu du grand plateau du véhicule.

Rand comprit immédiatement que les femmes étaient des Aes Sedai. Autour du chariot, derrière et devant, une dizaine de Champions chevauchaient, les fluctuations de couleur de leurs capes attirant irrésistiblement l'œil. Comme s'ils étaient les seuls protecteurs de la colonne, les guerriers scrutaient sans cesse la foule – alors que les Aes Sedai ne daignaient même pas lui accorder un regard.

Malgré tout, l'attention de Rand se riva sur le prisonnier debout dans la cage. Contrairement à ce qu'il espérait, il n'était pas assez près pour voir les traits de Logain – mais, tout compte fait, c'était bien mieux comme ça. Très grand, le faux Dragon arborait une crinière sombre qui cascadait sur ses larges épaules. Pour résister aux cahots du chariot, il serrait d'une main un barreau, très légèrement au-dessus de sa tête. Quant à sa tenue – un pantalon, une veste et une cape –, elle n'aurait pas déparé sur le dos d'un vulgaire fermier. Mais la façon dont il la portait… Et son allure, même dans une si piteuse situation. Un roi, un véritable roi ! Si imposant, en vérité, qu'on ne voyait même plus la cage, comme si cet homme, loin d'être un prisonnier, faisait l'honneur d'une visite à la foule qui se pressait sur son passage.

Partout où se posait son regard, les gens se taisaient, tétanisés et émerveillés. Ensuite, ils criaient de plus belle des injures, comme pour se faire pardonner leur coupable faiblesse. Insensible aux invectives, Logain tournait la tête pour embrasser du regard la multitude venue assister à son humiliation. Des vagues de haine et de peur déferlaient sur lui, mais il s'en moquait, indifférent à tout comme un grand chêne que nulle tempête ne saurait déraciner.

À l'instant où le chariot franchissait le portail, il inclina la tête en arrière et éclata de rire.

À courte distance, d'autres escadrons suivaient le chariot – les représentants de tous les pays qui s'étaient unis pour terrasser le faux Dragon. Au passage, Rand reconnut sur les étendards les abeilles jaunes d'Illian, les trois croissants blancs de Tear et le soleil levant de Cairhien.

Il vit passer beaucoup d'autres bannières représentant des nations, des cités ou de grands hommes qui avaient enrôlé leurs propres trompettes et tambours afin que nul n'ignore leur splendeur et leur gloire.

Après Logain, toute cette ostentation faisait long feu.

Rand se pencha un peu plus pour tenter d'apercevoir le prisonnier.

C'est bien lui le vaincu, n'est-ce pas ? Au nom de la Lumière ! sinon, il ne serait pas dans cette maudite cage !

Perdant l'équilibre, le jeune homme glissa et se rattrapa d'extrême justesse. Avec la disparition de Logain, ses paumes et ses doigts écorchés se rappelèrent à son bon souvenir. Malgré la douleur, il ne put chasser les images gravées dans son esprit. La cage, les Aes Sedai, l'indomptable Logain. Prisonnier ou non, ce n'était pas un vaincu, la chose tombait sous le sens.

— Pourquoi les Aes Sedai le surveillaient-elles ? se demanda Rand à voix haute en frottant sur ses cuisses ses mains meurtries.

— Pour l'empêcher de puiser dans la Source Authentique, espèce d'idiot ! lança une voix féminine.

Rand se retourna trop vite pour sa position précaire et bascula en arrière. Cette fois il ne parvint pas à se rattraper. Quand sa tête percuta quelque chose, il sombra dans les Ténèbres, un Logain hilare lancé à ses trousses.

40

La Toile se resserre

Rand aurait juré qu'il était attablé avec Moiraine et Logain. L'Aes Sedai et le faux Dragon le regardaient, chacun faisant comme s'il ignorait la présence de l'autre. Soudain, le jeune homme s'avisa que les murs de la pièce perdaient de la substance, virant au gris pâle. Il fallait qu'il réagisse, parce que tout se désintégrait autour de lui ! Lorsqu'il voulut les voir de nouveau, il s'aperçut que Moiraine et Logain s'étaient aussi volatilisés, cédant la place à Ba'alzamon.

Rand entendit un étrange signal d'alarme faire vibrer tout son corps puis retentir dans sa tête, devenant vite assourdissant. C'était le bourdonnement du sang à ses oreilles, comprit-il après un moment.

Il se leva d'un bond, gémit aussitôt, tituba et se prit la tête à deux mains. Son crâne lui faisait un mal de chien, et il sentait un liquide visqueux sous les doigts de sa main gauche. À présent, il était assis sur le sol, au milieu d'un carré d'herbe verte. Cela lui parut étrange, mais il avait des vertiges, et tout ce qui l'entourait tournait à une vitesse folle autour de lui. S'il s'allongeait, cela cesserait-il ?

Le mur… La voix féminine…

Posant une main bien à plat sur l'herbe, Rand tourna très prudemment la tête. S'il procédait assez lentement, le monde consentait à ne plus tourner comme un manège, et c'était plutôt agréable.

Rand se trouvait dans un jardin ou un parc. À six pas de lui, un chemin de pierre serpentait entre des buissons, passant devant un banc de marbre blanc ombragé par les branches d'un grand arbre. À l'évidence, il était tombé du mauvais côté du mur.

Et la fille ?

Il la repéra très vite, occupée à descendre de l'arbre où elle s'était perchée – très probablement celui dont une des branches l'avait assommé.

Dès qu'elle eut atteint le sol, l'inconnue se tourna pour regarder Rand, qui battit des paupières et gémit. Vêtue d'une cape de velours bleu ourlée de fourrure claire, la fille avait rabattu dans son dos le large capuchon orné d'une série de clochettes d'argent qui tintinnabulaient à chacun de ses mouvements. Un diadème d'argent retenait sa longue chevelure d'un blond tirant sur le roux, des boucles du même métal précieux pendaient à ses oreilles et un collier également en argent, un maillon sur deux étant remplacé par une émeraude, brillait sur sa gorge délicate. Même si elle était souillée de sève sa robe bleue restait en pure soie, et les broderies en fil d'or censées la rehausser – d'énigmatiques motifs géométriques – ne firent rien pour arranger la migraine de Rand. Grandiose jusqu'aux ultimes détails, la tenue « explosive » était complétée par une large ceinture de soie et une paire d'escarpins revêtus de velours dont la pointe dépassait fièrement de l'ourlet lui aussi brodé de la robe.

De sa vie, Rand n'avait vu que deux femmes si somptueusement parées. Moiraine et la tueuse à la dague qui avait bien failli avoir sa peau et celle de Mat. Qui pouvait décider de grimper à un arbre dans des vêtements pareils ? S'il n'avait aucune idée de la réponse, Rand aurait cependant parié qu'il avait affaire à une personne importante. La façon dont l'inconnue le regardait militait dans le même sens. Très calme, elle ne semblait pas étonnée qu'un intrus soit tombé dans son jardin comme un fruit trop mûr. Une telle équanimité faisait irrésistiblement penser à Moiraine ou à Nynaeve.

Rand venait-il de se fourrer dans les ennuis ? Même si elle grimpait aux arbres, la jeune femme allait-elle appeler les Gardes de la Reine – avec toutes les chances de les faire venir, même s'ils avaient aujourd'hui d'autres chats à fouetter ?

Trop occupé à s'inquiéter, le jeune berger mit un moment à oublier les vêtements sophistiqués et l'attitude assurée pour s'intéresser à la jeune femme elle-même. Une jeune fille, plutôt, car elle devait avoir deux ou trois ans de moins que lui. Très grande, pour une fille, elle était aussi remarquablement jolie avec son visage encadré d'une toison de boucles blondes tirant sur le roux, ses lèvres pleines d'un rouge étincelant et ses yeux d'un bleu presque trop pur pour être réel. En d'autres termes, l'exact contraire d'Egwene, mais son égale en matière de beauté. Un peu coupable de penser une chose pareille en ce moment, Rand se ressaisit très vite. Nier l'évidence, de toute façon, n'aiderait en rien Egwene à arriver plus vite à Caemlyn – et ça ne la protégerait pas davantage des dangers du voyage.

Les hautes branches de l'arbre bruissèrent, un morceau d'écorce en tomba et un jeune homme, suivant le même chemin, atterrit souplement sur la pelouse derrière l'inconnue. Plus grand et plus vieux que la fille, il lui ressemblait assez pour qu'on ne puisse pas douter qu'ils étaient parents. Sa tenue rouge, blanc et jaune encore plus ornementée et encore plus voyante que celle de sa compagne – pour un mâle, en tout cas –, l'étrange résidant des hautes cimes arborait les mêmes cheveux et la même forme de visage que ceux de sa compagne.

L'extravagance vestimentaire du garçon augmenta encore l'anxiété de Rand. À part les jours de fête, quel individu normal se serait attifé ainsi ? Conclusion : il n'était pas tombé dans un parc public ! Mais, avec un peu de chance, les Gardes seraient trop occupés pour se soucier d'une banale violation de propriété privée…

Tapotant du bout des doigts la dague qu'il portait à la ceinture, le garçon étudia Rand par-dessus l'épaule de la fille. Au sujet de l'arme, le jeune berger eut l'intuition qu'il s'agissait davantage d'un tic nerveux que d'une véritable intention de s'en servir. Mais il n'y avait pas que cela, cependant. Le jeune homme avait le même genre de tranquille assurance que sa compagne, et tous deux regardaient Rand comme s'il était une énigme à résoudre. En outre, la fille l'étudiait avec la précision d'un entomologiste, notant chaque détail de la pointe de ses bottes au col de sa cape.

— Si mère découvre tout, Elayne, dit le jeune homme, nous n'avons pas fini d'en entendre parler. Elle nous a consignés dans nos chambres, mais il a fallu que tu ailles quand même jeter un coup d'œil à Logain. Tu vois dans quelle mouise tu nous as fourrés ?

— Du calme, Gawyn…

Plus jeune que le garçon, Elayne ne semblait pourtant pas douter un instant de l'autorité qu'elle avait sur lui. Très curieusement, elle ne se trompait pas, car son compagnon garda pour lui la suite de son sermon.

— Tu vas bien ? demanda soudain la fille.

Rand mit une bonne minute pour comprendre qu'elle s'adressait à lui. Quand il eut saisi, il tenta de se relever, mais ses jambes se dérobèrent.

— Je me sens bien, mentit-il en se laissant retomber sur l'herbe, et je vais… Eh bien, je vais escalader de nouveau le mur et…

Il voulut encore se redresser, mais Elayne avança, lui mit une main sur l'épaule et le força à se rasseoir. Trop faible, Rand ne put pas résister à une pression pourtant modérée.

— Tu es blessé !

Avec une grâce de danseuse, Elayne s'agenouilla près de Rand et écarta délicatement les cheveux souillés de sang, sur le côté gauche de son crâne.

— En tombant, tu as dû heurter une branche… Si tu n'as rien de plus grave qu'une plaie au cuir chevelu, tu pourras t'estimer heureux.

Entre nous, je n'ai jamais vu quelqu'un de si doué pour l'escalade. Par contre, pour les chutes, tu n'es pas une flèche !

— Vous avez du sang sur les mains…, dit Rand en tentant de se dégager.

Elayne lui prit la tête à deux mains – délicatement, mais avec la fermeté requise pour qu'il capitule.

— Tiens-toi tranquille…

Sans élever la voix, cette fille savait très bien faire comprendre à un interlocuteur que toute résistance serait très malvenue.

— La Lumière en soit louée, ça n'a pas l'air trop grave…

Des poches intérieures de sa cape, la jeune fille sortit une série de petits flacons, de minuscules sachets et un gros morceau de gaze.

Rand eut du mal à en croire ses yeux. Qu'une Sage-Dame transporte des objets pareils ne l'aurait pas étonné. Mais une fille habillée comme celle-là ? Et par quel miracle n'était-elle pas gênée par le sang qui maculait ses doigts ?

— Donne-moi ta gourde, Gawyn, je vais devoir nettoyer la plaie.

Le jeune homme détacha la gourde qu'il portait à la ceinture et la remit docilement à Elayne. Puis il s'accroupit près de Rand, les bras croisés sur les genoux. Passant aux soins, la jeune fille fit montre des compétences d'une vraie guérisseuse. Rand ne sursauta pas quand elle aspergea d'eau sa plaie. Pourtant, comme si elle attendait qu'il se débatte, elle lui tint la tête de sa main libre. Un réflexe qui en disait long sur son expérience…

L'onguent qu'elle appliqua sur la blessure eut un effet apaisant tout à fait comparable à celui des préparations de Nynaeve.

Pendant les soins, Gawyn sourit à Rand – pour l'apaiser, comme s'il craignait lui aussi que le blessé tente de se dégager, voire qu'il essaie de s'enfuir.

— Elle ne cesse de trouver des chats perdus, des chiens errants et des oiseaux tombés du nid… Tu es le premier être humain qu'elle soigne… (Gawyn marqua une pause.) Ne te vexe pas, surtout ! Je ne t'ai pas traité de chien errant !

Une simple précision, par souci de véracité, pas une façon de s'excuser…

— Aucun problème, assura Rand.

Mais les deux jeunes gens le traitaient quand même comme s'il était un étalon effrayé.

— Elle sait ce qu'elle fait, ajouta Gawyn. Tu es entre de bonnes mains, elle a eu les meilleurs professeurs…

Elayne posa un morceau de gaze sur la plaie. Puis elle tira de sa ceinture un foulard de soie bleu, crème et jaune. Pour un tel accessoire de fête, toutes les filles de Champ d'Emond auraient fait des lieues à pied. Comme s'il s'agissait d'un chiffon, Elayne l'enroula autour du crâne de Rand afin de tenir en place le pansement.

— Vous ne pouvez pas utiliser ça ! s'écria le jeune homme.

— Je t'ai dit de te tenir tranquille, lâcha Elayne sans s'interrompre.

Rand jeta un coup d'œil à Gawyn.

— Elle pense toujours qu'on lui obéira ?

Un peu surpris, le garçon ne put s'empêcher de sourire.

— Presque toujours, oui. Et ça marche pratiquement à tous les coups.

— Tiens-moi ça pendant que je fais le nœud ! ordonna Elayne. (Découvrant les mains de Rand, elle eut un petit cri.) Tu ne t'es pas fait ça en tombant, pas vrai ? Voilà ce qui arrive quand on escalade ce qu'il ne faudrait pas…

Son nœud fini, elle examina les mains de Rand en marmonnant parce qu'il ne restait pas assez d'eau dans la gourde. Son intervention fit brûler les écorchures, mais elle avait vraiment une main de guérisseuse.

— Ne bouge pas, surtout !

Le flacon réapparut. Appliquant l'onguent avec une extrême délicatesse, Elayne parvint à faire quasiment disparaître la douleur.

— Oui, tout le monde lui obéit, dit Gawyn avec un sourire affectueux pour la jeune fille – mais dans son dos, histoire qu'elle ne se rengorge pas trop. Enfin, presque tout le monde. Pas notre mère, bien entendu, ni Elaida. Et encore moins Lini, sa vieille nourrice. Mais comment donner des ordres à quelqu'un qui jouait du martinet quand vous voliez des figues, enfant ? Enfin, pas si enfant que ça, si j'y repense…

Elayne releva la tête et foudroya son frère du regard. Mal à l'aise, il se hâta d'enchaîner :

— Elle ne donne pas non plus d'ordres à Gareth. Mais c'est normal, parce qu'il n'en reçoit de personne.

— Même pas de mère, dit Elayne. Elle lui fait des suggestions, et il les adopte toujours, mais je ne l'ai jamais entendue lui donner un ordre.

— Et ça te surprend ? riposta Gawyn. Toi-même, tu n'as jamais essayé de lui dire ce qu'il devait faire. Il a servi trois reines. Avec pour deux d'entre elles les titres de général de la Garde et de Premier Prince Régent. Aux yeux de certains, il incarne le trône d'Andor davantage que la reine en personne.

— Mère devrait franchir le pas et l'épouser…, dit Elayne, toujours concentrée sur les mains de Rand. Elle en a envie, on ne peut pas cacher ça à sa fille. Et ça résoudrait tant de problèmes…

— Pour ça, il faudrait qu'un des deux consente à faire montre de souplesse. Mère ne peut pas et Gareth refusera.

— Si elle le lui ordonne…

— Il obéira, tu as raison. Mais elle ne le fera pas, tu le sais très bien.

Soudain, comme s'ils avaient jusque-là oublié sa présence, les deux jeunes gens se tournèrent vers Rand.

— Qui… Qui est votre mère ? croassa-t-il.

Elayne en écarquilla les yeux de surprise, mais Gawyn répondit sur le ton de la conversation :

— Morgase, par la Grâce de la Lumière reine d'Andor, Protectrice du royaume et du peuple et Grande Chaire de la maison Trakand.

— La reine…, bredouilla Rand, avec le sentiment qu'un palais entier venait de lui tomber sur la tête.

Pour ne pas attirer l'attention, je suis le meilleur ! Bon sang ! tomber dans le jardin de Morgase et laisser la Fille-Héritière jouer les guérisseuses sur mon crâne !

Rand inspira à fond, se leva d'un bond et mobilisa toute sa volonté pour ne pas s'enfuir à toutes jambes. Mais il devait filer avant que quiconque découvre sa présence ici.

Très calmes, presque nonchalants, Elayne et Gawyn se relevèrent aussi. Voyant que son patient voulait retirer le foulard, la Fille-Héritière lui saisit le poignet au vol.

— Pas question, tu recommencerais à saigner !

Là encore, elle ne doutait pas d'être obéie.

— Il faut que j'y aille, souffla Rand. Je vais escalader le mur et…

— Tu ne savais pas ? demanda Elayne, sincèrement surprise. Tu es monté sur ce mur pour voir Logain, mais en ignorant où tu étais ? Dans les rues, tu aurais vu le faux Dragon de plus près.

— Je… Je n'aime pas la foule… (Rand s'inclina devant les enfants royaux.) Si vous voulez bien m'excuser, ma… euh… ma dame.

Dans les récits, les cours étaient pleines de gens qu'on appelait « dame », « seigneur », « Votre Majesté » ou « Votre Grâce ». Mais comment s'adressait-on à la Fille-Héritière ? S'il l'avait su, ça lui était sorti de l'esprit. Et il n'était pas en état de s'en souvenir, parce qu'une seule pensée emplissait son cerveau : ficher le camp de là !

— Eh bien, je vais partir, maintenant, si vous n'y voyez pas d'inconvénient. Et merci pour le foulard. Merci pour tout, d'ailleurs…

— Tu files sans nous dire ton nom ? lança Gawyn. Quel manque de reconnaissance, après tout le mal que s'est donné ma sœur. Je suis un peu déçu, je dois l'avouer… Tu as tout d'un Andorien, y compris l'accent, mais tu ne dois sûrement pas vivre ici… Mon ami, tu connais nos noms et la plus élémentaire courtoisie exigerait que tu nous donnes le tien.

Lorgnant le mur comme s'il était une bouée de sauvetage, Rand répondit sans vraiment réfléchir :

— Je m'appelle Rand al'Thor…

Une bourde en entraînant une autre, il ajouta :

— Originaire de Champ d'Emond, territoire de Deux-Rivières.

— Tu viens de l'ouest…, murmura Gawyn. Et de très loin…

Rand regarda le jeune homme, alarmé par son ton à la fois surpris et perplexe. Un instant, il vit les mêmes sentiments s'afficher sur le visage du prince. Mais ce fut trop bref, et trop vite remplacé par un sourire pour qu'il ne se demande pas s'il avait eu la berlue.

— Le tabac et la laine…, dit Gawyn. Je dois connaître les principales spécialités de chaque région du royaume. Et des autres pays, d'ailleurs… C'est la base de mon éducation : les spécialités, l'artisanat et la physionomie des populations. Plus leurs coutumes, leurs forces et leurs faiblesses… Les gens de Deux-Rivières sont têtus, d'après ce qu'on dit. S'ils admirent un chef, ils peuvent lui obéir, mais tenter de leur imposer sa volonté est une démarche vouée à l'échec. Elayne devrait aller y choisir son futur mari ! Pour ne pas se laisser tyranniser par elle, il faudrait que le gaillard soit une authentique tête de pioche.

Rand regardait Gawyn, et sa sœur le dévisageait aussi. Aussi nonchalant et aussi imperturbable qu'à l'accoutumée, le jeune prince *bavardait*. Pour quelle raison ?

— Que se passe-t-il ?

Sursautant avec un bel ensemble, Gawyn, Elayne et Rand se retournèrent pour voir qui venait de parler.

Le jeune homme était sans conteste le plus beau garçon que Rand eût jamais vu – presque *trop* beau pour un homme, pour tout dire… Grand et mince, il affichait l'assurance de quelqu'un qui se sait fort sous son apparence gracile. Les cheveux et les yeux sombres, il portait sa tenue de gala rouge et noir comme s'il s'agissait de banales frusques. La main reposant sur le pommeau de son épée, il étudiait sereinement Rand.

— Écarte-toi de lui, Elayne, dit-il, et toi aussi, Gawyn.

Fidèle à sa réputation d'indépendance, Elayne vint se camper entre Rand et le nouveau venu.

— C'est un loyal sujet de notre mère, Galad. Un homme de la reine, comme on dit. De plus, il est sous ma protection.

Rand tenta de se rappeler ce que lui avaient raconté maître Kinch puis le patron de *La Bénédiction de la Reine*. Galadedrid Damodred était le demi-frère d'Elayne et Gawyn. Tous trois étaient nés du même père, s'il se souvenait bien. Même si maître Kinch n'avait pas dit grand bien de Taringail Damodred – en Andor, personne n'en disait, semblait-il –, son premier fils était apprécié par les cocardes blanches comme par les épées rouges. Du moins si on en croyait les rumeurs qui circulaient en ville.

— Je sais bien que tu aimes les vagabonds, Elayne, dit Galad, mais ce type est armé et il ne semble pas des plus recommandables. De nos jours, on n'est jamais trop prudent. Si c'est un sujet loyal de la reine, que fait-il ici, en votre compagnie ? Envelopper de rouge son épée ne prouve rien, ma sœur…

— C'est mon invité, et je me porte garante pour lui. As-tu l'ambition de devenir ma nounou et de surveiller mes fréquentations ?

L'ironie mordante de sa sœur n'ébranla pas Galad.

— Je ne prétends pas régenter ta vie, Elayne, mais ton… invité… n'est pas convenable, et tu le sais aussi bien que moi. Gawyn, aide-moi à convaincre cette tête de mule ! La reine…

— Ça suffit ! cria Elayne. Tu n'as aucun pouvoir sur moi ni sur mes actes. Je t'autorise à te retirer – sur-le-champ, je te prie !

Galad regarda tristement Gawyn. Pour lui demander de l'aide, de manière secondaire, mais essentiellement pour signifier qu'il capitulait devant tant d'entêtement.

De plus en plus maussade, Elayne se préparait à repasser à l'assaut. La devançant, Galad fit une révérence exagérée, puis il se détourna, s'éloigna à grandes enjambées et fut très vite hors de vue des trois jeunes gens.

— Je le déteste, dit Elayne. Il est rongé par la jalousie et la méchanceté.

— Tu vas trop loin, ma sœur, intervint Gawyn. Il ignore jusqu'au sens du mot « jalousie ». Par deux fois, il m'a sauvé la vie alors qu'il n'y aurait eu personne pour voir qu'il m'abandonnait à mon destin. S'il avait détourné le regard, faisant semblant de rien, ce serait lui ton Premier Prince de l'Épée à l'heure où nous parlons.

— Pas question ! N'importe qui plutôt que lui, voilà ce que j'aurais dit. Le dernier garçon d'écurie aurait été préférable. (Elayne eut un sourire moqueur.) J'aime donner des ordres, prétends-tu ? Eh bien, je t'ordonne de rester en bonne santé ! Le jour où je monterai sur le trône – fasse la Lumière que ce ne soit pas pour demain ! – je veux t'avoir à mes côtés, dirigeant l'armée d'Andor avec une vaillance et un sens de l'honneur dont Galad ne peut même pas rêver.

— À vos ordres, ma dame ! répondit Gawyn.

Hilare, il imita la révérence hypocrite de Galad.

— Et maintenant, dit Elayne avec un regard songeur pour Rand, nous devons décamper d'ici !

— Galad fait toujours ce qu'il faut, expliqua Gawyn. Même quand il ne devrait surtout pas. Lorsqu'on trouve un intrus dans le jardin, la logique impose d'aller prévenir les gardes du palais. À mon avis, c'est ce qu'il fait à l'instant où nous parlons.

— Eh bien, c'est le moment parfait pour escalader le mur…, dit Rand.

J'ai un véritable talent pour passer inaperçu ! La prochaine fois, je devrais peut-être brandir une pancarte.

Le jeune berger se tourna vers le mur, mais Elayne le retint par le bras.

— Non, je me suis trop fatiguée à soigner tes mains ! Tu vas te les massacrer, puis demander à une rebouteuse quelconque de te soigner. La Lumière seule sait ce qu'elle te fera ! De l'autre côté du jardin, il y a une porte dérobée. Elle est cachée par la végétation et, à part moi, tout le monde a oublié son existence.

— Trop tard…, marmonna Gawyn alors que des bruits de bottes retentissaient soudain sur le chemin de pierre. Galad a dû se mettre à courir dès que nous l'avons perdu de vue.

Elayne lâcha un juron et Rand en resta comme deux ronds de flan. À l'auberge, il avait entendu un palefrenier éructer la même horreur, et il en avait eu le rouge aux joues.

Comme si de rien n'était, Elayne reprit sa posture princière habituelle.

Les deux enfants royaux semblaient satisfaits de rester plantés là. Rand, lui, ne pouvait attendre les gardes avec la même nonchalance. Certain qu'il n'aurait pas atteint le sommet à temps, il se dirigea néanmoins vers le mur.

Avant qu'il soit à destination, des gardes en uniforme rouge envahirent le périmètre. Leur plastron reflétant la lumière du soleil, ils encerclèrent l'intrus, pointant sur lui des épées, des lances et même quelques arcs.

Elayne et Gawyn vinrent l'entourer, les bras en croix, au cas où un archer trop nerveux déciderait de faire un carton. Les mains le plus loin possible de son épée, le jeune berger de Champ d'Emond se pétrifia.

— Ma dame, mon seigneur, baissez-vous, vite ! cria un garde qui devait être un officier, puisqu'il portait une sorte de nœud rouge sur l'épaule.

Même avec les bras écartés, Elayne parvint à prendre une pose royale.

— Vous osez exhiber des armes en ma présence ? Mon pauvre Tallanvor, Gareth Bryne t'enverra nettoyer les écuries, après cette bévue. Et encore, si tu as de la chance.

Les soldats se regardèrent, mal à l'aise, et une partie des archers pointèrent leur arme vers le sol. Du coup, Elayne baissa les bras, montrant ainsi pour quelle raison elle les avait levés. Non sans hésiter, Gawyn imita sa sœur.

Comptant les pointes de flèche toujours braquées sur lui, Rand durcit ses abdominaux – comme si des muscles, même solides, avaient pu arrêter de l'acier.

— Ma dame, mille pardons, fit l'officier, décontenancé, mais le seigneur Galad nous a avertis qu'un paysan pouilleux armé jusqu'aux dents menaçait la Fille-Héritière et le Premier Prince de l'Épée. (Il regarda fixement Rand.) Si vous voulez bien vous écarter, nous conduirons ce misérable en prison. Ces jours-ci, il y a bien trop de troubles en ville…

— Je doute que Galad t'ait raconté pareille histoire à dormir debout, dit Elayne. Il ne ment jamais, tu le sais.

— Et c'est dommage, souffla Gawyn à l'oreille de Rand. Parfois, je me dis que ça le rendrait plus facile à vivre…

— Cet homme est mon invité, continua Elayne. Il est sous ma protection. En conséquence, tu peux te retirer, Tallanvor.

— Désolé, ma dame, mais ce sera impossible… Comme vous le savez, la reine a donné des ordres très stricts au sujet des intrus. Et, bien entendu, elle sera prévenue de la présence de celui-là…

Tallanvor jubilait et Rand comprit pourquoi. En d'autres occasions, il avait certainement dû avaler de sacrées couleuvres face à Elayne. Mais là, ayant le droit avec lui, il ne céderait pas.

Pour une fois, Elayne resta à court d'arguments.

Rand interrogea Gawyn du regard.

— Un séjour en prison…, répondit le prince. (Rand blêmit en un clin d'œil.) Allons, pas d'inquiétude ! Ce sera bref, et on ne te fera pas de mal. Le général Bryne t'interrogera en personne, et il te libérera une fois tes bonnes intentions prouvées… Enfin, si tu nous as dit la vérité, Rand al'Thor du territoire de Deux-Rivières.

— Conduis-nous tous les trois devant ma mère, ordonna soudain Elayne.

Gawyn eut un grand sourire qui augurait bien de la suite.

— Mais, mais…, bredouilla Tallanvor, décomposé derrière la grille de son casque.

— Ou jette-nous tous les trois dans une cellule ! Comme ça, nous resterons ensemble. Si je refuse de m'écarter, oseras-tu ordonner à tes hommes de poser la main sur moi ?

Détournant le regard, comme s'il cherchait le soutien des arbres, Tallanvor tenta de gagner un peu de temps, afin de ne pas trop vite concéder la victoire à son adversaire.

Quelle victoire ? Je ne comprends rien à tout ça…

— Mère est occupée avec Logain, expliqua Gawyn, comme s'il avait deviné les pensées de Rand. Et, même si elle était disponible, Tallanvor ne se présenterait pas devant elle avec nous deux comme s'il venait de nous arrêter. Mère est un peu soupe au lait, à l'occasion…

Se souvenant des propos de maître Gill, Rand apprécia à sa juste valeur l'euphémisme.

Un nouveau soldat déboula soudain du chemin. Après l'avoir salué, il souffla quelques mots à Tallanvor.

— La reine votre mère, ma dame, ordonne que je lui amène sur-le-champ le misérable intrus. Elle veut également que la Fille-Héritière et le Premier Prince de l'Épée la rejoignent sans délai !

Gawyn fit la grimace. Elayne déglutit péniblement, mais elle resta de marbre et entreprit de nettoyer le devant de sa robe. À part les quelques brindilles qu'elle délogea ainsi, son initiative ne fut guère couronnée de succès.

— Si ma dame et mon seigneur veulent bien me suivre, susurra Tallanvor.

L'officier ouvrant la marche, les trois jeunes gens, escortés par une vingtaine de gardes, s'engagèrent sur le chemin de pierre. Flanquant Rand, Elayne et Gawyn s'immergèrent dans une sombre méditation. Si les soldats avaient rengainé leur arme, les archers remettant la leur à l'épaule, ils restaient aussi vigilants qu'au moment de leur irruption, surveillant Rand comme s'il risquait de dégainer sa lame et de se battre pour regagner sa liberté.

Moi, tenter un coup d'éclat ? Pas question ! Parbleu ! ne suis-je pas un garçon discret ?

Tout en surveillant les soldats qui ne le quittaient pas des yeux, Rand put enfin étudier le jardin à tête reposée. Avec cette série d'événements hors du commun, quand aurait-il eu le temps de s'y intéresser ?

Maintenant, il remarquait l'herbe verdoyante. Et rien n'aurait pu être plus troublant pour lui.

Dans le jardin, la végétation luxuriante célébrait de fort jolie manière l'arrivée du printemps. Les arbres aux branches lourdes de feuilles ou de fruits, la vigne qui couvrait les tonnelles ; partout où il y en avait, les fleurs qui composaient un véritable arc-en-ciel de couleurs… Rand reconnut certaines espèces également présentes dans sa région – en particulier une série de roses allant du blanc immaculé au rouge foncé, des soir-soleils d'un jaune éclatant, et des gloires d'Emond écarlates ou violettes – mais il n'aurait su dire le nom de la plupart de ces fleurs si exotiques qu'on aurait facilement pu les croire découpées dans du papier, et non sorties de la matrice universelle de la nature.

— Verdoyant…, marmonna Rand en marchant. Verdoyant…

Les soldats murmurèrent entre eux, se demandant s'il fallait s'inquiéter pour la santé mentale du prisonnier. Tallanvor tourna la tête pour les foudroyer du regard, une initiative qui les réduisit *illico* au silence.

— L'œuvre d'Elaida, fit Gawyn d'un ton absent.

— Et ce n'est pas juste, intervint Elayne. Elle m'a demandé de choisir la seule ferme qu'elle peut faire bénéficier de ce miracle, c'est vrai, mais il reste injuste que nous ayons des fleurs alors que les récoltes sont compromises partout. Des gens risquent de mourir de faim, et nous… (Prenant une grande inspiration, elle se força au calme.) Rand al'Thor, tiens-toi bien, réponds clairement lorsqu'on t'interroge et tais-toi le reste du temps. Si tu calques ton comportement sur le mien, tout ira bien.

Rand aurait donné cher pour partager l'optimisme de la Fille-Héritière. Et il aurait trouvé réconfortant que Gawyn ne tire pas une tête de dix pieds de long. Alors que Tallanvor précédait la petite colonne dans le palais, le jeune berger se retourna une dernière fois, regardant l'herbe verte et les fleurs multicolores fabriquées de toutes pièces par une Aes Sedai pour le plaisir des yeux d'une reine.

Il était dans de sales draps, et pas près de trouver un moyen de s'en sortir…

En livrée rouge à col et à manches de dentelle blanche, un lion rampant brodé à l'emplacement du cœur, les serviteurs allaient et venaient dans les couloirs, concentrés sur des tâches qu'ils étaient les seuls à connaître. Voyant Elayne et Gawyn encadrés comme des criminels par une haie de gardes, les pauvres se pétrifiaient, la bouche grande ouverte.

Dans cette atmosphère tendue et un peu surréaliste, un bon gros matou tigré remontait un couloir, indifférent aux affaires dépourvues d'intérêt des hommes. Cette vision frappa Rand. À Baerlon, il y avait des chats partout, et en particulier dans tous les lieux publics. Depuis son arrivée involontaire au palais, c'était le premier qu'il voyait.

— Vous n'avez pas de rats ? s'étonna-t-il.

Nul ne pouvait échapper à cette infestation.

— Elaida ne les aime pas, répondit distraitement Gawyn. (À l'évidence, il s'inquiétait déjà au sujet de l'imminente entrevue avec la reine.) Donc, nous n'en avons pas…

— Taisez-vous un peu ! lança Elayne, agressive mais aussi distraite, au fond, que son frère. J'essaie de réfléchir.

Rand suivit les évolutions du chat jusqu'à ce qu'il l'ait perdu de vue au détour d'un couloir latéral. Une grande colonie de félins lui aurait remonté le moral. Savoir qu'il y avait quelque chose de normal dans ce palais – même la présence de rats – aurait eu quelque chose de rassurant.

Tallanvor multipliant les tours et les détours, Rand ne fut pas long à perdre tout sens de l'orientation. Pour finir, le jeune officier s'arrêta devant une grande porte à deux battants en bois précieux. Pas la plus somptueuse de toutes, mais tout de même sculptée, les lions rampants représentés avec un incroyable luxe de détails.

Deux serviteurs en grande tenue flanquaient cette entrée.

— Au moins, on nous épargne le hall d'honneur, fit Gawyn avec un petit rire qui sonnait faux. Dans cette salle, mère n'a jamais condamné personne à mort. C'est déjà ça.

Tallanvor fit mine de délester Rand de son arme, mais Elayne s'interposa.

— C'est mon invité, dit-elle. En vertu de nos coutumes, et des lois en vigueur, un invité de la famille royale peut conserver son épée, même en présence de la reine. Oseras-tu m'accuser de mentir quand j'affirme qu'il est mon hôte ?

Tallanvor soutint le regard de la Fille-Héritière, puis il capitula.

— Comme il vous chantera, ma dame…

Elayne eut l'ombre d'un sourire à l'intention de Rand.

— Le premier rang avec moi ! ordonna l'officier. (Il s'adressa aux laquais.) Annoncez à Sa Majesté l'arrivée de dame Elayne et du seigneur Gawyn, accompagnés du lieutenant de la Garde Tallanvor. Précisez que l'intrus, selon les ordres de Sa Grâce, est sous bonne garde.

Elayne foudroya Tallanvor du regard, mais les serviteurs avaient déjà ouvert la porte et l'un d'eux répétait mot pour mot l'annonce en question.

Avec une impressionnante dignité, Elayne franchit les portes. Unique petite fausse note à son entrée spectaculaire, elle fit discrètement signe à Rand de rester le plus près possible derrière elle. Le torse bombé, Gawyn se porta quasiment à hauteur de sa sœur, lui laissant cependant le demi-pas d'avance protocolaire. Ne sachant trop que faire, Rand imita le prince, sur l'autre flanc de la Fille-Héritière.

Tallanvor collait aux basques du jeune berger, et dix soldats entrèrent avec lui avant que la porte se referme en silence.

Sans crier gare, Elayne fit une profonde révérence, le torse incliné, et resta immobile, tenant sa jupe en éventail. D'abord affolé, Rand imita Gawyn et les autres hommes, qui venaient de mettre en terre le genou droit. Inclinant la tête, il se pencha en avant afin d'appuyer contre le sol de marbre les phalanges de sa main droite, et posa la gauche sur la poignée de son arme. N'ayant pas d'épée, Gawyn se contenta de faire de même sur le pommeau de sa dague.

Alors que Rand se félicitait de s'en être si bien tiré, il vit que Tallanvor, la tête encore inclinée, le foudroyait du regard derrière la grille de son casque.

Étais-je censé faire autre chose ?

Mais comment l'officier pouvait-il lui en vouloir d'ignorer les informations qu'on n'avait pas pris la peine de lui délivrer ? Il y avait de quoi s'énerver, non ? Et, d'ailleurs, pourquoi tremblait-il de peur devant les gardes ? Après tout, il n'avait rien fait de mal. Bien sûr, Tallanvor n'était pas responsable de sa terreur, mais ça ne l'empêchait pas de lui en vouloir.

Tout le monde gardait la position, comme si on attendait le dégel. Sans comprendre ce qui se passait, Rand en profita pour étudier la salle. Même la tête baissée, c'était possible, en se contorsionnant un peu. Tallanvor parut encore plus furieux, mais il l'ignora.

À peu près grande comme la salle commune de *La Bénédiction de la Reine*, la pièce carrée se caractérisait d'abord par ses murs de pierre blanche sculptés – une série de scènes de chasse d'un frappant réalisme. Les tapisseries qui séparaient ces fresques représentaient des champs de fleurs ou de magnifiques oiseaux au plumage multicolore. Tout au fond de la salle, le lion rampant d'Andor était représenté grandeur nature sur deux bannières géantes. Flanquée par ces étendards, une estrade tenait lieu de piédestal au trône doré à l'or fin et richement sculpté de la reine.

Tête nue, un colosse en uniforme rouge de la Garde, quatre nœuds jaunes ornant les épaules de sa cape, se tenait à la droite de Morgase. Des bracelets d'or aux poignets, ce guerrier aux tempes grisonnantes conservait malgré l'âge l'allure d'un roc capable de résister à toutes les tourmentes. Logiquement, ce devait être Gareth Bryne, le capitaine général – souvent appelé simplement « général » – de la Garde Royale.

Derrière le trône, et sur la gauche, une femme vêtue de soie vert sombre siégeait sur une chaise basse. Si incroyable que cela parût, elle tricotait, fabriquant on ne savait trop quoi avec une pelote de laine noire. Rand pensa d'abord qu'il s'agissait d'une vieille dame. Au second coup d'œil, il lui fut impossible d'attribuer un âge à l'étrange tricoteuse. Qu'elle soit jeune, vieille ou entre deux âges, elle se concentrait sur ses aiguilles comme s'il n'y avait pas, assise à moins de deux pas d'elle, la souveraine d'Andor. Au troisième coup d'œil, Rand put déterminer que c'était une fort jolie femme. Mais quelque chose, dans sa concentration, vous glaçait immédiatement les sangs. À part le cliquetis de ses aiguilles, pas un bruit ne retentissait dans la salle.

Désireux de tout voir, Rand ne put pourtant pas s'empêcher de revenir sans cesse à la femme assise sur le trône, la Couronne de Roses d'Andor sur la tête.

Une très longue étole ornée du lion rampant d'Andor reposait sur sa robe de soie plissée rouge et vert. Lorsqu'elle tapota le bras du général de la main gauche, la bague représentant le Grand Serpent – un reptile qui se mordait la queue – brilla comme un soleil miniature.

Les vêtements, les parures, la couronne, tout était extraordinaire. Pourtant, ce n'était pas ça qui attirait comme un aimant les yeux de Rand, mais la femme qui les portait.

Aussi belle que sa fille, Morgase avait en plus la profondeur que confère la maturité. Son visage, sa silhouette et sa présence emplissaient la salle, occultant les deux personnes qui se tenaient à côté d'elle. À Champ d'Emond, cette jeune veuve aurait dû repousser les assauts de dizaines de prétendants, même si elle avait eu la réputation méritée d'être la pire cuisinière et la plus mauvaise maîtresse de maison de Deux-Rivières. Voyant qu'elle le regardait, la tête légèrement inclinée, Rand eut soudain peur qu'elle soit capable de lire ses pensées.

Juste au moment où je la compare à une villageoise ! Quel crétin je fais !

— Relevez-vous, dit Morgase, sa voix riche et chaude exprimant la même autorité sereine que celle d'Elayne – mais multipliée par cent, au bas mot.

Rand imita ses compagnons et se redressa.

— Mère…, commença Elayne.

Mais la reine lui coupa la parole :

— On dirait que tu as grimpé à un arbre, ma fille…

Elayne retira un morceau d'écorce plaqué à sa robe. Ne sachant où le poser, elle le tint délicatement au creux de sa main.

— En réalité, il semble que tu te sois livrée à des acrobaties pour parvenir à voir Logain – en dépit de mes ordres, faut-il ajouter. Gawyn, tu me déçois… Tu dois apprendre à obéir à ta sœur, c'est vrai, mais aussi à t'opposer à elle afin d'éviter certains désastres.

Morgase jeta un bref coup d'œil à Bryne, qui ne broncha pas, comme s'il ne s'en était pas aperçu. Mais ces yeux-là, se dit Rand, ne devaient rien laisser échapper…

— Ce que je viens de dire, Gawyn, définit très bien la mission du Premier Prince en tant que chef de l'armée andorienne. Si ta formation devient plus prenante, tu auras moins de temps pour laisser ta sœur t'entraîner à faire des bêtises. En conséquence, je demanderai au général de trouver de quoi t'occuper pendant le prochain voyage vers le nord.

Gawyn sautilla d'un pied sur l'autre comme s'il avait du mal à ne pas protester, mais il finit par incliner la tête.

— Mère, dit Elayne, comment m'épargnera-t-il des désastres, s'il n'est plus à mes côtés ? S'il est sorti dans le jardin avec moi, c'était pour me protéger. Mais en quoi jeter un coup d'œil sur Logain était-il un

« désastre » ? Presque tous les habitants de Caemlyn l'ont vu de bien plus près que nous.

— La Fille-Héritière n'est pas une citadine comme les autres, sais-tu ? J'ai également vu cet homme de près, et il est très dangereux. Même en cage, et surveillé par des Aes Sedai, il demeure aussi redoutable qu'un loup. J'aurais préféré qu'il reste très loin de notre capitale.

— À Tar Valon, on s'occupera de lui…, dit la tricoteuse sans lever les yeux de son ouvrage. L'essentiel, c'est que la victoire de la Lumière sur les Ténèbres soit connue de tous en Andor. Et que nul n'ignore, Morgase, que le mérite t'en revient en grande partie.

— Peut-être, mais j'aurais mieux aimé qu'il n'approche pas de Caemlyn… Elayne, j'ai bien compris ton petit jeu !

— Mère, je m'efforce à tout moment de t'obéir.

— Vraiment ? Permets-moi de sourire… C'est vrai, tu essaies d'être une fille loyale et dévouée à son devoir. Mais tu passes ton temps à voir jusqu'où tu peux aller. Tu défies en permanence mon autorité, comme je l'ai fait avec ma mère. Une fois sur le trône, cet état d'esprit sera un avantage, mais tu ne m'as pas encore remplacée, mon enfant. Passant outre mes ordres, tu as vu Logain. Réjouis-toi si ça te chante, mais sache que pendant le voyage, ton frère et toi n'aurez pas la permission de l'approcher à moins de cent pas. Si je ne savais pas à quel point tu en baveras à Tar Valon, j'enverrais Lini afin qu'elle te force à obéir. Voilà au moins quelqu'un qui arrive à te faire marcher droit.

Elayne inclina la tête, mais le cœur n'y était visiblement pas.

La tricoteuse assise derrière le trône semblait exclusivement concentrée sur le compte de ses mailles. Pourtant, elle intervint dans le dialogue :

— Au bout d'une semaine, tu désireras rentrer chez ta mère, dit-elle. Et, au bout d'un mois, tu rêveras de t'enfuir avec les Gens de la Route. Heureusement, mes sœurs te tiendront loin des incroyants. Ces choses-là ne sont pas pour toi – pas encore, du moins.

La tricoteuse leva la tête et riva ses yeux sur la Fille-Héritière. Désormais, sa placidité n'était plus qu'un très lointain souvenir.

— Tu as tout ce qu'il faut pour devenir la plus grande reine qu'Andor ait connue. Et peut-être même que tous les royaumes du monde ont connue depuis un millénaire. Nous te formerons pour ça, si tu as le courage requis.

Rand n'eut plus aucun doute : la tricoteuse était bel et bien Elaida, l'Aes Sedai de la reine. Soudain, il se réjouit de ne pas être venu lui demander de l'aide – et qu'importait à quel Ajah elle appartenait ! Pour lui, Moiraine était une main d'acier dans un gant de velours. Cent fois plus dure que sa collègue, Elaida avait dû perdre le gant depuis très longtemps…

— Cela suffit, Elaida, dit Morgase, troublée. Tu lui répètes ce sermon presque tous les jours, mais la Roue tisse comme elle l'entend ! (Elle se tut un moment, dévisageant sa fille.) Passons maintenant à ce jeune homme… (Elle désigna Rand sans daigner le regarder.) Comment est-il entré, pour quoi faire, et pourquoi as-tu raconté à Galad qu'il était ton invité ?

— Puis-je parler librement, mère ? demanda Elayne.

Morgase acquiesçant, la Fille-Héritière raconta tout ce qui s'était passé depuis qu'elle avait vu Rand gravir péniblement la pente. Logiquement, elle aurait dû conclure par un envoi sur la touchante innocence du jeune berger, mais elle opta pour une autre stratégie :

— Mère, tu me répètes sans cesse que je dois connaître mon peuple, du plus puissant au plus humble de ses membres. Mais, chaque fois que je rencontre un de mes sujets, je suis assistée par une dizaine de personnes. Comment me faire une idée par moi-même, dans ces conditions ? En parlant avec ce jeune homme, j'en ai appris très long sur les gens de Deux-Rivières. Ces choses-là ne se trouvent pas dans les livres ! De plus, alors qu'il vient de si loin, il a choisi le rouge alors que presque tous les visiteurs, terrorisés, optent pour le blanc. Mère, je t'implore de ne pas traiter injustement un de tes loyaux sujets – et un garçon qui a éclairé ma lanterne sur une fraction de ton peuple.

— Un loyal sujet venu de Deux-Rivières…, soupira Morgase. Ma fille, tu devrais lire les livres, avant de parler de ce qu'on y trouve ou non… Le territoire de Deux-Rivières n'a plus vu l'ombre d'un collecteur d'impôts depuis six générations. Et en voilà sept, au moins, qu'aucun Garde de la Reine ne s'y est aventuré. Ces braves gens ne doivent même plus savoir qu'ils font partie d'un royaume.

Rand ne put s'empêcher de tressaillir. De fait, il avait été très surpris d'apprendre que son territoire natal appartenait au royaume d'Andor.

Posant son tricot, Elaida se leva, descendit les quelques marches de l'estrade et approcha du jeune berger.

— Tu viendrais de Deux-Rivières ? lança-t-elle. (Elle tendit la main vers la tête de Rand, qui recula vivement.) Avec ces reflets roux dans tes cheveux et des yeux gris ? (Elle laissa retomber sa main.) Les natifs du territoire ont les yeux et les cheveux noirs, et ils sont très rarement de cette taille.

Elle tendit de nouveau la main, assez vivement cette fois pour relever la manche de veste du jeune homme, révélant sa peau pâle, là où elle n'était presque jamais exposée au soleil.

— Et ils ont la peau mate !

Rand dut faire un effort pour ne pas serrer les poings de rage.

— Je suis né à Champ d'Emond, d'une mère venue d'ailleurs, ce qui explique mes yeux gris. Mon père se nomme Tam al'Thor et, comme lui, je suis un berger et un fermier.

Elaida hocha la tête sans cesser de sonder le regard de Rand. Avec une assurance très bien feinte, celui-ci parvint à ne pas baisser les yeux. Il vit que l'Aes Sedai en était surprise, mais elle ne le montra pas plus que ça, tendant de nouveau la main vers lui.

Cette fois, il ne recula pas.

Les doigts de l'Aes Sedai se refermèrent sur le pommeau de son épée. Se raidissant, elle écarquilla les yeux de surprise.

— Un berger de Deux-Rivières avec une épée au héron ? murmura-t-elle.

Curieusement, toute la salle entendit ce soupir qui n'en était pas vraiment un.

Les soldats présents réagirent comme si on venait de leur annoncer l'arrivée imminente du Ténébreux. Dans le dos de Rand, des grincements de cuir et de métal retentirent en même temps que le crissement caractéristique de semelles en cuir sur du marbre.

Du coin de l'œil, Rand vit Tallanvor et un de ses hommes reculer afin d'avoir assez de champ pour dégainer leur épée. À voir leur visage, on devinait qu'ils étaient prêts à mourir les armes à la main. En un éclair, Gareth Bryne vint se placer devant la reine, juste au cas où… Une main sur sa dague, Gawyn aussi se positionna de façon à protéger sa sœur de son corps.

Elayne regarda Rand comme si elle le voyait pour la première fois. Impassible, Morgase serrait cependant plus fort les accoudoirs plaqués d'or de son trône.

Elaida fut la seule à ne pas broncher du tout, comme si elle n'avait rien vu qui sorte de l'ordinaire. Elle retira sa main de l'épée, augmentant encore la tension des soldats.

— À son âge, dit Morgase, il n'a sûrement pas pu mériter une épée au héron. Car, enfin, il n'est pas plus vieux que Gawyn !

— L'arme est bien à lui, dit Gareth Bryne.

La reine se tourna vers lui, très surprise.

— Comment est-ce possible ?

— Je n'en sais rien, Morgase… Il est trop jeune, tu as raison, mais l'épée lui appartient – et il appartient à l'épée. Sonde son regard, vois à quel point il ne fait qu'un avec son arme. Trop jeune ou non, il l'a méritée.

Dès que le général se fut tu, Morgase se tourna vers Rand.

— Comment as-tu eu cette épée, Rand al'Thor du territoire de Deux-Rivières ?

À l'entendre, la reine doutait à la fois du nom et des origines du jeune homme.

— Mon père me l'a donnée, répondit Rand. Elle était à lui, mais il a pensé que j'en aurais besoin dans le grand monde.

— Ce qui nous fait un deuxième berger de Deux-Rivières propriétaire d'une épée au héron, dit Elaida avec un sourire qui fit frissonner Rand. Quand es-tu arrivé à Caemlyn, mon garçon ?

Soudain, Rand en eut assez de raconter la vérité à cette femme qui l'effrayait davantage que tous les Suppôts des Ténèbres qu'il avait croisés. L'heure avait sonné de ne plus jouer cartes sur table.

— Aujourd'hui, dit-il. Ce matin…

— Juste à temps…, souffla l'Aes Sedai. Où es-tu descendu ? N'essaie pas de prétendre que tu n'as pas trouvé de chambre. Tu n'es pas bien fringant, mais on voit que tu as pu te rafraîchir.

— *La Couronne et le Lion*, voilà où je suis descendu… (En cherchant *La Bénédiction de la Reine*, Mat et lui étaient passés devant cette auberge, située de l'autre côté de la Nouvelle Cité par rapport au fief de maître Gill.) J'ai un lit au grenier…

Rand aurait juré que l'Aes Sedai n'était pas dupe. Pourtant, elle se contenta d'acquiescer.

— Juste à temps, vraiment ! Aujourd'hui, le mécréant est arrivé à Caemlyn. Dans deux jours, il partira pour le Nord, direction Tar Valon, et la Fille-Héritière voyagera dans la même caravane, puisqu'elle doit aller suivre sa formation. Et, comme par hasard, un jeune homme apparaît dans les jardins du palais – un loyal sujet venu de Deux-Rivières, si on l'en croit…

— Je viens de Deux-Rivières ! s'exclama Rand.

Tous les gens importants le regardaient, mais leurs yeux le traversaient comme s'il n'était pas là. En revanche, Tallanvor et ses hommes ne rataient pas un seul froncement de sourcil du prisonnier.

— Ce jeune homme, continua Elaida, raconte une histoire conçue pour éveiller la curiosité d'Elayne et il porte une épée au héron. Pour indiquer son allégeance, il n'arbore pas un brassard ou une cocarde, mais il a emballé son arme dans du tissu rouge qui dissimule le héron. Morgase, que dis-tu de toutes ces coïncidences ?

La reine fit signe au général de s'écarter. Quand ce fut fait, elle dévisagea Rand, l'air troublée. Puis elle parla à Elaida :

— Ton avis ? C'est un Suppôt des Ténèbres ou un partisan de Logain ?

— Le Ténébreux est de plus en plus actif au cœur du mont Shayol Ghul, répondit l'Aes Sedai. Les Ténèbres s'étendent sur la Trame et l'avenir du monde ne tient plus qu'à un fil. Ce garçon est dangereux.

Elayne avança et se jeta à genoux au pied de l'estrade.

— Mère, je t'implore de ne pas lui faire du mal. Si je ne l'en avais pas empêché, il serait reparti sur-le-champ. J'ai insisté pour le soigner. Ce n'est pas un Suppôt des Ténèbres, j'en suis sûre.

Morgase eut un geste apaisant à l'intention de sa fille, mais elle ne quitta pas Rand du regard.

— Est-ce une prédiction, Elaida ? As-tu une vision de la Trame ? Selon ce que tu dis, cela t'arrive aux moments les plus inattendus, et ça disparaît tout aussi brusquement. S'il s'agit d'une prédiction, je te demande de parler clairement. Pour une fois, épargne-nous tes déclarations alambiquées, qu'on sache si tu as dit « oui » ou « non ». Alors, qu'as-tu vu ?

— Voici ce que je prédis, en jurant par la Lumière que je ne peux pas m'exprimer plus clairement. À partir de ce jour, Andor avance sur un chemin où règnent la douleur et la dissension. Les Ténèbres deviendront encore plus épaisses, et j'ignore si la Lumière réapparaîtra un jour. Là où le monde a naguère versé une larme, il en versera désormais mille. Voilà ce que je prédis.

Un long silence ponctua cette déclaration, seulement brisé par le soupir qu'exhala Morgase – un peu comme si c'était le dernier.

Les yeux toujours rivés dans ceux de Rand, Elaida reprit la parole, si bas qu'il put à peine entendre ce qu'elle disait alors que moins d'un pas les séparait.

— Voici ce que je prédis aussi : la douleur et la dissension s'abattront sur le monde entier, et cet homme sera au cœur de tout. Obéissant à la reine, j'ai dit les choses clairement.

Rand eut l'impression que ses pieds avaient pris racine dans le marbre, la raideur et la froideur de la pierre remontant peu à peu le long de son échine. Personne d'autre ne pouvait avoir entendu. Mais l'Aes Sedai le dévisageait toujours, et il avait très bien compris ses propos.

— Je suis un berger, dit-il assez fort pour que chacun capte le message. Un berger originaire de Deux-Rivières.

— La Roue tisse comme elle l'entend, souffla Elaida.

Avec une pointe d'ironie ? Peut-être, mais Rand n'aurait su le jurer.

— Seigneur Gareth, dit Morgase, il me faut l'avis de mon général.

Le colosse secoua la tête.

— Elaida Sedai dit que ce garçon est dangereux. Si elle pouvait être plus précise, je te conseillerais de convoquer le bourreau. Mais que nous apprend-elle de bien nouveau ? Qu'a-t-elle « vu » qui ne nous crève pas déjà les yeux ? Dans le royaume, le dernier fermier pourrait nous dire que tout va de mal en pis, et sans avoir besoin de vision. Pour ma part, je crois que ce garçon est là par hasard – un hasard malheureux pour lui, je dois le dire… À toutes fins utiles, on devrait le jeter en prison et l'y garder jusqu'à ce que dame Elayne et le seigneur Gawyn soient loin d'ici. Ensuite, on lui rendra la liberté. Sauf si tu as davantage à nous révéler sur lui, Elaida…

— J'ai dit tout ce que j'ai vu dans la Trame, capitaine général.

Elle fit un sourire sans joie à Rand, le défiant de dire à haute voix qu'elle mentait.

— Quelques semaines de geôle ne lui feront pas de mal, et ça me donnera une occasion d'en apprendre plus. Qui sait ? d'autres prédictions sont peut-être encore à venir.

Rand capta parfaitement la menace et frémit de la tête aux pieds.

Morgase réfléchit, le menton appuyé sur sa main et le bras reposant sur un accoudoir de son trône. Sous son regard d'acier, Rand aurait sûrement tressailli si les yeux d'Elaida, toujours braqués sur lui, ne l'avaient pas tétanisé.

— La suspicion se répand comme une peste dans Caemlyn, et peut-être dans tout le royaume. La peur et la délation, ces deux vieilles complices… Des femmes dénoncent leurs voisins, les accusant d'être des Suppôts des Ténèbres. Des hommes dessinent le Croc du Dragon sur la porte de gens qu'ils connaissent depuis des années. Je ne participerai pas à cette folie.

— Morgase…, commença Elaida.

Mais la reine lui fit signe de se taire.

— Je ne participerai pas à cette folie ! Lorsque je suis montée sur le trône, j'ai juré que la justice serait pour les humbles la même que pour les puissants. Je tiendrai parole, même si je suis la dernière, en Andor, à me rappeler le sens du mot « justice ». Rand al'Thor, jures-tu au nom de la Lumière que ton père, un berger de Deux-Rivières, t'a donné ton épée au héron ?

Rand dut s'humidifier la bouche avant de parler :

— Je le jure…

Se souvenant soudain d'où il était, il ajouta :

— Ma reine…

Gareth fronça les sourcils, mais Morgase ne s'offusqua pas de cette entorse au protocole.

— As-tu escaladé le mur pour mieux voir le faux Dragon ?

— Oui, ma reine.

— Veux-tu nuire au trône d'Andor, à ma fille ou à mon fils ?

— Je ne veux nuire à personne, ma reine, et surtout pas aux vôtres.

— Dans ce cas, Rand al'Thor, je te ferai bénéficier de ma justice. *Primo,* parce que j'ai sur Gareth et Elaida l'avantage d'avoir entendu l'accent de Deux-Rivières quand j'étais jeune. Tu n'as pas les caractéristiques physiques, c'est vrai, mais le « parler » est plus vrai que nature. *Secundo,* aucun garçon ayant tes cheveux et tes yeux ne prétendrait être de Deux-Rivières si ce n'était pas vrai ! C'est comme l'histoire de l'épée : trop invraisemblable pour être un mensonge. *Tertio,* la petite voix qui me souffle qu'un mensonge énorme passe mieux qu'une menterie vénielle… Eh bien, cette voix ne prouve rien. En revanche, les lois que j'ai moi-même édictées m'obligent à te rendre la liberté. Mais prends garde à ce que tu fais, Rand al'Thor. Si on te retrouve dans mon palais, ou dans ses jardins, tu ne t'en tireras pas à si bon compte.

— Merci, ma reine, croassa Rand.

Le mécontentement d'Elaida, furieuse, dégageait presque de la chaleur, comme un incendie.

— Tallanvor, dit Morgase, escorte ce… hum… l'invité de ma fille hors du palais, et traite-le avec tous les égards. Maintenant, que tout le monde se retire, à part Elaida Sedai et le seigneur Gareth. Je dois décider que faire au sujet des Capes Blanches qui rôdent en ville.

Tallanvor et ses hommes lâchèrent à contrecœur la poignée de leur épée. Malgré leur hostilité, Rand se réjouit de les voir se mettre en formation autour de lui, l'officier ouvrant la marche vers la sortie. Le regard toujours braqué sur Rand, Elaida prêtait une oreille discrète aux propos de la reine.

Que me serait-il arrivé si Morgase n'avait pas retenu l'Aes Sedai ?

À cette idée, le jeune berger regretta que les soldats avancent si lentement. De manière plutôt surprenante, Elayne et Gawyn échangèrent quelques mots devant la porte, puis ils vinrent flanquer Rand. Très étonné lui aussi, Tallanvor les regarda, puis jeta un coup d'œil à la porte déjà refermée.

— Ma mère, dit Elayne, a ordonné qu'il soit escorté hors du palais *avec tous les égards* dus à un invité. Qu'attends-tu, Tallanvor ?

Le jeune officier regarda encore la porte derrière laquelle Morgase s'entretenait avec ses conseillers.

— Nous y allons, ma dame !

Il ordonna à ses hommes d'avancer – mais ils s'étaient déjà mis en chemin.

Les beautés du palais passèrent largement au-dessus de la tête de Rand, car son cerveau était en ébullition.

« Tu n'as pas les caractéristiques physiques… »

« Cet homme sera au cœur de tout… »

Quand la petite colonne s'immobilisa, Rand sursauta, surpris de se trouver dans la cour d'honneur, devant le palais, tout près du portail qu'il avait vu de l'extérieur. Les lourdes portes ne seraient certainement pas ouvertes pour laisser passer un seul homme, même s'il était l'invité de la Fille-Héritière. Sans un mot, Tallanvor retira la barre de sécurité du portillon ménagé dans un des battants principaux.

— La coutume est d'accompagner les invités jusqu'au portail, dit Elayne, mais sans les regarder s'éloigner. Car il faut se souvenir du plaisir qu'on a pris en leur compagnie, pas du triste moment de leur départ.

— Merci, ma dame, dit Rand. (Il tapota le foulard, autour de sa tête.) Merci pour tout… Sur le territoire de Deux-Rivières, la coutume est qu'un invité apporte un petit cadeau. Désolé, mais je n'ai rien… (Rand ne put s'empêcher d'exprimer sa frustration.) Au moins, j'aurai été un bon sujet d'étude sur les gens de Deux-Rivières.

Elayne eut un sourire désarmant.

— Si pour plaider ta cause j'avais dit à mère que je te trouve mignon, elle t'aurait fait jeter en prison. Prends soin de toi, Rand al'Thor.

Bouche bée, Rand regarda la jeune fille s'éloigner. Une version juvénile de la beauté et de la grâce de Morgase…

— Inutile d'engager une joute verbale avec elle, dit Gawyn, souriant, parce qu'on est perdant à tous les coups.

Rand acquiesça distraitement.

« Mignon » ! La Fille-Héritière du trône d'Andor !

Il secoua la tête pour s'éclaircir les idées. Puis il remarqua que le prince n'était toujours pas parti, comme s'il attendait quelque chose.

— Mon seigneur, quand j'ai dit que je viens de Deux-Rivières, vous n'avez pas caché votre surprise. Votre mère, le général Gareth et Elaida Sedai… (Rand frissonna à la seule évocation de la tricoteuse.) Eh bien, ils ont tous…

Le jeune berger ne put pas aller plus loin. Pourquoi s'était-il engagé sur ce chemin glissant ?

Même si je ne suis pas né sur le territoire, je reste le fils de Tam al'Thor.

Gawyn hocha la tête comme si c'était exactement ça qu'il attendait. Pourtant, il hésitait à répondre. Rand voulut parler pour retirer sa question implicite, mais son compagnon le devança :

— Avec un *shoufa* autour de la tête, on jurerait que tu es un Aiel, mon ami. C'est étrange, puisque mère affirme que tu parles comme un garçon de Deux-Rivières. J'aurais aimé que nous ayons le temps de faire plus ample connaissance. Prends soin de toi, Rand al'Thor.

Un Aiel ?

Rand regarda le prince s'éloigner, mais un raclement de gorge de Tallanvor lui rappela soudain où il était. Confus, il franchit le portillon, l'officier manquant le lui refermer sur les mollets tant il se précipita.

Le bruit de la barre qu'on remettait en place indiquait à quel point Rand n'avait pas été le bienvenu…

La place ovale qui faisait face au palais était déserte, à présent. Les soldats, les trompettes et les joueurs de tambour s'étaient volatilisés, comme la foule de curieux. Il ne restait plus rien de l'excitation des heures précédentes, sinon le bruit de civières qu'on traînait sur les pavés et l'écho des pas de quelques traînards qui se hâtaient de retourner à leurs occupations.

Rand ne put voir s'ils arboraient du rouge ou du blanc.

Un Aiel?

S'ébrouant, il s'avisa qu'il était planté devant le portail du palais, soit exactement à l'endroit où Elaida n'aurait aucun mal à le retrouver dès qu'elle en aurait terminé avec la reine. Resserrant les pans de sa cape, il traversa la place et s'engagea à vive allure dans les rues de la Cité Intérieure.

Il se retourna souvent pour voir si on le suivait mais, avec ces voies circulaires, ce n'était pas probant. Cela dit, il sentait toujours le regard d'Elaida peser sur lui, comme si elle pouvait le traquer à distance.

Au moment où il franchit les portes de la Nouvelle Cité, il ne put s'empêcher de se mettre à courir.

41

De vieux amis et de nouvelles menaces

Quand il arriva devant *La Bénédiction de la Reine*, Rand s'adossa à la porte, haletant. Il avait couru sur toute la distance, sans se soucier qu'on voie son épée emballée dans du tissu rouge – et sans se demander si sa hâte pouvait inciter des gens à le prendre en chasse. De toute façon, même le Myrddraal le plus rapide n'aurait pas pu le rattraper.

Lamgwin était assis sur un banc, près de la porte, un chat au pelage tacheté dans les bras. Voyant que Rand avait couru, il se releva pour sonder la direction d'où il venait – mais sans cesser de grattouiller le matou derrière les oreilles. Ne remarquant rien d'inquiétant, il se rassit, prenant garde à ne pas déranger son petit compagnon.

— Des idiots ont essayé de nous voler des chats, il y a un moment… (Il examina les phalanges de son poing droit, puis recommença à cajoler le félin.) C'est que ça se vend cher, un chat, de nos jours…

Les deux espions qui arboraient du blanc étaient toujours de l'autre côté de la rue. L'un des deux avait un œil au beurre noir et une joue gonflée. Le regard haineux, il surveillait l'auberge en tapotant nerveusement la poignée de son épée.

— Où est maître Gill ? demanda Rand.

— Dans la bibliothèque… (Le chat recommençant à ronronner, Lamgwin eut un gentil sourire.) Rien ne perturbe longtemps un matou, même quand un sale type essaie de le fourrer dans un sac.

Rand entra et traversa la salle commune où étaient attablés les clients « rouges » habituels. Sirotant leur bière, ils parlaient du faux Dragon et du comportement possible des Capes Blanches lorsqu'il partirait sous bonne garde pour le Nord. Le destin de Logain n'intéressait personne, mais la Fille-Héritière et le Premier Prince de l'Épée seraient du voyage, et aucun des hommes présents n'aurait voulu qu'il leur arrive malheur.

Dans la bibliothèque, Gill disputait une partie de jeu des pierres avec Loial. Un chat grassouillet, assis sur la table, regardait les mains des deux hommes voler au-dessus du plateau de jeu en damier.

Avec une délicatesse étonnante, si on considérait la taille de ses doigts, l'Ogier plaça la pierre qu'il tenait sur une case. Perplexe, maître Gill se détourna de la table, provisoirement sauvé par l'arrivée de Rand. Depuis le début, Loial l'écrabouillait presque chaque fois.

— Je commençais à m'inquiéter, mon garçon… Des fois que tu aies eu des ennuis avec ces traîtres de « blancs », ou avec le fichu mendiant.

Rand en resta un instant bouche bée. Il avait oublié jusqu'à l'existence du dément en haillons.

— Je l'ai vu, mais ça n'a aucune importance… En revanche, j'ai rencontré la reine et Elaida. Là, c'est une autre paire de manches !

L'aubergiste ricana.

— La reine, c'est ça ? Il y a une heure, Gareth Bryne disputait dans la salle commune une partie de bras de fer contre le seigneur capitaine des Capes Blanches. Mais Sa Majesté, c'est autre chose…

— Par le sang et les cendres ! tout le monde m'accuse de mentir, aujourd'hui !

Rand jeta sa cape sur le dossier d'une chaise et se laissa tomber sur une autre. Trop épuisé pour s'asseoir correctement, il resta en équilibre sur le bord du siège, s'essuyant le front avec un mouchoir.

— J'ai vu le mendiant, il m'a repéré et j'ai pensé que… Aucune importance ! J'ai escaladé un mur pour avoir une meilleure vue sur la place, afin de ne pas rater l'arrivée de Logain au palais. Et je suis tombé de l'autre côté…

— J'ai presque l'impression que tu ne racontes pas n'importe quoi…, dit maître Gill.

— *Ta'veren*…, souffla Loial.

— Je dis la vérité…, soupira Rand. Tout ça est arrivé, hélas…

Au fil du récit de son protégé, le scepticisme de maître Gill fondit comme neige au soleil. Se penchant de plus en plus en avant, il finit par être assis au bord de sa chaise, comme Rand. N'étaient les poils de ses oreilles qui frémissaient de temps en temps, Loial affichait l'impassibilité d'une statue.

Rand raconta tout, omettant seulement la phrase qu'Elaida avait prononcée à sa seule intention et la remarque de Gawyn sur sa ressemblance avec un Aiel. Tout ce qui était lié à l'Aes Sedai le révulsait, et les considérations du prince ne valaient pas la peine qu'on s'y arrête.

Je suis le fil de Tam al'Thor, même si je suis né hors de Deux-Rivières. Oui, Tam est mon père et le sang de Deux-Rivières coule dans mes veines.

Perdu dans ses pensées, le jeune berger s'était arrêté de parler et ses deux amis le dévisageaient. Une seconde, il craignit d'en avoir trop dit sans le vouloir.

— Eh bien, commenta maître Gill, plus question que tu attendes tes amis ici. Tu vas devoir quitter la ville dans les deux jours. Tu crois que Mat sera en état de repartir ? Ou faut-il faire appel à Mère Grubb ?

— Deux jours ? Pourquoi ça ?

— Elaida est la conseillère de Morgase. La deuxième en influence après Gareth Bryne. Et encore, je me demande parfois si ce n'est pas du passé… Si elle charge les Gardes de te retrouver, le général ne s'y opposera pas, sauf si ça les empêche d'accomplir leurs autres missions. D'expérience, je sais que ces hommes peuvent contrôler toutes les auberges de Caemlyn en deux jours. Cela dit, si nous n'avons pas de chance, ils commenceront par la mienne… Supposons qu'ils commencent par *Le Lion et la Couronne*. Ça nous laisse un petit répit, pas question de traîner !

— Si je ne parviens pas à secouer Mat, nous ferons appel à Mère Grubb. Il me reste un peu d'argent. Ça suffira peut-être…

— Je me chargerai de Mère Grubb, marmonna Gill. Au point où j'en suis, je peux aussi bien vous prêter deux chevaux. Si vous marchez jusqu'à Tar Valon, il ne restera pas de semelle à vos bottes longtemps avant que vous arriviez…

— Vous êtes un ami fidèle, dit Rand. Nous sommes une source perpétuelle d'ennuis, et pourtant, vous ne nous lâchez pas. Un véritable ami…

Embarrassé, l'aubergiste haussa les épaules, se racla la gorge et détourna le regard – sur le damier, hélas, dont la vision lui déplut au plus haut point. Une fois encore, Loial était gagnant.

— Thom est un très vieil ami. S'il a pris des risques pour vous, il fallait bien que je m'implique…

— Rand, dit Loial, je veux vous accompagner.

— Nous en avons déjà parlé, non ?

Rand s'interrompit avant d'en dire trop. Maître Gill n'était pas au courant de tout.

— Tu sais qui nous poursuit, Mat et moi…

— Des Suppôts des Ténèbres, des Aes Sedai et je ne sais quoi d'autre – le Ténébreux en personne, qui peut le dire ? Mais tu vas à Tar Valon, où on trouve un bosquet très bien entretenu par les Aes Sedai. De plus, je ne voyage pas seulement pour voir des arbres. Tu es *ta'veren* pour de bon, Rand ! La Trame se tisse autour de toi et tu es au cœur de tout.

« Cet homme sera au cœur de tout… »

Mot pour mot, les propos d'Elaida.

— Je ne suis au cœur de rien ! explosa le jeune berger.

Maître Gill sursauta et Loial lui-même manifesta une certaine surprise. Après s'être consultés du regard, l'aubergiste et l'Ogier baissèrent la tête, perplexes.

Rand inspira à fond et se força au calme. Pour une fois, il trouva le « vide » qui lui échappait si régulièrement, ces derniers temps. Il n'était pas juste de se défouler sur ses amis.

— Tu pourras nous accompagner, Loial… J'ignore pourquoi tu y tiens tant, mais t'avoir à mes côtés sera un plaisir. Tu sais comment est Mat, en ce moment…

— Je sais… Ici, je ne peux toujours pas sortir sans me faire traiter de Trolloc par une foule de fanatiques. Au moins, Mat se limite aux mots. Il n'essaie pas de me tuer.

— Bien entendu… Ce n'est pas son genre.

Il n'irait jamais jusque-là, n'est-ce pas ?

On frappa à la porte et Gilda, une des serveuses, passa sa tête dans la pièce.

— Maître Gill, dit-elle, venez vite ! Il y a des Capes Blanches dans la salle commune.

L'aubergiste se leva si vivement que le pauvre chat en sauta de la table, le pelage hérissé, et sortit de la bibliothèque à toute vitesse.

— J'arrive ! Dis-leur de m'attendre et ne t'approche plus de ces types, d'accord ? Tu m'as bien compris ? (Gilda acquiesça.) Toi, Loial, il vaudrait mieux que tu restes ici.

— Oui, je n'ai aucune envie de croiser de nouveau le chemin des Fils de la Lumière.

Maître Gill regarda le damier, sur la table.

— J'ai bien peur qu'il faille recommencer la partie de zéro…

— Pourquoi ? demanda innocemment Loial. (Il tendit un bras démesurément long et s'empara d'un livre, sur une étagère.) Nous reprendrons là où nous en sommes, et c'est à votre tour de jouer.

— Il y a des journées, comme ça…, marmonna l'aubergiste en sortant.

Rand le suivit à pas lents. Il n'avait aucune envie non plus de frayer avec les Fils de la Lumière.

« Cet homme sera au cœur de tout… »

Il s'arrêta sur le seuil de la salle commune, d'où il espérait pouvoir regarder sans être vu.

Un silence de mort était tombé sur la pièce. Cinq Capes Blanches se tenaient au milieu et tous les clients les ignoraient avec une admirable obstination. Un des Fils portait sous son emblème solaire – du côté gauche de sa cape – un éclair d'argent de sous-officier. Près de la porte d'entrée, Lamgwin faisait mine de se nettoyer les ongles avec un énorme fendoir. Quatre autres gardes du corps de maître Gill se tenaient dans la salle, s'efforçant de ne pas regarder les Capes Blanches… tout en ne les quittant pas du coin de l'œil.

Contrairement à ses quatre compagnons, le sous-officier montrait des signes d'impatience, tapotant nerveusement sa paume avec un gantelet.

Maître Gill se hâta de rejoindre les cinq intrus.

— Puisse la Lumière vous éclairer, dit-il avec une révérence assez peu marquée, mais suffisamment quand même pour ne pas être insultante. Et veiller sur notre bonne reine Morgase. Que puis-je pour… ?

— Assez de bavardages ! s'écria le sous-officier. J'ai déjà inspecté vingt auberges, aujourd'hui, chacune plus crasseuse que la précédente, et il m'en reste une vingtaine avant le coucher du soleil. Je cherche des Suppôts des Ténèbres : un garçon de Deux-Rivières et…

Rouge comme une pivoine, maître Gill explosa avant que l'homme ait terminé son laïus :

— Il n'y a pas de Suppôts des Ténèbres chez moi ! Tous mes clients sont de fidèles sujets de la reine !

— Oui, et nous savons où va la loyauté de Morgase, avec sa sorcière de Tar Valon !

Des grincements de pieds de chaises retentirent. Entendant prononcer le nom de leur reine avec tant de mépris, tous les clients s'étaient levés. Ils ne bougeaient pas – pour le moment – mais foudroyaient du regard les Capes Blanches. Dans son excitation, le sous-officier ne s'en aperçut pas, mais ses hommes parurent très mal à l'aise.

— Si tu coopères, tout sera plus facile pour toi, aubergiste ! menaça le sous-officier. Par les temps qui courent, abriter des Suppôts n'est pas bien vu du tout. Tu crois qu'une auberge marquée du Croc du Dragon attire beaucoup de clients ? En revanche, elle risque de prendre feu, si on ne fait pas attention…

— Sortez d'ici…, grogna maître Gill. Sinon, j'appellerai des Gardes afin qu'ils transportent jusqu'à la décharge municipale ce qui restera de vos carcasses.

Lamgwin dégaina son épée et ses quatre collègues l'imitèrent. Prudentes, les serveuses se dirigèrent vers la sortie.

— Le Croc du Dragon…, commença le sous-officier.

— Ne vous sauvera pas la peau, acheva maître Gill. Je compte jusqu'à cinq. Un…

— As-tu perdu la tête, vermine ? Menacer des Fils de la Lumière ?

— Vous n'avez aucun pouvoir à Caemlyn. Deux…

— Crois-tu que nous en resterons là ?

— Trois…

— Nous reviendrons ! lança le sous-officier.

Il fit demi-tour, désirant sortir dignement, mais ses hommes étaient déjà en route vers le salut. Pas à la course, afin de sauver la face, mais sans traîner les pieds non plus.

Lamgwin se campa devant la porte, épée au poing, mais son employeur lui fit signe de s'écarter.

Dès que les Fils furent sortis, Gill se laissa lourdement tomber sur une chaise. Se passant une main sur le front, il la regarda ensuite, surpris qu'elle ne soit pas poisseuse de sueur. Autour de lui, les clients se rasseyaient, très fiers de leur petite démonstration. Hilares, certains vinrent d'abord flanquer des tapes amicales sur l'épaule de l'aubergiste.

Apercevant Rand, Gill se leva et alla le rejoindre.

— Qui aurait cru que j'avais l'étoffe d'un héros ! s'extasia-t-il. Que la Lumière brille sur moi ! (Il s'ébroua et reprit son ton normal – ou presque.) Il va falloir vous cacher jusqu'à ce que je vous fasse quitter la ville… (Il poussa Rand dans le couloir.) Ces types reviendront, ou ils enverront des espions arborant du rouge pour l'occasion. Après mon petit numéro, ils ne chercheront pas à savoir si vous êtes là ou non – ils feront comme si, j'en ai peur.

— C'est absurde ! s'écria Rand. (Obéissant au geste impérieux de maître Gill, il baissa le ton.) Les Capes Blanches n'ont aucune raison de me poursuivre. *Idem* pour Mat.

— J'ignore pourquoi, mon garçon, mais les Fils vous traquent, c'est une certitude. Comment as-tu réussi ça ? Te mettre à dos Elaida et les Fils de la Lumière ?

Rand voulut se défendre, mais il y renonça. Le sous-officier avait été très clair…

— Et vous ? Les Capes Blanches se vengeront même si nous ne sommes plus là.

— Ne t'en fais pas pour ça… La Garde Royale assure le maintien de l'ordre, même si elle est trop clémente avec les fichus porteurs de blanc. La nuit… Eh bien, Lamgwin et ses camarades ne dormiront plus beaucoup, mais je plains l'abruti qui voudrait venir peinturlurer ma porte.

Gilda apparut soudain, approcha et salua son patron d'une révérence.

— Maître Gill, il y a une dame dans la cuisine ! Elle a demandé maître Rand et maître Mat – par leur nom, vous comprenez ?

Rand et l'aubergiste échangèrent un regard perplexe.

— Mon garçon, dit Gill, si dame Elayne est ici pour toi, nous finirons sous la hache du bourreau, c'est couru d'avance. (Entendant mentionner la Fille-Héritière, Gilda regarda Rand avec des yeux ronds comme des soucoupes.) Laisse-nous, ma fille ! Et tiens ta langue au sujet de ce que tu as vu et entendu. Ça ne regarde personne !

Gilda salua et détala en jetant sans cesse des regards à Rand par-dessus son épaule.

— Dans cinq minutes, elle dira aux autres filles que tu es un prince déguisé. Avant le coucher du soleil, la Nouvelle Cité tout entière sera au courant.

— Maître Gill, je n'ai jamais parlé de Mat à Elayne. Ce ne peut donc pas être…

Il s'interrompit, eut un grand sourire, se détourna et courut vers la cuisine.

— Attends ! cria l'aubergiste dans son dos. Ne te précipite pas sans savoir, espèce d'idiot !

Mais Rand ouvrait déjà la porte la cuisine.

Et ils étaient tous là !

Impassible, Moiraine le regarda comme s'ils s'étaient quittés la veille. Nynaeve et Egwene, au contraire, coururent lui jeter les bras autour du cou. Perrin leur emboîta le pas, tous trois lui tapotant bientôt les épaules comme pour se convaincre qu'il était bien là en chair et en os.

Dans l'encadrement de la porte de derrière, ouverte, Lan surveillait la cour sans se désintéresser totalement des retrouvailles qui battaient leur plein dans la cuisine.

Rand essayant en même temps d'étreindre les deux femmes et de serrer la main à Perrin, la situation se compliqua, d'autant plus que la Sage-Dame tentait subrepticement de palper le front du jeune homme, histoire de voir s'il avait de la fièvre.

Les amis d'enfance de Rand semblaient éprouvés – surtout Perrin, avec son visage tuméfié et une tendance à baisser les yeux qui ne lui ressemblait pas – mais ils avaient survécu, et cela seul comptait.

— J'avais peur de ne plus vous revoir…, croassa Rand. Je craignais que…

— Je savais que tu étais vivant, murmura Egwene, serrée contre le jeune homme. Je n'en ai jamais douté.

— Moi, j'ai connu l'incertitude, avoua Nynaeve.

D'un ton un peu dur, mais elle sourit et ajouta, plus amicalement :

— Tu as l'air en forme, Rand. Un peu sous-alimenté, mais bien dans ta peau, que la Lumière en soit remerciée.

— Bon, fit maître Gill dans le dos de son protégé, on dirait que tu connais ces gens… Les amis que tu cherchais ?

— Oui, ce sont eux…

Rand fit les présentations, trouvant bizarre de donner le vrai nom de Moiraine et de Lan – qui le foudroyèrent d'ailleurs du regard.

L'aubergiste salua tout le monde avec sa cordialité coutumière, mais il semblait impressionné d'être en présence d'un Champion – sans parler de Moiraine, qu'il regardait avec des yeux ronds. Savoir qu'une Aes Sedai avait aidé les garçons était une chose. De là à la recevoir dans sa cuisine…

— Bienvenue à *La Bénédiction de la Reine*, dit-il en s'inclinant bien bas. Vous êtes ici chez vous, même si je suppose que vous séjournerez au palais, avec Elaida et les autres Aes Sedai venues pour surveiller le faux Dragon.

S'inclinant de nouveau, Gill jeta un coup d'œil inquiet à Rand. Oui, il était prêt à ne pas médire des Aes Sedai, mais en avoir une sous son toit…

Le jeune berger sourit – une façon de signaler que tout allait bien. Moiraine n'avait aucun rapport avec Elaida, dont chaque mot et chaque geste dissimulait une menace.

Tu en es sûr ? Même en cet instant, tu le jurerais ?

— Durant mon très court séjour à Caemlyn, dit Moiraine, j'ai l'intention de rester ici. Et en payant, comme tout le monde.

Un chat tacheté déboula du couloir pour venir se frotter aux jambes de maître Gill. Un autre chat, gris à long poil, celui-ci, jaillit de dessous la table, se hérissa en crachant de fureur et battit en retraite lorsque son adversaire fit mine de lui sauter dessus. Passant entre les jambes de Lan, il détala dans la cour.

Maître Gill s'excusa de ces débordements félins, puis il assura que Moiraine lui ferait un grand honneur en étant son invitée. Mais ne préférerait-elle pas quand même le palais ? Sinon, eh bien, il se ferait un plaisir de lui offrir sa meilleure chambre.

Sans prêter attention à son babil, Moiraine se pencha pour caresser le chat blanc et roux qui abandonna sans la moindre vergogne le pauvre aubergiste.

— J'ai vu quatre autres chats, dit-elle. Vous avez des problèmes de souris ? De rats, peut-être ?

— Les rats, Moiraine Sedai, sont ma hantise. J'entretiens bien mon auberge, mais avec tous ces visiteurs… Les rongeurs sont attirés par la foule. Heureusement, mes braves chats veillent au grain. Vous ne serez pas dérangée.

Rand croisa le regard de Perrin, qui baissa aussitôt la tête. Les yeux de l'apprenti forgeron étaient bizarres. Et ce mutisme total. Perrin n'avait jamais été un grand bavard, mais quand même…

— C'est sans doute parce que la ville est pleine, dit Rand, venant au secours de Gill.

— Avec votre permission, maître Gill, dit Moiraine, tenir les rats éloignés de cette rue est un jeu d'enfant. Et, avec un peu de chance, ces rongeurs ne s'apercevront même pas de ce qui se passe.

Hésitant, maître Gill finit par accepter la proposition – de toute façon, il n'avait pas le choix, car la demande de « permission » était une pure précaution oratoire.

— Si vous êtes sûre de ne pas préférer le palais, Moiraine Sedai…

— Où est Mat ? demanda Nynaeve. *Elle* affirme qu'il est ici, comme toi, Rand.

— À l'étage… Il ne se sent pas bien.

— Quoi ? Il est malade ? Eh bien, pendant *qu'elle* s'occupe des rats, je vais me charger de lui. Conduis-moi, Rand !

— Vous montez tous, dit Moiraine. Je vous rejoindrai dans quelques minutes. Nous envahissons la cuisine de maître Gill, et un peu d'intimité ne nous fera pas de mal.

Le message était clair : *La traque continue, et il faut toujours nous cacher.*

— Venez, dit Rand, nous allons passer par l'escalier de service.

Les jeunes gens et la Sage-Dame sortirent, laissant Moiraine et Lan avec l'aubergiste.

Rand jubilait. Ces retrouvailles le réjouissaient tant qu'il avait l'impression d'être rentré chez lui.

Les autres partageaient son étrange euphorie. Riant ensemble, ils ne cessaient pas de tendre la main pour toucher le bras ou l'épaule de leur ami.

La tête toujours baissée, Perrin parla pour la première fois depuis qu'ils étaient de nouveau ensemble :

— Moiraine était sûre de vous retrouver, dit-il d'un ton un peu trop morne, même pour lui, et elle ne mentait pas. Quand nous sommes arrivés en ville, Egwene, Nynaeve et moi, nous ne pouvions pas nous empêcher de regarder partout. (Il secoua la tête, faisant onduler ses cheveux bouclés.) Les bâtiments, les gens, tout… Cette ville est si grande ! Des passants nous regardaient aussi, criant « rouge ou blanc ? » sur notre passage. Quelle question idiote !

Egwene tapota du bout d'un index l'épée enveloppée de rouge du jeune berger.

— Qu'est-ce que ça veut dire ?

— Rien d'important… De toute façon, nous allons partir pour Tar Valon.

Egwene eut un regard surpris, mais elle n'insista pas, et reprit le récit là où Perrin l'avait laissé :

— Moiraine ne regardait rien, comme Lan… Elle nous a baladés dans les rues, comme un chien qui suit une piste. Au bout d'un moment, j'ai pensé que vous n'étiez pas là. Mais elle a soudain bifurqué dans une rue. Ensuite, nous sommes entrés dans l'auberge, nous avons confié les chevaux au palefrenier, et nous avons directement gagné la cuisine. Moiraine a simplement dit à une fille d'aller prévenir Rand al'Thor et Mat Cauthon qu'on les demandait. Une minute après, tu as déboulé comme une balle qui apparaît par miracle dans la main d'un trouvère.

— Au fait, où est le trouvère ? demanda Perrin. Ici avec vous ?

Rand eut la gorge nouée, sa jubilation étouffée dans l'œuf.

— Thom est mort… Enfin, je crois… Il y avait un Blafard, et…

Il ne put en dire plus.

Nynaeve marmonna quelques mots inintelligibles.

Dans un silence pesant, leur joie irrémédiablement gâchée, les quatre jeunes gens atteignirent le palier.

— Mat n'est pas vraiment malade…, dit Rand. Il… Mais vous verrez bien ! (Il ouvrit la porte de la chambre.) Mat, j'ai une surprise pour toi !

Toujours roulé en boule sur son lit, comme lorsque Rand l'avait laissé, Mat daigna quand même relever la tête :

— Comment sais-tu que ce sont vraiment eux ? croassa-t-il.

La peau très rouge et très tendue, il ruisselait de sueur.

— Qui me dit que tu es toi-même, d'ailleurs ?

— Pas malade ? siffla Nynaeve avant d'avancer dans la chambre, enlevant déjà sa sacoche de son épaule.

— Tout le monde change, dit Mat. Comment être sûr ? Perrin, c'est bien toi ? Tu as changé, n'est-ce pas ? Oui, oui, tu as changé !

À la grande surprise de Rand, Perrin se laissa tomber sur l'autre lit et se prit la tête à deux mains.

Le rire de dément de Mat semblait lui percer les tympans.

Nynaeve s'accroupit près du lit de Mat. Relevant le foulard, elle toucha le front du jeune homme, qui se dégagea vivement.

— Tu es brûlant de fièvre… Mais, avec une telle température, tu ne devrais pas transpirer. Rand, Perrin, allez chercher des morceaux de tissu propres et autant d'eau fraîche que vous pourrez en porter. Pour commencer, Mat, je vais faire baisser la fièvre, et…

— La jolie Nynaeve ! lança Mat. Mais une Sage-Dame n'a pas droit à une vie de femme, pas vrai ? Et surtout pas de *belle* femme ! Pourtant, tu ne peux pas oublier ce que tu es, et ça t'effraie, n'est-ce pas ? Tout le monde change…

Nynaeve blêmit. De colère ou d'angoisse ? Rand n'aurait su le dire.

Le regard hanté de Mat se posa sur Egwene.

— La jolie Egwene ! lança-t-il. Aussi jolie que Nynaeve. Mais vous avez d'autres points communs, désormais. Vous partagez des rêves. Dites-moi un peu à quoi ils ressemblent !

— Nous sommes à l'abri des espions du Ténébreux, annonça Moiraine en entrant dans la chambre, Lan sur les talons. (Son regard se posant sur Mat, elle cria comme si elle s'était brûlée au contact d'un objet très chaud.) Tous, écartez-vous de lui, vite !

Bien entendu, Nynaeve n'obéit pas. En revanche, elle se retourna et dévisagea l'Aes Sedai sans dissimuler sa surprise. En deux enjambées, Moiraine fut sur elle, la prit par les épaules et la tira loin du lit comme un vulgaire sac de pommes de terre. La Sage-Dame se débattit, mais elle n'était pas de taille, surtout dans sa position accroupie. Quand Moiraine la lâcha, elle se releva en éructant de rage – à la façon dont elle tirait sur ses vêtements pour les défroisser, elle risquait fort de les déchirer –, mais son courroux n'intéressa pas l'Aes Sedai, qui se concentrait sur Mat, le surveillant comme s'il s'était agi d'une vipère prête à frapper.

— Vous restez tous loin de lui, répéta-t-elle, et vous ne bronchez pas.

Mat soutenait le regard de Moiraine. Même s'il se roula davantage en boule sur le lit, il eut un rictus haineux et ses yeux ne quittèrent pas un instant ceux de l'Aes Sedai. Très lentement, celle-ci avança, tendit un bras et posa la main sur un genou de Mat. À ce contact, le garçon eut un spasme, comme s'il était pris de nausées. Sans crier gare, il sortit une main de sous son ventre et tenta de frapper Moiraine avec la dague ornée d'un rubis.

Sans que nul l'ait vu bouger, Lan fut soudain à côté du lit. Saisissant au vol le poignet de Mat, il l'immobilisa à mi-course, comme si la dague venait de heurter un mur de pierre. Toujours en position fœtale, Mat essaya quand même de dégager son bras, mais la prise du Champion était bien trop puissante. Durant ce combat silencieux, les yeux haineux de Mat restèrent rivés sur l'Aes Sedai.

Moiraine n'avait pas bronché, même quand la pointe de la dague s'était arrêtée à un pouce de son visage.

— Comment a-t-il eu cette arme ? lâcha-t-elle d'un ton glacial. J'ai demandé si Mordeth vous avait donné quelque chose. Je vous ai prévenus que c'était dangereux, et vous m'avez menti !

— Non ! se défendit Rand. Mordeth n'a rien donné à Mat. Il a pris la dague dans la salle du trésor…

Sous le regard de l'Aes Sedai, Rand fit d'instinct un pas en arrière. Par bonheur, elle se retourna tout de suite vers le lit.

— Avant que nous soyons séparés, je ne savais rien, ajouta le jeune berger.

— Tu ne savais pas... (Moiraine examina de nouveau Mat, qui essayait encore de dégager son bras armé.) Avec cette horreur, c'est un miracle que vous soyez arrivés jusqu'ici. Dès que j'ai posé les yeux sur Mat, j'ai senti le contact maléfique de Mashadar. Un Blafard, lui, le capterait à des lieues à la ronde. Sans savoir exactement où aller, il comprendrait que sa cible n'est pas loin, et Mashadar attirerait son esprit tandis que son corps se souviendrait que le même démon a jadis englouti toute une armée – des Seigneurs de la Terreur, des Myrddraals et des Trollocs. Certains Suppôts auraient les mêmes perceptions – ceux qui ont pour de bon renoncé à leur âme. Sans vraiment bien comprendre pourquoi, ils auraient l'impression que l'air irrite leur peau, ou une autre manifestation de ce type. L'arme les obligerait à partir à sa recherche. En un sens, elle aurait sur eux la même influence qu'un aimant sur un morceau de fer.

— Nous avons croisé des Suppôts, dit Rand, et même assez souvent, mais nous avons toujours réussi à leur échapper. La nuit précédant notre arrivée ici, nous avons même vu un Blafard, mais il ne s'est pas aperçu qu'on l'épiait... On raconte que d'étranges créatures rôdent dans la nuit, tout autour de la ville. Selon moi, ça pourrait être des Trollocs.

— C'est exactement ça, jeune berger, dit Lan, et là où rôdent des Trollocs, les Blafards ne sont jamais loin. (Sur le dos de sa main, les veines et les tendons saillaient, montrant que maîtriser un forcené n'était pas un jeu d'enfant. Mais sa voix ne tremblait pas.) Ils ont tenté de brouiller leur piste mais, il y a deux jours, j'ai vu des signes qui ne trompent pas. Pas mal de fermiers et de villageois se plaignent d'attaques nocturnes. En venant, j'ai entendu beaucoup de gens parler des monstres qui rôdent après le coucher du soleil. Les Trollocs ont réussi à frapper ton village de nuit, comme s'ils étaient invisibles, mais les monstres approchent chaque jour un peu plus des zones où nous pouvons envoyer des soldats les intercepter. Même ainsi, ils ne sont pas près de s'arrêter...

— Mais nous sommes à Caemlyn, rappela Egwene. Ils ne peuvent pas nous atteindre tant que...

— Ils ne peuvent pas ? répéta Lan, coupant la parole à la jeune fille. Dans la campagne environnante, les Blafards regroupent leurs forces. Si on sait où regarder, il y a des signes partout. Actuellement, il y a autour de Caemlyn plus de Trollocs qu'il en faut pour surveiller les différentes sorties d'une ville. J'estime que nous sommes confrontés à une dizaine de poings trollocs, et il ne peut y avoir qu'une raison à cela : dès qu'ils se sentiront assez forts, les Myrddraals viendront vous chercher en ville, toi et tes deux amis. Cette provocation risque d'inciter la moitié des armées du Sud à gagner les Terres Frontalières, mais nos ennemis sont prêts à courir ce risque. Voilà trop longtemps que vous leur glissez entre les doigts. Berger, on dirait bien que Caemlyn, à cause de toi, va connaître de nouvelles guerres des Trollocs.

Egwene en gémit d'horreur et Perrin secoua la tête, comme s'il voulait nier la réalité. À l'idée que des Trollocs arpentent les rues de Caemlyn, Rand eut la nausée. Tous ces gens qui s'affrontaient sans savoir que la véritable menace restait à venir. Que feraient les rouges et les blancs le jour où les Myrddraals et les Trollocs entreraient en ville et commenceraient à les massacrer ?

Il eut une image des tours en flammes, du feu qui dévastait les dômes, de Trollocs se déversant dans les rues de la Nouvelle Cité, puis se ruant à la conquête du palais.

Elayne, Gawyn, Morgase… Tous morts…

— Nous n'en sommes pas encore là, dit soudain Moiraine d'un ton distrait. Si nous parvenons à quitter Caemlyn, les Myrddraals n'auront plus le moindre intérêt pour la cité. Mais tout repose sur des « si », et ça n'est pas facile, quand il y en a tant…

— Ce serait plus simple si nous étions tous les trois morts…, souffla Perrin.

Rand sursauta, surpris d'entendre l'écho de ses propres pensées sortir de la bouche de son ami. Toujours assis, la tête baissée, il continua d'un ton amer :

— Partout où nous allons, le malheur et la souffrance nous suivent comme notre ombre. Si nous étions morts, ce serait mieux pour tout le monde.

Furieuse et morte d'angoisse, Nynaeve se tourna vers le jeune homme, mais Moiraine prit la parole avant elle :

— Que gagneriez-vous à être morts ? demanda-t-elle. Et quel bénéfice pour les autres ? Si le Seigneur du Tombeau a regagné assez de liberté pour influer sur la Trame, il lui sera encore plus facile de vous mettre la main dessus si vous mourez. Une fois dans l'autre monde vous n'aiderez plus personne. Ni vos amis, ni votre famille ni tous ceux qui ont pris des risques pour vous. Les Ténèbres s'abattent sur le monde, et vous ne pourrez pas les combattre si vous cessez de vivre.

Perrin leva la tête vers l'Aes Sedai.

Rand vit alors que les yeux du jeune forgeron étaient presque entièrement jaunes. Avec ses cheveux en bataille et son regard de fauve, il faisait penser à… Non, impossible de trouver l'image adéquate, même s'il l'avait sur le bout de… l'esprit.

— Nous n'y arrivons pas non plus vivants, dit Perrin – sans crier, mais d'un ton catégorique qui donna encore plus de poids à ses propos.

— Nous en parlerons plus tard, fit Moiraine. Pour l'instant, la priorité, c'est Mat.

Elle s'écarta pour que tout le monde puisse voir le jeune homme. Le regard toujours aussi haineux, il n'avait pas changé de position et de la sueur ruisselait encore sur son front. Les lèvres tordues par un rictus, il luttait toujours pour frapper Moiraine avec sa dague.

— Mais vous avez peut-être oublié ce détail ? reprit Moiraine.

Penaud, Perrin haussa vaguement les épaules.

— Qu'est-ce qui ne va pas chez lui ? demanda Egwene.

— Est-il contagieux ? enchaîna Nynaeve. Si c'est le cas, ça ne me gêne pas, parce que je suis immunisée contre la plupart des maladies.

— Il est très contagieux, répondit Moiraine, et tes défenses naturelles ne te sauveraient pas. (Elle désigna la dague dont la pointe tremblait, tant Mat luttait pour la lui planter dans la chair.) Cette arme vient de Shadar Logoth, une ville où il est dangereux de ramasser un caillou, si on a l'intention d'en sortir avec. Et cette dague est bien plus redoutable qu'une pierre. Le démon qui a tué la cité est à l'intérieur, et il habite aussi l'esprit de Mat.

» La haine et le soupçon rongent votre ami, qui ne sait plus à qui se fier. Bientôt, il ne lui restera plus que l'envie de tuer, puisque tout être humain sera à ses yeux un ennemi. En emportant la dague, Mat a déchaîné les forces qui étaient tapies dedans et qui la lient à tout jamais à ce lieu maléfique. Pendant longtemps, la souillure de Mashadar et sa vraie personnalité se sont livré un combat sans pitié. Aujourd'hui, la lutte est presque terminée, et Mat est au bord de la défaite. S'il n'est pas terrassé par le mal, il lui permettra de se propager partout où il ira. Une simple écorchure de cette lame suffit à tuer. Bientôt, Mat lui-même sera au moins aussi dangereux pour ceux qui entreront en contact avec lui.

— Tu peux le sauver ? demanda Nynaeve.

— J'espère… Pour le salut du monde, je prie pour qu'il ne soit pas trop tard. (Elle sortit de sa bourse l'*angreal* enveloppé de soie.) Laissez-moi avec lui ! Restez ensemble dans un lieu discret, mais sortez de cette chambre. Je vais tenter l'impossible pour le tirer de là.

42

Lambeaux de rêves

Rand redescendit l'escalier de service, ouvrant la voie à ses amis, que toute allégresse avait désertés. Aucun d'entre eux ne semblait vouloir lui parler, et il n'était pas non plus d'humeur à jacasser.

Alors que le soleil sombrait à l'horizon, l'alternance de zones sombres et lumineuses, sur les marches, faisait cligner des yeux. Malgré l'heure tardive, les lampes n'étaient pas encore allumées. Dans ce clair-obscur, Rand s'aperçut en se retournant que tous ses compagnons étaient à la fois abattus et rongés par l'inquiétude.

Le visage fermé, Perrin semblait simplement résigné, comme s'il avait décidé de cesser le combat. Quand il passait dans un rayon de soleil, ses yeux brillaient comme de l'ivoire poli. À part ça, il semblait plus mort que vif…

Les sangs glacés, Rand tenta de se concentrer sur son environnement. Les couloirs de l'auberge, la rampe en chêne de l'escalier intérieur, les murs lambrissés – une multitude de petits détails quotidiens tellement rassurants. Les paumes moites, le jeune homme les essuya plusieurs fois sur sa cape, sans résultat notable.

Tout ira bien, maintenant… Nous sommes réunis, et… Par la Lumière ! pauvre Mat !

Pour gagner la bibliothèque, Rand choisit de traverser la cuisine, histoire d'éviter la salle commune. Les clients de maître Gill fréquentaient très peu la pièce de lecture. Les visiteurs cultivés, dans leur grande majorité, choisissaient des établissements plus huppés, dans la Cité Intérieure. Si l'aubergiste conservait la salle de lecture, c'était pour son propre plaisir, pas à des fins commerciales.

Pourquoi Moiraine leur avait-elle ordonné de ne pas se faire voir ? Rand l'ignorait, et il préférait au fond ne pas le savoir. De toute façon, il n'avait pas besoin de ça pour se convertir à la discrétion. Repenser au sous-officier qui avait juré de revenir et à Elaida, si intéressée par son lieu de résidence, suffisait à étouffer dans l'œuf ses velléités de rébellion.

Il avait fait cinq pas dans la bibliothèque quand il s'avisa que ses compagnons, pétrifiés, ne s'étaient même pas aventurés à en franchir le seuil. À la lueur d'un bon feu, Loial lisait sur son sofa double, un petit chat noir aux pattes blanches endormi sur son ventre. Entendant du bruit, l'Ogier referma son livre sur son index gauche – un marque-page original –, posa le chat par terre et se releva pour exécuter une révérence très distinguée.

Habitué à l'apparence de son ami, Rand ne comprit pas tout de suite qu'il était la cause du « bouchon », derrière lui.

— Ce sont les personnes que j'attendais, Loial, dit-il. Je te présente Nynaeve, la Sage-Dame de mon village, et mes amis Egwene et Perrin.

— Egwene ! Rand me parle très souvent de vous ! Je suis Loial…

— Un Ogier, précisa Rand.

Une intervention qui modifia radicalement l'état d'esprit de ses amis. Même après avoir vu trop de Trollocs et de Myrddraals, il restait fascinant de rencontrer une légende vivante. Se souvenant de sa propre réaction, Rand ne s'en sentit pas très fier. Ses amis s'en sortaient beaucoup mieux que lui…

Loial ne s'offusqua pas de les voir bouche bée. C'était sûrement moins traumatisant que d'être traité de Trolloc par une foule en colère.

— Et l'Aes Sedai, Rand ?

— Elle est en haut, avec Mat.

L'Ogier leva un de ses sourcils broussailleux.

— Donc, c'est qu'il est vraiment malade… Si nous prenions tous place ? Elle nous rejoindra, n'est-ce pas ? Dans ce cas, il faut nous résigner à attendre.

Une fois assis, les jeunes gens de Champ d'Emond et la Sage-Dame se détendirent. Être dans un fauteuil, près d'une cheminée, le chat désormais couché devant, leur donnait l'impression d'être chez eux. Du coup, ils osèrent interroger l'Ogier. À la grande surprise de Rand, ce fut même Perrin qui ouvrit le bal :

— Les Sanctuaires, Loial… Ce sont vraiment des abris, comme le disent les récits ?

À l'entendre, on aurait juré que l'apprenti forgeron avait une raison personnelle de poser cette question.

Loial fut ravi de parler des Sanctuaires, de la trajectoire qui l'avait conduit jusqu'à *La Bénédiction de la Reine* et de tout ce qu'il avait vu en chemin.

Connaissant déjà tout ça, Rand laissa son esprit vagabonder.

Loial aimait parler, et il ne ratait jamais une occasion de le faire. À ses yeux, pour qu'une histoire soit bonne il fallait bien remonter deux ou trois siècles en arrière, afin d'en connaître tous les tenants et aboutissants. Son sens de la chronologie était aussi déconcertant que son espérance de vie. Pour lui, deux cents ans étaient un « arrière-plan » tout ce qu'il y avait de plus normal. Au début, se fiant à ses propos, Rand avait cru qu'il était sur les routes depuis à peine quelques mois. En réalité, il avait quitté son Sanctuaire plus de trois ans auparavant.

Rand oublia l'Ogier et se mit à penser à Mat.

Une dague ! Une fichue lame qui risque de lui coûter la vie simplement parce qu'il la porte sur lui. Lumière, j'ai eu mon compte d'aventures ! Si Moiraine le guérit, nous allons rentrer chez… Non, pas chez nous, c'est trop dangereux pour nos proches. Mais on trouvera bien un endroit où personne n'a entendu parler du Ténébreux et des Aes Sedai. Un… sanctuaire… en quelque sorte.

La porte s'ouvrit soudain. Un moment, Rand n'en crut pas ses yeux. Mat était là, battant des paupières, sa veste parfaitement bien boutonnée et son foulard noir autour du cou.

C'était bien réel ! Moiraine se tenait à côté de Mat, une main sur son épaule, et Lan les suivait de près. L'Aes Sedai couvait le jeune homme du regard, à l'instar de tout thérapeute qui s'occupe d'un convalescent.

Comme toujours, Lan faisait mine de ne rien voir alors que pas un détail ne lui échappait.

Mat avait l'air plus en forme que jamais. Son premier sourire, un peu hésitant, s'adressa à toute l'assistance. Mais, quand ses yeux se posèrent sur Loial, ils s'écarquillèrent comme si c'était la première fois qu'il voyait l'Ogier. Un peu désorienté, il s'intéressa de nouveau à ses amis :

— Eh bien, je… Voilà, il semble… On me dit que je me suis comporté bizarrement. En réalité, je n'en ai aucun souvenir. (Il regarda Moiraine, qui l'encouragea d'un sourire.) À partir de Pont-Blanc, tout est confus… Thom et le… Comment dire ? Plus nous nous sommes éloignés de Pont-Blanc, et moins c'est clair dans ma tête. À vrai dire, je ne me souviens plus de l'arrivée à Caemlyn. Pas vraiment… Moiraine Sedai dit que… La chambre sous les combles… (Il prit une grande inspiration et redevint soudain le bon vieux Matrim Cauthon.) On ne peut pas blâmer un type pour des bêtises qu'il a oubliées !

— De toute façon, tu as toujours été cinglé, dit Perrin, lui aussi redevenant un instant comme avant.

— Mat, dit Nynaeve, des larmes aux yeux, personne ne te blâme.

Rand et Egwene se mirent à parler en même temps, complimentant Mat sur sa bonne forme et l'assurant qu'ils étaient ravis de le retrouver tel qu'en lui-même. Mais il se calmerait peut-être un peu sur les farces et attrapes, maintenant qu'on lui avait joué un sacré sale tour. Répondant du tac au tac, Mat prit ensuite place dans un fauteuil. Lorsqu'il s'assit, Rand le vit toucher quelque chose, sous sa veste. Un objet dont il voulait vérifier la présence…

Le jeune berger en eut le souffle coupé.

— Oui, dit Moiraine, il a toujours la dague.

Les autres jeunes gens continuaient à plaisanter, mais elle avait capté la réaction de Rand, et tout de suite compris de quoi il s'agissait. Approchant du fauteuil où il s'était assis, elle parla à voix basse :

— Je ne peux pas la lui prendre sans le tuer. Le lien est trop ancien et trop fort. À Tar Valon, nous le libérerons. Mais c'est une tâche qui dépasse une Aes Sedai solitaire, même si elle dispose d'un *angreal*.

— Mais il n'a plus l'air malade ! Tant qu'il aura la dague, les Blafards sauront qui nous sommes. Et certains Suppôts des Ténèbres aussi. C'est vous-même qui l'avez dit.

— J'ai limité les dégâts, en un sens… S'ils approchent assez pour sentir l'arme, nous serons de toute façon dans de sales draps. J'ai débarrassé Mat de la souillure, mon garçon, et retardé au maximum la rechute. Mais il rechutera, s'il n'est pas soigné à Tar Valon.

— Une chance que ce soit notre destination, alors…

Moiraine se détourna vivement.

Ma résignation lui déplaît et la décourage, je sais, mais je n'y peux rien.

— Je me nomme Loial, dit l'Ogier en se levant (pour incliner aussitôt bien bas la tête). Fils d'Arent fils d'Halan, dame Aes Sedai. Mon Sanctuaire est toujours ouvert pour les Serviteurs de la Lumière.

— Merci Loial fils d'Arent, répondit Moiraine, plutôt sèchement. À ta place, je ne répéterais pas partout ta formule de politesse. Il y a une vingtaine d'Aes Sedai à Caemlyn, en ce moment, et, à part moi, toutes appartiennent à l'Ajah Rouge.

Loial hocha pensivement la tête, comme s'il comprenait. Rand, lui, n'avait pas saisi un mot du petit discours de Moiraine.

— Te rencontrer ici est étrange, reprit l'Aes Sedai. Ces dernières années, peu d'Ogiers s'aventurent hors de leur Sanctuaire.

— La fascination des anciens récits, Aes Sedai… Les vieux livres ont empli d'images ma tête de mule ! Je veux voir les bosquets et les villes que nous avons construites. Très peu d'entre elles sont encore debout, et les bâtiments sont de pauvres substituts pour les arbres, mais j'ai quand même envie de les découvrir. Les Anciens trouvent que je suis bizarre, avec mon désir de voyager. Mais cette envie est depuis toujours en moi – et ils me critiquaient déjà quand j'étais petit. Pour eux, il n'y a rien d'intéressant à l'Extérieur. À mon retour, quand je leur décrirai ce que j'ai vu, ils changeront peut-être d'avis. C'est ce que j'espère, en tout cas…

— Eh bien, je te le souhaite… Maintenant, Loial, je vais être directe, et je te demande de me pardonner. Comme tu le sais, c'est un défaut très… humain. Pourrais-tu nous laisser seuls ? Nous devons préparer notre voyage, et le temps presse.

Ce fut au tour de Loial d'avoir l'air perdu, mais Rand vola à son secours :

— Il vient avec nous. J'ai promis…

Moiraine continua à regarder l'Ogier comme si elle n'avait pas entendu. Mais elle finit par acquiescer.

— La Roue tisse comme elle l'entend…, souffla-t-elle. Lan, assure-toi qu'on ne nous espionne pas.

Le Champion sortit en silence de la bibliothèque.

Comme si c'était un signal, toutes les conversations moururent. Moiraine alla se placer devant la cheminée, et, quand elle se retourna, tout le monde la regardait.

— Nous ne pouvons pas rester longtemps à Caemlyn, dit-elle. Et nous ne sommes pas en sécurité dans cette auberge. Les espions du Ténébreux sont en ville. Ils n'ont pas encore trouvé ce qu'ils cherchent, sinon ils ne continueraient pas. C'est notre seul avantage. J'ai placé des protections pour les tenir à l'écart et, quand le Ténébreux s'avisera qu'un secteur de la ville est interdit aux rats, ce sera trop tard, parce que nous serons partis. Hélas, toute protection susceptible d'abuser un être humain serait comme un phare pour les Myrddraals. L'ennui, c'est qu'il y a des Fils de la Lumière à Caemlyn. Ils cherchent Perrin et Egwene, ce qui…

Rand se racla la gorge, et Moiraine l'interrogea du regard

— Je pensais que les Capes Blanches nous cherchaient, Mat et moi.

L'Aes Sedai parut ne plus rien y comprendre.

— Pourquoi t'imaginais-tu ça ?

— J'en ai entendu un parler de Deux-Rivières et de Suppôts des Ténèbres. Qu'aurais-je dû conclure ? Avec tout ce qui m'est tombé dessus, je suis content d'être encore en état de raisonner.

— C'était dur, je sais, Rand, intervint Loial, mais tu es capable de plus de lucidité. Les Fils abominent les Aes Sedai. Elaida n'aurait pas…

— Elaida ? intervint Moiraine. Qu'a-t-elle à voir là-dedans ?

Elle regarda Rand avec une intensité qui le força à reculer dans son siège.

— Elle voulait me jeter en prison, dit-il. Moi, j'avais seulement envie de voir Logain, mais elle n'a pas cru que j'étais par hasard dans les jardins du palais, avec Elayne et Gawyn.

Tous ses amis, sauf Loial, regardèrent Rand comme s'il venait de lui pousser un troisième œil.

— Eh bien, Morgase m'a laissé partir. En l'absence de preuves de mes mauvaises intentions, et malgré les soupçons d'Elaida, elle a tenu à me traiter équitablement.

Rand secoua la tête, songeur. Le souvenir de Morgase, un parangon de beauté et d'autorité, faillit lui faire oublier où il était.

— Vous imaginez ? Moi, face à une reine ? Elle est magnifique, comme dans les récits. Elayne aussi, bien entendu. Et Gawyn... Perrin, tu l'aimerais beaucoup !

» Mais arrêtez de me regarder comme ça ! J'ai escaladé un mur, pour voir le faux Dragon, et je me suis cassé la figure du mauvais côté. Je n'ai rien fait de mal !

— C'est ce que je dis toujours, lâcha Mat, pince-sans-rire.

Et vraiment souriant, pour la première fois depuis longtemps.

— Qui est cette Elayne ? demanda Egwene d'un ton volontairement détaché.

Moiraine marmonna quelques aménités inaudibles.

— Une reine, rien que ça ! s'exclama Perrin. Tu as eu de sacrées aventures ! Nous, on a juste rencontré des Zingari et quelques Capes Blanches...

À la façon dont son ami évitait le regard de Moiraine, Rand se douta que tout n'était pas si simple...

— L'un dans l'autre, ajouta Perrin en touchant les bleus, sur ses joues, chanter avec les Zingari est plus amusant que frayer avec les Capes Blanches.

— Les Gens de la Route vivent pour leurs chansons, dit Loial. Pour toutes les chansons, en réalité. Ils les cherchent, en tout cas. Il y a quelques années, j'ai rencontré des Tuatha'an, et ils voulaient apprendre les chansons que nous destinons aux arbres. Mais ceux-ci ne nous écoutent plus, et très peu d'Ogiers font encore l'effort de mémoriser les airs et les paroles. Comme j'ai un peu de talent pour le chant, l'Ancien Arent m'a forcé à apprendre. J'ai partagé avec les Tuatha'an les connaissances qu'ils pouvaient assimiler, mais les arbres n'écoutent jamais les humains. Pour les Gens de la Route, il s'agissait simplement de chansons et ils s'en tinrent là, puisque aucune n'était celle qu'ils cherchent. C'est même pour ça que le chef d'un clan est surnommé le Chercheur. De temps en temps, ils viennent au Sanctuaire Shangtai.

— Loial, intervint Moiraine, pouvons-nous reparler de ça plus tard ?

Comme s'il craignait que l'Aes Sedai l'empêche de s'exprimer, l'Ogier se racla la gorge, puis il débita à toute vitesse la suite de son discours.

— Je viens de me souvenir de quelque chose – une question que j'ai toujours voulu poser à une Aes Sedai, si jamais j'en rencontrais une. Vous savez tant de choses, n'est-ce pas ? Grâce aux immenses bibliothèques de Tar Valon, je suppose... Alors, puisque j'ai l'occasion, puis-je vous interroger ?

— Si c'est rapide...

— Rapide..., répéta Loial, comme si ce mot n'appartenait pas à son vocabulaire. Oui... Oui... Assez récemment, un humain est venu chez moi, dans le Sanctuaire de Shangtai. À l'époque, ce n'était pas rare, parce que beaucoup de réfugiés gagnaient la Colonne Vertébrale du Monde afin de fuir ce que vous nommez la guerre des Aiels.

Rand ne put s'empêcher de sourire. « Assez récemment », alors que ces événements remontaient à vingt ans.

— Cet humain était mourant, pourtant il n'avait aucune blessure. Nos Anciens ont pensé que ça pouvait être l'œuvre des Aes Sedai – n'y voyez pas d'offense, dame Moiraine – puisqu'il se rétablit miraculeusement dès qu'il fut dans le Sanctuaire. Son séjour dura quelques mois, puis il partit en pleine nuit, sans un mot d'adieu pour quiconque.

Voyant que Moiraine le foudroyait du regard, l'Ogier se racla de nouveau la gorge.

— Rapide... Oui, je sais... Avant son départ, il nous raconta une étrange histoire qu'il voulait faire connaître à Tar Valon. Selon lui, le Ténébreux avait l'intention d'aveugler l'Œil du Monde et de tuer le Grand Serpent – en d'autres termes, d'assassiner le temps lui-même. D'après les Anciens, l'humain était sain de corps et d'esprit, et voilà pourtant ce qu'il a raconté. Ma question est la suivante : le Ténébreux peut-il faire des choses pareilles ? Tuer le temps ? Et l'Œil du Monde ? Faut-il comprendre qu'il crèvera l'œil du Serpent ? Qu'est-ce que ça peut bien vouloir dire ?

La réaction de Moiraine stupéfia Rand. Alors qu'elle aurait dû répondre, ou dire que ce n'était pas le moment, elle resta immobile, sondant l'Ogier sous ses sourcils froncés.

— Les Zingari nous ont raconté la même histoire, souffla Perrin.

— Oui, celle des guerrières..., ajouta Egwene.

Moiraine tourna lentement la tête vers les deux jeunes gens.

— Quelle histoire ?

Perrin frissonna sous le regard pourtant sans expression de l'Aes Sedai. Il parvint quand même à parler avec une grande assurance :

— Les Zingari traversaient le désert des Aiels, dit-il. À les en croire, ils peuvent le faire en toute sécurité. En chemin, ils ont trouvé des Aielles mortes après une bataille contre des Trollocs. Avant de rendre l'âme, la dernière survivante confia aux Zingari une histoire identique à celle que vient de nous raconter Loial. Le Ténébreux – elle l'appelait Celui qui Brûle les Yeux – voulait aveugler l'Œil du Monde. Et cet événement remonte à trois ans, pas à vingt. Qu'est-ce que ça peut signifier ?

— Énormément de choses…, souffla Moiraine.

Elle restait imperturbable, mais Rand eut le sentiment qu'une tempête faisait rage sous son crâne.

— Ba'alzamon, dit soudain Perrin.

Ce nom fut suivi par un très long silence, comme si plus personne n'osait respirer dans la salle. Les yeux plus jaunes que jamais – et étrangement sereins –, Perrin regarda ses deux amis d'enfance.

— En écoutant l'histoire, dans le camp des Zingari, dit-il, je me suis demandé où j'avais entendu parler de l'Œil du Monde. Maintenant, ça me revient. À vous aussi ?

— Je ne veux me souvenir de rien, lâcha Mat.

— Nous devons tout dire, enchaîna Perrin, c'est trop important… Garder le secret serait une erreur. Tu es d'accord, Rand ?

— Quel secret ? demanda Moiraine, le regard rivé sur Rand.

La voix dure, elle était tendue comme si elle se préparait à gifler quelqu'un.

Rand aurait donné cher pour ne rien dire. Comme Mat, il refusait de se souvenir. Mais il se souvenait pourtant, et Perrin avait raison.

— J'ai eu…, commença-t-il.

Il s'interrompit pour interroger du regard ses deux amis. Perrin hocha la tête et Mat l'inclina imperceptiblement – bien, ils étaient tous d'accord.

— Nous avons fait des cauchemars…

Rand massa l'endroit, sur son doigt, où une épine l'avait blessé. En se réveillant, il avait trouvé du sang… Il y avait aussi les rats à l'échine brisée, et tant d'autres points troublants…

— L'ennui, c'est qu'il ne s'agissait peut-être pas vraiment de songes… Ba'alzamon figurait dans tous…

Perrin n'avait pas utilisé ce nom par hasard. Dire que le Ténébreux en personne hantait vos nuits était beaucoup plus difficile.

— Il nous a dit… Eh bien, il a dit beaucoup de choses, entre autres que l'Œil du Monde ne me servirait jamais…

Rand se tut, la bouche sèche comme du vieux parchemin.

— Il m'a dit la même chose, confia Perrin.

Mat soupira avant d'acquiescer.

Rand se sentit un tout petit peu mieux.

— Vous n'êtes pas furieuse contre nous ? demanda Perrin, sincèrement surpris.

Rand s'avisa que l'Aes Sedai ne semblait pas en colère. Elle les dévisageait tour à tour, mais ses yeux restaient clairs comme un ciel d'été.

— Si j'en ai après quelqu'un, dit-elle, c'est après moi… Mais, au début, je vous ai demandé si vous aviez eu des rêves bizarres. (Une ombre voila un instant le ciel limpide de son regard, mais ça ne dura pas.) Si vous m'aviez parlé après le premier, j'aurais peut-être pu… Il n'y a plus eu de voleur de rêves à Tar Valon depuis mille ans, mais j'aurais quand même pu essayer. Maintenant, c'est trop tard. À chaque contact, le Ténébreux rend le suivant plus facile pour lui. Ma présence vous protégera peut-être un peu, mais rien n'est moins sûr. Vous vous rappelez les histoires de Rejetés qui liaient des hommes à eux ? Pas des pleutres, mais des héros qui combattaient le Ténébreux depuis le début. Ces histoires sont vraies, et aucun Rejeté n'a le dixième de la puissance du Père des Mensonges. Aginor, Lanfear, Bathamel, Demandred, aucun n'est à son niveau, pas même Ishamael, le Renégat de l'Espoir en personne.

Nynaeve et Egwene regardaient alternativement les trois garçons, toutes les deux blêmes de terreur et d'angoisse.

Ont-elles peur pour nous… ou de *nous ?*

— Que pouvons-nous faire ? demanda le jeune berger.

— Rester près de moi vous aidera, répondit Moiraine. Un peu, en tout cas… N'oubliez pas que la protection accordée par la Source Authentique forme une sorte de zone de sécurité autour de moi. Mais il faudra bien que vous vous éloigniez de moi, de temps en temps. Si vous êtes assez forts, vous pourrez vous défendre mais cette force, il faudra la puiser au plus profond de vous-même. Je ne peux pas vous la procurer.

— Je crois que j'ai déjà trouvé ma protection, dit Perrin, bizarrement accablé.

— Oui, c'est ce qu'il me semble…, confirma Moiraine. (Elle dévisagea le jeune homme jusqu'à ce qu'il baisse les yeux – et même là, elle continua un moment son examen.) Mais il y a une limite au pouvoir que le Ténébreux détient à l'intérieur de vous. Si vous lui cédez ne serait-ce qu'un instant, il aura attaché à votre cœur une corde que vous ne serez sans doute jamais en mesure de couper. Cessez de lutter, et vous lui appartiendrez. Résistez, et son pouvoir déclinera. Ce n'est pas facile quand il s'introduit dans vos rêves, mais ça reste possible. Il peut à volonté vous envoyer des Blafards, des Trollocs et des Draghkars – sans parler d'autres horreurs – mais, pour vous posséder, il a besoin que vous ne luttiez plus.

— Les Blafards sont déjà pas mal…, marmonna Perrin.

— Je ne veux plus de lui dans ma tête, dit Mat. N'y a-t-il pas un moyen de le tenir à l'écart ?

Moiraine secoua la tête.

— Loial n'a rien à craindre, tout comme Egwene et Nynaeve. Dans le royaume du vivant, le Ténébreux touche les individus par hasard, sauf s'ils cherchent son contact. Mais, au moins pour un temps, vous êtes tous les trois au centre de la Trame. Une Toile du Destin est en cours de tissage, et chaque fil conduit à vous. Que vous a-t-il dit d'autre, le Ténébreux ?

— Je ne m'en souviens pas très clairement, répondit Perrin. Nous serions « choisis », ou quelque chose dans ce genre… Il riait, je me le rappelle, en évoquant par qui nous l'aurions été. Selon lui, nous pouvons le servir ou mourir. Et, si nous mourons, ce sera encore une manière de le servir.

— Il a dit aussi que la Chaire d'Amyrlin tenterait de nous utiliser, ajouta Mat, sa voix tremblant un peu quand il s'avisa qu'il parlait à une Aes Sedai. Selon lui, Tar Valon l'a déjà fait dans l'histoire. Il a même cité des noms… Davian, je crois… Et d'autres que j'ai oubliés.

— Raolin Noir-Fléau, dit Perrin.

— Exact, confirma Rand.

Il avait tenté de tout oublier au sujet des rêves. En vain, comme il le constatait – une expérience des plus pénibles.

— Yurian Arc-de-Pierre et Guaire Amalasan… (Il s'arrêta brusquement, espérant que Moiraine ne s'apercevrait pas qu'il omettait un dernier nom.) Je ne sais pas qui sont ces gens…

À l'exception d'un seul, dont il venait justement de ne pas prononcer le nom. Logain, le faux Dragon !

Thom a affirmé que ces noms étaient dangereux… Que voulait dire Ba'alzamon ? Moiraine entend transformer l'un d'entre nous en faux Dragon ? Mais les Aes Sedai traquent les faux Dragons, elles ne les utilisent pas ! Sauf si… Par la Lumière ! il est possible que…

Moiraine regardait Rand, qui ne put rien lire sur son visage.

— Connaissez-vous ces hommes ? lui demanda Rand. Qu'ont-ils de si particulier ?

— Le Père des Mensonges est un des surnoms du Ténébreux, et il lui va comme un gant. Semer le doute dans les esprits est sa stratégie favorite. Il s'attaque à l'esprit humain comme la gangrène à un membre. Le croire, c'est le premier pas vers la reddition. Et, si vous cessez de lutter, vous serez à lui.

« Mon garçon, les Aes Sedai sont sournoises. Elles ne mentent pas ouvertement, mais leur conception de la vérité s'écarte pas mal de la nôtre. »

Les paroles de Tam, mot pour mot. Moiraine n'avait pas répondu, se contentant de noyer le poisson. Tentant de rester imperturbable, Rand résista à l'envie d'essuyer sur son pantalon ses mains moites de sueur.

Egwene sanglotait. La serrant dans ses bras, Nynaeve semblait au bord des larmes. Rand n'en était pas loin non plus, et il aurait presque aimé pouvoir lâcher la bonde à sa détresse.

— Ils sont tous *ta'veren* ! s'écria Loial.

Il semblait tout excité, pressé de voir comment la Trame pouvait se tisser autour d'individus bien particuliers.

N'en croyant pas ses yeux, Rand regarda l'Ogier avec une certaine désapprobation. Penaud, Loial haussa les épaules, mais l'incident ne doucha pas son enthousiasme.

— C'est exactement ça, dit Moiraine. Tous les trois, alors que je m'attendais à un seul… Mais beaucoup de choses surprenantes se sont produites. Et la nouvelle concernant l'Œil du Monde modifie considérablement la donne. Pour un temps, comme l'a dit Loial, la Trame semble se tisser autour de vous. Ce Lacis se resserrera de plus en plus, puis le phénomène s'estompera. Parfois, être *ta'veren* signifie que la Trame s'infléchit en fonction de l'individu. Mais ça peut aussi vouloir dire qu'elle le contraint à suivre le chemin requis. La Toile peut toujours prendre une multitude de formes, et certaines seront désastreuses. Pour vous, bien entendu, mais aussi pour le monde.

» Nous ne pouvons pas rester à Caemlyn. Mais où que nous allions, les Myrddraals et les Trollocs seront sur nous avant que nous ayons parcouru deux lieues. Et à ce moment précis, nous entendons parler d'une menace contre l'Œil du Monde. Pas par une source, mais par trois, qui semblent parfaitement indépendantes les unes des autres. La Trame se tisse toujours autour de vous, mais quelle main met en place la bobine et laquelle commande la navette ? Dans sa prison, le Ténébreux est-il assez éveillé pour exercer une telle influence sur le monde ?

— Ces discours sont inutiles ! s'écria soudain Nynaeve. Tu effraies ces pauvres petits, voilà tout !

— Parce que ça ne te fait pas peur ? Moi, ça me terrorise. Mais tu as peut-être raison : l'angoisse ne doit pas influencer notre comportement. Que ce soit un piège ou un avertissement bienvenu, notre route est toute tracée, et elle conduit à l'Œil du Monde. L'Homme Vert doit être informé de cette menace.

Rand sursauta. L'Homme Vert ? Les autres se regardèrent, surpris, à part Loial, qui semblait soudain très inquiet.

— Je ne peux même pas prendre le risque de passer par Tar Valon pour demander de l'aide, reprit Moiraine. Le temps est notre pire ennemi. Même si nous parvenons à quitter la ville sans être repérés, il nous faudra des semaines pour atteindre la Flétrissure. J'ai peur que nous n'ayons pas les semaines en question devant nous…

— La Flétrissure ? s'écria Rand.

Les autres firent écho à son cri, mais Moiraine les ignora.

— La Trame subit une crise et, en même temps, elle propose un moyen de la résoudre. Si je ne savais pas que c'est impossible, je songerais à un coup de pouce du Créateur. En tout cas, un chemin existe… (L'Aes Sedai sourit comme si c'était une plaisanterie intime, puis elle se tourna vers Loial.) Il y avait un bosquet ogier à Caemlyn et un Portail. La Nouvelle Cité s'étend désormais sur l'emplacement du bosquet. En conséquence, le Portail devrait être entre les murs de Caemlyn. Bien peu d'Ogiers sont initiés aux Chemins, de nos jours, mais quelqu'un qui est doué pour apprendre les antiques Chansons de Croissance doit détenir ces connaissances, même s'il est persuadé qu'elles ne lui serviront jamais. Es-tu initié aux Chemins, Loial ?

L'Ogier agita nerveusement les pieds.

— Oui, Aes Sedai, mais…

— Saurais-tu trouver la route de Fal Dara ?

— Je n'ai jamais entendu parler de ce lieu, répondit Loial, visiblement soulagé.

— Au temps des guerres des Trollocs, on parlait de Mafal Dadaranell. Connais-tu ce nom-ci ?

— Oui, mais…

— Dans ce cas, tu peux trouver la route… C'est vraiment étrange… Alors que nous ne pouvons ni rester ni partir – par des moyens classiques, j'entends –, on m'informe d'une menace contre l'Œil du Monde et, en même temps, je rencontre quelqu'un qui peut nous y conduire en quelques jours. Qu'il y ait une influence du Créateur, du destin voire du Ténébreux, la Trame a choisi notre itinéraire en nos lieu et place.

— Non ! cria Loial, sa voix faisant trembler les murs comme un coup de tonnerre. (Tous les regards se tournant vers lui, il parut gêné, mais ça n'altéra pas la fermeté de ses propos.) Si nous nous engageons sur les Chemins, nous périrons tous. Ou nous serons engloutis par les Ténèbres.

43

Décisions et apparitions

L'Aes Sedai parut comprendre ce que voulait dire l'Ogier, mais elle n'émit aucun commentaire. Tête baissée, Loial regardait le sol. Se grattant le nez du bout d'un index démesuré, il semblait honteux de son éclat – et personne ne paraissait pressé de parler.

— Pourquoi péririons-nous ? demanda enfin Rand. Et, pour commencer, que sont ces « Chemins » ?

Loial consulta Moiraine du regard. Se détournant, la jeune femme s'assit dans un fauteuil, devant la cheminée. Le petit chat se releva, s'étira et vint tirer des petits coups de tête dans les chevilles de l'Aes Sedai, qui le caressa entre les oreilles du bout d'un doigt. Quand elle parla, les ronronnements du félin firent un étrange contre-chant à sa voix douce et régulière.

— Ce sont tes secrets, Loial… Rand, sache que les Chemins sont pour nous le seul moyen d'échapper au Ténébreux et d'être en sécurité. Au moins provisoirement… Mais il revient à Loial d'en dire plus.

Ce petit discours l'ayant médiocrement rassuré, l'Ogier s'agita sur son sofa avant de se jeter à l'eau :

— Durant l'Ère de la Folie, alors que la Dislocation du Monde se poursuivait, la terre étant sens dessus dessous, l'humanité était éparpillée comme des grains de poussière dans le vent. Les Ogiers subissaient le même sort, contraints de quitter leurs Sanctuaires pour connaître l'Exil, la Longue Errance et surtout le Mal du Pays…

Inquiet, Loial regarda Moiraine, ses longs sourcils froncés.

— Je vais essayer d'être… rapide…, mais cette histoire ne peut pas se raconter en quelques phrases. Par exemple, parce qu'il faut aussi parler des Ogiers qui restèrent dans leur Sanctuaire alors que le monde s'écroulait autour d'eux. Bien entendu, il convient de mentionner les Aes Sedai – des hommes, en ce temps-là – qui mouraient de leur démence mais dévastaient le monde avant de rendre le dernier soupir. Car les Sanctuaires devinrent un havre de paix pour ceux qui échappèrent par miracle à la folie. Et beaucoup d'entre eux acceptèrent l'hospitalité pour ne pas succomber à la souillure du Ténébreux qui assassinait leurs frères.

» Mais, chez nous, ils étaient coupés de la Source Authentique. Incapables d'utiliser le Pouvoir de l'Unique, bien sûr, mais surtout condamnés à ne même plus sentir son existence. À terme, aucun ne put supporter d'être ainsi isolé de tout, et ils quittèrent nos Sanctuaires les uns après les autres. Avec l'espoir, bien entendu, que la souillure aurait disparu. Hélas, ce ne fut pas le cas…

— À Tar Valon, dit Moiraine, certaines pensent que les Sanctuaires ont aggravé la Dislocation du Monde en lui permettant de durer plus longtemps. D'autres disent au contraire qu'il ne resterait rien d'intact si tous ces hommes étaient devenus fous en même temps. J'appartiens à l'Ajah Bleu, Loial, qui adhère à la seconde thèse. L'Ajah Rouge est partisan de la première, voilà pourquoi tu devrais être prudent avec les Aes Sedai…

» À mes yeux, les Sanctuaires ont aidé à sauver ce qui pouvait l'être. Mais continue, je t'en prie…

Loial hocha presque joyeusement la tête. Sans doute parce que Moiraine venait de calmer une de ses angoisses…

— Les Aes Sedai mâles quittèrent donc nos abris. Mais avant de partir, ils firent un cadeau aux Ogiers pour les remercier. Les Chemins ! On entre par un Portail, on marche une journée, et on ressort par un autre Portail à vingt lieues de son point de départ. Ou à cent… Sur les Chemins, le temps et les distances sont très bizarres. Des voies et des ponts conduisent à la même destination, et la durée du voyage dépend de la route qu'on emprunte.

» Quoi qu'il en soit, c'était un merveilleux cadeau, car les Chemins ne sont pas situés dans notre monde – et peut-être dans aucun autre, parce qu'ils en forment un en soi. Pour aller d'un Sanctuaire à l'autre, les Ogiers n'eurent plus besoin de passer par l'Extérieur, où les hommes, même après la Dislocation, se battaient comme des chiens pour survivre. En plus, sur les Chemins, la Dislocation n'existait pas. Tout pouvait s'écrouler et brûler entre deux Sanctuaires sans que ça altère en rien les divers Chemins qui les reliaient.

» Lorsque les ultimes Aes Sedai quittèrent les Ogiers, ils leur offrirent un talisman capable de « faire pousser » d'autres Chemins. Car ce sont à leur façon des créatures vivantes, et il en va de même pour les Portails. Ne me posez pas de questions, parce que je n'en sais pas plus. Aucun Ogier ne pourrait vous en dire plus long, et même les Aes Sedai ont oublié, d'après ce qu'on raconte.

» Un jour, l'Exil prit fin et les Ogiers qui avaient reçu le cadeau des Aes Sedai découvrirent un Sanctuaire où d'autres Ogiers étaient revenus après la Longue Errance. Bien entendu, ils firent pousser un Chemin pour y aller. Avec les compétences en maçonnerie acquises pendant l'Exil, nous avons construit des villes pour les hommes – et planté des bosquets pour réconforter les ouvriers, afin qu'ils ne souffrent pas trop du Mal du Pays. Naturellement, on fit aussi pousser des Chemins en direction de ces bosquets. Il y avait un bosquet et un Chemin à Mafal Dadaranell, mais cette cité fut rasée pendant les guerres des Trollocs. Il n'en resta plus une pierre, et les arbres du bosquet furent abattus pour alimenter les feux des Trollocs.

Au ton de Loial, la démolition des villes, pour lui, n'était pas le pire crime.

— Il est impossible de détruire un Portail, dit Moiraine, et l'humanité ne meurt jamais, comme la mauvaise herbe. Fal Dara est toujours habitée, même si ce n'est plus la mégalopole construite par tes semblables. Le Portail existe toujours.

— Comment les ont-ils créés ? demanda soudain Egwene. (Moiraine et Loial parurent ne pas saisir la question.) Les Aes Sedai masculins ne pouvaient pas invoquer le Pouvoir de l'Unique dans les Sanctuaires, si j'ai bien compris. Dans ce cas, comment ont-ils « fait pousser » les Chemins ? Ou bien ont-ils pu canaliser le Pouvoir, même si leur moitié de la Source était souillée ? Désolée, mais je ne sais pas exactement de quoi sont capables les Aes Sedai. C'est peut-être une question stupide.

— Chaque Sanctuaire a son Portail, répondit Loial, mais hors de ses limites – juste devant, le plus souvent. Ta question est très intelligente, au contraire. Tu as mis le doigt sur le cœur du problème, si j'ose dire. Depuis ma naissance, aucun Ogier n'a emprunté les Chemins, et il en allait déjà ainsi avant que je vienne au monde. Par décision de tous les Anciens de mon peuple, nul n'a le droit de franchir un Portail – et un humain pas plus qu'un Ogier.

» Les Chemins furent créés par des hommes dont le Pouvoir était souillé – l'œuvre du Ténébreux. Il y a environ mille ans, pendant ce que vous appelez la guerre des Cent Années, les Chemins commencèrent à changer. Si lentement que personne ne s'en aperçut, au début, ils devinrent plus sombres, plus humides et plus froids. Puis l'obscurité s'abattit sur les ponts. Des voyageurs n'en ressortirent jamais et d'autres affirmèrent que des yeux les avaient épiés, tapis dans les ombres. Le nombre de disparitions augmenta, et beaucoup de « survivants » perdirent la raison, évoquant

Massin Shin, autrement dit le Vent Noir. Les Aes Sedai guérisseuses en sauvèrent quelques-uns mais, même avec cette aide, ils ne redevinrent jamais comme avant. Et ils ne se souvinrent même pas de ce qui leur était arrivé. On eût dit que les Ténèbres s'étaient insinuées jusque dans leurs os. Ces malheureux ne rirent plus jamais et le simple gémissement du vent suffisait à les terroriser.

Loial se tut, et un long silence s'ensuivit, seulement troublé par les ronronnements du chat et le crépitement du bois dans la cheminée.

Puis Nynaeve explosa :

— Et tu voudrais qu'on te suive là-dedans ? As-tu perdu la tête ?

— Tu préfères quoi, à la place ? demanda Moiraine. Les Capes Blanches à l'intérieur de Caemlyn, ou les Trollocs à l'extérieur ? N'oublie pas que ma seule présence est une protection contre les manigances du Ténébreux.

Nynaeve eut un soupir exaspéré, mais elle n'insista pas.

— Vous ne m'avez toujours pas dit, Aes Sedai, pourquoi je devrais passer outre l'interdiction des Anciens. (Loial fit la grimace.) De toute façon, je n'ai aucune envie d'emprunter les Chemins. Les routes des hommes sont boueuses, certes, mais elles ne m'ont jamais trahi depuis que j'ai quitté le Sanctuaire Shangtai.

— L'humanité, les Ogiers et toutes les créatures vivantes sont en guerre contre le Ténébreux, déclara Moiraine. Pour le moment, bien peu de gens le savent, et les rares qui sont informés s'engagent dans des escarmouches qu'ils prennent pour de grandes batailles. Même si le monde refuse d'y croire, le Ténébreux n'est peut-être pas très loin de l'emporter. Dans l'Œil du Monde, il y a assez de pouvoir pour détruire sa prison. S'il a trouvé un moyen de l'utiliser à son avantage…

Rand regretta que toutes les lampes soient éteintes. Avec le crépuscule, le feu ne fournissait pas assez de lumière, et il détestait qu'il y ait des ombres dans la salle.

— Que pouvons-nous faire ? s'exclama-t-il. Pourquoi sommes-nous si importants ? Et pour quelle raison devrions-nous aller dans la Flétrissure ?

Si Moiraine n'éleva pas la voix, ses propos parurent quand même emplir la pièce. Son fauteuil, pourtant très simple, ressembla soudain à un trône. En la présence de l'Aes Sedai, telle qu'elle se montrait désormais, même Morgase aurait perdu de son rayonnement.

— Que faire ? Eh bien, essayer ! Lutter… Ce qui paraît le fruit du hasard est souvent celui de la Trame. Trois fils se sont réunis, chacun nous avertissant que l'Œil est en danger. Ce n'est pas une coïncidence, mais l'œuvre de la Trame.

» Vous êtes présents à l'heure où se révèle la menace. Détournez-vous, et cela condamnera peut-être le monde. Courir ou se cacher n'a jamais soustrait personne au tissage de la Trame. Par contre, essayer laisse toujours une petite chance de réussir. Les trois fils centraux de la Toile – les *ta'veren* – peuvent gagner l'Œil du Monde et affronter le danger en face. Permettez à la Trame de se tisser autour de vous, à cet endroit précis, et vous empêcherez peut-être l'univers de sombrer dans les Ténèbres. Le choix vous appartient… Je ne peux pas vous forcer à me suivre.

— J'irai ! déclara Rand avec une assurance qu'il n'éprouvait pas vraiment.

Même s'il s'efforçait de faire le vide dans son esprit, des images continuaient à y défiler. Tam, la ferme, le troupeau dans les herbages… Cette vie lui plaisait, et il n'avait jamais rien demandé de plus.

Entendre Perrin et Mat annoncer qu'ils viendraient aussi remonta un peu le moral du jeune berger, même si ses amis semblaient aussi peu assurés que lui.

— J'imagine qu'Egwene et moi n'avons pas le choix non plus, dit Nynaeve.

Moiraine acquiesça.

— Vous appartenez toutes les deux à la Trame… Peut-être n'êtes-vous pas *ta'veren* – cela dit, rien n'est moins sûr –, mais ça ne change pas grand-chose. Je le sais depuis Baerlon. Et nul doute que les Blafards l'ont compris, à présent. *Idem* pour Ba'alzamon. Pourtant, vous avez plus de possibilités que les trois garçons. Vous pouvez rester ici et partir pour Tar Valon une fois que nous aurons quitté la ville.

— Rester en arrière ! s'écria Egwene. Nous cacher pendant que vous prenez des risques ? Je m'y refuse ! (Croisant le regard de l'Aes Sedai, elle perdit un peu de sa superbe, mais campa quand même sur sa position.) Oui, je m'y refuse !

— Conclusion, soupira Nynaeve, nous vous accompagnons toutes les deux…

Reprenant du poil de la bête, elle ajouta :

— Tu auras encore besoin de mes préparations, Aes Sedai, sauf si tu as fait des progrès fulgurants en la matière…

Rand ne saisit pas ce qui sous-tendait cet étrange défi. Mais Moiraine se contenta d'en prendre note puis se tourna vers Loial.

— Alors, fils d'Arent fils d'Halan ?

Les touffes de poils de ses oreilles frémissantes, l'Ogier répondit d'un ton mal assuré :

— Eh bien, oui… L'Homme Vert… L'Œil du Monde… On en parle dans les livres, c'est sûr, mais je doute qu'un Ogier les ait vus de ses yeux depuis très longtemps. Enfin, c'est mon opinion… Quant aux Chemins, est-ce vraiment indispensable ? (Moiraine hocha sobrement la tête.) Dans ce cas, j'imagine que je vais devoir vous guider… L'Ancien Haman dirait que je l'ai bien cherché, après tout !

— Nos choix sont arrêtés, conclut Moiraine. Maintenant, il nous reste à décider comment les mettre en application.

Ils se consacrèrent aux préparatifs jusqu'à une heure tardive de la nuit. Moiraine prit les choses en main – avec l'assistance de Loial au sujet des Chemins – mais elle écouta les questions et les suggestions de tous ses compagnons. À la nuit tombée, Lan les rejoignit et apporta sa contribution à ces très longs débats.

D'une main sûre, mais en marmonnant sans cesse pour elle-même, Nynaeve rédigea à la plume une liste de tout l'équipement dont ils auraient besoin.

Rand envia l'esprit pratique de la Sage-Dame. Quant à lui, il ne pouvait s'empêcher de marcher de long en large comme pour brûler un surplus d'énergie. Sa décision était prise, il ne reviendrait pas dessus, et c'était la meilleure possible, compte tenu des éléments dont il disposait. Mais ça ne voulait pas dire qu'il se réjouissait. La Flétrissure… Le mont Shayol Ghul s'y dressait, au-delà des Terres Dévastées.

Dans les yeux de Mat, le jeune berger lisait une inquiétude très semblable à la sienne. Assis, les mains croisées et les jointures des doigts blanches à force de serrer, il luttait contre la compulsion de sortir la dague de Shadar Logoth, c'était facile à deviner.

Perrin ne paraissait pas angoissé. Mais ça n'avait rien de réconfortant, car il portait un masque de résignation qui glaçait les sangs à Rand. On aurait dit qu'il avait lutté jusqu'à la limite de ses forces contre un mystérieux adversaire. Hors d'état de continuer, il n'attendait plus que le coup de grâce.

Pourtant, par éclairs, il revenait à la vie…

— Nous agissons comme il faut, Rand, dit-il soudain. La Flétrissure…

Un instant, les yeux jaunes du jeune homme brillèrent d'excitation, comme s'ils étaient indépendants de l'humeur de leur propriétaire.

— La chasse est bonne, dans ce coin-là du monde…, ajouta-t-il.

Puis il frissonna, comme s'il venait d'entendre vraiment ce qu'il avait dit, et se recroquevilla de nouveau sur lui-même.

Un problème chassant l'autre, Rand trouva à un moment le courage d'attirer Egwene au fond de la salle, pour un petit entretien loin des oreilles de leurs compagnons.

— Egwene, je…

Les grands yeux noirs de la jeune fille, tels deux puits de ténèbres, l'attirant irrésistiblement – comme s'il avait pu s'y noyer et tout oublier –, Rand dut faire un effort pour continuer :

— Le Ténébreux me poursuit, Egwene. Perrin, Mat et moi sommes ses proies. Qu'importe ce que dit Moiraine Sedai ! Demain matin, Nynaeve et toi pouvez repartir pour Deux-Rivières, prendre la route de Tar Valon ou choisir une troisième destination. Personne ne vous fera d'ennuis. Les Trollocs et les Myrddraals vous laisseront tranquilles, du moins tant que vous n'êtes pas avec nous. Rentre au pays, mon amie. Ou file à Tar Valon. Mais ne t'expose pas en restant avec nous.

Normalement, la jeune fille aurait dû répondre qu'elle avait le droit d'accompagner ses amis et qu'il n'était pas habilité à lui dire que faire. Contre toute attente, elle sourit et caressa la joue du jeune berger.

— Merci, Rand… (Le jeune homme cacha de son mieux sa surprise.) Mais tu sais bien que ce n'est pas possible. Moiraine Sedai nous a parlé des visions de Min, la femme de Baerlon. Tu aurais dû me dire qui c'était, ça m'aurait épargné des… Mais n'en parlons plus ! Selon Min, Nynaeve et moi sommes impliquées dans tout ça. Pas autant que vous trois, sans doute, mais la Trame veut que nous allions voir l'Œil du Monde, c'est évident. La force qui t'entraîne dans cette aventure m'y entraîne aussi.

— Mais…

— Rand, qui est cette Elayne ?

Le jeune berger hésita un instant, puis il dit simplement la vérité :

— La Fille-Héritière du trône d'Andor.

— Si tu le prends comme ça, Rand al'Thor, explosa Egwene, je refuse de parler avec toi. Fais-moi signe quand tu consentiras à redevenir sérieux !

Stupéfié, Rand regarda son amie retourner vers la table, s'y accouder à côté de Moiraine et écouter le petit discours que tenait Lan.

Il faut que je demande à Perrin… Lui, il sait y faire avec les filles…

Maître Gill vint plusieurs fois dans la pièce. D'abord pour allumer les lampes, ensuite pour apporter le repas – de ses propres mains ! – et enfin pour faire de courts rapports sur les événements extérieurs. Des Capes Blanches encerclaient l'auberge et la surveillaient. Aux portes de la Cité Intérieure, une émeute avait éclaté. Pour la maîtriser, les Gardes Royaux avaient arrêté les porteurs de blanc et les porteurs de rouge – sans faire de discrimination. Un type avait essayé de dessiner un Croc du Dragon sur la porte de l'auberge, mais Lamgwin lui avait promptement botté les fesses.

S'il jugea étrange que Loial soit avec ses « hôtes d'honneur », l'aubergiste n'eut pas l'outrecuidance de le montrer. Répondant aux quelques questions que lui posa Moiraine, il ne tenta pas d'en profiter pour savoir ce qui se tramait. À chaque venue, il frappait à la porte et attendait que Lan vienne lui ouvrir, comme s'il ne s'était pas agi de son auberge et de sa bibliothèque. Au terme de sa dernière visite, Moiraine lui remit la liste rédigée par Nynaeve.

— En pleine nuit, ça ne va pas être facile, dit-il, mais je me débrouillerai pour vous procurer tout ça.

— Parfait, fit Moiraine en tendant à l'aubergiste une bourse bien dodue. Fais-nous réveiller avant l'aube, mon ami. Les espions seront moins vigilants, à ce moment de la journée.

— Ils n'y verront que du feu, Aes Sedai ! assura maître Gill. Nous les laisserons surveiller une boîte vide !

Quand tous sortirent avec l'intention de se laver, puis de se coucher, Rand bâillait à s'en décrocher la mâchoire. Plus tard, tandis qu'il se nettoyait, un morceau de chiffon rugueux dans une main et un pain de savon dans l'autre, ses yeux se posèrent sur le tabouret où Mat avait laissé ses vêtements. Le bout du fourreau de la dague maudite dépassait de sous la veste soigneusement pliée du jeune homme. Le Champion y jetait également de fréquents coups d'œil. Selon Moiraine, être à proximité de cette arme ne présentait aucun danger – mais en était-elle si sûre que ça ?

— Vous pensez que mon père en croira ses oreilles ? demanda soudain Mat en se frottant énergiquement le dos avec une brosse à long manche. Moi, sauver le monde ? Ma sœur hésiterait entre éclater en sanglots et se plier en deux de rire !

C'était du Mat tout craché. Le bon vieux Mat que Rand connaissait depuis toujours. Si seulement il avait pu oublier cette dague…

Très tard dans la nuit, Rand et Mat furent enfin de retour dans leur chambre sous les combles. Pour la première fois depuis très longtemps, Mat se déshabilla pour se coucher. Mais il glissa néanmoins l'arme sous son oreiller. Après avoir soufflé la bougie, Rand se glissa sous ses propres draps. De son lit, il captait les ondes négatives qui montaient de celui de Mat. Elles n'émanaient pas du jeune homme, mais de son fichu « trésor ».

Rand s'en inquiétait encore quand le sommeil consentit enfin à l'emporter…

Dès le début, Rand sut qu'il s'agissait d'un de ses rêves qui n'en étaient pas vraiment. Debout devant la porte de bois noire, craquelée et même fendue par endroits, il sentait l'odeur de moisi qui planait dans l'air – en même temps que des relents de décomposition, aurait-on dit. Dans le lointain, de l'eau gouttait, l'écho se propageant tout au long des couloirs de pierre.

Refuse tout ça ! Résiste au Ténébreux, et son pouvoir faiblira…

Rand ferma les yeux et se concentra. Il était à *La Bénédiction de la Reine*, dans son lit, et rien ne pouvait lui arriver. Hélas, quand il rouvrit les yeux, la porte n'avait toujours pas disparu. Le bruit d'eau se calait sur les battements de son cœur, comme si son pouls avait été un moyen de les compter. Recourant à l'enseignement de Tam, il chercha la flamme et le vide et recouvra sa sérénité intérieure. Mais, autour de lui, rien n'avait changé.

Il ouvrit la porte et entra. Dans la salle qui semblait avoir été forée par les flammes dans de la pierre vivante, tout était comme dans son souvenir. De grandes fenêtres en arche donnaient sur un balcon sans parapet. Au-delà, les nuages bouillonnants dérivaient comme un grand fleuve en crue. Les lampes noires, leur flamme toujours aussi aveuglante, brillaient comme de l'argent alors qu'elles auraient dû être ternes, en toute logique. Dans la terrifiante cheminée dont chaque pierre évoquait un visage tordu par la douleur, des flammes crépitaient sans fournir de chaleur.

Tout était identique, à un détail près : sur la table polie trônaient trois statuettes d'homme très grossières, comme si leur créateur avait été pressé de modeler l'argile.

Un des personnages avait à ses pieds un loup représenté avec un luxe de détails étonnant dans ce contexte. Un autre brandissait une minuscule dague au manche orné d'un éclat de rubis. Le troisième, enfin, tenait une épée. Tous les poils de sa nuque hérissée, Rand approcha assez pour distinguer le héron minuscule – mais lui aussi parfaitement reproduit – qui rehaussait la lame.

Paniqué, Rand détourna la tête… pour contempler son reflet dans le grand miroir dont il se souvenait parfaitement. Son image n'était toujours pas nette, mais cependant beaucoup moins floue qu'avant. Cette fois, il pouvait quasiment reconnaître ses traits. S'il plissait les yeux – ou plutôt, s'il l'imaginait – il était en mesure de s'identifier… avec une marge d'erreur insignifiante.

— Voilà trop longtemps que tu te caches de moi…, dit une voix masculine.

Rand se retourna vivement. Une minute plus tôt, il était seul, il l'aurait juré. À présent, Ba'alzamon se tenait dos au balcon et des flammes remplaçaient ses yeux et sa bouche dès qu'il disait un mot.

— Mais c'est fini, maintenant…

— Je refuse de te reconnaître un quelconque pouvoir sur moi, dit Rand. Je ne crois même pas à ton existence.

Un rire de gorge jaillit de la bouche ignée du démon.

— Tu crois que c'est si facile ? Mais tu me fais le coup régulièrement… Chaque fois que nous avons été face à face, comme ce soir, tu t'es cru assez fort pour me défier.

— Comment ça, « chaque fois » ? Je ne te connais pas et je nie ton existence.

— Ça aussi, c'est un classique ! Au début, en tout cas... Notre duel a déjà eu lieu une multitude de fois. À chaque occasion, ton visage est différent, et ton nom aussi, mais c'est bien toi, il n'y a pas de doute.

— Je refuse de croire en ton existence...

— Inlassablement, tu m'opposes tes pathétiques forces, et, à la fin, tu es bien forcé d'admettre que je suis le plus puissant. Au fil des Âges, tu t'agenouilles devant moi ou tu meurs en regrettant de ne plus avoir assez d'énergie pour t'agenouiller. Pauvre imbécile, tu ne gagneras jamais contre moi !

— Menteur ! cria Rand. Père des Mensonges, toi ? Plutôt Père des Abrutis, si tu ne peux pas faire mieux que ça. Les hommes t'ont découvert durant l'Âge précédent, celui des Légendes, et ils t'ont renvoyé dans ta prison.

Ba'alzamon éclata de rire, son hilarité inextinguible jusqu'à ce que Rand ait envie de se boucher les oreilles pour ne plus l'entendre. Mais il résista, gardant les mains plaquées contre les flancs. Malgré le secours du vide, elles tremblaient lorsque le démon cessa enfin de s'esclaffer.

— Pauvre vermine, tu ne sais rien du tout ! Aussi ignorant qu'un cafard caché sous une pierre – et plus facile encore à écraser. Cette bataille est engagée depuis l'instant même de la Création. Chaque fois, les hommes pensent que c'est une nouvelle guerre, mais c'est la même qu'ils redécouvrent, ces imbéciles. Pourtant, le vent du temps charrie quelque chose de neuf. Cette fois, il n'y aura plus d'éternel retour ! Les Aes Sedai gonflées de leur importance qui veulent te dresser contre moi, je les couvrirai de chaînes et les forcerai à courir nues pour exécuter mes ordres. À moins que je jette leur âme dans la Fosse de la Perdition, où elles hurleront jusqu'à la fin des temps.

» Toutes périront, à part celles qui me servent déjà. Ces femmes-là survivront, se tenant toujours une marche plus bas que moi. Tu peux te camper à leurs côtés et regarder le monde grouiller à tes pieds. Je t'offre cette possibilité une nouvelle fois – sans doute la dernière. Tu peux aussi être au-dessus d'elles, supérieur à tous les pouvoirs et à tous les êtres, à part moi. Au cours du cycle, tu as parfois fait ce choix, vivant alors assez longtemps pour connaître l'étendue de ta puissance.

Résiste ! Nie ses propos !

— Des Aes Sedai à ton service ? Encore un mensonge !

— C'est donc ce qu'on t'a raconté ? Il y a deux mille ans, j'ai lâché mes Trollocs sur le monde et, même parmi les Aes Sedai, j'ai trouvé des femmes vraiment désespérées parce qu'elles savaient impossible toute résistance face à Shai'tan. Depuis, l'Ajah Noir se dissimule au sein des autres ordres, invisible dans les ténèbres. Qui sait ? celles qui prétendent t'aider en font peut-être partie.

Rand secoua la tête comme s'il voulait en chasser le doute qui s'insinuait en lui. Depuis le début, il n'était pas sûr de savoir ce que lui voulaient Moiraine et les autres Aes Sedai…

— Qu'attends-tu de moi ? demanda-t-il à Ba'alzamon.

Non, résiste ! Pas de dialogue ! Nie jusqu'à son existence !

— À genoux ! ordonna le démon en désignant le sol, à ses pieds. Prosterne-toi et reconnais que je suis ton maître. Au bout du chemin, tu le feras, de toute façon. Tu deviendras ma créature, ou tu mourras !

Le dernier mot se répercuta dans la salle, tourbillonnant avec une telle violence que Rand leva les mains comme pour se protéger d'une attaque. Reculant jusqu'à percuter la table, il cria à pleins poumons :

— Noooon ! Noooon !

En criant, il pivota sur lui-même, faisant tomber sur le sol les statuettes d'argile. Quelque chose lui blessa la main, mais il ne s'en soucia pas, piétinant les figurines jusqu'à ce qu'elles ne soient plus que de la poussière sous ses semelles.

Hélas, lorsqu'il cessa de crier, l'écho tourbillonnait toujours, devenant de plus en plus assourdissant :

— Mourras ! MOURRAS ! MOURRAS ! MOURRAS ! MOURRAS !

Ce vacarme entraîna Rand dans un vortex de folie qui déchiqueta le précieux vide protégeant son esprit. Alors que s'installait une éternelle pénombre, sa vision se rétrécit, devenant un tunnel au bout duquel se dressait Ba'alzamon, immense dans un îlot de magnifique lumière. Mais, à mesure qu'il sombrait dans le puits de ténèbres, Rand vit diminuer puis quasiment disparaître l'extrémité vibrante de vie et d'espoir de l'insondable gouffre.

Une chute sans fin commençait…

Le bruit que produisit son corps en heurtant le sol réveilla Rand. Il faisait noir dans la chambre, mais pas tant que ça, finalement. Toujours paniqué, le jeune berger tenta d'invoquer la flamme, afin qu'elle consume sa peur, mais rien ne se passa et la sérénité du vide lui fut refusée. Alors qu'il tremblait de tous ses membres, croyant son combat perdu, la flamme apparut enfin et l'aida à tenir jusqu'à ce que le bruit du sang battant à ses oreilles cesse de l'assourdir.

Sur son lit, Mat se contorsionnait en gémissant :

— Je nie jusqu'à ton existence… ton existence… ton existence…

Dès que Rand le secoua par une épaule, Mat émergea du sommeil. S'asseyant en sursaut, il regarda autour de lui, les yeux fous, puis prit une profonde inspiration et laissa tomber sa tête entre ses mains, comme s'il voulait se boucher les oreilles. Mais il ne resta pas ainsi longtemps. Glissant une main sous son oreiller, il en sortit la dague au rubis et la serra convulsivement contre sa poitrine.

— Il est revenu, Rand…, gémit-il en tournant vers le jeune berger son visage encore noyé dans les ombres.

— Je sais.

— Il y avait trois statuettes…

— Je les ai vues aussi.

— Il sait qui je suis, Rand ! J'ai pris la figurine qui brandissait la dague, et Ba'alzamon m'a dit : « Ainsi, c'est celui que tu es… » Quand je l'ai regardée de nouveau, la statuette avait mon visage ! On aurait dit de la chair, même au toucher. Lumière, aide-moi, j'ai senti ma propre main me serrer comme si je n'étais qu'une figurine !

Rand resta un moment silencieux, puis il souffla :

— Tu dois continuer à nier son existence et à résister…

— Je l'ai fait, mais il a éclaté de rire ! Il parlait d'un conflit éternel, disant que nous nous sommes déjà affrontés un millier de fois… Par la Lumière ! Rand, le Ténébreux me connaît !

— Il m'a tenu le même discours… Mat, je pense qu'il ignore lequel d'entre nous est…

Est quoi, par le sang et les cendres ?

Alors qu'il se relevait péniblement, Rand eut terriblement mal à une main. Avançant jusqu'à la table, il dut s'y prendre à trois fois pour rallumer la bougie, puis il ouvrit la main pour exposer sa paume à la lumière. Une écharde de bois noir polie et lisse d'un côté y était plantée. La regardant d'abord sans même oser respirer, il tenta fébrilement de la retirer, la hâte le rendant maladroit.

— Que se passe-t-il ? demanda Mat.

— Rien…

Voilà, il y était ! Tirant d'un coup sec, il dégagea l'écharde de sa chair. Alors qu'il la lâchait, révulsé, elle se désintégra longtemps avant d'avoir atteint le sol.

Dans la main de Rand, la plaie restait bien là et saignait toujours. Remplissant d'eau la cuvette destinée aux ablutions matinales – il tremblait tant en tenant le broc qu'il renversa la moitié du liquide sur la table –, le jeune homme y plongea les mains, appuya sur la blessure pour la faire saigner plus fort, puis la nettoya de nouveau. L'idée qu'il puisse rester un minuscule éclat de bois dans sa chair le rendait fou de terreur.

— Que la Lumière m'en soit témoin, dit Mat, je me sens sali comme toi…

Mais il ne bougea pas, serrant toujours la dague à deux mains.

— Oui, c'est ça, mentit Rand. (Il prit une serviette sur une petite pile, à côté de la cuvette.) On se sent sale…

Un coup retentit à la porte, le faisant sursauter. Un deuxième suivit, plus impérieux.

— Oui ?

Moiraine ouvrit et passa la tête dans la chambre.

— Vous êtes déjà réveillés ? Excellent ! Habillez-vous et descendez ! Nous devrons être partis avant les premières lueurs de l'aube.

— Déjà ? s'insurgea Mat. Nous n'avons même pas dormi une heure !

— Pardon ? fit Moiraine. Voilà quatre heures que vous ronflez comme des sonneurs. Allons, dépêchez-vous, le temps presse !

Rand et Mat échangèrent un regard troublé.

Le jeune berger se souvenait de chaque seconde de son rêve. L'horreur avait commencé dès que ses yeux s'étaient fermés, et elle avait duré à peine dix minutes.

La communication muette des deux garçons n'échappa pas à Moiraine, qui comprit aussitôt de quoi il retournait :

— Les cauchemars ? Ils sont revenus ?

— Il sait qui je suis ! s'écria Mat. Le Ténébreux connaît mon visage.

Rand leva sa main blessée, la paume orientée vers Moiraine. Même à la lumière d'une seule bougie, on ne pouvait pas rater le sang…

L'Aes Sedai avança dans la chambre, saisit la main de Rand et posa un pouce sur la plaie, la recouvrant entièrement. Comme s'il avait enfoui sa main dans de la glace pilée, Rand eut du mal à ne pas replier ses doigts, soudain perclus de crampes. Mais la sensation cessa dès que l'Aes Sedai l'eut lâché.

Regardant sa main, Rand en fit sauter d'une pichenette un petit amas de sang séché. La peau était intacte, comme s'il n'y avait jamais eu d'entaille.

Sonné, le jeune homme leva lentement la tête et chercha à croiser le regard de Moiraine.

— Pressez-vous ! Nous n'avons pas beaucoup de temps…

Rand comprit qu'elle ne parlait pas du délai qui leur était imparti pour quitter l'auberge et la ville…

Mais il ne [illegible] pas [illegible] la [illegible] d'Ogier. [illegible]

— [illegible] Rand. [illegible] sur une [illegible] [illegible] [illegible]

La [illegible] [illegible] [illegible] deux [illegible] plus [illegible]

— [illegible]

Moiraine [illegible] et [illegible] dans la chambre.

— [illegible] d'effet ? [illegible] descendre.

Nous devons [illegible] les premières lueurs de l'aube.

— [illegible] Moiraine [illegible]

Pardonnez-moi, Moiraine. Voilà [illegible] que vous [illegible] [illegible] les [illegible] [illegible] [illegible]

Rand et Mat [illegible] un regard [illegible]

Le [illegible] [illegible] [illegible] l'avait [illegible] [illegible] [illegible] [illegible] [illegible] et [illegible] [illegible]

[illegible]

La [illegible] [illegible] Les deux [illegible] [illegible] Moiraine, qui [illegible] [illegible] Rand [illegible]

— Les [illegible] ? Ils sont [illegible] [illegible] [illegible]

— Il [illegible] Mat. Le [illegible] son visage.

Rand [illegible] [illegible] vers Moiraine. [illegible] l'humidité, [illegible] [illegible] [illegible]

L'Aes Sedai [illegible] [illegible] [illegible] de Rand [illegible] [illegible] [illegible] [illegible] [illegible] [illegible] sa main dans [illegible] Rand [illegible] [illegible] [illegible] [illegible] [illegible] [illegible] [illegible] Aes Sedai [illegible]

[illegible] Rand [illegible] [illegible] [illegible] [illegible] [illegible] [illegible] [illegible] [illegible]

[illegible] [illegible] [illegible] [illegible] [illegible] [illegible]

— [illegible] Nous [illegible] beaucoup de temps.

[illegible] [illegible] [illegible] [illegible] [illegible]

[illegible] la ville.

44

L'ombre sur les Chemins

Alors que l'aube n'était toujours pas près de poindre, Rand suivit Moiraine jusqu'au couloir qui donnait sur la cuisine. Les autres y étaient déjà en compagnie de maître Gill. Si Nynaeve, Egwene et Loial semblaient disputer un concours de nervosité, Perrin paraissait presque aussi calme que le Champion. Comme s'il avait peur d'être seul, même une seconde, Mat restait sur les talons de Rand.

Lorsque le petit groupe traversa leur fief, la cuisinière et ses marmitons levèrent la tête pour le regarder passer. Alors que les préparatifs du petit déjeuner battaient leur plein, il n'était pas fréquent de voir des clients déjà debout et prêts au départ. Quand maître Gill lui eut soufflé quelques mots à l'oreille, la cuisinière haussa les épaules et recommença à pétrir sa pâte à pain. Avec un bel ensemble, ses assistants continuèrent à s'occuper des fourneaux ou à malmener d'innocentes boules de pâte.

Une fois dans la cour, Rand constata qu'il faisait toujours nuit noire. Distinguant à peine ses compagnons, il emboîta le pas à l'aubergiste et au Champion. Avec un peu de chance, la connaissance du terrain de maître Gill et l'instinct de Lan éviteraient que l'aventure se solde par une ou deux jambes cassées.

— Pourquoi n'avons-nous pas une lanterne ? gémit Loial, qui trébuchait tous les deux pas. Dans mon Sanctuaire, on ne se promène jamais dans le noir. Enfin, je suis un Ogier, pas un chat !

Songeant aux oreilles pointues et poilues de son ami – sans nul doute, elles devaient frémir d'indignation –, Rand ne put s'empêcher d'esquisser un sourire.

L'écurie se dressa soudain devant la petite colonne, masse sombre et écrasante jusqu'à ce qu'un filet de lumière sourde de sa porte, qu'un palefrenier venait d'entrebâiller. Maître Gill la poussa juste ce qu'il fallait pour que les fugitifs entrent l'un après l'autre. Il la referma derrière Perrin, qui passa le dernier, manquant la lui claquer sur les mollets.

Ébloui par la lumière, Rand cligna des yeux. Contrairement à la cuisinière, les palefreniers n'étaient pas surpris de voir des clients à cette heure. Sellés et harnachés, les chevaux étaient prêts au départ. Hautain comme à l'accoutumée, Mandarb ignorait superbement tout le monde à part Lan. Très affectueuse, Aldieb donnait de petits coups de naseaux dans la paume de Moiraine. En plus des montures habituelles, Rand nota la présence d'un cheval de bât lourdement chargé et d'un immense hongre aux fanons d'une longueur inhabituelle. Plus grand que le destrier du Champion, cet équidé semblait capable de tracter à lui tout seul une charrette pleine de foin. Cela dit, proportionnellement à l'Ogier, il équivalait à peine à un poney.

Loial regarda le cheval géant et marmonna, dubitatif :

— Jusque-là, mes pieds m'ont toujours suffi…

Maître Gill montra à Rand le cheval qu'il lui prêtait. Sa robe rappelant la couleur des cheveux de son maître, l'animal était grand et puissant, mais il semblait beaucoup moins fougueux que Nuage. Un changement qui ne déplaisait pas vraiment au jeune berger.

— Il se nomme Rouquin, dit l'aubergiste.

Egwene retrouva Bela avec joie et Nynaeve alla cajoler sa jument haute sur pattes.

Tenant par la bride son cheval brun foncé, Mat approcha de Rand.

— Perrin me rend nerveux… Bon sang ! ne me regarde pas comme ça ! Tu ne vois pas qu'il se comporte bizarrement ? Je suis sûr que ce n'est pas mon imagination ! Sauf si… si…

Non, n'aie crainte, la dague ne t'influence pas de nouveau…

— Mat, tu as raison, il est bizarre, mais ne te mets pas martel en tête. Moiraine sait ce qui se passe. Perrin va bien.

Un mensonge que Rand aurait aimé croire. Par bonheur, cela suffit à apaiser Mat.

— Je n'ai jamais dit le contraire…, souffla celui-ci sans quitter des yeux l'apprenti forgeron.

Maître Gill était en grande conversation avec le responsable de l'écurie. Cet homme à la peau tannée et au visage chevalin – une déformation professionnelle – se tapota le front puis se dirigea vers le fond du grand bâtiment.

Un grand sourire sur les lèvres, l'aubergiste se tourna vers Moiraine :

— Aes Sedai, Ramey dit que la voie est libre.

Le mur du fond de l'écurie semblait d'une seule pièce et des étagères lestées d'outils le tapissaient. Retirant les fourches, les râteaux et les pelles avec l'aide d'un garçon d'écurie, Ramey passa ensuite la main derrière une étagère afin d'actionner un mécanisme secret. Un panneau entier du mur bascula alors vers l'intérieur – les gonds et la crémaillère étaient si bien dissimulés qu'on avait du mal à les voir, même quand la porte camouflée était ouverte. Jaillissant par l'ouverture, la vive lumière des lampes éclairait un mur de brique distant de quelques pas.

— Une venelle qui court entre les bâtiments, expliqua maître Gill. À part mes fidèles employés et moi, personne ne connaît ce passage. Les Capes Blanches et les porteurs de cocarde de la même couleur ne vous verront pas sortir, je vous en fiche mon billet !

— Ami aubergiste, dit Moiraine, si tu as des ennuis à cause de cette histoire, écris à Sheriam Sedai, à Tar Valon. Précise bien qu'elle est membre de l'Ajah Bleu. Elle t'aidera. Mes sœurs et moi devons une fière chandelle à tous les braves gens qui m'ont offert leur assistance jusqu'ici.

Maître Gill éclata de rire – sincèrement, pas pour dissimuler sa peur.

— Aes Sedai, j'ai déjà grâce à toi la seule auberge de Caemlyn épargnée par les rats. Que pourrais-je demander de plus ? C'est un argument suffisant pour faire doubler ma clientèle ! (L'aubergiste redevint sérieux.) Quelle que soit la mission que vous remplissez, la reine est l'alliée de Tar Valon et je suis le loyal serviteur de la reine… En conséquence, je te souhaite bonne chance, Aes Sedai. Et à tous les autres aussi. Que la Lumière éclaire ton chemin.

— Qu'elle éclaire aussi le tien, maître Gill, répondit Moiraine. Mais, si nous voulons qu'elle brille pour nous, il ne faut pas traîner. (Elle se tourna vers Loial.) Tu es prêt ?

Non sans un regard soupçonneux à ses dents, l'Ogier prit les rênes du cheval géant. Puis il avança vers la sortie secrète, tendant au maximum le bras afin qu'il reste hors de portée de la généreuse mâchoire de l'équidé

Près de la porte, Ramey sautait d'un pied sur l'autre, sans doute parce qu'il avait hâte de la refermer. Sur le seuil, Loial s'immobilisa, inclina la tête et tendit le cou comme s'il voulait humer la brise.

— Par là, dit-il en tournant à gauche dans la venelle.

Moiraine le suivit, Rand et Mat lui emboîtant le pas. Rand ayant la charge du cheval de bât – mais il y aurait des rotations –, Nynaeve et Egwene se retrouvèrent placées assez loin derrière lui. Perrin les suivant de près, Lan se laissa légèrement distancer, comme toute arrière-garde qui se respecte.

Dès que Mandarb fut passé, la porte secrète se referma avec des grincements très discrets qui parurent pourtant assourdissants à Rand.

La venelle était vraiment étroite, et il y faisait encore plus noir que dans la cour. Rien que de très logique, pour un espace exigu enchâssé entre des bâtiments. Avec son chargement rangé dans de gros paniers spéciaux, le cheval de bât parvenait de justesse à passer. Composé essentiellement de jarres d'huile, le viatique des voyageurs était très lourd et très encombrant. Sur le dos de la bête, on avait fixé toute une provision de courtes perches, chacune étant munie d'une lanterne. Le long des Chemins, avait prévenu Loial, il faisait plus sombre que par une nuit sans lune.

Les lanternes à demi remplies oscillaient au gré des mouvements du cheval et s'entrechoquaient régulièrement. Le bruit n'avait rien d'assourdissant, bien au contraire, mais, à cette heure de la nuit, un silence total régnait dans les rues de Caemlyn. Dans cette quiétude, le moindre son était susceptible de s'entendre à des centaines de pas à la ronde.

Lorsque la venelle déboucha dans une rue, Loial choisit une direction sans l'ombre d'une hésitation. Désormais, il semblait sûr de lui, comme si l'itinéraire qu'il devait suivre était évident. Mais comment les Ogiers parvenaient-ils à trouver les Portails ? Rand n'en avait pas la première idée, et les explications de Loial ne l'avaient guère avancé. Ils « sentaient », prétendait-il. C'était naturel, voilà tout. Autant essayer d'expliquer comment on respirait…

Alors qu'ils avançaient dans la rue, Rand jeta un coup d'œil en arrière, là où se dressait *La Bénédiction de la Reine*. Selon Lamgwin, une demi-douzaine de Fils de la Lumière devaient être postés sur ce flanc-là de l'établissement. Bien sûr, ils surveillaient l'auberge, mais un bruit bizarre pouvait attirer leur attention. À cette heure, personne ne traînait dehors pour une raison « convenable ». Et le bruit des sabots sur les pavés ressemblait à une sonnerie de cloche. Sans parler des lanternes qui cliquetaient comme si le fichu cheval faisait exprès de les secouer.

Rand se sentit un peu moins inquiet lorsque la petite colonne bifurqua enfin dans une voie latérale. À entendre les soupirs que poussèrent tous les natifs de Champ d'Emond, il n'était sûrement pas le seul.

Suivant toujours son mystérieux instinct, Loial fit remonter à ses amis une enfilade de rues et d'avenues désertes, n'était la furtive apparition d'un chien errant, de-ci de-là. À l'occasion, l'Ogier emprunta aussi des venelles puantes où des immondices indéfinissables crissaient sous les pas des réfugiés. Nynaeve se plaignit de l'odeur, mais il n'y avait rien à faire.

Puis les premières lueurs de l'aube apparurent et les fugitifs commencèrent à croiser quelques passants particulièrement matinaux. Pas encore réveillés, ils avançaient comme des automates, sans doute en rêvant à leur lit, et ne prêtaient aucune attention aux autres malheureux contraints de sortir à une heure pareille. Deux ou trois seulement suivirent un instant des yeux l'étrange colonne, et un seul sembla remarquer vraiment qu'elle était guidée par un géant d'une bonne dizaine de pieds de hauteur.

Le type plus observateur que les autres passa d'abord son chemin, perdu dans ses pensées, mais il se retourna brusquement, manquant s'étaler, et écarquilla les yeux. Vu d'une certaine distance, et s'il avait été seul, Loial aurait pu passer pour un homme très grand qui tenait par la bride un cheval ordinaire. Ou pour un type lambda marchant devant un poney. Mais, avec des compagnons pour le mettre en perspective, Loial révélait sa véritable nature, à savoir celle d'un géant un bon tiers plus grand que le plus « haut » des hommes.

Comme s'il émergeait d'une transe, le passant s'ébroua, se retourna et détala à la vitesse du vent.

L'incident était d'autant plus ennuyeux qu'il y aurait bientôt foule dans les rues de Caemlyn. De l'autre côté de la rue, Rand remarqua une femme qui avançait dans leur direction, la tête heureusement baissée. Mais le ciel s'illuminait, à l'est, et l'Ogier ne passerait plus (presque) inaperçu pendant très longtemps.

— C'est là-dessous, dit soudain Loial en s'arrêtant devant une boutique encore fermée.

Les tables disposées devant n'étaient pas occupées et l'auvent qui les protégeait dans la journée était enroulé serré. Au-dessus de la porte verrouillée, les fenêtres de l'appartement où vivait le patron restaient obstinément noires.

— Dessous ? s'exclama Mat. Comment allons-nous… ?

Moiraine leva une main, imposant le silence au jeune homme. Puis elle fit signe au groupe de la suivre dans la venelle qui séparait la boutique d'un autre bâtiment. Entre les cavaliers et les montures, on n'aurait pas pu mettre grand-chose de plus dans la courte allée.

— La cave doit bien avoir une porte, marmonna l'Aes Sedai. Oui, ça y est, je la vois !

Sans crier gare, la lumière se fit sous la forme d'un globe brillant en suspension au-dessus de la paume de Moiraine. En temps normal, ce « miracle » aurait été salué par des cris et des questions brûlantes. L'indifférence qui le ponctua en dit long à Rand sur la lassitude morale de ses amis.

Moiraine positionna son globe presque à ras du sol, près de la porte qu'elle venait de localiser, et examina le battant bardé de fer rouillé et défendu par la plus grosse serrure, également rouillée, que Rand eût jamais vue.

Loial tira légèrement la poignée, juste pour voir.

— Je peux l'arracher, dit-il, mais le boucan risque de réveiller tout le voisinage.

— Si c'est évitable, dit Moiraine, je préférerais ne pas détruire la porte d'un honnête commerçant.

Sur ces mots, elle étudia la serrure, les yeux plissés et les sourcils froncés. Puis elle tapa doucement dessus avec son bâton, et un cliquetis encourageant retentit.

Loial ouvrit la porte, révélant une rampe d'accès – un aménagement logique pour le sous-sol d'un commerce. S'éclairant avec son globe lumineux, Moiraine avança dans la cave, Aldieb la suivant d'un pas prudent.

— Allumez les lanternes et suivez-moi…, dit à voix basse l'Aes Sedai. Il y a beaucoup de place. Dépêchez-vous, parce que le jour ne tardera plus.

Rand défit fébrilement le paquet de perches. Mais, avant qu'on ait allumé la première lanterne, il s'avisa qu'il distinguait clairement les traits de Mat. Dans quelques minutes, les rues grouilleraient de monde. Et quand il descendrait pour ouvrir sa boutique, le commerçant se demanderait pourquoi des chevaux obstruaient la ruelle.

Mat marmonna quelque chose au sujet des montures qu'on faisait entrer dans un sous-sol, mais Rand fut plutôt satisfait de s'engager à son tour sur la rampe. Sans cesser de râler, son ami lui emboîta le pas.

Au bout de la perche, la lanterne de Rand heurtait le plafond dès qu'il ne faisait pas attention. Comme Rouquin, le cheval de bât appréciait moyennement la pente, mais il la négocia assez vite, s'écartant dès qu'il fut en bas pour laisser le champ libre à Mat. Le globe lumineux était éteint, mais la lumière des lanternes, au fil des arrivées, suffit très vite à éclairer la cave.

C'était un sous-sol total, la majeure partie de l'espace occupée par des colonnes de briques au pied étroit et au sommet de plus en plus évasé jusqu'à ce qu'il fasse sa jonction avec le plafond. Le bâtiment où se situait la boutique étant très grand, ces arches stylisées s'alignaient en une impressionnante série.

Malgré l'espace, Rand se sentait à l'étroit. Loial, lui, devait sans cesse prendre garde à ne pas se cogner la tête au plafond. Comme la serrure rouillée le laissait présager, cette cave n'était plus utilisée depuis longtemps. Rien n'y était entreposé, à part quelques vieux tonneaux à demi éventrés remplis d'objets non identifiables. Une épaisse couche de poussière recouvrait tout, presque du sol au plafond, et chaque pas des fugitifs en soulevait des colonnes grisâtres.

Lan arriva le dernier. Abandonnant un instant Mandarb, il rebroussa chemin et alla fermer la porte.

— Par le sang et les cendres, marmonna Mat, quelle idée d'avoir construit un Portail dans un endroit pareil !

— Ça n'a pas toujours été ainsi, dit Loial de sa voix de stentor, particulièrement impressionnante dans un espace clos. Pas toujours ! Non, pas toujours !

Rand comprit que son ami était furieux.

— Jadis, il y avait des arbres ! Tous ceux qui pouvaient pousser dans cette région – et les Ogiers s'assuraient qu'il ne leur arrive pas malheur. Des Grands Arbres, parfois hauts de plus de cent pieds ! À l'ombre de leurs branches, alors que la brise transportait l'odeur des feuilles et des fleurs, on retrouvait ici le souvenir de la paix qui règne dans un Sanctuaire. Et tout ça a été détruit pour céder la place à de la pierre !

De rage, l'Ogier flanqua un coup de poing à une colonne – qui vibra sinistrement, comme s'il avait réussi à l'entamer. Une pluie de mortier desséché tomba du plafond, confirmant la rudesse du choc.

— Ce qui est tissé ne peut être défait, dit Moiraine, apaisante. Si le bâtiment s'écroule sur nous, ça ne fera pas repousser tes arbres…

Les longs cils de Loial tombèrent sur ses yeux, indiquant à quel point il se sentait penaud – le genre d'expression inaccessible à un visage humain…

— Avec ton aide, mon ami, continua Moiraine, nous sauverons peut-être les bosquets qui restent, les arrachant aux Ténèbres. Merci de nous avoir conduits jusqu'à l'endroit que nous cherchions…

L'Aes Sedai alla se camper devant un mur. Au premier coup d'œil, Rand vit qu'il était différent des autres. Pas en brique, mais en pierre délicatement sculptée – des motifs de vignes et de feuilles sur un fond gris clair toujours visible malgré la poussière accumulée au fil du temps. La partie en brique rouge du sous-sol était ancienne, certes, mais beaucoup moins que ce pan de mur-là. Les antiques architectes, morts depuis des siècles, avaient intégré au nouveau concept une construction préexistante. Bien plus tard, leurs successeurs avaient transformé la salle souterraine en cave.

La zone centrale du mur sculpté était beaucoup plus sophistiquée que le reste. Si remarquable que fût le travail des sculpteurs, il pâlissait en comparaison. Alors qu'elles étaient gravées dans la pierre, les feuilles semblaient douces et vivantes, comme s'il aurait suffi d'un souffle de vent pour qu'elles recommencent à se balancer indolemment. Comme l'ensemble du mur de pierre par rapport aux murs de brique, ces chefs-d'œuvre étaient bien plus anciens que les entrelacs de vignes et de feuilles qui les entouraient, leur faisant un écrin minéral.

Loial regarda ses compagnons comme s'il n'avait qu'une envie : filer d'ici, même si c'était pour se retrouver dans les rues avec une foule excitée à ses trousses.

— *Avendesora…*, murmura Moiraine en caressant du bout d'un index une grande feuille de trèfle à trois pointes criante de vérité.

Rand examina le mur et constata qu'il ne se trompait pas : c'était la seule sculpture semblable qu'on y trouvait.

— Cette feuille de l'Arbre de Vie est la clé, dit l'Aes Sedai en tendant la main.

Et la sculpture tomba délicatement dans sa paume.

Derrière lui, Rand entendit des cris de surprise. Pour sa part, il en resta bouche bée. Cette feuille, comme toutes les autres, semblait faire partie intégrante du mur. Et pourtant, très simplement, Moiraine la replaça ailleurs sur la frise, environ un pied au-dessous de sa position initiale. Les trois pointes se mirent en place comme si une minuscule niche les avait attendues depuis toujours. De nouveau intégrée au tout, la feuille de l'Arbre de Vie ne se distinguait presque plus des autres.

Mais l'entière configuration de la partie centrale du mur changea soudain.

À présent, Rand aurait juré qu'il voyait les feuilles onduler au gré d'une brise qu'elles étaient les seules à sentir. Sous la couche de poussière, elles reverdissaient, composant au fond d'une cave une improbable fresque murale à la gloire du printemps. Presque invisible au début, une fissure se forma au milieu de l'antique frise et s'élargit à mesure que les deux moitiés du mur, tels des battants de porte, pivotaient vers l'intérieur de la cave.

La face extérieure des battants, constata Rand, était aussi délicatement ouvragée que l'intérieure, et présentait le même entrelacs de vignes et de feuilles. Derrière, où auraient dû se trouver de la terre ou le sous-sol d'un autre bâtiment, une surface lisse et sombre reflétait, mais en très flou, l'image de Moiraine et de ses compagnons.

Effrayé et mélancolique, Loial souffla d'une voix blanche :

— Il fut un temps, dit-on, où les Portails brillaient comme des miroirs. À cette époque, ceux qui entraient dans les Chemins traversaient le ciel et le soleil. Mais cette gloire est révolue et ne reviendra peut-être jamais.

— De toute façon, dit Moiraine, nous n'avons pas le temps d'attendre son retour.

Brandissant une lanterne allumée fixée au bout d'une perche, Lan passa le premier, tenant Mandarb par la bride. Son image sembla fondre sur lui, elle aussi tenant un cheval – mais plus un fantôme d'étalon qu'un véritable équidé. Lorsque l'inévitable collision se produisit, l'homme et son reflet disparurent. Un instant, l'étalon tenta de résister, mais la main qui le tenait toujours, de l'autre côté du miroir terni, tira plus fort et l'entraîna avec elle.

Une très longue minute, personne ne bougea dans la cave.

— Dépêchez-vous ! lança Moiraine. Je dois passer la dernière, parce qu'il n'est pas question que quelqu'un découvre par hasard ce Portail.

Non sans lâcher un gros soupir, Loial traversa à son tour le miroir. Son cheval tenta aussi de rester de l'autre côté, mais il lui fit subir le même sort qu'à Mandarb.

Hésitant, Rand sonda le Portail avec sa lanterne. Le reflet et le modèle se fondirent l'un dans l'autre, disparaissant en un clin d'œil. Se forçant à avancer, Rand vit la perche se volatiliser pouce après pouce.

Puis ce fut à son tour.

Des frissons coururent sur sa peau, comme s'il traversait une muraille d'eau glacée. Le temps ralentissant, il eut l'impression que le phénomène se communiquait à son corps avec une lenteur extraordinaire, comme si chaque cheveu, voire chaque fil de ses vêtements, était traité individuellement.

Brusquement la sensation cessa, et il s'immobilisa pour reprendre son souffle. Il était passé de l'autre côté. Devant lui, Lan et Loial attendaient près de leurs chevaux. Autour d'eux et au-delà, des ténèbres insondables semblaient s'étendre à l'infini. Comme si quelque chose repoussait la lumière – ou la dévorait –, le cercle de clarté projeté par les lanternes ressemblait à un îlot perdu au milieu d'un océan.

Se souvenant d'un « détail », Rand tira sur la bride qu'il serrait dans son poing. Rouquin et le cheval de bât traversèrent à leur tour, déboulant si vite qu'ils faillirent renverser le jeune berger. Se rétablissant de justesse, celui-ci se hâta d'aller rejoindre Lan et Loial. Non sans hennir d'abondance, les équidés furent bien obligés de le suivre. Malgré son arrogance foncière, Mandarb semblait réconforté par la présence de ses congénères.

— Quand tu traverses un Portail, Rand, dit Loial, évite les gestes brusques. Sur les Chemins, la réalité est… hum… différente de celle que tu connais.

Rand regarda derrière lui, comme l'Ogier l'invitait à le faire. Alors qu'il s'attendait à voir une surface sombre à peine brillante, il eut une vision très claire de la cave, dans le monde réel qu'il connaissait depuis toujours. À cause de l'obscurité qui régnait de son côté du « miroir », on avait une fausse impression de profondeur, comme si seule existait la minuscule fenêtre qui permettait de passer du sous-sol aux Chemins.

Rand fit part de son impression à Loial, qui le prit très au sérieux.

— Tu pourrais marcher le long de la « frontière » sans rien voir du monde d'où nous venons. Mais je te déconseille de tenter l'expérience. Les livres ne sont pas très explicites sur ce que sont vraiment les Chemins. Tu risquerais de te perdre à jamais.

Rand acquiesça et tenta de se concentrer sur le Portail plutôt que sur les ténèbres qui envahissaient les Chemins. Mais sa stratégie échoua, parce que les deux sujets étaient aussi troublants l'un que l'autre. Dans cette obscurité de fin du monde, s'il y avait eu autre chose à voir que le Portail, Rand n'aurait pas hésité une seconde. Mais il n'avait pas le loisir de choisir. De son point de vue, Moiraine et les autres semblaient presque normaux – n'étaient les contours toujours un peu flous de leur silhouette. Mais ils se déplaçaient au ralenti, comme dans un rêve, chaque battement de cils semblant s'étirer sur des heures. Comme s'il progressait dans de la gelée incolore, Mat approchait du Portail, les gestes tellement décomposés qu'on l'aurait cru en train de nager, pas de marcher.

— La Roue tourne plus vite de ce côté du miroir, expliqua Loial. (Il sonda les ténèbres, partout autour de lui, et baissa craintivement la tête.) Nul ne connaît davantage que des bribes de vérité sur les Chemins, j'en ai bien peur... Rand, je n'en sais pas très long, il faut que je te le dise...

— Pour vaincre le Ténébreux, intervint Lan, il faudra prendre des risques. Mais nous sommes toujours vivants, et nous avons l'espoir que ça continue. Ne capitule pas avant d'avoir été battu, Ogier !

— Si vous aviez déjà arpenté les Chemins, vous ne seriez pas si sûr de vous, dit Loial, sa voix ne faisant rien vibrer, pour changer un peu. C'est la première fois que je m'y aventure, bien entendu, mais j'ai rencontré des Anciens qui ont traversé le « miroir » et ont fini par en revenir. Si vous aviez fait la même expérience, Champion, vous seriez beaucoup moins optimiste, aujourd'hui...

Mat traversa le Portail, la vitesse de ses mouvements redevenant aussitôt normale. Il s'immobilisa, sonda l'étendue de ténèbres, au-delà de ses compagnons, puis repartit au pas de course, sa lanterne oscillant follement au bout de la perche. Son cheval le suivit si vite qu'il faillit le percuter.

Perrin, Egwene et Nynaeve traversèrent à leur tour. Chaque fois, le « protocole » se répéta : une courte pause, pour scruter l'obscurité, puis quelques pas très rapides afin de rejoindre le petit groupe déjà constitué. L'ajout de lanternes agrandit bien entendu l'îlot de lumière, mais moins que ç'aurait dû. À croire que les ténèbres, pour se défendre, devenaient plus denses chaque fois que le nombre d'« adversaires » augmentait.

Rand refusa d'aller plus loin sur cette voie. Être ici était assez désagréable pour ne pas en rajouter en prêtant une volonté propre à l'obscurité. Cela dit, tous ses compagnons se sentaient au moins autant oppressés que lui. Mat n'avait pas encore lancé une de ses saillies douteuses, et Egwene semblait regretter d'avoir pris la décision de venir. En silence, tous les voyageurs regardaient le Portail, cette ultime fenêtre ouverte sur le monde qu'ils connaissaient.

Moiraine était désormais seule dans la cave presque obscure depuis qu'une seule lanterne y brûlait. Alors que ses gestes semblaient toujours incroyablement lents, elle baissa la main au niveau où elle avait replacé la feuille, s'en saisit de nouveau et la remit dans sa position d'origine. L'esprit toujours en éveil, Rand se demanda si la feuille correspondante, sur la face extérieure du battant, changeait aussi d'emplacement.

Alors que la double porte de pierre commençait à se refermer, Moiraine traversa en tenant Aldieb par la bride. Elle ne marqua pas de pause, et la lumière de sa lanterne cessa d'éclairer le miroir longtemps avant que les battants se soient refermés. Comme si on avait soufflé une bougie, de l'autre côté, la fenêtre ouverte sur le monde fut engloutie par l'obscurité.

Soudain, il apparut clairement que la lumière des lanternes était la dernière survivante d'une impitoyable invasion lancée par les ténèbres. Rand s'avisa soudain que Perrin et Egwene s'étaient rapprochés de lui, le coinçant entre eux. L'air de plus en plus inquiète, la jeune fille semblait vouloir trouver refuge auprès de lui – et Perrin ne paraissait pas avoir l'intention de s'écarter pour lui laisser plus d'espace libre. Quand le monde venait d'être englouti par les ténèbres, sentir le contact d'un autre être humain avait quelque chose de rassurant. Les chevaux eux-mêmes se serraient les uns contre les autres pour mieux résister à cette agression.

Comme s'il ne se passait rien de spécial, Moiraine et Lan se hissèrent en selle. Les bras reposant sur sa canne ouvragée, posée en travers de ses genoux, l'Aes Sedai se pencha en avant :

— Loial, il faut nous mettre en route !

L'Ogier sursauta puis hocha vigoureusement la tête.

— Oui, oui… Vous avez raison, Aes Sedai. Il n'y a pas une minute à perdre…

Il désigna une large bande blanche qui courait sur le sol. S'apercevant qu'il empiétait dessus, Rand s'écarta vivement et ses amis de Champ d'Emond firent de même.

Les yeux baissés, Rand étudia l'étrange bande qu'il n'avait pas remarquée jusque-là. Elle était interrompue par endroits, comme si le sol, en principe lisse et régulier, avait contracté la petite vérole et en gardait encore les stigmates.

— Cette ligne conduit du Portail à la première Plaque d'Orientation…, dit Loial. Ensuite…

L'Ogier se tut, regarda autour de lui, mal à l'aise, puis enfourcha son cheval sans faire montre des réticences qui avaient été les siennes jusque-là. Sa monture était équipée de la plus grande selle que le garçon d'écurie avait pu trouver, mais ça ne suffisait pas, et le pauvre Loial débordait d'un peu partout. Et ses longues jambes, malgré la taille du cheval, n'étaient pas si loin du sol que ça.

— Pas une minute à perdre, répéta-t-il, maussade.

À contrecœur, Rand et ses amis de Champ d'Emond montèrent aussi en selle.

Moiraine et Lan flanquèrent l'Ogier, qui entreprit de suivre méticuleusement la ligne blanche. Les autres se massèrent derrière les chefs de file, les lanternes oscillant dans l'air au-dessus de leurs têtes. La lumière aurait dû être suffisante pour éclairer une maison entière mais, dans cet environnement, elle avait un rayon d'action inférieur à trois pas. À croire que les ténèbres l'arrêtaient comme si elles étaient un mur. Dans le même ordre d'idées, les craquements des selles et le bruit des sabots semblaient ne pas se répercuter au-delà du chiche cercle lumineux.

La main de Rand se portait sans cesse sur le pommeau de son épée. Pourtant, il n'y avait sûrement rien, autour de lui, qu'il aurait pu combattre avec une lame. À vrai dire, la bulle de lumière qui entourait les cavaliers aurait tout aussi bien pu être une grotte enchâssée dans la roche, sans qu'il existe d'issue. Et dans cette optique, si les chevaux avaient fait du surplace sur une trépigneuse, leurs maîtres ne s'en seraient pas aperçus, puisque le « paysage » se déroulait autour d'eux avec une effroyable monotonie.

Rand touchait la poignée de son épée comme si ce contact avait eu le pouvoir de forcer la « roche » à relâcher sa pression. De plus, l'arme de son père lui remettait en tête certains de ses enseignements les plus précieux.

Un court instant, il trouva le vide, à l'intérieur de lui-même, et se sentit presque serein. Mais la pression du monde extérieur revenait, écrasant peu à peu son calme et le forçant à toucher de nouveau l'épée.

Dans ces conditions, tout changement était une bénédiction, même lorsqu'il s'agit d'une grande dalle de pierre qui s'étendit brusquement devant eux. Alors que la large ligne blanche s'arrêtait net à la lisière de cet obstacle, Rand crut distinguer sur sa surface des incrustations métalliques qui faisaient penser à des entrelacs de vignes et de feuilles. Là aussi, la « petite vérole » avait fait ses ravages, laissant des stigmates sur le métal aussi bien que sur son support.

— Une Plaque d'Orientation…, souffla Loial avant de se pencher sur sa selle pour étudier l'étonnant obstacle.

— Un texte rédigé en ogier…, dit Moiraine. Mais les caractères sont trop abîmés pour que je comprenne…

— J'ai du mal aussi, avoua Loial, mais j'en saisis assez pour savoir dans quelle direction aller.

Il se remit en chemin, laissant la dalle sur sa droite.

D'autres ouvrages de pierre furent bientôt révélés par le timide halo lumineux des lanternes. Des ponts qui franchissaient de mystérieux abysses et de simples rampes dépourvues de parapet. Entre ces passages plutôt délicats à négocier, Rand remarqua la présence d'une balustrade de cinq bons pieds de hauteur, comme si le risque de tomber avait été plus élevé sur les parties planes du chemin. Sur la pierre blanche qui composait cette protection, le jeune homme vit des motifs géométriques – des courbes et des cercles – qui lui parurent étrangement familiers. Mais il s'agissait sans doute d'un tour que lui jouait son imagination, alors qu'il errait dans un monde inconnu et s'efforçait de se raccrocher à quelque chose.

Au pied d'un des ponts, Loial s'arrêta pour déchiffrer la ligne unique gravée sur une étroite colonne de pierre. Quand ce fut fait, il s'engagea sur le pont en question.

— C'est le premier que nous devons traverser, annonça-t-il à ses compagnons.

Très inquiet, Rand se demanda comment ce pont tenait debout. Tandis qu'ils le négociaient, les sabots des chevaux produisirent des sons creux sinistres, comme si des morceaux de pierre se désolidarisaient à chaque seconde de l'ouvrage. Pour ce qu'il en apercevait, Rand estimait que le pont était en très mauvais état. Partout, des trous minuscules grêlaient le sol, et il y avait aussi des cratères assez larges, comme si une pluie acide s'était attaquée à l'édifice – à moins que celui-ci, tout minéral qu'il fût – soit tout simplement en train de pourrir de l'intérieur. Les murets de protection étaient également endommagés et, en plus d'un endroit, il en manquait un bon tiers en hauteur. Pour ce que Rand en voyait, le pont pouvait être une structure géante qui trouvait ses fondations au centre de la terre. Même dans ce cas, il fallait prier que l'ouvrage consente à ne pas s'écrouler tant qu'ils étaient dessus, leur permettant d'atteindre l'autre côté.

Quoi qu'il puisse être…

Peut-être par miracle, la petite colonne finit par avoir traversé le grand pont… pour déboucher sur un « terrain » qui ressemblait à s'y méprendre à celui qu'elle négociait depuis le début.

Grâce au petit cercle de lumière, Rand nota pourtant très vite quelques différences. Sans trop savoir pourquoi, il eut le sentiment que le groupe progressait maintenant sur une surface plane très strictement délimitée – par exemple le sommet d'un haut plateau. Loial confirma son impression en annonçant qu'il s'agissait d'une « île ». Une nouvelle Plaque d'Orientation apparut bientôt. Par pure intuition, Rand postula qu'elle marquait l'exact milieu de l'île, mais il aurait pu se tromper du tout au tout. Quand il eut déchiffré le texte, Loial s'engagea sur une rampe sinueuse en pente néanmoins très raide.

Après une longue ascension, les voyageurs débouchèrent sur une « île » parfaitement identique à celle qu'ils venaient de quitter. Tentant d'imaginer la configuration de la zone, Rand renonça très vite, car ça n'avait aucun sens.

Enfin, la deuxième île ne peut pas être exactement au-dessus de la première ! C'est impossible !

Loial consulta le texte d'une nouvelle Plaque d'Orientation, avança jusqu'à une colonne signalétique et emprunta un deuxième pont. Complètement désorienté, Rand n'aurait su dire dans quelle direction la petite expédition avançait désormais.

En l'absence de véritable illumination, les deux ouvrages se ressemblaient comme des jumeaux. Il en alla de même pour tous les suivants, n'étaient les murets de protection intacts dont bénéficiaient encore certains. Quant aux îles, elles auraient pu être interchangeables, si le degré de dégradation des Points de Guidage n'avait pas considérablement varié.

En plus du sens de l'orientation, Rand perdit également la notion du temps. Même s'il avait essayé de compter, au début, il fut assez vite incapable de dire combien de rampes et de ponts ses amis et lui avaient traversés.

Le Champion, en revanche, devait avoir une horloge dans la tête. Au moment où l'estomac de Rand commençait à tirailler, Lan annonça qu'il était midi. Puis il fit arrêter la colonne, mit pied à terre, ouvrit un des paniers du cheval de bât (dont Perrin avait provisoirement la charge) et distribua à ses compagnons de la viande séchée, du fromage et du pain.

La pause ayant lieu sur une île, Loial en profita pour déchiffrer les instructions d'une Plaque d'Orientation toute proche.

Mat voulut sauter de sa selle, mais Moiraine l'en empêcha d'un geste impérieux.

— Sur les Chemins, le temps est un trésor qu'il ne faut pas gaspiller. Pour nous, il est presque plus précieux que l'air qui emplit nos poumons. Nous nous dégourdirons les jambes quand nous camperons pour la nuit…

Lan était déjà remonté en selle, prêt à repartir.

L'idée de devoir dormir en ces lieux coupa l'appétit de Rand. Sur les Chemins, il faisait toujours nuit, mais ce n'était pas le genre d'obscurité propice au sommeil.

Le jeune berger mangea comme les autres en chevauchant, car son estomac, lui, ne s'était pas laissé décourager. Jongler avec les rênes, la lanterne et la nourriture n'était pas une mince affaire, un inconvénient qui ne l'empêcha pas de dévorer toute sa ration – ni de regretter qu'elle ne soit pas plus copieuse.

Au fil des heures, le jeune berger se surprit à penser que Loial avait exagéré. Au fond, les Chemins n'étaient pas si terribles, même si on avait en permanence l'impression que leur calme imposant était de ceux qui précèdent la tempête. En réalité, il ne s'y passait rien, et c'était plutôt rassurant. Voire ennuyeux, à la longue.

Un grognement sourd de Loial déchira soudain le silence. Voyant que l'Ogier s'était arrêté, Rand tira sur les rênes de sa monture puis se dressa sur ses étriers pour voir ce qui se passait.

Ennuyeux, vraiment ?

Alors qu'ils étaient au milieu d'un pont, un gouffre s'ouvrait juste devant les jambes du cheval de l'Ogier.

L'autre moitié de l'ouvrage manquait.

45

Ce qui nous suit dans les ténèbres

La lumière des lanternes, quand tous furent au bord du gouffre, permit de distinguer l'autre extrémité du pont, qui jaillissait de l'obscurité tel un énorme croc brisé. Le cheval de Loial raclant le sol de nervosité, une pierre se détacha et tomba dans le vide. Dans un silence pourtant total, Rand ne l'entendit jamais atteindre le fond du gouffre.

Tentant de le sonder avec sa lanterne, il ne vit rien dans ce puits d'obscurité. S'il existait un fond, il pouvait être à des milliers de pieds de là. Mais ce n'était pas le plus grave. Désormais, Rand voyait par quoi était soutenu le pont. Et la réponse – par absolument *rien* – lui retournait l'estomac.

Sous ses pieds, le sol lui parut soudain aussi fin qu'une feuille de parchemin. Alors que le vide exerçait sur lui une fascination malsaine, il lui sembla que la lanterne et sa perche étaient assez lourdes pour l'entraîner en avant et le faire basculer de sa selle. Pris de vertiges, il fit reculer son cheval très lentement, pour éviter toute réaction violente.

— C'était ça, ton plan, Aes Sedai ? lança Nynaeve. Tout ce chemin pour devoir faire demi-tour et rentrer à Caemlyn ?

— Ce ne sera pas utile…, répondit Moiraine. Il faudra reculer, certes, mais pas jusqu'à Caemlyn. Sur les Chemins, il existe plusieurs itinéraires pour gagner une même destination. Loial, nous allons retourner sur nos pas et trouver un autre chemin pour Fal Dara… Loial, je te parle !

Non sans effort, l'Ogier cessa de sonder le gouffre et revint à la réalité.

— Quoi ? Oui ! Oui, Aes Sedai… Je peux le faire. Mais… (Son regard dériva de nouveau vers l'abîme et ses oreilles s'agitèrent nerveusement.) Je n'imaginais pas que les dégâts allaient si loin. Si les ponts se brisent ainsi, je ne garantis pas de trouver un autre itinéraire.

» Même pour retourner à Caemlyn, d'ailleurs… Si les ponts s'écroulent après notre passage…

— Non, nous trouverons un chemin ! intervint Perrin, catégorique.

Ses yeux semblaient attirer la lumière, l'absorbant afin de paraître encore plus jaunes.

Un loup à l'affût, voilà à quoi il ressemble, pensa Rand.

— La Roue tissera comme elle l'entendra, dit Moiraine. Mais je ne partage pas ton pessimisme, Loial. Les ponts ne sont pas encore en train de tomber comme des quilles. Regarde la ligne de fracture, en face : même moi, je peux dire qu'elle est fort ancienne.

— C'est vrai, Aes Sedai… Je le vois aussi. Il n'y a ni pluie ni vent ici, mais il est évident que la pierre est exposée à l'air depuis au minimum dix ans.

Enthousiasmé par cette découverte, l'Ogier semblait en oublier jusqu'à la peur qui lui nouait les entrailles.

— Aes Sedai, je peux trouver un itinéraire pour d'autres endroits que Mafal Dadaranell… Et plus facilement, je pense… Que diriez-vous de Tar Valon ? Ou du Sanctuaire Shangtai ? À partir de l'île précédente, il n'y a que trois ponts à traverser. J'imagine que les Anciens aimeraient me parler, à présent…

— Fal Dara, Loial ! dit Moiraine, impérieuse. L'Œil du Monde est au-delà de Fal Dara, et nous devons le rallier.

— Fal Dara…, capitula l'Ogier.

Une fois revenu sur l'île, il étudia longuement la Plaque d'Orientation en marmonnant des propos presque inintelligibles. Puis il se mit à murmurer dans sa langue, dont les sons rappelaient les trilles d'un oiseau-chanteur. Rand s'étonna qu'un peuple de géants puisse avoir une langue si musicale…

L'Ogier se remit en chemin. Alors qu'il se dirigeait vers un pont, il désigna la colonne signalétique qui se dressait devant un autre.

— Par là, le Sanctuaire Shangtai est tout proche…, soupira-t-il.

Il résista à la tentation, jetant quand même de fréquents coups d'œil par-dessus son épaule, et guida ses compagnons sur le nouveau chemin qui les conduirait à Fal Dara.

Rand remonta la colonne pour aller chevaucher à côté de son ami.

— Quand tout ça sera fini, Loial, tu me montreras ton Sanctuaire et je te ferai visiter Champ d'Emond. Mais plus de Chemins ! Nous irons à pied ou à cheval, et tant pis si ça nous prend des mois !

— Tu crois que ça finira un jour, Rand ?

— N'as-tu pas dit qu'il nous en faudrait deux pour atteindre Fal Dara ?

— Je ne parlais pas de ce voyage, mais de tout le reste… (Loial regarda furtivement derrière lui. Occupée à parler avec Lan, Moiraine ne s'intéressait pas à la conversation des cavaliers de tête.) Qu'est-ce qui te fait croire que nous aurons un jour la paix ?

Les ponts et les rampes continuèrent à se succéder, faisant monter, descendre et bifurquer la petite colonne. De temps en temps, une ligne blanche partait d'une Plaque d'Orientation, comme celle que les voyageurs avaient suivie en quittant Caemlyn. Comme Rand, ses amis de Champ d'Emond regardaient les lignes avec un grand intérêt et s'en éloignaient à contrecœur. Au bout de chacune, on trouvait un Portail qui donnait sur le monde réel. Là où il y avait un ciel, un soleil et du vent… Ici, même une bise glaciale aurait été bienvenue…

Sous l'œil acéré de l'Aes Sedai, les deux jeunes femmes et les trois garçons étaient bien obligés de suivre le mouvement. Mais ils n'allaient pas jusqu'à simuler l'enthousiasme et jetaient très souvent des regards mélancoliques derrière eux – même quand la Plaque d'Orientation et la ligne n'étaient plus visibles depuis longtemps.

Lorsque Moiraine annonça qu'il était temps de s'arrêter pour la nuit – sur une île, bien entendu –, Rand bâillait déjà à s'en décrocher la mâchoire. Après avoir jeté un coup d'œil autour de lui, et manifesté son mécontentement en grognant, Mat sauta à terre comme tous les autres. Avec Rand et Perrin, il aida Lan à desseller les chevaux et à les bouchonner. Pendant ce temps, Nynaeve et Egwene allumèrent un petit four portable qui servirait à faire une infusion bien chaude. Ressemblant beaucoup au corps d'une lanterne, cet instrument, selon Lan, était couramment utilisé par les Champions lorsqu'ils devaient s'aventurer dans la Flétrissure, où faire du feu pouvait être très dangereux.

Lan prit plusieurs trépieds dans le chargement du cheval de bât. Grâce à ces supports, les lanternes pourraient être disposées tout autour du camp.

Loial étudia la Plaque d'Orientation pendant un long moment, puis il s'assit en tailleur à côté et passa une main sur la pierre poussiéreuse et grêlée de stigmates de la petite vérole minérale.

— Jadis, le sol des îles était fécond, dit tristement l'Ogier. Tous les livres le confirment. On pouvait dormir sur une herbe bien verte et douce, cueillir une pomme, une poire ou un œil du dragon pour agrémenter son ordinaire – et les fruits étaient toujours mûrs, quelle que soit la période de l'année !

— Mais rien à chasser…, marmonna Perrin.

Avant d'avoir l'air surpris lui-même par le son de sa voix.

Egwene tendit à Loial une chope d'infusion. Sans y goûter, l'Ogier contempla la boisson comme s'il pouvait trouver dans ses profondeurs l'arbre dont on avait fait infuser les feuilles.

— Vas-tu invoquer des protections ? demanda Nynaeve à Moiraine. Ici, il y a sûrement de pires prédateurs que les rats ! Je n'ai rien vu, bien sûr, mais je sens que…

L'Aes Sedai se frotta les mains comme si elles étaient poisseuses.

— Tu sens la souillure – la corruption du Pouvoir qui créa les Chemins. Tant que c'est possible, je n'utiliserai pas le Pouvoir de l'Unique ici. La souillure est si forte que tout ce que je tenterais serait corrompu.

Cette déclaration incita tout le monde à imiter le mutisme de Loial. Lan mangea avec une grande concentration, comme s'il alimentait un feu – de fait, la qualité de la nourriture semblait à ses yeux bien moins importante que l'énergie dont avait besoin son corps. Moiraine dîna aussi de bon appétit, nonchalante comme si elle n'avait pas été perdue dans l'obscurité au milieu de nulle part.

Rand picora. Bien que le four portable produise juste assez de chaleur pour porter de l'eau à ébullition, il se pencha dessus comme s'il cherchait à se réchauffer la moelle des os. Assis les uns à côté des autres, les trois garçons formaient un demi-cercle serré autour du four. Mat tenait toujours son pain et son fromage, comme s'il les avait oubliés, et Perrin, après quelques bouchées, les avait reposés dans son assiette en fer-blanc. De plus en plus maussades, tous les voyageurs gardaient la tête baissée pour ne plus voir l'obscurité qui les entourait.

Moiraine étudia ses compagnons en mangeant. Puis elle posa son assiette, se tamponna délicatement les lèvres avec une serviette et prit la parole :

— J'ai une bonne nouvelle, au moins… Je suis presque sûre que Thom Merrilin n'est pas mort.

— Mais… le Blafard ? souffla Rand.

— Mat m'a raconté ce qui est arrivé à Pont-Blanc, dit l'Aes Sedai. Quand nous y sommes passés, les gens parlaient d'un trouvère, mais ils n'évoquaient pas sa fin. Si Thom avait péri, l'histoire aurait été sur toutes les lèvres. De plus, il fait partie de la Trame qui se tisse toute seule autour de vous. Et il est trop important pour disparaître si tôt.

Trop important ? pensa Rand. *Comment peut-elle le savoir ?*

— C'est Min qui vous l'a dit ? demanda le jeune berger, une idée lui traversant soudain l'esprit.

— Elle a vu beaucoup de choses, oui, et sur vous tous ! J'aimerais comprendre la moitié de ses visions, mais elle n'en est pas capable elle-même. Les anciennes barrières s'écroulent. Mais que son don soit ancien ou nouveau, Min ne se trompe jamais. Vos destins sont liés et celui de Thom Merrilin en est indissociable.

Nynaeve ricana, puis elle se servit une nouvelle chope d'infusion.

— Comment Min a-t-elle vu quelque chose sur nous ? demanda soudain Mat. Si je me souviens bien, elle passait son temps à regarder Rand.

— Vraiment ? fit Egwene, fronçant les sourcils. Vous avez omis ce détail, Moiraine Sedai…

Rand regarda son amie. Elle n'avait pas tourné la tête vers lui, mais son ton était bien trop neutre pour être honnête.

— Je lui ai parlé une fois, dit le jeune berger. Elle s'habille comme un garçon et ses cheveux sont aussi courts que les miens.

— Tu lui as parlé une fois… Oui, oui…, fit Egwene.

Toujours sans regarder Rand, elle but une gorgée.

— Min est une fille qui travaille à l'auberge de Baerlon, dit Perrin. Ce n'est pas comme Aram.

— Aram ? répéta Rand.

Avant de se cacher derrière sa chope, Perrin sourit, rappelant la façon dont se comportait Mat, à l'époque où il donnait en permanence dans l'espièglerie.

— Un Zingaro…, dit Egwene comme si ça n'avait aucune importance.

Mais le rose lui était monté aux joues.

— Un Zingaro dansant, oui, fit Perrin. Un type qui gambille comme un oiseau. Ce n'est pas ça que tu m'as dit ? Danser avec lui, c'était comme voler avec un oiseau ?

La jeune fille posa sa chope avec une grande détermination.

— Vous n'êtes peut-être pas fatigués, dit-elle, mais moi, j'ai besoin de dormir.

Pendant qu'elle s'enroulait dans sa couverture, Perrin se pencha, taquina les côtes de Rand du bout d'un index et lui fit un clin d'œil.

Le jeune berger sourit à son ami.

Que la Lumière me brûle ! mais on dirait que j'ai eu le dernier mot, pour une fois. Sacré Perrin, j'aimerais en savoir aussi long que lui sur les filles…

— Rand, intervint Mat, tu devrais peut-être parler à Egwene de la fille de maître Grinwell. Else, si je me souviens bien ?

Egwene leva la tête, foudroyant d'abord Mat du regard, puis faisant subir le même sort à Rand.

Qui jugea le moment venu de battre en retraite.

— J'ai très sommeil aussi, les amis…

Alors que tous les compagnons de Champ d'Emond déroulaient leur couverture, Loial les imita.

Moiraine resta assise, sirotant son infusion.

Lan ne broncha pas. Comme d'habitude, il ne semblait pas fatigué et ne manifestait pas l'intention de s'étendre.

Même quand ils furent enroulés dans leur couverture, les trois jeunes gens restèrent très près les uns des autres, formant autour du four un petit cercle de futurs dormeurs.

— Rand, souffla Mat, y avait-il vraiment quelque chose entre Min et toi ? Je l'ai à peine vue, mais elle m'a paru très jolie. Cela dit, elle a environ l'âge de Nynaeve.

— Et Else ? demanda Perrin, sur l'autre flanc de Rand. Est-elle jolie ?

— Par le sang et les cendres ! je n'ai même plus le droit de parler à une fille ? Vous êtes pires qu'Egwene, les gars !

— Comme dirait notre Sage-Dame, fit Mat, ironique, le silence est d'or. Très bien, si cette conversation ne te plaît pas, je vais essayer de dormir.

— Excellente idée…, marmonna Rand. Et la première chose sensée que je t'entends dire depuis longtemps…

Malgré la fatigue, le sommeil ne vint pas facilement. Le sol était glacial et il sentait ses aspérités à travers la couverture. Même avec de l'imagination, le jeune berger, n'aurait pas pu se convaincre qu'il était dans un endroit paradisiaque. Condamné à voyager sur les Chemins, il ne pouvait réussir à oublier que les responsables de la Dislocation du Monde avaient créé cet univers incroyable et terrifiant. Et ces Aes Sedai mâles possédaient un Pouvoir souillé par le Ténébreux…

S'il avait été tenté de se rassurer avec de vaines paroles, Rand n'avait qu'à se souvenir du pont brisé que rien ne soutenait.

Se tournant sur l'autre côté, il vit que Mat le regardait. Dès qu'il était seul dans la nuit, le plus grand plaisantin de Deux-Rivières perdait toute son arrogance de façade.

De l'autre côté de Rand, Perrin avait également les yeux ouverts. S'il semblait moins angoissé que Mat, l'apprenti forgeron se tapotait la poitrine du bout des doigts, et il ne semblait pas près de se calmer.

Moiraine fit le tour du dortoir de fortune, s'agenouillant devant chacun de ses compagnons pour lui parler en tête à tête. Rand n'entendit pas ce que l'Aes Sedai dit à Perrin. Quoi que ce fût, ça suffit à convaincre le jeune colosse de ne plus prendre son torse pour un moyen de se défouler.

Lorsque Moiraine en fut à Rand, elle s'agenouilla, son visage touchant presque celui du berger, et murmura :

— Même ici, ton destin te protège. Le Ténébreux lui-même est incapable de modifier radicalement la Trame. Rand, tant que je serai à tes côtés, il ne pourra rien contre toi. Tes rêves sont à l'abri aussi, au moins pour un temps.

Tandis que l'Aes Sedai passait à Mat, Rand se demanda si elle croyait vraiment que c'était si simple. Pensait-elle qu'il goberait ses propos puis s'endormirait comme un nourrisson ? Certes pas ! Cela dit, il se sentait en sécurité – en tout cas, plus qu'avant –, et, même si c'était provisoire, il y avait quelque chose d'étrange là-dedans.

Sur cette forte pensée, Rand s'endormit comme une masse.

Comme toujours, ce fut Lan qui réveilla tout le monde. À le voir, on pouvait douter que le Champion ait fermé l'œil de la nuit. Pourtant, il avait les traits moins tirés que les jeunes gens – pas très frais après avoir somnolé quelques heures sur de la roche glacée.

Moiraine autorisa qu'on prépare une infusion, mais pas plus d'une chope par personne, afin que ses jeunes compagnons ne perdent pas trop de temps à « siroter ».

Loial et Lan ouvrant la marche, les voyageurs prirent leur petit déjeuner en selle. Du pain, de la viande séchée et du fromage, comme toujours ! Des aliments dont il était facile de se lasser, quand on n'avait que ça à se mettre sous la dent.

Lorsque ses compagnons se furent restaurés, Lan leur annonça une très mauvaise nouvelle :

— Quelqu'un nous suit. Une créature du Ténébreux, peut-être…

La colonne avançait sur un pont dont on ne voyait plus l'entrée ni la sortie.

En entendant ces mots, Mat s'empara de son arc, y encocha une flèche et tira au hasard dans la direction d'où ils venaient.

— Je savais que j'aurais dû refuser, marmonna Loial. Une Aes Sedai n'est jamais fiable, sauf quand on la rencontre dans un Sanctuaire.

Lan abaissa l'arc de Mat avant que celui-ci ait eu le temps de tirer encore

— Arrête, espèce d'idiot du village ! Nous ne savons pas qui approche de nous.

— Un Sanctuaire, c'est le seul endroit où ces femmes sont inoffensives…, continua à gémir Loial.

— Qui s'aventurerait ici, à part des êtres maléfiques ? répliqua Mat au Champion.

— Les Anciens le disaient, marmonna l'Ogier, toujours perdu dans ses pensées, et j'aurais dû les écouter…

— Eh bien, nous, par exemple ! répondit Lan à Mat.

— Il peut s'agir d'un autre voyageur, avança Egwene. Peut-être un Ogier.

— Les Ogiers ne sont pas assez stupides pour emprunter les Chemins, grogna Loial. À part moi, parce que je n'ai pas le sens commun. L'Ancien Haman le répétait sans cesse, et il avait raison.

— Quel est ton sentiment, Lan ? demanda Moiraine. C'est une personne ou une entité au service du Ténébreux ?

Le Champion secoua lentement la tête.

— Je n'en sais rien…, dit-il semblant surpris qu'une telle chose puisse lui arriver. Impossible à dire… Peut-être à cause des Chemins et de la souillure. Ici, rien n'est comme il le faudrait. Mais j'ai une certitude : cette… créature n'essaie pas de nous rattraper. Sur la dernière île, le contact a failli se faire, mais elle a reculé pour l'éviter. Si je me laisse décrocher de la colonne, je verrai de quoi ou de qui il s'agit…

— Si vous faites ça, Champion, dit Loial, vous passerez le reste de votre vie sur les Chemins. Même si vous lisez l'ogier, je n'ai jamais entendu parler d'un humain capable de traverser proprement la première île, sans l'aide d'un des miens. Au fait, vous lisez l'ogier ?

Lan secoua de nouveau la tête.

— La discussion est close, dit Moiraine. Tant que notre « compagnon » ne nous dérangera pas, nous lui rendrons la pareille. Nous n'avons vraiment pas de temps à perdre.

Alors que le petit groupe quittait le pont pour s'engager sur une nouvelle île, Loial reprit la parole :

— Si je me souviens bien de la dernière Plaque d'Orientation, un chemin pour Tar Valon part d'ici. Une demi-journée de voyage au maximum, soit beaucoup moins que pour gagner Mafal Dadaranell. Je suis sûr que…

Il se tut, car le cercle de lumière de leurs lanternes venait d'atteindre la Plaque d'Orientation. Sur la partie supérieure, de profondes entailles, dessinant des formes géométriques angulaires, blessaient cruellement la pierre.

Lan ne chercha plus à dissimuler son inquiétude pour apaiser ses compagnons. Il resta assis sur sa selle, presque nonchalant, mais Rand aurait juré qu'il captait tout ce qui se passait autour de lui, sentant même la respiration de chacun des voyageurs qui l'accompagnaient.

Il fit tourner Mandarb autour de la plaque puis s'en éloigna, tendu comme s'il était prêt à attaquer à tout moment – ou à riposter à une agression.

— Tout s'explique…, murmura Moiraine. Et j'en ai les sangs glacés. J'aurais dû m'en douter : la souillure et la détérioration… C'était évident !

— De quoi parles-tu ? demanda Nynaeve.

— Qu'est-ce que c'était ? lui fit écho Loial. Qui a fait ça ? Je n'ai jamais entendu parler d'une chose pareille.

L'Aes Sedai fit calmement face à ses deux interlocuteurs.

— Des Trollocs… Ou des Blafards… Ce sont des runes trollocs, en tout cas… Les monstres ont trouvé un moyen de voyager sur les Chemins. C'est sans doute comme ça qu'ils ont pu débouler à Deux-Rivières sans que nul les remarque. Il y avait un Portail à Manetheren et il en reste au moins un dans la Flétrissure. (Elle regarda Lan, presque trop loin du groupe pour que la lumière des lanternes puisse encore l'éclairer.) Manetheren n'est plus, mais quasiment rien ne peut détruire un Portail. Voilà comment les Myrddraals ont pu réunir une petite armée autour de Caemlyn sans éveiller les soupçons de toutes les nations qui séparent la Flétrissure d'Andor.

L'Aes Sedai marqua une courte pause, se tapotant les lèvres d'un index.

— Mais nos ennemis ne connaissent pas tous les itinéraires possibles. Sinon, ils seraient entrés à Caemlyn par le Portail que nous avons utilisé pour en sortir. N'est-ce pas ?

Rand en frissonna de la tête aux pieds. Avoir fait tant d'efforts pour se trouver au milieu de centaines de monstres – voire de milliers – assoiffés de sang humain. Des bêtes fauves prêtes à tout pour faire souffrir ceux dont elles n'étaient que la grotesque contrefaçon…

— Emprunter les Chemins n'est pas facile pour eux ! lança soudain le Champion.

Sa lanterne était à moins de vingt pas de ses amis. Pourtant, on apercevait à peine une faible lueur qui semblait très lointaine. Moiraine se dirigea vers cette balise vacillante.

Tous les autres la suivirent. Lorsqu'il vit ce que Lan avait découvert, Rand regretta d'avoir l'estomac plein. Au pied d'un pont, des cadavres de Trollocs, pétrifiés alors qu'ils zébraient l'air avec leur hache ou leur étrange épée à la lame incurvée, étaient à moitié ensevelis dans la roche anormalement gonflée. De grosses bulles en hérissaient la surface, comme si le sol avait bouillonné. Certaines ayant explosé, on apercevait d'autres ignobles gueules de monstres à jamais figées sur un cri de terreur muet.

Rand entendit quelqu'un vomir derrière lui. Pour ne pas s'y mettre aussi, il dut produire un effort surhumain. Même pour des Trollocs, c'était une abominable façon de mourir.

Quelques pas après le charnier, le pont s'arrêtait abruptement. La colonne signalétique, devant l'ouvrage, avait été brisée en mille morceaux…

Loial sauta à terre, gardant en permanence un œil sur les Trollocs, comme s'ils pouvaient revenir à la vie. S'intéressant à la colonne vandalisée, il tenta de déchiffrer ce qui restait de l'inscription, puis remonta très vite en selle.

— C'est… enfin, c'était le premier pont qui conduit à Tar Valon, à partir d'ici.

Détournant la tête des Trollocs, Mat s'essuyait le coin de la bouche du revers de la main. Voyant qu'Egwene se cachait le visage dans les mains, Rand approcha d'elle et lui tapota gentiment l'épaule. La jeune fille se tourna vers lui et lui saisit le bras, le serrant très fort. Rand sentit qu'elle tremblait comme une feuille. Afin de la rassurer, il s'efforça de maîtriser ses propres tremblements nerveux.

— Eh bien, c'est une chance que nous n'allions pas à Tar Valon pour le moment…, se contenta de dire Moiraine.

— Comment peux-tu rester si calme ? explosa Nynaeve. Cette horreur pourrait nous arriver aussi !

— C'est possible, concéda Moiraine. (La Sage-Dame serra si fort les dents que Rand aurait juré les avoir entendues grincer.) Mais il est bien plus probable que les bâtisseurs des Chemins – des Aes Sedai mâles – aient prévu des pièges réservés aux créatures du Ténébreux. Avant que les Trollocs et les Blafards aient été déportés dans la Flétrissure, le risque d'invasion était très élevé… Quoi qu'il en soit, nous ne pouvons pas rester ici. Que nous choisissions d'avancer ou de reculer, notre itinéraire sera semé de pièges, de toute façon… Loial, sais-tu où est le pont suivant ?

— Oui, parce qu'ils n'ont pas endommagé cette partie de la Plaque d'Orientation, fort heureusement.

Pour la première fois, l'Ogier semblait aussi pressé de continuer sa route que l'Aes Sedai. Avant même d'avoir fini de parler, il talonna son cheval.

Egwene resta accrochée au bras de Rand pendant toute la traversée des deux ponts suivants. Lorsqu'elle le lâcha enfin, murmurant des excuses ponctuées d'un rire gêné, le jeune berger en fut tout dépité. Parce que la sentir près de lui avait été plaisant, bien entendu… Mais ce n'était pas tout. Quand quelqu'un cherchait votre protection, venait-il de découvrir, il était beaucoup plus facile de se montrer courageux.

Moiraine ne croyait pas, disait-elle, qu'un piège puisse se déclencher sur eux. Pourtant, malgré tous ses discours sur le manque de temps, elle fit ralentir le rythme à la colonne et imposa un arrêt avant chaque entrée sur un pont ou une île. Passant la première, elle inspectait la zone, un bras tendu devant elle, et personne, pas même Lan ou Loial, n'avait le droit d'avancer avant d'avoir reçu son autorisation.

Forcé de se fier au jugement de l'Aes Sedai en ce qui concernait les pièges, Rand sondait les ténèbres environnantes comme s'il avait pu voir beaucoup plus loin qu'à… trois ou quatre pas de distance. Dans le même ordre d'idées, il tendait en permanence l'oreille. Si les Trollocs pouvaient s'introduire sur les Chemins, la créature qui les suivait risquait bel et bien d'être au service du Ténébreux.

Pour commencer, était-elle seule ? Dans un environnement pareil, Lan lui-même était incapable de le déterminer.

Alors que la petite expédition traversait une enfilade de ponts, les repas continuant à être pris en selle, Rand ne vit et n'entendit rien. À part le grincement des harnais en cuir, le bruit des sabots et, de temps en temps, la toux vite maîtrisée d'un de ses compagnons, le jeune berger ne capta pas le moindre bruit.

Puis un vent se leva quelque part dans le vide obscur des Chemins. Incapable de dire d'où il venait, Rand pensa d'abord que c'était un tour de son imagination. Mais le souffle qui faisait gonfler sa cape dans son dos lui confirma qu'il ne se trompait pas.

C'est agréable de sentir de nouveau le vent… même s'il vous gèle jusqu'à la moelle des os.

Le jeune berger sursauta soudain.

— Loial, n'as-tu pas dit que le vent ne souffle jamais ici ?

L'Ogier tira sur les rênes de sa monture, l'arrêtant à la lisière d'une nouvelle île. Il inclina la tête, parut humer l'air et lâcha d'un ton sinistre :

— *Massin Shin*… Le Vent Noir ! Que la Lumière nous éclaire et nous protège ! C'est le Vent Noir !

— Combien de ponts encore ? demanda Moiraine. Loial, combien de ponts ?

— Deux… Oui, je crois, deux…

— Alors, dépêchons-nous ! (L'Aes Sedai fit avancer Aldieb.) Il faut les trouver vite !

Tandis qu'il déchiffrait la Plaque d'Orientation, Loial se parla tout haut ou s'adressa à qui voulait bien l'entendre :

— Ils revinrent plongés dans la démence, criant un seul nom : *Massin Shin* ! Lumière, aide-nous ! Même les Aes Sedai guérisseuses ne… (Dès qu'il eut compris le texte de la plaque, l'Ogier talonna son cheval.) Par là ! Par là !

Cette fois, Moiraine ne marqua pas de pause. Elle se lança au galop, entraînant avec elle ses compagnons. Alors que les lanternes oscillaient follement, l'ouvrage de pierre trembla sous cette charge sauvage.

Une fois le pont traversé, Loial lut à toute vitesse la Plaque d'Orientation suivante, puis il repartit au galop sans laisser le temps de souffler à sa monture. Le gémissement du vent se faisait de plus en plus fort, parvenant parfois à couvrir le vacarme de la cavalcade. *Massin Shin* approchait, impitoyable.

Les voyageurs ne tentèrent même pas de déchiffrer la dernière Plaque d'Orientation. Dès que la lumière de leurs lanternes se refléta sur une large bande blanche, ils bifurquèrent dans cette direction et suivirent la ligne qui les conduirait en sécurité. L'île fut bientôt derrière eux, et les cavaliers se concentrèrent sur le sol « vérolé » et la bande blanche, ces points de repère désormais rassurants.

Respirant très fort, Rand n'était plus très sûr d'entendre le vent, mais cela ne l'incita pas à ralentir. Au cœur de l'obscurité, le portail apparut soudain, sculpté de vignes et de feuilles comme celui de Caemlyn. Quand ils furent assez près, Moiraine se pencha en avant sur sa selle.

— La feuille d'*Avendesora* n'est plus là ! cria-t-elle. Nous avons trouvé la porte, mais il nous manque la clé.

— Lumière, maudite Lumière ! rugit Mat, furieux.

Loial poussa un cri de détresse qui aurait tout aussi bien pu être un hurlement d'agonie.

Egwene posa la main sur le bras de Rand. Les lèvres tremblantes, comme si elle allait pleurer, elle regardait son ami avec des yeux implorants comme il ne lui en avait jamais vu. Posant les mains sur celle de la jeune fille, Rand espéra qu'il n'avait pas l'air plus effrayé qu'elle. Parce qu'il crevait de peur, pour être franc.

Derrière eux, le vent hurlait à la mort. Un instant, Rand crut entendre dans ce vacarme des voix qui éructaient d'ignobles obscénités qui lui firent monter la bile à la gorge.

Moiraine leva sa canne et une flamme en jaillit. Pas le genre de feu blanc très pur que Rand avait vu à Champ d'Emond, ou lors de l'affrontement, devant Shadar Logoth. Du jaune se mêlait au blanc, cette fois, et il y avait même des traînées noires, comme s'il s'était agi de suie. Une fumée âcre montait de la flamme, valant une quinte de toux à Loial et semant la panique chez les chevaux.

Moiraine projeta son feu sur le Portail.

La fumée qui s'éleva alors irrita la gorge et les narines de Rand.

Devant lui, la pierre fondait comme du beurre, les sculptures de vignes et de feuilles disparaissant en un clin d'œil. L'Aes Sedai déplaçait la flamme aussi vite qu'elle le pouvait, mais découper une ouverture assez grande pour que tout le monde s'y engouffre n'avait rien d'un jeu d'enfant. Pour Rand, la ligne de pierre fondue semblait avancer à la vitesse d'un escargot. Dans son dos, il sentait sa cape onduler, comme si une brise la taquinait.

Il eut l'impression que son cœur s'arrêtait de battre.

— Je sens ce maudit vent ! cria Mat. Par le sang et les cendres ! je le sens !

La flamme mourut et Moiraine baissa sa canne.

— C'est fait, dit-elle. Enfin, à moitié.

Une fine ligne dessinait un grand rectangle sur le panneau sculpté. Rand crut voir de la lumière filtrer de cette ouverture, une constatation des plus encourageantes. Certes, mais les deux lourds battants de pierre étaient toujours en place, et il ne voyait pas très bien comment allait se passer la suite.

Au moins, l'ouverture serait assez grande pour qu'ils traversent tous, même si Loial devrait probablement se coucher sur l'encolure de son cheval. Mais combien pesaient les deux blocs de pierre que Moiraine venait de prédécouper ? Mille livres ? Davantage ?

Si nous nous y mettons tous, nous pourrons peut-être les pousser avant l'arrivée du vent…

N'était que sa cape ondulait de plus en plus. Pour sa santé mentale, Rand essaya de ne pas écouter ce que criaient les voix.

Alors que Moiraine reculait, Mandarb bondit en avant, droit sur la double porte. Lan se pliant au maximum sur sa selle, l'étalon, au dernier moment, changea légèrement de position pour percuter le mur avec son épaule – une technique apprise lors de sa formation, et visant à renverser un autre destrier sur le champ de bataille.

Le double rectangle bascula vers l'extérieur. Lan et son cheval, entraînés par leur vitesse acquise, traversèrent le Portail dans une glorieuse floraison de lumière.

En fait, on devait être en début de matinée, *dehors*, et sûrement pas à l'orée d'une journée radieuse. Mais, après tant d'obscurité, Rand aurait juré qu'il regardait le soleil en face.

De l'autre côté du passage, le Champion et sa monture firent demi-tour et revinrent sur leurs pas très lentement – au ralenti, même, vus des Chemins.

Rand n'attendit pas. Orientant la tête de Bela en direction du Portail, il lui flanqua ensuite une grande claque sur la croupe. S'accrochant de son mieux, Egwene fut littéralement emportée loin des Chemins.

— Allez-y, les autres ! cria Moiraine.

Tout en criant, l'Aes Sedai leva sa canne, se retourna et la pointa derrière elle, en direction de la lointaine Plaque d'Orientation. Une étrange matière en jaillit, évoquant de la lumière liquide transformée en sirop de feu – une sorte de lance blanc, rouge et jaune qui fendit l'air et explosa en mille éclats semblables à autant de somptueux diamants.

Le Vent Noir cria de douleur et de rage. Les milliers de voix malveillantes qu'il charriait explosèrent en un concert de menaces et d'injures si jubilatoires que Rand en eut la nausée – d'autant plus qu'il avait le sentiment de presque comprendre ces imprécations.

Talonnant Rouquin, il rejoignit ses amis, qui s'apprêtaient à traverser le Portail. La sensation de froid se reproduisit, le temps ralentit de nouveau et le jeune berger se demanda si le Vent Noir ne risquait pas d'en profiter pour les rattraper à la dernière seconde.

Puis tout redevint normal et Rand fut enfin de retour dans le monde habituel. Subissant une soudaine accélération, Rouquin faillit s'emballer, se freina comme il put – un instant, Rand crut qu'il allait faire un joli vol plané par-dessus la tête du cheval – puis s'arrêta en catastrophe. Reconnaissant, Rand lui passa les bras autour de l'encolure. Pendant que son cavalier se remettait bien droit sur sa selle, l'équidé s'ébroua puis rejoignit dignement ses congénères, comme si rien de particulier ne s'était produit.

Il faisait froid. Pas comme dans le Portail, non. Un froid naturel – enfin, en hiver – qui vous pénétrait lentement jusque dans la moelle des os. Sans quitter le Portail des yeux, Rand resserra autour de son torse les pans de sa cape. Juste devant lui, légèrement penché sur sa selle, la main serrant la poignée de son épée, Lan observait ce qui se passait de l'autre côté. À l'évidence, le Champion et son destrier étaient prêts à retraverser si Moiraine ne se montrait pas.

Le Portail se trouvait au pied d'une colline, au cœur d'un éboulis dissimulé par un rideau de broussaille. Sous l'impact de la pierre, cette protection avait souffert, des branches cassées gisant un peu partout sur le sol.

L'étrange surface du Portail gonfla soudain, comme si une bulle s'y formait. Puis le dos de Moiraine fit exploser ce cocon provisoire. Pouce après pouce, l'Aes Sedai et son image se séparèrent l'une de l'autre. Sa canne toujours brandie, Moiraine la garda pointée vers les Chemins tandis qu'elle aidait sa jument blanche à traverser à son tour le Portail.

Le passage noircit, sa surface déjà terne virant à l'ébène, comme s'il entendait se fondre au cœur même de l'obscurité des Chemins. Comme s'il était à des lieues de là, le vent continuait à hurler, portant sur ses ailes la colère et la haine des terrifiantes voix.

Des murmures atteignirent les oreilles de Rand, à la limite de sa compréhension. Puis ils franchirent cette frontière, devenant parfaitement limpides :

Peau si fine, facile à déchirer, facile à découper, facile à arracher ! Il est si amusant de natter ensemble les lanières de peau, avec les gouttes rouges qui tombent – le sang rouge et si doux, si sucré et si rouge... Et les cris de douleur ! Jolis cris, gentils cris, tendres cris qui hurlent leur détresse et chantent leur douleur...

Les murmures moururent, les ténèbres se dissipèrent et le Portail ne fut plus qu'une surface faiblement réfléchissante enchâssée dans une arche de pierre.

Rand soupira de soulagement. Il ne fut pas le seul, d'après ce qu'il entendit avant de tourner la tête. Tenant leurs chevaux par la bride, Nynaeve et Egwene s'enlaçaient pour se réconforter. Le visage de pierre, Lan paraissait pourtant ravi de la tournure des événements. Chez lui, il ne fallait jamais chercher une expression, mais se fier plutôt à son langage corporel. À la façon dont il se tenait en selle, légèrement détendu tandis qu'il regardait Moiraine, la tête inclinée, on pouvait en dire long sur ses sentiments.

— Le vent n'a pas réussi à traverser ! triompha Moiraine. J'en étais sûre ! Enfin, je l'espérais… Quelle horreur ! (Elle jeta sa canne sur le sol et s'essuya les mains sur le devant de sa cape.) La souillure est partout, sur les Chemins !

De fait, la canne était noircie voire calcinée sur une bonne moitié de sa longueur.

— Qu'est-ce que c'était ? demanda Nynaeve.

— Eh bien, fit Loial, troublé, *Massin Shin*, le Vent Noir qui vole les âmes.

— C'était quoi ? insista la Sage-Dame. Un Trolloc, on peut le regarder et même le toucher, si on a l'estomac bien accroché. Mais ça…

— Un vestige de l'Ère de la Folie, peut-être, dit Moiraine. Ou de la guerre des Ténèbres, qui fit rage pour la conquête du Pouvoir… Une entité qui se tapit depuis si longtemps sur les Chemins qu'elle ne peut plus en sortir. Personne, même parmi les Ogiers, ne connaît l'étendue des Chemins… Ni leur véritable nature. Ce vent est peut-être lié aux Chemins, puisqu'ils sont vivants, comme Loial nous l'a expliqué. Quelle créature vivante est exempte de parasites ?

» Ou encore, il peut s'agir d'un enfant de la souillure – une force qui déteste la vie et la lumière et les poursuit inlassablement.

— Assez ! cria Egwene. Je ne veux plus qu'on en parle ! J'ai entendu ces voix dire… dire…

Elle s'interrompit, incapable d'aller plus loin.

— De pires épreuves nous attendent…, souffla Moiraine.

Rand aurait parié qu'elle n'avait pas voulu être entendue…

Les gestes hésitants, l'Aes Sedai monta en selle.

— C'est dangereux, dit-elle en regardant le Portail brisé. (Un bref instant, ses yeux se posèrent sur la canne détruite.) Le vent ne peut pas sortir, mais n'importe qui est susceptible d'entrer. Quand nous serons à Fal Dara, je demanderai à Agelmar d'envoyer des hommes murer ce Portail.

Se tournant vers le nord, Moiraine désigna les grandes tours qui émergeaient de la brume, dans le lointain.

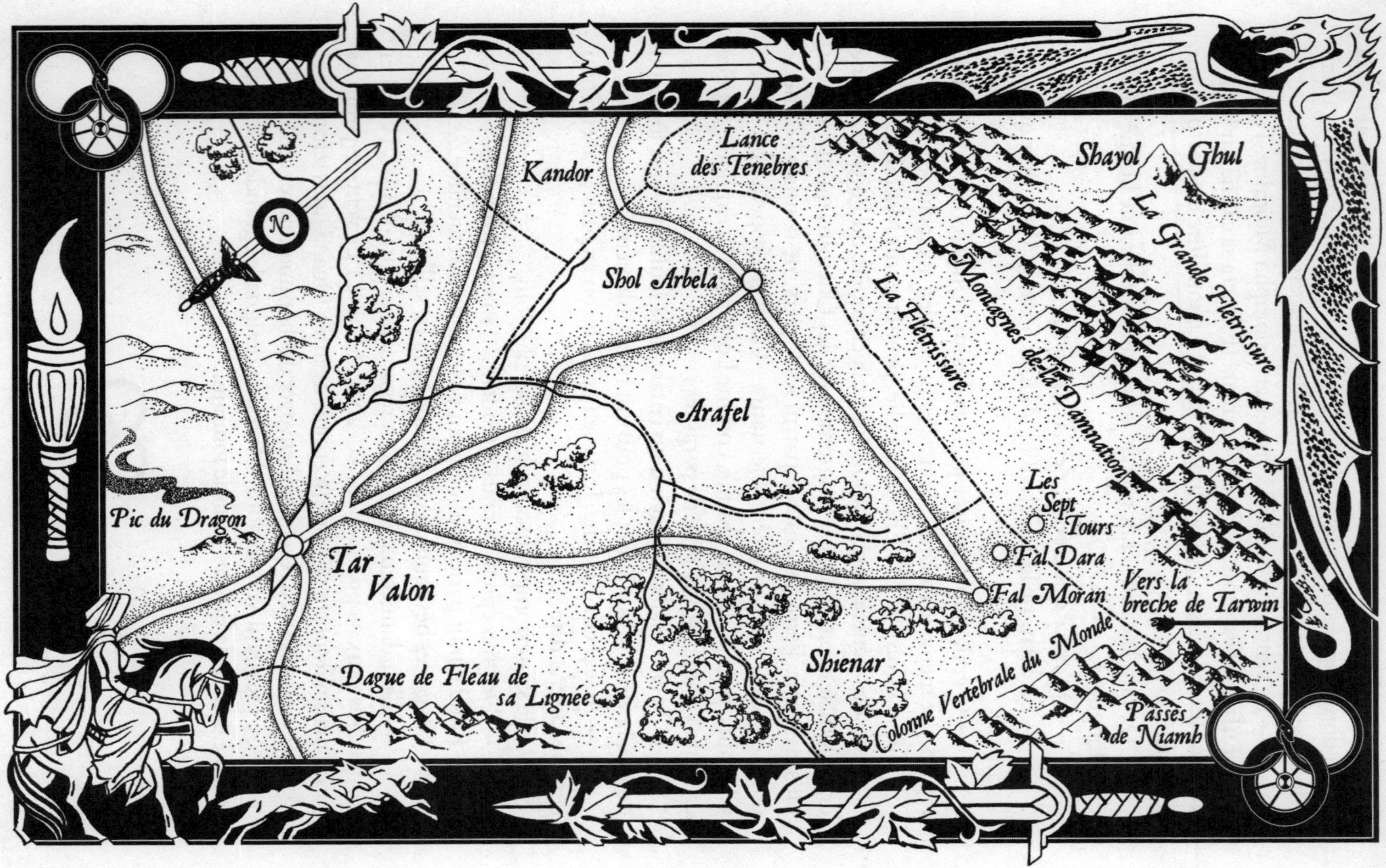

Lance des Ténèbres
Shayol Ghul
Kandor
La Grande Flétrissure
Shol Arbela
La Flétrissure
Montagnes de-la Damnation
Arafel
Les Sept Tours
Pic du Dragon
Tar Valon
Fal Dara
Fal Moran
Vers la brèche de Tarwin
Shienar
Colonne Vertébrale du Monde
Dague de Fléau de sa Lignée
Passes de Niamh

46

Fal Dara

Autour du Portail, des collines boisées moutonnaient sous un soleil pâlichon. Où était donc le bosquet des Ogiers ? Ici, la plupart des arbres, squelettiques, ressemblaient à des vieillards édentés. Les variétés à feuillage persistant étaient très rares, et leurs représentants faisaient peine à voir, car ils semblaient à un souffle de l'agonie.

S'abstenant de tout commentaire, Loial hocha tristement la tête.

— Aussi mort que les Terres Dévastées, ce coin du monde, lâcha Nynaeve.

Tremblant de froid, Egwene s'emmitoufla de son mieux dans sa cape.

— Au moins on est sortis, dit Perrin.

— Oui, mais où ? demanda Mat.

— Nous sommes au Shienar, un pays des Terres Frontalières, annonça Lan.

Dans sa voix, quelque chose semblait dire : « À la maison, enfin ! »

Rand s'emmitoufla lui aussi dans sa cape. Les Terres Frontalières… La Flétrissure ne pouvait pas être très loin. L'Œil du Monde non plus. Et tous les ennuis qui iraient avec.

— Nous sommes très près de Fal Dara, dit Moiraine.

La petite colonne se mit en chemin, prenant comme point de repère les tours qui se dressaient au nord et à l'est de sa position. Selon les creux et les bosses de l'itinéraire, il arrivait que ces édifices ne soient plus visibles, mais ça ne durait jamais très longtemps.

Rand remarqua plusieurs arbres fendus en deux comme s'ils avaient été frappés par la foudre.

— Le froid, répondit Lan quand le jeune homme se fut décidé à lui poser la question. Quand la température est trop basse, la sève gèle et l'arbre explose. Certaines nuits, on les entend crépiter comme des feux d'artifice, ces pauvres végétaux. L'hiver passé, c'est arrivé très souvent…

Rand secoua la tête, pensif. Des arbres qui explosent ? Même pendant un hiver normal ? Bon sang ! à quoi avait pu ressembler le dernier ? Sûrement à rien qu'il soit en mesure d'imaginer…

—Qui a parlé de « l'hiver passé » ? demanda Mat en claquant des dents.

—Allons, garçon de ferme, c'est un très beau printemps, pour la région ! Un merveilleux moment pour être encore vivant… (Lan sourit.) Mais si tu veux que ça chauffe, attends d'être dans la Flétrissure !

—Par le sang et les cendres ! marmonna Mat. Par le maudit sang et les fichues cendres !…

Rand entendit à peine ces commentaires, mais ils semblaient venir droit du cœur…

Les voyageurs commencèrent à passer devant des fermes mais, bien que ce fût l'heure où aurait dû mijoter le repas de midi, ils ne virent pas de fumée sortir des hautes cheminées de pierre. On n'apercevait ni hommes ni bêtes dans les champs, même si une charrue ou une charrette, provisoirement abandonnées, paraissaient parfois attendre le retour imminent de leur propriétaire.

Dans une cour de ferme située très près de la route, une poule solitaire creusait la terre en quête de quelque limace. Une porte de grange oscillait au vent, un des battants à demi arraché de ses gonds. La grande bâtisse résidentielle, carrément démesurée aux yeux d'un habitant de Champ d'Emond, était déserte et silencieuse. Avec son toit en pente dont les bardeaux touchaient presque le sol, la maison ressemblait davantage à une auberge qu'à une ferme.

Aucun chien ne vint aboyer aux basques des étrangers. Une faux gisait au milieu de la cour et des seaux renversés formaient un petit amas à côté du puits.

Moiraine n'aima pas du tout ce spectacle. Secouant les rênes d'Aldieb, elle la força à avancer plus vite.

Chevauchant avec ses amis de Deux-Rivières et Loial, quelques pas derrière l'Aes Sedai et le Champion, Rand n'en croyait pas ses yeux. Il ne voyait pas comment on pouvait faire pousser quelque chose dans un coin pareil. Cela dit, il n'aurait pas imaginé non plus que les Chemins puissent exister… Et même après en être sorti, ça ne s'imprimait toujours pas dans son cerveau.

—Je crois *qu'elle* ne s'attendait pas à ça, dit Nynaeve avec un geste circulaire qui englobait tout le paysage.

— Où sont partis les gens ? demanda Egwene. Et pourquoi cet exode ? Leur départ doit être récent…

— Qu'est-ce qui te fait dire ça ? demanda Mat. Si j'en juge par cette porte de grange, ils ont peut-être fichu le camp avant l'hiver.

Nynaeve et Egwene regardèrent le jeune homme comme s'il était un crétin congénital.

— Les rideaux, aux fenêtres…, dit Egwene comme si elle parlait à un enfant pas très doué. Ils sont trop fins pour la mauvaise saison, surtout ici. Avec les rigueurs du climat, aucune maîtresse de maison ne les aurait gardés tout au long de l'hiver.

La Sage-Dame approuva du chef cette analyse.

— Les rideaux…, ricana Perrin. (Il redevint sérieux quand il vit que les deux femmes le foudroyaient du regard.) Du calme, je suis tout à fait d'accord avec vous ! Mat, tu as vu la faux ? Il y aurait eu plus de rouille que ça, si elle avait passé tout l'hiver dehors. Même si les rideaux ne t'ont pas frappé, tu aurais dû noter ce détail-là.

Rand jeta un coup d'œil discret à Perrin. À l'époque où ils chassaient ensemble, il avait une meilleure vue que l'apprenti forgeron. Mais là, il aurait été incapable de dire si la lame de la faux était rouillée ou non…

— Au fond, je me fiche de savoir quand ces gens sont partis, grommela Mat. J'aimerais juste m'asseoir devant un bon feu, et le plus vite possible !

— Pourquoi sont-ils partis ? demanda Rand à voix basse, juste pour lui-même.

La Flétrissure n'était plus très loin – en d'autres termes, l'endroit où se terraient tous les Trollocs et les Myrddraals qui ne les avaient pas traqués en Andor. Bref, ils se jetaient dans la gueule du loup.

Cette fois, Rand parla assez fort pour que ses amis l'entendent.

— Nynaeve et Egwene, vous n'avez pas besoin de nous suivre jusqu'à l'Œil du Monde…

Comme Rand le prévoyait, les deux femmes semblèrent se demander quelle mouche venait de le piquer. Mais, la destination approchant dangereusement, il devait insister.

— Il suffit peut-être que vous soyez à proximité… Moiraine n'a jamais dit que vous deviez y être. C'est pareil pour toi, Loial. Vous pourriez attendre notre retour à Fal Dara. Ou partir pour Tar Valon. Il y aura sans doute une caravane de marchands. Sinon, Moiraine vous louera une diligence. Et, quand tout sera fini, nous vous retrouverons à Tar Valon.

— *Ta'veren*…, soupira l'Ogier de sa voix de stentor. Rand al'Thor, tes amis et toi attirez nos vies comme un aimant attire le fer. Votre destin détermine le nôtre, et il n'y a rien à faire contre ça... (Il eut soudain un grand sourire.) En plus, l'idée de voir l'Homme Vert est loin de me déplaire. L'Ancien Haman m'a souvent raconté sa rencontre avec lui. Mon père aussi, comme la plupart des Anciens, à vrai dire...

— Tant de gens que ça ? s'étonna Perrin. Les récits disent que l'Homme Vert est très difficile à trouver. Et, de toute façon, nul n'y arrive deux fois.

— C'est vrai, mais je ne l'ai jamais vu, et vous trois non plus... Apparemment, il n'évite pas les Ogiers, alors qu'il fuit les humains. Il sait tant de choses sur les arbres. Il connaît même les Chansons des Arbres...

— Ce que je voulais dire..., commença Rand.

Mais la Sage-Dame lui coupa la parole :

— *Elle* a dit qu'Egwene et moi faisons partie de la Trame. Nous sommes impliquées avec vous trois dans ce... tissage, et si on peut *la* croire, selon la façon dont il est réalisé, il a une chance de provoquer la défaite du Ténébreux. Même si ça me fend le cœur, j'ai tendance à *la* croire, parce que les événements confirment ce *qu'elle* avance. Si Egwene et moi ne venons pas avec vous, qui sait ce que ça changera à la Trame ?

— J'essayais simplement de...

Une nouvelle fois, Nynaeve empêcha Rand de continuer.

— Je sais très bien ce que tu tentes de faire... (La Sage-Dame dévisagea Rand jusqu'à ce qu'il s'agite nerveusement sur sa selle.) Je le sais, ne t'inquiète pas... Je n'ai aucune sympathie pour les Aes Sedai – et pour celle-là encore moins que pour les autres. Quant à m'aventurer dans la Flétrissure... Mais je déteste encore plus le Père des Mensonges. Si des garçons comme vous... non, des *hommes* comme vous, remplissent leur mission alors qu'ils donneraient cher pour être ailleurs, au nom de quoi devrais-je me dérober à la mienne ? Cette remarque vaut bien entendu aussi pour Egwene...

Nynaeve marqua une pause, le regard rivé sur la nuque de l'Aes Sedai qui la précédait.

— J'espère que nous arriverons bientôt à Fal Dara... Ou pensez-vous qu'elle nous fera chevaucher toute la nuit ?

Alors que Nynaeve se détachait du petit groupe pour aller rejoindre Moiraine, Mat prit la parole :

— Elle a bien dit « hommes » à notre sujet ? Il n'y a pas si longtemps que ça, elle nous conseillait de rester dans les jupes de notre mère, et voilà que nous sommes des hommes ?

— Homme ou pas, vous auriez dû rester dans les jupes de votre mère, lâcha froidement Egwene.

Mais Rand doutait que la jeune fille ait pensé ce qu'elle disait.

Egwene vint chevaucher à côté du jeune berger et lui parla à voix basse, pour que personne d'autre n'entende. Mat tendit l'oreille, mais en vain, selon toute probabilité.

— Rand, j'ai seulement dansé avec le Zingaro…, dit la jeune fille sans regarder son compagnon. Tu ne peux pas m'en vouloir d'avoir dansé avec quelqu'un que je ne reverrai jamais, pas vrai ?

— Non, bien sûr que non…

Pourquoi aborde-t-elle ce sujet maintenant ?

Soudain, Rand se souvint de ce que lui avait dit Min, à Baerlon, une éternité plus tôt.

« Elle partage tes sentiments, mais vous n'êtes pas faits l'un pour l'autre. Enfin, pas de cette façon-là… »

Fal Dara était construite sur une colline. Bien plus petite que Caemlyn, la ville était pourtant défendue par un mur d'enceinte au moins aussi haut. Autour de cette muraille, et sur un cercle très large, il n'y avait que de l'herbe coupée très ras. Du coup, nul ne pouvait approcher de la cité sans être immédiatement repéré par les gardes postés au sommet des hautes tours de guet en bois.

Si le mur de Caemlyn pouvait être qualifié de « beau », celui de Fal Dara annonçait clairement les choses : construit pour résister, il n'était là que pour ça, mais il était *bien* là ! Les bannières qui battaient au vent arboraient fièrement le Faucon Noir du Shienar, qui semblait ainsi voler tout autour de la muraille.

Lan rabattit la capuche de sa cape. Malgré le froid, il fit signe à ses compagnons de l'imiter. Moiraine n'avait pas attendu son geste pour le faire…

— C'est la loi au Shienar, dit le Champion, et dans toutes les Terres Frontalières. Il est interdit de dissimuler son visage en approchant des fortifications d'une ville.

— Les gens sont-ils tous beaux comme des dieux, dans le coin ? plaisanta Mat.

— Non, mais un Blafard ne peut pas passer inaperçu s'il dévoile son visage…

Le sourire de Rand s'effaça. Penaud, Mat abaissa prestement sa capuche.

Les grandes portes bardées de fer étaient ouvertes, mais une dizaine de gardes en armure, leur tabard jaune arborant lui aussi le Faucon Noir, surveillaient les entrées et les sorties. Portant tous une épée à deux mains dans le dos, ces soldats étaient également équipés d'une épée courte ou d'une masse d'armes. Attachés non loin de là, leurs chevaux caparaçonnés, une lance calée dans un étrier, avaient l'air patauds et maladroits, avec ce poids d'acier sur le corps, mais il ne fallait surtout pas s'y tromper : au combat, ils se révélaient redoutables.

Les gardes n'esquissèrent pas le moindre geste hostile vis-à-vis des cavaliers. Bien au contraire, ils les saluèrent joyeusement.

— Dai Shan ! cria même l'un d'eux en agitant au-dessus de sa tête un gantelet de fer. Dai Shan !

— Gloire au Bâtisseur ! crièrent d'autres hommes. *Kiserai ti Wansho !*

D'abord surpris, Loial sourit de toutes ses dents et rendit leur salut aux gardes.

Un des soldats courut un moment à côté du cheval de Lan – un sacré exploit, avec l'armure qu'il portait.

— Dai Shan, la Grue Dorée volera-t-elle de nouveau ?

— Va en paix, Ragan, répondit simplement Lan.

L'homme s'écarta. S'il rendait lui aussi leur salut aux gardes, Lan semblait plus sinistre que jamais.

Alors que les cavaliers remontaient des rues bondées de monde et de chariots, Rand fit une observation qui le troubla. Fal Dara craquait aux entournures, comme beaucoup de cités, mais ses foules ne ressemblaient pas à celles de Caemlyn ou de Baerlon. Alors que les populations, dans ces deux villes, faisaient volontiers montre d'exubérance ou d'agressivité, les gens, ici, regardaient mornement passer les cavaliers. Les yeux voilés, le visage inexpressif, ils semblaient insensibles à tout.

Des charrettes et des chariots étaient garés les uns derrière les autres dans toutes les rues, leur chargement essentiellement composé de meubles, d'objets quotidiens et de coffres ouvragés tellement remplis que des manches de vêtements en sortaient.

Les enfants trônaient au-dessus de ces piles improbables. Une façon de les garder en vue, car les parents ne les laissaient pas s'éparpiller, même pour s'amuser. Les yeux écarquillés, les gamins étaient encore plus taciturnes que les adultes… et au moins aussi inquiets.

Tout l'espace libre, entre les véhicules, était occupé par des enclos improvisés où s'entassaient des bovins à long poil et des cochons tachetés de noir. Emprisonnés dans des caisses, les poules, les canards et les oies produisaient un vacarme qui compensait largement le silence de leurs propriétaires.

Au moins, Rand savait maintenant où étaient allés les fermiers…

Lan guidait ses compagnons vers la citadelle qui se dressait au centre de la ville, sur une butte plus haute que toutes les autres. Des douves asséchées, mais très larges et au fond hérissé de grands pieux à la pointe acérée, défendaient le mur d'enceinte du solide bâtiment. Un ultime bastion, si le reste de la cité tombait entre les mains de l'ennemi.

— Bienvenue, Dai Shan ! lança un des gardes postés dans la tour de guet, à côté du grand portail.

— La Grue Dorée ! La Grue Dorée ! cria un autre à l'intention de ses camarades des créneaux.

Dans un roulement de tonnerre, les chevaux traversèrent le pont-levis puis franchirent la herse. Une fois dans la citadelle, Lan mit pied à terre et guida Mandarb par la bride. Une nouvelle fois, il fit signe à ses compagnons de l'imiter.

La première cour au sol pavé était entourée par des fortifications aussi impressionnantes que les précédentes. Malgré sa très grande taille, elle était bondée de monde, comme les rues. Mais ici, la foule était un tout petit peu plus disciplinée. Des guerriers en armure et des destriers caparaçonnés attendaient un peu partout. Dans la demi-douzaine de forges installées sur le périmètre de la cour, les marteaux s'abattaient sans relâche sur le métal et d'énormes soufflets, actionnés chacun par deux hommes, alimentaient les flammes des fonderies. Des dizaines de garçons faisaient sans cesse la navette entre ces ateliers et les boutiques des maréchaux-ferrants, leur livrant des fers à cheval encore chauds à la sortie de la forge. Des artisans assis un peu partout fabriquaient des flèches, alimentant des paniers qui, aussitôt remplis, disparaissaient pour céder la place à d'autres.

Des garçons d'écurie en livrée noir et or – une rareté réservée au palais – accoururent pour prendre en charge les chevaux des visiteurs. Rand récupéra ses affaires, confia les rênes de Rouquin à un des serviteurs et s'intéressa à l'homme en cotte de mailles et cuirasse qui venait de s'incliner respectueusement devant les nouveaux arrivants.

Sous sa cape jaune vif bordée de rouge et ornée sur la poitrine d'un Faucon Noir, l'homme portait un surcot paré d'un hibou gris. En l'absence de casque, on pouvait dire qu'il était littéralement tête nue, car il ne lui restait plus un cheveu sur le crâne, à part un toupet, au sommet, tenu par une lanière de cuir.

— Cela faisait longtemps, Moiraine Sedai… Ravi de te revoir, Dai Shan. Vraiment ravi ! (L'inconnu s'inclina devant Loial.) Gloire aux Bâtisseurs ! *Kiserai ti Wansho…*

— Je suis indigne de tant d'honneur, répondit l'Ogier, se souvenant de la phrase rituelle, et mon ouvrage est bien petit. *Tsingu ma choba !*

— Ta visite est un honneur pour nous, Bâtisseur. *Kiserai ti Wansho…* (Le chauve se tourna vers Lan.) Dai Shan, j'ai fait prévenir le seigneur Agelmar dès que nous vous avons reconnus de loin. Il vous attend. Si vous voulez bien me suivre…

Tandis que les visiteurs lui emboîtaient le pas, entrant dans la citadelle pour remonter une série de couloirs décorés de tapisseries à la gloire exclusive de la chasse et de la guerre, l'homme au hibou reprit son discours :

— Je suis content que tu aies reçu l'appel, Dai Shan. Lèveras-tu de nouveau la bannière à la Grue Dorée ?

Comme les tapisseries, très économes sur les personnages et les décors – mais suffisamment explicites cependant, en partie grâce à leurs couleurs vives –, les couloirs étaient d'une sobriété remarquable pour un palais.

— Les choses vont-elles aussi mal qu'il y paraît, Ingtar ? demanda Lan.

Rand eut l'impression que ses oreilles frémissaient comme celles de Loial.

Ingtar secoua la tête, faisant osciller son toupet, mais il hésita avant de sourire.

— Elles ne sont jamais aussi graves qu'elles le semblent, Dai Shan… Cette année, tout va un peu plus mal, c'est vrai… Les raids ont continué pendant l'hiver, même aux pires moments… Mais nous n'avons pas plus souffert que les autres cités frontalières. Nos ennemis viennent toujours pendant la nuit, mais ça n'a rien d'étonnant au printemps – si on peut utiliser ce mot sans ricaner. Les éclaireurs qui réussissent à revenir de la Flétrissure – pas la majorité, loin de là – rapportent qu'il y a de plus en plus de camps de Trollocs. Mais nous les arrêterons à la brèche de Tarwin, et nous les renverrons chez eux, comme d'habitude.

— Bien entendu, dit Lan, sans parvenir à dissimuler ses doutes.

Le sourire d'Ingtar s'effaça… et réapparut immédiatement. Désignant la porte du bureau d'Agelmar, il s'excusa d'être débordé et de devoir prendre congé si vite.

Comme toute la citadelle, le fief du seigneur Agelmar était une pièce fonctionnelle. Des meurtrières tenaient lieu de fenêtres, sur le mur du fond, et une lourde barre permettait de fermer la porte également munie d'une meurtrière et amplement bardée de fer. Une unique tapisserie couvrait tout un mur. Elle représentait des soldats de Fal Dara aux prises avec des Trollocs et des Blafards dans une passe de montagne.

Le mobilier se réduisait au strict minimum : une table, un coffre et quelques chaises. En revanche, les deux râteliers, sur le mur opposé à la tapisserie, retinrent l'attention de Rand. Le premier abritait une épée à deux mains plus haute qu'un homme ordinaire, une épée large plus classique, une masse d'armes hérissée de piques et un grand bouclier – un écu, plus précisément – qui arborait trois renards roux courant.

Sur l'autre râtelier, une armure intégrale était disposée dans la configuration exacte où on la portait. D'abord le heaume à crête, avec sa grille de protection pour le visage et son camail intégré, puis une longue cotte de mailles – fendue pour faciliter l'équitation – et une cuirasse de rembourrage usée par le temps et les nombreuses utilisations. Venaient ensuite les plates de poitrine, les gantelets de fer, les demi-plates pour les épaules et les différentes protections prévues pour les bras et les jambes – avec des pièces spéciales pour les coudes et les indispensables genouillères.

Même au cœur de la citadelle, les armes et l'armure étaient prêtes à servir à tout moment. Comme les meubles, nota Rand, elles étaient sobrement décorées de quelques touches d'or.

À l'entrée de ses visiteurs, Agelmar se leva, contourna son bureau couvert de cartes d'état-major, de rouleaux de parchemin et de plumes plantées dans des encriers, et vint les saluer. Avec sa veste de velours bleu à haut col et ses délicats escarpins, le seigneur semblait un peu trop pacifique pour une pièce si martiale. Mais il ne fallait pas se fier aux apparences. Le crâne rasé, comme tous les guerriers locaux, et le toupet blanchi par les ans, il affichait la même détermination de tous les instants que Lan, et ses yeux marron brillaient comme l'acier de ses diverses lames.

— Paix, Dai Shan, te revoir est un plaisir. (Le seigneur de Fal Dara se tourna vers Moiraine.) C'est également vrai pour toi, Moiraine Sedai, et peut-être même plus. Ta présence me réchauffe le cœur.

— *Ninte calichniye no domashita, Agelmar Dai Shan…* (L'Aes Sedai avait parlé très solennellement, mais une nuance chaleureuse, dans sa voix, indiquait qu'elle s'adressait à un vieil ami.) C'est ton accueil qui me réchauffe le cœur, seigneur Agelmar.

— *Kodome calichniye ga ni Aes Sedai hei…* Ici, les Aes Sedai sont toujours bienvenues… (Agelmar se tourna vers Loial.) Tu es loin de ton Sanctuaire, Ogier, mais ta visite est un honneur pour Fal Dara. Gloire éternelle aux Bâtisseurs. *Kiserai ti Wansho hei.*

— Je ne suis pas digne de tant d'honneur, dit Loial en inclinant la tête. C'est votre accueil qui m'honore, seigneur.

Loial jeta un regard noir aux murs de pierre, tendu comme s'il menait un combat intérieur. Rand lui fut reconnaissant de ne pas ajouter un commentaire acide de son cru sur la disparition des arbres.

Parfaitement silencieux grâce à leurs chaussures aux semelles souples, des serviteurs en noir et or entrèrent dans le bureau. Certains portaient sur des plateaux des serviettes imbibées d'eau chaude qui permettraient aux voyageurs de se débarbouiller rapidement. D'autres apportaient du vin doux et des coupes remplies de prunes et d'abricots secs.

Le seigneur Agelmar ordonna qu'on prépare des chambres – et des baignoires.

— Tar Valon n'est pas à côté, dit-il ensuite. Vous devez être fatigués.

— Par le chemin que nous avons emprunté, dit Lan, ce fut un court voyage, mais encore plus épuisant.

Agelmar parut surpris que le Champion ne lui fournisse pas plus d'explications. Mais il n'insista pas.

— Quelques jours de repos vous remettront d'aplomb.

— Je te demande une nuit d'hospitalité, seigneur Agelmar, dit Moiraine. Pour nous et pour nos chevaux. Et demain matin, si tu peux nous fournir des vivres… Nous partirons très tôt, je le crains.

— Mais j'ai pensé que… Moiraine Sedai, je n'ai aucun droit de te demander ça, mais, sur la brèche de Tarwin, tu vaudrais bien un millier de lanciers. Quant à toi, Dai Shan… Mille hommes supplémentaires me rejoindront s'ils savent que la Grue Dorée vole de nouveau !

— Les Sept Tours sont brisées, répondit Lan, et le Malkier est mort. Les rares survivants de son peuple sont dispersés sur la face du monde… Agelmar, je suis un Champion, fidèle à la Flamme de Tar Valon, et je dois aller dans la Flétrissure.

— Je comprends, Dai Sh… Lan ! Mais quelques jours de retard, deux ou trois semaines, au maximum, ne changeront pas la face du monde. Ici, nous avons besoin de toi, et de Moiraine Sedai.

Moiraine prit le gobelet d'argent que lui tendait un serviteur.

— Ingtar semble convaincu que vous repousserez la menace, comme d'habitude…

— Aes Sedai, s'il devait aller combattre seul, il assurerait qu'un désastre guette les Trollocs. Cet homme est assez fier pour se croire capable de les écraser sans aide.

— Il est moins confiant qu'il le paraît, cette fois, dit Lan. (Il avait accepté un gobelet, mais ne buvait pas.) C'est si grave que ça ?

Après une brève hésitation, Agelmar tira une carte de sous une pile de documents. Il la regarda pendant un moment sans vraiment la voir, puis la repoussa.

— Quand nous partirons pour la brèche, dit-il, les civils seront évacués vers Fal Moran, au sud. Avec un peu de chance, la capitale tiendra. Tout ne peut quand même pas s'écrouler !

— C'est donc encore plus grave que je le croyais…

Agelmar acquiesça.

Rand échangea des regards inquiets avec Perrin et Mat. Il semblait logique de croire que les Trollocs qui se rassemblaient dans la Flétrissure en avaient après lui – enfin, après eux.

— Le Kandor, l'Arafel, le Saldaea… Les Trollocs les ont attaqués sans relâche, tout l'hiver durant. Rien de semblable n'est arrivé depuis les guerres des Trollocs. Les raids n'ont jamais été si violents et si massifs. Tous les rois et tous les Conseils sont certains qu'une grande attaque se prépare. Bien entendu, tous les royaumes des Terres Frontalières pensent être la cible prioritaire. Les Champions et leurs propres éclaireurs ne rapportent aucun mouvement le long de leur frontière, contrairement à ce qui se passe sur la nôtre, mais ils n'en démordent pas et refusent de nous envoyer des renforts. Partout, des gens murmurent que la fin du monde approche, parce que le Ténébreux s'est libéré. Le Shienar devra combattre seul à la brèche de Tarwin, et nous lutterons à un contre dix. Au minimum… Ce sera peut-être la dernière Assemblée des Lances.

» Lan – non, Dai Shan, car tu es un Seigneur de Guerre au Diadème du Malkier, quoi que tu en dises –, Dai Shan, si la bannière à la Grue Dorée flotte à côté de la nôtre, elle donnera du cœur au ventre aux hommes qui chevaucheront vers la mort en toute connaissance de cause. La nouvelle se répandra plus vite que le vent, et, malgré les ordres de leur roi, des guerriers viendront d'Arafel et du Kandor – et même du Saldaea. Même s'ils n'arrivent pas à temps pour se battre sur la brèche de Tarwin, ils sauveront peut-être le Shienar.

Lan baissa les yeux. Aucune émotion ne passa sur son visage, mais du vin aspergea sa main, car il venait d'écraser dans son poing le gobelet d'argent. Un serviteur vint prendre le gobelet irrécupérable, puis il essuya la main du Champion. Dès qu'il eut fini, un autre domestique donna un nouveau gobelet à l'invité.

Lan ne sembla pas vraiment remarquer tout ce manège.

— Je ne peux pas…, soupira-t-il, accablé. (Il releva la tête, ses yeux bleus brillant de fureur, mais quand il parla, sa voix ne tremblait plus.) Agelmar, je suis un Champion. (Il regarda les trois garçons, puis Moiraine.) Dès l'aube, je partirai pour la Flétrissure.

— Alors, toi, Moiraine Sedai, viendras-tu avec nous ? Une seule Aes Sedai peut faire toute la différence.

— C'est impossible, seigneur Agelmar… J'en suis navrée, car cette bataille est importante – d'autant plus que les Trollocs n'attaquent pas le Shienar par hasard. Mais notre combat, le véritable affrontement contre le Ténébreux, se déroulera devant l'Œil du Monde. Tu as une guerre à faire, seigneur, et nous en avons une autre.

— Tu ne veux pas dire que c'est perdu d'avance ? s'écria Agelmar.

Si incroyable que ce fût, le roc de Fal Dara était ébranlé.

— Rien n'est joué… Si nous gagnons, il n'y aura peut-être plus jamais de danger.

— Trouveras-tu l'Œil du Monde, Aes Sedai ? Si la victoire contre le Ténébreux en dépend, autant nous ouvrir tout de suite les veines. Bien des gens ont tenté en vain de le trouver…

— Je peux réussir, seigneur. Tout espoir n'est pas encore perdu.

Agelmar dévisagea Moiraine, puis il s'intéressa à ses compagnons. Nynaeve et Egwene l'intriguèrent beaucoup, sans doute à cause de leurs simples tenues de paysannes – un contraste frappant avec la robe de soie de l'Aes Sedai, même si les trois femmes étaient couvertes de poussière après leur voyage.

— Ce sont des Aes Sedai ? demanda Agelmar, dubitatif.

Quand Moiraine secoua la tête, il sembla encore plus troublé. Étudiant les trois garçons, il laissa son regard peser un court instant sur l'épée toujours enveloppée de tissu rouge.

— Tu as une bien curieuse escorte, Aes Sedai… Un seul guerrier… (Il jeta un coup d'œil à Perrin – ou plutôt à sa hache.) Peut-être deux… Mais des gamins, ou quasiment ! Permets-moi de te prêter des hommes, Moiraine Sedai… Cent lances de plus ou de moins ne feront aucune différence sur la brèche de Tarwin. Toi, il te faudra davantage qu'un Champion et trois… jouvenceaux. Les deux femmes ne t'aideront pas, sauf si ce sont des Aielles déguisées. Cette année, la Flétrissure est pire que jamais. Elle… s'agite.

— Cent lances, ce serait trop, dit Lan, et mille, ça ne serait pas assez. Plus nous serons nombreux, et plus nous attirerons l'attention. Si c'est possible, nous devrons trouver l'Œil du Monde sans combattre. Quand on affronte des Trollocs dans la Flétrissure, l'issue est toujours incertaine, tu le sais aussi bien que moi.

Agelmar acquiesça, mais il ne baissa pas les bras pour autant.

— Moins de guerriers, dans ce cas… Lan, dix hommes de plus te donneraient une meilleure chance d'escorter Moiraine Sedai et ses deux compagnes jusqu'à l'Homme Vert. Avec ces jeunes gens, tu es très mal parti…

Rand comprit soudain : pour le seigneur, au moment du combat contre le Ténébreux, ce seraient Nynaeve et Egwene qui assisteraient Moiraine. Une déduction parfaitement logique, dans ce contexte. Les luttes de ce genre impliquaient l'utilisation du Pouvoir, et, pour cela, il fallait des femmes.

Les luttes de ce genre impliquent l'utilisation du Pouvoir…

Se sentant frissonner, Rand glissa les pouces sous sa ceinture et serra très fort la boucle afin d'empêcher ses mains de trembler.

— Pas de guerriers, trancha Moiraine. (Agelmar voulut continuer le débat, mais elle fut plus rapide que lui.) C'est la nature même de l'Œil du Monde et de l'Homme Vert qui l'exige. Combien d'hommes de Fal Dara ont réussi à les trouver ?

— Dans l'histoire ? demanda Agelmar. Depuis la guerre des Cent Années, ils sont très rares. Pour toutes les Terres Frontalières, on doit arriver à un cas tous les cinq ans...

— Personne ne peut localiser l'Œil sans l'accord de l'Homme Vert, dit Moiraine. La clé de tout, c'est le *besoin* – en d'autres termes, la nécessité. Je sais où aller, car ce ne sera pas la première fois...

Rand en leva la tête de surprise, et ses amis de Champ d'Emond l'imitèrent, mais l'Aes Sedai ne sembla pas s'en apercevoir.

— Tu as déjà rencontré l'Homme Vert ? s'exclama le seigneur de Fal Dara, très impressionné. (Mais il se rembrunit très vite.) Dans ce cas, tu risques de ne pas pouvoir...

— Le besoin est la clé, dit Moiraine, et il n'en existe pas de plus impérieux que le mien. Que le nôtre, devrais-je dire... Et j'ai un atout dont étaient privés tous mes prédécesseurs...

Presque imperceptiblement, les yeux de l'Aes Sedai se détournèrent du seigneur pour se poser sur Loial. Bien que cela n'ait pas duré plus d'une seconde, Rand s'en aperçut. Il interrogea son ami du regard, mais celui-ci haussa les épaules.

— *Ta'veren*..., souffla-t-il simplement.

— Si tu le dis, qu'il en soit ainsi, Aes Sedai, déclara Agelmar. Mais si la vraie bataille doit se dérouler devant l'Œil du Monde, je me demande si l'armée du Faucon Noir ne devrait pas t'accompagner, au lieu d'aller guerroyer sur la brèche de Tarwin. Avec mes troupes, je pourrais t'ouvrir un chemin dans...

— Seigneur, ça conduirait à un désastre ! Non, à deux ! Un sur la brèche, et l'autre devant l'Œil. Comme je l'ai déjà dit, vous avez une guerre à faire, et nous en avons une autre.

— Paix, Aes Sedai ! Je ne discuterai plus...

Après avoir pris une décision, même si elle lui déplaisait souverainement, le seigneur au crâne rasé semblait enclin à l'enfouir dans son esprit. Rompant le dialogue, il invita les visiteurs à sa table. Puis il entreprit de faire la conversation, parlant de faucons, de chevaux et de chiens de chasse. De la soirée, il ne mentionna plus jamais les Trollocs, la brèche de Tarwin et l'Œil du Monde.

La salle à manger où se déroula le dîner était aussi fonctionnelle que le bureau d'Agelmar. À part la grande table et les sièges, il y avait fort peu de meubles. Et là encore, le mot « austérité » venait automatiquement à l'esprit. Cette notion n'excluait pas une certaine beauté, mais elle lui fixait des limites très strictes. Dans le même ordre d'idées, le feu qui crépitait dans la cheminée réchauffait raisonnablement l'atmosphère, mais pas assez pour qu'un invité appelé à l'extérieur d'urgence soit tétanisé par le froid.

Les serviteurs apportèrent de la soupe, du fromage et du pain. La chasse pour un temps délaissée, la conversation s'orienta sur les livres et sur la musique – jusqu'à ce qu'Agelmar s'aperçoive que les gens de Deux-Rivières n'y participaient pas. En hôte courtois, il commença à leur poser des questions très discrètes, histoire de les tirer de leur mutisme forcé.

Rand constata qu'il était intarissable dès qu'il s'agissait de son territoire natal. Ne pas en dire trop lui coûta de gros efforts, et il espéra que ses amis – en particulier Mat – sauraient tenir leur langue.

Contrairement aux jeunes gens, Nynaeve resta sur son quant-à-soi, se contentant de manger et de boire en silence.

— Chez nous, dit Mat, il existe une chanson intitulée *Revenir de la brèche de Tarwin*…

Il n'alla pas plus loin, conscient de s'aventurer sur le terrain glissant qu'il convenait justement d'éviter. Très délicatement, Agelmar le tira d'embarras.

— C'est normal… Au fil des ans, presque tous les pays ont envoyé des hommes combattre sur la brèche.

Rand interrogea du regard ses deux amis. Avec les lèvres, mais sans le son, Mat forma les quatre syllabes du nom « Manetheren ».

Agelmar murmura quelques mots à un serviteur. Tandis que certains débarrassaient la table, d'autres domestiques apportèrent une grande boîte à tabac et des pipes en terre pour Lan, Loial et le seigneur.

— Du bon gris de Deux-Rivières, dit Agelmar. (Les trois hommes entreprirent de bourrer leur pipe.) Difficile à avoir, mais il vaut son prix.

Lorsque les pipes furent allumées, le seigneur de Fal Dara se tourna vers Loial :

— Tu sembles troublé, Bâtisseur… Ce n'est pas le Mal du Pays, j'espère ? Depuis quand as-tu quitté ton Sanctuaire ?

— Ce n'est pas le Mal du Pays. Pour ça, je ne voyage pas depuis assez longtemps… (L'Ogier haussa les épaules, puis fit un grand geste qui transforma en tourbillon la colonne de fumée montant de sa pipe.) Je pensais – ou, plutôt, j'espérais – que le bosquet serait encore là. Ou, au moins, qu'il resterait quelque chose de Mafal Dadaranell…

— *Kiserai ti Wansho*, murmura Agelmar. Bâtisseur, les guerres des Trollocs n'ont laissé que des souvenirs et des gens prêts à reconstruire sur les ruines. Mais ils n'ont pas su reproduire l'œuvre des Ogiers, et je ne les en blâme pas, car j'en serais également incapable. Les formes délicatement incurvées et mystérieusement entrelacées que crée ton peuple sont bien au-delà des compétences humaines. Les architectes du passé ont-ils délibérément évité toute imitation, afin de ne pas avoir en permanence sous les yeux l'image de ce qui était irrémédiablement perdu ? C'est très possible. Pour moi, il y a une forme de beauté dans la simplicité poussée à l'extrême – l'équivalent d'une fleur solitaire qui pousse au milieu de rochers. Nous essayons de ne pas trop pleurer sur ce qui n'est plus. Sans cette retenue, le cœur le plus vaillant ne résiste pas très longtemps à la pression.

— Un pétale de rose flotte sur l'eau, récita Lan, le martin-pêcheur vole à ras de la surface, et la vie et la beauté tourbillonnent dans les brumes de la mort…

— Oui, dit Agelmar, pour moi aussi, ce poème dit tout ce qui doit être dit sur l'existence…

Les deux hommes hochèrent pensivement la tête.

Un poème dans la bouche de Lan ? s'étonna Rand.

Décidément, le Champion était comme un oignon. Chaque fois qu'on pensait le connaître, on découvrait une nouvelle peau sous la précédente.

— Il se peut que je pleure trop sur ce qui est perdu, concéda Loial. Mais les bosquets étaient si beaux…

Regardant autour de lui, il sembla cependant voir la salle sous un tout autre jour… et lui trouver un réel intérêt.

Ingtar entra soudain et s'inclina devant son seigneur.

— Désolé de cette intrusion, mais vous m'avez chargé de vous prévenir de tout événement sortant de l'ordinaire.

— C'est exact. Que se passe-t-il ?

— Rien de vraiment grave, seigneur… Un étranger a tenté de s'introduire en ville. Pas un homme du Shienar, mais plutôt quelqu'un de Lugard, vu son accent – sa pointe d'accent, en fait… Quand les gardes de la porte sud ont voulu l'interroger, il s'est enfui dans la forêt. Mais peu après, on l'a surpris en train d'escalader la muraille d'enceinte.

— Rien de vraiment grave ? répéta Agelmar en se levant si vite qu'il renversa sa chaise. Paix, Ingtar ! Les guetteurs sont négligents au point de laisser un homme approcher du mur, et ça ne t'inquiète pas plus que ça ?

— C'est un fou, seigneur ! La Lumière protège les déments, c'est bien connu. Elle a sans doute aveuglé le guetteur, afin que cet homme puisse approcher du mur. Mais quel mal peut faire un seul esprit dérangé ?

— Il est prisonnier à la citadelle ? (Ingtar acquiesça.) Très bien. Qu'on me l'amène sur-le-champ. (Le guerrier s'inclina, puis alla exécuter l'ordre de son seigneur.) Désolé, Aes Sedai, mais je dois m'occuper de cette affaire… Ce n'est peut-être qu'un imbécile à l'esprit brûlé par la Lumière, mais sait-on jamais ? Il y a deux jours, cinq citadins ont été surpris en train de regarder dehors par l'entrebâillement d'un portail secondaire. Une issue très petite, certes, mais suffisante pour laisser passer des Trollocs. Une manigance de Suppôts des Ténèbres, j'imagine, même si je déteste penser que des gens du Shienar puissent appartenir à cette engeance. Ces traîtres ont été taillés en pièces par d'autres citadins avant qu'on ait pu les arrêter, donc, je ne saurai jamais… Si des compatriotes peuvent être des Suppôts, je dois me montrer encore plus méfiant envers les étrangers, pas vrai ? Si vous préférez vous retirer, mes amis, je vous ferai conduire à vos chambres.

— Les Suppôts des Ténèbres se fichent des frontières et du sang qui coule dans leurs veines, dit Moiraine. Il y en a dans tous les royaumes, et ils n'appartiennent à aucun. J'aimerais également voir ce « simple d'esprit ». La Trame tisse un Lacis, seigneur, mais sa forme définitive est encore à déterminer. Ce Lacis peut englober le monde entier, ou se défaire de lui-même et inciter la Roue à se lancer dans un nouveau tissage. Au point où nous en sommes, le détail le plus insignifiant peut avoir une influence capitale. En conséquence, je me méfie des événements « pas vraiment graves » qui sortent de l'ordinaire.

Agelmar jeta un rapide coup d'œil aux deux autres femmes.

— Comme tu voudras, Aes Sedai…

Ingtar revint avec deux gardes armés de hallebardes qui escortaient un déchet d'humanité tel qu'on l'aurait plus facilement pris pour un sac à ordures retourné. Le visage, les cheveux et la barbe constellés d'immondices, l'homme empestait autant qu'une armée de putois.

Rand l'étudia, tenta de voir ce qui se dissimulait sous la crasse.

— Vous n'avez pas le droit de me maltraiter ! cria le loqueteux. Je ne suis qu'un pauvre hère abandonné par la Lumière qui cherche un abri pour échapper aux Ténèbres.

— Dans les Terres Frontalières ? s'étonna Agelmar. C'est un drôle d'endroit pour…

— Le colporteur ! s'écria Mat.

— Oui, Padan Fain, approuva Perrin.

— Le mendiant ! s'étrangla à demi Rand. (Il se radossa à son siège, terrifié par la haine qui faisait briller le regard du prisonnier.) C'est lui qui nous cherchait à Caemlyn. Ça tombe sous le sens.

— Cette affaire te concerne, Moiraine Sedai, dit Agelmar.

— Il semble bien, hélas…

— Je ne voulais pas ! hurla Padan Fain. (Des larmes roulèrent sur ses joues sans entamer la couche de crasse.) Il m'a obligé, avec ses yeux de feu !

Rand frissonna. Mat glissa la main sous sa veste, sans doute pour serrer de nouveau sa dague de Shadar Logoth.

— Il a fait de moi son chien de chasse ! Je n'ai pas droit à une minute de repos, toujours en train de renifler une piste !

— Cette affaire nous concerne tous, dit Moiraine d'un ton sinistre. Seigneur Agelmar, y a-t-il un endroit où je puisse m'entretenir seule avec cet homme ? (Elle eut une moue dégoûtée.) Mais qu'on lui fasse prendre un bain d'abord. Je devrai peut-être le toucher…

Le seigneur dit quelques mots à Ingtar, qui s'inclina et sortit à grandes enjambées.

— On ne me contraindra plus à rien ! cria soudain Fain.

C'était bien sa voix, mais il ne pleurait plus et faisait montre d'une incroyable arrogance. Se redressant de toute sa hauteur, il inclina la tête et brailla :

— Non, c'est terminé !

Fain se campa face à Agelmar comme s'il était son égal, les deux soldats faisant partie de sa garde personnelle, non de ses geôliers.

— Seigneur, il y a un malentendu… Je suis parfois victime d'un sortilège, mais ça ne durera plus très longtemps… Bientôt, je ne subirai plus d'influence extérieure. (Fain désigna ses haillons avec un rire méprisant.) Ne te laisse pas abuser par ma tenue, seigneur. J'ai dû me déguiser pour échapper à mes poursuivants, et mon voyage fut long et difficile. Mes ennemis n'ont pas pu m'arrêter, et me voilà enfin dans un pays où on n'a pas oublié quel danger représente Ba'alzamon. Un royaume où les hommes affrontent encore le Ténébreux !

Rand n'en crut pas ses oreilles. Si c'était bien la voix de Fain, des mots pareils n'auraient jamais dû sortir de sa bouche.

— Tu es venu parce que nous combattons les Trollocs, récapitula Agelmar, et tu es important au point que quelqu'un a voulu t'empêcher d'arriver à destination. Sais-tu ce que disent mes invités ? Selon eux, tu es un colporteur nommé Padan Fain – et tu leur colles aux basques.

Hésitant, Fain regarda Moiraine, puis il détourna très vite la tête. Il étudia un moment les jeunes gens de Deux-Rivières, les yeux pleins de haine, puis se tourna de nouveau vers Agelmar :

— Padan Fain est un des innombrables déguisements que j'ai dû porter au fil des ans. Les Suppôts des Ténèbres me traquent parce que j'ai appris ce qu'il fallait faire pour vaincre leur maître. Si tu veux, seigneur, je peux te montrer…

— Nous nous en sortons très bien, répondit Agelmar. La Roue tisse comme elle l'entend, c'est vrai, mais depuis la Dislocation du Monde, nous avons combattu le Ténébreux sans avoir besoin des conseils d'un colporteur.

— Seigneur, ta force est bien connue, mais résistera-t-elle indéfiniment au Ténébreux ? Ne te sens-tu pas souvent au bord du point de rupture, ces derniers temps ? Pardonne ma témérité mais, si tu ne fais rien, il t'écrasera, au bout du compte. Je le sais, et tu peux me faire confiance sur ce point. Par bonheur, je peux te montrer comment chasser les Ténèbres de ton royaume.

» Fie-toi à moi, seigneur, et tu ne le regretteras pas. Tu purifieras ton royaume et les autres, rien de moins ! Utilise ta puissance comme il faut, et rien ne pourra t'arrêter. Si tu ne tombes pas dans les pièges que te tend Tar Valon, tu sauveras le monde. À jamais, ton nom sera lié à la grande et définitive victoire de la Lumière !

Les gardes ne changèrent pas de position, mais leurs mains glissèrent sur la hampe de leur hallebarde, comme s'ils se préparaient à devoir combattre.

— Pour un colporteur, il a une haute opinion de lui-même, dit Agelmar à Lan. À mon avis, Ingtar a raison : c'est un fou !

Les yeux de Fain brillèrent de colère, mais son ton resta courtois et onctueux.

— Seigneur, je sais que mes propos peuvent sembler présomptueux, mais si…

Il se tut et recula d'un pas, car Moiraine venait de se lever, contournant lentement la table. Sans les hallebardes croisées des gardes, Fain aurait sûrement détalé à toutes jambes.

L'Aes Sedai s'arrêta près de Mat, lui posa une main sur l'épaule et se pencha pour lui parler à l'oreille. Très vite, il se détendit et sortit la main de sous sa veste.

Moiraine l'abandonna et alla se camper aux côtés d'Agelmar, face au colporteur, qui se ratatina de nouveau sur lui-même.

— Je le hais ! gémit-il. Je veux qu'on me libère de lui, afin de pouvoir de nouveau marcher dans la Lumière. (Il éclata en sanglots.) Il m'a forcé, vous dis-je !

— Seigneur Agelmar, souffla Moiraine, cet homme est bien plus qu'un simple colporteur. Plus vraiment humain, malfaisant au-delà de l'imaginable, et plus dangereux qu'on ne saurait le croire. Le bain peut attendre, je vais lui parler, car il n'y a pas de temps à perdre. Viens, Lan !

47

D'autres récits liés à la Roue…

Étrangement nerveux, Rand marchait et remarchait le long de la grande table. Douze pas. Chaque fois, il était arrivé au même résultat, très précisément. Et il en avait franchement assez de compter !

Quelle occupation ridicule ! Je me fiche comme d'une guigne des dimensions de cette table !

Certes, mais il se surprit très vite à comptabiliser le nombre d'allers et retours qu'il faisait !

Que raconte Fain à Moiraine et à Lan ? Sait-il pourquoi le Ténébreux nous poursuit ? Et lequel de nous trois est sa cible ?

Rand regarda ses amis. Après avoir dévasté un morceau de pain, Perrin jouait pensivement avec les miettes, qu'il déplaçait du bout d'un index. Ses yeux jaunes étaient rivés sur son « œuvre », mais ils semblaient regarder en réalité quelque chose qu'ils étaient seuls à voir.

Affalé sur sa chaise, les yeux mi-clos, Mat souriait – nerveusement, pas parce que la situation l'amusait. Extérieurement, il ressemblait au garçon espiègle que Rand avait toujours connu, mais c'était une illusion. Régulièrement, il tapotait le manche de la dague glissée sous veste.

Que dit Fain à l'Aes Sedai ? Que sait-il exactement ?

Au moins, Loial n'avait pas l'air inquiet. Depuis un bon moment, il étudiait les murs. Placé au début en plein milieu de la salle, il s'était approché régulièrement, au point de coller à présent son nez sur la pierre – à première vue, il était fasciné par un joint qu'il retraçait du bout d'un doigt démesuré. Par moments, il fermait les yeux comme si sentir était plus important que voir. Ses oreilles frémissant souvent, il marmonnait dans sa barbe – en ogier, comme s'il pensait être seul dans la salle à manger.

Devant la cheminée, Agelmar conversait avec Nynaeve et Egwene. Hôte accompli, il avait l'art de faire oublier leurs soucis à ses invités. Egwene s'était déjà esclaffée plusieurs fois et Nynaeve elle-même venait d'éclater de rire.

Ce son inhabituel arracha Rand à sa sombre rêverie. Il sursauta carrément quand Mat renversa sa chaise en se levant trop vite.

— Par le sang et les cendres ! rugit-il, se fichant que Nynaeve fasse la moue en l'entendant jurer. Qu'est-ce qui lui prend si longtemps ?

Il redressa sa chaise, se rassit et glissa une main sous sa veste.

Agelmar lui jeta un regard désapprobateur, dévisagea les deux autres garçons sans véritable aménité, et reprit sa conversation avec les femmes.

Au gré de ses allers et retours, Rand se retrouva près du trio et tendit l'oreille.

— Seigneur, dit Egwene, à l'aise avec le titre comme si elle l'utilisait depuis toujours, je prenais Lan pour un Champion, mais vous l'appelez Dai Shan et vous parlez d'une bannière à la Grue Dorée, comme beaucoup de vos guerriers. Parfois, on croirait que Lan est un roi. Un jour, Moiraine l'a appelé « dernier seigneur des Sept Tours ». Qui est-il vraiment ?

Nynaeve gardait les yeux baissés sur son gobelet mais, à l'évidence, elle écoutait avec au moins autant d'attention qu'Egwene. Rand s'immobilisa et tenta de suivre la conversation sans avoir trop l'air d'épier le trio.

— Seigneur des Sept Tours, répéta Agelmar. Un très ancien titre, dame Egwene. Les Hauts Seigneurs de Tear ne peuvent pas prétendre à une telle antériorité. La reine d'Andor n'en est pas loin, cependant…

» Lan n'en parle jamais, pourtant l'histoire est connue tout au long de la frontière. Il est bien un roi – enfin, il aurait dû en être un. Oui, al'Lan Mandragoran, Seigneur des Sept Tours, Seigneur des Lacs, et souverain sans couronne du Malkier.

Le seigneur releva sa tête rasée, ses yeux brillant d'une fierté quasiment paternelle. Se laissant emporter par ses émotions, il parla deux tons plus haut, avec une authentique ferveur :

— Au Shienar, nous nous surnommons les Frontaliers, mais, il y a moins de cinquante ans, notre pays n'appartenait pas vraiment aux Terres Frontalières. Au nord, au-delà de l'Arafel, s'étendait le Malkier. Les lanciers du Shienar se mêlaient au combat, mais c'était au Malkier de contenir les assauts venus de la Flétrissure. Que la Paix bénisse son souvenir, et que la Lumière éclaire à tout jamais son nom !

— Lan est donc un Malkieri, dit la Sage-Dame, surprise et troublée.

— Oui, dame Nynaeve… Il est le fils d'al'Akir Mandragoran, le dernier roi du Malkier. Comment est-il devenu un Champion ? Pour comprendre, il faut sans doute évoquer Lain Mandragoran, le frère du roi.

Avec une audace incroyable, Lain traversa la Flétrissure avec ses troupes et attaqua les Terres Dévastées, atteignant peut-être le mont Shayol Ghul. L'épouse de Lain, Breyan, l'avait encouragé parce qu'elle brûlait de jalousie, n'ayant jamais accepté qu'al'Akir ait hérité du trône à la place de son mari. Le roi et son frère étaient aussi proches que possible – presque autant que des jumeaux, même après que le préfixe royal « al » eut été ajouté au nom d'Akir – mais ça n'apaisa jamais la rancœur de Breyan.

» Lain fut acclamé après son exploit – des louanges méritées – mais cela ne lui permit pas d'éclipser al'Akir. Car, des hommes et des rois de ce calibre, on n'en trouve qu'un par siècle, et encore, pas toujours ! La Paix les couvrait de son aile, lui et el'Leanna.

» Lain finit par mourir dans les Terres Dévastées avec la plupart de ses fidèles. Des guerriers que le Malkier ne pouvait pas se permettre de perdre, bien entendu… Breyan accusa le roi. Selon elle, le mont Shayol Ghul serait tombé s'il était parti pour le Nord avec le reste de l'armée, afin de prêter main-forte à son frère. Pour se venger, la veuve complota avec Cowin Gemallan, surnommé Cowin Cœur Loyal, afin que le trône revienne à Isam, le fils de Lain. Cœur Loyal était un grand héros presque aussi aimé qu'al'Akir, et il faisait partie des Hauts Seigneurs du royaume. Mais lorsque l'assemblée des Hauts Seigneurs avait élu le roi – en recourant au choix des sceptres, selon la coutume en vigueur – il en avait manqué seulement deux pour qu'il monte sur le trône à la place d'Akir. Oui, si deux seigneurs avaient choisi une couleur différente à poser sur l'Autel du Couronnement, il aurait été souverain du Malkier !

» S'unissant, Cowin et Breyan firent revenir des troupes de la Flétrissure afin de conquérir les Sept Tours. Tous les avant-postes se retrouvèrent ainsi privés de l'essentiel de leur garnison…

» Mais la rancœur de Cowin allait bien au-delà de la simple jalousie. Cœur Loyal, le héros dont on célébrait partout les exploits accomplis dans la Flétrissure, était en réalité un Suppôt des Ténèbres. Les avant-postes étant affaiblis, des Trollocs déferlèrent comme un raz-de-marée sur le Malkier. Ensemble, al'Akir et Lain auraient pu unir le pays et conduire la résistance à la victoire. Mais la mort de Lain avait déjà démoralisé le peuple, et l'invasion lui porta un coup fatal. Privés de toute combativité, les Malkieri furent contraints d'abandonner leur royaume.

» Breyan s'enfuit avec son jeune fils Isam, mais elle tomba dans une embuscade des Trollocs. Nul ne sait avec certitude ce qu'il advint d'elle, mais c'est facile à deviner. Pour être franc, j'ai pitié de l'enfant – quant à la mère… Lorsque l'infâme trahison de Cowin fut découverte, au moment de sa capture par le jeune Jain Charin – déjà surnommé Jain l'Explorateur –, Cœur Loyal fut couvert de chaînes puis conduit jusqu'aux

Sept Tours. Les Hauts Seigneurs demandèrent que sa tête soit exposée sur une pique. Se souvenant qu'il était aimé du peuple, juste après Lain et lui, al'Akir préféra affronter le félon en combat singulier. Lorsqu'il porta le coup de grâce à Cowin, on raconte que le roi pleurait. Selon certains, parce qu'il avait dû abattre un ami qui s'était fourvoyé sur le chemin des Ténèbres. Mais d'autres affirment qu'il versait des larmes sur le destin du Malkier.

Le seigneur de Fal Dara secoua tristement la tête.

— De fait, le premier coup du glas venait de sonner pour les Sept Tours. Alors qu'il était trop tard pour appeler à l'aide le Shienar ou l'Arafel, le Malkier n'avait aucune chance de vaincre après la perte de cinq mille guerriers dans les Terres Dévastées et la chute de tous ses avant-postes.

» Le roi et son épouse, el'Leanna, se firent amener Lan dans son berceau. Dans ses minuscules mains, ils placèrent l'épée royale du Malkier – celle qu'il porte encore aujourd'hui. Une arme fabriquée par les Aes Sedai durant la guerre du Pouvoir qui mit un terme à l'Âge des Légendes. Quand ils eurent oint d'huile sacrée le front du bébé, ils le nommèrent Dai Shan et Seigneur de Guerre au Diadème. L'instituant héritier du trône de Malkier, ils prononcèrent à sa place l'antique serment des rois et des reines…

Le regard dur, Agelmar récita le texte rituel comme s'il l'avait lui aussi répété un jour – ou quelque chose de très proche, à tout le moins.

— Je jure de combattre les Ténèbres tant que l'acier restera dur et que la pierre ne s'écroulera pas. Jusqu'à ma dernière goutte de sang, je défendrai le Malkier et demanderai vengeance pour tout ce qui n'aura pas pu être sauvé.

» La reine passa un médaillon au cou de son fils, afin qu'il soit identifié en toutes circonstances, puis elle l'emmaillota et le confia à vingt guerriers d'élite choisis parmi les gardes du corps d'al'Akir. Ces fantastiques combattants reçurent l'ordre de conduire à Fal Moran leur petit protégé.

» Ensuite, le roi et la reine prirent pour la dernière fois la tête de leur armée et partirent affronter les Ténèbres. Ils périrent en défendant la croisée des chemins des Héros, leurs hommes tombèrent avec eux et les Sept Tours furent bientôt brisées. Le Shienar, l'Arafel et le Kandor combattirent les Trollocs sur les marches de Jehaan, et ils parvinrent à les repousser – mais bien moins loin qu'à l'accoutumée. La plus grande partie du Malkier resta entre leurs mains et, au fil des ans, la Flétrissure y fit ses dégâts habituels.

Agelmar marqua une pause, soupirant à pierre fendre. Quand il reprit la parole une mélancolique fierté faisait trembler sa voix :

— Cinq gardes du corps seulement atteignirent Fal Moran. Tous étaient plus ou moins grièvement blessés, mais l'enfant n'avait rien. À partir de là, ses sauveurs lui enseignèrent tout ce qu'ils savaient. Apprenant l'escrime comme d'autres jouent avec un hochet, il devint bientôt familier de la Flétrissure comme s'il s'était agi du jardin de sa mère. Le serment qui fut prononcé devant son berceau est resté gravé dans sa mémoire. S'il ne lui reste plus rien à défendre, il peut encore exiger vengeance. Il ne veut pas entendre parler de ses titres, mais dans toutes les Terres Frontalières, nul n'ignore qu'il est le Roi sans Couronne. S'il lève de nouveau un jour la bannière à la Grue Dorée, une armée entière lui emboîtera le pas. Mais il refuse d'entraîner des hommes à leur fin. Dans la Flétrissure, il défie la mort heure après heure – on peut même dire qu'il la courtise. Mais la vie de ses frères humains est sacrée à ses yeux.

» Si vous devez pénétrer dans la Flétrissure – surtout sans escorte digne de ce nom –, il n'y a personne au monde de mieux qualifié pour vous servir de guide et vous en ramener vivantes. Lan est le meilleur Champion actuel, et tous les autres sont loin derrière lui. Vous aurez tout aussi vite fait de laisser les trois gamins ici, pour qu'ils acquièrent un peu d'expérience. La Flétrissure n'est pas un endroit pour des débutants, et Lan s'en sortira mieux seul qu'avec eux dans les pattes.

Mat voulut intervenir, mais un regard glacial de Rand l'en dissuada. *Bon sang! quand apprendra-t-il à tenir sa langue?*

Comme Egwene, Nynaeve avait écouté en roulant de grands yeux. À présent, elle contemplait son gobelet, l'air désemparée. Egwene lui tapota le bras et eut un regard plein de compassion.

Soudain, Moiraine entra dans la salle, Lan sur les talons.

— Qu'a-t-il dit ? demanda Rand.

Perrin et Mat se levèrent.

— Des culs terreux mal dégrossis , marmonna Agelmar. (Il reprit un ton normal.) Aes Sedai, as-tu appris quelque chose, ou s'agit-il simplement d'un fou ?

— Il est fou, et même presque fou furieux, mais, au sujet de Padan Fain, il n'y a rien de simple.

Un des serviteurs arriva, fit une révérence et se demanda visiblement où il pouvait se débarrasser de la cuvette et du broc qu'il transportait sur un plateau d'argent en même temps qu'un petit pain de savon et une serviette de toilette.

Moiraine lui fit signe de laisser le tout sur la table.

— Désolée d'avoir donné des ordres à tes serviteurs, Agelmar. C'est moi qui ai pris la liberté de commander de quoi me laver.

Agelmar fit un signe au domestique, qui posa son plateau sur la table et détala sans demander son reste.

— Mes gens sont à ta disposition, Aes Sedai…

L'eau que Moiraine versa dans la cuvette fumait encore. Sans se soucier de la chaleur, la jeune femme retroussa ses manches et entreprit de se laver énergiquement les mains.

— J'ai dit qu'il était malfaisant au-delà de l'imaginable, mais j'étais encore loin du compte. Je n'ai jamais rencontré un être si abject – un déchet d'humanité, vraiment ! Depuis que je l'ai touché, je me sens souillée, et je ne parle pas de la crasse dont il est recouvert. C'est à l'intérieur qu'il est sale… (Moiraine se tapota la poitrine.) Son âme est tellement dégradée que je me suis demandé s'il en avait une. En lui, il y a une pire flétrissure que le triste fait d'être un Suppôt des Ténèbres…

— Pourtant, il me fait pitié…, murmura Egwene. Je me souviens de ses visites au village, au début de chaque printemps. Toujours gai et bavard, avec un tombereau de nouvelles du monde… Il y a encore de l'espoir pour lui, n'est-ce pas ? « Aucun homme ne reste assez longtemps dans les Ténèbres pour qu'il soit impossible de le ramener vers la Lumière. »

Une citation, reconnut Rand.

— J'ai toujours partagé cette conviction, dit Moiraine en s'essuyant les mains. La rédemption de Padan Fain reste possible, mais voilà quarante ans qu'il est un Suppôt des Ténèbres. La somme de ses crimes, exprimée en sang versé, en souffrance et en nombre de victimes, est extravagante ! Dans cette liste figure une infamie que vous ne trouverez pas insignifiante, j'en suis sûre. C'est lui qui a guidé les Trollocs jusqu'à Champ d'Emond.

— Bien sûr…, murmura Rand.

J'aurais dû le deviner… Dès que je l'ai vu au palais, j'aurais dû comprendre…

— A-t-il amené avec lui d'autres monstres ? demanda Mat.

Regardant autour de lui, il laissa ses yeux s'attarder sur les murs de pierre. Rand supposa qu'il se souvenait des Blafards rencontrés en cours de route. À Baerlon comme à Pont-Blanc, aucune muraille n'avait retenu longtemps les Demi-Humains et leur chair à canon.

— S'il a envoyé des monstres, ils se casseront les dents sur notre mur d'enceinte. Et ils ne seront pas les premiers…

S'il parlait à la cantonade, les propos du seigneur s'adressaient en fait à Egwene et Nynaeve, qu'il regardait d'ailleurs très souvent.

— Les Myrddraals eux-mêmes ne sont pas dangereux, parce que toutes les rues, ruelles et allées étroites sont éclairées la nuit, ici. Et, à l'intérieur de la ville, nul n'est autorisé à dissimuler ses traits.

— Pourquoi maître Fain est-il ainsi ? demanda Egwene.

— Il y a trois ans…, commença Moiraine. (Épuisée, elle se laissa tomber sur une chaise.) Non, il y aura trois ans cet été… C'est un sacré laps de temps, trois ans ! La lumière nous a sûrement aidés, sinon le Ténébreux aurait vaincu avant même que j'aie songé à quitter Tar Valon. Fain traque les garçons depuis ce temps-là – trois longues années !

— C'est absurde ! s'exclama Rand. Chaque printemps, il venait chez nous avec une régularité de métronome. Et ce serait un traître ? Il nous a vus plusieurs fois, mes amis et moi, et rien n'est arrivé jusqu'à la dernière fois…

L'Aes Sedai dévisagea le jeune berger, un index pointé vers lui.

— Fain m'a tout dit, Rand. Enfin, presque tout. Je le soupçonne de cacher encore un secret important, mais son récit est néanmoins très clair. Il y a trois ans, un Blafard est allé à sa rencontre dans une ville du Murandy. Fain était terrifié, bien entendu, mais être « élu » ainsi est néanmoins considéré comme un grand honneur parmi les Suppôts des Ténèbres. Fain a cru être choisi pour accomplir de grandes choses, et c'était bien le cas, mais pas de la manière qu'il espérait. Il fut conduit vers le nord, au-delà de la Flétrissure, dans les Terres Dévastées. Au mont Shayol Ghul, en fait, où il rencontra un homme aux yeux de feu qui se présenta sous le nom de Ba'alzamon.

Mat s'agita nerveusement et Rand eut du mal à déglutir. C'était bien entendu la vérité, mais ça restait très difficile à accepter – sauf pour Perrin, que rien ne pouvait plus surprendre, semblait-il.

— Que la Lumière nous protège ! s'écria Agelmar.

— Fain n'a pas aimé ce qu'on lui infligea au mont Shayol Ghul, continua Moiraine. Pendant que je l'interrogeais, il a souvent crié, souffrant à cause des flammes qui le brûlaient. Expulser tout ce qu'il cachait en lui a failli le tuer. Malgré mes soins, il n'est plus qu'une loque humaine. Un être brisé… Pour le « réparer », je devrai produire énormément d'efforts, mais ça vaut la peine, pour découvrir tout ce qu'il cache encore. À l'origine, il fut « élu » à cause de la région où il exerçait son commerce. Non, ne sautez pas trop vite à la conclusion ! À l'époque, ce n'était pas seulement le territoire de Deux-Rivières qui intéressait le Père des Mensonges. Il savait où chercher, en gros, mais sans avoir plus de détails que nous, à Tar Valon.

» Fain a dit qu'il est devenu le « chien de chasse » du Ténébreux, et ce n'est pas faux. Le Père des Mensonges l'a conditionné pour qu'il chasse, et il l'a « modifié » afin qu'il soit en mesure de remplir cette mission. Le colporteur refuse de se rappeler ce qui lui a été infligé pour provoquer ces modifications. À cause de ces tortures, il hait son maître au moins autant qu'il le redoute. Quoi qu'il en soit, il fut envoyé « flairer la piste » dans tous les villages qui entourent Baerlon, puis sur le chemin qui conduit aux montagnes de la Brume – jusqu'à la rivière Taren, et au-delà, sur tout le territoire de Deux-Rivières.

— Et ça remonte à trois ans ? intervint Perrin. Je me souviens de ce printemps-là… Fain est arrivé plus tard que d'habitude, mais, le plus étrange, c'est qu'il s'est « incrusté ». Un séjour d'une semaine, à paresser tout en râlant parce qu'une chambre à *La Cascade à Vin* coûtait une fortune. Fain est près de ses sous, tout le monde le sait.

— Je me rappelle, dit Mat. Les gens se demandaient s'il était malade, ou s'il en pinçait pour une femme de chez nous. Aucune n'épouserait un colporteur, bien sûr. Autant s'unir à un Zingaro…

Egwene le foudroyant du regard sous ses sourcils froncés, le jeune homme n'alla pas plus loin sur cette voie.

— Après cet épisode, reprit Moiraine, Fain fut de nouveau conduit au mont Shayol Ghul, où son esprit fut… distillé.

Le ton de l'Aes Sedai retourna l'estomac de Rand – un effet plus parlant encore que la grimace de dégoût qu'elle arborait.

— Tout ce qu'il avait… senti… fut condensé et réinjecté en lui. L'année suivante, dès qu'il arriva à Deux-Rivières, il réussit à choisir ses cibles avec une bien plus grande précision. En réalité, ses résultats dépassèrent les espérances du Ténébreux, puisque Fain eut très vite la certitude que sa proie était un garçon de Champ d'Emond – et ses investigations se limitaient à trois sujets possibles.

Perrin eut un grognement et Mat égrena un chapelet de jurons, ne cessant pas quand Nynaeve lui jeta un regard plus que courroucé.

Agelmar regarda les trois jeunes gens d'un œil nouveau. Très bizarrement, Rand ne réagit pas aussi violemment que ses deux amis. Le Ténébreux le traquait depuis trois ans. Enfin, *les* traquait. Alors qu'il aurait dû en claquer des dents, il se sentait à peine troublé…

Ne se laissant pas déranger par Mat et sa litanie de jurons, Moiraine haussa simplement le ton et continua :

— Lorsque Fain retourna à Lugard, Ba'alzamon lui rendit visite dans un rêve. Le colporteur s'humilia comme jamais, s'adonnant à des rituels dont la seule description vous rendrait sourds et aveugles. Cela le lia davantage encore au Ténébreux, car ce qu'on fait en rêve peut être plus dangereux que de véritables actions.

Rand frémit sous le regard d'avertissement que lui lança l'Aes Sedai, mais elle ne dévia pas de son récit :

— Après la victoire, promit Ba'alzamon, Fain serait récompensé au-delà de ce qu'il pouvait imaginer. Mais, pour devenir puissant au point de dominer un royaume, il devrait d'abord retourner à Champ d'Emond et « marquer » les trois cibles. Un Myrddraal l'attendrait avec une horde de Trollocs. Désormais, nous savons comment les monstres se sont introduits sur votre territoire. Il y avait un bosquet ogier et un Portail à Manetheren…

— Le plus beau bosquet de tous, oui, dit Loial, à part celui de Tar Valon. Le souvenir de Manetheren est cher au cœur des Ogiers.

Muet de surprise, Agelmar forma avec les lèvres les quatre syllabes du nom légendaire. Manetheren…

— Seigneur Agelmar, dit Moiraine, je te dirai comment trouver le Portail de Mafal Dadaranell. Il faut qu'il soit muré, placé sous bonne garde et strictement isolé. Les Blafards ne savent pas encore tout sur les Chemins, mais ce Portail est à courte distance au sud de Fal Dara.

Le seigneur sursauta comme s'il revenait soudain à la réalité.

— Au sud ? Paix ! Nous n'avons pas besoin de ça en plus de tout le reste ! Lumière, éclaire-nous ! Nous ferons ce que tu demandes.

— Fain nous a-t-il suivis sur les Chemins ? demanda Perrin. C'est la seule explication plausible…

Moiraine acquiesça.

— Il vous suivrait jusque dans la tombe, tous les trois, parce qu'il n'a pas le choix. Après son échec à Champ d'Emond, le Myrddraal a forcé Fain à se lancer sur votre piste avec les Trollocs. Le Blafard n'a pas laissé le colporteur chevaucher avec lui. Fain pensait qu'il aurait dû avoir le meilleur cheval disponible afin de diriger la meute, mais le Demi-Humain l'a obligé à courir avec les monstres – qui ont dû le porter quand ses pieds et ses jambes ont crié grâce. Pour le torturer, les Trollocs parlaient de lui dans notre langue, se disputant sur la meilleure façon de le faire cuire quand il ne servirait plus à rien.

» Fain prétend avoir renié le Ténébreux avant que la horde ait atteint la rivière Taren. Mais l'avidité que lui inspirent les promesses de son maître est encore présente, alors j'ai peine à le croire…

» Après que nous eûmes traversé la rivière, le Myrddraal a conduit ses Trollocs jusqu'au Portail le plus proche, dans les montagnes de la Brume, et Fain fut le seul à nous suivre. Il s'est cru libre mais, avant qu'il arrive à Baerlon, un autre Blafard lui a mis la main dessus, et le cauchemar a recommencé. Histoire de ne pas oublier ce que lui coûterait un échec, Fain a dû dormir chaque nuit plié en deux dans un chaudron trolloc. Ce calvaire a duré jusqu'à Shadar Logoth. Fain aurait offert sa mère au Blafard, en échange de la liberté, mais quand le Ténébreux tient une proie, il ne relâche jamais son emprise…

» La ruse à laquelle j'ai recouru à Shadar Logoth – créer une illusion de piste et un fantôme d'odeur en direction des montagnes – a trompé le Myrddraal, mais pas Padan Fain. Heureusement pour nous, le Blafard ne l'a pas cru. À partir de là, il a dû suivre la colonne attaché à une longe. Au bout d'un moment, alors que nous semblions avoir à peine quelques longueurs d'avance, sans qu'il soit pour autant possible de nous rattraper, quelques Myrddraals ont enfin pris ses dires au sérieux. Au nombre de quatre, ces Blafards sont retournés à Shadar Logoth – selon Fain, c'est Ba'alzamon en personne qui les y a incités.

Agelmar eut un rictus méprisant.

— Le Ténébreux ? Cet homme ment, ou il est fou à lier ! Si le Fléau du Cœur était libre, nous serions déjà tous morts – ou condamnés à un sort encore pire.

— Fain dit la vérité telle qu'il la voit, corrigea Moiraine. Même s'il me cache beaucoup de choses, il ne peut pas me mentir. Voici ce qu'il a dit : « Ba'alzamon se manifestait sous la forme d'une flamme de bougie vacillante qui disparaissait très vite et réapparaissait, mais jamais au même endroit. Ses yeux roussissaient la peau des Myrddraals et le feu de sa bouche nous frappait comme un fouet. »

— Une entité, intervint Lan, a poussé quatre Blafards vers un endroit qui les terrorisait presque autant que le courroux de leur maître.

Agelmar grogna comme s'il venait d'encaisser un mauvais coup. Très pâle, il semblait malade.

— Dans les ruines de Shadar Logoth, ce fut un combat du mal contre le mal. La vermine contre la perversion. Quand Fain m'en a parlé, il claquait des dents et pleurnichait comme un enfant. Beaucoup de Trollocs sont morts, consumés par Mashadar et d'autres créatures. Le monstre qui tenait la longe de Fain ayant péri, notre colporteur a fui la ville comme s'il s'agissait de la Fosse de la Perdition du mont Shayol Ghul.

» Se croyant libre, Fain décida de courir jusqu'à ce que Ba'alzamon ne puisse plus le retrouver – et tant pis si ça impliquait de fuir jusqu'au bout du monde. Imaginez son horreur lorsqu'il découvrit que sa compulsion de chasser n'était pas moins forte. Bien au contraire, elle devenait plus impérieuse au fil des jours. Incapable de se nourrir, à part en jouant les charognards tandis qu'il suivait la piste – des insectes et des lézards ramassés en chemin ou des immondices récupérées sur des tas d'ordures, la nuit –, il ne parvenait pas à s'arrêter, sauf quand l'épuisement lui coupait les jambes. Et, dès qu'il allait un peu mieux, il devait repartir. Quand il arriva à Caemlyn, il était capable de sentir ses proies à plus d'un quart de lieue de distance. Dans sa cellule, ici, il levait sans cesse la tête, regardant d'instinct en direction de cette salle…

Rand eut soudain une démangeaison entre les omoplates, comme s'il sentait le regard du colporteur peser sur lui à travers une impressionnante épaisseur de pierre. L'Aes Sedai remarqua son malaise, mais ça ne l'empêcha pas de continuer :

— Quand il arriva à Caemlyn, Fain était à demi fou, et son état ne s'arrangea pas quand il s'avisa que deux de ses proies seulement se trouvaient en ville. Il devait dénicher les trois, selon son conditionnement, mais que faire, sinon suivre la piste qui s'offrait à lui ? Quand le Portail s'est ouvert devant lui, plus tard, il affirme avoir hurlé. Il ignorait comment, mais les connaissances requises pour l'ouvrir étaient dans sa tête et ses mains agissaient toutes seules, brûlant du feu de Ba'alzamon s'il tentait de les en empêcher. Quand le propriétaire de la boutique a déboulé, alarmé par le bruit, il l'a assassiné. Pas parce qu'il le fallait, mais par jalousie, car cet homme, lui, aurait pu sortir librement de la cave, alors que les pas de Fain l'entraînaient inexorablement sur les Chemins.

— C'était donc lui qui nous suivait…, dit Egwene. Et vous l'avez senti, Lan. (Le Champion acquiesça.) Comment a-t-il échappé au Vent Noir ? Il était juste derrière nous, quand nous sommes sortis…

— Il lui a échappé… sans lui échapper vraiment, répondit Moiraine. En fait, le Vent Noir l'a attrapé, et il affirme avoir compris ce que disaient les voix. Certaines le saluaient comme un frère, d'autres avaient peur de lui. Mais aussitôt après l'avoir enveloppé, le Vent Noir s'est dissipé.

— La Lumière nous préserve ! « murmura » Loial.

— Prions pour qu'elle le fasse, oui… Padan Fain ne m'a pas tout dit, loin de là. Le mal est plus profondément ancré en lui – et plus fortement – que chez tous les Suppôts que j'ai rencontrés. On dirait que le Ténébreux, en le modifiant, a imprimé en lui une partie de sa personnalité et peut-être même, sans le vouloir, de sa volonté. Quand j'ai mentionné l'Œil du Monde, Fain s'est tu, mais j'ai senti une… intention… derrière ce silence. Si j'avais le temps de… Mais nous ne pouvons pas attendre.

— Si cet homme sait quelque chose, dit Agelmar, je le lui ferai cracher. (À l'évidence, les Suppôts ne lui inspiraient aucune compassion, et Padan Fain encore moins.) Si tu peux en apprendre davantage sur ce qui t'attend dans la Flétrissure, ça vaut une journée de retard. Bien des batailles ont été perdues par manque d'informations sur le plan de l'ennemi…

Moiraine eut un soupir mélancolique.

— Seigneur, si nous n'avions pas besoin d'une nuit de repos avant d'affronter la Flétrissure, je partirais dans l'heure qui vient, et tant pis pour le risque de tomber sur des Trollocs en pleine nuit. Pense à ce que j'ai appris de Fain. Il y a trois ans, le Ténébreux devait faire venir le colporteur au mont Shayol Ghul pour le « modifier » – alors même qu'il s'agissait d'un de ses plus fervents Suppôts. L'an passé, le Père des Mensonges tirait les ficelles de Fain par l'intermédiaire de ses rêves. Cette année, Ba'alzamon apparaît dans les songes de partisans de la Lumière et il s'est manifesté physiquement à Shadar Logoth. Pas dans son propre corps, mais une projection, même faible et fluctuante, est plus dangereuse pour le monde que toutes les hordes de Trollocs réunies. La geôle du mont Shayol Ghul est de moins en moins solide, seigneur ! Nous n'avons plus de temps devant nous.

Agelmar acquiesça, mais sans capituler, loin de là.

— Aes Sedai, j'ai compris et j'accepte : quand je conduirai mes hommes vers la brèche de Tarwin, ce sera pour mener une diversion – ou livrer une escarmouche alors que la véritable bataille se déroulera ailleurs. Le devoir est une force qui infléchit le destin des hommes, tout comme la Trame, et la gloire n'est pas toujours comprise dans le marché. Mais notre escarmouche sera vaine, même si nous gagnons, en cas de défaite de ta part. Tu dis que ton groupe doit être réduit ? Très bien, qu'il le soit ! Mais je te supplie de mettre toutes les chances de ton côté pour l'emporter ! Aes Sedai, laisse les trois jouvenceaux ici. Je promets de trouver trois hommes aguerris qui les remplaceront avantageusement. Des vétérans qui ne rêveront pas de gloire et se montreront presque aussi efficaces que Lan dans la Flétrissure. Permets-moi de partir au combat en sachant que j'ai fait tout ce qui était en mon pouvoir pour t'aider.

— Seigneur, ils doivent venir avec moi, parce que ce sera à eux de livrer bataille devant l'Œil du Monde…

Bouche bée, Agelmar regarda les trois garçons de Champ d'Emond. Reculant d'instinct, il porta la main à la poignée de l'épée… qui ne ceignait jamais sa taille dans la citadelle.

— Ils ne sont pas… Tu n'appartiens pas à l'Ajah Rouge, Moiraine Sedai, mais même toi, tu…

— Ils sont *ta'veren*, mon ami. La Trame se tisse autour d'eux. Le Ténébreux a déjà tenté de les tuer plusieurs fois. Trois *ta'veren* au même endroit bouleversent la vie des gens comme un cyclone modifie la trajectoire d'un fétu de paille. Là, les *ta'veren* seront devant l'Œil du Monde. Avec un peu de chance, la Trame se tissera autour du Père des Mensonges et le neutralisera de nouveau.

Agelmar cessa de chercher son épée fantôme, mais il continua à regarder Rand et ses amis plus que dubitativement.

— Moiraine Sedai, si tu le dis, je te crois, mais je ne vois pas ce que ces gamins ont de spécial. Des péquenots… Es-tu sûre de toi ?

— Le sang ancien…, dit Moiraine. Épars comme l'eau d'une rivière qui se divise en des milliers de ruisseaux. Mais, parfois, ceux-ci se réunissent pour former de nouveau une rivière. Le sang de Manetheren est puissant et pur chez presque tous ces jeunes hommes. Doutes-tu de la force du sang de Manetheren, seigneur Agelmar ?

Rand jeta un regard en coin à l'Aes Sedai.

Presque tous ces jeunes hommes ?

Le berger regarda Nynaeve, qui suivait la conversation, évitant cependant de regarder Lan. Lorsque leurs yeux se croisèrent, la Sage-Dame secoua légèrement la tête : elle n'avait pas dit à Moiraine qu'il n'était pas né à Deux-Rivières.

Alors, que sait donc l'Aes Sedai ?

— Manetheren… Non, je ne puis douter de ce sang-là… (D'abord hésitant, Agelmar parla plus vite, et avec plus d'assurance.) La Roue tisse de bien étranges temps… Des paysans pour défendre l'honneur de Manetheren dans la Flétrissure ? On aura tout vu ! Mais si un sang peut porter un coup décisif au Ténébreux, c'est bien celui-là. Qu'il en soit fait selon ta volonté, Aes Sedai.

— Dans ce cas, nous allons nous retirer, seigneur… Nous partirons dès l'aube, car le temps presse. La chambre des trois garçons devra être près de la mienne. La bataille est trop proche pour que nous permettions au Père des Mensonges de s'en prendre encore à eux. Le temps nous manque !

Rand sentit peser sur lui les yeux de Moiraine. L'étudiant, ainsi que ses amis, elle semblait évaluer leurs forces.

Le jeune homme frissonna.

Le temps nous manque !

48

La Flétrissure

Le vent faisait battre la cape de Lan dans son dos. Même s'il faisait un grand soleil, les colonnes de poussière soulevées par les bourrasques dissimulaient parfois le Champion à la vue des cent lanciers chargés par Agelmar d'escorter jusqu'à la frontière le petit groupe de voyageurs. Conduits par Ingtar, qui chevauchait près du porteur de la bannière au Hibou Gris, les soldats faisaient grande impression avec leur armure brillante, leur fanion rouge et leur destrier caparaçonné. À dire vrai, ces guerriers n'avaient rien à envier aux Gardes de la Reine d'Andor. Mais après avoir passé toute la matinée à les observer, non sans admiration, Rand s'intéressait davantage aux tours qui se dressaient juste devant la colonne.

Trônant au sommet d'une colline, ces tours séparées les unes des autres par quelque chose comme cinq cents pas étaient équipées d'une rampe fortifiée qui montait en colimaçon jusqu'au lourd portail donnant accès aux créneaux. En cas de sortie, la garnison était protégée par ces fortifications. En revanche, et parce qu'elles n'étaient pas couvertes d'un toit, ces défenses se transformaient en un piège mortel pour d'éventuels assaillants. Contraints de progresser sous une pluie de flèches, de pierre et d'huile bouillante, ils n'avaient guère de chances d'atteindre le pont-levis.

Un grand miroir d'acier poli – positionné dos au soleil – se dressait au-dessus d'une grande cuve à feu qui servait à produire des signaux durant la nuit. Reflétée de tour en tour, une alarme éventuelle atteignait très vite la forteresse principale. Dès qu'ils étaient informés d'un danger, les lanciers allaient se porter sur le front, afin de repousser les intrus. En tout cas, c'était la manœuvre prévue en temps normal.

Les guetteurs des deux tours les plus proches avaient depuis longtemps repéré les voyageurs. Hors des périodes de crise, ces bâtisses avaient en guise de garnison le nombre d'hommes minimal qu'il fallait pour les défendre. Là, presque tous les hommes en bonne forme étaient en train de chevaucher vers la brèche de Tarwin. Si les lanciers ne tenaient pas cette position, la chute des tours ne ferait aucune différence pour le Shienar.

Tandis que le petit groupe passait entre les deux tours, Rand frissonna de la tête aux pieds. À croire qu'il venait de traverser un mur composé d'air glacé. La marque de la Frontière, tout simplement. Les terres qui s'étendaient après ne différaient en rien du Shienar – mais au-delà des arbres dénudés commençait la Flétrissure, et là tout changeait très brusquement.

Ingtar leva un poing ganté de fer pour indiquer à la colonne de s'arrêter. Tirant sur les rênes de son destrier, il l'arrêta à la hauteur d'une borne de pierre des plus ordinaires.

Un repère qui matérialisait la frontière entre le Shienar et ce qui était jadis le Malkier.

— Je suis navré, Moiraine Sedai, dit Ingtar, et je m'excuse aussi auprès de vous, Dai Shan. Bâtisseur, ne m'en veuillez pas, si c'est possible… Contre mon gré, les ordres du seigneur Agelmar m'interdisent de vous accompagner au-delà de ce point.

— Le seigneur et moi nous sommes mis d'accord sur ce protocole avant le départ, rappela Moiraine.

— Je sais, mais ça ne m'est pas moins pénible…

D'habitude d'une équanimité enviable, le subordonné d'Agelmar semblait avoir quelque peine à digérer on ne savait quel affront – ou à avaler l'une ou l'autre couleuvre.

— Vous escorter jusqu'ici m'expose à atteindre la brèche de Tarwin trop tard, c'est-à-dire quand la bataille sera terminée. D'un côté, on me prive de combattre aux côtés de mes frères d'armes et, de l'autre, on m'interdit de franchir la frontière, comme si je n'avais jamais mis un pied dans la Flétrissure. Face à mes questions, le seigneur Agelmar m'a refusé la moindre explication.

Derrière la grille de protection de son casque, le soldat chercha à interroger Moiraine du regard. Bien entendu, elle fit mine de ne s'apercevoir de rien.

Ingtar foudroya du regard la Sage-Dame et chacun de ses compagnons. Depuis qu'il savait la vérité, il ne pouvait s'empêcher de jalouser les « péquenots » choisis pour se couvrir de gloire dans la Flétrissure.

— Je lui cède volontiers ma place…, marmonna Mat à Rand.

Lan se retourna, les yeux brillants de colère, et le silence se fit aussitôt.

— Chacun de nous fait partie de la Trame, déclara Moiraine. À partir de cet instant, nous allons devoir tisser notre vie tout seuls…

Même avec une armure, Ingtar aurait pu s'incliner avec moins de raideur, s'il l'avait voulu.

— Comme vous voudrez, Aes Sedai… Moi, je vais vous laisser là et chevaucher le plus vite possible vers la brèche de Tarwin. Au moins, là-bas, on nous… autorisera… à combattre des Trollocs.

— Vous êtes vraiment si pressé ? demanda Nynaeve. De combattre des Trollocs, je veux dire ?

Décontenancé, Ingtar regarda Lan, comme s'il lui demandait ses lumières.

— Eh bien, c'est ma mission, ma dame, répondit-il enfin, et c'est ainsi que je suis fait. (Il leva une main gantée, paume ouverte en direction du Champion.) *Suravye ninto manshima taishite, Dai Shan.* Que la Paix veille sur ta lame !

Ingtar s'écarta vers l'est avec son porte-bannière, et ses hommes les suivirent, poussant leurs destriers autant que c'était possible quand on leur imposait le poids d'une armure.

— Quelle étrange façon de saluer…, dit Egwene. Pourquoi utilisent-ils le mot « Paix » pour un oui ou pour un non ?

— Quand on ne connaît pas une chose, répondit Lan, sauf en rêve, elle prend une valeur très particulière.

Le Champion talonna Mandarb, qui repartit fièrement. Rand le suivit, se retournant sur sa selle pour regarder Ingtar et ses lanciers s'éloigner.

Bientôt, il ne vit plus les soldats. Puis les tours disparurent elles aussi – désormais, les voyageurs étaient seuls, en chemin vers le nord et ses innombrables dangers. Maussade, Rand ne desserra plus les lèvres. Et, pour une fois, Mat lui-même avait la chique coupée.

Le matin même, à l'aube, les portes de Fal Dara s'étaient ouvertes pour laisser passer le seigneur Agelmar, harnaché et armé comme les hommes qui le suivaient. En rang par quatre, les lanciers avaient quitté la ville, très long serpent de cuir et d'acier ondulant lentement dans les rues désertes. Alors qu'Agelmar et son avant-garde s'enfonçaient déjà dans la forêt, l'arrière-garde n'avait pas encore quitté la citadelle.

En l'absence de citadins pour les ovationner, les soldats avaient avancé au son de leurs tambours, les yeux rivés vers l'est avec une inébranlable détermination.

En chemin, ils se joindraient aux forces venues de Fal Moran – guidées par le roi Easar en personne, tous ses fils à ses côtés – et d'Ankor Dail, la cité qui dominait les Marches de l'Est et veillait sur la Colonne Vertébrale du Monde. Des combattants accourraient de Mos Shirare, de Fal Sion, de Camron Caan et de toutes les autres forteresses du Shienar, les petites comme les grandes. Une fois regroupées, ces forces se dirigeraient vers la brèche de Tarwin.

Au même moment, un exode avait commencé. Passant par la porte du Roi, qui donnait sur la route de Fal Moran, des charrettes, des chariots, des cavaliers et des gens à pied – des fermiers avec leur troupeau ou de simples pères de famille, un enfant sur les épaules – avaient pris le chemin de la capitale. Un départ accepté à contrecœur, c'était évident à voir la mine sombre des exilés et la façon dont la plupart traînaient les pieds. Bizarrement, certains pressaient le pas, courant presque, comme s'ils avaient la mort aux trousses. Mais ça ne durait jamais bien longtemps, et ils reprenaient leur morne progression.

Quelques-uns s'arrêtèrent pour regarder la colonne de lanciers s'enfoncer dans la forêt. L'espoir faisant briller leurs yeux, ces hommes et ces femmes-là prièrent pour le salut des guerriers – et aussi pour le leur – avant de reprendre leur progression vers le sud.

Ingtar et le groupe de Moiraine étaient sortis par la porte du Malkier. Si la bannière au Hibou Gris ouvrait la marche, Moiraine était l'âme de la minuscule colonne qui continuerait seule vers l'Œil du Monde avec la ferme ambition d'épargner un désastre à l'humanité.

Derrière eux, les lanciers et les civils laissaient quelques soldats et des hommes assez âgés – exclusivement des veufs dont les enfants étaient déjà partis pour le Sud. Ces derniers braves s'assureraient, en cas de désastre sur la brèche de Tarwin, que Fal Dara ne tombe pas sans avoir essayé de se défendre.

Pendant environ une heure, après le passage de la frontière, le paysage ne changea pas d'un iota. Alors que le Champion imposait un rythme très soutenu, Rand se demanda quand la colonne atteindrait la Flétrissure. Pour l'instant, les végétaux ne semblaient pas en pire condition qu'au Shienar. Le printemps étant ce qu'il était, il n'y avait pas de quoi s'extasier, mais rien d'anormal non plus.

D'ailleurs, la température s'améliorait, et Rand finit par enlever sa cape et la poser en travers de sa selle.

— C'est la plus belle journée que nous avons connue cette année, fit remarquer Egwene.

Tendant l'oreille comme si elle écoutait le vent, la Sage-Dame murmura :

— Et ce n'est pas normal…

Rand acquiesça. Il sentait aussi que quelque chose n'allait pas, même s'il aurait été incapable de préciser quoi. Bien sûr, il n'avait jamais eu si chaud à l'extérieur cette année, mais ce n'était pas que ça. Au nord, il aurait dû faire plus froid qu'au sud, certes, et pourtant la question n'était pas là. L'influence de la Flétrissure ? Comment aurait-ce été possible, puisque les végétaux étaient normaux ?

Très haut dans le ciel, le soleil rougeoyant ne pouvait pas réchauffer à ce point l'atmosphère. Pourtant, Rand dut bientôt déboutonner sa veste. Le front ruisselant de sueur, il étouffait.

Et il n'était pas le seul. Mat enleva sa veste, exposant la dague maudite, et s'épongea le visage avec le bout de son foulard. Clignant des yeux, il eut vite fait de renouer sur son front l'accessoire vestimentaire dont il ne se séparait plus.

Comme si l'épuisement les avait terrassées, Nynaeve et Egwene s'étaient ratatinées sur leur selle et elles s'éventaient sans interruption. Loial avait déboutonné de haut en bas sa tunique, et il commençait à faire de même avec sa chemise. Au milieu de la poitrine, il arborait une toison semblable à de la fourrure. Un peu gêné de s'exhiber, il marmonna des excuses touchantes de sincérité.

— Il faut me pardonner… Le Sanctuaire Shangtai se trouve dans la montagne, et il y fait toujours frais. (Ses narines frémirent, comme s'il humait l'air.) Je n'aime pas cette chaleur humide.

Il avait raison, s'avisa Rand, l'humidité était insupportable. On se serait cru dans la Tourbe, le marécage de Deux-Rivières, en plein milieu de l'été. Dans cette étuve, on avait en permanence l'impression de respirer à travers un carré de laine trempé dans l'eau chaude. Ici, le sol n'était pas boueux et les quelques mares se révélaient sans danger pour un familier du bois de l'Eau, mais l'air était exactement comme là-bas. Seul Perrin, qui avait gardé sa veste, respirait normalement. Si on exceptait Lan, bien entendu, car, lui, rien ne le gênait.

À part sur les arbres à feuilles persistantes, il ne restait plus beaucoup de vert sur les branches. Rand tendit une main pour toucher un arbuste, mais la couleur jaunâtre des feuilles – qui auraient dû être rouges, semblait-il – et leur aspect maladif, avec des taches brunâtres qui évoquaient la petite vérole, l'incitèrent à replier très vite son bras.

— Ne vous ai-je pas dit de ne rien toucher ? lança Lan.

Il portait toujours sa cape, comme si la chaleur ne l'atteignait pas plus que le froid. Le vêtement lui faisant comme une peau de caméléon, il semblait parfois que son visage flottait tout seul au-dessus du dos de Mandarb.

— Dans la Flétrissure, les fleurs peuvent tuer et les feuilles donnent des maladies très graves. Une créature nommée Aiguillon se tapit volontiers dans les feuillages les plus denses. Comme son nom l'indique, elle attend que quelqu'un s'approche assez pour se faire piquer. La victime n'est pas simplement empoisonnée, car les acides digestifs de l'Aiguillon commencent à désintégrer sa proie. Pour s'en sortir, il n'y a qu'une seule solution : amputer le membre blessé.

» L'avantage, c'est qu'un Aiguillon n'attaque jamais quand on le laisse tranquille. Ce n'est pas le cas de tous les résidants de la Flétrissure.

Même s'il n'avait rien touché, Rand s'essuya nerveusement la main sur la jambe de son pantalon.

— Quand entrerons-nous dans la Flétrissure ? demanda Perrin.

Bizarrement, il ne semblait pas le moins du monde effrayé.

— Nous y sommes, mais c'est seulement la lisière, répondit Lan. La véritable Flétrissure est encore à venir. Certains monstres qui l'habitent chassent à l'oreille, et il leur arrive parfois de s'aventurer jusqu'ici. À l'occasion, ils traversent même les montagnes de la Damnation. À côté, les Aiguillons sont des animaux de compagnie. Si vous voulez survivre, taisez-vous et suivez le rythme !

Sans attendre de réponse, le Champion continua à imposer son train épuisant.

Au fil de la journée, la corruption de la Flétrissure fut de plus en plus apparente. Les feuillages redevinrent denses, mais tous étaient tachés de jaune et de noir, comme si une terrible maladie les rongeait. Certaines feuilles veinées d'un rouge maladif semblaient enflées comme si elles menaçaient d'éclater, tels d'ignobles bubons. Partout, les fleurs composaient une grotesque caricature de printemps, car elles étaient déjà fanées, voire pourries, avant même d'éclore. S'il se risquait à respirer par la bouche, Rand manquait vomir à cause de la puanteur. Une odeur de décomposition végétale si forte qu'elle rappelait celle d'un quartier de viande mangé aux vers. Dans cette immense étendue de pourriture, les sabots des chevaux faisaient un bruit mou qui suffisait à lui seul à retourner l'estomac des voyageurs.

Mat ne put résister longtemps et rendit tripes et boyaux sans même descendre de son cheval. Rand invoqua le vide et la flamme, mais ça ne lui fut pas d'un grand secours contre la bile qui lui montait à la gorge. Même si son estomac devait être vide, Mat réussit à vomir encore deux fois. Très pâle, Egwene semblait à un souffle de l'imiter. Les dents serrées, Nynaeve résistait de son mieux, épiant les réactions de Moiraine. Si elle devait être malade, ce ne serait sûrement pas avant l'Aes Sedai. Cela dit, Moiraine elle-même ne paraissait pas bien fraîche, et la Sage-Dame risquait de ne pas avoir trop longtemps à attendre.

Malgré la chaleur, Loial noua un foulard sur son nez et sa bouche. Lorsque leurs regards se croisèrent, Rand vit que son ami était à la fois révulsé et fou de rage.

— J'ai entendu dire…, commença l'Ogier.

Gêné par le tissu, il se racla la gorge, puis marmonna :

— C'est infâme… Même l'air a un goût immonde… J'ai entendu dire beaucoup de choses sur la Flétrissure, et j'ai lu quelques ouvrages, mais rien ne peut préparer à cette horreur. Le Ténébreux lui-même devrait hésiter à infliger une telle souillure aux arbres !

Comme précédemment, Lan n'était pas affecté. Rand ne s'en étonna pas. En revanche, il fut surpris de voir Perrin rester insensible à la pourriture ambiante.

Insensible ? Pas vraiment, mais il ne réagissait pas comme les autres. Regardant à droite et à gauche, il semblait voir l'ignoble forêt comme une ennemie, ou à tout le moins comme l'étendard d'une force hostile. Sa main volant sans cesse sur le manche de sa hache, il grognait d'une étrange façon qui donnait la chair de poule à Rand. Et ses yeux devenus jaunes brillaient intensément même en plein jour.

Quand le soleil sombra à l'horizon, la chaleur ne diminua pas. Au nord, dans le lointain, se dressaient des pics noirs bien plus hauts que les montagnes de la Brume. De temps en temps, les bourrasques glacées qui en venaient réussissaient à atteindre les voyageurs. La touffeur ambiante leur enlevait très vite l'essentiel de leur fraîcheur, mais ces brefs courants d'air restaient quand même très agressifs. À ces moments-là, Rand avait l'impression que la sueur gelait sur son front et ses joues. La seconde d'après, elle fondait, et la chaleur devenait deux fois plus difficile à supporter. Du coup, le vent n'apportait pas de véritable soulagement, et les voyageurs s'en seraient bien passés, s'ils avaient eu le choix. Avec l'odeur de décomposition, ce froid évoquait celui du tombeau, et ça n'était pas très réconfortant…

— Nous n'atteindrons pas les montagnes avant la tombée de la nuit, annonça Lan, et se déplacer après le coucher du soleil est dangereux, même pour un Champion qui voyage seul.

— Pas très loin d'ici, intervint Moiraine, il y a un endroit où nous pourrions camper – le faire serait même un bon présage…

Lan regarda bizarrement l'Aes Sedai, puis il acquiesça à contrecœur.

— Il faut bien camper quelque part… Alors, pourquoi pas là ?

— Lorsque je l'ai trouvé, dit Moiraine, l'Œil du Monde était au-delà des passes de haute montagne. Il sera préférable de traverser en plein jour, vers midi, à l'heure où le pouvoir du Ténébreux sur le monde est le plus faible.

— Vous parlez comme si l'Œil se déplaçait, dit Egwene à l'Aes Sedai.

Mais ce fut Loial qui lui répondit :

— Il n'existe pas deux Ogiers qui l'aient trouvé exactement au même endroit. L'Homme Vert, lui, est toujours là où on a besoin de lui.

L'Œil, en revanche, se situe au-delà des passes. Des défilés dangereux et hantés par l'engeance maudite du Ténébreux…

—Avant de nous en inquiéter, il faudra déjà les avoir atteintes, rappela Lan. Demain, nous entrerons pour de bon dans la Flétrissure.

Rand ne put s'empêcher de frissonner.

Parce que ce n'était qu'un avant-goût?

Lan obliqua vers l'ouest, avançant tout droit vers le point où le soleil disparaîtrait bientôt à l'horizon. Il maintint le rythme habituel, mais avec quelque réticence, semblait-il.

L'astre du jour frôlait la cime des arbres quand le Champion, au sommet d'une colline, tira enfin sur les rênes de Mandarb. Devant les voyageurs, plein ouest, s'étendaient une série de lacs dont les eaux, telles les perles de taille différente d'un collier, brillaient encore sous les derniers assauts du soleil couchant. Entre ces lacs, des collines moutonnaient à perte de vue.

Rand sentit soudain un frisson courir le long de sa colonne vertébrale. Non, ce n'étaient pas des collines ni des buttes! Les vestiges de sept tours, voilà ce qu'il venait de voir! Les autres les avaient-ils aperçus aussi? C'était peu probable, car la lumière du jour mourant n'avait joué qu'une fraction de seconde sur les silhouettes éventrées de ces géantes.

—On ne pourrait pas camper en bas, près des lacs? proposa Nynaeve. Il ferait sans doute plus frais…

—Par la Lumière, dit Mat, je plongerais ma tête dans l'eau, et rien ne dit que je l'en ressortirais!

À cet instant précis, les eaux du lac le plus proche ondulèrent puis s'écartèrent pour laisser apercevoir une immense silhouette noire. Dans une gerbe d'éclaboussures, ce qui devait être une queue – mais terminée par un dard pointu comme celui d'une guêpe, en mille fois plus grand – se dressa un instant à l'air libre. Tout au long de la créature, on distinguait des sortes de tentacules qui grouillaient comme des vers géants. Les pieds, ou assimilés, d'un mille-pattes aquatique démesuré? C'était probable, mais impossible à dire, car l'eau se referma bientôt sur le monstre aux contours de plus en plus indistincts.

Dès qu'il eut pu refermer la bouche, Rand se tourna vers Perrin, qui se révéla aussi stupéfié que lui.

Rien de si gros ne pouvait vivre dans un lac si petit.

Et je n'ai pas vu des mains sur les tentacules! C'est carrément impossible!

—Tout bien pesé, fit Mat, camper ici paraît plus judicieux.

—Je placerai des protections autour de cette colline, dit Moiraine, qui avait déjà mis pied à terre. Une véritable barrière attirerait l'attention, et c'est la dernière chose que nous voulons. Mais si une créature du Ténébreux ou un quelconque allié du mal approchent à moins de mille pas de nous, je le saurai.

— La barrière ne serait pas quand même préférable ? demanda Mat. Avec ce monstre dans le lac, pas si loin que ça…

— Arrête un peu tes bêtises, Mat ! s'écria Egwene.

— Oui, renchérit Nynaeve. Tu veux que nos ennemis, après nous avoir repérés, nous tendent une embuscade demain matin ? Tu es un imbécile, Matrim Cauthon !

Mat sauta à terre et foudroya du regard les deux femmes tandis qu'elles descendaient à leur tour de selle. Mais il renonça à argumenter.

Alors qu'il prenait les rênes de Bela, Rand sourit à Perrin, qui lui rendit la pareille. Un bref instant, les deux jeunes gens s'étaient crus de retour chez eux, à la joyeuse époque où Mat disait systématiquement ce qu'il ne fallait pas dire au moment où il ne le fallait surtout pas.

Le sourire de l'apprenti forgeron s'effaça très vite. Au crépuscule, ses yeux brillaient comme si un feu brûlait à l'intérieur de sa tête.

Rand se rembrunit aussi.

Ce n'est pas du tout comme chez nous !

Les trois garçons et Lan s'occupèrent des chevaux pendant que les femmes et Loial dressaient le camp. L'Ogier s'énerva un peu en installant le four, un peu trop petit pour ses gros doigts, mais il s'en tira remarquablement bien. En fredonnant, Egwene remplit la bouilloire avec l'eau d'une des outres. Depuis l'entrée dans la Flétrissure, Rand ne s'étonnait plus que le Champion ait insisté pour emporter de grosses réserves d'eau.

Quand il eut attaché sa monture à côté des autres, Rand entreprit de récupérer ses sacoches et sa couverture. Dès que ce fut fait, il se retourna… et se pétrifia, l'estomac noué. Loial et les trois femmes n'étaient plus nulle part en vue. Le four aussi avait disparu, ainsi que les paniers du cheval de bât. Là où aurait dû être le camp, il n'y avait absolument rien !

Entendant à peine le juron de Mat, Rand dégaina son épée. Perrin avait déjà saisi sa hache, et il sondait les alentours tel un fauve à l'affût.

— Fichus péquenots…, marmonna Lan.

Parfaitement serein, il avança vers l'endroit où aurait dû être le camp… et disparut après trois enjambées.

Rand et ses amis se consultèrent du regard, puis ils se précipitèrent en avant, faillirent se rentrer dedans quand ils s'arrêtèrent net dans la zone où le Champion s'était volatilisé.

Déséquilibré par Mat, qui le percuta pour de bon, Rand dut faire un pas de plus. Agenouillée devant le petit four, Egwene leva les yeux vers son ami, se demandant à quel jeu il jouait. Près de la jeune fille, Nynaeve remettait en place le cache de la deuxième lanterne qu'elle venait d'allumer. Moiraine était assise en tailleur non loin du four, Lan l'avait déjà imitée et Loial était en train de sortir un livre de son sac.

Rand regarda derrière lui. Tout était à sa place, le versant de la colline, les arbres à peine visibles dans la pénombre, les lacs dont les eaux brillaient encore un peu… Mais, s'il reculait, ses amis ne risquaient-ils pas de disparaître, et pour de bon, cette fois ? Mat et Perrin, à côté du jeune berger, semblaient se poser les mêmes questions.

Moiraine remarqua leur malaise, bien entendu.

Penaud, Perrin glissa sa formidable hache dans la boucle de sa ceinture – furtivement, comme s'il avait été possible qu'un geste pareil passe inaperçu.

— C'est une illusion très simple, dit l'Aes Sedai avec un sourire. J'ai infléchi l'espace, afin que le regard d'un intrus placé hors du camp nous contourne au lieu de nous voir. Les créatures qui hantent ces lieux ne doivent pas repérer la lumière de notre feu. Et, dans la Flétrissure, ne pas s'éclairer la nuit est une très mauvaise idée.

— Moiraine Sedai dit que je serais déjà capable de faire ça, annonça Egwene, les yeux brillants. Je peux canaliser assez de Pouvoir, paraît-il…

— Pas sans entraînement, mon enfant, rappela Moiraine. Quand il est question du Pouvoir, les choses les plus simples peuvent être dangereuses pour les non-initiées et leur entourage.

Perrin émit un grognement. À voir l'air gêné d'Egwene, Rand se demanda si elle n'avait pas déjà passé outre ces conseils de prudence.

Nynaeve posa la seconde lanterne sur le sol. Avec la flamme du four, l'illumination était plus que satisfaisante.

— Quand tu iras à Tar Valon, Egwene, dit la Sage-Dame, il est possible que je t'accompagne. (Elle regarda Moiraine, plaidant quasiment sa cause.) Avoir avec elle quelqu'un qu'elle connaît lui fera du bien, je crois… Elle ne peut pas être entourée exclusivement d'Aes Sedai.

— C'est une bonne idée, Sage-Dame, dit Moiraine, restant très neutre.

Egwene éclata de rire et tapa dans ses mains.

— Ce serait formidable ! Et toi, Rand, viendras-tu aussi ?

Alors qu'il s'asseyait en face de son amie, le jeune berger marqua une courte pause, puis il se laissa lentement glisser sur le sol. Les yeux d'Egwene n'avaient jamais tant brillé – comme deux lacs jumeaux où il se serait volontiers noyé. Les joues un peu roses, elle se tourna vers les deux autres garçons :

— Perrin, Mat, vous viendrez aussi ? Comme ça, nous serons tous ensemble. (Mat émit un grognement qui pouvait signifier n'importe quoi et Perrin se contenta de hausser les épaules, mais Egwene y vit un double acquiescement.) Tu vois, Rand, ce sera comme à Champ d'Emond !

Par la Lumière ! un homme pourrait effectivement se noyer dans ces yeux… et en être ravi !

— Y a-t-il des moutons à Tar Valon ? Garder des ovins et faire pousser du tabac, voilà tout ce que je sais faire.

— Je pense pouvoir te trouver une occupation, intervint Moiraine. Et aux autres aussi. Probablement pas garder des moutons, mais une tâche qui vous intéressera.

— J'ai trouvé ! s'exclama Egwene. Quand je serai devenue une Aes Sedai, je ferai de toi mon Champion. Tu aimerais ça, pas vrai ? Mon Champion, Rand al'Thor !

Alors qu'elle affichait une calme certitude, Egwene avait en réalité besoin d'une réponse.

— Oui, j'aimerais ça, répondit Rand.

« Elle partage tes sentiments, mais vous n'êtes pas faits l'un pour l'autre. Enfin, pas de cette façon-là… »

Pourquoi Min avait-elle jugé bon de dire ça ?

Alors que les ténèbres s'épaississaient, la fatigue terrassa les voyageurs. Loial fut le premier à s'étendre, mais les autres l'imitèrent très vite. Aucun n'utilisa sa couverture – ou alors, comme oreiller. Si Moiraine avait ajouté dans l'huile de la lampe une substance qui neutralisait la puanteur, elle n'avait rien pu faire contre la chaleur. Alors que la lune pâlichonne fournissait très peu de lumière, l'atmosphère restait étouffante comme si on avait été en plein jour.

Rand ne parvint pas à s'endormir malgré la proximité de l'Aes Sedai, une présence qui garantissait que ses rêves ne lui seraient pas volés par Ba'alzamon. Mais la chaleur le perturbait, sans parler des ronflements de Loial, qui parvenaient même à couvrir ceux de Perrin, pourtant expert en la matière.

Bientôt, il n'y eut plus d'éveillés que Rand, Lan et, très curieusement, Nynaeve.

Alors que le Champion montait la garde, son épée posée sur les genoux, la Sage-Dame le regarda un long moment, puis elle servit une chope d'infusion et se leva pour la lui porter. Lorsqu'il la prit, murmurant un « merci », la jeune femme ne retourna pas s'étendre, comme il aurait été logique de le faire.

— J'aurais dû savoir que tu étais un roi…, dit-elle.

Elle soutenait bravement le regard du Champion, mais sa voix tremblait un peu.

Sans chercher à rompre le contact visuel, Lan sembla pour la première fois se défaire du masque d'indifférence qu'il arborait en permanence.

— Nynaeve, je ne suis pas un roi… Juste un homme qui ne possède même pas une minuscule parcelle de terre…

— Certaines femmes ne se soucient pas des terres ni de la fortune. Ce qui les intéresse, c'est l'homme, pas ce qu'il possède.

— Un homme qui demanderait à une telle femme d'accepter son dénuement ne serait pas digne d'elle. Tu es une femme hors du commun, belle comme le jour et aussi courageuse qu'un guerrier. Sage-Dame, tu es une lionne !

— Les Sages-Dames se marient rarement… (Nynaeve prit une grande inspiration pour se donner du courage.) Mais si je vais à Tar Valon, je deviendrai peut-être quelqu'un d'autre…

— Les Aes Sedai ne se marient guère plus que les Sages-Dames, sais-tu ? Peu d'hommes sont capables de vivre près d'une épouse si puissante – quelqu'un qui fait pâlir leur propre étoile, même si ce n'est pas volontaire…

— Certains hommes sont assez forts. J'en connais un de cette envergure…

Afin de ne laisser planer aucun doute, Nynaeve dévisagea le Champion avec une rare intensité.

— Tout ce que je possède, c'est une épée qui m'aide à livrer une guerre que je ne gagnerai pas et qui continuera longtemps après ma mort.

— J'ai déjà dit que ça ne me dérangeait pas… Par la Lumière ! j'en ai déjà plus dit qu'il est décent, pour une femme. Veux-tu m'humilier en me forçant à faire ma demande ?

— T'humilier, moi ? Jamais…

La douceur du ton de Lan étonna Rand, qui ne l'avait jamais entendu parler ainsi, et fit briller un peu plus les yeux de Nynaeve.

— Douce dame, je détesterai l'homme que tu choisiras, parce que ce ne sera pas moi. Mais, s'il te rend heureuse, ce sera très vite mon meilleur ami. Aucune femme ne mérite d'être promise au veuvage le jour même de ses noces, et toi encore moins que les autres. (Lan posa la chope pleine sur le sol et se leva.) Je dois aller voir comment vont les chevaux…

Après le départ du Champion, Nynaeve resta agenouillée où elle était.

Même s'il n'avait pas sommeil, Rand ferma les yeux. S'il l'avait regardée pleurer, la Sage-Dame lui en aurait sûrement voulu.

49

Le Ténébreux frémit

Les premières lueurs de l'aube réveillèrent Rand en sursaut. Les yeux encore lourds de sommeil, et agacés par la lumière pourtant pâlichonne, il regarda autour de lui, sondant les quatre points cardinaux de la Flétrissure. Même à une heure si précoce, la chaleur écrasait impitoyablement le paysage. Se tournant sur le dos, la tête bien calée par sa couverture transformée en oreiller, le jeune berger contempla le ciel. Toujours d'un bleu très pur, il n'était pas touché par la désolation ambiante, et ça avait quelque chose de rassurant.

Rand fut très surpris de constater qu'il avait fini par s'endormir. Un instant le souvenir d'une conversation flotta dans son esprit comme les lambeaux d'un rêve. Mais il ne s'agissait pas d'un songe. Assise en tailleur, les yeux cernés, Nynaeve n'avait à l'évidence pas fermé l'œil de la nuit. Lan non plus, probablement, et il arborait de nouveau son fameux masque de pierre – plus dur que jamais, comme s'il n'avait plus l'intention de s'en départir.

Soucieuse, Egwene alla s'asseoir près de la Sage-Dame. Trop bas pour que Rand puisse entendre, la jeune fille parla à l'oreille de son amie, qui l'écouta puis secoua la tête. Egwene ajouta alors quelque chose, s'attirant en guise de réponse un geste agacé de la main. Au lieu de s'éloigner, comme Nynaeve l'y incitait, la jeune fille se pencha davantage et murmura de nouveau à l'oreille de la Sage-Dame.

Nynaeve écouta, secoua de nouveau la tête, puis… éclata de rire, enlaça sa jeune compagne et lui adressa à son tour quelques mots de réconfort. Soulagée, Egwene se leva et en profita pour foudroyer du regard le Champion.

Celui-ci ne s'en aperçut pas, car il évitait soigneusement de tourner la tête vers les deux femmes.

Mélancolique, Rand rassembla ses affaires, puis il fit un brin de toilette avec le peu d'eau que Lan allouait chaque matin à cette activité.

Les femmes avaient-elles le don de lire dans l'esprit des hommes ? se demanda-t-il tout en faisant ses ablutions. C'était une pensée dérangeante, et pourtant…

Toutes les femmes seraient plus ou moins des Aes Sedai…

Se disant que la Flétrissure était en train de le rendre un peu fou, Rand se rinça la bouche puis alla seller son cheval.

La disparition du camp, dès qu'il fut sorti du champ d'action de la protection mise en place par Moiraine, le déconcerta de nouveau. Mais, quand il eut fini de harnacher Rouquin, il constata que tout était redevenu normal au sommet de la colline. Et, dans le camp, tout le monde se dépêchait…

Les sept tours en ruine étaient toujours là, énormes monticules de gravats qui témoignaient pourtant, si peu que ce fût, d'une ancienne et formidable grandeur. Les innombrables lacs, d'un bleu limpide, ne laissaient apercevoir aucun monstre. Quand on les regardait ainsi, en même temps que les tours détruites, on parvenait presque à oublier les immondices qui grouillaient tout autour de la colline.

Sans donner l'impression que ce soit délibéré, Lan ne tourna jamais la tête vers les ruines. Mais, comme pour Nynaeve, il ne pouvait pas s'agir d'un hasard…

Lorsque le site eut été consciencieusement nettoyé, les paniers fixés de nouveau sur le dos du cheval de bât, alors que tous ses compagnons étaient déjà en selle, Moiraine se campa au centre du camp, ferma les yeux et se pétrifia comme si elle avait cessé de respirer. Pour Rand, il ne se passa rien de particulier, n'était que Nynaeve et Egwene se mirent à trembler et à se frotter vigoureusement les bras malgré la chaleur. Puis les mains de la jeune fille s'immobilisèrent, et elle regarda la Sage-Dame, ouvrant la bouche pour parler.

Cessant aussi de se masser les bras, Nynaeve intima du regard le silence à sa protégée. Puis les deux femmes se dévisagèrent longuement jusqu'à ce qu'Egwene sourie et hoche la tête. Quelques instants plus tard, Nynaeve l'imita, même si son sourire parut beaucoup plus forcé.

Rand se passa la main dans les cheveux, les trouvant déjà tout poisseux de sueur. Quelque chose lui disait qu'il aurait dû comprendre au moins en partie le dialogue muet des deux jeunes femmes de Champ d'Emond. Hélas, il ne parvint pas à mettre le doigt sur ce qui aurait dû être une évidence.

Moiraine ouvrit enfin les yeux et les baissa sur le pied de la colline.

— Voilà, j'ai effacé les dernières traces de ce que j'ai fait ici hier soir… Tout se serait volatilisé en moins d'une journée, mais j'ai refusé de prendre le moindre risque inutile. Nous sommes trop près du cœur des Ténèbres pour jouer à des jeux dangereux. Lan, nous y allons ?

Le Champion attendit que l'Aes Sedai soit en selle, puis il prit la direction du nord, vers les lointaines montagnes de la Damnation. Même par une matinée claire, les pics demeuraient sinistres et sans vie. Telle une muraille, ils barraient l'horizon d'est en ouest – et aussi loin que le regard pouvait porter.

— Moiraine Sedai, demanda Egwene, atteindrons-nous aujourd'hui l'Œil du Monde ?

L'Aes Sedai coula un regard à Loial.

— J'espère bien… La fois précédente, il était au pied des montagnes, de l'autre côté, une fois les hautes passes traversées.

— Loial dit que l'Œil se déplace, rappela Mat. Que ferez-vous s'il n'est pas là où vous le pensez ?

— Nous continuerons à chercher, voilà tout… L'Homme Vert sent le besoin des gens… Et le nôtre, parce qu'il est l'unique espoir du monde, ne passera pas inaperçu, vous pouvez me croire…

En approchant des montagnes, la petite colonne entra dans la *véritable* Flétrissure. Alors qu'elles étaient tachées de jaune et de noir, jusque-là, les feuilles complètement pourries tombaient d'elles-mêmes des branches sous le poids de la moisissure qui les rongeait. Rachitiques et ratatinés, les arbres levaient faiblement leurs branches vers le ciel, comme s'ils imploraient une entité qui refusait obstinément de les entendre. De leur tronc à l'écorce blessée sourdait une sève qui évoquait irrésistiblement du pus. Comme s'ils ne s'accrochaient plus à rien de solide, l'onde de choc du passage des chevaux faisait trembler sur leur base ces grotesques caricatures de végétaux.

— On dirait qu'ils veulent nous attraper, dit Mat d'une voix blanche.

Nynaeve le foudroyant du regard, il ajouta, sur la défensive :

— Ils ont vraiment l'air de nous en vouloir, non ?

— Et c'est la stricte vérité, pour certains…, dit soudain Moiraine, le regard plus dur que celui de Lan. Mais ils ne voudraient de moi sous aucun prétexte, et ma présence vous protège tous.

Mat eut un rire étranglé, comme si la plaisanterie ne l'amusait pas vraiment.

Rand n'aurait pas juré qu'il s'agissait d'une plaisanterie.

Nous sommes dans la Flétrissure, après tout… Cela dit, les arbres sont incapables de bouger. Et, même s'ils le pouvaient, que feraient-ils d'un être humain ? Notre imagination nous joue des tours, et Moiraine tente de nous empêcher de sombrer dans le délire.

Rand se pétrifia soudain. L'arbre qu'il surveillait du coin de l'œil, à vingt pas de là, venait de frémir, et ce n'était pas une illusion. Dans l'état où était le végétal, bien malin qui aurait pu dire à quelle variété il appartenait…

Sous les yeux ébahis de Rand, l'arbre bougea de nouveau. Cette fois, il ne frémit pas, mais se balança d'avant en arrière… puis se plia en deux, sa cime touchant presque le sol. Un cri inhumain retentit alors que l'arbre se redressait, « serrant » entre ses branches une silhouette sombre qui se débattait en hurlant à la mort.

Les sangs glacés, le jeune berger tenta d'éloigner Rouquin des arbres, mais il y en avait partout, et c'était une mission impossible. Alors que les arbres, des deux côtés de la route, s'animaient à leur tour, la monture de Rand écarquilla les yeux de terreur. Tous les autres cavaliers ayant réagi comme le jeune berger, les chevaux se percutèrent avant d'adopter une formation serrée comme on n'en avait sans doute jamais vu.

— Ne vous arrêtez pas…, ordonna Lan en dégainant son épée. (Avant le départ, il avait enfilé sa tunique gris et vert composée de plates de fer, et il portait désormais des gantelets de combat.) Restez près de Moiraine Sedai !

Le Champion orienta son cheval dans la direction opposée à celle où se dressait l'arbre chasseur. Avec sa cape aux couleurs fluctuantes, il ne tarda pas à sortir du champ de vision de ses amis.

— Regroupez-vous autour d'Aldieb, dit très calmement Moiraine. Et restez aussi près que possible de moi tout au long du chemin.

Un rugissement monta de l'endroit que Lan était parti explorer. Puissant et impérieux, ce cri fit bruire les feuilles et ébranla le tronc des arbres les plus faibles.

— Lan…, gémit Nynaeve, il…

L'horrible hurlement retentit de nouveau, forçant la Sage-Dame au silence. Désormais, en plus d'exprimer de la souffrance, l'appel déchirant charriait un sentiment nouveau : la peur à l'état brut.

Puis le silence revint aussi vite qu'il était parti.

— Lan est assez grand pour s'occuper de lui-même, dit Moiraine à la Sage-Dame. Avance, Nynaeve !

Le Champion jaillit soudain de l'ombre des arbres, tenant son épée à bonne distance de son corps et du flanc de sa monture. Du sang noir souillait la lame et une fumée âcre s'en élevait. Très calme, Lan sortit un chiffon de ses sacoches de selle, essuya la lame sur toute sa longueur et l'étudia attentivement. Quand il fut certain qu'il ne restait pas de souillure, Lan lâcha le chiffon, qui se volatilisa avant même d'avoir touché le sol.

Dans un parfait silence, une créature immense jaillit à son tour des arbres. Le Champion fit volter Mandarb, afin qu'il puisse accueillir le monstrueux intrus avec une des ruades dont il avait le secret, mais le destrier n'eut jamais à porter le premier coup de la contre-attaque.

La flèche décochée par Mat transperça l'œil unique de la créature tellement difforme qu'on voyait avant tout sa gueule répugnante généreusement garnie de crocs.

Battant des bras, le monstre s'écroula, raide mort.

En le dépassant, Rand ne put s'empêcher de baisser les yeux sur l'agresseur défunt. Le corps couvert de poils très longs, la créature avait une multitude de pattes qui venaient se souder selon des angles bizarres au corps de leur propriétaire. Celles qui s'accrochaient à son dos ne devaient pas être d'une grande utilité pour marcher, mais les griffes acérées qui les prolongeaient se révélaient sûrement précieuses quand il était question de déchiqueter une proie.

— Une bonne flèche, paysan, dit Lan, ses yeux se détachant déjà de la créature morte pour repérer de nouveaux dangers dans la forêt redevenue silencieuse.

— Ce monstre n'aurait pas dû approcher tant d'une Aes Sedai susceptible d'entrer en contact avec la Source Authentique, dit Moiraine.

— Agelmar a dit que la Flétrissure « s'agite », rappela Lan. Peut-être parce qu'elle sait qu'un Lacis est en cours de tissage sur la Trame.

— Au galop ! cria Moiraine en talonnant sa jument. Il faut traverser les passes le plus vite possible.

À l'instant même où Moiraine lançait cet ordre, la Flétrissure se déchaîna contre les voyageurs. Se fichant que l'Aes Sedai puisse entrer en contact avec la Source Authentique, les arbres se penchèrent en avant, tentant de se saisir de leurs proies.

Son épée se matérialisant dans sa main sans qu'il ait eu conscience de la dégainer, Rand frappa sans relâche et la lame au héron tailla impitoyablement les branches corrompues et maléfiques. Les moignons se retiraient avec des grincements très semblables à des cris, mais ils étaient aussitôt remplacés par une nouvelle horde de tentacules végétaux visant à s'enrouler autour du cou, des bras et de la taille de Rand.

Un rictus haineux sur les lèvres, le jeune berger invoqua le vide et le trouva presque aussitôt dans le sol dur comme la pierre de sa terre natale, le territoire de Deux-Rivières.

— Manetheren ! cria-t-il aux arbres, si fort que sa gorge lui fit mal. Manetheren ! Manetheren !

L'épée au héron sembla soudain frapper deux fois plus vite et deux fois plus fort.

Dressé sur ses étriers, Mat décochait flèche sur flèche aux créatures contrefaites qui jaillissaient d'entre les arbres et tentaient de déferler sur les voyageurs. Alors que ses cibles tombaient comme des mouches, mordant ou griffant la hampe des projectiles qui les tuaient, Mat lui aussi semblait plongé dans un lointain passé.

— *Carai an Caldazar!* cria-t-il en armant son arc, la corde venant se plaquer contre sa joue. *Carai an Ellisande! Al Ellisande! Mordero daghain pas duente cuebiyar! Al Ellisande!*

Perrin était également dressé sur ses étriers. Silencieux et sinistre, il avait pris la tête de la colonne et lui ouvrait un chemin à travers le rideau de végétation et de chair monstrueuse qui entendait lui barrer le passage. Les arbres et les monstres tombaient sous les coups précis de l'apprenti forgeron. Ses yeux jaunes brillants de férocité effrayant les agresseurs au moins autant que les sifflements mortels du tranchant de sa hache, Perrin ne se laissait arrêter par rien, forçant son cheval à avancer sans relâche.

Des lances de feu jaillissaient des mains de Moiraine. Chaque fois qu'elles faisaient mouche, un arbre se consumait en quelques secondes ou un monstre, enveloppé de flammes, était contraint de se frapper avec ses mains humaines pour éteindre l'incendie qui le dévorait. Comme c'était impossible, les ignobles créatures finissaient par s'arracher la peau avant de mourir.

Infatigable, Lan chargeait les arbres, sa lame tranchant sans discrimination les branches et les membres de chair et de sang. Chaque fois qu'il revenait d'un de ces assauts, le Champion portait une nouvelle entaille sur son armure et dans sa chair. Également blessé, Mandarb avait les flancs couverts de sang.

À chaque occasion, l'Aes Sedai interrompait son tir de barrage pour poser les mains sur les plaies de l'homme et du destrier, les guérissant instantanément et laissant sur leur peau des traces de sang qui ne signifiaient plus rien.

— Mes lances de feu sont des signaux pour les Blafards! cria l'Aes Sedai. Nous devons filer d'ici au plus vite!

Sans le combat que se livraient les arbres et les monstres pour la possession du gibier – un conflit annexe qui faisait autant de victimes que le principal –, Rand n'aurait pas misé un sou sur les chances de survie de son groupe. Et, même ainsi, il n'était pas très rassuré sur la suite des événements.

Mais tout changea en quelques secondes. Après qu'un cri haut perché eut retenti dans le dos des voyageurs, à une bonne distance, les monstres se pétrifièrent et les arbres cessèrent de zébrer l'air comme la lanière d'un fouet. Aussi abruptement qu'elles étaient apparues, les créatures de chair battirent en retraite dans la forêt et furent avalées par ses ombres.

Le cri retentit de nouveau, grinçant comme s'il sortait de la cornemuse fendue d'un berger. Un chœur de hurlements identiques lui répondit, signalant la présence d'une bonne demi-douzaine de créatures inconnues.

— Des vers, dit Lan, dissipant le mystère. (Loial ne put retenir un gémissement.) Ils nous procurent un répit, mais j'ignore s'il sera suffisant… (Il tenta d'évaluer la distance qui les séparait encore des montagnes.) Dans la Flétrissure, peu de créatures acceptent d'affronter un ver si elles peuvent l'éviter. (Il talonna Mandarb.) Au galop !

La colonne traversa ventre à terre le paysage désolé qui semblait bel et bien mort, si on oubliait le concert de cris, loin derrière les fugitifs.

— Nos agresseurs ont eu peur de quelques vers ? s'écria Mat.

Secoué sur sa selle comme un prunier, il tentait de remettre son arc en bandoulière.

— Contre un ver, dit Lan avec un étrange respect dans la voix, même un Blafard peut s'estimer chanceux de s'en tirer vivant. Et nous avons toute une meute à nos trousses ! Galopez, bon sang ! galopez !

Les pics étaient beaucoup plus proches, désormais. Environ une heure de cheval, au rythme que le Champion imposait.

— Les vers ne vont-ils pas nous suivre dans la montagne ? demanda Egwene, le souffle court.

Lan eut un rire sans joie.

— Non, aucun risque, répondit Loial. Ils ont peur des créatures qui vivent dans les hautes passes.

Rand aurait donné cher pour que l'Ogier s'abstienne de jouer à ce petit jeu. À l'évidence, il en savait plus long sur la Flétrissure que tous les voyageurs – à part Lan – même si c'étaient des connaissances livresques acquises dans la douce quiétude d'un Sanctuaire.

Mais pourquoi passe-t-il son temps à nous rappeler que le pire est encore à venir ?

Alors que les sabots des chevaux écrasaient l'herbe pourrie et faisaient exploser des racines gonflées de pus, Rand remarqua que les arbres, désormais, ne frémissaient même plus lorsqu'ils passaient sous leurs branches tordues. Devant les fugitifs, les montagnes de la Damnation se dressaient comme une muraille noire presque assez proche pour qu'on puisse la toucher en tendant le bras – une illusion, bien sûr.

Les cris flûtés devenaient de plus en plus forts et clairs. Des bruits mous répugnants les accompagnaient, semblables à ceux que produisaient les sabots, mais en beaucoup plus puissant. À croire que des arbres entiers étaient broyés par des corps gigantesques qui glissaient lentement sur eux.

Rand jeta un coup d'œil par-dessus son épaule. À l'endroit du combat contre les arbres et les monstres, les cimes oscillaient comme de l'herbe foulée par un promeneur.

Soudain, le sol s'inclina très nettement sous les jambes de Rouquin. La colonne venait de s'engager sur le contrefort des montagnes…

— Nous n'y arriverons pas, lança Lan, très calme. (Il n'avait pas ralenti, mais son épée était pourtant revenue comme par miracle dans sa main.) Moiraine, sois vigilante dans les hautes passes, et tu t'en sortiras vivante.

— Non, Lan ! cria Nynaeve.

— Silence, gamine ! rugit Moiraine. Personne ne peut arrêter une meute de vers, Lan, pas même toi ! Je refuse que tu restes en arrière. Et, devant l'Œil, j'aurai besoin de toi !

— Des flèches ? proposa Mat, haletant.

— Les vers ne les sentiraient même pas ! cria le Champion. Pour s'en débarrasser, il faut les tailler en pièces. Ils n'ont aucune sensation, à part la faim et parfois la peur.

Serrant les genoux aussi fort que possible, Rand fit quelques mouvements avec ses bras afin de dénouer les muscles de ses épaules. La poitrine prise dans un étau, il avait peine à respirer et toute sa peau lui faisait mal, comme si elle recevait sans cesse des coups d'épingle chauffée au rouge.

Devant lui, la Flétrissure avait cédé la place aux contreforts des montagnes. De sa position, le jeune berger distinguait la route sinueuse qu'ils allaient devoir emprunter pour atteindre la première passe qui fendait en deux la roche noire comme si on l'avait frappée avec une hache géante.

Par la Lumière ! qu'est-ce qui peut bien être capable, là-haut, d'effrayer ce que nous avons combattu ou fui en bas ? Lumière, aide-moi, je n'ai jamais eu si peur de ma vie ! Je ne veux pas aller plus loin ! Non, pas plus loin !

Cherchant la flamme et le vide, le jeune berger recouvra assez de lucidité pour se moquer de lui-même.

Espèce d'imbécile ! Abruti mort de peur ! Tu ne peux ni rester où tu es ni revenir sur tes pas. Et veux-tu laisser Egwene affronter le danger sans toi ?

Le vide se déroba, explosant en un millier d'éclats lumineux une fraction de seconde après s'être formé. Le phénomène se reproduisit plusieurs fois, déversant dans la moelle des os de Rand une telle douleur qu'il eut l'impression de brûler de l'intérieur.

Lumière, aide-moi, je ne peux plus continuer ! Au secours !

Rand s'apprêtait à tirer sur les rênes de Rouquin – pour faire demi-tour et affronter les vers, ou tout ce qui pouvait l'attendre en arrière – lorsque le paysage changea radicalement.

Entre la pente d'une butte et celle d'une autre, la Flétrissure s'était volatilisée !

Désormais, des feuilles d'un vert parfait couvraient les branches en pleine santé et des fleurs sauvages composaient une mosaïque de couleurs sur le sol devenu un tapis d'herbe grasse agitée par une douce brise. Accompagnés par le bourdonnement des abeilles et les trilles des oiseaux, des papillons voletaient de bourgeon en bourgeon.

Stupéfié, Rand galopa encore un peu avant de s'aviser que tous les autres s'étaient arrêtés. Des plus en plus étonné, il tira sur les rênes de Rouquin et regarda derrière lui. Les yeux d'Egwene lui sortaient de la tête et Nynaeve en restait bouche bée.

— Nous sommes en sécurité, annonça Moiraine. C'est le refuge de l'Homme Vert, et l'Œil du Monde n'est pas loin. Rien de ce qui grouille dans la Flétrissure ne peut entrer ici.

— Ce ne devait pas être de l'autre côté des montagnes ? marmonna Rand. (Il voyait toujours la muraille noire, devant lui, et distinguait les hautes passes.) Moiraine Sedai, vous avez dit que c'était *après* les passes !

— Cet endroit, dit soudain une voix grave montant d'un bosquet, est toujours… là où il est. La seule chose qui change, c'est la localisation de ceux qui ont besoin de lui.

Un géant sortit du couvert des arbres. Presque deux fois plus grand que Loial, cet être aux contours humains était entièrement composé de lianes, de vignes et de feuilles verdoyantes et pleines de vigueur.

Sa longue chevelure – de l'herbe printanière, bien entendu – cascadait sur ses épaules d'un vert plus sombre. En guise d'yeux, il arborait deux noisettes géantes et des glands tenaient lieu d'ongles à ses doigts. Vêtu d'une tunique et d'un pantalon composés de feuilles, il portait aux pieds une paire de bottes en écorce. Des papillons tournaient autour de lui, frôlant ses mains, ses épaules et son visage. Un seul détail détonnait dans toute cette verdoyante perfection. Une profonde fissure qui courait sur sa joue et sa tempe, atteignant le sommet de son crâne. Dans cette balafre, les vignes et les feuilles étaient jaunies et ratatinées.

— L'Homme Vert…, souffla Egwene.

L'être fabuleux sourit. Un instant, il sembla que les oiseaux chantaient plus fort.

— Bien entendu que c'est moi, qui d'autre vivrait ici ? (Les yeux-noisettes se posèrent sur Loial.) Je suis content de te voir, petit frère.

Avant, beaucoup de tes semblables venaient me rendre visite, mais ils se font très rares, de nos jours.

Loial descendit de son gigantesque cheval et fit une profonde révérence.

— Te rencontrer est un honneur, Frère de l'Arbre. *Tsingu ma choshih, Tingshen.*

Toujours souriant, l'Homme Vert posa un bras sur les épaules de l'Ogier. À côté de Loial, on eût dit un homme près d'un petit garçon.

— Pas de protocole entre nous, petit frère… Nous chanterons ensemble les Chansons de l'Arbre en nous souvenant des bosquets et de la joie du Sanctuaire – sans céder pour autant au Mal du Pays. (L'Homme Vert étudia les autres voyageurs, qui mettaient pied à terre, et ses yeux s'attardèrent sur Perrin.) Un Frère du loup ! Les anciens temps reviendraient-ils pour de bon ?

Rand tourna la tête vers Perrin. Histoire de se dissimuler, ce dernier plaça son cheval entre l'Homme Vert et lui, puis il se pencha pour faire mine de vérifier le harnais de selle.

— Tu portes de bien étranges vêtements, Fils du Dragon ! lança soudain l'Homme Vert. (Saisi de stupeur, Rand mit un moment à comprendre que cette remarque s'adressait à lui.) La Roue a-t-elle tellement tourné ? Le Peuple du Dragon en est-il revenu au Premier Pacte ? Mais tu as une épée… C'est plus que déconcertant, je dois l'avouer…

Avant de pouvoir répondre, Rand dut s'humidifier les lèvres du bout de la langue.

— Je ne vois pas de quoi vous voulez parler. Qu'est-ce que ça veut dire ?

L'Homme Vert toucha du bout des doigts sa balafre. Un instant, il sembla totalement perdu.

— Je… eh bien, je n'en sais rien. Mes souvenirs sont confus et ce qu'il en reste est constellé de trous comme une feuille attaquée par des chenilles. Pourtant, je suis sûr que… Non, ça ne me revient pas ! Mais tu es le bienvenu ici, mon garçon. Quant à toi, Moiraine Sedai, je suis très surpris de te voir. Lorsque cet endroit fut conçu, on fit en sorte que personne ne puisse le trouver deux fois. Comment as-tu fait pour *revenir* ?

— Le besoin et la nécessité, répondit Moiraine. Mon besoin et celui du monde – surtout celui du monde, en réalité. Nous sommes venus voir l'Œil…

— Ainsi, ça recommence, soupira l'Homme Vert. Ce souvenir-là est intact dans ma tête ! Le Ténébreux frémit… Je redoutais que ça se produise. Chaque nouvelle année, la Flétrissure tente d'envahir mon domaine. Ses assauts sont de plus en plus violents et cette année la bataille fut plus difficile et plus cruelle que jamais. Venez, je vais vous conduire…

50

Réunions devant l'Œil du Monde

Tenant Rouquin par la bride, Rand suivit l'Homme Vert en compagnie de ses amis de Champ d'Emond. Comme lui, tous semblaient avoir du mal à décider s'ils devaient regarder la forêt ou l'être légendaire.

L'Homme Vert était un personnage fabuleux, bien entendu, et, à Deux-Rivières, il n'était pas rare, lors des veillées, qu'on raconte à son sujet des histoires davantage destinées aux adultes qu'aux enfants. Mais au sortir de la Flétrissure, le paysage enchanteur aurait été une merveille même si le reste du monde n'avait pas souffert des rigueurs d'un éternel hiver.

Perrin traînait quelques pas en arrière. Quand Rand se retournait pour le regarder, il lui découvrait un visage fermé qui n'augurait rien de bon. Comme si l'apprenti forgeron avait décidé de ne plus rien écouter de ce que dirait l'Homme Vert.

En toute franchise, Rand pouvait comprendre cette réaction.

Fils du Dragon, moi !

Devant le petit groupe de « péquenots », le géant à demi végétal marchait en compagnie de Moiraine et de Lan. Ne le quittant jamais, les papillons lui composaient une étrange aura rouge et jaune.

Qu'a-t-il voulu dire, tout à l'heure ? Non, je ne veux pas le savoir !

Malgré cette contrariété, Rand marchait d'un pas plus léger et son estomac se dénouait enfin. Il lui restait bien encore un sentiment bizarre, mais rien de semblable à la peur panique qu'il éprouvait un peu plus tôt. Avec la Flétrissure à quelques milliers de pas, il paraissait utopique d'attendre mieux que ce soulagement partiel, même si Moiraine n'avait pas menti au sujet de l'inviolabilité des lieux. Rien de ce qui grouillait dans la Flétrissure ne pouvait s'y introduire. Et, au moment précis où il entrait dans le « jardin » de l'Homme Vert, Rand avait cessé de souffrir à cause des milliers d'épingles qui lui transperçaient jusqu'à la moelle des os.

C'est l'œuvre de l'Homme Vert, pensa Rand. *Je ne souffre plus grâce à lui et à son fief mystérieux.*

Rien qu'à les voir, le jeune homme aurait pu jurer qu'Egwene et Nynaeve éprouvaient la même quiétude que lui. Souriantes, les deux femmes caressaient des fleurs du bout des doigts et s'agenouillaient pour respirer à pleins poumons le parfum des plus séduisantes.

Quand il remarqua leur manège, l'Homme Vert déclara :

— Les fleurs sont faites pour décorer. Plantes ou humains, c'est la même chose : aucun problème, tant qu'on n'en prend pas trop !

Il entreprit de faire une cueillette, prélevant de-ci de-là un ou deux spécimens de chaque fleur. Très vite, Nynaeve et Egwene portèrent autour de la tête une couronne de fleurs composée de roses sauvages, de trompettes-d'or et d'étoiles du matin blanches. La natte de la Sage-Dame fut également piquée de fleurs et, pour Moiraine, l'Homme Vert improvisa un diadème d'étoiles du matin si habilement fait que les fleurs semblaient continuer à pousser.

Rand se demanda un moment si ce n'était pas le cas…

Tout en marchant et en faisant la conversation à Moiraine, l'Homme Vert s'occupait de son « jardin forestier ». Sans vraiment y penser, il intervenait partout où ça s'imposait. Son regard acéré ne ratait rien. Remarquant une branche tordue, sur un rosier sauvage – la pression d'une branche basse de pommier lourde de bourgeons –, il s'arrêta et, sans cesser de parler, se pencha pour passer les doigts sur la courbure. Voyant les épines s'écarter pour ne pas blesser les doigts végétaux du jardinier, Rand se demanda s'il n'était pas victime d'une hallucination. Quoi qu'il en soit, lorsque l'Homme Vert reprit son chemin, la branche du rosier sauvage, parfaitement redressée, parvenait à imposer ses fleurs rouges au milieu des bourgeons blancs de l'imposant pommier.

Un peu plus loin, l'Homme Vert s'accroupit pour voler au secours d'une minuscule graine promise à une triste fin sur un petit tas de cailloux. Quand il se redressa, une jeune pousse pointait au milieu des pierres, ses racines bien ancrées dans le sol nourricier.

— Toutes les plantes doivent pousser où elles sont, pour respecter la Trame et rester face à la Roue, dit l'Homme Vert, comme s'il cherchait à se justifier. Mais le Créateur n'interdit pas qu'on leur donne un petit coup de pouce…

Rand fit faire un détour à Rouquin afin qu'il n'écrase pas la jeune plante. S'épargner quelques pas supplémentaires ne semblait pas assez important pour détruire l'œuvre minutieuse de l'Homme Vert.

Egwene sourit à Rand – un de ses sourires si secrets – et lui tapota le bras. Elle était si jolie, avec ses cheveux défaits piquetés de fleurs, que le jeune berger lui rendit son sourire, la regardant dans les yeux jusqu'à ce qu'elle rosisse un peu et baisse la tête.

Je te protégerai, se jura Rand. *Quoi qu'il arrive, je ferai en sorte que tu sois en sécurité.*

Traversant son magnifique jardin, l'Homme Vert guida ses visiteurs jusqu'à une grande arche qui blessait le flanc d'une colline. C'était une structure très simple, avec pour toute décoration, sur la clé de voûte, un cercle divisé par une ligne sinueuse, une partie étant rugueuse et l'autre lisse.

L'antique symbole des Aes Sedai…

L'ouverture elle-même évoquait une bouche béant sur l'obscurité.

Un moment, les voyageurs contemplèrent l'arche en silence. Puis Moiraine retira son diadème de fleurs et le posa sur un buisson de groseilles, non loin de l'ouverture. Comme si ses gestes avaient été un signal, ses compagnons sortirent tous en même temps de leur mutisme.

— C'est là-dedans ? demanda Nynaeve. Ce que nous sommes venus chercher, je veux dire…

— J'aurais bien aimé voir l'Arbre de Vie, murmura Mat sans quitter des yeux le très ancien symbole, sur la clé de voûte. On pourra retarder un peu notre départ, pas vrai ?

L'Homme Vert dévisagea très bizarrement Rand, puis il secoua la tête.

— *Avendesora* n'est pas ici, dit-il. Voilà deux mille ans que je ne me suis plus reposé sous ses branches en bataille comme certaines chevelures.

— Nous ne sommes pas venus pour l'Arbre de Vie, rappela Moiraine. (Elle désigna l'arche.) Il faut entrer, à présent…

— Je ne vous accompagnerai pas, dit l'Homme Vert. (Autour de lui, les papillons s'agitaient comme s'il leur communiquait sa nervosité.) Voilà longtemps qu'on m'a chargé de veiller sur l'Œil du Monde, mais je n'ai jamais trop aimé m'en approcher. J'ai l'impression de me… désintégrer… parce que ma fin est liée à cet artefact. Je me souviens de sa création… Enfin, en partie… En partie… (Ses yeux-noisettes se perdirent dans le vague et il toucha distraitement sa cicatrice.) C'était le premier jour de la Dislocation du Monde, alors que l'euphorie de la victoire sur le Ténébreux se transformait en amertume, car il était devenu évident que tout serait bientôt impitoyablement écrasé par le poids des Ténèbres. Des hommes et des femmes s'unirent pour créer l'Œil du Monde. Ils étaient cent, très exactement. Les grandes réalisations des Aes Sedai étaient toujours faites ainsi, en unifiant le *saidin* et le *saidar*, comme est unifiée la Source

Authentique elle-même. Ces cent-là moururent, afin d'assurer la pureté de leur création, tandis que le monde était disloqué tout autour d'eux. Conscients qu'ils ne survivraient pas, ils m'ont chargé de protéger leur œuvre de l'avidité des temps à venir. Je n'ai pas été conçu pour ça, mais le monde se déchirait de l'intérieur, et j'étais le seul recours de ces héros. Non, je n'étais pas conçu pour ça, mais j'ai quand même gardé la foi. (Il regarda Moiraine et hocha la tête.) Tant que c'était nécessaire, j'ai conservé la foi. Et maintenant, c'est terminé.

—Tu as mieux gardé la foi que nous, dit Moiraine, alors que nous t'avons confié la mission… Qui sait, les choses seront peut-être moins terribles que tu le crains ?

L'Homme Vert secoua lentement sa tête végétale balafrée.

—Je sais reconnaître la fin quand elle se profile, Aes Sedai… Je me trouverai un autre jardin… Oui, c'est ça, un autre endroit où veiller sur tout ce qui pousse. Quand vous ressortirez, nous parlerons de nouveau, s'il reste assez de temps…

Sur ces mots, l'Homme Vert s'éloigna avec sa traîne de papillons. Très vite, il se fondit dans la forêt, plus caméléon encore que la fabuleuse cape de Lan.

—Que voulait-il dire par : « S'il reste un peu de temps… » ? demanda Mat.

—Suivez-moi, éluda Moiraine.

Elle franchit l'arche, Lan sur les talons.

Alors qu'il leur emboîtait le pas, Rand aurait été incapable de dire à quoi il s'attendait. Tous ses poils se hérissèrent, comme s'il entrait dans le fief même du Ténébreux, mais il se retrouva dans un banal tunnel aux murs polis et à la voûte arrondie, comme l'arche, qui serpentait en pente descendante plutôt douce. Dans ce vaste et haut tunnel, Loial ne risquait pas de se cogner la tête et l'Homme Vert lui-même aurait pu avancer sans devoir se baisser. Le sol lisse et brillant donnait l'impression d'être glissant mais, en réalité, on y avançait d'un pas assuré. Les murs blancs sans joints visibles et veinés d'une multitude de taches colorées brillaient suffisamment pour garantir une bonne visibilité, même quand la lumière du jour ne parvint plus à s'enfoncer dans les entrailles de la colline. À coup sûr, cette lumière n'avait rien de naturel, mais elle ne représentait aucun danger, ça semblait évident.

Alors, pourquoi as-tu toujours la chair de poule ? se demanda Rand.

Le petit groupe continua à descendre.

—C'est là, dit soudain Moiraine. Juste devant nous.

Le couloir débouchait sur une vaste salle dotée d'un grand dôme d'où provenait l'essentiel de la lumière ambiante. Plissant les yeux,

Rand vit que des éclats de cristal brillant étaient enchâssés dans la roche brute de la voûte, expliquant le phénomène. Un grand bassin occupait la totalité de l'espace, à part la promenade d'environ cinq pas de largeur qui permettait d'en faire le tour. Imitant à la perfection la forme ovale d'un œil, le bassin était bordé sur toute sa circonférence d'une bande presque plate de cristal qui produisait une lumière moins vive – mais pourtant plus aveuglante – que les cristaux du dôme.

Lisse comme du verre, l'onde rappelait celle de la Cascade à Vin, à Champ d'Emond. Baissant la tête, Rand eut le sentiment que son regard aurait pu atteindre le fond – s'il y en avait eu un.

— L'Œil du Monde, dit simplement Moiraine.

Alors qu'il admirait le spectacle, Rand nota que les trois mille ans écoulés depuis la création du gigantesque artefact avaient fait leur œuvre. Au plafond, les cristaux ne brillaient pas tous avec la même intensité. Alors que certains étaient très puissants, d'autres semblaient presque agonisants, d'autres encore clignotaient et les plus fatigués se contentaient simplement de refléter la lumière des autres. S'ils avaient tous été en bon état, la salle aurait été illuminée comme en plein jour. Là, on se serait plutôt cru en fin d'après-midi. Sur la promenade couverte de poussière, on distinguait des fragments de pierre et même des éclats de cristal. Tant d'années d'attente, tandis que la Roue tournait et érodait tout…

— Qu'est-ce que c'est ? demanda Mat, mal à l'aise. Ça ne ressemble pas à de l'eau, pour sûr que non !

Il flanqua un coup de pied dans un caillou noir de la taille de son poing, l'expédiant dans le bassin.

— C'est comme…, commença-t-il.

Il n'alla pas plus loin. Frappant la surface vitreuse, la pierre s'était ensuite enfoncée sans soulever l'ombre d'une éclaboussure ni rider l'eau si peu que ce soit. En sombrant, elle commença cependant à gonfler, atteignant la taille d'une tête humaine. Mais Rand la perdit de vue, car ce qui ne pouvait pas être de l'eau se referma sur la pierre, devenant opaque sur une petite surface d'environ trois pieds sur trois.

Puis tout fut comme avant, à part la peau de Rand, qui semblait vouloir s'arracher de ses muscles pour quitter au plus vite ce lieu maléfique.

— Qu'est-ce que c'est ? demanda-t-il à son tour, surpris par le croassement qui sortit de sa gorge.

— On pourrait appeler cela l'essence même du *saidin*, répondit l'Aes Sedai, sa voix se répercutant dans toute la salle. Autrement dit, l'essence de la moitié masculine de la Source Authentique. Ou, encore, la pure essence du pouvoir dont disposaient les hommes avant l'Ère de la Folie.

Le Pouvoir requis pour sceller la prison du Ténébreux ou au contraire en briser totalement les murs.

— Que la Lumière brille sur nous et nous protège…, murmura Nynaeve.

Egwene s'accrochait à la Sage-Dame comme si elle avait voulu se cacher derrière elle. Lan lui-même tressaillait nerveusement, même s'il n'y avait ni surprise ni angoisse dans son regard.

Quand ses omoplates percutèrent de la roche, Rand s'avisa qu'il avait reculé d'instinct jusqu'au mur, s'éloignant autant que possible de l'Œil du Monde. Et, s'il avait pu traverser la pierre, nul doute qu'il ne s'en serait pas privé. Mat s'était également plaqué contre le mur, se faisant aussi plat qu'il en était capable. Ses yeux jaunes brillant férocement, Perrin observait le bassin, sa hache déjà à moitié sortie.

— Je me suis toujours demandé ce qu'était la vraie nature de cet endroit…, murmura Loial. (Dans son cas, ça suffisait pour que tout le monde entende.) En lisant les vieux livres, je m'interrogeais. Qu'est-ce que c'est ? Et comment ce lieu a-t-il été créé ? Pour quelle raison, oui, pour quelle raison ?

— Nul ne le sait…, répondit Moiraine. (Elle ne regardait plus le bassin, mais étudiait d'un regard évaluateur Rand et ses deux amis.) Pourquoi et comment, c'est un mystère ! En revanche, on sait depuis toujours que le monde aura tôt ou tard besoin de cet Œil – un besoin impérieux plus fort que tout ce qui a pu exister de semblable par le passé. Et peut-être que tout ce qui existera dans l'avenir.

» À Tar Valon, beaucoup d'Aes Sedai ont tenté de trouver un moyen d'utiliser ce Pouvoir. Mais, pour une femme, il est aussi inaccessible que la lune pour un chat. Seul un homme pourrait le canaliser. L'ennui, c'est que le dernier Aes Sedai est mort il y a quelque trois mille ans. Oui, le besoin auquel pensaient les créateurs de l'Œil était impérieux et désespéré. Pour réussir, ils ont bravé la souillure jetée sur le *saidin* par le Ténébreux, et ils ont réussi à la conjurer, sachant qu'agir ainsi signait leur arrêt de mort à tous. L'union de tous les Aes Sedai, qu'il s'agisse d'hommes ou de femmes… L'Homme Vert parlait d'or : les plus grandes réalisations de l'Âge des Légendes furent le fruit de l'union du *saidin* et du *saidar*.

» Toutes mes sœurs de Tar Valon et toutes celles des cours royales et des cités – et même celles qui vivent au-delà du désert, ou sur l'autre rive de l'océan d'Aryth, s'il y en a – seraient incapables de remplir une cuillère en utilisant ce Pouvoir. Parce qu'il leur manquerait des hommes pour les aider.

— Pourquoi nous avez-vous amenés ici ? croassa Rand.

— Parce que vous êtes *ta'veren*, répondit Moiraine, le visage de marbre. (Ses yeux brillants semblaient attirer Rand comme un aimant.) Parce que c'est ici que frappera le Ténébreux, qui doit être combattu et vaincu si nous voulons empêcher une nouvelle Invasion des Ténèbres. Il n'existe pas de besoin plus impérieux que celui-là. Mais puisqu'il est encore temps, retournons sous les rayons du soleil, mes amis !

Sans attendre de voir si on l'imitait, l'Aes Sedai s'engagea dans le couloir, Lan à ses côtés, mais pressant le pas d'une manière qui ne lui ressemblait pas vraiment.

Egwene et Nynaeve ne se firent pas prier pour suivre le mouvement.

Rand progressa le long du mur, car il aurait été incapable d'approcher du bassin, même d'un demi-pas, puis il s'engouffra dans le couloir en même temps que Mat et Perrin. Si ça n'avait pas impliqué de bousculer Nynaeve et Egwene, le jeune berger aurait couru à toutes jambes.

Même quand il fut revenu à la lumière du jour, il ne parvint pas à s'arrêter de trembler.

— Je n'aime pas ça, Moiraine ! cria Nynaeve dès que le soleil brilla de nouveau au-dessus de sa tête. Si je ne croyais pas que le danger est terrible, je ne serais pas venue, mais c'est...

— Je vous ai enfin trouvés ! lança soudain une voix.

Rand se retourna comme si on le tirait par une longe. Ce ton, cette manière de choisir ses mots... Un instant, il crut qu'il s'agissait de Ba'alzamon. Mais les deux hommes qui sortaient du couvert des arbres, le visage dissimulé dans les ombres de leur capuche, ne portaient pas une cape couleur du sang séché. L'un était en gris sombre, l'autre en vert foncé, et ils semblaient franchement « poussiéreux », même à l'air libre. Enfin, il ne s'agissait pas de Blafards, car leur cape battait au vent.

— Qui êtes-vous ? demanda Lan, la main sur la poignée de son épée. Comment êtes-vous arrivés ici ? Si vous cherchez l'Homme Vert...

— C'est lui qui nous a guidés..., dit l'homme en cape verte en désignant Mat.

La main pointée sur le jeune homme, presque trop parcheminée et trop ratatinée pour être encore humaine, était dépourvue d'ongles et les doigts aux phalanges atrophiées évoquaient des nœuds très serrés pressés les uns contre les autres sur un court morceau de corde.

Les yeux écarquillés, Mat recula d'un pas.

— Un vieil objet, un vieil ami et un vieil ennemi..., continua l'homme. Mais ce n'est pas lui qui nous intéresse...

Le type en cape grise semblait décidé à laisser parler son compagnon, comme s'il en était incapable lui-même.

Moiraine se redressa de toute sa hauteur. Alors qu'elle arrivait aux épaules du plus petit homme présent, elle sembla soudain aussi grande que les collines environnantes. Sa voix résonnant comme le tocsin, elle demanda :

— Qui êtes-vous ?

Les deux hommes abaissèrent leur capuche.

Rand ne put étouffer un petit cri.

Le plus vieux des inconnus, en cape verte, aurait fait passer Cenn Buie en personne pour un jouvenceau éclatant de santé. La peau qui recouvrait son crâne, tendue au maximum, était à la fois ridée et prête à craquer sous la pression des os. En guise de cheveux, le débris d'humanité arborait des touffes de poils jaunâtres parsemées au hasard sur son crâne couleur d'huile rance. Recroquevillées sur elles-mêmes, ses oreilles faisaient penser à deux morceaux de cuir râpé et desséché. Plus qu'enfoncés dans leurs orbites, les globes oculaires du sinistre personnage semblaient briller maladivement au fond d'un puits ou d'un tunnel.

Si incroyable que ça paraisse, l'autre homme était encore plus repoussant que son compagnon. Une cagoule lui couvrait entièrement la tête, et ce masque représentait le visage parfait d'un très jeune homme riant aux éclats – une hilarité de dément à jamais gravée dans le cuir épais de son masque.

Si l'autre ne craint pas de se montrer tel qu'il est, pensa Rand, *à quoi doit ressembler celui-là ?*

— Je me nomme Aginor, dit le vieil homme. Et je vous présente Balthamel. Il ne parle plus avec sa bouche… Quand on reste en prison trois mille ans durant, la Roue tourne et ne laisse pas grand-chose d'intact, comme vous le voyez…

Aginor regarda l'arche et Balthamel l'imita, écarquillant les yeux sous son masque comme s'il contemplait la porte de quelque paradis.

— Si longtemps privés…, soupira Aginor. Si longtemps…

— La Lumière protège…, commença Loial d'une voix tremblante.

Il se tut quand Aginor le foudroya du regard.

— Les Rejetés, croassa Mat, sont emprisonnés au mont Shayol Ghul.

— Ils l'étaient…, corrigea Aginor, révélant ses dents jaunes qui ressemblaient à s'y méprendre à des crocs. Certains d'entre nous ont recouvré la liberté. Aes Sedai, les sceaux faiblissent. Comme Ishamael, nous arpentons de nouveau le monde, et, bientôt, les autres nous rejoindront. Durant notre captivité, Balthamel et moi étions trop près de ce monde – trop exposés à l'érosion de la Roue –, mais le Grand Seigneur des Ténèbres sera bientôt libre, et il nous offrira une nouvelle enveloppe de chair. Alors, une nouvelle fois, le monde nous appartiendra. Et il n'y aura pas de Lews Therin Fléau de sa Lignée pour vous sauver, ce coup-ci. Aucun Seigneur du Matin ne volera à votre secours ! Désormais, nous savons lequel d'entre vous nous intéresse. Les autres ne nous sont plus d'aucune utilité…

Lan dégaina son épée si vite que Rand ne parvint pas à suivre le mouvement. Arme au poing, le Champion hésita, regardant alternativement Moiraine et Nynaeve. Les deux femmes étant assez loin l'une de l'autre, s'il choisissait d'en protéger une l'autre serait inévitablement exposée à l'attaque des Rejetés.

Il fallut une fraction de seconde à Lan pour prendre sa décision. Alors qu'il se mettait en mouvement, Aginor leva une main – un geste méprisant, comme s'il voulait chasser une mouche importune. Comme si une main géante s'était refermée sur lui, le soulevant de terre, le Champion vola dans les airs et alla s'écraser le dos contre l'arche de pierre. Sonné par le choc, il lâcha son épée puis glissa mollement sur le sol.

— Non ! cria Nynaeve.

— Ne bouge pas ! lui ordonna Moiraine.

Trop tard. Son couteau dégainé, la Sage-Dame fondait déjà sur le Rejeté.

— Que la Lumière t'aveugle ! cria-t-elle en abattant sa lame sur Aginor.

Balthamel réagit à la vitesse de l'éclair. Alors que Nynaeve frappait, il tendit un bras et sa main gantée de cuir se referma sur le menton de la jeune femme, le pouce lui écrasant une joue tandis que l'index s'attaquait à l'autre. Soudain pâle comme une morte, la Sage-Dame eut un spasme, comme si son corps entier était la lanière d'un fouet qui claquait dans l'air. Alors que Balthamel soulevait sa victime de terre, le couteau devenu inutile tomba sur le sol en même temps qu'une pluie de fleurs. Les pieds ne touchant plus terre, Nynaeve frémit quand le regard de dément du Rejeté plongea dans le sien.

— J'ai presque oublié les plaisirs de la chair, croassa Aginor, mais Balthamel s'en souvient très bien, lui…

Le sourire figé du masque sembla s'élargir et Nynaeve poussa un cri inhumain – le hurlement d'un être dont le désespoir déchirait littéralement le cœur.

Dès qu'Egwene bougea, Rand comprit qu'elle entendait secourir son amie.

— Egwene, non ! cria-t-il.

Mais la jeune fille ne l'entendit pas.

Comme si le cri de la Sage-Dame avait été un signal, la main de Rand s'était portée sur la poignée de son épée. Lâchant l'arme, il bondit sur Egwene, la percuta alors qu'elle n'avait pas fait trois pas et se laissa tomber avec elle sur le sol.

Dès qu'ils furent par terre, la jeune fille se débattit pour se dégager et se relever.

Mat et Perrin n'étaient pas restés les mains dans les poches, constata Rand du coin de l'œil. L'apprenti forgeron brandissait sa hache et son compagnon avait dégainé la dague de Shadar Logoth.

— Non ! cria Rand. Vous ne pouvez pas combattre les Rejetés.

Les yeux rivés sur Nynaeve et ses agresseurs, les deux amis du jeune berger passèrent devant lui comme s'ils ne l'avaient pas entendu.

Aginor les regarda sans frémir… et sourit.

Au-dessus de la tête de Rand, toujours étalé par terre, l'air claqua comme si quelqu'un venait de détendre la lanière d'un fouet géant. Alors qu'ils étaient encore à mi-chemin des Rejetés, Perrin et Mat s'arrêtèrent net comme s'ils venaient de percuter un mur – ce devait être plus ou moins le cas –, puis ils rebondirent et allèrent s'écraser sur le sol.

— Excellent…, fit Aginor. Vous rouler par terre, voilà une très bonne chose ! Si vous apprenez à vous prosterner devant nous comme il convient, il se peut que je vous laisse vivre…

Rand se releva aussi vite qu'il en était capable. Il ne pouvait pas combattre les Rejetés ? Certes, comme n'importe quel mortel… Mais pas question de leur faire croire qu'il s'humilierait devant eux !

Il voulut aider Egwene à se relever, mais elle chassa ses mains et se remit debout toute seule, tremblant de fureur, avant d'épousseter vigoureusement le devant de sa robe. Un peu plus loin, Mat et Perrin aussi s'étaient redressés.

— Vous apprendrez à ramper, dit Aginor, si vous tenez à la vie… (Il regarda l'arche, le regard brillant de convoitise.) Maintenant que j'ai trouvé ce qu'il me faut, je pourrai prendre le temps de vous inculquer la discipline.

— Cela ne doit pas être ! lança soudain une voix.

L'Homme Vert jaillit des arbres et tonna :

— Vous n'appartenez pas à ces lieux !

Aginor gratifia la créature de légende d'un regard ironique.

— Disparais, vermine ! Ton temps est révolu et tous tes semblables sont depuis des lustres retournés à la poussière. Vis ce qu'il te reste à vivre, et réjouis-toi d'être trop insignifiant pour que nous te remarquions !

— C'est mon jardin, répliqua l'Homme Vert, et en son sein, il vous est interdit de blesser une créature vivante.

Balthamel se débarrassa de Nynaeve comme si elle était un sac à patates vide, et elle alla s'écraser à quelques pas de là, le souffle coupé par l'impact.

Le Rejeté au masque de cuir braqua une main sur l'Homme Vert.

Le doux jardinier cria de douleur quand de la fumée s'éleva des vignes et des feuilles qui lui composaient une poitrine.

Comme si l'Homme Vert n'était déjà plus qu'un cadavre, Aginor se tourna vers Rand et ses compagnons. Mais des bras couverts de feuilles se nouèrent autour du torse de Balthamel, le soulevant pour l'écraser contre une masse végétale compacte.

Le regard brûlant de haine, le Rejeté dégagea ses bras et se débattit contre la poitrine de l'Homme Vert. Parvenant à le saisir à la gorge, Balthamel déchaîna sur son agresseur un torrent de flammes qui dévastèrent les vignes et carbonisèrent en un clin d'œil les feuilles. Alors que le feu le dévorait à présent de l'intérieur, l'Homme Vert hurla de rage et de colère, une fumée noire sortant de sa bouche en même temps que des sons déchirants.

Balthamel parvint à se retourner dans l'étreinte de l'Homme Vert, tentant désormais de l'écarter de lui, comme si ce contact le brûlait. Alors qu'il tendait une main gantée, une petite liane traversa le cuir noir et pointa sa « tête » à l'air libre. Comme au pied de certains arbres, dans les ombres les plus profondes d'une forêt, un cercle de mousse se forma autour du bras du Rejeté, le recouvrant ensuite peu à peu du poignet à l'épaule.

Alors que Balthamel se débattait, une pousse de chiendent puant fit éclater son masque, bientôt envahi de minuscules lichens qui entreprirent de le ronger comme un acide, leurs racines dévastant l'horreur innommable qui devait se tapir sous le cuir. Des orties firent exploser les yeux de la cagoule et des champignons tête-de-mort déchiquetèrent impitoyablement sa bouche.

L'Homme Vert jeta au loin sa victime. Alors que Balthamel, saisi de convulsions, se contorsionnait sur le sol, tous les végétaux dotés de spores et amoureux de la pénombre et de l'humidité s'emparèrent de son corps, déchiquetant sans distinction les vêtements et la chair – mais s'agissait-il vraiment de chair, ou d'une substance immonde bien au-delà de la putréfaction ?

Du Rejeté, il ne resta bientôt plus qu'un monticule d'humus parfaitement identique à tous ceux qui jonchaient le sol – et tout aussi immobile.

Avec un cri sec qui rappela le bruit d'une branche se brisant sous l'effet d'une trop lourde charge, l'Homme Vert s'écroula comme une masse. La moitié de la tête carbonisée, il continuait à se consumer de l'intérieur, comme en témoignaient les volutes de fumée montant de sa poitrine. Alors qu'il tendait les bras pour recueillir entre ses mains en coupe un gland qui gisait près de lui, des feuilles à moitié brûlées tombèrent de ses épaules.

La terre trembla au moment où une jeune pousse de chêne jaillit des mains de l'Homme Vert agonisant. S'il fut contraint de laisser à jamais retomber sa tête sur le sol, le minuscule arbuste, fièrement dressé vers le soleil, entreprit d'enfoncer ses racines dans le sol. Grossissant à mesure qu'elles s'enfouissaient, elles permirent au tronc de grossir à une impensable vitesse, l'écorce devenant grise et craquelée comme celle d'un légendaire Vénérable. Des branches se formèrent, d'abord du diamètre d'un bras, puis presque aussi grosses qu'un homme. Lestées de feuilles et de glands, elles se tendirent vers le ciel comme si elles voulaient le caresser. En bas, l'entrelacs de racines labourait la terre, faisant vibrer le tronc déjà énorme dont la croissance continuait pourtant. Bientôt, il eut atteint les dimensions d'une maison – ou plutôt d'une tour, eu égard à sa forme circulaire.

Un chêne qui aurait pu avoir au bas mot cinq cents ans marquait désormais la tombe où une légende dormirait à jamais.

Nynaeve reposait sur des racines affleurantes qui, adoptant les courbes de son corps, lui faisaient comme un berceau.

Aginor lui-même en resta un instant sans réaction. Puis il releva la tête, les yeux brûlants de haine :

— Assez ! Il est temps d'en finir !

— Oui, Rejeté ! répondit Moiraine d'un ton glacial. Plus que temps !

L'Aes Sedai leva une main. Aussitôt, le sol s'ouvrit sous les pieds d'Aginor. Des flammes jaillirent du gouffre en formation, attisées par le vent furieux qui balayait désormais la zone, soufflant de toutes les directions à la fois. Des tourbillons de feuilles vinrent alimenter le feu, qui parut se solidifier en une colonne de pure chaleur jaune rayé de rouge.

Les pieds ne touchant plus le sol, Aginor lévitait dans ce piège igné. D'abord surpris, il ne tarda pas à réagir, faisant un pas en avant. Puis un autre et encore un autre…

Il avançait lentement, comme si les flammes tentaient de l'enchaîner à elles – mais il avançait, et ça, ce n'était pas prévu.

— Fuyez ! cria Moiraine, blanche comme un linge, sans doute à cause de l'effort inhumain qu'elle produisait. Fuyez tous !

Aginor serait bientôt sorti de sa prison de flammes…

Du coin de l'œil, Rand vit que certains de ses compagnons réagissaient. Mat et Perrin détalaient déjà. Plus lent, Loial venait de se mettre en mouvement, mais ses foulées démesurément longues lui permettraient de rattraper puis de dépasser très vite les deux garçons de Champ d'Emond.

Mais que faisait Egwene ? Où était-elle ?

Rand la vit enfin, comme pétrifiée, les yeux fermés et le visage d'une pâleur inquiétante. Tétanisée par la peur ? Non, pas du tout ! Concentrée comme jamais, elle tentait de déchaîner contre le Rejeté le peu de Pouvoir de l'Unique dont elle disposait.

Rand approcha de son amie, la prit par le bras et la força à lui faire face.

— Cours ! lui cria-t-il.

La jeune fille ouvrit les yeux, foudroyant du regard l'importun qui voulait la détourner de sa haine des Rejetés et de la terreur que lui inspirait Aginor.

— Cours ! Cours ! répéta Rand.

Il tira son amie avec lui. Une fois mise en mouvement, elle eut le réflexe de courir.

Comme si les assauts de Moiraine ne le concernaient pas, Aginor avançait de plus en plus vite, le regard rivé sur la jeune fille qui fuyait sur les talons de Rand.

— Pas elle ! cria le jeune berger en se retournant. Que la Lumière te carbonise ! pas elle !

Il ramassa une pierre et la lança afin d'attirer l'attention du Rejeté. Avant de toucher sa cible, le projectile tomba en poussière.

Rand hésita un instant, le temps de voir qu'Egwene venait d'entrer dans un bosquet, se réfugiant sous le couvert des arbres. Toujours enveloppé de flammes, sa cape se consumant par endroits, Aginor avançait comme s'il avait tout le temps du monde. Pourtant, comprit Rand, il ne tarderait pas à émerger du piège.

Alors qu'il se retournait et partait au pas de course, le jeune berger entendit quelqu'un crier dans son dos.

C'était Moiraine…

51

Contre les Ténèbres

Dans la direction où fuyait Rand, le sol montait en pente assez raide. La peur lui donnant des ailes, il avalait quand même la distance, se frayant un chemin parmi des rosiers sauvages et des buissons. Se fichant des épines qui déchiraient ses vêtements et sa chair, il n'avait en tête qu'une idée : ne pas se laisser rattraper par Aginor.

Moiraine ne criait plus. Un temps, il avait semblé que ses hurlements dureraient à jamais, chacun plus puissant et plus désespéré que le précédent. En réalité, cela avait très bref – quelques secondes, juste ce qu'il fallait pour que le Rejeté se soit presque libéré des flammes. Et lancé sur la piste de Rand… Car c'était lui le gibier, il l'avait lu dans les yeux d'Aginor, juste avant de détaler comme un lapin.

L'ascension se transformant en escalade, Rand saisit à pleines mains des racines affleurantes qui l'aidèrent à se hisser toujours plus haut. Alors qu'il rampait à la verticale, le ventre molesté par des cailloux pointus, le sol parut vouloir redevenir plus plat devant lui. Après quelques ultimes efforts, il se releva, pantelant, fit quelques pas hésitants, s'arrêta et beugla de rage.

À moins de dix pas devant lui, l'autre versant de la colline formait un à-pic vertigineux. Même s'il avait déjà compris de quoi il s'agissait, Rand avança jusqu'au bord du gouffre. Une falaise, bien entendu. Après avoir gravi le versant « facile », il allait devoir négocier un précipice.

Non, il doit y avoir un moyen de contourner l'obstacle… Je vais revenir sur mes pas et trouver un chemin.

Le jeune berger se retourna… et vit qu'Aginor venait d'atteindre la crête de la colline. Pour lui, l'ascension avait été une promenade de santé – au sens littéral du terme, car il semblait moins ratatiné et moins parcheminé qu'auparavant, même si ses yeux haineux brillaient toujours au fond de deux grands puits de ténèbres. À bien le regarder, on eût dit qu'il venait de s'alimenter, tirant de la substance d'on ne savait trop quoi.

Les yeux braqués sur Rand, le Rejeté parla comme s'il était seul devant son miroir, s'adressant à son reflet :

— Celui qui ramènera le garçon au mont Shayol Ghul recevra des récompenses qui dépassent l'imagination des mortels… Oui, Ba'alzamon sera extraordinairement généreux… (Aginor sursauta, comme s'il prenait conscience de la présence de Rand.) Certes, mais j'ai toujours eu des rêves sans commune mesure avec ceux de ces minables d'humains, et voilà quelques millénaires que l'immortalité m'est acquise… Dis-moi, quelle différence ça fera, si tu sers le Ténébreux en étant mort plutôt que vivant ? Pour l'Invasion des Ténèbres, ça ne changera absolument rien ! Alors, pourquoi devrais-je partager mon pouvoir avec toi ? Voire m'agenouiller devant toi ? Sais-tu que j'ai affronté Lews Therin Telamon dans le Hall des Serviteurs ? J'ai rendu coup pour coup à ce maudit Seigneur du Matin ! Et il faudrait que je m'humilie devant toi ? Sûrement pas !

La bouche sèche, Rand eut le sentiment que sa langue était aussi parcheminée que la peau du Rejeté. Ayant reculé jusqu'au bord du gouffre, il n'osait pas se retourner pour y jeter un coup d'œil, mais il entendait les cailloux que délogeaient ses bottes rebondir à l'infini contre la muraille de roche. Un faux pas, et il suivrait le même chemin…

Dire qu'il avait reculé sans s'en apercevoir ! À quelques pouces près, l'aventure aurait été finie. L'aventure, ou le cauchemar ?

Non, il doit y avoir un moyen d'échapper à Aginor. Une solution pour m'enfuir ! Une issue de secours !

Soudain, Rand sentit – puis vit – quelque chose qui existait et qui n'aurait pourtant pas dû être là. Quelque chose, en tout cas, qu'il n'aurait pas dû voir. Dans le dos d'Aginor, une corde brillante venait d'apparaître. Un cordon ombilical, plutôt. Blanc comme la lumière du soleil vue à travers un nuage immaculé, plus lourd que le bras d'un forgeron et plus léger que l'air, ce cordon connectait le Rejeté à quelque chose qu'il n'était pas possible de voir, de toucher ou d'atteindre. Avec chaque pulsation du cordon nourricier, Aginor gagnait en substance et en force, devenant un homme aussi grand et aussi costaud que Rand, au moins aussi dur que le Champion, et encore plus dangereux que la Flétrissure.

Sans ce cordon étincelant, comprit Rand, le Rejeté n'était rien. Il aurait pu ne pas exister sans que ça fasse l'ombre d'une différence. Le cordon était tout ! Et il fredonnait, s'adressant directement à l'âme de Rand.

Soudain, un fin tentacule en jaillit, fendit l'air et vint toucher le jeune berger, qui en cria de surprise. Investi par la Lumière, il sentit déferler en lui une vague de chaleur qui aurait dû le carboniser mais se contentait de le réchauffer, comme si elle le délivrait du froid de la tombe qui glaçait jusqu'à la moelle de ses os.

Le deuxième cordon commença à grossir.

Je dois m'enfuir !

— Non ! cria Aginor. Tu ne l'auras pas, parce qu'il est à moi !

Rand comprit que le Rejeté parlait du cordon nourricier.

Si le jeune homme ne bougea pas, et son adversaire non plus, l'affrontement fut aussi violent que s'ils s'étaient empoignés et roulés dans la poussière. De la sueur ruisselait sur le visage d'Aginor, qui ne ressemblait plus du tout à celui d'un vieillard. À présent, Rand se tenait en face d'un homme dans la force de l'âge et au sommet de sa forme.

Le cœur de Rand battait à l'unisson des pulsations du cordon, comme s'il s'était agi du rythme vital du monde. La Lumière l'envahissait, emplissant tout son être à l'exception d'un recoin où il restait un peu de place pour sa personnalité. Pour protéger ce noyau, le jeune berger l'enveloppa dans un cocon de vide.

M'enfuir !

— Non, il est à moi ! Et rien qu'à moi !

Une formidable chaleur montait en Rand – celle du soleil, rayonnante, et la terrifiante radiance de la Lumière elle-même.

M'enfuir !

Soudain, Rand al'Thor se retrouva très loin du sommet de la colline où il affrontait un Rejeté.

Tremblant à cause de l'impensable invasion de Lumière qu'il subissait, le jeune homme découvrit que son esprit ne fonctionnait pas bien. Aveuglé par la lumière et la chaleur, son cerveau ne réagissait pas. Au milieu du vide, la Lumière privait Rand de la vue, et il s'en pétrifia de stupéfaction.

S'ébrouant, il réussit à déterminer qu'il était au milieu d'un cercle de pics noirs déchiquetés qui ressemblaient aux crocs acérés du Ténébreux. Ce n'était pas une illusion, car il sentait le sol sous la semelle de ses bottes tandis qu'une brise glaciale lui cinglait le visage.

Une bataille faisait rage autour de lui – ou, pour être précis, la « queue » d'un affrontement particulièrement violent. Sur leur destrier caparaçonné, des hommes en armure, le métal naguère scintillant souillé de poussière, frappaient sans relâche des Trollocs ivres de sang armés de haches et d'épées recourbées.

Leur cheval mort, plusieurs braves se battaient à pied. Inversement, des montures privées de leur cavalier galopaient follement parmi les combattants. Des Blafards passaient tel un ouragan au milieu de la mêlée, leur cape noire immobile malgré les bourrasques de plus en plus fortes, et chaque coup porté par leur lame qui semblait dévorer la lumière prenait la vie d'un guerrier humain.

Le vacarme était épouvantable. Le bruit de l'acier qui percute l'acier, les cris et les grognements des hommes et des monstres occupés à s'entretuer, les hurlements de douleur des moribonds de chaque camp. Déjà déstabilisé par l'étrangeté de ce qui lui arrivait, le jeune berger se sentit pris à la gorge par la fureur ambiante.

Comme toujours dans les carnages, des étendards flottaient dans l'air saturé de poussière. Le Faucon Noir de Fal Dara, le Cerf Blanc du Shienar, et tant d'autres symboles immémoriaux… Bien entendu, les Trollocs aussi mouraient pour une bannière. Rien qu'autour de lui, Rand reconnut le crâne cornu des Dha'vols, le trident rouge sang des Ko'bals et le poing ganté de fer des Dhai'mons.

Et pourtant, c'était bien la queue de la bataille, ultime point de contact entre deux armées qui entendaient reculer suffisamment pour pouvoir se regrouper de manière efficace. Alors qu'ils échangeaient quelques coups sauvages avant de se précipiter chacun de leur côté de la passe, les guerriers des deux camps ne parurent même pas avoir remarqué la présence d'un intrus.

Rand se retrouva bientôt face à l'extrémité de la passe où les humains reformaient les rangs, des fanions rouges claquant au vent au-dessus de fers de lance acérés. Des blessés oscillaient sur leur selle, la plupart ne tombant pas par miracle, et les destriers sans cavalier semaient la panique un peu partout. Dans cet état, les défenseurs ne survivraient sûrement pas à un nouveau choc frontal. Pourtant, ils s'y préparaient, espérant sans doute périr au terme d'une charge héroïque.

Des guerriers avaient vu Rand, à présent. Se dressant sur leurs étriers, ils le désignaient du doigt et leurs cris parvenaient à peine à ses oreilles, comme s'ils avaient été très loin de lui.

Titubant un peu, Rand se retourna. Les forces du Ténébreux se réorganisaient à l'autre bout de la passe. Sur le versant de la montagne rendu plus noir encore par la multitude qui entendait écraser l'armée du Shienar, des milliers de Trollocs se tenaient en rangs serrés. Des dizaines de Blafards passaient en revue cette étrange force, terrorisant les monstres dès qu'ils les regardaient avec insistance. Au-dessus des troupes du Ténébreux, des Draghkars sillonnaient le ciel, hurlant leur défi au vent qui les rudoyait.

Quelques Demi-Humains, ayant repéré Rand, ordonnèrent à leurs Draghkars de se ruer vers lui. Aussitôt, les abominations volantes piquèrent sur l'humain tant détesté du Ténébreux. Deux, trois – non six ! – tueurs ailés qui piquaient sur le jeune homme.

Enveloppé d'une douce chaleur, Rand défia les monstres du regard. De là où il était, il voyait nettement les Draghkars : des visages caricaturalement humains, des yeux brillant de férocité et des corps ailés qui n'avaient pas le moindre lien avec l'humanité.

La chaleur dévastatrice ! La chaleur accablante !

Du ciel pourtant sans nuages jaillirent des éclairs éblouissants. Chacun foudroya en plein vol un des monstres volants, une pluie sanglante s'abattant sur la zone qui, pour l'instant, séparait les deux armées promises à s'étriper.

Les cris de guerre devinrent des hurlements d'angoisse. Tombant comme des pierres, les énormes prédateurs du Ténébreux écrasaient leurs propres camarades.

Et la Lumière qui pesait sur la scène comme un couvercle. Qui laissait se perpétrer un massacre !

Se jetant à genoux, Rand aurait juré qu'il *entendait* ses larmes creuser des sillons sur ses joues couvertes de poussière.

— Non ! implora-t-il en saisissant des touffes d'herbe grasse qui l'aidèrent à garder un contact avec la réalité.

Mais l'herbe s'embrasa à son tour.

— Par pitié, non ! cria Rand.

En même temps que retentissait le cri du jeune homme, le vent qui semblait guidé par le son de sa voix fouetta les flammes, les transformant en une muraille ignée brusquement lancée à une vitesse bien supérieure à celle d'un cheval au galop. Les flammes firent des ravages parmi les monstres et leurs cris d'agonie et d'horreur ébranlèrent toutes les murailles rocheuses environnantes.

— Il faut que ça finisse ! lança soudain Rand.

Il frappa la terre du poing. Alors que s'élevait un son qui ressemblait à celui d'un gong, le jeune berger continua à frapper, insensible à la douleur qui pulsait dans sa main, et la terre trembla de plus en plus fort.

Le sol se souleva, formant une série de déferlantes composées de terre et de roche qui vinrent se jeter sur les Trollocs et les Blafards et les renverser comme des quilles tandis que la terre s'ouvrait sous leurs pieds. Portée par la suivante, une vague de chair réduite en bouillie et de gravats s'abattit sur le gros de l'armée des Ténèbres.

Lorsque la tempête cessa, ce qui restait de la formidable horde du Père des Mensonges avait encore de quoi glacer les sangs, mais le rapport des forces était passé de dix contre un à deux contre un, au maximum, et les guerriers survivants, souvent terrorisés, ne savaient plus très bien ce qui leur arrivait.

Le vent mourut, les cris se turent et la terre s'apaisa.

Autour de Rand, les colonnes de fumée et de poussière restèrent en suspension dans l'air.

— Que la Lumière t'aveugle, Ba'alzamon ! Il faut que ça finisse !

Ce n'est pas le lieu !

Cette idée qui ne lui appartenait pas explosa douloureusement dans la tête de Rand.

Je n'interviendrai pas. Seul l'Élu peut faire ce qui doit être fait, s'il le désire…

— Où ? demanda Rand, alors qu'il aurait aimé ne surtout pas poser cette question. Où ?

Le brouillard qui l'entourait se dissipa en partie, ménageant sur un rayon d'une dizaine de pas un cercle de lumière toujours enchâssé dans une masse de pénombre. Des marches apparurent devant Rand, chacune indépendante des autres et sans support matériel visible. Et cet escalier montait jusqu'à la nappe de ténèbres qui obscurcissait le soleil.

Pas ici…

Perçant la brume comme s'il venait de l'autre bout du monde, un cri retentit :

— Que la volonté de la Lumière soit faite !

Dans un roulement infernal de sabots, l'armée humaine se lança à l'assaut pour la dernière fois.

Dans son cocon de vide, l'esprit de Rand fut submergé par la panique. Les cavaliers ne pouvant pas le voir dans son brouillard, il allait être piétiné à mort. La partie de son cerveau qui n'était plus vraiment lui se souciait comme d'une guigne de ce détail insignifiant. Vibrant toujours de colère, elle le poussa à monter sur la première marche.

Il faut que ça se termine !

Très vite, une obscurité plus dense que la nuit – celle du néant – se referma sur Rand. Les marches étaient toujours là, invisibles mais en suspension dans le vide et bien réelles sous ses bottes. Quand il se retourna, il ne vit rien, car les hommes et les monstres s'étaient volatilisés, comme dévorés par le rien absolu dans lequel il s'immergeait. Mais le cordon était toujours dans son dos, sa lueur finissant par mourir dans le lointain, à une distance que le jeune berger n'essaya même pas d'évaluer.

Moins gros, le cordon continuait à pulser, communiquant de la force à Rand. Nourri à la source même de la vie, il se sentit empli de lumière et continua à monter.

Il lui sembla que cette ascension durait à la fois des heures et à peine plus de quelques minutes. Une éternité et un instant, les deux confondus dans ce néant où le temps lui-même se figeait. Ou s'accélérait, ce qui revenait bizarrement au même.

Soudain, Rand gravit la dernière marche et se retrouva devant une porte familière au bois usé et fissuré. Tendant le bras, il la toucha, la faisant exploser. Alors que des échardes continuaient à voler dans l'air, tombant sur ses épaules, il franchit le seuil, conscient d'honorer un rendez-vous pris depuis longtemps.

La pièce aussi était telle qu'en son souvenir. Le ciel strié improbable, au-delà du balcon, les murs fluctuants, la table, la terrible cheminée où rugissaient des flammes qui ne produisaient pas de chaleur. Quelques-uns des visages qui composaient l'encadrement de cet âtre éveillèrent de vagues souvenirs en Rand, comme s'il les connaissait. Mais il ne relâcha pas son contrôle sur le vide, sa vraie personnalité enfermée dans une bulle qui flottait au cœur du néant dont il était habité.

Rand était seul. Quand il se regarda dans le miroir mural, il reconnut son visage comme s'il s'agissait vraiment du sien.

Le vide est une source de sérénité…

— Oui, dit Ba'alzamon, campé comme d'habitude devant la cheminée, je pensais bien que la voracité d'Aginor finirait par provoquer sa perte. Mais, au bout du compte, ça ne fait aucune différence. Tu es venu, et je te connais…

Au cœur de la Lumière dérivait le néant. Et dans ce néant flottait le cocon de vide qui protégeait Rand. Cherchant à renouer le contact avec le sol de sa terre natale, il trouva une roche dure et stérile qui ne connaissait pas la pitié, autorisant seulement la survie des plus forts – ceux qui se révélaient aussi impossibles à briser que les montagnes.

— Je suis fatigué de courir…, dit-il, stupéfié par son propre calme. Et las que tu menaces mes amis. Mais je ne fuirai plus, à partir de maintenant…

Ba'alzamon aussi était relié à un cordon. Beaucoup plus gros que le sien, un cordon noir qui aurait dû écraser le corps humain du démon, mais qui était au contraire écrasé par lui. Et chaque battement qui courait le long de cette veine noire dévorait un peu de lumière.

— Tu crois que fuir ou rester changera quoi que ce soit ? demanda Ba'alzamon, sa bouche-fournaise s'ouvrant sur un rire méprisant.

Sur la cheminée, les visages sculptés, enchantés par l'hilarité de leur maître, riaient aux larmes.

— Tu m'as échappé plusieurs fois, et je t'ai toujours rattrapé, te faisant ravaler ta fierté avec un torrent de larmes pour la faire passer et l'épicer. Combien de fois t'es-tu dressé face à moi pour combattre ? Et pour finir à genoux, implorant ma clémence ? Tu n'as qu'une alternative, vermine : te prosterner de nouveau devant moi et me servir fidèlement ou devenir la marionnette de Tar Valon. Dans le premier cas, je t'offrirai le pouvoir de cent rois réunis. Dans le second, tu hurleras tandis que tu t'enfonceras inexorablement dans le gouffre du temps et de l'oubli.

Rand jeta un coup d'œil à la porte comme s'il cherchait un moyen de s'échapper. Autant laisser penser au Ténébreux que c'était son intention… Hors de la pièce, il n'y avait toujours que le vide obscur, coupé en deux par le cordon lumineux relié au corps de Rand. La veine sombre de Ba'alzamon était là aussi, si noire qu'elle finissait par ressortir sur le fond de ténèbres comme elle l'eût fait au milieu d'une plaine enneigée. Les deux cordons nourriciers battaient à des rythmes antagonistes, chacun cherchant la destruction de l'autre. Et, pour le moment, la lumière semblait devoir perdre la partie.

— Non, j'ai d'autres possibilités, répliqua Rand. C'est la Roue qui tisse la Trame, pas toi. N'ai-je pas échappé à tous les pièges que tu m'as tendus ? N'ai-je pas glissé entre les mains de tes Trollocs, de tes Blafards et de tes Suppôts ? Te pistant jusqu'ici, j'ai détruit ton armée en chemin. Ce n'est pas toi qui tisses la Trame.

Le feu niché dans les yeux de Ba'alzamon crépita de fureur. Alors que ses lèvres ne bougèrent pas, Rand crut entendre un juron sonore adressé à Aginor.

— Je peux lever d'autres armées, pauvre imbécile ! Des forces que tu ne peux même pas imaginer déferleront sur l'humanité. Et tu prétends m'avoir pisté ? Toi, le cafard caché sous une pierre, tu m'aurais traqué ? J'ai commencé à dessiner ton itinéraire le jour de ta naissance – un chemin qui devait te conduire au tombeau ou ici.

» Des Aielles autorisées à fuir, l'une survivant assez longtemps pour prononcer des paroles dont l'écho se répercutera au fil des ans… Jain l'Explorateur, un héros que j'ai fait passer pour un idiot avant de l'envoyer aux Ogiers, persuadé qu'il était libéré de mon influence. Les imbéciles de l'Ajah Noir grouillant comme des limaces tandis qu'elles te cherchaient à travers le monde. Je tire les ficelles et la Chaire d'Amyrlin danse en imaginant que c'est elle qui dirige le jeu…

Le vide vacilla. Sans tarder, Rand le stabilisa.

Il sait tout… Il peut avoir fait ce qu'il dit. Les choses peuvent être comme il les présente.

La Lumière enveloppa le vide, apaisa le doute qui se déchaînait en Rand jusqu'à ce qu'il n'en reste plus que l'indestructible graine. Le jeune berger lutta, ignorant s'il désirait enterrer la graine ou la faire pousser. Une fois encore, le vide se stabilisa, plus petit qu'avant, mais permettant à Rand de flotter dans un bain de sérénité.

Ba'alzamon sembla n'avoir rien remarqué de tout ça.

— Que je te possède mort ou vif ne change rien, dit-il, sauf pour toi et pour la puissance dont tu aurais pu t'enivrer. Si tu ne me sers pas, ton âme le fera. Mais j'aimerais mieux qu'un vivant s'agenouille devant moi. Et j'ai tout fait pour qu'il en soit ainsi.

» Pourquoi ai-je envoyé un seul poing de Trollocs dans ton village, alors que j'aurais pu en mobiliser mille ? Et pourquoi as-tu dû affronter un seul Suppôt à la fois alors qu'une centaine aurait pu te surprendre dans ton sommeil ? Et toi, comme un parfait abruti, tu ne les as même pas tous identifiés, qu'ils t'aient suivi, qu'ils t'aient précédé ou qu'ils aient marché à tes côtés. Tu es à moi depuis toujours, comme un chien en laisse, et je t'ai attiré jusqu'ici pour que tu te couches aux pieds de ton maître. Si tu meurs, c'est ton âme qui le fera, voilà tout.

— Tu n'as aucun pouvoir sur moi, Ba'alzamon, et, mort ou vivant, je ne me prosternerai jamais devant toi.

— Regarde plutôt, susurra le démon.

Malgré sa volonté, Rand ne put s'empêcher de tourner la tête.

Il découvrit Egwene et Nynaeve, blêmes et terrorisées, des fleurs encore piquées dans les cheveux. Et une troisième femme, un peu plus âgée que la Sage-Dame. D'une parfaite beauté, les yeux gris, elle portait une robe typique de Deux-Rivières, le col brodé de grosses fleurs printanières.

— Maman ? souffla Rand.

La femme eut un sourire mélancolique – un sourire sans espoir.

— Non ! Ma mère est morte et les deux autres femmes sont en sécurité, très loin d'ici. Je nie jusqu'à ton existence !

Les contours d'Egwene et de Nynaeve se brouillèrent, puis elles disparurent comme une brume matinale qui se dissipe. Kari al'Thor resta là où elle était, les yeux écarquillés de frayeur.

— Celle-là, au moins, est à ma disposition, jubila Ba'alzamon.

— Je nie jusqu'à ton existence ! réussit à répéter Rand. Elle est morte, et hors de ton atteinte sous l'aile de la Lumière.

Les lèvres tremblant, des larmes ruisselant sur ses joues – chacune brûla Rand comme un acide –, Kari prit la parole :

— Le Seigneur de la Tombe est plus puissant qu'à une époque, mon fils. Son influence s'étend, vois-tu… Pour les âmes trop innocentes, la voix mielleuse du Père des Mensonges est terriblement dangereuse. Mon fils… Mon unique et précieux fils… Si c'était en mon pouvoir, je t'épargnerais, mais il est mon maître, désormais, et ses caprices sont la loi qui régit mon existence. Je dois lui obéir et m'humilier pour entrer dans ses bonnes grâces. Toi seul peux me libérer. Je t'en prie, mon fils, aide-moi ! Oui, aide-moi ! JE T'EN SUPPLIE !

Le cri de Kari s'étrangla dans sa gorge quand des Blafards se matérialisèrent autour d'elle, leur visage blanc et sans yeux révélé par leur capuche abaissée.

Les vêtements de Kari furent vite réduits en lambeaux par les mains exsangues des Myrddraals – des bourreaux munis de pinces, d'étaux et d'autres horribles instruments de torture qui piquèrent, brûlèrent et cinglèrent la chair nue de leur proie.

Kari cria de nouveau et ne s'arrêta plus.

Rand hurla avec elle. Dans son cocon de vide, ce qui était vraiment lui bouillonna. Son épée se matérialisa dans sa main, mais pas la lame au héron – non, une épée de lumière, ou peut-être même l'épée de la Lumière. Alors qu'il la levait, un éclair blanc aveuglant jaillit de la pointe, comme si l'arme avait décidé de se tendre vers sa cible. Le projectile lumineux percuta le Blafard le plus proche. À l'impact, une lumière incroyablement forte envahit toute la pièce, brillant à travers les Demi-Humains comme la flamme d'une bougie à travers une feuille de papier. Les consumant de l'intérieur, cette fournaise aveugla un instant Rand.

Au cœur du vortex lumineux, il entendit un murmure :

— Merci, mon fils… La Lumière… La Lumière bénie…

L'éclair mourut et Rand se retrouva seul dans la pièce avec Ba'alzamon. Les yeux brûlant comme la Fosse de la Perdition, le démon recula, se protégeant de la lame comme si elle était bel et bien la Lumière faite chair.

— Imbécile ! cria-t-il. Tu vas te détruire ! Tu ne peux pas manier cette arme. Il faut d'abord que je t'apprenne.

— C'est terminé, dit simplement Rand.

Avant d'abattre sa lame sur le cordon noir de son adversaire.

Ba'alzamon cria tandis que la lame fendait l'air en direction de sa cible. Il continua, beaucoup plus fort, quand l'épée de Lumière trancha net le cordon. Comme si celui-ci avait été sous tension, les deux morceaux se séparèrent avec une rare violence. La partie libre se replia comme un ressort dans le néant, hors de la pièce, et commença à se dessécher juste avant de disparaître. L'autre agit comme un élastique sur Ba'alzamon, le projetant contre la cheminée.

Les visages sculptés hurlèrent d'horreur, mais Rand crut entendre des rires sous cape au cœur de leurs lamentations.

Les murs de la pièce vibrèrent puis se fissurèrent. Le plancher s'affaissa et un gros fragment de pierre tomba du plafond.

Alors que tout s'écroulait autour de lui, Rand pointa sa lame sur le cœur de Ba'alzamon.

— C'est terminé ! répéta-t-il.

De la lumière fusa de la lame, explosant en une pluie d'étincelles brillantes comme des gouttes de métal en fusion. Sans cesser de crier, Ba'alzamon leva les bras pour se protéger. Dans ses yeux, les flammes se déchaînèrent, se joignant à celles qui dévoraient à présent les murs, le plancher, le plafond et les gravats qui en pleuvaient.

Rand sentit que son cordon de lumière devenait de plus en plus petit, seule la lueur finissant par subsister. Sans savoir exactement ce qu'il faisait, ni comment, il continua à lutter, avec en tête la seule idée qu'il fallait en finir.

Oui, il faut que ça se termine !

Le feu envahit la pièce, se transformant en une unique flamme qui semblait solide. Dans ce feu purificateur, Ba'alzamon, son cri désormais hystérique, se ratatinait comme une feuille.

Rand eut l'impression que les hurlements d'agonie lui vrillaient jusqu'à la moelle des os.

D'un blanc immaculé, la flamme brilla bientôt plus fort que le soleil. Puis l'ultime lueur du cordon de Rand mourut et il se sentit sombrer dans un puits de ténèbres où le cri de Ba'alzamon, très vite, ne fut presque plus audible.

Quelque chose percuta le jeune berger, le vidant de toutes ses forces. Devenu une masse molle qui tremblait et hurlait parce que des flammes la dévoraient de l'intérieur, Rand sentit en même temps une vague de froid glacer jusqu'à son cœur.

52

Car il n'y a ni commencement ni fin...

Il prit tout d'abord conscience de la présence du soleil qui se déplaçait dans un ciel sans nuages, et sa vive lumière emplit aussitôt ses yeux qui refusaient de ciller. Les mouvements de l'astre diurne se produisaient par à-coups : une immobilité parfaite pendant une petite éternité, puis une soudaine avancée, en laissant dans son sillage une traîne de lumière, et une plongée brutale vers l'horizon qui entraînait parallèlement le déclin du jour.

De la lumière...

Eh bien, ça a sûrement un sens...

Et une pensée, maintenant ?

Je suis capable de penser... Et ce « je », c'est moi...

La douleur revint aussi. Le souvenir d'une fièvre brûlante, de spasmes si violents qu'ils l'avaient secoué comme une poupée de chiffon, lui laissant des courbatures partout. Et la puanteur... Une odeur de gras brûlé qui avait agressé ses narines, emplissant toute sa tête.

Malgré ses muscles à l'agonie, il se releva, se mettant à quatre pattes. Sans vraiment comprendre, il regarda le tapis de cendres huileuses où il avait été allongé – des cendres éparpillées sur tout le sol du sommet de la falaise, la roche quasiment repeinte en noir. Des lambeaux de tissu vert foncé à demi carbonisés gisaient au milieu de ce tapis de désolation.

Aginor !

Un souvenir qui retourna l'estomac du jeune homme. Sans se relever, il épousseta frénétiquement ses vêtements et tenta de s'extraire des restes encore fumants du Rejeté. Essayant de ramper trop vite, il vacilla puis s'étala tête la première – juste à temps, car il était au bord du gouffre, l'à-pic exerçant sur lui une étrange fascination qui lui donna le tournis. La tête baissée, il vomit dans l'abîme.

Effrayé à l'idée de basculer dans le vide, il recula sur le ventre jusqu'à se sentir reposer entièrement sur de la bonne vieille roche. Là, il se tourna sur le dos et inspira à fond le temps d'avoir repris un peu son souffle. Puis il dégaina maladroitement son épée. Du tissu rouge qui l'enveloppait, ainsi que le fourreau, il ne restait plus que quelques cendres.

La lame était ornée d'un héron, constata-t-il en la levant péniblement devant ses yeux.

Une épée au héron ? Oui, mon père, Tam…

Une lame en acier, tout bêtement.

Il eut besoin de trois essais pour la rengainer.

C'était autre chose… Ou il y avait une autre épée…

— Mon nom est Rand al'Thor… (Ces quelques mots ranimèrent d'autres souvenirs.) Le Ténébreux… Le Ténébreux est mort. (Dans ce cas, nul besoin d'être prudent.) Shai'tan est mort !

Le monde tanguait comme le pont d'un navire, mais Rand n'y prêta pas attention, car des larmes de joie lui montaient aux yeux.

— Shai'tan est mort ! (Un autre souvenir lui revint alors qu'il riait aux éclats.) Egwene !

Ce nom était très important, mais…

Rand se redressa tant bien que mal, tituba comme un saule malmené par une tempête, et marcha sur les restes d'Aginor sans même leur accorder un regard.

Ça n'a plus aucune importance.

Se laissant glisser plus qu'autre chose, Rand négocia plutôt douloureusement la partie la plus raide de la descente. Quand il atteignit un sol raisonnablement plat, ses courbatures et ses contusions lui faisaient deux fois plus mal. Malgré tout, il trouva la force de se relever.

Egwene !

Il accéléra le pas, une grotesque imitation de la course, soulevant des gerbes de feuilles et de pétales de fleurs.

Je dois la trouver ! Mais qui est-elle ?

Ses bras et ses jambes refusant de lui obéir – on eût dit qu'ils oscillaient au vent, comme de très longs brins d'herbe –, il arrêta sa course contre un arbre et le choc lui arracha un gémissement. Tandis qu'il pressait son visage contre l'écorce, accroché à la seule chose au monde qui pourrait l'empêcher de tomber, des feuilles se détachèrent des branches et terminèrent leur course sur sa tête.

Egwene !

Rand s'écarta du tronc et reprit son chemin. Ses jambes menacèrent de le trahir encore, mais il parvint à leur imposer sa volonté. Lancé à une vitesse déraisonnable, chaque pas risquant de se terminer par une chute très dangereuse, le jeune berger avança comme un funambule sur sa corde raide.

Puis le mouvement finit par rétablir le lien qui unissait d'habitude son cerveau et ses membres. Mieux coordonné, désormais, il déboula dans la clairière où se dressait le chêne géant qui surmontait la tombe de l'Homme Vert. Il repéra tout de suite l'arche de pierre marquée du symbole des Aes Sedai et vit également la fosse noircie où Aginor avait failli succomber aux assauts du feu et du vent.

— Egwene, où es-tu ?

Une très jolie fille agenouillée devant le chêne leva sa tête à la chevelure piquetée de fleurs et de petites feuilles. Très mince et dans sa prime jeunesse, elle paraissait effrayée.

C'est elle, bien entendu… Voilà qui elle est.

Deux autres femmes étaient présentes. La première, le regard hanté, arborait une longue natte à laquelle restaient accrochées quelques étoiles du matin blanches. La seconde gisait sur le sol, la tête reposant sur des capes pliées. Son propre vêtement de voyage, entrouvert, laissait apercevoir une robe en lambeaux. Sa tenue roussie et déchirée, la jeune femme était d'une pâleur de cire, mais elle avait les yeux ouverts.

Moiraine… Oui, l'Aes Sedai… Et l'autre est notre Sage-Dame, Nynaeve…

Les trois femmes dévisageaient Rand, les yeux ronds.

— Tu vas bien, pas vrai ? Egwene, il ne t'a pas fait de mal ?

Le jeune homme marchait d'un pas assuré, désormais. Voir son amie lui avait fait oublier ses plaies et ses bosses, mais il ne fut cependant pas fâché de s'asseoir en tailleur sur le sol à côté des trois femmes.

— Il ne m'a rien fait, répondit Egwene. Je ne l'ai même plus vu après que… Mais toi, Rand, comment vas-tu ?

— Je n'ai pas à me plaindre…

Souriant, le jeune homme caressa du bout des doigts la joue de son amie. Était-ce un tour de son imagination, ou avait-elle vraiment eu comme un mouvement de recul ?

— Un peu de repos, et je serai comme neuf ! Nynaeve ? Moiraine Sedai ?

Ces noms sonnaient curieusement, comme si Rand les prononçait pour la première fois.

Sur son jeune visage, les yeux de la Sage-Dame, avec leur antique sérénité, faisaient un contraste surprenant.

— Eh bien, ça peut aller, dit-elle. Rien de grave. Moiraine est la seule… la seule d'entre nous vraiment blessée.

— C'est ma fierté, surtout, qui est blessée, dit l'Aes Sedai, agacée, en tirant sur sa cape pour dissimuler la robe déchirée.

Moiraine avait l'air d'être malade depuis très longtemps, ou d'avoir manqué mourir d'épuisement, mais ses yeux, bien que cernés, conservaient toute leur vivacité et brillaient de pouvoir.

— Aginor a été surpris et furieux que je réussisse à le retenir si longtemps mais, une fois libre, il n'a heureusement pas eu de temps à me consacrer. Je suis étonnée de m'en être si bien sortie. Durant l'Âge des Légendes, ce Rejeté était presque aussi puissant que Fléau de sa Lignée et Ishamael.

— Le Ténébreux et tous les Rejetés, cita Egwene d'une voix tremblante, sont emprisonnés au mont Shayol Ghul, où le Créateur les a...

Elle s'interrompit, frissonnant de terreur rétrospective.

— Aginor et Balthamel devaient être piégés près de la surface, dit Moiraine, agacée comme si elle en avait assez de répéter sans cesse les mêmes explications. Le sceau qui ferme la prison du Ténébreux a dû s'affaiblir assez pour qu'ils se libèrent. Réjouissons-nous que les autres Rejetés n'aient pas pu les imiter. Sinon, nous les aurions vus ici...

— Ce n'est plus important, dit Rand. Aginor et Balthamel sont morts, et il en va de même pour Shai'...

— Le Ténébreux ! coupa Moiraine. (Blessée ou non, elle conservait toute son autorité.) Il vaut mieux continuer de l'appeler ainsi. Ou Ba'alzamon, à la rigueur...

— Comme vous voulez... Mais il est mort. Je l'ai tué avec...

Le souvenir revint, et Rand crut que ses genoux allaient se dérober.

Le Pouvoir de l'Unique ! J'ai utilisé le Pouvoir de l'Unique. Mais aucun homme ne peut...

La bouche soudain très sèche, Rand frissonna quand une série de bourrasques glacées firent voler des feuilles mortes autour de lui. Un vent froid, vraiment, mais beaucoup moins que son pauvre cœur.

Les trois femmes le regardaient sans broncher. Quand il tendit une main vers elle, Egwene recula – et cette fois, pas de doute, son imagination n'y était pour rien.

— Egwene ? souffla-t-il.

Elle détourna la tête et il laissa retomber sa main.

Sans crier gare, la jeune fille se jeta dans ses bras, enfouissant la tête dans son cou.

— Je suis désolée, Rand... Désolée ! Pour moi, ça ne change rien... Non, rien du tout...

Sentant qu'elle pleurait, Rand tapota la tête de son amie tout en interrogeant du regard les deux autres femmes.

— La Roue tisse comme elle l'entend, dit Nynaeve, mais ça ne t'empêchera pas d'être toujours Rand al'Thor, un garçon de Champ d'Emond. Cela dit, que la Lumière nous aide, tu es bien trop dangereux pour nous !

Rand se détourna de la Sage-Dame. L'air triste, elle semblait avoir abandonné tout espoir le concernant. Et ce n'était pas agréable…

— Que s'est-il passé ? demanda Moiraine. Je veux tous les détails.

Malgré lui, Rand obéit. Il aurait voulu abréger et fuir l'Aes Sedai, mais son regard de fer l'en empêchait. Impitoyable, elle le força à tout raconter. Quand il en arriva à Kari al'Thor, le jeune homme ne put retenir ses larmes.

— Ma mère, il détenait ma mère !

Nynaeve sembla comprendre – et peut-être même compatir. Insensible, l'Aes Sedai le força à raconter la suite : l'épée de la Lumière, le cordon coupé, les flammes qui avaient consumé Ba'alzamon…

Egwene serra plus fort son ami, comme si elle voulait l'arracher à ses souvenirs.

— Mais ce n'était pas moi, conclut-il. La Lumière tirait les ficelles. Je n'ai pas vraiment agi. Ça ne fait pas une grosse différence ?

— Je m'en doutais depuis le début, dit Moiraine, mais les soupçons ne sont pas des preuves. Après que je t'ai donné le talisman, la pièce de monnaie, tu aurais dû m'obéir aveuglément, mais tu continuais de résister, de poser des questions… C'était un indice, mais pas suffisant. Le sang de Manetheren a toujours été rebelle, et plus encore après la mort d'Aemon et le désespoir d'Eldrene. Plus tard, il y a eu Bela…

— Bela ? répéta Rand.

La jument infatigable…

— Bela, oui… À Colline de la Garde, elle n'a pas eu besoin que je la débarrasse de sa fatigue. Cette nuit-là, elle aurait été capable de semer Mandarb. J'aurais dû penser à sa cavalière ! Avec des Trollocs à nos trousses, un Draghkar au-dessus de nos têtes et un Myrddraal la Lumière seule savait où, tu redoutais terriblement qu'Egwene reste en arrière. Désirant quelque chose comme jamais dans ta vie – faire de Bela l'égale d'un destrier, pour qu'elle sauve ton amie –, tu t'es tourné vers la seule force capable d'accomplir ce miracle. Le *saidin*…

Rand frissonna, glacé jusqu'aux os.

— Si je ne recommence jamais, dit-il, est-ce que… ?

Il ne put pas aller plus loin. Éviterait-il la folie ? Épargnerait-il aux gens et aux royaumes d'y sombrer avec lui ? Ou serait-il condamné à mourir en pourrissant lentement de l'intérieur ?

— C'est possible…, dit Moiraine. Ce serait plus facile si quelqu'un te formait, mais je crois que c'est faisable, au prix d'un effort surhumain, cependant…

— Vous pouvez m'apprendre ? N'est-ce pas ?

L'Aes Sedai secoua la tête.

— Un chat peut-il apprendre à un chien l'art de monter aux arbres ? Un poisson peut-il apprendre à nager à un oiseau ? Je sais tout ce qu'il faut savoir du *saidar*, mais le *saidin* m'est totalement étranger. Les hommes qui auraient pu t'aider sont morts il y a trois mille ans. Mais tu es peut-être assez têtu, au fond. Si ta volonté est assez forte…

Egwene s'écarta un peu et s'essuya les yeux du revers de la main. Elle parut sur le point de parler mais, quand elle ouvrit la bouche, pas un son n'en sortit.

Au moins, elle ne me fuit plus et elle peut me regarder sans crier de terreur…

— Et les autres ? demanda Rand.

— Lan les a amenés dans la grotte…, répondit Nynaeve. L'Œil a disparu, mais quelque chose le remplace, au milieu du bassin. Une colonne de cristal, avec un escalier permettant de l'atteindre. Mat et Perrin voulaient d'abord te chercher, et Loial aussi, mais Moiraine a dit…

Nynaeve regarda l'Aes Sedai, troublée d'avoir mentionné son nom tout naturellement. Moiraine ne broncha pas, fidèle à elle-même.

— Elle a dit qu'il ne fallait pas te déranger pendant que tu…

Rand sentit sa gorge se serrer au point que respirer devint difficile. *Mes amis vont-ils se détourner, comme Egwene ? Vont-ils crier, et fuir comme si j'étais devenu un Blafard ?*

— L'Œil du Monde contenait une fabuleuse réserve de Pouvoir, dit Moiraine. Même durant l'Âge des Légendes, peu de gens auraient pu le canaliser sans être détruits. Très peu, en vérité…

— Vous l'avez dit à mes amis ? Si tout le monde le sait…

— Je n'ai parlé qu'à Lan… Il devait le savoir. Quant à Egwene et Nynaeve, si on considère ce qu'elles sont et ce qu'elles vont devenir, elles ne pouvaient pas rester dans l'ignorance. Les autres n'ont aucun besoin d'être informés…

— Pourquoi donc ? croassa Rand. Vous allez vouloir m'apaiser, je suppose ? C'est bien ce que font les Aes Sedai aux hommes capables d'utiliser le Pouvoir ? Elles les transforment, afin qu'ils perdent ce don. Pour leur bien, paraît-il… Selon Thom, les hommes « apaisés » meurent parce qu'ils perdent toute envie de vivre. Pourquoi n'êtes-vous pas déjà en train de me parler de Tar Valon, où vous me conduirez pour me sauver de moi-même ?

— Tu es *ta'veren*, répondit l'Aes Sedai. La Trame n'en a peut-être pas encore fini avec toi.

Rand se redressa de toute sa hauteur.

— Dans les cauchemars, Ba'alzamon affirmait que Tar Valon et la Chaire d'Amyrlin tenteraient de m'utiliser. Il a cité des noms dont je me souviens, à présent… Davian, Yurian Arc-de-Pierre, Guaire Amalasan, Raolin Noir-Fléau et Logain…

Le dernier nom fut le plus difficile à prononcer. Alors qu'Egwene et Nynaeve blêmissaient, Rand continua, impitoyable :

— Tous des faux Dragons ! N'essayez pas de le nier. Eh bien, je ne subirai pas le même sort. Moi, je n'ai rien d'un outil qu'on jette une fois qu'il est usé !

— Un outil conçu pour accomplir un travail n'est pas déprécié quand on s'en sert pour cette tâche précise, dit Moiraine, inflexible. Mais un homme qui croit le Père des Mensonges se dévalorise tout seul. Tu ne veux pas être exploité, et tu te laisses manipuler par le Ténébreux ? Comme un vulgaire chien de chasse lancé aux trousses d'un lapin ?

Les poings serrés, Rand détourna le regard. Ces propos lui rappelaient trop ceux que Ba'alzamon lui avait tenus.

— Je ne suis le chien de personne ! Vous m'entendez ? De personne ?

Loial et les autres apparaissant dans l'encadrement de l'arche, Rand se releva, les yeux rivés sur Moiraine.

— Ils ne sauront rien, dit l'Aes Sedai, tant que la Trame voudra bien qu'il en soit ainsi.

Les amis de Rand approchaient, précédés par Lan. L'air aussi dur que d'habitude, le Champion était pourtant dans un état lamentable. Un bandage de Nynaeve autour de la tête, il marchait avec une raideur qui n'avait rien de coutumier. Derrière lui, Loial portait un grand coffre en or délicatement sculpté et bardé d'argent. À part un Ogier, personne n'aurait pu soulever tout seul un objet pareil. Perrin serrait dans ses bras un gros ballot de tissu blanc et Mat, les mains en coupe, transportait ce qui semblait être des fragments de poterie.

— Tu es vivant, tout compte fait ! s'exclama-t-il. (Il se rembrunit aussitôt.) Moiraine a refusé que nous allions te chercher. D'abord, il fallait savoir où s'était caché le fichu Œil ! J'aurais désobéi, mais Egwene et Nynaeve se sont rangées de son côté et, à trois, elles m'ont presque jeté dans la caverne !

— Tu es là, Rand, dit Perrin, et pas trop mal en point, semble-t-il… (Ses yeux ne brillaient plus, mais ils restaient jaunes.) C'est tout ce qui compte. Tu es là, et nous en avons fini avec notre mission – quoi qu'elle ait pu être. Moiraine Sedai dit que c'est terminé et que nous pouvons rentrer chez nous. Rand, que la Lumière me brûle ! je meurs d'envie de retourner au bercail !

— Content de te voir vivant, berger, grogna Lan. Je t'ai vu te suspendre à ton épée, à peu de chose près… J'espère que tu apprendras à t'en servir, un jour ou l'autre…

Rand eut une bouffée d'affection pour le Champion. Il savait la vérité mais, en surface, il faisait comme si rien n'avait changé. Le connaissant, on pouvait se demander si quelque chose avait changé en profondeur, mais bon…

— Je dois dire, fit Loial en posant le coffre, que voyager avec des *ta'veren* est une expérience fascinante qui va bien au-delà de ce que j'attendais. (Les oreilles de l'Ogier frétillèrent.) Si ça devient plus fascinant encore, j'envisage de retourner dans mon Sanctuaire, de tout raconter à l'Ancien Haman et de ne plus jamais m'éloigner de mes livres. (L'Ogier eut un sourire qui lui fendit en deux le visage.) Content de te voir, Rand al'Thor ! Parmi mes trois compagnons, le Champion est le seul à s'intéresser aux livres, mais il ne desserre jamais les lèvres… Que t'est-il arrivé ? Nous avons filé dans la forêt et nous y sommes restés jusqu'à ce que Moiraine Sedai charge Lan de nous ramener. Mais elle nous a interdit de partir à ta recherche. Pourquoi t'es-tu absenté si longtemps ?

— J'ai couru comme un fou, mentit Rand, et j'ai fini par glisser sur une pierre. J'ai dévalé toute une colline sur le dos ! (Une affabulation qui expliquerait ses contusions.) Un choc m'a fait perdre conscience, et quand je me suis réveillé, eh bien, j'étais égaré. Il m'a fallu du temps pour vous retrouver. Je crois qu'Aginor est mort incinéré… J'ai trouvé des cendres, et les restes de sa cape…

Des mensonges ridicules ! Comment ses amis pouvaient-ils ne pas éclater de rire, demandant s'il les prenait pour des demeurés ? Mais ils avaient gobé toute une colonie de couleuvres et, maintenant, ils se massaient autour de Moiraine pour lui montrer leurs trouvailles.

— Aidez-moi à m'asseoir, dit l'Aes Sedai.

Egwene et Nynaeve la soulevèrent et la soutinrent, car elle ne serait pas restée assise seule.

— Comment ces objets pouvaient-ils être dans l'Œil ? demanda Mat. Surtout sans être détruits en même temps que lui ?

— Ils n'étaient pas entreposés là pour disparaître, répondit Moiraine.

Elle découragea les autres de l'interroger en fronçant les sourcils, puis s'empara des fragments noirs, blancs ou brillants que tenait Mat.

Rand les aurait sans hésiter jetés à la poubelle. Les disposant sur le sol, Moiraine reconstitua adroitement l'ancien symbole des Aes Sedai

– la Flamme de Tar Valon unie au Croc du Dragon, un motif noir et l'autre blanc.

Un moment, l'Aes Sedai étudia le cercle de la taille d'une main d'homme, puis elle dégaina son couteau et le tendit à Lan en désignant le symbole.

Le Champion écarta les plus gros fragments, puis il leva l'arme et l'abattit de toutes ses forces. Une étincelle jaillit, le petit fragment visé vola dans les airs et la lame se brisa net avec un bruit sec.

Lan examina le moignon qui restait solidaire du manche, puis il le jeta au loin.

— Le meilleur acier de Tear, dit-il simplement.

Mat ramassa le fragment, grogna, et l'exhiba à la vue de tous. Il ne portait pas l'ombre d'une marque.

— *Cuendillar*, dit Moiraine. De la pierre-cœur. Depuis l'Âge des Légendes, plus personne n'a réussi à en fabriquer et, même en ce temps-là, on la réservait aux missions les plus importantes. Une fois créée, elle ne peut plus être brisée. Même la plus puissante Aes Sedai, aidée par un *angreal* extraordinaire, en serait incapable. Quand on dirige le Pouvoir – ou n'importe quelle autre force – contre une pierre-cœur, ça la rend encore plus solide.

— Alors… comment ? marmonna Mat en désignant les fragments épars sur le sol.

— C'était un des sept sceaux de la prison du Ténébreux, dit Moiraine.

Mat lâcha le fragment comme s'il était devenu brûlant. Un moment, les yeux de Perrin semblèrent vouloir briller de nouveau.

— Ce n'est plus important, dit Rand.

Ses amis le dévisagèrent comme s'il délirait, et il regretta d'avoir ouvert la bouche.

— Bien sûr, approuva Moiraine. (Mais elle ramassa les fragments et les rangea dans sa bourse.) Qu'on m'apporte le coffre !

Loial s'exécuta.

Le cube d'or et d'argent semblait inviolable, mais l'Aes Sedai, ses doigts courant sur les sculptures, ne tarda pas à le déverrouiller. Le couvercle se souleva tout seul, dévoilant un cor en or. Si brillant qu'il fût, l'instrument paraissait bien ordinaire, comparé au coffre. En guise d'ornement, il n'y avait qu'une ligne d'écriture, à la base du pavillon.

— Ce cor doit être apporté en Illian, dit l'Aes Sedai.

— L'Illian ? grogna Perrin. C'est presque au bord de la mer des Tempêtes, aussi loin de chez nous, mais au sud, que nous le sommes en ce moment.

— C'est le… le…, bafouilla Loial.

— Sais-tu lire l'ancienne langue ? lui demanda Moiraine.

Le voyant acquiescer, elle lui tendit l'instrument. Il s'en empara avec une grande révérence, plissa les yeux et suivit du bout d'un index la ligne d'écriture. Puis il releva la tête, les yeux ronds de stupeur.

— *Tia mi aven Moridin isainde vadin*, déclama-t-il. « Et le repos des morts sera troublé… »

— Le Cor de Valère, dit Lan, la voix tremblante.

Émerveillé, il ne parvenait pas à afficher son équanimité habituelle.

— Conçu pour réveiller les héros morts des Âges passés, souffla Nynaeve. Afin qu'ils combattent le Ténébreux.

— Que la Lumière me brûle ! s'exclama Mat.

Loial posa délicatement l'instrument dans son étui d'or.

— Je commence à m'interroger, avoua Moiraine. L'Œil existait pour répondre au besoin le plus urgent que pourrait avoir le monde. Mais l'avons-nous utilisé judicieusement ? Son but n'était-il pas de veiller sur ces trésors ? Qu'on me présente le troisième, vite !

Après les deux premiers artefacts, Rand comprit aisément la réticence de Perrin. Lan et Loial lui prirent le « ballot » et le déplièrent. Il se déploya aussitôt et flotta dans l'air, entre l'humain et l'Ogier, révélant qu'il s'agissait d'un grand étendard blanc.

Rand n'en crut pas ses yeux. L'ensemble paraissait être fait d'une seule pièce, sans coutures, ni teinture ni peinture. Un serpent géant aux écailles rouge et or occupait presque tout l'espace. Un reptile, certes, mais avec des pattes couvertes d'écailles, des pieds munis de cinq longues griffes dorées, et une grande tête à la crinière jaune et aux yeux plus brillants que le soleil. Avec le mouvement de l'étendard, le monstre de légende semblait bouger, ses écailles frémissantes de vie, et Rand aurait juré l'entendre rugir de défi.

— De quoi s'agit-il ? demanda-t-il.

Moiraine prit un peu de temps avant de répondre :

— L'étendard du Seigneur du Matin, lorsqu'il lança les forces de la Lumière à l'assaut de celles des Ténèbres. L'étendard de Lews Therin Telamon. Celui du Dragon en personne !

Loial faillit lâcher son extrémité du grand drapeau.

— Que la Lumière m'aveugle…, souffla Mat.

— Nous emporterons ces reliques, annonça Moiraine. Elles n'étaient pas ici par hasard, et je dois en apprendre plus. (Elle tapota sa bourse, faisant cliqueter les fragments de pierre-cœur.) Il est trop tard pour partir… Nous allons manger puis dormir, mais nous filerons dès les premières lueurs de l'aube. La Flétrissure nous encercle, et elle est plus puissante qu'au long de la frontière. Sans l'Homme Vert, ce refuge ne résistera pas longtemps. Egwene et Nynaeve, aidez-moi à me rallonger, il faut que je me repose.

Rand prit conscience de ce qui lui crevait les yeux, mais qu'il n'avait pas consciemment remarqué. Des feuilles mortes tombaient du chêne géant et le sol en était déjà jonché. Les fleurs perdaient leurs pétales et les buissons se ratatinaient. L'Homme Vert avait jusque-là tenu à distance la Flétrissure, mais elle prenait sa revanche.

— C'est terminé, n'est-ce pas ? demanda Rand à Moiraine. Fini et bien fini ?

L'Aes Sedai tourna la tête vers le jeune homme, le regard aussi profond que l'avait été l'Œil du Monde.

— Nous avons fait ce que nous étions venus faire, oui… à partir d'aujourd'hui, tu peux vivre ta vie telle que la Roue la tisse. Mange, repose-toi et rêve à ton foyer, Rand al'Thor.

53

La Roue tourne

L'aube se leva, révélant les dégâts qu'avait subis le jardin de l'Homme Vert. Le tapis de feuilles mortes était si épais, désormais, qu'on s'y enfonçait parfois jusqu'aux genoux. Presque toutes les fleurs avaient disparu, à part quelques héroïques survivantes qui s'accrochaient à la lisière de la clairière. En principe, il ne poussait pas grand-chose au pied d'un chêne, mais, là, un petit cercle d'herbe et de fleurs faisait comme une couronne au tronc qui se dressait sur la tombe de l'Homme Vert. L'arbre lui-même gardait une bonne moitié de ses feuilles, à savoir beaucoup plus que tous ceux qui l'entouraient, comme si quelque émanation de l'Homme Vert luttait encore pour préserver ce carré de nature épanouie.

La brise étant tombée, la chaleur redevenait accablante. Alors que les oiseaux ne chantaient plus, les papillons s'étaient tous volatilisés.

Dans un silence de mort, le petit groupe se préparait au départ.

Le cœur serré, Rand enfourcha Rouquin.

Ça ne devrait pas être ainsi… Par le sang et les cendres ! nous avons gagné !

— J'espère qu'il a trouvé le nouvel endroit qu'il cherchait, dit Egwene en grimpant sur le dos de Bela.

Une civière fabriquée par Lan était accrochée aux flancs de Bela et d'Aldieb, afin de transporter Moiraine. Nynaeve chevaucherait à côté, tenant les rênes de la jument blanche. Chaque fois que Lan la regardait, la Sage-Dame baissait les yeux. Comme par jeu, le Champion tournait la tête vers elle chaque fois qu'elle était susceptible de ne pas s'en apercevoir.

Mais ce n'était pas un jeu…

Bien entendu, personne ne jugea utile de demander de qui parlait Egwene.

— C'est injuste, dit Loial, les yeux rivés sur le chêne. (L'Ogier était seul à n'avoir pas encore enfourché sa monture.) Le Frère de l'Arbre ne doit pas succomber aux assauts de la Flétrissure. (Il tendit les rênes de son cheval géant à Rand.) Non, ce n'est pas juste !

Lan fit mine de parler tandis que l'Ogier avançait vers le chêne, mais Moiraine, de sa civière, leva une main pour lui intimer de se taire.

Loial s'agenouilla devant l'arbre, ferma les yeux et écarta les bras. Alors que les poils de ses oreilles se hérissaient, il inclina la tête vers le ciel et commença à chanter.

Des paroles ou simplement des notes ? Rand aurait été bien incapable de le dire. Avec la formidable voix de l'Ogier, on aurait juré que la terre elle-même chantait. Cela dit, les trilles des oiseaux retentirent de nouveau, la brise se leva et soupira d'aise et les battements d'ailes de papillons accompagnèrent la mélodie de Loial. Fasciné par la chanson, Rand eut l'impression qu'elle avait été très courte. Mais, quand il regarda le ciel, alors que l'Ogier se relevait, le soleil était déjà haut dans le ciel. Au début de la chanson, il émergeait à peine à l'horizon oriental…

Les feuilles qu'avait su préserver l'arbre semblaient plus vertes et les fleurs de la « couronne » s'étaient redressées, éclatant mélange de blanc et de pourpre. Le blanc pour les étoiles du matin, le pourpre pour les nids d'amour…

S'essuyant le front du revers de la main, Loial reprit les rênes de sa monture et soupira, comme s'il voulait s'excuser d'une si longue attente – et la justifier en même temps.

— Chanter n'avait jamais été si difficile… Je n'aurais pas réussi s'il ne restait pas ici quelque chose du Frère de l'Arbre. Mes Chansons des Arbres sont loin d'avoir le pouvoir qui était le sien…

Une fois en selle, l'Ogier regarda le chêne avec la satisfaction du devoir accompli.

— Ce petit espace résistera à la Flétrissure, qui ne s'emparera jamais du Frère de l'Arbre…

— Tu es un brave homme, Ogier, dit Lan.

— Je prendrai ce… lapsus… pour un compliment, Champion, mais j'ignore ce que l'Ancien Haman en penserait…

Ils avancèrent en file, sur un seul rang, Mat suivant le Champion – une position parfaite pour un archer. La hache posée en travers de sa selle, Perrin se chargea de l'arrière-garde. Au sommet de la première butte, la Flétrissure leur apparut dans toute sa sinistre laideur. Rand jeta un coup d'œil par-dessus son épaule, mais le jardin de l'Homme Vert n'était plus en vue. Comme lors de leur arrivée, seule la Flétrissure était visible. Pourtant, à un moment, le jeune berger crut apercevoir la cime d'un grand chêne verdoyant. Mais l'image s'effaça, telle l'illusion qu'elle était peut-être.

Rand n'aurait pas été surpris qu'ils soient obligés de combattre pour sortir de la Flétrissure, comme à l'aller. Mais rien de fâcheux n'arriva dans l'immense étendue ravagée. Pas une seule branche ne frémit comme si elle voulait zébrer l'air comme la lanière d'un fouet, aucune créature ne hurla ni ne cria, que ce soit dans le lointain ou près des voyageurs. La Flétrissure semblait attendre en position couchée, mais pas pour bondir sur une proie. Après avoir encaissé un coup terrible, on eût dit qu'elle guettait le prochain. Même le soleil, beaucoup moins rouge, tentait de se faire oublier…

Quand ils abordèrent la constellation de lacs, l'astre diurne venait de dépasser son zénith. Lan ne s'approcha pas des étendues d'eau, évitant même de les regarder, mais ça n'empêcha pas Rand de trouver les sept tours plus grandes que la dernière fois. Il aurait juré que les sommets tronqués étaient moins près du sol et prolongés par des sortes de tourelles fantomatiques au-dessus desquelles flottaient des étendards à la gloire de la Grue Dorée. Pensant avoir la berlue, il cligna des yeux mais sa vision refusa de s'effacer complètement. Elle resta présente en demi-teinte jusqu'à ce que les lacs et les tours disparaissent dans l'immensité de la Flétrissure.

Un peu avant le coucher du soleil, le Champion choisit un site pour le camp. Avec l'aide de Nynaeve et d'Egwene, Moiraine disposa les protections requises. Avant de passer à l'action, elle chuchota quelques mots à l'oreille de ses deux compagnes. Nynaeve parut réticente ; pourtant, lorsque l'Aes Sedai ferma les yeux, elle consentit à l'imiter.

Mat et Perrin parurent stupéfiés par ce spectacle. Blasé, Rand se demanda comment on pouvait être si naïf.

Une Aes Sedai dort dans chaque femme, pensa-t-il amèrement. *L'ennui, c'est qu'un Aes Sedai dort aussi en moi !*

Cette idée des plus inconfortables l'incita à ne pas s'étendre sur le sujet.

— Pourquoi est-ce si différent ? demanda Perrin alors que la Sage-Dame et Egwene aidaient Moiraine à se coucher. La Flétrissure et tout le reste, je veux dire… On dirait que…

Il se tut, incapable de trouver ses mots.

— Nous avons frappé très violemment les Ténèbres, répondit Moiraine, et il leur faudra du temps pour se rétablir.

L'Aes Sedai s'étendit avec un petit gémissement de douleur.

— Qu'avons-nous fait ? demanda Mat.

— Dors, mon garçon… Nous ne sommes pas encore sortis de la Flétrissure…

Le lendemain matin, le paysage ne parut pas plus menaçant que la veille. Et, très logiquement, la Flétrissure commença à se dissiper à mesure qu'ils avançaient vers le sud. Les arbres ratatinés cédèrent la place à des troncs bien droits, la chaleur diminua et les maladies qui rongeaient les feuilles devinrent de moins en moins graves. Puis elles disparurent d'un seul coup. Soudain, la petite colonne se retrouva au milieu d'une forêt bourgeonnante, comme il se devait au printemps. Des plantes grimpantes coloraient désormais de vert les rochers et des tapis de fleurs sauvages s'étendaient là où il n'y avait, quelques jours plus tôt, que des carrés d'herbe brunâtre. Comme si la terre entière voulait ressembler au jardin de l'Homme Vert, le printemps déferlait tel un raz-de-marée, chassant impitoyablement l'hiver qui lui avait si longtemps barré la route.

Rand ne fut pas le seul à ne pas en croire ses yeux.

— Un coup puissant, vraiment, murmura Moiraine sur sa civière.

Alors que des rosiers sauvages bourgeonnaient autour des colonnes de pierre marquant la frontière, des soldats sortirent des tours de garde pour venir accueillir les voyageurs. Ces hommes débordaient de joie – un spectacle rare par les temps qui couraient – et leurs yeux brillaient d'émerveillement dès qu'ils se posaient sur la végétation luxuriante qu'ils foulaient très délicatement de leurs pieds chaussés de fer.

— La Lumière a terrassé les Ténèbres !

— Une grande victoire sur la brèche de Tarwin ! Des messagers nous ont annoncé un triomphe total !

— La Lumière nous accorde de nouveau sa bénédiction !

— Le roi Easar est grand dans la Lumière, répondit simplement Lan à tous ces cris enthousiastes.

Les soldats proposèrent de s'occuper de Moiraine – ou au moins de lui fournir une escorte – mais elle refusa tout en bloc. Même couchée sur une civière, l'Aes Sedai, toujours impressionnante, avait une aura d'autorité qui convainquit les guerriers de ne pas insister.

Alors que les voyageurs s'éloignaient, des rires joyeux retentirent un long moment dans leur dos.

En fin d'après-midi, ils atteignirent Fal Dara, où les célébrations battaient leur plein. Et ces festivités s'entendaient de loin, car il ne devait pas y avoir une seule cloche, un seul gong ou une unique clochette qui ne sonnât pas pour célébrer la victoire des lanciers du seigneur Agelmar.

Toutes les portes étaient grandes ouvertes et des soldats festoyaient dans les rues, des fleurs piquées entre les plates de leur armure et dans leur toupet martial. Les habitants n'étaient pas encore revenus de Fal Moran, mais les « vétérans » de la brèche étaient assez nombreux pour que leur liesse emplisse les rues.

— Nous avons gagné !

— Un miracle s'est produit sur la brèche ! L'Âge des Légendes est de retour.

— Le printemps ! cria un soldat aux tempes grisonnantes en jetant une couronne de fleurs blanches autour du cou de Rand. La Lumière consent une fois de plus à nous offrir le Renouveau !

Dès qu'ils surent que le petit groupe voulait rallier la citadelle, des soldats à l'armure fleurie l'entourèrent et lui ouvrirent un chemin au milieu des fêtards.

Ingtar fut le premier homme maussade que Rand vit ce jour-là.

— Je suis arrivé trop tard, confia-t-il à Lan. Par la Paix ! Une heure de moins, et j'aurais tout vu ! (Il se ressaisit, l'air un peu penaud.) Désolé, la déception me fait oublier mon devoir… Bienvenue, Bâtisseur, et à tous les autres aussi. Je suis soulagé que vous ayez survécu à votre passage dans la Flétrissure. Je vais faire venir une guérisseuse dans la chambre de Moiraine Sedai, et je préviendrai mon seigneur que…

— Non, je veux le voir tout de suite ! s'écria Moiraine. Conduis-nous à lui !

Ingtar voulut protester, mais le regard glacial de l'Aes Sedai l'en dissuada.

Agelmar était dans son bureau, où ses armes et son armure reposaient de nouveau sur leurs râteliers.

Le deuxième homme morose de la journée… Et son humeur ne s'améliora pas quand il vit Moiraine sur la civière que portaient des domestiques.

Sans lui laisser la possibilité de se rafraîchir un peu ni de voir une guérisseuse, les serviteurs en livrée noir et or déposèrent la jeune femme dans le bureau. Alors que Loial portait le coffre, les fragments du sceau reposaient toujours dans la bourse de Moiraine. L'étendard de Lews Therin Fléau de sa Lignée, en revanche, devait toujours être attaché à l'arrière de la selle d'Aldieb. Le garçon d'écurie avait reçu des instructions très précises : s'assurer que le précieux « ballot » soit mis en sécurité dans la chambre de l'Aes Sedai – et sans que quiconque l'ait déplié.

— Au nom de la Paix…, marmonna le seigneur de Fal Dara. Tu es blessée, Moiraine Sedai ? Ingtar, elle devrait être dans sa chambre, en compagnie d'une guérisseuse. Pourquoi as-tu manqué à tous tes devoirs ?

— Du calme, Agelmar, dit Moiraine. Ingtar s'est contenté de m'obéir. Je vais beaucoup mieux que tout le monde ici semble le croire !

L'Aes Sedai fit signe à deux servantes de l'installer sur un siège. Les braves femmes s'exclamèrent qu'elle était bien trop faible, qu'elle avait plutôt sa place dans un lit, et qu'il lui fallait d'urgence un bon bain chaud et des soins attentifs. Quand la malade les foudroya du regard, les deux domestiques oublièrent leur discours et s'empressèrent d'obéir.

Dès qu'elle fut assise, Moiraine les congédia sans trop d'aménité.

— Je dois te parler, Agelmar !

Sur un signe de son seigneur, Ingtar fit sortir tous les serviteurs. Pendant l'opération, Agelmar dévisagea tous ses visiteurs, mais en insistant particulièrement sur Rand.

Il accorda aussi une attention soutenue à Loial et au coffre d'or.

— Si on en croit les rumeurs, dit Moiraine dès que la porte fut fermée, tu as remporté une grande victoire sur la brèche de Tarwin !

— Oui…, grommela le seigneur, décidément troublé. Oui et non, pour être franc. Les Blafards et les Trollocs ont péri jusqu'au dernier, mais nous ne nous sommes pratiquement pas battus. Mes hommes parlent d'un miracle. La terre a englouti les monstres, comme si les montagnes entendaient les digérer. Les quelques Draghkars survivants ont fui vers le nord, trop terrorisés pour tenter quelque chose.

— Un miracle, c'est vrai, dit Moiraine. Et, pour couronner le tout, voilà enfin le printemps !

— Un miracle, répéta Agelmar, dubitatif. Moiraine Sedai, mes hommes racontent des histoires fabuleuses. Sur la brèche, disent-ils, la Lumière s'est incarnée et a lutté pour les défendre. À les entendre, le Créateur lui-même est descendu sur terre pour frapper les Ténèbres. Mais moi, j'ai vu un homme ! Un homme en chair et en os dont les exploits ne devraient pas être possibles.

— La Roue tisse comme elle l'entend, seigneur…

— Si tu le dis, Moiraine Sedai.

— Et Padan Fain ? Il est toujours derrière les barreaux ? Dès que je serai reposée, il faudra que je l'interroge.

— Il est sous bonne garde, comme tu le désirais. La moitié du temps, il gémit comme un enfant. L'autre moitié, il donne des ordres à ses gardiens. Mais si tu me parlais plutôt de votre aventure, Moiraine Sedai ? Avez-vous trouvé l'Homme Vert ? Quand j'ai vu toute cette verdure, j'ai pensé qu'il ne devait pas être étranger à la floraison.

— Nous l'avons trouvé, dit l'Aes Sedai. Agelmar, l'Homme Vert est mort et l'Œil du Monde a disparu. Il n'y aura plus de quête conduite par de jeunes héros désireux de se couvrir de gloire.

Le seigneur ne cacha pas sa perplexité.

— Mort, l'Homme Vert ? Ce n'est pas… Ou alors, vous avez été vaincus ? Mais, dans ce cas, pourquoi le printemps est-il de retour ?

— Nous avons gagné, et la piteuse déroute de l'hiver en est la preuve. Mais l'ultime bataille reste encore à livrer, j'en ai peur. (Rand s'agita nerveusement, mais un regard glacial de Moiraine le pétrifia sur place.) La Flétrissure est toujours là et les forges de Thakan'dar fonctionnent encore dans les entrailles du mont Shayol Ghul. Il reste des légions de Myrddraals et des hordes de Trollocs. Ne pensez jamais que les Terres Frontalières peuvent relâcher leur vigilance.

— Loin de moi cette idée, Aes Sedai !

Moiraine fit signe à Loial de déposer le coffre à ses pieds.

Quand ce fut fait, elle l'ouvrit, révélant son contenu.

— Le Cor de Valère, dit-elle simplement.

Agelmar en cria de surprise et il passa à un souffle de tomber à genoux.

— Avec cet instrument, Moiraine Sedai, qu'importe le nombre de Blafards et de Trollocs qui reste ? Avec à nos côtés les héros de jadis revenus du tombeau, nous marcherons sur les Terres Dévastées et raserons le mont Shayol Ghul !

— Non ! cria Moiraine.

Agelmar en resta bouche bée de saisissement.

Mais l'Aes Sedai recouvra très vite son équanimité.

— Agelmar, je ne t'ai pas montré le cor pour ça, mais simplement afin que tu saches que nos forces, désormais, sont au moins égales à celles des Ténèbres. S'il faut encore se battre, nous ne serons pas désavantagés. Mais la place du cor n'est pas ici. Il doit être apporté en Illian. C'est là, s'il doit y avoir d'autres batailles, qu'il ralliera les forces de la Lumière. Je demande qu'une escorte composée de tes meilleurs hommes s'assure que l'artefact atteindra bien sa destination. Il y a encore des Suppôts des Ténèbres, des Blafards et des Trollocs. Ceux que le cor éveillera obéiront à quiconque en jouera. Il faut que l'instrument soit à Illian, la capitale du royaume.

— Il en sera fait selon ta volonté, Aes Sedai, promit Agelmar.

Mais, lorsque Moiraine referma le coffre, il blêmit comme un homme qu'on vient de priver de sa dernière occasion de contempler la Lumière.

Sept jours plus tard, les cloches sonnaient toujours à Fal Dara. Les habitants étant revenus de Fal Moran, ils ajoutaient leur liesse à celle des soldats – un joyeux vacarme qui arrivait aux oreilles de Rand jusque sur le grand balcon d'où il avait jeté un rapide coup d'œil aux jardins privés d'Agelmar. Tout refleurissait, certes, mais le printemps, au Shienar, restait beaucoup plus frais qu'à Deux-Rivières. Pourtant, de la sueur ruisselait sur la poitrine et les bras nus du jeune homme tandis qu'il maniait l'épée au héron. Immergé dans le vide de sa concentration, il lui semblait voir son propre corps de très loin.

Même coupé ainsi de presque tout, il se demandait à quoi auraient ressemblé les explosions de joie, en ville, si Moiraine avait bien voulu exhiber l'étendard qu'elle continuait à garder dans sa chambre.

— Bien, berger…, dit soudain Lan.

Adossé à la balustrade, les bras croisés, il supervisait d'un œil d'aigle l'entraînement de Rand.

— Tu t'en sors bien, mais n'y va pas trop fort quand même ! On ne devient pas maître escrimeur en quelques semaines.

Le vide se volatilisa comme une bulle qu'on crève.

— Je me fiche d'être un maître escrimeur !

— Ton arme est destinée à un expert, berger !

— Je veux simplement que mon père soit fier de moi.

Rand serra plus fort la poignée enveloppée de cuir rugueux.

Je veux simplement que Tam soit mon père !

— De toute façon, je n'ai pas « quelques semaines », dit Rand en rengainant l'arme.

— Tu n'as pas changé d'avis ?

— Pourquoi, je devrais ? (Lan ne broncha pas, comme si son visage n'était pas conçu pour exprimer des émotions.) Vous ne tenterez pas de m'arrêter, j'espère ? Ni Moiraine Sedai ?

— Tu peux vivre comme ça te chante, berger, ou comme t'y pousse la Trame. (Le Champion se redressa.) Je vais te laisser, à présent…

Le regardant s'éloigner, Rand vit qu'Egwene approchait.

— Changer d'avis à quel sujet, Rand ? demanda-t-elle.

Soudain glacé, Rand s'empara de sa chemise et de sa veste.

— Je m'en vais, Egwene.

— Où ?

— Quelque part… Je ne sais pas trop…

S'il évitait de croiser son regard, Rand ne pouvait s'empêcher de contempler la jeune fille. Des roses sauvages décoraient joyeusement la longue chevelure qui cascadait sur ses épaules. Selon la coutume au Shienar, tous les ourlets de la cape bleue d'Egwene étaient brodés de fleurs blanches. Quand elle la tenait fermée, comme en ce moment, à cause du froid, une ligne fleurie remontait jusqu'à son visage, comme pour souligner son exceptionnelle beauté. Avec sa peau d'un blanc laiteux et ses grands yeux noirs, la future Aes Sedai était à couper le souffle.

— Ce que je sais, reprit Rand, c'est que je pars…

— Je suis sûre que Moiraine Sedai n'aimera pas ça… Après ce que tu as fait, tu mérites une récompense.

— Moiraine n'a même plus conscience que j'existe ! J'ai accompli ma mission, et le reste ne l'intéresse pas. Quand je la croise, elle ne daigne même pas me parler. Non que j'aie recherché sa compagnie, mais on voit bien quand quelqu'un vous évite. Elle se fichera que je m'en aille, et si ça l'affectait par hasard, ça ne me ferait ni chaud ni froid.

— Rand, elle n'est pas tout à fait rétablie… Moi, je dois aller à Tar Valon, pour ma formation, et Nynaeve m'accompagnera. Mat a besoin d'être libéré de cette maudite dague, et Perrin veut voir Tar Valon avant de s'en aller pour… la Lumière seule sait où. Tu pourrais venir avec nous.

— Et attendre qu'une autre Aes Sedai que Moiraine découvre qui je suis et décide de m'apaiser ? (Rand détesta son ton presque méprisant, mais il ne pouvait rien y changer.) C'est ce que tu veux ?

— Non !

Cette réponse spontanée mit du baume au cœur à Rand – à un point tel qu'il aurait été incapable d'exprimer sa gratitude.

— Rand, tu n'as pas peur de… ? (Même s'ils étaient seuls, Egwene regarda autour d'elle et baissa la voix.) Moiraine Sedai dit que tu n'es pas obligé d'entrer en contact avec la Source Authentique. Si tu restes loin du *saidin*, sans tenter d'utiliser le Pouvoir de l'Unique, tu ne risqueras rien.

— Je ne recommencerai pas, tu peux me croire ! Même si je dois me couper une main pour ça !

Oui, mais si je ne peux pas m'en empêcher ? Je n'ai jamais voulu *canaliser le Pouvoir. Même face à Ba'alzamon, quand je l'ai abattu. Alors, que faire si ça se passe malgré moi ?*

— Tu vas rentrer chez nous ? demanda Egwene. Ton père doit mourir d'envie de te voir. Même ce farceur de Mat manque sûrement au sien. Moi, je retournerai l'année prochaine à Champ d'Emond. Provisoirement, bien sûr…

Rand passa la paume sur le héron de bronze qui ornait la poignée de son épée.

Mon père… Mon foyer… Par la Lumière ! je donnerais cher pour… Allons, arrête ça !

— Non, je n'irai pas chez nous…

Il me faut un endroit où je ne risquerai de blesser personne, si ça me reprend… Un lieu où je serai seul.

Soudain, Rand eut l'impression qu'on gelait comme en plein hiver, sur ce balcon.

— Je m'en vais, mais pas pour retourner au bercail…

Egwene, pourquoi faut-il que tu sois une de ces femmes ?

Rand enlaça la jeune fille et lui souffla à l'oreille :

— Non, pas pour retourner au bercail…

Dans les jardins privés d'Agelmar, à l'ombre d'une charmille constellée de bourgeons blancs, Moiraine bougea très légèrement sur sa chaise longue. Les fragments du sceau épars sur ses genoux, elle tenait du bout des doigts la chaîne d'or qu'elle portait parfois autour du front. La petite gemme bleue qui y était accrochée cessa soudain de briller intensément et l'Aes Sedai eut l'ombre d'un sourire. En soi, la pierre n'avait aucun pouvoir. Mais, dans son enfance, au palais royal de Cairhien, alors qu'on l'initiait au Pouvoir de l'Unique, elle avait appris à utiliser le talisman pour espionner des gens qui se croyaient bien trop isolés de tout pour qu'on les entende.

— Les prophéties se réaliseront, murmura Moiraine. Car le Dragon s'est réincarné.

Glossaire

Note sur les dates

Le calendrier tomien (conçu par Toma dur Ahmid) fut adopté environ deux siècles après la mort du dernier Aes Sedai, et il compte les années à partir de la Dislocation du Monde (AD : Après Dislocation). Durant les guerres des Trollocs, beaucoup d'archives furent détruites, et l'ancien système calendaire fut remis en question. Tiam de Gazar en proposa un nouveau, censé célébrer la fin de la menace représentée par les Trollocs. À partir de là, on compta en Années Libres (AL). Vingt ans après la fin des conflits, le calendrier gazarien fut universellement adopté. Artur Aile-de-Faucon tenta d'en imposer un nouveau, basé sur la Fondation de son Empire (FE), mais la greffe ne prit pas, et, aujourd'hui, seuls les historiens y font encore référence. Après les ravages de la guerre des Cent Années, un quatrième calendrier fut établi par Uren din Jubai Envol-Goéland, un érudit du Peuple de la Mer. Le panarche Farede de Tarabon décida de son adoption. Le calendrier farendien, qui commence à la date (arbitrairement déterminée) de fin de la guerre des Cent Années, compte les années de la Nouvelle Ère (NE) et est toujours en vigueur.

Adan, Heran : Gouverneur de Baerlon.

Aes Sedai : Capables de canaliser le Pouvoir de l'Unique. Depuis l'Ère de la Folie, les Aes Sedai sont exclusivement des femmes. Unanimement craintes et détestées, elles sont souvent tenues pour responsables de la Dislocation du Monde et systématiquement soupçonnées d'ingérence dans les affaires des nations. Cela dit, presque tous les dirigeants ont une Aes Sedai pour conseillère, y compris dans les royaumes où il est préférable de garder la chose secrète. Utilisé comme un titre honorifique : Sheriam Sedai. Tournure encore plus honorifique : Sheriam Aes Sedai. Voir également « Ajah » et « Chaire d'Amyrlin ».

Âge des Légendes : L'Âge auquel la guerre des Ténèbres et la Dislocation du Monde mirent un terme. Une époque où les Aes Sedai accomplissaient des miracles inimaginables. Voir également « Roue du Temps ».

Agelmar ; seigneur Agelmar de la maison de Jagad : Seigneur de Fal Dara. Emblème : trois renards roux courant.

Aiels : Habitants du désert des Aiels. Connus pour leur férocité et leur courage, ces guerriers se mettent un voile avant de tuer. D'où l'expression : « Agir comme un Aiel voilé de noir », qui décrit une personne faisant montre de violence. Redoutables avec une arme ou à mains nues, les Aiels n'utilisent jamais d'épée. Partant au combat au son des cornemuses, ils ont un surnom bien à eux pour la guerre, qu'ils appellent simplement la « Danse ».

Aiguillon : Minuscule insecte mortellement dangereux.

Ajah : Les sept sous-ordres qui composent l'ordre des Aes Sedai. Ils sont identifiés par une couleur : Ajah Bleu, Ajah Rouge, Ajah Blanc, Ajah Vert, Ajah Marron, Ajah Jaune et Ajah Gris. Chaque Ajah a sa propre conception de l'usage du Pouvoir et de la mission ultime des Aes Sedai. L'Ajah Rouge, par exemple, se consacre à la recherche des hommes capables de manier le Pouvoir, afin de les contrôler et de les « apaiser ». À l'opposé, l'Ajah Marron est totalement coupé du monde et se voue à la recherche du savoir. Une rumeur (qu'il vaut mieux éviter de mentionner devant une Aes Sedai) prétend qu'il existe un Ajah Noir qui sert en secret le Ténébreux.

Al Ellisande : Dans l'ancienne langue, signifie : « Pour la Rose du Soleil ».

al'Meara, Nynaeve : La Sage-Dame de Champ d'Emond.

al'Thor, Rand : Un jeune berger du territoire de Deux-Rivières.

al'Vere, Egwene : La plus jeune fille de l'aubergiste (et bourgmestre) de Champ d'Emond.

Aldieb : Dans l'ancienne langue, « Vent d'Ouest », à savoir le vent qui apporte les pluies printanières.

Andor : Le royaume auquel appartient le territoire de Deux-Rivières. Emblème : un lion blanc rampant sur champ rouge.

Angreal : Un artefact très rare qui permet à tout utilisateur du Pouvoir d'en canaliser une quantité bien supérieure à celle qu'on peut supporter sans aide. L'art de fabriquer ces vestiges de l'Âge des Légendes est désormais perdu. Voir également « *Sa'angreal* ».

Apaiser : Désigne l'intervention d'une Aes Sedai sur un homme capable de canaliser le Pouvoir de l'Unique. Cette « neutralisation » est indispensable, car la souillure qui frappe le *saidin* condamne tout Aes Sedai mâle à la folie. Et, dans sa démence, le sujet commet obligatoirement des horreurs avec le Pouvoir dont il dispose. Un homme apaisé sent encore la présence de la Source Authentique, mais il n'y a plus accès. L'apaisement enraie l'évolution de la folie mais ne la guérit pas. Si l'intervention est assez précoce, la mort peut être évitée.

Arafel : Une des Terres Frontalières. Emblème : trois roses blanches sur fond rouge et trois roses rouges sur fond blanc (disposition des fonds en damier).

Aram : Un jeune Zingaro.

Artur Aile-de-Faucon : Un roi légendaire connu pour avoir unifié les royaumes situés à l'ouest de la Colonne Vertébrale du Monde – et même certains pays qui se trouvaient au-delà du désert des Aiels. Il envoya également des armées de l'autre côté de l'océan d'Aryth mais, à sa mort, tout contact fut rompu avec ces corps expéditionnaires. La guerre de succession consécutive à son décès est connue sous le nom de guerre des Cent Années. Emblème : un faucon doré en plein vol.

Avendesora : Dans l'ancienne langue, « Arbre de Vie ». Omniprésent dans les récits et les légendes.

Aybara, Perrin : Un jeune apprenti forgeron de Champ d'Emond.

Ba'alzamon : En trolloc, le Cœur des Ténèbres. On pense que c'est le nom donné au Ténébreux par les Trollocs.

Baerlon : Une ville d'Andor située sur la route allant des montagnes de la Brume à Caemlyn.

Barran, Doral : Sage-Dame de Champ d'Emond avant Nynaeve.

Bel Tine : Fête du printemps à Deux-Rivières.

Berger de la Nuit : Voir « Ténébreux ».

Blafard : Voir « Myrddraals ».

Bornhald, Dain : Officier des Fils de la Lumière, fils du seigneur capitaine Geofram Bornhald.

Bornhald, Geofram : Seigneur capitaine des Fils de la Lumière.

Bryne, Gareth : Capitaine général de la Garde de la Reine, en Andor. Il est également le Premier Prince de l'Épée de Morgase. Emblème : trois étoiles d'or à cinq branches.

Byar, Jaret : Un officier des Fils de la Lumière.

Caemlyn : Capitale d'Andor.

Cairhien : Nom d'un des royaumes qui s'étendent le long de la Colonne Vertébrale du Monde. Désigne également la capitale de cette nation. La cité fut mise à sac et incendiée pendant la guerre des Aiels (976-978 NE). Emblème : un soleil levant sur fond bleu ciel.

Canaliser : Aptitude à contrôler le Pouvoir de l'Unique.

Capes Blanches : Voir « Fils de la Lumière ».

Carai an Caldazar! : Dans l'ancienne langue : « Pour l'honneur de l'Aigle Rouge ! » L'antique cri de guerre de Manetheren.

Carai an Ellisande!: Dans l'ancienne langue : « Pour l'honneur de la Rose du Soleil ! » Le cri de guerre du dernier roi de Manetheren.

Cauthon, Matrim (Mat) : Un jeune fermier de Deux-Rivières.

Cent Compagnons : Cent Aes Sedai mâles, incroyablement puissants, dirigés par Lews Therin Telamon. De nouveau emprisonné à cause d'eux, le Ténébreux riposte en souillant le *saidin*. Devenus fous, les Cent Compagnons se rendent alors coupables de la Dislocation du Monde.

Cercle des Femmes : Les représentantes élues des femmes d'un village, chargées de trancher sur les sujets considérés comme exclusivement féminins – par exemple la date des semailles et des récoltes. Dans son domaine, le Cercle est largement égal au Conseil du village, et les conflits récurrents sont légendaires !

Chaire d'Amyrlin : (1) Titre donné à la dirigeante des Aes Sedai. Élue à vie par le Hall de la Tour, le haut conseil de l'ordre composé de trois représentantes des sept Ajah. La Chaire d'Amyrlin est au moins en théorie l'autorité suprême chez les Aes Sedai. En cela, elle peut être tenue pour l'égale d'un roi ou d'une reine. (2) Nom du trône de la dirigeante des Aes Sedai.

Champion : Un guerrier uni à une Aes Sedai. Généré par le Pouvoir de l'Unique, ce lien confère des pouvoirs au Champion. Capable de guérir plus vite que la normale, il peut se passer longtemps de boire, de manger et de dormir, et un sixième sens lui permet de sentir à distance la souillure du Ténébreux. Tant que son Champion est vivant, l'Aes Sedai sent sa présence, quelle que soit la distance qui les sépare. S'il meurt, elle le sent aussi et sait quand et comment il a péri. Alors que cinq Ajah sur sept professent qu'une Aes Sedai ne doit avoir qu'un « lien » à la fois, l'Ajah Rouge refuse toute implication avec un Champion et l'Ajah Vert autorise un nombre illimité de connexions. En principe, le Champion doit être volontaire, mais il est arrivé que ce ne soit pas le cas. Et nul ne sait ce que l'Aes Sedai gagne exactement dans cette « union ».

Charin, Jain : Voir Jain l'Explorateur.

Cinq Pouvoirs : Les fils qui permettent d'accéder au Pouvoir de l'Unique. Une personne capable de canaliser le Pouvoir est en règle générale plus à l'aise avec certains de ses fils qu'avec d'autres. Les Cinq Pouvoirs portent individuellement des noms en rapport avec leur utilité et ce qu'ils permettent de réaliser. On recense ainsi la Terre, l'Air, le Feu, l'Eau et l'Esprit. Chaque détenteur du Pouvoir est particulièrement puissant dans l'un de ces domaines – parfois deux – et beaucoup moins dans les autres. Certains êtres d'exception sont assez doués pour contrôler trois de ces éléments. Mais, depuis l'Âge des Légendes, personne n'a jamais plus maîtrisé les cinq. Et, même en ce temps-là, c'était extrêmement rare. Le niveau de puissance variant beaucoup d'un individu à l'autre, la force n'est pas également répartie entre les détenteurs du Pouvoir. Bien entendu, chaque action accomplie avec l'aide du Pouvoir requiert le contrôle d'un ou de plusieurs fils. Pour allumer ou contrôler un feu, par exemple, il suffit de maîtriser le Feu. En revanche, influer sur le climat exige de recourir à l'Eau et à l'Air. La guérison, elle, repose sur l'Eau et sur l'Esprit. Alors que le don pour l'Esprit est présent à part égale chez les hommes et chez les femmes, la Terre et le Feu sont des « spécialités » plus masculines, l'Air et l'Eau souriant plus facilement aux femmes. Malgré de notables exceptions, on considère que la Terre et le Feu sont des pouvoirs masculins, alors que l'Air et l'Eau appartiennent aux femmes. En principe, aucune aptitude n'est tenue pour supérieure à une autre. Cependant, les Aes Sedai ont un proverbe : « Il n'existe pas de rocher assez fort pour résister à l'érosion de l'eau et du vent, et pas de feu trop puissant pour ne pas être soufflé par l'air ou noyé par la pluie. » Notons quand même que ce proverbe est de très loin postérieur à la mort du dernier Aes Sedai. Et, s'il existait une théorie équivalente parmi les mâles, elle est depuis longtemps tombée dans l'oubli.

Colonne Vertébrale du Monde : Une chaîne de montagnes, dotée de très peu de passes et de cols, qui sépare le désert des Aiels des terres occidentales.

Confesseurs : Un ordre d'Inquisiteurs au sein des Fils de la Lumière. Leur mission est de démasquer les Suppôts du Ténébreux et de faire avouer les criminels. Dans leur quête de vérité, ils sont encore plus fanatiques que les autres Capes Blanches. Recourant volontiers à la torture, ces bourreaux ont de toute façon *a priori* la conviction que leurs prisonniers sont coupables. Les Confesseurs se surnomment eux-mêmes « les Mains de la Lumière » et il leur arrive fréquemment d'oublier les consignes données par le Conseil des Initiés, l'instance qui commande l'ensemble des Fils de la Lumière. Le chef des Confesseurs – le Haut Inquisiteur – est membre à part entière du Conseil.

Conseil du village : Un groupe de conseillers élus et dirigés par le bourgmestre. Les décisions du Conseil orientent la vie du village et il est la seule instance habilitée à négocier avec les Conseils des autres bourgs. La mésentente qui règne entre le Conseil et le Cercle des Femmes a quelque chose de légendaire, tant elle est récurrente.

Cor de Valère : Objet de la quête éponyme, il est censé ramener de la tombe les héros du passé, afin qu'ils combattent de nouveau les Ténèbres.

Croc du Dragon : Une marque d'infamie, en règle générale noire, qui représente une larme en équilibre sur sa pointe. Apposée sur la porte d'une demeure, elle accuse ses habitants d'être des Suppôts des Ténèbres.

Cuendillar : Voir « pierre-cœur ».

Damodred, Galadedrid : Fils unique de Taringail Damodred et Tigraine. Demi-frère d'Elayne et Gawyn. Emblème : une épée dotée d'ailes, pointe vers le bas.

Damodred, Taringail : Prince du Cairhien, il épouse Tigraine et donne naissance à Galadedrid. Après la disparition de Tigraine, qu'on déclare morte, il épouse Morgase et engendre avec elle Elayne et Gawyn. Mort dans un accident de chasse. Emblème : une hache de guerre à double tranchant.

Demi-Humains : Voir « Myrddraals ».

Désert des Aiels : Une terre aride et dévastée qui s'étend à l'est de la Colonne Vertébrale du Monde. Peu d'étrangers s'y aventurent, et pas seulement parce qu'il faut y être né pour y trouver de l'eau. Se considérant en guerre contre l'univers entier, les Aiels sont tout sauf accueillants !

Dha'vols, Dhai'mons : Voir « Trollocs ».

Dislocation du Monde : Lorsque Lews Therin Telamon et ses Cent Compagnons scellèrent de nouveau la prison du Ténébreux, la riposte de ce dernier altéra gravement le *saidin* (la tristement célèbre « souillure »). Tous les Aes Sedai mâles devinrent fous. Dotés d'une puissance jamais égalée depuis, ils provoquèrent des tremblements de terre, rasèrent des chaînes de montagnes, en firent jaillir d'autres du sol, asséchèrent des océans et inondèrent des terres arides. Plusieurs régions devinrent des déserts, la population survivante s'éparpillant comme de la poussière dans le vent. Dans les récits, les légendes et les textes d'histoire, ce cataclysme porte le nom de Dislocation du Monde. Voir également « Cent Compagnons ».

Djevik K'Shar : En trolloc, « la terre moribonde ». Nom donné par les Trollocs au désert des Aiels.

Domon, Bayle : Capitaine du *Poudrin*.

Dragon : Le surnom de Lews Therin Telamon durant la guerre des Ténèbres. Victime de la folie qui frappe tous les Aes Sedai, Lews Therin tue tous les membres de sa famille et toutes les personnes qui l'aimaient. Il se « gagne » ainsi un autre surnom : Fléau de sa Lignée. L'expression « possédé par le Dragon » désigne une personne qui met ses proches en danger, en particulier lorsqu'il n'y a pas de raisons logiques. Voir également « Dragon Réincarné ».

Dragon Réincarné : Selon les prophéties et les légendes, le Dragon renaîtra au moment où l'humanité, menacée de disparaître, aura besoin de lui pour sauver le monde. Un moment de l'histoire que nul n'attend avec impatience, car le retour du Dragon impliquera une seconde Dislocation. De plus, même trois mille ans après sa mort, le nom seul de Lews Therin, Fléau de sa Lignée – le Dragon – suffit à semer la terreur dans les cœurs, y compris les plus braves.

Easar de la maison Togita : Roi du Shienar. Emblème : un cerf blanc. Également emblème du royaume, à l'instar du Faucon Noir.

Elaida : Aes Sedai conseillère de la reine Morgase.

Elayne : Fille-Héritière du trône d'Andor. Emblème : un lilas jaune.

Ère de la Folie : Voir « Dislocation du Monde ».

Fain, Padan : Un colporteur qui arrive à Champ d'Emond juste avant la Nuit de l'Hiver.

Far Dareis Mai : « Les Promises de la Lance ». Un ordre guerrier des Aiels, mais exclusivement féminin. Une Promise ne peut rester dans l'ordre si elle se marie. Enceinte, elle n'a plus le droit de se battre. Une fois né, son enfant est confié à une autre femme, et nul ne peut connaître l'identité de sa mère biologique. (« Tu n'appartiendras à aucun homme, aucun homme ne t'appartiendra, et tu n'auras pas d'enfants, car la lance est ta compagne, ton enfant et ta vie. ») Les enfants des Promises sont tenus pour précieux, parce qu'une prophétie annonce que l'un d'eux unifiera un jour les clans et rendra aux Aiels la grandeur qui était la leur durant l'Âge des Légendes.

Faux Dragon : De temps en temps, un homme affirme être le Dragon Réincarné. Plus rarement, un de ces imposteurs fédère assez de zélateurs pour obliger une armée à intervenir. Dans quelques cas, le conflit finit par impliquer plusieurs nations. En principe, les faux Dragons sont incapables de canaliser le Pouvoir de l'Unique, mais il y a des exceptions. Cela dit, tous ces hommes ont été capturés ou tués – voire se sont volatilisés – sans avoir réalisé l'ombre d'une prophétie relative à la réincarnation du Dragon.

Fête du Soleil : Des festivités qui ont lieu au milieu de l'été.

Fille-Héritière : Titre de l'héritière du trône d'Andor. La fille aînée de la reine lui succède. En l'absence de fille survivante, la parente la plus proche de la reine défunte monte sur le trône.

Fils de la Lumière : Un ordre ascétique entièrement dévoué à la défaite du Ténébreux et à l'éradication de tous ses Suppôts. Fondé par Lothair Mantelar pendant la guerre des Cent Années, cet ordre devint rapidement une organisation militaire animée par un implacable fanatisme religieux. Les Fils de la Lumière abominent les Aes Sedai et leurs alliés, car ils les considèrent comme des Suppôts des Ténèbres. On les surnomme les « Capes Blanches », et ils ont pour emblème un soleil sur fond blanc.

Flamme de Tar Valon : L'emblème de Tar Valon et des Aes Sedai. Représentation stylisée d'une flamme, c'est en fait une larme blanche avec la pointe orientée vers le haut.

Fléau du Cœur : Voir « Ténébreux ».

Flétrissure : Une région, à l'extrême-nord du continent, entièrement corrompue par le Ténébreux. Le fief des Trollocs, des Myrddraals et des autres créatures du Père des Mensonges.

Gawyn : Fils de la reine Morgase et frère d'Elayne. Il est promis à devenir Premier Prince de l'Épée lorsque sa sœur montera sur le trône.

Gens de la Route : Voir « Tuatha'an ».

Grand Seigneur des Ténèbres : Nom donné au Ténébreux par les Suppôts des Ténèbres. Selon eux, utiliser le véritable nom de leur maître serait blasphématoire.

Grand Serpent : Ce serpent qui se mord la queue, antérieur à l'Âge des Légendes, représente l'éternité.

Grande Quête du Cor (La) : Un cycle de récits centré sur la recherche du mythique Cor de Valère. Pour tout raconter de cette saga qui s'étend entre la fin des guerres des Trollocs et le début de la guerre des Cent Années, il faudrait des jours et des jours.

Grande Trame : La Roue du Temps tisse la Trame des Âges dans la Grande Trame, qui est en fait la totalité de la réalité et du monde existant – passé, présent et futur. On parle également du Lacis des Âges.

Guerre des Cent Années : Une série de conflits découlant de la mort d'Artur Aile-de-Faucon. La guerre de succession dure de 994 AL jusqu'en 1117 AL, soit un peu plus de cent ans. Ses ravages sont si vastes qu'il ne reste à ce jour qu'une documentation très fragmentaire à son sujet. On sait cependant que l'explosion de l'empire d'Artur donna le jour au monde tel que Rand et ses amis le connaissent.

Guerre des Ténèbres : Appelée également « guerre du Pouvoir », elle met un terme à l'Âge des Légendes. Commençant peu après la tentative de libération du Ténébreux, elle se propage très vite à la totalité du monde connu. Dans un univers qui a perdu jusqu'au souvenir de la guerre, la redécouverte de toutes les horreurs, souvent mises en scène dans l'ombre par le Père des Mensonges, incite les combattants à utiliser comme une arme le Pouvoir de l'Unique. La défaite du Ténébreux, de nouveau emprisonné, finit par arrêter le carnage.

Guerres des Trollocs : Une série de guerres qui commencèrent environ mille ans après la Dislocation, et durèrent près de trois cents ans.

Après avoir fait régner la terreur sur le monde, les monstres furent abattus ou repoussés dans la Flétrissure. Mais certaines nations furent détruites pendant ces guerres, et d'autres perdirent quasiment toute leur population. Les archives relatives à ces événements sont lacunaires.

Illian : Un royaume situé au bord de la mer des Tempêtes. Également le nom de la capitale portuaire de ce pays. Emblème : neuf abeilles jaunes sur fond vert foncé.

Ingtar, seigneur de la maison Shinowa : Un guerrier du Shienar présent à Fal Dara.

Jain l'Explorateur : Un héros des terres du Nord connu pour ses nombreux voyages et ses grandes aventures. Auteur de plusieurs livres, personnage d'innombrables récits et romans, il disparaît en 981 NE, juste après son retour d'une excursion dans la Flétrissure. À l'occasion, dit-on, il serait allé jusqu'au mont Shayol Ghul.

Kandor : Une des Terres Frontalières. Emblème : un cheval cabré sur fond vert clair.

Kinch, Hyam : Un fermier rencontré par Rand et Mat sur la route de Caemlyn.

Ko'bal : Voir « Trollocs ».

Lacis d'un Âge : Voir Trame d'un Âge.

Luc, seigneur de la maison Mantar : Le frère de Tigraine, qui serait devenu son Premier Prince de l'Épée si elle avait accédé au trône. Sa disparition dans la Flétrissure semble liée à celle de sa sœur, un peu plus tard. Emblème : un gland.

Machera, Elyas : Un ermite rencontré dans la forêt par Perrin et Egwene.

Mahdi : « Chercheur » dans l'ancienne langue. Nom donné au chef d'une caravane de Zingari.

Mandarb : « Lame » dans l'ancienne langue.

Manetheren : Un des dix royaumes signataires du Second Pacte. Également le nom de la capitale de cette nation. La ville et le pays furent détruits durant les guerres des Trollocs.

Maradon : Capitale du Saldaea.

Merrilin, Thom : Un trouvère qui vient à Champ d'Emond pour se produire lors des festivités de Bel Tine.

Min : Une jeune femme que Rand rencontre à Baerlon, dans l'*Auberge du Cerf et du Lion*.

Moiraine : Une Aes Sedai qui arrive à Champ d'Emond juste avant la Nuit de l'Hiver.

Morgase : Par la Grâce de la Lumière, reine d'Andor, Protectrice du royaume et du peuple et Grande Chaire de la maison Trakand.

Emblème : trois clés d'or. Emblème de la maison Trakand : une clé de voûte en argent.

Myrddraals : Des créatures du Ténébreux qui dirigent les Trollocs. Rejetons des Trollocs, mais avec une résurgence des caractéristiques humaines des cobayes ayant servi à la création des monstres, les Myrddraals sont tout aussi maléfiques que leurs « cousins ». Physiquement, ils ressemblent aux humains, n'était un visage dépourvu d'yeux – ce qui ne les empêche pas d'avoir une vision parfaite de jour comme de nuit. Ils sont dotés de certains pouvoirs hérités du Ténébreux, par exemple la capacité de paralyser de terreur leurs proies et de se fondre totalement dans l'obscurité. Une de leurs rares faiblesses, la peur de l'eau, est bien connue de leurs adversaires. Partout dans le monde, on leur donne une multitude de noms différents : les Demi-Humains, les Sans-Yeux, les Rôdeurs et les Blafards.

Pacte des Dix Nations : Une union de royaumes créée après la Dislocation du Monde (environ 200 AD). Ayant pour objectif la défaite du Ténébreux, cette instance ne survécut pas aux guerres des Trollocs.

Père des Mensonges : Voir « Ténébreux ».

Peuple de la Mer : Les habitants à la peau noire d'îles situées sur l'océan d'Aryth et sur la mer des Tempêtes. Vivant le plus souvent sur leurs navires, ces gens passent très peu de temps sur leurs îles natales. La plus grande partie du commerce maritime mondial est assurée par la flotte du Peuple de la Mer.

Pierre de Tear : La forteresse qui veille sur la cité de Tear. On dit qu'elle est la première bâtie après l'Ère de la Folie, mais certaines sources affirment qu'elle a été construite *durant* cette période.

Pierre-cœur : Une matière indestructible créée pendant l'Âge des Légendes. Toute force utilisée pour la briser est absorbée, la rendant encore plus résistante.

Poing : L'unité de base de l'armée trolloc. Compte entre cent (au minimum) et deux cents (au maximum) guerriers. En principe, chaque poing est commandé par un Myrddraal.

Pouvoir de l'Unique : Le Pouvoir puisé dans la Source Authentique. La plupart des gens sont incapables de canaliser le Pouvoir de l'Unique. De rares individus peuvent être formés à cet art, et une minuscule élite naît avec cette formidable aptitude. Pour ces « élus », il n'est nul besoin de formation : ils peuvent entrer en contact avec la Source Authentique et canaliser le Pouvoir, souvent sans en avoir conscience. Ce don se manifeste chez eux à la fin de l'adolescence ou au début de l'âge adulte. Si on ne leur apprend pas à contrôler le Pouvoir – ou s'ils n'y arrivent pas seuls –, les « adeptes naturels » sont condamnés à mort. Depuis l'Ère de la Folie, aucun homme n'a pu canaliser le Pouvoir sans y perdre totalement la raison. De toute façon, la souillure du *saidin* condamne les Aes Sedai mâles à mourir dans d'atroces souffrances. Une femme qui n'apprend pas à contrôler son don est également condamnée à mourir, mais sa fin est beaucoup plus paisible que celle d'un homme. Les Aes Sedai cherchent activement les jeunes filles douées pour canaliser. Désirant leur sauver la vie, elles jouent également le rôle de sergents recruteurs pour leur ordre. Les Aes Sedai pistent aussi les hommes susceptibles de savoir canaliser, mais leur but est surtout de les empêcher de nuire au reste du monde.

Premier Prince de l'Épée : Un titre normalement porté par le frère aîné de la reine d'Andor. Formé depuis l'enfance à l'art de la guerre et aux subtilités de la politique, le prince a pour mission de commander l'armée royale en temps de guerre – en temps de paix, il se contente de conseiller sa sœur. Si elle n'a aucun frère vivant, la reine nomme l'homme de son choix à ce poste.

Prononcer le nom du Ténébreux : Dire le nom du Ténébreux (Shai'tan) attire son attention – un moyen imparable d'être frappé de malchance dans le meilleur des cas, et de subir un désastre dans le pire. Pour éviter cet écueil, une kyrielle de surnoms est à la disposition des gens : le Ténébreux, le Père des Mensonges, le Seigneur de la Tombe, le Berger de la Nuit, le Fléau du Cœur, le Croc de l'Âme, le Pourrisseur des Feuilles… et bien d'autres encore.

Rejetés : Ce nom désigne treize Aes Sedai parmi les plus puissants que le monde ait jamais connus. En échange de l'immortalité, ils sont passés dans le camp du mal lors de la guerre des Ténèbres. Selon les légendes et des archives hélas incomplètes, ils ont été emprisonnés avec le Ténébreux au moment où sa prison fut de nouveau scellée. Les noms des Rejetés servent à effrayer les enfants.

Roue du Temps : Le temps est une Roue à sept rayons, chacun étant un Âge. Alors qu'elle tourne, les Âges vont et viennent, laissant des souvenirs qui deviennent des légendes, puis des mythes, et sont oubliés lorsqu'un Âge recommence. Mais, chaque fois, la Trame est légèrement différente, même si l'Âge est identique, et les changements sont de plus en plus importants avec chaque rotation.

Sa'angreal : Un artefact immensément plus puissant qu'un simple *angreal*. L'art de fabriquer ces formidables objets est perdu depuis la fin de l'Âge des Légendes.

Sage-Dame : Choisie par le Cercle des Femmes d'un village, cette matriarche (bien qu'elle puisse être très jeune) est experte en guérison, initiée à l'art de prédire le temps et dotée d'un solide bon sens. Tout ce qu'il faut pour occuper une position qui implique d'écrasantes responsabilités et une autorité incontournable bien que souvent indirecte. En général, la Sage-Dame est tenue pour l'égale du bourgmestre, voire sa supérieure dans certains villages. Contrairement au bourgmestre, elle est élue à vie et il n'arrive pratiquement jamais qu'elle quitte son poste avant le jour de sa mort. Traditionnellement en conflit avec le bourgmestre, la Sage-Dame ne s'en laisse pas conter.

Saidar, saidin : Voir « Source Authentique ».

Sanctuaire : Nom des divers « foyers » des Ogiers. Depuis la Dislocation du Monde, beaucoup de ces refuges ont été abandonnés. Dans les récits et les légendes, on les décrit à juste titre comme des havres de paix. Grâce à une mystérieuse protection, aucune Aes Sedai ne peut y canaliser le Pouvoir de l'Unique, ni même sentir l'existence de la Source Authentique. Et aucune tentative de canaliser le Pouvoir hors d'un Sanctuaire n'a d'influence à l'intérieur du Sanctuaire en question. Les Trollocs évitent d'entrer dans un de ces refuges, sauf quand leurs Myrddraals les y contraignent. Et ceux-ci ne s'y résignent qu'en cas d'absolue nécessité. Même les Suppôts des Ténèbres, surtout les plus fervents, se sentent très mal à l'aise à l'intérieur d'un Sanctuaire.

Sans-Yeux : Voir « Myrddraals ».

Second Pacte : Voir « Pacte des Dix Nations ».

Seigneurs de la Terreur : Des hommes et des femmes capables de canaliser le Pouvoir. Pendant les guerres des Trollocs, ils sont passés du côté des Ténèbres, commandant les hordes de monstres de Shai'tan.

Shadar Logoth : Dans l'ancienne langue : « le lieu où attendent les Ténèbres ». Cette ville abandonnée depuis les guerres des Trollocs est également appelée l'Attente des Ténèbres.

Shai'tan : Voir « Ténébreux ».

Shayol Ghul : Au cœur des Terres Dévastées, le mont où est emprisonné le Ténébreux.

Sheriam : Une Aes Sedai de l'Ajah Bleu.

Shienar : Une des Terres Frontalières. Emblème : un faucon noir représenté en piqué.

Shoufa : Un accessoire vestimentaire des Aiels. En général de la couleur du sable ou de la roche, ce foulard enveloppe la tête et le cou, laissant seulement le visage à l'air libre.

Source Authentique : La force motrice de l'univers qui fait tourner la Roue du Temps. Elle est divisée en deux moitiés : la partie masculine (*saidin*) et la partie féminine (*saidar*). Ces deux instances œuvrent à la fois ensemble et l'une contre l'autre. Seul un homme peut accéder au *saidin*. Inversement, le *saidar* est réservé aux femmes. Depuis le début de l'Ère de la Folie, le *saidin* est souillé par une attaque du Ténébreux.

Suppôts des Ténèbres : Les zélateurs du Ténébreux, convaincus qu'ils seront somptueusement récompensés lorsque leur maître quittera enfin sa prison.

Ta'maral'ailen : Dans l'ancienne langue : « la Toile du Destin ».

Ta'veren : Une personne autour de qui la Roue du Temps tisse tous les fils environnants – et peut-être tous les fils qui représentent des vies – afin de créer une Toile du Destin.

Tallanvor, Martyn : Un lieutenant de la Garde de la Reine, rencontré par Rand à Caemlyn.

Tanreall, Artur Paendrag : Voir « Artur Aile-de-Faucon ».

Tar Valon : Une ville qui se dresse sur une île du fleuve Erinin. Le cœur du pouvoir des Aes Sedai et le fief de la Chaire d'Amyrlin.

Tear : Une nation qui s'étend sur la côte de la mer des Tempêtes et le grand port qui lui tient lieu de capitale. Emblème : trois croissants blancs sur fond rouge et or.

Telamon, Lews Therin : Voir « Dragon ».

Ténébreux : Le nom le plus répandu donné à Shai'tan, la source même du mal et l'antithèse du Créateur. Emprisonné par le Créateur dans le mont Shayol Ghul (au moment même de la Création), il tente de se libérer durant la guerre des Ténèbres. Un conflit qui entraîne l'altération du *saidin* et la Dislocation du Monde, mettant un terme à l'Âge des Légendes.

Terres Dévastées : Au-delà de la Flétrissure, ces terres désolées entourent le mont Shayol Ghul.

Terres Frontalières : Les royaumes qui bordent la Flétrissure : le Saldaea, l'Arafel, le Kandor et le Shienar.

Thakan'dar : Une vallée éternellement enveloppée de brouillard, au pied des pentes du mont Shayol Ghul.

Tigraine : Fille-Héritière d'Andor, elle épouse Taringail Damodred et donne la vie à Galadedrid. Sa disparition en 972 NE, peu après celle de son frère, Luc, dans la Flétrissure, déchaîne un conflit de succession en Andor et provoque les événements, au Cairhien, qui auront pour conséquence la guerre des Aiels. Emblème : une main de femme tenant la tige d'une rose blanche.

Toile du Destin : Un grand changement dans la Trame d'un Âge qui a pour origine une ou plusieurs personnes *ta'veren*.

Tour Blanche : Le palais de la Chaire d'Amyrlin, à Tar Valon.

Trame d'un Âge : La Roue du Temps tisse les fils que sont les vies humaines afin de dessiner la Trame d'un Âge. C'est en quelque sorte la réalité de référence pour chaque Âge concerné. Voir aussi « *ta'veren* ».

Trollocs : Monstres créés par le Père des Mensonges durant la guerre des Ténèbres. Grands et forts, terriblement vicieux, ces hybrides d'humains et d'animaux tuent pour le plaisir de tuer. Sournois et cyniques, ils sont indignes de confiance et respectent exclusivement les êtres qui leur inspirent de la peur. Omnivores, ils se régalent de toutes sortes de viande, y compris la chair humaine et celle de leurs congénères. D'origine humaine, ils restent capables d'ignobles « croisements », mais les fruits de ces unions sont souvent mort-nés ou ne survivent pas très longtemps. Les Trollocs sont divisés en clans, les plus importants étant les Ahf'fraits, les Al'ghols, les Ban'sheens, les Dha'vols, les Dhai'mons, les Dhjin'nens, les Ghar'ghaels, les Ghob'hlins, les Gho'hlems, les Ghraem'lans, les Ko'bals et les Kno'mons.

Trouvère : Un artiste itinérant, à la fois conteur, musicien, jongleur, acrobate et amuseur public. Reconnaissables à leur cape aux carreaux multicolores, les trouvères se produisent essentiellement dans les villages et les petites villes, car les mégalopoles ont d'autres sources de divertissement.

Tuatha'an : Les Gens de la Route, ou Zingari, sont des nomades qui vivent dans des roulottes aux couleurs éclatantes. Totalement pacifistes, ils respectent les doux principes du Paradigme de la Feuille. Les objets qu'ils réparent sont souvent comme neufs, voire mieux, mais beaucoup de villages leur battent pourtant froid à cause de rumeurs qui les accusent d'enlever des enfants ou de convertir de force des jeunes gens à leur philosophie.

Zingari : Voir « Tuatha'an ».

Aubin
IMPRIMEUR

IMPRIM'VERT
Votre imprimeur agit pour l'environnement

Achevé d'imprimer en avril 2016
N° d'impression 1602.0378
Dépôt légal, mai 2016
Imprimé en France
2810057-1